2.

Wer dem Wind folgt
Auf den Flügeln des Adlers

Peter Watt hat zahlreiche Berufe ausgeübt –
er war unter anderem Fischer, Bauleiter,
Privatdetektiv, Polizeibeamter und Lehrer – und lebte
in Vietnam, Island, Tasmanien und Papua-Neuguinea.
Derzeit wohnt er im australischen Queensland,
wo auch seine Romane spielen.

PETER WATT

Wer dem Wind folgt
Auf den Flügeln des Adlers

Zwei Romane in einem Band

Weltbild

Die englische Originalausgabe von *Wer dem Wind folgt* erschien unter dem Titel *Shadow of the Osprey* bei Pan Macmillan Australia, Sydney.

Die englische Originalausgabe von *Auf den Flügeln des Adlers* erschien unter dem Titel *Flight of the Eagle* bei Pan Macmillan Australia, Sydney.

Besuchen Sie uns im Internet:
www.weltbild.de

Genehmigte Lizenzausgabe für Verlagsgruppe Weltbild GmbH,
Steinerne Furt, 86167 Augsburg
Wer dem Wind folgt
Copyright der Originalausgabe © 2000 by Peter Watt
Copyright der deutschsprachigen Ausgabe © 2002 by
Wilhelm Heyne Verlag, München,
ein Unternehmen der Verlagsgruppe Random House GmbH
Übersetzung: K. Schatzhauser
Auf den Flügeln des Adlers
Copyright der Originalausgabe © 2001 by Peter Watt
Copyright der deutschsprachigen Ausgabe © 2003 by
Wilhelm Heyne Verlag, München,
in der Verlagsgruppe Random House GmbH
Übersetzung: Imke Walsh-Araya
Umschlaggestaltung: Studio Höpfner-Thoma, München
Umschlagmotive: Getty Images, München; The Bridgeman Art Library, Berlin
Gesamtherstellung: Bagel Roto-Offset GmbH & Co.KG, Schleinitz
Printed in the EU

ISBN 978-3-8289-8616-9

2009   2008   2007
Die letzte Jahreszahl gibt die aktuelle Lizenzausgabe an.

PETER WATT

Wer dem Wind folgt

*Aus dem Englischen
von K. Schatzhauser*

Weltbild

Die Handlung dieses Buches und die darin auftretenden Personen sind frei erfunden. Abgesehen von der gelegentlichen Nennung historischer Gestalten enthält es keinerlei Hinweise auf lebende oder tote Personen. Es ist denkbar, dass manche Leser an bestimmten Schilderungen Anstoß nehmen und ihnen Ausdrucksweise und Einstellung mancher Gestalten rassistisch vorkommen. All das muss im historischen Kontext des Romans gesehen werden und spiegelt in keiner Weise persönliche Ansichten des Verfassers wider.

Für meinen Onkel John Payne.
Im Krieg – ein wahrer Seeheld
Im Frieden – immer für mich da.

*Der Abend sinkt, das Känguru
Strebt furchtsam dem Verstecke zu.
Der Krieger vor der erloschnen Glut
Sieht es und wünscht die Traumzeit her,
Wo der Bumerang bei der Streitaxt ruht,
Samt der Keule, der Schleuder, dem Speer.*

»Der Letzte seines Stammes«, HENRY KENDALL

PROLOG
1868

Die Insel war eine Schildkröte. Ihr grüner Panzer trieb auf einer türkisfarbenen See …

Zumindest war das der erste Eindruck, den David Macintosh hatte. Der sechsundzwanzigjährige Erbe eines in Sydney ansässigen, weltumspannenden Finanzimperiums stand am Bug einer Sklavenhandels-Bark, die im Auftrag seiner Familie den Pazifik durchpflügte, und sah zu, wie die mit Dschungel bewachsene Insel am Horizont abwechselnd aus dem Wasser emporstieg und niedersank. Obwohl der mittelgroße und glatt rasierte junge Mann durchaus wie jemand auftrat, dem man den Reichtum in die Wiege gelegt hatte, ließ ihn seine natürliche Art liebenswert erscheinen.

Die Reise auf der *Osprey* hatte er gegen den ausdrücklichen Wunsch seiner Mutter angetreten. Er wollte das dörfliche Leben im Südpazifik studieren. Voll abergläubischer Besorgnis wegen eines einst von einem Ureinwohner über die Familie Macintosh ausgesprochenen Fluchs hatte Lady Enid gesagt, er begebe sich damit in schreckliche Gefahr. Doch er hielt ihre Befürchtungen für töricht und unbegründet und hatte sie sanft getadelt. Deutlich stand ihm noch der Ausdruck von Angst vor Augen, den er auf ihrem sonst so gelassenen Gesicht wahrgenommen hatte, als er ihr beim Ablegen der *Osprey* vom Deck aus zuwinkte.

Während er an der Reling stand und hinübersah zu der Insel, wo er Gelegenheit haben würde, eine Kultur kennen zu lernen, die weit älter war als die westliche Zivilisation, dachte er nicht an ihre Befürchtungen. Im vergangenen halben Jahrhundert hatten die Europäer auf den Pazifik-Inseln tiefer greifende Veränderungen bewirkt, als dort in Jahrtausenden stattgefunden hatten. Nachdem die Inselgötter so gut wie abgeschafft und durch das neu eingeführte Christentum ersetzt worden waren, verbargen sich die alten Götter im Dschungel. Die wahren Gläubigen brachten ihnen nach wie vor die herkömmlichen Opfergaben, um ihren Zorn über die Vertreibung zu besänftigen.

Morrison Mort, der wortkarge Kapitän der *Osprey*, hatte David erklärt, dass kaum je ein Sklavenhändler Kontakt mit dieser Insel gehabt habe. Ihre Bewohner seien kriegerischer als die der meisten anderen im Pazifik und bekannt dafür, dass sie die Besatzungen von Schiffen abgeschlachtet hatten, als diese Sandelholz an Bord nehmen wollten. Das liege zwar schon lange zurück, fügte er rasch hinzu, ergänzte aber, dass Tiwi, der Herrscher der Insel, zu den Kriegern alten Schlages gehöre, die sich Missionaren und deren Lehren widersetzten. Aus diesem Grunde meide man gewöhnlich den Kontakt mit ihm, da die Häuptlinge anderer Inseln dem Handel der Weißen mit eingeborenen »Vertragsarbeitern« viel aufgeschlossener gegenüberstünden.

Doch David ließ sich von der kriegerischen Haltung der Inselbewohner nicht abschrecken. Er wollte unbedingt Menschen beobachten und kennen lernen, von denen er annahm, dass sie noch viele der althergebrachten Bräuche pflegten. Dem stillen jungen Gelehrten war es weit wichtiger, neues Wissen zu sammeln, als für das ohnehin schon beachtliche Imperium seiner Familie weitere Reichtümer zusammenzutragen.

Während er über das Deck zu Kapitän Mort ging, kam es ihm vor, als husche ein kaum wahrnehmbares Lächeln über dessen harte Züge. Es reichte aber nicht bis zu seinen blassblauen Augen, in denen animalischer Wahnsinn zu lodern schien.

Kapitän Mort war kein glücklicher Mensch. Auch wenn Jack Horton, sein Erster Steuermann, die *Osprey* auf einen Kurs gebracht hatte, der dafür sorgen würde, dass die Bark die Lagune erreichte, wo sie im Schutz des Korallenriffs vor den heranrollenden Brechern des Pazifiks sicher wäre, war Mort doch fest davon überzeugt, niemand außer ihm wäre in der Lage, das Schiff gefahrlos vor Anker zu bringen. Er war Mitte dreißig, sah gut aus und erregte mit seinem grüblerischen und geheimnisvoll wirkenden Wesen die Aufmerksamkeit so mancher jungen Dame. Diese Anziehungskraft wurde durch Gerüchte über seine bewegte und möglicherweise gewalttätige Vergangenheit noch verstärkt.

Voll Groll sah er David auf sich zukommen. Die Anwesenheit eines Mitglieds der Unternehmensleitung an Bord war ihm ein Dorn im Auge. Er fürchtete, der junge Macintosh könne ihm das Kommando über die *Osprey* entziehen, sobald sein Wissensdrang gestillt war – vermutlich dann, wenn die Bark wieder in Brisbane eingelaufen war. Nun ja, überlegte er, einen Dorn konnte man schließlich entfernen.

Mort misstraute allen und jedem. Er wusste, dass Lady Enids Sohn erhebliche Vorbehalte gegen den Sklavenhandel hatte. Schon oft hatte David geäußert, er werde diesen Unternehmenszweig der Familie einstellen, sofern dadurch ein Makel auf den Namen Macintosh falle.

Das Jahr 1868 hatte sich für Mort schlecht angelassen. In Sydney hatte es Ärger mit dem verdammten presbyterianischen Missionar John Macalister gegeben, der unter Aufbietung all seines Einflusses versucht hatte, den Kapitän wegen Mordes vor Gericht zu bringen. Nur außergewöhnliches Glück bewahrte Mort vor dem Galgen.

Außerdem war durch die Konkurrenz zahlreicher anderer Schiffe, die ebenfalls Eingeborene nach Australien schafften, die Zahl der von ihm vermittelten Arbeitskräfte deutlich zurückgegangen. Angesichts dieser Schwierigkeiten hatte er sich entschieden, auch Inseln anzulaufen, die von den Sklavenhändlern gewöhnlich gemieden wurden. Nicht nur kannten die Eingeborenen dort ihre Rechte weniger gut, er hatte auch gehört, Häuptling Tiwi sei gegen gewisse Gegenleistungen zu einer Zusammenarbeit bereit. Das dafür Nötige führte die *Osprey* in ihrem Laderaum mit sich: Musketen samt Pulver und Blei. Tiwi wollte auf den Nachbarinseln auf Kopfjagd und

Frauenraub gehen, wobei ihn die technischen Hilfsmittel des weißen Mannes unterstützen sollten. Dieser wiederum brauchte Arbeitskräfte – ein einwandfreies Geschäft.

Sofern Mort in seinem wild bewegten Leben je ein Gefühl wie Liebe empfunden hatte, galt es dem Schiff, das er befehligte. Er hatte sich geschworen, niemand werde ihn je von der *Osprey* trennen, nicht einmal ihre Eigner. Eher würde er die Bark versenken, als sie an einen anderen Kapitän zu verlieren.

David Macintoshs Anwesenheit an Bord würde wohl nicht mehr von langer Dauer sein, überlegte er. Das verschlüsselte Telegramm, das ihm Granville White aus Sydney über Brisbane hatte zukommen lassen und in dem es für Nichteingeweihte um Schifffahrtswege und Schiffsladungen zu gehen schien, ermächtigte ihn, nach eigenem Gutdünken das Nötige zu unternehmen, damit die Bark unter *seinem* Kommando blieb. Es gab keinen Zweifel, dass White, David Macintoshs Vetter und zugleich sein Schwager, ebenso hart und rücksichtslos war wie Mort.

Als die *Osprey* kurz nach Mittag in die von Häuptling Tiwi beherrschten Gewässer einlief, stießen schmale Kanus vom Ufer ab. In den ausgehöhlten Baumstämmen mit Auslegern ruderten muskulöse Krieger der Bark entgegen, die in die geschützte Lagune hinter dem Korallenriff strebte.

Aufmerksam behielten der Kapitän und seine Männer die Besatzungen der Einbäume im Auge. Waffen waren an Deck griffbereit: Gewehre, Äxte, Handspaken und Landungshaken. Doch als die Einbäume näher kamen, zeigte sich, dass die Ruderer unbewaffnet waren.

Sie umkreisten die *Osprey*, deren Segel eingeholt und belegt wurden, während die Anker rasselnd in das ruhige und klare Wasser der Lagune glitten. Mort achtete darauf, dass das Dorf in Reichweite seines Heckgeschützes lag. Als Besatzungsmitglieder billigen Tand ins Wasser warfen, sprangen einige der braunhäutigen Insulaner hinterher, um die Gegenstände heraufzuholen. Andere Männer an Bord der *Osprey* versuchten, sich mit den Eingeborenen zu verständigen.

Da von diesen keine unmittelbare Bedrohung auszugehen schien, wies Mort den Ersten Steuermann an: »Sorgen Sie dafür, dass sich der Landungstrupp bereit macht, Mister Horton.«

»Kommt Mister Macintosh mit an Land, Käpt'n?«, erkundigte sich Horton mit breitem Grinsen.

»Ich denke, er wird darauf bestehen. Wir haben keine Handhabe, das zu verhindern. Immerhin gehört er der Unternehmensleitung an und kann tun und lassen, was er für richtig hält. Allerdings habe ich ihn mehrfach vor der Heimtücke dieser Leute gewarnt«, gab Mort mit dem Anflug eines Lächelns zurück.

Horton nickte und spie ins klare Wasser der Lagune. Er hatte für den feinen Pinkel nicht das Geringste übrig. Solche Leute waren ihm aus tiefster Seele verhasst. Falls die Inselbewohner tückisch wurden, würde das dem Mistkerl nur recht geschehen.

Mort und seine Männer nahmen Gewehre mit, David hingegen lehnte die ihm angebotene Waffe ab. Zwar hatte Mort auch den Infanteriedegen umgeschnallt, den er fast immer bei sich trug, doch es war kaum wahrscheinlich, dass ihnen der alte Tiwi feindselig begegnen würde. Dem lag mehr an den Musketen, die sie ihm brachten, als an einer unerfreulichen Begegnung mit den Sklavenhändlern.

Die Menschen am Ufer machten sich eilends auf ins Dorf, um ihrem Häuptling die Ankunft des Schiffes mitzuteilen. Anfangs nahm dieser an, der lästige schottische Missionar John Macalister, der mit seiner ebenso lästigen Frau auf der Insel lebte, solle abgeholt werden. Er duldete den eifernden Presbyterianer, dessen Kampf dem altüberkommenen Erdrosseln von Witwen und dem Genuss des berauschenden *kawa* galt, lediglich deshalb, weil dieser bei seiner Ankunft Wolldecken als Geschenk mitgebracht hatte. Inzwischen hatte Tiwi zudem den Mut des Missionars achten gelernt. Doch diese Entscheidung galt nicht für alle Zeiten, und so hing Macalisters Leben ständig an einem seidenen Faden.

Kaum liefen die Beiboote auf den bleichen Korallensand des Inselstrandes, als sich eine Gruppe halb nackter Männer, Frauen und Kinder aufgeregt schwatzend um die Fremden drängte. Vorsichtshalber hatte Mort den Ersten Steuermann mit einigen Männern an Bord zurückgelassen, damit sichergestellt war, dass sich das mit Schrapnellen geladene Heckgeschütz ständig auf das Dorf richtete. Die Besatzungen der Auslegerboote, denen solche Kanonen und deren verheerende Wirkung von früheren Besuchen ähnlicher Schiffe bekannt waren, hatten ihrem Häuptling Mitteilung davon gemacht, so dass diesem klar war, welche Gefahr den Hütten des Dorfes drohte.

Er kam zur Begrüßung der Weißen an den Strand. Auch der Missionar John Macalister war da, doch sah David ihn erst, als er sich durch die Menge der schönen, bis zu den Hüften hinab unbekleideten Männer und Frauen drängte.

»Am besten kehren Sie gleich zu Ihrem Mörderschiff zurück«, sagte der streitbare Schotte und baute sich vor Mort auf. »Wir brauchen hier keinen Unflat wie Sie und ihresgleichen.« Obwohl der Kapitän ihn um Haupteslänge überragte, wirkte der Missionar nicht im Geringsten eingeschüchtert. Hinter ihm stand mit geradezu königlicher Würde der wohlbeleibte Häuptling Tiwi.

»Offensichtlich wissen Sie, wer ich bin, Sir«, sagte Mort mit frostiger Stimme zu dem Missionar, der dicht vor ihm stand. »Ich aber hatte noch nicht das Vergnügen, Ihre Bekanntschaft zu machen.«

»Ich heiße John Macalister, Kapitän Mort, und es überrascht mich, dass Sie mich noch nicht kennen«, gab er entrüstet zurück. Dabei zitterte er wie ein beutehungriger Terrier. »Fast wären wir einander in Sydney begegnet, aber es sieht so aus, als wäre Ihnen das Schicksal günstig gestimmt gewesen.«

»Sie also sind der Mann, der mich am Galgen sehen wollte«, höhnte Mort. »Ich empfehle Ihnen dringend, beiseite zu treten, damit ich meiner Aufgabe nachgehen kann. Sie entspricht ebenso den Gesetzen wie Ihr Treiben hier. Was ich mitbringe, nützt Häuptling Tiwi mit Sicherheit mehr als die frömmlerischen Bibelworte, die Sie den armen Niggern hier um die Ohren hauen.«

Es war deutlich zu sehen, dass der beharrliche Schotte nicht im Traum daran dachte, dem Sklavenhändler den Weg freizugeben und ihn auch nur einen Schritt weiter ans Ufer treten zu lassen. Er war aufs Äußerste gereizt und schien förmlich danach zu gieren, den Kampf aufzunehmen. Wenn er als Blutzeuge seines Glaubens sterben sollte, war das Gottes Wille.

David war der Ansicht, der Missionar sollte Mort besser seinen Geschäften nachgehen lassen, wenn er nicht den Kürzeren ziehen wollte. Auch wenn er den Schneid des kleinen Schotten bewunderte, war ihm klar, dass die Nachricht von einem Zusammenstoß mit dem Missionar bis nach Sydney dringen würde. Um jedes weitere Aufsehen im Zusammenhang mit dem Schiff der Familie Macintosh zu vermeiden, trat er mit den Worten: »Sir, ich bin David Macintosh, einer der Eigner der *Osprey*«, zwischen Mort und den Inselmissionar. Er streckte ihm die Hand hin. »Können wir beide nicht miteinander reden?«

Schnaubend wandte sich John Macalister David zu. Vor sich sah er einen jungen Mann mit offenem und ehrlichem Gesichtsausdruck. »Ihnen möchte ich lieber nicht die Hand schütteln, Mister Macintosh. Zwar kommt es mir vor, als könnten Sie trotz Ihrer Verbindung zu dieser Satansfratze ein Ehrenmann sein«, gab er zur Antwort, »aber ich würde Ihnen, falls wir miteinander redeten, trotzdem sagen, dass Sie mitsamt Ihrem Kapitän zu Ihrem verfluchten Schiff zurückkehren und auf der Stelle wieder davonsegeln sollten.«

David ließ die Hand sinken.

Recht belustigt beobachtete Häuptling Tiwi das Aufeinandertreffen der Weißen. Doch vor allem wollte er wissen, was der Kapitän für ihn mitgebracht hatte, und wandte sich deshalb an den Missionar. Auch wenn David die Sprache nicht verstand, so merkte er doch, dass die Unterhaltung ziemlich hitzig wurde, und einen schrecklichen Augenblick lang fürchtete er um das Leben des Missionars. Da Macalister aber dem alten Inselhäuptling, wenn auch nur zögernd, zuzustimmen schien, entspannte sich die Lage.

Ohne auf Tiwi zu achten, der ihn zornig anfunkelte, wandte sich Macalister an David. »Es sieht ganz so aus, Mister Macintosh, als bekämen Sie und ich doch Gelegenheit, miteinander zu reden. Häuptling Tiwi möchte, dass ich mich entferne, während er mit Ihrem gottlosen Kapitän über dessen Vorhaben, Arbeitskräfte anzuwerben, verhandelt«, erklärte er in beinahe höflichem Ton. »Er behauptet, er wolle sich anhören, was Mort zu sagen hat, und ihn dann fortschicken. Aber wie üblich lügt der alte Satansbraten. Da mir klar ist, dass er ein Tauschgeschäft abschließen will, habe ich ihm mitgeteilt: ›Keiner deiner Leute verlässt die Insel, es sei denn über meine Leiche.‹ Daraufhin hat er gesagt, das ließe sich einrichten.«

»Mister Macalister, als Angehöriger des Hauses Macintosh gebe ich Ihnen mein Wort, dass ich Ihren Wunsch achten werde«, antwortete David respektvoll. »Ich denke nicht daran, zuzulassen, dass man die großartige Arbeit zunichte macht, die Sie hier leisten, indem Sie diesen armen Menschen Gott nahe bringen. Was mich betrifft, so liegt mir ausschließlich daran, ihre Bräuche kennen zu lernen, und ich würde mich glücklich schätzen, wenn es mir möglich wäre, ihre Lebensweise zu beobachten. Ich werde Kapitän Mort anweisen, lediglich frischen Proviant für die *Osprey* einzutauschen.«

David rief Mort zu sich, der das Ausladen einer Kiste aus einem der Boote überwachte. »Kapitän Mort, ich habe mein Wort gegeben, dass wir lediglich frische Nahrungsmittel eintauschen werden und sonst nichts«, sagte er. »Es dürfte das Beste sein, wenn wir anschließend fortsegeln und auf anderen Inseln Arbeitskräfte anwerben.«

»Mister Macintosh, die Reise hierher hat viel Geld und Zeit gekostet«, knurrte Mort. »Bei aller Achtung Ihrer Stellung gegenüber halte ich es für meine Pflicht, Sie darauf hinzuweisen, dass ich Anweisungen Mister Whites befolge. Was wir hier tun, wird vom Gesetz gedeckt, wir brauchen uns also nicht nach den Launen eines verdammten Missionars zu richten. Schon gar nicht eines solchen, der kein anderes Ziel verfolgt, als mich an den Galgen zu bringen.«

»In Anbetracht meiner Position im Unternehmen werden Sie tun, was ich sage, Kapitän«, gab ihm David fest zur Antwort,

»oder ich werde dafür sorgen, dass Sie die Folgen zu spüren bekommen.«

Die beiden Männer standen einander Auge in Auge gegenüber.

Mort bemühte sich, seine Wut zu unterdrücken, und einen Augenblick lang hatte David Bedenken, ob es klug war, ihm die Stirn zu bieten. Ihn überkam ein Gefühl der Ohnmacht bei der Erkenntnis, wie weit er von zu Hause entfernt war. Seine Position gründete auf den Spielregeln der Zivilisation, und die waren auf einer einsamen Pazifikinsel nicht viel wert. »Falls das, was Sie sagen, Ihrer Überzeugung entspricht, Mister Macintosh«, sagte Mort ruhig, »werde ich mit dem Häuptling über frische Nahrungsmittel verhandeln.« Er wandte sich um und kehrte zu den Booten zurück, um das Ausladen weiterer Kisten zu überwachen.

David fühlte sich unbehaglich. Mort hatte zu rasch klein beigegeben.

Macalister runzelte die Stirn. Er begriff, dass zwischen dem jungen Eigner der *Osprey* und ihrem Kapitän nicht alles zum Besten stand. »Mister Macintosh, ich denke, wir sollten uns bei einer Tasse Tee und etwas frischem Gebäck unterhalten«, sagte er munter.

Mit dieser gastlichen Einladung hatte David nicht gerechnet.

»Meine Frau hat gerade gebacken, als Ihre Boote an Land kamen«, fuhr der Missionar in gelassenem Ton fort. »Sie ist eine gute Christin und eine begnadete Köchin.«

Während die beiden den Strand entlanggingen, machte sich Macalister Gedanken über David Macintoshs Worte und kam zu dem Ergebnis, dass es dem jungen Mann ernst damit war. Es erschien ihm sonderbar, dass er dem Eigner eines Sklavenhandelsschiffes beinahe freundschaftliche Gefühle entgegenbrachte.

Anne Macalister, die noch kleiner war als ihr Mann, zeigte sich ein wenig verwirrt angesichts des gut aussehenden jungen Mannes, der da so unerwartet in ihre Hütte trat. Auf den ersten Blick erkannte David, dass die auf den pazifischen Inseln verbrachten Jahre ihrer Gesundheit zugesetzt hatten. Doch obwohl Mrs. Macalister, die er auf knapp vierzig schätzte, am schleichenden Fieber litt, war sie guter Dinge und klagte nicht. Dabei musste ihr das am Hals geschlossene und bis zu den Knöcheln reichende Kleid in der tropischen Hitze ziemlich lästig sein. Offenbar stand ihre stille Entschlossenheit der des Missionars in nichts nach.

»Ich muss für das Teegebäck um Entschuldigung bitten, Mister Macintosh«, sagte sie und wischte sich etwas Mehl von der Wange. »Gewöhnlich leben wir auf Aneityum, und ich komme mit diesem Herd noch nicht besonders gut zurecht.«

David beeilte sich, das Gebäck in den höchsten Tönen zu loben. Er fand es nicht nur köstlich, es war auch eine hoch willkommene Abwechslung nach der eintönigen Kost an Bord der *Osprey*. Oft hatte er bedauert, entgegen dem Rat seiner Mutter keine eigenen Vorräte mitgenommen zu haben. Sein Bestreben, an Bord des Schiffes das gleiche Leben führen zu wollen wie die Besatzung, erschien ihm jetzt töricht.

John Macalister goss den dampfend heißen Tee in Becher und setzte sich mit David vor der Hütte auf ein glattes, ausgebleichtes Stück Treibholz. Es sah aus wie der Geist eines vor langer Zeit gestorbenen Baumes.

»Ihnen dürfte bekannt sein, dass Schiffe wie das Ihre den Inseln den Tod bringen, Mister Macintosh«, sagte Macalister ohne lange Vorrede. »Wahrscheinlich ist Ihr Kapitän gerade dabei, Musketen gegen Arbeitskräfte einzutauschen. Ich hoffe nur, Sie können dazwischentreten und ihm den Handel untersagen.«

»Ich habe Ihnen mein Wort gegeben, dass ich keinen Bewohner dieser Insel mitnehmen werde«, gab David zur Antwort. »Und daran halte ich mich.«

Sicher irrte der Missionar, überlegte David treuherzig. Nie und nimmer würde Mort wagen, etwas zu tun, was seinem Arbeitgeber eine Handhabe lieferte, ihm das Kommando über die *Osprey* zu entziehen.

Ein Ausdruck von Ungläubigkeit trat auf das Gesicht des Missionars. Er zweifelte nicht an Davids Redlichkeit – wohl aber daran, dass dieser den Kapitän richtig einschätzte. »Tiwi will auf den anderen Inseln Kopfjägerei betreiben«, sagte er ruhig und sah auf die See hinaus. »Seiner heidnischen Vorstellung nach braucht er die Köpfe seiner Feinde, um den Zorn seiner Götter zu besänftigen. Er und sein Stamm sind Kinder des Satans. Es ist Missus Macalisters und meine Pflicht, sie auf den Weg der Erleuchtung zu führen.«

»Es ist wirklich verdienstvoll von Ihnen, diesen armen Menschen Gottes Wort zu bringen. Aber halten Sie das nicht auch für einen störenden Eingriff in eine Lebensform, die viele Jahre ohne das Christentum überdauert hat?«, fragte David höflich.

»Gewiss, sie hat überdauert, aber auf einem Tummelplatz des Satans. Sir, ich könnte Ihnen Dinge über diese Menschen berichten, die Sie in vornehmer Gesellschaft nie und nimmer erwähnen dürften, ohne in guten Christen die peinlichsten Empfindungen hervorzurufen. Sie ...«

Der Anblick eines jungen Inselbewohners, der über den Strand eilte, lenkte ihn ab. »Ah! Wie es aussieht, hat mir Josiah etwas mitzuteilen.«

Offensichtlich gehörte der gut aussehende junge Mann, der sich der Hütte näherte, zu den von Macalister Bekehrten, denn er trug europäische Kleidung. »Mister Macintosh, das ist Josiah«, stellte ihn der Missionar vor. Der Insulaner lächelte mit weiß blitzenden Zähnen. In seiner Stimme lag ein Anflug von Stolz. »Er kommt von Aneityum und hilft uns, unter Tiwis Leuten das Wort Gottes zu verbreiten.«

Mit schüchternem Lächeln hielt der Eingeborene, der etwa fünfundzwanzig Jahre alt sein mochte, David die Hand hin. Sein Händedruck war fest, und er sah dem Besucher offen in die Augen. »Mister Macintosh hat versprochen, dass sein Schiff unsere Insel ohne Arbeitskräfte verlässt«, sagte Macalister zu Josiah. »Und auch, dass Tiwi von ihm keine Musketen bekommt.«

Josiahs Lächeln erstarb. Er beugte sich vor und flüsterte Macalister etwas ins Ohr. Dieser erbleichte und sprang auf, wobei er seinen Tee verschüttete. »Mister Macintosh, leider hatte ich Recht«, knurrte er. »Kapitän Mort hat soeben neun Musketen übergeben, doch weiß Josiah nicht, was er dafür bekommen hat. Auf keinen Fall sind es Arbeitskräfte, wie ich vermutet hätte. Ich denke, Sie und ich sollten unverzüglich zu Ihrem Kapitän zurückkehren und mit ihm sprechen.«

David folgte Macalister mit raschen Schritten über den Strand, blieb aber unvermittelt stehen, als er sah, dass die Beiboote der *Osprey* vom Ufer abgelegt hatten und zum Schiff ruderten. Mort stand im Heck des letzten von ihnen und winkte mit höhnischem Lächeln herüber.

In diesem Augenblick begriff David, dass er weder Mort noch seine Verwandten oder Freunde je wieder sehen würde. Lähmendes Entsetzen durchfuhr ihn. Mit der Klarheit, welche die Gewissheit des unmittelbar bevorstehenden Todes mit sich bringt, ging ihm auf, dass hinter dem Mordkomplott des Kapitäns höchstwahrscheinlich sein tückischer Vetter und Schwager Granville White stand. Dieser würde mit Davids Tod der alleinigen Verfügung über das ungeheure Vermögen der Familie Macintosh einen Schritt näher kommen. Voll Bitterkeit dachte David daran, wie er über die Vorahnung seiner Mutter, die sein Leben in Gefahr sah, gelacht hatte. Ihm hätte klar sein müssen, dass der Kapitän durchaus zu einem Mord fähig war. Seiner Mutter war das offensichtlich bewusst gewesen.

Er wandte sich zu Macalister um, doch der stapfte bereits voll finsterer Entschlossenheit auf Häuptling Tiwi zu. Bevor David einen Warnruf ausstoßen konnte, sah er voll Entsetzen, wie Tiwi eine der soeben erworbenen Musketen hob und auf den Missionar anlegte. Auf den Blitz, mit dem das Pulver auf der Pfanne entzündet wurde, folgte ein lauter Knall. Als die schwere Bleikugel Macalisters Kiefer traf, splitterte der Knochen hörbar. Noch während er die Hände emporriss, stürzten sich Tiwis Krieger mit einem Geschrei auf ihn, das David das Blut in den Adern erstarren ließ. Wahllos schlugen sie mit Steinäxten und Kriegskeulen auf den Missionar ein, der wie zum Gebet auf die Knie stürzte, während sein Blut den weißen Korallensand dunkelrot färbte.

Ohne den geringsten Versuch zu machen, die Hiebe abzuwehren, die auf ihn niederhagelten, betete Macalister für die
Seelen seiner Angreifer, bis eine steinerne Kriegskeule dem
Leben des tapferen presbyterianischen Missionars ein Ende
setzte und sein Körper entseelt zu Boden sank.

Die lärmenden Krieger wandten sich Josiah zu. Zwar versuchte er zu fliehen, doch noch während er ins Wasser der
Lagune watete, fielen sie über ihn her. Sein Flehen um Gnade
ging unter im wilden Geschrei der Krieger, die von den Frau-
en am Strand angefeuert wurden.

Wie gelähmt sah David auf die Lagune hinaus. Die Beiboote hatten die *Osprey* fast erreicht. Wütend stieß er hervor: »Verdammter Schweinehund! Sie und mein Vetter werden in der
Hölle schmoren.« Das aber konnte Mort wohl kaum hören,
und alles, was die sanfte Brise zu ihm herübertrug, war ein
klägliches, leises Seufzen, das vom Knarren der Riemen in den
Dollen und deren Eintauchen ins Wasser übertönt wurde.

Das Gemetzel am Strand erfüllte Mort mit tiefer Befriedigung. Es war nur eine Frage der Zeit, bis Macintosh dasselbe
Geschick ereilte wie dem verdammten Missionar. Er kann von
Glück sagen, wenn er einen schnellen Tod hat, ging es ihm
durch den Kopf. Man munkelte, es bereite Tiwi Freude, seine
Opfer zu foltern. Bei Macalisters Frau würde er da bestimmt
auf seine Kosten kommen! Wie schade, ging es Mort durch den
Kopf, dass er die Qualen nicht mit ansehen konnte, die sie mit
größter Wahrscheinlichkeit erleiden würde.

Während die Eingeborenen nicht weit von ihm wie in
Trance immer wieder auf Josiahs Leichnam einschlugen, der
im seichten Wasser in Ufernähe lag, stand David einen Augenblick lang allein am Strand und hielt verzweifelt Ausschau nach
einem brauchbaren Versteck. Ihm wurde immer deutlicher,
dass er nichts würde tun können, doch folgte er trotzdem seinem Impuls zu fliehen.

Kaum hatte er sich umgewandt, spürte er einen sengenden
Schmerz. Eine Pfeilspitze war ihm tief in den Oberschenkel
gedrungen, und er stürzte mit einem Aufschrei zu Boden. Auf
Hände und Knie gestützt versuchte er wieder auf die Füße zu

kommen, doch das Bein gehorchte ihm nicht. Weitere Pfeil-spitzen durchdrangen seine Haut am ganzen Leib, wie Feuer breitete sich der Schmerz in ihm aus. Es war wie eine Erlö-sung, als ein Pfeil, der ihm durch die Kehle drang, seine Hals-schlagader aufriss. In dickem Strahl spritzte sein Blut auf den weißen Sand. Unmittelbar bevor ihn die Dunkelheit umschloss, trat ihm die undeutliche Erscheinung eines Rächers vor Augen, Bilder eines weißen Kriegers, der einen Speer wurf-bereit hoch über den Kopf hob.

David, der einzige männliche Erbe des Vermögens der Fami-lie Macintosh, starb vor den Augen der Besatzung der *Osprey*. Beim Anblick des Gemetzels am Ufer ließ der Erste Steuer-mann die Anker aufholen, ohne den Befehl des Kapitäns abzu-warten, damit die *Osprey* die Lagune möglichst rasch verlas-sen konnte. Als Mort vom Beiboot aus den Fuß auf die Jakobsleiter setzte, trat Horton an die Reling und schrie nach unten: »Was zum Teufel ist da passiert?«

»Die Nigger hatten es sich in den Kopf gesetzt, uns anzu-greifen«, schrie Mort zurück. »Geben Sie ihnen das Geschütz zu schmecken.«

Horton schob den eingeborenen Schützen beiseite und richtete die Heck-Kanone aus. Das war nicht schwierig, denn die Bark lag fast reglos im ruhigen Wasser der Lagune. Kurz nachdem der Erste Steuermann mit wildem Lächeln ein Zünd-holz an die Lunte gehalten hatte, spie das Geschütz Tod und Verderben. Der Geschosshagel mähte Tiwis Leute am Strand nieder, als fielen sie unter der Sense eines Schnitters.

Während sich die Verwundeten unter Schreien des Schmer-zes und Entsetzens auf allen Vieren in Sicherheit zu bringen suchten, flohen die anderen in den Dschungel. Unter ihnen befand sich auch Häuptling Tiwi, der sich wütend und ver-wirrt fragte, wieso der Sklavenhändler sein Dorf beschossen hatte. Hatten sie nicht vereinbart, er solle im Austausch gegen die Gewehre jenen weißen Mann töten lassen?

Wilde Flüche gegen alle Weißen ausstoßend und vor ohn-mächtiger Wut bebend, musste er mit ansehen, wie seine am Strand liegenden Kanus von der *Osprey* aus in Stücke geschossen wurden. Damit war jeder Versuch im Ansatz vereitelt, Vergeltung an dem Schiff zu üben, das sie hochmütig von der Lagune aus mit seiner zerstörerischen Macht verspottete.

Die über und über mit Blut bedeckten verstümmelten Leichen David Macintoshs und John Macalisters lagen am Strand inmitten der verwundeten Inselbewohner, die sich vor Schmerzen wanden und um Hilfe schrien.

Jetzt ließ Horton das Geschütz zum dritten Mal laden und richtete es auf die Hütten des Dorfes. Er wollte nicht unbedingt großen Schaden anrichten, sondern lediglich die Macht der Weißen demonstrieren, und ließ daher keine Explosivmunition verwenden. Mühelos durchdrang die Ladung Schrapnells die aus Bastmatten bestehenden Wände der Palmhütten. Zufrieden mit dem angerichteten Schaden gab Mort seine Befehle. Die *Osprey* setzte Segel und strebte dem offenen Meer entgegen.

Häuptling Tiwi hatte keine Gelegenheit, seine Wut an Anne Macalister auszutoben, der einzigen überlebenden Weißen auf der Insel. Sie war dem letzten Hagel aus tödlichen Bleigeschossen zum Opfer gefallen.

Mort sah zu, wie die Insel hinter dem Horizont versank. Horton, der neben ihm an der Reling stand, begriff nicht, auf welche Weise sich die Ereignisse mit so großer Geschwindigkeit entwickelt hatten. Obwohl sich die Erklärung des Kapitäns nicht mit dem deckte, was er vom Deck aus beobachtet hatte, war kaum anzunehmen, dass er mehr darüber erfuhr. Jetzt fürchtete er Mort mehr denn je, denn dieser Mann war mit Abstand der gewissenloseste Mörder, dem er je begegnet war – noch gefährlicher als er selbst, wie er sich widerwillig eingestehen musste.

»Es war entsetzlich, Mister Horton«, sagte Mort wie beiläufig, während sie beide zurückblickten auf die Insel, jetzt eine verwundete Schildkröte in der türkisfarbenen See. »Wie die Nigger über Mister Macintosh und den tapferen armen Missionar hergefallen sind! Es tut mir nur Leid, dass wir keine Möglichkeit hatten, die ganze feige Bande für den heimtückischen Mord an Mister Macintosh zu bestrafen. Aber immerhin konnten wir ihnen eine Lektion für ihren Verrat erteilen«, fügte er sardonisch hinzu.

»Das stimmt, Käpt'n«, gab Horton pflichtschuldigst zur Antwort. »Ich hoffe nur, das tröstet Mister Macintoshs Angehörige, wenn Sie den Vorfall in Sydney melden.«

Mort wandte sich seinem Ersten Steuermann zu. Diesen Mann würde er nicht aus dem Weg räumen müssen. Er hatte genug Angst, um den Mund zu halten. »Ich bin überzeugt, dass Sie alles genau so gesehen haben, wie ich es berichten werde, Mister Horton«, sagte er und hielt seine Furcht einflößenden blauen Augen unverwandt auf den Ersten Steuermann gerichtet.

»Absolut, Käpt'n«, gab Horton ohne zu zögern zurück. In den Augen, die ihn ansahen, lag der Wahnsinn, den er nur allzu gut kannte. »Absolut.«

Mit einem Lächeln verschränkte Mort die Hände hinter dem Rücken und sah zu, wie die Männer der Besatzung ihren Aufgaben nachgingen. Er hatte lediglich Mister Granville Whites Anweisungen befolgt, als er einen Angehörigen der Unternehmensleitung dem sicheren Tod ausgeliefert hatte. Doch er würde, ging es ihm durch den Kopf, noch viele andere Menschen töten müssen, um zu verhindern, dass man ihm das Kommando über seine geliebte *Osprey* nahm.

DIE RÜCKKEHR DES GEIST-KRIEGERS

1874

1

Noch ehe der unheimliche Klageruf des Brachvogels aus den Tiefen des Brigalow-Buschlandes ertönte, tauchte in der Stunde zwischen Tag und Abend ein hoch gewachsener breitschultriger Krieger auf, dem der lange Bart bis auf die Brust fiel.

Außer den Schmucknarben, die an die feierliche Aufnahme des Kriegers in den Stamm erinnerten, war auf der schwarzen Haut des Ureinwohners auch eine Verletzung durch die Kugel eines Weißen zu erkennen. Um den nackten Leib trug er lediglich einen aus Menschenhaar geflochtenen Gürtel, in dem zwei *nullahs* staken, die Kriegskeulen der Ureinwohner. Die tödlichen Spitzen der drei langen Speere, die er in der linken Hand trug, waren mit Widerhaken versehen, von denen weiße Siedler an der Grenze von Queensland seit Jahren wussten, dass sie Wallaries Kennzeichen waren.

Entschlossen schritt er über die Ebene, der untergehenden Sonne entgegen, die tief über dem Buschland stand. Niemand wusste, wie viele Generationen hindurch die Nerambura aus dem Volk der Darambal dort gelebt hatten, bevor der weiße Mann mit seinen Rinder- und Schafherden gekommen war, um ihre Welt auf alle Zeiten in Stücke zu schlagen.

Obwohl es im Schatten der gezackten Gipfel, die sich am Rande der ausgedörrten Ebene erhoben und die Wallaries Volk einst heilig gewesen waren, bereits kühl war, brannte die rote Erde unter den Fußsohlen des Kriegers. Hinter den nicht besonders hoch aufragenden Bergen erstreckte sich das Buschland bis zum Horizont und fand seine Fortsetzung in der ausgedehnten Wüste, die das verlassene und einsame Herz des alten Kontinents bildete.

Für Wallarie, den letzten reinblütigen Angehörigen des Nerambura-Stammes aus dem Volk der Darambal, war die Sonne nicht nur ein Geist, sondern bestimmte auch jeden Tag seiner stets gefährdeten Freiheit, auf der Flucht vor den weißen Männern, die ihn durch die ganze Kolonie Queensland jagten. Zwölf Mal hatte dieser Feuergeist eine Trockenzeit über das Land gelegt, seit Angehörige der berittenen Eingeborenenpolizei Wallaries Stamm niedergemetzelt hatten, auf Befehl des Teufels, von dem er inzwischen wusste, dass er Morrison Mort hieß. Seit jener Zeit zog der Krieger ruhelos durch das Land. Wohl befehligte der einstige Polizeioffizier Mort inzwischen als Kapitän ein Sklavenschiff, das sich im Besitz der Familie Macintosh befand, doch begleitete ihn das Böse überallhin, und nach wie vor fiel sein Schatten auf die Stelle, an der ein kleiner Trupp schwer bewaffneter Eingeborenenpolizisten eines Dezembermorgens im Jahre 1862 den friedlichen Stamm der Nerambura nahe ihren Wasserstellen überfallen und abgeschlachtet hatte. Der Befehl hatte gelautet, keiner dürfe verschont werden. Die wenigen, denen es gelungen war, vor den Mördern zu fliehen, waren inzwischen dahingegangen, und so war Wallarie der einzige Überlebende jenes blutigen Gemetzels. Niemand außer ihm erinnerte sich an das Grauen jenes Tages: an die Entsetzensschreie, die Frauen und Kinder ausgestoßen hatten, als Gewehrkugeln sie niedermähten, an das Übelkeit erregende Knirschen, mit dem Knochen unter dem Aufprall von Polizeistiefeln brachen, an das Schluchzen derer, die vergeblich um Gnade flehten. Diese Art brutalen Abschlachtens Wehrloser nannte die Polizei der Weißen Vertreibung.

Die Männer, die Jagd auf Wallarie machten, wussten, dass der Nerambura-Krieger einst mit dem berüchtigten irischen Buschklepper Tom Duffy geritten war, den die Kugeln der Eingeborenenpolizei schon vor langer Zeit ereilt hatten.

So stand Wallarie jetzt, ganz auf sich allein gestellt, dem geballten Zorn der britischen Justiz gegenüber. So lange wurde er schon gejagt, und so oft war er denen, die ihn jagten, immer wieder entkommen, dass die jüngeren Angehörigen der berittenen Eingeborenenpolizei allmählich an seiner Existenz zu zweifeln begannen und ihn für eine Fantasiegestalt hielten, mit der altgediente Kollegen ihre Berichte über vergangene Taten ausschmückten. Niemand wusste, wie er aussah, und keiner der Schwarzen, die im Busch lebten, sprach je seinen Namen aus, aus Furcht, Wallaries Geist käme in der Nacht über sie.

Er aber bestand durchaus aus Fleisch und Blut und spürte die Mattigkeit des Gehetzten. Nur noch eines hatte in seinem einsamen Leben Bedeutung: die Rückkehr an die heilige Stätte, die an den Hängen des alten Vulkankegels lag. Dort schlug auf alle Zeiten das eigentliche Herz seines Volkes. Eine gewaltige Felsplatte verbarg den Zugang zu der Höhle, welche die versteinerten Gebeine der aus uralten Vorzeiten stammenden riesigen Geschöpfe enthielt, die einst durch das Land gezogen waren: das Fleisch fressende Känguru und der trotz seiner geringen Größe gefährliche Beutellöwe. Wallarie hatte die Knochen gesehen und über die sonderbaren Geschöpfe gestaunt, die in der Traumzeit gelebt hatten.

An jener heiligen Stätte hatte sein Volk alles festgehalten, was mit seinem Leben und Sterben zusammenhing; Ereignisse, deren Zeuge es geworden war, und Unerklärbares, das sich bis zurück in die Ur-Traumzeit erstreckte. Auch das Auftreten der weißen Siedler und ihrer Hirten war von den Nerambura-Ältesten getreulich aufgezeichnet worden, bevor auch sie unter den Kugeln der Eindringlinge fielen, die das Land zerstörten.

Wallarie zögerte etwas, als er sich dem Berg näherte, denn er sah, wie ihn der böse Geist, der sich vom Tod ernährte, mit seinen Reptilaugen beobachtete. Doch die Krähe stieß angesichts des erschrockenen Kriegers lediglich träge einen herausfordernden Schrei aus, hüpfte hochmütig vom verwesenden Kadaver einer Kuh, schlug mit den schwarz-violett schillernden Flügeln und stieg zum sich verdunkelnden Himmel empor.

Der Krieger senkte den Speer und sandte der Krähe, die den sich in der untergehenden Sonne deutlich abzeichnenden Gebirgskämmen entgegenflog, eine leise Verwünschung nach. Das war kein Aufenthaltsort für die Nacht, denn in den Stunden der Dunkelheit durchstreiften die Geister der Toten rachsüchtig das Buschland. Zwar hatte Tom Duffy ihn davon zu überzeugen versucht, dass die Nacht in Wahrheit ihre Verbündete war, doch mied Wallarie die Stätten der Toten nach wie vor.

Selbst die europäischen Viehhirten auf dem Besitz Glen View hielten sich von diesen Bergen fern. Eine auf Urzeiten zurückgehende abergläubische Furcht, die sich in längst vergessenen Erinnerungen äußerte, gebot ihnen, den unheimlichen Ort zu meiden, an dem man vor sechs Jahren den Eigentümer von Glen View, Sir Donald Macintosh, von einem Speer durchbohrt aufgefunden hatte. Die eingeborenen Viehhirten flüsterten einander zu, dieser Speer habe sich aus dem Leichnam seines auf die gleiche Weise getöteten Sohnes gelöst und den zähen schottischen Siedler gefällt. Es sei der Zauberspeer des Geist-Kriegers Wallarie gewesen. Dieser streifte in der Nacht umher, um Rache an allen zu nehmen, die so töricht waren, die heilige Stätte des Volks der Nerambura zu bedrohen. Diese Geschichten nahmen ihren Weg in die Küche der Viehzuchtstation und gelangten auch den europäischen und chinesischen Arbeitskräften auf dem Besitz zu Ohren.

Hätte Wallarie gewusst, dass man ihn in die mystische Welt der Legende erhoben hatte, wäre wohl ein unsicheres Lächeln auf seine Lippen getreten, und Tom hätte so laut darüber gelacht, dass es von den uralten Bergen widergehallt hätte, durch die sie einst im fernen Burke's Land geritten waren. »Du verdammter schwarzer Schweinehund. Kein Mensch wird später mal wissen, wer Tom Duffy war, aber alte Weiber werden ihre Kinder mit der Drohung ins Bett scheuchen, dass Wallarie kommt und sie holt, wenn sie nicht brav sind. Noch lange, nachdem wir diese Welt verlassen haben, werden sich die Menschen an dich erinnern, aber nicht an mich.«

Und so würde es auch sein.

Tom Duffy war dahin, wie auch seine Frau Mondo aus dem Stamm der Nerambura, die ihm drei Kinder geboren hatte, ging es Wallarie durch den Kopf, während er weiter den uralten Bergen entgegenschritt, die er wegen des roten Staubs in der Luft, den seine Füße aufwirbelten, nur undeutlich sehen konnte.

Er wusste, dass Mondos und Toms Kinder bei dessen Schwester Kate O'Keefe lebten. Das zu wissen war seine Pflicht, denn in den Adern dieser Kinder floss das letzte Blut der Nerambura.

Zwischen jener Weißen, Kate O'Keefe, und dem Geist des weißen Kriegers aus der Höhle bestand eine geheimnisvolle Verbindung, von der Wallarie nicht wusste, wie sie beschaffen war. Vielleicht würden ihm die Geister der Höhle das mitteilen, wenn er vor dem Feuer hockte, das er in der Höhle zu entzünden gedachte. In der Nacht würde er die heiligen Lieder der Ältesten singen, deren sich nur noch er und die Beutelratten entsannen, die in den Bäumen oberhalb der Höhle lebten.

Am frühen Abend stieg Wallarie den alten Pfad empor. Oben angekommen fand er den Eingang zur Höhle wieder. Bevor er eintrat, verharrte er eine Weile und ließ den Blick über die Ebene schweifen, die im silbrigen Glanz des aufgehenden Vollmondes unter ihm lag. Inzwischen lebten auf diesem Land die von ihrem Arbeitgeber Macintosh mit Tabak, Mehl, Zucker und Tee entlohnten schwarzen Viehhirten so wie zuvor die Männer, die über die Herden der für dieses Land ungeeigneten Schafe gewacht hatten. Chinesische Gärtner pflegten die Gemüsegärten hinter dem aus Balken errichteten und mit Wellblech gedeckten Wohngebäude: lauter Hinweise darauf, dass der neue Verwalter des schottischen Siedlers das Land der Darambal dauerhaft mit Beschlag belegt hatte.

Wallarie zögerte. Es kam ihm vor, als liege das Buschland um ihn herum in erwartungsvoller Stille da. War er zu lange von seinem Land fort gewesen, hatte die heilige Stätte ihn womöglich vergessen? Er stimmte ein Lied an, mit dem er die Geister, die sie bewachten, um Erlaubnis bat, näher zu treten, holte tief Luft und überwand sich, in die Dunkelheit der heiligen Höhle einzudringen.

Furcht lähmte sein Herz, und seine Schläfenader pochte. Vorsichtig setzte er einen Fuß vor den anderen. Mit der Abendbrise stieg ihm der Geruch nach Holzasche von längst erloschenen Feuern in die Nase sowie nach dem eingetrockneten Dung von Tieren, die an heißen Tagen nach wie vor die Kühle unter dem Überhang aufsuchten. Als er spürte, wie unter seinen Füßen Knochen zerbrachen, wich er erschrocken zurück. Seine Nerven waren aufs Äußerste gespannt, und er erwartete jeden Augenblick, ein böser Geist werde ihm in den Weg treten. Doch nichts geschah. Wallarie blieb reglos stehen, bis er sein Herz wieder schlagen spürte und er sicher war, dass er sich nach wie vor in der einsamen Welt der Lebenden befand. Er ging tiefer in die Höhle hinein, bis sein Fuß schließlich an trockene Holzstücke stieß.

Aus seinem Gürtel holte er die einzige Erfindung des weißen Mannes hervor, die er bei sich trug – eine kleine Schachtel mit Wachs-Zündhölzern. In der tintenschwarzen Finsternis löste er schmale Streifen von einem der herumliegenden Holzstücke, die trocken wie Zunder waren, und schichtete sie aufeinander. Das Zündholz flammte auf, das Holz fing Feuer.

Er wandte den Blick von den Schatten ab, die über die Wände huschten. Nur in der Sicherheit des hellen Lichtscheins würde er es wagen, die heiligen Bilder seines Volkes zu betrachten.

Flammen tanzten und Feuergeister verschlangen gierig den Geist des Holzes. Der sich ausbreitende Kranz der Glut erhellte das Innere der Höhle, während Wallarie mit gekreuzten Beinen vor der Wand an ihrem hinteren Ende saß.

Da! Da waren sie!

Im Feuerschein gewannen die alten Bilder Leben und fanden sich im Reigen der Feuergeister zusammen. Mystische alte Figuren vermengten sich mit den Umrissen dürrer Krieger, die das Riesenkänguru jagten. Wie immer befand sich unter ihnen der geheimnisvolle weiße Krieger, der mit seinem erhobenen Speer ein Ziel suchte. Ein ockerfarbenes Panorama beschrieb alles, was Wallaries Volk wichtig war – Erde, Gestein, Wasserstellen und die Bäume in den mit Brigalow-Buschland bestandenen und sich weithin ausdehnenden Ebenen im Herzen von Queensland.

Wallarie spürte, wie ihn eine heilige Scheu ergriff. Im Feuerschein, der bis zur Decke reichte, wurden die verstreuten Gebeine des alten Kriegers Kondola sichtbar, der den Geistern als Letzter die heiligen Lieder gesungen hatte. Die Beutelratten berichteten, er sei in Gestalt eines Keilschwanzadlers zur Höhle geflogen, um den weißen Hirten zu entgehen, die ihn vor langer Zeit gejagt hatten.

Der Krieger sah nicht auf die verstreuten Gebeine, fürchtete er doch, Kondolas Geist könne sich für die Störung seiner Totenruhe rächen. Stattdessen begann er, seine beiden Hartholzkeulen gegeneinander schlagend, die Lieder seines Volkes zu singen. Es hallte unheimlich, und schon bald hörte er die Stimmen, die ihm aus den Winkeln der Höhle zuflüsterten.

Seine Angst vor der Ehrfurcht gebietenden Macht der heiligen Stätte war geschwunden. Er spürte nur noch eine unergründliche Trauer um alles, was sein Stamm verloren hatte: das Lachen der Kinder, die munteren Stimmen der alten Leute, die unter dem kühlen Schattendach des Bumbil-Baums miteinander stritten, und das leise Murmeln zufriedener Menschen, die abends mit vollem Magen munter palavernd um das Lagerfeuer saßen und sich unter fröhlichem Lachen an die Ereignisse des Tages erinnerten. Die Asche dieser Feuer hatte das Vieh auf der Suche nach dem Leben spendenden Wasser des nahen Flüsschens längst mit seinen Hufen in alle Winde zerstreut.

Aus der Ferne kam der klagende Ruf des Brachvogels herüber, doch Wallarie hörte ihn nicht. Ihn umhüllte eine Welt jenseits der Traumzeit, in der er Dinge sah, die er nicht vollständig begriff. Sonderbare Dinge, von denen er ahnte, dass sie mit den künftigen Erinnerungen seines Volkes zusammenhingen. Er sang, bis ihn die Kraft verließ, dann rollte er sich auf dem Boden der Höhle zusammen und fiel in einen tiefen Schlaf.

Die Feuergeister sanken in sich zusammen, als sie die Geister des brennenden Holzes verschlungen hatten, und Traumbilder zuckten durch den unruhigen Schlaf des Kriegers, bis das erste Morgenlicht auf die Flanke des Berges fiel.

Wallarie erwachte, stand auf und nahm seine Speere in die Hand. Das Flüstern in der Dunkelheit hatte ihm gesagt, dass sein einsamer Zug noch nicht vorüber sei und er die heilige Stätte verlassen und wieder nach Norden ziehen müsse, in das Land der wilden Krieger des Regenwaldes und der von Eukalyptusbäumen bestandenen Ebenen am Palmer-Fluss. Die Geister der Vorfahren hatten ihm einen heiligen Auftrag erteilt: Er sollte den Aufenthaltsort des letzten lebenden Blutsverwandten seines Volkes ausfindig machen und ihn vor den Gefahren der Zukunft warnen. Wallarie kannte seinen Namen. Es war Peter Duffy, Toms und Mondos Sohn.

Auch hatten ihm die Geister mitgeteilt, dass der Geist des weißen Kriegers unruhig sei. Er sei aufgewacht und habe sich auf die Suche nach dem blauäugigen Teufel Morrison Mort gemacht, um Rache an dem Mann zu nehmen, der für die entsetzliche Vertreibung von Wallaries Stamm verantwortlich war.

2

Anmutig hob und senkte sich der Bug des amerikanischen Klippers *Boston*, der von der Insel Samoa kam. Unter Vollzeug glitt das Segelschiff zwischen den beiden mit Buschwerk bedeckten Landzungen hindurch, die den Zugang zum Hafen von Sydney bildeten, einem der herrlichsten Naturhäfen der Welt. Kaum lagen die gezackten Sandsteinklippen hinter der *Boston*, als der Kapitän nach Backbord steuern und Kurs auf das Südufer nehmen ließ, wo geschäftiges Treiben herrschte.

Da sie rasche Fahrt gemacht hatten, war der Kapitän bester Stimmung, winkte ihm doch dafür eine Prämie.

Er hatte nur wenige Passagiere an Bord. Einer von ihnen stand allein an der Backbordreling und nahm die Schönheit des Hafens in sich auf, während das Schiff an den winzigen Buchten mit ihren Sandstränden vorüberglitt. Dieser zur Fülle neigende mittelgroße Mann mit schütterem Haar, der den nicht besonders bemerkenswerten Namen Horace Brown trug und in einer Menschenmenge nicht weiter auffiel, war ziemlich plötzlich von Samoa aufgebrochen. Seine Mitreisenden kannten ihn als einen der »verlorenen Söhne«. Mit diesem Sammelbegriff bezeichnete man allgemein die nicht unbeträchtliche Zahl von Briten, die durch die Kolonien im Pazifik zogen und sich bemühten, ihr Leben mit dem Geld zu fristen, das ihnen ihre meist recht wohlhabenden Familien zukommen ließen. Es waren Familien, die es sich nicht leisten konnten, einen Sohn in ihrer Nähe zu dulden, dessen Name mit einem Skandal verbunden war.

Horace ging auf die Fünfzig zu und trauerte inzwischen nicht nur um seine längst verlorene Jugend, sondern auch um seine Angehörigen, die ihn einst wegen seiner anstößigen Beziehungen zu ähnlich veranlagten jungen Männern aus ihrer Nähe verbannt hatten.

Hätte dieser unauffällige Mann über sein Leben gesprochen, es wäre eine interessante Geschichte geworden. Doch er dachte nicht daran, etwas darüber zu erzählen.

Zwei Jahrzehnte zuvor hatte Hauptmann Horace Brown zu Lord Raglans Einheit auf der Krim gehört. Da es sich das britische Heer nicht gut leisten konnte, einen Mann mit seinen überragenden Fähigkeiten zu verlieren, hatte er dort weder an den großen Reiterattacken gegen die russische Infanterie teilgenommen, noch in der dünnen Linie aus roten Uniformröcken gestanden, deren Träger die Kosaken zurückgeschlagen hatten. Als Spezialist für Sprachen und die verwickelten Abläufe im Gehirn des Menschen hatte er an der Spitze eines der tüchtigsten Geheimdienste auf der russischen Halbinsel gestanden. Auch wenn er für sich weder den Ruhm des schneidigen Kavallerie-Offiziers noch den des unerschütterlichen Infanterie-Befehlshabers beansprucht hatte, war er vermutlich der Vater vieler Siege, denn es ist für jede Krieg führende Partei von entscheidender Bedeutung, dass sie die Absichten des Gegners kennt. Horace hatte sein ganzes Leben mit dem Versuch zugebracht, herauszufinden, was die Feinde seines Landes dachten.

Nachdem er aus dem aktiven Dienst Ihrer Majestät ausgeschieden war und eine Stelle im Außenministerium angetreten hatte, reiste er unter dem Deckmantel eines »verlorenen Sohnes«, was ihn für die von ihm Beschatteten unverdächtig machte. Da er nicht nur Deutsch, Französisch und Russisch fließend sprach, sondern nahezu akzentfrei auch Chinesisch und Hindi, konnte er sich im pazifischen Raum und im Fernen Osten ziemlich frei bewegen.

Hätte er sich nicht für die Laufbahn eines Berufssoldaten entschieden und dabei einen Hang zum Abenteuer und zum Intrigenspiel an den Tag gelegt, wäre ihm höchstwahrscheinlich ein Lehrstuhl für exotische Sprachen an einer der angesehenen englischen Traditionsuniversitäten sicher gewesen. So aber nutzte er seine beachtlichen analytischen und sprachlichen Fähigkeiten dazu, festzustellen, inwieweit die Absichten der Regierungen Deutschlands, Frankreichs und der Vereinigten Staaten von Amerika Großbritanniens strategischen Interessen im Pazifik und im Fernen Osten gefährlich werden konnten.

Im Augenblick konzentrierte sich seine Aufmerksamkeit ausschließlich auf einen amerikanischen Waffenhändler namens Michael O'Flynn, der auf demselben Schiff reiste wie er. Horace schätzte den hoch gewachsenen, athletischen Mann mit der schwarzen ledernen Augenklappe auf Anfang dreißig. Man konnte sich leicht vorstellen, dass Frauen auf ihn flogen. Jahre des Aufenthalts in der Sonne hatten sein offenes, gut aussehendes, glatt rasiertes Gesicht gebräunt. Es wurde zwar durch ein gebrochenes Nasenbein leicht verunstaltet, doch ließ seine Ausstrahlung über solche unbedeutenden Makel hinwegsehen.

Der englische Agent wischte die dünne Salzkruste von den Gläsern der Brille, die auf seiner Knollennase saß, und spähte mit kurzsichtigen Augen an der Reling entlang dorthin, wo der Amerikaner das mit Bäumen bestandene Ufer betrachtete. Es war ein sehr warmer Tag, wie er in Sydney häufig ist, was Horace von früheren Aufenthalten wusste. Er hoffte, ein Sommergewitter würde ein wenig Abkühlung bringen, denn es war für ihn in dem schwülen Treibhausklima nicht leicht, einem so athletischen Mann wie dem amerikanischen Waffenhändler auf den Fersen zu bleiben. Er musste Mr. O'Flynn unbedingt so lange folgen, bis er wusste, mit wem dieser in Sydney zusammentraf.

Was Horace über diesen Iren aus New York wusste, genügte ihm, sich für ihn zu interessieren. Der Mann hatte vor etwa einem Jahrzehnt im amerikanischen Bürgerkrieg als Hauptmann bei den Unionstruppen gekämpft und im Jahre 1865 bei der Schlacht um Five Forks südwestlich von Petersburgh durch einen Granatsplitter der Konföderierten ein Auge eingebüßt, was aber seine Treffsicherheit beim Schießen in keiner Weise behinderte. Für seinen vor dem Feind bewiesenen Heldenmut hatte ihm der Präsident der Vereinigten Staaten die Tapferkeitsmedaille des amerikanischen Kongresses verliehen, deren Bedeutung sich ohne weiteres mit dem englischen Viktoria-Kreuz vergleichen ließ. Obwohl er ein Glasauge hatte, trug er lieber eine Augenklappe.

Nach dem Bürgerkrieg hatte er sich dann dem großen Zug nach Westen angeschlossen, und es hieß, er habe in Mexiko unter dem Kommando von Benito Juárez als Söldner bei den Aufständischen gedient.

O'Flynn, ein wegen seiner Fähigkeiten gesuchter Spezialist der Kleinkriegführung, war dem britischen Geheimdienst zum ersten Mal aufgefallen, als er in Südamerika als Söldner bei einer der zahlreichen kriegerischen Auseinandersetzungen Ärger bekommen hatte. Jetzt vertrat er die Interessen des deutschen Reiches im Pazifik, und so stellte sich unwillkürlich die Frage: Was mochte den Deutschen so wichtig sein, dass dieser Mann dafür den Pazifik von Samoa nach Sydney überquerte? Die Antwort darauf sollte Horace finden.

Von seinen Kontaktleuten auf Samoa hatte er erfahren, dass Mr. O'Flynn für den preußischen Baron Manfred von Fellmann arbeitete. Dieser war im Pazifik einer der besten Geheimdienstleute des einen unübersehbaren Expansionskurs steuernden Reichskanzlers Otto von Bismarck – das wusste Horace. Bislang hatte sich der Ehrgeiz des »Eisernen Kanzlers« auf Europa beschränkt, wo er Krieg gegen die Nachbarländer Dänemark, Österreich und Frankreich geführt hatte. Welche Ziele aber verfolgte er damit, dass er einen seiner besten Männer ins Pazifikgebiet entsandte?

Erneut wandte Horace seine Aufmerksamkeit dem Mann mit der Augenklappe zu, den man auch am Kartentisch ernst nehmen musste, wie er auf der Überfahrt zu seiner Bestürzung gemerkt hatte. Doch hatte er seinen Verlusten nicht lange nachgetrauert, hatte er doch aus Mr. O'Flynns Pokerspiel so manches über ihn erfahren. Seiner festen Überzeugung nach verriet die Art, wie jemand pokerte, viel über das Wesen eines Menschen, und Michael O'Flynn beherrschte das Spiel ungewöhnlich gut.

Auch war Horace aufgefallen, dass verheiratete wie allein stehende Frauen, hingerissen vom guten Aussehen und der altmodischen Höflichkeit O'Flynns, um die Aufmerksamkeit des Amerikaners wetteiferten. O'Flynn aber war allen Verlockungen einer Romanze an Bord unauffällig aus dem Weg gegangen.

Diese Zurückhaltung hatte Horace neugierig gemacht. Hatte der Mann womöglich ähnliche sexuelle Vorlieben wie er selbst? Doch je besser er ihn kennen lernte, desto mehr bezweifelte er, dass sich O'Flynn von Männern angezogen fühlte. Eher musste man annehmen, er könnte es sich nicht leisten, durch ein Verhalten, das geeignet war, einen Skandal auszulösen, Aufmerksamkeit zu erregen.

Michael stand an der Backbord-Reling und richtete den Blick unverwandt auf den Hafen. Begierig suchte er nach den wohl bekannten Wahrzeichen seiner Heimatstadt.

In den Jahren, die er als junger Mann dort zugebracht hatte, wollte er nichts anderes als Maler und Zeichner werden. Seither war viel geschehen. Statt mit Pinseln hantierte er jetzt mit Schusswaffen, und statt seine künstlerische Begabung zu entwickeln, hatte er seine Fertigkeit vervollkommnet, andere Menschen zu töten oder zu verstümmeln.

Seit er vor elf Jahren unter dem angenommenen Namen Michael Maloney auf einem nach Neuseeland bestimmten amerikanischen Handelsschiff aus der Heimat geflohen war, hatte er seine wahre Identität unter vielen falschen Namen verborgen. Auch jetzt musste er unter falschem Namen reisen. Ihm war klar, dass er nie wieder der Träumer sein konnte, den die Welt einst als Michael Duffy gekannt hatte.

Im vergangenen Jahrzehnt hatte er das Entsetzen und die Schrecken des Krieges kennen gelernt und war aus den finsteren und gefährlichen Wäldern Neuseelands um die halbe Welt gezogen bis zum blutigen Gemetzel des amerikanischen Bürgerkrieges. Inzwischen wusste er alles, was man im Krieg wissen musste.

Als die Geschütze auf Amerikas Schlachtfeldern verstummten, war er der neuen Grenze im Westen gefolgt und schließlich als Söldner, der bald diesem, bald jenem Herrn diente, südwärts nach Mexiko gezogen. Dabei wurde er auf seinem Spezialgebiet immer bekannter und immer öfter sah er sich mit internationalen Verwicklungen und, häufig genug, plötzlichem und gewalttätigem Tod konfrontiert.

Jetzt also kehrte er in seine Heimatstadt zurück – wenn auch eher zufällig als absichtlich –, wo man ihn mit Sicherheit nach wie vor wegen Mordes suchte, sofern man annahm, dass er noch am Leben war.

Der Mann, der da an der Reling der *Boston* stand, war nicht mehr der idealistisch gesonnene junge Mann, der sich einst in die dunkelhaarige Schönheit Fiona Macintosh verliebt hatte. Aus Michael Duffy war Michael O'Flynn geworden, ein in vielen Schlachten erprobter Veteran, Söldner und Waffenhändler, der nun im Auftrag des deutschen Kaisers unterwegs war.

Gelassen an die Reling gelehnt betrachtete Horace das geschäftige Treiben im Hafen, während er genussvoll an seiner Zigarre sog, deren Rauch eine kräftige Brise mit sich riss. Stolze Kriegsschiffe lagen als Symbole für die Macht des britischen Weltreichs vor Anker, und schwarze Rauchwolken entquollen den hohen Schornsteinen der kleinen Dampffähren, die sich ihren Weg zwischen den dem offenen Meer zustrebenden Hafenschonern, Briggs und Barken bahnten.

Nur wenig hatte sich verändert, seit er vor achtzehn Monaten zum letzten Mal in Sydney gewesen war. Gelassen sah er zu, wie zwischen den Landzungen hindurch Schiffe auf das offene Meer hinausfuhren. Auf ihren Decks drängten sich neben den Männern auch allein reisende Frauen und ganze Familien, die sich voll Hoffnung auf den Weg zum Palmer in der Kolonie Queensland aufmachten, denn dort hatte man jüngst Gold entdeckt. Für manchen von denen, die alle miteinander der Traum trieb, an jenem »Goldfluss« ihr Glück zu finden, würde es die letzte Reise sein. Der Tod durch Hunger, Fieber oder bloße Erschöpfung – oder auch durch den Speer eines Ureinwohners – würde diese Unglücklichen ereilen.

Manche gelangten wohl kaum weiter als bis zum Ausschiffungshafen Cooktown, wo eine Unzahl von Huren, gewissenlosen Gastwirten und Gaunern auf die Neuankömmlinge warteten. Noch aber waren alle in ihren Träumen reich, während sie zusahen, wie der amerikanische Klipper anmutig in den Hafen von Sydney einlief.

Horace hatte keinen Gedanken für die nördliche Grenze im Inneren Australiens übrig, als er zu den Schiffen voller Menschen hinübersah. Nach wie vor grübelte er über die Frage nach, welcher Art die Beziehung des amerikanischen Waffenhändlers zur Regierung des deutschen Reiches sein mochte, vor allem aber darüber, welche Ziele die Deutschen in diesem Weltteil wohl verfolgten.

Michael Duffy hingegen dachte im Augenblick an nichts anderes als an seine Heimkehr. Auch wenn er nicht wusste, was ihn erwartete, war ihm doch klar, dass es alte Rechnungen mit den Menschen zu begleichen gab, die seine Träume zunichte gemacht hatten.

»Mister O'Flynn, Sie werden morgen mit der Baronin von Fellmann zusammentreffen, bei einem Empfang, den sie zu Ehren irgendeines Vertreters der französischen Regierung gibt«, sagte der Büchsenmacher und Waffenhändler George Hilary, während er Michael eine weitere großzügig bemessene Portion Rum eingoss. Die gerötete Nase des Mannes wies darauf hin, dass er alkoholische Getränke schätzte. »Er findet um die Mitte des Nachmittags in ihrer Villa hier in Sydney statt.«

»Mein Deutsch ist nicht besonders gut, Mister Hilary«, sagte Michael und nahm den ihm angebotenen Rum entgegen.

Sie saßen im Hinterzimmer von Hilarys Waffenhandlung an einem Tisch, den Dosen mit Waffenfett und Einzelteile zerlegter Gewehre bedeckten. George Hilary hatte sich damit einen Namen gemacht, dass er die Männer, die nach Norden zu den gefährlichen Goldfeldern Queenslands aufbrachen, mit Snyder-Büchsen ausstattete. Der Ruf dieser Waffe begann allmählich dem des Winchester-Gewehrs im amerikanischen Westen zu ähneln.

»Machen Sie sich darüber keine Sorgen. Die Baronin ist gebürtige Engländerin«, sagte Hilary und sah Michael abschätzend an. Dieser O'Flynn machte ihm ganz den Eindruck eines Mannes, dem man besser nicht in die Quere kam. Die vielen in Ausübung des Kriegshandwerks zugebrachten Jahre waren seinem Auftreten anzumerken. Er bewegte sich mit der gespannten und wachsamen Anmut eines Jagdleoparden, beständig auf der Hut und bereit, beim geringsten Anlass loszuschlagen.

Michael nahm nur einen winzigen Schluck von dem starken Rum. Solange er nicht genau wusste, warum man ihn so überraschend nach Sydney in Marsch gesetzt hatte, wollte er sich seinen klaren Verstand bewahren. Er wusste lediglich, dass er die ursprünglich für Baron Manfred von Fellmann auf Samoa bestimmten und nach Sydney umgeleiteten Winchester-Gewehre des Modells 1873 an ihren neuen Bestimmungsort begleiten sollte, ohne Fragen zu stellen. Für diese Aufgabe, bei der ihm seine allgemein anerkannten Führungsqualitäten und seine Kenntnis des Dschungelkrieges zustatten kommen würden, hatte man ihm eine großzügige Bezahlung geboten. Da undurchsichtige Situationen schon seit langem Bestandteil seines Lebens waren, wusste er, dass man ihm zu gegebener Zeit mitteilen würde, warum er in Sydney war und was man von ihm sonst noch erwartete.

Von Hilary erfuhr er in dieser Hinsicht so gut wie nichts. Das Gespräch wandte sich hierhin und dorthin, so, als suche jemand seinen Weg aus einem Irrgarten. Zwar hatte sich Michael noch nicht verlaufen, merkte aber, dass er Gefahr lief, einen Schritt in die falsche Richtung zu tun, wenn er nicht auf der Hut blieb. In der Welt, in der er sich hier bewegte, genoss der preußische Adlige, der hinter diesem Auftrag stand, einen Ruf, der seinem eigenen entsprach.

»Ich habe gehört, Sie haben 73er Winchester mitgebracht, Mister O'Flynn«, sagte Hilary. Ihn als Waffenspezialisten interessierte dieses Repetiergewehr, das sich als Konkurrenz für die von ihm verkauften einschüssigen Snyder-Büchsen erweisen konnte. »Ich habe gehört, dass die Patronen dafür ein Zündhütchen in der Mitte des Bodens haben.«

»Ja, die Waffen werden gelagert, bis man mir mitteilt, wie ich weiter verfahren soll, und ich habe kein Geld für die Zollgebühren«, knurrte Michael verärgert.

»Zweifellos wird Ihnen die Baronin Ihre Auslagen erstatten, wenn Sie ihr sagen, welche Kosten Sie hatten«, sagte Hilary und füllte erneut seinen zerbeulten Blechbecher. »Soweit mir bekannt ist, erledigt sie hier in Sydney alle geschäftlichen Angelegenheiten für ihren Mann.«

»Wenn Sie das sagen, wird es wohl stimmen. Werde ich morgen Nachmittag bei dem Empfang alles erfahren?«, erkundigte sich Michael.

»So viel, wie nötig ist«, sagte Hilary mit spöttischem Lächeln, wobei er sich auf seinem Stuhl zurücklehnte. »So arbeiten die nun mal. Aber ich bin sicher, dass man sich um Sie kümmern wird. Mir gegenüber waren die Leute jedenfalls immer ziemlich anständig.«

Hilary war der Mann, der ihm gegenübersaß, sympathisch. Möglicherweise versetzte ihn auch der Rum in eine mitteilsame Stimmung. Hinter der Aura von Gewalttätigkeit, die den Iren wie einen Mantel umgab, spürte er einen sanften und einfühlsamen Menschen.

Nachdem Michael die Antworten auf seine Fragen bekommen hatte, trank er seinen Rum aus, entschuldigte sich und ging.

Durch die schmalen Straßen der Stadt eilten Fußgänger, fuhren Pferdeomnibusse und schwere Fuhrwerke. Die ungewöhnliche Wärme des Herbsttags war drückend. Michael schwitzte unter seiner gestärkten Hemdbrust und sehnte sich nach seinem Gasthof nicht weit vom Circular Quay, in dem es vergleichsweise kühl war. Er erwog, den Rest des Nachmittags in der Gaststube zu verbringen, denn bis zum Empfang bei der Baronin von Fellmann am nächsten Tag hatte er so gut wie nichts zu tun.

Ursprünglich war es seine Absicht gewesen, mit der Fähre hinüber zum Dorf Manly zu fahren, doch hatte er es sich anders überlegt. Dort würden nur quälende Erinnerungen in ihm aufsteigen, die er besser ruhen ließ. Seine Angehörigen in

Sydney durften auf keinen Fall wissen, dass er noch lebte, denn mit Sicherheit wurde er nach wie vor gesucht.

Noch ein anderer Grund hielt ihn davon ab, sich bei ihnen zu melden. Es war die Ungewissheit seines gegenwärtigen Daseins. Wenn er sich jetzt seinen Angehörigen zu erkennen gab, würde er ihnen, falls seine Mission scheiterte, lediglich ein zweites Mal Kummer bereiten. Nein, es war besser, er blieb für sie eine ferne Erinnerung, damit sie ihr Leben wie bisher fortführen konnten.

Er merkte nicht, wie ihm ein kleiner korpulenter Mann, dem der Schweiß in Strömen am Leibe herunterlief, in gebührendem Abstand durch die George Street folgte.

Horace hatte den Namen des Büchsenmachers in seinem in Leder gebundenen Notizbuch vermerkt, in dem schon viele Namen und Daten standen. Sollte es einem Neugierigen in die Hände fallen, würde dieser mit diesen Angaben kaum etwas anfangen können, denn sie waren alle verschlüsselt.

Nahe den Kaianlagen fuhr Michael eine frische Brise, die vom Hafen herüberwehte, durch die dichten Locken. Im Gasthof angekommen, beschloss er, sein Zimmer aufzusuchen, statt in die Gaststube zu gehen. Es war ein anstrengender Tag gewesen, und er wollte eine Weile allein sein, um über seine Vergangenheit, Gegenwart und Zukunft nachzudenken.

Horace winkte einer Droschke und wies den Kutscher an, ihn zur Kaserne von Paddington zu bringen. Dort musste er mit jemandem über O'Flynns Besuch im Hause des Büchsenmachers sprechen.

3

Nach einem kurzen Gebet, in dem sie Gott für die Erschaffung des Ochsen dankte, schwang Kate O'Keefe ihre lange geflochtene Lederpeitsche über den Rücken der Tiere. Das Geräusch, das wie ein Büchsenschuss klang, zerriss hallend die Stille im mittäglichen Busch.

Eingetrocknete Schlammspritzer verunzierten die gewöhnlich eleganten und schönen Züge der jungen Fuhrunternehmerin. Ihre ausdrucksvollen grauen Augen blickten ebenso aufmerksam wie die der Goldgräber, die ihr entgegenkamen. Sie waren auf dem Rückweg nach Cooktown, wollten der Hölle entfliehen, in die sich die Goldfelder am Ufer des Palmer während der Regenzeit 1873/74 verwandelt hatten.

Auf den ersten Blick sah sie aus wie jeder andere Fuhrmann, nur dass sie deutlich zierlicher war als die Männer, die vom Hafen aus am Palmer entlang nach Cooktown fuhren. Ein zweiter Blick aber zeigte unter der groben Männerkleidung, die sie trug, unübersehbar weibliche Rundungen.

Ihr aus achtzehn Ochsen bestehendes Gespann legte sich ins Geschirr, denn immerhin musste das vierrädrige Fuhrwerk eine Ladung von acht Tonnen befördern. Rumpelnd und knarrend folgte ein zweites Fuhrwerk, dessen Gespannführer Benjamin Rosenblum war.

Aus dem schlaksigen Jungen, den sie vor sechs Jahren ihrem zähen und erprobten Fuhrmann Joe Hanrahan beigegeben hatte, damit er bei ihm das Handwerk erlernte, war ein breitschultriger junger Mann von einundzwanzig Jahren geworden, dessen gutes Aussehen in Cooktowns Tanzsälen und Gasthäusern immer wieder bewundernde Frauenblicke auf sich zog.

Aus Sorge, dass er auf den Straßen der Stadt unrettbar zum Kriminellen werden könnte, hatte seine Mutter, eine in Sydney lebende Witwe, ihre Schwester Judith Cohen in einem verzweifelten Brief um Hilfe gebeten. Deren Freundin Kate O'Keefe hatte sich Judith und Solomon zuliebe, die ihr in schweren Zeiten beigestanden hatten, bereit erklärt, den Jungen in ihr gerade erst gegründetes Unternehmen »Eureka« aufzunehmen. Zwar waren ihm die ersten Monate unter der Aufsicht des wortkargen Alten schwer gefallen, doch hatte er bald gelernt, wie man ein Ochsengespann mit einer kräftigen rechten Hand lenkte.

Joe Hanrahan hatte zwei Jahre zuvor irgendwo westlich von Townsville den Tod gefunden. Ein bergauf fahrendes Fuhrwerk, das ein Stück rückwärts gerollt war, hatte ihn an einem Baum zerquetscht. Ben hatte ihn an Ort und Stelle beerdigt und an seinem Grab gebetet, wobei er hoffte, es werde Gott nicht viel ausmachen, dass er aus Joes zerlesener Bibel christliche Gebete abgelesen hatte, statt Kaddisch zu sagen, die vorgeschriebenen jüdischen Totengebete. Anschließend war er mit dem schweren Gespann allein weitergezogen, um die Ladung zu den weit verstreuten Wohnstätten der Viehzüchter zu bringen.

Ben, der wie fast jeder in diesem Teil des Landes als Zeichen seiner Männlichkeit einen buschigen dunklen Bart trug, ging mit weit ausholenden Schritten neben dem Gespann her. Unübersehbar hatte sich der bleiche und gefährdete Junge aus Sydneys Elendsvierteln, den Kate einst eingestellt hatte, in einen der harten und zähen Männer verwandelt, wie man sie im Busch der nördlichen Kolonie Australiens brauchte. Gemeinsam beförderten die Irin und der Jude über eine Entfernung von zweihundertfünfzig Kilometern die dringend benötigten Waren durch ein Land, das nicht Gott, sondern der Teufel erschaffen zu haben schien.

Nachts hielten sie abwechselnd Wache, um nicht Opfer eines Überfalls durch umherstreifende Eingeborene zu werden. Während sich Kate dabei auf ein einschüssiges Gewehr vom Typ Martini- Henry mit hoher Durchschlagskraft und ihre kleine mehrläufige Pistole, die man als »Pfefferbüchse« bezeichnete, verließ, trug Ben stets seinen schweren Coltrevolver bei sich, den sie ihm vor Jahren, als er zum ersten Mal mit dem wortkargen irischen Fuhrmann Joe Hanrahan nach Westen aufgebrochen war, geschenkt hatte.

Weder an Kate noch an Ben war die lange Fahrt von Cooktown zu den Goldfeldern am Palmer spurlos vorübergegangen. Das Durchfurten von vom Monsunregen angeschwollener Flüsse und das wiederholte Auf- und Abladen eines Teils der Ladung an besonders steilen Streckenstücken hatte ihre Kräfte über Gebühr beansprucht. Oft torkelten sie wie Schlafwandler neben ihrem Fuhrwerk her, während sich die mächtigen Ochsen mit aller Kraft ins Joch legten, um das Fuhrwerk weiter und immer weiter zu ziehen.

In solchen Augenblicken, wenn Kates Körper der Belastung nicht mehr gewachsen zu sein schien, unterhielt sie sich mit dem breitschultrigen Iren an ihrer Seite. Er berichtete ihr von anderen Strecken in anderen Teilen des Landes, von den Teufeln, die den Menschen zur Verzweiflung bringen wollen, und drängte sie, trotz allem weiterzuziehen.

Ben bekam lediglich mit, dass sie Selbstgespräche zu führen schien, während sie einen Fuß vor den anderen setzte. Anfangs hatte er angenommen, sie habe angesichts der Strapazen den Verstand verloren, merkte aber nach einer Weile, dass sie mit ihrem Vater Patrick Duffy sprach, der schon lange nicht mehr lebte. Immer wieder ermunterte der alte Fuhrmann sie, bisweilen freundlich, mitunter eher barsch, auf keinen Fall aufzugeben.

Hin und wieder, wenn Kate nicht bereit war, auf dem beschwerlichen Weg zu den Goldfeldern auch nur einen einzigen Ruhetag einzulegen, schien es Ben auch, der Geist des Vaters spreche aus seiner Tochter. Unaufhörlich zogen sie weiter, wobei der Busch und das Mahlen und Knarren der Fuhrwerke ihre einzige Begleitung waren.

»Hören Sie das Geräusch?«, rief Ben, während er mühsam weiterstapfte. »Es kommt von Süden!«

Kate konnte fernes Stimmengewirr und das Klirren von

Metall auf Stein unterscheiden: Spitzhacken schlugen auf Felsen. Es war das willkommene Geräusch, das ihnen sagte, dass sie endlich den Palmer erreicht hatten.

Die vom langen Weg verdreckten Fuhrleute zogen in die aus Zelten und Rindenhütten bestehende Ansiedlung. Sie umarmten einander, und Ben führte ein kleines Freudentänzchen auf. Was sie an Waren mitbrachten, würde man ihnen buchstäblich mit Gold aufwiegen, denn ihre Konkurrenten, deren von schweren Karrengäulen gezogene Fuhrwerke die überfluteten Wasserläufe nicht durchqueren konnten, waren weit hinter ihnen zurückgeblieben. Wieder einmal hatten die Ochsen ihre Überlegenheit und Vielseitigkeit bewiesen.

Wer als Erster bei den Goldsuchern eintraf, durfte seine Preise selbst bestimmen. Als sich die Kunde von der Ankunft der beiden Fuhrwerke an den Ufern des Flusses und in den tief eingeschnittenen Schluchten verbreitet hatte, wurden sie geradezu belagert.

Mit tief in den Höhlen liegenden Augen drängten sich die hageren Goldsucher, um Fleisch und Fisch in Dosen sowie Mehl, Zucker und Tee zu kaufen. Vor allem aber ging es ihnen um die kostbarste aller Waren – Tabak. Jeder, der kam, brachte sein Gold mit.

Binnen weniger Stunden waren sechzehn Tonnen Vorräte an all jene verkauft, die bereit waren, Kates überhöhte Preise zu zahlen. Hätte Patrick Duffy mit ansehen können, wie seine Tochter mit den Goldsuchern handelte, er hätte bestimmt gelächelt. Es war aber auch ein sehenswertes Bild, wie sie resolut und zugleich gerecht mit den sie ungeduldig umdrängenden Käufern umging.

Es war nicht Kates erste Fahrt zum Palmer. Gegen Ende des Vorjahres hatte sie mit Ben vor Einsetzen der Regenzeit mit zwei kleineren Ochsenfuhrwerken Waren von Townsville dorthin gebracht. Bei diesem Zug durch die Hölle hatten sie die ausgedörrten Ebenen durchquert, vorüber an einem langen Zug hoffnungsvoller Goldsucher, die ihrem Ziel teils zu Pferde entgegenstrebten, teils, das zusammengerollte Bettzeug auf dem Rücken, mit ihren Habseligkeiten beladene Schubkarren mit sich führten. Gegen Bezahlung hatte Kate die Habe des einen oder anderen auf ihren Fuhrwerken transportiert. Sie waren an Männern mit rot unterlaufenen Augen vorübergezogen und an Frauen, die als verlorene Seelen und Geschlagene dem relativen Frieden entgegenstrebten, den ihnen Townsville bot. Hier, in der von Dürre heimgesuchten Ebene, waren die in der Bibel geschilderten Höllenqualen Wirklichkeit geworden. Dies war ein Ort auf Erden, wo in der unaufhörlichen Qual aus Hitze, Staub und endlosen Ebenen, aus denen nur hier und da ein Baum aufragte, Menschen schon vor ihrem Tode für ihre Sünden bestraft wurden.

Klugerweise hatte Kate damals daran gedacht, dass sie für den Rückweg nach Cooktown, wo sie ein Warenlager angelegt hatte, nicht alle Ochsen brauchen würde. Da die Hälfte der Tiere genügte, um die mittlerweile viel leichteren Fuhrwerke zu ziehen, hatte sie nach Erreichen der Goldfelder einen Teil der Ochsen an einen Metzger verkauft, der sie für die hungrigen Goldsucher schlachtete, so dass sie auch noch daran kräftig verdiente. Zwar hatte sie sich längst gegen alle sentimentalen Anwandlungen abgehärtet, doch von ihren eigenen Ochsen rührte sie keinen Bissen an. Frisches Rindfleisch würde sie erst wieder essen, wenn sie nach Cooktown, die Stadt an den Ufern des Endeavour, zurückgekehrt war.

Mit dem Gold und dem für die Waren und die Ochsen eingenommenen Geld war sie schließlich nach Cooktown zurückgekehrt, um dort zwei vierrädrige Fuhrwerke und neue Ochsengespanne zu erwerben. Eines war wichtig: Sie musste den Palmer unbedingt erreichen, bevor der Monsunregen die Verkehrswege zu den Goldfeldern abschnitt. Viele nicht mit diesen Besonderheiten des tropischen Klimas vertraute Goldsucher hörten nicht auf die Warnungen erfahrener Buschläufer und blieben, wo sie waren, um weiter nach Gold zu schürfen. Doch der wie ein Sturzbach vom Himmel fallende Regen riss nicht nur das Gold mit sich, sondern auch so manchen von denen, die so töricht gewesen waren, sich nicht in Sicherheit zu bringen.

Zwar war es Kate klar, dass ein ständiger Strom von Lebensmitteln und sonstigen Waren zu den Goldfeldern fließen würde, sobald die Überschwemmung zurückgegangen war. Dann würden die Preise sinken, doch darüber zerbrach sie sich jetzt nicht den Kopf. Sie und Ben waren als Erste angekommen, und die ausgehungerten Goldsucher hatten bezahlt, was von ihnen verlangt wurde.

Lederbeutelchen mit dem eingenommenen Gold stapelten sich im Ladekasten von Kates Fuhrwerk. Sorgfältig packte sie die Goldwaage ein, denn für ihren letzten Verkauf brauchte sie sie nicht. Die Frau eines Goldsuchers bezahlte den Sack Mehl, der in Cooktown drei Pfund gekostet hätte, mit zwanzig zerknitterten Pfundnoten. Der eine oder andere Goldsucher hatte mit Münzen bezahlt, doch Kate nahm lieber Gold, verdiente sie doch bei dessen Verkauf in Sydney pro Unze zusätzlich fünf Shilling.

Sie hatte nicht einmal Zeit gehabt, ihre Einnahmen zu zählen, so rasch hatten diesmal Gold und Bares den Besitzer gewechselt. Trotzdem war ihr klar, dass es sich um ein kleines Vermögen handelte, und sie freute sich schon, es dem hinzufügen zu können, was in den Gewölben der Banken von Cooktown und Townsville lagerte. Sie war eine ausgesprochen wohlhabende Frau, der es in jeder Hinsicht gut ging.

Wie sie da am Fuhrwerk stand und die Geldscheine zählte, ähnelte sie eher einem von Wind und Wetter gegerbten Fuhrmann, der es gewohnt ist, mit Ochsenpeitsche und Gewehr zu hantieren, als einer Dame, die in den vornehmen Salons der feinen Gesellschaft aus einer zierlichen Porzellantasse ihren Tee trinkt. Sie faltete die Geldscheine zusammen und wandte sich zu Ben um, der, die Tonpfeife im Mund, mit baumelnden Beinen auf der Ladefläche des Fuhrwerks saß. Mit Kates Gewehr quer über den Knien, dem Colt an der Hüfte und dem lange Bowie-Messer im Stiefelschaft wirkte er so Furchterregend, dass wohl selbst die wagemutigsten Bösewichter das Fuhrwerk nicht anrühren würden.

»Ben, achte mal ein bisschen auf die Einnahmen«, sagte Kate, während sie die Pfundnoten in den für Geldscheine vorgesehenen metallenen Kasten legte. »Ich bin gleich wieder da.«

Unweit des Goldgräberlagers fand sie eine einsame Stelle, und nachdem sie sich erleichtert hatte, kehrte sie durch die ungeordneten Reihen von Zelten und Buden zurück. Ihr fiel auf, dass nur wenige Hunde sie anbellten und hinter ihr herhechelten. Die meisten waren wohl während der sintflutartigen Regenfälle von ihren Besitzern geschlachtet und verzehrt worden.

Während sie die kleineren Veränderungen im Lager in sich aufnahm, bemerkte sie eine junge Frau, die ihr nicht von den Fersen wich. Sie hatte einen ausgezehrt wirkenden Jungen an der Hand und bemühte sich, nicht aufdringlich zu erscheinen. Die beiden waren ihr schon aufgefallen, während sie ihre Waren an die Goldsucher verkaufte, da sie sich beständig in der Nähe des Fuhrwerks aufgehalten hatten. Zwar hatte der klägliche Anblick Kate das Herz abgeschnürt, doch hatte sie sich jeden Anflug von Mitleid verboten. Es waren einfach zwei weitere der vielen Menschen, die als Treibgut der zerstörerischen Überschwemmung zurückgeblieben waren.

Die junge Frau mit dem Kind folgte ihr unverdrossen. Kate tat so, als merke sie es nicht, aber als sie in die Nähe ihres Fuhrwerks kam, blieb sie stehen und wandte sich um. Sie sah, dass die junge Frau mit dem schmalen Gesicht und einem großen erdbeerförmigen Muttermal auf der linken Wange unter ihrem unsagbar schmutzigen zerfetzten Kleid schrecklich dürr war. Der Anblick der jungen Frau griff Kate ans Herz. Obwohl ihr langes blondes Haar verfilzt und fettig war, konnte man sich vorstellen, dass sie unter anderen Umständen sicher recht hübsch wirken musste … Sie mochte wohl achtzehn Jahre alt sein. Mit ihren achtundzwanzig Jahren kam sich Kate ihr gegenüber vergleichsweise alt vor.

Der ungewaschene und zerlumpte Junge an ihrer Hand bot gleichfalls ein Bild des Jammers. Kate schätzte ihn auf etwa sechs Jahre. Er betrachtete sie mit gequälten Augen und einem verdrießlich wirkenden Gesicht. Bestimmt sind die beiden Bruder und Schwester, dachte Kate, denn zwischen ihnen bestand eine unverkennbare Ähnlichkeit. »Wollten Sie mit mir sprechen?«, fragte sie.

»Ja … Missus O'Keefe. Ich …« Die junge Frau zitterte und war den Tränen nahe, doch die Verlassenheit, die sie umgab, überbrückte die Kluft zwischen den beiden Frauen. Kate sah sich in ihr gespiegelt, musste unwillkürlich daran denken, wie es ihr vor vielen Jahren in Rockhampton ergangen war, als sie die Niederkunft und das Fieber überstehen musste.

»Kommt mit mir«, forderte Kate sie freundlich auf. »Ihr seht aus, als ob ihr etwas zu essen gebrauchen könntet.«

Als der jungen Frau Tränen der Dankbarkeit in die Augen traten, legte ihr Kate spontan einen Arm um die schmalen Schultern. Die Frau zitterte unter der Berührung und brach in herzerweichendes lautes Schluchzen aus. Noch nie in ihrem gequälten Leben hatte sie eine so warmherzige Berührung erlebt.

Unter Bens neugierigem Blick führte Kate sie zu den Fuhrwerken. »Setz Teewasser auf und mach was zu essen. Für vier Personen«, trug sie ihm auf. Er machte sich umgehend an die Arbeit.

Anders als vielen Buschläufern erschien es ihm nicht ungewöhnlich, die Anordnungen einer Frau zu befolgen. Kate O'Keefe war nicht nur seine Arbeitgeberin, sie hatte auch längst bewiesen, dass sie jedem Mann das Wasser reichen konnte, dem er an der Grenze begegnet war. Außerdem war er ein wenig in sie verschossen. Wenn sie nicht gerade mit dem Fuhrwerk unterwegs war, konnte sie sich an Schönheit mit jeder Frau messen, die er je gesehen hatte. Sie war noch schöner als die hübschesten von Kate Palmers geschminkten Mädchen in Cooktown.

Diese weithin bekannte Bordellwirtin betrieb ein völlig anders geartetes Gewerbe als Kate O'Keefe, und es hieß, dass sie unverheirateten Frauen, die nach Cooktown gekommen waren, um im Norden des Landes ihr Glück zu suchen, schon am Schiffsanleger eine Beschäftigung in ihrem Etablissement antrug. Wer das Angebot ablehnte, musste damit rechnen, im von Krokodilen wimmelnden Fluss zu landen.

So leisteten beide Kates, jede auf ihre Weise, den Männern in jener Gegend wertvolle Dienste.

Kate O'Keefe forderte die junge Frau auf, sich auf einen Baumstumpf zu setzen. Längst hatte man aus dem zugehörigen Stamm Goldwäscher-Pfannen, Brennholz und rohe Bretter zum Bau von Hütten gemacht. Stumm hockte sich der Junge daneben und sah zu, wie Ben aus Dosenfleisch einen Eintopf zubereitete. Er wirkte wie ein Hund, der es nicht erwarten konnte, dass man ihm die Reste vom Tisch seines Herrn zuwarf. Der köstliche Duft von Fleisch und Zwiebeln weckte in dem Jungen zugleich Hunger und Misstrauen. Unwillkürlich fühlte sich Ben an ein wildes Tier erinnert.

»Sie kennen meinen Namen«, sagte Kate herzlich, als die junge Frau ihre Tränen zu trocknen versuchte. »Aber ich weiß nicht, wer Sie und der Junge sind.«

»Ich heiße Jennifer Harris«, kam die leise Antwort, »und bin mit meinem Kleinen hergekommen, weil ich geglaubt hab, dass ich hier für Willie und mich das Glück finden könnte.«

Kate wusste nicht, was sie denken sollte. Wer war Willie? Doch wohl nicht der Junge, der Ben nicht aus den Augen ließ? Falls aber doch, konnte die junge Frau bei seiner Geburt höchstens zwölf oder dreizehn Jahre alt gewesen sein.

»Ist das Willie?«, fragte Kate und wies auf den Jungen. Der gehetzte Blick in den Augen der jungen Frau zeigte ihr, dass es besser war, über bestimmte Dinge nicht zu reden. In jener Welt gab es nichts Wichtigeres, als zu überleben, und dazu gehörte die Fähigkeit, sich über alle Moralvorstellungen der Gesellschaft hinwegzusetzen. Ohne weitere Fragen begriff Kate, auf welche Weise sich die junge Frau die schmale Kost beschafft hatte, mit der sie sich und ihren Sohn am Leben gehalten hatte. »Und wo waren Sie vorher?«, fragte sie leise.

»Willie und ich sind aus Brisbane gekommen. Dahin hatte uns mein Papa von Sydney aus gebracht. Er war Gärtner und is vor 'n paar Jahren in Brisbane an Schwindsucht gestorben. Er hat mir und Willie 'n bisschen Geld hinterlassen, aber das hat nich lange gereicht. Mit den letzten paar Pfund bin ich im Dezember mit Willie hergekommen. Da hab ich Sie zum ersten Mal gesehn und gleich gemerkt, dass Sie 'n guter Mensch sind. Und wie ich dann gesehn hab, dass Sie wiedergekommen sind …« Sie konnte nicht weitersprechen und begann erneut zu schluchzen. Kate nahm an, dass die Erinnerung an das Entsetzen der vergangenen Monate sie überwältigt hatte. »Das hier is schlimmer als die Hölle. Ich konnte für Willie und mich nur dadurch was zu essen kriegen, dass ich … dass ich …«

»Ich kann es mir denken«, sagte Kate und strich ihr über das verfilzte Haar, als wäre sie ein Kind.

Diese schlichte Geste tröstete Jennifer, und sie weinte, bis sie keine Tränen mehr hatte. Eine Weile durfte sie die grunzenden Männer vergessen, die ihren Körper dazu benutzt hatten, sich zu erleichtern. Eine Weile durfte sie vergessen, wie sie auf dem Höhepunkt ihrer Lust so in ihr Fleisch gebissen hatten, dass davon Spuren zurückgeblieben waren, wie sie ein Hengst am Hals einer Stute hinterlassen mochte. Sie fühlte sich vom Verständnis einer Frau eingehüllt, die ihre Qual nachzuempfinden schien, eine Qual, die darin bestand, dass der reiche und mächtige Granville White sie durch seine widernatürlichen Gelüste um ihre Kindheit betrogen hatte.

Willies Geburt war viel zu früh in ihrem jungen Leben gekommen. Unter Kates sanfter Berührung entdeckte sie nun eine sonderbare Geborgenheit, die ihr einen Eindruck davon vermittelte, wie es hätte sein können, wenn sie als junges Mädchen vor körperlichen und seelischen Qualen verschont geblieben wäre.

»Wollen Sie mit uns zurück nach Cooktown fahren?«, fragte Kate, und Jennifer nickte. »Es wird nicht einfach, und Sie müssten mit schwerer Arbeit dafür bezahlen«, warnte Kate.

»Dafür, dass ich von hier weg kann, würde ich fast alles tun und mich sogar statt einem von Ihren Ochsen einspannen lassen, Missus O'Keefe«, stieß Jennifer bitter hervor und warf einen Blick auf den Jungen.

»Und wie soll es in Cooktown weitergehen?«, erkundigte sich Kate. »Sie sind ja vermutlich mittellos?«

Jennifer seufzte. Es stimmte: Wenn sie mit Willie den Palmer verließ, wäre damit lediglich gewonnen, dass sie nach Cooktown gelangte, in eine Stadt, die mühelos jedem Vergleich mit Sodom und Gomorrha aus dem Alten Testament standhielt. Von der Hölle ging nun einmal eine unwiderstehliche Verlockung aus. Zum ersten Mal hatte dieser Lockruf sie von den Ufern des Palmer aus erreicht, und jetzt führte er sie immer tiefer in neue Abgründe hinein. Den allertiefsten dieser Abgründe, jedenfalls in jener Hölle des Nordens, bildete Cooktown. Neuankömmlinge lachten gewöhnlich, wenn man ihnen sagte, es gebe dort mehr Bordelle als Trinklokale – und von denen zählte die Stadt inzwischen sechzig!

»Ich weiß noch nicht. Aber bestimmt ist alles besser als der Palmer.«

»Können Sie lesen und schreiben?«, fragte Kate.

Jennifer sah sie verblüfft an. »Nein, Missus O'Keefe. Aber Willie soll das später mal lernen«, gab sie mit einer Entschlossenheit zurück, die Kate zeigte, dass die junge Frau wirklich dafür sorgen würde. »Das Einzige, was ich kann, ist, mich um Kinder kümmern.«

»In dem Fall habe ich eine Stelle für Sie«, sagte Kate lächelnd. »Vorausgesetzt, Sie wollen für mich arbeiten.« Jennifer öffnete den Mund, um ihr zu danken, doch Kate schnitt ihr das Wort ab. »Vielleicht glauben Sie, dass es Ihnen hier am Palmer besser gehen würde, wenn Sie erfahren, was ich von Ihnen erwarte.« Jennifer griff nach Kates Hand, während diese fortfuhr: »Ich brauche jemanden, der sich um drei Kinder kümmern kann. Zwei Jungen und ein Mädchen. Wenn wir Willie mitrechnen, wären es vier. Glauben Sie, Sie können das schaffen?«

»Bestimmt, Missus O'Keefe. Nix lieber als das«, gab sie ohne das geringste Zögern zurück.

»Es könnte sein, dass Sie die Aufgabe nicht besonders verlockend finden, wenn Sie die Kinder erst einmal kennen«, sagte Kate mit geheimnisvollem Lächeln. »Sie sind ein bisschen wild, und mehr als ein Kindermädchen hat schon aufgegeben. Aber ich denke, wer es wie Sie fertig gebracht hat, während der Regenzeit hier am Palmer allein auf sich gestellt zu überleben, ist für diese Aufgabe genau die Richtige «

Bald hatte Ben das Essen fertig. In einem geschwärzten Kessel siedete das Teewasser über dem Feuer. Trotz ihres Hungers fiel es Jennifer schwer, etwas herunterzubringen. Ihr Söhnchen hatte damit nicht die geringsten Schwierigkeiten und fragte, ob er den Topf mit einem Stück Brot auswischen dürfe.

Während sie aßen, musterte Ben die junge Frau verstohlen. Er fand sie nicht nur hübsch, sondern sah auch Klugheit in ihren umschatteten dunklen Augen. Nicht einmal das Muttermal konnte das schöne ovale Gesicht entstellen, in dem die Entbehrungen deutliche Spuren hinterlassen hatten. Er merkte, dass sie es zu verbergen trachtete, indem sie ihr langes Haar über die Wangen fallen ließ.

Während sie nach dem sättigenden Mahl am Feuer lagerten und den stark gesüßten heißen Tee tranken, lauschten sie den Geräuschen, die von den Goldfeldern herüberdrangen. Aus den Tiefen der Dunkelheit hörte man die Klänge einer Maultrommel, und irgendwo kratzte jemand auf einer Geige. Frauen- und Männerstimmen sangen beliebte Lieder, ein Zeichen von Lebensfreude und ein Hinweis auf das Wohlbehagen, das eine gute Mahlzeit hervorruft. Hier und da hörte man Gelächter. Wie es aussah, hatten die Goldsucher die verheerenden Monate der Regenzeit bereits vergessen. Voll Vorfreude sahen die Menschen den goldenen Zeiten entgegen, die jetzt zweifellos anbrechen würden. Unter dem Kreuz des Südens erzählten sie einander im Schein der hier und da brennenden Feuer Geschichten, tranken Rum und rauchten ihre Tonpfeifen. Der klare Nachthimmel versprach einen weiteren schönen Tag, an dem sie die Suche nach dem Reichtum verheißenden Gold fortsetzen konnten.

Im Schein des Lagerfeuers warf Ben immer wieder heimliche Blicke zu der hübschen jungen Frau hinüber. Doch so unauffällig er das tat, sie merkte es doch und wandte sich rasch ab, wenn ihre Augen sich trafen. Sie sprach dann mit Kate, als wäre ihr Bens Anwesenheit überhaupt nicht bewusst.

Insgeheim musste Kate lächeln, als sie sah, wie Ben die junge Frau verstohlen musterte – wie ein schuldbewusster kleiner Junge, ging es ihr durch den Kopf. Sie überlegte, was Solomon und Judith wohl sagen würden, wenn sie erführen, dass er ein Auge auf eine Nichtjüdin mit einem unehelichen Kind geworfen hatte. Doch diese Frage war zurzeit völlig unerheblich. Erst einmal musste der Rückweg nach Cooktown bewältigt werden, und dazu waren zahlreiche Flüsse und Bäche zu durchfurten. Die einzige Gewissheit bei diesem Vorhaben bestand darin, dass es nicht leicht sein würde.

Ben entfernte sich für eine Weile vom Feuer, um mit einem Goldsucher zu reden, den er aus der Zeit kannte, da er mit dem Fuhrwerk nach Tambo gezogen war. Als er zurückkehrte, lag ein sorgenvoller Ausdruck auf seinem bärtigen Gesicht. Er nahm seinen Platz wieder ein und schob einen Ast in die Glut, um seine Pfeife anzuzünden.

»In der Gegend des Höllentors sollen Schwarze am Ufer des Laura Inspektor Clohesy überfallen haben, der mit sieben Mann auf Patrouille unterwegs war«, sagte er und sog an der Pfeife.

Kate nahm einen Schluck aus ihrem Teebecher. Jennifer und Willie schliefen. Der Kleine hatte den Kopf auf die Knie seiner jungen Mutter gelegt, die selbst in Kates Schoß gebettet war. Das ungewohnte gute Essen und die behagliche Wärme des Feuers hatten sie rasch einschlafen lassen. Kate brachte es nicht über sich, Jennifer zu wecken, und umschloss ihren Kopf mit den Armen wie bei einem kleinen Kind.

Bens Mitteilung stimmte Kate nachdenklich. Wenn Ureinwohner es wagten, einen bestens bewaffneten und ausgerüsteten Polizeitrupp anzugreifen, würde es ihnen erst recht nichts ausmachen, zwei lediglich von zwei Frauen, einem Jungen und einem Mann begleitete Fuhrwerke zu überfallen. Sie nickte mit ernstem Gesicht. Ihnen stand jetzt nicht nur die Durchquerung eines der unwegsamsten Teile des australischen Kontinents bevor, sondern sie mussten nach Möglichkeit auch noch den Kriegern des Nordens mit ihren bemalten Leibern aus dem Weg gehen, denen weit mehr am Fleisch der Weißen lag als an dem kleinen Vermögen in Gold, das sie mit sich führten!

Ein Schauder überlief Kate bei diesem Gedanken. Die Vorstellung, was sie erwartete, wenn sie den Ureinwohnern lebend in die Hände fielen, war einfach entsetzlich. Man berichtete sich, sie zerschmetterten ihren Gefangenen die Beine mit Felsbrocken, damit sie nicht fliehen konnten, und brieten sie anschließend am Feuer für ein Festmahl.

Jennifer bewegte sich, als sie spürte, wie Kate zusammenzuckte, und schlug die Augen auf. »Tschuldigung, Missus O'Keefe«, sagte sie mit verschlafener Stimme. »Ich muss wohl eingenickt sein.«

Beruhigend legte ihr Kate die Hand auf die Schulter, während sie überlegte, wie viele Patronen sie für ihr Martini-Henry-Gewehr hatte, das den wildesten Krieger von den Füßen zu reißen vermochte. Sie war im Umgang damit vertraut, und darauf würde sie in den vor ihnen liegenden Wochen angewiesen sein. In dieser Wildnis war sie von der Behaglichkeit und Sicherheit, die der Gasthof ihres Onkels in Sydney bot, ebenso weit entfernt wie von dem jungen Mädchen, das sie gewesen war, bevor sie sich aufgemacht hatte, um in Queensland ihr Glück zu machen.

Während sie auf Jennifer und den schlafenden Jungen hinabsah, dachte sie daran, dass sie jetzt auch für diese beiden verantwortlich war. Ein Blick hinüber zu Ben, der am Feuer saß, beruhigte sie ein wenig. Bisher hatte ihr das Leben immer dann einen tüchtigen Mann über den Weg geführt, wenn sie am dringendsten einen gebraucht hatte.

»Luke«, flüsterte sie leise. Ben hob den Blick von der Glut und sah sie an.

»Haben Sie was gesagt, Kate?«, fragte er unsicher.

»Nein, nur an etwas gedacht.«

Er sah beiseite. Kate merkte, dass ihr Tränen in den Augen standen. Sie musste oft an den amerikanischen Goldsucher Luke Tracy denken, wenn sie allein war und Angst hatte. Vor sechs Jahren war er fortgegangen, Gott weiß, wohin. Er hatte sie stets wie ein starker und zugleich sanfter Schutzengel sicher über die gefährlichen Pfade ihres Lebens geführt. Schon vor langer Zeit hatte sie sich eingeredet, sie liebe ihn nicht und er sei nichts als ein guter Freund, dessen Gesellschaft sie bitter vermisste. Sie musste damit fertig werden, dass er in ihrem Leben nur noch eine traurige Erinnerung war, ganz wie ihre toten Angehörigen: ihr Vater Patrick Duffy und ihre beiden Brüder Tom und Michael.

Bisweilen aber hörte sie, wenn sie unter dem Sternenhimmel schlief, in ihrem Kopf Worte in der schleppenden Sprechweise des Amerikaners. Manchmal glaubte sie sogar, Lukes Gesicht zu erkennen, wenn sie auf dem beschwerlichen Weg zum Palmer einem Goldsucher begegnete. In solchen Situationen war das, was sie für ihn empfand, noch verworrener als sonst.

4

Sie haben den Ort also Cooktown genannt, ging es dem schlaksigen Goldsucher durch den Kopf, während er das Treiben auf der staubigen Hauptstraße der Goldgräberstadt beobachtete. Er könnte Tracytown heißen, wenn ich den Palmer als Erster erreicht hätte. Mit spöttischem Lächeln schwang er seine Bettrolle über die Schulter und schritt durch die Charlotte Street davon.

Ein großer Teil dessen, was er sah, hörte und roch, rief in ihm Erinnerungen an einen zwanzig Jahre zurückliegenden großen Goldfund wach. Alles wirkte wie damals im Jahre 1854 in Ballarat: die in aller Eile mit Hilfe von Schälbrettern zusammengezimmerten und mit Wellblech gedeckten Läden, in denen es von der Opiumtinktur bis zum Schießpulver alles gab; die Unzahl der Gesundheit alles andere als zuträglichen Stätten, an denen Männer ihre fleischlichen Gelüste befriedigen sowie die allgegenwärtigen Lokalitäten, an denen sie mit scharfen Getränken ihren Durst stillen konnten. Fortwährend lag eine knisternde Erwartung in der Luft. Sie ging von den Neuankömmlingen aus, die sich für den Weg zu den Goldfeldern bereit machten, in der Überzeugung, an dessen Ende warte ein Vermögen auf sie.

Sechs Jahre war er nicht in dem Land gewesen, das er so gründlich kennen gelernt und in dem er über Jahre hinweg nach dem großen Goldfund gesucht hatte, der ihn zum reichen Mann machen sollte. Als ständige Erinnerung an diese Zeit trug er eine Narbe, die von einem Auge bis zum Kinn lief. Die Wunde hatte er auf den Goldfeldern von Ballarat davongetragen, im Kampf gegen britische Soldaten bei einem fehlgeschlagenen Aufstand gegen die dort herrschende Ungerechtigkeit.

Abschätzend betrachtete er die Gesichter um sich herum und schüttelte betrübt den Kopf. Ihm war klar, dass die meisten dieser Menschen eine bittere Enttäuschung erleben würden. Hier ging es nicht zu wie in Ballarat, das unweit des Hafens von Melbourne lag und leicht zu erreichen war. Hier im Norden waren schroffe Gebirge, unzugängliche Dschungelgebiete und der Monsunregen natürliche Hindernisse auf dem Weg zu den Goldfeldern. Luke wusste das aus eigener Erfahrung. Sein fehlgeschlagener Versuch im Jahre 1868, den Palmer zu erreichen, hätte ihn fast das Leben gekostet.

Ohne das Schurkenstück eines Anwalts namens Hugh Darlington, der ihn betrogen hatte, wäre er vielleicht der Erste gewesen. Dann wäre sein Name weithin bekannt geworden, er wäre in die Täler südlich des Palmer zurückgekehrt und schließlich an den Fluss selbst, wo er gefunden hätte, wovon ihm ein sterbender Goldsucher berichtet hatte: »Im Flussbett liegen Goldklumpen so groß wie Hühnereier und warten nur darauf, dass man sie aufhebt.« Aber das Fieber und seine schwindenden Vorräte hatten ihn gerade in dem Augenblick zur Rückkehr gezwungen, als er seinem Eldorado ganz nahe gekommen war. Eine zweite Gelegenheit, nach Norden zu ziehen, hatte sich ihm nicht geboten.

Betrübt seufzte er beim Gedanken an das, was hätte sein können, und an die Ereignisse, die ihn gezwungen hatten, die Kolonie zu verlassen und die Sicherheit seines Geburtslandes aufzusuchen. Zuvor aber hatte er Kate O'Keefes Anwalt Hugh Darlington in Rockhampton eine bedeutende Summe anvertraut. Das Geld stammte aus dem Verkauf des Goldes, das ihm der sterbende Goldsucher übergeben hatte. Darlington aber hatte ihn als mutmaßlichen Nebenbuhler um Kates Gunst an die Polizei verraten – auf den Verkauf von Gold standen ohne amtliche Genehmigung schwere Strafen.

Der hoch gewachsene und schlaksige Luke war Ende dreißig. Sein Gesicht war vom Wetter gegerbt, und die alte Narbe von Ballarat war im Laufe der Zeit fast unsichtbar geworden. Noch immer erweckten seine blauen Augen den Eindruck, als suchten sie ferne Horizonte ab. Er besaß nicht die klassischen, gut aussehenden Züge eines besseren Herrn, doch lag auf seinem Gesicht eine Mischung aus Freundlichkeit und Durchsetzungsvermögen. Es war das Antlitz eines Mannes, dem man vertrauen und den man schätzen konnte.

»Mister Tracy?«

Er erstarrte. Hatte ihn womöglich ein Polizeibeamter erkannt? Wurde er etwa steckbrieflich gesucht? Wollte man ihn immer noch verhaften? Langsam drehte er sich um und erkannte entsetzt den breitschultrigen Mann, der auf ihn zugehinkt kam. »Sergeant James«, sagte Luke mit einem Unterton von Verzweiflung in der Stimme. »Wir haben uns lange nicht gesehen.«

Verblüfft sah er, dass ihm Henry James die Hand hinhielt. »Ich hab Sie gleich erkannt, auch wenn Sie sich den Bart abgenommen haben.« Luke ergriff die Hand und schüttelte sie. Henry fuhr fort. »Mit dem Sergeant ist Schluss, Mister Tracy. Ich bin seit ein paar Jahren pensioniert. Emma und ich arbeiten jetzt für Kate O'Keefe.« Als Luke diesen Namen hörte, wurde ihm schwindlig. »Fühlen Sie sich nicht wohl, Mister Tracy?«, erkundigte sich Henry, als er merkte, wie dem Amerikaner das Blut aus dem Gesicht wich.

»Schon in Ordnung. Ich muss mich nur wieder an den festen Boden gewöhnen«, gab Luke zur Antwort, während er sich fasste. »Wie geht es Kate denn so?«

»Als ich sie zuletzt gesehen habe, ging es ihr bestens.«

»Wann war das?«, erkundigte sich Luke, bemüht, seiner Stimme einen gleichgültigen Klang zu geben.

»Vor ein paar Wochen, bevor sie mit dem jungen Ben Rosenblum und zwei Fuhrwerken an den Palmer gezogen ist. Sie hofften durchzukommen, sobald die Überschwemmung zurückging. Wenn nichts dazwischen gekommen ist, müsste sie inzwischen auf dem Rückweg sein.« Mit breitem Lächeln fuhr er fort: »Ich war mit einem Frachtbrief unten am Hafen und hab gesehen, wie Sie von dem Schiff aus San Francisco an Land gekommen sind. Zuerst hab ich meinen Augen nicht getraut. Wie lange ist das her?«

66

»Viel zu lange«, seufzte Luke. »Ich war viel zu lange von Queensland fort.«

»Sie müssen mich unbedingt besuchen und meine Frau und meine Kinder kennen lernen«, sagte Henry und schlug Luke auf den Rücken. »Bestimmt wird es Emma überraschen, Sie zu sehen. Sie war immer überzeugt, aus Ihnen und Kate würde mal ein Paar, und sie hat nie verstanden, warum daraus nichts geworden ist.«

Luke ließ sich von dem früheren Polizeibeamten über die von tiefen Wagenspuren durchzogene Straße führen, wo man Menschen aus aller Herren Länder sehen konnte. Dabei berichtete Henry über Ereignisse in den australischen Kolonien, von denen er annahm, dass sie Luke interessieren könnten. »Sie sind doch in dem Jahr gegangen, in dem der verrückte irische Fenier in Sydney den Prinzen Alfred niedergeschossen hat?«, fragte er.

Luke nickte. Er hatte eine undeutliche Erinnerung, dass man in den Gasthöfen von Brisbane darüber gesprochen hatte, während er auf sein Schiff nach San Francisco wartete. Dabei ging es um den fehlgeschlagenen Mordversuch an Königin Viktorias zweitältestem Sohn, der sich auf einer Reise durch die australischen Kolonien befand. Manche hielten den Täter für geisteskrank, andere witterten hinter dem Anschlag eine Verschwörung der irischen Fenier, die England einen Schlag versetzen wollten. Auf jeden Fall war der Täter gehenkt worden.

Eine Gruppe von Männern bemühte sich, schwere Kisten und Ballen auf ein Fuhrwerk zu wuchten.

»Wir könnten hier gut 'n paar von den schwarzen Kerlen brauchen«, sagte Henry leichthin. »Die sind die Arbeit in den Tropen gewöhnt, aber die verdammte Regierung von Queensland hat ein Gesetz erlassen, das sie schützt. Es hat wohl damit zu tun, dass man 1868 auf dem Sklavenhandelsschiff *Carl* sechzig Inselbewohner abgeschlachtet hat. Seit ein paar Jahren schickt uns England auch keine Sträflinge mehr. Es sieht ganz so aus, als ob man uns im Stich lassen wollte«, knurrte er. »Das Militär haben sie auch abgezogen, ausgerechnet jetzt, wo wir es brauchen könnten, um den Niggern eine Lektion in zivilisiertem Verhalten zu erteilen. Zwar hat die Regierung versucht, die Schwarzen zusammenzutreiben, aber die hier sind aus anderem Holz geschnitzt als die aus dem Süden. Ihre Art zu kämpfen erinnert an die spanischen Guerilla-Krieger im Krieg gegen Napoleon: Sie überfallen Goldgräber und verschwinden sofort wieder im Busch.« Luke hörte ihm aufmerksam zu, erfuhr er doch auf diese Weise, was sich in den sechs Jahren seiner Abwesenheit dort an der Siedlungsgrenze, fern jeder Zivilisation, verändert hatte.

Am Ende der Hauptstraße gelangten sie an ein aus Kanthölzern errichtetes und mit Wellblech gedecktes großes Gebäude. Auf dem Schild über der Tür stand *Eureka Company – Transport von Gütern zwischen Cooktown und dem Palmer*. Der Name Eureka rief ein Lächeln auf Lukes Züge. Wie es aussah, war den Duffys die Aufsässigkeit nicht auszutreiben. Henry führte ihn hinein. Der Laden diente zugleich als Lager für allerlei Waren, die sauber aufgestapelt waren. Man sah auf den ersten Blick, dass Kates Geschäft gut ging. Männer und Frauen suchten sich zusammen, was sie brauchten. Hinter der massiven hölzernen Verkaufstheke stand eine hübsche junge Frau mit verblüffend blauen Augen, deren langes rotes Haar in ihrem schlanken Nacken zusammengefasst war, und kassierte. Sie sah Henry an und warf einen fragenden Blick auf Luke.

»Hier stelle ich dir den legendären Luke Tracy vor«, sagte Henry. »Mister Tracy, meine Frau Emma.«

Luke nahm seinen breitrandigen Hut ab und murmelte höflich: »Erfreut, Sie kennen zu lernen, Ma'am.«

»Sie also sind Mister Tracy«, sagte Emma und trat hinter der Theke hervor. »Ich habe von den Cohens und von Kate viel über Sie gehört. Wenn sich die Dinge weniger unglücklich entwickelt hätten, wären wir einander sicher schon früher in Rockhampton begegnet.«

»Ja, wirklich schade«, sagte Luke. Es war ihm peinlich, vom Ehepaar James gegenüber den anderen im Laden so sichtlich bevorzugt zu werden. »Damals hab ich Ihren Mann kennen gelernt.«

»Er hat Sie mir als in jeder Hinsicht bemerkenswerten Mann

geschildert«, sagte Emma. »Ich glaube, Kate kann Sie sehr gut leiden – besser als die meisten anderen Männer.«

Luke merkte, wie er unter der gebräunten Haut leicht errötete. Wenn sie nur wüssten, wie viel ihm Kate bedeutete. Seit sie einander vor über zehn Jahren begegnet waren und an der Reling eines Raddampfers nebeneinander gestanden hatten, der den Fitzroy-Fluss hinauffuhr, war kein Tag vergangen, an dem er nicht an sie, ihre schönen grauen Augen und ihr freundliches Lächeln gedacht hatte, keine Stunde, in der er sich nicht danach gesehnt hatte, sie an sich zu drücken und ihr zu sagen, wie sehr er sie liebte. Bei seinen Ritten durch das Schneetreiben auf den Prärien von Montana hatte er stille Zwiesprache mit ihr gehalten, und wenn auf den großen Raddampfern des Mississippi der Duft des Lavendelwassers mitreisender Damen zu ihm gedrungen war, hatte er sich unwillkürlich umgedreht, weil er glaubte, sie könne es sein. In den dichten Wäldern der Rocky Mountains hatte sie bei ihm am Lagerfeuer gesessen. Nein, nicht die Nachricht vom neuen Goldfieber im Norden von Queensland hatte ihn an die Ufer Australiens zurückgeführt, sondern die Suche nach der einzigen wahren Liebe seines Lebens – Kate O'Keefe. Er gab sich keinen Illusionen hin – sein Bemühen um sie war so gut wie aussichtslos, denn selbst wenn er sie fand, war es wahrscheinlich, dass sie bereits einem anderen ihre Liebe geschenkt hatte. Auch war es möglich, dass sie einen nahezu mittellosen Glücksritter, der stets nach seinem Eldorado suchte, nicht besonders hoch schätzte. Selbst Emmas Hinweis, dass sie etwas für ihn empfand, bedeutete nicht unbedingt, dass sie mehr in ihm sah als einen guten Freund. Und was würde er ihr sagen, falls sie einander wieder sahen? Der Gedanke daran ängstigte ihn mehr als jede der zahlreichen Gefahren, die er in der Vergangenheit durchlebt hatte.

»Haben Sie schon eine Unterkunft?«, unterbrach Emma seine Grübeleien. »Andernfalls wäre es sicher Kates Wunsch, Sie hier unterzubringen. Wir haben Platz in einem Lagerraum, der Ihnen zur Verfügung steht, bis Sie etwas gefunden haben, das Ihnen mehr zusagt.«

»Guter Gedanke«, knurrte Henry. »Kate würde es uns nie verzeihen, wenn wir Ihnen das nicht anbieten würden.«

»Danke, Sergeant James«, sagte Luke. Aus Erfahrung wusste er, dass Neuankömmlinge in einem Goldsuchergebiet nicht ohne weiteres Unterkunft fanden. »Ich nehme Ihr Angebot gerne an.«

»Nennen Sie mich Henry«, forderte ihn der einstige Polizeibeamte auf. »Ich finde, bei einem Menschen, den Kate so hoch schätzt wie Sie, ist Förmlichkeit nicht am Platze.«

»Danke, Henry«, sagte Luke. »Dann sagen Sie aber bitte auch Luke. Es ist schön, von Freunden mit dem Namen angeredet zu werden, den mir meine Mutter gegeben hat.«

Henry führte ihn in einen Raum, in dem Stoffballen gelagert wurden. Der Amerikaner warf seine Bettrolle zu Boden. Sie bestand aus zwei Wolldecken, in die er einige Habseligkeiten gewickelt hatte. Er sah sich um, und Henry merkte, dass ihm der Raum gefiel. Die Ritzen in den Bretterwänden ließen eine sanfte Brise herein, welche die Tropenhitze linderte, waren aber schmal genug, um lästige Insekten auszusperren. Der Raum war sauber, bot Schutz vor den Unbilden der Witterung und in Gestalt der Stoffballen ein behagliches Lager.

»Meine Frau und ich wohnen nicht hier«, sagte Henry, »sondern oben auf dem Hügel. Von da aus hat man einen herrlichen Blick auf den Fluss. Wir erwarten Sie heute Abend zum Essen. Emma ist eine erstklassige Köchin.«

»Vielen Dank.« Dies eine Mal hatte das Schicksal es gut mit ihm gemeint.

»Ich lass Sie jetzt erst mal allein«, fuhr Henry fort. »Ich muss noch mal zum Hafen. Wir erwarten mit dem nächsten Schiff aus Brisbane eine Warenlieferung. Wir sehen uns später, wenn Sie sich eingerichtet haben.«

Luke nickte und setzte sich, nachdem Henry den Raum verlassen hatte, auf einen der Ballen. Von der unerwarteten Begegnung mit den Gespenstern seiner Vergangenheit schwirrte ihm der Kopf. Nicht einmal in seinen wildesten Träumen hätte er angenommen, dadurch in Kates Nähe zu gelangen, dass er in Cooktown an Land ging. Ursprünglich hatte er sein Glück auf den Goldfeldern versuchen und dann südwärts nach Rockhampton ziehen wollen, wo er sie vor Jahren zuletzt gesehen hatte. Doch das Glück hatte ihn dorthin geführt, wo er jetzt war – und möglicherweise würde es nur noch wenige Tage dauern, bis er Kate wieder sah. Er brauchte nur noch dem Weg zum Palmer zu folgen, dann würde er sie finden, sofern sein Glück anhielt.

Er öffnete seine Bettrolle. Sie enthielt eine lederne Brieftasche mit persönlichen Papieren, einen schweren Coltrevolver, Nähzeug und einige Kleidungsstücke. Er nahm ein frisches Hemd und sein Rasierzeug heraus und machte sich auf die Suche nach einer Örtlichkeit, wo er sich waschen konnte. Unter dem azurblauen Himmel des tropischen Nord-Queensland fühlte er ein zufriedendes Gefühl in sich aufsteigen. Er hatte den Eindruck, heimgekehrt zu sein.

An jenem Abend lernte Luke im Hause des Ehepaars James die Kinder von Tom Duffy und dessen Frau Mondo aus dem Volk der Darambal kennen. Das Auftreten der drei beeindruckte ihn zutiefst. Sie machen Kate alle Ehre, dachte er, als er erfuhr, wie sie, unterstützt von Kindermädchen, Peter, Timothy und Sarah aufgezogen hatte. Emma machte kein Hehl daraus, dass die drei bisweilen schwierig waren.

Auch lernte er Henrys und Emmas Sohn Gordon kennen, der seinem Vater im Aussehen und Verhalten sehr ähnlich war. Peter und Gordon, erfuhr er, waren fast zwölf, Timothy zehn und Sarah acht. Man sah deutlich, dass die Duffy-Kinder und der Sohn des Ehepaars James wie Geschwister miteinander umgingen. Vor allem Gordon und Peter waren unzertrennlich.

Peter war ein schönes Kind. Von seiner Ureinwohner-Mutter hatte er die dunkle Haut, von seinem irischen Vater aber den robusten Körperbau und die grauen Augen geerbt. Timothy war heller und sehr zurückhaltend. Es kam Luke so vor, als stünde er den anderen weniger nahe und wäre auch weniger offen als diese. Den größten Eindruck auf ihn aber machte die kleine Sarah. Sie wirkte sanft und klug und würde mit ihrer fast golden schimmernden Haut vermutlich zu einer wahren Schönheit heranwachsen. Sie fühlte sich sogleich zu Luke hingezogen.

Emma übergab die Kinder einer drallen grauhaarigen Frau in mittleren Jahren, die sie zu Bett bringen sollte. Diese Witwe eines bei einer misslungenen Sprengung ums Leben gekommenen Goldsuchers betrachtete das Leben nüchtern. Kate hatte die fromme Frau angestellt, damit sie Emma abends bei den Kindern zur Hand ging, wenn sie selbst unterwegs war.

Während Luke sich die von Emma zubereitete Hammelkeule schmecken ließ, erläuterte er seinen Plan, zu den Goldfeldern am Ufer des Palmer aufzubrechen, sobald seine Ausrüstung vollständig war und er genug Geld beisammen hatte, um ein Pferd samt Sattel zu kaufen.

Henry hob die Brauen, als er merkte, wie sehr es dem Amerikaner mit dem Aufbruch eilte, doch Emma lächelte still vor sich hin. Ihr war nicht entgangen, wie sich Lukes Gesichtsausdruck veränderte, sobald Kates Name fiel. Kein Wunder, dass er es nicht erwarten konnte, Cooktown zu verlassen – offensichtlich war er bis über beide Ohren in die schöne Irin verliebt. Doch sie musste an den Mann denken, der vor zwei Tagen urplötzlich am Ort aufgetaucht war. Bestimmt würde seine Gegenwart ihren Gast in schreckliche Qualen stürzen und in ihm Erinnerungen wachrufen, die er am liebsten vergessen hätte.

Henry hatte sich gerade zum Stadtrand aufgemacht, um eine Weidefläche für die Zugochsen einzuzäunen, und sie war allein im Laden. Ein gut aussehender breitschultriger Mann war hereingekommen und hatte erklärt, er sei Kates Ehemann Kevin O'Keefe und suche seine Frau. Entsetzt hatte ihm Emma mitgeteilt, sie befinde sich irgendwo zwischen Cooktown und dem Palmer. Er hatte sich kurz abschätzend im Laden umgesehen und ihn dann ohne ein weiteres Wort verlassen.

Noch unter dem Eindruck der Begegnung überlegte Emma, ob sie Henry das plötzliche Auftauchen des Mannes berichten sollte, der Kate vor über zehn Jahren hatte sitzen lassen. Sie kannte die Geschichte in allen Einzelheiten, denn Judith Cohen hatte sie ihr haarklein berichtet, als sie mit Henry noch in Rockhampton lebte.

Es war eine traurige Geschichte. Kevin O'Keefe hatte die schwangere und kranke siebzehnjährige Kate allabendlich allein gelassen und sich bei Trunk und Kartenspiel amüsiert. Auf Bitten Luke Tracys, den sie schon lange kannten, hatten Judith und ihr Mann Solomon sie während ihrer langen Krankheit gepflegt. Schließlich hatte Kates Mann seine blutjunge Frau ihrem Schicksal überlassen und war mit der Frau eines Schankwirts durchgebrannt. Das Kind, das Kate zur Welt brachte, hatte nur wenige Stunden gelebt und war in einem einsamen Grab außerhalb Rockhamptons beigesetzt worden. Während der schwierigen Wochen nach diesem schrecklichen Verlust hatten Lukes ruhige Kraft und die liebende Fürsorge der Cohens Kate aufrecht gehalten.

Nach längerem Überlegen war Emma zu dem Ergebnis gekommen, dass sie Henry lieber nichts von dem Zusammentreffen sagen wollte, damit er sich nicht aus lauter Ergebenheit für seine Arbeitgeberin aufmachte und O'Keefe suchte, um ihm eine ordentliche Trachte Prügel für all den Kummer zu verabreichen, den er Kate bereitet hatte. Da sie O'Keefe jede Heimtücke zutraute, war sie ängstlich darauf bedacht, ein Zusammentreffen der beiden Männer nach Möglichkeit zu verhindern.

Doch sie hatte Anlass zu noch größerer Unruhe. Ihr fiel ein, dass sie vor Jahren von einem Zusammenstoß zwischen Luke Tracy und O'Keefe gehört hatte. Jemand, der nach Rockhampton gekommen war, hatte berichtet, wie Luke in irgendeiner Schnapsbude außerhalb Brisbanes den Revolver gezogen und O'Keefe gedroht hatte, er werde ihn niederschießen, wenn er ihm je wieder über den Weg laufe. Angesichts dieser Umstände war es nicht ratsam, dem Amerikaner mitzuteilen, dass Kates Mann aufgetaucht war, denn die Sache konnte übel ausgehen. Sie betete im Stillen, dass die beiden einander nie begegnen würden.

Sie sah zu Luke hinüber, der behaglich an der Zigarre sog, die ihm Henry nach der Mahlzeit angeboten hatte. Er schien mit sich und der Welt zufrieden zu sein. Vermutlich hing das mit der Aussicht zusammen, Kate bald zu begegnen.

5

Der Empfang in der von einem großen Park umgebenen Villa des Barons von Fellmann war eindrucksvoll. Von dort oben bot sich ein wunderbarer Blick weit über den Hafen. Im Schatten von Zelten aus bunt gestreiftem Markisenstoff stand Champagner, der aus Amerika herangeschafft worden war, in Kübeln voller Eis. Die eleganten Gäste spülten die frischen Felsenaustern mit großen Mengen Champagner hinunter und aßen Appetithäppchen von silbernen Tabletts. Der ganze Rahmen zeigte unübersehbar, dass der Baron über beträchtliche finanzielle Mittel verfügte.

Michael stand allein inmitten der anderen Gäste. Er war an seiner Kleidung unschwer als Amerikaner zu erkennen. Doch war er nicht der Einzige, der auffiel, denn auch die prächtigen Uniformen von Offizieren der Kolonialmiliz und der britischen Offiziere, die als militärische Berater der neu aufgestellten Streitkräfte von Neusüdwales dienten, sorgten für Farbkleckse auf dem kurz geschorenen Rasen des großen Besitzes.

Junge Damen in Kleidern mit Fischbeinkorsetts flirteten mit den schneidigen jungen Offizieren. Mehr als eine der Töchter reicher Kaufleute oder Grundbesitzer warf dem hoch gewachsenen und gut gebauten Amerikaner mit der exotisch wirkenden schwarzen Augenklappe unverhüllt bewundernde Blicke zu. Ein gespielt schüchternes Flüstern hinter reich verzierten Fächern folgte Michael, während er allein zum Rand des Rasens schritt, von wo er den herrlichen Blick über den Hafen genoss. Er hielt sich von den übrigen Gästen fern, denn sein Aufenthalt war geschäftlicher Natur. Sich Fragen über seine Vergangenheit stellen lassen zu müssen, war dem nicht dienlich, ganz gleich, wie wohlmeinend sie formuliert sein mochten.

Trotzdem blieb er nicht lange allein. Ein Offizier des britischen Heeres trat zu ihm. »Sie sind vermutlich Mister O'Flynn«, sagte er höflich. »Wir kennen einander zwar nicht, wären uns aber fast einmal begegnet.« Er hielt ihm die Hand hin. »Ich bin Major Godfrey, als Verbindungsoffizier des Freiwilligen Hochländer-Gewehrschützen-Korps des Herzogs von Edinburgh im Lande. Von einem gemeinsamen Bekannten habe ich gehört, dass Sie im amerikanischen Bürgerkrieg unter Phil Sheridan gedient haben. Zufällig hatte ich die Ehre, als einer der Militärbeobachter Ihrer Majestät am selben Feldzug teilzunehmen, der Sie bedauerlicherweise Ihr Auge gekostet hat.«

Michael nahm die ihm gebotene Hand. »Ein gemeinsamer Bekannter?«, sagte er zurückhaltend und versuchte, den englischen Offizier einzuschätzen. »Ich kann mir nicht denken, wer das sein könnte.«

»Nun ja. Haben Sie nicht auf der *Boston* die Bekanntschaft von Mister Horace Brown gemacht?«, fragté der Major und ließ dabei den Blick über den Hafen gleiten. »Er und ich haben vor Jahren gemeinsam auf der Krim gedient. Ich bin ihm zufällig gestern in der Victoria-Kaserne über den Weg gelaufen. Mister Brown sucht oft die Offiziersmesse auf, wenn er in der Stadt zu tun hat, und erzählt mir von den Reisen, die er mit dem Geld seiner Familie unternimmt.«

»Ja, ich kenne ihn flüchtig«, sagte Michael argwöhnisch und ließ den Major nicht aus den Augen. »Wenn ich mich richtig erinnere, ist er ein schlechter Pokerspieler.«

Michael ließ sich vom stutzerhaften Auftreten des Majors nicht täuschen. Die Ordensschnalle auf dem Uniformrock des Mannes zeigte, dass man ihn ernst nehmen musste. An den bunten Bändern ließ sich ablesen, dass er die Interessen des britischen Weltreichs in einer ganzen Anzahl von Kriegen vertreten hatte: auf der Krim, beim Aufstand in Indien und im zweiten Chinesischen Krieg. Außerdem trug er das mit einem bräunlichen Streifen versehene dunkelblaue Band des Neuseeland-Feldzugs, in dem Michael unter dem Befehl des berühmten preußischen Grafen Tempsky gekämpft hatte.

»Wie ich sehe, waren Sie auch am Feldzug in Neuseeland beteiligt«, sagte Michael im Gesprächston. Der englische Offizier sah ihn aufmerksam an.

»Es schmeichelt mir, dass ein Amerikaner das Band erkennt, Mister O'Flynn«, sagte er. »Woher, wenn ich fragen darf?«

Michael nahm einen Schluck aus seinem Champagnerglas. Es war ein Fehler gewesen, zu zeigen, dass er das wusste. »Ich kannte mal 'nen Tommy, der so eins hatte«, gab er rasch zur Antwort.

Ohne der Sache weiter nachzugehen, fragte der Major: »Hat Ihnen nicht Präsident Lincoln die Tapferkeitsmedaille des amerikanischen Kongresses verliehen?«

Michael nickte und sah beiseite.

Ein kurzes Schweigen folgte, bis der britische Major das Gespräch wieder aufnahm. »Sie und ich sollten uns einmal zusammensetzen und unsere Erinnerungen an Five Forks austauschen«, sagte er. »Das war eine entscheidende Schlacht Ihres Heeres. Mich hat der ›jungenhafte General‹, wie Ihre Zeitungen George Custer nannten, ziemlich beeindruckt. Die Attacke des von ihm befehligten Heeres von Nord-Virginia auf die rechte Flanke der Konföderierten war nicht von schlechten Eltern. Der junge Mann hat eine große Zukunft. Kürzlich habe ich gelesen, dass er dabei ist, im Staat Dakota die Rothäute an die Kandare zu nehmen. Dafür, dass er aus den Kolonien stammt, ist er ein ziemlich toller Kerl.«

Michael kannte George Custer und konnte ihn nicht ausstehen. Er sah in ihm einen gefährlichen Irren, der kein anderes Ziel kannte, als den eigenen Ruhm zu mehren, ganz gleich, wie viele seiner Männer es das Leben kostete. »Ja, auch ich habe gehört, dass *Oberstleutnant* Custer die Zeit damit totschlägt«, gab er zurück und versuchte zu betonen, dass Custer jetzt einen niedrigeren Rang bekleidete als einst im Bürgerkrieg.

»Wenn jemand mit den australischen Ureinwohnern fertig werden könnte, dann Custer«, erklärte der britische Offizier mit befriedigtem Unterton. »Wir brauchen hier einen Mann seines Kalibers, der die verdammten Wilden oben im Norden zur Räson bringt. Aber die denken überhaupt nicht daran, sich zu einer Schlacht zu stellen, sondern führen lieber einen Buschkrieg gegen unsere tapferen Siedler.«

»Wenn sich George Custer nur nicht eines Tages übernimmt, Major«, gab Michael spöttisch zur Antwort. »Einer Ihrer eigenen Offiziere zählt die Rothäute, wie Sie sie nennen, zu den besten Reitern auf der ganzen Welt, und meine persönliche Erfahrung lässt mich ihm nur Recht geben. Wenn es um einen Kampf Mann gegen Mann geht, wette ich jederzeit auf die Indianer. Custer kann sie nur schlagen, solange er über eine zahlenmäßig überlegene Streitmacht verfügt, aber Gott gnade ihm, wenn er sich je der vereinigten Streitmacht der Stämme aus den weiten Ebenen Amerikas gegenübersehen sollte.«

»Zu einer solchen Begegnung wird es wohl nie kommen, Mister O'Flynn«, sagte Godfrey wegwerfend. »Die Indianer befinden sich noch fast im Zustand der Wilden und haben unserer überlegenen Technik und Taktik nichts entgegenzusetzen. Nein, Custer wird da Frieden schaffen, das können Sie mir glauben.« Godfrey hatte deutlich gemerkt, dass O'Flynn nicht besonders viel von George Custer hielt, und wandte sich daher taktvoll einem anderen Thema zu. »Erstaunlich, dass man Sie zu diesem Empfang eingeladen hat. Woher kennen Sie eigentlich unsere bezaubernde und, wenn ich das hinzufügen darf, schöne Gastgeberin und ihren Gatten, den Baron?«

»Bisher hatte ich noch nicht das Vergnügen, sie oder ihn kennen zu lernen«, gab Michael zur Antwort. »Ein gemeinsamer Bekannter des Barons aus Sydney hat mich hierher eingeladen, damit ich dessen persönliche Bekanntschaft mache.« Das stimmte zum Teil, nur wusste Michael nicht, ob der Büchsenmacher George Hilary dem Baron oder dessen Gattin je begegnet war.

»Ach so«, gab der Major zur Antwort und wandte sich den beiden Damen zu, die von den Zelten über den Rasen auf sie zukamen. »Dann darf ich Ihnen sagen, dass dort unsere schöne und großzügige Gastgeberin kommt, und ich die Ehre haben werde, sie Ihnen vorzustellen.« Michael drehte sich um und erstarrte. Das Blut wich ihm aus dem gebräunten Gesicht. *Penelope White! Und Fiona!*

Lächelnd hörte sich Penelope die charmanten Komplimente des Majors an. Dann sah sie zu Michael hin, der ihren Augen ansah, dass er ihr bekannt vorkam. Fiona neben ihr war erbleicht und schien einem Ohnmachtsanfall nahe. Der englische Major bemerkte offensichtlich nichts von dem, was zwischen Michael und den beiden Damen vorging. »Mister O'Flynn, darf ich Ihnen Baronin von Fellmann und ihre bezaubernde Kusine Missus Fiona White vorstellen?«

Michael bemühte sich, seine Fassung zu bewahren. »Sie hatten Recht, Major«, gab er lachend zur Antwort. »Aber Sie haben mit Ihrem Lob der Schönheit der Baronin zu sehr gegeizt«, setzte er hinzu, während er Penelope die Hand küsste. »Auch hat der Major nichts von der Schönheit der anderen Damen in der Kolonie Neusüdwales gesagt«, fuhr er galant fort und sah Fiona mit seinem grauen Auge unverwandt an.

»Wie reizend von Ihnen, Mister O'Flynn«, sagte Penelope munter, während sie ihre Hand mit leisem Zögern fortzog. »Ich habe gehört, dass die Amerikaner charmanter sein können als meine französischen Gäste. Ist Mister O'Flynn nicht wahrhaft bezaubernd, Fiona?«

Die Angesprochene sah Michael immer noch mit weit aufgerissenen Augen an. Ihrer Kusine war klar, warum der Amerikaner sie so tief beeindruckte. »Sie kommen uns irgendwie bekannt vor, Mister O'Flynn«, fuhr Penelope fort.

Mit einem Stirnrunzeln schüttelte Michael den Kopf. »Ich wünschte, es wäre so, Baronin, aber ich bin zum ersten Mal in Australien. Vielleicht erinnere ich Sie an jemanden?«, fragte er mit gespielter Gelassenheit, während ihm das Herz in der Brust hämmerte, vor Sorge, sie könnten dahinterkommen, wer er wirklich war.

»Genau das ist es, Mister O'Flynn«, sagte Penelope und schürzte verführerisch die Lippen, während sie ihn aufmerksam musterte. »Sie sehen einem Mann zum Verwechseln ähnlich, den Missus White und ich vor vielen Jahren kannten.

Aber Sie sind gewiss nicht der, für den wir Sie gehalten haben.«

Michael entspannte sich ein wenig und sah die beiden Frauen abschätzend an. Keiner von beiden hatten die Jahre etwas anhaben können, sie waren lediglich reifer und schöner geworden. Nach wie vor bestand ein reizvoller Kontrast zwischen der dunkelhaarigen Fiona und der üppigeren Schönheit der blonden Baronin.

Fionas von Natur aus makellose blasse Haut war kalkweiß geworden, und ihre smaragdgrünen Augen waren immer noch geweitet, vor Verblüffung, wie Michael vermutete. Zwar empfand er noch ein gewisses Unbehagen, fühlte sich aber deutlich sicherer. In den Jahren seit ihrer letzten Begegnung hatte er sich gründlich verändert. Durch die Schrecken des Krieges hatte sein Gesicht die harten Züge eines Mannes angenommen, der an die Allgegenwart des Todes gewöhnt war; von den weichen Gesichtszügen des jungen Mannes, der einst davon geträumt hatte, Landschaftsmaler zu werden, war nichts geblieben.

»Vermutlich sind Sie der Herr, den mir mein Mann angekündigt hat«, sagte Penelope in geschäftsmäßigem Ton. Sie war gefasst, und ihrem Gesicht ließ sich nicht ansehen, wie er auf sie wirkte. »Ich bin gern bereit, geschäftliche Angelegenheiten mit Ihnen zu besprechen, bitte Sie aber, mich heute zu entschuldigen, da ich mich um meine übrigen Gäste kümmern muss. Es sieht ganz so aus, als ob Major Godfrey Sie glänzend unterhält. Ich würde Sie gern morgen um sechs Uhr hier begrüßen, falls Ihnen das Recht ist, Mister O'Flynn.«

»Ich glaube schon, Baronin«, gab Michael zur Antwort.

»Gut. Machen Sie sich doch bitte mit den anderen Gästen bekannt«, sagte Penelope mit rätselhaftem Lächeln. »Bestimmt sind sie auf Sie neugierig. Ich habe schon mehr als eine der jungen Damen sagen hören, wie gern sie den geheimnisvollen Amerikaner kennen lernen würde. Sie scheinen Frauen magnetisch anzuziehen, Mister O'Flynn«, sagte sie und nahm Fionas Arm.

»An mir gibt es kaum etwas Geheimnisvolles, Baronin«, gab

Michael bescheiden zur Antwort. »Aber ich danke Ihnen für das Kompliment und folge gern Ihrer Einladung.«

Penelope führte ihre Kusine beiseite. Erst als sie außer Hörweite waren, sagte Fiona: »Penny, mir war, als wäre Michael von den Toten auferstanden.«

Penelope lächelte einem französischen Marineoffizier zu, der dem Wein offenbar ziemlich kräftig zugesprochen hatte und jetzt in amouröser Stimmung zu sein schien. Er sagte etwas auf Französisch zu ihr, sie antwortete ihm fließend in seiner Sprache und wandte sich dann wieder ihrer Kusine zu. »Dieser Mister O'Flynn sieht Michael Duffy wirklich geradezu beklemmend ähnlich«, sagte sie, während sie durch den Park zurück zum Zelt schritten.

Fiona fühlte sich nach wie vor schwach. Die Begegnung mit dem Amerikaner hatte in ihr einen Schwall bittersüßer Erinnerungen wachgerufen.

Wieder spürte Penelope den Schmerz ihrer Kusine und beugte sich zu ihr, während sie unter den Gästen umhergingen.

»Vergiss Mister O'Flynn, Fiona, meine Liebe«, flüsterte sie. »Wenn du an ihn denkst, erinnert dich das nur an Michael. Aber er ist für immer aus deinem Leben verschwunden. Du quälst dich nur unnötig mit Dingen, die längst vorüber sind.«

Bestimmt hatte Penelope Recht, ging es Fiona durch den Kopf. Michael Duffy war nichts als eine süße und traurige Erinnerung. Offensichtlich war Penelope überzeugt, dass O'Flynns Ähnlichkeit mit Michael Duffy ein reiner Zufall war. Jemand, der so klug war wie sie, konnte sich wohl nicht irren.

Michael tat weiterhin so, als unterhalte er sich mit Major Godfrey, während er in Wahrheit versuchte, sich von der Begegnung mit Penelope und Fiona zu erholen. Es war ihm nur allzu recht, dass der Major einen ihm bekannten Offizier entdeckte und sich mit der Aufforderung entschuldigte, gelegentlich doch noch einmal zusammenzukommen, um miteinander über den Krieg zu reden. Michael bekräftigte das, doch trafen sie keine Abmachungen über Ort und Zeit.

Kaum war der Major gegangen, verschwand Michael ebenfalls. Ihm war durchaus bewusst, dass das Gelände, auf dem er sich jetzt bewegte, ebenso gefährlich war wie ein Schlachtfeld. Sofern man ihn erkannte, bestand die Möglichkeit, dass ihn jemand bei der Polizei denunzierte, und auf das Kapitalverbrechen Mord stand in der Kolonie Neusüdwales nach wie vor der Tod durch den Strang.

Major Godfrey vergaß die Begegnung mit dem Amerikaner nicht so ohne weiteres. Allem Anschein nach hatte Michael nicht die Absicht, weiter an der Nachmittagsgesellschaft auf dem Rasen teilzunehmen. Warum nur hatte der verdammte Horace Brown ihm gegenüber seinen Auftrag erwähnt, den Amerikaner zu beschatten? Erst als Godfrey Michael unter den Gästen der Baronin entdeckte, war ihm das Gespräch mit dem alten Kriegskameraden von der Krim wieder eingefallen. Und als Offizier in den Streitkräften Ihrer Majestät sah er es als seine Pflicht an, den geheimnisvollen Amerikaner nicht aus den Augen zu lassen.

Es war ihm nicht recht, ausgerechnet in dem Augenblick die Gesellschaft verlassen zu müssen, als der Champagner einigen der jüngeren und hübscheren Töchter der Kolonie ihre Hemmungen zu nehmen begann.

Michael grübelte über sein unerwartetes Zusammentreffen mit Fiona und Penelope nach, und so merkte er nicht, dass ihm der britische Offizier in einer Droschke folgte. Wenn sich nun Penelope nicht hatte hinters Licht führen lassen? Wie stark war ihre Abneigung gegen ihn inzwischen? Würde sie ihn der Polizei ausliefern? Während seine Droschke ihrem Ziel entgegenfuhr, gingen ihm diese unbehaglichen Gedanken nicht aus dem Kopf, obwohl er fast sicher war, dass ihn die beiden Frauen für einen amerikanischen Waffenhändler namens Michael O'Flynn hielten.

An jenem Abend trank Michael allein in der Schankstube seines Gasthofs, und niemand wagte, sich zu dem Einäugigen an den Tisch zu setzen. Er sah nicht aus wie jemand, dem an Gesellschaft gelegen war.

Als der Ausschank geschlossen wurde, sucht er sein Zimmer

auf. Die Tür war nicht versperrt, obwohl er sicher war, sie abgeschlossen zu haben.

Vorsichtig stieß er sie auf und trat argwöhnisch in das dunkle Zimmer. Wenige Sekunden genügten, alles im Raum in sich aufzunehmen, den der sanfte Lichtschein einer Lampe vom Flur erhellte. Beim Anblick einer unbekleideten Gestalt auf seinem Bett stockte ihm der Atem.

Penelope glitt vom Bett herab und kam durch das schwach beleuchtete Zimmer auf ihn zu. Er konnte die Umrisse ihrer geschwungenen Hüften und ihre schmale Taille erkennen.

Er leistete keinen Widerstand, als sie sein Gesicht zu ihrem herabzog. Erst war ihr Kuss sanft, dann bissen ihre Zähne wild in seine Lippe. Als er sich von ihr löste, schmeckte er Blut in seinem Mund.

»Hallo, Mister O'Flynn. Oder sollte ich Michael Duffy sagen?«

»Woher wissen Sie …?«

»Sie haben zwar nur ein Auge, aber Ihre Seele hat sich nicht verändert«, sagte sie und fuhr ihm mit den Fingerspitzen über die Lippen. Dort, wo ihre Zähne die Haut verletzt hatten, schmerzte die Berührung, und sie merkte, wie er zusammenzuckte. »Ich habe Sie auf den ersten Blick erkannt und in Ihrem Auge den Mann gesehen, der Sie waren … und immer sein werden. Der Mann, von dem ich mir geschworen hatte, dass er mir eines Tages ausgeliefert sein würde. Und das sind Sie jetzt!«

»Weiß Fiona auch Bescheid?« sagte Michael, während sie sein Blut von den Fingerspitzen ableckte.

»Das glaube ich nicht«, sagte sie mit einschmeichelnder Stimme. »Meine Kusine ist eine Romantikerin. Lieber nimmt sie an, ihr Liebster ist gestorben und hat noch im Sterben an sie gedacht. War es so, Michael?«, neckte sie ihn. »Haben Ihre letzten Gedanken Fiona gegolten?«

»Ich hatte in meinem Leben oft letzte Gedanken, Baronin«, knurrte Michael. »Meist war es das Bedauern, dass ich keine Gelegenheit hatte, Ihren Bruder umzubringen. Offen gestanden ist mir nicht recht klar, was Sie in meinem Bett wollen.

Bei unserer letzten Begegnung hatten Sie für mich nur tiefen und unerbittlichen Hass übrig.«

»Ich will Sie, Michael Duffy, und habe Sie immer gewollt«, sagte sie mit rauer Stimme. Dabei schob sie ihm eine Hand unter das Hemd und fasste prüfend nach seinen Muskeln. »Schon von dem Tag an, als ich Sie am Anleger in Manly gesehen habe. Aber damals waren Sie zu sehr in meine Kusine verschossen, als dass Sie mich bemerkt hätten. Jetzt sind Sie in meiner Hand, was Ihnen bestimmt klar ist, und so kann ich nach Belieben mit Ihnen verfahren. Ich kann Sie sogar dazu bringen, mich um meine Liebe anzuflehen. Kann von Ihnen verlangen, meine abartigsten Wünsche zu erfüllen, zu tun, was ich möchte, ganz gleich, was Sie für andere Frauen empfinden. Ihr Leben gehört mir, denn ich weiß, wer Sie wirklich sind.« Sie zog sein Gesicht zu ihrem herunter und küsste ihn heiß und leidenschaftlich.

Im Augenblick war er ihr in der Tat ausgeliefert. Doch war die Frage nach dem freien Willen ohnehin äußerst theoretisch, denn der Duft, der von ihrem Körper ausging, weckte eine maßlose Begierde in ihm. Er verlor sich an sie. Jahrelang hatte er in einer Welt gelebt, in der Tod und Gewalttätigkeit an der Tagesordnung waren, und jetzt explodierte in ihm das Verlangen, einmal nicht zu zerstören, nicht Qualen, sondern Entzücken hervorzurufen. So lange hatte er die angenehmen Freuden, die ein weiblicher Körper zu bieten hatte, nicht mehr genossen, schon lange die Wonnen nicht mehr gespürt, die Penelope jetzt in ihm entfesselte.

Penelope durfte sich endlich den Traum von Rache erfüllen, verbunden mit einer Begierde, deren Heftigkeit sie sich nicht einmal selbst eingestanden hatte. Sie zog Michael auf das Bett, schlang die Beine um seine Lenden, drückte ihn immer tiefer in sich hinein. Während er sich ihrem Willen überließ, war er alles, was sie sich erträumt hatte: ein großartiger Liebhaber mit der Männlichkeit eines ungezähmten wilden Tieres. Was sie betraf, hatte die Vereinigung ihrer Leiber nicht das Geringste mit Liebe zu tun. Ihre Liebe galt ausschließlich der dunkelhaarigen Frau mit den smaragdgrünen Augen, die am Nachmittag ein Gespenst zu sehen geglaubt hatte. Mit einem triumphierenden Lächeln führte Penelope Michaels Kopf zwischen ihre Beine. Sie besaß die Macht, ihre Feinde mit Hilfe ihres Körpers zu besiegen – vor allem, wenn es sich um Männer handelte.

Michael dachte nicht an Fiona. In der von Gefahren wimmelnden Welt, die aus dem romantischen Träumer einen harten, zynischen Glücksritter gemacht hatte, hatte er schon vor langer Zeit gelernt, den Augenblick zu ergreifen, wenn er sich ihm bot. Das Empfinden für Liebe war ihm ebenso abhanden gekommen wie seine Träume, eines Tages die dunkelhaarige schöne Fiona Macintosh heiraten zu können. Hier bei Penelope erfuhr er, wie sich Gewalttätigkeit mit Wollust verbinden kann. Wofür er in seinem unruhigen Soldatenleben bezahlen musste, wurde ihm hier aus freien Stücken gewährt.

»Die Baronin ist gleich nach dem Empfang fortgegangen«, teilte Major Godfrey Horace mit. Sie unterhielten sich in einer Ecke der Offiziersmesse der Victoria-Kaserne. Trotz des Flüstertons, in dem er sprach, schwang in seiner Stimme hörbar Neid auf den Amerikaner mit, der das Glück hatte, das Bett mit der schönen Gemahlin des preußischen Adligen teilen zu dürfen. »Im Augenblick befindet sie sich im Gasthof, in dem Mister O'Flynn abgestiegen ist, vermutlich in seinen Armen. Der Glückspilz.«

Godfrey wusste, dass Baronin von Fellmann bei ihren amourösen Abenteuern für gewöhnlich sehr diskret vorging, doch einen Mann in seinem Gasthof aufzusuchen, zeugte nicht gerade von Vorsicht. »Kennt sie diesen Mister O'Flynn Ihrer Ansicht nach von früher her?«, fragte Horace.

Godfrey schüttelte den Kopf. »Ich wüsste nicht, woher. Soweit mir bekannt ist, war sie nie auf Samoa oder in Amerika. Nein, ich vermute, die Dame hat sich schlicht und einfach in unseren amerikanischen Freund verknallt. Nichts weiter.«

Horace runzelte die Stirn. Er war überzeugt, dass O'Flynn und die Baronin einander nicht erst bei dieser Gelegenheit kennen gelernt hatten. Auch wenn er keine persönlichen Erfahrungen mit den sexuellen Bedürfnisse der Damenwelt hatte, war ihm klar, dass keine Frau mit einem Mann nur deshalb ins Bett geht, weil sie bei einem Empfang einige belanglose Worte mit ihm gewechselt hat.

Man hatte Horace zugetragen, die Baronin habe nach dem Verlassen ihres Empfangs zunächst den australischen Büchsenmacher George Hilary und erst anschließend O'Flynns Gasthof aufgesucht. Augenscheinlich hatte sie sich bei Hilary erkundigt, wo sie den Amerikaner finden konnte. Eine verwirrende Geschichte.

O'Flynns Vergangenheit schien sehr viel ungewöhnlicher zu sein, als Horace ursprünglich angenommen hatte. In der irisch-amerikanisch gefärbten Sprechweise des Mannes schwang außerdem ein eigentümlicher Zungenschlag mit. Zu den Fähigkeiten eines Spezialisten auf dem Gebiet der Sprachen, und das war Horace, gehörte es, Wörter und Lautnuancen so zu lesen wie ein Jäger die Fährte des von ihm verfolgten Wildes. Er wurde den Verdacht nicht los, dass Michael O'Flynn entweder lange in Australien gelebt oder sich zumindest besuchsweise in diesem Land aufgehalten hatte.

Den Besuch der Baronin in Michaels Gasthof betrachtete er als Bestätigung seiner Theorie, dass sich jener schon früher in Sydney aufgehalten hatte, obwohl die ihm zugänglichen Unterlagen nichts darüber enthielten. Wer mochte dieser O'Flynn in Wahrheit sein? Die Antwort auf diese Frage konnte sich als äußerst wertvoll erweisen.

»Wie ich von O'Flynn gehört habe, sind Sie ein sehr guter Pokerspieler, Horace, alter Junge«, sagte Godfrey mit breitem Lächeln zu seinem Gefährten, der nach wie vor über Michael nachgrübelte. »Wollen wir ein oder zwei Spielchen wagen? Um ein paar Pfund?«

»Mein lieber Junge«, sagte Horace mit betrübter Stimme, »wenn ich auf der Krim etwas gelernt habe, dann, dass man nie mit einem Infanterieoffizier Karten spielen soll. Anders als die Kollegen von der Kavallerie sind das keine feine Herren. In keiner Weise.«

Godfrey lächelte erneut. »Es war einen Versuch wert«, seufzte er ergeben.

Horace leerte sein Glas und verabschiedete sich. Auf der Straße hielt er eine Droschke an. Während des ganzen Rückwegs zu seiner Unterkunft war er tief in Gedanken. Baron Manfred von Fellmann führte etwas im Schilde. Aber wie würde sich der ehemalige preußische Offizier verhalten, wenn er erführe, dass seine anglo-australische Gattin es mit dem Amerikaner trieb? Soweit Horace wusste, befand der Baron sich zu O'Flynns Glück nach wie vor auf Samoa.

Der englische Agent überlegte, welche Absichten die Deutschen und vor allem Manfred von Fellmann im Pazifik verfolgen mochten. Bismarck setzte sein volles Vertrauen auf diesen Geheimdienstagenten. Was auch immer die Deutschen vorhatten, es musste für ihre strategischen Interessen in einem Gebiet, das die meisten europäischen Mächte im Zusammenspiel internationaler Politik als unbedeutend ansahen, von großer Wichtigkeit sein. Warum zum Kuckuck hatte von Fellmann mit einem Mal den Schwerpunkt seiner Aktionen von Samoa nach Sydney verlegt, wie britische Abwehrkreise auf Samoa hatten durchblicken lassen? Während Horace an Mietskasernen vorüberfuhr, festigte sich seine Überzeugung immer mehr, dass der geheimnisvolle Amerikaner irischer Abkunft der Schlüssel zu dieser Frage war. Er brauchte ihm nur auf der Fährte zu bleiben und mehr über seine Vergangenheit herauszubekommen, um zu erfahren, was es mit dem plötzlichen Interesse der Deutschen an diesem Teil der Welt auf sich hatte. Dank seiner geschärften Sinne hatte Horace erkannt: O'Flynn war auf keinen Fall nur das, was er zu sein schien.

Penelope ruhte in Michaels Armen. Lächelnd dachte sie daran, wie sie noch vor zwei Tagen Fiona in ähnlicher Weise an ihren nackten Leib gepresst hatte. Sie betrachtete seinen von Narben übersäten Körper. Welche Ironie darin lag, dass sie und Michael zu verschiedenen Zeiten ihres Lebens Fiona besessen hatten!

Sie würde Michael nicht an die Polizei ausliefern, dachte sie, während sie den Schlafenden betrachtete. Zum einen war er eine Schlüsselfigur im internationalen Intrigenspiel ihres Mannes und zum anderen einer der besten Liebhaber, dem sie je begegnet war. Sie fuhr mit der Spitze eines Fingernagels über eine lange Narbe auf seiner Brust und lächelte tückisch. »Ach, Michael«, seufzte sie leise, um ihn nicht zu wecken. »Wenn du wüsstest, welche Spiele ich für unsere nächste Begegnung plane, würdest du dich vermutlich für den Galgen entscheiden.«

6

Kurz vor Ladenschluss hörte Luke aus dem Lager, wo er gerade seine Bettrolle packte, eine wütende Männerstimme. Er hatte seine letzten Vorbereitungen für den Weg zum Palmer getroffen. Die Stimme des Mannes kam ihm bekannt vor. Da Emma allein im Laden war, sprang er ohne zu zögern von dem Ballen aus Baumwollstoff, auf dem er gesessen hatte, und eilte nach nebenan. Im Laden stand ein großer und kräftiger Mann und brüllte Emma an: »Sie wissen, wann sie wiederkommt.« Dann fuhr er zu Luke herum. »Sie schon wieder!«, entfuhr es ihm. »Ich dachte, Sie wären aus der Kolonie verschwunden?«

»O'Keefe, verdammter Hurensohn! Ich hatte gehofft, Sie wären längst unter der Erde.«

O'Keefe ließ von Emma ab, die sich die zitternden Hände vor das aschfahle Gesicht schlug. Hoffentlich endete das Aufeinandertreffen dieser beiden Männer nicht in einem Blutbad! »Das haben 'n paar probiert«, knurrte er. »Aber wie Sie sehen können, bin ich immer noch da.«

»Ich seh auch, dass Sie es sich nicht abgewöhnt haben, hilflose Frauen zu drangsalieren«, fuhr Luke ihn an. »Probieren Sie es doch mal mit einem Mann.«

»Sie halten sich für einen Mann?«, schnaubte O'Keefe und schüttelte den Kopf. »Dabei müssen Sie sich vor lauter Feigheit an 'nem Revolver festhalten.«

Bei dieser Kränkung wich Luke das Blut aus dem Gesicht. O'Keefe war an die zehn Jahre jünger als er und sehr viel kräftiger gebaut, und so gab sich Luke keinen falschen Vorstellungen über das Ergebnis einer Prügelei zwischen ihnen hin.

Doch einen kleinen Hoffnungsschimmer gab es. »Tragen Sie immer noch ein Messer mit sich rum?«, fragte er und zog sein Bowie-Messer aus dem Stiefelschaft.

Mit breitem Grinsen holte O'Keefe daraufhin ein beidseitig geschliffenes Messer aus der Weste. Emma, die angesichts der sich zuspitzenden Situation Panik überkam, stürzte sich auf O'Keefes rechten Arm, wurde aber beiseite geschleudert wie ein lästiges Insekt. Rücklings taumelte sie in einen Kochtopfstapel, der mit lautem Klappern in sich zusammenbrach. Sie musste unbedingt Henry holen, bevor Blut floss. Doch die einander umtänzelnden Männer versperrten ihr den Weg zur Tür. Sie konnte nur hilflos zusehen. Mit frechem Grinsen reizte der Ire Luke, der leicht in die Knie gegangen war, um so das Gleichgewicht zu halten.

»Was wird hier gespielt?«, dröhnte mit einem Mal eine Stimme in O'Keefes Rücken. »Was für ein kindischer Unsinn ist das?« Luke warf einen kurzen Blick auf die schwarz gekleidete Gestalt im Eingang. »Meine Frau und ich sind gekommen, um was zu kaufen, und jetzt prügeln sich hier zwei erwachsene Männer«, fuhr der Mann fort. Seine Stimme hallte so laut, dass die gewaltigsten Eukalyptusbäume bei ihrem Klang das Laub abgeworfen hätten.

Von der Stimme in seinem Rücken verunsichert, erstarrte O'Keefe, das Messer noch drohend erhoben. Mit einer geübten Bewegung ließ er es dann im Jackettärmel verschwinden und wandte sich dem Sprechenden zu. Der Mann, der einen schwarzen, buschigen Bart trug, war etwa genauso alt, genauso groß und ähnlich gebaut wie er. Seiner Sprechweise nach musste er Deutscher sein, und sein Blick zeigte, dass er keine Furcht kannte. Wortlos schob sich O'Keefe an ihm und der hinter ihm stehenden hübschen blonden Frau vorbei. Luke steckte sein Bowie-Messer zurück in den Stiefelschaft.

»Danke, Sir«, sagte Emma. Die Farbe kehrte allmählich wieder in ihr Gesicht zurück. »Sie sind genau im richtigen Augenblick gekommen.«

Sie warf Luke einen besorgten Blick zu, den dieser mit einem Lächeln erwiderte, obwohl er sich nicht besonders wohl fühlte. Fast hätte er Kates Mann getötet – oder wäre von ihm getötet worden.

»Nicht der Rede wert«, sagte der schwarz gekleidete Fremde achselzuckend.

Die hübsche blonde Frau lächelte Emma zu, während sie neben ihn trat.

»Ich bin Missus Emma James«, ergriff Emma das Wort. »Darf ich Ihnen Mister Luke Tracy aus Amerika vorstellen, dessen Leben Sie mit Ihrem Dazwischentreten möglicherweise gerettet haben?«

Luke ärgerte ihre Annahme, dass er bei der Messerstecherei den Kürzeren gezogen hätte. Damit hatte sie ihn an einer empfindlichen Stelle getroffen. Doch er sagte nichts und streckte dem Mann in Schwarz die Hand entgegen.

»Ich bin Pastor Otto Werner, und das ist meine Frau Caroline«, sagte er und nahm Lukes Hand. »Uns hat die lutheranische Missionsgesellschaft hierher entsandt.«

»Angenehm«, sagte Luke. »Hoffentlich haben Sie jetzt nicht einen falschen Eindruck von uns bekommen. Das war lediglich ein Missverständnis zwischen mir und dem Herrn, der gerade gegangen ist. Es hat nichts mit der Art zu tun, wie dieses Geschäft geführt wird.«

Der Geistliche lächelte dem Amerikaner wissend zu und löste den eisernen Griff seiner Hand. »Ich glaube Ihnen, Herr Tracy. Sicher kommt das nicht jeden Tag vor.« Dann wandte er sich zu seiner Begleiterin um und sagte etwas auf Deutsch. Lächelnd nickte sie zu Luke hin. »Meine Frau ist noch dabei, Englisch zu lernen«, sagte Otto. »Wir sind hergekommen, um Verschiedenes einzukaufen. Wir sind auf dem Weg zum Gut eines Landsmannes namens Schmidt, das, soweit ich weiß, etwa achtzig Kilometer südlich von Maytown liegt. Kennen Sie den Mann?«, fragte er.

Luke schüttelte den Kopf und sah zu Emma hin.

»Tut mir Leid, Herr Pastor«, gab sie zur Antwort. »Aber ich glaube nicht, dass ich Ihnen helfen kann. Er ist mir nicht bekannt. Sie könnten aber in der Kaserne der Eingeborenenpolizei nachfragen. Die patrouilliert ziemlich häufig in dem Gebiet.«

Der Geistliche schüttelte lächelnd den Kopf. »Das habe ich schon getan. Die Leute sagen, dass sie Herrn Schmidt nicht kennen. Aber wir finden ihn bestimmt«, sagte er mit einem Seufzer. »Gott wird meine Frau und mich zu ihm führen.«

Emma runzelte die Stirn. Sie wollte den Pastor vor dem Gebiet südlich von Maytown warnen. Für einen Neuling im Lande war das gefährlicher Boden, denn man konnte sich dort leicht verirren oder von einem Eingeborenenspeer durchbohrt werden. Doch sie unterließ es, als sie den entschlossenen Ausdruck auf dem bärtigen Gesicht sah. Einen Mann Gottes wie ihn würde eine solche Warnung vermutlich nicht von seinem Vorhaben abbringen. Sie wandte ihre Aufmerksamkeit seiner Einkaufsliste zu.

Als die beiden den Laden verlassen hatten, fragte Luke: »Was wollte O'Keefe von Ihnen? Ich hab gehört, wie er herumgebrüllt hat, und befürchtet, dass er Ihnen was antun könnte.«

»Er war schon einmal hier«, sagte Emma mit einem Seufzer und strich sich eine Haarsträhne aus dem Gesicht. »Er behauptet, ich hätte ihm die Unwahrheit über Kates Aufenthaltsort gesagt und wollte ihm verschweigen, wo sie ist. Dabei habe ich ihm gesagt, was ich weiß – sie befindet sich irgendwo zwischen hier und dem Palmer.«

Luke machte ein sorgenvolles Gesicht. »Falls er heute Abend wiederkommen sollte, holen Sie mich sofort«, sagte er. »Henry braucht da nicht mit hineingezogen zu werden.«

Emma legte ihm sanft die Hand auf den Arm. Sie begriff, dass der Amerikaner ihren Mann vor Leuten wie O'Keefe schützen wollte. »Danke«, sagte sie leise. »Das werde ich tun, sollte Mister O'Keefe heute Abend zurückkehren.«

Luke nickte. Er hatte ein schlechtes Gewissen, weil er sich bei Tagesanbruch aufmachen wollte, um nach Kate zu suchen. Es schien ihm nicht recht, Emma und Henry allein zu lassen, wenn die Gefahr bestand, dass Kates Mann sie noch einmal heimsuchte.

Während O'Keefe sich von dem Laden entfernte und in die hereinbrechende Nacht hinausging, verwünschte er das Glück des Amerikaners, den nur das Dazwischentreten des Fremden vor dem sicheren Tod durch sein Messer bewahrt hatte. Der schwarz gekleidete Mann, wer auch immer er sein mochte, schien sich nicht ohne weiteres einschüchtern zu lassen, und es war gut möglich, dass er sich auf die Seite des Amerikaners geschlagen hätte. Doch er würde zu einem späteren Zeitpunkt mit Tracy abrechnen. Im Augenblick hatte er genug damit zu tun, weitere Frauen für sein Bordell zusammenzubringen. Sein Plan war, im Laufe der Zeit mit Hilfe einiger Schlägertypen ein weiteres Etablissement für die Frauen zu eröffnen, die er aus dem Süden zu bekommen hoffte.

Inzwischen war es völlig dunkel geworden. O'Keefe bog von der Hauptstraße ab, auf der es von Goldsuchern nur so wimmelte, und wollte durch ein Gässchen, vorbei an einem kleinen chinesischen Tempel, zum Hintereingang seines Lokals.

»O'Keefe«, sprach ihn eine nervöse Stimme an.

Ein schmächtiger Mann trat aus dem Schatten des Tempels. O'Keefe blieb stehen und wandte sich zu ihm um. »Sie scheinen Ärger zu haben. Sicher kann ich Ihnen helfen«, sagte er herausfordernd und ließ das offene Messer in seine Hand gleiten.

Der Mann stand ängstlich im Schatten und leckte sich über die Lippen, während der vierschrötige Bordellbesitzer auf ihn zukam. »Meine Frau is da oben«, krächzte er. O'Keefe sah, dass der Mann betrunken war und Angst hatte.

»Kenn ich Sie?«, fragte er und fasste das Messer fester.

»Sie haben meine Frau für sich arbeiten lassen, als es ihr dreckig ging«, sagte der Mann und schob sich rückwärts von O'Keefe fort. »Jetzt will sie nich wieder nach Hause kommen.«

»Pech gehabt«, sagte O'Keefe und entblößte die Zähne. »Jetzt ist sie bei einem richtigen Mann.«

Mit einem Mal hielt der schmächtige Mann in seiner Bewegung inne und blieb reglos im Schatten stehen. Von irgendwoher hörte man eine Frau grell lachen und einen betrunkenen Goldsucher fluchen. Schweißperlen traten auf die Stirn des Mannes im Schatten. »Nein, O'Keefe«, sagte er mit einer Stimme, die sonderbar geisterhaft klang. »Ich glaube, diesmal haben Sie Pech gehabt.«

7

Kapitän Morrison Mort neigte nicht dazu, über die Wechselfälle des Lebens nachzudenken, sonst hätte er hier in Granville Whites Kontor sicher daran gedacht, dass dies einst David Macintoshs Reich gewesen war.

In den gut zehn Jahren, die seither vergangen waren, hatte das Leben als Kapitän an Bord der Macintosh-Barke seiner Gesundheit gut getan. Mort, ein Mann von Anfang vierzig, war gebräunt, gestählt, und sein gewelltes blondes Haar schien wie seine blassblauen Augen Sonne und See eingefangen zu haben.

Das Kontor hatte sich seit der Zeit, da man Mort das Kommando über die *Osprey* übertragen hatte, nur wenig verändert. Mit dem Rücken zum Fenster, von dem aus der Blick auf die geschäftigen Hafenanlagen fiel, saß sein unmittelbarer Vorgesetzter Granville White in einem mächtigen Ledersessel. Er hielt nunmehr alle finanziellen Fäden des aus Reederei, Land- und Aktienbesitz bestehenden ungeheuren Macintosh-Imperiums in den Händen. Er war Mitte dreißig und sah recht gut aus. Seine klar geschnittenen Züge und die hohe Stirn verliehen ihm ein aristokratisches Aussehen, das Frauen gefiel. Macht und Wohlstand spiegelten sich in seiner Haltung. »Willkommen daheim, Kapitän Mort«, sagte er mit einer Stimme, in der mehr Förmlichkeit als Wärme lag. Er erhob sich und wies mit der Hand über den Schreibtisch. »Bitte, nehmen Sie Platz.«

Mort warf die Schöße seines langen marineblauen Uniformrocks zurück und setzte sich in einen der kleineren Ledersessel. »Es ist schön, mal wieder hier zu sein, Mister White«, murmelte er. Es klang nicht besonders überzeugend.

In Sydney fühlte er sich nicht wirklich sicher, seit der irische Anwalt Daniel Duffy alles daran setzte, ihn wegen Mordes unter Anklage stellen zu lassen. Nur die Macht und die beträchtlichen Geldmittel der Familie Macintosh hatten ihn bisher davor bewahrt, im Gefängnis von Darlinghurst am Galgen zu enden. Soweit er wusste, hatte Daniel Duffy in seinen Bemühungen, ihn der Gerechtigkeit auszuliefern, nicht nachgelassen. Mort hielt sich nicht mit höflichen Floskeln auf und kam gleich zur Sache, schließlich ging es um geschäftliche Angelegenheiten. »In Ihrem Telegramm, das ich in Brisbane bekommen habe, hieß es, dass hier etwas Dringendes zu erledigen sei.«

Granville runzelte leicht die Stirn. Ihn, dem die Förmlichkeiten der kolonialen Gesellschaft in Fleisch und Blut übergegangen waren, störte Morts Art, unumwunden auf den Kern der Dinge zuzusteuern, ohne zuvor einige Belanglosigkeiten auszutauschen. »Sie haben einen neuen Auftrag«, sagte er, wobei er sich zurücklehnte und einen tiefen Zug aus seiner Havanna nahm. Mort hatte er keine Zigarre angeboten, er kannte dessen spartanische Gewohnheiten. Der Kapitän war weder dem Alkohol noch dem Nikotin zugeneigt. »Wir haben die *Osprey* an Baron von Fellmann verchartert. Er kann über das Schiff verfügen, sobald er hier eintrifft.«

»Wir sind gut im Geschäft mit dem Herbeischaffen von Kanaken«, protestierte Mort. »Die letzte Ladung nach Brisbane ...«

»Das bestreitet niemand, Kapitän«, sagte Granville und schnitt ihm das Wort mit einer ungeduldigen Handbewegung ab. »Aber der Baron wird uns großzügig für etwaige entgangene Gewinne entschädigen und außerdem ist er mein Schwager«, und mit einer Spur Sarkasmus fügte er hinzu: »Wie könnte ich eine Bitte meiner Schwester missachten?«

»Und wohin soll die Reise gehen?«, knurrte Mort. Eine Anweisung von Granville war gleichbedeutend mit einem Befehl.

»Cooktown«, gab dieser zur Antwort. »Wie es von da aus weitergeht, weiß nur der Baron. Sie tun auf jeden Fall, was er sagt. Schließlich zahlt er für die Charter.«

Mort hob die Brauen. Etwas schien ihm an der Sache nicht in Ordnung zu sein. Zwar störte ihn das nicht weiter, solange man ihn bezahlte und er das Schiff führen durfte. »Will der Baron etwa am Palmer nach Gold suchen?«, fragte er im Gesprächston.

»Es geht uns nichts an, was er zu tun beabsichtigt«, gab Granville mit verärgertem Gesichtsausdruck zurück. »Je weniger Fragen Sie stellen, desto besser kommen Sie mit ihm aus.«

Mort nickte. »Ich muss aber wissen, Mister White«, sagte er, »was für Vorräte ich an Bord nehmen soll und wann ich bereit sein muss, in See zu stechen.«

Erneut nahm Granville einen langen Zug aus seiner Zigarre und stieß einen Rauchring aus. »All das kann Ihnen George Hobbs sagen«, gab er zur Antwort. »Fragen Sie ihn, wenn Sie rausgehen.«

Mort hatte den Eindruck, dass die kurze Begegnung zu Ende wäre. Er wollte sich schon erheben, als Granville erneut zu sprechen begann. Daher ließ er sich wieder in seinen Sessel sinken. »In jüngster Zeit sind mir beunruhigende Dinge zu Ohren gekommen«, sagte Granville. »Angeblich hat Ihr Erster Steuermann Mister Horton bei seinem letzten Landgang in Sydney im Stadtbezirk The Rocks über Dinge gesprochen, über die man besser Stillschweigen bewahrt.«

Mort bereitete diese Mitteilung ein leichtes Unbehagen. Jack Horton, der in den Schänken seines einstigen Reviers The Rocks oft dem Rum zusprach, rühmte sich, wenn er zu viel getrunken hatte, gern seiner Abenteuer in der Südsee. »Worum geht es dabei?«, erkundigte er sich.

»Um Äußerungen über den papistischen Bastard Michael Duffy und meinen Vetter David. Man munkelt, dass wir den beiden übel mitgespielt haben sollen.«

»Duffy ist den Maori in Neuseeland zum Opfer gefallen«, sagte Mort herablassend. »Und Mister Macintosh ist vor über fünf Jahren von Häuptling Tiwi umgebracht worden. Das hat mit uns überhaupt nichts zu tun.«

»Bei Duffy mag das seine Ordnung haben«, stimmte ihm Granville zu. »Aber was das Ableben meines Vetters betrifft,

95

könnte zumindest mit Bezug auf die näheren Umstände seines Todes die eine oder andere Frage gestellt werden. Angesichts der Haltung meiner Schwiegermutter mir gegenüber ist es denkbar, dass sie versuchen wird, mir das Leben schwer zu machen. Sie könnte es sich ohne weiteres in den Kopf setzen, mit Hilfe ihrer beträchtlichen Mittel eigene Nachforschungen anzustellen.«

Mort wusste, dass er nach Lady Macintoshs Überzeugung ihren geliebten Sohn in Granville Whites Auftrag eigenhändig getötet hatte. Ihr Hass auf die beiden Männer war im ganzen Unternehmen bekannt. Nur weil Granville ihr Schwiegersohn war – und das gewaltige Finanzimperium mit so fähiger Hand leitete – war er einstweilen vor ihrem Zorn sicher. Doch sofern sich etwas beweisen ließ ...

»Horton hat ein großes Maul«, stimmte Mort zu. »Das muss man ihm stopfen.«

»Gut!« sagte Granville. »Sicher finden Sie eine Möglichkeit, ihn in Pension zu schicken und ihm einen angemessenen Anreiz für sein Schweigen zu bieten. Reden Sie mit ihm und sorgen Sie dafür, dass er aus der Firma ausscheidet. Bestimmt treiben Sie hier in Sydney einen neuen Ersten Steuermann auf, der Ihren Vorstellungen entspricht.«

George Hobbs saß hinter seinem Schreibtisch und trug Zahlen in seine Journale ein.

»Mister White sagt, Sie haben die nötigen Angaben für Baron von Fellmanns Charter.«

Hobbs sah zu dem Kapitän auf, der vor ihm stand, und schob einen versiegelten Umschlag über den Schreibtisch. Mort riss ihn auf und überflog die darin enthaltenen Seiten.

George Hobbs beobachtete den Kapitän der *Osprey* durch seine Brillengläser. Auch wenn diesem Mann der Ruf anhaftete, mit seinen Sklavengeschäften für die Firma beträchtliche Gewinne zu erzielen, konnte er ihn nicht ausstehen. Etwas an Mort bereitete ihm körperliches Unbehagen. Unwillkürlich überlief ihn ein Schauer.

»Wer ist dieser Michael O'Flynn, der in diesem Bericht erwähnt wird?«, knurrte Mort, ohne Hobbs anzusehen.

»Soweit mir bekannt ist, ein amerikanischer Waffenhändler, der auf Anweisung des Barons von Fellmann von Samoa herübergekommen ist. Wenn ich richtig informiert bin, befindet er sich zurzeit als Gast der Baronin in der Stadt«, gab er zur Antwort. »Ansonsten kann ich Ihnen kaum mehr sagen, als was Sie gelesen haben, Kapitän Mort. Der Baron ist recht zurückhaltend und hängt seine geschäftlichen Angelegenheiten nicht an die große Glocke.«

»Und dieser Kohlfresser Karl Straub …?«, fragte Mort weiter.

»Tut mir Leid, Kapitän.« George schüttelte den Kopf. »Ich weiß auch nur, was in dem Bericht steht.«

Mort sah den kleinen Angestellten hinter seinem Schreibtisch durchdringend an. Sicher wusste Hobbs mehr, doch war Mort bekannt, dass er auf Lady Enid Macintoshs Seite stand. Er begriff nicht, warum White den Mann, der einst Davids Privatsekretär gewesen war, nicht entlassen hatte. Der einzig mögliche Grund war, dass Lady Macintosh in einem solchen Fall annehmen würde, ihr Schwiegersohn habe etwas zu verbergen. Er erkannte Angst in den Augen des Mannes.

»Falls Mister White meine Dienste in den nächsten Tagen braucht, findet er mich auf meinem Schiff«, sagte Mort, stopfte die Papiere in eine der Taschen seines Uniformrocks und ging hinaus.

Nach Morts Weggang blieb Granville an seinem Schreibtisch sitzen, sog an seiner Zigarre und genoss das herrliche Aroma. An Michael Duffy hatte er schon lange nicht mehr gedacht. Wieso musste der Name dieses Mannes erneut in seinem Leben auftauchen, wenn auch nur als Erinnerung an all das Unangenehme, das er hatte tun müssen, um das Macintosh-Imperium in die Hand zu bekommen?

Er reckte sich, stand auf und trat ans Fenster. Vor sich sah er die *Osprey* am Kai liegen. Dann war da noch die Sache mit Vetter David, überlegte er. Für alle anderen war er schon lange tot – aber nicht für Lady Enid. Die Erinnerung an David war ein gewaltiges Hindernis für seinen Ehrgeiz, die Macht über den gesamten Macintosh-Besitz zu erringen.

Seine Schwiegermutter bedeutete in diesem Zusammenhang eine ernsthafte Bedrohung. Aber eines Tages würde sie sterben, tröstete er sich, und Fiona würde als einzige überlebende Macintosh alles erben. Dann konnte er als ihr Mann die Dinge so beeinflussen, dass ihm der gesamte Besitz zufiel.

Seine Stimmung verfinsterte sich beim Gedanken an Fiona. Mit wütendem Gesicht klopfte er die Asche seiner Zigarre ab und ließ sie achtlos auf den Fußboden fallen. Nur noch dem Namen nach war sie seine Frau, in Wahrheit war sie seiner Schwester Penelope mit Haut und Haar verfallen. Obwohl diese inzwischen mit Baron Manfred von Fellmann verheiratet war, suchte Fiona deren Bett bei jeder Gelegenheit auf.

Doch obwohl seine Frau das eheliche Schlafzimmer verlassen und er sie schon vor langer Zeit an seine Schwester verloren hatte, hatte Fiona Wort gehalten. Sie stand ihm nach außen hin als seine Ehefrau zur Seite und unterstützte seinen gewissenlosen Kampf um die Macht. Schließlich konnte er sich mit den jungen Mädchen aus den Mietskasernen von Glebe trösten, die ihm seit langer Zeit zu Willen waren. Auch wenn man in diesen Häusern billig lebte, war für die Angehörigen der Mädchen das Geld, das ihnen der reiche Mann für ihre Dienste gab, überlebenswichtig. Längst vergessen waren die bestialischen Vergnügungen, denen er sich einst mit der kleinen Jennifer Harris hingegeben hatte, denn der elfjährigen Mary Beasly waren seine perversen Gelüste schon seit langem vertraut.

Flüchtig dachte er an den Besitz Glen View, auf den er nie einen Fuß gesetzt hatte. Auf die eine oder andere Weise ließ sich all das, was ihm im Leben zum Unglück gereichte, bis zu jenem schicksalsschweren Tag im November 1862 zurückverfolgen. Damals hatte Fionas Vater, Sir Donald Macintosh, angeordnet, die Ureinwohner aus dem Stamm der Nerambura von Glen View zu vertreiben. Zwölf Jahre war es jetzt her, dass die berittene Eingeborenenpolizei – unter dem Kommando keines anderen als Morrison Mort – kaltblütig Männer, Frauen und Kinder abgeschlachtet hatte. Nur wenige hatten das Gemetzel überlebt, und auch sie waren schließlich aufgespürt und wie Ungeziefer vernichtet worden.

Seit jenem entsetzlichen Tag schien er in ein Gewebe des Unheils verflochten zu sein; dieser Unglückstag hatte das Schreckgespenst der Duffys in sein Leben gebracht. Gleichermaßen Zeugen wie Opfer, waren sie eingeschworene Feinde der Familie Macintosh geworden. Ging womöglich all das Unglück, das ihn bisher heimgesucht hatte, auf einen geheimnisvollen Fluch zurück, den die Ureinwohner nach diesem Blutbad über seine Familie verhängt hatten?

So lächerlich die Frage war, sie ließ sich nicht aus seinem Kopf vertreiben. Als gebildeter und kultivierter Mann wusste Granville, dass solche Vorstellungen unsinnig waren. Doch es hatte im Laufe der Jahre einige Todesfälle gegeben, die wie vom Teufel eingefädelt schienen, auch wenn er selbst bei dem einen oder anderen die Hand im Spiel gehabt hatte. Sir Donald wie sein Sohn Angus waren dem Speer eines Schwarzen namens Wallarie zum Opfer gefallen, und selbst die verhassten Duffys waren von der Tragödie nicht verschont geblieben: Angehörige der berittenen Eingeborenenpolizei hatten Michael Duffys Bruder Tom erschossen, und Wochen später hatten die Zeitungen im Süden seinen Tod breit ausgemalt.

Wenn doch der Teufel den verfluchten Daniel Duffy holte, dachte er verbittert. Ohne dessen beständiges Bemühen, den Namen Macintosh in Verruf zu bringen, wäre alles sehr viel einfacher.

Der Fluch schien sich sogar in seinem eigenen Leben auszuwirken, denn immerhin verweigerte ihm seine Frau den Sohn, den er unbedingt haben wollte. Die beiden Töchter zählten nicht; Angehörige des weiblichen Geschlechts dienten ihm lediglich zur Befriedigung seiner fleischlichen Gelüste.

Mittlerweile war die Zigarre bis zur Bauchbinde abgebrannt, und so drückte Granville sie auf der Fensterbank aus. Außerhalb seines Kontors ging das Leben in Sydney seinen Gang. Vielleicht würde er eines Tages nach Glen View reisen und sich einmal selbst ansehen, was es mit dem Ursprung des Fluchs auf sich hatte, der so tief in das Leben der Familien Macintosh und Duffy einzugreifen schien. Unwillkürlich musste er daran denken, dass er vor langer Zeit Sir Donald von einer sonderbaren Höhle auf dem Weidegebiet hatte sprechen hören, die den Ureinwohnern heilig war. Er schien tatsächlich an die Macht dieser Stätte zu glauben, was Granville damals außerordentlich belustigt hatte.

Na ja, Sir Donald war Schotte, dachte er spöttisch und wandte sich vom Fenster ab, von dem sich der Blick auf die zivilisierte Welt Sydneys öffnete. Die Schotten waren von ebenso törichtem Aberglauben erfüllt wie die unwissenden Iren.

Kapitän Mort ging die wenigen Schritte zu seinem Schiff zu Fuß. Ihm fiel auf, dass sich Männer und Frauen um Plätze auf Schiffen balgten, die Richtung Norden fuhren, wo seit kurzem die Goldfelder am Palmer und die großen Weiten der Kolonie Queensland in der Nähe von Kap York lockten.

Mit Goldfeldern kannte Mort sich aus, schließlich war er beim Goldrausch von Ballarat als Polizeibeamter dabei gewesen. Voll Bitterkeit dachte er daran, wie die verdammten Goldsucher eine Befestigungsanlage errichtet und Heer und Polizei der Briten mit Waffengewalt bedroht hatten. An einem heißen Sommermorgen des Jahres 1854 aber war die Palisade von Eureka – wie die Aufständischen ihre Anlage nannten – unter der Macht der britischen Waffen gefallen. Bei dem darauf folgenden Gemetzel war er dabei gewesen.

Nach jenem Tag des Blutrausches, den er in vollen Zügen genossen hatte, war Morts Laufbahn in sonderbaren Windungen verlaufen. Aus dem einstigen Beamten der berittenen Polizei von Queensland war der Kapitän eines Sklavenschiffs geworden, das die Südsee durchpflügte. In beiden Positionen hatte er seinem dämonischen Wahnsinn nahe kommendem Bedürfnis nach Folter, Vergewaltigung und Mord frönen können.

Vom Kai aus warf er bewundernde Blicke auf die Liebe seines Lebens: die Bark, die den treffenden Namen *Osprey* trug – der Seeadler, der auf viele Inseln hinabgestoßen war, um von dort, sei es durch Überredung oder mit Waffengewalt, schwarze Vertragsarbeiter für die Zuckerrohrfelder im tropischen Queensland herbeizuschaffen.

Als er an Bord ging, war nichts von seinem ihm an Mord-lust in nichts nachstehenden Ersten Steuermann Jack Horton zu sehen. Das aber war ihm gleichgültig, befand sich der Mann doch nicht mehr in Diensten der Firmengruppe Macintosh. Morts Aufgabe war es jetzt, geeigneten Ersatz für ihn zu fin-den. Das sollte in Sydney nicht schwer fallen.

Auf die Reling gestützt, ließ Mort den Blick hinüber zum berüchtigten Elendsviertel The Rocks gleiten. Mit dem Weg-zug der Firmen aus dem westlichen Teil des Hafens war die Ansammlung alter Sandsteingebäude im Laufe der Zeit ver-fallen. Zweifellos hielt sich Horton in seiner Lieblings-Schän-ke auf. Auf jeden Fall wusste Mort, wo er ihn finden konnte, und auch, wie er seiner Tätigkeit als Erster Steuermann ein Ende setzen konnte.

Doch bevor er sich damit beschäftigte, hielt er es für ange-zeigt, The Rocks einen Besuch in ganz besonderer Mission ab-zustatten.

Morrison Mort kannte The Rocks, auch wenn ihn die Bewoh-ner des Viertels nicht erkannten. Viel hatte sich dort in den vergangenen zwanzig Jahren nicht verändert, wie er rasch merkte, während er durch die schmalen Straßen ging. Die Son-ne war untergegangen, und Nachtgestalten waren aus den Sandsteinbauten hervorgekommen. Prostituierte, Seeleute auf Landurlaub, Taschendiebe, einige gut gekleidete nervöse jun-ge Männer, die sich amüsieren wollten, und die missmutig wirkenden Mitglieder der Straßenbanden, die mit eiserner Faust im Stadtviertel herrschten.

Die jungen Rabauken, die auf den verdreckten Straßen he-rumlungerten, wagten sich an den Kapitän der *Osprey* nicht heran. Er wirkte wie jemand, der an Orten der Gewalttätigkeit zu Hause war. Obwohl er in diesem Viertel offensichtlich ein Fremder war, schien er nicht im Geringsten nervös zu sein. Außerdem trug er die Uniform eines Kapitäns und war daher in einem von alters her mit dem Meer verbundenen Stadtteil gleichsam einer der ihren. Für Mort gab es auch keinen Grund, sich unbehaglich zu fühlen, denn er war bewaffnet. In der

Tasche hatte er eine kleinkalibrige Pistole und im Stiefelschaft ein scharf geschliffenes Messer.

Der Gestank nach Urin, Erbrochenem, gekochtem Kohl und Verfall war ihm aus seiner Kindheit vertraut. Hier war er schon vor seinem zehnten Lebensjahr durch die harte Schule der Straße gegangen, hatte gelernt zu stehlen, zu lügen und sich nicht von der Polizei fassen zu lassen, die von Zeit zu Zeit die Gegend durchstreifte: auf der Suche nach gefährlichen Verbrechern, nach Männern, die dann im Gefängnis von Darlinghurst am Galgen endeten.

In einem Gässchen zwischen heruntergekommenen Mietskasernen verlangsamte er seinen entschlossenen Schritt. Laute der Verzweiflung drangen an sein Ohr, von Flöhen zerstochene, hungrige Säuglinge jammerten in beengten, schmutzigen Zimmern, die sie mit dem Strandgut aus einem Meer an Armut teilten. Man hörte die lauten Stimmen betrunkener Männer und Frauen, die sich über nichts und alles stritten, und gelegentlich das raue Gelächter von Prostituierten, die gemeinsam mit ihren Freiern eine Flasche Wacholderschnaps leerten.

Mort spürte, wie sich ihm die Nackenhaare sträubten. Trotz der kühlen Nachtluft brach ihm der Schweiß aus, während er dastand und in den Eingang eines Hauses sah, dessen Sandsteinfassade eine Schmutzkruste trug. Aus welchem Grund nur hatte er sich von seinen Füßen hierher tragen lassen, überlegte er, und ein Schauer überlief ihn. War es etwa das Bedürfnis, sich dem entsetzlichsten Gespenst aus seiner Vergangenheit zu stellen und dieser Schreckensvorstellung Auge in Auge gegenüberzutreten?

Das Gespenst war wirklich! Lautlos kam die Frau aus dem dunklen Eingang auf ihn zu und streckte lächelnd die Hand nach ihm aus. »Mutter!« brach es aus ihm heraus und er taumelte zurück im verzweifelten Versuch, den Händen auszuweichen. Sie würde ihn mit sich in die Hölle nehmen! In die Hölle, in die er selbst sie vor so vielen Jahren geschickt hatte.

»Ach was, Schätzchen, ich bin doch nicht deine Mutter«, sagte das Gespenst. Es trug ein schmutziges Baumwollkleid, das kaum mehr war als ein Unterrock. »Ich heiß Rosie und kann dich glücklich machen, wenn du genug Geld hast. Wonach is dir?«, fragte sie, die Arme über ihren kleinen Brüsten verschränkt.

»Du!«, stieß Mort hervor, während die Farbe in sein Gesicht zurückkehrte. Erleichtert merkte er, dass sie nicht das Gespenst war, dessen Auftauchen er gefürchtet hatte.

»Komm schon rein, Schätzchen«, sagte sie und drehte sich um, um ins Haus zurückzukehren. »Es kostet aber.«

Mort folgte ihr. Schon sonderbar, dachte er, dass es gerade das Zimmer war, in dem er seine Mutter getötet hatte. Zwei flackernde Kerzen erhellten den winzigen Raum und warfen Schatten auf einen durchgelegenen, von Schmutz starrenden Strohsack in der Ecke. Der Abscheu vor den vielen Malen, da er hilflos den sexuellen Übergriffen widerlicher und betrunkener Freier seiner Mutter ausgesetzt gewesen war, stieg in ihm hoch. Seine ebenfalls betrunkene Mutter hatte das Geld der Männer genommen und über seine Qualen gelacht.

Die Wut legte ihm einen roten Schleier vor die Augen, als er auf die Frau hinabsah, die auf allen Vieren auf dem Strohsack kniete. Sie hatte das Kleid bis zu den Hüften hochgezogen und ihre Hinterbacken entblößt.

»Willst du mich so?«, fragte sie und hob den Blick zu ihm. Doch da überfiel sie ein Entsetzen, wie sie es nie zuvor gespürt hatte. Die blassblauen Augen, die sie ansahen, kamen ihr vor wie Fenster zur Hölle. Nichts konnte ihre plötzliche Angst vermindern. Es war, als befinde sie sich in der Gegenwart des Teufels.

»So, wie du bist, bist du mir recht«, sagte der Teufel und griff nach dem Messer im Stiefelschaft.

Niemand achtete auf die erstickten Schreie, die in die kühle Nachtluft hinausdrangen.

Beim Eintreten der beiden Polizeibeamten huschten die Ratten davon, die sich bereits über die nackte Leiche hergemacht hatten. Sergeant Francis Farrell, ein groß gewachsener Ire, der den winzigen Raum fast vollständig auszufüllen schien, warf einen Blick auf die Tote, die in einer Ecke des Zimmer in einer großen Lache geronnenen Blutes lag. Das von Blut getränkte zerrissene Kleid lag zusammengeknüllt neben ihr. Er empfand bei diesem Anblick kaum etwas. Nach dreißig Dienstjahren hatte er sich damit abgefunden, dass Gewaltverbrechen ebenso zum Leben gehörten wie Liebe und Güte.

Der junge Streifenbeamte Murphy, der die Tote aufgefunden hatte, hatte ihn zu Hilfe geholt. Als er gerade einen Streit zwischen Straßenverkäufern am Hafen schlichtete, hatte ihn eine Frau angesprochen und von einer Leiche in einem Zimmer berichtet. Es sei ihre Freundin Rosie. Sie war Constable Murphy als eine der im Hafengebiet tätigen Prostituierten bekannt.

»Glauben Sie an Gespenster?«, fragte Farrell seinen jungen Kollegen.

Murphy verzog das Gesicht. »Vielleicht an Feen, aber bestimmt nicht an Gespenster, höchstens Sie meinen damit die Todesfee.«

»Nun, das war ein Gespenst«, sagte Farrell. Sicher verwirrte es den jungen Kollegen, was er da über die Welt des Übernatürlichen von sich gab. »Sie müssen wissen, dass ich früher schon mal hier war. Ich war ungefähr so alt wie Sie, und The Rocks war mein Revier. Eines Morgens wurden der alte Sergeant Kilford und ich genau in dieses Haus gerufen und haben in eben diesem Zimmer eine Leiche gefunden, die haargenau so verstümmelt war wie das arme Mädchen hier. Das ist bestimmt über dreißig Jahre her.« Angestrengt verzog Farrell das Gesicht, während ihm der Vorfall aus den fast vergessenen Tiefen seiner Erinnerung wieder einfiel. »Damals war noch ein Junge hier«, fuhr er langsam fort, »höchstens zehn Jahre alt. Die Tote war seine Mutter.«

»Und hat man den Mörder erwischt?«, fragte Constable Murphy aus reiner Neugierde.

Farrell schüttelte den Kopf. »Ich hielt einen ihrer Freier für den Täter«, sagte er. »Was weiß ich – irgendein Seemann, dessen Schiff längst ausgelaufen war, als wir sie fanden. So ist das hier nun mal.« In nachdenklichem Schweigen versuchte er sich an den Jungen zu erinnern. Er war blond gewesen, fiel ihm ein. Mürrisch und stumm hatte er in einer Ecke des Zimmers gestanden und ihm und dem alten Sergeant Kilford zugesehen. »Ich würde gern wissen, was aus dem Jungen geworden ist«, brummelte er vor sich hin. Sein Kollege sah ihn fragend an, und Sergeant Farrell kehrte in die Gegenwart zurück. »Notieren Sie alles, was Ihnen auffällt«, sagte er, ohne ihn anzusehen. »Vor allem machen Sie genaue Aufzeichnungen über die Verletzungen der armen Frau.«

Murphy leckte das Ende seines Bleistifts an und begann die entsetzlichen Wunden, die wie im Wahnsinn zugefügten Verstümmelungen an Mund und Geschlechtsteilen zu beschreiben. An allen Wänden des Raumes konnte man die blutigen Spuren des Verbrechens sehen.

Farrell durchsuchte das Zimmer mit der Erfahrung vieler Jahre. Was er sah, ließ ihn erschauern, es war seine erste wirkliche Gemütsbewegung, seit er dieses Reich des Todes betreten hatte. »Er hat sie richtiggehend gefoltert«, knurrte er, während er mit den Augen einem unsichtbaren Weg durch das Zimmer folgte. »Er hat sie verstümmelt und festgehalten, bis sie verblutet war. Das muss eine ganze Weile gedauert haben, und sie hat noch versucht, sich zu wehren.«

Murphy sah ihn an. »Woher wissen Sie das?«, fragte er, von den Beobachtungen des Älteren beeindruckt.

»Das sagen mir die Blutspuren«, gab Farrell zur Antwort. »Da drüben auf dem Strohsack hat er zugestoßen, das kann man an den Blutflecken sehen.« Murphy verfolgte die zeitliche Rekonstruktion der Ereignisse und begann zu verstehen, was sein erfahrener Kollege aus den Blutspuren herauslas. »Wenn Sie es sich genau ansehen, können Sie erkennen, dass sie versucht hat, vor ihm zu fliehen. Aber er hat sie nicht weglaufen lassen, schließlich sind sie da drüben an der Wand stehen geblieben«, sagte er und wies auf die Leiche. »Sie hat sich in ihrer Qual und Angst gewehrt, aber er hat sie festgehalten, bis sie am Blutverlust gestorben ist. Er hat hinter ihr gesessen und sie mit seinen Armen umklammert. Seine Hose muss von ihrem Blut förmlich durchtränkt gewesen sein.«

»Tötung im Affekt«, sagte Murphy.

Farrell schüttelte den Kopf. Er wusste nicht, was er denken sollte. Er hatte im Laufe der Jahre viele Tote gesehen, die einer Affekthandlung zum Opfer gefallen waren. Diese Frau gehörte nicht dazu. Etwas Abartiges war hier vor sich gegangen. Der Mörder hatte seinem Opfer die Wunden ganz methodisch zugefügt, um dem armen Mädchen ein Höchstmaß an Angst und Qual zu bereiten, und war dann dort geblieben, um die Folgen seiner Tat zu genießen. »Das war keine Affekthandlung«, sagte er schließlich. »Wer das getan hat, ist ein Sohn des Teufels.« Er seufzte. Wie gern wäre er jetzt draußen auf der Straße, wo menschliche Laute zu hören waren. »Es wird Zeit, dass wir die Kollegen von der Kriminalpolizei benachrichtigen. Die müssen die Untersuchung durchführen.«

»Glauben Sie, die kriegen den Schweinehund zu fassen?«, fragte Murphy, während er Bleistift und Notizbuch einsteckte.

Francis Farrell biss sich auf die Unterlippe. Die Frage war durchaus berechtigt, und deshalb meinte er die Antwort, die er nun gab, in keiner Weise spöttisch: »Nur, wenn sie an Gespenster glauben.«

Auf dem Rückweg zur Polizeiwache musste Sergeant Farrell immer wieder an den Jungen denken, der am Tag, an dem die Polizeibeamten über den Mörder seiner Mutter gesprochen hatten, stumm im Zimmer gestanden hatte. Wenn ihm doch nur sein Name einfiele! Zwar bestand kein Zusammenhang mit dem gegenwärtigen Mord, aber irgendetwas an dem Jungen hatte ihn noch nach Jahren innerlich nicht zur Ruhe kommen lassen.

Nun, den Namen konnte er im Archiv finden, und er lächelte befriedigt vor sich hin. Vielleicht würde er beim nächsten Mal danach suchen, wenn er im Gefängnis von Darlinghurst zu tun hatte.

8

Schon zwei Wochen zogen die Gespanne ohne Zwischenfall vom Palmer in Richtung Cooktown. Kate wollte die für Fuhrwerke gefährlich enge Schlucht an der Großen Wasserscheide lieber umfahren. Dieses tiefe Tal wurde auch das Höllentor genannt – eine treffende Bezeichnung. Genau in jener Schlucht, in der Überfälle an der Tagesordnung waren, hatte man den bewachten Goldtransport ausgeraubt. Wer aus Cooktown kam und das Höllentor bewältigt hatte, konnte zwar den Gold führenden Palmer sehen, doch so mancher Goldsucher hatte sich mit einem Blick auf das Ziel seiner Träume begnügen müssen. Ein Speerwurf oder der wuchtige Hieb einer steinernen Kriegskeule hatte dem Lebensweg vieler von ihnen in dieser Schlucht ein Ende gesetzt.

Mit Jenny war eine Verwandlung vor sich gegangen. Je weiter sich die mühevoll voranrumpelnden Fuhrwerken vom Schrecken der Goldfelder entfernten, desto mehr schwand der gehetzte Ausdruck aus ihren Augen und die Verhärmtheit wich von ihren Zügen. Jennys angeborene Schönheit blühte auf wie eine herrliche tropische Lilie.

Zudem erwies sie sich auf dem gemächlichen Zug nach Osten als tüchtige Reisebegleiterin. Während Ben und Kate abends die Ochsen ausspannten und ihnen die Beinfesseln für die Nacht anlegten, bereitete sie fröhlich das Essen zu. Sie hatte am Rand des Karrenwegs ein Päckchen mit getrockneten Kräutern gefunden, das vermutlich ein Goldsucher fortgeworfen hatte, um sein Gepäck zu erleichtern. Mit ihnen verbesserte sie den Geschmack des täglichen Eintopfs und erklärte, ihr Vater, der bei einem gewissen Mister Granville White als Gärtner tätig war, habe ihr gezeigt, welche Kräuter man für die Küche verwenden könne. In Bens und Kates Augen war dieser Fund wertvoller, als wenn sie auf Gold gestoßen wären, und sie genossen Jennys abwechslungsreiche Kost in vollen Zügen.

Kate merkte, dass Willie nur das Allernötigste sprach und der Mutter kaum je von der Seite wich. Vermutlich hatte er in den entsetzlichen Monaten der Regenzeit an den Ufern des Palmer so manches Widerwärtige mitbekommen, das Männer seiner Mutter angetan hatten. Es fiel auf, wie eifersüchtig er sie sogar vor Ben beschützte, dem er sich in ganz eigentümlicher Weise angeschlossen hatte. Trotz seines tiefen Misstrauens allen Männern gegenüber folgte er ihm wie ein treuer Hund auf Schritt und Tritt. Ben gab ihm kleine Aufgaben, die der schweigsame Junge, halb widerstrebend, halb gern erledigte.

Ein sonderbares Kind, überlegte Kate, während sie zusah, wie er Ben half, den großen Ochsen, die ebenso gute Wächter waren wie Hunde, die Fußfesseln anzulegen. Sobald die Tiere umherstreifende Ureinwohner witterten, wurden sie unruhig, doch hatten sie während der zwei Wochen, die sie unterwegs waren, erst ein einziges Mal auf diese Weise angezeigt, dass andere Menschen in der Nähe waren.

In der ersten Morgendämmerung des Vortages hatten die Glocken um den Hals der Tiere heftiger geläutet als sonst. Vom Brüllen der Ochsen sofort geweckt, hatten Ben und Kate in die Dämmerung gespäht, die Waffen schussbereit in der Hand. Immerhin mussten sie auf einen tödlichen Speerhagel gefasst sein. Doch die Speere wurden nicht geschleudert – ein Warnschuss aus Bens Revolver hatte die lauernden Schatten vertrieben.

Dieser Zwischenfall hatte Ben auf den Gedanken gebracht, Jenny zu zeigen, wie man mit einer Schusswaffe umging. Während der Mittagspause wollte er ihr an einem Wasserlauf etwa hundert Schritt vom Lagerplatz entfernt die Handhabung von Kates Gewehr beibringen. Willie bekam von Kate den Auftrag, Brennholz zu sammeln, und wie immer ermahnte sie ihn, sich nicht zu weit vom Fuhrwerk zu entfernen. Der Vorfall vom frühen Morgen hatte allen erneut ins Gedächtnis gerufen, dass sie sich tief in feindlichem Gebiet befanden und daher besonders wachsam sein mussten.

Während Ben neben Jenny stand, nahm er den Duft ihres frisch gewaschenen Haares und den zarten Moschusgeruch ihres Schweißes wahr. Zum ersten Mal hatte er den nun so vertrauten Geruch wahrgenommen, als Kate an einem Wasserlauf hatte Halt machen lassen, damit sich beide Frauen gründlich waschen konnten. Ben hatte unterdessen bei den Fuhrwerken Wache gehalten und die Wagenachsen geschmiert, während er darauf lauschte, mit welch mädchenhafter Munterkeit beide im Wasser herumplanschten und hemmungslos kicherten. Jennys Lachen hatte ihm lieblich wie das Morgenlied der Vögel in den Ohren geklungen, und er hatte sich danach gesehnt, die schlanke junge Frau zu berühren, sich ausgemalt, wie es wäre, die geheimen Schatten unter ihren Brüsten küssen zu dürfen. Als er sich umwandte, hatte er gesehen, wie ihn Willie wütend anstarrte, als hätte er seine wollüstigen Gedanken erraten. Schuldbewusst hatte sich Ben bemüht, an etwas anderes zu denken.

Nach dem Bad hatte Kate Jennifer ein sauberes Kleid geschenkt, das sie für den Fall der Fälle eingepackt hatte. Auch wenn dieser auf dem mühevollen Weg zum Palmer natürlich nicht eingetreten war, erfüllte dieses Zugeständnis an ihre Eitelkeit die Aufgabe, Kate daran zu erinnern, dass sie eine Frau war, auch wenn sie in der rauen Ochsentreiberwelt der Männer zu Hause war.

Jennifer war in Tränen ausgebrochen, denn niemand hatte ihr in ihrem achtzehnjährigen Leben je etwas geschenkt. Das einfache Baumwollkleid mit den Fischbeinstäbchen darin brachte ihren Körper in einer Weise zur Geltung, die weder Ben noch den Goldsuchern verborgen blieb, die ihnen von Zeit zu Zeit entgegenkamen. Während sich Jenny bemühte, so zu tun, als bemerke sie deren gaffende Blicke nicht, wäre Ben angesichts der Aufmerksamkeit, die Jenny ungewollt hervorrief, vor Eifersucht fast geplatzt.

Trotz seines alles andere als flüchtigen Interesses an ihr hatte er sich von ihr fern gehalten, fürchtete er doch eine Zurückweisung. Außerdem hatte Kate wenige Tage nach dem Aufbruch vom Palmer mit ihm gesprochen und ihm erklärt, die junge Frau werde wohl Zeit brauchen, sich mit dem Gedanken vertraut zu machen, dass sich ein anständiger Mann für sie interessieren könnte. Dabei hatte sie so wissend gelächelt, dass er unwillkürlich errötet war.

Doch als er ihr jetzt das schwere Gewehr an die Schulter drückte, stand er so dicht neben ihr, dass er nicht nur ihren zarten Geruch wahrnahm, sondern auch ihre glatte Haut streifte. Wieder kamen ihm die beunruhigenden Vorstellungen, während er befangen eine Hand unter die der jungen Frau legte und den Gewehrkolben fasste. Ihre langen Haare strichen ihm über das Gesicht, und er spürte einen kaum zu bändigenden Drang, sie an sich zu reißen und auf den Mund zu küssen. Seine Gefühle ängstigten ihn, denn er hatte noch nie nähere Beziehungen zu einer Frau gehabt. Dafür hatte Kate gesorgt, die ihn wie eine Ersatzmutter von den Versuchungen Cooktowns fern gehalten hatte. Zwar war ihm klar gewesen, dass es ihre Sorge um ihn war, trotzdem war es ihm schwer gefallen, den Lockungen der grell geschminkten Frauen zu widerstehen.

Jenny spürte seine Gegenwart mehr, als ihm bewusst war. Er war anders als die anderen Männer, die sie gekannt hatte, sanft und freundlich, und sein Lachen war einfach herrlich. Doch sie war bekümmert wegen ihres erdbeerförmigen Muttermals. Welcher Mann würde eine solche Frau haben wollen?

Mister Granville White hatte sich nicht daran gestört, fiel ihr voll Bitterkeit ein. Ihm hatte nach nichts anderem der Sinn gestanden als nach ihrem kindlichen Körper. Nach wie vor sah sie die entsetzlichen Dinge deutlich vor sich, die er mit ihr getrieben hatte. Willie stammte aus jener fürchterlichen Zeit, doch der Junge gehörte zu ihr und brachte Freude in ihr einsames Dasein. Bisweilen erschauerte sie, wenn sie ihn ansah und in seinem Gesicht Züge entdeckte, die sie an Granville White erinnerten.

Während Ben ihr am Rande des Wasserlaufs den Gewehrkolben an die Schulter drückte, spürte sie seine kräftige, schwielige Hand unter der ihren. Unwillkürlich wünschte sie sich, es möge immer so bleiben. Dann zielte sie über Kimme und Korn auf die Astgabel eines Coolabah-Baumes am anderen Ufer.

»Einfach den Gewehrlauf mit einer Hand festhalten«, sagte Ben und senkte den Kopf, um seinerseits das Ziel anzuvisieren. »Vor allem aber«, erklärte er, sein Gesicht in ihr weiches Haar gedrückt, »den Abzug weich und gleichmäßig durchziehen.«

Jenny nickte und schloss ein Auge, wie Ben es ihr gesagt hatte. Plötzlich ging mit ihm eine beunruhigende Veränderung vor. Sie spürte, wie sein Körper sich anspannte. Offensichtlich lenkte ihn etwas von der Schießlektion ab. »Geh bitte mit dem Gewehr zum Fuhrwerk zurück«, sagte er ruhig, aber fest.

Jenny sah ihn verwirrt an. »Stimmt was nicht?«, fragte sie mit gerunzelter Stirn.

»Das weiß ich noch nicht«, gab er ruhig zur Antwort. »Ich will mir da drüben was näher ansehen. Geh einfach zu Kate und sorge dafür, dass sie beim Fuhrwerk bleibt.«

Unruhig ging sie davon. Zu ihrer Rechten erhob sich der Regenwald zu den gebirgigen Höhen, die zwischen den Goldfeldern am Palmer und dem Ozean im Osten lagen.

Bens Nackenhaare sträubten sich, und in seinen Ohren hämmerte es. Erst als er Jenny ein Stück weiter mit Kate sprechen hörte, ging er vorsichtig, den Revolver in der Hand, ein Stück weit den Wasserlauf entlang, der sacht zwischen hohen Gräsern und verkümmerten Bäumen dahinfloss. Kleine Schlammwirbel über den Kieseln am Boden des klaren Gewässers waren ihm aufgefallen, als er hinter Jenny gestanden hatte. Jetzt sah er noch mehr davon.

Es waren Hunderte von Fußabdrücken!

Sie waren so frisch, dass das Wasser sie noch nicht hatte tilgen können. Erst vor zehn, vielleicht fünfzehn Minuten hatten dort Menschen den Wasserlauf durchquert. Bens Besorgnis steigerte sich. Wenn er nur wüsste, ob das die Spuren eines großen Zuges von Kriegern oder eines friedlichen Stammes waren. Vermutlich hatte er es mit den Fußspuren eines großen Trupps Krieger zu tun, die ihre kleine Gruppe umschlichen, denn gewöhnlich ließen die Ureinwohner Frauen und Kinder nicht so nah an die von den Weißen benutzten Wege heran. Viele Goldsucher im Grenzgebiet schossen grundlos auf jeden Ureinwohner, den sie im Busch sahen, weil sie der Ansicht waren, nur ein toter Schwarzer sei ein guter Schwarzer.

Offensichtlich hatten die Ureinwohner den Wasserlauf durchquert, während die Fuhrleute Mittagsrast hielten. Vermutlich hatten sie die Ochsenkarren umgangen und legten ihnen jetzt im dichten Buschland weiter vorn auf dem Weg nach Cooktown einen Hinterhalt. Sein Magen zog sich schmerzhaft zusammen. Er hatte Angst, und dafür gab es durchaus gute Gründe. Irgendwo tief im Busch nahmen die bemalten Krieger gerade jetzt mit ihren Speeren, Holzschwertern, Keulen und breiten Schilden lautlos ihre Stellungen ein.

Immer noch hörte er Kate und Jennifer leise miteinander sprechen. Klar floss das Wasser über die Kiesel im Bachbett, Vögel sangen im dichten Buschwerk – ein trügerisches Bild des Friedens.

Langsam kehrte Ben zurück. Jeden Augenblick konnte der markerschütternde Schrei des Rabenkakadus ertönen, woraufhin bemalte Krieger förmlich aus dem Boden wachsen und ihre Waffen schwingen würden. Die hundert Schritte bis zu den Fuhrwerken kamen ihm wie hundert Meilen vor.

Als Kate die Waffe in seiner Hand sah, wusste sie, dass Gefahr drohte. Während er aufmerksam zum Gebüsch weiter vorn an ihrem Weg spähte, warf sie ihm einen fragenden Blick zu. »Ich glaube, wir werden beobachtet«, beantwortete er ihre unausgesprochene Frage. »Ich hab Hinweise auf einen großen Trupp von Schwarzen gesehen, der hinter uns vorbeigezogen sein muss, als wir Rast gemacht haben.«

Jennifer erbleichte und riss Willie mit angstvollem Blick beschützend an sich.

»Wie viele?«, fragte Kate ruhig, goss Tee in einen emaillierten Becher und gab ihn Ben.

»Wenn ich das wüsste.« Der Becher zitterte in seiner Hand. »Den Spuren im Bachbett nach können es Hunderte sein.«

Kate wandte sich um und richtete aufmerksam den Blick auf das Buschwerk, über dem die Luft in der Hitze der hoch stehenden Mittagssonne flimmerte. »Vermutlich verstecken sie sich weiter vorne«, sagte sie gelassen und hielt zum Schutz vor der Sonne die Hand über die Augen.

»Das glaube ich auch«, gab er zur Antwort und nahm einen Schluck heißen Tee. »Wahrscheinlich warten sie, bis wir aufbrechen und damit in Reichweite ihrer Speere kommen. Dann werden sie sich auf uns stürzen, bevor wir richtig feuern können. In dem verdammten Gras können sie sich so gut verstecken, dass man auf einen von denen treten könnte, ohne ihn zu sehen.«

»Dann bleiben wir eben hier und warten«, sagte Kate. »Oder wir kehren um, bis wir Leuten begegnen, die auch in unsere Richtung ziehen. Dann haben wir hoffentlich genug Waffen, um uns den Weg freizukämpfen«, fügte sie mit dem Mut der Verzweiflung hinzu. Hätte sie doch nur eines der amerikanischen Repetiergewehre gekauft! Ein amerikanischer Goldsucher, dem das Glück nicht hold gewesen war, hatte ihr sein Spencer-Gewehr angeboten. Er wollte nicht mehr dafür haben, als er brauchte, um die Heimreise zu bezahlen.

Ben sah, dass Jenny ihre Fassung rasch zurückgewann, auch wenn sie nach wie vor bleich war und furchtsam schien. Willie ließ die Hand seiner Mutter nicht los und tat so, als wolle er sie beschützen. Insgeheim gelobte er sich, dass ihr kein Mann je wieder etwas antun dürfe. Zwar wusste er nicht, was von den Ureinwohnern zu erwarten war, doch würde er seine Mutter auf jeden Fall verteidigen. Nur schade, dass sie nicht auch für Jenny ein Gewehr hatten. Wie die Dinge lagen, konnte man ihr nur Kates kleinen Damenrevolver geben, mit dem sie auf keinen Fall mehr als einen Krieger außer Gefecht setzen konnte.

»Wollen die Wilden uns angreifen?«, fragte Jenny angstvoll.

»Das glaube ich nicht«, sagte Kate und spähte den Karrenweg entlang. »Jedenfalls nicht, solange es hell ist. Sie wissen, dass sie mit Verlusten rechnen müssen, wenn sie uns bei Tageslicht auf offenem Gelände angreifen. Entweder warten sie, bis ihnen jemand anders in die Falle geht, oder sie greifen uns heute Nacht an.«

»Was sollen wir Ihrer Ansicht nach tun, Kate?«, fragte Ben. Er hatte große Achtung vor den Entscheidungen seiner Prinzipalin. Nur wer über einen scharfen Verstand verfügte, konnte ein Vermögen wie das ihre anhäufen.

Kate wandte sich um und ging zum Fuhrwerk, um nach der Munition zu sehen. »Wir verschanzen uns hier und warten«, sagte sie, während sie eine Patronenschachtel öffnete. »Wenn sie kommen, suchen wir Zuflucht unter den Fuhrwerken. Da sind wir vor ihren Speeren einigermaßen sicher. Sofern es uns gelingt, sie hinreichend unter Feuer zunehmen, schrecken wir sie ab. Soweit ich gehört habe, brechen sie bei Dauerfeuer ihre Angriffe ab.«

Ben war sich nicht sicher, ob sie damit Recht hatte. Hatten nicht Stammeskrieger eine gut bewaffnete Polizeitruppe überfallen, die auf dem Rückweg nach Cooktown war? Zweifellos waren die Polizisten besser ausgebildet und ausgerüstet als sie, um Angriffe der Schwarzen zurückzuschlagen. Doch ihnen blieb keine andere Wahl. Obwohl Ben nicht besonders fromm war, schickte er ein Stoßgebet zum Himmel.

»Ich denke, wir sollten die Tiere ausspannen und zum Bach treiben«, sagte Kate und warf sich das Gewehr über die Schulter.

Ben stimmte zu, und Jenny hielt Wache, während er mit Kate die Ochsen an den Wasserlauf führte, wo sie ihnen Fußfesseln anlegten, damit sie grasen und saufen konnten.

Der Nachmittag verging unendlich langsam. Die Glocken am Hals der Tiere klangen beruhigend. Immer wieder ließen die vier Belagerten den Blick über den Weg gleiten, denn sie waren sicher, dass sich vor Sonnenuntergang noch der eine oder andere Reisende zeigen würde.

Die Stille des heißen Nachmittags war lähmend. Nur die kleinen Vögel im Busch, die nichts von der Tragödie wussten, die sich um sie herum anbahnte, stießen ihre munteren Rufe aus.

Gegen Abend hörte Jennifer, die mit Kates Gewehr unter dem Fuhrwerk lag, einen sonderbaren Singsang, der aus Richtung Cooktown zu kommen schien. Sie stieß Ben an, der, den Revolver in der Hand, neben ihr dämmerte. »Ich glaub, da kommt jemand«, sagte sie ganz aufgeregt, während sie sich aufrichtete, um besser sehen zu können.

»Chinesen!«, knurrte Ben, der die sonderbaren Stimmen gleich einordnen konnte. »Schlitzaugen. Die sind auf dem Weg hierher.«

»Wir müssen sie warnen«, sagte Kate und nahm das Gewehr, das Jenny ihr hinhielt. »Sonst werden sie abgeschlachtet, sobald sie nah genug herangekommen sind.«

Ben verzog das Gesicht. Seiner Ansicht nach lohnte es sich nicht, sein Leben für Leute aufs Spiel zu setzen, die ein weißer Goldsucher als ebenso widerwärtig ansah wie ein Bauer Heuschrecken in seinem Kornfeld.

»Wir sind auf sie angewiesen, Ben«, gab Kate zu bedenken. »Wenn die Schwarzen sie abschlachten, haben sie es mit uns umso leichter. Du musst sie irgendwie warnen.«

Ben gab ihr Recht. Er sah zu den langen Schatten im hohen Gras hinüber. »Ich such mir Deckung am Bach und umgeh die Büsche«, sagte er und löste den Revolver von der Hüfte. »Wenn ich drüben den Weg erreiche, warne ich die Chinesen. Vielleicht hab ich Glück und kann ihnen klar machen, dass im Angriff ihre und unsere einzige Hoffnung auf ein Überleben liegt.« Den Gürtel mit dem Revolver gab er Kate. »Nehmen Sie das. Jenny kann das Gewehr nehmen, falls …« Er sprach nicht weiter.

Kate begriff, was ihm durch den Kopf ging. Ohne Waffe war er praktisch schutzlos. Er riskierte sein Leben für sie und Jenny, damit sie möglichst viel Feuerkraft zur Verfügung hatten. Mut und Ehre zeichneten den Buschläufer aus, und an der Grenze galt das ungeschriebene Gesetz, dass Frauen und Kinder geschützt werden mussten. Sie legte ihm sanft die Hand auf den Arm. »Nein, Ben«, sagte sie leise. »Behalte den Revolver.«

Er schüttelte ihre Hand ab. Anfangs glaubte Jenny, die beiden stritten miteinander, dann aber begriff sie, warum er Kate seinen Revolver gegeben hatte. »Benjamin!«, stieß sie hervor.

Er zog ein Bowie-Messer aus dem Stiefelschaft und sagte mit entschlossenem Lächeln: »Ich hab das hier, Jenny.« Er hielt das Messer hoch. »Ich denke, dass ich auf dem kurzen Stück bis zu den Chinesen schneller laufen kann als die Schwarzen.«

Jenny tat einen Schritt nach vorn und umschlang ihn mit beiden Armen. Er spürte die Berührung ihrer Brüste, dann zog sie seinen Kopf zu sich herab und drückte ihm den Mund auf die Lippen. »Ich hab noch nie einen Mann wie dich kennen gelernt«, flüsterte sie mit Tränen in den Augen. »Pass auf dich auf.«

Ihre Leidenschaft verblüffte ihn, und er stand reglos mit herabhängenden Armen da. Verzweifelt klammerte sie sich an ihn. Wie die Dinge lagen, blieb keine Zeit für die üblichen schüchternen Annäherungsversuche. Es kam ihr darauf an, ihm deutlich zu zeigen, dass sie sich mehr aus ihm machte, als ihr selbst klar sein mochte. Er schob sie sanft von sich. »Hoffentlich denkst du an diesen Augenblick, wenn ich zurückkomme«, brummte er leise.

Dann war er fort.

Kate gab Jenny das Gewehr. »Er kommt wieder«, sagte sie beruhigend und zog den schweren Coltrevolver aus dem ledernen Holster. »Ben ist einer der besten Männer hier im Busch.«

»Ich weiß«, sagte Jenny mit leiser Stimme. »Hätte ich es ihm doch nur vorher gesagt.«

Zwar hatte Kate gesagt, sie sei sicher, dass der junge Fuhrmann seine Aufgabe bewältigen werde, doch insgeheim war sie weniger zuversichtlich. Sollte der sonderbare Fluch, der auf ihrer Familie ruhte, etwa noch einen Menschen fordern, der ihr am Herzen lag? Sie sah auf den Revolver in ihrer Hand und prüfte, ob die Zündhütchen vor den Kammern an der richtigen Stelle saßen. »Gott und Jennys Liebe mögen dich begleiten«, flüsterte sie. »Komm zurück, wir brauchen dich beide.«

9

Geduckt rannte Ben über einen trockenen Sandstreifen im Flussbett. Als dieser zu Ende war, stand er ungeschützt am Ufer. Seine Beine waren vom wochenlangen Marschieren neben dem großen Fuhrwerk kräftig, doch kräftig waren auch die im Hinterhalt lauernden Krieger. Er betete zu Gott, dass die sich nähernden Chinesen deren Aufmerksamkeit in Anspruch nahmen.

Zwar war das Messer in seiner Hand eine tödliche Waffe, doch wenn es darauf ankam, würde ihm das nicht viel nützen. Die Krieger würden ihm keinesfalls so nahe kommen, dass er sich damit verteidigen konnte, sondern ihn von Ferne mit einem Hagel von Speeren eindecken. Schlimmer noch, sie könnten sich auf ihn stürzen und ihn lebend für eine ihrer Kannibalenmahlzeiten gefangen nehmen! Vor Entsetzen schaudernd kämpfte er gegen eine schreckliche Furcht an. Der rasche Lauf in der Hitze des Spätnachmittags hatte an seinen Kräften gezehrt, doch noch gab es keinen Hinweis auf die Gegenwart der Krieger.

Er stolperte über einen Baumstamm und fiel mit dem Gesicht voran zu Boden. Der Sturz nahm ihm den Atem. Während er keuchend dalag, hörte er ganz in seiner Nähe unverständlichen Singsang. Mit Mühe erhob er sich. Über dem Grasmeer konnte er die Kolonne der Männer erkennen, die sich in einer Art Laufschritt näherte. Zwanzig, vielleicht dreißig Chinesen in einheitlich blauen Hosen und Hemden, die spitz zulaufende kegelförmige Hüte trugen. Auf ihren Schultern ruhten Bambusstangen, an deren Enden geflochtene Körbe hingen. Einige von ihnen waren mit alten Steinschlossmusketen bewaffnet. Ihnen voran schritt ein Hüne, der wie ein Buschläufer in eine Moleskinhose und ein rotes Baumwollhemd gekleidet war. Dazu trug er einen amerikanischen Cowboyhut mit nach unten geklappter Krempe. In der Hand hielt er ein Snyder-Gewehr, und um die Hüfte lag ihm ein Patronengurt.

»He!«, rief Ben und winkte. Sogleich machte die Kolonne Halt. Angst trat auf die glatten Gesichter der Männer, und die bewaffneten unter ihnen richteten ihre Musketen auf ihn. »Spricht einer von euch Englisch?«, rief er.

»Ja, ich, Mister«, brummte der Hüne an der Spitze in der Sprechweise eines australischen Buschläufers. »Was zum Teufel wollen Sie?«

Während Ben auf die Männer zuging, drehte sich der Buschläufer um und sagte etwas auf Chinesisch zu den anderen. Der Anblick des Weißen, der da mit wilden Augen auf sie zukam, erfüllte sie mit Furcht. Ihnen war nur allzu frisch im Gedächtnis, was man ihnen im Chinesenviertel von Cooktown erzählt hatte, dass nämlich Weiße Chinesen wegen ihres Goldes auflauerten. Wilde Gerüchte machten die Runde, denen zufolge Weiße bisweilen die Speere von Eingeborenen in die Schusswunden toter Chinesen stießen, um den Eindruck zu erwecken, Eingeborene hätten sie getötet. Misstrauisch blickten sie auf den weißen Mann, der sich ihnen näherte.

Überrascht sah Ben, dass auch der europäisch gekleidete Mann Chinesenblut in den Adern zu haben schien, was auf den ersten Blick nicht zu erkennen gewesen war. Er war etwa in Bens Alter und glatt rasiert. Seine Augen waren schwarz wie Kohle, und unter seinem Blick fühlte Ben sich wie eine Maus, die von einem Taipan, einer australischen Giftnatter, bedroht wird. In den Händen des herkulischen Eurasiers wirkte das Snyder-Gewehr wie ein Spielzeug. »Ich heiße Ben Rosenblum«, keuchte Ben, als er die Kolonne erreichte. »Zwei- bis dreihundert Schritt weiter vorn liegen Schwarze im Hinterhalt.«

Das Gewehr auf ihn gerichtet, fragte der Hüne misstrauisch: »Stimmt das auch?«

»Ja«, gab Ben zur Antwort, ohne weiter auf den drohenden Gewehrlauf zu achten. »Mehrere hundert.«

Offenkundig war der Hüne der Anführer der Gruppe. Nachdem er einige Worte an die Bewaffneten gerichtet hatte, traten diese zu ihm, während sich die Träger auf den Boden hockten und auf weitere Befehle warteten. Die Angst in den Augen der chinesischen Kulis verwandelte sich in Entsetzen; vermutlich dachten sie an die Geschichten, denen zufolge die Ureinwohner in den nördlichen Regionen das Fleisch von Chinesen dem von Europäern vorzogen. In den Opiumhöhlen, Restaurants und Bordellen der Chinesenviertel wurden solche und andere Geschichten verbreitet, in denen es unter anderem hieß, bemalte Krieger hätten gefangene Chinesen mit dem Zopf an Bäume gehängt, um sie dort aufzubewahren, bis sie geschlachtet wurden.

»Ich heiße John Wong«, gab der Eurasier zurück, ohne Ben die Hand hinzuhalten. Er ließ das Gewehr sinken. Er hatte in den Augen des anderen keinen Hinweis auf Heimtücke entdeckt und beschloss, ihm zu trauen. »Sagen Sie mir, was da vorne gespielt wird.«

Während John zuhörte, wie ihm Ben von der Entdeckung der Spuren im Bachlauf berichtete, ließ er den Blick auf einer Gruppe verkrüppelter Bäume im ebenen Grasland ruhen, das zwischen seinem Trupp und den fernen Fuhrwerken lag. Er gab sich keinen Illusionen darüber hin, dass Ben die Chinesen nicht leiden konnte. Offensichtlich warnte er sie ausschließlich deshalb vor der Gefahr, weil er sie als Verbündete brauchte, um zu überleben.

Als Ben seine Schilderung beendet hatte, wandte sich John seinen Bewaffneten zu. Sie wirkten furchtsam, hörten aber auf ihren Anführer, ohne seine Worte in Frage zu stellen. Als er mit seinen Erklärungen fertig war, wandte er sich an Ben. »Ich habe ihnen gesagt, dass wir in Schützenlinie gegen die Schwarzen vorgehen. Die werden dann wohl annehmen, dass es weiter hinten am Weg einfachere Beute für sie gibt, und flüchten.« Er warf Ben ein boshaftes Lächeln zu. »Sollte ich mich aber irren und sie stellen sich zum Kampf, gibt es bei denen heute Abend eine interessante Mahlzeit: weißes und gelbes Fleisch gemischt«, fügte er lachend hinzu und spannte zugleich den Hahn seines Gewehrs. Dann wandte er sich zu seinen Männer um und erteilte knappe Befehle. Die Bewaffneten schienen sie zu bestätigen und schwärmten – erkennbar zögernd – zu einer Schützenlinie aus.

Vorsichtig rückten sie über das Gras der Ebene auf das Buschland vor, das im sanften goldenen Schimmer der untergehenden Sonne dalag. Die Träger folgten den Bewaffneten, und Ben hielt sich in Johns Nähe.

Während der ersten hundert Schritte hörte man nichts als das Lied der Vögel im Buschland und das Rauschen des hohen Grases unter den Füßen. Die Chinesen waren angespannt wie Jagdhunde, die die Witterung von Wild aufgenommen haben. Sie hielten die langen Läufe ihrer Musketen vor sich, als hofften sie, damit die verborgenen Krieger abwehren zu können. Bens Nerven waren zum Zerreißen gespannt.

Das ohrenbetäubende Kreischen des Rabenkakadus zerriss die Stille des Spätnachmittags. Im selben Augenblick erhoben sich Hunderte gelb und weiß bemalter unbekleideter Krieger aus dem hohen Gras unmittelbar vor ihnen. Dieser Anblick, bei dem einem der Herzschlag stocken konnte, veranlasste die vorrückenden Chinesen, sofort stehen zu bleiben.

Sie schwankten sichtbar, ob sie sich zur heilloser Flucht wenden sollten, ohne einen Schuss abzugeben, waren ihnen doch die Schwarzen zahlenmäßig mehrfach überlegen. Johns Stimme aber übertönte den Schlachtruf der Ureinwohner. Er feuerte seine Snyder in die Reihen der bemalten Krieger und versuchte, seine Männer zusammenzuhalten. Mit einem Schmerzenslaut sank einer der Krieger zu Boden; eine Kugel hatte ihn in der Brust getroffen. Im nächsten Augenblick wurden zahllose Speere gegen die Chinesen geschleudert.

Ben spürte, wie ihn einer am Hemdsärmel streifte, und sah, wie einer der chinesischen Musketenträger zu Boden stürzte. Er ließ seine Muskete los und zerrte verzweifelt an dem Speer, der ihm tief in die Brust gedrungen war, doch die Widerhaken hielten ihn unverrückbar fest. Die Stammeskrieger waren erkennbar im Vorteil, und Ben begriff, dass ihre Lage verzweifelt war.

Jetzt stürzten sich die Krieger, ihre Waffen schwingend, auf die Angreifer, wobei sie erneut den Schrei des Rabenkakadus ausstießen.

Ben hob die Muskete des Sterbenden auf und richtete den langen Lauf auf einen der bemalten Krieger, der ihn mit Holzschwert und Schild angriff. Der Schuss löste sich, und der Ureinwohner drehte sich um die eigene Achse, als ihn die bleierne Kugel von den Füßen riss.

Auf Bens Schuss folgte das Feuer der chinesischen Musketiere, die John zu einer Art Schützenlinie zusammengetrieben hatte. Drei Krieger, die im Feuer zusammenbrachen, wurden von ihren Gefährten aufgefangen und nach hinten gebracht, wo man im vergeblichen Versuch, ihre Blutung zum Stillstand zu bringen, Gras in die Schusswunden stopfte. Der Angriff war zum Stehen gekommen; die Krieger zögerten.

John feuerte mit seinem einschüssigen Snyder-Gewehr, als wäre es eines der neuen Winchester-Repetiergewehre. Er schoss, riss mit geübter Hand den Verschluss auf und schob eine neue Patrone ein. Er brauchte gar nicht besonders gut zu zielen, da sich die Krieger dicht an dicht auf der Grasfläche vor ihnen drängten.

Ben fasste die Muskete an ihrem langen Lauf, um sie wie eine Keule gegen die heranstürmenden Stammeskrieger zu schwingen. Umständlich luden die chinesischen Schützen um ihn herum ihre Musketen mit Pulver und Blei nach und feuerten von Zeit zu Zeit eine Salve in die Reihen der Angreifer.

Jetzt aber wurde im Rücken der Krieger das Feuer eröffnet. Aus der Deckung der Fuhrwerke heraus griffen Kate und Jenny in den Kampf ein. Die Front der Schwarzen, die nunmehr von zwei Seiten unter Feuer stand, geriet ins Wanken. Ihr Anführer erkannte, dass sich die Chinesen gesammelt hatten und entschlossen zu sein schienen, ihr Leben teuer zu verkaufen. Immer wieder wurde einer seiner Männer von einer Kugel getroffen. Eine Fortsetzung des Kampfes würde zu unannehmbar hohen Verlusten auf der Seite der Krieger führen.

Er gab den Befehl, den Angriff abzubrechen. Das tat er nicht aus Feigheit, sondern weil er die europäische Art zu kämpfen und die beschränkte Wirkung der eigenen Waffen kannte. Ein Kampf der Stammeskrieger gegen die Eindringlinge bot nur dann Aussicht auf Erfolg, wenn sie überraschend und aus dem Hinterhalt angriffen. Die Krieger zogen sich mit ihren Verwundeten in die Sicherheit des dichten Buschlandes auf den Hängen oberhalb des Karrenweges zurück.

Während die Schwarzen im Busch verschwanden, verstummte Johns Snyder-Gewehr allmählich. Ein Wölkchen Pulverrauch trieb hoch in der stillen Luft. Als die siegreichen Chinesen sahen, dass sich die eingeborenen Krieger zurückzogen, begannen sie, aufgeregt miteinander zu reden. Durch diesen Lärm hörte Ben die fernen Stimmen Kates und Jennys, die von den Fuhrwerken aus nach ihm riefen. Während er mit der alten Muskete in der Hand dastand, merkte er, dass er unwillkürlich am ganzen Leibe zitterte. Es war ein knappes Entkommen gewesen. Wäre es John nicht gelungen, seine Männer wieder zu sammeln, und hätte Kate nicht in den Kampf eingegriffen, wären sie von den Eingeborenenkriegern überwältigt worden.

Undeutlich nahm er wahr, wie Jennifer das Baumwollkleid um die Knie wirbelte, als sie durch das hohe Gras auf der Ebene, die noch vor wenigen Augenblicken ein Schlachtfeld gewesen war, auf ihn zugerannt kam. Er bemühte sich, tapfer zu lächeln, als sie ihm in die Arme stürzte und ihn mit Küssen bedeckte. Er hielt sie an sich gedrückt, entschlossen, sie nie wieder loszulassen.

»Ich weiß gar nicht, wie ich Ihnen für Ihre Hilfe danken kann, Mister Wong«, sagte Kate und gab ihm noch ein großes Stück frisch gebackenes Fladenbrot mit Marmelade. Der Mann, der da unter dem Sternenzelt am Lagerfeuer saß, war nicht nur kräftig, er hatte auch einen gesegneten Appetit.

»Eine solche Mahlzeit ist Dank genug, Missus O'Keefe«, sagte John und leckte sich die klebrigen Finger ab, von denen ihm die Marmelade auf die Knie troff. »Die ganze letzte Woche habe ich von Reis und Dörrfisch gelebt, aber ich bin nicht so recht an das gewöhnt, was meine chinesischen Vettern essen. Am liebsten isst man das, womit man groß geworden ist.«

Kate hörte ihn voll Überraschung von seinen chinesischen
»Vettern« sprechen. Er selbst sah nicht besonders chinesisch
aus, hatte allerdings einen chinesischen Nachnamen. Auch
wirkte der eine oder andere Zug in seinem gut aussehenden
Gesicht asiatisch. »Sie sagen, dass es sich um Ihre Landsleute
handelt, Mister Wong? Obwohl Sie weder wie diese aussehen
noch so sprechen«, sagte sie höflich, »sind Sie vermutlich
chinesischer Abkunft?«

»Ich bin halb Ire und halb Chinese. Meine Eltern haben einander im Jahre 1854 auf den Goldfeldern von Ballarat kennen gelernt. Dort bin ich zur Welt gekommen. Man könnte
vermutlich sagen, dass ich zwischen zwei Welten aufgewachsen bin«, überlegte er, den Blick auf das flackernde Feuer
gerichtet. Kate sah ihn überrascht an. Wie kam jemand damit
zurecht, zugleich irisches und asiatisches Blut in den Adern zu
haben? Ihr nachdenklicher Blick entging John nicht. »Ich habe
doppelt so viele Feiertage wie andere Leute«, lachte er, als er
sich wieder der Welt um ihn herum zuwandte. »Vergangenes
Jahr habe ich mich sogar am Tag des heiligen Patrick in Sydney mit ein paar Verwandten meiner Mutter betrunken.«

Es kam Kate ein wenig töricht vor, über Johns Abstammung
zu sprechen. Immerhin zog sie die drei Kinder ihres Bruders
Tom auf, die ebenfalls zwischen zwei Welten lebten.

John aß das letzte Stück seines Brotes und trank einen ordentlichen Schluck süßen schwarzen Tee dazu. Das Feuer knisterte in der Stille, und er sah zufrieden in die Flammen. Für den
Augenblick genügte es ihm, sich an europäischem Essen gesät-
tigt zu haben und die Gesellschaft der geradezu legendären
Kate O'Keefe zu genießen, von der man selbst im Chinesenviertel schon gehört hatte. Ihr Ruf überwand sogar die Rassen-
schranken, und die jungen Chinesinnen im Dienst der Geheimbünde hatten von Zeit zu Zeit von ihr Wohltaten empfangen.

Ben und Jennifer waren ein wenig beiseite gegangen, saßen
in der Dunkelheit nebeneinander und sahen zum leuchtenden
südlichen Himmel empor. Doch hatten sie darauf geachtet,
sich lediglich so weit aus dem Schutz der Fuhrwerke zu bege-
ben, dass die anderen nicht hören konnten, was sie besprachen.

Der kleine Willie saß am Feuer und ließ den eurasischen Buschläufer, dessen Ausstrahlung er sogleich erlegen war, nicht aus den Augen. John hatte den Jungen in das Lager der Chinesen mitgenommen, das unweit der Fuhrwerke aufgeschlagen worden war. Sie hatten sich rührend um den Jungen bemüht und ihm etwas von ihrem kostbaren kandierten Ingwer angeboten.

Mit großen Augen hatte Willie die Fremden angestarrt, die Zöpfe trugen wie Mädchen und sich in einer Sprache unterhielten, die er nicht verstand. Anfang 1874 waren Chinesen auf den Goldfeldern im Norden ein noch ungewohnter Anblick.

Jetzt saß Willie zu Johns Füßen und genoss die mit einem Hauch von Schärfe gemischte Süße des kandierten Ingwers. Dieses Mal klammerte er sich nicht beschützend an die Mutter, was Kate gleich auffiel. Die Aufregung des Tages und ein voller Magen hatten ihn müde gemacht, und so legte er sich still unter Kates Fuhrwerk zur Ruhe, während sie ihren Tee trank und den Schatten zusah, die im Feuer tanzten.

»Von Zeit zu Zeit fehlt mir die Gesellschaft meiner europäischen Brüder«, sagte John nachdenklich. »Trotzdem habe ich in letzter Zeit angefangen, chinesisch zu denken. Das ist mir nicht mehr passiert, seit ich nach dem Tod meiner Mutter vor vielen Jahren meinen Vater in Melbourne verlassen habe.«

»Was wollen Sie am Palmer mit all den …«, Kate zögerte und suchte das richtige Wort für Johns Reisegefährten.

Er hob lächelnd den Blick. »Sie meinen, ›mit all den Gelben‹«, sagte er, um das Unbehagen zu überspielen, das sie wohl bei der Erkenntnis empfunden hatte, dass auch er chinesischer Abkunft war. »Nun, als Mann, der zwischen zwei Welten lebt, habe ich für meinen Chef Su Yin einen gewissen Wert. Herr Su bedient sich meiner als Mittelsmann bei seinen Geschäften mit den Europäern, die Kulis hierher schicken. Sehr bald werden Tausende von ihnen im Lande sein. Meine Aufgabe ist es, ihre Überfahrt von Hongkong nach Australien zu organisieren. Vermutlich wird mich das bei den weißen Goldsuchern nicht besonders beliebt machen.«

Kate hatte von Su Yin gehört. Er war ein wohlhabender und ausgesprochen mächtiger chinesischer Händler in Cooktown. Soweit sie wusste, betrieb er Bordelle und Spielhöllen für Chinesen, zu denen aber auch Weiße Zutritt hatten, denen der Sinn danach stand, die Dienste zu nutzen, die das Chinesenviertel anbot. Gerüchte sprachen auch von chinesischen Geheimbünden in Cooktown, so genannten *Tongs*, zu deren Anführern Su Yin angeblich gehörte. »Sie sind also eine Art Dolmetscher, Mister Wong«, sagte sie im Gesprächston.

»Dolmetscher, Berater, Aufseher und noch dies und jenes. Für seine Geschäfte mit den Europäern ist Su auf den europäischen Teil meines Gehirns angewiesen«, fuhr er fort. »Ich denke, man kann sagen, dass ich einen Gedanken, den ich auf einer Seite meines Kopfes habe, in einen anderen Gedanken auf der anderen Seite umwandle, und umgekehrt. Im Augenblick bin ich auf dem Weg zum Palmer, um dort eine Grundlage für Herrn Sus Aktivitäten zu schaffen. Meine bewaffneten Männer werden dabei wohl als, nun, man sagt wohl Bandenführer fungieren.«

»Und was werden Sie anschließend tun?«, erkundigte sich Kate.

»Nach Cooktown zurückkehren. Vielleicht segle ich auch nach Hongkong zu …« Er brach mitten im Satz ab. Fast hätte er ausgeplaudert, für welche Tong er arbeitete. Allerdings war er nicht Mitglied dieser Organisation, da er den Chinesen auf Grund seines europäischen Blutes doch ein wenig verdächtig erschien. »… nun, um eine weitere Gruppe an den Palmer zu holen.« Dann verstummte er.

Su stand an der Spitze der im Norden Queenslands tätigen Lotus-Tong. Johns Vater hatte ihm für die zu erledigende Aufgabe seinen Sohn empfohlen, weil er in der chinesischen Welt ebenso zu Hause war wie in der europäischen. Von der väterlichen Seite hatte er die chinesische Gewitztheit geerbt und von seiner irischen Mutter die Körperkräfte. Er sprach fließend Chinesisch, wenn auch mit westlichem Akzent, neigte aber eher der europäischen Seite zu, da er mit dem Geruch des Eukalyptusbaumes aufgewachsen war und nicht mit dem von

Räucherstäbchen aus Sandelholz. Seine Körpergröße verlangte den ihm unterstellten Männern Respekt ab. Wie sich bei dem Kampf am Nachmittag gezeigt hatte, war es eine kluge Entscheidung Sus gewesen, ihm die Aufgabe anzuvertrauen.

»Missus O'Keefe«, fuhr er jetzt fort, »glauben Sie bitte nicht, dass ich mich in Ihre Angelegenheiten mischen möchte – aber lebt nicht Ihr Mann in Cooktown?«

Sie warf ihm einen verblüfften Blick zu. »Ich hatte … ich habe einen Mann, den ich aber seit über zehn Jahren nicht gesehen habe. Warum fragen Sie das, Mister Wong?«

John hielt den Blick ins Feuer gerichtet, um sie nicht ansehen zu müssen. Ihm lag etwas auf der Seele, und er überlegte, ob er darüber sprechen sollte oder nicht. Offensichtlich hatte er mit seiner Frage Kates Neugier geweckt. »Wissen Sie etwas über ihn?«

Unsicher, ob er sich aus der Sache heraushalten sollte oder nicht, sah er weiter ins Feuer. Dann aber fasste er einen Entschluss und holte tief Luft. »In Cooktown ist vor einer Weile einer aufgetaucht, der nach Ihnen gesucht hat. Er hat gesagt, er sei Ihr Mann.«

»Kevin!«, stieß sie keuchend hervor. So lange war er aus ihrem Leben verschwunden gewesen, und jetzt war er zurückgekehrt!

»Seinen Vornamen kenne ich nicht«, fuhr John fort. »Aber ich weiß, dass er ein kräftiger Bursche ist. Ein guter Pokerspieler.«

»Ist er noch in Cooktown?«, erkundigt sich Kate. Sie wusste nicht, was sie denken sollte. Nachdem Kevin O'Keefe sie in einer Situation verlassen hatte, in der sie ihn am dringendsten gebraucht hätte, verabscheute sie ihn zutiefst. Sie erinnerte sich aber durchaus auch noch an das, was sie als Sechzehnjährige empfunden hatte, als sie sich in den gut aussehenden Sohn eines irischen Sträflings verliebt hatte.

John sah nach wie vor auf die glühenden Holzreste. »Ich bedaure, Ihnen sagen zu müssen, dass er auf immer in Cooktown bleiben wird, Missus O'Keefe«, sagte er dann ohne Umschweife. »Er ist bei einem Streit um eine verheiratete Frau umgekommen. Soweit ich weiß, hat der Mann ihn erschossen und sich dann aus dem Staub gemacht.« Ein gewaltsamer Tod war in Johns Leben an der Grenze nichts Besonderes, und er kannte keine andere Möglichkeit, ihr zu berichten, was geschehen war.

Kate schwankte wie vor einem Schwächeanfall, doch als John ihr beispringen wollte, bedeutete sie ihm mit einer Handbewegung, dass sie sich schon wieder gefasst habe. »Tut mir Leid, dass ausgerechnet ich Ihnen diese Mitteilung machen musste, Missus O'Keefe«, sagte er entschuldigend.

»Schon in Ordnung, Mister Wong«, sagte sie mit matter Stimme. »Es musste irgendwann so kommen. Ich hatte schon immer das Gefühl, mein Mann würde auf diese Weise enden.«

Eine Sternschnuppe am Nachthimmel ließ sie den Blick zu der langen Lichtspur heben. *Ein Geist, der versucht, zur Erde zurückzukehren,* hatte ihr einst ein alter Ureinwohner in Townsville gesagt. Sie erschauerte und hoffte, dass es nicht der Geist ihres Mannes war, der zurückkehrte, um sie zu verfolgen, und sprach ein stummes Gebet für seinen Seelenfrieden. Ganz davon abgesehen, dass sie sich ihrer eigenen Empfindungen nicht sicher war, ärgerte es sie sonderbarerweise, dass sein Tod sie um die Gelegenheit gebracht hatte, ihm zumindest noch einmal ordentlich die Meinung zu sagen.

John sah den Kummer in ihren schönen Zügen und verabschiedete sich taktvoll. »Gute Nacht, Missus O'Keefe«, murmelte er und kehrte dann ins Lager der Chinesen zurück.

Auf dem kurzen Weg dorthin überlegte er, ob es wirklich Kummer war, was er auf dem Gesicht der Frau gesehen hatte. War es womöglich Erleichterung gewesen, vermischt mit ein wenig Zorn? Wer wusste das bei Europäerinnen schon? Er zuckte die breiten Schultern. Aber wenn man es recht bedachte, was wusste man bei Frauen überhaupt, ganz gleich, aus welchem Land sie kamen?

Kate saß am Feuer und dachte über ihr Leben nach. Jetzt, da Kevin tot war, hatte sie die Freiheit, mit einem anderen Mann ein neues Leben zu beginnen. Allerdings hatte die eheliche

Bindung an ihn sie nicht daran gehindert, vor Jahren mit Hugh Darlington eine Beziehung einzugehen. Das Leben einer Nonne hatte ihrem feurigen Wesen nicht zugesagt.

Dann aber waren Toms drei Kinder in ihr Leben getreten und hatten sie auf Trab gehalten. Inzwischen liebte sie sie, als wären es ihre eigenen, und sie hatten nach einer Weile ihre Liebe erwidert.

Die kleine Sarah hatte kaum noch Erinnerungen an ihre Mutter. Trotz Kates Bemühungen, ihr zu erklären, woher sie stammte, hatte die Kleine die entsetzlichen Erlebnisse verdrängt. Anders konnte sie wohl nicht mit der Wirklichkeit ihres Lebens fertig werden.

Die beiden Jungen jedoch erinnerten sich gut an Vater und Mutter. Sie hatten den Abend nicht vergessen, an dem sie miterleben mussten, wie beide Eltern unter den Kugeln der berittenen Eingeborenenpolizei umgekommen waren.

Zwar hatte Kate die Verantwortung für die Kinder übernommen, dennoch sehnte sie sich nach der Liebe eines Mannes. Ebenso sehnte sie sich danach, noch einmal zu spüren, wie sich Leben in ihr regte, ein Kind an ihrer Brust zu halten.

Das Feuer war in sich zusammengesunken und gab nur noch einen schwachen Schimmer von sich. Kate hörte den Ruf der Brachvögel in der Nacht. Vor Kälte zitternd legte sie sich ein altes wollenes Umschlagtuch um die Schultern. Sie blieb am Feuer sitzen, bis kaum noch nächtliche Geräusche hörbar waren. Schließlich erhob sie sich mit steifen Gliedern, um sich zur Ruhe zu legen. Bald schon würde der Morgen dämmern.

10

Die kleine Küche des Gasthofs Erin hatte so manche unvergessliche Zusammenkunft der Familie Duffy gesehen. Sergeant Francis Farrell, der viele Jahre die Gastfreundschaft des Schankwirts Frank Duffy genossen hatte, fühlte sich an ihrem alten abgenutzten Tisch wie zu Hause.

In den Jahren, da er im Revier Redfern Streife ging, hatte ihm dieser Gasthof in kalten Nächten stets offen gestanden. Er hatte sich dort aufgewärmt und mit dem Wirt bei einem Glas Rum Erinnerungen an alte Zeiten in der irischen Heimat nachgehangen.

Zwar lebte Frank nicht mehr, doch führte sein Sohn Daniel Duffy die Tradition der Gastfreundschaft fort, und so stand dem breitschultrigen Polizeibeamten die Hintertür des Erin nach wie vor offen.

Die gelegentlichen Begegnungen der beiden Männer waren für beide von Vorteil. Das Erin war der ideale Ort zum Austausch von Informationen über die Unterwelt der Stadt Sydney, Informationen, die zu Freispruch oder Verurteilung führten, je nachdem, wie der Handel zwischen dem Polizeibeamten und dem Anwalt ausging. Daniel Duffy genoss in Sydney den Ruf, ein äußerst erfolgreicher Strafverteidiger zu sein, was zum Teil darauf zurückzuführen war, dass er mit der für alle Duffys bezeichnenden Beharrlichkeit zu Werke ging.

Selbst die in erster Linie aus protestantischen Engländern bestehende Gesellschaft der Kolonie, die auf die Iren hinabzusehen pflegte, zollte ihm widerwillig Anerkennung.

Der hoch gewachsene Daniel war mittlerweile Anfang dreißig und ging leicht gebeugt, was wohl vom jahrelangen Sitzen über den Büchern herrührte. Die Züge seines glatt rasierten Gesichts erinnerten manch einen an seinen Vetter Michael Duffy, zumal er die gleichen grauen Augen hatte wie dieser. Gleich ihm sah er gut aus, wirkte aber weniger markant als Michael, dessen Gesicht die Spuren gelegentlicher Straßenschlägereien aus jungen Jahren trug. Viele hätten Daniel als ernsthaften Menschen bezeichnet, denn er lächelte nur selten. Den irischen Gästen des Erin war der Grund dafür bekannt: Auf der Familie Duffy ruhte ein heidnischer Fluch.

Nach Jahren des Umgangs mit den Duffys war Francis Farrell sozusagen Ehrenmitglied der weit verzweigten Familie geworden. Wenn er nicht im Jahr 1863 Michaels Flucht aus Sydney ermöglicht hätte, wäre der junge Mann möglicherweise gehenkt worden. Zwar hatte er Jack Hortons Bruder in Notwehr getötet, doch war es ohne weiteres denkbar, dass ihn das Gericht des Mordes für schuldig befunden hätte.

Daniel saß am Tisch und spielte mit einem Glas Rum. Als Sozius der Anwaltskanzlei Sullivan & Levi trug er einen eleganten Dreiteiler. Eines Tages würde er Mitinhaber der Kanzlei sein, sofern er nicht die Politikerlaufbahn einschlug, wozu ihm viele rieten, denn er besaß ein weiteres Merkmal der Duffys – eine zurückhaltende, aber unübersehbare Ausstrahlung.

Sergeant Farrells Uniformmütze lag auf dem Tisch zwischen den beiden Männern. »Ich schwöre Ihnen, wenn mir von dem Blatt ein Gespenst entgegengesprungen wär, ich hätte mit keiner Wimper gezuckt«, sagte er und nahm einen kräftigen Schluck Rum. »All die Jahre hat der Name da gestanden, direkt vor unserer Nase.«

»Morrison Mort also war der Junge in dem Mordfall, mit dem Sie uns immer Angst eingejagt haben, als wir noch Kinder waren«, sagte Daniel leise. »Und seine Mutter war das Opfer.«

»Ich weiß gar nicht, warum ich mir die Mühe gemacht hab, den Bericht durchzusehen«, seufzte Farrell. »Wahrscheinlich hat mich der Geist der jungen Rosie ins Archiv geführt.« Verlegen sah er zu Daniel hinüber. Geisterglaube war bei einem Polizeibeamten, der auf nichts als die Fakten der wirklichen

Welt achten sollte, geradezu blasphemisch. Alles, was über Tatsachen hinausging, war etwas für Priester und alte Weiber. »Es schien mir sinnvoll«, fügte er rasch hinzu, »die Notizen des alten Sergeant Kilford noch einmal durchzugehen. Dieselben auffälligen Merkmale am selben Ort. Das kann kein Zufall sein.«

Daniel runzelte die Stirn. Es war widersinnig anzunehmen, ein kaum zehn Jahre alter Junge könnte ein solch entsetzliches Verbrechen begangen haben. Früher hatte dieser Fall ihm und seinem Vetter Michael einen Schauder über den Rücken gejagt. Immer wieder hatten die beiden Jungen den breitschultrigen Polizisten gebeten, ihnen über die unheimlichen Vorfälle in der Welt des Verbrechens zu berichten. Francis Farrell war ein geborener Geschichtenerzähler, und seine Art, die Verstümmelungen zu beschreiben – auch wenn er dabei Einzelheiten aussparte –, hatte ihnen eine Gänsehaut und Albträume beschert. An diese Gänsehaut musste Daniel jetzt denken. »Könnte es sein …« Er sprach nicht weiter, während er das fast unvorstellbar Böse zu fassen versuchte, das da möglicherweise von einem Kind Besitz ergriffen hatte. Seinem Berufsstand galt es als ausgemacht, dass Kinder zu bewussten Straftaten unfähig waren. Erst nach dem vollendeten zehnten Lebensjahr billigte man einem Menschen die *mens rea* zu, die Schuldfähigkeit, die Voraussetzung für eine Bestrafung war. Er sah zu dem Polizisten hinüber und wartete auf eine Antwort.

»Er war dabei«, sagte dieser achselzuckend. »Soweit ich weiß, liegt sein Schiff zurzeit im Hafen von Sydney.«

»Aber könnte er …« Daniel sprach nicht weiter. Er versuchte das ganze Entsetzen dessen zu erfassen, was vor Jahren geschehen sein mochte. »Gott im Himmel! Ein kleiner Junge kann doch nie und nimmer die eigene Mutter auf so entsetzliche Weise umgebracht haben. Es ist bestimmt unmöglich, sogar bei einem Menschen wie Mort.«

»Ich hab von verschiedenen Seiten gehört, dass man am Abend von Rosies Tod einen Kapitän in der Nähe ihrer Wohnung gesehen hat.«

»Haben die Leute ihn identifiziert?«, fragte Daniel, dessen berufliches Interesse geweckt war.

Farrell schüttelte den Kopf. »Entweder haben sie ihn nicht erkannt, oder sie wollen es nicht zugeben. Sie behaupten, es wäre zu dunkel gewesen, um Genaueres zu sehen.«

Beiden Männern war wohl bekannt, dass die Bewohner von The Rocks mit polizeilichen Untersuchungen nichts zu tun haben wollten. Der Arm des Gesetzes reichte nur bedingt in jenen Teil der Stadt, und wer von dessen Bewohnern Aussagen haben wollte, musste sie bestechen oder bedrohen. Das aber erbrachte keine vor Gericht verwertbaren Beweismittel. »Falls Sie glauben, dass Sie ihn zu einem Verhör kriegen«, fuhr Farrell fort, »bezweifle ich, dass er ein Geständnis ablegt. Er steht mit dem Teufel im Bunde.«

Ungeduldig wischte Daniel diese Bemerkung beiseite. »Ich kenne die Schwierigkeiten, Sergeant Farrell«, sagte er. »Mort braucht lediglich zu bestreiten, dass er etwas mit der Sache zu tun hat. Ohne Zeugen könnten Sie den Fall keinesfalls zur Verhandlung bringen.«

Farrell senkte den Blick auf sein leeres Glas. »Ich weiß, was er Ihren Angehörigen angetan hat, und noch herrschen hier Recht und Gesetz«, knurrte er. »Auf jeden Fall können wir ja mal ein Auge auf ihn halten, solange er sich in Sydney aufhält. Vielleicht nimmt er sich ja noch mal 'ne Frau vor.«

Bei dieser letzten Äußerung überlief es Daniel eiskalt. Wie viele arme Menschen würde dieser Dämon noch ermorden, bis man ihn an den Galgen brachte? »Wir wollen beten, dass es niemand ist, der uns nahe steht«, sagte er leise.

Mort saß in seiner Kajüte vor dem Kartentisch voller Seekarten und betrachtete seinen frisch geölten Infanteriedegen, der darauf lag. Er war sein ständiger Begleiter, seit er ihn im Jahre 1854 beim Kartenspiel von einem jungen Offizier gewonnen hatte, der am Sturm auf die Palisaden von Eureka teilnehmen sollte.

Liebevoll ließ er den Finger über das glatte Metall laufen. Hätte er doch nur den Degen dabeigehabt, als er die Hure umgebracht hatte! Bestimmt hätte sie geschrien wie die anderen. Wie die jungen Schwarzen aus den Polizeiunterkünften, damals, als er in der berittenen Eingeborenenpolizei diente, wie die braunhäutigen Schönen, die er als Sklavenhändler von den Pazifikinseln geraubt hatte. Sie alle hatten um ihr Leben geschrien, ihn um Gnade angefleht. Doch Gnade konnten von ihm Geschöpfe jener Art, die ihm als Kind so viele Qualen verursacht hatte, nicht erwarten. Seine Mutter war tot, ihr Schandmaul, mit dem sie über seine Qualen gelacht hatte, durch ein Messer ebenso verstümmelt wie der unaussprechliche Körperteil, mit dem sie ihren Freiern Lust gewährt hatte. Sie würde es nie wieder tun können.

Leise vor sich hinsummend, schob er die silbern glänzende Klinge in die Lederscheide, die er im Arm hielt. Nie würde man ihn zum Galgen führen. Der alte Ureinwohner, den er immer wieder in seinen Träumen sah, hatte ihm das geweissagt. Nein, sein Schicksal war erst dann vollendet, wenn er dem weißen Krieger aus der Höhle begegnete.

Mort verzog das gut aussehende Gesicht zu einer grinsenden Fratze. Mit einem Achselzucken tat er die Gewissheit des alten Ureinwohners ab, der weiße Krieger werde seinen Untergang bedeuten. Diese Macht besaß kein lebender Mensch. Weder heidnische Krieger noch die Rechtsvertreter der zivilisierten Welt würden je seinen Untergang besiegeln – nicht, solange er seinen Degen aus der Scheide ziehen konnte.

Er stand auf und legte ihn auf die Halterung an der Wand über seiner Koje. Heute Nacht würde er ihn nicht brauchen. Er durfte darauf vertrauen, dass sein Erster Steuermann eben in diesem Augenblick endgültig aus den Diensten der Firma Macintosh schied.

Hilda Jones war nicht nur so hart wie die Männer, die in ihrer heruntergekommenen Pension am Rande des berüchtigten Viertels The Rocks lebten, sondern auch von so imposanter Statur, dass sie die meisten von ihnen einschüchterte.

Trotz aller Vorbehalte gegen Behörden hatte sie der Polizei mitgeteilt, dass in einem ihrer Zimmer ein Mann verblutete, und so war der Kriminalbeamte Kingsley nicht ohne ein gewisses Zögern an die Tür ihres Hauses gekommen.

Sie wollte den Schwerverletzten unbedingt aus dem Hause haben und hatte versucht, ihn zum Gehen zu bewegen, aber das Messer in seiner Hand – und die Feindseligkeit in seinen Augen – hatten sie zögern lassen. Er bestand darauf, mit einem Polizisten zu sprechen, und zwar nicht mit einem gewöhnlichen Streifenbeamten, sondern mit einem von der Kriminalpolizei. Auf jeden Fall würde sich jetzt die Polizei um den Mann kümmern und sie wenn nötig von seinem Kadaver befreien.

Der Kriminalbeamte folgte der Frau durch einen schmalen Gang mit Wänden voller Fliegendreck zu einem Zimmer im hinteren Teil des Hauses. Der durchdringende Gestank nach gekochtem Kohl, Urin und Erbrochenem würgte ihn im Halse. Er schien die Luft zu erfüllen wie der Geist eines vor langer Zeit verstorbenen Mieters.

»Wie der gestern Abend gekommen is, haben ihm schon die Eingeweide aus'm Bauch gehangen«, sagte die Frau mit den breiten Schultern und stieß die Tür zu dem winzigen Zimmer auf. Auf der eisernen Bettstatt mit durchgelegenen Sprungfedern lag ein Mann auf einer blutgetränkten Matratze. Er blickte zur Tür und verzog sogleich das Gesicht, vermutlich wegen der Schmerzen, die ihm die Bewegung verursachte. »Wenigstens hat er bis heute bezahlt«, sagte Hilda Jones. Ihrer Stimme war die Erleichterung darüber anzuhören. »So wie er aussieht, lebt der morgen nich mehr.«

Kingsley spähte in das halbdunkle Zimmer, in dem nur ein zerbrochenes Fenster hoch in der Wand für Licht und Luft sorgte. Auf dem schmutzigen Dielenboden unter der Matratze war eine Blutlache geronnen und bildete einen dunklen Fleck. Ratten huschten in nur ihnen bekannte Verstecke; sie würden zurückkommen, wenn die Eindringlinge verschwunden waren.

»Sind Sie ein Greifer?«, fragte der Sterbende mit heiserer Flüsterstimme. Er hatte Durst.

Kingsley bejahte die Frage, und der Mann verlangte nach Wasser. Hilda zögerte, den Raum zu verlassen, den sie mit ihrer massigen Gestalt zur Hälfte ausfüllte. Sie hätte zu gern gewusst, warum der Mann unbedingt mit einem Polizisten hatte sprechen wollen. Aber Kingsley schickte sie mit der schroffen Aufforderung fort, dem Mann Wasser zu holen. Er trat näher ans Bett, so dass er die geflüsterten Worte des Sterbenden hören konnte. »Ich heiß Jack Horton. Mir is klar, dass ich nich mehr lange zu leben hab. Sonst würd ich nie freiwillig mit 'nem Greifer reden«, sagte er mit rauer Stimme. Er versuchte zu husten, aber kein Laut drang aus seiner ausgedörrten Kehle, und seine Schultern zuckten, wodurch das Blut wieder zu fließen begann.

»Was ist passiert, Mister Horton?«, fragte der Beamte. Vermutlich hatte der Mann eine Reihe von Straftaten begangen und sicher eine ganze Menge zu sagen, bevor er diese Welt verließ. Jeder gute Polizist bemühte sich darum, möglichst viel über Verbrechen zu erfahren.

»Das spielt jetzt keine Rolle mehr. Sagen wir einfach, ich war 'n bisschen zu langsam und der andere 'n bisschen schneller. Wer weiß – vielleicht ergeht es ihm eines Tages genauso wie mir.« Das Sprechen schien ihm Schwierigkeiten zu bereiten. Man konnte sehen, dass sein Leib von der Hüfte bis zur Brust aufgeschlitzt war. »Ich will Ihnen was über den Verräter sagen, der mich ans Messer geliefert hat, weshalb ich jetzt wie 'n abgestochenes Schwein verblute. Ich bin sein Erster Steuermann. Er steckt hinter der Sache, so wahr ich Jack Horton heiß.«

Kingsleys Interesse ließ sogleich nach. Der Mann wollte offenbar lediglich einen Spießgesellen verpfeifen, der ihn vermutlich bei einer der Messerstechereien, wie sie in The Rocks an der Tagesordnung waren, im Stich gelassen hatte. Es war kaum wahrscheinlich, dass die Polizei den Täter je finden würde.

Horton merkte das, wusste aber, wie er die Aufmerksamkeit des Polizisten erregen konnte. »Ha'm Sie schon mal von Lady Enid Macintosh gehört?«, fragte er flüsternd.

Sogleich flammte Kingsleys Aufmerksamkeit wieder auf. In der Tat hatte er von Zeit zu Zeit etwas über die mächtige und einflussreiche Familie Macintosh aus der Zeitung erfahren.

»Selbstverständlich«, gab er zur Antwort. Der Gesichtsausdruck des Sterbenden zeigte, dass er froh war, von dem Beamten beachtet zu werden. »Die Leute sind hier in Sydney ganz
oben«, fügte Kingsley hinzu.

»Ja. Was ich Ihnen jetzt über die Macintoshs und den
Schweinehund Morrison Mort sag, der für die arbeitet, lässt
Ihnen garantiert die Haare zu Berge stehen. Es is 'ne ganze
Menge, Sie sollten sich also besser Notizen machen …«

In seinen letzten Augenblicken teilte Jack Horton dem
Beamten alles mit, was er wusste, und dieser hörte so benommen zu, als hätte man ihm einen Keulenhieb auf den Schädel
versetzt. Horton wollte sich an Mort rächen, denn seiner Überzeugung nach hatte dieser dafür gesorgt, dass man ihm in
einem Gässchen hinter der Schänke auflauerte, in der er etwas
getrunken hatte. Der Erste Steuermann hatte schon eine ganze Weile Unheil gewittert; irgendetwas an der Haltung seines
Kapitäns hatte ihn Verrat vermuten lassen. Es ging Jack Horton nicht darum, mit einem Geständnis auf dem Totenbett sein
Gewissen zu erleichtern, er wollte Rache an denen üben, die
er stets gehasst hatte, weil sie die Macht besaßen, andere nach
ihrer Pfeife tanzen zu lassen.

Nur gut, dass er der neugierigen Wirtin die Tür vor der Nase zugeschlagen hatte, dachte Kingsley. Was ihm der Sterbende da mitgeteilt hatte, wollte er erst einmal sorgfältig auf seine finanzielle Verwertbarkeit hin überprüfen. Mit solchen
Angaben konnte man sich Freunde an den richtigen Stellen
machen. An Hortons Sterbebett gerufen zu werden, war das
Beste, was ihm in all den Jahren als Polizeibeamter auf Sydneys Straßen widerfahren war. Auch für ihn gab es also einen
Silberstreifen am Horizont, selbst in dieser heruntergekommenen Pension in The Rocks.

11

Aufmerksam sah Kate zu dem hoch gewachsenen Mann hin, der auf sie zugeritten kam. Mit dem Licht der aufgehenden Sonne in seinem Rücken sah sie lediglich seinen Umriss. In die Sonne zu blicken, schmerzte ihre Augen, und so machte sie sich wieder daran, die Kochutensilien in einem Kasten unter dem Fuhrwerk zu verstauen. Vermutlich war es einfach einer der vielen Goldsucher, die dem Palmer entgegenstrebten.

Ben, Jenny und Willie waren zum Bach hinübergegangen, um den Wasservorrat für unterwegs zu ergänzen, und die Chinesen brachen gerade unter John Wongs Führung in Richtung Süden auf. Vermutlich wird der Reiter sie bald überholen, ging es Kate durch den Kopf.

Lachend winkten die vorbeiziehenden Chinesen Willie zu, der ihnen vom Bachufer aus nachsah. Nur schade, dass sie ihren Vorrat an kandiertem Ingwer mitnahmen. Am liebsten wäre er ihnen nachgerannt, um mehr davon zu bekommen. Aber er hatte das Gefühl, dass er Ben nicht mit seiner Mutter allein lassen durfte. Sie verhielt sich seit dem Vorabend sehr sonderbar.

»Hallo, Kate. Haben Sie kein Kleid?«

Verblüfft fuhr Kate herum, und die Töpfe fielen ihr aus der Hand. Immer noch stand die aufgehende Sonne im Rücken des Reiters, der turmhoch über ihr aufzuragen schien. Sie hatte ihn nicht näher kommen hören und legte nun die Hand über die Augen, um etwas zu erkennen. Zum ersten Mal sah sie die Narbe vollständig, die von einem Augenwinkel die Wange hinablief.

»Luke!«, sagte sie atemlos. »Sie haben keinen Bart mehr.«

»Stimmt«, gab der Amerikaner zurück, und ein Lächeln trat auf seine Züge, auf das nach Kates fester Überzeugung schönste Männergesicht außerhalb ihrer Familie.

»Bei uns zu Hause sind Bärte gerade nicht in Mode.«

Sie begann zu weinen, ohne recht zu wissen, warum, aber es tat ihr gut.

Luke sprang aus dem Sattel, um neben sie zu treten, doch mit einer ärgerlichen Handbewegung verwehrte sie ihm das. »Warum haben Sie nicht geschrieben?«, schluchzte sie verbittert. »Sie sind einfach aus unserem Leben davongeritten. Sechs Jahre, und kein Wort. Warum?«

Luke stand mit hängendem Kopf da und drehte verlegen den breitkrempigen Filzhut in den Händen. Diese Worte aus dem Munde der Frau, die wieder zu sehen er sich so lange erträumt hatte, hatte er nicht erwartet. Er hatte angenommen, sie werde vielleicht ein wenig ärgerlich sein, doch mit Tränen und Wut hatte er nicht gerechnet! »Ich wusste nicht, dass es Ihnen wichtig war«, murmelte er. »Mit dem Schreiben ist es einfach nichts geworden.« Kate gab keine Antwort, drehte sich um und bückte sich, um die Töpfe und Pfannen aufzuheben. Er half ihr dabei. »Tut mir wirklich Leid, Kate«, sagte er und legte eine Hand auf die ihre.

Sie schniefte abweisend und wischte sich mit dem langen Ärmel ihres Hemdes die Tränen ab. »Macht nichts«, sagte sie und richtete sich wieder auf. »Die Cohens waren diejenigen, die sich Sorgen um Sie gemacht haben.« Luke setzte den Hut wieder auf und wandte sich ab, damit sie die Enttäuschung in seinem Gesicht nicht sehen konnte. »Warum sind Sie wiedergekommen?«, fragte sie, während er sich seinem Pferd zuwandte.

Er drehte sich zu ihr um. »Ich hab über den Palmer reden gehört, als ich in Montana war«, gab er zur Antwort und verbarg seinen Schmerz hinter Bitterkeit. »Da hatte also irgendein Mistkerl meinen Goldfluss entdeckt. Ich musste unbedingt hin, um zu sehen, ob noch was da ist. Das ist der einzige Grund, warum ich hier bin!« Er log, um sich zu schützen. So weit gereist zu sein, nur um feststellen zu müssen, dass Kate seine Liebe zurückwies, war mehr, als er ertragen konnte.

»Ich verstehe«, flüsterte sie. »Sie können gern mit uns ziehen«, sagte sie lauter. »Vorausgesetzt, Sie wollen aus irgendeinem Grund nach Cooktown zurückkehren.«

»Kann schon sein«, brummelte er. »Ich hab da tatsächlich noch dies und jenes zu erledigen. Der Palmer kann eine Weile warten.«

»Dann binden Sie Ihr Pferd ans Fuhrwerk und gehen mit mir zu Fuß«, sagte Kate mit einer Stimme, die nicht mehr ganz so wütend klang. »Sie können mir dann berichten, wo Sie in den vergangenen sechs Jahren gesteckt haben und wieso Sie ausgerechnet hier auftauchen.«

Luke nickte und führte sein Pferd zum Fuhrwerk hinüber. »Ich hab's doch gesagt, Kate. Ich wollte mir *meinen* Goldfluss mal ansehen, nichts weiter.« Bei dieser Antwort glaubte er einen Anflug von Enttäuschung in ihren Augen zu sehen, war sich aber nicht sicher. »Wissen Sie, vor sechs oder sieben Jahren hatte ich den Palmer fast erreicht«, sagte er, während er sein Pferd festband. »Pech und ziemlich schlimmes Fieber haben mich dann nach Süden zurückgetrieben. Dabei bin ich einem armen Kerl über den Weg gelaufen, der einen Eingeborenen-Speer im Bein hatte, und der war am Palmer gewesen. Ich weiß nicht mehr, wie er hieß. Ich hab ihn hinter den Bergen weiter im Süden begraben«, sagte er mit weit ausholender Armbewegung. »Alles wäre wahrscheinlich anders gekommen, wenn ich weitergezogen wäre«, fügte er sehnsüchtig hinzu. »Vielleicht wäre ich reich geworden. Aber das ist alles vorbei.« Und du hättest dann mehr in mir gesehen als einen abgerissenen, armen Goldsucher, dachte er bei sich.

Der Teufel soll dich holen, Luke Tracy, dachte Kate wütend, während sie sein Gesicht betrachtete. Der Teufel soll dich holen, dass du in meinem Leben immer wieder einfach auftauchst und verschwindest. Es war alles so verwirrend, und ihre Gefühle waren ein großes Durcheinander, das sich wohl erst im Laufe der Zeit ordnen würde. Jetzt musste sie erst einmal ihre beiden Fuhrwerke nach Cooktown zurückbringen. Im Augenblick beanspruchten andere Menschen als Luke ihre Aufmerksamkeit. Es war weder der richtige Zeitpunkt noch der richtige Ort, sich Rechenschaft darüber abzulegen, was sie für den Mann empfand, von dem sie sich immer eingeredet hatte, sie liebe ihn nicht.

Obwohl sie gemeinsam neben dem Ochsengespann herschritten, sprachen Luke und Kate nur wenig miteinander. Sprechen gehörte für Luke zu den Dingen, die man tat, wenn man nichts Besseres zu tun hatte. Außerdem musste er noch mit dem Mann abrechnen, der die Schuld daran trug, dass er nach Amerika hatte fliehen müssen. Vor seinem Aufbruch von Cooktown hatte Luke von der bevorstehenden Ankunft eines Anwalts aus Rockhampton namens Hugh Darlington gehört, und so brütete er Rachegedanken aus, die seinen Redefluss hemmten, zumal er mittlerweile erfahren hatte, dass dieser Mann Kates Liebhaber gewesen war.

An jenem Abend schlugen sie das Lager unmittelbar neben dem Karrenweg auf. Während Kate und Jenny das Abendessen zubereiteten, half Luke Ben, die Ochsen auszuschirren und ihnen Fußfesseln anzulegen.

Das unbehagliche Schweigen zwischen Kate und Luke verursachte eine Spannung, die Ben nicht verborgen blieb. Er hatte Kate noch nie so unruhig und unnahbar erlebt. Von seiner Tante Judith wusste er, dass der Amerikaner früher eine wichtige Rolle im Leben der jungen Irin gespielt hatte. Sie hatte sogar behauptet, Kate liebe diesen Luke Tracy. »Aber sie will es nicht wahrhaben«, hatte sie geseufzt.

Ben konnte Luke gut leiden. Er flößte ihm Vertrauen ein, und er konnte verstehen, warum sein Onkel Solomon den Amerikaner in den höchsten Tönen lobte. Vor einigen Jahren hatte er ihm erzählt, Luke habe das Land wegen des Verrats durch einen Anwalt aus Rockhampton verlassen müssen, aber nichts weiter darüber gesagt, und so dachte Ben schon bald nicht mehr an die Geschichte. Von Jenny hatte er erfahren, dass auch sie dem amerikanischen Goldsucher schon einmal begegnet war, nämlich vor sechs Jahren am Anleger von Brisbane. Sie war tief beeindruckt gewesen von dem großzügigen Geldgeschenk, das er ihrem Vater bei dieser Gelegenheit gemacht hatte, und betrachtete sein erneutes Auftauchen in ihrem Leben als gutes Vorzeichen dafür, dass in ihrem und Willies Leben nun alles gut würde.

Ben verstand nicht, warum Kate den Mann jetzt wie einen Aussätzigen behandelte, wenn er für sie so wichtig gewesen war. Wie zahllose Männer vor und nach ihm zog er daraus den Schluss, dass das mit dem geheimnisvollen und unergründlichen Wesen der Frauen zu tun haben musste.

Kate formte mit der flachen Hand Teigfladen. Während sie sie in die heiße Asche legte, sah sie unwillkürlich zu Luke hinüber, der damit beschäftigt war, den Zugochsen Fußfesseln anzulegen. Sie musste daran denken, dass die tiefblauen Augen des hageren Mannes mit den scharf geschnittenen Zügen stets über den fernen Horizont hinaus zu blicken schienen. Sein Gesicht war von der Sonne gebräunt und sein langes, von grauen Strähnen durchzogenes Haar reichte ihm bis auf die Schultern. Hinter seinem freundlichen Wesen verbarg sich eine Beharrlichkeit, die anderen Anerkennung abverlangte. Die lange, langsam verblassende Bajonettnarbe, die ihm ein englischer Soldat vor zwanzig Jahren bei Eureka zugefügt hatte, erinnerte immer noch an seinen Widerstand gegen die Unterdrücker.

Widerwillig musste sich Kate eingestehen, dass sie dieses Gesicht liebte. Luke konnte mit seinen Augen lächeln, und beim Klang seiner angenehmen Stimme, mit der er gemessen sprach, hatte sie das Bedürfnis, von seinen Armen gehalten zu werden. Wenn sie in Worte zu fassen versuchte, was sie an ihm schätzte, fielen ihr Begriffe wie stark, sanft, lustig, klug und liebevoll ein.

Doch er war nicht nur das, sondern auch impulsiv und draufgängerisch. Seine beständige Suche nach Gold hatte ihn gefährliche und einsame Abenteuer erleben lassen. Hinzu kam, dass es ihn nirgendwo lange hielt und ihm an Sesshaftigkeit nichts zu liegen schien. Er war die Art Mann, der eine Frau besser aus dem Weg gehen sollte.

Als Luke jetzt auf sie zutrat, den Sattel über die Schulter

geworfen und das Gewehr in der Hand, sah Kate beiseite. Sie wollte nicht, dass er in ihren Augen die Liebe erkannte, die sie für ihn empfand.

»Kann ich was tun, Kate?«, fragte er, während er Sattel und Gewehr neben das Feuer legte.

»Bis jetzt bin ich ohne die Hilfe eines Mannes ausgekommen«, gab sie zur Antwort. Luke zuckte zusammen, nahm wortlos Gewehr und Sattel auf und ging.

Kate biss sich auf die Lippe. So hatte sie es nicht gemeint! Warum brachte sie es nicht über sich, ihm ihre Liebe zu gestehen? Das Wort »Selbstschutz« hallte bitter in ihrem Kopf. Sie musste ihre Gefühle um jeden Preis vor der Qual schützen, die es bedeuten würde, wenn auch er wie schon andere vor ihm für immer aus ihrem Leben verschwand.

Kates Fuhrwerke rumpelten durch Cooktowns Charlotte Street, vorbei an den zahlreichen Bordellen und Gasthäusern, die an den Ufern des Endeavour zur Befriedigung der Bedürfnisse jener entstanden waren, die gekommen waren, sich ihre Träume zu erfüllen. Doch trotz des üblen Rufes dieser Goldgräberstadt hatte Kate das Gefühl, nach Hause zu kommen.

In einer dichten Wolke stieg beständig Staub auf und legte sich als dünne Schicht auf jeden, der einen Fuß auf die Hauptstraße setzte. Das Stimmengewirr verdichtete sich zu einem aufgeregten Lärm; die kehlige Sprechweise der Besucher aus dem Norden vermischte sich mit den wie Singsang klingenden Stimmen asiatischer Goldgräber, dem rauen Idiom der Schotten und dem näselnden Tonfall der Amerikaner.

Schiffe aus aller Herren Länder, die ihre Ladung in Australiens fernem Norden gelöscht hatten, ankerten gleich neben der Hauptstraße auf dem Endeavour. Sie drängten sich am Ufer ebenso dicht wie die Menschenmassen in den Straßen: Küstendampfer, chinesische Dschunken und allerlei Segelschiffe suchten Ankerplätze in den schlammigen, braunen Wassern, die sich ins opalfarbene Korallenmeer ergossen.

Die Zügel seines Pferdes in der Hand schritt Luke neben Kate die Straße entlang. Ihnen folgten Ben, Jennifer und der kleine Willie neben dem zweiten Fuhrwerk. Die Ochsenkarren rumpelten unter dem lauten Knarren ihrer großen Räder Kates Laden entgegen, wo sie Luke die Zügel ihres Gespanns übergab. Sie hatte ihre kleine Reisegruppe dorthin geführt, wo die kostbaren Waren des Grenzgebiets lagerten: Schaufeln, Spitzhacken, Schwingtröge für die Goldwäsche, Dosenfleisch, Nägel, Petroleum, Stoffballen, Zeltleinwand, Medikamente, Tabak, Tee, Kaffee, Reis, Zucker und Mehl. »Ich muss noch etwas erledigen, bevor ich in den Laden gehe«, sagte sie geheimnisvoll.

»Kate, ich muss Ihnen etwas sagen«, begann Luke mit unübersehbar gequältem Gesichtsausdruck. Sie sah ihn unsicher an. Noch nie hatte sie solchen Schmerz auf seinen Zügen gesehen. Immer hatte er seine Gefühle für sich behalten. »Eigentlich bin ich zurückgekommen, weil ich Dich wieder sehen wollte.« Sie merkte, dass er nach Worten suchte, und erkannte ein tiefes Gefühl in seiner schlichten Aussage. »Ich liebe dich, Kate, ich habe dich immer geliebt.«

Sacht legte sie ihm die Finger an die Wange, dann wandte sie sich wortlos um und ging. Das war nicht der richtige Augenblick, um sich mit dem zu beschäftigen, was sie füreinander empfanden. Zuerst musste sie einen Ort aufsuchen, der ihrer Seele Frieden geben sollte.

Es war nicht einfach, die letzte Ruhestätte ihres Ehemannes zu finden. In Cooktown gab es viele frische Gräber, denen sich so gut wie nicht ansehen ließ, wer unter dem Grabhügel lag, doch dann sah Kate eine junge Frau, die ein Sträußchen Wildblumen auf eines der Gräber legte.

Ihr Gesicht trug bereits die Spuren ihres Gewerbes, und nach ihrer bleichen Haut zu urteilen, kam sie wohl nur selten an die frische Luft. Trotz ihrer scharfen Züge war sie hübsch. Kate konnte sich gut vorstellen, dass sich jemand wie Kevin zu dieser jungen Frau hingezogen gefühlt hatte, die jetzt den Blick auf das nicht gekennzeichnete Grab gerichtet hielt. In ihren Augen standen keine Tränen; man sah lediglich einen Ausdruck von Bedauern, als sie den Blick zu Kate hob.

»Ich suche das Grab eines Mannes, den ich einmal gekannt habe«, sagte Kate freundlich. »Er hieß Kevin O'Keefe.«

Die Frau funkelte sie an. In ihren dunklen Augen lag nun Feindseligkeit und Abneigung. »Sie kannten ihn also auch?«, fauchte sie wütend. »Das wundert mich überhaupt nicht. Der verdammte Sauhund hatte ein Auge für schöne Frauen.« Sie sah auf das Grab hinab, jetzt liefen ihr Tränen über die Wangen. »Da liegt er«, sagte sie und wies auf das Grab zu ihren Füßen. »Jemand hat den verdammten Mistkerl umgebracht«, fuhr sie mit erstickter Stimme fort.

Vermutlich war diese Frau der Anlass für Kevins Tod, ging es Kate durch den Kopf. Mitgefühl stieg in ihr auf. Immerhin hatte die andere den gleichen schrecklichen Fehler begangen wie sie selbst vor vielen Jahren: Sie war auf Kevin O'Keefes Charme hereingefallen. Sie empfand ihr gegenüber keinerlei Feindschaft, wohl aber tiefe Trauer darüber, dass am Ende von Kevins Leben nichts weiter stand als dieses namenlose Grab an der Siedlungsgrenze von Queensland.

Sie ging davon und überließ es der jungen Frau, um den gut aussehenden, liebenswürdigen Halunken zu trauern. Sie selbst würde nie wieder dorthin zurückkehren. Dieser Ort gehörte der anderen, die Tränen um ihn vergießen konnte. Es war Zeit, zum Laden zurückzukehren, der ihr Zuhause war, und sich zu den Lebenden zu gesellen.

Das Innere des Ladens kam Kate nach den Wochen der schweren Arbeit mit den Ochsengespannen kühl vor. Sie setzte sich auf einen Stoffballen und dachte über ihren Besuch am Grab ihres Mannes nach. Ihre Gedanken glitten zu Luke, den Cohens und dem Ehepaar James. Sie alle spielten in ihrem Leben eine so entscheidende Rolle. Was würde sie ohne diese Menschen tun, die ihr Leben begleiteten seit jenem schicksalhaften Tag, an dem sie vor elf langen Jahren in Rockhampton an Land gegangen war? Der Verlust jedes Einzelnen von ihnen wäre weit schlimmer als der Tod des Mannes, den sie einst geheiratet hatte. Hatte die Zeit sie gegen ihre Vergangenheit verhärtet, oder hatte sie sich so sehr verändert, dass sie in nichts mehr dem jungen Mädchen glich, das sie damals gewesen war?

Sie sah zu Emma James hinüber, die sie mit unverhohlener Freude über ihre gesunde Rückkehr begrüßt hatte. Ein wenig beneidete sie Emma um das Leben an Henrys Seite. Auch wenn die beiden wenig besaßen, gehörte Emma doch die sanfte Liebe ihres Mannes.

Als Henry aus Gesundheitsgründen den Dienst in der berittenen Eingeborenenpolizei hatte quittieren müssen, hatten er und Emma Kates Angebot angenommen, sich um den Laden in Cooktown zu kümmern. Die Räume dienten zugleich als Zwischenlager für die Waren, die an den Palmer wie auch zu den Heimstätten der Siedler und den kleinen Dörfern transportiert werden mussten, die auf den Hügeln und den Ebenen des nördlichen Queensland entstanden.

Kates Fuhrleute waren auf und davongegangen, um sich zu den Goldsuchern am Palmer zu gesellen, doch war es ihr gelungen, Ben zurückzuholen, der ebenfalls sein Glück auf den Goldfeldern hatte versuchen wollen. In unverbrüchlicher Treue hielt er zu ihr und trug so dazu bei, dass sie ihr Vermögen mehren konnte. Doch alles, was sie verdiente, war fest angelegt: in Grundbesitz, Fuhrwerken, Vieh, Bergwerksaktien und verschiedenen Warenlagern. Ihre geschäftlichen Interessen ergänzten sich inzwischen mit denen der Cohens, die kräftig expandiert hatten und nicht nur Gasthöfe besaßen, sondern sogar Anteile an Unternehmen in Sydney und Brisbane. Diese ohne jede schriftliche Abmachung einfach auf Handschlag gegründete Partnerschaft hatte sich für Kate wie für die Cohens als äußerst einträglich erwiesen.

Emma legte eine Hand auf Kates Arm, worauf Kate mit mattem Lächeln erwiderte: »Mir fehlt nichts, Em. Der Rückweg war einfach ein bisschen aufregend.«

Emma machte sich Sorgen um die Freundin, denn Kate schonte sich nie. Diese Frau ist die Güte selbst, dachte sie seufzend. Ihr einziger Fehler war, dass sie wie ein Mann schuftete und die frauliche Seite vernachlässigte. Kates einst makellos helle Haut war tief gebräunt, und ihre Hände wiesen Schwielen von der harten Arbeit auf, die es bedeutete, die Zügel eines Ochsengespanns zu führen. Doch noch so schwere Arbeit konnte die Schönheit ihrer grauen Augen nicht vermindern, die alles um sie herum in helles Licht tauchten. Emma merkte, dass irgendetwas Kate bedrückte. »Dein Mann war vor ein paar Wochen hier«, sagte sie. »Er hat gesagt, er will nach deiner Rückkehr wiederkommen.«

»Ich war inzwischen bei ihm«, sagte Kate müde, während sie die langen Beine streckte und an ihren Besuch an Kevins Grab dachte.

»Du hast den Kindern gefehlt«, sagte Emma, um sie daran zu erinnern, dass es Menschen gab, die sie brauchten. »Vor allem Sarah«, fügte sie hinzu.

Die achtjährige Sarah mit ihren großen braunen Augen und dem kecken Näschen wirkte schon fast wie eine junges Mädchen und hatte ihren eigenen Kopf. Obwohl sie sich an den wilden Spielen ihrer älteren Brüder Tim und Peter beteiligte, war sie doch von ruhigem Wesen und hielt sich wie eine junge Dame. Sie verehrte ihre Tante Kate und folgte ihr auf Schritt und Tritt.

Für Kates drei Adoptivkinder war das Leben nicht einfach gewesen. Da viele weiße Kindern in der Stadt sie als »Schwarze« ansahen, waren sie fast vollständig von den anderen isoliert.

Gordon aber, der Sohn von Henry und Emma James, hielt zu den drei Duffy-Kindern und war ihr ständiger Begleiter. Als Kate seinerzeit für längere Zeit nach Cooktown gezogen war, um den Transport der Ladungen an den Palmer zu überwachen, hatte sie die drei Kinder mitgenommen, statt sie der Obhut von Fremden zu übergeben. Alle drei hatten ein Gutteil der Aufsässigkeit ihres Vaters geerbt, was mehrere Kindermädchen veranlasst hatte zu kündigen.

Am schwierigsten war Peter. Er durchstreifte am liebsten den Busch und lagerte oft mit umherziehenden Ureinwohnern außerhalb der Stadt. Er wuchs rasch und versprach, so groß und kräftig zu werden wie sein Vater.

Gordon war zwar erst neun, aber schon kräftig für sein Alter. Oft verschwand er mit seinem besten Freund Peter in den Busch, um mit ihm das Nomadenleben der Ureinwohner zu teilen, die sie ganz selbstverständlich bei sich aufnahmen. Die Männer brachten den beiden Jungen bei, was man zum Überleben im Busch brauchte. Gordon lernte rasch und war ein besserer Spurenleser als Peter. Die kleine Sarah bewunderte ihn insgeheim und trotz ihres kindlichen Alters war ihr klar, dass sie ihn stets lieben würde.

Auf die Nachricht hin, dass ihre Tante Kate zurückgekommen war, rannte sie in ihrem Kleid, das von den wilden Spielen mit den Jungen völlig verschmutzt war, den ganzen Weg bis zum Laden. Dort platzte sie mit den atemlos hervorgestoßenen Worten herein: »Tante Kate, Peter und Gordon sind wieder weggelaufen.« Dann umschlang sie die Tante mit aller Kraft ihrer Ärmchen und gab ihr einen Kuss.

»Man verpetzt seine Brüder nicht, Sarah«, sagte Kate und drückte sie sanft an sich. Über das Verschwinden der Jungen, die jeweils nach einigen Tagen zurückkehrten, machte sie sich keine Sorgen. Für den Fall, dass sie einmal nicht wieder auftauchten, würde Henry sie aufspüren und sie am Kragen zurückschleifen. Außerdem gingen sie selten weiter als bis zum Lager der Ureinwohner unmittelbar außerhalb der Stadt. »Wo ist Henry?«, fragte Kate Emma, da sie ihn nicht im Laden gesehen hatte.

»Er spricht mit jemandem über eine Beschäftigung auf den Goldfeldern oder dergleichen«, sagte sie mit besorgter Miene. »Das hat er jedenfalls gesagt.«

»Fällt ihm die Arbeit im Laden schwer?«, erkundigte sich Kate mitfühlend.

»Ihm fehlt das Leben im Busch, Kate, das er all die Jahre bei der Polizei geführt hat. Aber das, was er für den Widerling Lieutenant Mort getan hat, fehlt ihm nicht im Geringsten. Ihn quält ganz entsetzlich, was er den Ureinwohnern bei den Vertreibungen angetan hat«, fügte Emma mit schmerzlich gerunzelter Stirn hinzu. »Er schleppt fürchterliche Schuldgefühle mit sich herum. Er ist kein schlechter Mensch, aber er glaubt, dass er im Namen des Gesetzes Schlechtes getan hat. Er liebt das

Leben da draußen im Busch und möchte dorthin zurückkehren, auch wenn ich das nicht verstehe. Andererseits brauchst du ihn hier, und der Gedanke, er könnte eine Arbeit im Busch annehmen, macht mir richtig zu schaffen.«

Kate lächelte der Freundin beruhigend zu. Beiden Frauen war klar, dass in Wahrheit Emma den größten Teil der Arbeit im Laden erledigte, wenn Kate mit den Ochsen unterwegs war, obwohl sich Henry durchaus nützlich machte, wenn er gebraucht wurde. »Ich glaube, ich kann nachempfinden, wie er sich fühlt, Em«, sagte Kate und dachte an ihr Leben unterwegs. »Es ist herrlich draußen. Man muss es selbst erlebt haben, um es zu verstehen.« Wie hätte sie den Rausch der Freiheit, den man auf dem Weg durch das Land empfand, beschreiben können? Gewiss, dort lauerten allerlei Gefahren, aber die gab es auch in der nahezu gesetzlosen Grenzstadt an den Ufern des Endeavour. »Hat er gesagt, was er tun wird?«, fragte sie aus reiner Neugier.

»Nein. Er sucht einfach eine Arbeit, bei der er seine Erfahrungen verwerten kann«, sagte Emma.

Kate zuckte die Achseln. Sie fragte sich, wie Henry mit seinem fast verkrüppelten Bein eine Aufgabe im Busch erledigen wollte. Die alte Schrapnellwunde aus dem Krimkrieg war im Laufe der Jahre schlimmer geworden und verursachte ihm große Schmerzen, doch ließ er sich das nur selten anmerken. Kate sah, dass Emma sich Sorgen machte, und hoffte um ihrer Freundin willen, dass Henry die ersehnte Stelle nicht bekam. Sie kannte ihn gut genug, um zu vermuten, dass ihn eine solche Aufgabe ohnehin nur interessieren würde, wenn sie mit einer gewissen Gefahr verbunden war.

»Ich kümmere mich mal um die Post, bevor ich mich wasche und umziehe«, sagte Kate, während sie Sarah über das lange dunkle Haar fuhr. »Danach werde ich endlich mal wieder in einem richtigen Bett schlafen.«

Schwerfällig stand sie auf und reckte sich. Die Ereignisse der letzten Tage hatten sie mehr Kraft gekostet, als sie sich eingestand. Dennoch ließ sie der Gedanke, dass Luke wieder in ihr Leben getreten war, unwillkürlich lächeln. Es war immer noch wie ein herrlicher Traum.

Das Lächeln aber wich einem nachdenklichen Zug, als sich ein Zweifel in ihre Gedanken schlich. Eine Frage ließ sie nicht los, über die sie nicht miteinander gesprochen hatten, während sie zu Fuß neben den Fuhrwerken hergegangen waren. Luke hatte nicht viele Worte gemacht, aber sie hatte in ihm eine Anspannung gespürt, von der sie nicht wusste, woher sie kam. Wenn abends die Sonne aus dem tropischen Himmel verschwunden war, hatten sie beieinander gesessen und über kaum etwas anderes gesprochen als die Ereignisse in ihrem Leben. Warum musste das alles so schwierig sein? Warum hatten beide Angst vor einem Scheitern? Doch einstweilen wollte sich Kate den Alltagsaufgaben ihrer Firma zuwenden und die Gedanken an Luke beiseite schieben.

Sie nahm sich den Stapel Briefe vor, die Emma in eine alte Bonbondose unter der Theke gelegt hatte, und ging die zahlreichen Rechnungen und Quittungen durch, um zu sehen, ob private Post darunter war. Sie fand zwei Briefe. Auf einem, der aus Sydney kam, erkannte sie die Handschrift ihres Vetters Daniel. Der andere war von Hugh Darlington. Das überraschte sie, und so öffnete sie ihn als ersten. Als sie begriffen hatte, was er ihr mitteilte, stöhnte sie gequält auf. Es schien unmöglich, aber es war geschehen. Ein neuer Schlag! Diesmal war er finanzieller Art.

Trotz Hugh Darlingtons Vertrauensbruch hatte sie nach Sir Donald Macintoshs Tod seine Kanzlei erneut mit den Rechtsgeschäften für ihre Firma betraut. Damals hatte ihre Erklärung dafür gelautet, man liefere sich besser einem Teufel aus, den man kenne, als einem, den man nicht kenne. Außerdem war Darlington an der Grenze im Norden auf seinem Gebiet unstrittig der Beste. Doch als sie jetzt benommen auf den Brief starrte, überlegte sie, ob ihre Entscheidung nicht ein großer Fehler gewesen war. Was konnte noch fehlschlagen? In dem Brief hieß es, ihr einstiger Liebhaber werde in den nächsten zwei Wochen nach Cooktown kommen. Dem Datum des Briefes nach musste er bereits in der Stadt sein. Sie hoffte nur, dass Luke nichts von ihrer früheren Beziehung zu dem aalglatten Anwalt aus Rockhampton wusste.

12

Die Zusammenkunft des Kriminalbeamten Kingsley mit Lady Enid Macintosh erwies sich als durchaus aufschlussreich. Im Salon des großen Herrenhauses über dem Hafen wurden Gurkensandwiches gereicht.

Lady Enid war genau so, wie sich der Polizist eine adelige Dame vorgestellt hatte – und er musste zugeben, dass sie für eine Frau von vermutlich über fünfzig sehr attraktiv war. Auf ihrer makellosen Haut waren keine Falten zu sehen, und in ihrem tiefschwarzen Haar zeigten sich nur vereinzelt graue Fäden. Was ihm aber vor allem auffiel, waren ihre großen smaragdgrünen Augen.

Bei aller Unnahbarkeit war sie höflich. Mit Befriedigung sah er, wie ihre unübersehbare Verachtung für Polizeibeamte aus der Arbeiterschicht einen Riss bekam, als er ihr mitteilte, von Horton wisse er, dass ihr Schwiegersohn Granville White bei dem viele Jahre zurückliegenden Tod ihres Sohnes David die Hände im Spiel gehabt habe.

Horton hatte ihm berichtet, wie der Kapitän der *Osprey* David seinerzeit am Strand zurückgelassen hatte, damit ihn die Eingeborenen abschlachten konnten, und wie Granville White einmal in einem Gespräch mit Mort hatte durchblicken lassen, niemand werde es dem Kapitän der *Osprey* zur Last legen können, wenn David Macintosh auf einer solchen Reise einen »Unfall« erleide.

Auch hatte Horton gestanden, dass Granville White ihn und seinen Halbbruder bezahlt hatte, damit sie einen Iren namens Michael Duffy aus dem Weg räumten, doch habe dieser in Notwehr Hortons Bruder getötet.

Lady Enid fiel dem Mann ins Wort. Da Michael Duffy im Krieg gegen die Maori auf Neuseeland gefallen sei, müsse man Hortons Aussage mit Bezug auf Duffys Schuldlosigkeit als wertlos ansehen. Da Kingsley das Geständnis unglücklicherweise nicht in Gegenwart eines Zeugen aufgenommen hatte, war es vor Gericht nicht verwertbar. Wie die Dinge lagen, würde bei einem Prozess Aussage gegen Aussage stehen. Kingsley kannte den Fall Duffy selbst nicht, vermutete aber, dass sich die Akten darüber im Polizeiarchiv in Darlinghurst befanden.

Lady Enid schien seinem weiteren Bericht teilnahmslos zuzuhören. Zumindest kam es ihm so vor. Granville war also für den Tod ihres David mit verantwortlich. Das würde ihn teuer zu stehen kommen! Da sie schon immer vermutet hatte, was ihr der Beamte hier bestätigte, hatte sie die Entmachtung ihres Schwiegersohnes längst ins Werk gesetzt. Die Rache würde langsam, aber sicher kommen. Granville, das gelobte sie sich erneut, würde für den Mord an David teuer zahlen müssen, wie auch ihre Tochter, die mit ihm gemeinsame Sache gemacht hatte.

»Mir ist klar, dass Jack Hortons Enthüllungen Ihrem Ruf und dem Ihrer Familie schaden könnten, Lady Macintosh«, sagte Kingsley, während er eine Teetasse mitsamt der Untertasse auf einem Knie balancierte und ein Gurkensandwich kaute. »Daher schien es mir ein Gebot des Anstands, Ihnen zuerst Mitteilung davon zu machen.«

Sie sah den Mann, der ihr gegenübersaß, kalt an. Seine Manieren waren grauenhaft und seine gespielt unterwürfige Haltung beleidigend. Ihr war durchaus klar, warum er ihr und nicht seinen Vorgesetzten diese Mitteilung gemacht hatte. »Ich weiß, dass ich auch im Namen meines verstorbenen Gatten spreche, wenn ich sage, wie dankbar wir Ihnen für den Takt und die Rücksichtnahme sind, die Sie in dieser Angelegenheit bewiesen haben, Mister Kingsley«, sagte sie höflich. »Ich bin sicher, dass ein angemessener Geldbetrag unsere Dankbarkeit für Ihre Diskretion hinreichend ausdrückt.«

Kingsley hörte die Verachtung in ihrer Stimme. Er hatte in seinem Beruf schon vor langem gelernt, den Unterschied zu erkennen zwischen den Worten eines Menschen und der Art, wie sie gesagt wurden. Ein gewisser Ausdruck trat auf seine Züge. »Wie es Ihnen richtig erscheint, Lady Macintosh,« sagte er eilfertig. »Ich bin überzeugt, dass Sie am besten wissen, welchen Wert meine Diskretion hat. Ich bitte Sie nur darum, mir keinen Scheck zu geben, sondern in der hier geläufigen Währung zu bezahlen.«

Sie nickte zum Zeichen des Einverständnisses. Die Gewitztheit des Mannes mochte ein Hinweis auf eine gewissen Intelligenz sein – hoffentlich genügte sie, damit ihm klar war, dass ihm ein Verstoß gegen dieses Abkommen ebenso schaden würde wie dem Namen Macintosh. »Ich habe zufällig genug im Hause, um Sie sofort zu bezahlen. Wenn Sie bitte einen Augenblick warten wollen«, sagte sie und erhob sich, um in die Bibliothek zu gehen.

Als sie zurückkehrte, gab sie ihm einige Geldscheine, die er in die Hosentasche steckte. Dann nahm er das letzte Sandwich von dem Silbertablett.

»Eines noch«, sagte sie, als er sich zum Gehen wandte. »Ich werde Ihre Dienste als Polizeibeamter brauchen.« Kingsley schien überrascht. »Zwar begreifen Sie und ich, wie delikat das ist, was Ihnen Mister Horton anvertraut hat, dennoch ist es möglich, dass ich Sie bitten muss, vor Gericht als Zeuge für die Beteiligung Kapitän Morts an der Ermordung der jungen Eingeborenenfrauen aufzutreten.«

»Gewiss, Lady Macintosh«, gab Kingsley zur Antwort. »Es ist meine Pflicht, in solchen Fällen auszusagen.«

»Dann bitte ich Sie, dass Sie sich mit Mister Daniel Duffy von der Anwaltskanzlei Sullivan & Levi in Verbindung setzen. Sie hat ihren Sitz in der Stadt.«

»Ich kenne Mister Duffy«, sagte er brummig. »Er und ich sind gelegentlich bei Prozessen vor Gericht aneinandergeraten.«

»In dem Fall wissen Sie vermutlich, dass er einen herausragenden Ruf als Strafverteidiger genießt«, sagte Lady Enid mit einem Anflug von Befriedigung in der Stimme. »Ich bitte Sie, ihm vertraulich alles mitzuteilen, was Sie mir gesagt haben, mit Ausnahme des Mordanschlags auf Michael Duffy.« Kingsley verzog fragend das Gesicht, und so fügte sie hinzu: »Mister Daniel Duffy und er sind Vettern. Ich habe meine Gründe, Sie in diesem Zusammenhang um Schweigen zu bitten.« Kingsley nickte zum Zeichen seines Einverständnisses, und nachdem das Mädchen ihn hinausgeführt hatte, stand Lady Enid auf und trat an das große Erkerfenster, um ihm nachzusehen, wie er über die kiesbestreute Auffahrt dem schmiedeeisernen Tor entgegenging. Die Erkenntnis, dass Michael Duffy schuldlos war, ist für den Unglücklichen zu spät gekommen, dachte sie. Sie zweifelte, ob sie ihr Wissen selbst dann weitergegeben hätte, wenn er noch lebte. Nein, Michael Duffy wäre ein gefährlicher Gegner gewesen, und sie musste daran denken, wie unwiderstehlich sich ihre Tochter Fiona von ihm angezogen gefühlt hatte. Aus dieser Beziehung war ein Sohn hervorgegangen.

Sie unterdrückte den Impuls, Daniel Duffy Mitteilung von Michaels Schuldlosigkeit zu machen. Es schien ihr nicht sinnvoll. Warum sollte ausgerechnet sie dem Mann, der das Herz ihrer Tochter gestohlen hatte, zum Heiligenschein eines Märtyrers verhelfen? Während Lady Enid sich vom Fenster abwandte, umspielte ein Lächeln ihre Lippen. Wie sonderbar das Leben doch spielt, dachte sie. Da sollte ihr also der Sohn eines Mannes, auf den sie einst mit dem ihrer Schicht eigenen Dünkel Papisten gegenüber herabgesehen hatte, jetzt dazu dienen, ihre verhasstesten Feinde zu vernichten: ihre eigene Tochter und deren Mann. Schon sehr bald würde der Zeitpunkt kommen, an dem sie sich auf den Vertrag berufen konnte, den sie vor Jahren mit dem irischen Anwalt Daniel Duffy im botanischen Garten abgeschlossen hatte.

Das zweistöckige steinerne Haus, das Fiona White mit ihrem ihr fremd gewordenen Ehemann bewohnte, hatte sie von ihrem Vater zur Hochzeit bekommen. Es war in mancher Hinsicht eine Kopie des Familiensitzes, in dem zurzeit nur noch ihre Mutter, Lady Enid Macintosh, lebte. Ganz wie das Herrenhaus über dem Hafen betrachtete Fiona es nicht als ihr wahres Zuhause.

In den frühen Abendstunden brachte eine elegante Kutsche sie über die geschwungene Auffahrt vor die Freitreppe. Ein Dienstmädchen ließ sie ein und folgte ihr zum Gesellschaftszimmer, wo ihre beiden Töchter, die neunjährige Dorothy und die ein Jahr jüngere Helen, zusammen mit ihrem Kindermädchen saßen und fröhlich mit Porzellanpuppen spielten. Dorothy sah nicht nur ihrer Tante Penelope sehr ähnlich, sie hatte auch deren nach außen gewandtes Wesen, während Helen mit ihrem dunklen Haar und smaragdgrünen Augen der eher in sich gekehrten Mutter nachschlug.

Mit ernstem Gesicht begrüßten die beiden ihre Mutter. Sie hatten schon früh gelernt, dass spontane Äußerungen der Freude bei den Kindermädchen nicht gern gesehen waren. Eine junge Dame musste lernen, ihre Empfindungen zu beherrschen.

Auf ihre höflichen Fragen nach den Töchtern erfuhr Fiona von der strengen Frau, sie hätten sich geradezu wie Engel aufgeführt. Die Mutter betrachtete die ernsthaften kleinen Gesichter, die sie aufmerksam anblickten, und drückte die Mädchen spontan an sich. Dann sah sie zu, wie das Kindermädchen die beiden nach oben brachte und ihnen Vorhaltungen machte, weil sie bei der Umarmung durch ihre Mutter völlig undamenhaft ihr Entzücken gezeigt hatten.

Die beiden wuchsen rasch, und schuldbewusst dachte Fiona daran, wie wenig Zeit sie mit ihnen verbracht hatte. Sie hatte sich vorgenommen, ihnen die Aufmerksamkeit zukommen zu lassen, die ihre eigene Mutter ihr versagt hatte, doch immer wieder hatten Pflichten sie davon abgehalten. Die Abendgesellschaft und Höflichkeitsbesuche, um Granvilles Position in der Gesellschaft der Kolonie zu festigen, waren stets vorgegangen. Das Kindermädchen war mit den beiden weit häufiger zusammen als sie selbst, ganz wie früher Molly O'Rourke mehr Zeit mit der kleinen Fiona zugebracht hatte als ihre eigene starre und unerbittliche Mutter, der sie nun in ihrem Verhalten immer ähnlicher wurde. Könnte doch nur die liebevolle und immer freundliche Molly hier sein, um ihr zu raten! Doch ihr irisches Kindermädchen war schon lange verschwunden. Molly fehlte ihr mehr als jeder andere Mensch in ihrem Leben, doch durfte sie das nicht einmal offen sagen. Schließlich war sie nichts gewesen als ein bezahlter Dienstbote und hatte getan, was man von ihr erwartete. Oft hatte Fiona in den Vierteln Sydneys, in denen sich die Iren aufzuhalten pflegten, nach ihr gesucht, doch nie hatte sie unter den Vorübergehenden Mollys Gesicht gesehen. Sie war einfach von der Bildfläche verschwunden, und Fionas Mutter hatte nie etwas über ihren Aufenthaltsort gesagt.

Wegen dieses Schweigens in Bezug auf Molly hasste Fiona ihre Mutter noch mehr als ohnehin schon. Sie wollte der Frau, der sie mehr vertraut hatte als jedem anderen Menschen auf der Welt, nur eine einzige Frage stellen. Warum hatte sie Fiona verraten, den Menschen, den sie mehr als alle anderen zu lieben behauptete? Warum hatte sie sich bereit gefunden, das Neugeborene im Einvernehmen mit Lady Macintosh heimlich in eines der berüchtigten »Pflegehäuser« zu bringen, von denen allgemein bekannt war, dass die Säuglinge dort wie die Fliegen starben?

Als das Kindermädchen Helen und Dorothy zu Bett gebracht hatte, entließ Fiona die übrigen Dienstboten für die Nacht und suchte ihr Zimmer auf. Seit jenem Abend vor sechs Jahren, an dem sie sich von ihrer schönen Kusine Penelope hatte verführen lassen, hatte sie das Bett nicht mehr mit ihrem Mann Granville geteilt.

Sie warf die lästigen Kleider ab und stellte sich nackt vor den Spiegel. Sie bewunderte ihren Körper, dessen Schönheit ihre Kusine in der Abgeschlossenheit ihrer eigenen Welt – und das war Penelopes Bett – genoss. Die Geburt der beiden Mädchen hatte ihrer Figur kaum geschadet und lediglich ihre ursprünglich kleinen Brüste üppiger werden lassen. Sie fasste sie mit den Händen und spürte zu ihrem Ärger, dass sie von Jahr zu Jahr schlaffer wurden. Trotzdem fand Penelope sie begehrenswert, und darauf kam es in erster Linie an.

Seufzend setzte sie sich auf ihr Bett. Die Sehnsucht, Penelopes Körper an ihrem zu spüren, ihre feuchten Lippen an ihren Brüsten und den süßen Geschmack ihres Mundes auf dem eigenen, verzehrte sie mit fast körperlichem Schmerz. Aber Penelope hatte sich für heute entschuldigt. Waren die unerwartet aufgetretenen bittersüßen Erinnerungen an Michael Duffy bei der Begegnung mit dem geheimnisvollen, gut aussehenden Amerikaner der Grund für Fionas Begierde? Seine geradezu unheimliche Ähnlichkeit mit Michael hatte sie unwillkürlich an den jungen Mann denken lassen, den sie für kurze Zeit geliebt hatte. Wieder kam ihr der Sohn in den Sinn, den man ihr gleich nach der Geburt fortgenommen hatte.

Wie anders könnten die Dinge aussehen, wenn Michael weitergelebt hätte und es ihr möglich gewesen wäre, das Leben mit ihm zu teilen! Aber niemals hätte ihr Michael verziehen, dass sie nichts gegen Lady Enids Plan unternommen hatte, das Kind in einem der berüchtigten »Pflegehäuser« verschwinden zu lassen, in denen man unerwünschte Säuglinge verhungern ließ. Wenn der Junge noch lebte, wäre er jetzt elf Jahre alt. Hätte er wohl wie Michael ausgesehen? – oder hätte er die Züge der Macintoshs?

Beim Gedanken an ihr verlorenes Kind stiegen ihr bittere Tränen in die Augen. Oft hatte sie sich gewünscht, dass ihr Sohn bei einer guten Familie untergekommen wäre, zu einem jungen Mann heranwuchs, der sich eines Tages auf die Suche nach seiner Mutter machte. Sie kämpfte ihre Tränen nieder und verbot sich jeden weiteren Gedanken an ihren Verlust. Dennoch überlegte sie, wie ihr Leben mit ihm ausgesehen hätte, wenn nicht Penelope das in ihr Verborgene zum Leben erweckt hätte. Hatte das Begehren, das einer anderen Frau galt, immer unmittelbar unter der Oberfläche gelauert? Ihr war bewusst, dass körperliche Liebe zwischen Frauen widernatürlich war. Aber Penelopes Bett war ein anderes Universum, war nicht Teil der Welt, die sie in ihrem Alltagsleben kannte. Wie konnten die Empfindungen, die ihre schöne Kusine in ihr erregte, in den Augen des unversöhnlichen Christengottes falsch sein? Hatten nicht auch in früheren Zeiten und Kulturen Frauen diese besondere Liebe miteinander geteilt, die nur eine Frau einer anderen zu geben vermag?

Seufzend glitt sie zwischen die Laken und sank in einen unruhigen Schlaf.

George Hilarys junger Lehrling holte den Büchsenmacher in den Laden. Ein möglicher Kunde betrachtete die verschiedenen ausgestellten Gewehre und wollte einige besonders knifflige technische Fragen beantwortet haben, die der Lehrling nicht beantworten konnte.

Mit dem herzlichen Lächeln, das er für jeden hatte, der bereit war, seine Tod bringenden Waren zu erwerben, kam Hilary aus der Werkstatt. Ihm bot sich der viel versprechende Anblick eines gut gekleideten stattlichen Herrn, der einen Stock mit silbernem Knauf in der Hand hielt. All das wies auf den Besitz der nötigen Geldmittel hin. Möglicherweise würde dieser Mann eines der kostspieligeren Jagdgewehre erwerben wollen, überlegte Hilary, und nicht eines der rein auf Funktion ausgelegten Snyder-Gewehre, wie sie im Grenzgebiet weithin in Gebrauch waren.

»Was kann ich für Sie tun, mein Herr?«, fragte er statt einer Begrüßung.

Der beleibte Besucher wandte sich ab von einem Schaukasten mit teuren englischen Tranter-Revolvern. »Vermutlich sind Sie der Eigentümer dieses Ladens – Mister George Hilary«, sagte er.

Hilary nicke. »So ist es.«

»Gut. Ich wickle meine Geschäfte nämlich lieber mit dem Inhaber als mit einem Angestellten ab«, sagte Horace und hielt dem Büchsenmacher die Hand hin.

Bevor Hilary dem Besucher die Hand schüttelte, wischte er sich rasch das Waffenfett an der Hose ab. »Mein Name ist Horace Brown«, stellte dieser sich vor. »Ich sehe mich hier in der Gegend ein bisschen um.« Vermutlich ein ›verlorener Sohn‹, ging es Hilary durch den Kopf. Solche Leute stammten gewöhnlich aus besseren Kreisen und hatten reichlich Geld und Zeit, um auf die Jagd zu gehen. »Wie ich sehe, interessieren Sie sich für die Tranters. Die sind genau das Richtige, wenn man sich schützen möchte«, sagte Hilary, nahm einen der edlen

Revolver aus der Vitrine und hielt ihn auf Armeslänge von sich, als zielte er auf die Schaufensterscheibe, auf der sein Name und die Geschäftsbezeichnung standen. »Spannabzug, fünf Schuss. Ideal für jeden, der eine erstklassige Lebensversicherung braucht.«

»Ideal für Buschläufer«, gab Horace mit einem Lächeln zurück.

Hilary ließ den Arm sinken und räusperte sich. »Das ist was für Männer, die sich mit Waffen auskennen, Mister Brown. Sie bieten ihnen die einzige Sicherheit, die sie haben.«

»Eigentlich hatte ich mehr an etwas in dieser Art gedacht«, sagte Horace und wandte sich einem Ständer mit Snyder-Gewehren zu. »Am liebsten hätte ich eines der neuen Winchester-Repetiergewehre mit Metallmantel-Geschoss.« Hilary legte den Revolver in den Glaskasten zurück, zu einem Pulverhorn und kleinen Schachteln mit Zündkapseln und eingefetteten Patronen. »Leider habe ich die nicht auf Lager, Mister Brown«, gab er zur Antwort. »Aber ich kann ihnen einen Spencer-Karabiner in gutem Zustand anbieten. Eine Waffe, die im Krieg zwischen dem Norden und Süden Amerikas vor allem die Truppen der Nordstaaten verwendet haben.«

»Zufällig bin ich auf dem Weg von Samoa hierher, an Bord der *Boston*, einem Herrn begegnet, der mit Winchester-Gewehren handelt«, sagte Horace. »Ich hatte angenommen, dass er vielleicht einige davon an Büchsenmacher hier in Sydney verkauft hat. Jetzt tut es mir Leid, dass ich nicht gleich eines von ihm erworben habe.«

»Leider stand Mister O'Flynns Ware nicht zum Verkauf«, gab Hilary mit gerunzelter Stirn zurück. »Der ganze Posten war bereits verkauft.«

»Ah, Sie kennen also den Mann, von dem ich spreche«, sagte Horace mit entwaffnendem Lächeln. »Ein Herr vom Scheitel bis zur Sohle.«

Mit einem argwöhnischen Blick auf seinen Besucher gab der Büchsenmacher kurz angebunden zurück: »Wir hatten geschäftlich miteinander zu tun.«

»Wirklich schade, dass Mister O'Flynn seine Gewehre bereits anderweitig verkauft hat«, sagte Horace beiläufig. »Sie können mir nicht zufällig mit der Auskunft dienen, welcher Ihrer Kollegen hier in Sydney Empfänger seiner Sendung ist? Dann könnte ich mich dort erkundigen, ob es möglich ist, eine dieser erstklassigen Waffen zu erwerben.«

»Die Snyder hat die höhere Durchschlagskraft. Mit ihr kann man einen Nigger eher zur Strecke bringen, falls das Ihre Absicht ist«, erklärte mürrisch der Büchsenmacher, der merkte, dass ihm ein Geschäft zu entgehen drohte. »Die Winchester ist eigentlich nichts als ein besserer Revolver. Die leichte Munition, die damit verschossen wird, hält keinen Wilden auf.«

»Möglich«, räumte Horace ein, »aber sie ist mehrschüssig.«

»Nun, bedauerlicherweise kann ich Ihnen nicht sagen, an wen Mister O'Flynn die Waffen verkauft hat«, sagte Hilary brummig.

»Ist das nicht ziemlich ungewöhnlich?«, erkundigte sich Horace. »Man sollte annehmen, dass eine so große Anzahl der neuesten Winchester-Gewehre bei einem Händler wie Ihnen auf großes Interesse stoßen müsste.«

»Wenn ich sonst nichts für Sie tun kann,« sagte Hilary nun in einem Ton, der klar machte, dass er das Gespräch zu beenden wünschte, »würde ich gern an meine Arbeit zurückkehren. Sicher haben auch Sie zu tun. Guten Tag, Sir.«

»Vielen Dank, Mister Hilary«, sagte Horace mit einem hörbaren Seufzer, der seine Enttäuschung zeigen sollte. »Es tut mir Leid, dass wir nicht ins Geschäft gekommen sind.«

Auf der belebten Straße vor dem Laden überlegte Horace, was er bei der kurzen Begegnung mit O'Flynns erstem Kontakt in Sydney in Erfahrung gebracht hatte. Bei Licht betrachtet war es nicht viel. Aber auf jeden Fall gab es irgendwo in der Kolonie genug Repetiergewehre, um einer kleinen Streitmacht zu einer beträchtlichen Feuerkraft zu verhelfen – wozu auch immer man die brauchen mochte.

Aus seinem Laden sah George Hilary missgestimmt auf den Mann, der tief in Gedanken auf dem Gehweg stand. Dieses auf den ersten Anschein so harmlose Gespräch bereitete ihm

Unbehagen. Sollte er dem Amerikaner eine Mitteilung über die Unterhaltung mit Mister Brown zukommen lassen?

Er rieb sich den Nacken und schüttelte den Kopf. Bestimmt konnte eine so unbedeutende Gestalt wie dieser ›verlorene Sohn‹ einem Mann vom Kaliber des Amerikaners nicht gefährlich werden.

An jenem Abend saß Michael Duffy als Penelopes Gast im Esszimmer ihres Hauses. Sie waren allein; die Dienstboten hatten das Geschirr bereits abgetragen. Während Penelope ihn über die Kristallgläser auf dem Tisch hinweg musterte, erschien ihr sein Gesicht im Licht der flackernden Kerzen wie das eines Mannes, dem Ausschweifungen nicht fremd sind. Natürlich verlieh ihm die Augenklappe das Aussehen eines verwegenen englischen Seeräubers aus früheren Zeiten. Bei ihrem Besuch in seinem Gasthof hatte sie weitere alte Verletzungen gesehen, die seinen muskulösen Körper bedeckten, und war mit ihren langen Fingern die auffällige Narbe nachgefahren, die ihm quer über die Rippen lief. Unter der Berührung ihrer scharfen Fingernägel war er zusammengezuckt und hatte geknurrt: »Bajonett eines Aufständischen.«

»Und das da?«

»Eine Maori-Streitaxt.«

»Und wie haben Sie ihr Auge eingebüßt?«

»Ein Schrapnell. Ich weiß nicht mal, ob es von uns oder den Aufständischen stammte«, hatte er zur Antwort gegeben, während ihre Finger zärtlich über seinen unbekleideten Leib geglitten waren.

Mit der Zunge war sie der Narbe eines Messerstichs auf seinem Brustkorb gefolgt, den ihm ein Comanche zugefügt hatte. Seine Haut las sich wie die Geschichte eines mystischen Kriegers. Während sie flüchtig an die Berichte dachte, in denen es hieß, Römerinnen hätten des frische Blut von Gladiatoren getrunken, die man aus der Arena getragen hatte, überlief sie ein lustvoller Schauer. Gewalt und Lust waren Zwillingsgeschwister, und Michael war ihr neuzeitlicher Gladiator. Welche Wonnen sie und ihre römischen Schwestern gekostet hatten!

160

»Nun, Baronin, vermutlich werden Sie mir jetzt mitteilen, warum ich hier bin«, sagte Michael und sah ihr durch den sanften Kerzenschimmer fest in die verträumten Augen.

Das auf Hochglanz polierte Teakholz des Tisches warf seine Züge so deutlich wie ein Spiegel zurück. Mit einem Ruck holten seine Worte Penelope wieder in die Gegenwart. Das Spiegelbild auf der Tischplatte erinnerte sie daran, dass sie es mit zwei Männern in einem zu tun hatte: einem gefährlichen Kämpfer und einem sanften und einfallsreichen Liebhaber.

»Es gefällt mir, wenn Sie mich ›Baronin‹ nennen«, sagte sie mit einem Lächeln der Befriedigung über die Macht, die sie besaß. »Das gibt mir das Gefühl, Ihre Herrin zu sein, die von Ihnen verlangen darf, wonach ihr der Sinn steht.«

»Wenn man bedenkt, was Sie über meine Vergangenheit wissen«, knurrte er, »brauchen Sie sich über meine Gefügigkeit im Augenblick wohl kaum den Kopf zu zerbrechen.«

»Das stimmt, Michael«, sagte sie von oben herab. »Sicher wäre die Polizei von Sydney äußerst überrascht – und erfreut – zu erfahren, dass Sie leben und daher wegen Mordes vor ein Gericht gestellt werden könnten.« Sie zögerte ein wenig, als sie die gefährliche Veränderung wahrnahm, die mit ihm vorging, während er weiter mit seinem Burgunderglas spielte. »Ich kann Ihnen aber versprechen, dass ich nicht preisgeben werde, wer Sie sind«, fügte sie rasch hinzu.

Sie trug eines ihrer freizügigeren Kleider, das ihre üppigen, doch zugleich festen Brüste ins rechte Licht rückte. Auf diese war sie ebenso stolz wie auf ihre schmale Taille und ihre kurvigen Hüften, doch an der Art, wie der Ire sein Glas zwischen den Fingern drehte, merkte sie, dass er mit seinen Gedanken woanders war. Er war nicht annähernd so beeindruckt von ihr, wie sie gehofft hatte. »Woran denken Sie?«, fragte sie ihn. »Etwa an Fiona?«

Er sah sie überrascht an. Konnte sie Gedanken lesen? Er gab zur Antwort: »Ich glaube schon.«

»Die hat Sie nicht erkannt«, sagte Penelope mit gerunzelter Stirn. »Sie hat nichts als ein Gespenst gesehen, und Gespenster machen ihr Angst. Aber einmal von allem anderen abgesehen: Die Sache mit meiner Kusine hatte von Anfang an keine Zukunft. Ihnen muss klar gewesen sein, dass die Macintoshs Sie nie und nimmer als gesellschaftsfähig angesehen hätten.«

»Immerhin bin ich so ›gesellschaftsfähig‹, dass Sie mich mit zu sich ins Bett nehmen, Baronin«, sagte er nachdenklich und sah ihr mit flammendem Blick in die Augen.

»Sie ahnen nicht, warum ich Sie haben wollte, Michael«, gab sie zurück und schlug die Augen nieder. »Anfangs hatte ich gedacht, es sei mir klar, aber inzwischen weiß ich es selbst nicht mehr so genau ...« Sie überlegte, was es gewesen war: der Wunsch, ihm zu beweisen, dass er nichts weiter wäre als ein Spielzeug, dessen sie sich nach Lust und Laune entledigen konnte; das unbewusste Bedürfnis, Fiona zu verletzen, weil sie eine Macintosh war? »Ich wollte Sie einfach, nichts weiter«, sagte sie schließlich, als wollte sie damit das Durcheinander ihrer verworrenen Gedanken ein für alle Mal vertreiben. »Vermutlich würde es Sie nicht überraschen, wenn ich Sie fragte, was Sie inzwischen erlebt haben«, sagte sie.

»Das ist eine lange Geschichte, mit der ich Sie auf keinen Fall langweilen möchte«, gab er nicht ohne Boshaftigkeit zur Antwort. »Sagen wir einmal: Es lohnt sich, mit den richtigen Leuten Freundschaft zu schließen.«

»Aber wieso hieß es, Sie seien tot?«, wollte sie wissen.

Sein Lächeln erstarb, und er sah in sein Weinglas. Burgunder und Blut hatten die gleiche tiefe Farbe. »Ein Toter wird bald vergessen. Nicht mal die Greifer denken noch an ihn«, sagte er mit ruhiger Stimme.

»Und was haben Sie erlebt, nachdem Sie Neuseeland verlassen haben?«, ließ sie nicht locker. Der gefährliche Mann faszinierte sie mehr, als sie sich eingestehen mochte, und sie fragte sich, wie viel er wohl von sich preisgeben würde.

Seinem Gesicht war anzusehen, dass ihn ihre Frage schmerzte. Er holte tief Luft, und als er ausatmete, senkten sich seine breiten Schultern. »Ich bin nach Amerika gegangen und fand mich gleich mitten in einem Krieg. Seitdem ist so viel passiert, dass ich gar nicht alles berichten könnte«, schnitt er alle weiteren Nachfragen von vornherein ab. »Vielleicht erzähle ich es

Ihnen später irgendwann mal. Aber ich kann es mir nicht so recht vorstellen.«

Sie spürte, wie sich ihre Begierde nach dem verdammten Burschen steigerte, während sie ihm zuhörte. Wer war eigentlich Herr der Situation?, fragte sie sich verärgert.

Jetzt aber mussten private Vergnügen zurückstehen. Es war an der Zeit, sich dem Geschäftlichen zuzuwenden. Sachlich und nüchtern sagte sie: »Ich glaube, wir sollten uns darüber unterhalten, warum Sie hier sind.«

»Sie wollen also heute Abend keine weiteren Berichte über meine Narben hören?«, fragte er mit leichtem Spott.

Sie spürte noch zu genau, wie es war, von ihm angefüllt zu sein und gab lieber keine Antwort darauf.

»Mein Gatte hat eine Aufgabe für einen Mann mit Ihren Erfahrungen«, gab sie zur Antwort, ohne auf seinen neckenden Ton einzugehen oder auf ihr eigenes Begehren zu achten.

»Meine Erfahrungen? Was meinen Sie damit?«, wollte er wissen.

»Manfred hat von der großen Zahl Ihrer, sagen wir einmal, Heldentaten in Südamerika erfahren, wie auch davon, auf welche Weise Sie sich im Krieg zwischen den Nord- und Südstaaten ausgezeichnet haben«, erläuterte sie. »Das hat ihn zu der Ansicht gebracht, dass Sie genau der Richtige sind, ihm in einer außerordentlich wichtigen Angelegenheit zur Hand zu gehen.«

»Sie wissen von meinen ›Heldentaten‹ in Südamerika, wie Sie sie zu nennen belieben?«, erkundigte er sich, beeindruckt davon, dass der Preuße Kenntnis von seiner eigentlich geheimen Laufbahn als Söldner hatte.

»Mein Gatte verfügt über zahlreiche Kontakte in Amerika. Es dürfte nicht viel geben, was er über Ihr Tun und Lassen dort nicht weiß. Deshalb ist er zu dem Ergebnis gekommen, dass Sie genau über die Art von Erfahrung verfügen, die er für seine Unternehmung braucht. Bestimmt wäre er aber noch mehr beeindruckt, wenn er alles wüsste, was es über Michael Duffy zu wissen gibt.«

Die Zigarrenkiste stand noch auf dem Tisch, und Michael zog sich einen Kerzenständer herbei, um eine Zigarre anzu-

163

zünden. Während er daran sog, legte sich eine Aureole aus bläulichem Rauch um seinen Kopf. »Ich glaube, es wäre für uns alle das Beste, wenn Ihr Mann lediglich über Michael O'Flynn Bescheid wüsste, Baronin. Michael Duffy ist schon lange tot, wie Sie und ich wissen.«

»Wenn das Ihr Wunsch ist, werde ich mich danach richten«, gab sie zur Antwort, wobei sie den sonderbaren Anblick in sich aufnahm, den der Rauchring um seinen Kopf bot. Michael war nun wirklich alles andere als ein Engel!

»Welche Rolle hat mir Ihr Mann bei seiner Unternehmung zugedacht?«, fragte er ohne Umschweife.

»Das darf ich Ihnen zum gegenwärtigen Zeitpunkt noch nicht mitteilen«, sagte Penelope zurückhaltend. »Ich kann Ihnen lediglich die Aufgabe anbieten – und die Bezahlung. Erscheinen Ihnen zweitausend amerikanische Dollar für zwei Monate angemessen?«

Der irische Söldner hob zum Zeichen seines Interesses die Brauen. Zweitausend Dollar für einen Einsatz von zwei Monaten waren eine Menge Geld! Ihm war klar, dass man bei einer so guten Bezahlung besser keine eingehenden Fragen nach der Art der zu erledigenden Aufgabe stellte, doch lag auf der Hand, dass sie entweder äußerst gefährlich war oder gegen die Gesetze verstieß. »Vermutlich wäre es Zeitverschwendung, mich näher zu erkundigen, was ich für das Geld tun soll?«, fragte er und nahm wieder einen Zug aus seiner Zigarre.

Penelope roch den aromatischen Rauch und überlegte, dass sein Kuss nach Burgunder und Tabak schmecken würde. »Ich würde Ihnen gern mehr sagen, aber mein Gatte weiht mich nicht in *alle* seine Geheimnisse ein, und ich habe gelernt, ihn nach bestimmten Dingen nicht zu fragen. Mir ist bekannt, dass die Sache für Deutschland sehr wichtig ist. Das Ziel der Unternehmung sind gewisse politische Veränderungen, doch ich ahne nicht, wie die aussehen könnten«, teilte sie ihm mit. Der verwirrte Ausdruck auf ihren schönen Zügen zeigte Michael, dass sie mit dieser Auskunft über das Vorhaben des Barons die Wahrheit sagte. »Macht es Ihnen etwas aus, Geld aus deutschen Kassen zu nehmen?«, erkundigte sie sich. Er schüttelte den

Kopf. »Gut«, sagte sie erleichtert. »Ich weiß, dass Manfred voller Hochachtung für Sie ist und unbedingt möchte, dass Sie für ihn arbeiten.«

Schweigend dachte Michael über alles nach, was sie gesagt hatte. Besonders viel war es nicht – doch zweitausend Dollar waren eine Menge Geld. »Wie geht es weiter?«, erkundigte er sich.

»In der kommenden Woche sollen Sie mit der *Mary Anne* nach Brisbane segeln und dort auf ein Schiff nach Cooktown umsteigen. In Cooktown, wo sich Ihnen ein Herr Straub vorstellen wird, ist es Ihre Aufgabe, sechs Männer anzuwerben, die über ähnliche Erfahrungen verfügen wie Sie selbst. Sie haben die Vollmacht, sie zu entlohnen, wofür Ihnen bei der Bank of New South Wales in Cooktown ein Konto zur Verfügung steht.« Bei diesen Worten beugte sie sich so vor, dass sie seinen Blicken ihre Brüste darbot, deren Festigkeit ihm noch gut in Erinnerung war. »Ausgerüstet werden die Männer, sobald Manfred eintrifft, aber Sie sollen ihnen die Gewehre, die Sie aus Amerika mitgebracht haben, zur Verfügung stellen. Sie sind bezahlt, wie Sie feststellen können, wenn Sie sich mit Mister Hilary in der George Street in Verbindung setzen. Über alles andere wird Manfred Sie nach seiner Ankunft in Cooktown in Kenntnis setzen.«

»Sie sagten Cooktown. Will sich Ihr Mann da oben ein paar Goldparzellen unter den Nagel reißen?«, erkundigte sich Michael mit dem Anflug eines Lächelns.

»Wie ich Manfred kenne, steht ihm der Sinn nach weit mehr als einer bloßen Goldmine«, gab Penelope zurück, ohne auf Michaels Scherz einzugehen. Zwar glaubte sie zu ahnen, in welche Richtung das Vorhaben ihres Mannes zielte, doch wollte sie es lieber nicht genau wissen, um nicht in Konflikt mit der Treuepflicht sich selbst und ihrem Land gegenüber zu geraten. Es war ihr ganz recht, dass Michael kaum Fragen stellte. »Einen äußerst wichtigen Punkt muss ich noch ansprechen«, sagte sie und atmete tief ein. »Ich kann mir vorstellen, dass Sie begierig sind, sich an meinem Bruder für das zu rächen, was er Ihnen angetan hat.«

Mit einem Ruck hob Michael den Kopf. Sie erkannte in seinen grauen Augen den Ausdruck kalten Hasses. »Hatten Sie etwas anderes erwartet?«, knurrte er.

»Sie werden ihm nichts tun«, gab sie kühl zur Antwort. »Was auch immer sein Vergehen sein mag, er ist mein Bruder und der Vater von Fionas Töchtern. Sofern Sie das trösten kann – ich vermute, dass ihm der Gedanke an Sie ohnehin keine Ruhe lässt. Ich erwarte von Ihnen, dass Sie mir versprechen, nichts gegen meinen Bruder zu unternehmen.« Der Widerstreit, der in ihm tobte, spiegelte sich auf seinen Zügen. Aber Michael würde seinen Hass dem Gebot der Stunde unterordnen müssen.

»Ich verspreche, nichts gegen ihn zu unternehmen, solange ich im Dienst Ihres Mannes stehe«, erklärte er zögernd. »Für die Zeit danach kann ich nicht geradestehen«, fügte er mit wilder Entschlossenheit hinzu.

Penelope spürte, wie die Anspannung ihres Körpers nachließ. Das Versprechen würde ihn einstweilen binden, und ihrer Erfahrung nach zählte nur der Augenblick. Nachdem sie die Anweisungen ihres Mannes weitergegeben und die Angelegenheit mit ihrem Bruder erledigt hatte, durfte sie sich angenehmeren Dingen zuwenden.

Sie erhob sich und nahm mit einem rätselhaften Lächeln Michaels Hand. Die Zigarre und das Burgunderglas in der anderen haltend, folgte er ihr nach oben ins Schlafzimmer. Penelope schloss die Tür. »Ziehen Sie das Hemd aus und legen Sie sich aufs Bett«, befahl sie mit belegter Stimme.

Er stellte das Glas auf einen Nachttisch, drückte die Glut der Zigarre zwischen den Fingern aus und legte sich auf das seidene Laken des Doppelbettes. Etwas in ihren Augen beunruhigte ihn. Sie kam ihm vor wie jemand, der sich auf irgendeine Weise außerhalb seines Körpers befindet.

Während sie sich eines Kleidungsstücks nach dem anderen entledigte, hielt sie unverwandt den Blick auf Michael gerichtet, wobei nach wie vor das geheimnisvolle Lächeln auf ihren Zügen lag. Die im Kerzenlicht tanzenden Schatten bereiteten ihm Unbehagen. Er witterte eine Gefahr, ohne sagen zu können, worin sie bestand. »Haben Sie als kleiner Junge gespielt?«, fragte sie, während sie mit gespreizten Beinen vor ihm stand, nackt bis auf einen im Schritt offenen langen Seidenschlüpfer. Sie hielt die Hände hinter dem Rücken verschränkt.

»Natürlich«, gab Michael mit leicht gerunzelter Stirn zur Antwort. Der Eindruck einer bevorstehenden Gefahr steigerte sich. Schon oft hatte er dank seiner äußerst feinen Antennen gefährliche Situationen überlebt. Alles in ihm drängte ihn, den Raum zu verlassen. Seine Befürchtungen bewahrheiteten sich, als Penelope eine Hand hinter dem Rücken hervorholte und die schmale Klinge eines Dolchs vor ihm aufblitzte. Er spürte, wie sich sein Körper unter dem Antrieb zu kämpfen oder zu fliehen anspannte. Mit einem Lächeln trat Penelope langsam auf ihn zu.

»Dieses herrliche Stilett hat mir ein italienischer Graf vor einigen Jahren in Italien verehrt«, sagte sie. »Solcher Dolche bedienen sich Meuchelmörder mit Vorliebe.«

»So etwas habe ich früher schon gesehen«, sagte Michael, bemüht, gelassener zu wirken, als er sich fühlte. »Eine Frauenwaffe«, fügte er verächtlich hinzu.

Mit verträumtem Ausdruck stand Penelope am Fußende des Bettes. »Wir werden jetzt spielen, Michael«, sagte sie mit einer Stimme, die von fernher zu kommen schien, und stieg auf das Bett. »Bei diesem Spiel werden Sie auserlesene Wonnen empfinden, die höchsten, die das Leben zu bieten hat. Sie werden Sie mit Freudenschreien an den Rand des Grabes führen.«

Sie will mich umbringen, durchfuhr es Michael. Das hat sie von langer Hand als ihre Rache geplant. Aber wofür will sie sich rächen? Er war im Nachteil und wusste, dass er auf keinen Fall die Nerven verlieren durfte. Er musste gute Miene zu ihrem Vorhaben machen, bis es eine Möglichkeit gab, ihr die Waffe zu entreißen. »Was für ein Spiel soll das sein?«, erkundigte er sich mit einem Lächeln, in dem gespielte Zuversicht lag. Seine scheinbare Furchtlosigkeit schien Penelope zu befriedigen.

»Es geht dabei um vollkommenes Vertrauen«, gab sie zur Antwort, während sie sich mit gespreizten Beinen über ihn kniete. Er erkannte ihre hochgradige Erregung und spürte, dass auch er trotz seiner Furcht erregt war. »Gewisse körperliche Schmerzen lassen sich nicht vermeiden, aber ich denke, dass Sie das ertragen können – immerhin haben Sie Erfahrung mit Schmerzen.«

Ihre Blicke trafen sich, als er in ihren Augen zu lesen versuchte. Zu seinem Erstaunen entdeckte er darin keineswegs die Bosheit, auf die er gefasst gewesen war, sondern nichts als glühende Wollust.

»Ich weiß nicht, ob ich der größte Trottel auf Gottes Erdboden bin, wenn ich mich vertrauensvoll in Ihre Hand gebe«, sagte er leise. »Wir beide wissen, dass das eine tödliche Waffe ist.«

»Ich habe nicht die Absicht, Sie zu töten, das verspreche ich Ihnen«, sagte sie, »wohl aber werde ich Ihnen Schmerzen zufügen.«

»Und wie sieht Ihr Spiel aus?«

»Ich zeige es Ihnen.«

Sie drehte sich um und schob sich über ihn bis auf die Höhe seines Kopfes. Er konnte den strengen Duft ihrer Erregung riechen und die Feuchtigkeit ihrer Begierde schmecken. Als mit einem Mal die Spitze des Stiletts seine Haut ritzte, durchfuhr ihn ein stechender Schmerz. Sein Körper krümmte sich unwillkürlich und er unterdrückte einen Schmerzensschrei. »Schmeck die Süße meines Leibes, wie ich dich schmecken will«, gebot Penelope, wobei sie sich vorbeugte. Während sie ihre Zunge dem Rinnsal von Blut näherte, streiften ihre blonden Haare seine Brust.

Ganz langsam tastete er mit seiner Zunge nach ihrem Körper über ihm. Der verdammte Halunke lässt mich absichtlich schmoren, dachte sie, um mir zu zeigen, welche Macht er über mich hat. Blut aus seiner Wunde bedeckte ihr Gesicht und verklebte ihre Haarspitzen. Seine Bedächtigkeit folterte sie geradezu, aber damit steigerte er ihre Begierde, sich von ihm anfüllen zu lassen, umso mehr. Es war eine unendliche Wonne. Sie merkte kaum, als er sie auf den Rücken warf und von oben in sie eindrang.

Die Raserei dauerte die ganze Nacht hindurch bis in die frühen Morgenstunden. Als der Schlaf endlich beide übermannte, zog Michael erneut über die entsetzlichen Pfade, die er in letzter Zeit so oft gegangen war. Der Schlaf war ihm keineswegs immer ein willkommener Gast. Er sah einen Jungen, der laut schreiend seine Eingeweide mit den Händen hielt. Er starrte Michael mit der Verzweiflung dessen an, der weiß, dass er dem Tode nahe ist. Er mochte vierzehn oder fünfzehn Jahre alt sein. Spielte das Alter auf dem Schlachtfeld eine Rolle, wo jeden das absolute Entsetzen umgab? In welcher Schlacht hatte Michael jede Hoffnung auf die Rettung seiner Seele verloren? War es in den Wäldern Neuseelands gewesen oder in den von Blut getränkten Maisfeldern der amerikanischen Südstaaten? Rot war jetzt die Farbe seines Lebens, und nicht die leuchtenden Blautöne der Bilder, von denen er als Künstler einst geträumt hatte.

Das war eine der Nächte, in denen der Schlaf ihn quälte, und Penelope fragte sich, in welcher Welt er sich aufhalten mochte, während er zuckend und stöhnend an ihrer Seite lag. Allerdings war ihr das nichts Neues, denn auch ihr Mann schlief bisweilen so unruhig wie Michael jetzt. Sie hatte sich damit abgefunden, dass Männer, die auf Schlachtfeldern gekämpft hatten, darunter litten.

Penelope erwachte vor Sonnenaufgang. Michael schlief noch, und sie betrachtete sein Gesicht. Ganz von selbst stellten sich grausige Gedanken ein, und ein finsterer Schatten legte sich auf ihre Züge. Voll Trauer dachte sie daran, dass dieser großartige und einfühlsame Liebhaber, der auf die geheimsten Wünsche einer Frau einzugehen verstand, schon in wenigen Monaten tot sein konnte. So etwas brachten die Unternehmungen ihres Mannes mit sich. Zwar würde ihr Michael eine Weile fehlen, gestand sie sich widerwillig ein, aber letztlich wäre im Interesse aller, die er einst gekannt hatte, sein Tod die beste Lösung. Ihr war klar, dass der Mann, der da neben ihr lag, für Frauen ebenso gefährlich war wie für andere Männer. Sollte er Fiona je wieder begegnen ... Ein kalter Schauer regte sich in Penelopes Seele, und sie zitterte unwillkürlich. Die fürchterlichen Folgen einer solchen Begegnung waren gar nicht auszudenken.

Sie streichelte sanft seine Brust, bis er erwachte. Bis er ihrem Mann im Krieg diente, konnte sie sich noch seines Körpers zu ihrer Lust bedienen.

»Wo haben Sie solche Spiele gelernt, Baronin?«, fragte Michael mit schläfriger Stimme, als er zu sich kam.

»Von einem Mann, der Ihnen nicht unähnlich ist«, sagte sie und dachte an den denkwürdigen Abend, an dem Morrison Mort sie mit seinem Degen gekitzelt hatte. »Er ist genauso gefährlich wie Sie, Michael.«

13

Peter Duffy folgte seinem besten Freund Gordon James berg-
an auf dem gewundenen schmalen Pfad, über dem die Baumriesen des Regenwaldes aufragten. Die nackten Oberkörper der
beiden waren von dornigen Büschen zerkratzt. Es kostete sie
große Mühe, mit dem schwarzen Krieger Schritt zu halten, der
sie an die verborgenen Stellen im Dschungel führte.

»He, Gordon, mach mal langsam«, stieß Peter schwer atmend
hervor. »Das ist zu schnell für mich.«

Mit triumphierendem Lächeln drehte sich Gordon zu ihm
um. Immer, wenn sich der kaum zu erkennende Pfad in scharfen Kehren aufwärts wand, arbeitete er sich mit Händen und
Füßen empor. Auch wenn die beiden Freunde einander so nahe
standen wie Brüder, lagen sie im beständigen Wettstreit miteinander. Nie sah man den einen ohne den anderen, und die
anderen Jungen hatten gelernt, die beiden Unzertrennlichen
zu respektieren, denn sie wussten sich notfalls durchaus ihrer
Haut zu wehren. Gleich seinem Vater, der niemandem herablassende Äußerungen über Peters Abstammung durchgehen
ließ, nahm Gordon es nicht hin, wenn jemand über die ge-
mischtrassige Herkunft seines Freundes spottete.

Der Ureinwohner vor ihnen blieb stehen und sah sich um,
ob ihm die beiden noch folgten. Mit Unbehagen bemerkte er,
dass der Weiße dem Jungen, in dessen Adern das Blut der Darambal floss, vorauskletterte. Ein Traum hatte ihm enthüllt, um
wen es sich bei dem weißen Jungen handelte. Kein gutes Zeichen, dachte er, als ihn Gordon erreichte, zwar schwitzend,
aber keineswegs am Ende seiner Kräfte, während sich sein
Freund ein ganzes Stück weiter hinten noch abmühte.

»Peter Duffy, Sohn von Tom und Mondo, du musst schneller sein als der weiße Junge«, rief Wallarie ihm zu.

Obwohl der Junge die Worte nicht verstand, war ihm der Klang der sonderbaren Sprache so vertraut, als hätte er sie von Geburt an aus dem Munde von Angehörigen der Nerambura gehört. »Wenn du jetzt nicht schneller bist als er, wird er dich eines Tages töten.«

Peter hob den Blick zu Wallarie, der auf dem Hügel über ihm stand. Plötzlich durchzuckte es ihn. Er kannte die Worte, und nun erkannte er den Mann, der sie sprach. »Wallarie!«, rief er mit weit aufgerissenen Augen nach oben.

Der kräftige Krieger lächelte zu ihm hinab. »Baal, schlecht, dass du vergessen Wallarie«, sagte er auf Englisch und strahlte vor Freude, weil dem Jungen die Erinnerung an die lange zurückliegende Zeit und den fernen Ort zurückgekommen war. »Wallarie dich nicht vergessen.«

Gordon beobachtete die beiden mit jungenhafter Neugier. Anfangs hatte er sich gefragt, warum Peter unbedingt dem Ureinwohner folgen wollte, der da aus den Reihen der Stammeskrieger der Kyowarra, mit denen sie sich am Rand von Cooktown angefreundet hatten, herausgetreten war. Er hatte den beiden bedeutet, dass sie ihm vom Lagerplatz des Stammes folgen sollten, bis sie in sicherer Entfernung von den Stadtbewohnern und den Goldgräbern waren. Allmählich begriff er – zwischen dem Mann und seinem Freund Peter schien irgendeine Art von Beziehung zu bestehen.

Bei einem ihrer vielen Streifzüge durch das dichte Buschland waren die Jungen auf das Lager der Kyowarra gestoßen. Den sonst sehr misstrauischen Kriegern war klar, dass von ihnen keine Bedrohung ausging, und so erhoben sie keine Einwände gegen ihre Anwesenheit. Jeder im Stamm merkte, dass in den Adern eines der beiden Jungen Ureinwohnerblut floss. Und der Angehörige des Volkes der Darambal, der mit ihnen zog, bestätigte ihre Vermutung, als er erklärte, der Peter genannte Junge habe Darambal-Blut in den Adern.

Als Peter jetzt Wallarie erreichte, wandte sich dieser wieder um und setzte den Aufstieg fort. Diesmal nahm Peter alle Kräfte zusammen, um Gordon zu überholen. In einer stillschweigenden Übereinkunft eilten beide nun in einem Wettlauf dem Gipfel entgegen.

Ohne auf die scharfen Zweige zu achten, die ihre Körper peitschten, boten beide schweißbedeckt und ächzend alle Kräfte auf, um dem anderen zuvorzukommen. Auch wenn keiner von ihnen Wallaries Worte verstanden hatte, war ihnen der Sinn seiner Mahnung klar geworden.

Gordon erreichte den Gipfel als Erster. Er hatte Peter kurz vor dem Ziel ein Bein gestellt, so dass dieser gestrauchelt und gerade weit genug zurückgeblieben war, um ihm den Sieg nicht mehr streitig machen zu können.

Wallarie hockte auf einer kleinen Lichtung im Schatten der Urwaldriesen, durch deren Blätter einzelne Sonnenstrahlen bis auf den Boden gelangten. Er sah zu den beiden Jungen hinüber, die nach Atem ringend am Boden knieten. Also hatte der weiße Junge doch den Sohn seines weißen Bruders Tom Duffy besiegt, dachte Wallarie betrübt. So würde es immer sein. Peter, dem die Anstrengungen des Aufstiegs noch anzumerken waren, sah Wallarie an, dessen dunkle Augen ihn musterten.

»Ich bin deinetwegen gekommen, Peter Duffy«, sagte Wallarie in der Sprache der Nerambura. »Ich bin gekommen, um dich mit der Lebensweise und dem Wissen deiner Vorfahren, die einst unter dem Bumbil-Baum gesessen und Geschichten erzählt haben, vertraut zu machen. Jetzt aber muss ich damit auch den Sohn des Mannes vertraut machen, der im Schatten des heiligen Berges der Nerambura Angehörige unseres Stammes getötet hat«, fuhr er fort. Sein Blick wanderte zu Gordon hinüber. Ihm war klar, dass dieser nicht verstand, was er sagte. Verwirrt runzelte Gordon die Stirn und sah auf Peter, der angespannt auf die Worte in einer Sprache lauschte, die er allmählich wieder zu erkennen begann. Wallarie fuhr fort, die Botschaft vorzutragen, mit der ihn die Geister der Vorfahren betraut hatten.

»Was sagt er?«, flüsterte Gordon.

»Du würdest es sowieso nicht verstehen«, gab Peter mit ehrfürchtiger Stimme zurück.

»Verstehst du etwa seine Sprache?«, fragte Gordon und wandte seine Aufmerksamkeit wieder Wallarie zu, auf dessen von zahlreichen Narben bedecktem Körper der Schweiß glänzte. Sein singender Tonfall klang wie die Stimme der Geschöpfe des Buschlandes.

»Ich glaub schon. Ich hab das Gefühl, dass ich allmählich begreife, was er sagt«, gab Peter zurück. »Mir fällt ein, was ich als kleiner Junge erlebt habe, als die Polizisten meine Eltern umgebracht haben. Wallarie sagt mir, was ich tun muss. Er sagt, du und ich, wir müssen ihn begleiten, wenn die Kyowarra nach Norden weiterziehen.«

»Wenn wir das tun, prügelt mein Vater uns nach Strich und Faden durch«, jammerte Gordon.

»Wir müssen mit Wallarie ziehen«, teilte ihm Peter mit finsterer Miene mit, »denn er will uns Dinge beibringen, die ich wissen muss.«

»Du kannst ja gehen«, sagte Gordon. »Aber ich hab keine Lust, mich von meinem Vater verprügeln zu lassen. Du kriegst bestimmt auch deinen Teil ab, denn deine Tante Kate sagt es ihm sicher.«

»Ist mir egal«, gab Peter zurück, doch geriet seine Entschlossenheit bei der Vorstellung, wie ihm Henry James' schwerer Ledergürtel auf Hinterteil und Beine klatschte, allmählich ins Wanken. »Ich geh dann eben ohne dich. Von mir aus kannst du zu deinem Vater laufen, wenn du Angst hast, aber ich ziehe mit Wallarie und den Kyowarra.«

Gordon tat einige Schritte auf den Weg zu. »Bis dann im Lagerhaus«, rief er Peter über die Schulter zu. Doch als dieser sich nicht rührte, zögerte er, wandte sich um und trat langsam wieder in die Lichtung zurück. »Na, dann komm ich eben auch mit«, sagte er achselzuckend. »Ich war schneller oben als du, und ihr verdammten Schwarzen seid auch nicht besser als ich.«

»Im Rechnen und Schreiben bin ich besser als du«, gab Peter zurück. »Überhaupt bin ich in der Schule besser.«

Gordon machte ein finsteres Gesicht. Es stimmte, dass ihm

Peter in der Schule haushoch überlegen war, und das schien ihm nicht recht, wo Peter doch ein Halbblut war.

»Sicher, aber ich bin im Busch besser als du«, versetzte Gordon ärgerlich. »Du könntest dich verlaufen.«

Wallarie lächelte. Er hatte interessiert beobachtet, was zwischen den beiden Jungen vorgegangen war. Am Ende hatte sich Peter durchgesetzt. Der weiße Junge würde dem mit dem Neramburablut folgen, das war ein gutes Vorzeichen.

Er erhob sich vom Boden und wandte sich an Peter. »Ihr beide folgt mir jetzt«, sagte er in seiner Sprache. »Wir brechen am Morgen zu den Jagd- und Fischgründen der Kyowarra auf. Für euch besteht keine Gefahr; ihr werdet wieder in die Stadt des weißen Mannes zurückkehren. Vorher aber werdet ihr vieles lernen, was ihr später gut brauchen könnt. Du, Peter Duffy«, sagte er und fixierte ihn mit seinen glühenden Augen, »musst mehr lernen, sonst bringt dich der Sohn von Henry James eines Tages um.«

Eine entsetzliche Furcht überlief Peter, und er sah zu Gordon hin, der neben ihm stand. Es war deutlich zu erkennen, dass sein Freund von Wallaries Worten nichts verstanden hatte.

Mit gemischten Empfindungen folgten ihm die beiden erschöpft über den schmalen, sich windenden Pfad zum Lager der Kyowarra. Ihnen war klar, dass sie sich dem Willen derer widersetzten, die sie liebten, indem sie die Einladung annahmen, mit dem letzten Überlebenden des Stammes der Nerambura nach Norden zu ziehen. Aber beide erregte das geheimnisvolle Unternehmen, das vor ihnen lag.

Weder Kate noch das Ehepaar James machten sich wirkliche Sorgen, als die Jungen nach drei Tagen noch nicht zurück waren. Sie wussten, dass sich die beiden nachts unter freiem Himmel im Busch ebenso zu Hause fühlten wie daheim im Bett. Auch früher waren sie schon einmal drei volle Tage verschwunden gewesen, und es hatte ihnen nicht groß geschadet. Hungrig und voller Insektenstiche waren sie zurückgekehrt, waren von den Frauen umarmt und geküsst und von Henry zum Holzstoß geführt worden, wo sie ihre Prügel bekommen hatten. Natürlich hatten sie hoch und heilig versprochen, künftig nie länger als drei Tage fortzubleiben. Jetzt aber waren vier Tage vergangen, und mit jeder weiteren Stunde wurden Kate und Emma unruhiger.

Nur Henry schien die Abwesenheit der beiden nicht weiter zu bedrücken. Schließlich waren es auf Abenteuer erpichte Jungen, die durchaus im Stande waren, im Busch zu überleben. Doch änderte sich seine gelassene Haltung, als er in einem zufälligen Gespräch mit einem alten deutschen Goldsucher im Laden erfuhr, dass man die beiden zuletzt im Lager der Kyowarra knapp zwei Kilometer außerhalb der Stadt gesehen hatte. Der alte Goldsucher kannte sich mit den Unterschieden zwischen den Stämmen gut aus, lebte er doch schon lange im Norden und hatte sich oft im Lager von Angehörigen der verschiedensten Stämme aufgehalten. Schließlich hatte er noch gesagt, die Kyowarra hätten ihr Lager vor zwei Tagen abgebrochen und seien weitergezogen.

Gleich den Daldewarra waren auch sie ein unabhängiges kriegerisches Volk, dessen Angehörige sich den Siedlungen der Weißen nur selten näherten. Ihre angestammten Jagd- und Fischgründe lagen am Fluss Normanby nordwestlich von Cooktown. Zwar versetzte der Bericht des alten Goldsuchers Henry in Schrecken, doch behielt er Kate und Emma gegenüber seine Befürchtungen ebenso für sich wie die Nachricht, dass sich die beiden Jungen bei den Kyowarra aufhielten.

Kate aber traute seiner gespielten Gelassenheit nicht. Ihr fiel auf, wie viel Mundvorrat und Munition er in seine Satteltaschen packte, bevor er unter dem fadenscheinigen Vorwand aus der Stadt ritt, er wolle eine Woche lang auf die Jagd gehen.

Auch Emma merkte, dass etwas nicht in Ordnung war. Trotz ihrer festen Überzeugung, der einstige Polizeibeamte werde in der Lage sein, Gordon und Peter aufzuspüren, flehte Emma mehr denn je zu Gott, er möge ihren Mann bei seiner Suche nach den beiden Jungen beschützen. Ihr Leben war in Gottes – und Henrys – Hand, niemand außer diesen beiden konnte etwas für sie tun.

Während Henry nordwestlich von Cooktown in die von Regenwald bedeckten zerklüfteten Berge ritt, nahm seine Unruhe von Minute zu Minute zu. Dieses Gefühl überkam ihn nicht allein deshalb, weil er sich in einer feindseligen Umgebung befand, sondern es entsprang seinem tiefsten Inneren. Es kam ihm vor, als spreche eine Stimme aus den Wäldern zu ihm, als mahne ihn eine ferne Erinnerung an schreckliche Dinge, die er am liebsten vergessen hätte.

Der Schweiß, der ihm in Strömen über das Gesicht lief, biss ihm in den Augen, und sein Bein schmerzte unter der ungewohnten Belastung, wenn er das Pferd auf unwegsamen Gebirgspfaden an der Hand führte. In den Schultern spürte er die Anstrengung, die es ihn kostete, das große, kräftige Tier voranzuzerren, und oft musste er stehen bleiben, um sich mit dem Buschmesser einen Weg durch den dichten Regenwald zu bahnen.

Es ging nur langsam und mühevoll voran. Oft hatte er nach vier Stunden schwerster Anstrengung nur ein kleines Stück Weg zurückgelegt. Doch schließlich hatte er den Gebirgskamm überquert und drang in die Überflutungsebene des Normanby vor. Sein mühevoller Weg durch den Regenwald war eine Abkürzung, mit deren Hilfe er den Vorsprung, den die Kyowarra hatten, verkürzen konnte. Zahlreiche Hinweise an kürzlich verlassenen Lagerstätten zeigten ihm, dass sie sich nicht mehr weit vor ihm befanden.

Endlich war seine aufreibende und zermürbende Suche von Erfolg gekrönt. Am Vorabend hatte er vom Bergkamm herab die Lagerfeuer der Kyowarra gesehen, um die herum zuckende Gestalten in den Schatten der Nacht einen Kriegstanz aufführten. So nahe war er ihnen gekommen, dass er den köstlichen Duft der Flussfische wahrnahm, die in der Glut ihrer Feuer garten, und das zufriedene Lachen von Menschen mit vollem Magen und die beängstigenden Klänge ihrer Kriegstänze hörte. Erst als das Klack-Klack der Klanghölzer in den frühen Morgenstunden verstummt war, hatte er einige Stunden Schlaf gefunden.

Bei Sonnenaufgang sah er den fernen Rauch von Kochfeuern. Die Vegetation hatte sich grundlegend geändert, jetzt befand er sich im weniger dicht bewachsenen Buschland um das Kap York. Er stand neben seinem Pferd und sah auf ein weites Tal hinab, in dem er die Angehörigen des nomadisierenden Stammes deutlich erkennen konnte, als diese ihren Tageslauf begannen. Es war ein eindrucksvolles Bild, wie sich Hunderte von Männern, Frauen und Kindern plappernd und lachend daran machten, sich in ihrem nie endenden Kampf um das Überleben den Tagesgeistern des Landes beizugesellen.

Henrys Eingeweide krampften sich zusammen. Ihm war klar, dass er allein gegen eine eindrucksvolle Zahl gut bewaffneter Krieger stand, noch dazu fern der Sicherheit der Zivilisation, in einem Gebiet, auf dem der Stamm daheim war und das die weißen Eindringlinge noch nicht in ihren Besitz gebracht hatten.

Sein Pferd am Zügel führend, machte sich Henry an den steilen Abstieg zum offenen Land zu beiden Seiten des Flusses. Als er die grasbewachsene Ebene erreicht hatte, saß er auf, um dem Hauptlager des Stammes entgegenzureiten.

Vom Auftauchen des einsamen Reiters aufgeschreckt, erhoben sich Hunderte bunt bemalter Krieger aus dem Gras, die Speere, Kriegskeulen und hölzerne Schilde in den Händen hielten. Sie sahen dem sich nähernden Weißen mit einem Gemisch aus Neugier und Feindseligkeit entgegen.

In Erinnerung an die entsetzlichen Zeiten, da die Schusswaffen der Weißen jedem Krieger den Tod gebracht hatten, der dagegen aufzustehen gewagt hatte, starrten Frauen und Kinder Henry mit weit aufgerissenen Augen ängstlich an. Da näherte sich einer dieser Weißen auf seinem Pferd kühn ihrem Lager, das Gewehr quer vor sich über den Sattel gelegt.

Während er langsam weiterritt, ließ Henry den Blick über die bewaffneten Krieger gleiten, die drohend wie eine Verteidigungsmauer vor dem Lager Aufstellung genommen hatten. Er konnte deutlich sehen, dass er nicht willkommen war, ein Eindringling auf einem Gebiet, das die Ureinwohner nach wie vor mehr oder weniger beherrschten.

Seine schwierige Lage war ihm nur allzu bewusst. Bei einem

Angriff dieser grimmigen Krieger durfte er kaum hoffen, mit dem Leben davonzukommen. Möglicherweise gelang es ihm, einen oder zwei von ihnen mit sich in den Tod zu nehmen, bevor sie ihn dank ihrer großen Zahl überwältigten. Andererseits wusste er, dass er keine andere Wahl hatte, als ihnen gegenüberzutreten, wenn er feststellen wollte, ob sich die beiden Jungen bei ihnen befanden.

Seiner Schätzung nach war er knapp zweihundert Schritt von ihnen entfernt. Weitere fünfzig Schritt würden ihn in die Reichweite ihrer langen tödlichen Speere bringen. Als hätten sie ein unausgesprochenes Abkommen getroffen, schienen weder er noch die Krieger, die ihn schweigend musterten, den Abstand verringern zu wollen.

Henry stellte sich in die Steigbügel und ließ den Blick über die Reihen der Krieger laufen, die ihre Speere bereithielten und erregt miteinander flüsterten. Das Ganze hörte sich an wie das Knurren eines gefährlichen Tieres. »Gordon! Peter!«, rief er. Sein Ruf trug bis zu den Kriegern hinüber, die mit einem Mal verstummten.

»Papa! Onkel Henry!«, kam die Antwort über die Ebene zurück. Henry überkam ein Hochgefühl, das seine Furcht einen Augenblick lang verdeckte. Die Jungen lebten! Die Tage des zermürbenden Umherziehens durch Hitze und unbekanntes Gelände hatten sich gelohnt. Einen kurzen Augenblick lang verabscheute er sich selbst, weil er nicht sicher gewesen war, ob er seinen Sohn oder Peter noch einmal sehen würde. Dieser Zweifel hatte ihn in den dunklen Nächten auf den einsamen Abschnitten seines Wegs durch den Urwald immer stärker belastet. Er hatte befürchtet, das Land und dessen Bewohner würden ihm den Sohn nehmen als grausame Strafe für die Rolle, die er bei der Vertreibung der Ureinwohner in Zentral-Queensland gespielt hatte.

Nachts hatten ihn seine Befürchtungen in Schweiß gebadet aus dem Schlaf hochschrecken lassen, und er hatte den Geistern der Nacht sein Aufbegehren entgegengeschrien. Während seine Augen versucht hatten, die Schwärze zu durchdringen, hatte er umherhuschende Schatten zu sehen gemeint, ein Flüstern zu hören geglaubt, bei dem es um den Tod ging, den er einem wehrlosen Volk gebracht hatte. Er hatte die Geister der Nacht angefleht, nicht seinen Sohn für die Sünden des Vaters büßen zu lassen. Wenn sich aber der Tag über dem Dschungel erhob und der Nebel wie Rauch aus dem Feuer der Nachtgeister über dem Fluss lagerte, versuchte er sich immer wieder klarzumachen, dass sich in seinen Träumen allein sein Schuldbewusstsein widergespiegelt hatte.

Gordon trat aus der Reihe der Krieger hervor. Sein mit Tierfett und Schmutz bedeckter junger Körper war gestählt und zäh. Sein Haar war völlig verfilzt, und hätte er nicht zerfetzte Shorts getragen, man hätte ihn für einen weißen Kyowarra halten können. Peter, der hinter ihm stand, sah nicht viel anders aus.

Beide Jungen schienen gesund und wohlbehalten zu sein. In Henry stieg Dankbarkeit den wilden Kriegern gegenüber auf, die ihn finster anstarrten, doch war ihm klar, dass ihre Gefühle für ihn anderer Art waren. Er sah, wie sie ihre Speere auf Speerschleudern setzten. Statt der unheimlichen Stille in ihren Reihen hörte man jetzt ein leises Brummen und Knurren.

»Bitte, lieber Gott, nicht jetzt!«, flüsterte Henry. Er sah, wie Angst auf die Züge seines Sohnes trat, der zu begreifen schien, was da vor sich ging. Er würde mit ansehen müssen, wie die Kyowarra seinen Vater niedermachten!

Als Henry hörte, wie die Speere auf die Speerschleudern gesetzt wurden, hob er das Gewehr hoch über den Kopf, so dass die Krieger es deutlich sehen konnten. Dann ließ er es als Hinweis auf seine friedlichen Absichten ins Gras fallen. Das aber schien nichts zu nützen, denn das Geräusch, das aus den Reihen der Krieger drang, wurde immer lauter.

Hoffnungslose Verzweiflung überkam Henry beim Anblick der gegen ihn vorrückenden Krieger. Das Pferd wurde unruhig, als es die Angst seines Reiters spürte. In wenigen Augenblicken würden ihn die Kyowarra erreicht haben, und Henry würde weder seinen Sohn noch seine geliebte Frau Emma wieder sehen. Ihm war klar, dass ein Versuch, das Gewehr vom Boden aufzuheben, von vornherein zum Scheitern verurteilt wäre und sein schwerer Colt nichts gegen die vielen tödlichen Speere auszurichten vermochte, die in wenigen Sekunden durch den frühmorgendlichen Himmel schwirren würden.

Eine einzelne Stimme erhob sich über dem Lärm der Kyowarra-Krieger. Sie schien ihnen Vorhaltungen zu machen. Es kam Henry vor, als hätte er sie schon einmal gehört. Wallarie! Zwar waren seitdem sechs Jahre vergangen, doch diese Stimme hatte sich auf alle Zeiten in sein Gedächtnis eingegraben. Er erinnerte sich an ein schwarzes Gesicht hinter einem auf ihn gerichteten Gewehrlauf, als er, durch den Biss einer Schlange vom Tode bedroht, von Schmerzen gequält am Boden gelegen hatte.

So plötzlich der Angriff begonnen hatte, hörte er wie durch ein Wunder auf. Die Reihen öffneten sich und ließen einen einzelnen Krieger durch, der zwischen die beiden Jungen trat. Wallarie blieb an der vordersten Reihe der Kyowarra stehen und wandte sich an Peter. »Der Mann, der mein Feind ist, ist da, dich zu holen«, sagte er. »Noch ist seine Zeit zu sterben nicht gekommen. Du kehrst mit ihm zu der weißen Frau zurück, die die Schwester meines Bruders Tom Duffy ist, die Schwester deines Vaters.« Dann wandte er sich Gordon zu, der zitternd neben Peter stand. »Er hat den Kampfgeist eines wilden Hundes. Eines Tages wird er wie sein Vater Schwarze töten.« Seine Stimme kam von irgendwo außerhalb seiner selbst her. »Ihr beide werdet gemeinsam umherziehen, aber der Tag wird kommen, an dem die Entscheidung fallen muss, wer von euch beiden weiterlebt. Ich weiß nicht, wer das sein wird, wohl aber weiß ich, dass ich euch noch einmal begegnen werde. Ich werde auf den Schwingen eines Adlers kommen, wie der alte Kondola, als ihn die Weißen auf unserem Grund und Boden gejagt haben. Er ist an die heilige Stätte der Traumzeit der Nerambura geflogen und hat dort die Lieder für andere gesungen, die nicht dazu in der Lage waren. Geht jetzt und vergesst nichts von dem, was man euch beigebracht hat.«

Gebannt von der Verwandlung, die mit Wallarie vor sich gegangen war, stand Peter wie im Erdboden verwurzelt da und blickte in die dunklen Augen des Kriegers. In ihnen sah er die

Traumzeit aufblitzen, und zum ersten Mal seit vielen Jahren fragte er sich verwirrt, wer er war. Wie er dort – weit von der Welt der Weißen entfernt – auf der grasbedeckten Ebene stand, sah er seinen anderen Geist, wild und frei, so alt wie die Traumzeit selbst.

Die Verwandlung, die über Wallarie gekommen war, schien sich aufzulösen. Jetzt sah er wieder aus wie der Mann, an den Peter sich undeutlich aus Kindheitstagen erinnerte, der Mann, der in Burke's Land an der Seite seines weißen Vaters gestanden hatte. Nichts blieb mehr zu sagen, und zögernd ging Peter mit Gordon zu Henry hinüber, der auf seinem Pferd saß.

Henry konnte den Blick nicht von dem hoch gewachsenen Nerambura-Krieger abwenden, der da vor der vordersten Reihe der Kyowarra stand. Es war, als verständigten sie sich miteinander, ohne dass auch nur ein Wort gewechselt wurde – dazu genügte ihre bloße Anwesenheit.

Wallarie hatte ihm mit der Rückgabe der beiden Jungen ein Geschenk gemacht. Es war Henry klar, dass ihm ohne Wallaries rechtzeitiges Eingreifen der Tod sicher gewesen wäre, doch lag in der Mitteilung des Nerambura-Kriegers nicht die ersehnte Verzeihung für das Unrecht, das er einst an dessen Volk verübt hatte. Sie gab ihm zu verstehen, er könne nur mit seinem Tod dafür büßen, ausschließlich sein Blut sei imstande, die Geister der heiligen Stätten eines Landes zu befriedigen, in dem Krähen und Goannas inmitten der bleichen Knochen eines vor langer Zeit in alle Winde verstreuten Volkes lebten.

Was nur mochte der Grund für sein namenloses Entsetzen sein? Das Schuldgefühl, das er empfunden hatte, als er dem letzten lebenden Nerambura aus dem Volk der Darambal gegenüberstand? Es war Henry klar, dass er auf diese Frage nie eine Antwort bekommen würde, die ein Weißer verstehen konnte. »Ich werde mit meinem Leben bezahlen, Wallarie, aber verschone meinen Sohn«, sagte er. »Er ist in diesem Land geboren, so wie du.«

Die Jungen standen jetzt vor Henry und sahen ein wenig verlegen zu ihm empor. In diesem Augenblick waren sie keine jungen Kyowarra-Krieger mehr, sondern zwei Schuljungen, die man beim Schwänzen ertappt hatte. Seufzend sah Henry auf das völlig verdreckte Gesicht seines Sohnes hinab, der, obwohl sein Ebenbild, zugleich ein Fremder war. Ein Kind des neuen Landes, das dieser neuen harten Welt angehörte.

Zum ersten Mal ging ihm auf, dass sich Gordon nie dem Land zugehörig fühlen würde, nach dem er selbst sich noch von Zeit zu Zeit als seiner »Heimat« sehnte. Englands sauber eingefriedete grüne Weideflächen und Felder waren nicht für seinen Sohn bestimmt. Es war durchaus möglich, dass Gordon nie ein schneebedecktes Stück Land sehen oder durch einen Eichenwald gehen würde. Sonderbare Gedanken für einen sonderbaren Augenblick, ging es Henry durch den Kopf. Er wandte seine Aufmerksamkeit Peter zu, der die gleichen grauen Augen wie sein Vater Tom Duffy hatte, während seine dunkle Haut ein deutlicher Hinweis auf seine Abstammung aus dem Volk seiner Mutter war. Dort stand der wahre Eingeborene des neuen Landes, ging ihm auf.

In Peters Blut begegneten sich Eroberer und Eroberte. Man bezeichnete diese Kinder verächtlich als »Halbblut«, doch war das Ergebnis der Vermischung von Völkern und Kulturen eine exotische Schönheit. Henry hob den Blick, um zu Wallarie hinzusehen, doch der Neramburakrieger war verschwunden.

Er wandte den Kopf den Jungen nicht wieder zu, denn Gordon sollte die Tränen nicht sehen, die seinem Vater über das bärtige Gesicht liefen. Er knurrte ihnen lediglich aus dem Sattel zu, sie sollten ihm folgen, dann wendete er sein Pferd und machte sich auf den Weg dem Gebirge entgegen. Die Jungen liefen hinter ihm her und die hohen Gräser beugten sich nach dem Willen der Windgeister.

Während Henry davonritt, musste er daran denken, dass er es wohl nicht mehr miterleben würde, wie aus seinem Sohn ein Mann wurde. Der ihm von Wallarie vorausgesagte gewaltsame Tod war so unausweichlich wie der Sonnenuntergang über den mit Brigalow-Buschland bewachsenen Ebenen, die das Land des Volkes der Darambal waren.

14

Viel hat sich im Laufe der Jahre nicht verändert, ging es Michael durch den Kopf, während er, die Hände in den Taschen, den Gasthof Erin betrachtete. Er überlegte, was seine Angehörigen wohl gerade tun mochten. Wahrscheinlich schürte Tante Bridget das Feuer im Küchenherd für das samstägliche Mittagessen. Onkel Frank wies vermutlich unten im Keller Max wegen diesem und jenem zurecht, ohne dass dieser groß auf ihn hörte. Und Daniel? Daniel war womöglich gar nicht mehr da, denn bestimmt hatte er inzwischen sein Anwaltsexamen abgelegt, sofern er das Studium nicht aufgegeben hatte.

Die Tür öffnete sich, und Michael sah zwei kleine Jungen auf die Straße treten. Hinter ihnen war eine zierliche rothaarige Frau zu sehen. Ihre fürsorgliche Art ließ ihn vermuten, dass es sich um die Mutter der beiden handelte.

Er hatte diese Frau nie zuvor gesehen, doch ein Blick auf den kleineren der Jungen ließ ihn erkennen, dass es sich um einen Sohn seines Vetters Daniel handeln musste. Ein frohes Lächeln legte sich auf seine Züge. Daniel war also Vater. Dann war die hübsche Rothaarige wohl seine Frau. Da hatte er aber Glück gehabt!

Die Frau trat in den Gasthof zurück und schloss die Tür hinter sich, während die beiden Jungen einander auf dem Weg durch die schmale Straße anstießen. Es war Samstagmorgen, der ganze Tag lag vor ihnen. Michael konnte sich denken, wohin sie wollten, und so folgte er ihnen unauffällig mit großem Abstand. Wenn der kleine Park mit dem Spielplatz am Ende der Straße noch existierte, waren die beiden bestimmt auf dem Weg dahin. Hatten nicht er und Daniel es im gleichen Alter ebenso gehalten?

Er folgte den beiden Jungen, ohne zu merken, dass auch ihm jemand auf der Fährte war.

Horace Brown gähnte, als er sich daran machte, den verdammten Amerikaner weiter zu beschatten, der zu den sonderbarsten Tageszeiten unterwegs war. Er hatte fast nie so recht gewusst, was Mr. O'Flynn während der vergangenen zwei Wochen in Sydney getrieben hatte, während er auf ein Schiff nach Norden wartete. Horace wusste von seiner bevorstehenden Reise. Einer Eingebung folgend hatte er sich die Passagierlisten der verschiedenen Schifffahrtsgesellschaften angesehen, um zu sehen, ob der Amerikaner beabsichtigte, die Kolonie zu verlassen, und prompt hatte er bei einer von ihnen dessen Namen auf der Liste eines nach Cooktown bestimmten Seglers entdeckt. Ein dem Angestellten diskret zugestecktes Trinkgeld sorgte dafür, dass er auch erfuhr, wer die Passage gebucht hatte. Es war die Baronin von Fellmann. Michael O'Flynn will also ins Grenzgebiet im Norden, überlegte Horace, als er das Passagebüro verließ.

Warum nur hatte O'Flynn das Irenviertel von Sydney aufgesucht und sich an eine Straßenecke gestellt? Gab es etwa eine Verbindung zwischen ihm und dem Gasthof Erin? Er würde versuchen, das festzustellen, indem er unauffällig einige der Gäste befragte. Jetzt aber wollte er O'Flynn folgen, um zu sehen, was sein Ziel war.

Michael lächelte. Hatte er es sich doch gedacht! Die Jungen hatten ihn zu Frazer's Park geführt, wo noch dieselben alten Eukalyptusbäume standen wie in den Tagen der ersten Siedler. Ihre Stämme waren abgewetzt von der Unzahl kleiner Füße, die sie erklettert hatten. Die kräftigen Äste hingen beständig nach unten. Im Laufe der Jahre hatten viele Jungen auf ihnen gesessen und sich über all das unterhalten, was einem Jungen am Herzen liegt: blöde Schwestern, kleine Mädchen, die man ärgern musste, Pläne, die Chinesenkinder im benachbarten Viertel zu überfallen und sie an den Zöpfen zu ziehen.

So manches Abenteuer war dort geplant worden, erinnerte sich Michael voll Wehmut.

Der größere der beiden Jungen kletterte auf den ältesten der Bäume, setzte sich auf einen Ast ziemlich weit unten und forderte den kleineren auf, ihm zu folgen. Dieser aber schien zu zögern. Wahrscheinlich hielt er es für zu gefährlich, den knorrigen Baum zu ersteigen, blieb lieber unten stehen und sah neugierig zu dem Mann mit der Augenklappe hin, der über das Gras auf sie zukam.

»Morgen, Jungs. Amüsiert ihr euch?«, fragte Michael freundlich.

Der Junge, der auf dem Ast saß, gab zurück: »Sie sprechen komisch.«

Michael lächelte ihm zu. Offensichtlich meinte er damit die amerikanische Sprechweise, die er sich angewöhnt hatte. »Schon möglich«, sagte er.

»Und warum?«, wollte der Junge wissen.

»Wahrscheinlich, weil ich aus Amerika komme«, gab Michael zur Antwort. »Da drüben sprechen wir fast alle so komisch.«

»Sie sind also ein Yankee«, rief der kleinere aus. »Haben Sie auch schon Indianer umgebracht?«, wollte er beeindruckt wissen. Martin Duffy wusste viel über Cowboys und Indianer. Er hatte gehört, wie Männer im Gasthof darüber gesprochen hatten, wenn sie sich über die Yankees unterhielten.

»Na ja, 'n paar«, gab Michael unbescheiden zur Antwort. Ihm war klar, dass er damit die Aufmerksamkeit der Jungen auf sich lenken konnte. Wie sich zeigte, hatte er damit Recht, denn beide schienen beeindruckt zu sein.

»Und haben Ihnen die Indianer das Auge ausgeschlagen?«, fragte Patrick von oben.

Michael schüttelte den Kopf. »Nein, das ist eine andere Geschichte. Ich heiße übrigens Michael O'Flynn. Mit wem habe ich das Vergnügen?«

»Ich heiße Patrick«, sagte der größere keck von seinem Ast herab. »Und das da ist mein Bruder Martin. Wir wohnen im Gasthof Erin.«

»Ah. Ich hab da früher mal ein paar Leute gekannt«, sagte Michael beiläufig. »Francis Duffy und seine Frau Bridget. Dann war da noch jemand, der Max hieß, und ein anderer, der Daniel hieß.«

»Das ist unser Papa!«, rief Martin ganz aufgeregt.

Michael lächelte. Es waren also tatsächlich Daniels Söhne, ganz wie er es sich gedacht hatte. »Habt ihr auch noch Geschwister?«, erkundigte er sich höflich, um weitere Angaben über die Familie zu bekommen.

»Eine Schwester, aber das ist 'ne Nervensäge«, gab Martin zur Antwort. »Sie heißt Charmaine. Dauernd will sie mit uns spielen, aber wir rennen dann weg und verstecken uns. Mama wird dann immer ganz böse.«

»Sie weiß nicht, wo wir heute sind«, fügte Patrick hinzu.

Die beiden Jungen waren eine unschätzbare Informationsquelle, merkte Michael. »Ist euer Vater Rechtsanwalt?«

»Ja. Er arbeitet in einem großen Haus mit vielen Büros«, bestätigte Patrick, ohne den Blick von Michael und seiner Augenklappe zu nehmen. »Wann haben Sie ihn gekannt?«

»Das ist lange her. Ich war zu Besuch aus Amerika da und hab euren Papa kennen gelernt«, log er. »Wie heißt eure Mutter?«

»Mama ... Ich meine Colleen«, verbesserte sich Martin. »Sie ist zu Hause.«

»Und euer Opa?« Beide schwiegen. Dann sagte Patrick mit schmerzlich verzogenem Gesicht: »Der ist im vorigen Jahr gestorben. Erst war er krank, und dann war er tot.«

Ein stechender Schmerz durchfuhr Michael. Er hatte sich seinem Onkel Frank stets sehr nahe gefühlt, der ihn wie einen eigenen Sohn aufgezogen hatte. Die Jungen merkten nichts von der Mischung aus Anspannung und Schmerz im Gesicht des Mannes. Mit Frank war ein wichtiger Teil von ihm selbst dahingegangen, das brauchten sie nicht zu wissen. »Und was ist mit eurer Oma?«, fragte er, so ruhig er konnte.

»Oma hilft Mama in der Küche«, gab Martin Auskunft.

Es erleichterte Michael zu wissen, dass sie noch lebte. Seine Mutter war auf der Überfahrt von Irland nach Australien gestorben, als er noch sehr klein war, und seine Tante Bridget war an ihre Stelle getreten und hatte den kleinen Jungen mit so viel Liebe überschüttet, wie es nur eine Frau kann. Sie war wie eine Mutter zu ihm gewesen.

»Arbeitet Max eigentlich noch im Erin? Ich glaube, der war aus Deutschland«, fragte Michael.

»Onkel Max bringt mir Boxen bei«, sagte Patrick stolz zu dem Fremden, dem all die Menschen vertraut zu sein schienen, die er kannte. »Er sagt, dass ich eines Tages so gut bin wie Michael Duffy.«

Man hat mich also nicht vollständig vergessen, dachte Michael trübselig. Zumindest erinnert man sich an meine Fähigkeiten als Straßenkämpfer, wenn schon an nichts anderes. »Wisst ihr, wer dieser Michael Duffy war?« Er wollte doch einmal sehen, was die beiden über ihn wussten.

»Nicht genau«, sagte Patrick unsicher und fügte hinzu, er hätte gern mehr über seinen Onkel gewusst, damit er dem Amerikaner alles erzählen konnte. »Aber Onkel Max sagt, dass ich so bin wie er.« Michael sah Patrick aufmerksam an. Ja, ging es ihm durch den Kopf. Es kam ihm vor, als sähe er in einen Spiegel, der ihm seine Vergangenheit zeigte. Der einzige Unterschied war, dass der Junge grüne Augen hatte. Vermutlich von seiner Mutter. Der Anblick dieser Augen rief ihm eine peinigende Flut von Erinnerungen ins Gedächtnis. Wie sehr sie den Augen Fiona Macintoshs ähnlich sahen! »Was ist denn mit diesem Michael passiert?«, fragte er.

»Er ist im Krieg umgekommen«, gab Patrick schlicht zurück.

»Redet denn manchmal jemand von ihm?«

»Oma betet fast jeden Abend für seine Seele«, sagte Patrick. »Und Papa hat gesagt, dass er ein guter Mensch war. Sonst nichts.«

Michael fühlte sich niedergedrückt. Es tat ihm Leid, die Jungen über sich selbst ausgefragt zu haben. Noch nie zuvor war er sich so sehr wie ein Gespenst vorgekommen. »Habt ihr nicht auch einen Onkel Kevin und eine Tante Kate?«, fragte er und schüttelte die trübselige Stimmung ab, die von ihm Besitz ergriffen hatte.

»Tante Kate lebt in Queensland. Sie ist furchtbar reich«, berichtete ihm Martin voll Stolz auf die Tante, über die er so viel gehört, die er aber noch nie zu Gesicht bekommen hatte. »Onkel Kevin ist lange vor meiner Geburt weggegangen. Das hat jedenfalls Oma gesagt.«

Es überraschte Michael nicht im Mindesten zu hören, dass O'Keefe Kate verlassen hatte. Kevin O'Keefe war kein Mann für die Ehe.

»Ich danke euch, dass ihr mir alles über eure Eltern erzählt habt, Jungs. Und auch über Onkel Frank und Tante Bridget. Ich empfehle dir, Patrick Duffy, tu beim Boxen alles, was Max sagt, denn er weiß genau Bescheid. Vielleicht wirst du eines Tages sogar besser als Michael Duffy. Vergiss das nicht.«

Der kleine Patrick sah den Mann fragend an. Es kam ihm ganz so vor, als wäre der Yankee traurig und würde gleich losheulen. Wie ein Mädchen, dachte er peinlich berührt. »Ich hab was für euch«, fügte Michael hinzu. »Aber vorher müsst ihr mir versprechen, dass ihr keinem Menschen sagt, dass ich mit euch gesprochen habe.« Er gab jedem der beiden einen Silberdollar. Sie hatten eine ungefähre Vorstellung vom Wert dieser amerikanischen Münze, und so dankten sie ihm und versprachen Stillschweigen. »Ihr könnt ja euren Eltern irgendwann mal was dafür kaufen«, sagte Michael. »Und auch Tante Bridget und Max. Vielleicht zu Weihnachten.«

Während er davonschritt, sahen die Jungen einander an.

»Oma ist doch gar nicht unsere Tante«, sagte Martin. »Der Yankee muss verrückt sein.«

Aus einer Nebenstraße hatte Horace das Gespräch O'Flynns mit den Jungen beobachtet. Er wünschte, er hätte hören können, was dabei gesagt worden war. Der Amerikaner schien tief in Gedanken versunken, als er durch die schmalen Straßen an den Mietskasernen des Stadtteils Redfern vorüberging.

Die Vergangenheit ist auf alle Zeiten begraben, ging es Michael durch den Kopf. Jetzt zählt nur noch die Gegenwart. Würde doch das Schiff nach Cooktown noch am selben Abend auslaufen und nicht erst in zwei Tagen! Der Schmerz, den Menschen so nahe zu sein, die er liebte, ohne sich ihnen zeigen zu dürfen, quälte seine Seele mehr als alle seine Kriegswunden.

Horace sah Michael nach. Am liebsten wäre er auf die andere Straßenseite gegangen, um die Jungen zu fragen, worüber der Mann mit ihnen gesprochen hatte, unterließ es aber. Es war besser, nicht von Menschen gesehen zu werden, mit denen O'Flynn zusammengekommen war. Immerhin war es möglich, dass er noch einmal mit den Jungen sprach. Kleine Jungen erinnerten sich meist an ungewöhnliche Vorkommnisse und sprachen darüber. Vermutlich war es besser, sein Heil im Gasthof Erin zu versuchen. Erfahrungsgemäß löste der Alkohol den Menschen die Zunge.

Im Erin saß eine Hand voll Arbeiter vor ihren Rumgläsern in einer Ecke beisammen. Ein vierschrötiger Mann mit einem ziemlich übel zugerichteten Gesicht, der hinter dem Tresen Gläser polierte, sah mit unauffälliger Neugier zu Horace hinüber.

Für Horace waren Schankwirte und Kellner eine unschätzbare Informationsquelle. Sie wussten viel über die Menschen, die bei ihnen verkehrten, behielten dieses Wissen aber gewöhnlich für sich. Es war nicht einfach, ihr Vertrauen zu gewinnen, doch waren auch sie Menschen, und jeder Mensch hat seine Schwächen, auch ein einsilbiger Schankkellner.

Horace ließ sich am Tresen nieder, und der Mann trat auf ihn zu. Trotz seiner Masse bewegte er sich mit der katzenhaften Geschmeidigkeit eines gefährlichen Leoparden. Mit diesem Mann war vermutlich nicht gut Kirschen essen.

»Sie wünschen?«, erkundigte er sich.

Mit seinem geschulten Ohr hörte Horace sogleich, dass der Mann aus Deutschland stammte, vermutlich aus dem Norden.

»Einen Schnaps«, sagte er auf Deutsch, woraufhin ihn der Kellner befremdet ansah.

»Für einen Engländer sprechen Sie gut Deutsch«, gab er zurück, ebenfalls auf Deutsch, und Horace fühlte sich ein wenig gekränkt, dass er ihn sofort durchschaut hatte. »Aber Schnaps führen wir nicht, mein Freund. Sie können Rum oder Whisky haben.«

»Irischen Whisky?«, fragte Horace, und der Deutsche nickte.

»Es ist das Beste, was aus Irland kommt«, sagte Max, goss ein Glas ein und schob es über den abgewetzten Tresen. »Besser als die verdammten irischen Schlägertypen, die ich hier jeden Abend trennen muss.«

Horace lächelte über diese Äußerung. Offensichtlich gingen hier vorwiegend Menschen irischer Abstammung ein und aus. »Wie kommt es, dass Sie als Engländer so gut Deutsch sprechen?«, fragte Max. »Haben Sie in Deutschland gelebt?«

»Ich bin in England aufgewachsen, aber mein Vater stammt aus Bayern, und meine Liebe gehört dem Vaterland ... «, log Horace. Er fügte dieser falschen Identität auch gleich den Namen hinzu, den er für eine solche Situation zur Verfügung hatte: »Ich heiße Franz Neumann.«

»Und ich Max Braun«, sagte der Kellner und hielt ihm seine mächtige Pranke hin. »In Deutschland war Hamburg mein letzter Hafen.«

»Sind Sie schon lange in den Kolonien?«, erkundigte sich Horace, um ihn in ein Gespräch zu verwickeln.

»Seit dem Jahre '54«, gab Max zur Antwort.

»Da haben Sie wohl Ihr Schiff verlassen, um den Goldrausch von Ballarat nicht zu verpassen?«

»Ja. Ihr verdammten Tommies habt mich bei Eureka ganz schön zusammengestaucht.«

»Ein betrüblicher historischer Fehler, mein Freund«, seufzte Horace. »Vielleicht darf ich Ihnen als verspätete Entschuldigung für mein englisches Blut ein Glas spendieren?«

Max lächelte breit, wobei man sah, dass er einen Großteil seiner Zähne eingebüßt hatte – sei es durch die Mangelernährung auf den Schiffen, sei es durch viele Schlägereien an Land. »Ich nehme Ihre Entschuldigung gern an, Herr Neumann, und bin bereit, mit Ihnen auf die tapferen Deutschen anzustoßen, die bei den Palisaden gegen Euch Engländer gekämpft haben.«

»Mein Herz schlägt für Deutschland«, erinnerte Horace seinen neu gewonnenen Freund. »Nicht für England. Also auf die tapferen Männer, die bei den Palisaden gekämpft haben.«

Er und Max hoben die Gläser. Insgeheim trank Horace aber nicht auf das Wohl der Aufständischen, sondern auf das der Rotröcke, die an jenem entsetzlichen Tag beim Kampf gegen jene umgekommen waren. Max füllte die Gläser erneut, und Horace legte dafür einen großzügig aufgerundeten Betrag auf den Tisch.

»Sagen Sie doch, Herr Braun«, begann er, während er das randvolle Glas drehte, »wieso sind Sie nicht nach Hamburg zurückgekehrt, sondern arbeiten in einem Gasthof hier in den Kolonien?«

Max sah ihn an und wischte sich den Mund mit dem Hemdärmel. »Mister Duffys Bruder hat mir bei den Palisaden das Leben gerettet«, gab er zur Antwort. »Er war ein guter Mensch, ganz wie mein früherer Chef Frank Duffy, dem das Erin gehörte, bis es sein Sohn Daniel übernommen hat. Und niemand außerhalb Hamburgs kocht so gut wie Missus Duffy, Franks Frau. Warum also sollte ich nach Deutschland zurückkehren, wenn ich hier eine gut bezahlte Stelle habe, meinen Grog trinken und ab und zu ein paar Iren verdreschen kann? Meine Angehörigen leben hier.«

»Sie haben Frau und Kinder?«, fragte Horace, während er ein Schlückchen von dem guten irischen Whisky nahm.

»Nein, mein Freund. Mit Angehörigen meine ich die Kinder der Familie Duffy, und zwar alle.« Der vierschrötige Deutsche lächelte betrübt. »Es ist, als wären sie meine eigenen. Michael ist unter meiner Anleitung der beste Straßenkämpfer in Sydney geworden. Dann aber ist er fortgegangen und im Jahr '63 haben ihn die Maori auf Neuseeland umgebracht. Seinen Bruder Tom hat die verdammte berittene Polizei '68 erschossen. Nur noch meine kleine Katie ist am Leben. Sie ist eine bedeutende Persönlichkeit in Queensland«, fügte er mit unübersehbarem Stolz auf Kate O'Keefes beträchtlichen finanziellen Erfolg hinzu. »Außerdem leben Franks Enkel hier im Erin. Ich bin dabei, dem kleinen Patrick beizubringen, ein ebenso guter Straßenkämpfer zu werden, wie Michael Duffy einer war.«

Horace hörte zu, wie der Kellner die Namen mit dem Stolz eines liebenden Onkels hersagte. Etwas von dem, was er gesagt hatte, erregte seine Aufmerksamkeit, allerdings nur am Rande. »Nach dem, was Sie mir über die beiden Brüder Duffy gesagt haben, sieht es ganz so aus, als hätte die Familie ein ziemlich tragisches Schicksal erlitten«, sagte er betont mitfühlend. Max seufzte, bevor er sein Glas leerte und erneut füllte. Die Erinnerung an seine große Trauer musste ertränkt werden.

»Auf ihnen liegt ein heidnischer Fluch der Ureinwohner«, sagte Max. »Ich weiß zwar nicht, wie das möglich ist, aber so ist es.«

Horace staunte, dass der Deutsche allen Ernstes anzunehmen schien, das könne die Ursache des Schicksals der Familie Duffy sein. Er dachte aber nicht daran, unverhohlen über einen Mann zu spotten, dessen sehnige Arme so dick waren wie seine eigenen Oberschenkel. »Ein Fluch der Ureinwohner reicht aber doch wohl nicht bis Neuseeland?«, fragte er.

»Ein Fluch kann einem überallhin auf der Welt folgen, Herr Neumann«, sagte Max mit trübseligem Lächeln und schüttelte den Kopf. »Böse Geister kennen keine Ländergrenzen wie wir in der Welt der Lebenden. Mit Sicherheit hat der Fluch Michael Duffy in Neuseeland ebenso getötet, wie er ihn hier getroffen hätte, wenn er geblieben wäre.«

»Hat dieser Michael Duffy als Soldat der britischen Armee in Neuseeland gekämpft?«

»Nein.« Max warf ihm einen verächtlichen Blick zu. »Das hätte er nie im Leben getan, lieber wäre er gestorben. Sein Vater hat schon in Irland gegen die verdammten Engländer gekämpft. Nein, er gehörte zu den Waikato Rangers des preußischen Grafen von Tempsky.«

Ach, von Tempsky. Ein Preuße wie Manfred von Fellmann, ging es Horace durch den Kopf. Ein interessanter Zufall, aber höchstwahrscheinlich ohne jede Bedeutung. Mit seinen Fragen über die Familie Duffy kam er nicht weiter, und so schmerzlich die Tragödie für diese selbst sein mochte, hatte sie wohl kaum etwas mit dem Amerikaner irischer Abstammung Michael O'Flynn zu tun. Daher entschloss sich Horace, das Gespräch mit dem Schankkellner auf die Frage zu lenken, ob in jüngster Zeit Amerikaner in seinem Gasthof aufgetreten seien.

Gerade wollte er auf diese Linie einschwenken, als ein Gast nach Max rief. Horace ergriff die Gelegenheit, sich in der Gaststube umzusehen. Sie unterschied sich in keiner Weise von den anderen, die er in Sydney kennen gelernt hatte. In der Luft hing der gleiche kräftige Geruch nach Tabakrauch und abgestandenem Bier, Erbrochenem und den Leibern ungewaschener Männer, die körperlich schwer arbeiten müssen.

Die Wände zierten einige kleine sepiabraune Fotos von Boxern, die für die Aufnahme geduldig mit erhobenen bloßen Fäusten still gestanden hatten. Ihre Gesichter wirkten wie aus Holz geschnitzt. Ein Bild nahm den Ehrenplatz über dem Tresen ein. Es zeigte einen gut aussehenden, kräftig gebauten jungen Mann in der klassischen Haltung des Boxers. Sein Oberkörper war unbekleidet, und wie bei den anderen für ihre Unerschrockenheit in blutigen Auseinandersetzungen bekannten Männern zierte seine eng anliegende Hose eine Schärpe, die derjenige gewann, der bei einem Boxkampf am längsten auf den Beinen blieb.

Bewundernd betrachtete der englische Agent den athletischen Körperbau des jungen Mannes. Seinen breiten Schultern, der breiten Brust und den muskulösen Armen sah man die Kraft deutlich an. Das stolze Gesicht zeugte von Klugheit und Willensstärke. In den Augenwinkeln lag ein angedeutetes Lächeln, obwohl der Mann für die Aufnahme lange hatte still halten müssen. Fast wäre Horace an seinem Whisky erstickt.

Das Gesicht!

Das war Michael O'Flynn, mit zwei gesunden Augen und ein wenig jünger.

»Man könnte glauben, Sie hätten ein Gespenst gesehen, Herr Neumann«, sagte Max, der zu seinem Whiskyglas zurückkehrte.

Rasch fasste sich Horace wieder. »Wer ist eigentlich der junge Mann auf dem Foto über der Theke, Herr Braun?«

Max wandte sich um und sah zu dem Bild seines geliebten Michael hin. »Das ist der junge Michael Duffy, als ich ihm das Boxen beigebracht habe. Er hätte Weltmeister werden können, wenn er nicht umgekommen wäre.«

»Warum ist er denn nach Neuseeland gegangen, wenn er eine so glänzende Zukunft als Boxer vor sich hatte?«

»Man hat ihn fälschlich des Mordes beschuldigt«, knurrte Max. »Aber alle wussten, dass er unschuldig war, sogar die Polizei. Ihm ist gar nichts anderes übrig geblieben, als schleunigst Neusüdwales zu verlassen, wenn er nicht festgenommen und gehängt werden wollte.«

»Haben Sie ihn in letzter Zeit gesehen?«, fragte Horace unvermittelt.

Max sah ihn an, als hätte er es mit einem ausgemachten Dummkopf zu tun. »Wie soll das möglich sein, Herr Neumann? Ich habe Ihnen doch schon gesagt, dass er tot ist.«

Rasch trank Horace aus und dankte dem vierschrötigen Schankkellner. Als er das Erin verließ, drehte sich in seinem Kopf alles – teils eine Folge des guten irischen Whiskys, teils des Wissens, auf das er durch bloßen Zufall gestoßen war. Kein Wunder, dass sich Michael O'Flynn an Bord der *Boston* von allen fern gehalten hatte. Horace hatte also mit Recht vermutet, dass er etwas zu verbergen hatte und nicht wollte, dass sein Geheimnis in Neusüdwales bekannt wurde. Er war auf der Flucht vor dem Henker!

Er lächelte still vor sich hin. Bei der nächsten Pokerrunde mit Michael Duffy würde er die Trümpfe in der Hand halten.

Daniel Duffy, der Vetter des Iren, den man für tot hielt, lag auf den Kissen des Doppelbetts und bewunderte das im hellen Licht der Laterne rötlich schimmernde lange Haar seiner Frau, das diese, auf der Bettkante sitzend und laut zählend, mit einer Perlmuttbürste bearbeitete.

Geduldig wartete er, bis sie »hundert« sagte, worauf sie sich zu ihm zwischen die Laken legte. Die Wärme des heißen Sommertages war schon verflogen, und die Laken fühlten sich angenehm kühl an. »Was haben die Jungen eigentlich über die Herkunft der amerikanischen Silberdollars gesagt?«, fragte er, während sie das Laken hochzog.

»Sie behaupten, ein einäugiger Amerikaner hätte ihnen das Geld heute Morgen in Frazer's Park gegeben«, sagte sie und drängte sich an ihren Mann. »Die Geschichte klingt sonderbar, aber ich glaube, sie sagen die Wahrheit.«

Charmaine, die sich ärgerte, dass sie keine so schöne Münze wie ihre Brüder bekommen hatte, hatte der Mutter gepetzt, worauf sich Colleen ihre Söhne vorgenommen und ihnen mit der Feinfühligkeit eines Dschingis Khan auf seinem Raubzug durch die Steppen Russlands so lange zugesetzt hatte, bis Martin von dem Zusammentreffen mit dem Amerikaner berichtete. Zwar hatte ihm Patrick einen drohenden Blick zugeworfen, weil er ihren Eid gebrochen hatte, doch galten Eide nicht, wenn man von der Mutter hochnotpeinlich befragt wurde. Immerhin durften die Jungen die Dollars behalten. Colleen brachte es nicht übers Herz, ihnen das kleine Vermögen zu nehmen. Sie hatten brav versprochen, von dem Geld Weihnachtsgeschenke für die ganze Familie zu kaufen.

»Der Amerikaner hat von den beiden verlangt, keinem was von der Begegnung zu sagen«, erklärte sie. »Deine Mutter war bei mir, als mir Martin den Mann beschrieben hat …« Sie hielt inne, als sei sie unsicher, ob sie fortfahren sollte oder nicht. »Dann ist was ganz Sonderbares passiert … Sie ist fast in Ohnmacht gefallen und hat sich von Martin Wort für Wort alles wiederholen lassen, was der Amerikaner zu ihnen gesagt hat.« Colleen wusste nicht recht, wie sie fortfahren sollte, weil all das keinen rechten Sinn ergab. »Deine Mutter sagt, die Jungen hätten mit Michael Duffy gesprochen. Michaels Geist wäre aus der Ferne gekommen, wo er sonst unruhig umherzieht.«

»Geister sprechen nicht mit amerikanischem Zungenschlag«, sagte Daniel. Damit war für ihn diese Deutung der Begegnung der Jungen mit dem Amerikaner erledigt. »Und sie geben auch niemandem Silberdollars. Höchstwahrscheinlich ist es ein Seemann, der früher einmal im Erin war.«

»Daniel?«

»Ja?«

»Ich glaube, du solltest mit deiner Mutter reden«, sagte Colleen mit besorgter Stimme. »Und sieh zu, dass sie sich diesen verrückten Gedanken aus dem Kopf schlägt. Meiner Ansicht nach ist es nicht gut, wenn sie weiterhin glaubt, dass die Jungen dem Geist von Patricks Vater begegnet sind. Du solltest mal mit ihr reden.«

»Das tue ich«, seufzte er. »Gleich morgen früh.«

In jener Nacht hatte Daniel unruhige Träume. Als er in den frühen Morgenstunden erwachte, waren die Laken von Schweiß getränkt. Dieses verdammte Altweibergewäsch über Geister! Er saß in dem dunklen Raum und versuchte, die beunruhigende Erinnerung an seinen Traum zu verdrängen. Er würde unbedingt seine Mutter überzeugen müssen, dass man es keineswegs mit Michaels Geist zu tun hatte, allein schon, damit sich dieser verdammte Traum nicht wiederholte.

Andererseits hatten die Frauen in der Familie Duffy unbestreitbar ein ausgesprochen unmittelbares Verhältnis zum Übersinnlichen. Seine Mutter und seine Kusine Kate hatten nicht den geringsten Zweifel an der Existenz von Mächten jenseits der wirklichen Welt. Daniel hingegen war als gebildetem Menschen klar, dass es sich dabei um nichts weiter handelte als den keltischen Aberglauben, der auf eine Zeit zurückging, in der man noch keine Möglichkeit hatte, die Dinge naturwissenschaftlich zu erklären.

Als er seiner Mutter am nächsten Morgen gegenübertrat und ihr mit Vernunftgründen klarzumachen versuchte, dass der Amerikaner keinesfalls Michaels Geist, sondern irgendein Fremder gewesen war, der mit dem Jungen ein freundliches Gespräch geführt hatte, lächelte sie lediglich wissend und tätschelte ihm herablassend die Wange. Er wusste, es war Zeitverschwendung, ihr mit Vernunftgründen beikommen zu wollen, und so schüttelte er bloß verzweifelt den Kopf. Es würde ihn gar nicht wundern, wenn man ihm als Nächstes mitteilte, die Wichtel hätten in den Hinterzimmern des Erin Einzug gehalten.

Er ging und überließ seine Mutter dem Glauben, dass Michael Duffy aus dem Grabe auferstanden war. Zumindest hatte er mit ihr gesprochen, wie Colleen es verlangt hatte.

Er tat Bridget Leid. Jammerschade, er war ein so kluger Junge, aber außerstande zu begreifen, dass es außer der Welt auf der Erde noch andere Welten gab. Könnte er doch nur glauben, dass Michael zurückgekehrt war! Seine arme Seele musste Höllenqualen leiden, wenn er nach denen suchte, die er einst geliebt und verlassen hatte.

Sie weckte die Jungen, damit sie mit zur Kirche kamen. Der kleine Martin fand es herrlich, dort zu knien und den geheimnisvollen Klängen der lateinischen Messe zu lauschen. Patrick stellte sich krank, doch mitleidlos ging Bridget über diesen Versuch hinweg, den Kirchgang zu schwänzen. Während er sich theatralisch stöhnend im Bett wand, schimpfte sie über seinen mangelnden Glauben. Was sollten die braven Patres denken, wenn sie wüssten, dass einer ihrer Schüler nicht bereit war aufzustehen, um zur Kommunion zu gehen!

Als alle fertig waren, gingen sie zur Kirche. Ihren Vertretern war es nicht gelungen, die heidnischen Vorstellungen aus Bridgets keltischer Vergangenheit auszumerzen. Tausend Jahre unerschütterlich gepredigte katholische Lehre hatten nicht vermocht, den Geisterglauben zu vertreiben. Die Todesfee nahm in der Seele der Iren einen gleichberechtigten Platz neben der Überzeugung ein, dass der heilige Patrick einst in höchsteigener Person die Schlangen von der Smaragdinsel vertrieben hatte.

15

Niemand hätte in der Kate O'Keefe, die im winzigen Kontor der Bank von Neusüdwales in Cooktown saß, ohne weiteres die Ochsengespannführerin erkannt, als die sie noch einige Wochen zuvor in Männerkleidung durch das Land gezogen war. Jetzt wirkte sie gepflegt und trug ein hellblaues Kleid, das bei jeder Bewegung raschelte. Ihr langes dunkles Haar war zu einer Frisur aufgetürmt, die ihren schlanken Hals besonders gut zur Geltung kommen ließ. Lediglich das gebräunte Gesicht wies auf ein Leben außerhalb der Salons hin.

Der Mann, der hinter dem Schreibtisch über großen Kontobüchern mit endlosen Zahlenkolonnen saß, war das Musterbild eines Bankiers. Er trug einen Anzug mit Weste, der sich eher für das kühle Klima des australischen Südens geeignet hätte, rückte von Zeit zu Zeit die Brille auf der Nasenspitze zurecht und zupfte sich immer wieder am Ohrläppchen. Obwohl Mister Dixon noch nicht ganz vierzig Jahre alt war, durchzogen graue Fäden die breiten Koteletten zu beiden Seiten seines Gesichts, ein Hinweis auf die anstrengende Verantwortung, die im nördlichen Grenzgebiet Australiens auf seinen Schultern lastete. Bei den Zahlen in seinen Kontobüchern, die wie gestochen aussahen, ging es vorwiegend um die riesigen Mengen Gold in seinem Tresorraum und um Darlehensbeträge.

Unruhig sah Kate zu dem Mann hin, der sich mit gerunzelter Stirn über die Bücher beugte. Fast hätte man sie für ein Schulmädchen halten können, das seinem Zeugnis entgegenbangt. Schließlich hob er den Blick mit der Andeutung eines Lächelns. »Ich habe gute Nachrichten für Sie, Missus

O'Keefe«, sagte er und lehnte sich in seinem Sessel zurück. »Das Gold ist eingetauscht worden, und ich darf Ihnen mitteilen, dass die auf Balaclava lastende Hypothek nahezu getilgt ist.« Kate stieß einen Seufzer der Erleichterung aus; fast war ihr ein wenig schwindelig. »Trotzdem sind Sie noch nicht aus allen Schwierigkeiten heraus«, fügte er mit einer Stimme hinzu, die nichts Gutes verhieß, »bei Ihren anderen Anlagen sieht es teilweise nicht so gut aus, und es ist möglich, dass Sie Ihren Finanzierungsplan ändern müssen, um die Investitionen zu sichern. Dazu könnte es unter Umständen nötig sein, Balaclava doch zu verkaufen.«

Kate merkte, wie ihr Hochgefühl in Pessimismus umschlug. Ihre Freunde, das Ehepaar Cohen, hatten sie schon gemahnt, sich nicht zu übernehmen, aber sie hatte deren Befürchtungen in den Wind geschlagen, weil sie unbedingt an den Goldgräbern verdienen wollte. Sie konnte sich nicht vorstellen, Balaclava aufzugeben, denn der Besitz stieß unmittelbar an Glen View, das nach wie vor der Familie Macintosh gehörte. Kate hatte sich vor Jahren geschworen, eines Tages das Stück Erde, in dem ihr geliebter Vater in einem nicht gekennzeichneten Grab ruhte, zu besitzen. »Sagen Sie mir doch ganz offen«, bat sie Mr. Dixon, »wie meine finanzielle Gesamtsituation aussieht.«

Der Bankier lächelte breit. »Ausgesprochen günstig, Missus O'Keefe. Immer vorausgesetzt, Sie brauchen keine liquiden Mittel. Sie können im Augenblick Verluste bei Ihren anderen Anlagen ohne weiteres verschmerzen, solange Sie schlechtem Geld kein gutes hinterherwerfen. Vielleicht sollten Sie auch bei der Unterstützung wohltätiger Einrichtungen da oben etwas weniger großzügig sein.«

Er sprach dies Thema ungern an. Nur er und Kate wussten, in welchem Maße die beträchtliche Summe, die sie zur Unterstützung der Angehörigen in Not geratener Goldgräber aufwandte, ihre Liquidität belasteten. Lebensmittel und Medikamente kosteten im fernen Norden viel Geld, und bislang hatte sie das Notwendige immer ausgegeben ohne zu rechnen.

Wie viele andere Bewohner der Kolonie kannte auch Dixon

die Geschichte, die man sich über die schwangere Siebzehnjährige erzählte, die im Jahre '63 in den Norden gekommen war. Statt aber dort wie geplant einen Gasthof einzurichten, hatte sie Mann und Kind verloren und einige Jahre als Schankhilfe in einem Gasthof von Rockhampton gearbeitet, bis ihr durch das Erbe eines alten Gespannführers die nötigen Mittel in den Schoß gefallen waren, um ihr eigenes Finanzimperium zu begründen. Die meisten jungen Frauen wären mit dem beträchtlichen Nachlass nach Sydney oder Melbourne gegangen, wo sie behaglich von dessen Erträgen hätten leben können. Nicht aber die legendäre Kate O'Keefe. Sie hatte sich mit dem jüdischen Kaufmann Solomon Cohen und dessen Frau Judith zusammengetan und im Schweiße ihres Angesichts und gegen alle Widerstände ihr Unternehmen aufgebaut. In Gedanken nannte der Bankier die schöne junge Frau »Königin des Nordens«. Es war unmöglich, sie nicht zu bewundern.

»Trotz allem, was Sie sagen, laufen die Ausgaben für die Angehörigen der Goldsucher weiter«, gab Kate gelassen zur Antwort.

»Ich habe mir schon gedacht, dass Sie das sagen würden, Missus O'Keefe«, seufzte Dixon ergeben, »und habe daher die Unterlagen vorbereitet, mit denen Sie einen kleineren Teil Ihres Barvermögens auf das entsprechende Konto übertragen können. Ich glaube nicht, dass Sie das im Augenblick übermäßig belastet.«

»Gut«, sagte Kate. »Außerdem möchte ich einen Betrag auf ein Konto ›Ironstone Mountain‹ überweisen, das noch eröffnet werden muss.«

»Ironstone Mountain?«, fragte Dixon verwirrt. »Davon habe ich, glaube ich, noch nichts gehört.«

»Es handelt sich um ein Gebiet, das die Archers aus Rockhampton vor einer Weile an den Quellflüssen des Dee entdeckt haben. Ich habe davon erfahren, als ich in Rockhampton gearbeitet habe.«

»Was interessiert Sie denn daran, wenn ich fragen darf?«

»Berge faszinieren mich einfach«, gab Kate zur Antwort. »Ich habe so ein Gefühl, es könnte sich lohnen, Ironstone Mountain einmal näher ins Auge zu fassen.« Sie wusste selbst nicht recht, warum sie auf diesen Berg verfallen war, der in relativ geringer Entfernung westlich von Rockhampton lag. Luke hatte so oft über Gebiete gesprochen, in denen sich die Goldsuche lohnen könnte, dass sie sich möglicherweise von seiner Sucht nach dem von ihm so heiß begehrten Metall hatte anstecken lassen. Oder war ihr die Idee gekommen, ihm etwas zu schenken, das ebenso kostbar war wie die Liebe, die sie für ihn empfand? »Ich kenne einen Mann, der über die nötige Erfahrung verfügt, das Gebiet zu erkunden«, sagte sie. »Möglicherweise findet er dort etwas, das die Mühe lohnt.«

Es entging Kate nicht, dass Dixon als stummen Ausdruck seiner Missbilligung die buschigen Brauen hob. Ihre impulsive Handlungsweise beunruhigte sie selbst ein wenig. Aber das war nur eine von vielen riskanten Entscheidungen, denn auch früher war sie einem Wagnis nicht aus dem Weg gegangen. »Ich kümmere mich darum«, sagte Dixon widerstrebend. »Hoffentlich belastet das Ihre Liquidität nicht noch stärker.«

»Danke, Mister Dixon«, sagte Kate und erhob sich mit raschelnden Röcken. »Ich weiß mein Geld bei Ihnen in guten Händen.« Er quittierte ihr Kompliment mit verlegenem Lächeln.

Kate trat aus der Bank auf die Straße mit ihrem lebhaften Treiben. Einen seiner übel riechenden Stumpen im Mundwinkel, lehnte Luke mit verschränkten Armen an einem Verandapfosten und sah den hin und her eilenden Bewohnern des Städtchens zu. Als er sich umwandte und Kate erkannte, die auf ihn zutrat, warf er den Stumpen in den Straßenstaub.

»Alles in Ordnung?«, fragte er mit zusammengezogenen Brauen.

»In bester Ordnung«, erwiderte sie mit breitem Lächeln. »Noch muss ich nicht ins Armenhaus.«

»Gut.«

Während sie die Charlotte Street entlanggingen, überlegte Kate hin und her, ob sie Luke sagen sollte, was sie in der Bank erfahren hatte. Es stand nicht alles zum Besten. Wenn ein größerer Gläubiger sein Darlehen aufkündigte, konnte das den Verlust des Besitzes Balaclava bedeuten.

Sie sah zu ihm hin. Seit ihrer beider Eintreffen in Cooktown hatte er mit keinem Wort davon gesprochen, dass er zu den Goldfeldern am Palmer ziehen wolle. Er verdiente sich seinen Lebensunterhalt mit Gelegenheitsarbeiten und verbrachte die Nächte am Rande der Ortschaft in einer kleinen Zeltstadt, die durchziehenden Goldsuchern als Unterkunft diente. Zwar hatte Kates Vorhaben, am Ironstone Mountain nach Bodenschätzen zu suchen, auch eine finanzielle Seite, doch ebenso hatte es mit dem zu tun, was sie für den Mann empfand, der jetzt mit ihr auf dem Weg zu ihrem Laden war.

Hoffentlich sah er das dafür nötige Geld nicht als Geschenk an, denn das würde seinen ausgeprägten Stolz tief verletzen. Auf dem Rückweg nach Cooktown hatte er mit ihr über seinen Plan gesprochen, tropentaugliches Vieh zu züchten, zugleich aber eingeräumt, in Montana kein besonders guter Viehhirte gewesen zu sein. Andererseits, hatte er munter hinzugefügt, machte es natürlich einen Unterschied, ob man sich um seine eigene Zucht oder die Tiere anderer kümmere. Lächelnd hatte Kate seine Zuversicht zur Kenntnis genommen. Immerhin war er nicht ganz ohne Ehrgeiz.

Aber sie durfte sich nichts vormachen. Männer wie Luke Tracy waren dazu geboren, ferne Horizonte zu erkunden, und wer einen solchen Mann liebte, musste auch seine Nomadenseele lieben. Sie war nicht sicher, ob sie dazu rückhaltlos bereit war. Wenn sie es wäre, müsste sie auch damit rechnen, wieder einen schmerzlichen Verlust hinnehmen zu müssen. Allmählich kam es ihr so vor, als würde ihr immer wieder genommen, was sie liebte.

»Ich habe dir einen Vorschlag zu machen«, sagte sie schließlich, als sie den Laden schon fast erreicht hatten. »Ich habe mit Mister Dixon gesprochen und ihn gebeten, dir Mittel zur Verfügung zu stellen, damit du am Ironstone Mountain schürfen kannst.«

Luke blieb stehen und wandte sich ihr zu. »Ich kenne den Berg«, sagte er überrascht. »Er ist ganz nahe bei Rockhampton. Ich habe ihn mir schon mal angesehen.«

»Aber warst du schon mal auf ihm?«, fragte sie.

Er runzelte die Stirn, dann aber trat ein Lächeln auf sein Gesicht. »Eigentlich nicht.« Er fasste Kate bei den Ellbogen. »Bist du tatsächlich bereit, bei dieser Sache einen mittellosen Goldsucher zum Teilhaber zu machen?«

»Warum nicht?«, gab sie zurück. »Immerhin wärst du ja fast der Erste gewesen, der Anspruch auf die Goldfelder am Palmer hätte erheben dürfen.«

Während sie ihren Weg fortsetzten, merkte Kate, wie aufgeregt er war. Ein Glücksgefühl durchströmte sie. Ja, sie hatte richtig gehandelt.

»Weißt du, dass ich mir schon mal überlegt hatte, ob man sich den Berg näher ansehen sollte? Hätte ich es doch getan!«

Er blieb stehen und sah Kate in die Augen. »Ich hab ein gutes Gefühl dabei. Deine Investition zahlt sich bestimmt aus.« Mit einem Mal legte sich seine Erregung. »Aber dann müsste ich ja von dir fort, Kate. Ich glaube nicht, dass ich das je wieder fertig brächte.«

Sie strich ihm über die Wange und drängte ihre Tränen zurück. »Wie ich dich kenne, bist du geboren, nach dem zu suchen, was die Erde verbirgt. Wenn wir getrennt sind, kann ich nachts zu den Sternen emporsehen und weiß dann, dass wir denselben Himmel vor Augen haben. Mir ist klar, dass du erst dann zufrieden sein wirst, wenn du dein Eldorado gefunden hast.«

»Ich verstehe, warum du das tust, Kate«, sagte er tief beeindruckt. »Und ich liebe dich dafür umso mehr.«

»Ich mach das nur, weil ich hoffe, dass für mich dabei was rausspringt«, sagte sie lachend, wobei sie mit den Tränen kämpfen musste. »Ich bin überzeugt, dass ich den besten Goldsucher in den Kolonien in Dienst genommen habe, und das bedeutet für die Firmengruppe Eureka sicher einen Gewinn.«

»Den bekommst du«, gab er ohne falsche Bescheidenheit zurück. »Ich lass dich nicht im Stich, Kate O'Keefe.«

Sie hängte sich für den Rest des Weges bei ihm ein.

Jennifer wusste, wie Ben zu ihr stand. Seit sie in Cooktown waren, hatte der junge Mann jeden Vorwand genutzt, ihre

Nähe zu suchen. Seine Gegenwart war ihr unbehaglich, obwohl auch sie etwas für ihn empfand. Unter anderen Umständen hätte sie diese Empfindungen als Liebe bezeichnet, aber Liebe gab es nur zwischen einer anständigen Frau und einem anständigen Mann, und Ben war ein anständiger Mann und sie eine schlechte Frau.

Jennifers kühle Zurückhaltung war Ben nach ihrer gefühlsbeladenen Umarmung vor dem Kampf mit den Stammeskriegern unerklärlich. Sie tat, als wäre zwischen ihnen nichts vorgefallen. Auch wenn er verwirrt und verletzt war, dachte Ben nicht daran, sich geschlagen zu geben. Er wusste nur eines: Er liebte Jennifer Harris mehr als je eine Frau zuvor. Allerdings hatte er im eigentlichen Sinne des Wortes noch keine Frau geliebt.

Er stand in der kleinen heißen Küche von Kates Unterkunft in Cooktown und sah Jenny zu, die über einen großen runden Zuber gebeugt Geschirr wusch. Sie ging so in dieser Arbeit auf, dass sie seine Anwesenheit gar nicht bemerkte. Angesichts der letzten Monate ihres an widerwärtigen Erlebnissen reichen Lebens sah sie die Arbeit, die sie für Kate tat, nicht als lästige Pflicht an. Sie brauchte sich nicht mehr vor Vergewaltigung zu fürchten und auch keine Sorge mehr um das Leben ihres Sohnes zu haben. Das Leben unter Kates Dach hatte ihr gezeigt, wie angenehm es war, mit anderen zusammenzuleben und füreinander zu sorgen. Selbst ihr Sohn Willie war aus seiner Zurückgezogenheit herausgekommen und spielte mit Kates Adoptivkindern in der Sonne.

Zwischen ihm und dem kleinen Tim war eine feste Freundschaft entstanden. Da nicht nur Peter oder Gordon, sondern auch Sarah nichts von den beiden wissen wollte, war der eine in der Gesellschaft des anderen glücklich. Das gefiel Jenny ebenso wie Kate, die sich lange darüber gegrämt hatte, dass die drei anderen Tim nicht in ihrem Bund aufnehmen wollten.

»Jenny«, sagte Ben leise. Verblüfft wandte sie sich ihm zu. »Könnte ich mal mit dir sprechen?«

Sie wischte sich die Hände an der Schürze ab. »Natürlich«, sagte sie mit freundlichem, aber distanziertem Lächeln.

»Ich hatte gedacht, wir könnten zum Fluss runtergehen und uns die Schiffe ansehen«, sagte er hoffnungsvoll. »Es ist hübsch da unten.« Jenny löste ihre Schürzenbänder, was Ben so deutete, dass sie seine Einladung annahm. Während sie sich das abgetragene, aber saubere Kleid glatt strich, folgte sie ihm aus der Küche.

In befangenem Schweigen gingen sie nebeneinander her. Zwischen ihnen knisterte eine Spannung, als wäre beiden klar, warum Ben in die Küche gekommen war. Weder er noch sie schienen die Menschen wahrzunehmen, an denen sie vorüberkamen. Man hätte glauben können, sie folgten einer brennenden Lunte, die zu einem Pulverfass am Ufer des Endeavour führte. Als sie ihn schließlich erreichten, setzte sich Ben auf eine kleine Lichtung, an deren Rand Mangroven mit ihren knotigen Wurzeln bis in den Sand und Schlamm des tropischen Gewässers reichten. Durch die Bäume konnten sie große Schiffe aller Art vor Anker liegen sehen und auch die kleinen Boote, die zwischen ihnen umherfuhren.

Jenny setzte sich neben ihn auf den ausgebreiteten Rock ihres langen Kleides und betrachtete die zahlreichen Wasserfahrzeuge. Beiden war klar, dass die Lunte den Rand des Pulverfasses erreicht hatte.

»Ich liebe dich, Jenny«, sagte Ben und löste damit die Explosion aus. »Schon, seit ich dich am Palmer zum ersten Mal gesehen habe.«

»Das geht nicht«, sagte sie mit gequälter Stimme. »Ich bin keine Frau, die ein anständiger Mann lieben sollte.«

Ben wandte sich ihr zu, und sie erkannte in seinem Gesicht einen tiefen Schmerz, ähnlich dem ihren. »Warum soll das nicht gehen, Jenny? Für mich bist du die schönste Frau auf der Welt. Ich habe noch nie eine gesehen, die so schön ist wie du.«

»Wie könntest du das hier lieben?«, fragte sie mit wilder Miene und schob ihre langen Haare beiseite, damit er das erdbeerförmige Mal auf ihrer Wange sehen konnte. »Wie könnte ein Mann eine Frau lieben, die so aussieht?« In Bens Augen brannte die Sehnsucht, dass sie dem, was er jetzt sagen würde, unbedingt Glauben schenkte. Jenny ertrug es nicht, ihn so gequält zu sehen, und senkte den Kopf. Dabei fiel ihr das lange goldene Haar wieder über das Gesicht.

Er strich es sacht beiseite. Sie leistete ihm keinen Widerstand. »Das ist mir egal«, sagte er leise. »Ich weiß nur, dass ich immer mit dir zusammen sein will, solange ich lebe. Ich möchte dich heiraten.«

Tränen traten ihr in die Augen, und sie schlug sich die Hände vor das Gesicht. »Ich kann dich nie heiraten«, schluchzte sie. »Ich kann nie einen Mann heiraten. Ich bin eine schlechte Frau.«

»Das spielt für mich keine Rolle«, sagte Ben sanft. »Nichts spielt für mich eine Rolle außer dem, was ich jetzt sehe und weiß.«

Jenny hörte auf zu schluchzen und wandte sich ihm voll Bitterkeit zu. »Du hast ja keine Ahnung, wovon du redest, sonst würdest du schreiend vor mir davonlaufen.«

Er wusste nicht, worauf sie anspielte, obwohl ihm Kate auf dem Weg nach Cooktown zu verstehen gegeben hatte, dass die junge Frau Dinge erlebt hatte, über die man am besten nicht sprach. Jetzt aber fragte er sich doch, ob ihre Vergangenheit von Bedeutung war. Er holte tief Luft und wiederholte: »Für mich spielt das alles keine Rolle; nur du bist wichtig.«

»Und was ist mit Willie? Würdest du das auch sagen, wenn du wüsstest, wie er auf die Welt gekommen ist?«

»Ist mir egal«, beharrte Ben störrisch. »Für mich ist nur wichtig, was ich für dich und Willie empfinde. Und das, was du damals zu mir gesagt hast, als wir gegen die Schwarzen gekämpft haben. War dir das denn nicht wichtig?«

Jenny wischte sich mit dem Handrücken die Tränen ab. Sie zitterte, und Ben legte ihr einen Arm um die Schultern. Sie sahen einem winzigen Vogel zu, der gleich einem Kolibri über den Blüten eines Baumes am Ufer schwebte und, den langen Schnabel tief in sie hineingetaucht, Nektar aus ihnen saugte. Sein schwarz-goldenes Gefieder blitzte in der Sonne.

»Es war mir ernst mit dem, was ich gesagt habe«, gab sie ruhig zur Antwort. »Aber das war damals, und jetzt ist jetzt.

Du und ich können nie in einer Stadt zusammen sein, wo die Leute darüber reden werden, wie du dazu kommst, eine Frau wie mich zu heiraten.«

»Ich will nicht in einer Stadt leben«, sagte Ben ihr ins Ohr. »Ich spare, damit ich ein Stück Land im Süden am Flinders-Fluss pachten kann. Da will ich Vieh züchten und kann Fleisch für die Goldfelder liefern. Kate hilft mir im nächsten Jahr mit etwas Geld aus. Sie hat gesagt, es lohnt sich für mich mehr, wieder für sie zu arbeiten, statt am Palmer nach Gold zu suchen.«

Jenny konnte diese zuversichtlichen Worte fast auf ihrer Wange spüren. Zum ersten Mal, seit sie aus Kates Haus getreten war, schenkte sie ihm ein leichtes Lächeln. »Du liebst mich ja wirklich«, sagte sie. »Du würdest mich als deine rechtmäßige Ehefrau mitnehmen, die für dich arbeiten kann?«

»Ich hab sogar schon einen Namen für das Stück Land«, sagte er, und ein breites Lächeln legte sich auf sein von der Sonne verbranntes Gesicht. »Ich nenne es Jerusalem.«

»Warum einen Namen aus der Bibel?«, fragte sie. »Haben da nicht die Juden gelebt?«

Ben senkte den Kopf und sah trübselig auf den Fluss, bevor er antwortete: »Ich bin Jude. Zumindest sagt meine Mutter das. Aber sie hat mir nie viel darüber erzählt. Ich weiß nur, dass die Christen uns nicht mögen. Ihrer Überzeugung nach haben wir ihren Heiland umgebracht.«

»Mir ist egal, ob du Jude bist«, sagte Jenny und nahm seine Hand. »Bestimmt hättest du unseren Heiland nicht umgebracht, wenn du dabei gewesen wärest, und ich weiß sowieso nicht viel vom Christentum.« Sie sahen einander an und brachen in Lachen aus. Die Splitter der Detonation waren um sie herum zu Boden gegangen, ohne ihnen ein Haar zu krümmen. Jenny beugte sich zu Ben hinüber und küsste ihn auf den Mund. »Ich hab dich von Anfang an geliebt«, sagte sie. »Schon wie du da am Feuer gesessen und zu mir hergesehen hast. Deine Augen waren freundlich, nicht wie die von den anderen Männern in meinem Leben, die mir nichts als Schmerz zugefügt haben. Ich hab mich geborgen gefühlt, als du mich angesehen hast.«

»Du musst mir nicht sagen, was mit dir passiert ist, bevor wir uns kennen gelernt haben«, sagte Ben. »Das ist vorbei. Was zählt, ist das Jetzt. Ich denke, wir sollten heiraten und ein Stück Land am Flinders-Fluss pachten.«

Jenny umschlang ihn und drückte ihn an sich. »Das wollen wir tun«, sagte sie und empfand zum ersten Mal, seit sie sich erinnern konnte, wahre Liebe, das unbekannte Gefühl, von dem sie immer angenommen hatte, dass es existierte – vor dem sie aber Angst gehabt hatte, weil sie befürchtete, es könne ihr wehtun.

An jenem Abend ging sie zu Kate und berichtete ihr von der Liebe, die sie und Ben für einander empfanden. Kate umarmte sie herzlich und wünschte ihnen alles Gute für die Zukunft.

Als Kate wieder allein war, dachte sie über diese Mitteilung nach. Es war eine gute Verbindung. Sie hatte in der jungen Frau schon immer eine großartige Kraft gespürt, die nur wenige besaßen. Sie war lediglich zum Teil verborgen gewesen. Jenny würde Ben bestimmt eine wunderbare Frau sein und ihm in guten und schlechten Zeiten zur Seite stehen. Kläglich fragte sie sich, warum es zwischen ihr und Luke nicht ebenso sein konnte. Ein leises Stimmchen sagte ihr, dass sie ihrem Herzen mehr trauen müsse als ihrem Verstand. Aber in ihrem arbeitsreichen Leben regierte der Verstand, da musste sich das Herz mit dem zweiten Platz begnügen.

16

Miss Gertrude Pitcher hatte nicht viel für Mister Granville White übrig. Sie war eine strenge Frau mit silbergrauem Haar und ständig verkniffenem Gesicht, die fest umrissene Vorstellungen von der Erziehung junger Damen hatte. Schon eine ganze Weile hatte sie den Eindruck, als stimme mit dem Vater der Mädchen etwas nicht. Wann immer er sich in deren Nähe aufhielt, umgab ihn eine Atmosphäre des Bösen, etwas, das nicht recht greifbar war. Aus Sorge, man könne es ihr schlecht vergelten, wagte sie nicht, ihre Bedenken Mrs. White gegenüber zu äußern, doch war sie bereit, alles in ihrer Macht Stehende zu tun, um die Mädchen vor Schaden zu bewahren.

Jetzt stand sie im Salon des Hauses vor ihrem Dienstherrn und warf einen unruhigen und argwöhnischen Blick auf Mister White und das dreiste junge Mädchen neben ihm, das ihren Blick herausfordernd erwiderte.

»Mary ist eine kleine Freundin, die ich für Dorothy ins Haus geholt habe«, sagte er ein wenig zu beiläufig für Miss Pitchers Geschmack. Das in ein billiges Fähnchen gekleidete Mädchen sah nicht aus wie eine junge Dame, sondern eher wie eine der Schlampen aus Sydneys Arbeitervorstädten. Ihr langes dunkles Haar fiel lose auf die Schultern, und hinter ihren engelsgleichen Zügen schien sich eine frühreife Kenntnis der Welt zu verbergen. »Sie und meine Tochter Dorothy«, fuhr er fort, »werden heute Nachmittag eine gewisse Zeit mit mir in der Bibliothek zubringen. Holen Sie bitte Dorothy, Miss Pitcher.«

Sie hätte keinen Grund für das Unbehagen anführen können, das sie empfand, außer dass Mrs. White während der nächsten beiden Tage nicht im Hause sein würde, weil sie mit ihrer jüngeren Tochter Helen Bekannte in Camden besuchte. Dorothy war in Miss Pitchers Obhut zurückgeblieben. Sie fieberte ein wenig und man mochte ihr daher die Fahrt mit der Kutsche aufs Land nicht zumuten. Aber warum sorgte sie sich, überlegte Gertrude stirnrunzelnd, während ihre weibliche Einfühlungsgabe ihr deutlich sagte, dass etwas nicht stimmte. »Finden Sie nicht Miss Mary als Freundin für Miss Dorothy möglicherweise ein wenig zu alt?«, fragte sie kalt. »Miss Mary scheint mir …«

»Miss Mary ist elf Jahre alt und meine Tochter neun, Miss Pitcher«, schnitt ihr Granville mit der Autorität des Hausherrn eilig das Wort ab. »Ich denke, als Dorothys Vater kann ich über die Freundschaften meiner Töchter entscheiden. Meinen Sie nicht auch, Miss Pitcher?«

»Sehr wohl, Mister White«, räumte Gertrude zögernd das Feld. »Ich werde Miss Dorothy holen.« Sie wandte sich um und rauschte hoheitsvoll aus dem Raum, wie es ihr als Erzieherin einer heranwachsenden jungen Dame aus gutem Hause zustand.

Granville schnitt hinter ihrem Rücken eine wütende Grimasse. Er würde sich einen Grund für ihre Entlassung überlegen müssen, wenn sie weiterhin so unverschämt war. Die Frau wusste einfach nicht, was sich gehörte.

Unsicher stand Dorothy in der Bibliothek. Normalerweise durfte sie dort nicht hinein, und die Aufforderung, diesen geradezu heiligen Raum zu betreten, verursachte ihr Unbehagen. Granville lächelte seiner Tochter zu, als Miss Pitcher die Tür hinter ihr schloss. Er erhob sich hinter seinem Schreibtisch, um den Raum zu durchqueren, und musste dabei unwillkürlich denken, wie sehr die Kleine seiner Schwester Penelope im selben Alter ähnelte. Sie hatte die gleichen goldenen Löckchen wie sie und war von der gleichen exquisiten Schönheit. Er nahm ihre Hand und führte sie zum großen Ledersofa hinüber.

»Hab ich was falsch gemacht, Papa?«, fragte die Kleine mit zitternder Stimme, als er sich auf das Sofa setzte.

»Nein, mein Kind«, antwortete er mit angespannter Stimme und nahm sie beruhigend in den Arm. »Du bist hier, weil du ein braves Mädchen bist, mein kleiner Schatz.«

Am liebsten hätte Dorothy vor Erleichterung geweint. Sie liebte den Mann, der ihr immer so fern und doch stets da gewesen war, um ihre Welt zu beschützen. Die beruhigenden Worte und die liebevolle Umarmung erfüllten sie mit Wohlgefühl. »Ich bin ein braves Mädchen, Papa«, sagte sie, erleichtert, weil sie offenbar nicht deshalb in den geheimnisvollen, düsteren und verbotenen Raum gerufen worden war, um für irgendwelche Übertretungen bestraft zu werden. »Ich hab dich lieb, Papa.«

»Das weiß ich, mein Schätzchen. Ich weiß auch, dass du keinem Menschen etwas über das sagen wirst, was wir hier zusammen spielen werden. Ganz gleich, was passiert. Denn wenn du das tust, muss ich dich bestrafen und für immer wegschicken. Dann siehst du deine Mutter und deine Schwester nie wieder. Hast du das verstanden?«

Verwirrt hörte Dorothy die mit sanfter Stimme gesprochene Drohung, und ihr ging auf, dass sie wohl doch etwas entsetzlich Schlimmes getan haben musste, wenn ihr Vater so aufgebracht war, obwohl sie keine Ahnung hatte, was das sein mochte. Ihr war klar, dass er Macht über sie hatte, und wenn er sagte, er werde sie fortschicken, würde er das auch tun.

Furchtsam sah sie zu ihm auf und begann vor Angst zu zittern. Am liebsten hätte sie geweint, wusste aber, dass sie das nicht durfte. Eine junge Dame, das hatte sie gelernt, zeigte ihre Gefühle nicht. Mit aschfahlem Gesicht sah sie ungläubig zu, wie sich das fremde Mädchen, das sich auch noch im Raum befand, auszog. Nach einer Weile stand sie nackt da und zeigte sich mit anzüglichem Lächeln. Dorothy wäre am liebsten aus dem Zimmer gelaufen und davongerannt. Entsetzt saß sie da und sah flehend um sich, hoffte, ihr Vater werde dem unerhörten Vorgang ein Ende bereiten. Doch beim Blick in seine Augen nahm sie den seltsam starren Ausdruck eines Menschen wahr, den sie nicht kannte. Es war, als hätte der Teufel den Vater mit sich fortgenommen. Der Mann, dem der Schweiß auf der Stirn stand und sie begehrlich ansah, war ihr ebenso fremd wie das Mädchen Mary, das jetzt auf sie zukam, sich vor sie hinkniete und ihr mit den Händen unter das Kleidchen fuhr.

»Was Mary mit dir tut, wird dir gefallen, mein Liebling«, sagte ihr Vater mit einer sonderbaren Stimme. Der Anblick der nackten Mary, die mit ihrem lockend gespreizten Hinterteil vor ihm kniete und seine Tochter berührte, steigerte seine Begierde. »Mary wird Sachen tun, die dir gefallen. Und Papa auch.«

Hilflos und mit immer größerem Entsetzen spürte Dorothy, wie die Hände des älteren Mädchens ihre Beine auseinander schoben und ihre Finger die verbotene Stelle berührten. Sie hätte am liebsten laut aufgeschrien. Wie war es möglich, dass der Mann, dem sie mehr vertraute als jedem anderen Menschen auf der Welt, von ihr fortgenommen wurde und der Teufel in seinen Körper fuhr?

Stöhnend vor Lust sah Granville zu, wie sich Mary mit seiner Tochter vergnügte. Wie leicht das geht, dachte er, während sie Dorothy mit lüsternen Worten streichelte. Es war ebenso einfach wie beim ersten Mal mit seiner Schwester vor vielen Jahren in England. Jetzt hatte er eine neue Penelope, die ihm zu Gefallen war. Es war so einfach. Ohne auf das Entsetzen seiner Tochter zu achten, knöpfte er sich die Hose auf.

Miss Gertrude Pitcher war immer stolz auf ihre unerschütterliche Selbstbeherrschung gewesen. Jetzt aber spürte sie, wie ihre eiserne Resolutheit dahinschwand. Was sie in Dorothys Zimmer gesehen hatte, kurz nachdem das Mädchen aus der Bibliothek zurückgekommen war, überstieg jede Vorstellung.

Granville saß selbstzufrieden in der Bibliothek und betrachtete sie mit den Augen eines Raubtiers, während sie versuchte ihr Entsetzen in Worte zu kleiden. »Man hat ... man hat ... Miss Dorothy ...« Sie konnte keine Worte für das finden, was sie im Zimmer der Kleinen gesehen hatte: ein Gesicht, in dessen Augen Schrecken standen, die nur der Teufel selbst hatte aus der Hölle heraufbeschwören können. Dem Kind musste etwas so Unsagbares widerfahren sein, dass sich Miss Pitcher fragte, ob Dorothy, die jetzt zusammengekrümmt auf ihrem Bett lag, je wieder sprechen würde.

»Niemand hat meiner Tochter ein Haar gekrümmt, Miss Pitcher«, gab Granville selbstsicher zurück. »Sie hat sich ein wenig erschreckt, weil ich sie bestrafen musste. Das ist alles. Ich hoffe, dass Sie sich das gut merken, damit Sie auch weiterhin in diesem Hause arbeiten können.«

Ungläubig sah Gertrude das Ungeheuer an, das ihr gegenübersaß. Wie konnte er so dreist lügen, wo alles unübersehbar darauf hinwies, dass er sich an seiner eigenen Tochter vergangen hatte? Dieser Mann, in dem sie bisher nicht nur ihren Dienstherrn gesehen hatte, sondern auch einen der besseren Herren der Kolonialgesellschaft, von dem man annahm, dass er zu gegebener Zeit in den Adelsstand erhoben würde – wie konnte er die Unschuld eines so sanften und zutraulichen Kindes zerstören, wie es die kleine Dorothy war?

In aller Ruhe öffnete Granville eine Schreibtischschublade und holte eine Schachtel erlesener kubanischer Zigarren heraus. So beiläufig, als befinde sich das aufgebrachte Kindermädchen nicht in der Bibliothek, steckte er sich eine an. »Es ist kein Wort mehr nötig, Miss Pitcher«, sagte er, stieß ein Rauchwölkchen aus und wandte sich wieder Gertrude zu, die steif dastand und nicht wusste, was sie sagen sollte. »Sollten Sie anderer Ansicht sein, will ich die Gelegenheit nutzen, Ihnen einen Rat zu erteilen, den Sie sich hoffentlich zu Herzen nehmen. Ich rate Ihnen, alle Ihrer schmutzigen Fantasie entsprungenen grundlosen Verdächtigungen für sich zu behalten.« Die Arme auf den Tisch gelegt, beugte er sich vor und sagte in scharfem Ton: »Sie werden sehen, dass Ihnen Dorothy nichts sagt, denn es gibt nichts zu sagen. Auf keinen Fall werden Sie meiner Gattin auch nur das Geringste über den heutigen Tag erzählen. Sollte sich das Kind in Zukunft ungewöhnlich verhalten, erwarte ich von Ihnen, dass Sie ihr dafür eine befriedigende Erklärung liefern können.«

Gertrude Pitcher fand die beispiellose Überheblichkeit des Mannes unfassbar. Wie konnte er annehmen, sie würde seine ungeheuerliche Tat decken, die das Kind in einen Zustand vollständiger Erstarrung getrieben hatte? »Ich werde Mrs. White meinen Verdacht mitteilen, sobald sie zurückkehrt«, sagte sie entschlossen. »Ich bin sicher, dass sie weiß, was zu tun ist.«

»Sie werden nichts dergleichen tun, Miss Pitcher«, sagte Granville, während er einem blauen Rauchkringel nachsah, der lautlos in der stillen Luft des Raumes aufstieg. »Sollten Sie unbegründete Anschuldigungen erheben, werde ich Sie mit Hilfe meines beträchtlichen Einflusses zugrunde richten. Möglicherweise werden Sie Opfer eines schrecklichen Unfalls. Das ist durchaus schon dem einen oder anderen in meiner Umgebung widerfahren.«

»Sie drohen mir, Mister White?«

»Ich drohe nicht, Miss Pitcher«, knurrte er. »Ich handle.«

Gertrude spürte, wie die Flamme seiner Bosheit ihre Seele mit tiefer Angst verbrannte. Was Mister White gesagt hatte, stimmte – Menschen in seiner Umgebung war Schlimmes zugestoßen. Sie schauderte. Im Augenblick war die Angst um ihr Leben größer als ihre Entrüstung.

Lächelnd sah Granville, wie der Ausdruck flammender Empörung auf dem Gesicht des strengen Kindermädchens dahinschmolz. Der ungeheure Reichtum, der ihm dank seines wachsenden Einflusses in den Unternehmen der Familie Macintosh zur Verfügung stand, gab ihm unbegrenzte Macht über Menschen wie sie und andere hergelaufene mittellose Gestalten. Doch war ihm auch klar, dass er sich ihres Schweigens sicher sein musste. Angst allein genügte dafür nicht.

Erneut griff er in die Schreibtischschublade. Diesmal nahm er ein Bündel Geldscheine heraus. Sein Wert entsprach dem Jahresgehalt des Kindermädchens. Angst und Habgier waren wertvolle Verbündete eines Mannes wie Granville White. Ihnen verdankte er seine Existenz. Er legte das Geld auf den Tisch und stieß mit dem Ende seiner Zigarre darauf. »Das gehört Ihnen, Miss Pitcher«, sagte er. »Sie dürfen damit tun, was Ihnen beliebt. Aber Sie sollten nicht vergessen, welche Bedingungen daran geknüpft sind.«

Gertrude öffnete den Mund, um etwas zu sagen, doch Granville hob die Hand und gebot ihr Schweigen. »Lassen Sie mich ausreden. Vor allem bleiben Sie in meinen Diensten, solange ich das wünsche. Damit schützen Sie – wie soll ich es sagen? – meine Interessen, was meine Liebe zu Dorothy betrifft, ganz gleich, wie sehr Ihnen die Art zuwider ist, in der ich diese Liebe ausdrücke. Seien Sie versichert, das Kind wird im Laufe der Zeit schätzen lernen, was wir miteinander tun, und es als unverfälschten Ausdruck meiner väterlichen Liebe betrachten. Ich muss wohl nicht eigens hinzufügen, dass ich mich ab sofort auf Ihre Unterstützung verlasse. Mehr habe ich nicht zu sagen. Ich gebe Ihnen jetzt Gelegenheit, in Ruhe über all das nachzudenken.«

Er stand auf und verließ an der erstarrten Gertrude vorbei den Raum. Granville ging nach oben, zum Zimmer seiner Tochter. Er musste ihr unbedingt klar machen, dass sie alles, was zwischen ihm, Mary Beasley und ihr geschehen war, als absolutes Geheimnis behandeln musste.

Als er zehn Minuten später in die Bibliothek zurückkehrte, war von Miss Pitcher und dem Geldscheinbündel nichts mehr zu sehen.

Im mit Zedernholz getäfelten Sitzungszimmer der Unternehmensgruppe Macintosh hing das Aroma teurer Zigarren. Noch vor wenigen Augenblicken war der Raum voller Männer mit entschlossenen Gesichtern und teuren Maßanzügen gewesen. Inzwischen war die Sitzung vertagt worden, und nur noch zwei Personen saßen am massiven Teakholztisch.

Lady Enid Macintosh hielt sich gerade und sah dem ihr gegenübersitzenden Mann offen in die Augen. Er fühlte sich unter ihrem Blick unbehaglich und wünschte, das Direktorium hätte einem anderen den Auftrag erteilt, mit ihr zu sprechen. Er kannte Lady Macintosh seit vielen Jahren und fragte sich, was der Grund dafür sein mochte, dass sie in dieser Zeit nicht ebenso gealtert war wie er. Sie hatte mit Ende fünfzig nach wie vor den makellosen Teint und das dunkle Haar einer weit jüngeren Frau, während er im Laufe der Zeit immer dicker geworden war und fast alle seine Haare verloren hatte.

»Sie haben mit meinem Schwiegersohn gesprochen, Mister

McHugh«, brach sie schließlich das Schweigen. »Vermutlich hat er allen Gesellschaftern klar gemacht, wie unfähig ich als Frau bin, den Besitz meines verstorbenen Mannes zu verwalten.«

Gequält verzog McHugh das Gesicht, als wolle er ihren unerbittlichen Blick abwehren. »Ich persönlich bin nicht der Ansicht, dass Sie die Geschäftsleitung aufgeben sollten, Lady Macintosh«, gab er zur Antwort. »Aber die Gesellschafter vertreten den Standpunkt, man müsse einem Mann wie Ihrem Schwiegersohn die ausschließliche Entscheidungsbefugnis über künftige Unternehmungen übertragen. Mister White hat bewiesen, dass er die Gewinne zu mehren versteht, was Sie zweifellos ebenfalls einräumen werden. Unbestreitbar wird an der Spitze der Firmengruppe Macintosh ein starker Mann gebraucht. Sie werden nicht jünger, Lady Macintosh, und gewiss bedeutet die Leitung der Unternehmen Ihres verstorbenen Gatten eine starke Belastung für Sie.«

Allmählich schien Lady Enids Härte gegenüber dem Sprecher der Gesellschafter nachzulassen. Ob sie womöglich endlich begriff, worum es ging?

»Ich gebe gern zu, dass ich nicht jünger werde, Mister McHugh«, sagte sie mit dem Anflug eines Lächelns. »Aber ich halte meinen Schwiegersohn nicht für den geeigneten Nachfolger meines verstorbenen Mannes bei der Leitung der Geschicke unserer Unternehmen.«

»Aber es gibt in Ihrer Familie keinen anderen Mann, der die Zügel in die Hand nehmen könnte, wenn Sie ... äh ... nicht mehr sind«, gab er zu bedenken. »Das werden Sie doch einsehen. Mister White ist der einzige nähere männliche Blutsverwandte und immerhin mit Ihrer Tochter verheiratet.«

»Und wenn ich nun sagte, Sie irren mit Ihrer Annahme, dass Mister White mein einziger näherer männlicher Blutsverwandter ist?«, fragte Lady Enid mit geheimnisvollem Lächeln. »Was wäre, wenn es nachweislich einen anderen gäbe? Würde das etwas an Ihrer Ansicht ändern, Mister White sei als Einziger fähig, in Zukunft alle Geschäfte zu führen? Was würden Sie sagen, wenn ich bereits dabei wäre, jemanden aus der Familie auf die Leitung der Geschäfte des Hauses Macintosh vorzubereiten?«

»Was Sie da sagen, kann ich nicht ganz nachvollziehen«, gab McHugh zur Antwort und hoffte, sie könne ihm seinen Unglauben nicht vom Gesicht ablesen. »Soweit ich die tragischen Umstände Ihrer Familiengeschichte kenne, hat keiner Ihrer Söhne Kinder hinterlassen. Es sei denn ...« Die Möglichkeit, dass es uneheliche Nachkommen geben könnte, ließ sich nicht in Worte fassen, und so blieb sie unausgesprochen zwischen ihnen stehen.

»Ich habe nicht die Absicht, dies Gespräch fortzusetzen, Mister McHugh«, sagte Lady Enid ruhig. »Unter den gegebenen Umständen kann ich Sie lediglich bitten, zu niemandem über das zu sprechen, was Sie gerade gehört haben. Teilen Sie bitte den Gesellschaftern mit, Lady Macintosh denke nicht im Traum daran, zugunsten ihres Schwiegersohnes abzutreten. Außerdem können Sie ihnen versichern, dass von mir in den nächsten Jahren einem anderen Angehörigen der Familie Macintosh die Führung der Unternehmen übertragen wird. Jemandem, dessen Erziehung weit mehr erwarten lässt, als Mister White uns bieten kann.«

Mit einem Stirnrunzeln verzog McHugh den Mund. Zwar klang das alles sehr geheimnisvoll, doch gehörte Lady Macintosh nicht zu den Menschen, die leere Worte machen. »Da Sie die Hauptanteilseignerin von Sir Donalds Unternehmen sind, muss ich mich dem fügen, was Sie sagen«, lächelte er. »Ich weiß nicht, wie sich die Dinge verhalten, von denen Sie sprechen, doch kenne ich Sie gut genug, um zu den Gesellschaftern zurückzukehren und sie um einen Aufschub zu bitten, bevor die Frage Ihres Rücktritts förmlich entschieden wird.«

»Gut«, sagte Lady Enid. »Ich kann Ihnen versichern, Mister McHugh, solange ich lebe, wird mein Schwiegersohn nie die volle Kontrolle über die Unternehmen meines Mannes bekommen – und nach meinem Tode ebenso wenig. Er ist ein schändlicher Mensch, dem nicht zu trauen ich viele Gründe habe. Sie sollten es übrigens auch nicht tun«, fügte sie hinzu.

McHugh rutschte unbehaglich auf seinem Sessel hin und

her. Er war ein harter Schotte mit fest umrissenen Moralvorstellungen und hatte für Granville White in der Tat nicht viel
übrig. Gerüchten zufolge bezog White nicht unbeträchtliche
Einkünfte aus einem Bordell in Sydney. In ihrer Geschäfts-
beziehung war ihm das aufgeblasene Verhalten des Mannes
stets ein Dorn im Auge gewesen. Daher war es ihm durchaus
recht, mit dem Antrag, Lady Macintoshs Absetzung zu verta-
gen, zu den Gesellschaftern zurückzukehren. »Ich wünsche
Ihnen einen guten Tag, Lady Macintosh«, sagte er, stand auf
und klemmte seine lederne Aktenmappe unter den Arm.
»Wenn es irgendeine Entschuldigung ist, darf ich Ihnen versichern, dass nach meinem Dafürhalten stets Sie die geeignets-
te Persönlichkeit an der Spitze der Unternehmen waren – und
Sie werden es auch in Zukunft sein. Ebenso wird es sich mit
jedem verhalten, den Sie für würdig erachten, später einmal
Ihren Platz einzunehmen.«

Lady Enid hob den Blick zu McHugh. »Lassen Sie sich versichern, Sie werden nicht enttäuscht sein«, sagte sie mit freundlichem Lächeln. »Ich bin gewiss, dass Sie und ich auch künftig werden zusammenarbeiten können.«

McHugh nickte und verließ das Sitzungszimmer, während
Lady Enid über die Besprechung nachdachte. Irgendwie hat
Granville einen Keil zwischen die Gesellschafter getrieben, um
zu erreichen, dass ich abtreten muss, überlegte sie verärgert.
Er hatte ihr Ansehen bei ihnen untergraben und sie gegen sie
eingenommen. Jetzt aber hatte sie ihre Trumpfkarte ausge-
spielt. Ihr hinterhältiger Schwiegersohn ahnte nicht, was es
damit auf sich hatte, aber die Zeit würde bald kommen, die
Karte aufzudecken. Sie erhob sich mit einem entschlossenen
Ausdruck um die Lippen. Es war Zeit, mit der Anwaltsfirma
Sullivan & Levi in Verbindung zu treten.

In den letzten fünf Jahren hatte Daniel Duffy immer wieder
den Botanischen Garten aufgesucht, wo er heimlich mit Lady
Enid Macintosh zusammentraf. Nur sie beide wussten, worum
es bei ihren Treffen ging, und im Laufe der Zeit hatte der harte Strafverteidiger beinahe herzliche Gefühle für die würdige

Matriarchin jener Familie entwickelt, die der geschworene Feind seiner eigenen Familie war.

Bei jeder ihrer Begegnungen hatten sie so getan, als träfen sie sich nur zufällig. Dabei hatte ihr Daniel über ihren Enkel Patrick Duffy berichtet, und sie hatte still zugehört, wobei sie hier und da stehen blieb, um diese oder jene Pflanze zu bewundern.

Diesmal aber war alles anders. Während der hoch gewachsene und leicht gebeugt gehende junge Anwalt neben der aufrechten Dame dahinschlenderte, war eine gewisse Spannung zwischen ihnen zu spüren. Es würde die letzte ihrer Begegnungen sein, so, wie sie es vor Jahren vereinbart hatten. Bei ihrem ersten heimlichen Treffen hatte Lady Enid angeregt, sie könnte von einem bestimmten Zeitpunkt an die weitere Erziehung des jungen Patrick in die Hand nehmen. Damit würde der uneheliche Sohn von Fiona Macintosh und Michael Duffy Zutritt zu der privilegierten Welt angelsächsischer Protestanten erlangen und auf ein Ausmaß an Reichtum und Macht vorbereitet werden, welches die kühnsten Träume der katholischen Iren aus der Familie Duffy überstieg. Das mit Verträgen juristisch hieb- und stichfest gemachte Abkommen garantierte Daniel, dass sein Neffe nach der besten Ausbildung, die man im britischen Weltreich haben konnte, die Möglichkeit bekommen würde, die Leitung der weit verzweigten Finanzgesellschaften der Familie Macintosh zu übernehmen. Der junge Anwalt hatte einen unerschütterlichen Glauben an die Bereitschaft des Jungen, in den vor ihm liegenden Jahren seinem Glauben – und seiner irischen Abkunft – treu zu bleiben. Was das betraf, hatte Lady Macintosh die Kraft der keltischen Wurzeln Patricks, den Verlockungen der angelsächsischen Welt zu widerstehen, weit unterschätzt. In mancher Hinsicht war Patrick das Ebenbild seines leiblichen Vaters.

»Wie kommt Patrick in der Schule voran?«, wollte Lady Enid wissen, während sie an einem Gärtner vorübergingen, der Setzlinge pflanzte. »Ich hoffe, er hat sich seit dem vorigen Jahr verbessert.«

Daniel lächelte, wohl wissend, worauf ihre Bemerkung zielte. »In der Tat, Lady Macintosh«, sagte er. »Die Patres haben von ihrer ursprünglichen Absicht, ihn von der Schule zu weisen, Abstand genommen.«

Lady Enid sah mit dem Anflug eines Lächelns in den Augen zu dem Anwalt hinüber. »Nach dem, was Sie mir im vorigen Jahr berichtet haben, scheint er Ärger mit einigen der älteren Jungen gehabt zu haben.«

»Er hat drei von ihnen verprügelt«, sagte Daniel mit breitem Lächeln. »Wie es aussieht, ging es darum, den kleinen Martin zu verteidigen. Leider waren die Jungen Söhne bekannter und einflussreicher Geschäftsleute, und Patrick musste den Patres versprechen, dass er seine Sünden büßen würde, indem er in diesem Jahr in Latein die Bestnote erzielt. Das hat er auch getan. Er ist ungewöhnlich intelligent, bisweilen aber gewinnt bei ihm die Faust die Oberhand über den Kopf.«

»Dem Ton Ihrer Stimme nach zu urteilen«, sagte Lady Enid nachsichtig, »könnte man meinen, dass Sie seine faustkämpferischen Neigungen billigen.«

Daniel blieb stehen und wandte sich zu ihr um. »Er ist ein Duffy, Lady Macintosh. Ganz wie sein Vater. Und wie dieser – und auch dessen Vater – ist er ein Kämpfer. Sich für eine Sache einzusetzen liegt uns Duffys im Blut.«

»Er wird künftig genug Gelegenheit haben, sich für eine andere Sache einzusetzen«, sagte sie. »Wenn er älter ist. Eine Sache, die seinem irischen wie seinem schottischen Blut das Äußerste abverlangt.«

Bei dieser Aussage hob Daniel die Brauen. Er hätte nie und nimmer vermutet, von der fest in ihrem protestantischen Glauben verwurzelten Matriarchin der Familie Macintosh das Eingeständnis zu hören, irisches Blut könne irgendwelche Vorzüge haben. »Vermutlich heißt das, er soll sich Ihrem Schwiegersohn entgegenstellen?«, fragte er.

»Und seiner eigenen Mutter«, gab Lady Enid mit einem Anflug von Bitterkeit zurück. »Außerdem Leuten wie Kapitän Mort, die auf der Seite meines Schwiegersohns stehen. Sie und ich – wir haben durchaus gemeinsame Feinde, Mister Duffy.«

»Ja, Kapitän Mort«, sagte Daniel leise und blickte in die Ferne. »Er ist das Böse an sich und entkommt doch immer wieder der Gerechtigkeit, als wäre er mit dem Teufel im Bunde.«

»Es hat mir wirklich Leid getan zu hören, dass es Ihrer Kanzlei in den letzten Jahren nicht gelungen ist, ihn der Gerechtigkeit zuzuführen«, sagte sie mitfühlend. »Schließlich wissen Sie ebenso gut wie ich, dass er für den grausamen Tod meines Sohnes durch die Hand Eingeborener verantwortlich ist. Ich habe gebetet, dass es Ihnen gelingen möge, ihn an den Galgen zu bringen.«

»Leider haben wir unseren wichtigsten Zeugen, den Missionar Macalister, zur gleichen Zeit verloren wie Sie Ihren Sohn«, seufzte Daniel. »Und bald darauf mussten wir feststellen, dass *Ihre* Rechtsvertreter unsere Versuche vereitelt haben, die Sache vor Gericht zu bringen.«

»Damit hatte ich nicht das Geringste zu tun«, sagte Lady Enid rasch. »Das hat mein Schwiegersohn ohne mein Wissen eingefädelt. Wäre es mir bekannt gewesen, ich hätte unsere Anwälte angewiesen, in dieser Angelegenheit untätig zu bleiben. Hoffentlich ist Ihnen klar: Mein Interesse, Mort hängen zu sehen, ist genauso groß wie Ihres. Übrigens werden Sie bald Besuch von einem Kriminalbeamten namens Kingsley erhalten. Er besitzt gewisse wichtige Informationen, die dazu führen könnten, Kapitän Mort den Prozess zu machen. Es wäre mir lieb, wenn Ihre Kanzlei die Sache nicht an die große Glocke hängen würde.«

»Heißt das, Sullivan & Levi soll den Fall unter den Teppich kehren«, fragte Daniel mit einem Anflug von Bitterkeit, »damit nicht der Name Ihrer Familie mit einem Skandal in Verbindung gebracht wird?« Als Lady Enid schuldbewusst beiseite sah, merkte er, dass er damit einen empfindlichen Nerv getroffen hatte. »Es spielt ja doch keine Rolle«, fuhr er bedrückt fort. »Es wird Kapitän Mort wahrscheinlich wieder gelingen, sich dem Gesetz und damit der Strafe zu entziehen, die er für den Mord an so vielen Menschen überreichlich verdient hat.«

»Gott wird eine Möglichkeit finden, ihn zu strafen, wenn Ihnen das nicht gelingt«, sagte Lady Enid leise. »Andernfalls müsste ich an der Existenz Gottes zweifeln.«

»Hoffentlich haben Sie Recht«, stimmte Daniel ihr zu. »Doch ich fürchte, Mort wird steinalt, und wir müssen darauf warten, dass er im nächsten Leben bestraft wird. Zur Zeit stehen wir beide im Schatten der *Osprey*, Lady Macintosh, und dieser Schatten heißt Tod.« Nach einer Pause wandte er sich Lady Enid erneut zu. »Einen Hoffnungsschimmer gibt es«, hob er an. »Vor einigen Tagen hat es in The Rocks einen ziemlich grausamen Mordfall gegeben, und ein zuverlässiger Informant hat mir mitgeteilt, dass Mort als Täter in Frage kommt.«

Lady Enid blickte ihn interessiert an. »Wie sicher ist der Mann seiner Sache?«

»Sehr sicher. Aus seiner beträchtlichen Erfahrung heraus weiß er, dass den Menschen in The Rocks Dinge bekannt sind, über die sie nicht reden. So sieht nun einmal ihr Ehrenkodex aus.«

»Habgier ist eine menschliche Schwäche, von der niemand frei ist, Mister Duffy«, sagte Lady Enid gelassen. »Teilen Sie Ihrem Informanten mit, ich setze fünfzig Guineen für jeden Zeugen aus, der belastendes Material über Kapitän Mort herbeischaffen kann. Natürlich erwarte ich, dass die Sache diskret gehandhabt wird.«

Lächelnd schüttelte Daniel den Kopf. »Ihnen ist hoffentlich klar, dass Ihr großzügiges Angebot nach ethischen Maßstäben verwerflich ist, Lady Macintosh.«

»Ethisch verwerflich wäre es auch, wenn der Mörder meines Sohnes straflos bliebe, Mister Duffy«, gab sie verbittert zur Antwort. »Ich stehe persönlich für das Geld gerade.«

»Ich gebe Ihr Angebot weiter«, sagte er. »Wir haben sonst nicht viel in der Hand.«

Lady Enid nahm ihre Wanderung erneut auf, und Daniel folgte ihr. »Wir haben Patrick«, sagte sie, während sie langsam zwischen den Blumenbeeten dahinschritten. »Vielleicht bringt er im Laufe der Zeit Ordnung in die Dinge.«

Daniel nickte. »Dann ist es jetzt an der Zeit, dass Sie Ihren Enkel kennen lernen«, sagte er ruhig. »Entsprechend unserem Abkommen.«

Lady Enid sah zu dem Anwalt hin. Es kam ihr vor, als spüre sie ihren gemeinsamen Wunsch, der Junge möge Rache für das ihnen zugefügte Unrecht nehmen. Wie sonderbar das Leben spielte – da verbündete sie sich mit einer Sippe, deren Angehörige im Laufe der Jahre, wenn auch nur indirekt, so großes Leid über ihre eigene Familie gebracht hatten. »Ja, Mister Duffy«, sagte sie. »Es wäre mir recht, ihn möglichst bald zu sehen.«

Granville hörte die gedämpften Stimmen seiner Frau und Miss Pitchers. Er saß am Schreibtisch in der Bibliothek, und seine Anspannung war so gleichbleibend und zäh wie das stetige Ticktack der Standuhr. Würde das Kindermädchen ihr Abkommen brechen? Angestrengt lauschte er, um Hinweise auf einen möglichen Verrat zu entdecken.

Quälend langsam verstrich die Zeit. Die Spannung war unerträglich, und er merkte, dass seine Hände zitterten. Er würde den Teufel tun und tatenlos herumsitzen. Es gab nur eines – nach unten zu gehen und Fiona gegenüberzutreten.

Er erhob sich und ging ins Gesellschaftszimmer, wo seine Frau mit den beiden Mädchen saß. Hinter Dorothy und Helen stand Miss Pitcher.

»Hallo, Granville«, begrüßte ihn Fiona mit der kalten Stimme, in der sie mit ihm zu sprechen pflegte. »Du siehst gar nicht gut aus. Hast du womöglich dieselbe Krankheit wie Dorothy?«

Granville erbleichte. Verhöhnte sie ihn etwa?

Miss Pitcher rettete die Situation. »Mister White geht es schon seit einigen Tagen nicht besonders gut, Ma'am«, sagte sie rasch. »Mir ist aufgefallen, dass diese Symptome bei ihm und Dorothy etwa zur gleichen Zeit aufgetreten sind.«

Fiona warf einen Blick auf Dorothy, die ihren Vater mit verzweifelten Augen ansah. »Fühlst du dich unwohl, mein Kind?«, fragte sie stirnrunzelnd.

Das Mädchen schüttelte den Kopf, dass die goldenen Locken flogen. »Nein, Mama.«

Fiona merkte nicht, dass ihr Mann und das Kindermädchen heimliche Blicke tauschten. Auf Granvilles Zügen lag ein Ausdruck von Triumph und selbstgefälliger Zufriedenheit, auf denen Miss Pitchers der von Hass und schlechtem Gewissen wegen des verabscheuenswerten Paktes, auf den sie sich eingelassen hatte.

Granville merkte, wie sich seine Spannung löste und die Farbe in sein Gesicht zurückkehrte. Er gestattete sich sogar ein Lächeln und streckte seiner jüngeren Tochter Helen die Arme entgegen. Mit ihren dunklen Haaren und grünen Augen war sie in vieler Hinsicht das genaue Ebenbild seiner Frau. »Hat dir Papa gefehlt?«, fragte er und lächelte sie strahlend an. Die Kleine eilte auf ihn zu. Es kam nicht oft vor, dass er seine väterlichen Gefühle so liebevoll äußerte.

»Ja, Papa«, sagte sie mit sich überschlagender Stimme und umschlang seine Beine mit den Armen.

Bei diesem Anblick begann Dorothy zu zittern. Miss Pitcher merkte die Veränderung, die mit ihr vorging, und brachte die beiden Kinder unter einem Vorwand rasch hinaus. Mit den Mädchen verließ jede Wärme den Raum, und zwischen Fiona und Granville, die nur dem Namen nach Mann und Frau waren, herrschte die übliche frostige Kälte.

»Ist dein Besuch gut verlaufen?«, erkundigte er sich, um das Schweigen zu brechen.

»Durchaus«, gab sie zurück. »Hat sich meine Mutter während meiner Abwesenheit bereit erklärt, die Geschäftsführung niederzulegen?«

Finster verzog Granville das Gesicht und stieß die Hände in die Taschen. Was ihm McHugh nach seiner Besprechung mit Lady Macintosh berichtet hatte, klang nicht gerade viel versprechend. »Leider nein«, gab er zur Antwort. »Deine Mutter ist offenbar der Ansicht, dass sie das ewige Leben hat. Sie hat dem Trottel McHugh einen Bären aufgebunden und behauptet, irgendwann in der Zukunft werde sie jemanden mit meiner Nachfolge beauftragen. Das ist einfach lachhaft, denn nach den Bedingungen des Testaments deines Vaters darf sie das gar nicht. Dafür käme ausschließlich ein Sohn von uns beiden in Frage – und den haben wir nicht«, fügte er verbittert hinzu, weil er an die Umstände denken musste, die den unüberbrückbaren Graben zwischen ihnen aufgerissen hatten.

Fiona achtete nicht auf seine Bitterkeit. Er trat in ihrem Leben nur noch als relativ tüchtiger Verwalter des beträchtlichen Vermögens ihrer Familie und als Vater ihrer beiden Töchter in Erscheinung. »Ganz bestimmt bekommst du eines Tages alles«, sagte sie herablassend. »Es kann sich bei der Drohung meiner Mutter nur um einen Bluff handeln. Der einzige männliche Erbe ihrer Linie war der Sohn, den ich geboren habe, und sie hat selbst dafür gesorgt, dass er aus dem Weg geschafft wurde«, fügte sie hart hinzu und wandte den Blick ab. »Eigentlich bleibt mir als einziger Trost, dass sie auf diese Weise selbst alle Aussichten darauf zunichte gemacht hat, *ihre* Linie durch einen Enkel fortzupflanzen.« Als Fiona sah, dass ihr Mann erbleichte, verstummte sie. Dann fragte sie: »Was hast du?« Dazu trieb sie keineswegs Sorge um seine Gesundheit, sie wollte lediglich wissen, wieso ihr gewöhnlich so gefühlloser Mann mit einem Mal menschliche Regungen zeigte.

»Bist du sicher, dass deine Mutter den Duffy-Balg in ein Pflegehaus gegeben hat?«, fragte er fast flüsternd.

Verwirrt verzog Fiona das Gesicht. »Ich wünschte, es wäre nicht so«, gab sie leise zurück. »Aber als Molly nicht mehr aufgetaucht ist, wusste ich gleich, warum. Sie hätte mich nie verlassen, wenn sie sich nicht an der Tötung meines Kindes mitschuldig gemacht hätte. Deshalb bin ich so sicher.«

Granville allerdings war inzwischen alles andere als sicher. Ihm war etwas eingefallen, was seine Schwiegermutter vor Jahren gesagt hatte. Sie hatte erklärt, dass *ihr* Blut zurückkehren würde, um ihn zu vernichten. Er schüttelte den Kopf. Nein, diese Vorstellung war unmöglich. Nie und nimmer konnte Enid Macintosh erwägen, den Duffy-Balg – immer vorausgesetzt, er lebte noch – in ihre scheinheilige Welt aufzunehmen. »Du hast Recht«, murmelte er, »es ist unmöglich.« Doch zugleich fragte er sich, wieso er undeutlich das Gesicht eines jungen Mannes vor sich sah – das Gesicht Michael Duffys, der ihn auslachte.

JENSEITS DER GRENZE

17

Es war Wallarie klar, dass dies der gefährlichste Abschnitt auf seinem Weg nach Süden war. Das Gebiet, auf dem er sich befand, wimmelte nicht nur von Goldsuchern, es gehörte zudem wilden Kriegern, die rücksichtslos jeden angriffen, der seinen Fuß auf ihr geheiligtes Land setzte.

Die Jagd war in jüngster Zeit nicht besonders erfolgreich gewesen. Es gab wenig Wild, und darüber hinaus behinderte ihn die Notwendigkeit, sich auf feindlichem Gebiet unauffällig zu bewegen. Wallarie war von Hunger geschwächt. Was er an Insekten und Knollen hatte finden oder an kleinen Beuteltieren hatte erlegen können, genügte kaum, ihn am Leben zu erhalten.

Er setzte sich mit dem Rücken gegen einen Felsen, der ein wenig Schatten spendete, und richtete den Blick durch die in der Hitze flimmernde Luft auf das Felsengebirge. Die Hänge waren mit wie abgestorben wirkenden Krüppelbäumen bedeckt. Tom Duffy hatte ihm vor langer Zeit das Zählen beigebracht, und so wusste Wallarie, dass er sich mindestens fünfundzwanzig Tagesmärsche südlich der Stelle befand, an der er sich von den Kyowarra getrennt hatte. Seinen Auftrag, Peter Duffy aufzuspüren und auf seine Bestimmung hinzuweisen, hatte er erfüllt. Jetzt sehnte er sich danach, in die mit Brigalow-Buschland bestandenen Ebenen seiner Vorfahren zurückzukehren, wo er an den Seitenarmen der Flüsse lagern und sich von der Fülle des Landes ernähren würde: von fetten Fischen und Enten aus dem Wasser, kleinen Wallabies und Stacheltieren, deren Fleisch köstlich war, und, wenn er Glück hatte, auch vom dunklen Honig der kleinen Wildbienen des Buschlandes.

Doch auch dort würde das Leben für ihn nicht leicht sein, denn inzwischen beherrschte der weiße Mann das Land seiner Vorväter. Um das zu erreichen, hatten vor Jahren die berittene Eingeborenenpolizei und die bewaffneten Viehhirten Donald Macintoshs Dutzende von Wallaries Stammesangehörigen abgeschlachtet.

Er saß da und träumte von Essbarem. Die Hitze und die Stille lullten ihn ein, sie umhüllte ihn wie eine Decke.

Mit einem Mal spannten sich all seine Sinne. Die Stimmen, die aus etwa doppelter Speerwurfweite an sein Ohr drangen, gehörten eindeutig Europäern. Ohne erkennbare Bewegung griff er nach einem Speer. Vermutlich waren es zwei Männer. Unmerklich wandte er sich um und sah zwei Goldsucher, die ihre Bettrollen auf den Schultern trugen und sich schwerfällig über einen Felsgrat näherten. Einer von ihnen hatte ein Gewehr bei sich. Wenn sich Wallarie nicht regte, würden ihn die beiden im Unterholz zwischen den Felsen vermutlich nicht entdecken. Sie würden vorüberziehen und munter ihren Weg fortsetzen, ohne etwas von seiner Anwesenheit zu ahnen.

Doch wider alle Vorsicht, die auf feindlichem Gebiet nötig war, dachte Wallarie daran, dass sie vermutlich Tee und Zucker mit sich führten. Diese Genussmittel des weißen Mannes waren für ihn eine zu große Verlockung.

Als sie vorüber waren, stand er ohne seine Waffen auf. »Hallo, ihr Tabak?«, rief er zu ihnen hinüber. Die beiden fuhren herum und sahen ihn mit einer Mischung aus Überraschung und Furcht an. Wallarie lächelte beruhigend. »Ich guter Schwarzer«, sagte er und wies seine leeren Hände vor. »Nix böser Schwarzer«, sagte er in gebrochenem Englisch. Verblüfft sahen die beiden Goldsucher auf den hoch gewachsenen, muskulösen Eingeborenen, der waffenlos hundert Schritt von ihnen entfernt stand.

»'n verdammter Nigger«, knurrte der Mann mit dem Gewehr seinem Gefährten zu, der verstohlen das Buschwerk musterte. Vielleicht war es ein Hinterhalt, überlegte er furchtsam. »Behalt ihn im Auge, Frank«, flüsterte er ihm zu. »Ich hab gehört, die halten ihre Speere zwischen den Zehen und schleifen sie so mit sich über den Boden. Sobald man ihnen näher kommt, bücken sie sich und schleudern sie.«

»Dazu geb ich ihm keine Gelegenheit«, sagte Frank und legte das Gewehr an. »Der ist gleich hinüber.«

Sofort begriff Wallarie, welche Gefahr ihm drohte, und er verwünschte seine Unvorsichtigkeit. Er wandte sich zur Flucht, doch die Kugel, die ihn unterhalb der Armbeuge traf, riss ihn von den Füßen. Er stürzte auf den heißen Boden.

»Du hast ihn erwischt!«, hörte er noch. »Verdammt guter Schuss.«

Wallarie war mit den Feuerwaffen der Europäer durchaus vertraut. Während er und sein weißer Bruder Tom Duffy vor vielen Jahren vogelfrei durch das Land um den Carpentaria-Golf gezogen waren, hatte Tom immer wieder behauptet, Wallarie sei ein besserer Schütze als er selbst. Wallarie wusste, dass der Goldsucher aus seinem Gewehr nur einen Schuss abfeuern konnte und der Mann Zeit brauchte, es neu zu laden. Trotz des entsetzlichen Schmerzes, der ihn zu überwältigen drohte, kämpfte er sich auf seine Füße und rannte los.

»Großer Gott!«, entfuhr es Frank. »Der haut ab.« Der bärtige Goldsucher versuchte, eine Patrone in den Lauf zu schieben, doch sie entglitt seinen Fingern. Das gab Wallarie Gelegenheit, den Abstand zu den beiden um wertvolle Meter zu vergrößern.

Sein Gefährte zupfte Frank am Ärmel. »Wir sollten besser von hier verschwinden«, sagte er ängstlich. »Vielleicht holt er Unterstützung und bringt 'ne ganze Meute von seinen schwarzen Leuten mit.«

Frank hob die Patrone auf und drückte sie in die Kammer. »Vielleicht hast du Recht«, gab er zur Antwort. Ängstlich über die Schulter blickend, eilten die beiden davon.

Als Wallarie sicher war, dass ihm niemand folgte, und er in ausreichender Entfernung von den Weißen war, brach er zwischen den Felsen zusammen. Er spürte, wie er von Schmerzwellen überflutet wurde. Das hatte er schon einmal vor vielen Jahren erlebt, als ihn der Teufel Morrison Mort mit einer Kugel in die

Seite getroffen hatte. Bei jeder Bewegung seines linken Arms schrie er vor Schmerzen laut auf. Die Kugel war zwischen den Rippen und der Schulter hindurchgegangen und in einem Muskel stecken geblieben. »Verdammte Schweinehunde«, stöhnte er durch zusammengebissene Zähne. Den Ausdruck hatte Tom Duffy benutzt, wenn er besonders wütend war. »Verdammte Schweinehunde, schießen einfach auf einen Schwarzen.«

Von Hunger und Blutverlust geschwächt, merkte Wallarie kaum, dass er das Bewusstsein verlor. Fliegen und Ameisen kamen, um sich an seiner Wunde gütlich zu tun, doch er spürte nichts davon. Er glitt in die Welt der Visionen.

Etwa zwei Wochen, nachdem er Sydney verlassen hatte, stand Michael allein am Anleger von Cooktown, eine abgewetzte Reisetasche in der Hand. Er fragte sich, wie ihn sein Kontaktmann erkennen sollte unter den vielen Goldsuchern, die mit ihm das Schiff verlassen hatten und sich durch die Reihen enttäuschter Männer drängten, die keinen sehnlicheren Wunsch kannten, als eine Passage auf dem Schiff nach Süden zu ergattern. Einige von ihnen waren sogar so töricht und sprangen in den von riesigen Leistenkrokodilen wimmelnden Fluss, um dem Schiff entgegenzuschwimmen, bevor es angelegt hatte. Kopfschüttelnd sahen die Neuankömmlinge diesem Schauspiel zu. Warum nur wollten diese Leute so dringend fort?

Cooktown unterschied sich nicht von den anderen Städten am Rande der besiedelten Gebiete, die Michael in seinen Jahren des Umherziehens im amerikanischen Westen kennen gelernt hatte. Man sah Zelte, aus dem Holz frisch gefällter Bäume errichtete Häuser, und Straßen, die jetzt zum Ende der Regenzeit tiefe Wagenspuren aufwiesen. Die Stadt hatte sich am mit Mangroven bewachsenen Ufer des Endeavour wie wucherndes Unkraut ausgebreitet und erstreckte sich inzwischen bis zu den ersten Hängen der dicht bewaldeten Berge.

»Mister O'Flynn?«, ertönte eine Stimme vom Kai, der schwarz vor Menschen war. Michael merkte, dass er zurückgedrängt wurde, während die rückkehrwilligen Goldsucher die Laufplanke zum Schiff emporstürmten. Der Mann, der ihn gerufen hatte, musste sich durch die wilde Menschenmenge förmlich hindurchkämpfen. Aber er war ausreichend kräftig, und so gelang es beiden, zusammen mit Michaels Gepäck dem Gedränge zu entkommen.

»Darf ich mich vorstellen?«, sagte der Mann, als sie den Anleger hinter sich gelassen hatten. »Ich heiße Karl Straub und arbeite für Baron von Fellmann.« Straub, etwa im gleichen Alter wie Michael, sah unverkennbar deutsch aus. Mit seinem glatt rasierten Gesicht und dem kurz geschorenen blonden Haar hob er sich deutlich von den Goldsuchern mit ihren wuchernden Bärten und den von der Sonne verbrannten Gesichtern ab. Er hielt Michael die Hand zu einem kurzen und kräftigen Händedruck hin.

»Freut mich, Sie kennen zu lernen«, sagte Michael auf deutsch und weidete sich an der Überraschung des anderen.

»Sie sprechen Deutsch«, staunte er. »Und noch dazu mit Hamburger Zungenschlag.«

»Ich hab das als Junge von einem guten Bekannten aufgeschnappt, der aus Hamburg stammte«, sagte Michael.

»Sie sprechen sehr gut«, beglückwünschte ihn Straub, während er sich mit Michael vom Flussufer entfernte. Aus Straubs geradem und aufrechtem Gang schloss Michael, dass er Soldat war, höchstwahrscheinlich Offizier.

Auf dem Weg durch die belebte Straße nahm Michael die Geräusche und Gerüche seiner neuen Umgebung auf und musterte alles aufmerksam. Es sah ganz so aus, als stehe Cooktown im Begriff, eine dauerhafte, wenn nicht sogar achtbare Ansiedlung zu werden, ging es ihm durch den Kopf, als er die aufblühende Stadt mit ähnlichen verglich, die er an der Grenze des amerikanischen Westens kennen gelernt hatte.

Man hatte unübersehbar alle Vorkehrungen getroffen, um die Grundbedürfnisse der Menschen zu erfüllen. Neben Gasthöfen, Schänken und Schnapsbuden, wo man den in den Tropen besonders großen Durst stillen konnte, gab es Häuser, in denen fleischliche Bedürfnisse anderer Art befriedigt werden konnten. Dazwischen befanden sich Apotheken, Bäckereien, Metzgerläden, Gemischtwarenhandlungen und andere respektablere Geschäfte.

An den Eingängen hingen große improvisierte Schilder, die all die Dinge anpriesen, die jeder brauchte, der den Goldfeldern am Palmer entgegenstrebte. In der Luft hing sogar ein Hauch von Asien, der Duft von Räucherstäbchen und exotischen Gewürzen.

»Der Baron hat mir geschrieben, ich soll mich um Sie kümmern«, sagte Straub, während sie durch die Charlotte Street gingen. »Es sieht ganz so aus, als hätten Sie die Baronin beeindruckt.« Bei diesen Worten zuckte Michael zusammen. Mit der Frau eines anderen ins Bett zu gehen, erschien ihm nicht besonders ehrenhaft. Die Wunde, mit der ihm Penelope ihren Eigentumsanspruch in die Haut geritzt hatte, war mittlerweile vernarbt.

Während sein Blick auf einer Gruppe Betrunkener ruhte, die sich mitten auf der Straße prügelten, sagte Michael: »Ich muss dem Baron gelegentlich für seine Höflichkeit danken und ihn zu seiner bezaubernden Gattin beglückwünschen. Sie hat mich in Sydney mit größter Aufmerksamkeit empfangen.«

Straub schien nicht übermäßig an Michaels Antwort zu liegen. Er wirkte abgelenkt, und nicht einmal die Schlägerei der Goldsucher schien ihn zu beeindrucken. »So geht das hier Tag und Nacht«, knurrte er. »Die Polizei schafft es nicht, die Leute zur Räson zu bringen. Es sind unwissende Männer, die schließlich ihr Gold verspielen oder mit durchschnittener Kehle irgendwo tot in einem Hinterhof aufgefunden werden. Ich muss Sie darauf hinweisen, dass sich hier in Cooktown höchste Vorsicht empfiehlt, Mister O'Flynn. Hier gibt es so manchen, dem es kein schlechtes Gewissen bereiten würde, Sie bloß deshalb umzubringen, um in den Besitz Ihrer Kleidung zu gelangen.«

Nachdem die beiden Männer immer wieder betrunkenen Goldsuchern, die aus billigen Schänken und Bordellen torkelten, ausgewichen waren und die Angebote von Frauen mit harten Gesichtern ausgeschlagen hatten, gelangten sie zu einem der besseren Gasthöfe der Stadt. Es war ein zweistöckiges Holzhaus, dessen ebenfalls zweistöckige Veranda mit einem Eisengeländer umgeben war und zur Straße hin lag.

Straub dirigierte Michael ins Innere des Gebäudes. Laut miteinander redende Männer drängten sich an der Theke. Es war erst um die Mitte des Vormittags, und so fragte sich Michael, wie es dort wohl am späten Abend aussehen würde. Vermutlich das reine Chaos.

»Wir gehen nach oben«, sagte Straub ohne Umschweife. »Wir haben hier für Sie ein Zimmer reserviert. Zimmer sind nicht leicht zu bekommen.«

Es war Michael recht, dass er das Zimmer nicht selbst zu bezahlen brauchte. In einer Stadt, wo Männer ihre Getränke mit Gold bezahlten, dürfte es ein kleines Vermögen kosten.

Das Zimmer war einfach und sauber. Vom Fenster aus blickte man hinaus auf die Veranda und die Straße. Durch eine Lücke zwischen den Gebäuden auf der gegenüberliegenden Seite sah Michael den Fluss mit seinem Mangrovendickicht. Er spürte den kräftigen Windhauch, der von dort herüberwehte. Ohne diese Brise wäre Cooktown vermutlich so heiß wie ein Backofen, überlegte er.

Michael stellte seine Tasche auf das durchgelegene Bett und folgte Straub auf die Veranda. Sie ließen sich in behagliche Korbsessel sinken, die allem Anschein nach bei Wind und Wetter draußen standen. Es war ein gutes Gefühl, sich nicht mehr auf dem von Menschen wimmelnden Schiffsdeck zu befinden.

Als er auf seinem Weg nach Norden einige Tage Aufenthalt in Brisbane hatte, erfuhr er nicht nur viel über das Leben und das tragische Ende seines Bruders Tom, sondern auch über den Aufstieg seiner Schwester Kate O'Keefe zu einer Berühmtheit. Beide waren im Lande gleichermaßen legendär. Ihm war aufgefallen, dass fast jeder der schon länger Ansässigen, mit denen er in Gasthöfen und im Hafen sprach, von ihnen gehört hatte. Iren betrachteten Tom Duffy als Helden, alle anderen sahen in ihm nichts als einen Mörder und Dieb, der sich mit einem Schwarzen vom gleichen Kaliber zusammengetan hatte. Aber

wenn die Sprache auf Kate O'Keefe kam, waren sich alle einig
– sie war ohne Fehl und Tadel.

»Woran haben Sie mich eigentlich vorhin erkannt?«, wollte
Michael wissen, nachdem sie es sich bequem gemacht hatten.

»Ich habe nicht angenommen, dass viele Männer mit einer
Augenklappe von Bord gehen würden, Mister O'Flynn«, gab
der Gefragte lachend zurück. Michael lächelte. Mitunter vergaß er, dass ihn dieses Merkmal sehr auffällig machte.

»Jetzt bin ich also da und werde wohl auch den Grund dafür
erfahren«, sagte Michael, während er den Blick über die Dächer
der Gebäude am Fluss schweifen ließ, auf dem Schiffe aller
Arten und Größe zu sehen waren.

»Nicht unbedingt, Mister O'Flynn«, gab der Deutsche
zurück. »Mein Auftrag lautet, Ihnen zu sagen, was Sie als
Nächstes tun sollen, nicht aber, Ihnen die Hintergründe zu
erläutern. Soweit ich weiß, bezahlt man Sie gut dafür, dass Sie
sich den Anordnungen fügen.«

»Ein Soldat ist es gewohnt, Befehlen zu gehorchen«, sagte
Michael gelassen. »Und wenn ich mich nicht irre, haben *Sie*
viel Erfahrung damit, Befehle zu erteilen.«

Straub erstarrte. Offenbar hatte Michael eine empfindliche
Stelle getroffen. »Wer ich bin, ist unerheblich«, gab Straub zur
Antwort. »Am besten stellen Sie lediglich Fragen im Zusam-
menhang mit dem, was Sie für den Baron zu tun haben.«

Sollen die doch ruhig im Sandkasten spielen, dachte Michael
mürrisch. Schließlich kamen sie für alles auf, was er brauchte.
»Klingt vernünftig, Herr Straub«, sagte er, ohne weiter auf die
Sache einzugehen. »Was also habe ich zu tun?«

Straub stand auf. »Zuerst hole ich uns etwas zu trinken. Was
wollen Sie? Rum, Wacholderschnaps?«, fragte er höflich.

»Bitte Rum«, erwiderte Michael dankbar. Er hatte Durst, und
das Angebot schien ihm verlockend.

Während sich Straub um die Getränke kümmerte, legte
Michael sein Jackett ab, in dessen Tasche er stets einen kleinen
Coltrevolver bei sich trug. Mit Schusswaffen verdiente er seinen Lebensunterhalt – und sie konnten ihm unter Umständen
eines Tages auch den Tod bringen.

Bald kehrte Straub mit einer Flasche und zwei Gläsern zurück. Michael sah, dass es guter Rum war. Offensichtlich war dem Baron nichts zu schade für ihn – oder führte Penelope hinter den Kulissen ihrem Mann die Hand?

Straub goss beiden großzügig ein. »Zum Wohl«, sagte er, und Michael hob sein Glas. Als beide ausgetrunken hatten, füllte Straub die Gläser erneut. »In dieser verdammten Stadt kriegen Sie alles, solange Sie Geld haben«, sagte er und nahm einen kleinen Schluck Rum.

»Das erinnert mich an andere Orte, wo ich war«, sagte Michael. »Alles hängt davon ab, wie nah man dem Gipfel des Misthaufens ist, denn wer nicht aufpasst, kann darin begraben werden.«

Straub sah ihn fragend an. »Diese Philosophie verstehe ich nicht«, sagte er mit gerunzelter Stirn.

»Macht nichts, Herr Straub. Ist einfach ein Gedanke über das Leben allgemein«, sagte Michael, leerte sein Glas und füllte es erneut.

Der Deutsche folgte seinem Beispiel und beugte sich dann zu ihm vor. »Morgen fangen Sie damit an, sechs Männer zu rekrutieren«, sagte er, als gebe er einem Untergebenen einen Befehl. »Buschläufer, möglichst mit Erfahrung beim Militär oder der Polizei, nüchterne Männer, die bereit sind, zu gehorchen ohne groß zu fragen. Ihnen steht bei einer der Banken am Ort ein Konto zur Verfügung, um diese Männer zu bezahlen. Es lautet auf Ihren Namen. Die Männer müssen zu einer Erkundungs-Expedition bereit sein, brauchen aber keine Erfahrungen als Goldsucher zu haben. Wichtiger als alles andere ist ihre Fähigkeit, unter schwierigen Bedingungen zu überleben«, schloss er.

»Ich hätte gedacht, dass Erfahrung als Goldsucher wichtig ist, wenn wir Goldvorkommen erkunden wollen«, sagte Michael sarkastisch. Sein Spott entging dem Deutschen nicht.

»Wie ich schon gesagt habe, Mister O'Flynn, keine Fragen, die nicht unmittelbar mit Ihrer Aufgabe zu tun haben«, gab er gleichmütig zurück, ohne auf die Provokation einzugehen.

»Ich verstehe«, sagte Michael. »Muss ich sonst noch was wissen?«

»Mehr habe ich Ihnen nicht zu sagen. Nur eines noch: Sollte jemand Sie fragen, erklären Sie, dass Sie eine Gruppe von Goldsuchern ausrüsten«, gab Straub zur Antwort. »Die Regierung von Queensland zahlt Leuten, die auf dem Boden der Kolonie Gold entdecken, eine Belohnung. Das müsste alle weiteren Fragen im Keim ersticken. Ich brauche wohl nicht eigens zu betonen, dass Sie weder mich noch den Baron kennen.«

Michael nickte. Schließlich hatte er den Auftrag des Geldes wegen übernommen. Ihm war es gleich, ob er damit innerhalb oder außerhalb der Gesetze operierte, solange die Bezahlung gut war.

Während sich die Flasche langsam leerte, teilte ihm Straub Einzelheiten über das Bankkonto und die Höhe des Betrages mit, den er jedem der Männer zahlen durfte. Er war großzügig bemessen. Je länger die Unterhaltung dauerte, desto mehr hatte der Ire den Eindruck, dass er im Auftrag des Barons eine kleine private Armee kommandieren sollte. Das Ganze roch nach einer militärischen Expedition und hatte mit Goldsuche nicht das Geringste zu tun. Doch sofern es sich um eine kriegerische Truppe handelte – gegen wen zog sie ins Feld?

Michael hatte im Laufe der Jahre so manchen Mann getötet. Er hatte sein todbringendes Handwerk in Neuseelands Urwäldern und Südamerikas Dschungeln erlernt und verfeinert. Er war Söldner, Fragen der Politik interessierten ihn schon lange nicht mehr.

Nachdem Straub alles erläutert hatte, beantwortete er Michaels wenige Fragen, so gut er konnte. Dabei ging es um technische Einzelheiten in Bezug auf die Rekrutierung und Ausrüstung der Männer. Als beide überzeugt waren, dass alles gesagt war, lud ihn Straub zum Essen im Gasthof ein. Die Mahlzeit war erstklassig: Steak mit Salzkartoffeln und Kohl. Dazu tranken beide englisches Bier.

Während der Mahlzeit zeigte sich Karl Straub von einer gänzlich anderen Seite als auf der Veranda. Michael hatte sein eingerostetes Deutsch hervorgekramt und Straub wollte mehr darüber wissen, wie er die Sprache gelernt hatte. Er erwies sich als humorvoller Mensch, der so manche interessante Beobachtung über das Leben in den australischen Kolonien beisteuerte. Obwohl sie über dies und jenes redeten, erfuhr Michael nichts über Straub selbst, doch er konnte ihm die eine oder andere Frage über seinen Auftraggeber, den Baron, stellen. Offenkundig war Straub der Ansicht, dass dessen persönliche Angelegenheiten weniger vertraulich waren als die geschäftlichen Dinge.

So erfuhr Michael, dass Penelope Manfred von Fellmann bei einem Verwandtenbesuch in Preußen kennen gelernt hatte. Geheiratet hatten sie unmittelbar vor Ausbruch des deutsch-französischen Krieges, in dem er sich hervortat. Nach dem Krieg war Penelope mit ihrem Gatten nach Australien zurückgekehrt, denn die Familie des Barons hatte beträchtliche Handelsinteressen im Pazifikgebiet, und von Sydney aus konnte er diese glänzend wahrnehmen.

Der Rum und das Bier hatten dem sonst so zurückhaltenden Deutschen die Zunge gelockert, und so sprach Straub über den Baron fast wie über ein Familienmitglied. Es überraschte Michael, dass der Mann so viele private Einzelheiten kannte, und er war mehr denn je davon überzeugt, dass die beiden auf die eine oder andere Weise über das Militär miteinander verbunden sein mussten.

Nach dem Essen kehrten sie auf die Veranda zurück, um die vom Fluss herüberwehende frische Luft zu genießen. Sie leerten miteinander eine weitere Flasche Rum, und erst, als die Sonne allmählich unterging, kehrte Straub in seinen eigenen Gasthof zurück.

Michael blieb allein auf der Veranda sitzen. Je länger die Schatten wurden, desto angenehmer und kühler war die Luft. Das Stimmengewirr auf der Straße nahm an Lautstärke und Aggressivität zu. Die vergnügungssüchtigen Bewohner von Cooktown erinnerten ihn an nachtaktive Tiere auf der Suche nach Beute. Rum und Bier trugen zusammen mit dem friedlichen Sonnenuntergang das Ihre dazu bei, dass Michael in seinem Korbsessel schon bald in einen tiefen und ruhigen Schlaf sank.

Die Erscheinung kam, während Wallarie auf dem sich abkühlenden Boden lag. Der Geist-Krieger aus der Heiligen Höhle zeigte sich ihm und forderte ihn auf, in die Wälder des Nordens zurückzukehren. Die Zeit der Rache sei nah, und er brauche Wallaries Hilfe. Während die Vision verschwand, öffnete Wallarie langsam die Augen. Über ihm lag der mondlose Sternenhimmel mit dem Kreuz des Südens, und eine erfrischende Kühle umgab ihn. Ein Dingo jaulte, und ein Nachtvogel sang sein einsames Lied.

Er stöhnte, nicht nur wegen seines entsetzlichen Durstes und der schmerzenden Wunde, sondern auch, weil der Geist-Krieger Unmögliches von ihm verlangte. Er war zu schwach. Er brauchte unbedingt Leben spendendes Wasser. An einem trockenen Wasserlauf in der Nähe kannte er eine feuchte Bodensenke. Mit letzter Kraft schleppte er sich dorthin, allein geführt von seinem hoch entwickelten Geruchssinn.

Das Brackwasser belebte ihn zwar, doch erinnerte ihn sein beständiger Hunger daran, dass er auch essen musste, wenn er überleben wollte. Die beiden Weißen hatten Lebensmittel, das wusste er, aber sie hatten ihn lieber niedergeschossen, als mit ihm zu teilen.

Hass und Hunger gaben dem ausgemergelten Leib des Darambal-Kriegers neue Kräfte. »Verdammte Schweinehunde«, fluchte er und versuchte aufzustehen. Die Blutung war zum Stillstand gekommen, aber sein Arm war noch immer völlig gefühllos, und er konnte ihn so gut wie nicht gebrauchen. Mehr stolpernd als gehend machte er sich in die Dunkelheit auf, dorthin, wo er seine Waffen zurückgelassen hatte.

Als er sie erreicht hatte, wandte er seine Aufmerksamkeit nach Norden. In diese Richtung waren die Goldsucher unterwegs, die auf ihn gefeuert hatten. Dorthin musste auch er, um den Geist-Krieger aus der Höhle zu treffen. Sobald die Sonne über den Bergen aufgegangen war, würde er die Spuren der beiden Männer finden und Jagd auf sie machen. Sie hatten ihr Recht auf Leben verwirkt.

18

Die Nacht legte sich über den Hafen und sacht hob und senkte sich die Bark, die der Firma Macintosh gehörte, mit den Wellen. Die Abendbrise ließ das leise Läuten von Fahrwasserglocken und gedämpfte Stimmen von in der Nähe ankernden Schiffen herüberdringen. Der Hufschlag von Pferden, die Fuhrwerke oder Kutschen über die Straßen nahe dem Anleger zogen, begann Kapitän Mort auf die Nerven zu gehen. Er saß in seiner Kajüte, über Seekarten und Tidenkalender gebeugt. In Sydney fühlte er sich immer unbehaglich. Dazu hatte er auch allen Grund, denn dort wurde er von der Polizei gesucht. Bald aber würde sein Schiff auslaufen, sobald der preußische Baron aus Samoa eintraf.

Unsicher stand Henry Sims vor der Kapitänskajüte. Der neue Erste Steuermann der *Osprey* hatte viel mit seinem Vorgänger Jack Horton gemeinsam. Wie dieser war er in Sydneys berüchtigtem Stadtteil The Rocks zur Welt gekommen und aufgewachsen, ein zäher, brutaler Bursche im besten Alter, der sich nie um das Gesetz gekümmert hatte. Im Unterschied zu Horton wusste er allerdings weder vom Wahnsinn noch von der Mordlust des Kapitäns.

Mit Segelschiffen kannte er sich nicht besonders gut aus. Doch das war auch nicht der Grund dafür gewesen, weshalb ihm Mort die lohnende Stelle anvertraut hatte. Wichtiger war seine Fähigkeit im Umgang mit einem Messer und seine unerschütterliche Treue zu seinem Vorgesetzten. Seine erste Aufgabe hatte darin bestanden, seinen Vorgänger aus dem Weg zu räumen: ein dunkles Gässchen, ein betrunkenes Opfer und das Aufblitzen einer Klinge hatten genügt, ihm seine Stelle zu verschaffen.

Die Unsicherheit des Ersten Steuermanns war darauf zurückzuführen, dass Mort nicht gestört werden wollte, wenn er sich in seiner Kajüte aufhielt. Zwar wusste Sims, wie er sich zu verhalten hatte, falls Besucher an Bord kamen, die den Kapitän sprechen wollten, aber auf eine Situation wie diese war er nicht vorbereitet. Die Ausstrahlung der Frau, die da vor ihm stand, machte sogar dem vergleichsweise begriffsstutzigen Schläger aus The Rocks klar, dass sie gewohnt war zu befehlen. »Käpt'n Mort?«, rief er zögernd durch die Tür. »An Deck is 'ne Dame, die Sie sprechen will.«

»Wie heißt sie?«, knurrte Mort gereizt.

»Hat sie nich gesagt – nur, dass sie zu Ihnen will.«

Nach kurzer Stille öffnete sich die Kajütentür. Mort trat mit offenem Uniformrock heraus und bellte: »Was zum Teufel will das Weib?«

»Mit Ihnen sprechen, nichts weiter.«

Mort knöpfte seinen Uniformrock zu und folgte Sims. Irgendeine verdammte Hure, die hier ihre Geschäfte machen will, dachte er und stieg zum Deck empor. Er würde sie davonjagen.

Doch kaum sah er, wer da an der Laufplanke stand und den Blick aufs Ufer gerichtet hielt, schwand seine ganze Aggressivität dahin. Kalte Angst schüttelte ihn. Knurrend entließ er den Ersten Steuermann, damit er mit seiner Besucherin allein sein konnte. »Lady Macintosh«, sagte er achtungsvoll. »Was führt Sie auf mein Schiff, wenn ich fragen darf?«

Lady Enid wandte sich ihm zu. »Ich möchte Sie korrigieren, Kapitän Mort«, sagte sie kalt. »Die *Osprey* ist *mein* Schiff und keinesfalls Ihres.«

Von dieser Richtigstellung verwirrt, murmelte Mort: »Ich bitte um Entschuldigung für meine unbeabsichtigte Anmaßung. Aber die *Osprey* steht schon so lange unter meinem Kommando, dass ich mich in jeder Hinsicht für sie verantwortlich fühle.«

»Eine bewundernswerte Einstellung, Kapitän Mort«, gab Lady Enid zur Antwort, doch es klang nicht nach einem Kompliment. »Aber mein Schwiegersohn bezahlt Sie auch großzügig, da dürfen wir das erwarten.«

»Falls ich noch einmal fragen darf, Lady Macintosh, was führt Sie auf die *Osprey*?«

»Offen gestanden habe ich noch nie den Fuß an Deck dieses Schiffes gesetzt«, gab sie zurück, wobei sie sich flüchtig umsah, »und ich war der Ansicht, dass jetzt ein günstiger Augenblick dafür ist.«

»Wofür ein günstiger Augenblick?«, fragte Mort argwöhnisch. Sie war zwar allein, doch am Kai stand eine elegante Kutsche, von deren Bock ein stämmiger Mann zu ihnen emporsah.

Die Besucherin musterte ihn mit ihren smaragdgrünen Augen. Sie kamen Mort so gefährlich vor wie die See. »Um Ihnen mitzuteilen«, sagte sie kalt, »dass ich einen neuen Kapitän brauche, falls Sie unter Mordanklage vor Gericht gestellt werden.«

Von dieser gelassen vorgetragenen Erklärung verblüfft, sah er sie mit offenem Mund an.

Lange hatte Lady Enid diesen Augenblick herbeigesehnt. Sie war bereit, jeden Preis dafür zu zahlen, dass dieser Mann am Galgen endete. Zu sehen, wie ihm die Angst in die Glieder fuhr, war ihre persönliche Art, an ihm Rache für den Tod ihres Sohnes zu nehmen. »Da das wahrscheinlich unmittelbar bevorsteht«, fügte sie hinzu, »sollten Sie morgen früh alle Dokumente, die mit der *Osprey* zu tun haben, beim Sekretär des Unternehmens, George Hobbs, in Verwahrung geben. Sofern Sie das nicht tun, werde ich das zum Anlass nehmen, Sie unverzüglich von Ihrer Aufgabe zu entbinden. In Ihrem Interesse hoffe ich, dass es nicht dazu kommt.« Das war eine faustdicke Lüge, denn Lady Enid würde sich über alles freuen, was ihr Gelegenheit gab, den Mörder ihres Sohnes zu peinigen.

»Mister White dürfte dabei auch noch ein Wörtchen mitzureden haben«, stieß Mort hervor, der sich in die Enge getrieben fühlte. »Sie haben nicht die Macht, mir zu drohen.«

»Sie dürfen meinen Schwiegersohn gern fragen, der nach wie vor die Angelegenheiten der Firmengruppe Macintosh leitet, Kapitän Mort«, gab sie in eisigem Ton zurück. »Die *Osprey* gehört nicht ihm, sondern mir. Er verwaltet sie lediglich, nichts weiter.«

Sie standen an Deck, und die Feindseligkeit, mit der sie einander ansahen, ließ die Luft förmlich knistern. Sie hasste den Mann, der ihrer festen Überzeugung nach ihren Sohn David im Auftrag Granville Whites getötet hatte, und Mort hasste die Frau, die, wie ihm klar wurde, die Macht besaß, ihm das Einzige zu nehmen, was er je in seinem Leben geliebt hatte – sein Schiff.

»Und was würde aus der Expedition, für die der Baron die *Osprey* gechartert hat, falls man mich in Sydney vor Gericht stellte, Lady Macintosh?«, erkundigte er sich. »Würden Sie mich auch dafür durch einen anderen ersetzen?«

Mit kaltem Lächeln gab sie zur Antwort: »Sollte man Sie nicht wegen Mordes festnehmen, was ich für unwahrscheinlich halte, werden Sie den Auftrag ausführen. Der Baron hat gut für unsere Dienste gezahlt, und mir ist Ihre Fähigkeit bekannt, den Erfolg seiner Unternehmung zu gewährleisten.«

»Vielen Dank, Lady Macintosh«, gab Mort sarkastisch zurück. »Ich bin sicher, dass Sie nicht enttäuscht sein werden.«

»Das bin ich auch«, sagte sie unverändert kalt lächelnd. »Gott hat mir die Möglichkeiten in die Hand gegeben, dafür zu sorgen. Und jetzt verlasse ich Sie. Sie haben meinen Sohn auf dem Gewissen. Möglicherweise wird die irdische Gerechtigkeit Sie dafür nicht zur Rechenschaft ziehen, aber wenn die Zeit gekommen ist, wird Gott das tun.«

Mort gab sich keine Mühe, den gegen ihn erhobenen Vorwurf zu entkräften. Das wäre einer Frau wie Enid Macintosh gegenüber, die trotz ihrer geschliffenen Umgangsformen aus Stahl zu sein schien, Zeitverschwendung gewesen. Er sah ihr nach, während sie davonging. Ihrem Schritt war die Zuversicht anzumerken, dass er dem Strang nicht entgehen würde.

Der Kutscher stieg vom Bock, um Lady Enid beim Einsteigen behilflich zu sein. Sie dankte ihm und lehnte sich gegen die lederne Rückenlehne. Sie genoss das Unbehagen, das sie dem Kapitän verursacht hatte, und später würde sie mit der Gewissheit einschlafen, dass den Mörder der Schlaf fliehen würde. Die Ungewissheit seines Geschicks würde ihn Nacht für Nacht martern. Es war nur noch eine Frage der Zeit, bis Daniel Duffy dank seiner glänzenden Fähigkeiten das von Kingsley herbeigeschaffte Beweismaterial zu einer Anklage verdichtete. Was Lady Enid betraf, war die Sache erledigt.

Jetzt konnte sie sich Granville White zuwenden und dafür sorgen, dass auch er die verdiente Strafe für den Mord an ihrem Sohn bekam. Ein weiterer Duffy würde ihr zur Seite stehen, wenn es darum ging, ihren Schwiegersohn zu entmachten. Die Ironie, die darin steckte, entging Lady Enid nicht. Einst hatte man in ihrer Familie den Namen Duffy nicht aussprechen dürfen, doch das hatte sich im Laufe der Zeit durch den sonderbaren Fluch geändert, der die beiden Familien in einer Kette gewaltsamer Todesfälle verband.

Mort sah der Kutsche eine Weile nach. Dann drehte er sich um, suchte seine Kajüte auf und ließ sich schwer auf einen Hocker nieder. Zwar ahnte er nicht, welches Beweismaterial Lady Macintosh gegen ihn in der Hand hatte, doch war er sicher, dass sie nicht gekommen wäre, um ihre Schadenfreude zu befriedigen, wenn sie nichts in dieser Richtung besäße.

Den Blick auf den Degen an der Wand über seine Koje geheftet, grübelte er über ihre Worte und den Besuch an Bord der *Osprey* nach. Aus einem unerklärbaren Grund trat ihm die Erinnerung an einen heißen, staubigen Novembermorgen des Jahres 1862 vor Augen. Ein breitschultriger, bärtiger irischer Gespannführer namens Patrick Duffy war zusammen mit seinem schwarzen Begleiter an einen Baum gekettet. Während dem Iren Morts Degen in den Unterleib fuhr, sah er Mort noch im Tod voll Hass an und spie ihm einen Fluch entgegen, mit dem er ihm einen ähnlich qualvollen Tod wünschte.

Mort schüttelte den Kopf, und sein irres Lachen hallte über das Schiff.

Für seine knapp elf Jahre war der Junge groß und kräftig. In seinen smaragdgrünen Augen lag ein gewisser Trotz, auf keinen Fall aber Unterwürfigkeit. Schon ließ sich seinem Äußeren ansehen, dass ihm die jungen Damen der englischen

Gesellschaft in der Kolonie eines Tages zu Füßen liegen würden.

Als Lady Enid den Jungen sah, verstand sie, was ihre Tochter einst an seinem Vater gefunden hatte. »Was hat dein ... was hat Mister Duffy gesagt, wie du mich anreden sollst?«, fragte sie Patrick, der vor ihr in der Bibliothek stand, entlang deren Wände Schränke voller in Leder gebundener Bücher aufgereiht waren.

»Lady Enid«, gab er zur Antwort.

Sie nickte. Gut! Eines Tages würde er alles erfahren, aber im Augenblick schien er die verwirrenden Ereignisse seines Lebens hinzunehmen, wie sie kamen. Wie ein echter Macintosh besaß er die Fähigkeit, sich schwierigen Situationen anzupassen. Kein Wunder, schließlich floss ihr Blut in seinen Adern, und eben dieses Blut würde er einer langen Reihe von Macintosh-Erben weitergeben. »Ich werde dich Patrick nennen«, sagte sie mit einem kaum wahrnehmbaren Anflug großmütterlicher Zärtlichkeit. »Hat dir Mister Duffy gesagt, was ich mit dir vorhabe?«, fragte sie sanft, während sie hinter ihrem Schreibtisch Platz nahm.

In mancherlei Hinsicht ähnelte die erste Begegnung zwischen ihnen einer geschäftlichen Besprechung. Lady Enid überlegte, ob es nicht besser gewesen wäre, den Jungen im Salon statt in der düsteren Bibliothek zu empfangen.

Aber schließlich war es in mancherlei Hinsicht auch eine geschäftliche Besprechung. Einen Augenblick lang schien der Junge besorgt zu sein – nicht ängstlich wie ein Kind, sondern besorgt wie ein Erwachsener, der sich überlegt, welche Folgen eine geschäftliche Vereinbarung für seine Zukunft haben könnte. Sie wollte nicht, dass er so empfand.

Patrick war von der ganzen Umgebung zutiefst beeindruckt. Er hätte sich nicht im Traum vorgestellt, dass es ein so großes und herrliches Gebäude wie das Herrenhaus der Familie Macintosh geben könnte. Sogar die Bibliothek mit ihren Büchern und den sonderbaren metallenen und hölzernen Dekorationsstücken war wie eine Schatzhöhle. An den Wänden hingen Waffen von Ureinwohnern: Speere, Keulen, Schilde und Wurfhölzer. Der Gedanke, seine Angehörigen verlassen zu müssen, betrübte ihn, zugleich aber erregte ihn alles, was er in dieser neuen Welt, in die man ihn da gebracht hatte, entdeckte. »Stimmt es, dass ich mit Ihnen nach England reisen und dort zur Schule gehen soll?«, fragte Patrick. »Vater hat gesagt, ich würde sehr lange fort sein.« Sie hörte in der Stimme des Jungen ein kaum wahrnehmbares Zittern.

»Aber du kommst zurück«, sagte sie, um seine Besorgnis zu zerstreuen. »Außerdem kannst du deinen Angehörigen aus England schreiben, wann immer du Lust dazu hast.« Es war wichtig, ihm zu helfen, dass er sich auf die Zukunft freuen konnte. Dann kehrte sie in die Gegenwart zurück. »Von Mister Duffy habe ich gehört, dass du gern liest.«

»Und ich boxe gern«, gab Patrick munter zurück. »Onkel Max gibt mir Unterricht. Er hat gesagt, dass ich eines Tages bestimmt so gut werde wie Onkel Michael, dem er das Boxen auch beigebracht hat.«

»Meiner Ansicht nach ist Boxen nicht das Richtige für einen Herrn«, sagte Lady Enid mit dem schwachen Anflug eines Lächelns. »Ich denke, du könntest andere Dinge lernen, beispielsweise auf die Fuchsjagd reiten. Das passt sehr viel besser zu einem Herrn.« So weit kommt es noch, dachte sie, dass der Erbe des Macintosh-Imperiums in der Öffentlichkeit als Faustkämpfer bekannt wird, der sich auf der Straße herumprügelt.

Eine ganze Stunde lang dauerte ihre Unterhaltung, und als sie über alles gesprochen hatten, was einem Jungen am Herzen liegt, hatte sein natürlicher Charme sie schon bezaubert. Sie verspürte das sonderbare Bedürfnis, ihn David zu nennen.

Als Daniel in die Bibliothek trat, fiel ihm auf, dass Lady Enid im Entferntesten nicht mehr so streng wirkte wie zu dem Zeitpunkt, als er Patrick übergeben hatte. Er bemerkte einen Schimmer von Sanftheit an ihr. Vermutlich der Widerschein großmütterlichen Stolzes, dachte er.

Ein Hausmädchen brachte den Jungen in die Küche, wo er sich an Cremetörtchen und Buttermilch gütlich tun konnte, während Daniel Duffy und Lady Enid über die Einzelheiten von Patricks Reise nach England sprachen. Sie versicherte

Daniel erneut, dass sie Patrick als ihren eigenen Enkel behandeln würde. Natürlich bekäme Patrick Gelegenheit, alle Eindrücke seiner Familie im Gasthof Erin mitzuteilen. Aber sie wies erneut darauf hin, wie sehr die Entscheidung, Patrick in England zur Schule zu schicken, im wohl verstandenen Interesse des Jungen liege.

Als Daniel mit Patrick das Anwesen der Macintoshs verließ, musste er unwillkürlich über eine ferne Erinnerung an einen anderen jungen Mann lächeln. Solange Patrick lebte, würde auch Michael leben! Und der Junge konnte mit seinem Charme des Teufels Großmutter um den Finger wickeln – ganz wie sein Vater.

Während Lady Enid der Kutsche nachsah, die durch das große Tor davonfuhr, drehte sich Patrick noch einmal staunend um, um sich den Anblick einzuprägen. Eines Tages wird er begreifen, wer er ist, dachte sie und war zum ersten Mal in vielen Jahren zufrieden. Sein Blut, das zugleich ihres war, würde den Namen Macintosh weitertragen.

19

Michael wusste nicht so recht, was ihn aus seinem tiefen Schlaf geweckt hatte, doch hatten die vielen Jahre eines in Extremsituationen verbrachten Lebens seine Sinne geschärft. Wenn ein Zweig knackte oder Insekten mitten in der Nacht plötzlich verstummten, war das ein Warnsignal. Er hatte umgeben vom Lärm einer Stadt an der Siedlungsgrenze geschlafen. Irgendwo schrie unaufhörlich ein Kind, ein Fuhrwerk rumpelte auf der Straße vorüber, an welcher der Gasthof lag. Frauen lachten schrill, Männer lachten und riefen, außerdem hörte er blechern klingende Klaviere aus den Tanzsälen und das Grölen Betrunkener, die sich an irischen und schottischen Volkstänzen versuchten.

Keines dieser Geräusche hatte ihn aus dem Schlaf gerissen, wohl aber der unheimliche Eindruck, nicht allein zu sein. Er hatte das Gefühl einer unmittelbaren Gefahr.

»Falls Sie an Ihren Revolver wollen, Mister Duffy«, sagte die Stimme aus dem Dunkeln, »lassen Sie es sein, den habe ich.«

Michael schlug die Augen auf. Während er zwinkerte, um den Schlaf zu vertreiben, sah er dort, wo bis zum späten Nachmittag Straub gesessen hatte, undeutlich ein Gesicht, das ihm bekannt vorkam. »So sieht man sich also wieder, Mister Brown«, sagte er, als ihm aufgegangen war, um wen es sich handelte. »Ich hoffe, Sie haben etwas zu trinken mitgebracht oder können mir zumindest einen guten Grund dafür nennen, dass Sie meinen Revolver an sich gebracht haben«, sagte er im Plauderton, während er mit seinem von Alkoholdunst umnebelten Gehirn verzweifelt einen klaren Gedanken zu fassen versuchte. Irgendetwas Wichtiges, das der Engländer gesagt hatte, ging ihm nicht aus dem Kopf. Dann durchfuhr es ihn voll Entsetzen. Schlagartig war er hellwach. Brown hatte ihn mit »Duffy« angeredet!

»Tut mir Leid, Mister Duffy, oder darf ich Sie vielleicht Michael nennen?«, sagte Horace gleichmütig, obwohl er sich keineswegs ganz wohl in seiner Haut fühlte. Je mehr er über den Iren in Erfahrung gebracht hatte, desto größer war seine Hochachtung vor dessen Fähigkeiten als Kämpfer geworden. Daher hatte er vorsichtshalber dessen Revolver an sich gebracht. »Nur Sie und ich wissen, wer Sie wirklich sind.«

Michael überlegte, wie er seinen Revolver zurückbekommen konnte, doch hatte er das dumpfe Gefühl, dass dieser Mister Brown, der ihm da im Halbdunkel auf der Veranda des Gasthofs gegenübersaß, nicht so harmlos war, wie er auf der Überfahrt von Samoa gewirkt hatte.

Unvermittelt gab ihm Horace die Waffe zurück. »Ich glaube nicht, dass Sie den gegen mich richten müssen«, sagte er munter. »Ich bin nicht gekommen, um Ihnen zu schaden.«

Michael nahm den Revolver entgegen. »Sofern Sie mich für diesen Michael Duffy halten, gehen Sie aber ein großes Risiko ein, Mister Brown«, sagte er, den Revolver in der Hand.

Lächelnd schüttelte Horace den Kopf. »Das glaube ich nicht. Bestimmt wissen Sie ebenso gut wie ich, dass es Zeitverschwendung wäre, so zu tun, als wären Sie nicht der Michael Duffy aus Sydney, der eine Weile bei von Tempskys Freischärlern gekämpft hat, später dem Heer der Vereinigten Staaten von Nordamerika angehörte und jetzt als Vertreter deutscher Interessen unterwegs ist. Am besten versuchen Sie gar nicht erst, das zu bestreiten, es würde Ihnen ohnehin nichts nützen.«

Diese gelassen vorgetragenen Worte, die eine so eingehende Kenntnis von seiner Vergangenheit bewiesen, zeigten Michael, dass es in der Tat sinnlos war, seine Identität zu leugnen. »Ich werde Ihre Intelligenz nicht dadurch kränken, dass ich Ihnen widerspreche«, sagte er daher ruhig. »Damit aber komme ich auf das, was Sie in Wirklichkeit sind. Da ›verlorene Söhne‹ Menschen wie mir gewöhnlich nicht von einem Ende des Pazifiks zum anderen folgen, bezweifle ich, dass Sie ein solcher sind, Mister Brown – immer vorausgesetzt, das ist Ihr richtiger Name.«

»So heiße ich in der Tat, Horace Brown«, seufzte er. »In gewisser Hinsicht bin ich wirklich ein verlorener Sohn, jedenfalls, was meine Familie betrifft.«

»Wer aber sind Sie, was den Rest der Welt betrifft?«, fragte Michael argwöhnisch.

»Sagen wir einfach, dass ich großen Anteil an dieser Weltgegend nehme«, gab Brown zur Antwort und achtete sorgfältig darauf, nicht zu viel preiszugeben. »Wahrscheinlich mehr als viele meiner Bekannten in England. Wissen Sie, wir beide haben mehr gemeinsam, als Sie glauben würden, Michael. Nur werde ich nicht wegen Mordes gesucht ... Oder sollte ich lieber sagen, *wurde*? Für Tote gelten Steckbriefe ja nicht, habe ich Recht?«

»Das wissen Sie also auch«, knurrte Michael. Dieser Horace Brown steckte voller Geheimnisse, doch allmählich bekam Michael ein Bild davon, wer oder was dieser Mann wohl war.

Horace nahm die Brille ab, wischte sie am Hemdsärmel ab und setzte sie wieder auf die Spitze seiner Knollennase. »Irgendwann später müssen Sie mir unbedingt mal erklären, wie Sie es geschafft haben, sich für tot erklären zu lassen«, sagte er. »Soweit ich weiß, haben die Maori im Jahre '68 von Tempsky umgebracht. Bedauerlicherweise war es mir nie vergönnt, die schillernde Person des Befehlshabers der Waikato Rangers kennen zu lernen, habe aber von seinem Kollegen Hauptmann Jackson eine Menge über ihn gehört. Ich hätte viel gegeben, mit Gustavus von Tempsky gemeinsam ein Glas zu leeren. Ein wirklich ungewöhnlicher Mensch«, sagte er nachdenklich, wobei er Michael aufmerksam musterte. »Es gibt da durchaus Parallelen zwischen Ihnen beiden, Michael. Man könnte diesen ehemaligen preußischen Offizier, der in Nicaragua als Freischärler gegen die spanischen Truppen und schließlich als Befehlshaber der Forest Rangers in Neuseeland gekämpft hat, einen Glücksritter nennen. Ähnlich wie Sie war auch er ein begabter Zeichner und Maler. Ach, aber Sie hatten nie die Möglichkeit, etwas aus Ihrer Begabung zu machen, nicht wahr? Außerdem war er bei den Damen sehr beliebt. Ich kann mir wirklich gut vorstellen, dass Sie sich mit einem solchen Mann leicht angefreundet hätten.«

Die Detailkenntnis des kleinen Engländers verblüffte Michael. Die genauen Angaben über Michaels militärische Vergangenheit in von Tempskys Einheit konnte er ausschließlich aus Militärarchiven haben. Je mehr ihm Brown über sich selbst mitteilte, desto mehr erfuhr Michael auch über diesen Mann. »Für wen arbeiten Sie, Mister Brown?«, fragte er offen heraus. »Etwa für das englische Außenministerium?«

Horace hielt seinem durchdringenden Blick stand. »Sagen wir einfach, ich arbeite im wohlverstandenen Interesse Königin Viktorias, Gott schütze sie, und für alle, die an ihrem Geburtstag die Fahne hissen. Damit komme ich zu uns beiden und natürlich auch zu Baron von Fellmann.« In geschäftsmäßigem Ton sagte er, wobei er sich ein wenig vorbeugte: »Sie sollten mit mir zusammenarbeiten, in Ihrem eigenen Interesse. Vermutlich steht Ihnen eine lange und glückliche Zukunft bevor, wenn Sie sich dazu entschließen. Stellen Sie sich das Ganze wie eine Ehe vor. Sollten Sie allerdings zu dem Ergebnis kommen, es gebe keine Möglichkeit des Vollzugs, bedaure ich sagen zu müssen, dass eine Weigerung für Sie äußerst unbekömmlich werden könnte.«

Michael verstand den Vergleich nur allzu deutlich. Entweder arbeitete er mit dem Mann zusammen, oder er würde von einem Augenblick auf den anderen im unbehaglichen Polizeigewahrsam sitzen und auf seine Auslieferung in die Kolonie Neusüdwales warten. Dort konnte er ohne weiteres erschossen werden. Als Begründung würde man dann angeben, er habe einen Fluchtversuch unternommen. Dieser Mann, dessen Auftreten in so krassem Widerspruch zu seinem harmlosen Aussehen stand, war gefährlich. Michael hatte Erfahrung im Umgang mit gefährlichen Menschen. »Ich würde mir gern anhören, was Sie zu sagen haben, Mister Brown«, gab er zur Antwort. »Es sieht ganz so aus, als bliebe mir keine Wahl.«

Lächelnd und sichtlich erleichtert ließ sich Horace zurück in seinen Korbsessel sinken. »Ich denke, Sie sollten als Hinweis auf den Beginn unserer ›Ehe‹ die förmliche Anrede aufgeben. Ich heiße Horace und würde es mir als Ehre anrechnen, von einem Mann Ihres Rufes auch so genannt zu werden. Aber bitte nicht Horry, so hat mich mein Kindermädchen gerufen.«

»Ich muss sagen, all das verwirrt mich einigermaßen, Horace. Immerhin haben mich an ein und demselben Tag die Deutschen gefeiert und ein Vertreter der Regierung Ihrer englischen Majestät bedroht – mich, einen Australier irischer Abkunft mit amerikanisch gefärbter Sprechweise.« Michael stieß ein kurzes bitteres Lachen aus.

Horace lächelte. Der Mann ist nicht nur heldenhaft und umgänglich, dachte er, er hat auch Humor. Er konnte ihm seine Wertschätzung nicht versagen, denn er fühlte sich in Gesellschaft von Männern seines eigenen Schlages wohl. In einer durch und durch zivilisierten Welt, die keinen Platz mehr für Wagemut und Draufgängertum bot, waren sie Außenseiter. »Jetzt kann ich Ihnen auch die Frage beantworten, ob ich etwas zu trinken mithabe.« Er holte eine silberne Taschenflasche heraus. »Ich nehme an, Sie sind bereit, mit mir auf unsere gemeinsame Zukunft anzustoßen. Seien Sie versichert, der Lohn für eine Zusammenarbeit mit mir wird Ihren besonderen Fähigkeiten durchaus gerecht. Ich werde Ihnen gleich einige Fragen stellen. Vermutlich ist, was Sie darauf zu sagen haben, sowohl für die Kolonie Queensland als auch für England von entscheidender Bedeutung.«

Michael nahm ein leeres Glas, das neben seinem Stuhl stand, und Horace goss den Weinbrand ein. Dann hob er seine Flasche. Mit den Worten: »Auf Ihre Majestät, Gott schütze sie«, setzte er sie an den Mund.

»Auf den Heiligen Patrick, und mögen die Engländer zur Hölle fahren«, gab Michael zur Antwort und hob sein Glas.

Der Abend war angenehm kühl, als Horace den Söldner verließ, um zu seiner Unterkunft zurückzukehren. Er hatte als Ergebnis seiner Unterredung mit Michael Dringendes zu erledigen. Ein rosa schimmernder feister Gecko an der Wand seines Zimmers gab verblüffend laute Stakkatoklänge von sich, die

Horace zusammenzucken ließen. Er war mit den Nerven ziemlich am Ende und setzte sich seufzend. Den Blick auf die frisch gestrichene Wand gerichtet, überlegte er, wie viel er von Michael Duffy erfahren hatte und mit wem der Ire auf seinem Weg von Samoa nach Cooktown Kontakt gehabt haben mochte. Zwar hatte er gehört, dass die Deutschen ein bedeutsames Vorhaben planten, das den britischen Interessen im Pazifik höchst gefährlich werden konnte, er wusste aber nicht, worum es sich dabei handelte.

Das unter Bismarck geeinte Deutsche Reich bildete in Europa eine aufstrebende Macht. Aus der Geschichte wusste Horace, dass solche Mächte stets imperialistische Gelüste hatten. Bisher hatte Reichskanzler Bismarck noch keine ernsthaften Schritte unternommen, im Pazifik Kolonien zu gründen, wohl aber hatten sich Kaufleute aus dem nahe seiner Heimat gelegenen Hamburg über den ganzen Pazifik ausgebreitet. Ähnlich hatten sich Frankreich, die Niederlande und sogar die Vereinigten Staaten von Amerika verhalten, obwohl Letztere stets jede Absicht, Kolonien zu erwerben, bestritten. Auf diese Weise war Samoa zu einer Art Zankapfel zwischen Amerikanern, Deutschen und Briten geworden.

Horace war fest davon überzeugt, dass England und Deutschland eines Tages auf dem europäischen Kontinent in einen Interessenkonflikt geraten würden. Wenn es so weit war, würden die Deutschen dort, wo sie sich finanziell engagiert hatten, auch militärische Stützpunkte besitzen. Seine Kollegen im Londoner Außenministerium aber hatten über seine radikalen Ansichten gelacht. Englands Erbfeind sei Frankreich, nicht Deutschland, hatten sie gespottet. Obwohl er sie auf den überwältigenden Sieg Deutschlands im Krieg gegen Frankreich hingewiesen hatte, waren die Dummköpfe nicht im Stande gewesen zu erkennen, dass Bismarck begierige Blicke auf die Stellen der Weltkarte gerichtet hielt, die noch nicht mit dem Rot Englands gekennzeichnet waren.

Zwar führte Horace Brown kein Tagebuch, wohl aber fertigte er Berichte an, die er nach London sandte. Er versah den gegenwärtigen mit der Überschrift: »Deutsche Absichten im

Pazifik: künftige Schwierigkeiten«. Er überlegte eine Weile, legte die Stahlfeder neben das Löschblatt und streckte sich, während er aufmerksam zusah, wie der Gecko nach einem Falter schnappte, der sich unvorsichtigerweise die Zimmerdecke als Landeplatz ausgesucht hatte.

Er überlegte, was er inzwischen wusste. Michael Duffy rekrutierte in von Fellmanns Auftrag kampferprobte Männer, angeblich ging es um eine Erkundungs-Expedition. Wohin führte sie? Welche Absicht steckte dahinter? Darauf wusste nicht einmal Duffy eine Antwort. Herr Straub mache einen durch und durch militärischen Eindruck – höchstwahrscheinlich sei er Offizier, hatte er erklärt. Man habe ein Schiff namens *Osprey* unter dem Kommando eines gewissen Morrison Mort gechartert, das mit dem Baron an Bord nach Cooktown segeln sollte. Da Horace von Major Godfrey eingehend über Mort informiert worden war, wusste er, dass es sich bei ihm um eine zwielichtige Gestalt handelte, die für Geld alles tat.

Als der Mann, der im Dienst des englischen Außenministeriums stand, diese Angaben einander zuordnete, kam ihm die Erkenntnis wie eine plötzliche Erleuchtung. Die *Osprey* … der Trupp Schwerbewaffneter, die sich auf das Leben im Busch verstanden und ihre Erfahrungen in der Polizei oder beim Militär gesammelt hatten … Michael Duffys Erfahrung im Dschungelkrieg Südamerikas und ein rücksichtsloser Kapitän, der es gewohnt war, in feindseligen Gewässern Jagd auf Eingeborene zu machen … Im ganzen Pazifik gab es nur ein Gebiet von strategischer Bedeutung, in dem man bis an die Zähne bewaffnet sein oder sich ständig auf einen Trupp kampferprobter Männer verlassen musste und das die Begierde des deutschen Reiches wecken konnte: *Neuguinea*.

Die unmittelbar im Norden des östlichen Teils von Australien gelegene riesige Insel war geheimnisvoll und unerforscht. Die Gebirgskette, die in ihrem Inneren bis zu den Wolken aufragte, war von dichtem Dschungel bedeckt und gerüchtweise hörte man, es wimmle auf der Insel von Kopfjägern und Kannibalen. Sollten die Deutschen dieses Gebiet an sich bringen, konnten sie dort, praktisch einen Steinwurf von wichtigen Besitzungen Englands entfernt, beliebig viel Militär stationieren. Das würde eine massive strategische Bedrohung für die Sicherheit des britischen Weltreichs im Pazifik bedeuten.

Doch all das gründete sich ausschließlich auf Vermutungen. Horace brauchte Beweise für seine Theorie, und der Einzige, den er innerhalb der preußischen Organisation für seine Zwecke einspannen konnte, war Michael Duffy, der allerdings kaum freiwillig der Sache Englands dienen würde. Letzten Endes war er nicht viel mehr als ein Glücksritter, und von Söldnern war allgemein bekannt, dass sie nicht unbedingt für patriotische Ideale kämpften. Ihnen ging es in erster Linie um Geld und das eigene Überleben.

Eines war Horace klar: Er brauchte mehr, um zu erreichen, dass Michael bei der Stange blieb. Er musste etwas finden, das ihn mit Sicherheit den Deutschen in den Arm fallen ließ, sofern diese tatsächlich beabsichtigten, die Insel Neuguinea ihren Besitzungen im Pazifik einzuverleiben.

Der englische Agent nahm den Federhalter zur Hand und notierte sich einige Punkte. Als er die Liste durchging, ging ihm auf, dass die Lösung von Anfang an zum Greifen nahe gewesen war. Dreh- und Angelpunkt war der Kapitän der *Osprey*. Mit ihm als Köder konnte er Duffy dazu bringen, dem preußischen Agenten Einhalt zu gebieten. Während sich Horace in Sydney ausführlich mit Michaels Vergangenheit beschäftigt hatte, war Morts Name wie eine Giftpflanze im Garten der Duffys aufgetaucht.

Mit befriedigtem Lächeln wandte er sich erneut seinem Bericht an London zu. Ob die Dummköpfe dort seinen Ansichten zustimmten oder nicht, war unerheblich. Bis der Bericht in London war, hatten die Deutschen ihr Vorhaben möglicherweise schon durchgeführt, und es lag nicht im Interesse Englands, erst dann zu reagieren. Immerhin hatte er jetzt eine Vorstellung, auf welche Weise er dafür sorgen konnte, das Unternehmen des Barons scheitern zu lassen. Welche Mittel er dazu einzusetzen gedachte, erwähnte er in seinem Bericht nicht, denn im Unterschied zu dem, was das internationale Recht vorsah, nahm er es mit manchen Dingen nicht so genau.

20

Unauffällig musterte Kingsley die aufwändige Einrichtung von Daniels Kanzlei. Ganz wie Enid Macintosh fühlte sich Daniel in Anwesenheit des Kriminalbeamten unbehaglich. Er hielt den Mann für käuflich. War ihm der Polizeibeamte womöglich ausgewichen, als er dessen Wortschwall ruhig unterbrochen und ihn gefragt hatte, ob der sterbende Verbrecher den Namen Michael Duffy genannt hatte?, überlegte Daniel, während er die Notizen vervollständigte, die er sich von Kingsleys Bericht über seine Unterhaltung mit Jack Horton gemacht hatte.

»Was halten Sie davon, Mister Duffy?«, fragte der Beamte schließlich.

Stirnrunzelnd erhob sich Daniel und streckte sich. Er ging zur Tür und warf einen Blick auf die Kanzleigehilfen, die im Nebenraum über ihre Schriftstücke gebeugt saßen. »Ich bedaure, Ihnen sagen zu müssen, Mister Kingsley«, gab er zur Antwort, während er sich umwandte und zu seinem Schreibtisch zurückkehrte, »alles, was Sie mir da gesagt haben, reicht erstens weit in die Vergangenheit zurück und ist zweitens völlig unbewiesen.«

Kingsley machte ein finsteres Gesicht. Er konnte Anwälte nicht ausstehen, und die herablassende Art, mit der dieser seinen Besuch behandelte, bestärkte ihn nur in seiner Abneigung. »Und was ist mit Hortons Geständnis, dass er und Kapitän Mort all die schwarzen Frauen umgebracht haben?«

»Beweiskraft hat lediglich die Aussage eines Augen- oder Ohrenzeugen«, gab Daniel geduldig zurück. »Nicht aber etwas, das man durch Hörensagen von dritter Seite erfährt. Das müsste Ihnen als Polizeibeamtem bekannt sein. So haben wir lediglich die Bekräftigung eines Verdachts, nichts weiter. Keine wirklichen Beweismittel.« Er ließ sich in seinen Sessel sinken und fügte hinzu: »Ich hätte Ihnen gern etwas anderes gesagt.«

Übellaunig stand Kingsley auf. Es begriff, dass er für seine Mithilfe keine weitere finanzielle Entschädigung zu erwarten hatte – schon gar nicht von Leuten wie diesem Duffy. »Dann wünsche ich Ihnen einen guten Tag«, sagte er unvermittelt.

Daniel nickte. Er machte sich nicht die Mühe, den Polizeibeamten zur Tür zu begleiten, sondern blieb sitzen und sah niedergeschlagen die Wand an. Als Kingsley den Raum verlassen hatte, ordnete er die Papiere, die vor ihm lagen. Hätte doch nur Sergeant Farrell Beweise beibringen können, die Mort mit dem Mord an der Prostituierten in Verbindung brachten, dachte er trübsinnig. Etwas aus jüngerer Zeit mit all den Elementen, die bewirken konnten, dass ein Richter die Todesstrafe über den Kapitän verhängte, falls ihn die Geschworenen schuldig befanden. Aber diese Aussicht schien ihm so fern wie die Möglichkeit, dass der Mensch eines Tages zum Mond fliegen könnte. Er hatte das Bedürfnis nach einem kräftigen Schluck. Das Böse schien alles überleben zu können – wie die Ratten im Stadtviertel The Rocks.

Schweißüberströmt erwachte Granville White in den frühen Morgenstunden. Der immer wiederkehrende Traum peinigte ihn, und er verfluchte Michael Duffy. Es war, als verlache ihn der verdammte Ire noch aus dem Grab. Michael Duffy war zwar tot, ging es ihm durch den Kopf, aber womöglich lebte sein unehelicher Sohn noch – allem zum Trotz, was seine Schwiegermutter gesagt hatte. Wenn er nun das Pflegehaus überlebt hatte? Bei dieser Vorstellung überlief ihn ein Schauder.

Er erhob sich tastend aus dem Bett, zog eine Hausjoppe über den Pyjama und begab sich in die Bibliothek. Alle anderen schliefen, und Fiona war über Nacht außer Hause. Die Töchter hatte sie der Fürsorge des Kindermädchens anvertraut. Wahrscheinlich ist sie bei Penelope, ging es ihm voll Bitterkeit durch den Kopf, während er eine Lampe entzündete, deren Lichtschein die Bibliothek erhellte. Dorthin zog er sich immer dann zurück, wenn er seinen abartigen Vergnügungen frönen oder in aller Ruhe planen wollte, was er seinen Feinden anzutun gedachte. Jetzt aber wollte er nachdenken.

Der immer wiederkehrende Albtraum, in dem ihm der tote Ire erschien, quälte ihn, seit ihm seine Schwiegermutter zu verstehen gegeben hatte, seine Stellung sei alles andere als sicher. Unterstrichen hatte sie ihre Drohung mit dem geheimnisvollen Hinweis auf einen von ihr auserwählten Nachfolger. Vorausgesetzt, Duffys Bastard lebte – wohin hätte ihn das alte irische Kindermädchen Molly O'Rourke gebracht, damit er in Sicherheit war? Er setzte sich auf das Sofa und sah mit finsterem Lächeln auf seinen Schreibtisch. Sicher doch zu Michael Duffys Verwandten! So waren die Iren nun einmal, sie hatten Familiensinn und hielten zusammen wie Pech und Schwefel. Jedenfalls wusste er, wo er die Duffys finden konnte!

Wirkliche Macht, das wusste Granville schon lange, bedeutete, Leben und Tod anderer Menschen mit Geld kaufen zu können, und Frauen, denen die mit der Macht verbundene Gefahr gleichgültig war, flogen auf mächtige Männer. Er strich mit der Hand über das Leder des Sofas, während er überlegte, wie er vorzugehen hatte. Als er die glatte Tierhaut unter seinen Fingern spürte, rührten sich die animalischen Begierden in seiner finsteren Seele. Da Fiona nicht da war, stand ihm das Haus für die Nacht allein zur Verfügung. Er musste unbedingt seine Anspannung lösen, und es wäre schade um die schöne Gelegenheit. Er stand auf und ging zum Zimmer seiner Tochter.

Kapitän Morrison Mort blieb lieber in seiner Kajüte auf dem Schiff. Lady Macintoshs ruhig und selbstsicher vorgetragene Drohung hatte die erwünschte Wirkung gezeigt. Mort war ein Opfer seiner eigenen Wahnvorstellungen. Wenn eine Kutsche vorüberfuhr, glaubte er einen Polizeiwagen zu hören, bei jedem Schritt auf Deck über ihm nahm er an, Polizisten seien auf dem Weg, ihn zu verhaften.

Sims hatte auf Lady Macintoshs Anweisung George Hobbs die Schiffspapiere ausgehändigt, da es so aussah, als könne äußerstenfalls der Untergang seines Schiffs Mort aus der Kajüte locken. Lediglich die Aufforderung seines Vorgesetzten Granville White, sich in einem verrufenen Bordell mit ihm zu treffen, war stärker als Morts lähmende Angst.

Er war mit einer Droschke zu einer heruntergekommenen Mietskaserne im Stadtteil Glebe gefahren, wo ihn ein vierschrötiger Türsteher in Empfang nahm. Diesem folgte er ins Innere. Sie kamen an vielen offen stehenden Türen in einem langen Gang vorüber, hinter denen Mort ungepflegte Frauen sehen konnte, die auf Strohsäcken liegend ihre Kunden erwarteten. Angewidert verzog er das Gesicht: Das Ganze hatte keinen Stil. Er hatte in Melbourne bessere Hurenhäuser gesehen.

»Kommen Sie mit ins Büro«, sagte der Schlägertyp.

Mort trat in einen Raum, der deutlich ansehnlicher war als die, an denen er vorübergekommen war. Granville White, der auf einem Bett saß, erhob sich bei Morts Eintritt nicht.

»Wie schön, dass Sie meinem Ruf so prompt gefolgt sind, Kapitän Mort«, sagte er und schickte den Mann, der Mort hergebracht hatte, mit einer Handbewegung fort. »Ich würde Ihnen gern eine Sitzgelegenheit anbieten, aber wie Sie sehen, gibt es in diesem Zimmer keine. Also müssen Sie leider stehen.«

»Das macht mir nichts aus, Mister White«, gab Mort beflissen zur Antwort.

»Ich muss noch einmal Ihre besonderen Dienste in Anspruch nehmen«, sagte Granville. »Ich habe Sie schon lange um keinen Gefallen mehr gebeten.«

Unbehaglich trat Mort von einem Fuß auf den anderen. Ihm war klar, dass Granville ihn auf dem Schiff aufgesucht hätte, wenn es um eine gewöhnliche Geschäftsangelegenheit gegangen wäre. Da er einen anderen Ort benannt hatte, musste es sich um eine außergewöhnlich vertrauliche Sache handeln, eine, bei der es buchstäblich um Leben und Tod ging. Aber wessen Tod?

»Soweit ich gehört habe, ist Ihr Erster Steuermann, Jack Horton, kürzlich auf unglückliche Weise ums Leben gekommen«, sagte Granville. »Haben Sie sich selbst darum gekümmert oder einen anderen damit beauftragt?«

Mort sah ihn kalt an. Auch wenn er keine Angst vor Granville White hatte, so verdankte er ihm doch viel – unter anderem hatte White dafür gesorgt, dass er nicht am Galgen gelandet war. »Es wäre übertrieben zu sagen, ich hätte nichts damit zu tun gehabt«, log Mort. »Aber wenn man es recht bedenkt, war das die beste Lösung.«

Granville lächelte wissend und ließ das Thema fallen. Er hatte eine Antwort auf seine Frage bekommen und würde seine Dankbarkeit später mit einer Sonderzahlung an den Kapitän beweisen. Leute mit Eigeninitiative waren immer nützlich. »Ich habe dieses Treffen nicht arrangiert, um zu erfahren, auf welche Weise Horton ums Leben gekommen ist«, sagte er. »Sie sind hier, weil Sie eine außerordentlich wichtige Angelegenheit erledigen sollen, bevor Sie mit Baron von Fellmann nach Cooktown auslaufen. Es geht dabei um einen Namen, von dem ich weiß, dass Sie ihn gut kennen.«

»Nämlich?«, fragte Mort vorsichtig.

»Duffy.«

Mort erbleichte. Der Name verfolgte ihn aus Gründen, die er einem geistig gesunden Menschen unmöglich hätte erklären können. In zu vielen Nächten auf hoher See war ihm ein alter Ureinwohner im Federschmuck erschienen, dessen Körper mit Ocker bemalt war und der ihn aus den dunklen Winkeln seiner Kajüte einfach nur angesehen hatte. Er war immer in der Stunde zwischen Schlafen und Wachen gekommen, und jedes Mal war Mort dabei der Name Duffy eingefallen. »Ich kenne ihn«, gab er zur Antwort. »Sie wollen also, dass dem verdammten Anwalt Duffy was passiert?«

Granville schüttelte den Kopf. »Nein, der ist harmlos«, gab er zur Antwort. »Ich weiß, dass Sie Leute kennen, die in der Lage sind, einen Jungen von etwa elf Jahren aufzustöbern. Setzen Sie sie darauf an. Der Junge ist höchstwahrscheinlich der Sohn eines anderen Duffy, den ich bedauerlicherweise vor einer Reihe von Jahren gekannt habe, Michael mit Vornamen. Vermutlich haben Sie ihn nicht gekannt, da Sie damals bei der berittenen Eingeborenenpolizei dienten. Ich habe den starken Verdacht, dass der Junge von seinen Angehörigen im Gasthof Erin in Redfern aufgezogen wird, wo auch sein Onkel Daniel Duffy wohnt. Sie sollen feststellen, ob der Junge da lebt.«

»Und falls ich ihn finde, Mister White – was dann?«

»Dann ergreifen Sie geeignete Maßnahmen, um ihn für immer aus dieser Welt verschwinden zu lassen.«

Mort machte ein finsteres Gesicht – nicht etwa, weil er Bedenken gehabt hätte, einen Jungen zu töten, wohl aber, weil diese Aufgabe mit großer Gefahr für ihn verbunden war. Er geriet auf diese Weise in die Nähe des Anwalts, dem es vor einigen Jahren fast gelungen war, ihn an den Galgen zu bringen. »Ich kann die nötigen Vorkehrungen treffen«, sagte er, »kann es mir aber nicht leisten, mich persönlich an der Sache zu beteiligen. Lady Macintosh war kürzlich auf der *Osprey* und hat mir bedeutet, man könne mich im Zusammenhang mit dem Tod ihres Sohnes verhaften. Ich weiß nicht, woher sie Wind von der Sache hat, aber sie hat mit Sicherheit nicht geblufft. Ich hoffe, Sie verstehen, warum ich mich in dieser Angelegenheit aus der Schusslinie halten muss.«

»Durchaus, Kapitän«, sagte Granville verständnisvoll. »Sie sollen auch nur die richtigen Leute auf diese Aufgabe ansetzen. Zugleich kann ich Ihnen versichern, dass meine Schwiegermutter über keinerlei Beweise verfügt, die Sie in Verbindung mit dem Tod meines lieben Vetters David bringen könnten. Sie ist einfach eine verbitterte, hilflose alte Frau, die sich an jeden Strohhalm klammert. Ich kann Ihnen überdies garantieren, dass sie im Laufe der Zeit jede Macht im Unternehmen einbüßen wird und ich der Einzige sein werde, der in der Firma Macintosh zu bestimmen hat. Sie brauchen sich also über diese Drohungen keine Gedanken zu machen. Eines möchte ich noch sagen, das Ihnen sicher gefällt«, fügte er selbstgefällig hinzu. »Wenn Sie den Duffy-Abkömmling, sofern es ihn gibt, aus dem Weg räumen, beschaffe ich die nötigen

Dokumente, die Ihnen beim Tod meiner lieben Schwiegermutter die *Osprey* überschreiben.«

Angespannt sah Mort zu Granville hinüber. Hatte er richtig gehört? Die *Osprey* würde ihm gehören! Nicht einmal in seinen wildesten Träumen hätte er sich eine solche Belohnung ausgemalt. Er würde das Einzige auf der Welt besitzen, was er wirklich liebte. Argwöhnisch sagte er: »Einer solchen Übereignung würde Lady Macintosh nie zustimmen.«

»Sie braucht nichts davon zu erfahren«, gab Granville mit einem kalten Lächeln zurück. »Die Dokumente werden unter der Hand vorbereitet. Es kostet nur einen kleinen Dreh, und schon sind sie juristisch unanfechtbar, und Sie bekommen eine von mir eigenhändig unterzeichnete Ausfertigung. Das Dokument, davon bin ich felsenfest überzeugt, würde vor jedem Gericht Bestand haben.« Mort entspannte sich. Trotz seines Misstrauens allem und jedem gegenüber hatte er Respekt vor amtlichen Schriftstücken. »Ihnen ist sicher klar«, fügte Granville hinzu, »dass die bewusste Angelegenheit mit äußerster Vertraulichkeit behandelt werden muss.«

»Selbstverständlich, Mister White«, gab Mort zurück. »Ich werde mich unverzüglich darum kümmern.« Er sah sich im Raum um und fügte hinzu: »Offen gestanden überrascht es mich, Mister White, von Ihnen in einem solchen Raum empfangen zu werden. Ich hätte gedacht, dass Sie etwas Besseres finden könnten.«

Granville lächelte gequält. »Mit Investitionen in Luxus verdient man kein Geld«, gab er zur Antwort. »Man liefert das Produkt, und der Kunde ist zufrieden, ganz gleich, ob er sich in einem üppig ausgestatteten Harem oder an diesem übel beleumdeten Ort befindet. Wenn Sie also keine weiteren Fragen haben, werde ich das Geld für Ihre Unternehmung beschaffen.«

Mort hatte keine weiteren Fragen. Es war nicht besonders schwierig, einen Jungen aufzuspüren und zu töten, dazu war lediglich ein gewisses Maß an Rohheit erforderlich.

Charlie Heath, der Mann, den Kapitän Mort beauftragte, verstand seine Sache. Obwohl es hieß, er habe den einen oder anderen Mord begangen, war er nie dafür belangt worden. Dieser tückisch dreinblickende vierschrötige Mann fand sein Auskommen in den Gassen von The Rocks, in dessen Schänken er ständiger Gast war. Außer seiner Körperkraft war an ihm noch eine angeborene Gerissenheit auffällig, die es ihm in einer anderen Umgebung ermöglicht hätte, ein mit allen Wassern gewaschener Politiker zu werden.

Heath zählte nicht zu den Stammgästen des Erin, und so wurde Max Braun hinter dem Tresen stutzig, als der Mann dort aufkreuzte und anfing, Fragen über die Familie Duffy zu stellen.

»Was wollen Sie über die Leute wissen?«, fragte Max in aggressivem Ton, als Charlie an die Theke kam, um sich etwas zu trinken zu holen. »Ich finde, Sie stellen zu viele Fragen, mein Freund.«

Charlie sah den stämmigen Schankkellner mit der Unverfrorenheit eines Verbrechers an. »Das geht dich Kohlfresser überhaupt nichts an«, sagte er mit verächtlichem Grinsen. »Ich hab einfach 'n paar freundliche Fragen gestellt.«

Max fixierte ihn, und verblüfft stellte Charlie fest, dass der Deutsche keine Angst vor ihm zu haben schien. »Wenn Sie klug sind, stellen Sie die woanders«, sagte Max. »Die Angelegenheiten der Duffys gehen Sie nichts an. Und jetzt verschwinden Sie oder ich mach Ihnen Beine.«

Diese offene Herausforderung ging Charlie zwar gegen den Strich, doch statt das Messer zu ziehen, wie es ihm sein erster Impuls eingab, sagte er frech: »Ich geh schon, Kohlfresser. Aber deine Visage gefällt mir nich. Wenn ich dich mal auf der Straße seh, rechnen wir ab.« Er wandte sich um und ging.

Max sah ihm nach und prägte sich die Züge des Mannes ein. Der einstige Hamburger Seemann war der Gewalt nicht abhold und durchaus im Stande, einen Menschen zu töten. Er hatte in den fünfziger Jahren in einigen der wildesten Häfen so manches erlebt, bevor er in Melbourne heimlich sein Schiff verlassen und bei den Palisaden von Eureka gegen das englische Heer gekämpft hatte.

Während er mit einem sauberen Tuch ein Glas polierte,

waren seine Gedanken bei dem Gesicht des Fremden. Etwas stimmte mit ihm nicht. Welche Angaben über die Familie Duffy konnten so wichtig sein, dass er sonderbare Fragen über Patrick und Martin stellte? Immerhin waren die beiden noch Jungen. Wenn sich der Mann nach Einzelheiten über Daniel erkundigt hätte, wäre ihm das verständlich erschienen, denn Anwälte machten sich unzufriedene Mandanten schnell zu Feinden.

Mit gefrorenem Lächeln verließ Charlie Heath den Gasthof Erin. Nach allem, was er gehört hatte, war Patrick höchstwahrscheinlich der Junge, dessen Tod Kapitän Mort wünschte. Wenn er jetzt noch feststellte, wie dieser Patrick Duffy aussah, war alles nur noch eine Frage des richtigen Ortes und Zeitpunkts. Bei einem elfjährigen Jungen war das nicht weiter schwierig. Noch nie hatte er so leicht fünfzig Pfund verdient.

Er gab an Kapitän Mort weiter, was er in Erfahrung gebracht hatte, und dieser setzte Granville White davon in Kenntnis. Als feststand, dass Michael Duffys Sohn tatsächlich noch lebte, wurden Granvilles Nächte länger denn je. Diesmal würde es keine Fehler wie vor Jahren bei Michael Duffy geben, schwor er sich. Duffy mochte ein Geist sein, der ihn unaufhörlich peinigte – sein unehelicher Sohn würde dem Vater aber bald in den Tod folgen.

21

»Steine und Fliegen«, sagte Frank zu seinem Gefährten, der neben ihm mit einer Spitzhacke auf einen Quarzbrocken einschlug. »Steine, Fliegen und Nigger«, ergänzte er.

Knurrend erhob sich Harry aus seiner gebückten Haltung, um den Rücken zu strecken. Abgesehen von dem Schwarzen, den sie am Vortag erledigt hatten, war bei ihrem Versuch, außerhalb der eigentlichen Goldfelder am Palmer fündig zu werden, nichts herausgekommen. Er sah sich in der unendlichen Weite um, in der es nichts gab als verkrüppelte Bäume, Felsen und das Flirren des Lichts. »Der Nigger, den du gestern erschossen hast, hat Englisch gesprochen«, sagte er und verlieh damit einem Gedanken Ausdruck, der ihn schon die ganze Nacht beschäftigt hatte. »Findest du das nicht ziemlich sonderbar?«

Frank wollte ausspucken, aber sein Mund war trocken. »Ich glaub nicht, dass man dem hätte trauen können«, gab er zur Antwort. »Man sollte auf alle Schwarzen feuern, sobald man sie sieht.« Er schleuderte einen Quarzbrocken nach einer Eidechse, die sich auf einem Felsen sonnte. »Wie viel Wasser hast du noch?«, fragte er und wischte sich den Schweiß von der Stirn.

»Nicht besonders viel«, gab Harry zur Antwort, während er seine Feldflasche schüttelte. »Noch für einen Tag, dann ist Feierabend.«

»Bei mir sieht es ähnlich aus. Wir sollten wohl besser zu dem Bach gehen, an dem wir gestern vorbeigekommen sind. Da können wir alles auffüllen und an den Palmer zurückkehren.«

Harry nickte. Keiner von beiden hatte zuvor seiner Besorgnis Ausdruck verliehen. Sie waren so sehr darauf erpicht gewesen, eine Goldader zu finden, dass sie nicht auf ihre Sicherheit geachtet hatten. Zu essen hatten sie genug, sie führten reichlich Mehl, Tee, Zucker und Dosenfleisch mit sich. Die größte Sorge in dem nahezu dürren Land, das sie durchquert hatten, bereitete die Beschaffung von Wasser.

Beide schwangen ihre Bettrolle auf den Rücken und machten sich auf den Rückweg. Nach einem knappen Dutzend Schritten blieb Harry stehen, legte die Hand über die Augen und spähte zum Horizont. »Frank«, sagte er leise. »Ich glaub, ich kann da hinten auf der Felskante 'nen Schwarzen sehen.«

Frank blieb stehen und sah in die angegebene Richtung. »Verdammt, du hast Recht«, sagte er. »Wenn das mal nich der von gestern ist. Dabei war ich überzeugt, dass die Krähen den Schweinekerl inzwischen gefressen hätten.« Er hob sein Gewehr und zielte sorgfältig auf die winzige Gestalt, die sie von oben musterte.

Wallarie sah das Rauchwölkchen und hörte gleich darauf den Knall. Er hatte für die beiden winzigen Punkte unter ihm nur ein grimmiges Lächeln übrig. Eigentlich müsste den verdammten Dummköpfen klar sein, dass ihr Snyder-Gewehr nicht bis zu mir trägt, dachte er mit bitterer Befriedigung. Vielleicht sollte er ihnen beibringen, wie man schießt.

»Er hat nicht mal gezuckt«, sagte Harry beeindruckt, »als hätte er keine Angst vor uns.«

»Wir müssen näher ran«, sagte Frank, während er nachlud. »Dann sollst du mal sehen, wie er tanzt.«

Harry war davon nicht überzeugt. Irgendetwas an dem wilden Ureinwohner auf der Felskante beunruhigte ihn. Es kam ihm vor, als seien diesem Dinge bekannt, von denen er selbst nichts ahnte. Kalte Angst schüttelte ihn. »Vielleicht sollten wir ihn einfach zufrieden lassen, dann lässt er uns vielleicht auch zufrieden«, sagte er, wobei ihn ein Schauer überlief. »Die Sache gefällt mir nicht, Frank. Könnte doch sein, dass da noch ein paar Kumpel von ihm warten, die uns ans Leder wollen.«

»Mit deinem LeMat müsstest du doch jeden Schwarzen in

Schach halten können«, sagte Frank. Diese Waffe, ein so genannter Kartätschen-Revolver mit einem zusätzlichen kurzen Schrotlauf, war im amerikanischen Bürgerkrieg bei den Offizieren der Konföderierten sehr beliebt gewesen. Allerdings hatte sie keine besonders große Reichweite.

»Schon, Frank, aber die Sache gefällt mir einfach nicht.«

Frank warf ihm einen verächtlichen Blick zu. »Ich kauf mir den schwarzen Schweinehund und mach ihn fertig«, sagte er, während er mit großen Schritten der Felskante entgegenstrebte. »Wenn du ein Kerl bist, kommst du mit.«

Wallarie sah zu den beiden Männern auf der Ebene hinab. Sie schienen miteinander zu streiten. Sein Auftauchen hatte sie also wie geplant provoziert. Noch mehr befriedigte es ihn zu sehen, dass sie auf ihn zukamen, denn genau das hatte er gehofft.

Auch wenn sein linker Arm noch steif war und er ihn nicht einsetzen konnte, machte er sich keine Sorgen. Er brauchte ihn nicht, denn er hielt seine langen Speere in der Rechten. Wichtig war lediglich, dass ihn die beiden verfolgten. Dabei würde er sie erschöpfen und sie dann zu einem von ihm gewählten Zeitpunkt angreifen. Mit grimmigem Lächeln sah er zu, wie die beiden unter der glühenden Sonne den steinigen Hang erklommen. »Verdammte Mistkerle«, lachte er leise in sich hinein. »Wallarie wartet auf euch.«

Den ganzen Tag lang narrte sie die Erscheinung des wilden Kriegers. Sein Bild tanzte in der flirrenden Luft vor ihnen her, immer außerhalb der Reichweite ihres Gewehrs, während sie hinter ihm drein durch das Gelände stolperten.

»Er führt uns vom Wasser weg«, knurrte Harry und ließ sich zu einer kurzen Rast auf die Knie nieder. Seine Lippen waren vor Trockenheit aufgeplatzt. »Der spielt mit uns Katz und Maus.«

Frank ließ sich auf ein Knie nieder und stützte sich dabei auf das Gewehr. Auch er hatte inzwischen die Situation durchschaut. Der schwarze Mistkerl war gerissen, das musste er zugeben. Immer wieder hatte er unauffällig die Richtung geändert, bis es ihm schließlich gelungen war, sie vom Bachlauf fortzulocken. »Ich glaube, es ist Zeit, dass wir ihn laufen lassen«, räumte er zögernd ein, während er sich wieder aufrichtete.

Zutiefst enttäuscht sah Wallarie, wie sich die beiden Männer umwandten und davongingen. Er hatte gehofft, sie würden ihn bis zum Einbruch der Dunkelheit verfolgen. Aber er wusste, wohin sie gingen. Sie strebten dem Wasser entgegen, wie die Vögel bei Sonnenuntergang.

Trotz seiner Enttäuschung empfand er eine gewisse Befriedigung. Er hatte gesehen, wie sich die beiden im Gelände bewegten, und gemerkt, dass die Kräfte zehrende Verfolgung sie durstig gemacht und geschwächt hatte. Wer Durst hat, kennt kein anderes Ziel, als die unerträgliche Qual zu lindern, die ihn peinigt.

Mit langen Schritten machte sich Wallarie auf den Weg zum Bachlauf, um bis kurz vor Sonnenuntergang zwischen die Männern und den Bach zu gelangen. Er musste dazu ein ungeheures Risiko auf sich nehmen, wohingegen sein ursprünglicher Plan vorgesehen hatte, die beiden bis zum Anbruch der Nacht vom Leben spendenden Wasser fortzulocken. Vor Durst halb wahnsinnig, wären sie dann leicht zu überwältigen gewesen. Jetzt aber hatte sich das Blatt zugunsten der Goldsucher gewendet, ohne dass sie etwas davon wussten.

Das Lächeln grimmiger Befriedigung war von Wallaries Zügen gewichen. Zwar sagte ihm die Vernunft, dass es besser wäre, sein Vorhaben aufzugeben, doch sie war nicht stark genug, ihn an seinem privaten Krieg gegen die Europäer, die sein Volk abgeschlachtet hatten, zu hindern.

Obwohl er allein war, den linken Arm nicht gebrauchen konnte und seine Waffen denen der Weißen unterlegen waren, ließ er nicht locker. Während er dahineilte, kam ihm die Erinnerung an eine ferne Nacht, in der er mit Tom Duffy aufgebrochen war, um die Männer zur Strecke zu bringen, welche die letzten Überlebenden der Vertreibung niedergemetzelt hatten. Dieses Vorhaben war ihnen gegen alle Aussichten gelungen. Hoffentlich bleibt mir Toms Irenglück treu, dachte Wallarie. Er wusste, dass der Geist aus der Höhle bei ihm war, das hatte er ihm in seinen Traumbildern der vorigen Nacht selbst gesagt.

Die Sonne stand tief am Horizont, als Wallarie den letzten Felsgrat erklomm. Das sandige Bachbett vor ihm schien völlig ausgetrocknet zu sein. Er lächelte befriedigt. Es war ihm gelungen, die beiden Goldsucher zu überholen. Diesen hatte die Hitze ebenso zugesetzt wie der Wassermangel und das schwere Gelände. Verstärkt wurden diese Unbilden der Natur noch durch die Furcht, die auf Schritt und Tritt mit ihnen zog: Irgendwo da draußen machte ein Mann, den sie gejagt hatten, nun Jagd auf sie. Wertvolle Stunden vergingen, bis die beiden Goldsucher endlich ihren Weg gefunden hatten.

Der pochende Schmerz in Wallaries Wunde ließ ihn von Zeit zu Zeit unwillkürlich aufstöhnen. Auch ihm machte die Belastung zu schaffen, die er sich zugemutet hatte, um den Bachlauf vor den beiden Goldsuchern zu erreichen. Doch aller Schmerz war vergessen, als er sich jetzt unter den Felsgrat hockte. Nur sein Plan, eine Stelle zu finden, an der er gegenüber den beiden im Vorteil war, beschäftigte ihn. Dabei durfte er sich keinen Fehler leisten, denn das wäre tödlich für ihn.

Prüfend wog er den Speer auf der Speerschleuder. Alles stimmte. Jetzt brauchte er nur noch in seinem Hinterhalt zu warten.

Harry trottete wenige Schritte hinter Frank her. Der LeMat in seiner Hand wog schwer. Rötlich-bläuliche Schatten verschwammen in den Bodenwellen am Horizont, und die orangefarbene Kugel der Sonne schien den Felsgrat unmittelbar vor ihnen zu berühren. Als Harry die Augen zusammenkniff, um nicht geblendet zu werden, kam ihm Frank wie eine sonderbar in die Länge gezogene Gestalt in der Mitte einer orangefarbenen Kugel vor. Außer Stande, länger hinzusehen, senkte er den Blick. Die Augen auf die Fußabdrücke gerichtet, die sein Gefährte auf dem trockenen Boden hinterließ, folgte er ihnen wie ein Schlafwandler. In seinem Kopf gab es nur einen Gedanken: Wasser, kühles, nasses Wasser. Der sonderbare Wilde war vergessen.

Franks unterdrückter Aufschrei riss Harry aus seinen Vorstellungen. Ihn überfiel eine Angst, wie er sie noch nie zuvor erlebt hatte.

»Mich hat's erwischt, Harry«, stieß Frank mit erstickter Stimme hervor, während er geblendet der Sonne entgegentorkelte.

Sein Gefährte hielt etwas umklammert, das sonderbarerweise vorn aus ihm herauswuchs. Es war lang und schmal, und Frank zerrte mit beiden Händen daran, dann stürzte er zu Boden. Erstarrt sah Harry mit zusammengekniffenen Augen in den Glast der untergehenden Sonne. Einen Augenblick lang nahm er eine geistergleiche Erscheinung wahr, die aber verschwand, bevor er zu einer Bewegung fähig gewesen wäre.

»Großer Gott!«, knurrte er. »So ein verdammter Sauhund!«

Frank kniete am Boden; sein Oberkörper lag auf dem Schaft des Speers. Sein gepeinigtes Stöhnen wurde immer leiser, bis es kaum noch zu hören war. Dann fiel er zur Seite, und Harry begriff, dass er tot war.

Mit schussbereitem Revolver sah er sich voll panischer Angst um, sah aber nichts als ein stummes Land mit verkrüppelten Bäumen, Felsen und roter Erde. Er hatte keine Kraft mehr, davonzulaufen. Er war vor Angst wie festgewurzelt, als wäre er einer der stachligen Bäume um ihn herum. Erst die rasch aufeinander folgenden Schüsse aus seinem Revolver und schließlich das leise Klicken, als der Hammer auf eine leere Kammer traf, rissen ihn aus seiner Erstarrung. Er ließ die Waffe fallen und rannte in wilder Flucht auf dem Weg davon, den sie gekommen waren.

Wallarie sah ihm nach. »Dämlicher Sack«, murmelte er einen von Tom Duffys Lieblingsausdrücken vor sich hin und schüttelte den Kopf. Der Goldsucher, der am Boden lag, regte sich nicht mehr. Höchstwahrscheinlich war er tot. Auf zehn Schritt – mit der Sonne im Rücken – hatte er ihn kaum verfehlen können, als er über den sanft ansteigenden Hang auf ihn zugekommen war. Wallarie musste an den kurzen Augenblick denken, in dem der Mann verständnislos auf den Schatten geblickt hatte, der da unvermittelt aus der Sonne getreten war. Es war wie vor vielen Jahren, als er den weißen Siedler Donald Macintosh an einer Wasserstelle mit seinem Speer getötet hatte. Der Goldsucher wollte gerade das Gewehr heben, als ihm die Spitze des Speers in die Brust drang; es fiel zu Boden, ohne dass sich der Schuss gelöst hatte.

Mit einem Schmerzenslaut erhob sich der Darambal-Krieger zwischen den Felsen und ging vorsichtig auf den Toten zu. Frank hielt den Speer nach wie vor umklammert, die gebrochenen Augen waren auf Wallaries Füße gerichtet.

Voll Befriedigung darüber, dass von diesem Weißen keine Bedrohung mehr ausging, hockte sich Wallarie neben ihn und zerrte an der Bettrolle, die der Mann um die Schultern trug. Er löste den Bindfaden, der sie zusammenhielt, und freute sich über den Schatz, der da vor ihm lag: Tee, Zucker, Mehl und Büchsenfleisch. Außerdem ein Strang brauner Tabak. Ihn würde er genießen, nachdem er die Vorräte verzehrt hatte.

Befriedigt seufzend nahm Wallarie das Messer des Toten zur Hand, öffnete eine der Fleischdosen und verschlang den fetttriefenden Inhalt. Als sein Hunger gestillt war, sammelte er die übrigen Vorräte in der Decke. Das Gewehr würdigte er keines Blickes; ihm war klar, dass die Europäer um den Palmer herum Jagd auf ihn machen würden, wenn sie merkten, dass er eine Schusswaffe besaß. Ohne sie hingegen war er ein nicht weiter auffälliger einsamer Schwarzer, der durch das Land zog, das jetzt sie beanspruchten, und die wenigsten würden ihn als Bedrohung empfinden.

Während er in die Dunkelheit davonzog, lachte er in sich hinein. Vielleicht würden Weiße den Leichnam finden. Vermutlich würden sie nicht merken, dass der Speer die unverwechselbaren Widerhaken trug, die ihn als Besitz Wallaries auswiesen, des Nerambura-Kriegers aus dem Süden. Nur schade, dass man den einheimischen Schwarzen die Schuld geben und niemand seine persönliche Fehde gegen die Europäer zu würdigen wissen würde.

Irgendwann im Laufe der Nacht brach Harry zusammen, während er ziellos unter den südlichen Gestirnen umherirrte. Auf der Erde liegend, stieß er jämmerliche Laute der Angst und Verzweiflung aus. Alles Entsetzen, das die Grenze im Norden bereithielt, umgab ihn in der Dunkelheit.

Er und Frank waren gute Kameraden gewesen und hatten die Stadt Melbourne verlassen, um ihr Glück auf den Goldfeldern des Nordens zu suchen. Da sie erst spät gekommen waren, war es ihnen nicht hold gewesen, und so hatten sie sich aufgemacht, weiter im Landesinneren das zu finden, was ihnen das Schicksal ihrer Ansicht nach schuldete. Doch sie waren keine geborenen Buschläufer. Die endlosen Weiten waren ihnen so fremd, wie es eine Stadt für Wallarie gewesen wäre. Die Siedlungsgrenze war voller Schrecken, und der größte von allen war die Einsamkeit. Das Wissen, allein zu sterben und nie gefunden zu werden, bedeutete für Harry die wahre Hölle.

22

Das Lokal French Charley's war in Cooktown als eleganter und kultivierter Ort der Unterhaltung bekannt – eine Oase in der Wüste wilder und zuchtloser Ablenkungen, denen man hier an der Siedlungsgrenze sonst frönte.

Man munkelte, Monsieur Charles Bouel habe aus dem einen oder anderen Grund in Cooktown Zuflucht vor »Madame Guillotine« gesucht. Denen, die es sich leisten konnten, sein Lokal aufzusuchen, war gleichgültig, was er früher getan haben mochte. Sie kamen wegen der ausgezeichneten Speisen und Weine, wegen der erstklassigen Unterhaltung und weil er die hübschesten Mädchen im ganzen Norden hatte. Es hieß, Monsieur Bouel habe ihnen beigebracht, mit französischem Akzent zu sprechen und den berüchtigten Cancan zu tanzen. French Charley's war das mit Abstand beste Restaurant im ganzen nördlichen Queensland. Weit gereiste Feinschmecker und Lebemänner bezeichneten es sogar als das mit Abstand beste in sämtlichen australischen Kolonien.

In diesen berühmten Vergnügungspalast, dessen importierte Einrichtung dem Besucher die Illusion vermittelte, sich in einem der besten Salons des europäischen Kontinents aufzuhalten, hatte Hugh Darlington Kate zum Abendessen eingeladen, als er von Rockhampton zu Besuch gekommen war.

Kate machte sorgfältig Toilette. Von der ungepflegten Gespannführerin in Moleskinhosen war nichts mehr zu sehen. Die schöne junge Frau trug die neueste Kleiderschöpfung aus England mit der dazugehörenden Turnüre.

Als sie wie eine Prinzessin hereingerauscht kam, wandten die bärtigen Goldsucher bei ihrem Anblick die Köpfe. Monsieur Bouel hatte es sich nicht nehmen lassen, sie am Eingang zu begrüßen und ins Lokal zu geleiten. Stets kümmerte er sich persönlich um die Bedürfnisse seiner Gäste, die durchweg begütert waren, denn nur sie konnten sich die Erzeugnisse seiner exquisiten Küche und die Weine aus seinem gepflegten Keller leisten.

Die junge Frau beeindruckte ihn, nicht nur wegen ihrer weithin gerühmten Schönheit, sondern auch durch ihren Ruf als Geschäftsfrau, die ihren Vorteil zu wahren wusste. Zwar hätte Kate es sich ohne weiteres leisten können, jeden Abend dort zu essen, doch suchte eine allein stehende Frau ein solches Lokal normalerweise nicht auf, es sei denn, sie war darauf bedacht, die wohlhabenderen unter den Goldsuchern um einen Teil ihres Vermögens zu erleichtern oder ganz allgemein zur Unterhaltung der Gäste beizutragen.

Kate durchquerte den Raum mit der natürlichen Anmut und Würde eines Menschen, der es gewohnt ist, die Aufmerksamkeit aller auf sich zu ziehen. Sie wusste sowohl, dass man sich nach ihr umsah, wie auch, dass ihre Schönheit ihr wütende Blicke von Monsieur Bouels aufwändig geschminkten Damen eintrug, die mit bärtigen Goldsuchern an den Tischen saßen. Nach einer Weile aber trösteten sich die Damen mit dem Bewusstsein, dass die berühmte Kate O'Keefe nicht als Konkurrentin um die Gunst ihrer jeweiligen Galane auftrat.

Hugh Darlington bedauerte aufrichtig, dass die schöne junge Frau aus seinem Leben verschwunden war. Er war Mitte dreißig und sah gut aus. Mit den gepflegten Händen und dem aristokratischen Auftreten eines Weltmannes unterschied er sich deutlich von den ungehobelten Goldsuchern um ihn herum. Er hielt sich nur für kurze Zeit in der Stadt auf, um beim Aushandeln von Pachtverträgen die Interessen eines großen Schürfkonzerns zu vertreten, der später im Gebiet um den Palmer herum in großem Stil unter Tage nach Gold suchen wollte.

Er erhob sich, als Kate an seinen Tisch geführt wurde. Zwar war ihre Liebesbeziehung vor fünf Jahren mit einem bösen Streit zu Ende gegangen, doch unterhielten sie eine geschäftliche Beziehung, seit Kate mit der Unterstützung seiner Kanzlei über den Kauf der Viehzuchtstation Balaclava verhandelt hatte, die unmittelbar neben Glen View lag. Nach dem Tod ihres Eigentümers Billy Bostock wollten dessen in England lebenden Verwandten den Besitz verkaufen, und Kate hatte ihnen ein großzügiges Angebot gemacht. Ihre Begegnung war kühl verlaufen. Nie würde sie Darlington den Vertrauensbruch verzeihen, hatte er doch in Wahrheit auf der Seite der reichen Familie Macintosh gestanden, weil er die Gelegenheit witterte, dabei zu Geld und Macht zu kommen. Er hatte Kates Entschlossenheit, ihr eigenes Finanzimperium zu errichten, gründlich unterschätzt. Nachdem sie sein wahres Gesicht erkannt hatte, traute sie ihm nicht mehr über den Weg. So kam es, dass er sich schon einige Wochen in Cooktown aufhielt, ohne dass sie mit ihm in Verbindung getreten wäre – bis zu diesem Augenblick.

»Du bist noch viel schöner als bei unserer ersten Begegnung«, sagte Hugh galant, während er Kate flüchtig die Hand küsste. Lächelnd dankte sie ihm für seine Galanterie. Monsieur Bouel rückte ihr den Stuhl zurecht. »Ich habe mir die Freiheit genommen, kurz vor deinem Eintreffen für uns beide zu bestellen«, sagte Hugh. »Hoffentlich hast du wenigstens mit Bezug auf Essen noch denselben Geschmack wie früher. Was deine Empfindungen für mich betrifft, ist das ja leider nicht der Fall.«

»Die Zeiten ändern sich, Hugh, und wir uns mit ihnen«, gab sie zurück und sah ihm dabei in die Augen.

»Wirklich schade für uns beide, dass sich diese Veränderung nicht rückgängig machen lässt«, gab er mit nachdenklichem Lächeln zurück. Zumindest erleichterte ihm ihre Haltung die Aufgabe, die er an diesem Abend zu erledigen hatte. »Ich wünschte wirklich, die Dinge hätten sich anders entwickelt«, sagte er achselzuckend. »Aber du hast dich entschieden, deinen eigenen Weg zu gehen.«

Es fiel Kate auf, dass er so gut aussah und so charmant war wie eh und je. Sie fürchtete sich ein wenig vor der Erinnerung an die Sehnsucht nach ihm, die sie einst empfunden hatte, sagte sich dann aber, dass das Ganze Jahre zurücklag und seither so manches geschehen war, das solche Erinnerungen getilgt hatte.

Diensteifrig stand ein tadellos gekleideter Kellner mit einer Flasche Champagner bereit, um die er eine Serviette gewickelt hatte. Auf ein Zeichen Hughs hin füllte er schwungvoll die Gläser. »Ich habe hiesigen Fisch mit Austernsauce und Gemüse der Jahreszeit bestellt«, sagte Hugh, als Kate an ihrem Glas nippte. »Anschließend gibt es frisches Obst und Mokka.«

»Das klingt sehr gut«, sagte sie freundlich. Sie war in der Tat beeindruckt. »Zumindest können wir diese Dinge gemeinsam genießen, bevor du auf den Grund meines Hierseins zu sprechen kommst.«

Unruhig rutschte der Anwalt auf seinem Stuhl hin und her. »Ja, vermutlich könnte das, was ich dir zu sagen habe, dir den Appetit verderben«, gab er zu. »Daher wäre es wohl besser, das Geschäftliche bis zum Kaffee aufzuschieben.«

Was auch immer er zu sagen haben mochte, es konnte sie nach Wochen unterwegs auf den schwierigen und gefährlichen Karrenwegen zum Palmer und zurück nicht schrecken, dachte Kate. »Von mir aus kannst du auch gleich sagen, worum es geht. Es wird mir den Appetit schon nicht verderben.«

Er hüstelte und holte tief Luft. »Kate, ich kann nicht umhin, dir zu raten: Mach dich mit dem Gedanken an einen Verkauf von Balaclava vertraut. Es ist der Familie Macintosh nicht recht, dass du Grundbesitz gleich neben dem ihren hast.«

»Ist das alles?«, fragte sie munter, als sei ihr ziemlich gleichgültig, was die Macintoshs von ihr hielten. Da zwischen ihr und ihnen Kriegszustand herrschte, freute es sie zu hören, dass man sie als Besitzerin von Balaclava nicht gern sah.

»Bedauerlicherweise nein. Im Übrigen muss ich darauf bestehen, dass du mir den Betrag zurückzahlst, den ich dir im Jahr '68 als Starthilfe geliehen habe. Samt Zinsen«, fügte er zögernd hinzu. Es war ihm unangenehm, von ihr Geld zu verlangen, das gar nicht ihm gehörte. Aber er hatte höhere Ziele, sein Ehrgeiz ging über die Rolle eines Provinzanwalts hinaus. Er wollte für das Parlament der Kolonie kandidieren und brauchte für die Finanzierung seines Wahlkampfes jeden Cent. Das Geld, das er Kate angeblich geliehen hatte, gehörte in Wahrheit Luke Tracy. Jener hatte es ihm seinerzeit in Rockhampton als Kates Rechtsvertreter zu treuen Händen übergeben. Er sollte es an sie unter der Bedingung weitergeben, dass sie nie erführe, von wem es kam. Lukes ausgeprägter männlicher Stolz stand dem im Wege, denn er nahm an, sie könne seine großzügige Handlungsweise als einen Versuch auffassen, ihre Liebe zu kaufen. Diesen Umstand hatte der gewissenlose Anwalt für sich ausgenutzt und so getan, als komme das Geld von ihm. Damit hatte er bei ihr den Eindruck erweckt, als liege ihm wahrhaft an ihr, und diese Lüge hatte dazu beigetragen, ihre Empfindungen für ihn zu festigen.

Kate spürte, wie ihr die Zornesader schwoll. »Damals hast du gesagt, du wolltest es mir als zinsloses Darlehen überlassen«, sagte sie mit beherrschter Stimme. »Ich habe irgendwie den Eindruck, als hättest du mich mit dem Geld nur in dein Bett locken wollen. Weißt du, was ich darüber denke?« Vor Zorn sprach sie immer lauter. »Du hast mich nicht anders behandelt als eine von den Frauen hier um uns herum«, sagte sie wütend und sah zu einem der Tische hin, an dem eine hübsche junge Rothaarige einem Goldsucher im tiefen Ausschnitt ihres Kleides ihre milchweißen Brüste präsentierte.

»So ist es nicht, Kate«, versuchte er, sie zu beschwichtigen. Es war ihm peinlich, dass sich einige Gäste aufmerksam zu ihrem Tisch umdrehten. »Dir muss doch klar sein, dass die Dinge damals anders lagen.«

»Und wenn ich mich weigere, Zinsen zu zahlen?«, fragte sie Hugh, der nervös mit seinem Champagnerglas spielte. »Natürlich war mir bewusst, dass ich das Kapital irgendwann würde zurückzahlen müssen, aber von Zinsen war nie die Rede. Da in deinem Brief lediglich stand, du wolltest mit mir über einen bestimmten Geldbetrag sprechen, nahm ich an, es gehe um ein fälliges Honorar, das ich noch nicht bezahlt habe.«

»Dir bleibt nicht viel anderes übrig«, gab Hugh in drohendem Ton zurück. »Wenn du dich weigerst, werde ich klagen.

Und gegen mich kannst du nicht gewinnen, ich bin Anwalt und kenne die Gesetze.«

»Du Mistkerl«, fauchte sie ihn an, was einen Goldsucher am Nachbartisch zu einem befriedigten Grinsen veranlasste. Er kannte Kate O'Keefe aus ihrer Zeit am Palmer und hatte eine hohe Meinung von der Frau, die ein Ochsengespann über die gefährliche Strecke zu den Goldfeldern zu führen vermochte. Fast tat ihm der Mann Leid, den sie da verfluchte.

Hugh sah sich unbehaglich um und bedauerte jetzt, sich für dieses Lokal entschieden zu haben. Alles verschwor sich gegen ihn! »Kate, mach mir jetzt bitte keine Szene«, bat er. »Hier geht es um geschäftliche Angelegenheiten, und mir ist bekannt, dass du einen Sinn für Geschäfte hast. Die Zinsen werden dein Unternehmen ja wohl kaum in den Ruin treiben. Immerhin kenne ich deine finanzielle Lage.«

Wütend blitzte sie den Mann an, der ihr einst als so begehrenswert erschienen war. Sie fragte sich, was sie je an diesem Widerling gefunden hatte. »In dem Fall weißt du auch, dass mein gesamtes Geld in der Firma Eureka steckt«, gab sie ruhig zur Antwort. »Ich bin im Augenblick wirklich nicht liquide.«

»Damit habe ich nichts zu tun«, sagte Hugh abweisend. »Ich kann dir zwei Wochen Zahlungsfrist einräumen, um das Kapital und die Zinsen aufzutreiben. Solltest du dann nicht zahlen, sehe ich mich gezwungen, dich zu verklagen.«

Bevor Kate etwas sagen konnte, kehrte der Kellner zurück und fragte, ob er die Speisen auftragen könne. »Ich bitte darum«, sagte Hugh, in der Hoffnung, ein voller Magen werde Kate zur Vernunft bringen. Als sich der Kellner zurückzog, legte sich kaltes Schweigen zwischen sie.

Schon bald kehrte er mit einem silbernen Tablett zurück, auf dem ein großer roter Kaiserfisch in einer dunklen Austernsauce lag. Um ihn herum dampften winzige gekochte Kartoffeln und mit Ingwer zubereitetes frisches Gemüse. Doch nicht einmal der köstliche Duft, der von dem Tablett aufstieg, vermochte Kates Appetit anzuregen.

»Du bekommst dein Geld«, sagte sie ohne den geringsten

Versuch, ihren Ärger zu verbergen. »Hast du mir weiter nichts zu sagen?«, erkundigte sie sich.

»Doch ...«, sagte Hugh, während er sich ein Stück von dem saftigen weißen Fleisch des Fisches nahm. »Ich habe einen Rat für dich, und ich hoffe sehr, dass du meine guten Absichten erkennst, die dahinter stehen, und ihn annimmst.«

»Sag mir, worum es geht, und ich werde sehen«, gab sie zur Antwort und sah zu, wie er seine Fischportion auf den Teller legte. Er schien einen erstaunlichen Appetit zu haben.

»Sofern du Wert darauf legst, in Queensland bei deinesgleichen etwas zu gelten, solltest du dich von deinen Teilhabern, den Cohens, trennen. Bestimmten mächtigen Menschen in der Kolonie gefällt es nicht, dass du in so enger Beziehung zu den Juden stehst. Ich sage dir das als dein Freund.«

Kate war empört. Wie konnte er Solomon und Judith so herabsetzen! Sie war ihnen nicht nur geschäftlich verbunden, zwischen ihnen bestand auch eine enge Freundschaft. Mehr noch, diese beiden Menschen standen ihr so nahe wie ihre eigenen Angehörigen in Sydney.

»Ich werde Ihnen etwas sagen, Mister Darlington«, sagte sie wutentbrannt und so laut, dass man ihre Stimme auch an weiter entfernten Tischen noch hören konnte. Das halb volle Champagnerglas in der Hand erhob sie sich und fuhr fort: »Der Liebe und der Fürsorge dieser Juden, wie Sie sie nennen, verdanke ich mein Leben seit dem Tag, an dem ich nach Queensland gekommen bin. Ohne die Cohens wäre ich wohl schon lange tot. In mancherlei Hinsicht verdanke ich auch meinen beträchtlichen finanziellen Erfolg ihrem guten Rat bei der Führung der Firma Eureka.« Nach einer kaum merklichen Pause stieß sie eine kräftige Beschimpfung hervor, die sie einst von Luke gehört hatte. »Sie sind nichts weiter als ein verdammter Floh auf dem Rücken eines Hundes, widerlicher Mistkerl.«

Der Anwalt reagierte zu langsam, und so konnte er nicht verhindern, dass Kate das teure Kristallglas auf dem Tisch zerschmetterte, wobei ihn der Champagner bespritzte. Ein Hochruf ertönte aus den Kehlen der Goldsucher, die aufmerksam verfolgt hatten, wie die schöne junge Frau immer wütender

280

wurde. »Gut gemacht, Mädchen«, riefen sie ihr zu. Für Männer vom Schlage Hugh Darlingtons hatten sie nicht viel übrig, denn in ihm sahen sie einen der hochnäsigen »Stadtfräcke«, die im Unterschied zu ihnen ein angenehmes und behagliches Leben führten.

Peinlichst berührt senkte Hugh den Kopf. Kate hatte ihn in aller Öffentlichkeit gedemütigt, das würde er ihr nie vergessen. Bestimmt nicht.

Kate rauschte aus dem Restaurant, vorüber an dessen Besitzer, der ihr galant versicherte, Monsieur Darlington werde in seinem Hause künftig als Gast nicht mehr willkommen sein. Die legendäre Kate O'Keefe zu verärgern, war unverzeihlich. Sie wusste die ritterliche Geste des Franzosen zu würdigen. Zumindest im Norden Queenslands galt sie mehr als der Anwalt. Der Norden der Kolonie war ihre Heimat!

Die Abendluft strich kühl über Kates vor Zorn gerötetes Gesicht, während sie die Straße entlangeilte, auf der es von Menschen wimmelte. Vom Alkohol und ihrem neu erworbenen Reichtum trunkene Männer riefen der schönen jungen Frau zu, sie solle ihr Geld und ihr Bett mit ihnen teilen. Zumindest machen sie keinen Hehl aus ihren Absichten, dachte sie bitter, während sie über die Charlotte Street ihrem Laden entgegenstrebte.

Ihr ging durch den Kopf, dass sie weit eher in diesen Ort an der Grenze gehörte als in die Gesellschaft kultivierter Menschen. Unwillkürlich musste sie an die beiden Männer denken, die ihr Bett geteilt hatten. Beide hatten sich als Taugenichtse erwiesen. Der erste war Kevin gewesen, der Mann, der ihr am Altar lebenslange Treue gelobt und dieses Versprechen nach nicht einmal sechs Monaten Ehe gebrochen hatte. Als Nächster war Hugh Darlington gekommen und hatte sie mit seinem guten Aussehen und seinen geschliffenen Manieren für sich eingenommen. Und eben dieser Hugh drohte ihr jetzt, er werde gerichtlich gegen sie vorgehen.

Sie war eine starke und unabhängige Frau und kochte vor Wut beim bloßen Gedanken an diese beiden. Männer waren völlig nutzlose Geschöpfe! Als sie dann aber an die männlichen Angehörigen ihrer Familie – und an Luke Tracy – dachte, wurde sie in ihrem Urteil schwankend. Unwillkürlich verlangsamte sie den Schritt, während sie überlegte, was er ihr bedeutete. Nie hatte er etwas von ihr genommen, sondern stets nur gegeben, ohne je eine Gegenleistung zu verlangen – und er war immer da gewesen, wenn sie ihn am meisten gebraucht hatte. Aber er war ein unruhiger Geist, der unbeständig wie die Tropenwinde umherzog, mal hierhin, mal dorthin. Ob sich ein solcher Mann je darauf verstehen würde, sesshaft zu werden, an einem Ort zu bleiben?

Er besaß einen unglaublich verbohrten männlichen Stolz. Einen Tag, nachdem sie ihm den Vorschlag gemacht hatte, eine Erkundungs-Expedition zum Ironstone-Berg zu finanzieren, war er zu ihr gekommen und hatte erklärt, er könne diesen Vorschlag nicht annehmen. Zwar hatte sie seine Bedenken beiseite gewischt, doch er hatte erklärt, es sei ein schwerer Fehler gewesen, ihr wahrhaft großzügiges Angebot anzunehmen. Ohnehin besitze er das nötige Geld selbst, es gehe lediglich darum, es zurückzubekommen. Wo sich dies Geld aber befand, war für Kate ein Geheimnis geblieben.

Sie blieb stehen und seufzte. Ihr ging auf, dass es ihr nie gelingen würde, aus dem alten Herumstreuner ein Schoßhündchen zu machen. Herumstreuner! Sie lächelte in sich hinein. Ja, er war wie ein Hund, der sich lange draußen herumgetrieben hatte – treu, von Wunden bedeckt, bereit, sie zu lieben und zu beschützen. Doch wie ein solcher Hund neigte er nun einmal dazu, ruhelos umherzuziehen. Auch wenn er die Erklärung, er beabsichtige sesshaft zu werden und wirklich und wahrhaftig mit dem Zigeunerleben aufzuhören, ehrlich gemeint hatte, würde er sich nach einer Weile nicht doch wie Henry James nach den im Sattel verbrachten Jahren sehnen, in denen er über die langen, einsamen Pfade an der Siedlungsgrenze geritten war?

Während Henry die Waren im Laden kontrollierte, fiel sein Blick auf Kate, die allein im Dunkeln saß. Er hob die Laterne und sah, dass sie sich eine Träne abwischte. »Geht es dir nicht gut?«, fragte er besorgt.

»Vielen Dank, Henry«, gab sie schniefend zurück. »Ich wollte gerade gehen.«

»War es ein schlechter Abend?«, erkundigte sich Henry und setzte sich neben sie auf ein Nagelfässchen.

»Eher schon ein schlechtes Leben«, gab sie mit kurzem bitterem Lachen zur Antwort.

»Finde ich nicht«, sagte er im Versuch, sie aufzumuntern. »Überleg doch nur, was du in lediglich sechs Jahren erreicht hast. Du besitzt eines der blühendsten Unternehmen in ganz Queensland und so viel Geld, dass du nie wieder arbeiten müsstest. Außerdem hast du hier eine ganze Menge Freunde.«

»Sicher. Aber es gibt Dinge, die man mit Geld nicht kaufen kann«, erwiderte Kate betrübt und legte ihm eine Hand auf den Arm. »Das habe ich inzwischen begriffen. Weißt du, Henry, ich habe Emma stets um das beneidet, was ihr beide aneinander habt.«

»Viel ist das aber nicht«, sagte er achselzuckend. »Die verdammte Pension reicht hinten und vorn nicht. Deshalb sind wir auch dankbar für den Gefallen, den du uns damit getan hast, uns hier zu beschäftigen.«

»Das habe ich nicht aus Barmherzigkeit getan«, gab Kate rasch zurück. »Ihr beide arbeitet sehr schwer, und ich weiß nicht, was ich ohne eure Hilfe getan hätte. Du und Emma, ihr wart einfach großartig.« Sie wusste seine Anteilnahme zu schätzen. Ihr fiel ein, wie sie mit Emma darüber gesprochen hatte, dass Henry unruhig war und ihn seine Tätigkeit im Laden nicht ausfüllte. Auch in ihrer Gegenwart schien er sich jetzt unbehaglich zu fühlen. »Emma hat mir gesagt, du hast dich um eine Anstellung bei dem Amerikaner beworben, über den ich in der Stadt so viel gehört habe. Ich habe Verständnis dafür und werde dir keine Steine in den Weg legen.«

»Ich weiß noch gar nicht, ob ich dafür überhaupt in Frage komme«, murmelte Henry. Er hatte Kate gegenüber ein schlechtes Gewissen. »O'Flynn hat mir gesagt, er muss erst noch eine Bestätigung von oben abwarten.«

»Offen gestanden wäre es mir lieb, wenn er die nicht bekäme«, sagte Kate freundlich. »Nach allem, was ich über diesen O'Flynn gehört habe, macht er mir keinen besonders seriösen Eindruck. In Cooktown heißt es, er suche Männer für eine ausgesprochen gefährliche Unternehmung, deren Ziel niemand kennt. Wenn dir etwas zustieße, wäre das für Emma und Gordon eine Katastrophe. Nein, Henry. All das hast du mit deinem Ausscheiden aus der berittenen Eingeborenenpolizei ein für alle Mal aufgegeben.«

»Weißt du, Kate«, sagte er mit breitem Lächeln, »ich hatte den Eindruck, dass O'Flynn seine Sache versteht. Übrigens erinnert er mich in mancher Hinsicht an dich. Ich glaube, wenn du als Mann auf die Welt gekommen wärst, würdest du ihm in vielem ähneln.«

»Ich kann mir nicht vorstellen, dass wir viel gemeinsam haben«, gab sie mit heftigem Kopfschütteln zur Antwort. »Ich halte ihn für einen von denen, für die der Zweck die Mittel heiligt – Hauptsache, er erreicht sein Ziel.« Beide lachten.

Wenn Kate das für angebracht hielt und ihren Kopf durchsetzen wollte, konnte auch sie durchaus zu ungewöhnlichen Mitteln greifen, überlegte Henry. »Komm doch mit zu uns nach Hause und unterhalte dich eine Weile mit Emma«, regte er an, während er sich steif von dem Nagelfässchen erhob und sein Bein mit der alten Kriegsverletzung vorsichtig streckte.

Unterwegs berichtete ihm Kate von der Begegnung mit Hugh Darlington und davon, dass der Anwalt auf Biegen und Brechen das Darlehen zurückhaben wollte und obendrein auch noch Zinsen dafür verlangte. Henry lachte, als sie ihm erzählte, auf welche Weise sie ihn zum Gespött der Goldsucher gemacht hatte.

Auch Luke Tracy befand sich zu Besuch im Hause des Ehepaars James, als Henry und Kate eintrafen. Kate begrüßte ihn recht kühl und ging sogleich zu Emma. Achselzuckend gingen die beiden Männer vor die Tür und setzten sich auf einen Holzstoß.

»Soweit ich weiß, geht es Kate heute Abend nicht besonders gut«, sagte Henry.

Luke nickte. »Verdammte Weiber«, knurrte er. »Ich hab keine Ahnung, was ich wieder mal verbockt hab. In einem Augenblick sieht sie aus, als wenn sie sich freute, mich zu sehen, und dann …«

Henry knurrte sein Mitgefühl hervor und brachte eine Flasche dunklen Rum zum Vorschein, aus der er Luke reichlich eingoss. Während sie aus den verbeulten Blechbechern tranken, berichtete Henry, was er über Kates Zusammentreffen mit dem Anwalt aus Rockhampton erfahren hatte.

»So, so, der verdammte Betrüger sagt, er will sein Geld zurück«, knurrte Luke wütend. »Dabei gehört ihm das nicht mal.« Er wühlte in seiner Hosentasche und gab Henry einen abgegriffenen Zettel. »Das ist eine von Darlington unterschriebene Quittung über einen hohen Betrag«, erklärte er. »Wie ich gerade von Ihnen höre, hat der Halunke Kate nur die Hälfte von dem gegeben, was er ihr geben sollte. Den Rest hat er offenbar unterschlagen.«

Henry gab ihm die Quittung zurück. »Sind Sie deshalb im Jahr '68 nach Amerika zurückgegangen?«

»Um ein Haar wäre ich als Erster am Palmer gewesen«, gab Luke bedrückt zur Antwort. »Ohne den verdammten Schweinehund hätte ich es 1868 geschafft, vor Hahn und Mulligan. Dann würde man jetzt mich als den Mann kennen, der die Goldfelder da entdeckt hat. Aber der gottverdammte Schurke Darlington hat mich damals in Rockhampton an die Greifer verpfiffen, weil ich Gold schwarz eingetauscht habe. Von Solomon Cohen habe ich den Tipp gekriegt, dass die hinter mir her waren. Ich musste bei Nacht und Nebel aus Queensland verschwinden und Kate verlassen …« Er verstummte. Wie konnte er einem anderen Mann mitteilen, was er für Kate empfand? »Und jetzt sitz ich hier, bin abgebrannt und brauch dringend Geld, um im Süden nach Gold zu suchen.«

»Kate wollte Sie doch finanzieren«, sagte Henry. »Warum ist nichts daraus geworden?«

Luke senkte den Kopf und sah zu Boden. »Ich kann von einer Frau kein Geld annehmen«, murmelte er bedrückt. »Schon gar nicht von Kate.«

»In dem Fall wüsste ich jemanden, der eine gut bezahlte Arbeit für Sie hat«, sagte Henry ruhig. »Ich glaube, es ist genau das, was Sie brauchen.«

Interessiert hob Luke den Blick. »Ist die Sache auch einwandfrei?« Mit breitem Lächeln fragte Henry zurück: »War die Art, wie Sie damals das Gold verkauft haben, einwandfrei?«

»Eigentlich nicht.«

»Wie es aussieht, geht es um eine Erkundungs-Expedition irgendwo im Norden. Der Mann sagt, dass er dafür ausschließlich Buschläufer brauchen kann, die Erfahrung im Militär oder bei der Polizei haben.«

»Hab ich nicht«, gab Luke kurz angebunden zurück.

»Die Narbe da haben Sie sich ja wohl beim Kampf in Eureka geholt, oder etwa nicht?« erinnerte ihn Henry. »Waren Sie nicht damals bei der Revolverschützen-Brigade der California Rangers? Das waren zwar Freischärler, aber trotzdem eine militärische Einheit.«

Luke sah ausdruckslos in die Nacht. »Ja«, gab er mit sehnsüchtig klingender Stimme zurück. »Vielleicht hat der Bursche, der die Leute sucht, was für Veteranen von Eureka übrig, ganz gleich, auf welcher Seite sie gekämpft haben.«

»Das denke ich schon«, sagte Henry und nahm den letzten Schluck aus der Flasche. »Er ist ein Yankee wie Sie. Ganz sonderbar, wie er mich an Kate erinnert. Er heißt Michael O'Flynn. Ich nehme Sie morgen mit zu seinem Gasthof.«

»Falls ich die Stelle kriege«, sagte Luke, den Blick nach wie vor auf den Sternenhimmel gerichtet, »muss ich unbedingt noch was erledigen, bevor es losgeht. Ich brauche dabei Ihre Hilfe. Es hat mit dem verdammten Schweinehund Darlington zu tun.«

Henry hörte zu, wie ihm Luke erläuterte, was er mit dem Anwalt aus Rockhampton vorhatte. Als er geendet hatte, sagte Henry lediglich: »Falls die Sache schief geht, enden Sie entweder durch eine Kugel aus dem Hinterhalt oder am Galgen. Viel andere Möglichkeiten sehe ich da nicht.«

»Werden Sie mir helfen?«, knurrte Luke.

Achselzuckend erhob sich Henry. »Wenn Sie wirklich tun wollen, was Sie mir da gesagt haben, lieben Sie entweder Kate weit mehr als jeder andere auf der Welt, oder Sie sind total verrückt. Auf jeden Fall mache ich mit.« Mehr Worte brauchte es unter guten Freunden nicht.

23

Menschen, denen die chinesischen Goldsucher und Kaufleute ein Dorn im Auge waren, klagten, Cooktown verkomme zum Kanton Australiens. Die Chinesen hatten kaum etwas anderes zu verlieren als ihr Leben und kamen zu Tausenden auf Robert Towns Schiffen aus Hongkong nach *Xin Jin Shan* – Neuer Goldberg –, wie sie Queensland nannten.

Sie blieben unter sich, schufteten schwer und suchten an Stellen nach Gold, die von Europäern längst aufgegeben worden waren, weil sie ihnen nicht einträglich genug erschienen. Aus diesem angeblich unergiebigen Boden holten sie Gold – Grund genug, die Feindseligkeit der Weißen zu schüren, die sich durch ihren Erfolg betrogen fühlten.

Im Chinesenviertel von Cooktown war ihre Anwesenheit unübersehbar. Aus den Lokalen drang das Aroma exotischer fernöstlicher Gewürze und fremdartiger Speisen. Opiumhöhlen und Bordelle verströmten den beißenden Geruch des Rauschgifts, der sich mit dem Duft der Räucherstäbchen aus den chinesischen Tempeln vermengte. An den Orten, an denen sie chinesischen und europäischen Goldsuchern ihre Körper feilboten, fächelten wie Puppen aussehende junge Frauen mit qualvoll eingebundenen winzigen Füßen gegen die tropische Hitze an. Das Chinesenviertel war eine Welt für sich, in der die asiatischen Geheimbünde regierten.

Voll Überraschung sah Michael Duffy, wie jung sein Führer John Wong war. Anfangs hatte er ihn für einen Goldsucher gehalten – ein kräftiger Mann mit goldfarbener Haut und kohlschwarzen Augen. Doch als er eine der winzigen jungen Frauen vor einem der Bordelle auf chinesisch ansprach, ging ihm auf, dass er Eurasier sein musste. Die Frau lachte schüchtern hinter ihrem Fächer, und John lächelte breit.

Michael folgte ihm zu einem verfallenen Wellblechschuppen. Der Geruch schwitzender Leiber sowie von Opium und getrocknetem Fisch schlug den Eintretenden entgegen. Befremdlich, aber nicht wirklich unangenehm.

Dicht gedrängt hockten Chinesen um eine mit Schriftzeichen bedeckte Metalltafel. Wegen der erdrückenden Hitze trugen sie kaum mehr als eine Art Lendenschurz.

»Ach, Fan Tan«, sagte Michael. Er hatte das Spiel auf der Seereise nach Brisbane bei Chinesen gesehen.

»Spielen Sie auch Fan Tan, Mister O'Flynn?«, fragte John.

»Nein«, gab Michael zur Antwort, während die schwitzenden Spieler um die Platte herum miteinander redeten. »Sieht interessant aus, aber ich kann es nicht.«

»Es ist ziemlich einfach«, erläuterte John. »Die Zeichen an den Seiten der Tafel stehen für die Zahlen eins bis vier. Der Spieler sagt, auf welche Seite er sein Geld setzen will, und der Bankhalter, wie man ihn nennen könnte, hat ein paar Dutzend Messingmünzen, die als Spielmarken dienen. Sehen Sie, jetzt wirft er sie in einem Haufen auf den Boden.«

Michael sah mit dem Interesse eines Berufsspielers zu. Der Bankhalter stülpte einen Becher über einige der chinesischen Münzen, die er auf den Boden geworfen hatte, und schob mit entschlossener Handbewegung die übrigen beiseite. Dann hob er den Becher und ordnete die Münzen rasch in Vierergruppen an. Als er mit Zählen fertig war, lächelte einer der chinesischen Spieler an der Metalltafel triumphierend, und die Männer hinter ihm klopften ihm auf den Rücken.

»Was hat das zu bedeuten?«, fragte Michael. Er verstand nicht, was vor sich gegangen war.

»Ziemlich einfach«, sagte John mit breitem Lächeln. »Wenn der letzte Stapel durchgezählt ist, entspricht die Anzahl der übrig gebliebenen Münzen einer Seite der Tafel. Der Gewinner bekommt das Dreifache seines Einsatzes. Man könnte sagen, für jeden Spieler steht die Aussicht zu gewinnen, eins zu vier. Eigentlich doch gar nicht schlecht.«

»Spielen Sie selbst auch Fan Tan?«, wollte Michael wissen.

»Ich spiele lieber Poker«, sagte John lachend. »Wissen Sie, mit meiner undurchdringlichen asiatischen Miene habe ich beim Spiel gegen euch Europäer einen Vorteil. Wie ich gehört habe, spielen Sie selbst ziemlich gut Poker, Mister O'Flynn. Zumindest hat Mister Horace Brown das gesagt. Wir sollten uns mal zu ein paar freundschaftlichen Runden zusammensetzen.«

»Haben Sie bei Brown Pokerspielen gelernt?«, fragte Michael. John schüttelte den Kopf. »Wirklich schade«, seufzte Michael. »Ich habe irgendwie das Gefühl, dass ich gegen Sie nicht ankommen würde.«

John lächelte über das Kompliment. Der Ire flößte ihm Vertrauen ein. John besaß die Fähigkeit, Menschen einzuschätzen. Das hatte ihn eine Welt gelehrt, die ihm wegen seiner Herkunft aus zwei verschiedenen Kulturen zum Außenseiter gemacht hatte. Im Umgang mit Asiaten wie mit Weißen hatte er stets Vorsicht walten lassen. Instinktiv merkte er, wer ihn gelten ließ und wer nicht. Dieser Mann schien ihn gelten zu lassen.

Er ging Michael durch eine Tür voran, die so niedrig war, dass beide den Kopf einziehen mussten. Der Raum, den sie betraten, hätte sich ohne weiteres irgendwo im Fernen Osten befinden können; der Geruch nach Sandelholz, Weihrauch und Opium erfüllte die Luft. Vor einem Buddhaschrein brannten Räucherstäbchen. Ein Chinese unbestimmbaren Alters – Michaels Ansicht nach hätte er ebenso gut dreißig wie sechzig Jahre alt sein können – ruhte auf einem Kissenlager. Der Blick seiner stechenden Augen ließ Michael vermuten, dass er gefährlich sein konnte. Neben ihm sah er Horace, der leise etwas in dessen eigener Sprache zu dem Chinesen sagte, während dieser Michael aufmerksam musterte. Er wurde Michael als Su Yin vorgestellt. Dieser wohlhabende Kaufmann vertrat in Cooktown einen mächtigen Geheimbund mit Sitz in Hongkong.

»Ah, Michael«, sagte Horace mit leicht undeutlicher Stimme. Er hatte wohl Opium geraucht, denn in seinen Augen lag der abwesende Blick eines Menschen, der im wachen Zustand viele schöne Träume erlebt hat. »Offenbar ist es Mister Wong gelungen, Sie ohne Schwierigkeiten herzubringen.«

»Wie Sie sehen«, gab Michael zur Antwort und sah sich misstrauisch in dem dunklen Raum um. »Ein ungewöhnlicher Treffpunkt, aber ich sehe, dass Sie hier zu Hause sind.«

»Mister Su und ich haben gemeinsame Interessen, und wie Sie sehen, schätzen wir auch denselben Zeitvertreib«, gab Horace zurück und setzt sich schwerfällig auf. »Im Übrigen halte ich es für ziemlich widersprüchlich, dass wir Engländer den Chinesen erst das Opium aufzwingen und sie dann verdammen, weil sie es gebrauchen. Ich selbst ziehe es dem Wacholderschnaps vor. Das hat aber mit dem Grund unseres Zusammentreffens nichts zu tun. Machen Sie es sich bequem. Wir haben viel zu besprechen.«

Michael setzte sich auf den Boden, was ihm unbehaglich war, weil er dabei mit den Knien an sein Kinn stieß. John setzte sich neben ihn, die Beine so untergeschlagen, wie Michael das bei Buddhafiguren gesehen hatte. Diese Art zu sitzen schien auch Brown leicht zu fallen, und Michael fragte sich, wie er diese unbequeme Haltung so lange einnehmen konnte.

»Mister Su spricht nicht Englisch«, erklärte Horace. »Er hat uns aber freundlicherweise gestattet, uns von Zeit zu Zeit hier zu treffen, so dass Dritte davon kaum erfahren dürften. Jeder, der Sie in diesem Teil der Stadt gehen sieht, wird annehmen, dass Sie auf dem Weg zu einer der, äh, asiatischen Einrichtungen sind, die fleischliche Genüsse versprechen. Goldsucher tun das häufig.«

Michael musste ihm Recht geben: Der Treffpunkt war gut gewählt. Er eignete sich weit besser als eine der Lokalitäten der Europäer, wo man sie unter Umständen neugierig beäugen würde. Mit den Worten »Danke, John«, entließ Horace den jungen Mann. »Mister O'Flynn und ich werden allein mit Ihrem Vorgesetzten sprechen.«

John nickte und erhob sich. Su sog weiter an seiner Opiumpfeife und glitt in die Träume, die ihm die Droge vorgaukelte, während er zusah, wie die beiden Europäer miteinander sprachen. Er wusste, dass ihm Brown anschließend alles Wichtige mitteilen würde. Außerdem war ihm klar, dass sich John Wong nicht weit entfernen, sondern das Gespräch belauschen würde. Der Mann an der Spitze des Geheimbundes hielt nicht viel von Vertrauen, wohl aber schätzte er Browns Freundschaft. Ein interessanter Mann, der ihm bei den Spitzen der britischen Verwaltung in Hongkong so manche Tür geöffnet hatte. Zwar hatte das seinen Preis, doch verlangte Brown überraschend wenig und gab sich mit Informationen zufrieden. Vermutlich war der Mann ein Spion. Das aber war Su gleichgültig. Für ihn zählten die finanziellen Vorteile, die seine Beziehung zu Brown seinen geschäftlichen Unternehmungen in Hongkong und Queensland eröffnete.

»Ihr chinesischer Freund Mister Su kommt mir vor wie eine Klapperschlange«, sagte Michael ruhig.

»Nun«, gab Horace zurück. »Es empfiehlt sich jedenfalls nicht, ihm in die Quere zu kommen. In Indien leben Männer, die im Stande sind, eine Kobra mit Musik zu beschwören. Ich habe das auf Märkten selbst mit angesehen. Vermutlich könnte man Mister Su mit einer Kobra vergleichen, die ich beschwören kann. Er ist dennoch durchaus in der Lage, mich zu beißen, wenn die Musik aufhört.« Michael verstand die Parallele. Horace lebte in einer Welt, deren empfindliches Gleichgewicht mehr auf Belohnung als auf Vaterlandsliebe beruhte. »Vermutlich hat er John den Auftrag gegeben, unser Gespräch zu belauschen«, fuhr er fort. »Das ist aber unerheblich, denn wir werden über Dinge reden, für die sich Su kaum interessieren dürfte.«

Inzwischen hatte Michael sechs Männer der von Straub gewünschten Art angeworben. Es war ihm nicht schwer gefallen, sie unter den erfolglosen Goldsuchern zu finden, die darauf brannten, die Stadt möglichst mit dem nächsten Schiff hinter sich zu lassen. Die Kunde von dem einäugigen Yankee, der Männer für eine Erkundungs-Expedition suchte, hatte in der Zeltstadt außerhalb Cooktowns und in den vielen Schänken rasch die Runde gemacht. Da die Bezahlung mehr als großzügig war, strömten die Bewerber förmlich in Michaels Gasthof.

Michael gab Horace ein Blatt Papier mit den Namen der sechs von ihm Angeworbenen. Neben jedem Namen hatte er die einschlägigen Erfahrungen seines Trägers aufgelistet. Horace entfaltete das Blatt und ließ den Blick über die Namen gleiten. Nur einer davon sagte ihm etwas. »Wie gut kennen Sie den zweiten Mann auf Ihrer Liste?«, fragte er, wobei er Michael das Blatt hinhielt und auf den Namen wies.

»Ein kräftiger Bursche. Er sagt, er habe auf der Krim gekämpft und sei danach im Rang eines Sergeant bei der berittenen Eingeborenenpolizei gewesen«, gab Michael zurückhaltend Auskunft. »Er ist zu mir gekommen, weil er gehört hat, dass ich Leute einstelle. Er hinkt, sagt aber, dass ihn das nicht weiter behindert.«

»Mit Henry James werden Sie Schwierigkeiten haben«, sagte Horace gelassen. »Ich könnte mir denken, dass Sie dies und jenes nicht wissen, und deswegen will ich es Ihnen sagen. Falls wahr ist, was man mir gesagt hat, hätte Mister James nicht lange zu leben, falls er je einen Fuß an Bord der *Osprey* setzte.«

»Was zum Teufel ist die *Osprey*?«, fragte Michael, verärgert, weil Brown und Straub ihn in Unwissenheit gehalten hatten.

»Ein Sklavenhändlerschiff, dessen Kapitän Morrison Mort heißt. Sagt Ihnen der Name etwas?«, fragte Horace im vollen Bewusstsein, dass es sich so verhielt.

Michael erbleichte. »War der auch mal bei der berittenen Eingeborenenpolizei?« In seinen Augen lag mit einem Mal ein sonderbar Furcht einflößender Ausdruck, der Horace Unbehagen bereitete.

»Genau der«, sagte er mit bedeutungsschwerer Stimme. Innerlich frohlockte er über die Reaktion, die er mit der Erwähnung des Namens hervorgerufen hatte. Ja, dachte er, jetzt wird der Ire auf jeden Fall mit mir an einem Strang ziehen.

»Dieser feige Mörder!«, stieß Michael wütend hervor. Seine unauffälligen Erkundigungen in Brisbane hatten bestätigt, dass dieser Mort seinen Vater auf dem Gewissen hatte. Auch wenn eine Kugel aus dem Karabiner eines Eingeborenenpolizisten seinen Bruder Tom getötet hatte, war es ohne weiteres möglich, dass Mort auch dabei sozusagen den Finger am Abzug gehabt hatte.

»Ich hatte mir schon gedacht, dass Sie gern mit Kapitän Mort abrechnen möchten«, sagte Horace. »Immerhin hat er eine Menge Leid über Ihre Familie gebracht. Ich glaube nicht, dass Ihnen ein Gericht zu dieser Art von Gerechtigkeit verhelfen würde.«

»Natürlich nicht«, knurrte Michael. »Das muss ich schon selbst in die Hand nehmen.«

»Gut!«, gab Horace geradezu fröhlich zurück. »Dann dürfte es Sie interessieren, was ich vorhabe, falls die *Osprey* mit dem Baron nach Neuguinea segelt, was ich sehr stark vermute.«

»Was meinten Sie, als sie sagten, es würde das Ende von Henry James bedeuten, wenn er einen Fuß an Bord der *Osprey* setzte?«, erkundigte sich Michael.

»Na ja. Das ist eine lange Geschichte. Kurz gesagt hat unser Mister James vor etwa zehn Jahren dafür gesorgt, dass Mort seine Anstellung bei der berittenen Eingeborenenpolizei verlor. Soweit ich gehört habe, hatte Mort eine Reihe von Menschen umgebracht, in erster Linie Schwarze. Es sieht so aus, als hätte er einen Polizisten auf dem Gewissen, der James ziemlich nahe stand. Ich kann verstehen, wie das auf ihn gewirkt haben muss. Auch ich habe mal einem Schwarzen nahe gestanden, auf Samoa. Als man den umgebracht hat, hab ich das persönlich genommen.« Während Horace das mit sehnsuchtsvollem Klang in der Stimme sagte, musste er an den jungen Mann denken, der einst sein Liebhaber gewesen war. Er war ums Leben gekommen, als ein vor der Küste ankerndes deutsches Kriegsschiff das Dorf beschossen und dabei die wehrlosen Bewohner samt und sonders getötet hatte. »Vermutlich gibt es noch etwas von Mister James, das Sie nicht wissen«, fügte Horace hinzu. »Sonst hätten Sie ihn bestimmt gar nicht erst eingestellt. Er arbeitet hier in Cooktown für Ihre Schwester.«

»Kate!«, entfuhr es Michael. »Aber sie lebt doch in Townsville? Jedenfalls hat man mir das in Brisbane gesagt.«

Horace schüttelte den Kopf. »Zurzeit betreibt Ihre Schwester einen Laden, den sie eine Straße von hier entfernt eingerichtet hat. Sie scheint eine bemerkenswerte Frau zu sein. Soweit ich gehört habe, hat sie mit Hilfe eines Fuhrwerks und eines Ochsengespanns ein kleines Vermögen zusammengetragen. Der Beruf der Gespannführerin scheint ihr im Blut zu liegen – das ist wohl so eine Art Familientradition. Der junge Mann, der Sie vorhin hergebracht hat, ist ihr auf seinem Weg zum Palmer begegnet. Soweit ich weiß, hat er ihr bei einer gefährlichen Begegnung mit den Eingeborenen aus der Patsche geholfen.«

»Weiß er, wer ich bin?«, fragte Michael, der sich noch nicht von seinem Schock erholt hatte.

»Jetzt bestimmt«, gab Horace mit einem schiefen Lächeln zurück. »Vorausgesetzt, er belauscht uns nach wie vor. Aber bevor wir weiter über alles reden, was ich über Ihre Angehörigen weiß«, fuhr er fort, »sollten wir uns vielleicht über das eine oder andere einig werden. Erstens sollten Sie sich nach einem Ersatzmann für Henry James umsehen. Ich würde nur ungern zum Begräbnis eines Mannes gehen müssen, der wie ich auf der Krim gekämpft hat. Zweitens muss ich mich ganz und gar auf Sie verlassen können. Keinesfalls sollten Sie auf den Gedanken kommen, dass Sie von Fellmann etwas schulden, nur weil Sie sein Geld nehmen. Ich nehme an, dass es Ihrem Wesen entspricht, dem die Treue zu halten, der Sie beschäftigt. Wenn Sie mir zusichern, dass ich mich voll und ganz auf Sie verlassen kann, gebe ich Ihnen mein Wort, dass ich Ihnen die Möglichkeit verschaffe, mit Kapitän Mort abzurechnen, ganz gleich, wie lange es dauert.«

Michael sah den Engländer aufmerksam an, der einem kleinen Buddha nicht unähnlich auf den Kissen saß. Ursprünglich hatte er mit dem Gedanken gespielt, Cooktown und damit den Geltungsbereich der englischen Gesetze zu verlassen. Das hätte ihm ermöglicht, Brown zu hintergehen. Jetzt aber hatte ihn dieser wie einen Fisch an der Angel. »Wie stellen Sie sich diese Unterstützung vor?«, fragte er ihn schließlich. »Ihnen ist vermutlich klar, dass ich Mort eigenhändig umbringen werde.«

»Das geht mich nichts an«, sagte Horace ohne besondere Betonung. »Aber ich denke, es ließe sich einrichten, ihn mitsamt seinem Schiff untergehen zu lassen, indem Sie es in die Luft jagen.«

»Ich soll das Schiff hochgehen lassen?«, brach es aus Michael hervor. Horace hatte bei seiner wie beiläufig gemachten Äußerung mit keiner Wimper gezuckt. »Etwa mit einer Bombe?«

»Ja. Ich glaube, so macht man das«, gab Horace gelassen zurück. »Und jetzt werde ich Ihnen alles sagen, was Sie wissen müssen, um den Auftrag zu erledigen.«

Aufmerksam hörte Michael zu, wie Horace seinen Plan erläuterte. Er war für alle Beteiligten äußerst gefährlich, und Michael konnte sich nicht vorstellen, dass er den Segen des englischen Außenministeriums hatte. Vermutlich hatte Horace nicht die Absicht, seine Vorgesetzten davon in Kenntnis zu setzen, auf welche Art und Weise er das Vorhaben der Deutschen im Pazifik zu sabotieren gedachte. Ganz wie Michael war er den Umgang mit der Gefahr gewohnt. Was man in seiner vorgesetzten Behörde nicht wusste, würde dort auch niemanden aufregen.

Selbstverständlich wusste Horace, dass in diesem die Welt umspannenden Schachspiel lediglich die Bauern geopfert wurden – nie die Könige und die anderen wichtigen Figuren. Und er und der von ihm für seine Sache angeworbene irische Söldner waren solche Bauern, deren Züge auf dem Schachbrett der strategischen Interessen Blut hinterließen.

Michael betrachtete von der gegenüberliegenden Straßenseite aus ein aus grob zugesägten Balken errichtetes Gebäude, das mit Wellblech gedeckt war. Ein erkennbar erst vor kurzem gemaltes Schild über dem Eingang verkündete: »Eureka Company – Waren aller Art für den Palmer und Cooktown«.

Er betrachtete das Gebäude mit gemischten Empfindungen. Einerseits fühlte er eine überwältigende Freude, seiner geliebten Schwester so nahe zu sein, zugleich aber auch tiefe Trauer, weil er nicht einfach über die Straße gehen und wieder in ihr Leben treten konnte. Für seine Schwester war er nichts als eine bloße Erinnerung. Sollte er je wieder in ihr Leben treten, würde das möglicherweise nur kurz dauern. Angesichts seines außerordentlich gefährlichen Vorhabens gab er sich Kate besser nicht zu erkennen. Wenn er für sie eine bloße Erinnerung blieb, brauchte er ihr wenigstens kein zweites Mal unnötigen Kummer zu bereiten.

Im Schatten eines Vordachs nahm er eine kleine silberne Dose mit Zigarillos aus der Westentasche, entzündete eines und hielt den Blick unverwandt auf den Laden gerichtet. Nach einer Weile wandte er sich mit einem tiefen Seufzer zum Gehen. Er würde seine angenehmen Erinnerungen für sich behalten.

Mit einem Mal erstarrte er. Kate! Er hatte nicht den geringsten Zweifel daran, dass die schöne junge Frau, die da auf die Straße trat, seine Schwester war. Obwohl er sie vor über einem Jahrzehnt zuletzt gesehen hatte, erkannte er sie an ihrem langen rabenschwarzen Haar. Über ihrer kecken Stupsnase sah er die gleichen Sommersprossen, die sie in Sydney im Sommer immer bekommen hatte. Wie festgenagelt stand Michael da und sah seine Schwester an. Ein niedliches kleines Mädchen, offensichtlich ein Halbblut, trat ebenfalls aus dem Laden. Lächelnd nahm Kate ihre Hand.

Staunend sah Michael, was für eine enge Beziehung zwischen den beiden zu bestehen schien. »Die Kleine neben Ihrer Schwester dürfte Ihre Nichte sein«, sagte eine leise Stimme neben ihm. Verblüfft fuhr Michael herum und sah John Wong. »Die Tochter Ihres Bruders Tom und seiner Frau. Sie war Ureinwohnerin«, fügte er hinzu. »Ich hatte mir schon gedacht, dass Sie nach Ihrem Gespräch mit Mister Brown hierher kommen würden und dass Sie jemanden brauchen könnten, der Ihnen die Zusammenhänge erklärt.«

»Wie heißt das Kind?«, erkundigte sich Michael.

»Sarah«, gab John zur Antwort. Er hatte ihn bei seinen Gesprächen mit Kate auf dem Weg nach Cooktown erfahren. »Soweit ich weiß, haben Sie auch zwei Neffen, aber ihre Namen fallen mir nicht ein. Es war vor einiger Zeit Stadtgespräch, dass Henry James kürzlich einem von ihnen und seinem eigenen Sohn bis auf das Gebiet der Kyowarra folgen musste. Er hat die beiden wohlbehalten zurückgebracht.«

Michael wandte seine Aufmerksamkeit wieder dem Laden zu, wo sich Kate angeregt mit dem kleinen Mädchen unterhielt. Er erkannte ihre Familienähnlichkeit und dachte: Es stimmt, das muss Toms Tochter sein. Eines Tages würde auch sie wie seine Schwester Kate zu einer schönen jungen Frau erblühen.

»Ich nehme nicht an, dass Sie sich zu erkennen geben wollen«, sagte John unvermittelt. »Bei dem, was Sie und Horace vorhaben ...«

»Täten Sie das etwa?«, gab Michael zurück. »Überlegen Sie doch, was auf dem Spiel steht.«

»Nein, wohl nicht«, sagte John gedehnt, als müsse er erst darüber nachdenken. »Meine chinesische Verwandtschaft huldigt dem Ahnenkult, und ich nehme an, wenn Sie Chinese wären wie ich, würden Ihre Angehörigen Ihnen viele kostenlose Reismahlzeiten auf das Grab stellen. Kein schlechtes Leben«, sagte er mit breitem Lächeln. »Besser als Arbeiten. Vermutlich ist es das Beste, wenn Sie für die Leute weiterhin tot sind.«

Michael lächelte über John spaßhafte Beschreibung seiner Herkunft. »Sie müssen es ziemlich schwer gehabt haben«, sagte er. »Wahrscheinlich wird es für meine kleine Nichte da drüben ebenso sein.«

»Bestimmt«, gab ihm John Recht und stieß einen Seufzer aus. »Aber ich glaube, sie hat das richtige Blut, um sich gegen das durchzusetzen, was die Menschen in künftigen Jahren über sie sagen werden. Ich habe erlebt, wie Ihre Schwester mit Sachen fertig geworden ist, bei denen die meisten Männer versagt hätten. Nachdem ich mit den Geschichten aufgewachsen bin, die man sich über den Buschklepper Tom Duffy erzählt, habe ich jetzt Sie kennen gelernt, Mister O'Flynn. Wenn die Kleine das Blut von Ihnen dreien in ihren Adern hat, kann mir der Rest der Welt nur Leid tun.«

Michael sah, dass seine Nichte von der anderen Straßenseite zu ihm herüber zeigte. »Haben Sie nicht gesagt, dass Sie ein bisschen Poker spielen, Mister Wong?«, fragte er. »Das dürfte der richtige Zeitpunkt sein festzustellen, wie gut Sie sind.«

In Johns Lächeln, das wohl als Antwort gemeint war, erkannte Michael einen Anflug von Wärme.

Er ging ohne jeden Kummer davon. Auch wenn Kate lediglich dreißig Schritt von ihm entfernt stand, lag in Wahrheit ein ganzes Leben zwischen ihnen. Es freute ihn zu sehen, dass seine Schwester eine Frau war, auf die jeder Duffy stolz sein konnte.

»Ein Mann guckt zu uns her, Tante Kate«, sagte Sarah und wies über die geschäftige Straße auf Michael. »Er sieht komisch aus. Er hat nur ein Auge.«

»Man zeigt nicht auf Leute«, tadelte Kate sie freundlich. »Schon gar nicht, wenn der arme Mann halb blind ist.«

»Aber er sieht zu uns her«, beharrte Sarah. »Und du hast mir gesagt, dass es sich nicht gehört, Leute anzustarren.« Da Kates Neugier stärker war als ihr Bedürfnis, der Nichte ein Vorbild zu sein, folgte sie der Richtung ihres Fingers und erkannte neben John Wong einen hoch gewachsenen, breitschultrigen jungen Mann. Obwohl sie nur einen kurzen Blick auf sein Gesicht erhaschen konnte, bevor sich die beiden abwandten, kam ihr irgendetwas an ihm beklemmend vertraut vor.

Bestimmt hatte Mister Wong sie gegrüßt, überlegte sie stirnrunzelnd. Sie hob die Hand, um ihm zuzuwinken, doch ein schweres Fuhrwerk schob sich dazwischen. Als es vorüber war, waren er und der Fremde verschwunden.

»Kennst du den Mann, Tante Kate?« fragte Sarah, der Kates gespannte Aufmerksamkeit nicht entgangen war.

»Nein«, gab sie unsicher zurück. »Aber er erinnert mich an jemanden, den ich einmal sehr lieb hatte.«

»Mister O'Flynn«, sagte Henry, »das hier ist ein guter Bekannter namens Luke Tracy. Er sucht Arbeit.« Als Michael den ehemaligen Polizei-Sergeanten so unvermittelt auf der Veranda seines Gasthofs sah, gab es ihm einen Stich, musste er doch daran denken, dass er aus Kates Laden kam. »Mister Tracy ist

Yankee wie Sie und hat im Jahr '54 in Ballarat auf der Seite der Aufständischen gekämpft.«

»Ich kannte 'nen Iren, der da zusammen mit den California Rangers gekämpft hat«, sagte Michael, während er Luke abschätzend betrachtete. »Der Bursche hieß Patrick Duffy. Haben Sie je was über den gehört?«

»Den kannte ich persönlich«, gab Luke zur Antwort. »Kräftiger Bursche, ungefähr so wie Sie. Woher kenne Sie den?«

»Ach, das ist lange her«, wich Michael aus. Er trat ans Verandageländer und sah auf das lebhafte Treiben in Cooktown hinab. Ein unaufhörlicher Strom von Männern und Frauen verließ die Schiffe, die Tag für Tag dort anlegten. Sie alle wollten zum Palmer. Nach einer Weile wandte er sich seinen Besuchern wieder zu. »Ich habe einen Trupp von Männern für ein Erkundungs-Unternehmen zusammengestellt, Mister Tracy. Normalerweise hätte ich wohl keine Verwendung für Sie gehabt, aber es ist gerade jemand ausgeschieden, und mir bleibt keine Zeit, lange nach Ersatz zu suchen, denn wir brechen bald auf.« Dann wandte er sich an Henry. »Sie müssen hier bleiben, Mister James«, sagte er ohne Umschweife. »Mister Tracy wird Ihre Stelle einnehmen.«

Henry stand wie vom Donner gerührt. »Soll das ein Witz sein?«, brach es aus ihm heraus. Michael hatte ein schlechtes Gewissen, weil er den Mann auf diese Weise vor den Kopf stieß, aber er wollte auf keinen Fall das Leben eines Menschen aufs Spiel setzen, der seiner geliebten Schwester so nahe stand.

»Ich bedaure, dass mir keine andere Möglichkeit bleibt, Mister James«, sagte er, so umgänglich er konnte. »Ich habe mich entschlossen und denke, Sie werden verstehen, dass ich die Gründe für mich behalte. Sie müssen es einfach hinnehmen.«

Einen kurzen Augenblick lang glaubte er, James werde nach ihm ausholen. In den Augen des Engländers stand kalte Wut. Dann aber schüttelte er resigniert den Kopf und stürmte davon. Michael wandte sich wieder Luke zu. »Melden Sie sich morgen Nachmittag um vier bei mir. Sie werden dann eingewiesen und bekommen Ihre Ausrüstung.«

Luke nickte. Worte waren nicht nötig – jedenfalls nicht Mi-

chael O'Flynn gegenüber. Wohl aber würde er mit Henry sprechen müssen, denn immerhin hatte er ihn mit O'Flynn in
Verbindung gebracht. Mit diesem Ergebnis hatte keiner von
beiden gerechnet, und er hatte das Gefühl, als habe er Henry
verraten. Er murmelte seinen Dank und eilte davon.

Michael sah den beiden Männern nach, als sie den Gasthof verließen und über die Straße gingen. Die Begegnung mit Luke
Tracy hatte ihn aufgewühlt. Dass dieser Mann gemeinsam mit
seinem Vater an der Palisade von Eureka gekämpft hatte, hatte alte Erinnerungen in ihm wachgerufen. Andererseits war er
froh über die Gelegenheit, Henry James von seiner Aufgabe
zu entbinden. Er rechnete damit, dass ihr Vorhaben schon bald
ziemlich gefährlich werden würde, und obwohl er das Leben
seiner Leute möglichst schonen wollte, gab es keinerlei Garan-
tie – außer der, dass niemand ewig lebte.

Soweit er von Karl Straub wusste, sollte die *Osprey* in den
nächsten Tagen in Cooktown einlaufen, und so würde er endlich von Angesicht zu Angesicht dem Mann gegenübertreten,
der die Verantwortung für den Mord an seinem Vater trug. Er
überlegte, wie er auf diese Begegnung wohl reagieren würde.
Er musste es abwarten.

Bis zum Beginn der geheimnisvollen Unternehmung hatte
er wenig zu tun. Alles war vorbereitet. In einer Goldgräberstadt war es kinderleicht, zu kaufen, was zur Herstellung einer
Bombe, die ein Loch in den Boden eines Schiffes reißen sollte, nötig war. Für die Zündung der tödlichen Ladung aus
Sprengpulver, das normalerweise dazu diente, auf der Suche
nach Gold Gesteinsbrocken aus dem Weg zu räumen, hatte er
eine Lunte vorgesehen.

Er verließ seinen Platz am Geländer und ließ sich in einen
der Korbsessel sinken. Er hatte das sonderbare Empfinden, eine
geheimnisvolle Kraft habe ihn aus einem bestimmten Grund
zu diesem Zeitpunkt nach Cooktown geführt. Viele merkwürdige Zufälle waren zusammengekommen: In Sydney war
er Fiona und Penelope begegnet; seine geliebte Schwester Kate
befand sich am selben Ort wie er, und bald schon sollte er dem

Mann gegenüberstehen, der seinen Angehörigen so viele Schmerzen zugefügt hatte. Am Anfang der Kette der entsetzlichen Ereignisse, die Leid über zwei Familien gebracht hatten, stand die Vertreibung eines Stammes von Ureinwohnern in Queensland.

Er musste an die Geschichten über einen Fluch der Eingeborenen denken, die sich die Buschläufer in den Schänken von Brisbane erzählten und die ein Teil der Legenden in der Kolonie geworden waren. Vielleicht gab es tatsächlich einen solchen Fluch. Sofern es sich so verhielt – auf wessen Seite würden sich die unbeständigen Rachegeister der Schwarzen schlagen, wenn er dem Mann begegnete, dem es schon seit langem bestimmt war, von seiner Hand zu sterben?

24

Am liebsten hätte Sergeant Francis Farrell einen Freudentanz aufgeführt. Doch zuerst wollte er unbedingt Daniel Duffy die großartige Nachricht übermitteln, auf die sie schon seit so vielen Jahren gehofft hatten. Er eilte in die Anwaltskanzlei von Sullivan & Levi, wo man ihn sogleich in Daniels Büro führte. Man kannte den irischen Polizisten, und schon lange wunderte sich niemand mehr über seine geheimnisvollen Besuche. Doch steckten die Schreiber oft die Köpfe zusammen und tuschelten miteinander über die Frage, welche Beziehung zwischen ihm und dem bekannten Strafverteidiger bestehen mochte. Am häufigsten wurde die Vermutung geäußert, der Polizeibeamte habe den Auftrag, Daniel mit Nachrichten aus erster Hand zu versorgen, doch behielten sie das für sich. Es empfahl sich nicht, die Gans umzubringen, welche die goldenen Eier legte, ohne die man als Strafverteidiger keinen Prozess gewinnen konnte.

Die Spitzen von Farrells gewichstem Schnurrbart bebten förmlich vor Erregung, und der Glanz des Triumphes lag in seinen Augen, als er sich Daniel gegenübersetzte. »Wir haben ihn!«, rief er aus und beugte sich vor. »Die von Lady Macintosh ausgesetzte Belohnung hatte die gewünschte Wirkung.«

»Etwa Mort?«, fragte Daniel. »Haben Sie Beweismaterial, das vor Gericht verwertbar ist?«

»Zwei Augenzeugen«, sagte Farrell mit zufriedenem Lächeln. »Zwei Männer sind bereit zu beschwören, dass er der Mann ist, den sie aus Rosies Zimmer kommen sahen, unmittelbar nachdem ihre Schreie aufgehört hatten. Sie sagen, sie wären auf dem Weg zu ihr gewesen, als sie sie schreien hörten, hätten aber Angst gehabt, der Sache auf den Grund zu gehen. Also hätten sie gewartet und ein paar Minuten später Mort von Kopf bis Fuß mit Blut bespritzt da rauskommen sehen. Es kommt aber noch besser: Sie sagen, dass sie ein Messer in seiner Hand gesehen haben.«

»Haben sie denen Morts Namen gesagt?«, fragte Daniel ungeduldig. Die Antwort darauf war für einen möglichen Prozess von entscheidender Bedeutung.

Aus Farrells zufriedenem Lächeln wurde ein breites Grinsen. »War nicht nötig«, sagte er. »Sie haben ihn von sich aus genannt. Sie hätten ihn zusammen mit einem von ihren Kumpanen namens Sims gesehen, der Erster Steuermann auf der *Osprey* ist. Sie wissen nicht, wie er in diese Position gekommen ist, denn er hat, wie sie sagen, so gut wie keine seemännische Erfahrung. Er ist nur vor ein paar Jahren kürzere Zeit auf einer Brigg mitgesegelt. Ich meine Sims.«

Daniel runzelte die Brauen. »Und womit erklären die beiden ihre plötzliche Fähigkeit, sich zu erinnern?«, erkundigte er sich, wobei er sich in seinem Sessel zurücklehnte. »Wir wissen, dass ihnen die Belohnung auf die Sprünge geholfen hat, aber das können sie natürlich auf keinen Fall zugeben.«

Farrell verzog das Gesicht. »Da gibt es sowieso noch ein Problem«, sagte er. »So wie es aussieht, sind die nicht bereit, sich die Belohnung für die Aussage gegen Mort zu teilen. Jeder von ihnen will fünfzig Guineen haben.«

»Bestimmt kann ihnen Lady Macintosh diesen Wunsch erfüllen«, beruhigte ihn Daniel. Seiner festen Überzeugung nach würde sie alles in ihren Kräften Stehende tun, um zu erreichen, dass Mort an den Galgen kam. Für sie war das Geld die Waffe, mit der sie ihr Ziel erreichte. »Die Untermauerung der Anklage durch eine Zeugenaussage ist der Knoten, der die Schlinge um Morts Hals zuzieht. Sagen Sie den beiden, dass jeder seine fünfzig bekommt, sobald alles klar ist.«

Das Lächeln kehrte auf Farrells Züge zurück. »Gut! Die Aussagen habe ich. Jetzt geht es nur noch darum, Mort festzunehmen. Endlich haben wir ihn.« Das Lächeln verschwand, als er sah, wie sich die Züge des Anwalts bei der Erwähnung von Morts unmittelbar bevorstehender Festnahme verdüsterten. »Was gibt es?«, erkundigte er sich. Eigentlich hätte diese Mitteilung doch begeisterten Jubel auslösen müssen.

»Wissen Sie es nicht?«, fragte Daniel.

»Was?«

»Die *Osprey* ist vor ein paar Wochen ausgelaufen«, sagte er bitter. »Mort ist auf dem Weg nach Norden und befindet sich außerhalb unserer Zugriffsmöglichkeit.«

»Heilige Mutter Gottes!«, brach es aus dem Polizeibeamten heraus. »Der Teufel hält wieder einmal die Hand über ihn.«

»Sieht ganz so aus. Hätten wir diese Aussagen schon vor ein paar Wochen gehabt, hätten sich die Dinge anders entwickelt. Jetzt müssen wir ihn aufspüren und seine Auslieferung beantragen. Wahrscheinlich hält er sich zurzeit in Queensland auf. Das ist eine mühselige und zeitraubende Angelegenheit. Allmählich kommt es mir auch so vor, als ob der Teufel Mort beschützt, wie Sie sagen. Der Mann hat uns schon wieder eine lange Nase gedreht.«

Farrell lehnte sich in seinen Sessel zurück. Sein Hochgefühl war völliger Leere gewichen. Es gab also keinen Grund zum Freudentanz. Stattdessen würde er sich wahrscheinlich mit Daniel Duffy im Erin an einen Tisch setzen, um dort gemeinsam die tiefe Enttäuschung zu ertränken.

Penelope war zum Fünfuhrtee bei Fiona. Da es ein milder Tag war, setzten sie sich in den Park und genossen die angenehme Umgebung. Gewöhnlich trafen sie sich in einem von Sydneys vornehmen Restaurants, um über die Banalitäten ihres Lebens zu plaudern – Mode und gesellschaftliche Pflichten. Der Baron war von Samoa gekommen, befand sich aber bereits wieder mit Ziel Cooktown an Bord der *Osprey*. Penelope hatte nur kurze Zeit mit ihrem Mann verbracht, denn er hatte die wenigen Tage seiner Anwesenheit darauf verwendet, seine Expedition nach Norden auszurüsten. Penelopes und seine Begegnungen im Bett waren ein wenn auch kurzes, so doch erregendes Zwischenspiel gewesen. Penelope hatte ein kleines Extra für Manfred vorbereitet: Fiona war dabei gewesen.

Jetzt, da er auf der *Osprey* nordwärts segelte, wollte Penelope mit ihrer geliebten Fiona einen Augenblick der Ruhe fern vom Gewühl Sydneys verbringen. Im Hintergrund hörte sie die Stimmen von Fionas Töchtern, die unter Miss Gertrude Pitchers strengem Blick im Park Verstecken spielten. Während Fiona den Tee aus einer edlen Porzellankanne eingoss, sah Penelope zu den beiden kleinen Mädchen hinüber. Obwohl die beiden vor Begeisterung jauchzten, verfinsterte sich Penelopes Gesicht. »Stimmt mit Dorothy etwas nicht? Sie kommt mir irgendwie verändert vor.«

Fiona hielt inne und sah ihre Kusine an. »Ich weiß nicht, was du meinst«, sagte sie. »Geht es ihr deiner Ansicht nach nicht gut?«

»Das ist es nicht«, sagte Penelope gedehnt, als versuche sie, der Veränderung in Dorothys Aussehen auf den Grund zu kommen. »Vermutlich liegt es daran, dass sie so rasch wächst. Da fallen die Veränderungen eher auf. Es hat wohl nichts weiter damit auf sich.« Aber sicher war sie nicht. Etwas an ihrer Nichte rief ferne und verstörende Erinnerungen an ihr eigenes Leben in jenem Alter hervor. Ein gehetzter Blick lag in den Augen der Kleinen, den nur erkennen konnte, wer ähnliche Erfahrungen gemacht hatte. Penelope schüttelte den Kopf. Sie wollte diesen beunruhigenden und nicht näher zu fassenden Gedanken nicht weiter nachhängen. Mit seiner eigenen Tochter würde Granville das bestimmt niemals tun!

»Vermutlich fehlt dir Manfred«, sagte Fiona. Sie bemühte sich, das beiläufig klingen zu lassen, doch gelang es ihr nicht, ihre Eifersucht zu verbergen. »Er scheint nie viel Zeit mit dir verbringen zu können.«

Penelope beugte sich zu ihrer Kusine vor. »Du hast keinen Grund, eifersüchtig zu sein, Liebste«, beruhigte sie sie. »Manfred ist mein Mann, und ich liebe ihn auf meine eigene Weise. Er ist stark und mächtig, ein Mann, wie es nicht viele gibt, aber dich liebe ich von ganzem Herzen. Ich stelle ihm meinen Körper zur Verfügung, um seine Begierden zu befriedigen, und das bindet uns letztlich aneinander. Es handelt sich dabei aber nicht um die Liebe, von der romantische Gemüter in den albernen Romanen faseln, die du so gern liest.«

Vorsichtig stellte Fiona die Kanne auf den Tisch. »War das so deutlich zu merken?«, fragte sie leise. In ihren smaragdgrünen Augen lag die Bitte um Vergebung.

»Ich verstehe dich besser als jeder andere«, lächelte Penelope. »Vermutlich besser als deine eigene Mutter.«

»Es ist nur, weil an jenem Abend …« Fiona sprach nicht weiter und wandte den Blick ihren Töchtern zu.

»Das war eine ganz spezielle Art, meine Liebe zu teilen«, beruhigte Penelope sie. »Manfred hat einen besonderen Geschmack. Wenn er zusehen kann, wie zwei Frauen einander lieben, befriedigt ihn das auf eine Weise, die wir vielleicht nicht verstehen können. Vermutlich hat es aber auch deine Begierde nach mir gesteigert, dass uns mein Mann beobachtete.«

Fiona errötete, als Penelope ihre Hand nahm. »Ich verstehe nicht, wie du es fertig bringst, in mir so tiefe Empfindungen zu wecken«, sagte sie mit bewegter Stimme. »Es ist mein fester Wille, jederzeit und auf immer mit dir zusammen zu sein, ich weiß aber zugleich, dass das nicht möglich ist, denn ich habe meiner Familie gegenüber Pflichten zu erfüllen.«

»Wir sind für immer beisammen«, sagte Penelope sanft. »Auch wenn wir voneinander getrennt sind. An dich denke ich, wenn ich allein bin, an sonst niemanden. Jetzt, wo Manfred so lange fort sein wird, sollten wir uns auch wieder viel häufiger treffen.«

Zwar verursachte es Fiona ein schlechtes Gewissen, dass sie schon jetzt so viel Zeit mit Penelope verbrachte, doch bedeutete ihr die Kusine unendlich viel. Ging das womöglich über Liebe hinaus, war es Besessenheit? Würde es je nötig sein, sich zwischen Penelope und jemandem, den – oder etwas, das – sie liebte, zu entscheiden? Schuldbewusst warf sie einen Blick zu ihren Töchtern hinüber. Hatte die häufige Abwesenheit der Mutter diese Entscheidung bereits vorbereitet?

Am liebsten ließ Granville White Leute, mit denen er reden wollte, zu sich in sein Kontor kommen, weil er das Gefühl hatte, ihnen auf eigenem Boden überlegen zu sein. Jetzt saß ihm der Tugendbold McHugh gegenüber, dem es kaum gelang, seine feindselige Haltung zu verbergen. Das aber war Granville gleichgültig, denn das Gespräch würde ohnehin nicht besonders freundlich verlaufen.

»Ich habe von einem unserer Gesellschafter erfahren«, begann Granville mit eisiger Stimme, »dass es Ihnen nicht gelungen ist, meine Schwiegermutter von der Notwendigkeit, sich aus der Unternehmensleitung zurückzuziehen, zu überzeugen.«

Unter dem kalten Blick des Mannes, den er zugleich verabscheute und fürchtete, rutschte McHugh unbehaglich auf seinem Sessel herum. Die Gerüchte über finstere Machenschaften, die im Rauchsalon des Australian Club umliefen, boten mehr als reichlich Anlass, den Mann zu fürchten und zu verabscheuen. Es hieß, White pflege ziemlich zweifelhafte Beziehungen zu Vertretern von Sydneys Unterwelt, denen sogar die Polizei aus dem Wege ging. Er räusperte sich. »Lady Macintosh hat mir vor einiger Zeit mitgeteilt, sie habe einen Nachfolger bestimmt für den Fall, dass sie je die Geschäftsleitung niederlegen sollte«, gab er unruhig zur Antwort. »Ich habe es nicht für angebracht gehalten, ihr in dieser Angelegenheit weitere Fragen zu stellen.«

Granville lehnte sich in seinem Ledersessel zurück. »Es gibt niemanden, den meine Schwiegermutter an meine Stelle setzen kann«, fauchte er ihn an. »Sie hat Ihnen etwas vorgemacht, um meine Bemühungen um eine weitere Ausweitung der Geschäfte des Hauses Macintosh zu sabotieren. Wenn sie im Unternehmen bleibt, werden wir alle die Konsequenzen der Unfähigkeit einer schwachen Frau tragen müssen, der es nun einmal nicht gegeben ist, mehr zu tun, als ihr Gott zugestanden hat.«

»Da muss ich Ihnen widersprechen, Mister White«, fuhr McHugh auf. »Bereits zu Sir Donalds Lebzeiten war in den entsprechenden Kreisen allgemein bekannt, dass Lady Enid die

Fäden des Unternehmens in der Hand hielt. Gewiss, sie ist eine Frau, und ich stimme Ihnen zu, dass Gott deren Fähigkeiten in der Welt der Männer Grenzen gesetzt hat, doch bildet Lady Macintosh da eine Ausnahme. Es ist nicht im Geringsten meine Absicht, Ihre Fähigkeiten in Zweifel zu ziehen, Mister White«, fuhr er höflich, aber bestimmt, fort, »doch sind Sie kein Macintosh, und die Gesellschafter scheinen nun einmal den Angehörigen der Familie Macintosh besonderes Vertrauen entgegenzubringen.«

»Auch meine Schwiegermutter ist keine Macintosh, sondern eine geborene White«, erinnerte ihn Granville. »In ihren Adern fließt dasselbe Blut wie in meinen.«

»In der Tat, aber soweit ich Lady Macintosh verstanden habe, wird ihr Nachfolger ein *richtiger* Macintosh sein«, sagte McHugh ruhig. »Das wäre den Gesellschaftern mehr als recht.«

Granville wurde puterrot und gab sich große Mühe, dem selbstgefälligen Schotten gegenüber die Beherrschung nicht zu verlieren. »Die Frau ist senil«, schnaubte er. »Sie muss den Verstand verloren haben, wenn sie glaubt, dass jemand mit Macintosh-Blut in den Adern existiert, der an meine Stelle treten könnte, Mister McHugh.«

»Ich bin mit den Gesellschaftern übereingekommen, dass wir uns den Wünschen von Lady Macintosh eine gewisse Zeit fügen werden«, gab McHugh zur Antwort. »Mittlerweile hat sie mir mitgeteilt, sie werde ihren Nachfolger benennen, bevor sie in den nächsten Wochen nach England abreist. Wenn das alles ist, Mister White«, sagte er, sich aus seinem Sessel erhebend, »würde ich mich gern verabschieden.«

Granville blieb sitzen. Er dachte nicht im Traum daran, den schottischen Finanzier an die Tür zu begleiten. Mit finsterer Miene sah er McHugh nach. Am liebsten hätte er alles um sich herum in Stücke geschlagen. Was er da gehört hatte, konnte nur bedeuten, dass seine widerwärtige Schwiegermutter eine Intrige gesponnen und den Bastard von Fiona und Michael von den Duffys als ihren künftigen Nachfolger hatte aufziehen lassen. Zwar konnte er sich das angesichts des Aufwands, den sie getrieben hatte, um jede Erinnerung an den Jungen zu tilgen, nicht recht vorstellen, doch war ihm klar, wie weit sie gehen würde, um ihn zu vernichten.

Dazu aber würde es nicht kommen. Bevor Kapitän Mort abgesegelt war, hatte er ihm erläutert, welche Vorkehrungen er getroffen hatte, um dem Leben des Jungen ein Ende zu bereiten, und Granville setzte großes Vertrauen in Morts Fähigkeiten.

Während McHugh das Vorzimmer verließ, in dem sich George Hobbs über seine endlosen Zahlenkolonnen beugte, hörte er ein lautes Krachen. Verblüfft hob Hobbs den Blick von den Büchern.

»Ach je! Das hört sich an, als ob Mister Whites Schreibtisch umgefallen wäre«, sagte McHugh mit breitem Lächeln. »Vermutlich hat er heute einen schlechten Tag.«

Wer Max Braun sah und seine Vergangenheit kannte, wäre nie auf den Gedanken gekommen, dass dieser Koloss feinerer Empfindungen fähig wäre, doch rief der bloße Anblick *seines* Patrick die zärtlichsten Gefühle in ihm hervor. Der Junge war seinem Vater wie aus dem Gesicht geschnitten. Unwillkürlich musste Max daran denken, wie er dem jungen Mann seinerzeit beigebracht hatte, sich zu schlagen, zu trinken und den Frauen nachzusteigen.

Zwar hatte Frank Duffys Witwe Bridget seinen Einfluss auf Michael missbilligt, sich aber beim Gedanken daran gefügt, dass die Männer der Familie Duffy den Freuden des Fleisches gegenüber schon immer besonders aufgeschlossen gewesen waren. Jetzt saß sie in der Küche des Erin und hörte zu, wie ihr Sohn Daniel Gründe an den Haaren herbeizog, um Max im Gasthof festzuhalten.

Bitter enttäuscht und ziemlich mürrisch verfolgte Max, wie ihn der junge Daniel tadelte, als wäre er ein bloßer Dienstbote. »Ich hatte noch nie 'nen freien Tag«, sagte er, »seit ich im Jahr '55 angefangen hab, für deinen Vater zu arbeiten.«

Mit gequältem Gesichtsausdruck steckte der Anwalt die Hände in die Taschen seiner Weste, die von Jahr zu Jahr mehr spannte. »Ich würde dir ja auch gern frei geben, Onkel Max«, sagte er. »Aber seit dem Tod meines Vaters bin ich darauf angewiesen, dass du den Gasthof in Gang hältst. Das musst du doch einsehen.«

»Colleen kann ohne weiteres einspringen«, sagte Bridget unerwartet. »Sie hat genug Erfahrung. Immerhin hat ihr Vater eine Wirtschaft in Bathurst und sie ist inmitten von Bierfässern und Zapfhähnen aufgewachsen.«

Daniel warf einen Blick zu seiner Mutter, die mit gefalteten Händen am Tisch saß. Er hatte nicht damit gerechnet, dass sie Max' Bitte um zwei Wochen Urlaub unterstützen würde. »Sie muss sich um die Kinder kümmern«, gab er zur Antwort. »Da kann sie nicht auch noch einen Gasthof leiten.«

Bridget verdrehte die Augen und nahm die Hände auseinander. »Was meinst du eigentlich, was ich all die Jahre getan habe?«, fragte sie mit einem Seufzer. »Glaubst du etwa, die Heinzelmännchen hätten die Arbeit hier erledigt? Trotzdem hab ich dich, Michael und Katie aufgezogen und euch hat nichts gefehlt. Ich denke, Colleen kann das auch, und ich werde ihr dabei helfen.«

Daniel zuckte die Achseln. Zwar galt er als einer der besten Strafverteidiger Sydneys, doch bei seiner bockbeinigen Mutter blieb seine Überredungskunst wirkungslos, das hatte er längst erkannt. »Also schön, du kannst deinen Urlaub haben, Onkel Max. Aber nur zwei Wochen. Meine Mutter scheint zu glauben, dass sie die Arbeit im Gasthof gemeinsam mit meiner Frau bewältigen kann. Aber so fähig die beiden auch sind, darfst du nie vergessen, dass das eigentlich Männersache und nichts für das schwache Geschlecht ist.«

»Deine Kusine Katie leitet eines der größten Unternehmen in Nord-Queensland«, erinnerte Bridget ihren Sohn freundlich. »Auch sie ist eine schwache Frau wie Colleen und ich.« Daniels Gesicht verdüsterte sich bei diesem Hinweis, und er stapfte aus der Küche.

»Danke, Missus Duffy«, sagte Max. Auf seinem Narbengesicht lag unübersehbar Erleichterung. »Es ist für mich überaus wichtig, diese Zeit frei zu haben.«

Bridgets Lächeln verschwand und der Ausdruck von Neu-

311

gier trat auf ihr freundliches Gesicht, in dem sich viele kleine Fältchen gebildet hatten. »Ich kenne Sie jetzt schon so viele Jahre, Max Braun«, sagte sie und sah ihn an, »und ich merke, wann Ihnen etwas auf der Seele brennt. Es geht um Patrick, nicht wahr?« Max sah unbehaglich beiseite und trat von einem Fuß auf den anderen. »Ich hatte einen Traum, Mister Braun«, sagte Bridget. »Darin kam aufgewühltes Wasser vor.«

Max hob den Blick und sah der Frau, vor der er große Achtung empfand, in die kurzsichtigen Augen. Ihm war bekannt, dass sie bisweilen beklemmende Träume hatte, und wenn sie von aufgewühltem Wasser träumte, bedeutete das jedes Mal einen Todesfall in der Familie. »Ja, es geht um den Jungen«, gab er zur Antwort. »Ich weiß selbst nicht, was los ist, aber ich muss 'ne Zeit lang die Möglichkeit haben, mich um ihn zu kümmern, bevor er uns für lange Zeit verlässt.«

Bridget nickte verständnisvoll. »Ich habe von Patricks Vater geträumt«, sagte sie. »Sein Geist ist um uns. Etwas, das wir nicht verstehen, beunruhigt ihn. Patrick und Martin haben Michaels Geist gesehen; davon bin ich fest überzeugt. Leider ist mein eigener Sohn zu gebildet, um an solche Dinge zu glauben. Er verspottet mich, als wäre ich ein unzurechnungsfähiges altes Weib. Aber so sicher, wie der heilige Patrick die Schlangen aus unserem geliebten alten Irland vertrieben hat, weiß ich, dass Michael in diesem Augenblick bei uns ist. Ich denke, Sie spüren das ebenfalls.«

»Ja, Missus Duffy«, sagte Max. »Ich fürchte, uns steht Schlimmes bevor, und ich denke, ich sollte auf Patrick aufpassen. Aber sagen Sie Daniel lieber nichts von dem, worüber wir gesprochen haben«, fügte er hinzu. »Er würde sich zu große Sorgen machen.«

»Das verspreche ich Ihnen«, sagte Bridget und tätschelte voll Wärme seine Hand. »Der Teufel hat uns Michael genommen, aber sein Sohn hat einen Schutzengel.«

Es fiel Max schwer, seine Gefühle offen zu zeigen, und so wandte er sich ab, damit Bridget nicht sehen konnte, wie ihm die Tränen in die Augen traten. Michael war ihm vor vielen Jahren genommen worden, doch die Kraft des Bösen, die damals gewirkt hatte, sollte Patrick nicht in ihre Fänge bekommen. Lieber wollte er sterben, als das zuzulassen. Wenn es nicht anders ging, mochte der Teufel seine Seele holen, solange Patrick der Fluch erspart blieb.

Es kam Max so vor, als hätte das Böse Menschengestalt angenommen – und als wäre es ihm vor einer Weile in der Gaststube des Erin begegnet. Er hatte keine vernünftigen Gründe für seine Sorge um Patricks Sicherheit, doch er teilte die feste Überzeugung, dass ein alter Fluch der Ureinwohner auf der Familie lastete.

25

Als Luke erfuhr, dass Kate und Ben einen Warentransport zu einer mehrere Tagesreisen südlich von Cooktown gelegenen Viehzuchtstation bringen wollten, bestand er darauf, mitzureiten. Ben war die Begleitung des Amerikaners mehr als recht, denn die Überfälle durch erfolglose Goldsucher mehrten sich, und Lukes Gewehr und Revolver würden eine beträchtliche Verstärkung seiner und Kates Feuerkraft bedeuten.

Doch Kate schien sein Anerbieten gleichgültig zu sein, und als er es wiederholte, reagierte sie unwirsch. Sie hatte ihn auch früher nicht gebraucht, jetzt sollte es nicht so aussehen, als wäre sie auf seine Gegenwart angewiesen.

Trotz all ihrer Einwände sattelte Luke sein Pferd und erklärte, er werde vorausreiten, um einen Lagerplatz für die Nacht ausfindig zu machen. Um die Mitte des Nachmittags hatte er eine passende Stelle entdeckt, an der eine Felsnase Schutz bot. Dieser Schutz würde nötig sein, denn der Himmel verfinsterte sich im Westen und kündigte einen gewaltigen Wolkenbruch an. Unruhe bemächtigte sich seiner.

Kurz vor Sonnenuntergang kam Bens Fuhrwerk knarrend heran.

»Wo ist Kate?«, erkundigte sich Luke mit besorgt gerunzelter Stirn.

»Sie musste weiter hinten Halt machen«, gab Ben zur Antwort, als er das Fuhrwerk zum Stehen gebracht hatte. »Möglicherweise ist einer ihrer Ochsen von einer Schlange gebissen worden. Ich habe ihr angeboten zu warten, aber sie hat gesagt, ich solle weiterfahren und mit Ihnen das Lager vorbereiten. Sie will sich um den Ochsen kümmern. Wenn es ihm nicht besser geht, nimmt sie ihn aus dem Gespann und kommt ohne ihn her.«

»Wie weit ist es bis dahin?«, fragte Luke und schwang sich in den Sattel.

»Ich hab sie vor etwa 'ner halben Stunde an einer Wegbiegung verlassen.«

Ohne auf weitere Erklärungen zu warten, stieß Luke seinem Pferd die Absätze in die Weichen. Womöglich machte er sich unnötige Sorgen. Bestimmt hätte Ben Kate nie und nimmer allein gelassen, wenn er nur die geringste Gefahr vermutet hätte. Trotz allem aber hatte er das Gefühl, zu ihr zu müssen.

Mit Donnergrollen und heftigen Blitzen brach das Gewitter los. Gegen den strömenden Regen, den ihm der Wind ins Gesicht peitschte, ritt Luke in die rasch zunehmende Finsternis. Zweige knackten wie Gewehrschüsse, und von Zeit zu Zeit zuckten in der felsigen Landschaft vereinzelt stehenden Bäume im Schein der Blitze auf.

Luke stieg vom Pferd und führte es am Zügel, damit sich das Tier seinen Weg in den inzwischen tückisch glatten Spurrinnen ertasten konnte. Es war deutlich kälter geworden, und er begann zu frösteln. Er spähte in die früh hereingebrochene Dunkelheit, wobei er jeden Augenblick hoffte, Kates Fuhrwerk vor sich auftauchen zu sehen. Doch erst als er Ochsen brüllen hörte, merkte er, dass er in seiner Nähe sein musste.

»Kate?«, rief er und versuchte, das Gewitter zu übertönen. »Kate?«

»Luke!«, kam kaum hörbar ihre Antwort. Am bedrückten Klang ihrer Stimme merkte er sofort, dass etwas ganz und gar nicht in Ordnung war.

»Wo bist du?«

»Hier«, rief sie. Er glaubte, in ihrer Stimme Schmerz hören zu können. Fluchend wischte er sich die Regentropfen aus dem Gesicht. Ohne die gelegentlich aufzuckenden Blitze hätte er nicht die Hand vor Augen gesehen.

»Ruf noch mal«, schrie er laut in den Wind. »Hör nicht auf zu rufen, damit ich dich finden kann.«

»Ich bin hier«, gab sie zurück. Luke bemühte sich festzustellen, woher die Stimme kam. Ein Blitz zeigte ihm, dass die Ochsen rechts von ihm standen. Vermutlich war sie irgendwo zwischen ihnen und ihm. Ein weiterer Blitz erhellte das Astgewirr eines Baumes, dessen vom Sturm heruntergerissene Krone ihm den Weg versperrte.

»Gott im Himmel!«, fluchte Luke, sprang vom Pferd und arbeitete sich zu dem Baum vor. Zweige peitschten ihm ins Gesicht, während er sich bückte, um nach Kate zu suchen. Seine Hände tasteten im nassen Laub, bis er ihr Gesicht berührte. Sie umklammerte seine Hände.

»Bist du verletzt?«

»Ich glaube nicht«, gab sie betont gelassen zur Antwort, um seine Besorgnis zu zerstreuen. »Ich kann mich nur nicht rühren. Der Baum ist auf mich gefallen, als ich den Ochsen Fußfesseln anlegen wollte. Wahrscheinlich ist ein Blitz eingeschlagen, denn es war wie eine Explosion. Ich komm nicht drunter weg, er ist zu schwer.«

»Lass nur, ich mach das schon«, sagte Luke, während er an ihrem Körper entlangtastete, um zu sehen, wo sie auf den steinigen Boden gedrückt wurde. Als er mit der Hand einem glatten Ast so dick wie sein Oberschenkel folgte, stieß er auf Kates Unterleib.

Sie fasste wieder nach seiner Hand. »Luke …«, sagte sie mit schwacher Stimme. Sie wusste nicht recht, wie sie ihm mitteilen konnte, dass die entsetzliche Angst verschwunden war, die sie empfunden hatte, bevor er kam. Als sie seine starke, schwielige Hand in der ihren spürte, war alles gut. Es war wie bei früheren Gelegenheiten, wenn er bei ihr gewesen war. Er spürte ihre Hand, die sich fest um die seine schloss.

»Schone deine Kräfte«, sagte er freundlich. »Ich hebe den Ast an und du versuchst, drunter wegzukriechen. Fertig?«

»Ja«, sagte sie und ließ zögernd seine Hand los.

Luke ging in die Hocke, fasste den dicken Ast mit beiden Händen und drückte ihn mit aller Kraft nach oben. Der Ast schien sich nicht rühren zu wollen, und so verstärkte Luke seine Bemühungen. Aus seiner Liebe zu Kate, die er über viele

Jahre auf zwei Kontinenten mit sich getragen hatte, wuchsen ihm ungeahnte Kräfte zu.

Es war ein ungleicher Kampf – die Muskeln und Sehnen eines Mannes gegen den störrischen Geist eines Baumes, der Jahrzehnte im Boden eines der unwirtlichsten Erdteile überdauert hatte. Aber Lukes Liebe war stärker, und so musste der Baum widerwillig eine knappe Handbreit nachgeben. Das genügte Kate, um unter dem dicken Ast hervorzukriechen.

Erschöpft von der nahezu übermenschlichen Anstrengung sank Luke auf die Knie. Kate umschlang seinen Hals. Er spürte, wie sie sich an ihn drängte und hörte ihr Schluchzen. »Ich hatte solche Angst um dich«, wollte er sagen, aber seine Worte gingen im Krachen des Donners unter. Er zog Kate zu sich herab und liebkoste ihr Gesicht. »Ich hatte solche Angst, dir könnte was passiert sein«, sagte er. Er konnte weder ihr Gesicht noch den Ausdruck in ihren Augen sehen.

Der peitschende Regen, das Donnergrollen, die Blitze, die immer wieder am Himmel aufzuckten, und die bittere Kälte des Abends verschwanden aus ihrer Welt. Nichts mehr war wichtig. Was in diesem Augenblick zwischen ihnen geschah, riss die Jahre des Zweifels mit sich fort.

Er drückte den Mund auf ihre Halsbeuge, und während er sie an sich presste und flüsternd ihren Namen sagte, erkannte sie die Hitze ihrer eigenen Begierde. Im Schein der Blitze konnte sie sein Gesicht sehen und ihre Augen trafen sich. Sie merkte, wie ein Schluchzen ihren Körper schüttelte. Luke, der ihre Angst und ihre Verwundbarkeit spürte, hielt sie fest an sich gepresst. Sein Kuss war sanft und beruhigend. Kate wehrte sich nicht. Nie hatte ihr etwas so köstlich geschmeckt wie sein Mund, und eine eigenartige körperliche Schwäche, aus der eine sonderbare Leidenschaftlichkeit erwuchs, ergriff von ihr Besitz. Sie erwiderte seinen Kuss. Wortlos knöpfte sie sich das Hemd auf und erschauerte, als sich seine Hände um ihre Brüste legten.

Auch er zog das Hemd aus, und als er sich an sie drängte, spürte sie seine stahlharten Brustmuskeln. Während ihre Hände über seinen Rücken fuhren, fühlte sie die Muskeln, die sich unter der Haut abzeichneten. Sein Gesicht lag zwischen ihren Brüsten, und er sog ihren Duft tief ein. Bei der sanften Berührung seiner Zunge wurden ihre Brustwarzen hart. Sie warf den Kopf nach hinten und schloss die Augen. Die Zeit schien still zu stehen; es gab nur noch diesen kostbaren Augenblick zwischen ihnen. Sie staunte, dass sich sein Körper so vertraut anfühlte, als hätte er ihr stets gehört. Ein Stöhnen entfuhr ihr, als er sie auf das nasse Lager aus Blättern drückte und mit der anderen Hand die Schärpe um ihre Taille löste. Sie merkte kaum, dass sie ihm dabei half, ihre Hose auszuziehen.

Sein Atem ging schwer und unregelmäßig, während er ihren Körper mit Küssen bedeckte. Sie keuchte, als er in sie eindrang. Beide versanken in ihrer Leidenschaft – wie sehr hatten sie sich nach diesem Augenblick gesehnt! Liebe und Wollust verschmolzen ineinander, und Kate merkte kaum, dass sie mit ihren Schreien fast den herabprasselnden Regen übertönte. Ein wilder Sinnentaumel erfasste sie, als ihrer beider Höhepunkt ihre Leiber erschütterte.

Unbekleidet lagen sie beieinander, ohne etwas von der Kälte des Regens oder den stachligen Zweigen des umgestürzten Baums zu spüren. Es kam Kate vor, als füllte Luke jeden Teil ihres Wesens aus. Die Wonnetränen, die ihr in kleinen Bächen über die Wangen liefen, vermischten sich mit den Regentropfen. Die Natur mit ihrer wilden und ungezähmten Leidenschaft sprach für sie beide – in diesem Augenblick wären Worte lediglich überflüssige Laute gewesen.

Scheinbar mühelos hob Luke Kate auf und trug sie zum Fuhrwerk, an dem er seitlich eine Plane als Schutzdach befestigte. Er holte eine Laterne aus Kates Vorräten und machte sich daran, geschützt unter dem Boden des Fuhrwerks ein Feuer zu entzünden. Gegen eines der Räder gelehnt und in eine trockene Decke gehüllt, sah Kate zu, wie er sich über das Feuer beugte, das allmählich größer wurde und ihnen bald Wärme spenden würde. Träumerisch dachte sie daran, wie er sie mit seinem sehnigen Leib und den stahlharten Muskeln besessen hatte.

Sorgfältig legte Luke Rindenstücke mit der trockenen Innenseite auf die Flammen, damit das Feuer besser brannte. Nach einer Weile hob er den Blick und lächelte ihr zu. »Ich würde mir gern mal ansehen, ob der Ast Verletzungen hervorgerufen hat«, sagte er. »Du brauchst dich nicht zu genieren.« Sie erwiderte sein Lächeln und schlug die Wolldecke auf. Er hielt die Laterne hoch, um sich die Schürfwunde näher anzusehen, die quer über ihren Unterleib lief. »Wird wohl bald verheilen«, sagte er, während er sie sanft berührte. »Nur ein ziemlich übler Kratzer.« Ein wenig befangen nahm er die Hand fort, und Kate fragte sich, wieso er in einem Augenblick so selbstsicher und im nächsten so zurückhaltend sein konnte. Sie fasste nach seiner Hand und zog ihn zu sich her.

»Hab ich dir eigentlich schon gesagt, dass ich dich liebe, Luke Tracy?«, fragte sie und legte ihm den Kopf auf die Schulter. »Dass ich überzeugt bin, dich von dem Augenblick an geliebt zu haben, als ich in Brisbane am Anleger den hoch gewachsenen Mann mit seiner Bettrolle und dem Gewehr stehen sah? Du sahst so stolz und selbstsicher aus. Als du mich dann angesehen hast, war ich ganz verwirrt.«

»Ich wusste gar nicht, dass du mich bemerkt hattest«, sagte Luke leise. »Damals gehörtest du einem anderen. Ich hab dich von Anfang an für die schönste Frau gehalten, die mir je begegnet ist. Ich …« Es fiel ihm schwer, seiner Liebe Ausdruck zu verleihen, die er über ein Jahrzehnt lang unaufhörlich mit sich getragen hatte und die nie ins Wanken geraten war wie jetzt seine Worte.

Obwohl es ihm aussichtslos erschienen war, je die Zuneigung der schönen jungen Frau gewinnen zu können, hatte die kleine, aber kräftige Flamme weitergebrannt. Jetzt aber, im Schutz des großen Fuhrwerks, in einer abgelegenen Gegend an Nord-Australiens Siedlungsgrenze, schwanden all die Jahre des Schmerzes zu nichts dahin. Dieser sonderbare Ort war der Himmel, den er sich stets erträumt hatte. »Ich liebe dich, Kate, ich habe dich immer geliebt«, sagte er schlicht, und der Ausdruck in seinen Augen zeigte ihr die Tiefe des Gefühls, das er für sie empfand. »Ich kann einer Frau nicht viel bieten, schon gar nicht einer, die so schön ist wie du. Ich …«

Sie legte ihm die Finger auf die Lippen, damit er keine Gelegenheit hatte, seinen Mangel an weltlichen Gütern zu beklagen. »Versprich mir einfach, dass du mich nie wieder verlässt, Luke«, sagte sie leise und schloss die Augen. »Ich glaube nicht, dass ich es ertragen könnte, dich noch einmal zu verlieren. Ich habe so viele Menschen verloren, die mir teuer waren.«

Ohne darauf zu antworten, hielt er sie dicht an sich gedrückt, während er in die Flammen sah. Sie war wie ein vertrauensvolles Kind, und er konnte sich nicht erinnern, sich in ein und demselben Augenblick so elend und zugleich so glücklich gefühlt zu haben. Er hatte etwas Kostbareres gefunden als den Goldfluss, aber er musste noch etwas erledigen, bevor er Kate sein Wort geben konnte, sie nie wieder zu verlassen. Als man ihn vor Jahren gezwungen hatte, Australien fluchtartig zu verlassen und in seine Heimat Amerika zurückzukehren, hatte er einen Racheschwur getan. Ihm war klar, dass er mit der Einlösung dieses Versprechens, das er sich selbst gegeben hatte, mehr aufs Spiel setzte als sein Leben, nämlich die Liebe dieser Frau.

Er strich ihr über das Haar wie einem Kind, und Kate glitt in einen tiefen und zufriedenen Schlaf. Zum ersten Mal in vielen Jahren war sie wahrhaft glücklich.

26

An Bord der *Osprey* stand nicht alles zum Besten.

Am Tag, bevor das Schiff Cooktown erreichte, erwog der Erste Steuermann Sims ernsthaft, heimlich von Bord zu gehen und sein Glück auf den Goldfeldern am Palmer zu versuchen. Je näher sie dem Goldhafen kamen, desto mehr verdichteten sich seine Zweifel an der Zurechnungsfähigkeit des Kapitäns.

Anfangs hatte die Besatzung nicht weiter darauf geachtet, dass Mort in den dunklen Stunden vor Morgengrauen wirr redete, und es für die Folge heimlichen Trinkens gehalten. Aber Sims hatte gesehen, wie Mort mit dem Degen herumgefuchtelt hatte, als wolle er jemanden damit erstechen, und in dem Augenblick war der Kapitän stocknüchtern gewesen.

»Haben Sie den Nigger gesehen?«, hatte er, über und über mit Schweiß bedeckt, hervorgestoßen, während er auf eine Ecke seiner Kajüte einstach. Sprachlos hatte ihm Sims zugesehen. »Was für ein Nigger, Käpt'n?«, hatte er verständnislos gefragt.

Mort hatte seinen Angriff auf das Gespenst eingestellt, das nur er sehen konnte, und den Ersten Steuermann angestarrt. »Ein Ureinwohner, von Kopf bis Fuß mit weißen Federn bedeckt.«

Da es Sims nicht zustand, am Geisteszustand seines Kapitäns zu zweifeln, hatte er sich kopfschüttelnd rückwärts aus der Kajüte geschoben. Mehr noch als die Spiegelfechterei mit dem eingebildeten Ureinwohner hatte Sims die Anweisung des Kapitäns beunruhigt, Baron von Fellmanns persönliche Habe im Laderaum zu durchsuchen. Mort hatte ihm nicht aufgetragen, nach etwas Bestimmten Ausschau zu halten, und ihm war nichts aufgefallen.

»Keine Papiere oder dergleichen?«, fragte Mort, der am Kartentisch in der Kajüte stand.

»Nichts außer Kleidungsstücken und so etwas, Käpt'n«, gab Sims zur Antwort.

Mort entließ ihn mit einer ungeduldigen Handbewegung, und erleichtert kehrte Sims an Deck zurück. Seiner festen Überzeugung nach hatte der Kapitän nicht alle Tassen im Schrank. Er hatte vor vielen Jahren als junger unerfahrener Leichtmatrose unter einem ähnlichen Kapitän gedient, der den Verstand verloren und drei seiner Leute umgebracht hatte, bis ihn schließlich das gleiche Schicksal ereilte. Die Besatzung hatte sich darauf geeinigt, sämtliche Todesfälle als Unfälle auf See hinzustellen, denn die Männer fürchteten die Folgen, wenn sie wahrheitsgemäß erklärten, dass sie ihren Kapitän in Notwehr getötet hatten. Damals hatte Sims mit den anderen einen blutigen Eid geschworen, nie über den Vorfall zu sprechen.

Jetzt musste er erleben, wie sich all das wiederholte: Ein Mann, dem die Macht über andere anvertraut war, glaubte, von einem alten Ureinwohner-Krieger verfolgt zu werden, und war so argwöhnisch geworden, dass er dem Baron grundlos nachspionieren ließ. Die Vorstellung, das Schiff in Cooktown zu verlassen, erschien Sims von einer Minute zur anderen verlockender.

An Deck atmete er tief die salzige Luft ein. Er genoss den Silberglanz über dem blauen Wasser und sah voll Freude zu, wie Delfine anmutig durch die Bugwelle der Bark glitten. Nach Ansicht der Seeleute bedeutet der Anblick von Delfinen Glück. Er hoffte sehr, dass das stimmte.

Kapitän Mort hatte gute Gründe, sich verfolgt zu fühlen, und gehofft, sein Erster Steuermann werde belastendes Material gegen den Baron finden. Zwar genügte der an den Baron gerichtete Brief, den Mort hatte abfangen können, doch wäre weiteres Material für die unvermeidliche Abrechnung mit dem Mann von Vorteil gewesen.

Dieser Brief war eingetroffen, als die *Osprey* noch in Brisbane am Ausrüstungskai lag. Da Mort überzeugt war, alle um ihn herum wollten ihm schaden, hatte er ihn heimlich geöffnet. Was er da las, rechtfertigte seine Bedenken nur allzu sehr. Lady Macintosh wies den deutschen Adligen an, Mort bei der Rückkehr von der Expedition der Polizei zu übergeben. Das passt ins Bild, ging es ihm durch den Kopf, während er den Brief las. Von der Familie Macintosh war bekannt, dass sie sich durch nichts vom Geldverdienen abhalten ließ, nicht einmal durch wichtige persönliche Angelegenheiten. Erst sollte Mort seinen Auftrag erledigen – dann würde man ihn festnehmen!

Er vermutete, dass man bereits den Haftbefehl gegen ihn ausgestellt hatte: Mord an zahllosen jungen Eingeborenenfrauen, die sie bei der Suche nach Arbeitskräften im Pazifik an Bord genommen hatten. Jemand hatte den Mund nicht halten können. Aber wer? Stets hatte er sorgfältig darauf geachtet, seine Eingeborenen-Besatzungen nach jeder Reise in ihre Heimat zu entlassen und durch neue Leute zu ersetzen. Es war kaum anzunehmen, dass diese Inselbewohner den Behörden in ihrer fernen Heimat gemeldet hatten, was sie über ihn wussten.

Mort hatte hin und her überlegt, wer das nötige Wissen hatte, um die in dem Brief angesprochenen Taten zu berichten. Während er weiterlas, erfuhr er es: Jack Horton! Er wusste also, warum die Matriarchin des Macintosh-Clans so darauf brannte, ihn hängen zu sehen, ganz wie die verdammten Duffys.

Aber seine Vermutung trog ihn. Der Anlass dafür, dass Daniel Duffy Lady Enid gebeten hatte, an der Ergreifung Morts mitzuwirken, war der brutale Mord an einer Frau in Sydney, die er schon fast vergessen hatte. Es ging gar nicht um die jungen Eingeborenenfrauen von den Inseln!

Mort konnte nicht wissen, dass Lady Enid hoffte, er werde nach seiner Festnahme – angesichts der Wahl zwischen dem Tod am Galgen und einer lebenslangen Gefängnisstrafe – die Mitwirkung ihres Neffen an der Verschwörung, die zum Tode ihres Sohnes geführt hatte, gestehen. Sie hatte beträchtlichen Einfluss auf das Gerichtswesen in der Kolonie, und zudem bemühte sich der junge Anwalt Daniel Duffy auch hinter den Kulissen darum, eine Festnahme Morts in der Kolonie Queensland zu erreichen.

Anfangs hatte Mort erwogen, den Brief zu vernichten, war aber nach längerem Überlegen zu dem Ergebnis gelangt, dass es besser war, ihn in die Hände des Barons gelangen zu lassen. Immerhin war es möglich, dass man ihm die gleiche Mitteilung auch noch auf andere Weise hatte zukommen lassen. Daher hatte Mort den Brief sorgfältig wieder verschlossen. Immerhin durfte er sich bis zum Ende der in alle Einzelheiten vorbereiteten Expedition sicher fühlen, hatte er sich mürrisch getröstet. Aber zwischen Anfang und Ende einer jeden Unternehmung konnte viel geschehen. Noch hatte er freie Hand und rechnete fest damit, dass seine handverlesene Besatzung – Männer seines Schlages – zu ihm halten würde, falls der Baron den Versuch unternehmen sollte, ihn an Bord seines eigenen Schiffes festnehmen zu lassen.

Dann aber kam ihm ein beunruhigender Gedanke. Er hatte in den Unterlagen in Granville Whites Kontor gesehen, dass der Baron für seine Expedition einen irisch-amerikanischen Söldner namens O'Flynn verpflichtet hatte, der in Cooktown mitsamt einer kleinen Truppe an Bord kommen sollte. Im Frachtraum befanden sich mehrere Kisten mit den erst vor kurzem entwickelten Winchester-Repetiergewehren. Würde er sich mit seiner Besatzung dem Baron und dessen Söldnern gegenübersehen, wenn es an der Zeit war, den Deutschen aus dem Weg zu räumen? Flüchtig überlegte er, ihn umzubringen, bevor sie Cooktown erreichten, verwarf den Gedanken aber gleich wieder. Immerhin war es möglich, dass dieser O'Flynn mit Lady Enid und von Fellmann im Bunde stand. Falls das Schiff ohne den Baron in Cooktown einliefe, würde O'Flynn möglicherweise die Behörden auf ihn hetzen und dafür sorgen, dass man ihn verhaftete.

Nein, grübelte Mort. Er würde warten, bis sie Cooktown hinter sich hatten. Die Erfahrung hatte ihn schon vor langer Zeit gelehrt, wie wichtig es war, den richtigen Zeitpunkt abzupassen und auf eine günstige Gelegenheit zu warten. Ohne die instinktive Kenntnis des richtigen Zeitpunkts zum Losschlagen hätte er sein oft gefahrvolles Leben nicht führen können, und nur höchst selten hatte er einen Gegner unterschätzt.

Bei seinem früheren Sergeant Henry James war das der Fall gewesen, doch war es mehr als unwahrscheinlich, dass sich ihre Wege je wieder kreuzen würden. Sollte es aber doch dazu kommen, wusste Mort, dass er sich an dem Mann rächen würde, der ihn einst zum Gespött gemacht hatte.

Dieser O'Flynn ... Welche Art Gegner war er im Falle einer Konfrontation? Iren schienen ihm anzuhängen wie Kletten, dachte er verbittert. Iren und der Geist eines alten Darambal-Kriegers, der ihn Nacht für Nacht heimsuchte und mit anklagenden Augen ansah.

Es war Zeit, das Mittagsbesteck zur Standortbestimmung aufzunehmen. Als er mit dem Sextanten an Deck trat, sah er, dass sich der Baron mit einem der Männer der Besatzung unterhielt. Krankhafter Argwohn ließ ihn sich fragen, worüber sie wohl sprechen mochten.

Von Fellmann sah den Kapitän ebenfalls und begrüßte ihn herzlich. »Guten Morgen, Kapitän. Ein herrlicher Tag.«

Der Baron war glatt rasiert und sah blendend aus. Seine Art, sich zu halten, ließ ihn größer erscheinen als seine ein Meter fünfundsiebzig. Mort schätzte ihn auf Ende vierzig, obwohl das seinem Gesicht nicht anzusehen war, doch durchzogen vereinzelte graue Fäden sein kurz geschnittenes braunes Haar. Seine braunen Augen wirkten klug und entschlossen. Sein Auftreten verkündete seine Macht. Schon bald hatte Mort widerwillig anerkennen müssen, dass er seinen Passagier in keiner Weise unterschätzen durfte. Er nickte grüßend zurück, und der Baron fuhr fort: »Ihr Mann hier sagt mir, dass es nur noch gut vierundzwanzig Stunden bis Cooktown sind. Stimmt das?«

»Ja. Wir hatten günstigen Wind und Glück mit dem Wetter, Baron«, gab Mort zur Antwort. »Mein Mann kennt diese Gewässer. Wir haben vor einer Weile den Pyramidenberg passiert, und das bedeutet, dass wir uns Cooktown nähern.«

Der Baron warf einen Blick auf die an Backbord vorüberziehende Küste und sah ein von Dschungel bedecktes gezacktes

Gebirge, über dem weiße Wolken am Himmel trieben. Das Bild unterschied sich nur wenig von dem, was er auf den Inseln nahe dem Wendekreis östlich der Kolonie gesehen hatte.

»Was wissen Sie über diesen O'Flynn, den wir in Cooktown an Bord nehmen?«, fragte Mort den Baron.

Von Fellmann, auf diese Weise in seinen Betrachtungen unterbrochen, wandte sich dem Kapitän zu. »Eine überflüssige Frage«, sagte er mit einem angedeuteten Lächeln. »Aber ich will sie dennoch beantworten. Mister O'Flynn ist ein Abenteurer. Ich bin ihm zwar noch nie begegnet, kenne aber seinen Ruf durch Dritte. Er hat in den letzten zehn Jahren an vielen Orten der Erde in vielen Kriegen gekämpft. Obwohl er dabei ein Auge eingebüßt hat, gilt er als treffsicherer Gewehr- und Pistolenschütze. Man munkelt, dass er nach der mexikanischen Revolution unter Juárez als Vertreter der nordamerikanischen Regierung in Mittelamerika tätig war. Ich hatte das Glück, mich für unsere Expedition seiner Dienste versichern zu können.«

»Worum geht es dabei?«, fragte Mort, woraufhin ihn von Fellmann misstrauisch ansah.

»Wir wollen Handelsniederlassungen für Hamburger Kaufleute errichten«, gab er zur Antwort und wartete, ob Mort weitere Fragen stellen würde. Mort begriff aber die Antwort und verfolgte die Sache nicht weiter. Unter einem Vorwand entschuldigte er sich und suchte seine am Heck gelegene Kajüte auf.

Der Baron sah ihm nach und richtete dann den Blick wieder auf die Küste. Er war unruhig. Täuschte er sich, oder legte der Kapitän der Osprey seit dem Ablegen aus Brisbane ihm gegenüber eine gewisse Feindseligkeit an den Tag? Er schüttelte den Kopf. Mort konnte von der Verschwörung gegen ihn nichts wissen. Im Augenblick war Fellmanns Auftrag weit wichtiger als dieser Mann. Im Vergleich zu der Notwendigkeit, etwas gegen das immer weiter wuchernde Spinnennetz des britischen Imperialismus zu unternehmen, waren die Morde an einer Hand voll Eingeborenenfrauen bedeutungslos. Er hatte Lady Macintosh telegrafisch gebeten, unbedingt dafür zu sorgen, dass man nichts gegen Kapitän Mort unternahm, solange er im Dienst der deutschen Interessen unterwegs war. In ihrer verschlüsselten telegrafischen Antwort hatte sie zögernd zugestimmt.

Während er zusah, wie die Delfine im kristallklaren Wasser des Pazifik die Bugwelle der *Osprey* durchschnitten, machte er sich Gedanken über diesen O'Flynn, von dem ihm seine Frau versichert hatte, dass er von ihm mehr erwarten dürfe, als er anfänglich angenommen hatte. Es schien sich bei ihm um einen sehr bemerkenswerten Menschen mit einer geheimnisvollen und gefährlichen Vergangenheit zu handeln.

27

Emma James fiel die Veränderung an Kate sofort auf, als sie mit Luke von der Viehzuchtstation zurückkehrte. Sie strahlte bei jedem Schritt vor Glück.

Sobald sie im Laden einen Augenblick lang allein waren, rief Emma mit freudigem Lächeln aus: »Du bist verliebt, Kate O'Keefe.«

Schüchtern lächelnd sah Kate beiseite. Konnte man ihr das Glück so deutlich ansehen? War ihr Ruf eiserner Selbstbeherrschung eine Sache der Vergangenheit? »Das kann nur Mister Tracy sein«, fuhr Emma fort, ohne weiter auf Kates Schweigen zu achten. »Hat er dir einen Antrag gemacht?«, fügte sie hinzu.

»Wie kommst du darauf, dass ich in Luke Tracy verliebt sein könnte?«, wehrte Kate schwach ab. Emma lächelte sie wissend an.

»Weil es dir ins Gesicht geschrieben steht, Kate«, gab Emma zurück. »Ich kenne dich jetzt schon viele Jahre und habe immer gewusst, dass du etwas für ihn übrig hast – du wolltest es nur nie wahrhaben. Unterwegs muss irgendwas passiert sein, das dir zu Bewusstsein gebracht hat, was uns allen klar war«, sagte sie. Immerhin war sie eine Frau, und Frauen hatten nun einmal in solchen Angelegenheiten ein feines Gefühl.

Kate sah der Freundin offen in die Augen. »Du hast Recht«, sagte sie und seufzte glücklich ergeben. »Ich habe mir endlich eingestanden, dass ich Luke schon immer geliebt habe.«

Emma umarmte sie stürmisch. »Ich freu mich ja so für euch beide«, sagte sie mit Tränen in den Augen. »Du hast wirklich ein bisschen Glück verdient. Immer warst du für alle da und hast nie an dich gedacht. Bestimmt ist Mister Tracy ein Mann, der dich immer lieben und sich um dich kümmern wird.«

Mit einem Mal merkte Kate, dass sie beide weinten. Doch waren es Tränen des Glücks, und dieses Glück wollte sie mit der Welt teilen.

Als Henry in den Laden kam, sah er, dass Emma und Kate einander weinend in den Armen lagen. Beunruhigt trat er zu ihnen und fragte nach dem Grund ihres Kummers. »Von Kummer kann keine Rede sein«, gab Emma mit leisem Lachen zurück. »Es könnte gar nicht besser stehen.« Verwirrt verzog er das Gesicht und verließ den Laden. Wahrscheinlich war es besser, die beiden bei ihrem Anfall geistiger Umnachtung allein zu lassen. Warum heulen, wenn man glücklich ist? Das schien ihm keinen Sinn zu ergeben. Allerdings folgte er damit der männlichen Logik. Er verstand nicht viel von der geheimnisvollen Welt der Frauen.

»Hat er dir einen Antrag gemacht?«, wiederholte Emma ihre Frage, als sich die beiden Frauen aus ihrer Umarmung lösten. Kate schüttelte den Kopf und setzte sich auf ein Melassefass.

»Noch nicht«, sagte sie mit sehnsüchtiger Stimme. »Aber er tut es bestimmt …« Sie verstummte und dachte an all das, worüber sie auf dem Rückweg nach Cooktown gesprochen hatten. Es gab da etwas, was er ihr nicht sagte, überlegte sie und verzog sorgenvoll das Gesicht. Vermutlich war es eine Art Bürde, derer er sich entledigen musste, bevor er seinem Leben eine neue Wendung geben konnte.

Emma sah, wie sich Kates Gesicht umwölkte, und nahm ihre Hand. »Er tut es bestimmt«, sagte sie. »Ich denke, er gehört zu der Sorte Mann, die sich mutig jeder Gefahr stellt – nur nicht dem Pfarrer am Traualtar.«

Kate hob den Blick, und beide lachten. Sie glaubte nicht, dass der Gedanke an die Ehe Luke schreckte. Musste sie möglicherweise den harten und zugleich sanften amerikanischen Goldsucher behutsam dazu bringen, um ihre Hand anzuhalten? Wenn doch ihre Brüder noch lebten, die Luke dazu auffordern konnten, sie zu einer ehrbaren Frau zu machen, dachte sie betrübt. Sie wusste noch genau, wie entsetzlich sich einst Michael im Hinterhof des Erin mit Kevin O'Keefe geprügelt hatte, damit dieser Kate heiratete. So war das nun einmal bei den Iren: Ein Bruder verteidigte ganz selbstverständlich die Ehre der geliebten und hoch geschätzten Schwester.

»Ich denke schon, dass er es tun wird«, sagte sie schließlich, als sie aufgehört hatten, über die Vorstellung eines verängstigten Luke Tracy zu lachen. »Wenn er so weit ist.« Wieder verfinsterte sich ihr Gesicht. Noch nie zuvor hatte sie so viel Glück und so viel Angst zugleich empfunden. Zwar war sie ihrer Liebe zu ihm sicher, aber sie wusste nicht, ob sich dieser Mann der endlosen Horizonte mit dem Gedanken an eine Ehe anfreunden konnte, trotz der offenkundigen Liebe, die er für sie empfand. Sie versuchte sich zu sagen, dass am Ende alles gut würde. Der Gedanke, dass nur die Liebe in so kurzer Zeit so viele verwirrende und widerstreitende Empfindungen in einem Menschen hervorrufen kann, machte sie ruhiger, und ihr Gesicht hellte sich auf.

Doch als sie an jenem Abend zusammen mit Luke auf der Veranda von Henrys und Emmas Haus über dem Fluss saß, kehrten ihre geheimen Befürchtungen zurück. Emma hatte darauf bestanden, dass die beiden mit ihr und Henry zu Abend aßen, und die Mahlzeit war angenehm verlaufen. Bei Tisch hatten die Männer über die jeweiligen Vorzüge englischer und amerikanischer Schusswaffen für den Einsatz an der Grenze von Queensland und über den Goldpreis an der Warenbörse von Sydney gesprochen, während sich die Frauen über die teuren Lebensmittel und die Schulen der Kinder unterhalten hatten. Nach dem Essen hatte Emma ihren Mann beiseite genommen, damit er Luke und Kate ungestört eine Weile auf der Veranda allein ließ. Henry knurrte widerwillig, er und Luke müssten viel miteinander besprechen, doch ein vernichtender Blick seiner Frau brachte ihn zum Verstummen.

Jetzt saßen Kate und Luke nebeneinander vor dem Haus und sahen auf den Fluss hinab, auf dem die Lichter zahlreicher ankernder Schiffe und Boote ein buntes Muster bildeten. Allmählich kühlte die warme Tropennacht ein wenig ab. Kate hängte sich bei Luke ein, der gedankenverloren an einem Stumpen sog, und legte ihren Kopf auf seine Schulter. Der Frieden war vollkommen. Schöner konnte die Welt nicht sein.

»Ich liebe dich, Kate«, sagte Luke, und sie drückte liebevoll seinen Arm. »Aber ich muss etwas tun, von dem ich annehme, dass du damit nicht einverstanden wärest.«

Kate ließ seinen Arm los und sah ihn an. »Nämlich was?«, fragte sie. »Was könntest du tun, mit dem ich nicht einverstanden wäre?«

Er wandte sich ihr zu, und sie sah, wie angespannt sein markantes Gesicht war. »Ich muss noch was in Ordnung bringen, bevor wir …« Er verstummte, und Kate griff fest nach seinem Arm.

»Bevor wir was?«, fragte sie. Er sah beiseite und richtete den Blick auf den Fluss. Eine Weile herrschte Schweigen und allmählich verlor Kate die Geduld mit diesem schweigsamen Menschen. »Bevor wir was?«, fragte sie erneut und rüttelte ihn sacht.

»Bevor wir ein gemeinsames Leben führen können«, sagte er schließlich.

»Heißt das, du willst mich heiraten?«

Bedächtig schüttelte er den Kopf. »Das kann ich nicht von dir erwarten«, sagte er betrübt. »Ich kann dir nichts bieten, Kate. Ich habe nichts … außer meiner Liebe.«

»Das genügt«, sagte Kate leise. »Alles andere, was eine Frau sich wünschen könnte, habe ich.«

»Damit kann ich nicht einverstanden sein. Ich muss selbst etwas in eine Ehe einbringen«, sagte er im Brustton der Überzeugung. Ein Mann ließ sich nicht von einer Frau aushalten. Es war seine Aufgabe, sich um seine Frau zu kümmern. »Doch zuvor muss ich etwas tun, um ein Unrecht aus der Welt zu schaffen, das man mir vor langer Zeit angetan hat.«

Die Entschlossenheit, die in seinen Worten mitschwang, ängstigte Kate. Sie kannte ihn gut genug, um zu wissen, dass sein Vorhaben unter Umständen gefährlich war. Stand er wieder im Begriff, einen seiner einsamen und gefährlichen Züge in die Wildnis zu unternehmen, auf der Suche nach einem neuen Goldfeld wie dem am Palmer?

»Ich habe dir die Mittel für die Expedition zum Ironstone bei Rockhampton angeboten«, erinnerte sie ihn.

»Um so etwas geht es nicht«, wich er aus. »Es ist eine persönliche Angelegenheit, und ich erzähl dir alles, wenn es vorbei ist. Du musst mir einfach vertrauen, Kate.«

Seufzend ließ sie seinen Arm los. »Ich werde dir keine Fragen stellen«, sagte sie ruhig und umschlang ihre Knie. »Aber versprich mir, auf keinen Fall etwas zu tun, das gegen das Gesetz verstößt.« Luke zog den Kopf ein. »Das ist schon in Ordnung«, sagte er. »Es geht darum, ein Unrecht aus der Welt zu schaffen.«

»Ich denke, wir sollten ins Haus gehen«, sagte Kate. Luke merkte ihrer Stimme an, dass sie verärgert war. »Es gehört sich nicht, dass wir so lange von unseren Gastgebern fort bleiben.« Luke erhob sich, um ihr zu folgen. Unmittelbar, bevor sie ins Haus traten, blieb sie stehen und sagte in scharfem Ton: »Denk dran – nichts Ungesetzliches, Luke Tracy, sonst will ich dich nicht wieder sehen.«

Mit kläglichem Ausdruck wandte er den Blick von ihr. Er fühlte sich so elend wie schon lange nicht mehr. Wie konnte er der Frau, die er liebte, erklären, dass er unbedingt dies Unrecht aus der Welt schaffen musste, das man ihm vor sechs Jahren angetan hatte? Mit dem man ihn auf eine Reise geschickt hatte, die ihn weit von ihr weggeführt hatte? Sechs Jahre des Umherziehens in seiner Heimat, wobei ihm Kates Unerreichbarkeit fortwährend schmerzlich vor Augen gestanden hatte. Zwar war ihm ihre Liebe wichtiger als jedes Goldland, doch ebenso wichtig war ihm der Stolz, ohne den er kein Mann gewesen wäre.

28

Der dröhnende Hall eines Revolverschusses in einer Gaststube voller Menschen erregt zwangsläufig Aufmerksamkeit. Michael erstarrte, wie auch John Wong. Während er die Spielkarten in der einen Hand behielt, griff er vorsichtig nach der Pistole in der Jackentasche.

»Goldsucher!«, dröhnte eine Stimme vom Eingang. »Ich heiße Luke Tracy und bin einer von euch.« Die schweigsamen Männer an den Tischen wandten sich dem hoch gewachsenen Fremden zu, der da im Türrahmen stand. War das einer von denen, denen die Tropensonne das Gehirn verbrannt hatte oder die über ihrem Pech bei der Goldsuche am Palmer den Verstand verloren hatten? »Ich brauche eure Hilfe, um eine Angelegenheit mit einem verdammten Schweinekerl zu regeln, der im selben Raum wie ihr sitzt und mit euch trinkt«, fuhr Luke fort. »Er ist kein Goldsucher, sondern ein Rechtsanwalt, ein Blutsauger, der ehrliche und schwer arbeitende Goldsucher um ihre Rechte betrügt.«

In der Menge wurden Stimmen laut, denen anzuhören war, dass die Männer auf der Seite des Neuankömmlings standen. Sie hatten nichts für elegant gekleidete Herren aus der Stadt übrig, die sich vom Schweiß ehrlicher Goldsucher nährten, und so sahen sie sich mit wässrigen Augen um, wer von den Anwesenden besser gekleidet war als sie selbst. Feindselige Blicke richteten sich auf einige Kaufleute, Bankiers und Pferdehändler, die abwehrend murmelten: »Seh ich etwa wie ein verdammter Anwalt aus?«

Nur Hugh Darlington sagte nichts, während er verzweifelt überlegte, wie er sich der Situation entziehen konnte. Sein

333

schlimmster Albtraum war Wirklichkeit geworden. Er vermutete, dass Kate O'Keefe hinter dem erneuten Auftauchen des Mannes stand, den er vor Jahren betrogen und dann bei der Polizei denunziert hatte.

Ein stämmiger Goldsucher, der Hugh Darlington kannte und ihn nicht ausstehen konnte, packte ihn beim Kragen seines teuren Jacketts. »Meinst du den Burschen hier?«, knurrte er drohend und hob den Anwalt mühelos vom Boden. Die Menge teilte sich, um Luke durchzulassen.

»Genau den«, knurrte Luke in Unheil verkündendem Ton.

»Ein paar von euch kennen mich vielleicht«, meldete sich Henry zu Wort, der neben Luke getreten war. »Die anderen sollen ruhig wissen, dass ich früher Polizist war. Nach allem, was mir Mister Tracy gesagt hat, sieht es ganz so aus, als hätte dieser Mister Darlington hier gewaltig Dreck am Stecken. Ich bitte euch also um Aufmerksamkeit. Gebt euer Urteil ab, wenn ihr gehört habt, was er zu sagen hat.«

Die meisten Männer in der Gaststube nickten beifällig. Hugh war übel vor Angst. Das Ganze sah verdächtig danach aus, als wollten die Leute das Recht selbst in die Hand nehmen. Manche hier nannten ein solches gesetzwidriges Vorgehen *natürliche Justiz*.

Luke hielt ein zerfetztes Blatt Papier hoch. »Das ist eine Quittung über einen Betrag, den ich Darlington vor ein paar Jahren gegeben habe. Es war der Gegenwert für Gold, das ich im Jahre '68 hier oben gefunden habe. Darlington hat das Geld genommen und mich an die Polizei verraten. Damals dachte ich, es hätte damit zu tun, dass ich gegen die Goldgesetze verstoßen hatte, aber inzwischen ist mir aufgegangen, der Bursche hat mich mächtig übers Ohr gehauen. Sergeant … Entschuldigung, Mister James hier kann Ihnen das allen bestätigen. Was ich sage, ist die reine Wahrheit. Ich bin bereit, auf die Bibel zu schwören, dass es sich so verhält und nicht anders.«

Das Gemurmel der Goldsucher nahm an Lautstärke zu und wurde erkennbar wütender. Der kräftige Mann, der den Anwalt aus Rockhampton immer noch in der Luft hielt, knurrte: »Was ham Se dazu zu sagen, Darlington?«

Es war Hugh klar: Was auch immer er sagte, er musste sehr vorsichtig sein. Hier hatte er es nicht mit Geschworenen zu tun, die er mit den Feinheiten des Gesetzes beeindrucken konnte – hier zählten nur nackte Tatsachen. »Sofern Mister Tracy glaubt, Grund zur Klage zu haben«, sagte er, so ruhig es ihm möglich war, »bin ich bereit, die Sache mit ihm in meiner Kanzlei in Rockhampton zu einem Zeitpunkt zu regeln, den er bestimmen kann.«

»Das reicht nicht«, rief eine Stimme aus der aufgebrachten Menge. »Erledigen Sie die Sache jetzt. Mister Tracy hat lange genug gewartet.« Die anderen Gäste stimmten in diese Forderung ein.

»Meine Herren!«, sagte Hugh, als wäre er in einem Gerichtssaal. »Mein Vorschlag ist, Tracy holt sich das Geld bei Missus O'Keefe, denn ihr habe ich es gegeben.«

Als der Name seiner Schwester fiel, erhob sich Michael halb von seinem Stuhl. John zog ihn herunter und zischte ihm zu, dass ihn diese Angelegenheit nichts angehe.

»Unser Mister Darlington«, sagte Luke mit kalter Stimme, »ist hierher nach Cooktown gekommen, um Missus O'Keefe unter Druck zu setzen. Sie soll ihm Geld zurückzahlen, das ihr von Rechts wegen zusteht. Der Rest, den er noch im Besitz hat, gehört mir. Von einem Mann, der sich nie im Leben die Hände schmutzig gemacht hat wie die anständigen, schwer arbeitenden Goldsucher hier, kann man wohl nichts anderes erwarten, als dass er Frauen bedroht.«

»Meine Herren, meine Herren«, bemühte sich Hugh verzweifelt den Lärm der wütenden Stimmen zu übertönen. »Was Mister Tracy da über Missus O'Keefe sagt, ist gelogen. Sie hat mit mir eine geschäftliche Vereinbarung getroffen, derzufolge das Geld zu einem von mir zu bestimmenden Zeitpunkt zurückzuzahlen ist. Sie können sie selbst fragen.«

»Über das Geld, was Sie ihr gegeben haben, durften Sie gar nicht verfügen, Darlington«, blaffte ihn Luke an. Die meisten der Anwesenden kannten und achteten Kate O'Keefe. Zwar war sie in geschäftlichen Dingen hart, aber sie behandelte ihre Kunden anständig und war deren Angehörigen gegenüber großzügig, wenn sie in Schwierigkeiten gerieten. »Das wissen Sie sehr wohl. Der Lügner sind Sie, Darlington. Ein ganz verlogener Mistkerl«, fügte er hinzu.

Hugh erbleichte. Er begriff, in welche Richtung die Ereignisse unaufhaltsam steuerten. Der Mann forderte ihn heraus, und mit einem Mal hatte er Angst. Die Goldsucher, die sich an jenem späten Nachmittag in der Gaststube aufhielten, spürten, was in der Luft lag.

»Sie haben mich einen Lügner genannt, Mister Darlington«, gab Luke gelassen zurück, »und ich nenne Sie ebenfalls einen Lügner.« Im Raum trat Stille ein, und so hörte jeder, was Luke mit wildem Lächeln sagte. »Was halten Sie davon, wenn wir die Sache da draußen wie anständige Männer regeln, ganz unter uns: nur Sie, ich und Colonel Samuel Colt.« Bei diesen Worten ließ er die Rechte auf den schweren Revolver an seinem Gürtel fallen.

Hugh merkte, dass seine Hände schweißnass waren. Voll Entsetzen sah er, wie Henry James mit einem Revolver in der Hand auf ihn zukam. Als er ihn erreicht hatte, hob er sechs Kugeln hoch, damit die Menge sie sehen konnte. Dann schob er sie in die Trommel und gab Hugh die Waffe, der sie so zögernd entgegennahm, als hätte er ihm eine Giftschlange in die Hand gedrückt.

Luke hielt eine einzelne Kugel empor und schob sie in die Trommel seines Revolvers. Den Goldsuchern war klar, was das zu bedeuten hatte: Der Amerikaner gestand dem Anwalt eine bessere Chance zu. Eine mutige und sportliche Geste von einem ihrer eigenen Leute. Luke wandte sich um und trat hinaus auf die Straße.

Eifrig folgten ihm die Goldsucher in die relative Abgeschiedenheit einer Nebenstraße. Die Menge riss Hugh mit sich. Michael und John folgten den Goldsuchern, auch sie wollten Zeugen des Duells werden. Umstehende erkannten, dass eine Schießerei bevorstand, in der Stadt an der Grenze nicht gerade eine Seltenheit. Viele von ihnen eilten davon, um nicht in die Massenschlägerei verwickelt zu werden, die gewöhnlich darauf folgte. Andere blieben neugierig, als sie hörten, es gehe um einen Schusswechsel auf Leben und Tod. Geld ging von Hand zu Hand, als die beiden Männer einander auf kurze Entfernung gegenübertraten. Die meisten wetteten auf den Anwalt, weil er sechs Kugeln hatte, der Amerikaner hingegen nur eine.

John Wong nahm die Wette eines Goldsuchers an, der darauf gesetzt hatte, dass der Anwalt den verrückten Yankee umlegen würde. Die Quote sechs zu eins, die ihm der Goldsucher genannt hatte, gefiel ihm. Er war überzeugt, seine Wette zu gewinnen. Er hatte Luke aufmerksam beobachtet und war beeindruckt gewesen. Der Amerikaner bewegte sich mit der tödlichen Anmut eines jagenden Raubtiers und zeigte wie ein solches nicht die geringste Angst. Ein Mann, der den Tod nicht fürchtete, war Herr all seiner Sinne.

Als der Name seiner Schwester fiel, war Michael aufmerksam geworden. Was mag ihr dieser Amerikaner bedeuten?, überlegte er stirnrunzelnd. Falls der Bursche bei dem Duell umkam, würde er es womöglich nie erfahren.

Die Zuschauer achteten darauf, reichlich Abstand zu den Kampfhähnen zu wahren. Die Zerstörungskraft einer Revolverkugel, die auf kurze Entfernung ihr Ziel verfehlte, war höchst eindrucksvoll.

Der amerikanische Goldsucher wirkte gelassen, während der Anwalt sichtlich Angst hatte. Zwar hatte Hugh schon einmal einen Revolver abgefeuert, aber nur zum Spaß auf leere Flaschen. Er spürte, dass er dem Tod ins Auge sah, und es kam ihm ganz so vor, als sei es dem Amerikaner, der ihm da gegenüberstand, ziemlich gleichgültig, ob er selbst lebte oder tot war. Diese Haltung beunruhigte ihn.

Hier ging es um etwas völlig anderes als bei den wilden Wortgefechten mit der gegnerischen Seite im Gerichtssaal, wo er mit seiner Juristenrhetorik zu glänzen vermochte. Das hier war eine Art Gottesurteil wie im Mittelalter, bei dem als unschuldig galt, wer übrig blieb. Es war ihm klar, dass man ihm die Bitte, die Sache auf andere Weise auszutragen, als Feigheit ausgelegt hätte, und das war eines Mannes seiner Gesellschaftsschicht unwürdig.

»Wir geben uns hier nicht mit komplizierten Regeln ab, Darlington«, sagte Luke laut und ruhig. »Es gibt nur eine, und die ist einfach. Sie dürfen als Erster schießen. Wenn Sie mich nicht so treffen, dass ich kampfunfähig bin, schieße ich. Haben Sie dazu Fragen?«

Verzweifelt überlegte Hugh, woher er Hilfe bekommen könnte, doch ihm fiel nichts ein. Es war überdeutlich zu sehen, auf wessen Seite die Goldsucher standen – zwar nicht aus finanzieller Sicht, aber aus moralischer. »Ich möchte darauf hinweisen, dass ich unter Zwang stehe«, sagte er an die Zuschauer gewandt, »und Mister Tracys Tod auf Notwehr zurückgeht, die mir die gegenwärtigen Umstände aufzwingen.«

Er wandte sich Luke zu und hob seine Waffe. Schweigen legte sich über die Menge. Jeder hielt den Atem an, denn allen war klar, dass einer der beiden das Duell nicht überleben würde. Michael empfand Bewunderung für den Mut des Amerikaners, der im Angesicht des sicheren Todes völlig unbeweglich dastand. Was auch immer der Mann Kate bedeuten mochte, ging es ihm durch den Kopf, Mut hatte er.

Hugh visierte über den Lauf, den er auf Luke gerichtet hielt. Doch ihm liefen Schweißtropfen in die Augen und er ließ den schweren Revolver sinken und wischte sie mit einem sauberen Taschentuch ab. Ein unzufriedenes Murren der Menge wurde hörbar. Die Aussicht, ihren Wettgewinn nicht einstreichen zu können, verstimmte die Männer. Hugh steckte das Taschentuch ein und hob die Waffe erneut.

Wieder senkte sich Schweigen über die Menge. Hugh hielt die Waffe nur eine Sekunde lang und zog dann den Hahn. Obwohl alle Zuschauer mit dem Schuss gerechnet hatten, zuckte so manch einer zusammen, als er fiel.

Es riss Luke herum, und er stürzte seitwärts zu Boden, als ihn die schwere Bleikugel traf. Blut spritzte aus seinem Ohrläppchen, wo sie ihn gestreift hatte. Eine schreckliche Sekunde lang glaubte er, sterben zu müssen. Als er aufzustehen versuchte, sah er Blut auf seiner Schulter. Darlington war ein besserer Schütze, als er vermutet hatte, und er hatte noch fünf Kugeln in der Trommel! Ein langes Aufstöhnen aus der angespannten Menge verebbte und machte erwartungsvoller Stille Platz. Jetzt war der Yankee an der Reihe.

Während Luke aufstand, richtete Hugh seine Waffe erneut auf ihn. Die Regeln waren vergessen. Hier ging es um das Überleben, und ein guter Ruf nützte niemandem, wenn er tot war. Er feuerte ein zweites Mal. Die Kugel ließ eine Staubfontäne dort aufstieben, wo sich Luke noch einen Sekundenbruchteil vorher befunden hatte.

Im Aufstehen feuerte Luke seine einzige Kugel, und Hugh spürte, wie sie ihn in der Mitte der Stirn traf. Er sank zusammen und fiel auf die Knie. Er merkte, wie das Blut aus seiner Wunde lief. »Ich bin tot«, klagte er und hielt sich die Hände an die Stirn.

Aber der Tod kam nicht so bald. Sein Kopf schmerzte, und er spürte das klebrige Blut zwischen den Fingern. Ich lebe ja, dachte er. Außerdem wurde ihm allmählich klar, dass die eben noch so ruhige Menge aus vollem Halse lachte. Wie können die Leute im Angesicht meines Sterbens so herzlos sein?, ging es ihm durch den Kopf. Er war verwirrt.

»Wie Sie habe auch ich die Unwahrheit gesagt, Mister Darlington«, sagte Luke mit breitem Lächeln. Er stand jetzt über dem Anwalt, der im Staub der Straße lag. »Ich habe meinen Revolver nicht mit einer Kugel geladen, sondern mit zweien. Die erste war eine Sonderanfertigung von mir«, fuhr er fort und hielt den Revolver auf Hughs Kopf gerichtet. »Sie werden eine Weile ziemlich starke Kopfschmerzen haben, aber nicht sterben. Jedenfalls hab ich noch nie gehört, dass jemand an einer mit Marmelade gefüllten Wachskugel gestorben wäre. Aber die zweite Kugel, die ich hier noch habe, könnte tödlich für Sie sein – außer Sie händigen den Rest meines Geldes Kate O'Keefe aus, wie wir es seinerzeit in Rockhampton abgemacht hatten. Dazu gebe ich Ihnen zwei Tage Zeit.«

Eine begeisterte Menge nahm Luke auf die Schultern und trug ihn zur Schänke zurück. Der Alkohol würde in Strömen fließen, während diejenigen, die das Pech hatten, nicht dabei gewesen zu sein, sich von dem Geschehen berichten ließen. Es war ein großartiger Spaß, wie ihn nur ein Mann mit stählernen

Nerven machen konnte. Noch viele Jahre lang würden sich Goldsucher, Fuhrleute und Viehhirten die Geschichte am Lagerfeuer erzählen. Ein Vorfall wie dieser konnte dem Ruf eines Mannes, der in einer Kolonie an der Grenze ein öffentliches Amt anstrebte, nachhaltig schaden. Das war Darlington bewusst, und er war wild entschlossen, mit Hilfe der Gesetze gegen den Mann vorzugehen, der ihn öffentlich gedemütigt hatte.

Michael folgte der Menge zurück in die Schänke, um Johns Gewinn zu teilen. Vergeblich hatte der Goldsucher, der seine Wette mit dem breitschultrigen Eurasier verloren hatte, zu argumentieren versucht, alle Wetten seien ungültig, weil der Anwalt noch lebte. John hatte dagegengehalten, dass der Amerikaner kampflos gewonnen habe. Darlington habe die Regeln missachtet und einen zweiten Schuss abgefeuert, als er nicht an der Reihe war. Mit diesem Argument war der Goldsucher nicht einverstanden, gab aber schließlich nach, als ihn John am Kragen packte und gegen einen wackeligen Zaun krachen ließ. Die kohlschwarzen Augen des jungen Mannes erinnerten den verängstigten Mann an eine tödliche Schlange, und er bezahlte.

Michaels Wertschätzung für den Amerikaner stieg beträchtlich. Einen Mann solchen Schlages hatte jeder gern an seiner Seite, wenn es Schwierigkeiten gab, ging es ihm durch den Kopf, als die Goldsucher Luke auf der Theke absetzten. Außerdem musste noch die Frage geklärt werden, in welcher Beziehung der Mann zu seiner Schwester Kate stand. Am besten hielt er sich in seiner Nähe, wenn er herausbekommen wollte, welche Rolle er in ihrem Leben spielte.

Mit dem Ruf: »Die Greifer kommen!«, übertönte ein Goldsucher den Lärm der Feiernden. »Sie wollen den Yankee festnehmen!« Stille senkte sich über den Raum. »Kommt überhaupt nicht in Frage«, brüllte jemand, und allgemeines Jubelgeschrei antwortete ihm.

Michael packte John am Arm und zischte ihm zu: »Wir müssen ihn hier rausschaffen, bevor die Greifer ihn packen.« Sie schoben sich durch die Menge, die einen schützenden Ring um den Helden des Tages bildete.

»Mister Tracy«, rief Michael zu Luke hinüber, der auf der

Theke stand und sich einen Lappen ans blutende Ohr hielt. »Wir bringen Sie hier raus, damit Sie nicht im Knast landen.«

Luke hörte Michaels Vorschlag trotz der im Raum herrschenden Lautstärke und sah sich um. Durch ein Fenster sah er drei uniformierte Polizeibeamte, die mit grimmiger Miene die Straße entlangstürmten. »Guter Gedanke«, sagte er und sprang herab. »Aber bevor wir verschwinden, muss ich zu Kate O'Keefe und ihr was erklären.«

»Kein guter Gedanke«, knurrte Michael, während er Luke einen Weg durch die Menge der Männer bahnte, die ihm Glück wünschend auf den Rücken schlugen. »Sie könnten sie da mit reinziehen.«

»Falls ich ihr nichts sage«, begehrte Luke auf, »kriegt sie in den falschen Hals, was hier passiert ist.«

»Dafür ist jetzt keine Zeit«, gab Michael zur Antwort. Inzwischen hatten sie die Hintertür erreicht. »Die Greifer buchten Sie ein, bevor Sie was erklären können. Wir müssen Sie verstecken, bis wir eine Möglichkeit haben, Sie sicher aufs Schiff zu bringen.«

»Verdammt!«, fluchte Luke. »Sie kennen Kate O'Keefe nicht, Mister O'Flynn. Wenn ich ihr die Sache nicht erkläre, nimmt sie an, ich lasse sie einfach im Stich.«

Das würde keinen Unterschied machen, dachte Michael mit grimmigem Lächeln. Ich kenne meine Schwester. Nein, du bist bei mir sicherer aufgehoben, ganz gleich, wohin uns die Reise führt.

Die Polizeibeamten stürmten in das überfüllte Lokal und riefen, Luke Tracy solle sich im Namen der Königin stellen, zogen sich aber mit verlegenem Lächeln zurück, als ihnen Hohngelächter entgegenschlug. Mit seiner Anzeige gegen Luke wegen versuchten Mordes hatte sich der Anwalt bei der Menge nicht beliebter gemacht. Man klärte die Polizisten über den wahren Sachverhalt auf. Sie hatten Besseres zu tun, als einen gekränkten Anwalt aus Rockhampton zufrieden zu stellen. An der Siedlungsgrenze drückten Gesetzeshüter durchaus gelegentlich beide Augen zu, obwohl sie einen Eid darauf geleis-

341

tet hatten, ungesetzlichem Tun Einhalt zu gebieten. Und dazu gehörte ein Duell auf jeden Fall.

Einige Stunden später berichtete ein Kunde Kate atemlos von der Auseinandersetzung, deren Zeuge er gewesen war. Sie schloss ihren Laden und eilte zur angegebenen Schänke, aber Luke war verschwunden.

Von einem der Gäste erfuhr sie, Luke sei mit Michael O'Flynn fortgegangen, für den er jetzt arbeite, soweit er wisse. Mit Tränen in den Augen verfluchte sie beide. Wer immer dieser Michael O'Flynn sein mag, dachte sie verbittert, er hat es verdient, in der Hölle zu schmoren.

Sie hatte das unwiderlegbare Gefühl, dass Luke im Begriff stand, etwas zu tun, womit er sein Leben in größte Gefahr brachte. Sie nahm sich vor, sich auch dann nie wieder mit ihm einzulassen, wenn er lebend zurückkehren sollte. Sie dachte nicht im Traum daran, um einen Mann Tränen zu vergießen, und schon gar nicht um Luke Tracy! Die Qualen, die ihr seine ungebärdige und nomadische Ader verursacht hatten, würden für zehn Menschenleben reichen. Der alte Streuner war einmal zu oft davongelaufen. Nicht nur Männer wussten, was Stolz war, sagte sie sich, mühsam ihre Tränen beherrschend, als sie langsam zu ihrem Laden zurückkehrte. Stolz war das, was allen Duffys den aufrechten Gang ermöglichte. Sie war auf keinen Mann angewiesen.

Luke stand am Ufer des Endeavour und sah zu, wie sich ein Ruderboot zwischen den Schiffen hindurchschlängelte. Neben ihm warteten Michael und fünf verwegen aussehende Buschläufer, die er für das geheimnisvolle Unternehmen angeheuert hatte. Nicht weit von ihnen stand Karl Straub allein neben einem Haufen von Ausrüstungsgegenständen.

Michael sog an einer alten Bruyère-Pfeife, während er zusah, wie sich das Beiboot der *Osprey* dem Ufer näherte. »War schon verdammt eindrucksvoll, was Sie da geboten haben, Mister Tracy«, sagte er und nahm einen Zug aus der Pfeife. »Wenn die Greifer Sie gepackt hätten, hätten Sie das Schiff wohl verpasst.«

»Möglich«, gab Luke kurz angebunden zurück und ließ die Sache auf sich beruhen. Zwar merkte Michael, dass Luke keine Lust hatte, darüber zu reden, trotzdem hätte er gern gewusst, warum der Mann bereit war, sein Leben für Kate aufs Spiel zu setzen.

Lukes Gedanken drehten sich um Kate. Im Wirbel der Ereignisse war er von ihr getrennt worden. Aber was hatte er erwartet? Wer einen Mann zum Duell herausforderte, musste damit rechnen, dass die Sache vor ein Gericht kam. Hatte er sich eigentlich überlegt, was Kate von seiner Schießerei mit ihrem früheren Liebhaber halten würde? Würde sie darin einen Anfall von Eifersucht sehen? Was für ein Mann war das, der sie zu lieben behauptete und dann diese Liebe wegen eines Ehrenhandels gefährdete? »Verdammt«, brummelte er vor sich hin. »Tut mir Leid, Kate. Wenn du doch nur wüsstest, dass mir gar nichts anderes übrig geblieben ist.« Aber seine Entschuldigung wurde von der Meeresbrise verweht.

Vielleicht versteht sie es nach meiner Rückkehr, dachte er hoffnungsvoll. Vielleicht wendet sich alles zum Besten. Doch seine Zuversicht schwand dahin. Irgendetwas sagte ihm, dass sich Kate O'Keefe nicht ohne weiteres mit Worten beeindrucken ließ. In den Augen dieser Frau zählten Tatsachen, und es würde ihm wohl nicht leicht fallen, ihr zu erklären, was er an diesem Tag getan hatte.

Das Boot stieß in einem Gewirr abgebrochener Mangrovenstümpfe ans Ufer, und zwei Männer der Besatzung halfen den Wartenden beim Einsteigen. Michael und seine Buschläufer trugen nur wenig bei sich: ihre Bettrollen und ihre eigenen Waffen. Zwei der Buschläufer sollten die Kisten bewachen, bis das Boot zurückkehrte, um sie samt der Ausrüstung und den Vorräten zu übernehmen.

Während das Boot der *Osprey* entgegenruderte, behielt Michael die Bark aufmerksam im Auge. Sie war nicht besonders groß, wirkte aber stabil und kraftvoll. Zwei Männer sahen den Ankömmlingen von der Reling aus entgegen.

Beim Anblick eines der beiden musste Michael unwillkürlich an Karl Straub denken, nur dass der Mann hier sehr viel älter war. Das dürfte Baron Manfred von Fellmann sein, vermutete Michael: Haltung und Kleidung jedenfalls passten zu einem preußischen Adligen. Dann war der andere wohl Morrison Mort, der Kapitän der *Osprey*. Bei diesem Gedanken überlief ihn ein Schauer. Mort! Der Mann, den er töten würde!

Während sich das Boot dem Schiff näherte, konnte Michael den berüchtigten Kapitän genauer ins Auge fassen und musste sich widerwillig eingestehen, dass er ein bemerkenswerter Mann war.

Offensichtlich musterte der Kapitän ihn ebenso abschätzend wie er ihn. Auf seinen Zügen lag ein Anflug von Verwirrung. Als ihre Augen einander begegneten, sah Mort beiseite.

Michael ging als Erster an Bord, und der Mann, der eine entfernte Ähnlichkeit mit Karl Straub hatte, trat auf ihn zu und hielt ihm die Hand hin. »Es ist mir eine Freude, Sie kennen zu lernen, Mister O'Flynn«, sagte er und schüttelte sie kräftig. »Ich bin Manfred von Fellmann.«

Michael erwiderte: »Das Vergnügen ist ganz auf meiner Seite.« Inzwischen war auch der letzte seiner Männer an Bord gekommen. »Ich hatte die Ehre, in Sydney Ihre Gemahlin kennen zu lernen.«

Mit einem kaum erkennbaren Lächeln auf dem gut geschnittenen Gesicht sagte der Baron: »Sie hat mir berichtet, dass Sie über bemerkenswerte Fähigkeiten verfügen, Mister O'Flynn. Genau der richtige Mann für diesen Auftrag.« Innerlich zuckte der Ire zusammen, als der Deutsche von seinen ›Fähigkeiten‹ sprach. Hoffentlich hatte ihm Penelope nichts über ihre kurze Affäre mitgeteilt!

Bevor der Baron das Thema weiter verfolgen konnte, traten Straub und Mort zu ihnen. Von Fellmann begrüßte seinen Landsmann herzlich. »Herr Straub, ich sehe, dass Sie die Ihnen übertragene Aufgabe zufrieden stellend ausgeführt haben.«

Straub ergriff die ihm hingestreckte Hand. »Mit diesem O'Flynn haben wir einen guten Griff getan. Er ist genau der richtige Anführer für unsere Buschläufer«, gab er förmlich zur Antwort. »Die Männer scheinen ihn zu respektieren.«

Der Baron ließ Straubs Hand los und wandte sich wieder an Michael. »Vermutlich kennen Sie Kapitän Mort noch nicht, Mister O'Flynn.«

»Wir hatten noch nicht das Vergnügen«, sagte Michael und sah Mort unverwandt in die toten Augen. Er hielt ihm nicht die Hand hin – auch Mort rührte keinen Finger.

»Sind Sie sicher, dass wir einander noch nicht begegnet sind, Mister O'Flynn?«, fragte Mort unsicher und sah ihn kalt an. »Irgendetwas an Ihnen kommt mir bekannt vor.«

Du erkennst in mir also meinen Vater, dachte Michael, während Hass und wütende Befriedigung in ihm aufstiegen. Mich wirst du auch noch kennen lernen. »Ich glaube nicht, Kapitän Mort«, sagte er gelassen und verbarg seine Empfindungen. »Ich habe mein ganzes Leben auf dem amerikanischen Kontinent zugebracht.«

»Wie Sie meinen, Mister O'Flynn«, gab Mort mit gerunzelter Stirn zurück, doch Michael sah, dass er ihm keinen Glauben schenkte. »Ich musste nur an einen Iren denken, der mir vor Jahren über den Weg gelaufen ist. Damals war ich bei der berittenen Eingeborenenpolizei in dieser Kolonie. Aber vermutlich sind nicht alle Iren Verbrecher.«

Die unverhohlene Herabsetzung seines Vaters erboste Michael, und er fühlte sich versucht, dem verhassten Kapitän zu enthüllen, wer er wirklich war. Hier und jetzt aber war weder der rechte Ort noch der rechte Zeitpunkt, einen Zweikampf vom Zaun zu brechen. Er würde auf den geeigneten Augenblick warten und dann dafür sorgen, dass der Mann starb, nicht ohne zu erfahren, wer sein Henker war. »Nein, Kapitän, nicht alle Iren sind Verbrecher«, gab er zurück und versuchte, die Situation zu entspannen. Ein Hund, der Angst hat, ist gefährlich, dachte Michael. Offenkundig war dem Kapitän die Ähnlichkeit zwischen Michael und seinem toten Vater unheimlich erschienen und hatte ihm Angst eingejagt.

»Gewiss entschuldigen mich die Herren«, sagte Mort unvermittelt. »Ich muss mich um das Schiff kümmern. Wir müssen

Proviant an Bord nehmen und andere Vorbereitungen treffen, damit wir morgen auslaufen können.« Er wandte sich um und ging davon, um seinen Leuten die entsprechenden Anweisungen zu erteilen.

Michael war froh, als er ging. Allem Anschein nach hatten der Baron und Herr Straub nichts von der zwischen ihnen knisternden Spannung bemerkt.

»Wir segeln morgen Mittag ab, Mister O'Flynn«, sagte der Baron. »Ab sofort verlässt niemand ohne meine ausdrückliche Erlaubnis das Schiff.«

»In Ordnung«, gab Michael zur Antwort.

»Sobald wir auf hoher See sind, werde ich Ihnen Einzelheiten über Ihre Rolle bei unserer Unternehmung mitteilen«, fuhr der Baron fort. »Inzwischen wird an Sie und Ihre Männer Rum ausgegeben. Bestimmt wissen Sie einen guten Schluck zu schätzen, bevor die *Osprey* ausläuft. Einmal auf See wird der eine oder andere von ihnen möglicherweise keine Lust mehr darauf haben.«

Michael musste lächeln. »Da könnten Sie Recht haben.«

»Ich werde in einer Stunde mit dem Kapitän zu Abend essen«, sagte der Baron. »Sie und Herr Straub sind dazu eingeladen.«

Straub nahm an, doch Michael entschuldigte sich unter dem Vorwand, es gehöre zu seiner Aufgabe, mit den ihm unterstellten Männern zu leben und zu essen.

»Ein guter Offizier denkt immer zuerst an seine Leute«, gab ihm von Fellmann Recht. »Ich habe mich in Ihnen nicht getäuscht.«

Nach einer kurzen Einweisung in den Tagesablauf auf dem Schiff kehrte Michael zu seinen Männern unter Deck zurück, wo die Rumration ausgeschenkt wurde. Da niemand damit gerechnet hatte, waren alle bester Stimmung, und einer von ihnen holte eine ziemlich mitgenommene Handharmonika aus seiner Bettrolle. Schon bald hallte der Lagerraum des Schiffs wider von den Refrains beliebter Lieder aus Amerika und von den britischen Inseln.

Michael sang nicht mit. Während sich seine Männer vergnügten, war er mit seinen trüben Gedanken ganz woanders. Unter anderem dachte er an die Materialkisten, die das Beiboot der *Osprey* inzwischen vom Ufer geholt hatte und die gerade an Bord gehievt wurden. Eine davon enthielt die Bombe.

Vom Ufer aus sah ein beleibter und nicht besonders großer Mann, einen Spazierstock mit Silberknauf in der Hand, zu, wie die letzten Buschläufer zum Sklavenschiff hinübergerudert wurden. Er spähte in die zunehmende Dunkelheit und sah erfreut, dass sich auch die Kiste im Boot befand, die er durch Michael der Ausrüstung hatte hinzufügen lassen. Jetzt brauchte der Ire nur noch seinen Auftrag zu erledigen: die *Osprey* zu versenken, bevor sie Neuguinea erreichte. Diese Insel war nach Horaces fester Überzeugung das Ziel seines deutschen Gegenspielers.

Als das Boot hinter einer riesigen chinesischen Dschunke verschwunden war, die neben der *Osprey* ankerte, machte sich Horace auf den Rückweg zu seinem Gasthof. Er hatte alles getan, was in seiner Macht stand. Jetzt ruhte die Vertretung der Interessen des britischen Weltreichs in den Händen eines irischen Söldners – eines Mannes, der auf der Fahndungsliste der Polizei von Neusüdwales stand.

Ach, Michael Duffy, dachte Horace wehmütig. Lass dich bloß nicht durch deine irische Hitzköpfigkeit von deinem eigentlichen Auftrag ablenken. Kapitän Mort ist für die Geschichtsbücher unerheblich, wohl aber muss man dem deutschen Kaiser bei seinem Versuch in den Arm fallen, die gesamte zivilisierte Welt unter seine Herrschaft zu bringen. Dem Engländer war nur allzu klar, dass das Gelingen seines Plans ganz und gar von einem Mann abhing, der nur deshalb bereit war, seine Ziele zu unterstützen, weil er auf diese Weise seine persönliche Rache befriedigen konnte, keinesfalls aber, weil er ein überzeugter britischer Patriot gewesen wäre.

Am Tag, nachdem die *Osprey* den Anker gelichtet und Cooktown verlassen hatte, bekam Kate von Hugh Darlington einen

Wechsel über eine beträchtliche Summe. Sie wurde ihrem Konto gutgeschrieben, ohne dass sie erfuhr, was für eine Bewandtnis es damit hatte, denn der Anwalt hatte Cooktown verlassen und geschworen, nie wieder einen Fuß in diese Stadt zu setzen.

Sie hörte gerüchtweise, das Duell der beiden Männer habe etwas mit dem Betrag zu tun gehabt, der ihrem Konto zugeflossen war. Doch als sie den Direktor ihrer Bank danach fragte, zuckte er lediglich die Achseln. In dieser Stadt, in der Männer mit Goldstaub und Goldklumpen für Getränke und Frauen zahlten, hatte er sich längst an sonderbare Finanztransaktionen gewöhnt.

29

Charlie Heath duckte sich im feinen Sprühregen und spähte über die Rasenfläche des menschenleeren Parks. Ihm hätte klar sein müssen, dass bei diesem Wetter niemand draußen spielen würde. Schon seit einer ganzen Woche folgte er dem Jungen, der seinen Erkundigungen nach zweifelsfrei Patrick Duffy war, auf dem Schulweg, in der Erwartung, ihn einmal an einer einsamen Stelle abzupassen, wenn er allein war. Sobald sich diese Gelegenheit ergab, konnte er ihm die Kehle durchschneiden.

Aber fast immer hatte Patrick sich in Begleitung eines anderen befunden. Er war etwa im gleichen Alter und hieß Martin Duffy, soweit Charlie in Erfahrung gebracht hatte. Er musste die beiden unbedingt voneinander trennen, damit er Patrick allein vor sein Messer bekam. Die Aussicht, eine solche Situation herbeizuführen, schien nicht besonders günstig, bis Charlie merkte, dass die beiden ziemlich häufig zwischen den Bäumen und Büschen von Frazer's Park spielten. An manchen Tagen beendeten sie erst nach Einbruch der Dunkelheit ihr Spiel, was für sein Vorhaben besonders günstig war.

Mit finsterem Lächeln hob er den Blick zu den über den Himmel eilenden Wolken. Ein Wetterumschwung stand bevor, morgen würde es schön werden. Die Jungen, die einige Tage hatten im Haus bleiben müssen, würden bestimmt im Park spielen wollen.

Der gedrungene Mörder ging durch eine schmale Gasse davon. Auch wenn wieder einmal nichts aus seinem Plan geworden war, wusste er mit der Sicherheit eines jagenden Tieres, dass seine Beute am nächsten Tag an der für die Tat vorgesehenen Stelle auftauchen und er dort im Schatten warten würde.

Max Braun hatte sich in einer behaglichen, sauberen Pension einquartiert, die vergleichsweise teuer war. Doch das konnte er sich leisten, hatte er doch im Lauf der Jahre einen großen Teil seiner Einkünfte aus der Arbeit im Gasthof der Familie Duffy gespart. Da der Besitzer der Pension, ein einstiger holländischer Seemann, Hamburg aus seiner Zeit auf See gut kannte und beide etwa gleichaltrig waren, gab es viele gemeinsame Berührungspunkte, und die beiden freundeten sich bei ihren zahlreichen Gesprächen am Küchentisch nach einer Weile an.

Der Holländer hatte vor vielen Jahren sein Schiff in Sydney verlassen und eine einsame Witwe kennen gelernt, die etwas älter war als er. Er war ihr Liebhaber geworden, und bei ihrem Tod hatte sie ihm die Pension hinterlassen.

Auch wenn sich die rasch geschlossene Freundschaft zwischen den beiden Männern auf gemeinsame Erinnerungen an schlechte Kapitäne oder gute Huren gründete, war dem Holländer doch klar, dass es klüger war, seinen deutschen Freund nicht zu fragen, was er Tag für Tag zwischen Sonnenauf- und -untergang außerhalb der Pension trieb. Das ging ihn nichts an. Hauptsache, sein Gast bezahlte prompt und hielt das Zimmer sauber.

Eines Tages kehrte Max bis auf die Haut durchnässt und vor Kälte zitternd zurück, setzte sich mit einer Flasche gutem Schnaps an den Tisch und machte sich daran, sie gemeinsam mit dem Holländer zu leeren. »Sie werden sehen, der Regen hört auf.« Max nahm einen kräftigen Zug aus der Flasche und sah den Holländer an. »Ja«, sagte er mit finsterer Miene. »Das will ich hoffen. Allmählich wird die Zeit knapp.«

»Sieh mal, da oben ist ein Elsternest«, sagte Patrick und hob den Blick zur Krone eines hohen Eukalyptusbaums. »Ich kletter mal rauf und seh nach, ob Eier drin sind.«

Bei dieser Ankündigung verzog Martin missbilligend das Gesicht. Der Tag neigte sich schnell, und über Frazer's Park wurde es bereits dunkel. Patrick war immer auf Unternehmungen aus, die sie beide in Schwierigkeiten brachten. Wie damals in der Kapelle der Schule, als er den Messwein stibitzt und Martin dazu gebracht hatte, davon zu probieren. Sie hatten nicht gehört, dass Pater Ignatius lautlos wie ein Jagdleopard zu ihnen getreten war. »Nun, Master Patrick Duffy«, hatte der Jesuit mit hinter dem Rücken verschränkten Händen und schiefem Lächeln gefragt, »verwandeln wir Wein in Wasser? Jedenfalls hoffe ich zu Gott, dass das Ihre Absicht ist, denn Sie würden ja wohl auf keinen Fall den Frevel begehen, vom Wein des Herrn zu trinken?« Vor Entsetzen zitternd hatte Martin den hoch gewachsenen, hageren Priester angesehen, der ihr Lateinlehrer war. Sein Mund war vor Angst so ausgedörrt, dass er keinen Laut herausbrachte. Patrick aber hatte furchtlos geantwortet: »Ich hab nur Martin das Blut des Herrn gezeigt. Er will nämlich später mal Priester werden, genau wie Sie.« Der Jesuit hatte ein Lächeln unterdrückt.

»Das gibt ihm die Möglichkeit, für das Heil Ihrer Seele zu beten, Master Patrick«, hatte der Pater zurückgegeben und den Jungen mit seinen dunklen Augen fest angesehen, »wenn man Sie wegen Diebstahls zum Galgen führt.« Dabei stand auf Diebstahl gar nicht mehr die Todesstrafe – doch das hatten die Jungen nicht gewusst.

»Unser Papa ist Anwalt und würde mich raushauen«, hatte Patrick trotzig geantwortet, was Pater Ignatius mit einem Seufzen quittiert hatte. Der Junge war ein aussichtsloser Fall. Hoffentlich würde ihn die Fortsetzung seiner Erziehung in England bessern, auch wenn sie nicht im rechten Glauben geschah. Jedenfalls schienen alle in der Kolonie unternommenen Versuche in dieser Richtung fehl geschlagen zu sein.

»Auf, meine Herren«, hatte er gesagt. »Pater Francis wartet schon mit dem Rohrstock auf Sie.«

Martin hatte bei der Erwähnung des Rohrstocks weiche Knie bekommen. Noch nie hatte er das dünne Rohr auf seinem Hinterteil gespürt. Die beiden Jungen waren dem Jesuiten zur Stube des gefürchteten Paters Francis gefolgt, und dort hatte Patrick gebeten, mit diesem unter vier Augen sprechen zu dürfen. Verblüfft hatte Pater Ignatius die buschigen Brauen gehoben, die Bitte aber gewährt und den Jungen in den Raum geschoben.

Martin hatte draußen gewartet und mit verschwitzten Händen gebetet, er möge von den scharfen Hieben verschont bleiben. Sein schlimmster Albtraum wurde Wirklichkeit, als er nach einer Unheil verkündenden Stille hörte, wie der Rohrstock durch die Luft pfiff und aufschlug.

Dann hatte sich die Tür geöffnet, und Patrick war mit vor Schmerz verzerrtem Gesicht herausgekommen. Er konnte kaum sprechen und musste sich zwingen, nicht zu weinen. Immerhin stand sein Stolz auf dem Spiel.

»Sie dürfen mit Ihrem Bruder gehen, Master Martin«, hatte Pater Ignatius dann gesagt. Verständnislos hatte Martin den Priester angestarrt, sich aber rasch gefasst und war eilends durch den langen Gang davongestolpert – wie ein zum Tode Verurteilter, dem man im letzten Augenblick mitteilt, er werde doch nicht gehängt.

»Was ist passiert?«, hatte er aus dem Mundwinkel gefragt. »Warum krieg ich keine Prügel wie du?«

Patrick hatte sich bemüht, seine Schmerzen zu unterdrücken, während er neben Martin herhinkte. »Ich hab ihm gesagt, du willst wirklich Priester werden«, hatte er durch zusammengebissene Zähne hervorgestoßen. »Da würde es ja wohl nicht gut aussehen, wenn man dich bestrafen würde, weil du Messwein geklaut hast. Das haben Pater Francis und Pater Ignatius eingesehen. Sie denken, du könntest zum Priester berufen sein. Also wirst du wohl besser einer.«

Benommen hatte Martin über den Handel nachgedacht, den Patrick da für ihn abgeschlossen hatte. Zweierlei war ihm in dem Augenblick klar geworden: Nicht nur liebte er seinen tapferen Bruder, der sich durch nichts unterkriegen ließ, Gott hatte auch sein Gebet erhört, vom Rohrstock verschont zu bleiben. Möglicherweise war er tatsächlich berufen.

Patricks Vorschlag, auf den hohen Eukalyptusbaum zu klettern und ein Vogelnest auszunehmen, gehörte zu den Dingen, die sie in ernsthafte Schwierigkeiten bringen konnten. Er überlegte schon, ob er Gott bitten sollte, Patrick mit Hilfe eines Wunders an seinem tollkühnen Vorhaben zu hindern. Immerhin war der Baum hoch und hatte nur wenige Äste, an denen man sich festhalten konnte. Da hinaufzuklettern war schrecklich gefährlich!

Andererseits sollte Patrick nicht annehmen, Martin hätte Angst. Natürlich würde er mitmachen, wenn Patrick nicht von seinem törichten Vorhaben abließ. Bitte, lieber Gott, mach, dass ich nicht auf diesen Baum steigen muss, betete Martin im Stillen. Sein Gebet wurde beinahe im selben Augenblick erhört, denn eine Stimme aus den langen Schatten des Spätnachmittags sagte: »Master Martin Duffy, Ihre Mutter will, dass Sie sofort nach Hause kommen.« Die beiden Jungen wandten sich zu dem Mann um, der da aus den Schatten getreten war.

»Wer sind Sie?«, fragte Patrick argwöhnisch.

Charlie Heath grinste ihn breit an. »Ich hab im Erin einen gehoben, und der dicke Deutsche da, wie heißt er noch?«, sagte Charlie und kratzte sich das unrasierte Kinn.

Hilfsbereit sagte Martin: »Onkel Max ...«

»Genau der«, fuhr Charlie fort. »Euer Onkel Max hat gesagt, falls ich euch hier sehe, soll ich ausrichten, dass Master Martin sofort nach Hause kommen soll. Master Patrick kann hier bleiben. Für Master Martin gibt es da wohl was zu tun.«

Patrick sah zu Martin hinüber. Dieser überlegte, dass eine Arbeit im Hause besser war als die Verpflichtung, mit Patrick auf den Baum zu klettern. »Ich geh schon«, sagte er.

Enttäuscht seufzte Patrick: »Ich komm mit.«

Charlies Grinsen erstarb. Die Möglichkeit, dass der Junge Martin begleiten würde, wenn es etwas zu erledigen gab, hatte er nicht erwogen. »Ist nicht nötig, Master Patrick«, sagte er rasch. »Wie ich sehe, wollten Sie auf den Baum da – wohl ein Nest ausnehmen, was?«

Patrick fühlte sich in der Gegenwart des Mannes unwohl. Er kannte ihn nicht, aber er schien alles Mögliche über seine Familie zu wissen. Sein argloses Kindergemüt kam nicht auf den Gedanken, dass es sich um eine bewusste Täuschung handeln könnte. »Ich weiß hier ganz in der Nähe ein Regenpfeifernest mit Eiern«, fügte Charlie hinzu. »Da kommt man viel leichter ran und muss nicht extra auf 'nen hohen Baum. Ich zeig es Ihnen, während Euer Bruder nach Hause geht und tut, was er tun soll.«

Noch einmal sah Patrick zu Martin hinüber, der sich achselzuckend umwandte und zum Gasthof zurückkehrte. Eine innere Stimme forderte ihn auf, mit ihm zu gehen, doch der Fremde lächelte ihm aufmunternd zu. Er war bereits einige Schritte in Richtung auf den Weg am alten Bach zugegangen, der einst, als der weiße Mann anfing, das Gebiet um den Hafen herum zu besiedeln, Wasser geführt hatte. Regenpfeifereier waren begehrt und standen hoch im Kurs, und so folgte er dem Mann in das Buschland, das an Frazer's Park stieß.

»Was soll ich für Mama erledigen, Oma?«, erkundigte sich Martin bei Bridget, die in der Küche saß und Erbsen pahlte. »Ein Mann hat gesagt, dass Mama für mich was zu tun hat.« Bridget hörte mit ihrer Tätigkeit auf und hob den Blick zu ihrem Enkel. »Was für ein Mann?«, fragte sie mit erstauntem Stirnrunzeln.

»Der Mann, mit dem Onkel Max vor 'ner Weile geredet hat«, sagte Martin. »Mama hat zu Onkel Max gesagt, ich soll nach Hause kommen und für sie was erledigen.«

»Großer Gott!«, entfuhr es Bridget. Sie sprang auf, wobei die Erbsen über den Boden kullerten. »Max ist doch schon seit Tagen nicht hier gewesen, dummer Junge.« Martins Gesicht wurde schamrot. In seinem Eifer, einen Vorwand zum Verlassen das Parks zu finden, damit er nicht mit auf den Baum klettern musste, hatte er ganz vergessen, dass Onkel Max in der vergangenen Woche nicht da gewesen war.

»Geh in die Gaststube und sag deiner Mutter, sie soll sofort deinen Vater holen«, sagte Bridget, packte den verblüfften Jungen bei den Schultern und schüttelte ihn ärgerlich durch. »Sag ihr, sie soll so viele Männer wie möglich aus der Gaststube in Frazer's Park schicken.«

Martin gehorchte umgehend, und Bridget nahm ein Umschlagtuch von einem Kleiderhaken an der Küchentür. Ohne auf die Männer zu warten, eilte sie in die zunehmende Dunkelheit hinaus.

Während sie wie blind durch die Finsternis stolperte, murmelte sie unaufhörlich Gebete. Lieber Gott, lass Patricks Schutzengel in der Stunde seiner Not bei ihm sein. Das aufgewühlte braune Wasser ihrer Träume verwandelte sich vor ihrem inneren Auge rasch in rote Blutlachen.

Bridget fand Patrick als Erste. Sie rief ihn, und er antwortete aus dem Buschland nahe dem Park. Sie zwängte sich durch die Büsche und sah ihn vor einem kräftigen, finster wirkenden Mann stehen, der am Boden lag und mit blicklosen Augen zu den Kronen der hohen Eukalyptusbäume emporstarrte. In der Hand des Mannes blitzte ein Messer.

»Fehlt dir auch nichts, mein Liebling?«, fragte sie und drückte den Jungen fest an sich. Wortlos sah Patrick auf den Toten zu seinen Füßen. Bridget folgte seinem Blick. »Was ist passiert?«, fragte sie.

Patrick sah sie mit weit aufgerissenen Augen an und sagte dann, als kehre er aus dem Zustand tiefer Benommenheit zurück: »Ich weiß nicht.« Er versuchte noch immer, die Geräusche und Bilder zusammenzustückeln, deren Zeuge er vor wenigen Augenblicken geworden war. »Ich bin da durch die Büsche gegangen, und der Mann war ein Stück hinter mir«, sagte er und wies auf den trockenen Bachlauf. »Dann hab ich so 'ne Art Krächzen gehört. Wie ich dann ein Stück zurückgegangen bin, hab ich ihn hier liegen sehen, und sein Kopf war ganz sonderbar verdreht. Ich glaub, er ist tot.«

Bridget sah erneut auf den Mann zu ihren Füßen. Sie wusste, wie ein gebrochener Hals aussieht, denn sie hatte mitangesehen, wie die Briten irische Rebellen gehenkt hatten. Der Tote da hatte unverkennbar einen gebrochenen Hals. »Ich glaube, ich hab Onkel Max wegrennen sehen«, sagte Patrick zögernd.

Bevor Bridget etwas darauf sagen konnte, stieß eine Gruppe von Gästen aus dem Erin zu ihnen. Einer der Männer fluchte, als er den Toten sah. »Den kenn ich«, sagte er. »Das ist Charlie Heath, ein übler Geselle aus The Rocks.« Er beugte sich vor und warf einen Blick auf das Messer in der Hand des Toten. »Der hatte bestimmt nichts Gutes im Sinn.« Die anderen nickten, und der Mann hob den Blick zu Patrick. »Hast du gesehen, wie das passiert ist?«, fragte er.

»Der Junge hat nichts gesehen«, gab Bridget rasch zur Antwort, bevor Patrick etwas sagen konnte. »Er hat ihn hier gefunden.«

»Ist auch egal«, sagte der Mann und tat die Angelegenheit damit ab. »Die Greifer können sich um Charlie kümmern. Ich glaub aber nicht, dass die sich 'n Bein ausreißen werden, um festzustellen, wer ihn umgebracht hat. Er war 'n Halunke.«

Die anderen Gäste des Erin nickten zustimmend und schlenderten zum Gasthof zurück. Bridget führte Patrick aus dem Park und blieb hinter der Menge der Männer zurück, die sich lautstark darüber unterhielten, wer den berüchtigten Schläger umgebracht haben mochte.

»War das Onkel Max?«, fragte Patrick leise, während er neben ihr herging.

»Das war dein Schutzengel«, gab sie zur Antwort, und er begriff, dass er keine weiteren Fragen stellen sollte.

Später an jenem Abend kehrte Max durch die Küche in den Gasthof zurück. Verblüfft sah er Bridget mit dem Rosenkranz in den Händen am Tisch sitzen. Um diese Tageszeit lag sie gewöhnlich schon im Bett. Ganz offensichtlich hatte sie auf ihn gewartet. »Das möchte ich Ihnen schenken, Mister Braun«, sagte sie und hielt ihm den abgegriffenen Rosenkranz hin. Ohne ihn zu nehmen, senkte er den Kopf. »Ich gehöre nicht Ihrem Glauben an«, gab er zur Antwort.

Mit rätselhaftem Lächeln gab Bridget zurück: »Aber Sie sind ein Schutzengel meines Glaubens, Mister Braun. Nehmen Sie den Rosenkranz als Geschenk von einer alten Frau an, die in der kommenden Nacht nicht mehr von aufgewühltem Wasser träumen wird.«

Max nahm das Geschenk entgegen und spürte die glatten Perlen in seiner Hand. »Danke, Frau Duffy«, sagte er. »Ich werd ihn immer in Ehren halten und eines Tages an Patrick weitergeben.«

30

Ehrfürchtig sah Wallarie auf den roten Staubwirbel, der in unregelmäßigen Bewegungen über die Ebene dahinzog. Er verlagerte sein Gewicht von einem Bein auf das andere und klapperte mit seinen Speeren, während der Staubteufel an den dürren Bäumen in der Ferne zerrte. Die mächtige Luftsäule zog davon, und der Darambal-Krieger nahm seinen langen Zug südwärts über die endlosen Ebene wieder auf.

Er ging mit gesenktem Kopf. Sein linker Arm hing nutzlos wie ein toter Ast an ihm herab. Bei jedem Schritt, den er tat, rief seine Wunde ein Fieberbild in ihm hervor: Der Staubteufel hatte über die verlassene Ebene hinweg mit ihm gesprochen und die Geschichte eines Geist-Mannes und einer Geist-Frau erzählt.

Die beiden waren einander begegnet, und die Geist-Frau brachte einen Jungen zur Welt. Aber die alten Geister des Volks der Nerambura hatten gesagt, das dürfe nicht sein, da die Geist-Frau dem bösen Stamm angehöre, der in Gestalt schwarzer Krähen gekommen war, um den Lebenden die Augen auszuhacken. Also verlor die Geist-Frau den Jungen. Dieser streifte jetzt auf der Suche nach seinem Geist-Vater umher, der ein großer Krieger gewesen war. Der Geist-Vater aber lag im Kampf mit dem bösen Geist der Nacht, und die Zeit der Abrechnung war nahe.

Wallarie schüttelte den Kopf und murmelte etwas über die unverständlichen Bilder in seinem Kopf, während er unter dem azurblauen Himmelsgewölbe weiterstolperte. Als er den Blick zur Sonne hob, erstarrte er und begann vor Furcht so sehr zu zittern, dass seine Beine unter ihm nachgaben und er auf den roten Boden sank. Die Sonne war schwarz geworden, ein Zeichen, dass für ihn die Zeit gekommen war zu sterben.

Obwohl die *Osprey* auf ihrem Weg nach Norden mit heftigen Nordwinden zu kämpfen hatte, mit denen man um diese Jahreszeit eigentlich nicht rechnen musste, machte sich Kapitän Mort keine Sorgen. Das wurde anders, als das Schiffsbarometer einen Sturz des Luftdrucks ins Bodenlose anzeige.

Mit angespanntem Gesicht breitete er die Seekarten auf dem Tisch in seiner Kajüte vor sich aus. Auf Grund seiner beträchtlichen Erfahrung als Schiffsführer in tropischen Gewässern wusste er, dass ein entsetzlicher Sturm bevorstand. So beruhigte es ihn keineswegs, als ihm der Blick auf die Karte zeigte, dass bis zur Regierungsansiedlung in Somerset nur noch vierundzwanzig Stunden zu segeln blieben.

Noch während er sich über die Karten beugte, merkte er, wie das Schiff weniger Fahrt machte. Der Wind war so stark abgeflaut, dass die Bark nahezu bewegungslos auf den trügerisch ruhigen Wogen des tropischen Meeres lag. Der Weg der *Osprey* nach Neuguinea führte durch die tückischen Gewässer um das größte Korallenriff der Welt. Man konnte manches Nachteilige über Mort sagen, aber seine Fähigkeit als Schiffsführer stand außer Zweifel. Er hatte sein Handwerk als junger Mann in den wilden und kalten Wassern der Bass-Meerenge unter den besten Kapitänen gelernt, die je durch die gefährlichen Meere des Südens gefahren waren. Doch wie sehr in der Bass-Meerenge auch die Wellen tosen und die Winde heulen mochte, war es dort vergleichsweise ungefährlich, denn es gab dort nicht diese Korallenriffe, von denen die meisten auf keiner Seekarte verzeichnet waren. Sie hatten schon so manches Schiff in die Tiefe gerissen, Frachtsegler, Trepang-Fänger und Fahrgastschiffe. So groß war deren Zahl, dass Sir George Bowen, Gouverneur von Queensland, vor zehn Jahren an der Spitze der Halbinsel von Kap York den Stützpunkt von Somerset hatte errichten lassen, damit von dort aus Rettungstrupps Schiffbrüchige bergen konnten.

Zwar wollte er mit seiner Gründung, die strategisch günstig

an der Meerenge von Malakka lag, in Konkurrenz zu Singapur treten, doch sollte er die Verwirklichung seines Traumes nicht erleben. Schon fünf Jahre, nachdem der Kapitän der *Osprey* diesen britischen Außenposten als möglichen Zufluchtsort ausersehen hatte, ging es mit Somerset zu Ende. Zu weit lag die Siedlung von allen anderen entfernt, zu sehr wurde sie von der Wildnis und feindseligen Stammeskriegern bedrängt, und so gab man sie auf. Die Natur und die Krieger des Nordens traten wieder in ihre angestammten Rechte ein.

Mort legte den Stechzirkel auf die Seekarte und beobachtete das Rollen und Stampfen seines Schiffes. Er konnte dessen Bewegungen ebenso deuten wie ein Reiter die Stimmungen seines Pferdes. Der sich nähernde Sturm war aber nicht die einzige Schwierigkeit, der er sich gegenübersah.

Seiner Ansicht nach ging von den Männern des Barons, die unter dem Befehl des Amerikaners O'Flynn standen, eine ernsthafte Bedrohung aus. Er hatte den Mann von Anfang an nicht ausstehen können; irgendetwas an ihm hatte ihn vom ersten Augenblick an beunruhigt. Nicht nur sein unübersehbar feindseliges Verhalten, sondern auch etwas Ungreifbares hatte ihm klar gemacht, dass O'Flynn für ihn eine Gefahr bedeutete.

»Käpt'n?«, rief der Erste Steuermann in besorgtem Ton vor der Kajütentür.

»Was gibt es, Mister Sims?«, knurrte Mort, während er fortfuhr, den Kurs Richtung Somerset abzustecken.

»Vielleicht nichts Besonderes«, murmelte Sims. »Aber irgendwas stimmt Backbord voraus nicht. Ich dachte, vielleicht wollen Sie es sich selbst mal ansehen.«

Mort ließ seine Karten liegen und folgte dem Mann an Deck. Dort bot sich unter dem purpur-schwarz verfärbten Himmel ein sonderbares Schauspiel. Mort sah über das ölige Wasser zu zwei Schiffen hinüber, die einander auszumanövrieren versuchten.

»Sieht ganz so aus, als wollte das französische Kanonenboot unbedingt der Dschunke da den Weg abschneiden«, überlegte der Erste Steuermann laut.

Mort neigte dazu, ihm Recht zu geben. Das Kanonenboot war kaum mehr als eine mit leichten Bordgeschützen bewaffnete Ketsch, die mit einer Hilfsmaschine ausgerüstet war. Sie versuchte, bei gleichzeitigem Einsatz der Segel und der Dampfmaschine, die schwerfällige chinesische Dschunke abzufangen, die so aussah, als hätte sie schon viele Jahre auf See hinter sich. In den Gewässern um Queensland waren diese großen Schiffe mit ihrem hohen Heck und den markanten gerippten Segeln kein ungewöhnlicher Anblick. Oft brachten sie chinesische Goldsucher und Waren für die auf den Goldfeldern des nördlichen Queensland beschäftigten asiatischen Arbeitskräfte nach Süden.

Die neugierigen Beobachter an Deck der *Osprey* konnten sehen, wie die Besatzung der Dschunke hin und her eilte und Vorkehrungen zur Abwehr der Prisenkommandos traf. Es war ein von Anfang an ungleicher Kampf, denn dank seiner Feuerkraft konnte das Kanonenboot die Dschunke aus sicherer Entfernung in winzige Teaksplitter schießen.

Hinter dem französischen Schiff aber nahte in Gestalt tiefschwarzer Wolken eine weit gefährlichere Bedrohung. Brüllende Winde peitschten die See zu hohen Wogen mit Gischtkämmen auf. Das Unwetter zog so rasch näher, dass dem Kanonenboot nicht genug Zeit für die nötigen Segelmanöver bleiben würde.

Michael Duffy stand neben Luke Tracy an der Reling. Auch ihrer Ansicht nach hatte es das Kanonenboot auf die Dschunke abgesehen. Sie sahen aus der Ferne, wie die französischen Seeleute in ihren weißen Jacken mit routinierten Handgriffen das Deckgeschütz bereitmachten, während andere mit Karabinern und Enterhaken an Deck standen.

Mort achtete nicht weiter auf das Drama, das sich vor ihren Augen entfaltete, und gab seiner Besatzung den Befehl: »Luken dicht.« Während sich die Männer daran machten, den Befehl auszuführen, merkte Michael, dass die Franzosen die Vorbereitungen zum Entern eingestellt hatten. Auch ihr Kapitän bereitete sich wohl auf einen Kampf gegen die Wut des Korallenmeeres vor. Die Matrosen hatten bereits ihre Gefechtsstationen verlassen, und Michael befahl seine Männer ebenfalls unter Deck.

Anfangs schien es, als liege die *Osprey* reglos auf dem Meer. Dann schlugen mit einem Mal ihre Segel und das Heck hob sich steil aus dem Wasser. Die wieder prall gefüllten Segel barsten fast unter dem Ansturm des Windes, während zugleich riesige Wellen den Rumpf wie mit einer gewaltigen Faust empor und zur Seite rissen. Inzwischen hatte der Sturm seine volle Gewalt entwickelt. Während das Schiff rollte und stampfte, auf Wellenberge gehoben wurde und krachend in Wellentäler stürzte, fühlten sich die Buschläufer so hilflos wie Gefangene in der Todeszelle. Für sie war es der Anfang einer langen und entsetzlichen Nacht.

»Was hatte das da oben deiner Meinung nach zu bedeuten?«, fragte Luke im Versuch, sich abzulenken. Michael schüttelte den Kopf. Es war in der Tat eine verwirrende Situation gewesen. Welchen Grund konnte ein französisches Kriegsschiff haben, vor der Küste von Queensland eine chinesische Dschunke abzufangen?

In den Tagen, die sie inzwischen an Bord der *Osprey* verbracht hatten, war zwischen den beiden Männern eine Freundschaft entstanden, die auf ihre gemeinsame Verbindung zu Amerika zurückging. Sie hatten sich über Orte unterhalten, an denen sie sich aufgehalten hatten, und über Menschen, denen sie bei ihren Reisen durch den amerikanischen Westen begegnet waren.

Michael hatte gehofft, in Erfahrung zu bringen, welche Beziehung zwischen dem amerikanischen Goldsucher und seiner Schwester Kate bestand, und tatsächlich hatte sich die Gelegenheit dazu am Vorabend ergeben, als sich die beiden allein am Oberdeck aufhielten.

»Ich habe den Eindruck«, hatte Michael beiläufig gesagt, »dass du dich mit dem Anwalt eingelassen hast, weil du die Ehre einer jungen Dame namens Kate O'Keefe verteidigen wolltest.«

Luke sah nachdenklich auf das graugrüne Buschland an

Backbord, das sich hinter dem weißen sandigen Ufer hob und senkte. Dort lag das vergleichsweise ebene Gebiet um das Kap. »So könnte man das sagen«, sagte er schließlich und sog an seiner Pfeife. Die leichte Abendbrise trug den grauen Rauch mit sich fort.

»Das muss ja eine ganz besondere Dame sein, wenn du für sie dein Leben aufs Spiel setzt«, hakte Michael nach. »Dieser Darlington hätte dich mit seinem ersten Schuss töten können.«

Luke ging in die sorgfältig gestellte Falle. »Sie ist das Risiko wert, und noch mehr«, sagte er mit sehnsüchtiger Stimme. »Ohnehin gibt es in meinem Leben nicht viel, wofür es sich lohnen würde zu sterben.«

»Und was ist mit der Arbeit für mich?«, erinnerte ihn Michael. »Die kann dich ohne weiteres das Leben kosten – das ist dir doch wohl klar? Der Dame wäre das sicher nicht besonders angenehm.«

»Für das, was du bezahlst, gehe ich das Risiko ein«, sagte Luke betrübt. »Ich wollte, wenn dieser Auftrag erledigt ist, mit dem Geld eine Schürfexpedition für Kate ausrüsten. Vielleicht würde sie dann sehen, dass es mir mit meiner Absicht ernst ist, nach meiner Rückkehr sesshaft zu werden.«

»Heißt das, du willst sie bitten, deine Frau zu werden?«, fragte Michael vorsichtig.

»So in der Art«, gab Luke zurück, spürte aber im tiefsten Inneren, dass irgendetwas nicht so war, wie es hätte sein sollen. Die Ereignisse hatten ihn auf eine Weise von ihr getrennt, die sie nicht verstehen würde. Frauen besaßen kein Verständnis für den Stolz eines Mannes, doch für ihn war die Kraftprobe mit Darlington so unvermeidlich gewesen wie der allmorgendliche Sonnenaufgang.

Lächelnd schlug ihm Michael auf die Schulter. »Die Dame könnte es schlechter treffen als mit dir, Luke«, sagte er leise in sich hineinlachend.

An Deck kämpfte Mort gegen den Sturm. Nichts und niemand würde ihm das Schiff nehmen. Buschläufer, die sich vor Seekrankheit krümmten, verfluchten den Ozean und jeden, der ihn befuhr. Der durchdringende Gestank nach Erbrochenem, der ihm in die Nase stieg, verursachte auch Michael Übelkeit. Zwar war er schon früher auf dem Pazifik gesegelt, aber noch nie in einen so fürchterlichen Sturm geraten.

Während er hilflos bei seinen Männern saß, machte ihm der Gedanke an die Bombe zu schaffen, die er zusammen mit der Expeditionsausrüstung im Heck versteckt hatte. Hoffentlich ging sie nicht zu früh los. Horace hatte vorgeschlagen, sie vor Somerset zu zünden, damit man die Rettungsboote zu Wasser lassen und rudernd die geringe Entfernung bis zum Ufer überwinden konnte.

Damit sich all seine Männer auf dem Vordeck befanden, wenn die Bombe detonierte, wollte Michael sie und die Besatzung der Bark dort zu einem Wettschießen versammeln. Dazu würde man leere Fässer ins Wasser werfen und den Männern Gelegenheit geben, mit Winchester-Gewehren darauf zu schießen. Den Baron und Karl Straub hatte er gleichfalls dazu einladen wollen, damit auch sie sich außerhalb des Detonationsbereichs befanden.

Als er die Bombe unter Deck an Ort und Stelle gebracht hatte, war sein Blick auf die von Karl Straub an Bord geschaffte Ausrüstung gefallen, und bei näherem Hinsehen hatte er einen Theodoliten in einem gepolsterten Futteral entdeckt. Die weitere Suche förderte Messtischblätter und Tabellen zutage, wie sie Landvermesser benutzten. Außerdem fand er technische Unterlagen für die Einrichtung von Hafenanlagen und eine Karte Neuguineas, auf der verschiedene Stellen gekennzeichnet waren. All das ließ Horace Browns Annahme glaubwürdig erscheinen, Ziel der Expedition sei es, den Südteil jener Insel für das deutsche Reich in Besitz zu nehmen.

Nachdem das Schiff von Cooktown aus eine Tagesreise zurückgelegt hatte, hatte der Baron in einer Besprechung mit Michael und Karl Straub einige wenige Angaben zum Verlauf gemacht. Michaels Aufgabe war es, Karl Straub und den Baron bei der Landung an der Küste von Neuguinea mit seinen Männern zu decken. Weitere Einzelheiten gab er nicht preis. Offenbar sollten weder Michael noch seine Männer etwas über den Zweck der geplanten Vermessungsarbeiten erfahren.

Doch Michael war bereits im Bilde. Die Deutschen wollten Neuguinea besetzen, bevor das britische Außenministerium etwas unternehmen konnte. Anschließend würde Bismarck über einen Hafen von strategischer Bedeutung verfügen, der eine unmittelbare Bedrohung für eine der Kolonien Großbritanniens bildete – Queensland!

»Kann man kündigen, Chef?«, stöhnte einer der Buschläufer. »Ich glaub, ich hab genug.« Er war der jüngste der von Michael angeheuerten Männer und hatte eine Weile bei der berittenen Eingeborenenpolizei gedient, bevor er zur Goldsuche am Palmer aufgebrochen war. Seine von der Sonne verbrannte Haut schien bleich und grünlich. Zwar trug er seine Frage vor, als handle es sich dabei um einen Scherz, doch Michael, der in vielen Kriegen gedient hatte, erkannte die Angst, die dahinter steckte.

»Nur, wenn ich mitkommen kann«, gab er mit beruhigendem Lächeln zurück. Der junge Mann bemühte sich, das Lächeln zu erwidern, beugte sich dann aber unvermittelt vor und erbrach sich.

»Glaubst du, dass wir hier lebend rauskommen?«, fragte Luke leise. Michael wusste nicht, was er ihm antworten sollte. Das Schiff veränderte seine Lage in den unmöglichsten Winkeln, wobei die Spanten knirschten. Es war, als begehre es gegen die unerträgliche Wut des Sturmes auf. Bei jedem Rollen und Stampfen warf es die fluchenden Buschläufer haltlos über das Deck. Während die einen leise beteten, saßen andere mit versteinertem Gesicht da und bereiteten sich auf das Ende vor. Keiner von ihnen hatte sich je so hilflos gefühlt. An Land gab es immerhin die Möglichkeit, irgendwohin zu entfliehen, doch auf hoher See, auf einem den Naturgewalten ausgelieferten Schiff, konnte man sich nirgendwohin retten.

Mort hatte sich am Steuerrad festgebunden und kämpfte mit den Dämonen des Meeres um den Besitz seines Schiffes, während sich die Brecher des Korallenmeeres über ihn ergossen. Er stieß lästerliche Flüche aus und verwünschte Gott. Sein Körper schmerzte, aber er war nicht bereit, sich von einem seiner Männer am Ruder ablösen zu lassen. Ihm war klar, dass seine Bark den Sturm abreiten konnte und die eigentliche Bedrohung von den Korallenriffen ausging. Stunde um Stunde lauschte er, ob er das schreckliche Knirschen hören konnte, das anzeigte, wenn der Kiel eines Schiffs auf ein solches Riff traf.

Unter Deck wachte Michael die ganze Nacht bei seinen Männern. Während er über seine Lage nachdachte, kam ihm zu Bewusstsein, wie paradox es war, dass sich sein Leben in den Händen des Mannes befand, den er töten würde.

Von Zeit zu Zeit schlug Wallarie, der von Fieberträumen geschüttelt auf der Seite lag, die Augen auf und richtete den Blick zum fernen Horizont. Ein großer schwarzer Käfer kam langsam auf ihn zu. Er würde sein Fleisch verzehren, sobald er für immer in die Traumzeit eingegangen war.

Schon bald würde die glühende schwarze Kugel hinter der Erde versinken; die kühle Nacht würde kommen und seine Schmerzen von ihm nehmen. Er bedauerte nur, dass es ihm nicht gelungen war, das Land seiner Urväter zu erreichen. Aber war nicht auch sein Bruder Tom Duffy auf fremdem Grund und Boden gestorben? Hatte er nicht fern von dem grünen Land das Leben gelassen, das er stets als Heimat seiner Ahnen bezeichnet hatte?

Wallarie hatte nicht die Kraft, ein Todeslied zu singen, und er schloss die Augen. Er würde still sterben, und die Tiere würden sich von seinem Fleisch ernähren. Einen kurzen Augenblick lang glaubte er zu spüren, dass die Erde unter seiner Wange bebte. Dann hörte er Worte in einer Sprache, die er nicht verstand.

»Mein Gott! Was ist passiert?«

31

Ein für den Frühherbst ungewöhnlich milder Tag lag über Sydney. Der Himmel war wolkenlos. In der reglosen kühlen Luft spürte man nur einen fernen Hauch von Winter. Trübselig sah Granville White über den Park zum Hafen hinab und fragte sich, warum ihn seine abweisende Schwiegermutter zum Nachmittagstee eingeladen haben mochte. Wegen des schönen Wetters herrschte auf der blauen Wasserfläche lebhafter Schiffsverkehr. Am fernen Ufer sah er trägen Rauch aus den Schornsteinen von Häusern und von in den Eukalyptuswäldern verborgenen Lagerfeuern aufsteigen. Zwar war der Tag angenehm warm gewesen, doch konnte man schon spüren, dass die Nacht kalt sein würde.

Granville achtete nicht auf seine beiden Töchter, die ihre Mutter inständig um eines der Cremeschnittchen baten, auf denen ihre Augen sehnsuchtsvoll ruhten. Fiona aber machte ihnen klar, dass sie warten mussten, bis die Großmutter kam. Wohlerzogen fügten sich die beiden Mädchen, wie man das von jungen Damen der Gesellschaft erwarten durfte. Doch als ihre Tante Penny kam, brach kindliche Freude aus ihnen heraus. Sie war ihnen von allen Erwachsenen die Liebste, denn sie verwöhnte sie hemmungslos mit Geschenken, wenn sie von einer ihrer zahlreichen Reisen nach Sydney zurückkehrte.

Beim Anblick seiner Schwester Penelope machte Granville ein finsteres Gesicht. Sie schien ebenso überrascht zu sein wie er – offensichtlich hatte keiner der drei mit der Einladung in Lady Enids Haus gerechnet.

Penelope begrüßte den Bruder mit eisiger Distanz, wandte

sich dann aber voll Wärme an Fiona, wobei sie die beiden Nichten abwehrte, die sie aufgeregt umtanzten. »Betsy hat gesagt, dass Enid bald kommt. Ich hatte gar nicht gewusst, dass noch jemand eingeladen ist.«

Auf Granvilles Gesicht ließ sich seine Verblüffung ablesen. »Enid hat mir vorige Woche lediglich mitteilen lassen«, sagte er, »dass ich unbedingt Fiona und die Mädchen zum Nachmittagstee mitbringen solle. Es gehe darum, wichtige Geschäftsangelegenheiten zu besprechen, bevor sie im nächsten Monat nach England aufbricht.«

Es war zum ersten Mal seit Jahren vorgekommen, dass Lady Enid, die im riesigen Herrenhaus der Macintoshs fast wie eine Einsiedlerin lebte, jemanden eingeladen hatte. Zwar sah Granville seine Schwiegermutter von Zeit zu Zeit bei geschäftlichen Sitzungen in den Räumen der Firma in Sydney, aber nie in ihrem Haus.

Anfangs hatte sich Fiona geweigert, ihn zu ihrer Mutter zu begleiten. Er hatte gebeten, wenigstens den Anschein zu wahren, und auch darauf hingewiesen, dass ihre Anwesenheit aus einem anderen Grund wichtig sei. Immerhin bekomme Lady Enid ihre Enkelinnen nur selten zu sehen, und der Kontakt mit der Großmutter sei wichtig, damit die Mädchen eines Tages das Anwesen der Familie Macintosh erben würden.

Fiona hatte nachgegeben, wusste aber ebenso wenig wie er oder Penelope, warum ihre Mutter mit einem Mal beschlossen hatte, sie alle zum Nachmittagstee einzuladen. Die Sache war äußerst merkwürdig.

Granville war zu dem Ergebnis gekommen, dass die Einladung auf jeden Fall mit Lady Enids bevorstehender geheimnisvoller Reise nach England zusammenhing. Er hatte im Kontor verschiedene Rechnungen gesehen und mitbekommen, dass sie Vorkehrungen getroffen hatte, das Haus für längere Zeit zu schließen und ihre persönlichen Bediensteten nach England zu schicken. Es sah ganz so aus, als habe sie die Absicht, mehrere Jahre fortzubleiben. Er ahnte nicht im Entferntesten, was der Grund dafür sein mochte, schließlich hatte sie doch nach dem Tod ihres Mannes großen Wert darauf gelegt, sich aktiv an der Lenkung der Geschicke des Unternehmens zu beteiligen.

Während alle geduldig und schweigend warteten, kroch mit den länger werdenden Schatten die Abendkühle über den Rasen gegen das Haus vor. Nach einer Weile erschien Penelope die Anspannung unerträglich, und so gab sie den Auftrag, nicht länger auf Lady Enids Eintreffen zu warten, sondern Tee und Kaffee zu bringen. Sie machte sich daran, die Sandwiches zu verzehren, und die Nichten folgten ihrem Beispiel und stürzten sich auf das süße Gebäck, was ihre Mutter lediglich mit einem tiefen Seufzer der Missbilligung quittierte. Das gefiel den beiden Mädchen an Tante Penny: Sie tat, was sie wollte, und war nicht ständig darauf bedacht, die Form zu wahren. Ihnen war klar, dass sich Erwachsene nicht unbedingt so benehmen durften wie Tante Penny, aber sie hatten insgeheim schon beschlossen, sich später, wenn sie groß waren, einmal ebenso zu verhalten.

»Es ist mir ganz recht, dass ihr nicht auf mich gewartet habt«, sagte Lady Enid, als sie in den Park hinaustrat. »Ich muss um Entschuldigung bitten, dass ich bei eurem Eintreffen nicht hier war, um euch zu begrüßen, aber meine Kutsche ist in der George Street im Verkehr stecken geblieben. Es hat dort einen ziemlich schweren Unfall mit zwei Fuhrwerken gegeben, und ich fürchte, ein Mann ist dabei ums Leben gekommen.«

Dorothy und Helen sahen verblüfft auf den einfach gekleideten, ziemlich großen Jungen mit dichten, gelockten dunklen Haaren, der schüchtern neben ihrer Großmutter stand. So einen Jungen hatten sie noch nie gesehen.

Auch Fiona konnte den Blick nicht von ihm nehmen. Er sah bemerkenswert gut aus. Sie schätzte ihn ein wenig älter als ihre Töchter und fragte sich, wer das sein mochte und warum ihre Mutter ihn mitgebracht hatte. Es sah ihr nicht ähnlich, dass sie ein Kind eines der Dienstboten mit zu einem Familientreffen brachte …

Dann stöhnte sie entsetzt auf. »Großer Gott!«, sagte sie mit erstickter Stimme. Die stolze Haltung des Jungen war unverkennbar, und mit Ausnahme der erstaunlich grünen Augen war er Michael Duffy in jeder Hinsicht wie aus dem Gesicht geschnitten.

Patrick sah Fionas Betroffenheit und fragte sich, warum die schöne Dame so tat, als hätte sie etwas Entsetzliches gesehen. Er begriff, dass ihr seine Gegenwart unbehaglich war, konnte sich aber keinen Grund dafür denken, da sie ihm völlig unbekannt war.

Aus den Augenwinkeln erkannte er auf Lady Enids Gesicht den Ausdruck wilder Befriedigung, während auf den Zügen aller anderen Erwachsenen im Raum blankes Entsetzen lag. Die beiden Mädchen betrachteten ihn mit einer Mischung aus Neugier und Feindseligkeit. Jungen waren in ihren Augen abscheuliche Geschöpfe, und dass dieser besonders abscheulich aussah, darin waren sich die beiden stillschweigend einig.

Glücklicherweise hatte Fiona gesessen, sonst wäre sie wohl zu Boden gesunken. Auch jetzt musste sie sich alle Mühe geben, nicht ohnmächtig zu werden. »Michael!« Damit, dass sie diesen Name flüsternd von sich gab, unterbrach sie das beklommene Schweigen, das auf Lady Enids beiläufige Entschuldigung für ihr spätes Erscheinen gefolgt war.

»Nein, nicht Michael«, sagte Lady Enid ruhig. »Ich möchte euch Master Patrick Duffy vorstellen. Patrick, das ist deine Tante Penelope, dein Onkel Granville, deine Kusinen Dorothy und Helen … und ihre Mutter, deine Tante Fiona.«

Befangen lächelte Patrick den Verwandten zu, von deren Existenz er nichts geahnt hatte. Die ganze Situation erschien ihm höchst verwirrend. Niemand hatte sich die Mühe gemacht, ihm zu erklären, in welcher Beziehung all diese Menschen zu ihm standen.

»Dorothy, Helen, zeigt eurem Vetter den Park«, sagte Lady Enid zu den beiden Mädchen, die nach wie vor den Jungen anstarrten. »Aber geht nicht ans Wasser. Und wischt euch die Sahne aus dem Gesicht«, fügte sie streng hinzu.

Sie nahmen die Leinenservietten und befolgten unverzüglich ihre Aufforderung. Der Junge war zwar widerwärtig, aber interessant. Wenn sie ihn für sich hatten, würde er ihnen vielleicht etwas über sich erzählen, und sie würden erfahren, warum sich die Erwachsenen bei seinem Anblick so sonderbar benommen hatten.

Patrick hatte keine rechte Lust, mit den Mädchen zu gehen. Die Verwirrung um ihn herum hatte seine Neugier erregt. Vor allem hätte er gern gewusst, warum sein Auftreten der schönen Dame, deren Augen den seinen ähnlich sahen, so großen Kummer zu bereiten schien. Er empfand tiefes Mitleid mit ihr und konnte ihren Schmerz nicht mit ansehen. Er berührte ihn auf eine Weise, die er sich nicht erklären konnte. Gern hätte er Fragen gestellt, wusste aber nicht, wie er das anfangen sollte. So sah er beiseite und ließ widerwillig zu, dass ihn Helen an der Hand fortführte, wobei sie ihn mit Fragen bombardierte, ohne auf Antworten zu warten.

»Ich kann das nicht glauben!«, brach es schließlich aus Granville heraus, als die drei Kinder gegangen waren. »Ich kann nicht glauben, dass du so boshaft sein kannst, das deiner eigenen Tochter anzutun!« Seine Empörung hatte weniger mit Rücksicht auf die Empfindungen seiner Frau zu tun als mit der Angst vor den Folgen für seine eigene Stellung im Geschäftsimperium Macintosh. Er hatte sofort begriffen, welche Bewandtnis es mit dem plötzlichen Auftauchen des Jungen hatte. Er kannte seine Schwiegermutter nur allzu gut und durchschaute ihre Taktik. »Wie konntest du den Jungen nach all diesen Jahren in Fionas Leben bringen, nachdem sie sich endlich mit seinem Verlust abgefunden hatte?«

Zwar hörte Fiona seine Worte, ließ sich aber durch Granvilles vorgetäuschte Besorgnis um sie nicht täuschen. Keine Mutter fand sich mit dem Verlust eines Kindes ab – schon gar nicht, wenn sie sich selbst die Schuld an seinem Tod gab. Es erfüllte sie mit größtem Jubel und Kummer zugleich, ihren Sohn nach elf Jahren zum ersten Mal zu sehen. Sie jubelte, weil er lebte, und sie war bekümmert, weil all die Jahre ohne ihn verlorene Zeit waren. Sie konnte sich genau vorstellen, dass Michael als Junge ebenso ausgesehen hatte wie er. Sie spürte Penelopes Hände, die sich beruhigend auf ihre Schultern legten. Es schien ganz natürlich, dass sie die Schwägerin tröstete und nicht ihren Bruder Granville.

Lady Enid nahm Platz und hörte sich Granvilles Ausbruch selbstgerechter Empörung geduldig an. Jetzt, da das Geheimnis gelüftet war, hielt sie die Fäden in der Macintosh-Dynastie wieder vollständig in ihrer Hand. Sie brachte ein gewisses Mitgefühl für die Qual ihrer Tochter auf, doch dann erinnerte sie sich daran, dass Fiona auf Granvilles Seite stand, der die tückische Ermordung Davids ins Werk gesetzt hatte. »Ganz gleich, was du über meine Motive denkst, Granville«, sagte sie, als er seine heuchlerischen Beschuldigungen vorgetragen hatte, »Patrick ist der rechtmäßige Macintosh-Erbe, es sei denn, Fiona schenkt dir einen Sohn. Das aber dürfte unter den gegenwärtigen Umständen äußerst unwahrscheinlich sein.« Mit einem finsteren Blick auf ihre Tochter und Penelope fuhr sie fort: »Da muss Gott erst noch eine Möglichkeit schaffen, damit Frauen in einer Beziehung, die seinem Willen nach Mann und Frau vorbehalten ist, Leben erzeugen können.«

Penelopes Nägel gruben sich tief in Fionas Schultern. Die alte Hexe wusste Bescheid! Der anklagende Blick, den ihre Tante ihr zuwarf, entging ihr nicht.

»Ich bin schon lange im Bilde«, sagte Lady Enid betrübt und voll Bitterkeit. »Seht mich nicht so entsetzt an. Wenn man bedenkt, was ich über Granville weiß, ist es verständlich, wie es dahin kommen konnte, außerdem kenne ich Penelope.«

»Du *glaubst* nur, du verstündest, Tante Enid«, gab diese zurück. »Ich liebe Fiona und habe sie immer geliebt. Es ist mir gleichgültig, ob du unsere Beziehung für widernatürlich hältst oder nicht. Die Liebe zwischen Menschen hat viele Erscheinungsformen, doch bezweifle ich, dass du *irgendeine* davon kennst, liebe Tante Enid.«

Lady Enid lächelte hochmütig über den Versuch ihrer Nichte, sie aufzubringen. Sie war keineswegs bereit, sich ihren Triumph von wem auch immer verwässern zu lassen. Noch musste sie ihre Absicht verwirklichen, einen Keil zwischen die beiden Frauen zu treiben. »Ich weiß, du glaubst, dass dich meine Tochter liebt, wie du es gerade gesagt hast, Penelope«, gab sie verbittert zur Antwort. »Aber ich denke, das könnte sich ändern, wenn Fiona meinen Vorschlag hört.« Lady Enid sah ihre Tochter an. »Wenn du die widernatürliche Beziehung zu deiner Kusine aufgibst und deinen Mann verlässt, um zu mir ins Haus zurückzukehren, sollst du Patrick haben.«

Entsetzt sah Fiona ihre Mutter an. Mit welchem Recht maßte sie sich an, nach Belieben in das Leben anderer Menschen einzugreifen?

»Du kannst über meinen Vorschlag nachdenken, mein Kind«, schloss Lady Enid gelassen. »Aber ich erwarte deine Antwort bald. Auf jeden Fall, bevor ich mit Patrick nach England aufbreche.«

»Ich denke, wir sollten gehen«, sagte Granville. »Ich finde, du hast genug gesagt, Enid.« Er wandte sich suchend nach seinen Töchtern um, aber Penelope gebot ihm mit erhobener Hand Einhalt. Seine Schwester wollte offenbar noch etwas sagen, das ihr wichtig war.

Das wollte sie in der Tat. Ihr war klar, dass sie ohne weiteres den einzigen Menschen verlieren konnte, den sie wahrhaft liebte, denn sie machte einen deutlichen Unterschied zwischen ihrer Liebe zu Fiona und der flüchtigen körperlichen Lust, die ihr Männer verschafften. »Ich glaube nicht, Tante Enid, dass du über Patrick verfügen darfst«, sagte sie mit stiller Entschlossenheit. »Meiner Ansicht nach hat in erster Linie sein *Vater* darüber mitzureden, was mit seinem Sohn geschehen soll.«

»Michael Duffy ist tot«, stieß Granville verächtlich hervor, dann aber überlief ihn mit einem Mal kalte Furcht. Michael Duffy ist tot!, versuchte er sich zu trösten. Hatten das nicht die Zeitungen schon vor vielen Jahren bestätigt?

Penelope wandte sich ihrem Bruder zu. Unwissenheit konnte segensreich sein, aber Granville würde bald die Scherben seiner Unwissenheit vor sich liegen sehen. »Er ist alles andere als tot«, sagte sie ruhig. »Er lebt, und er arbeitet für meinen Mann. Gegenwärtig befindet er sich in Cooktown und ahnt nichts von der Existenz seines Sohnes … Er wird nur davon erfahren, wenn ich einen Grund habe, ihm das mitzuteilen.«

Granville merkte, wie aus seiner Angst eiskaltes Entsetzen wurde. Falls der Ire noch lebte, drohte ihm selbst tödliche Gefahr. Duffy konnte ohne weiteres kommen, um mit ihm abzurechnen. »Du sagst, er arbeitet für Manfred?«, fragte er seine Schwester. »Heißt das, er gehört zur Expedition auf der *Osprey*?« Sie nickte. Was Granville betraf, hatte sie mit diesem Eingeständnis Duffys Schicksal besiegelt. Gott sei für die Erfindung des Telegrafen gedankt und dem Teufel für Morrison Morts treue Dienste! In Gedanken entwarf Granville bereits den verschlüsselten Befehl für die Beseitigung des Iren.

»Er war es also doch!«, sagte Fiona so leise, dass nur Penelope es hören konnte. Sie antwortete mit leichtem Druck auf Fionas Schulter, beugte sich vor und flüsterte ihr ins Ohr: »Wir sprechen später darüber. Das ist nicht der richtige Ort und nicht der richtige Zeitpunkt.« In diesem Augenblick ging es Fiona auf, dass ihre Kusine eine Affäre mit Michael gehabt haben musste. Wie hatte sie nur die Beziehung zwischen ihnen beiden verraten können?

Lady Enid war entsetzt. Keine Sekunde lang hatte sie bei ihrem sorgfältig ausgeklügelten Plan Patricks Vater als zu berücksichtigenden Faktor einbezogen. Wie Granville war sie von seinem Tod überzeugt gewesen. Sie zweifelte nicht im Geringsten daran, dass Michael Duffy um seinen Sohn kämpfen würde, wenn er von dessen Existenz erfuhr. Alles um sie herum schien zusammenzubrechen. Aber sie wehrte sich verzweifelt, wie ein Boxer, der auf seinen kräftigen Schlag vertraut. »Ich bin überzeugt, dass Manfred entsetzt wäre, wenn er hörte, dass sein Frau eine widernatürliche Beziehung pflegt«, sagte sie hochmütig.

»Ach, er weiß nicht nur über Fiona und mich Bescheid, Tante Enid«, sagte Penelope mit lieblichem Lächeln, »er sieht uns sogar gern dabei zu.« Als sie das Entsetzen auf dem Gesicht ihrer Tante sah, wurde ihr Lächeln zu einer triumphierenden Fratze.

Konnte ihre Tochter so tief gesunken sein?, überlegte Enid, als ihre Enkelinnen mit Patrick im Schlepptau aus dem Park zurückkehrten. Beide Mädchen waren inzwischen zu dem Ergebnis gekommen, dass der Junge doch nicht so abscheulich war.

Als ihn Granville finster musterte, spürte Patrick wieder die

Spannung, die seine Anwesenheit hervorzurufen schien. Er war verwirrt, tat aber so, als merke er nichts von dem offenkundigen Hass, der ihm entgegenschlug. Warum sollte Onkel Granville etwas gegen ihn haben, wo sie einander doch gerade erst kennen gelernt hatten? Hilfe suchend sah er sich nach Lady Enid um, die jedoch völlig verstört wirkte. Vermutlich hatte das mit Onkel Granville zu tun. Patrick fühlte sich zum Beschützer der alten Dame aufgerufen. Sofern dieser Finsterling ihr etwas antat, würde er ihm mit seinen Fäusten eine Lektion erteilen.

Instinktiv trat er neben Lady Enid, und in ihr stieg eine warme Zuneigung zu dem Jungen auf, den sie einst hatte beseitigen lassen wollen. Damals hatte sie in ihm nichts weiter gesehen als einen Makel auf dem Namen Macintosh – jetzt war er als Einziger unter allen Anwesenden bereit, ihr zur Seite zu stehen.

Sie nahm seine Hand. Der Junge mochte die weiche Berührung und staunte über diese Gefühlsregung der Frau, die bisher so unnahbar gewesen war.

Fiona fiel die Geste ihrer Mutter auf, und sie merkte auch, wie ihr Sohn darauf reagierte. Du hast deinen Sohn an sie verloren, wurde ihr klar, und unerträgliche Qual und Verzweiflung erfüllten sie. Ihr Sohn gehörte ihrer Mutter, und nichts konnte daran etwas ändern, solange sie ihn in England bei sich hatte.

Selbst wenn sie sich Lady Enids Wunsch fügte und ihren Mann sowie Penelope verließ, würde das nichts nützen. Immer würde ihre Mutter Patrick beherrschen, so wie sie in jungen Jahren Fionas Leben beherrscht hatte. Fiona brauchte sich den Vorschlag nicht zu überlegen. Penelope liebte sie. Nichts konnte daran etwas ändern, und keinesfalls würde sie diese Liebe aufgeben. Sie würde Zeit brauchen, ihren Sohn zurückzugewinnen. Und noch war nicht der Augenblick gekommen, ihre Trumpfkarte auszuspielen.

Granville saß in den stillen Stunden der Nacht in seiner Bibliothek. Während er auf das träge Ticken der Standuhr im Gang lauschte, betrachtete er trübselig die mit hölzernen Waffen der Ureinwohner geschmückten Wände. Sir Donald hatte sie ihm nach einer Vertreibung auf Glen View 1862 geschenkt. Lange ruhte sein Blick auf einem Speer, der über einem schmalen hölzernen Schild angebracht war.

Ob es wirklich diesen Fluch gab?, überlegte er. Wie auch immer die Antwort auf diese Frage lauten mochte, Granville wusste eines mit Sicherheit: Sein Versuch, Michael Duffys Sohn aus dem Weg räumen zu lassen, war gescheitert. Das für sich allein war schon ein Fluch.

Am nächsten Tag fasste er sorgfältig ein verschlüsseltes Telegramm ab. Es sollte Mort davon in Kenntnis setzen, dass er einen Mann an Bord hatte, der um jeden Preis verschwinden musste.

Die Botschaft erreichte Cooktown über mehrere Zwischenstationen. Nach einem Blick auf die Morsezeichen sah der dort Dienst tuende Funker seufzend zum Fenster hinaus. Es regnete in Strömen. Der Hafenbehörde zufolge war die *Osprey* schon vor Tagen ausgelaufen und befand sich irgendwo weiter nördlich mitten in dem schweren Sturm, der zurzeit im Korallenmeer tobte.

Er faltete das Telegramm zusammen und heftete es ab, bevor er sich wieder an den Tisch setzte und sich eine Tasse schwarzen Kaffee aus einer großen Kanne eingoss, die ständig auf dem kleinen Kanonenofen in der Ecke stand. Er hob den Becher zu einem Trinkspruch. »Auf euch, Jungs«, murmelte er. »Wo auch immer ihr an diesem gottverlassenen Tag seid. Ich hoffe, ihr schafft es.« Seine Worte gingen im Heulen des Windes und im Hämmern des Regens auf dem Wellblechdach seiner Funkbude unter. Ihm blieb nichts anderes übrig, als zurückzutelegrafieren, dass es keine Möglichkeit gab, das Telegramm weiterzuleiten.

32

Kurz vor Anbruch der Morgendämmerung flaute der Sturm ab. Geschwächt vom Schlafmangel und von den Heimsuchungen ihres Verdauungstraktes, schleppten sich die Buschläufer auf das Deck der vom Sturm gebeutelten Bark.

Staunend sahen sie auf das Bild, das sich ihnen bot. Die *Osprey* hatte einen ihrer Masten verloren, und an Deck sah es aus, als hätte dort eine Schlacht getobt. Doch so mitgenommen das Schiff war, man musste es als Sieger betrachten. Es hielt sich über Wasser und hatte nicht einen einzigen Mann seiner Besatzung verloren. Selbst Michael musste, wenn auch ausgesprochen ungern, im Stillen dem mutigen Einsatz des Kapitäns Anerkennung zollen.

Der chinesischen Dschunke war es deutlich schlechter ergangen. Sie saß, die Decks tief unter Wasser, auf einem Korallenriff fest. Mit einem Mal riss eine riesige Welle das Schiff um, so dass die Zuschauer auf der *Osprey* seine aufgerissene Unterseite sehen konnten. Verzweifelt schlugen sich die Überlebenden um einen Platz auf den im Wasser treibenden Trümmern, um nicht zu ertrinken.

»Viele von denen schaffen es bestimmt nicht«, sagte Michael mit teilnahmsloser Stimme. »Die haben nicht mal Boote ausgesetzt, und vermutlich halten die Haie schon bald ein Festmahl.«

»Du irrst, Michael O'Flynn. Da wird gerade eine Art Boot zu Wasser gelassen«, sagte Luke und wies auf die sinkende Dschunke, um die herum Männer sich an Wrackteilen festzuklammern versuchten. Michael ließ den Blick über das jetzt ruhige Wasser gleiten. Es sah ganz so aus, als stießen die Insas-

376

sen eines Rettungsboots die im Wasser um ihr Leben Kämpfenden von sich fort.

»Schweinehunde!«, knurrte der junge Buschläufer, der inzwischen zu den beiden an die Reling getreten war. »Man müsste es mit denen ebenso machen, wenn sie hier ankommen.«

Michael äußerte sich nicht zu den empörten Worten des jungen Mannes. Er hatte in seinen Söldnerjahren Europäer gesehen, die sich schlimmer verhalten hatten als diese Chinesen. Er schüttelte lediglich den Kopf und wandte seine Aufmerksamkeit dem französischen Kanonenboot zu, das in der Ferne zu sehen war. Der Sturm hatte ihm erkennbar übel mitgespielt. Doch wenn dem Schiff auch ein Mast fehlte und die Segel in Fetzen herabhingen, so verfügte es nach wie vor über die Dampfmaschine, aus deren Schornstein ein Rauchwölkchen aufstieg. Die Franzosen schienen die Jagd wieder aufnehmen zu wollen.

Mort achtete nicht auf das Boot, das von der Dschunke abgelegt hatte. Die Überlebenden waren Chinesen und damit in seinen Augen keine Spur besser als Nigger. Seine einzige Sorge bestand darin, sein Schiff wieder seetüchtig zu machen. Er brüllte der Besatzung Befehle zu, woraufhin die Männer zögernd den Blick von der sinkenden Dschunke lösten, um seinen Anweisungen zu folgen.

Michael gab seinen Buschläufern den Auftrag, den Matrosen zu helfen. Sims nahm das Angebot an und beschäftigte sie unter Deck damit, das Wasser abzupumpen, das im Laufe der Nacht durch die Luken eingedrungen war. Gerade als Michael selbst zu ihnen nach unten gehen wollte, kam der Baron auf ihn zu.

»Mister O'Flynn, ich habe gerade mit dem Kapitän über unsere Lage gesprochen«, sagte er, fasste die Reling und sah auf das Rettungsboot der Dschunke, das immer näher kam. »Seiner Ansicht nach müssen wir nach Cooktown zurückkehren, um das Schiff in Stand setzen zu lassen. Vermutlich hat er damit Recht. Seien Sie versichert, dass Sie und Ihre Männer Ihren vollen Lohn bekommen, sobald wir dort anlegen. Es ist nicht Ihre Schuld, dass wir unseren Auftrag nicht ausführen können. Sicher wird Ihren Männer diese Mitteilung nach den Ereignissen der vergangenen Nacht willkommen sein.«

»Sie sind sehr großzügig, Baron«, gab Michael höflich zur Antwort. »Ich werde meine Leute davon in Kenntnis setzen, wenn sie ihre Arbeit für Kapitän Mort erledigt haben.«

»Selbstverständlich setze ich voraus, dass Sie mit Bezug auf das Ziel der *Osprey* gegenüber jedermann Stillschweigen bewahren, Mister O'Flynn«, fügte von Fellmann hinzu und sah ihn mit seinen durchdringenden blauen Augen ruhig an.

»Ich habe meinen Leuten entsprechend Ihrer Anweisung nichts weiter erzählt, Baron.«

»Gut«, gab von Fellmann zur Antwort. »Ein guter Bekannter von mir, Gustavus von Tempsky, hat mir versichert, sogar unter den Engländern gebe es Ehrenmänner. Sie kennen wohl nicht zufällig diesen ›Von‹, wie ihn die Engländer nannten, Mister O'Flynn?«

Michael glaubte, den Anflug eines spöttischen Lächelns auf Fellmanns Zügen zu sehen. War es ein Zufall, dass der Baron den Namen von Tempsky erwähnt hatte? »Nein, bedaure. Ich weiß über seine Taten nur, was ich gelesen habe«, log er und erwiderte unerschrocken den Blick des anderen. »Wenn stimmt, was da steht, muss er ein guter Befehlshaber gewesen sein.«

Von Fellmann nickte und verließ Michael, der hocherfreut war, dass er die *Osprey* nicht zu versenken brauchte. Allerdings würde die Rückkehr nach Cooktown es bedauerlicherweise schwieriger machen, Mort zu töten. Er musste auf neue Mittel und Wege sinnen, wie er das an Land bewerkstelligen konnte. Zumindest hätte er auf diese Weise vielleicht die Möglichkeit, dem Teufel von Angesicht zu Angesicht gegenüberzutreten, und die Befriedigung, ihm den Grund seiner Hinrichtung mitzuteilen.

Er wandte den Blick zum Riff, an dem die Dschunke gescheitert war. Nichts mehr war von ihr zu sehen, nur noch eine ganze Anzahl winziger auf dem Wasser tanzender Köpfe wies auf sie hin, Überlebende, die sich an Holzstücken oder sonstigem Treibgut festhielten. Sobald die Haie kamen, war ihr Schicksal besiegelt, sofern nicht ihre Kräfte sie schon vorher verließen. Das Rettungsboot kam der *Osprey* immer näher. Michael konnte fünf Personen darin erkennen, lauter Chinesen, wie es schien. Drei von ihnen waren mit altmodischen Musketen bewaffnet.

Auch Mort sah das Boot näher kommen, hatte aber keineswegs die Absicht, seine Insassen an Bord zu nehmen. Vom Bug aus blickte er nach Steuerbord, denn dort näherte sich das Schiff der Franzosen unter Volldampf. Der Sturm schien ihren Eifer in keiner Weise gedämpft zu haben. Mit voller Kraft hielten sie auf das Rettungsboot zu, doch es erreichte die *Osprey*, bevor die Franzosen es einholen konnten.

Die Chinesen baten, an Bord genommen zu werden. Ohne auf ihr Flehen zu achten, schickte Mort zwei Besatzungsmitglieder unter Deck, Gewehre heraufzuholen. Offensichtlich wollte er auf die Schiffbrüchigen schießen lassen.

Michael begriff seine Absicht sofort, und Luke, der gleichfalls gemerkt hatte, woher der Wind wehte, sah zu ihm hinüber. Ein Blick genügte; sie hatten einander verstanden. Michael griff nach dem Revolver in seiner Jackentasche. Obwohl die Gelegenheit, dem mörderischen Kapitän gegenüberzutreten, unerwartet gekommen war, hatte er jetzt einen Vorwand, ihn zu töten. Bestimmt würden ihn seine Buschläufer dabei unterstützen. Unsicher war lediglich, wie sich Morts Besatzung verhalten würde. Sofern sie sich zum Kampf stellten, könnte das einigen der Buschläufer das Leben kosten, unter Umständen auch dem Baron und Karl Straub. War es sinnvoll, einen so hohen Einsatz zu wagen?

Michael spürte, wie aus seiner wilden Entschlossenheit wütende Enttäuschung wurde. Das Leben der Männer, die er angeheuert hatte, war ihm anvertraut. Mit finsterer Miene schüttelte er den Kopf als Hinweis an Luke, sich nicht einzumischen. Sie konnten dem Kapitän nicht in den Arm fallen und für den Augenblick nichts unternehmen. Luke wandte sich ab und spie einem Seemann, der sein Gewehr auf die vor Schreck wie versteinerten Überlebenden gerichtet hielt, seine Abscheu vor die Füße. Die an Deck versammelten Buschläufer murrten aufgebracht, dass es sich um blanken Mord handle. Auch wenn sie nicht viel für die Asiaten übrig hatten, galt bei ihnen doch der Grundsatz, dass man Hilflosen beistehen muss.

Unerwartet mischte sich der Baron ein. Zwar bestritt er dem Kapitän nicht das Recht, allein alle Entscheidungen bezüglich der Schiffsführung und des Wohlergehens der Menschen zu treffen, die sich an Bord befanden, doch erklärte er ihm, es sei seine Pflicht als Kapitän, Überlebende eines Schiffbruchs an Bord zu nehmen. »Immerhin gibt es in der Seefahrt Regeln ...«, erinnerte er Mort, der sich seinen Vorstellungen widerwillig fügte.

Es empfahl sich nicht, den Deutschen vor den Kopf zu stoßen, überlegte Mort, als von Fellmann davonging. Noch wusste er nicht, auf welche Weise er Lady Macintoshs Vorhaben vereiteln konnte, ihn nach dem Ende der Expedition festnehmen zu lassen.

Unlustig half die Besatzung der *Osprey* den Chinesen von ihrem neben dem Schiff auf und ab tanzenden Rettungsboot an Bord. Dabei stellten sie überrascht fest, dass sich unter ihnen eine schöne junge Frau befand, die wie die Männer in Hose und Jacke gekleidet war. Ihre helle makellose Haut bildete einen deutlichen Kontrast zu ihrem schwarzen Haar, das ihr bis zur Taille reichte. Beim Anblick ihrer dunklen Augen musste Michael unwillkürlich an schwarze Teiche denken. Obwohl die lüsternen Blicke und Äußerungen der Männer, die ihr an Bord halfen, sie offenkundig ängstigten, war sie nicht bereit, sich von ihnen einschüchtern zu lassen.

Die Chinesen wurden rasch entwaffnet und mussten sich auf das Oberdeck setzen. Das Mädchen aber schien nicht bereit, sich zu ihnen zu gesellen, sondern blieb trotzig stehen, während sich die anderen ängstlich und gehorsam unter den Blicken der Seeleute duckten. Die würdevolle Haltung des jungen Mädchens beeindruckte die Männer der *Osprey*. Michael fiel auf, dass sie keine eingebundenen Füße hatte, wie es bei Chinesinnen üblich war. Auch hatte sie nichts von der Unterwürfigkeit eines Bauernmädchens an sich, das frisch vom

Reisfeld kam, sondern verhielt sich wie ein Mädchen aus vornehmer Familie. Sie war nicht nur sehr schön, sondern offensichtlich auch äußerst interessant.

»Spricht einer von euch Englisch?«, fragte Mort und sah die Gruppe der verängstigten Überlebenden des Schiffbruchs übellaunig an. Ein untersetzter, finster dreinblickender Mann mit einem Gesicht voller Narben erhob sich unsicher. »Ich. Ich Kapitän von *Weißer Lotus*. Ich kann mit Ihnen sprechen.« Mit diesen Worten trat er auf Mort zu.

»Ich will unter vier Augen mit dir reden«, knurrte Mort ihm zu. »Wir gehen nach unten in meine Kajüte.«

Der Baron stand ganz in der Nähe, einen brennenden Stumpen zwischen den Lippen. Seine Aufmerksamkeit galt nicht dem chinesischen Kapitän, sondern dem sich rasch nähernden französischen Kanonenboot. Was mochten die Franzosen von der chinesischen Dschunke wollen, wenn sie mit einem Kanonenboot Jagd auf sie machten? Vermutlich würde er die Antwort bald erfahren. Während die Franzosen ein Anlegemanöver neben der *Osprey* machten, fiel seinem geschulten Blick auf, dass sie Gefechtsstation eingenommen hatten. Vor knapp vier Jahren hatte er bei Sedan als Oberst an der Spitze eines Ulanenregiments zum letzten Mal Franzosen als Gegner ins Auge geblickt. Damals hatten sie sich allerdings an Land befunden. »Sie werden kaum Zeit haben, mit dem Mann zu reden, Kapitän Mort«, sagte er ruhig. Das französische Schiff war nur noch etwa eine halbe Kabellänge von ihnen entfernt und hielt sein Deckgeschütz auf die *Osprey* gerichtet. »Es sieht ganz so aus, als hätten die Franzosen dringende Geschäfte mit uns zu erledigen.«

»Achtung, Kapitän der *Osprey*. Hier spricht Kapitän Dumas, Kommandant der Kaiserlichen Französischen Marine«, hallte eine scharfe Stimme über das Wasser. »Ich schicke Ihnen ein Prisenkommando an Bord.«

So erschöpft die französischen Seeleute in ihren weißen Matrosenblusen auch von den Nachwirkungen des Sturms zu sein schienen, waren sie, ihren entschlossenen Gesichtern nach zu urteilen, doch offensichtlich zum Kampf bereit. »Ich lasse

Ihre Leute nicht an Bord«, rief Mort durch seine Flüstertüte zurück. »Ich führe ein britisches Schiff, auf dem Sie keine Befehlsgewalt haben.« Auf diese trotzige Antwort hin drängten sich die Offiziere des französischen Kanonenbootes lebhaft aufeinander einredend auf der Brücke zusammen.

Der Baron und Mort hatten sich rasch darauf geeinigt, den Franzosen unter keinen Umständen entgegenzukommen. Während der Baron die Franzosen als Weichlinge verabscheute, war es für Mort eine Frage des Stolzes, keinen überheblichen Franzmann auf *sein* Schiff zu lassen.

»Sie haben französisches Eigentum an Bord«, ertönte jetzt wieder die Stimme vom französischen Kanonenboot. »Sofern Sie mir nicht gestatten, dieses Eigentum in meinen Besitz zu bringen, sehe ich mich gezwungen, Ihr Schiff auch gegen Ihren Willen zu betreten.«

Der Baron wandte sich Michael zu und erteilte ihm rasch Anweisungen. Sogleich ließ Michael die Winchester-Gewehre, die aus der Waffenkammer unter Deck geholt worden waren, an seine Männer verteilen. Er stellte sie in einer Linie auf und befahl ihnen, die Waffen schussbereit zu machen. Obwohl die Besatzungen beider Schiffe schutzlos auf dem offenen Deck standen, war es Michael völlig klar, dass die Franzosen der *Osprey* an Feuerkraft nach wie vor überlegen waren.

Morts unübersehbare Bereitschaft, einem Prisenkommando Widerstand zu leisten, verfehlte seine Wirkung auf Kapitän Dumas nicht. Ihm war offensichtlich klar, dass es bei einem Kampf Opfer auf beiden Seiten geben würde. Die bärtigen Buschläufer, die da nebeneinander an Deck standen, schienen durchaus bereit, ihr Leben dafür einzusetzen, dass kein Franzose seinen Fuß auf das britische Schiff setzte. Dumas wusste nicht, ob es sich dabei um einen Bluff handelte oder nicht. Auf keinen Fall konnte er sicher sein, das Spiel zu gewinnen. Da er der Herausforderer war, lag es an ihm, den Rückzug anzutreten.

Mit zunehmender Besorgnis sah Mort zu, wie die Bedienungsmannschaft an Bord des französischen Kanonenbootes ihr Geschütz auf die Mitte seines Schiffs richtete. Offensichtlich wollte es der Franzose darauf ankommen lassen. Andererseits wehte am Mast der *Osprey* die englische Fahne, und jeder Versuch, das Schiff mit Waffengewalt zu nehmen, konnte als kriegerische Handlung gegen England ausgelegt werden. Mort hatte eigentlich angenommen, der französische Kapitän werde eine Auseinandersetzung vermeiden, die sich zu einem Krieg zwischen ihren beiden Ländern auswachsen konnte, zumal die Franzosen erst vor einigen Jahren von den Deutschen eine empfindliche Niederlage hatten einstecken müssen.

Es sah ganz so aus, als wollte keine der beiden Seiten nachgeben. In diesem abgelegenen Winkel der Welt stand der Stolz zweier mächtiger Völker auf dem Spiel. Michael hatte neben seinen Männern Posten bezogen. »Zielt auf die Besatzung und die Geschützbedienung, wenn es zum Schusswechsel kommt«, wies er sie ruhig an.

Er selbst hatte sich mit einem Revolver und einem Bowiemesser ausgerüstet, beides nützliche Waffen, sollte es zu einem Handgemenge an Deck kommen. Er warf einen Blick zu der jungen Chinesin hinüber, die trotzig auf die Franzosen blickte. Es sah ganz so aus, als ob sich die ganze Sache um sie drehte.

Nach einer halben Ewigkeit erklärte schließlich eine Stimme über das Wasser hinweg: »Kapitän der *Osprey*. Wir folgen Ihnen zum nächstgelegenen Hafen und werden bei Ihrer Regierung schärfsten Protest dagegen einlegen, dass Sie sich vorsätzlich in innere Angelegenheiten unseres Landes einmischen und uns bei der Erfüllung unserer Aufgaben behindern. Ich bin überzeugt, dass uns die Regierung von Queensland Recht geben wird, und Sie werden Ihr törichtes Verhalten noch bitter bereuen.« Dann stieß der Schornstein des Kanonenboots eine Dampfwolke aus, und das Schiff drehte ab.

Alle an Bord der Bark warteten gespannt darauf, wie es weitergehen würde. War das Manöver darauf angelegt, außer Schussweite der Gewehre zu gelangen, um dann mit dem Bordgeschütz auf die *Osprey* feuern zu können? Diese Sorge bedrückte alle. Aber die Franzosen setzten sich hinter die *Osprey* und warteten. Offensichtlich beabsichtigte der Kapitän, ihnen wie angekündigt zu folgen.

Als Mort merkte, dass die Franzosen nicht auf sein Schiff zu feuern gedachten, gab er seiner Besatzung den Befehl, mit den Aufräumarbeiten an Bord fortzufahren, während der Baron Michael anwies, seine Männer die Waffen niederlegen zu lassen. Anschließend suchte Mort mit dem Kapitän der Dschunke seine Kajüte auf, von Fellmann folgte ihnen. Kaum waren sie außer Sicht, als Michael verblüfft hörte, wie die junge Chinesin etwas auf Französisch sagte. Zwar verstand er die Sprache nicht, wohl aber Luke Tracy, der eine Weile in New Orleans gelebt und dort seine natürliche Begabung für Sprachen entdeckt hatte. Zwar sprach er nicht fließend Französisch, hörte aber aus den Worten des Mädchens ihre leidenschaftliche Bitte um Hilfe heraus. Während sie darum bat, vor den Franzosen und den Chinesen beschützt zu werden, erfuhr Mort in der Kajüte vom chinesischen Kapitän, warum die Franzosen beinahe einen internationalen Zwischenfall heraufbeschworen hatten.

Wie Mort richtig vermutet hatte, war der Chinese ein Pirat, der sein Unwesen im südchinesischen Meer trieb. Er nahm den Degen von der Kajütenwand und setzte ihm die Spitze an die Kehle. Der Chinese begriff sogleich, dass er dem Tod ins Auge sah, wenn er einem solchen Mann ein Märchen auftischte. Also berichtete er, wie ihm das sechzehnjährige Mädchen bei einem nächtlichen Überfall auf ein Fischerdorf an der Küste der in Hinterindien gelegenen französischen Kolonie Kotschinchina in die Hände gefallen war. Die Männer ihrer Leibwache hatten ihren verzweifelten Versuch, sie zu beschützen, mit dem Leben bezahlt. Die wilde Entschlossenheit dieser Männer hatte in dem Piraten den Verdacht aufkeimen lassen, dass das Mädchen von hohem Stand sein musste. Einer der schwer verwundeten Leibwächter bestätigte diese Vermutung, während ihm die Piraten langsam den Unterleib aufschlitzten. Seine Schmerzensschreie hatten dem sadistischen Kapitän der Piratendschunke ebenso großes Vergnügen bereitet wie die Auskünfte, die er seinen Peinigern gab, damit sie ihn rasch und gnädig sterben ließen.

Der Pirat hoffte, von den offenbar hoch stehenden Verwandten seiner Gefangenen ein hohes Lösegeld zu bekommen. Bevor er sich aber mit dieser Frage beschäftigen konnte, musste er erst nach Süden segeln, wo er mit dem Führer seines Geheimbundes zusammentreffen sollte, der sich gerade irgendwo auf den Goldfeldern am Palmer aufhielt. Auf dem Weg dorthin hatten ihn die Franzosen verfolgt, die von der Entführung des Mädchens Wind bekommen hatten.

Den Worten des chinesischen Kapitäns nach handelte es sich bei ihr um eine gewisse Dang Thi Hue aus einer vornehmen Familie Kotschinchinas. Obwohl ihr Vater den Chinesen als Mandarin diene, habe sie aktiv daran mitgewirkt, in ihrem Teil des Landes den bewaffneten Widerstand gegen die französische Kolonialregierung zu organisieren. Mort und von Fellmann tauschten einen finsteren Blick. Sie waren tiefer in innerfranzösische Angelegenheiten verwickelt, als ihnen lieb sein konnte!

Während der Pirat in gebrochenem Englisch die Hintergründe erläuterte, überlegte Mort bereits, wie er den Zwischenfall zu seinen Gunsten nutzen konnte. Sicher würde er sich mit dem Piraten einigen können, was er aber auf keinen Fall in Anwesenheit des Barons tun konnte. Der Chinese und das Mädchen sollten ihm dazu dienen, die Pläne derer an Bord zu durchkreuzen, die ihn am Galgen sehen wollten, und sie in den Untergang zu treiben.

»Für uns ist sie wertlos«, sagte von Fellmann, als der Pirat mit seinem Bericht fertig war. »Am besten überlassen wir sie den Franzosen; damit gehen wir allen peinlichen Fragen aus dem Wege, die man uns in Cooktown stellen könnte.«

»Als Kapitän der *Osprey* muss ich Sie daran erinnern«, gab Mort steif zur Antwort, »dass ich bei allem, was mit den Menschen an Bord meines Schiffes geschieht, das letzte Wort habe.«

Dieser plötzliche Sinneswandel überraschte von Fellmann. Ursprünglich hatte der Mann doch nicht einmal die Überlebenden der Dschunke an Bord nehmen wollen – jetzt sollte er mit einem Mal menschliche Empfindungen haben? »Ich will mich nicht mit Ihnen streiten, Kapitän Mort«, sagte er. »Das Schiff steht unter Ihrem Kommando. Das habe ich stets respektiert. Aber ich kann keinen Sinn darin sehen, dass wir uns mit dem Mädchen belasten.«

Mort war klar, dass er den Baron auf die eine oder andere Weise würde überzeugen müssen. »Ich denke, wir sollten die Schiffbrüchigen nach Cooktown mitnehmen«, sagte er. »Es dürfte am besten sein, die Angelegenheit den zuständigen Behörden zu überlassen.« Zwar überraschte den Baron diese Mitteilung, doch nickte er lediglich.

Beeindruckt sah Michael auf das schlanke junge Mädchen.

»Kaum zu glauben«, sagte Luke mit breitem Lächeln.

»Nach dem Verhalten der Franzosen zu urteilen«, gab Michael zur Antwort, »müssen wir ihre Geschichte wohl glauben. Sie ist also eine hoch gestellte Persönlichkeit. Immerhin ist sie die Tochter eines hohen Würdenträgers in ihrer Heimat. Wenn man ihren Worten glauben darf, ist sie ein geradezu königliches Lösegeld wert.«

»Leider verstehe ich nicht alles, was sie sagt«, gab Luke mit gerunzelter Stirn zurück. »Ich spreche nicht so gut Französisch wie sie. Ich würde aber sagen, dass sie keine Chinesin ist.«

Das überraschte Michael. Auf ihn wirkte sie durchaus chinesisch. Er warf einen argwöhnischen Blick auf die Männer der Besatzung und seine Buschläufer, doch keiner schien etwas von dem verstanden zu haben, was sie sagte. Allerdings unterhielt sich Mort mit dem Kapitän der Dschunke, und Michael zweifelte keine Sekunde lang daran, dass auch Mort erfahren würde, was die Männer an Deck bereits wussten.

Das Mädchen wollte vor den Piraten und den Franzosen in die Sicherheit fliehen, die sie im Schutz der britischen Besatzung zu finden hoffte, doch reichte Lukes Französisch nicht aus, zu verstehen, warum sie sich in dem Dorf befunden hatte, in dem die Piraten sie in ihre Gewalt gebracht hatten. Wohl aber hatte er den Eindruck, dass sie auf die eine oder andere Weise am Widerstand gegen die Franzosen beteiligt war.

Aus dem, was Luke von ihr erfahren hatte, schloss Michael, dass die Franzosen sie möglicherweise als eine Art politische Geisel in ihre Gewalt bringen wollten. Wenn sie ihr aber eigens ein Kanonenboot hinterherschickten, musste sie mehr sein als eine bloße Widerstandskämpferin. Über die Zustände im fernen Kotschinchina wusste er ebenso wenig wie über den Mond. Auch war ihm keineswegs klar, welche Rolle das Mädchen für seine eigenen Pläne spielen würde. Bestimmt würde Horace Brown wissen, was zu tun war, dachte er, während er zur fernen, eintönigen Küstenlinie des mit Buschland bedeckten Kaps hinübersah. »Sag der Prinzessin oder wie auch immer sie sich in Kotschinchina nennt, dass wir dafür sorgen werden, sie den britischen Behörden zu übergeben, sobald wir an Land sind«, sagte er schließlich.

Luke dolmetschte das, so gut er konnte, und Thi Hue schien ihn zu verstehen. Tränen der Dankbarkeit traten ihr in die Augen, und sie sagte etwas in ihrer eigenen Sprache, das feurig und leidenschaftlich klang. Michael vermutete, dass sie ihm danken wollte, und zuckte abwehrend mit den Schultern. Die an Deck hockenden chinesischen Piraten tauschten mürrische Blicke aus. Auch wenn sie kein Wort verstanden hatten, konnten sie sich denken, was sie den Barbaren gesagt hatte.

Thi Hue teilte Luke mit, er und Michael hätten eine hohe Belohnung für den Fall zu erwarten, dass sie es ihr ermöglichten, zu ihren Angehörigen zurückzukehren. Sie erkannte am Gesicht des kräftigen Mannes mit der Augenklappe, dass er es ehrlich mit ihr meinte. Immerhin war er der Anführer von Kriegern!

Mort kehrte mit dem Piratenkapitän Wu an Deck zurück. Dieser sagte etwas zu seinen Männern, worauf sich ein breites Lächeln auf deren Gesichter legte. Das Mädchen aber warf Michael einen verzweifelten Blick zu, bevor es auf Morts Befehl hin von den Männern getrennt und vom Ersten Steuermann unter Deck gebracht wurde.

Michael vermutete, dass sie in Morts Kajüte geschafft werden sollte. Im Augenblick konnte er nicht viel für sie tun. Sein Hauptziel war es nach wie vor, mit Mort abzurechnen, sobald sie wieder in Cooktown waren. Die Belohnung für die Heimkehr des Mädchens in ihre Heimat war eine andere Sache.

Während die *Osprey* langsam südwärts segelte, folgte ihr das französische Kriegsschiff. Mort hatte aber keineswegs die Absicht, nach Cooktown zurückzukehren, sondern sich mit dem Kapitän der Piraten auf einen Plan geeinigt, bei dessen Ausführung ihn ein unerwarteter, aber willkommener Fund unterstützen sollte. Als der Erste Steuermann im Laderaum die Bestände kontrolliert hatte, war er auf die von Michael an Bord geschaffte Bombe gestoßen. Im Laufe des Sturms war die Holzkiste beschädigt worden, in der sie sich befand, so dass ein Metallbehälter von der Größe eines kleinen Koffers sichtbar geworden war.

Zuerst hatte Sims nicht gewusst, was er davon halten sollte, dann aber war ihm die Zündschnur aufgefallen, von der sich ein Stück abgewickelt hatte, und rasch hatte er begriffen, was er da sah. Er fragte sich, auf welche Weise und zu welchem Zweck diese Vorrichtung an Bord gekommen war. Vielleicht wusste der Kapitän etwas darüber.

Unauffällig ging Mort mit Sims nach unten und betrachtete die Bombe mit aschfahlem Gesicht. Wahrscheinlich war sie auf Anweisung des preußischen Barons dorthin geschafft worden, überlegte er, damit man ihn auf diese Weise aus dem Weg räumen konnte, wenn alles andere fehl schlug. Hätte er diesen Gedanken mit kühlem Kopf zu Ende gedacht, wäre ihm vermutlich aufgefallen, dass ein solches Vorgehen mit den Plänen des Deutschen völlig unvereinbar war.

Doch der vom Verfolgungswahn besessene Kapitän war zu rationalen Überlegungen nicht mehr in der Lage. Er kannte die familiären Verbindungen des Barons mit Lady Macintosh und vermutete, dass dieser die Absicht hatte, das Schiff in die Luft zu jagen, sobald sie Cooktown erreicht hatten. So maßlos war Lady Macintoshs Hass, dass ihr Morts sicherer Tod lieber war als die Ungewissheit, was bei einer Verhandlung vor einem Schwurgericht herauskommen würde. Doch Mort würde es dem Baron mit gleicher Münze heimzahlen und zugleich auch den Männern, die für ihn arbeiteten.

Als sich die Nacht über das Korallenmeer senkte, änderte Kapitän Mort den Kurs und steuerte sein Schiff in gefährliche Nähe der Küste von Queensland. Der französische Kapitän wusste nicht, was er davon halten sollte. Wer bei wolkenverhangenem Himmel im Dunkeln die Nähe der trügerischen Riffe aufsuchte, musste verrückt sein. Wollte ihn der Kapitän der *Osprey* etwa abschütteln? Das würde ihm nicht gelingen.

Er ließ den Kurs des Kanonenbootes ebenfalls ändern, um der Bark zu folgen. Sie kamen dem Ufer so nahe, dass sie den Schwefelgeruch der Gase riechen konnten, die aus den Mangrovensümpfen aufstiegen. Von Zeit zu Zeit hörte man, wie eines der großen Leistenkrokodile, durch die Nähe der beiden Schiffe aufgestört, ins Wasser glitt. Kapitän Dumas beschloss, über Nacht auf der Kommandobrücke zu bleiben. Nicht zum ersten Mal überlegte er, ob es nicht besser wäre, die Verfolgung aufzugeben. Er hielt es für hellen Wahnsinn, sich so nahe der gefährlichen Küste zu halten. Wenn der verrückte Kapitän der *Osprey* so weitermachte, würde er noch sein eigenes Schiff auf Grund setzen. Immerhin würde dann das Mädchen aus Cochin mit untergehen, und dann wäre er von der Aufgabe entbunden, ihrem umstürzlerischen Treiben Einhalt zu gebieten.

Gerade wollte er den Befehl geben, den Kurs in Richtung aufs offene Meer zu ändern, als eine grelle Flammenwand wie der Magnesiumblitz eines Fotografen die pechschwarze Finsternis der Tropennacht erhellte. Der Lichtschein riss die *Osprey* und ein Stück des weißen Strandes in der Nähe des Schiffes einen Augeblick lang aus der Dunkelheit. Dann traf die Druckwelle der Detonation das französische Schiff, während das Heck der Bark in tausend Stücke flog. Kapitän Dumas brauchte seine Männer nicht aufzufordern, ihre Positionen einzunehmen, denn sie wurden aus ihren Hängematten geschleudert. Kaum waren sie an Deck, sahen sie, wie sich die stolze *Osprey* zur Seite neigte und sank. Das gefürchtetste Sklavenhandelsschiff der Südsee hatte ein Ende gefunden, das zu seiner schändlichen Rolle passte.

Bei Tagesanbruch fand die Besatzung des Kanonenbootes lediglich drei erschöpfte Überlebende, die sich an Wrackteile klammerten. Sie wurden mehr tot als lebendig an Deck gehievt.

33

Noch nie hatte sich Daniel Duffy einer so schwierigen Aufgabe gegenübergesehen. Diesmal aber hieß es nicht, einen Angeklagten vor dem sicheren Galgen zu bewahren, sondern er musste seinem Neffen die Wahrheit über seine Abkunft eröffnen.

Nichts in Patricks Gesicht wies auf seine Empfindungen hin, als ihn Daniel, der ihm in der Küche des Gasthofs Erin gegenübersaß, genau auseinander setzte, welcher Art die Beziehungen zwischen den Menschen waren, die er im Hause Lady Enids kennen gelernt hatte. Nur als er dem Jungen mitteilte, wer seine wirkliche Mutter war, erbleichte dieser und öffnete den Mund, als wolle er eine Frage stellen. Dann aber überlegte er es sich anders und schwieg.

Daniel fühlte sich unbehaglich. Es kam ihm ganz so vor, als stauten sich alle Empfindungen in Patrick an, bis sie in einer gewaltigen Explosion hervorbrechen würden. Auch in dieser Hinsicht hatte er viel Ähnlichkeit mit seinem Vater.

»Ist das alles?«, fragte Patrick schließlich, nachdem ihm Daniel die Geschichte der Familien Macintosh und Duffy dargelegt hatte.

»Frag nur, wenn du noch was wissen willst, Patrick«, sagte Daniel freundlich. »Und was Colleen und mich betrifft, ändert sich überhaupt nichts, wir betrachten dich nach wie vor als unseren Sohn.«

»Muss ich jetzt Onkel Daniel zu dir sagen?«, fragte Patrick mit unüberhörbarer Kälte in der Stimme.

Daniels Unbehagen steigerte sich. »Wenn du das möchtest«, gab er zur Antwort, »und du dich dann wohler fühlst.«

»Bestimmt.« Die Stimme des Jungen klang mit einem Mal viel älter.

Ein harter Bursche, ging es Daniel durch den Kopf, während er seinen Neffen ansah. Er stellte sich trotzig allein der ganzen Welt und dem, was man ihm angetan hat. Er ist zu hart für einen Jungen seines Alters.

»Wenn das alles ist, Onkel Daniel«, sagte Patrick, »würde ich gern eine Weile allein nach draußen gehen.« Es klang, als sei er nicht bereit, an dieser Entscheidung etwas zu ändern.

Daniel nickte. Es kam ihm so vor, als habe der Junge seine Kindheit hinter sich gelassen. Er war ein junger Mann, ob ihm das recht war oder nicht.

Als Max in den Hof des Gasthauses trat, sah er Patrick auf einer Kiste sitzen und mit Augen, die nichts sahen, den in sich zusammengesunkenen Holzzaun anstarren. Der stämmige Deutsche suchte sich eine kräftige Kiste und setzte sich neben ihn.

»Hier auf diesem Hof hat sich dein Vater mit dem Mann deiner Tante Katie geprügelt und ihn besiegt«, sagte er leise auf Deutsch. »Manch einer hätte was dafür bezahlt, wenn er diesen Kampf gegen Kevin O'Keefe hätte sehen können.«

Patrick konnte genug Deutsch, um zu verstehen, was Max gesagt hatte, blieb aber wortlos sitzen. Das Kinn auf die Hände gestützt, starrte er weiter ausdruckslos vor sich hin, als denke er über die Bauweise des Holzzauns nach.

»Alle waren der Ansicht, dass Kevin O'Keefe deinem Vater überlegen war, trotzdem hat er Kevin geschlagen. Du bist schon genauso gut wie er. Nur musst du jetzt einen anderen Kampf bestehen und den Schmerz besiegen, den das Wissen mit sich bringt, dass Martin und Charmaine nicht deine Geschwister sind und Colleen nicht deine Mutter. Ich denk aber mal, das spielt bei euch Iren keine Rolle. Ihr seid Duffys, einer wie der andere, und nur darauf kommt es an.«

Patrick wandte sich Max zu und suchte nach Worten. »Warum hat meine Mutter mich verlassen?«, fragte er. Es war die erste Schwäche, die er sich gestattete, seit er sich entschlossen hatte, keine unmännlichen Gefühle zu zeigen. Max sah, wie dem Jungen Tränen in die smaragdgrünen Augen stiegen.

»Keine Ahnung«, sagte er achselzuckend. »Vielleicht hatte sie ihre Gründe.« Nach kurzem Zögern schloss er den Jungen in seine bärenstarken Arme. »Bestimmt waren das verdammt gute Gründe«, fügte er hinzu, während er den Jungen an die Brust drückte und das stumme Schluchzen hörte, das ihn schüttelte. Er hielt ihn fest, bis er sich beruhigt hatte.

Patrick saß stumm da und erholte sich von seinem ungewollten Gefühlsausbruch. Er kam sich töricht vor, dem Mann, den er liebte und bewunderte, seine Schwäche gezeigt zu haben. »Wie war mein Vater?«, erkundigte sich Patrick schließlich, und Max spürte, wie die Spannung nachließ. Es fiel ihm leicht, diese Frage zu beantworten.

»Ein richtiger Kerl«, sagte er. »Jeder hat ihn geachtet, und er war freundlich zu allen. Immer hat er sich für seine Angehörigen und seine Freunde eingesetzt. Bestimmt wär ein bedeutender Maler aus ihm geworden, wenn er nicht …« Max verstummte bei der Erinnerung an einen anderen jungen Mann und eine andere Zeit, in der er abends mit Patricks Vater über die Dinge der Welt, die Frauen und alles andere gesprochen hatte.

Einen Augenblick lang überwältigte Max die Erkenntnis, welche wichtige Rolle er in Michaels Leben gespielt hatte – und jetzt auch in Patricks. Der harte alte Seemann schnäuzte sich und wandte sich ab. Es wäre ihm peinlich gewesen, wenn Patrick seine Tränen gesehen hätte, die ersten nach langer, langer Zeit.

Als er sich ein wenig erholt hatte, wandte er sich seufzend wieder dem Jungen zu. »Dein Vater, Michael Duffy«, fuhr er fort, »wäre sehr stolz auf dich gewesen, Patrick. Vergiss nie, dass sein Blut in deinen Adern fließt. Du musst immer daran denken, wer du bist, wenn Lady Macintosh dich wegbringt, um aus dir einen englischen Gentleman zu machen. Immerhin bist du der Nachkomme deines Großvaters, der bei der Palisade von Eureka gekämpft und mir das Leben gerettet hat, als mich die Rotröcke mit ihren Bajonetten aufspießen wollten.«

Einen flüchtigen Augenblick lang sah Patrick den Schatten vor sich, der in der Nähe von Frazer's Park aus der Dunkelheit aufgetaucht war, um dem Mann den Hals umzudrehen, der ihn, wie ihm inzwischen klar war, hatte umbringen wollen. Jetzt, da er an Onkel Max' Seite saß, wusste er, dass der Schatten, der so leicht getötet hatte, keinesfalls zu Max gehören konnte. Der Wunsch, Max' starke Arme beruhigend um sich zu spüren, konnte er sich nicht erlauben. Solche unmännlichen Anwandlungen waren nichts mehr für ihn, denn er war jetzt ein Mann. So stand er von seiner Kiste auf und stellte sich vor Max. »Ich glaube, ich muss jetzt rein, Onkel Max«, sagte er. »Bestimmt steht das Abendessen schon auf dem Tisch.«

Ohne ihn anzusehen, sagte Max: »Ja, sicher wartet man auf dich.«

Er selbst blieb sitzen und sah zu, wie die Sonne hinter die Wohnblocks um den Gasthof herum sank. Gab es noch etwas, wofür er leben konnte, wenn Patrick in England war? Schwerfällig erhob er sich. Vielleicht würde Patrick eines Tages Kinder haben ...

Am nächsten Tag ging Patrick nicht zur Schule – aber er kehrte auch nicht ins Erin zurück. Zwei Tage lang wusste niemand, wo er sich aufhielt. Während Daniel die Polizei alarmierte, saß Bridget in ihrem Zimmer und betete. Martin murmelte, er habe keine Ahnung, wo sich Patrick befinden könnte. Charmaine blies Trübsal. Ihr fehlte der Junge, den sie nach wie vor als ihren Bruder ansah, da ihr niemand die genaue Beziehung zwischen ihr und Patrick erklärt hatte. Es hätte aber für das kleine Mädchen auch keinen Unterschied bedeutet, denn nach wie vor himmelte sie ihren »großen Bruder« an.

Da es ihn Mühe kostete, all das zu verarbeiten, was er über seine Herkunft erfahren hatte, war Patrick quer durch die ganze Stadt gezogen, um sich seine Fragen von einer Frau beantworten zu lassen, der er traute. Mit geröteten Augen und nach einer Nacht auf der Straße völlig verdreckt, stand er vor den Toren von Lady Macintoshs großem Herrenhaus und fragte sich, warum er hierher gekommen war, um sich Antworten zu holen. Lag es daran, dass sie ihm den Eindruck vermittelte, ihr liege in ganz besonderer Weise an ihm? Sie hatte ihn aufgespürt, während seine Mutter all die Jahre hindurch nichts von seiner Existenz hatte wissen wollen – war es das? Doch am wichtigsten war dem Elfjährigen die Frage, die ihn auch am meisten belastete: Warum hatte die Mutter sich seiner entledigen wollen?

Das Dienstmädchen Betsy sah den Jungen, der da verloren am Tor stand, und machte Lady Macintosh Mitteilung davon. Diese ließ ihn ins Haus holen. Argwöhnisch beobachtete Patrick den Mann, der lächelnd über die lange Auffahrt auf ihn zukam. Während dieser Tage der Wirrnis war es nicht leicht, anderen zu trauen.

»Lady Enid erwartet Sie, Master Duffy«, sagte der Diener freundlich, und Patrick folgte ihm zögernd zum Haus.

Lady Enid gab den Auftrag, Buttermilch und Kuchen in die dunkle Bibliothek zu bringen, und bestellte für sich selbst Tee. Während Patrick stumm in einem der großen Ledersessel saß, goss sie ihm ein Glas Buttermilch ein. »Mir war klar, dass du kommen würdest«, sagte sie und gab ihm das Glas. »Vermutlich hat dir dein Onkel Daniel inzwischen die Wahrheit über deine Herkunft berichtet.«

Ohne zu antworten, trank Patrick einen Schluck Milch. Außer einer kleinen Pastete hatte er in den vergangenen achtundvierzig Stunden nichts gegessen. Es war allerdings auch nicht wichtig. Er hatte in den letzten Tagen seinen gesunden Appetit verloren. Trotzdem war ihm das Glas Buttermilch willkommen.

»Ich glaube, ich verstehe, warum du nicht gern reden möchtest«, fuhr Lady Enid fort und setzte sich neben ihn. »Ich vermute, du bist gekommen, um mir Fragen zu stellen, die für dich sehr wichtig sind. Frag also ruhig.«

Während er sie ansah, fiel ihm auf, wie grün ihre Augen waren. Es beruhigte ihn in sonderbarer Weise, dass er die gleichen Augen hatte wie die Frau neben ihm. Es kam ihm vor, als könnte er darin wirkliche Wärme erkennen. »Warum hat meine

Mutter …?«, sagte er mit einer Mischung aus Zorn und Trauer. Obwohl er die wichtigste Frage seines jungen Lebens nicht zurückhalten konnte, fiel ihm das passende Wort für den entsetzlichen Verrat nicht ein, den man an ihm begangen hatte.

»Warum dich deine Mutter im Stich gelassen hat?«, seufzte Lady Enid. »Weil sie dich nicht wollte«, gab sie zur Antwort. »Gewiss, es ist schrecklich, so etwas zu hören, Patrick. Aber ich muss ehrlich zu dir sein, wenn du mir vertrauen sollst. Mir ist klar, dass diese Wahrheit dir noch große Schmerzen bereiten wird.«

Als sie die Qual in seinem Gesicht sah, fühlte sie sich einen kurzen Augenblick lang versucht, ihm die wahren Hintergründe seiner Geburt und Adoption mitzuteilen. Letztere allerdings ging auf die Eigenmächtigkeit zurück, mit der Fionas Kindermädchen Molly O'Rourke Lady Enids ursprünglichen Plan, ihn in einem der berüchtigten Pflegehäuser verschwinden zu lassen, hatte scheitern lassen. Da sie ihn aber damit für immer von sich entfremdet hätte, verwarf sie den Gedanken rasch. Die Welt, in der sie lebte, kannte keine Kompromisse, und so würde es auch bei ihrem Kampf gegen die Männer, die ihren geliebten Sohn David auf dem Gewissen hatten, keinen Kompromiss geben. Sie mussten und würden zur Rechenschaft gezogen werden. Täglich wartete sie auf die Mitteilung, dass man Kapitän Mort in Ketten gelegt habe. Wenn dieser Schritt erst getan war, konnte man darangehen, die Beteiligung ihres Schwiegersohns an der Schandtat aufzudecken.

Sogar dem Jungen, der jetzt bei ihr in der Bibliothek saß, war in ihrem Plan, Granville zu entmachten, eine Rolle zugedacht. Aber etwas, das sie nicht vorhergesehen hatte, begann ihre unerschütterliche Entschlossenheit aufzuweichen – ganz gegen ihre Absicht fing sie an, Patrick ins Herz zu schließen. Ihr war klar, welche Schmerzen es ihr bereiten würde, wenn er ihr später mit dem gleichen Hass gegenüberträte wie die anderen Mitglieder ihrer Familie. Wenn sie das verhindern wollte, musste sie die elf Jahre zurückliegenden Ereignisse wohl oder übel mit einer barmherzigen Lüge schönen. »Bevor du zur Welt kamst, hat deine Mutter einen Mann kennen gelernt«, begann sie.

»Meinen Vater«, sagte Patrick ruhig, und Enid erkannte am Klang seiner Stimme, dass er viel für ihn empfand. Wahrscheinlich bewunderte er ihn, angestachelt von den papistischen Iren der Familie Duffy, dachte sie, machte sich aber sogleich klar, dass sie auf keinen Fall Michaels Andenken herabsetzen durfte.

»Ja, deinen Vater«, fuhr sie fort. »Aber dann hat sie gemerkt, dass sie ihren Vetter Granville noch mehr liebte. Wenn sie ihn heiraten wollte, konnte sie dich auf keinen Fall behalten. Daher hat sie dich gleich nach der Geburt fortgegeben. Sie wollte dich an einen bösen Ort schicken, wo man kleine Kinder umbringt, aber ich habe heimlich ihre Amme angewiesen, dich stattdessen zu den Angehörigen deines Vaters zu bringen.«

Der Ausdruck der Qual auf Patricks Gesicht beunruhigte Lady Enid zutiefst. In ihm schien eine schreckliche Macht am Werk zu sein. Mit elf Jahren stand er am Rande des Mannesalters, und es war fast unausdenkbar, was geschehen würde, wenn sich eine solche Macht Bahn brach. Aber war nicht der Junge ebenso sehr ein Macintosh wie ein Duffy? Molly O'Rourke war längst dahin, tröstete sich Lady Enid. So gab es keine Möglichkeit, ihre Schilderung zu widerlegen. Je früher sie mit Patrick aus Neusüdwales nach England aufbrach, desto besser. »Es tut mir Leid, dass du in so jungen Jahren erfahren musst«, fügte sie mitfühlend hinzu, »wie deine Mutter zu dir stand, als du zur Welt gekommen bist. Sie war noch jung und wusste nicht wirklich, was sie tat. Sie war so sehr in ihren Vetter verliebt.«

»Ich hasse sie«, stieß Patrick hervor. In seinen Augen glühte ein Feuer, das Lady Enid von ihrer Tochter kannte, ein Hinweis auf die unbarmherzige Härte, ein wohl bekanntes Wesensmerkmal der Familie Macintosh. »Ich geh zu ihr und sag ihr das ins Gesicht.«

»Wenn du das tust«, gab Lady Enid rasch zurück, »wird sie bestimmt sagen, sie habe dich eigentlich gar nicht aus dem Weg haben wollen und immer an dich gedacht. Wahrscheinlich wird sie sogar behaupten, dass sie dich immer noch liebt. Nein ... du würdest nur noch mehr leiden, wenn du zu deiner Mutter gingest, Patrick. Dein Onkel Daniel kann dir sagen, wie ich dich vor Jahren aufgespürt habe, als deine Mutter nicht die geringste Absicht dazu hatte. Ich denke, mein Tun ist überzeugender als alles, was sie dir sagen könnte.«

Patrick wandte sich seiner Großmutter zu und sah sie offen an. Er war noch zu jung und arglos, als dass er ihr Doppelspiel hätte durchschauen können. In ihren Augen sah er lediglich die Sorge um ihn und die Bitte, ihr zu trauen. Er wandte sich ab.

»Möchtest du gern hier bleiben, bis unser Schiff ablegt?«, fragte sie freundlich. »Ich kann meinen Kutscher zu deinem Onkel schicken, damit er weiß, dass es dir gut geht. Er könnte dann aus dem Gasthof gleich alles mitbringen, was du brauchst.«

»Ich möchte lieber nach Hause«, sagte der Junge. »Die machen sich bestimmt schon Sorgen um mich. Wahrscheinlich krieg ich Ärger«, sagte er seufzend und fügte mit einem leichten Aufblitzen seiner Augen hinzu: »Aber wohl keinen besonders großen.«

Sie lächelte. Er durchschaute, was die ihm nahe stehenden Menschen für ihn empfanden, und er hatte diese Intelligenz ebenso von seinem Vater geerbt wie dessen natürlichen Charme.

Unvermittelt fiel ihr ein, dass der Vater des Jungen noch lebte. Sie hatte allen Grund, sich deshalb unbehaglich zu fühlen. Sollte Michael Duffy je erfahren, dass er einen Sohn hatte ... Unwillkürlich überlief sie ein Schauer. Das durfte nie geschehen. Mit einem Mal dauerte es ihr bis zu ihrer Abreise nach England viel zu lange. Patrick musste so schnell wie möglich aus Australien fort. »Meine Kutsche soll dich wieder nach Hause bringen«, sagte sie. »Aber vorher musst du mit mir essen, und dabei unterhalten wir uns darüber, wie aufregend dein Leben in England sein wird. Du wirst Gelegenheit haben, in London alles zu besichtigen, was wichtig ist. Wir gehen in Museen. Das wird dir bestimmt gefallen. Und du wirst auf eine der besten englischen Schulen gehen.«

Auch wenn es so aussah, als hörte Patrick dem munteren Monolog seiner Großmutter zu, nahm er ihre Worte nicht in sich auf, sondern dachte an seine Mutter. Er hasste sie mehr als jeden Menschen auf der Welt und würde sie eines Tages für das bestrafen, was er als den schlimmsten denkbaren Verrat ansah. Lady Enid hingegen sorgte für ihn. Auf eine Weise, die ihm noch nicht klar war, würde sie ihm dazu dienen, später seine Mutter zu bestrafen.

Vom Fenster der Bibliothek aus sah Lady Enid der Kutsche nach, die Patrick ins Erin zurückbrachte. Sie war überzeugt, den Jungen auf ihre Seite gebracht zu haben. Sie waren einander in einem Bündnis des Verrats verbunden. Er wollte sich an seiner Mutter rächen, weil sie ihn hatte verschwinden lassen wollen, und sie sich an ihrer Tochter, weil sie gemeinsame Sache mit dem Mann gemacht hatte, der am Mordkomplott gegen ihren geliebten David beteiligt war.

Sie wandte sich vom Fenster ab. Als ihr Blick auf die Speere und Bumerangs an der Bibliothekswand fiel, erfasste sie Angst wegen der Dinge, die sie dem Jungen dort gesagt hatte. Zum einen musste sie damit rechnen, dass ihre Lügen im Laufe der Jahre ans Licht kommen würden, zum anderen überlief sie unwillkürlich ein Schauder bei der Vorstellung, sie und die Duffys könnten auf die eine oder andere Weise tatsächlich unter einem Fluch der Ureinwohner leben.

Endlich war Dorothy mit ihrer Tante Penelope allein. Das entsprach Penelopes Absicht, weshalb sie Fiona vorgeschlagen hatte, das Kindermädchen solle ruhig die beiden Töchter zu ihr bringen, während Fiona ihre Besorgungen in Sydney machte. Später könne sie dann ebenfalls zum Nachmittagstee kommen.

Dieser Vorschlag hatte Fiona zugesagt. Sie fühlte sich immer sonderbar befreit, wenn Granville außerhalb Sydneys zu tun hatte, was häufig der Fall war. Dieses Gefühl, frei zu sein, weckte in ihr jedes Mal den Wunsch, Einkäufe zu machen, und davon ganz abgesehen, gab ihr Penelopes Vorschlag die Gelegenheit, ihren Ausflug in die Stadt mit einem angenehmen Teenachmittag im Haus der Schwägerin abzuschließen.

Dorothy stand vor Penelope. Der ernsthafte Ausdruck auf dem Gesicht ihrer Tante zeigten, dass sie mit ihr über Erwachsenendinge reden wollte. Mit den Worten »Setz dich zu mir« wies Penelope auf das große Sofa in ihrem Salon. »Wir wollen uns ein bisschen unterhalten.«

»Möchtest du auch mit Helen sprechen?«, fragte Dorothy, während sie neben der Tante Platz nahm.

»Nein, mein Schatz«, sagte Penelope und strich der Nichte über das lange Haar. »Deine Schwester kann anschließend zu uns kommen.«

Dorothy sah mit großen ernsthaften Augen zu ihr empor. Sie hätte lieber Helen bei sich gehabt, doch Penelope hatte dafür gesorgt, dass ihre jüngere Schwester der Köchin bei der Zubereitung des Gebäcks für den Nachmittagstee half. Sie hatte sich in Dorothys Alter in einem sehr ähnlichen Zustand wie ihre Lieblingsnichte befunden, und da ihr schrecklicher Verdacht sie nicht losließ, hatte sie sie zu einem Gespräch in den Salon gelockt. Seit ihr die kaum spürbaren Veränderungen an dem Mädchen aufgefallen waren, hatte sie sich verzweifelt einzureden versucht, die Sache könne unmöglich noch einmal von vorne beginnen.

Mit geduldig im Schoß gefalteten Händen wartete Dorothy, bis ihre Tante zu sprechen begann. »Mein Liebling«, sagte Penelope freundlich. »Macht dein Papa Sachen mit dir, die dir Angst einjagen?«

Bei dem gequälten Ausdruck, der sich sogleich auf Dorothys Züge legte, kam es Penelope vor, als hätte man ihr ein heißes Messer in den Unterleib gestoßen. »Nein, Tante Penny«, gab das Kind mit gequetschter und ängstlicher Stimme zurück. »Keine Spiele …« Sie zögerte und verstummte angstvoll. Fast hätte sie ausgeplaudert, was ihr der Vater zu sagen verboten hatte.

»Keine Spiele«, fragte Penelope ruhig, »die dir große Angst machen?« Dorothy sah sie mit weit aufgerissenen Augen an. Ihre Unterlippe zitterte, jeden Augenblick konnte das Kind in Tränen ausbrechen. Penelope spürte, wie das Messer in ihrem Inneren umgedreht wurde. Eine kochende Wut stieg in ihr empor. Da hatte ihr Bruder doch tatsächlich wieder ein Opfer für sein verruchtes Treiben gefunden.

»Mehr kann ich dir nicht sagen, Tante Penny«, brachte Dorothy, den Blick auf ihre im Schoß gefalteten Hände gerichtet, kaum hörbar heraus. »Papa hat gesagt, er bestraft mich, wenn ich was darüber sage …« Dicke Tränen liefen der Kleinen über das Gesicht, und Schluchzen erschütterte ihren Körper. »Er hat gesagt, er würde mich wegschicken, wenn ich jemandem was davon erzähle, und ich würde Helen oder Mama nie wieder sehen.«

Penelope zog ihre Nichte tröstend an sich. »Still, Schätzchen«, sagte sie leise, während das Kind immer unbeherrschter schluchzte. »Tante Penny sagt keinem, was dein Papa tut. Tante Penny weiß, was du erleidest, und ich versprech dir, dass dein Papa das nie wieder mit dir spielt.«

Die tröstenden Worte legten sich gleich einem schützenden Umhang um Dorothy. Niemandem auf der Welt hätte sie etwas über das Geheimnis ihres Vaters sagen können – außer Tante Penny. Nicht einmal der Mutter. Aber Tante Penny war lieb und gütig, sie war anders.

Lange drückte Penelope ihre Nichte an die Brust. Ihre Wut wuchs ins Unermessliche. Das wird er büßen, dachte sie mit wilder Entschlossenheit. Nicht nur, weil er das seiner eigenen Tochter angetan hatte, sondern auch, weil sie selbst nach wie vor ihrer verlorenen Kindheit nachweinte. Es genügte nicht, ihrem Bruder Fiona fortzunehmen. Zur Strafe für sein tückisches Verhalten musste sie mehr tun, viel mehr – bevor er starb und zur Hölle fuhr.

Als sich Dorothy ausgeweint hatte, brachte Penelope die Kleine in ihr Schlafzimmer und legte sie aufs Bett. Sie strich ihr sacht über das Haar, bis sie einschlief. Dann erhob sie sich und ging nach unten in die Küche. Ihrer festen Überzeugung nach musste noch jemand von den Untaten ihres Bruders wissen – und das Stillschweigen dieses Menschen hatte zu der entsetzlichen Angst beigetragen, unter der das Kind litt.

In der Küche saßen die Köchin, Helen und Miss Pitcher am

Tisch, kneteten den Teig für das Gebäck und lachten dabei. Mehlspuren zogen sich durch Helens Gesicht.

»Ich würde gern mit Ihnen sprechen, Miss Pitcher«, sagte Penelope. »Unter vier Augen.«

Das Kindermädchen sah sie mit düsterer Miene an. »Gewiss«, sagte Miss Pitcher furchtsam, stand auf und folgte ihr in den Salon.

Penelope schloss die Tür und wandte sich dem finster dreinblickenden Kindermädchen zu. Als Gertrude den sonderbar harten Ausdruck auf dem Gesicht der Baronin erkannte, verwandelte sich ihre Furchtsamkeit in nackte Angst.

»Ich muss mit Ihnen über eine schwerwiegende Angelegenheit sprechen«, sagte Penelope, wobei in ihren blauen Augen kaltes Feuer aufblitzte. »Es handelt sich um meine Nichte Dorothy.«

»Ich weiß nicht, worum es dabei gehen könnte«, gab Gertrude zurück und versuchte, ihre aufsteigende Angst zu vertuschen. Sollte die verdammte Göre trotz der Drohungen ihres Vaters geredet haben?

»Dorothy hat mir alles gesagt, auch, dass Sie über die Vorfälle informiert sind«, log Penelope. Sie beobachtete Gertrude aufmerksam. Miss Pitcher stockte der Atem, und der gehetzte Blick in ihren Augen zeigte Penelope, dass sie richtig geraten hatte. Die Frau war über alles im Bilde und hatte dennoch nichts dagegen unternommen. Sie konnte sich schon denken, auf welche Weise er sie dazu gebracht hatte, zu schweigen. »Wie viel hat er Ihnen gezahlt?«, fragte sie, ohne der Frau Gelegenheit zu geben, ihre Gedanken zu sammeln. »Ich habe gefragt, wie viel?«

»Es war nicht das Geld«, flüsterte Miss Pitcher, den Blick auf den Parkettboden gesenkt.

»Also Drohungen«, fuhr Penelope schroff fort. »Hat mein Bruder Ihnen Gewalt angedroht?« Das Kindermädchen nickte. Sie öffnete den Mund, als wolle sie etwas sagen, aber es kamen keine Worte heraus. Stattdessen stand sie steif da und sah gequält zu Boden. Mit Einfühlsamkeit, das merkte Penelope rasch, würde sie mehr erreichen. »Setzen Sie sich doch,

Miss Pitcher«, sagte sie freundlich. Verwirrt nahm Gertrude auf einem der aus Frankreich importierten Stühle Platz. »Niemand wird von mir etwas über Ihre Beteiligung am schändlichen Treiben meines Bruders erfahren«, fuhr Penelope fort. »Vorausgesetzt, Sie tun genau, was ich Ihnen sage.«

»Ich fürchte, Mister White wird merken, dass ich Ihnen etwas darüber gesagt habe, Ma'am«, sagte Miss Pitcher und zitterte. »Ich habe große Angst vor ihm, denn er ist ein entsetzlicher Mann.«

»Das ist er«, stimmte Penelope zu. »Aber falls Sie sich nicht nach meinen Worten richten, haben Sie mehr Grund, vor mir Angst zu haben. Das sollten Sie mir glauben«, fügte sie hinzu und fasste die verängstigte Frau fest ins Auge.

»Was wollen Sie von mir?«, fragte das Kindermädchen matt. Sie hatte sich damit abgefunden, die Wünsche der Baronin zu erfüllen, zumal sie spürte, dass sie gefährlicher und tückischer war als ihr verkommener Bruder. Gertrude hatte nur wenig Achtung vor Männern und war eigentlich froh, nicht länger das unzüchtige Treiben ihres Arbeitgebers decken zu müssen. Sie hatte versucht, so zu tun, als wäre nichts geschehen, aber es hatte sie jedes Mal mitgenommen, wenn sie sah, wie sehr die Kleine nach ihren Besuchen in der Bibliothek litt. Unter den gegebenen Umständen würde sie es unter dem Dach der Familie White nicht mehr lange aushalten.

»Sie werden alles schriftlich niederlegen, was Sie wissen«, sagte Penelope. »Diesen Bericht nehme ich an mich. Außerdem werden Sie kündigen, ohne Mrs. White Gründe dafür anzugeben. Sie werden lediglich sagen, dass man Ihnen eine bessere Stelle angeboten hat. Auf keinen Fall darf Mrs. White erfahren, was ihr Mann der Kleinen angetan hat. Haben Sie mich soweit verstanden?«

Miss Pitcher nickte leicht. »Gut!«, sagte Penelope. »Wenn Sie alles so erledigt haben, wie ich es gesagt habe, werden Sie an einer Stelle Dienst nehmen, wo ich die Möglichkeit habe, mit Ihnen Kontakt aufzunehmen, sofern ich eine Bestätigung der Schandtaten meines Bruders von Ihnen brauche. Sehen Sie mich nicht so ängstlich an. Ihnen passiert nichts. Mein Bruder wird nicht erfahren, wo Sie sich aufhalten. Ich kenne zufällig eine Familie, die ein Kindermädchen sucht. Vermutlich haben Sie sich, abgesehen von diesem einen Versagen in Ihren Pflichten, in vorbildlicher Weise um die beiden Ihnen anvertrauten Mädchen gekümmert.«

Penelope sah, dass der strengen Frau Tränen in die Augen traten. Als sie laut schniefend den Kopf senkte, hätte Penelope fast ein gewisses Mitleid angesichts ihres offensichtlichen Kummers empfunden. Geld und Granvilles Drohungen hatten das Kindermädchen weit gebracht.

»Baronin, ich ...« Miss Pitcher wusste nicht, wie sie Penelope für die Nachsicht danken sollte, die sie trotz der Schwere ihres Vergehens an den Tag legte.

Angewidert kehrte ihr Penelope den Rücken und trat an ein Fenster, aus dem der Blick auf den Rasen fiel. Da es nach wie vor regnete, würde sie den Nachmittagstee mit Fiona in ihrem Salon einnehmen müssen. Sonderbar, wie ein Raum in seinen Wänden so viele Empfindungen zu fassen vermag, ging es Penelope durch den Kopf, während sie in den Regen hinaussah. Ihrer Kusine gegenüber würde sie sich munter geben müssen. Auf keinen Fall durfte Fiona auch nur das Geringste von dem ahnen, was sie im Laufe des Tages in Erfahrung gebracht hatte.

Als sie sich vom Fenster abwandte, stand das Kindermädchen nach wie vor bedrückt da. »Sie können jetzt gehen, Miss Pitcher«, sagte Penelope knapp. »Ich möchte Ihren ausführlichen Bericht in der Hand haben, bevor Sie heute Abend den Dienst bei Mrs. White aufgeben. Sie können ihn in der Bibliothek meines Mannes abfassen. Feder und Papier liegen auf dem Tisch bereit. Das ist alles.«

Miss Pitcher murmelte ihren Dank und verließ den Raum, sichtlich vom Gewicht ihrer Schuld bedrückt. Penelope sah wieder hinaus in den Regen. Sie zitterte am ganzen Leib. Es war leicht, eine Drohung auszusprechen, aber etwas anderes, sie auszuführen.

34

Pastor Otto Werner und seine Frau Caroline hatten sich in der Wildnis verirrt. Sie erschien ihnen ebenso trostlos wie die Landstriche, die Mose beim Auszug der Kinder Israel aus Ägypten durchquert hatte. Otto Werner war ein Mann von Ende dreißig mit kantigen Gesichtszügen, den so leicht nichts aus der Ruhe bringen konnte. Er trug einen schwarzen Anzug und ein ehemals weißes Hemd, das von Staub und Schweiß eine rötliche Farbe angenommen hatte. Der buschige schwarze Bart reichte ihm bis auf die Brust. An der Seite dieses Hünen wirkte seine blonde Frau noch zierlicher. Gemeinsam war diesem sonderbaren Paar der glühende Eifer, Gottes Wort nicht nur der eindrucksvoll großen Zahl deutscher Siedler und Goldsucher im Norden Queenslands zu verkünden, sondern auch den Söhnen Hams.

Schon kurz nach Verlassen des Schiffs, mit dem sie von Hamburg aus gekommen waren, hatten sie ein Pferd mit einem leichten zweirädrigen Wagen gekauft und sich mit Vorräten und einer großen Kiste voller Bibeln in englischer und deutscher Sprache zu einem deutschen Viehzüchter aufgemacht. Dieser, ein frommer Lutheraner, hatte sich bereit erklärt, ihnen ein Stück Land für die Errichtung einer Missionsstation zur Verfügung zu stellen.

In ihrer Unwissenheit hatten die frisch aus Europa eingetroffenen Neulinge angenommen, es gebe auf diesem ungeheuren Kontinent voll dürrer Landstriche markante Stellen, an denen man sich orientieren konnte. Auf der nur sehr ungenauen Karte, die sie in Cooktown erworben hatten, waren nicht einmal die Entfernungen zwischen den nur ungefähr eingezeichneten Wasserläufen und Bergen angegeben. Das aber merkten sie erst, als ihre Vorräte schwanden und sie die Orientierung bereits verloren hatten. Unversehens hatten sie bei ihrem einsamen Zug nach Südwesten auf einer allein vom Horizont begrenzten Ebene einen Punkt erreicht, an dem es kein Zurück mehr gab. Doch war Verzweiflung für Otto ein Fremdwort. In allen Widrigkeiten sah er Prüfungen, die ihm Gott auferlegte, um die Kraft seines Glaubens auf die Probe zu stellen.

Als der lutherische Geistliche auf einen verwundeten Ureinwohner stieß, der sich stockend auf Englisch verständigen konnte, war das ein Wink Gottes. Seine Frau allerdings hielt es für alles andere als gottgefällig, dass die ersten Worte des wild dreinblickenden Heiden eine Bitte um Tabak waren.

Die schon ziemlich mitgenommene, in Leder gebundene Bibel in der Hand, kniete Otto neben Wallarie nieder. »Gott meiner Väter«, begann er mit laut hallender Stimme. »Ich danke dir, dass du uns deinen Boten gesandt hast, der uns aus dieser Wildnis hinausführen wird.«

Caroline sah aus dem Augenwinkel auf ihren Mann. Sie war lebenstüchtiger als er und fragte sich, wie ihnen dieser schwer verwundete Eingeborene helfen sollte, Herrn Schmidts Anwesen zu finden. »Und jetzt, Herr, lenke meine Hand, damit ich den Leib dieses armen Heiden heilen und seine Seele vor der ewigen Verdammnis erretten kann.«

Wallarie lauschte den sonderbar klingenden Worten. Ob dieser Mann eine Art Zauberer war? Trotz seiner Schwäche suchte er ihn mit Blicken aufmerksam nach Waffen ab. Als er weder eine Pistole noch ein Gewehr entdecken konnte, begann er zu glauben, dass der sonderbare Mann in Schwarz wirklich nichts Böses im Schilde führte.

»Frau«, trug Otto Caroline auf, »hol die Medizinkiste vom Wagen.« Während sie das tat, untersuchte er die stark entzündete Schusswunde, die heftig angeschwollen war, sich heiß anfühlte und pochte.

Caroline kehrte mit einer kleinen Holzkiste zurück und kniete sich neben ihren Mann. »Sei vorsichtig«, sagte sie leise. »Er ist bewaffnet.«

Otto warf einen verächtlichen Blick auf die Speere und Kriegskeulen, die neben Wallarie lagen. »Wenn ich ihm nicht helfe, stirbt er«, gab er zur Antwort. »Ich muss unbedingt die Kugel herausholen. Vermutlich steckt sie im Muskel.« Er entnahm der Kiste ein Skalpell und eine Zange. Das Jahr an der medizinischen Fakultät von Heidelberg war nicht vergeblich gewesen. »Das wird dir weh tun, mein Freund«, sagte er auf Englisch. »Aber ich werde versuchen, so vorsichtig wie möglich zu sein. Verstehst du mich?«

»Ja«, sagte Wallarie mit rauer Stimme und versuchte zu lächeln. Ihm war klar, was der Mann vorhatte. Er hatte Tom einmal geholfen, ihm Schrotkugeln aus dem Rücken zu holen, als sich ein Siedler ihrem Versuch widersetzt hatte, sein Pferd zu stehlen. Die Zauberkraft der Kugeln nahm immer mehr zu, je länger sie im Körper blieben. »Kräftig schneiden.«

Otto nickte und führte einen Schnitt. Sogleich entströmte der Wunde gelb-grüner Eiter, auf den dunkles Blut folgte. Der Schmerz, den Wallarie spürte, war noch stärker als beim Eindringen der Kugel in sein Fleisch. Er wollte aufspringen, doch ein mächtiger Fausthieb des Gottesmannes fällte ihn und er war während des restlichen Eingriffs bewusstlos.

Stöhnend und schwitzend tastete Otto nach der Kugel, während seine Frau, der beim Anblick der offenen Wunde alles Blut aus dem Gesicht gewichen war, ihm die Zange hinhielt. Otto ergriff das Projektil, das fest im Muskel saß, holte kurz Luft und zog es heraus. In diesem Augenblick erlangte Wallarie das Bewusstsein wieder und sah undeutlich ein bärtiges Gesicht, das ihm entgegenlächelte. Otto hielt ihm die verformte Kugel vor die Augen. »Ich denke, er wird es überleben«, sagte er zu seiner Frau. »Ich habe gelesen, dass diese Menschen eine wahre Pferdenatur haben.«

Missbilligend verzog Caroline das Gesicht. Sie konnte nicht verstehen, warum sie sich die Mühe machten, einem heidnischen Ureinwohner zu helfen, wo sie selbst dem Tode so verzweifelt nahe waren. Ihr Wasservorrat reichte nur noch für einen einzigen Tag.

Das Missionars-Ehepaar schlug das Lager in geringer Entfernung von der Stelle auf, an der Wallarie im Schatten eines kleinen Gebüschs lag. Otto hatte die Wunde inzwischen verbunden. Zwar war Wallarie zusammengezuckt, als er sie mit einem starken Mittel desinfizierte, doch war ihm klar, dass der sonderbare Mann einen Zauber ähnlich dem des kräftigen Iren Patrick Duffy besaß, der ihm vor vielen Jahren geholfen hatte, als Mort bei der Vertreibung von Glen View auf ihn gefeuert hatte. Ottos raue Worte wirkten in der gleichen beruhigenden Weise auf ihn wie damals die des irischen Fuhrmanns.

»Ich gebe ihm ein wenig Wasser«, sagte Otto zu seiner Frau, die das Pferd ausschirrte. »Er braucht es unbedingt, wenn er die Nacht überleben soll.«

Caroline biss sich auf die Lippe. Es handelte sich dabei um den letzten Rest ihres Wasservorrats. Otto war ein guter Mensch, dessen Glaube an Gott sehr selten enttäuscht wurde, und sie betete stumm, er möge auch diesmal Recht behalten. Andernfalls wären sie in wenigen Tagen tot.

Er beugte sich über Wallarie und setzte ihn auf, damit er das Wasser aus der Feldflasche trinken konnte. Anschließend legte er Wallarie wieder hin, damit er schlafen konnte. Der Blutverlust hatte ihn geschwächt, und er fieberte.

Als sich Otto überzeugt hatte, dass sein Patient fest schlief, stand er auf und kehrte zur Lagerstelle zurück, wo ein geschwärzter Kaffeekessel über einem kleinen Feuer dampfte. Caroline goss ihm eine Tasse ein und reichte sie ihm. »Wir haben nur noch Wasser für eine Kanne Kaffee«, sagte sie ruhig. »Uns bleibt nicht einmal genug, um morgen das Pferd zu tränken.«

Otto hockte sich ans Feuer und sah zur Sonne hinüber, die unter den ebenen Horizont glitt. »Ist dir schon aufgefallen, wie schön die Sonnenuntergänge in diesem Land sind?«, fragte er, als hätte er die in leicht vorwurfsvollem Ton gemachte Mitteilung seiner Frau nicht gehört. »So muss es gewesen sein, als Gott die Erde erschaffen hat.« Ohne etwas dazu zu sagen, fuhr sie mit ihren Vorbereitungen für das Abendessen fort. »In Berlin«, sagte er, »würden wir jetzt vor Kälte zittern und darum beten, dass der Sommer mit seiner Wärme kommt.«

»Stattdessen sterben wir an der entsetzlichen Hitze hier«, erwiderte Caroline voll Bitterkeit. »Und an der fürchterlichen Fliegenplage.«

»Ich hatte schon geglaubt, es hätte dir die Sprache verschlagen«, sagte Otto leicht belustigt. »Ich hatte gefürchtet, deine Zunge wäre verdorrt und dir aus dem Mund gefallen.«

Caroline hob den Blick von ihrer Arbeit und sah in die dunklen Augen ihres Mannes, die sie spöttisch musterten. Ein Lächeln trat auf ihre Züge. »Ich bin wohl im Glauben nicht so fest wie du. Ich fürchte …« Sie suchte nach Worten, mit denen sie ihre große Sorge ausdrücken konnte.

»Was?«, fragte er freundlich.

»Nichts«, sagte sie und beschäftigte sich weiter mit ihrer Arbeit.

»Dass wir hier draußen in Gottes Wildnis umkommen könnten?«, beendete er ihren Satz. Sie sah ihn mit tränenumflortem Blick an. Er erkannte ihre Furcht und legte die Arme um sie. Sie hätte am liebsten geweint, doch unterdrückte sie das, weil sie ihm damit nur das Herz schwer gemacht hätte. Ihre stille Kraft hatte ihn immer wieder aufgerichtet, seit er das Amt eines lutherischen Geistlichen angetreten hatte. Wenn sie jetzt weinte, würde das seine Zuversicht schwächen. »Gott findet bestimmt ein Mittel, um für uns zu sorgen«, sagte er und hielt sie zärtlich in den Armen. »So, wie er das beim Auszug der Kinder Israel ins gelobte Land getan hat. So, wie er es tut, wenn er uns hier die kühlen Abende bringt, um die fürchterliche Hitze des Tages von uns zu nehmen. Und jetzt hat er uns den Ureinwohner als dunklen Engel geschickt, der uns zu Schmidts Anwesen führen wird. Ich bin sicher, dass uns der Herr bei unserer Aufgabe, diesem neuen Land das Licht zu bringen, stets zur Seite stehen wird.«

Caroline schob ihn ein wenig von sich. »Du hast Recht, Otto«, sagte sie mit dem Anflug eines Lächelns. »Gott hat uns nicht verlassen.«

»Du wirst es sehen«, sagte er strahlend. »Sein Wille geschehe.«

Sie löste sich aus seinen Armen und machte sich daran, die Teller zu füllen.

Auf dem Rücken liegend betrachtete Caroline in jener Nacht den südlichen Sternenhimmel, der sich über ihr spannte. Neben ihr schnarchte Otto lautstark. Sie vermochte die Zuversicht ihres Mannes nicht zu teilen, dass der Herr alles zum Besten wenden würde, und fragte sich, welch grausamer Humor Gott dazu gebracht haben könnte, ihnen einen schwer verwundeten Heiden zu schicken, der an nichts anderes denken konnte als an Tabak und ihren letzten Rest Wasser trank.

Sie sehnte sich nach weißen Schneefeldern und dem kräftigen Geruch von Deutschlands dunklen Wäldern. Australien mit seinen hässlichen, unwirtlichen Landschaften voll grauen Buschlands und trockener roter Erde war ihr entsetzlich fremd. Doch als sie den Blick zur schimmernden Milchstraße hob, fiel ihr das Kreuz des Südens in die Augen, und ein sonderbarer Friede kam über sie, als sehe sie Gottes Zeichen der Hoffnung zum ersten Mal. Wenn der schwarze Heide überlebte und Ottos unerschütterlicher Glaube an Gott seinen Lohn fand, würden sie die Möglichkeit haben, den Auftrag ihres Mannes auszuführen.

In geringer Entfernung regte sich Wallarie in seinem Fieberschlaf. Eine Stimme rief ihn von außerhalb der Welt der Lebenden. Es war die Stimme Tom Duffys, der ihn aufforderte, in die dunklen Wälder der gefürchteten Krieger des Nordens zurückzukehren.

Stöhnend begehrte Wallarie auf und teilte dem Geist Tom Duffys mit, das sei unmöglich, denn er habe nicht die Kraft dazu. Außerdem drohte ihm auf dem Weg dorthin Gefahr für sein Leben durch bewaffnete Goldsucher. Hatte er nicht bereits ihre Kugeln zu spüren bekommen? Doch die Stimme, mit der ihn Tom rief, gehörte dem Geist des Weißen Kriegers. Sie gebot Wallarie, so bald wie möglich aufzubrechen und nach Norden zu ziehen, denn dort stehe ein bedeutendes Ereignis bevor, das den Rachedurst des Nerambura-Kriegers stillen würde.

Als die Sonne über der Ebene aufging, war es bereits so heiß, dass der Erdboden unter den Füßen zu glühen schien, Wallarie lag nach wie vor in seiner Fieberwelt. Mit besorgt gerunzelter Stirn sah Caroline ihrem Mann zu, während er Wallarie den Verband wechselte. »Ich fürchte, es ist Gottes Wille, dass der Heide diese Erde verlässt«, sagte sie über Ottos Schulter hinweg. »Ich habe nicht den Eindruck, als hätte sich sein Zustand gebessert.«

»Er schläft«, gab Otto zurück. »Das ist ein gutes Zeichen. Von diesen Menschen heißt es, dass sie Verwundungen überstehen können, die für die meisten Europäer den sicheren Tod bedeuten würden.«

Sie ging zu ihrem Pferd hinüber. Es ließ den Kopf hängen und schien ihre Gegenwart nicht einmal zu bemerken. »Ich nehme an, das Tier wird den Tag ohne Wasser nicht überstehen«, sagte sie, als Otto zu ihr trat. »Wir haben nur noch einen Becher voll, und wenn man uns nicht schon bald findet, werden wir das gleiche Schicksal erleiden wie der Heide.«

Otto richtete den Blick auf die Ebene, auf der die dürren Baumstämme in der flirrenden Hitze über dem Erdboden zu tanzen schienen. Ihm war klar, dass der Gott des Alten Testaments die Festigkeit seines Glaubens auf die Probe stellte. »Gott hat uns den Schwarzen geschickt«, sagte er schlicht. »Er wird uns retten.«

»Gott hilft denen, die sich selbst helfen«, gab seine Frau zurück. In ihrer Stimme schwang Ungeduld gegenüber der idealistischen Zuversicht ihres Mannes mit. »Ich denke, wir sollten versuchen, weiter nach Westen zu ziehen. Dort stoßen wir bestimmt bald auf einen Fluss oder einen Bach.«

»Das geht nicht«, gab Otto ruhig zur Antwort. »Wenn wir ohne Wasservorrat weiterziehen, würde das mit Sicherheit unser Pferd und höchstwahrscheinlich auch uns das Leben kosten.«

Ärgerlich schüttelte Caroline den Kopf. Sie konnte Untätigkeit nicht ertragen. »Also bleiben wir und warten darauf, dass uns die Vorsehung hilft«, sagte sie mit bitterem Lächeln. »Aber solange du bereit bist, Gottes Willen zu tun«, fügte sie hinzu, »bin ich es ebenfalls.«

Otto warf einen Blick auf seine Frau und begriff, warum er das einst so lebensfrohe junge Mädchen mit den goldenen Haaren so lieb gewonnen hatte. Es schien sonderbar, dass sich ein Mann wie er, der sich dem Dienst an Gott verschrieben hatte, an dies flatterhafte Luxusgeschöpf aus der besseren Gesellschaft Brandenburgs verloren hatte. Sie hatte ihre Welt des Wohllebens und der rauschenden Bälle aufgegeben, um sein anspruchsloses Leben zu teilen, und sah jetzt in einem unwirtlichen Land Tausende von Kilometern von der Heimat entfernt dem Tod ins Auge. Aus dem lebensfrohen jungen Mädchen war eine reife Frau geworden, mit mehr Mut als er selbst, gestand er sich ein. »Richte dein Vertrauen auf Gott«, sagte er sanft und nahm die Hand seiner schönen Frau. »Er liebt uns, und ich liebe dich.«

Caroline spürte, wie ihr die Tränen in die Augen stiegen. Otto kleidete seine Liebe nicht oft in Worte. Wenn er nicht gerade vor der Gemeinde predigte, war er eher wortkarg. Er unterschied sich so sehr von allen Männern, denen sie je begegnet war: Er war still, stark und klug, ein Mann, dessen Ausstrahlung ihm ihrer festen Überzeugung nach auch Erfolg in der Politik oder dem Geschäftsleben gesichert hätte. »Ich vertraue auf dich, Otto«, sagte sie, während sie ihm ihre Hand überließ. Von Gott sprach sie nicht.

Sie verbrachten den Tag im Schatten des leichten Wagens. Otto las in der Bibel, während sich Caroline mit Näharbeiten beschäftigte. Nur dann und wann unterbrach der Schrei eines Adlers oder der ferne Ruf einer Krähe die dröhnende Stille des Tages.

Bei Sonnenuntergang legte sich das Pferd hin und wollte nicht wieder aufstehen. Der Tod war nahe. Bedrückt sah Otto zu Wallarie hinüber, der sich den ganzen Tag nicht geregt hatte. Sollte Gott sie verlassen haben? War er wirklich der hoffnungslose Träumer, als den ihn Carolines Vater einst hingestellt hatte?

Wieder kam die Nacht und hüllte sie in ihren mit winzigen weißen Lichtern besetzten Umhang. Otto hielt seine Frau in den Armen und machte sich Vorwürfe, weil er sie einem qualvollen langsamen Tod durch Verdursten ausgesetzt hatte.

Sie war schwach, ihre Haut fühlte sich heiß und trocken an, aber aus ihrem Mund war kein Laut der Klage gekommen. Ihm war klar, dass es ihr einziger Wunsch war, etwas zu trinken. Sie hatte sich in eine Welt zurückgezogen, in der sie Bilder von eiskalten Wasserfällen und munter plätschernden Bächen vor sich sah. Auch er empfand den Durst, wollte aber um ihretwillen stark bleiben. Wenn es zum Schlimmsten kam, würde er das Pferd von seinem Elend erlösen, dann konnten sie dessen Blut trinken. Er wollte nicht an diese Möglichkeit denken, aber eine andere blieb ihnen nicht.

Er fiel in einen unruhigen Schlaf. Als er am Morgen erwachte, sah er mit wässrigen Augen zu dem Busch, unter dem der Schwarze lag. Er war verschwunden! Otto fuhr hoch, mit einem Mal vollständig wach, und ließ den Blick über die Ebene gleiten. Von dem Ureinwohner war nichts zu sehen.

Neben ihm regte sich Caroline. »Was gibt es?«, fragte sie und rieb sich die Augen. »Du wirkst so aufgeregt.«

»Er ist verschwunden«, sagte Otto mit einer Stimme, in der Verwunderung lag. »Er muss während der Nacht aufgebrochen sein.«

Caroline setzte sich auf und versuchte, den langen Rock glatt zu streichen, eine angesichts ihrer Situation sonderbar unpassende weibliche Geste. »Es war Gottes Wille«, sagte sie mit hohler Stimme. »Er ist ein Kind dieses Landes, und wir durften nicht erwarten, dass er unsere Not begreift.«

Otto nickte und sah mit stumpfen Augen auf die Feuerkugel, die sich am östlichen Horizont erhob. In all den Tagen ihres Zuges nach Südwesten hatten sie keinen Europäer gesehen. Wie lange würde es dauern, bis man ihre Knochen fand, um ihnen ein christliches Begräbnis zu bereiten?

Er richtete sich mühevoll auf und ging mit unsicheren Schritten auf das Pferd zu, das auf der Seite liegend unregelmäßig atmete. Dann hielt er inne. Eine Gestalt, nicht größer als ein Punkt, bewegte sich auf der Ebene. Er hielt sich die Hand über die Augen und spähte in ihre Richtung. Allmählich wurde aus dem Punkt ein Mensch. »Caroline!« rief er. »Er kommt zurück.«

Wenige Minuten später stand Wallarie mit breitem Lächeln vor den beiden. Feldflaschen voller Wasser hingen ihm von der Schulter. »Ich Wasser holen«, sagte er schlicht. »Ihr trinken.«

Schon nach einem halben Tag erreichten Wallarie und das Ehepaar Werner die winzige Rindenhütte, die Otto als Schmidts Bauernhof bezeichnet hatte. Sie hatten sich lediglich einen halben Tag von dem Bach entfernt befunden, in dem das Leben spendende schlammige Wasser floss. Als Wallarie mit den Feldflaschen der Werners aufgebrochen war, brauchte er nur den Spuren zu folgen, die auf die Ansiedlung des Weißen hinwiesen: schwache Abdrücke von Pferde- und Rinderhufen sowie von festen Schuhen.

Der leichte Wagen fuhr auf die staubbedeckte Lichtung, die als Hoffläche diente. Neben der aus einem Raum bestehenden Hütte sah man die Reste der von den Termiten längst zerstörten Einfriedung für das Vieh. Über dem Ganzen lag eine unheimliche Stille, und die Haustür schlug in den Angeln, als sich eine leichte Brise erhob. Otto und Caroline Werner betrachteten von ihrem Wagen herab die verlassene Anlage.

»Das kann es nicht sein«, sagte Caroline schließlich. »Hier lebt schon lange niemand mehr.« Otto sprang hinab und eilte mit langen Schritten auf die Hütte zu. Wallarie hielt sich im Hintergrund. Ihm war unbehaglich zumute, und unruhig hielt er seine Speere in der Hand. An diesem Ort gab es Geister.

Der Missionar verschwand in der Hütte und kehrte schon bald mit einem Buch in der Hand zurück. Mit den Worten: »Das ist Herrn Schmidts Bibel«, hielt er es hoch. »Allerdings sieht es ganz so aus, als wäre er schon eine Weile nicht hier gewesen.«

»Glaubst du, ihm könnte etwas zugestoßen sein?«, fragte Caroline, während er ihr vom Wagen herunterhalf.

»Möglich«, gab er stirnrunzelnd zurück. »Vielleicht aber hält er sich auch nur eine Weile woanders auf.«

»Dann hätte er bestimmt nicht seine Bibel hier gelassen«, sagte Caroline ruhig.

»Da hast du Recht«, nickte er bestätigend.

Während Wallarie zuhörte, wie sich die beiden in einer Sprache unterhielten, die er nicht verstand, ließ er auf der Suche nach verräterischen Hinweisen seine scharfen Augen schweifen. Doch was es an Spuren gegeben haben mochte, war längst verschwunden. Offensichtlich hatte der Tod dort, wo sie sich befanden, Ernte gehalten. Er erkannte die tiefe Sorge auf den Gesichtern der beiden Weißen. »Er weg«, sagte er.

Otto und Caroline wandten sich ihm zu. »Was soll das heißen?«, fragte Otto. »Was meinst du mit ›weg‹?«

Achselzuckend hockte sich Wallarie auf den Boden. Was er gesagt hatte, musste dem weißen Mann und seiner Frau genügen. So war es in diesem Lande. »Weg«, wiederholte er und wartete, was als Nächstes geschehen würde.

»Ich weiß nicht, wie du heißt«, sagte Otto zu Wallarie. »Du hast uns das Leben gerettet, und ich kenne nicht einmal deinen Namen.«

Wallarie sah zu dem hünenhaften Mann auf, der über ihm stand. »Danny Boy«, gab er zur Antwort. »Weiße mich Danny Boy nennen.«

Otto lächelte. »Danke, *Herr* Danny Boy«, sagte er. »Wir stehen tief in deiner Schuld. Ich glaube, Gott hat dich uns geschickt, und ich hoffe, du wirst als erstes Mitglied unserer Herde bei uns bleiben.«

Wallarie sah den Mann verständnislos an. Er hatte gelogen, weil er wusste, dass die berittene Eingeborenenpolizei eine Belohnung auf seine Ergreifung ausgesetzt hatte. Von Tom Duffy hatte er viel über die Art gelernt, wie Weiße miteinander umgingen, und der Name Danny Boy war ihm als erster in den Sinn gekommen.

Das Angebot, bei dem freundlichen Weißen und seiner Frau zu bleiben, schien ihm durchaus verlockend. In diesem Teil des Landes dürfte kaum jemand den Nerambura-Krieger Wallarie kennen, und so hätte er unbehelligt bei diesem mächtigen Geist-Mann bleiben können. Die Schusswunde war noch nicht vollständig ausgeheilt und er hatte nach wie vor Schmerzen. Er hätte dem weißen Mann zur Hand gehen können, bis es ihm besser ging, dann würde er weiter in Richtung Norden ziehen, um dem Geist-Krieger zu gehorchen. »Ich nicht bleiben«, gab er schließlich zur Antwort.

Ottos Stirn umwölkte sich. Er hielt Wallarie die Hand hin, um ihm auf die Füße zu helfen, was diesen undeutlich an eine andere Gelegenheit erinnerte, bei der ein weißer Mann seine Hand auf die gleiche Weise genommen hatte. Wie konnte er dem Geist-Mann sagen, dass ihm die Stimme befahl, in die dunklen Wälder der gefürchteten Krieger des Nordens zurückzukehren? Bestimmt hätte er unmöglich verstehen können, dass die Stimmen stärker wurden, jetzt, da seine Wunde heilte.

»Vielleicht ich eines Tages wiederkommen«, sagte er und ließ Ottos Hand los. »Vielleicht ich Euch und weiße Missus helfen.«

»Du wirst uns immer willkommen sein, mein Freund«, sagte Otto betrübt. »Vielleicht hast du woanders einen Auftrag Gottes zu erledigen.«

Wallarie wusste nichts von einem Auftrag Gottes, wohl aber, dass er so rasch wie möglich versuchen musste, die vor Feuchtigkeit dampfenden Wälder des Nordens zu erreichen. Dort wartete eine Aufgabe auf ihn, die ihm die Geister seiner Vorfahren enthüllen würden, sobald ihnen der Zeitpunkt richtig schien.

Die beiden sahen dem hoch gewachsenen Ureinwohner nach, als er davonging, wobei die langen Speere in seiner Hand wippten. Nach einer Weile fiel er in einen federnden Trab. Er spürte den Schmerz der Wunde, aber die Notwendigkeit, seinen Auftrag zu erfüllen, war stärker als alle körperlichen Empfindungen. Noch vor Sonnenuntergang würde er sich weit im Norden des Schmidtschen Anwesens befinden.

Sie sahen ihm nach, bis ihn der Glast verschluckte. Dann wandte sich der Missionar mit einem langen Seufzer um und ließ den Blick über das stumme, einsame Land schweifen, das endlos zu sein schien.

»Hier werden wir unsere Mission einrichten«, sagte er leise. Die in Carolines Gesicht eingegrabenen Linien zeigten ihm, dass sie sich Sorgen machte. »Gott hat uns eine seiner verlorenen Seelen geschickt, damit sie uns hierher führte. Da wird er uns auch jetzt nicht im Stich lassen.«

35

Nachdem alle nötigen Vorbereitungen getroffen waren, brachte man Patrick zu Lady Enid Macintosh. Von Kopf bis Fuß neu eingekleidet, saß er in der Kutsche neben seiner Großmutter und begleitete sie in die Stadt.

Er war sehr schweigsam, und so sprach auch sie nur wenig, abgesehen von einigen formelhaften Wendungen, mit denen sie sich nach seiner Gesundheit erkundigte und ihm mitteilte, wie männlich er in seinem Maßanzug wirke. Seine Antworten waren höflich, aber knapp.

Als sie den Firmensitz der Macintosh-Unternehmen erreicht hatten, folgte Patrick seiner Großmutter ins Innere des Gebäudes. Die düstere Granitfassade und die schweren Massivholztüren beeindruckten ihn zutiefst. Trotz seiner elf Jahre hatte er schon begriffen, welche Macht Geld verleiht. Fremde Menschen gehorchten seiner Großmutter aufs Wort, und sie besaß alles, was man sich auf der Welt nur wünschen konnte, wie beispielsweise all die herrlichen Bücher in der Bibliothek.

»Wir werden jetzt mit einigen wichtigen Männern zusammentreffen«, sagte Enid, während ein Diener in schmucker Livree sie eine breite Marmortreppe emporführte. »Du sagst nichts, bis ich dich dazu auffordere. Sollte dir einer der Herren eine Frage stellen, erwarte ich von dir, dass du dich als der junge Herr aufführst, der du bist.«

Patrick hörte den Anweisungen seiner Großmutter aufmerksam zu und nickte. Sie lächelte flüchtig, dann traten sie durch eine eindrucksvolle Tür, an die der Diener geklopft hatte, bevor er sie öffnete. Patrick folgte Lady Enid voll Neugier.

Schon beim Eintreten in den nur schwach erhellten Raum nahm er den Geruch von Leder und schweren Zigarren wahr. Etwas Bedeutendes ging da vor sich, und es betraf ihn, das spürte er.

»Meine Herren«, sagte McHugh mit gebieterischer Stimme. Man hörte das laute Scharren auf dem Boden, als zehn Männer ihre Sessel von dem riesigen Konferenztisch zurückschoben. »Lady Macintosh«, kündigte er die eintretende Prinzipalin an.

Die Männer nickten, und Lady Enid nahm die ihr angebotene Hand McHughs. Patrick kannte nur einen der Anwesenden, und ein Schauer überlief ihn, als ihn Granville Whites Blick mit unverhülltem Hass traf.

»Lady Macintosh«, sagte McHugh mit Wärme, als er sie zu einem Sessel am Tisch geleitete. »Ihrem Wunsch entsprechend sind alle Gesellschafter und Vorstandsmitglieder anwesend.« Sie nahm mit einem Lächeln Platz, und Patrick stellte sich hinter ihren Sessel.

»Mit allem gebührendem Respekt, Lady Macintosh«, sagte Granville mit offener Feindseligkeit in der Stimme, »*dieser* Junge ist hier fehl am Platz.«

»Keineswegs, denn er wird eines Tages an der Spitze der Unternehmen der Familie Macintosh stehen, Mister White«, sagte sie. »Meine Herren«, fuhr sie fort, während sich die Männer wieder setzten. »Ich möchte Ihnen gern meinen Enkel Patrick Duffy vorstellen.«

Man hätte eine Stecknadel fallen hören können. Das verblüffte Schweigen sagte alles. Ohne ein Wort der Entschuldigung stürmte Granville aus dem Sitzungsraum.

McHugh lächelte. Unwillkürlich musste er beim Anblick des Jungen, der da hinter Lady Enid Macintosh stand, an einen Prinzen denken, der bei Hof einer Königin aufwartet. Mit seiner aristokratischen Haltung und dem guten Aussehen war er durchaus eindrucksvoll, ganz so, als wäre er dazu geboren, das Finanzimperium der Familie Macintosh zu beherrschen.

Als sich ihre Blicke trafen, erkannte McHugh in den Augen des Jungen eine große Offenheit. Nichts an ihm wirkte unterwürfig, zugleich aber war eine Bereitschaft zu spüren, Menschen zu helfen, die sich in Not befanden. Es war ihm nicht wichtig, ob der Junge ehelich war oder nicht. Bei der Verwaltung des Erbes kam es ausschließlich darauf an, das richtige Blut in den Adern zu haben. Als McHugh mit einem aufrichtigen Lächeln sagte: »Ich möchte Ihnen und Ihrem Enkel meine besten Wünsche übermitteln, Lady Macintosh«, ertönte ein lautes »Hört, hört« in der Runde.

Granville fühlte sich so ohnmächtig wie zuletzt an jenem Abend vor vielen Jahren, an dem er seine Frau mit seiner Schwester Penelope im Bett überrascht hatte.

Vor Wut zitternd, stand er in der Vorhalle des imposanten Verwaltungsgebäudes. Der Junge lebte also doch noch, wie auch sein Vater. Damit war für ihn jede Hoffnung dahin, die Nachfolge im Macintosh-Imperium anzutreten – es sei denn, Fionas unehelichem Balg widerfuhr etwas Unvorhergesehenes. Er stieß seine zitternden Hände tief in die Hosentaschen. Nein, noch war er nicht geschlagen. Der Tod konnte in mancherlei Gestalt kommen.

»Wünschen Sie Ihren Wagen, Mister White?«

Granville hörte nur die Stimme des Portiers, ohne den Sinn der Frage zu erfassen. »Was?«, fuhr er den Mann an.

»Ob ich Ihre Kutsche vorfahren lassen soll, Mister White?«

»Ja«, knurrte Granville wütend. »Und zwar sofort.«

Während der Bedienstete davoneilte, bemühte sich Granville, seinen maßlosen Zorn zu zügeln und zu überlegen, wie er künftig vorgehen konnte. Zuerst aber musste er sich entspannen, und ihm war auch schon klar, auf welche Weise. Geld war gleichbedeutend mit Macht und diese gleichbedeutend mit der Möglichkeit, jeder noch so verworfenen Begierde nachzugeben. Er wusste genau, was er tun würde. Er spürte bereits im Voraus die Wonne, die es ihm bereiten würde, das Hinterteil des jungen Mädchens mit einem Lederriemen zu bearbeiten. Sie würde um Gnade winseln und ihn förmlich anflehen, ihr Gewalt anzutun.

Granville ließ sich zu seiner Mietskaserne im Stadtviertel Glebe fahren, wo ihn der Verwalter, ein Mann, der einst als Schläger die Straßen von The Rocks unsicher gemacht hatte, unterwürfig grüßte. Granville trug ihm auf, Mary zu ihm zu bringen, und er machte sich dienstbeflissen auf den Weg.

Granville suchte den seiner privaten Lust vorbehaltenen Raum auf, legte das Jackett ab und setzte sich auf das Bett. Unschuldigen Schmerzen zuzufügen, verschaffte ihm eine tiefe Befriedigung. Mit einem Mal unterbrachen laute Stimmen vor dem Zimmer seine angenehmen Vorstellungen, und verblüfft erkannte er unter ihnen die seiner Schwester. Die Tür sprang auf, und wütend stürmte Penelope herein, gefolgt von dem geknickten Verwalter. »Ich habe versucht, der Baronin zu erklären, dass Sie nicht gestört werden wollen, Mister White«, murmelte er entschuldigend. »Aber sie ließ sich nicht abweisen.«

Granville sah seine Schwester aufgebracht an. »Was willst du hier?«

»Ich habe mich entschieden, dich hier aufzusuchen, liebster Bruder«, sagte sie mit eiskalter Stimme, »um dir mitzuteilen, dass ich über alles im Bilde bin. Glaube nicht, ich hätte keine Ahnung davon, dass du dich hier auszuleben pflegst.«

Mit einer Handbewegung bedeutete er dem Mann, sich zu entfernen. Niemand brauchte zu wissen, warum ihn seine Schwester in Glebe aufsuchte. »Ich hatte keinen besonders guten Tag«, sagte er matt und ließ sich auf das Bett sinken. »Sag also, was du zu sagen hast, und verschwinde.«

»Ich glaube, ich werde dir den Tag noch mehr verderben«, sagte Penelope mit funkelnden Augen.

Überrascht hob Granville den Blick. »Was willst du damit sagen?«

Mit drohender Miene erhob er sich. Sie aber ließ sich nicht einschüchtern. »Ich weiß, was du mit deiner Tochter getan hast«, sagte sie übergangslos. »Du wirst sie nie wieder anfassen, solange ich lebe. Solltest du es doch tun, richte ich dich zu Grunde, Gott ist mein Zeuge. Dann wird dein Herzenswunsch, in den Adelsstand erhoben zu werden, nie in Erfüllung gehen – man wird deinen Namen nicht einmal auf die Kandidatenliste setzen, wenn die Öffentlichkeit erfährt, was hier geschieht und dass du obendrein Eigentümer dieses Gebäudes bist.«

Granvilles Blick wurde starr und sein Gesicht lief blutrot an. Mit erhobener Hand trat er einige Schritte auf seine Schwester zu. Sie aber zuckte mit keiner Wimper. »Wenn du jemandem diese Lügen auftischst, schlage ich dich grün und blau«, tobte er.

»Das würde ich dir nicht raten«, gab Penelope unbewegt zur Antwort, wobei sie ihn mit ihren blauen Augen fest ansah. »Es sei denn, du bist darauf aus, von meinem Mann umgebracht zu werden, und ich brauche dir nicht zu sagen, dass er im Krieg zu töten gelernt hat.« Mit Mühe nahm sich Granville zusammen und ließ sich wieder auf das Bett fallen. Ihm war klar, dass die Worte seiner Schwester todernst gemeint waren. »Miss Pitcher ist meine Zeugin«, fuhr Penelope fort. »Sie ist bereit zu beschwören, dass du dich während Fionas Abwesenheit an deiner Tochter Dorothy vergangen hast.«

»Miss Pitcher arbeitet gar nicht mehr in meinem Haus«, sagte Granville und hob erstaunt die Brauen.

»Das ist mir bekannt«, gab Penelope mit dem Anflug eines Lächelns zurück. »Dafür habe ich selbst gesorgt. Gib dir keine Mühe, sie zu finden. Sie steht unter meinem Schutz. Du siehst, liebster Bruder, nicht nur du kannst Menschen in Angst und Schrecken versetzen. Es sieht ganz danach aus, als ob du die Fähigkeiten einer Frau nach wie vor unterschätzt, so, wie du auch Tante Enid unterschätzt hast.«

»Warst du heute im Kontor?«, fragte Granville argwöhnisch.

»Ja«, gab sie zurück. »Hobbs hat mir gesagt, dass du vor Zorn bebend rausgerannt bist, als Tante Enid den Gesellschaftern und dem Vorstand den jungen Patrick vorgestellt hat. Man wird ihn wohl als Nachfolger anerkennen; ich kann also verstehen, dass du unter diesen Umständen keinen besonders guten Tag hattest.«

»Vor allem muss der Mistkerl erst mal volljährig werden«, knurrte Granville.

»Du solltest nicht einmal mit dem Gedanken spielen, Fionas Sohn etwas anzutun«, gab sie mit wilder Entschlossenheit zurück. »Schon möglich, dass ich deine Beteiligung an der Verschwörung, die zu Davids Tod geführt hat, nicht beweisen kann, aber ich erinnere mich noch gut an deine Verbindung zu Jack Horton, den du beauftragt hattest, Michael Duffy umzubringen. Wir beide wissen, dass Michael noch lebt, und es dürfte nicht besonders schwierig sein, ihm mitzuteilen, was ich weiß. Das ist wohl auch dir klar, und vermutlich wäre es dir alles andere als recht. Wie man hört, ist Michael Duffy ein äußerst gefährlicher Gegner, und du hast dazu beigetragen, ohne es zu wollen. Du hast den Knüppel selbst geschnitzt, der dir eines Tages das Fell gerben wird, liebster Bruder, und damit musst du jetzt leben. Ich wünsche dir einen angenehmen Tag, Granville«, schloss Penelope, wandte sich um und verließ den Raum. »Ich denke, es ist genug gesagt worden.«

Mit vor Hass sprühendem Blick sah Granville seiner Schwester nach. Musste diese entsetzliche Geschichte wirklich wieder aus der Versenkung auftauchen?, dachte er. Es ist, als läge ein alter Fluch auf mir …

Penelope ließ sich in die Polster ihrer Kutsche sinken und dachte über ihre Handlungsweise nach. Nein, es war keine impulsive Geste von ihr, den Sohn Fiona Macintoshs und Michael Duffys zu schützen, überlegte sie, während sich die Kutsche von den Mietskasernen des Elendsviertels Glebe entfernte. Es war die natürliche Reaktion einer jeden Mutter, die ihre Brut schützt … oder die Brut einer anderen Mutter, die sie liebt.

36

»Die haben uns förmlich überrumpelt«, sagte Michael, während er sich auf der Veranda des Gasthofs in einen Korbsessel sinken ließ. Horace hatte die Hände über dem vorgewölbten Bauch verschränkt, und hörte aufmerksam zu, während der Ire berichtete, wie es zum Untergang der *Osprey* gekommen war. »Der Erste Steuermann hat mich geweckt«, fuhr Michael fort, »weil mich Mort in seiner Kajüte sprechen wollte. Ich hab mir nichts Besonderes dabei gedacht und war nicht mal überrascht, als ich sah, dass von Fellmann bei ihm war. Aber dann ist etwas passiert, womit keiner rechnen konnte: Mort hat dem Baron vorgeworfen, er wolle ihn mit Hilfe der Bombe umbringen, die ich an Bord geschmuggelt hatte. Er war vor Wut völlig außer sich, und ich dachte schon, er würde uns an Ort und Stelle umbringen. Aber was wollte er eigentlich dann von mir, wenn er den Baron verdächtigte? In dem Augenblick hat er sich zu mir umgedreht und gesagt, er habe mich schon mal irgendwo gesehen und wolle wissen, wo. Er hatte völlig den Verstand verloren.«

Der Mann ist also tatsächlich verrückt, dachte Horace. Er fühlt sich vom Geist des irischen Fuhrmanns Patrick Duffy verfolgt, und vermutlich sieht Michael seinem Vater sehr ähnlich, ging es ihm durch den Kopf, während er aufmerksam den Mann mit den vielen Narben betrachtete, der in ein brütendes Schweigen verfallen war. Michael versuchte sich die Gesichter der Männer in Erinnerung zu rufen, die er angeheuert hatte. In seiner Vorstellung lebten und lachten sie noch. »Und was ist dann passiert?«, fuhr Horace freundlich fort.

»Ich hab ihm gesagt, dass wir uns noch nie begegnet sind«,

sagte Michael ruhig und musste dabei an den Wahnsinn denken, den er in Morts Augen gesehen hatte. »Das schien ihn nicht besonders zu überzeugen. Jedenfalls hat er uns durch einige seiner Besatzungsmitglieder fesseln und auf den Boden der Kajüte werfen lassen. Ich wäre nie auf den Gedanken gekommen, er könnte das eigene Schiff in die Luft jagen. Eher hätte ich angenommen, dass er von Fellmann und mich über Bord werfen lassen wollte. Am Leben lassen würde er uns unter keinen Umständen, das war mir klar.«

»Und welche Rolle spielt Mister Tracy bei der Geschichte?«, fragte Horace im Bewusstsein, dass ohne den amerikanischen Goldsucher Michael und dem Baron der Tod sicher gewesen wäre.

»Er war gerade an Deck gegangen, um ein bisschen frische Luft zu schnappen, und hat gesehen, wie das Beiboot zu Wasser gelassen wurde und die Chinesen mit Mort und ein paar seiner Besatzungsmitglieder, die sich unsere Winchester-Gewehre angeeignet hatten, da reingeklettert sind. Daraufhin ist er sofort nach unten gegangen. Er hat den Baron und mich in Morts Kajüte gefunden und uns von den Fesseln befreit. Ich nahm an, dass Mort die Lunte in Brand gesetzt hatte, ich habe versucht, zu meinen Leuten zu gelangen …«

Michael verstummte und sah über die Veranda zum Fluss hinüber, in dessen Wasser sich blitzend die Sonnenstrahlen brachen. Zwar lebte er, doch seine Männer und Karl Straub waren tot. Er hatte auch schon früher Männer in einer Schlacht verloren, aber diese hatten zumindest die Möglichkeit gehabt, sich zu wehren. Er holte tief Luft, bevor er mit seinem Bericht über die nachfolgenden blutigen Ereignisse fortfuhr.

»Der Mistkerl hatte den Raum unter Deck abgeschlossen, in dem sich meine Männer befanden. Ich hörte, wie sie gegen die Tür hämmerten, um hinauszugelangen. Sie wussten, welches Schicksal ihnen bevorstand, denn Mort hatte es ihnen mitgeteilt, nachdem er sie eingesperrt hatte. Gerade als wir den Lukendeckel aufbrechen wollten, ging die Bombe hoch und wir wurden über Bord geschleudert. Der Baron trieb halb tot im Wasser. Er war bewusstlos und ich habe seinen Kopf über Wasser gehalten, bis er wieder zu Bewusstsein kam. Luke fehlte nichts weiter. Die ganze Nacht mussten wir im Wasser aushalten und haben um Hilfe gerufen. Dumas, der Kapitän des französischen Kanonenboots, hat uns später gesagt, er habe nicht gewagt, uns herauszufischen, solange es nicht hell genug war, um in den seichten Gewässern zu navigieren. Vermutlich kann man ihm daraus keinen Vorwurf machen. Er hat uns ziemlich gut behandelt und mir gestattet, mit einem Trupp seiner Leute an Land zu gehen, um Mort aufzustöbern. Drei Tage lang haben wir an der Küste gesucht und auch das Beiboot gefunden, aber von Mort und seinen Männern fehlte jede Spur. Vermutlich sind sie gleich nach der Landung ins Landesinnere aufgebrochen. Alles andere ist Geschichte, wie man so sagt. Die Franzosen haben uns dann nach Cooktown gebracht.«

Horace stand auf und trat an das schmiedeeiserne Verandageländer. In der Mittagshitze hatten die meisten Menschen Zuflucht im Schatten der vielen Veranden entlang der Hauptstraße gesucht. Unter den Vordächern saßen die Männer an die Wand gelehnt und unterhielten sich über die jüngsten Ereignisse am Palmer. Die geheimnisvolle Explosion, bei der die *Osprey* gesunken war, war Tagesgespräch. Soweit man wusste, gab es nur drei Überlebende. Einige Goldsucher, die die für diese Erkundungsexpedition angeheuerten Männer kannten, sparten nicht mit Vorwürfen gegen Mort, weil er so viel Schießpulver an Bord genommen hatte.

»Nach dem, was Sie sagen, hat Mort das Mädchen, die chinesischen Piraten und einige seiner eigenen Leute mit an Land genommen«, sagte Horace. »Vermutlich genau die Galgenvögel, auf die es ihm ankam.«

»Die Schweinehunde sind bestens bewaffnet«, sagte Michael und dachte verbittert an den Verlust der Winchester-Gewehre. »Es sieht ganz so aus, als hätten sie eine eigene Expedition vor.«

»Mit dieser Vermutung dürften Sie Recht haben«, stimmte Horace zu. »Keiner meiner Zuträger hat sie in der Nähe von Cooktown gesehen.«

Damit meinte er die kleine Armee von Chinesen, die für Su

Yin arbeiteten. Der Anführer des Geheimbundes hatte überall Männer, die Ohren und Augen offen hielten: ob in den Wäschereien, den Gemüsegärten, die von den Chinesen bearbeitet wurden, oder den Bordellen, Spielhöllen und Opiumhöhlen, in denen man häufig weiße Goldsucher sah. Niemand hatte Mort oder seine Männer in Cooktown gesehen, doch wurde gemunkelt, ein rivalisierender Geheimbund, dessen Hauptquartier in der Nähe der Goldfelder am Palmer lag, erwarte einen wichtigen »Gast« von dort, und am Tag nach dem Untergang der *Osprey* sei ganz überraschend ein Trupp bewaffneter Chinesen, die diesem Bund angehörten, aus Cooktown aufgebrochen.

Zu dem Zeitpunkt, da Horace das über Su Yin erfahren hatte, ließ sich für ihn noch keine Verbindung zwischen der jungen Frau aus Kotschinchina und den Ereignissen um die fehl geschlagene Expedition der Deutschen nach Neuguinea herstellen. Als aber Michael mit seiner Geschichte bei ihm aufgetaucht war, hatte der gerissene britische Agent sogleich ein Gespräch mit dem Kapitän des französischen Kanonenboots geführt. Er witterte einen Zusammenhang zwischen diesen Ereignissen, und da die Franzosen in die Geschichte verwickelt waren, blieb ihm seiner Ansicht gar nichts anderes übrig, als der Sache auf den Grund zu gehen.

Horace hatte sich als Vertreter des britischen Außenministeriums vorgestellt und sich nach den näheren Umständen des Untergangs der *Osprey* erkundigt. Ein gründlicher Blick auf die Seekarte jener Gewässer zeigte ihm, dass Mort wohl Kurs auf Cooktown genommen und sein Schiff an einer Stelle ganz in der Nähe der Stadt versenkt hatte. So konnte er durch einen über Land ausgeschickten chinesischen Boten ohne weiteres mit dem Geheimbund von Su Yins Gegenspieler Kontakt aufgenommen haben, woraufhin er möglicherweise nördlich von Cooktown mit einer Eskorte dieses Bundes zusammengetroffen war, die ihn dann in dessen befestigtes Hauptquartier am Palmer bringen konnte.

Horace überlegte, inwieweit Michael über die politische

Bedeutung der jungen Frau für den aufkeimenden Widerstand gegen Frankreich in dessen überseeischer Besitzung Kotschinchina im Bilde war. Vielleicht konnte er sich bei seinen Vorgesetzten im Londoner Außenministerium beliebt machen, wenn er den Franzosen half, ihrer habhaft zu werden. Immerhin stand Großbritannien nach Jahrhunderten von Krieg und gegenseitigem Misstrauen im Begriff, sich mit seinem nächsten europäischen Nachbarn auszusöhnen.

»Die Franzosen sind ebenso hinter dem Mädchen her wie die Tiger-Gesellschaft«, sagte Horace.

»Was hat es mit dieser Gesellschaft auf sich?«, wollte Michael wissen.

»Es sind Su Yins Gegenspieler. Sie kommen aus Macao, während er selbst aus Kanton stammt. Man kann die Rivalität zwischen den Bewohnern der beiden Gebiete in etwa mit der zwischen Iren und Briten vergleichen«, sagte Horace mit finsterem Lächeln.

»Das heißt also, sie bringen sich gegenseitig um«, gab Michael trocken zurück. »Manche Dinge sind überall gleich.«

»So in der Art«, sagte Horace, während er sich wieder in seinen Korbsessel sinken ließ. »Jetzt sehen wir uns vor der Aufgabe, das Mädchen aus den Fängen der Tiger-Gesellschaft zu befreien und den Franzosen zurückzugeben.«

»Welchen Grund hätten Sie, den Franzosen einen Gefallen zu tun?«, erkundigte sich Michael.

»Es geht nicht um das, was ich möchte, mein Junge, sondern um die hohe Politik. Strategische Entscheidungen. Die Franzosen stehen im Begriff, Kotschinchina, Annam und Tonkin zu kolonisieren. Soweit uns bekannt ist, sind die Bewohner dieser Gebiete ziemlich halsstarrig und haben ein ausgesprochenes Nationalbewusstsein. Es sieht ganz so aus, als wäre ein großer Teil der französischen Kolonial-Streitmacht nötig, sie zu unterwerfen. Wenn die Kräfte der Franzosen auf diese Weise gebunden sind, kann Großbritannien fortfahren, das restliche Asien, den pazifischen Raum und Afrika mit den Segnungen der Aufklärung zu beglücken. Helfen wir den Franzosen, die junge Frau, die in Kotschinchina eine zentrale Figur des Widerstandes zu sein scheint, wieder in ihre Gewalt zu bekommen, erwecken wir den Eindruck, dass wir unseren europäischen Nachbarn bei der Förderung ihrer kolonialen Interessen behilflich sind. Das wäre ein Zeichen unseres guten Willens.« Horace machte eine Pause und verzog den Mund, während er über das nachdachte, was ihn beschäftigte. »Am meisten Sorgen machen mir die Deutschen«, fuhr er fort. »Denen muss man in Europa gründlich auf die Finger sehen, und ich vermute, dass auch wir ihnen bald auf dem Schlachtfeld gegenüberstehen werden, so wie vor kurzem die Franzosen. Es will mir aber bedauerlicherweise nicht gelingen, meine Kollegen in London von dieser Gefahr zu überzeugen. Sie stellen immer wieder Frankreich als Hauptbedrohung der britischen Interessen hin.«

»Und diese Ansicht teilen Sie nicht?«, fragte Michael.

»Nein. Das Einzige, was Deutschland jetzt noch braucht, ist eine Flotte«, gab Horace zur Antwort. »Sobald es die hat, kann es das ganze übrige Europa in die Schranken weisen. Ich sehe den Tag schon vor mir, an dem wir mit dem Deutschen Reich aneinander geraten. Bis dahin werden die Deutschen Stützpunkte auf der ganzen Welt errichtet haben. Deswegen war Ihr Auftrag so wichtig, auch wenn Ihnen das wohl nicht ganz klar war. Meiner Ansicht nach ist die Gefahr alles andere als vorüber, denn ich kann mir schlechterdings nicht vorstellen, dass die Deutschen so ohne weiteres den Plan aufgeben werden, Neuguinea in ihren Besitz zu bringen.« Nein, dachte Horace, die kurzsichtigen Schwachköpfe in London haben sich nicht gründlich mit der Geschichte beschäftigt, sonst wäre ihnen aufgefallen, dass sich schon die Römer eine blutige Nase geholt haben, als die Barbaren aus Nordeuropas dunklen Wäldern in deren vermeintlich unbezwingbares Reich eindrangen, um es auszuplündern. Genauso würde es den Briten ergehen, wenn der deutsche Kaiser Gelegenheit bekäme, sein Reich auszuweiten.

Der korpulente Horace Brown, ein Mann in mittleren Jahren, wirkte keineswegs wie jemand, der einen Kreuzzug führen wollte, zumal seine Streitkraft aus einem einzigen Mann bestand, nämlich Michael Duffy, und er seine Informationen von Asiaten bezog, auf die Europäer gewöhnlich herabsahen. »Für den Auftrag, das Mädchen herbeizuschaffen, zahle ich gut«, sagte er und verbeugte sich. »Sie haben ja wohl ohnehin mit Kapitän Mort noch ein Hühnchen zu rupfen. Meine Ahnung sagt mir, dass er sich nicht weit von der Stelle entfernt befindet, an der sich das Mädchen aufhält.«

»Mir eine Bezahlung dafür anzubieten, war voreilig«, gab Michael mit verschmitztem Lächeln zurück. »Ich hätte mir Mort sowieso vorgenommen und werde ihm bis in die Tiefen der Hölle folgen, wenn es sein muss.«

»Dann werden Sie vermutlich auch Hilfe annehmen.«

Michael nickte. Ihm war klar, wie schwierig die Aufgabe war, die vor ihm lag. Er sagte nichts weiter, denn seiner Ansicht nach brauchte der Agent des englischen Außenministeriums nichts davon zu wissen, dass er und Luke Tracy bereits entschlossen waren, auf eigene Rechnung ein Lösegeld für das Mädchen auszuhandeln.

»Ich kenne einen Mann, der Ihnen von Nutzen sein könnte«, sagte Horace. »Er heißt Christie Palmerston. Hatten Sie schon einmal mit ihm zu tun?«

»Christie Palmerston?« Michael schüttelte den Kopf. »Nein, ich kenne ihn nicht persönlich, aber es gibt hier in der Gegend nur wenige, die noch nichts von ihm gehört haben. Ich hätte ihn gern für die Expedition von Fellmanns angeworben. Er kann von Glück sagen, dass ich ihn nicht gefunden hab.«

»Er war mit Venture Mulligan auf Goldsuche«, erklärte Horace, »und ist im vorigen Jahr durch einen Speer verwundet worden, als die Eingeborenen westlich von hier Mulligans Trupp angegriffen haben. Trotzdem ist er wieder in den Busch gegangen. Es wird nicht einfach sein, ihn für unser Vorhaben als Führer zu gewinnen, denn er kann Chinesen nicht besonders gut leiden.«

»Wenn man bedenkt, hinter wem ich her bin, kann das nur von Vorteil sein«, sagte Michael mit breitem Lächeln. »Immerhin werden wir doch mit großer Wahrscheinlichkeit auf bewaffnete wütende Chinesen stoßen.«

»Das lässt sich nicht von der Hand weisen«, räumte der Engländer ein. »Aber Sie brauchen John Wong, um den Weg zu den Palisaden der Tiger-Gesellschaft zu finden.«

»Soll das heißen, die Kerle haben eine Art Festung?«, fragte Michael beunruhigt.

»Leider ja«, gab Horace unbehaglich zu. »Mit den Palisaden wollen sie sich ihre Landsleute vom Hals halten, auf jeden Fall Sus Geheimbund.«

»Mister Palmerston hat sicher nichts dagegen, dass Mister Wong mitkommt«, erklärte Michael. »Immerhin ist er zur Hälfte Ire, mütterlicherseits, wie er mir gesagt hat.«

»Schon«, sagte Horace und lachte in sich hinein. »Aber auch was Mister Palmerstons Gefühle für die Iren angeht, bin ich mir nicht sicher. Möglicherweise sind ihm beide Hälften von Mister Wong heftig zuwider.«

Michael quittierte diesen Scherz mit einem schwachen Lächeln. Die Planung des Unternehmens hatte seine Stimmung deutlich verbessert. Hier hatte er erneut eine Gelegenheit, im Namen vieler Toter abzurechnen.

Horace holte eine Karte hervor und breitete sie auf dem Boden der Veranda aus. Er hatte sie nach den Angaben erfahrener Buschläufer und von Vermessungstechnikern der Regierung selbst gezeichnet. Bedauerlicherweise zeigte sie nicht viel mehr als wichtige Landmarken, denn noch war das unwirtliche und oft nahezu undurchdringliche Gebiet hoch im Norden von Queensland nicht erforscht. »Das dürfte Ihnen bei Ihrer Suche nach Kapitän Mort helfen.« Mit der noch nicht angezündeten Zigarre wies er auf die Karte, die zwischen ihnen lag. Bei näherem Hinsehen merkte Michael, dass die Entfernungsangaben ebenso ungenau waren wie die Lage der Orte. »Meinen Berechnungen nach«, fuhr Horace fort und wies weiter mit der Zigarre auf die Karte, »dürfte Mort das Mädchen über diesen Weg da zu den Palisaden der Tiger-Gesellschaft am Palmer bringen. Soweit ich gehört habe, benutzt den zurzeit kaum jemand. Vermutlich hält er sich etwa hier auf ...«, sagte er und drückte die Zigarre auf einen Punkt der Karte. »Wenn ich richtig informiert bin, sind Mort und seine Männer zu Fuß unterwegs.«

431

Mit der Übung des erfahrenen Soldaten berechnete Michael Zeit und Entfernung, während Horace fortfuhr: »Su Yin hat sich bereit erklärt, Ihnen einige seiner Männer zur Verfügung zu stellen, wenn das nötig sein sollte. Ehrlich gesagt, besteht er geradezu darauf, dass Sie sie mitnehmen.«

Michael machte ein finsteres Gesicht. Er hatte Mort zu Pferde verfolgen wollen, und seines Wissens nach konnten nicht viele Chinesen reiten. Zu Fuß war es aussichtslos, Morts Vorsprung wettzumachen. »Danken Sie Su in meinem Namen, aber ich denke, wir vier schaffen das.«

»Sie vier?«

»Ich nehme Luke Tracy mit. Er ist ein Buschläufer, auf den ich mich voll und ganz verlasse kann.«

Seufzend ließ sich Horace in seinen Sessel zurücksinken. »Ich glaube, Sie unterschätzen die Aufgabe. Meiner festen Überzeugung nach sind vier Männer zu wenig. Sie wissen nicht, mit wie vielen Gegnern Sie es unter Umständen zu tun bekommen.«

Der Ire quittierte die Vorsicht des Mannes mit einem Lächeln und sagte zuversichtlich: »Nach allem, was ich über Christie Palmerston gehört habe und was ich von John und Luke weiß, können die es mit einer ganzen Armee von Chinesen aufnehmen. Außerdem können wir uns zu Pferd rascher bewegen und weiter vorstoßen, als wenn wir mit Chinesen zusammen zu Fuß unterwegs sind.«

Horace hob die buschigen Brauen. »Die letzte Entscheidung über die Art und Weise, wie Sie das Mädchen da herausschaffen, liegt bei Ihnen. Aber vergessen Sie nie, dass das Ihr Auftrag ist. Die Abrechnung mit Mort ist dagegen ausschließlich Ihre Sache, und ich werde jederzeit bestreiten, etwas davon gewusst zu haben. Ich denke, Sie verstehen das.«

»Absolut«, gab Michael mit finsterer Miene zurück. »Sehen Sie zu, dass mich Christie Palmerston und John Wong begleiten, und ich erledige den Rest. Ich verspreche Ihnen beim Grab meiner Mutter, dass ich mich in erster Linie um die Rettung des Mädchens kümmern werde. In die Sache zwischen Mort und mir wird niemand mit hineingezogen.«

»Ich glaube Ihnen«, sagte der Engländer und seufzte tief.

»Seien Sie sicher, auch ich werde dafür sorgen, dass Sie das Hauptziel Ihrer Mission nicht aus dem Auge verlieren.«

»Und wen haben Sie als meinen Aufpasser vorgesehen? John oder Mister Palmerston?«, fragte Michael mit einem kalten Lächeln. Er wusste, mit welcher Rücksichtslosigkeit die Horace Browns dieser Erde vorgingen. Einer seiner beiden Begleiter würde die Anweisung bekommen, ihn aus dem Weg zu räumen, sobald Gefahr bestand, dass er von seinem Auftrag abwich – vermutlich mit einer Kugel in den Hinterkopf.

»Es könnten beide sein«, gab Horace mit einem ebenso kalten Lächeln zurück. »Solange Sie tun, was Sie sollen, werden Sie es nie erfahren.«

Michael zuckte über die verschleierte Drohung lediglich die Achseln. »Wenn es weiter nichts ist, könnten Sie und ich doch an die Bar gehen und auf unsere Übereinkunft anstoßen.«

Er erhob sich aus dem Korbsessel. Sein Körper schmerzte an Stellen, die er noch nie gespürt hatte. Obwohl er erst zweiunddreißig Jahre als war, kam er sich durch seine Kriegsverletzungen manchmal vor wie ein Greis.

Während ihm Horace über die Veranda folgte, dachte er an den preußischen Baron. Zwar war dessen erster Anlauf, Neuguinea für den Kaiser in Besitz zu nehmen, fehl geschlagen, doch würde er es zweifellos erneut versuchen. Soweit Horace wusste, hatte er eine Überfahrt nach Sydney gebucht. Herrn Straubs Tod beim Untergang der *Osprey* war für seinen Gegenspieler ein schwerer Schlag, denn mit ihm hatte von Fellmann, wie der englische Agent bei seinen unauffälligen Erkundigungen erfahren hatte, mehr verloren als einen engen Mitarbeiter. Auch wenn ihm der Mann Leid tat, war es Horace klar, dass sie in den kommenden Jahren zwangsläufig wieder aufeinander stoßen würden. Und er hoffte, dass er bei ihrer nächsten Begegnung wieder auf Michael Duffys Dienste zurückgreifen konnte.

In der drückenden Hitze des Tages war der Gewaltmarsch nach Südwesten zermürbend. Unerbittlich trieb Kapitän Mort die chinesischen Piraten und seine europäischen Besatzungsmitglieder an. Wenn sie weiterhin so vorankamen wie bisher, dürften sie in wenigen Stunden auf den gebahnten Weg stoßen.

»Machen wir bald mal Pause, Käpt'n?«, erkundigte sich Sims keuchend, der zu Mort an die Spitze des Trupps aufgeschlossen hatte. »Die Männer sind schon völlig erschöpft.«

Mort verlangsamte den Schritt. »Gut. Lassen Sie eine Pause einlegen, Sims«, sagte er widerwillig. »Ich versuche mich inzwischen zu orientieren.«

Sims lief die weit auseinander gezogene Kolonne ab, die sich ihren Weg durch die Baumriesen des Regenwaldes bahnte, und bedeutete den Männern mit Handzeichen, dass sie eine Pause machen konnten. Als er der über und über mit Schweiß bedeckten jungen Frau das entsprechende Zeichen machte, ließ sie sich zu Boden sinken und hob kaum den Blick.

Ihr ganzer Körper schmerzte. Immerhin waren sie seit nahezu vierundzwanzig Stunden so gut wie ununterbrochen unterwegs. Sie holte tief Luft und sah sich unter den Bäumen um. Das also ist das Land der Barbaren, dachte sie. Die Wälder im heimischen Kotschinchina kamen ihr weitaus lebendiger vor.

Sie schleppte sich zu einem der Urwaldriesen und lehnte sich mit dem Rücken an ihn, während sich einer der Chinesen, der mit einer altertümlichen Steinschlossmuskete bewaffnet war, wenige Schritte von ihr entfernt hinhockte und sie mit kaum verhüllter Begierde betrachtete. Sie hatte keine Angst vor ihm. Der grausame europäische Barbar mit den durchdringenden blauen Augen und Haaren wie getrocknetes Gras hatte dem Piratenkapitän und den aus Cooktown zu ihnen gestoßenen Chinesen rasch klar gemacht, wer das Kommando hatte.

Der Kapitän der Barbaren hieß Mort, und das bedeutete auf Französisch *Tod*. Ein passender Name, ging es ihr durch den Kopf. Er hatte einen der Chinesen umgebracht, der bei einer Pause am frühen Morgen die Hand nach ihr ausgestreckt hatte. Es hatte ganz beiläufig ausgesehen: Er war einfach auf den Mann zugegangen und hatte ihm seinen Degen mit derselben Bewegung, mit der er ihn aus der Scheide gezogen hatte, durch die Brust gestoßen. Als er tot zu seinen Füßen lag, hatte er sich

Thi Hue zugewandt und die blutige Klinge ebenso beiläufig an ihrer Schulter abgewischt. Auch wenn sie nicht verstanden hatte, was er dabei vor sich hin gemurmelt hatte, war ihr beim Klang seiner Stimme ein Schauer über den Rücken gelaufen.

Empört über Morts Eigenmächtigkeit hatte sich Kapitän Wu dem Barbaren in den Weg gestellt, doch hatten sich die europäischen Seeleute sogleich auf dessen Seite geschlagen. Da sie Schnellfeuergewehre besaßen, war die Machtfrage rasch geklärt.

Thi Hue wusste also, dass ihr von keinem der Männer Gefahr drohte – außer möglicherweise von Mort. Wollte er als der Anführer sie womöglich für sich haben? Die Erinnerung daran, wie seine blassblauen Augen sie nach der Tötung des Chinesen angesehen hatten, ließ sie erschauern.

Sie versuchte, nicht an die Zukunft zu denken. Mit der Explosion, die vor vier Tagen das Schiff des Barbaren auf den Grund des Meeres geschickt hatte, war auch die geringe Hoffnung dahingegangen, die sie seit ihrer Gefangennahme gehabt hatte. Beim Blick ins Gesicht des kräftigen Barbaren mit der Augenklappe hatte sie sich fast sicher gefühlt.

Er aber war jetzt fort, und damit jede Hoffnung, die Heimat und ihre Angehörigen je wieder zu sehen. Sicherlich würde sie in einem französischen Gefängnis enden. Größeres Kopfzerbrechen aber machte ihr die Frage, was mit ihr geschehen würde, bevor man sie den Franzosen übergab.

Sie verbot sich jeden weiteren Gedanken daran. Im Augenblick konnte sie nichts anderes tun, als mit der unerschütterlichen Geduld ihres Volkes den Albtraum ihrer Gefangenschaft zu ertragen.

Mort steckte den kleinen Messingkompass wieder ein. Zwar hatte er seinem Trupp immer wieder vorgeworfen, es gehe zu langsam voran, doch insgeheim sah er voll Freude, wie weit sie schon gekommen waren. Seit dem Augenblick, an dem er in der Kajüte der *Osprey* seinen Plan entworfen hatte, war alles ganz so abgelaufen, wie er es sich ausgemalt hatte.

Er hatte einen Kurs gewählt, der sein Schiff ganz in die

Nähe von Cooktown gebracht hatte. Als er es versenkte, konnte er das Beiboot mit einigen Männern seiner Besatzung und den chinesischen Piraten an Land steuern. Ihre Vorräte hatten es ihnen gestattet, so lange auszuharren, bis einer von Wus Männern mit einer Botschaft ins Chinesenviertel von Cooktown aufgebrochen und mit Verstärkung zurückgekommen war.

Die Frage der Führerschaft, die sich dabei automatisch gestellt hatte, war mit Hilfe der Winchester-Gewehre geklärt worden. Jetzt brauchte er nur noch das Mädchen in die nahe den Goldfeldern am Palmer befindliche Festung der Tiger-Gesellschaft zu bringen und dort das Lösegeld für sie in Empfang zu nehmen.

Mort fürchtete nicht, hereingelegt zu werden, denn er war dank der Schnellfeuergewehre den Männern des Geheimbundes mit ihren altertümlichen Musketen haushoch überlegen. Sobald er das Lösegeld hatte, würde er nach Cooktown zurückkehren und eine Überfahrt auf einem Schiff nach Nord- oder Südamerika buchen.

Der Gedanke an sein Schiff erfüllte ihn mit tiefer Trauer. Er hatte das Einzige zerstört, das ihn in seinem unruhigen Leben so etwas wie Glück hatte empfinden lassen. Andererseits, überlegte er, hatte er auch seine eigene Mutter töten müssen, als sie mit ihren von Schnaps benebelten Kunden an ihm zur Verräterin geworden war. So war es im Leben nun einmal, ging es ihm durch den Kopf. Mitunter musste man zerstören, was man liebte, um selbst zu überleben. Sein Grübeln machte ihn schwermütig und lenkte ihn von seiner gegenwärtigen Aufgabe ab. Das aber durfte nicht sein, und so wischte er alle Gedanken beiseite. Ein Blick in die Richtung, in die sie gehen mussten, zeigte ihm, dass die Vegetation des Regenwaldes allmählich zurückwich. Offenbar hatten sie die von Eukalyptusbäumen bestandene Trockenzone unterhalb der großen Wasserscheide erreicht.

Er wandte sich um und gab seinem gemischten Trupp den Befehl, den Marsch fortzusetzen. Niemand wagte offenen Widerstand, und so erhoben sich die Männer einer nach dem anderen. Der Degen an der Seite ihres Anführers war mehr als ein bloßes Rangabzeichen.

Lediglich der Piratenkapitän zeigte sich widerspenstig. Er rief seinen Leuten zu, sie sollten dem blauäugigen Barbaren nur so lange gehorchen, bis sie die Festung der Tiger-Gesellschaft in den Bergen des Goldlandes erreicht hatten. Dann würde er, Kapitän Wu, persönlich Hand an den Barbaren legen und ihn unter Qualen dorthin schicken, wo sich seine Vorfahren bereits befanden. Er fürchtete nicht, dass Mort und seine europäischen Gefährten seinen Wortschwall verstanden, denn keiner von ihnen sprach Chinesisch.

Thi Hue hingegen verstand jedes seiner Worte. Unwillkürlich überlief es sie kalt. Sie war bereits Zeugin der bestialischen Grausamkeit chinesischer Piraten geworden. Ein solches Schicksal, dachte sie mitfühlend, verdiente nicht einmal ein Dämon. Doch hätte sie ihr Mitgefühl wohl kaum an Kapitän Morrison Mort verschwendet, wenn sie gewusst hätte, auf welche Weise ihn andere junge Mädchen in den letzten qualvollen Augenblicken ihres Lebens kennen gelernt hatten.

37

Jedes Mal, wenn John Wong die missgestalteten getrockneten Geschöpfe des Meeres sah, die in großen Haufen auf der hölzernen Theke lagen, lief ihm ein Schauer über den Rücken. Zwar war ihm bekannt, dass seine asiatischen Verwandten diese Genüsse hoch schätzten, doch hatte er den größten Teil seiner zwanzig Lebensjahre mit dem Geruch von Corned Beef und Kohl zugebracht.

In Su Yins Laden empfand er ein Unbehagen, das er sich nicht so recht erklären konnte. Lag es daran, dass ihn der gefürchtete Anführer des in Cooktown ansässigen Geheimbundes zu sich befohlen hatte, oder hing es einfach mit der gefahr- und mühevollen Aufgabe zusammen, die vor ihm lag? Was auch immer der Grund sein mochte, er würde ihn wohl bald erfahren.

Einer von Su Yins Leibwächtern, ein dürrer, mürrischer Chinese ungefähr in Johns Alter, forderte ihn auf, ihm ins Hinterzimmer zu folgen. John zog den Kopf ein, als er sich durch die Tür zwängte, die wohl bewusst schmal und niedrig war, damit Attentäter nicht einfach in den dahinter liegenden Raum stürmen konnten. Die Welt, die er da betrat, roch völlig anders als die, in der er lebte. Der süßliche Geruch des Ostens nach brennenden Räucherstäbchen und Opiumpfeifen stieg ihm beißend in die Nase.

Der Leibwächter trat in dem nur schwach erhellten Raum beiseite. John ließ sich durch seine ausdruckslose Miene nicht täuschen. Er wusste, dass er einen der gefährlichsten Männer des Geheimbundes vor sich hatte, der sich mit der Schnelligkeit der tödlichen Kobra bewegen konnte, wenn es galt, Su Yins Leben zu verteidigen.

Su Yin ruhte auf einer Ansammlung von Polstern und Kissen am Boden und sah den hoch gewachsenen jungen Eurasier finster an. Er konnte den Mischling John nicht ausstehen. Er war ihm zu hochmütig, was seiner Auffassung nach daran lag, dass ihm in jungen Jahren die verehrungswürdige Lehre des Konfuzius nicht zuteil geworden war. John ließ sich von der kaum verhüllten Feindseligkeit nicht im Geringsten beeindrucken, denn das hätte Gesichtsverlust bedeutet.

Ein kleiner Rupfensack in der Mitte des Raumes zog seine Aufmerksamkeit auf sich. Man schien ihn mit Absicht dort hingelegt zu haben.

»Bist du mit der Ausrüstung zufrieden?«, sagte Su Yin in einem Ton, als mache er eine Feststellung.

»Ja«, gab John in dessen südchinesischem Dialekt zurück. »Ich denke, auch Mister Brown wird mit dem zufrieden sein, was Sie zur Verfügung gestellt haben.«

»Du bist jetzt auf dich allein gestellt«, fuhr Su fort. »Soweit ich von Brown weiß, will der Ire, der für ihn arbeitet, niemanden von der Lotus-Gesellschaft dabei haben. Also musst du dafür sorgen, dass ich das Mädchen um jeden Preis in die Hände bekomme.« John nickte, und Su Yin fuhr mit seiner gefährlich leisen Stimme fort. »Für die Barbaren bist du nicht ihresgleichen und wirst es nie sein ... Daher musst du dich entscheiden, wem du die Treue halten willst.«

»Sie beschäftigen mich«, antwortete John schlicht, »und ich erkenne niemanden außer Ihnen als meinen Vorgesetzten an.«

Wortlos machte Su eine Handbewegung in Richtung auf den mürrischen jungen Leibwächter, der in einer Ecke des Raumes im Schatten stand. Dieser trat vor, nahm den Sack vom Boden auf und hielt ihn John mit tückischem Lächeln hin. Als John sein Gewicht in der Hand spürte, ahnte er bereits, was dessen klebriger Inhalt war, und er hatte den Impuls, den Sack fallen zu lassen. Doch er erwiderte ohne das geringste Zeichen von Furcht den Blick von Su Yins, der ihn aufforderte: »Schaff das weg und vergiss nicht, wem du Treue schuldest.«

John wandte sich auf dem Absatz um, froh, dem Anführer

des Geheimbundes gegenüber keine Schwäche gezeigt zu haben.

Mit einem kaum wahrnehmbaren Nicken forderte Su Yin seinen Leibwächter auf, John unauffällig zum Fluss zu folgen. Später berichtete dieser, dass der Eurasier den Sack geöffnet hatte, um einen Blick hinein zu werfen, bevor er ihn in das von Krokodilen wimmelnde Wasser des Endeavour geschleudert hatte.

Sus Gesicht verzog sich zu einem leisen Lächeln. Dann hatte er darin ja wohl Kopf, Zunge, Hände und Genitalien des Kulis gesehen, der es gewagt hat, mich zu verraten, dachte er befriedigt. Eine solche Lektion vergaß niemand so bald. Die Angst würde genug Grund für den jungen Mann sein, seine Aufgabe ernst zu nehmen, falls es dem Iren gegen alle Erwartungen gelang, das Mädchen aus Kotschinchina zu befreien. Allerdings kannte Su Yin den Ruf Kapitän Morts und glaubte daher eher, den Eurasier nie wieder zu sehen. Das aber war letzten Endes unerheblich, denn auch Su sah in John Wong nichts als einen Barbaren.

Seufzend winkte er eine der wie Puppen herausgeputzten schönen Frauen herbei, die es sich angelegen sein ließen, seine sämtlichen Bedürfnisse zu befriedigen. Mit gesenktem Kopf trat sie hinter einem seidenen Vorhang hervor und kniete sich vor ihren Gebieter, der sich daran machte, ihre nackte Haut zu streicheln.

Da Horace die Expedition bis in die kleinsten Einzelheiten vorbereitet hatte, konnte sich Michael in der Stadt bei einer Pokerpartie entspannen. Früh am nächsten Morgen würde er mit seinen Leuten aufbrechen, um den Mann zu suchen, den er töten musste. Sie mussten durch unbekanntes Gelände ziehen, das ihnen ebenso feindselig war wie die gefürchteten Stammeskrieger in den Wäldern und Bergen westlich von Cooktown. Michael hatte Glück und fand John Wong und Luke Tracy in der unter dem Namen Golden Nugget bekannten Spelunke. Überrascht sah er Henry James in ihrer Gesellschaft.

Zwar saß Henry am Kartentisch, beteiligte sich aber nicht. Es wurde nach amerikanischen Regeln gespielt und die kannte er nicht. Das Lokal war überfüllt, und keiner der betrunkenen Goldsucher, die lautstark nach weiteren Getränken riefen, während um sie herum allerlei Möglichkeiten erörtert wurden, dem Palmer sein Gold zu entreißen, achtete auf die leise geführte Unterhaltung der Männer am Pokertisch.

»Ich möchte unbedingt mit, Mister O'Flynn«, stieß Henry hervor und umklammerte sein Rumglas. »Machen Sie sich wegen meinem Bein keine Sorgen, denn wir sind ja zu Pferde unterwegs, und im Reiten nehm ich es hier im Norden mit jedem auf.«

Michael warf Luke einen wütenden Blick zu, der die Karten mischte und so tat, als merke er nichts von seinem Ärger. »Bestimmt kannst du deinen Auftraggeber dazu bringen, auch Henry einzustellen«, sagte Luke ruhig, ohne den Blick zu heben. »Mich hast du ja auch für deine Expedition mit von Fellmann angeworben.«

»Das hier ist ein anderer Zahlmeister«, teilte ihm Michael knapp mit. Obwohl er die Erfahrung des einstigen Polizeibeamten zu schätzen wusste, wollte er ihn nicht gern dabei haben. Immerhin war das Unternehmen lebensgefährlich, und James war Familienvater. Den Tod eines solchen Mannes wollte er sich nicht auf sein Gewissen laden.

Andererseits war ihm klar, dass es hier um Freundschaft ging, eine Beziehung, die ebenso stark und eng war wie die zwischen Mann und Frau in einer Ehe. Den Blick auf die Karten in seiner Hand gerichtet, wog er das Für und Wider ab. Als er Henry James ansah, erkannte er in dessen Augen ein Feuer ähnlich dem seinen. »Wie stehen Sie zu Kapitän Mort, Mister James?«, fragte er ihn.

Henry stürzte seinen Rum herunter und wischte sich den Mund mit dem Hemdsärmel ab. »Er hat einen guten Freund von mir ermordet«, knurrte er. »Einen eingeborenen Polizeibeamten, der so gut wie jeder Weiße war, Anwesende nicht ausgenommen. Ich hab damals nichts gegen den Schweinehund unternommen. Wenn ich meine Aufgabe damals richtig erfüllt und ihn der vorgesetzten Dienststelle gemeldet hätte, könnten Ihre Männer heute noch leben, Mister O'Flynn. Genügt Ihnen das als Grund?«

Er sah Michael herausfordernd an. Der Ire blickte unverwandt in seine Augen, in denen der Hass loderte. Er verstand, wie sehr der Mann nach Rache dürstete. »Durchaus, Mister James«, sagte Michael schließlich und hielt ihm die Hand hin, um damit seine Aufnahme in den kleinen Trupp der Buschläufer zu bekräftigen. »Die nächste Runde geht auf Ihre Rechnung, Mister James«, fügte Michael mit breitem Lächeln hinzu, als Henry seine Hand nahm.

»Ist in Ordnung«, gab dieser zurück. »Meine Freunde nennen mich übrigens Henry.«

Michael nickte, und Luke schlug ihm auf den Rücken. »Gute Entscheidung, Kamerad«, sagte er. »Henry kennt den Busch, und er kann gut mit Pferden umgehen.«

Bei aller Erleichterung, dass er angenommen war, fürchtete sich Henry davor, seiner Frau Emma unter die Augen zu treten. Ihm war klar, wie sehr sie darunter leiden würde, wenn er sie verließ. Wie konnte er ihr seine Gründe klar machen, wo nicht einmal er selbst sie ganz durchschaute? Das Beste würde sein, ihr die Sache anders darzustellen und zu sagen, er werde mit Luke eine kurze Exkursion unternehmen, um zu sehen, ob man unter Umständen an einer bestimmten Stelle Gold finden könne. Das klang nicht besonders glaubwürdig, aber er hoffte, Emma würde sich damit zufrieden geben.

»Hast du seit deiner Rückkehr Kate O'Keefe gesehen?«, erkundigte sich Michael wie nebenbei bei Luke, als Henry zum Ausschank ging, um die Getränke zu holen.

Luke zuckte zusammen und rutschte unbehaglich auf seinem Stuhl umher. »Eigentlich nicht«, sagte er. »Als sie gehört hat, dass ich den Untergang der *Osprey* überlebt hab, hat sie zu Emma gesagt, sie will mich nie wieder sehen. Das weiß ich von Henry.«

»Ich an deiner Stelle würde das nicht so ernst nehmen«, sagte Michael, wobei er aufmerksam die Karten musterte, die ihm Luke gegeben hatte. Es war kein besonders gutes Blatt, aber man konnte etwas damit anfangen.

»Na ja, du kennst Kate eben nicht ...«, gab Luke zur Antwort, der ebenfalls auf die Karten sah, die er in der Hand hielt. Auch sie waren nicht besonders gut.

Michael lächelte in sich hinein. *Wenn du wüsstest ...*

Ben Rosenblum berichtete Kate von der Expedition, während er mit ihr zur Koppel hinter ihrem Haus ging, um über den Erwerb eines weiteren Zugochsengespanns zu sprechen. Kaum hatte er ihr mitgeteilt, dass Henry mit dem Amerikaner O'Flynn und Luke zusammen war, blitzten ihre Augen vor Wut auf. Insgeheim verwünschte er sich. Hätte er nicht überlegen können, bevor er den Mund auftat? Jetzt würde Henry das volle Ausmaß von Kates Zorn zu spüren bekommen.

»Was will er denn bei denen?«, hatte sie gefragt. Es klang ruhig, doch wusste Ben aus Erfahrung, dass dieser Eindruck trog.

»Keine Ahnung«, hatte er gemurmelt, »vielleicht will er mit ihnen was trinken.«

Sie sah ihn aufmerksam an, und Ben wünschte, er könnte ihr alles sagen, was Henry ihm anvertraut hatte. Aber er hatte strenges Stillschweigen gelobt. Im Grunde hätte er sich am liebsten selbst der Expedition angeschlossen. Man munkelte im Ort, der Amerikaner habe die für das gescheiterte Unternehmen auf der *Osprey* angeheuerten Männer sehr gut bezahlt. Zweifellos würde er auch diesmal seine Leute gut bezahlen.

Kate spürte, dass sie auf etwas gestoßen war, das man ihr vorenthalten wollte. Doch jede weitere Frage an Ben würde ihn zwingen, gegen die Gesetze der Freundestreue zu verstoßen, die den Männern im Gebiet an der Grenze heilig war. »Ich würde gern mit Henry sprechen«, sagte sie, ohne den Blick von Bens Augen zu lösen. »Wo finde ich ihn?«

»Er ist im Golden Nugget«, gab Ben zurück. »Aber von mir wissen Sie das nicht, Kate.«

»Ich sag es nicht weiter«, gab sie mit dankbarem Nicken zur Antwort.

»Dämlicher Sack«, machte sich Ben missmutig Vorwürfe, als

sie sich abwandte und ihn mit den Tieren allein ließ. Den entschlossenen Schritten, mit denen sie sich entfernte, ließ sich entnehmen, dass sie im Golden Nugget aus ihrem Herzen keine Mördergrube machen würde. Wen auch immer ihr Zorn treffen mochte, er tat ihm jetzt schon Leid.

Kate wusste genau, wen sie sich vornehmen wollte und warum. Dieser verdammte O'Flynn! Wie konnte der Amerikaner es wagen, auch nur zu erwägen, Henry für seine ruchlosen Projekte einzuspannen! Nicht einen Augenblick lang kam ihr der Gedanke, Henry könnte sich selbst für diese Sache angeboten haben. Sie wusste nur eines: Sobald dieser Michael O'Flynn in der Nähe von Menschen auftauchte, die ihr nahe standen, drohte ihnen Gefahr.

Sie verlangsamte den Schritt und versuchte, sich zu beherrschen. Warum eigentlich regte sie sich so auf? Ging es ihr in Wahrheit um Lukes Wohlergehen und nicht so sehr um Henry? Hatte sie sich nicht geschworen, Luke zu vergessen? Eine leise Stimme sagte ihr, das werde ihr nicht leicht fallen, und sie beschleunigte den Schritt, als wollte sie vor ihrer inneren Stimme davonlaufen. Nein, dachte sie entschlossen, sie hatte Luke ein für alle Mal aus ihrem Leben verbannt. Nie wieder würde er kommen und gehen, wie es ihm passte. Ihre Sorge galt Henry und der Gefahr, die ihm drohte, wenn er sich mit dem amerikanischen Söldner einließ. Sie musste an Emma und den kleinen Gordon denken.

Kate erreichte das Vergnügungsviertel der wild wuchernden Stadt an der Grenze unmittelbar nach Einbruch der Dunkelheit. Der Amüsierbetrieb war in vollem Gang. Betrunkene Goldsucher, die nicht wussten, wen sie vor sich hatten, machten anzügliche Bemerkungen, während jene, die Kate kannten, achtungsvoll den Hut vor ihr lüfteten. Sie übersah die einen und grüßte die anderen freundlich.

Sie blieb vor der Spelunke eine Weile stehen. Erst wollte sie die Herrschaft über ihre Wut gewinnen, bevor sie einen Fuß in diese Männerbastion setzte. Gerade, als sie im Begriff stand einzutreten, erschien Henry unerwartet in der Tür.

»Kate! Was führt dich hierher?«, fragte er verblüfft.

»Du«, gab sie zur Antwort und trat auf ihn zu. »Und dieser Mister O'Flynn, über den ich so viel gehört habe.«

Henry ergriff ihren Ellbogen und schob sie vom Eingang fort. »Hat Ben etwa geplaudert?«, fragte er, während er sich daran machte, mit ihr in Richtung ihres Ladens zu gehen.

»Nein«, sagte Kate, darauf bedacht, ihren treuen Mitarbeiter zu decken. »Es ist ihm einfach rausgerutscht. Er hat gesagt, du bist hier, um mit Mister O'Flynn zu sprechen.«

»Ich will dich nicht belügen, Kate«, sagte Henry. »Ich wollte sehen, ob ich bei ihm eine Stelle bekommen kann, aber mehr kann ich dir nicht sagen. Frag mich also bitte nicht.«

»Und was willst du Emma sagen?«, fuhr Kate auf.

Henry antwortete nicht sofort. »Nun?«, fragte Kate. »Wirst du ihr sagen, was du mit dem gottverdammten amerikanischen Glücksritter vorhast?«

»Nein«, gab Henry rasch zur Antwort, »und ich bitte dich herzlich, ihr gleichfalls nichts von meinem Gespräch mit Mister O'Flynn zu sagen.« Er sah, dass sie entschlossen das Kinn vorschob, so, als wolle sie diesem O'Flynn einmal gründlich die Meinung sagen. Hitzköpfig genug war sie dazu.

Doch sie blieb stehen und sah ihn an. »Du verlangst da mehr, als ich versprechen kann, Henry«, teilte sie ihm mit. »Nach allem, was ich über diesen Mann gehört habe, würde ich sagen, dir droht große Gefahr. Der Tod scheint sein ständiger Weggefährte zu sein. Da mir Emmas und dein Wohl am Herzen liegt, kann ich unmöglich zulassen, dass dir etwas zustößt.«

»Ich bin viele Jahre mit dem Tod an meiner Seite geritten, Kate«, sagte Henry mit traurigem Lächeln. »Was ich mir vorgenommen habe, muss ich tun. Es gibt Gründe dafür, die auch ich nicht gänzlich verstehe. Es geht nicht einmal um das Geld, sondern um etwas, das in der fernen Vergangenheit liegt, als ich bei der berittenen Eingeborenenpolizei gedient habe. Mehr kann ich dir dazu nicht sagen. Bitte versprich mir, dass du nicht da hineingehst und Mister O'Flynn umzustimmen versuchst.«

Kate machte ein finsteres Gesicht. Sie erkannte die Qual in seinen Augen und wusste nicht, was sie sagen sollte. Verbittert wandte sie sich ab. Henry war ein Mann, der das Leben an der Grenze kannte und die Gefahr als dessen selbstverständlichen Bestandteil hinnahm, dachte sie resigniert. Sie würde sein Geheimnis bewahren. »Obwohl ich nach wie vor überzeugt bin, dass ich den Mann eigentlich zur Rede stellen müsste, will ich deinen Wunsch achten. Ich halte es für ausgesprochen gewissenlos von ihm, in Kauf zu nehmen, dass eine Frau den Mann und ein Junge den Vater verliert.«

Henry sah mit breitem Lächeln zu ihr hinab. »Dir wäre er wohl nicht gewachsen, Kate O'Keefe. Er weiß nur, wie man auf dem Schlachtfeld seine Haut in Sicherheit bringt. Sich Menschen wie dir zu stellen, ist er nicht gewöhnt.«

Kate hörte in seinen Worten die Belustigung. »Schade«, seufzte sie, während sie sich auf den Rückweg zum Laden machten. »Ich hatte mich schon darauf gefreut, den Mann kennen zu lernen, über dessen geheimnisvollen Auftrag im Westen die ganze Stadt spekuliert. Aber Emma wartet mit dem Abendessen auf uns. Du musst ihr die Sache erklären, denn das kann dir niemand abnehmen.«

Mit dankbarem Nicken ging Henry im Gleichschritt neben ihr her. Durch die linde Abendluft drangen die wüsten Geräusche der Stadt zu ihnen herüber. In gewisser Weise beruhigten sie Kate, während sie in der Stille des Buschlandes stets besorgt mit der Möglichkeit gerechnet hatte, den gefürchteten Schrei des Rabenkakadus zu hören, den Schlachtruf der wilden Stammeskrieger aus dem Norden.

Nach einem spätabendlichen Zusammentreffen mit Su, bei der für die durch dessen Vermittlung beschafften Pferde, Vorräte und Waffen den Besitzer gewechselt hatte, kehrte Horace ins Restaurant French Charley's zurück, wohin er Kapitän Dumas eingeladen hatte. Der englische Agent beeilte sich, seinem französischen Gast zu erläutern, welch unbedeutendes Rädchen im Getriebe des britischen Außenministeriums er sei. Da Horace Gespräche über Politik sowie die Intrigen von Geheimdiensten verabscheue, interessiere ihn auch nicht besonders, was der Kapitän womöglich über die Angelegenheiten seines Landes zu berichten hatte. Beiden war klar, dass nichts davon der Wahrheit entsprach.

Kapitän Dumas zeigte sich durch das weithin berühmte Lokal seines Landsmannes gebührend beeindruckt. French Charley's brauchte den Vergleich mit den besten Restaurants in der Kolonie, die der Kapitän des französischen Kanonenboots besucht hatte, nicht zu scheuen. Allerdings musste Kapitän Dumas lächeln, als Monsieur Bouels Damen sich bemühten, mit französischem Akzent zu sprechen.

Obwohl French Charley's voller Gäste war, hatte er mit seiner schmucken Ausgehuniform sogleich die bewundernden Blicke der Damen im Lokal auf sich gezogen. Sein Gastgeber Horace versicherte ihm, es sei ihre Aufgabe, einsame Seeleute zu unterhalten. Kapitän Dumas hatte ein Auge auf eine kecke kleine Rothaarige geworfen. Immer, wenn er sie lüstern ansah, lächelte sie ihm gespielt schüchtern zu. Auch wenn die weibliche Unterhaltung des weithin bekannten Lokals nicht Horaces Geschmack entsprach, hielt er es in jeder anderen Hinsicht für den geeigneten Ort, dem Franzosen die Zunge zu lösen.

Kapitän Dumas hatte bereits viel über seinen Auftrag und Dang Thi Hues Bedeutung für den französischen Geheimdienst berichtet. Er erklärte, sie werde von Banditen in Kotschinchina, die sich als Patrioten bezeichneten, bereits mit Trieu Au verglichen. Einer jungen Frau, die im dritten Jahrhundert gelebt habe und in Kotschinchina so etwas Ähnliches sei wie die französische Nationalheldin Johanna von Orléans. Diese Vorläuferin Thi Hues hatte gegen die chinesischen Eindringlinge gekämpft und war lieber in den Freitod als in die Gefangenschaft gegangen, als sie mit dreiundzwanzig Jahren besiegt wurde.

Der französische Geheimdienst hoffte, von Thi Hue mittels verschiedener mehr oder weniger ausgeklügelter Mittel die Namen jener am Hof des Herrschers von Kotschinchina zu erfahren, die gegen die französischen Interessen arbeiteten. Der Kapitän hob hervor, er als Angehöriger der Marine halte sich aus der Politik heraus und interessiere sich nicht besonders für das, was der Geheimdienst mit ihr vorhaben mochte.

»Ich muss Sie zu Ihrem erstklassigen Englisch beglückwünschen, Kapitän Dumas«, sagte Horace. »Mir selbst fallen Sprachen sehr schwer«, log er. »Wie gern würde auch ich all die exotischen Orte sehen, die Sie während Ihres Dienstes in der französischen Marine kennen gelernt haben. Wirklich beneidenswert …«

Er verstummte, als sein Blick auf einen hoch gewachsenen, gebieterisch wirkenden Mann fiel, der das Lokal mit einer hübschen jungen Brünetten am Arm betrat. *Baron Manfred von Fellmann.*

Auch Kapitän Dumas hatte die Ankunft des Mannes bemerkt, den er aus dem Meer gefischt hatte, und er erhob sich, um ihn zu begrüßen. »Ah, Baron von Fellmann. Setzen Sie sich doch bitte zu uns«, übertönte er das Stimmengewirr im großen Saal. Von Fellmann wandte sich seiner hübschen Begleiterin zu, sagte etwas und ließ sie dann stehen, woraufhin sie den Mund zu einem gespielten Schmollen verzog.

Horace sah ihn mit gemischten Gefühlen auf seinen Tisch zukommen. Jetzt also würde er den Mann kennen lernen, den er auf Samoa zwar von fern gesehen hatte, dem er aber nie begegnet war.

»Darf ich Ihnen Monsieur Brown vorstellen?«, sagte der Franzose mit vom reichlichen Champagnergenuss undeutlicher Stimme. Er hatte Mühe, sich auf den Beinen zu halten, während er ungefähr dorthin wies, wo Horace still am Tisch saß und aufmerksam zu dem Neuankömmling aufsah. Die Hände an der Hosennaht, schlug der Deutsche die Hacken zusammen und verbeugte sich zackig. »Ich freue mich, Sie kennen zu lernen, Mister Brown. Bisher hatte ich noch nicht die Ehre, einem Mann von Ihrem Ruf zu begegnen.«

Die schmeichelhafte Anspielung entging dem schon ziemlich betrunkenen französischen Kapitän, der den Baron mit einer Handbewegung einlud, sich zu ihnen zu setzen.

»Es ist mir eine Ehre, Sie kennen zu lernen, *Oberst* von Fellmann«, gab Horace mit einem Neigen des Kopfes zurück.

»Diesen Rang bekleide ich nicht mehr, Mister Brown, dennoch können wir uns sicher als zwei alte Haudegen über die

Schlachten unterhalten, die wir miterlebt haben – Sie auf der Krim und ich bei Sedan gegen die Heereskameraden meines französischen *ami*. Mittlerweile kümmere ich mich allerdings ausschließlich um wirtschaftliche Angelegenheiten.«

Horace nahm die Brille ab, um die Gläser zu putzen. »Und ich bin betrüblicherweise ein einfacher Diener Ihrer Majestät auf einem Vorposten in den Kolonien«, sagte er mit einem Seufzer.

Bei dieser Selbstbeschreibung des kleinen Engländers lachte von Fellmann lauthals. Beide wussten genau, wer und was sie waren … zwei äußerst professionelle – und gefährliche – Männer, die in einem inoffiziellen Krieg für die Interessen ihres jeweiligen Vaterlandes kämpften. »Ich finde, wir sollten auf unsere Begegnung trinken, Mister Brown«, sagte von Fellmann. »Hier genießen Vertreter Frankreichs, Englands und Deutschlands den Abend als Freunde, in einem neutralen französischen Restaurant in einer britischen Kolonie fern der Heimat und den Angehörigen.«

Kapitän Dumas goss Champagner in die Gläser, und alle prosteten einander zu.

Die hübsche Brünette tauchte neben dem Baron auf und beschwerte sich mit schlecht imitiertem französischen Akzent, dass er sie vernachlässige. Er tätschelte ihr das Hinterteil und beugte sich zu dem Franzosen hinüber. »Eine kleine Aufmerksamkeit Deutschlands gegenüber Frankreich, Kapitän«, sagte er mit verschwörerischem Zwinkern. »Die junge Dame hat mir gerade gesagt, sie hätte gern Französischstunden – privat.«

Bevor sie aufbegehren konnte, erhob sich der Franzose auf unsicheren Beinen, nahm ritterlich ihre Hand und drückte einen Kuss darauf. Sogleich hörte sie auf, sich zu beklagen. Die Art des Franzosen und seine prächtige Uniform beeindruckten sie. Für einen Ausländer sah er ihrer Ansicht nach recht interessant aus.

»Meine Herren, Sie müssen mich entschuldigen, wenn ich Sie jetzt verlasse, um Unterricht in der wahren Sprache der Liebe zu erteilen.«

Während die junge Frau den Franzosen davonführte, die von ihm lernen sollte, was er mit *l'amour* meinte, füllte Horace die Kristallkelche erneut. »Auf Herrn Straub«, sagte er feierlich. »Oder sollte ich besser sagen ›Hauptmann Karl von Fellmann‹?«

Ohne sein Glas zu heben, sah der Baron den Engländer an. »Sie wissen also, dass Karl mein Bruder war, Mister Brown. Das überrascht mich nicht besonders. Vermutlich ist die Bombe, die Kapitän Mort auf seinem Schiff gefunden hat, in Ihrem Auftrag an Bord geschafft worden.«

»Ich bedaure außerordentlich, dass Sie Ihren Bruder verloren haben, Baron«, sagte Horace und stellte sein Glas wieder auf den Tisch. »Die Bombe sollte niemanden töten, sondern lediglich Ihr Vorhaben, Neuguinea näher in Augenschein zu nehmen, sagen wir, ein wenig bremsen.«

So aufmerksam von Fellmann seinen englischen Gegenspieler ansah, er konnte keine Falschheit in dessen Ausdruck entdecken. Unter vergleichbaren Umständen hätte er sich ähnlich verhalten. Der Mann hatte nicht den geringsten Versuch unternommen, zu bestreiten, dass die Bombe von ihm stammte. »Mein Bruder war ein guter Soldat«, gab der Baron zurück. »Er ist ebenso für seinen Kaiser gestorben, als wäre er auf dem Schlachtfeld gefallen. Daher erwidere ich Ihren Trinkspruch auf einen mutigen Mann und möchte gern einen auf den Erfolg Ihres Michael Duffy ausbringen. Möge es ihm gelingen, seinen Auftrag zu erfüllen und den Mann zu töten, der am Tod meines Bruders schuldig ist.«

Jetzt war die Reihe an Horace, verblüfft dreinzusehen. Woher kannte der Mann Michaels wahre Identität, und woher wusste er, dass er für ihn arbeitete? Ausdruckslos hielt er den Blick auf sein Champagnerglas gerichtet. »Meine Gattin hat vor mir keine Geheimnisse, Mister Brown«, sagte der Baron mit grimmigem Lächeln, als beantworte er dessen unausgesprochene Frage. »Es war nicht besonders schwer, eine Bestätigung für meinen Verdacht zu finden, dass die Bombe durch Mister Duffy auf das Schiff gelangt ist und er derjenige war, der sie zum gegebenen Zeitpunkt zünden sollte. Die Art, wie Sie vorhin reagiert haben, hat meine Vermutung bestätigt.«

Im Stillen verfluchte sich Horace. Wie ein Anfänger war er dem Deutschen auf den Leim gegangen. Der Mann verstand sein Fach, das musste ihm der Neid lassen. »Aber keine Sorge, mein Freund«, fuhr von Fellmann fort. »Vorerst kann ich Mister Duffy den Verrat an mir verzeihen, denn immerhin hat er mir das Leben gerettet, als wir im Wasser trieben. Außerdem steht er im Begriff, den Mörder meines Bruders aufzuspüren, um mit ihm abzurechnen. Wie meine Gattin sagt, ist er auch ein erstklassiger Liebhaber. Männer wie er sind etwas ganz Besonderes. Es täte mir Leid, ihn eines Tages töten zu müssen, jedenfalls dann, wenn er weiterhin für Sie arbeiten sollte. Aber wir beide wissen ja, wie unzuverlässig Söldner sind.« Er hob sein Glas. »Auf Herrn Duffy, einen außergewöhnlichen Mann.«

Horace hob das seine. »Auf Ihre Majestät«, brummte er. »Gott schütze sie.« Flüchtig dachte er an den Iren. Ob er ihn je wieder sehen würde? Oder würde sich Mort noch einen Angehörigen der Familie Duffy auf sein Gewissen laden?

38

Max Braun gab sich keine Mühe, seine Tränen zu verbergen. Inmitten der Menge der Abschiednehmenden am Kai umschlang er Patrick mit seinen mächtigen Armen, bevor dieser an Bord des Schiffs ging, das ihn nach England bringen sollte. Sie waren ein seltsames Paar: der stämmige Mann mit dem von Tränen überströmten Narbengesicht und der eingeschlagenen Nase und der hoch aufgeschossene Junge mit den aristokratischen Zügen, dessen gutem Aussehen schon bald nur wenige Frauen würden widerstehen können.

Max hob Patrick hoch und umarmte ihn voll Zärtlichkeit. »Gute Reise, mein kleiner Kämpfer«, flüsterte er mit von Rührung erstickter Stimme. »Vergiss nie, dass dich dein Onkel Max lieb hat.« Verlegen wischte er sich die Tränen ab und wandte sich beiseite, um seinen Kummer vor Daniel und dessen Angehörigen nicht allzu deutlich zu zeigen. Möglicherweise würde er den Jungen nie wieder sehen, ging es ihm durch den Kopf. Michael war ihm vor vielen Jahren genommen worden, hatte ihm aber seinen Sohn gelassen. Jetzt würde Patrick auf viele Jahre aus seinem Leben verschwinden – wenn nicht für immer.

Fiona beobachtete die Szene am Kai aus ihrer Kutsche und hätte ihr Leben dafür gegeben, an der Stelle des Mannes zu sein, der ihren Sohn umarmte. Sie sehnte sich mit allen Fasern ihres Herzens danach, Patrick in die Arme zu schließen. Wie gern hätte sie ihm so vieles gesagt! Das schnittige Segelschiff, das ungeduldig wie ein Rennpferd an seiner Ankerkette zerrte, schien nur darauf zu warten, ihn aus ihrem Leben davonführen zu können.

Männer mit Zylinderhüten und Frauen in langen Kleidern umarmten weinend Freunde und Verwandte, die im Begriff standen, das Schiff zu besteigen. Unter der warmen Herbstsonne schwitzend, schafften Hafenarbeiter und Gepäckträger die letzten Lasten auf das Schiff für eine Reise, die es um die halbe Welt führen würde. Dann forderte eine Kommandostimme, die lauter war als all das Weinen, Lachen und die Abschiedsworte, die letzten Nachzügler auf, an Bord zu kommen. Unterstrichen wurde der Hinweis auf das unmittelbar bevorstehende Ablegen des Schnellseglers durch das Läuten einer Glocke.

Auch wenn Fiona mit ihren Gedanken allein war, hatte sie doch Begleitung. Penelope saß neben ihr in der Kutsche und sah aufmerksam auf das schöne, jetzt aber bleiche und gequälte Gesicht ihrer Kusine. Sie hatte sie schon früher leiden sehen, aber noch nie so wie jetzt.

Sanft nahm sie Fionas Hand, um sie zu beruhigen. Womit aber konnte man eine Mutter beruhigen, wenn sie einen Sohn verlor, den sie nach Jahren stummer Trauer gerade erst gefunden hatte? Welche Möglichkeit hatte sie, der Frau, die sie liebte, klar zu machen, dass sie sich durchaus vorstellen konnte, welche Schmerzen sie litt?

Einen flüchtigen Augenblick lang wandte sich Fiona der Kusine zu, um ihr ein schwaches Lächeln des Dankes für ihre zärtliche Geste zu schenken. »Ich habe ihn für immer verloren. Meine Mutter hat ihn mir zweimal genommen. Dabei ist schon das erste Mal fast über meine Kräfte gegangen.«

Penelope folgte Fionas Blick zum Kai, wo sich nach wie vor die Menschen drängten. Sie sah, wie Daniel Duffy in Anzug und Zylinderhut Patrick nachwinkte, als dieser seiner Großmutter auf das Schiff folgte. Eine hübsche rothaarige Frau neben dem hoch gewachsenen Anwalt hielt weinend ein Mädchen an der Hand, das wie eine Miniaturausgabe ihrer selbst aussah. Als der Junge neben Daniel, der wohl in Patricks Alter sein mochte, winkte, blieb Patrick auf der Fahrgastbrücke stehen, um den Abschiedsgruß zu erwidern. Auch eine alte Frau mit schlohweißem Haar schien zu dieser Gruppe zu gehören.

Auf Penelope wirkte sie wie eine typische stille und freundliche Großmutter.

Während sich die Menge der Abschiednehmenden näher an den Anleger schob, als wollten sie die Fahrgäste berühren, die an der Reling standen, verlor Penelope die Duffys aus den Augen. Die Menge verabschiedete die Reisenden mit einem dreifachen *Hurra*, was wohl den Wunsch nach einer glücklichen Reise ausdrücken sollte.

Die Leinen, die das Schiff an der Mole festhielten, wurden losgeworfen, und eine Blaskapelle spielte ein Potpourri aus volkstümlichen Weisen, bevor sie das alte schottische Abschiedslied *Auld Lang Syne* anstimmte. Penelope ließ den Blick an der Reling des Schiffs entlanglaufen und entdeckte Patrick und ihre Tante Enid nebeneinander stehend in der Nähe des Bugs. Sie sah, dass Lady Enid etwas zu dem Jungen sagte, während dieser mit betrübtem Lächeln seinen Angehörigen am Kai zuwinkte.

Ein Dampfschlepper zog das Schiff ins Hauptfahrwasser, wo es seinen langen Weg nach England beginnen würde: über den großen südlichen Ozean und rund um das Kap der Guten Hoffnung an der Südspitze Afrikas.

Fiona wartete nicht, bis das Schiff das Fahrwasser erreichte. Sie wollte ihren Sohn nicht als winzigen Punkt an Deck unter vielen anderen in Erinnerung behalten, sondern sein Gesicht deutlich vor sich sehen, so, wie er an der Reling gestanden hatte. Vor allem wollte sie nicht ständig daran denken müssen, dass das Schiff den Jungen davongeführt hatte. Sie hatte in seinen Augen zweifelsfrei Michaels Wesen erkannt. Bestimmt würde ihm immer ein Rest des widerspenstigen Geistes seines Vaters bleiben, ganz gleich, auf welche Weise ihn ihre Mutter zu verändern versuchen würde.

Zweifellos sollte der Junge als Granvilles Gegenspieler aufgezogen werden und würde damit eines Tages mittelbar auch ihr Gegenspieler werden, der Feind seiner Mutter. Nicht dass sie sich von Michael Duffy hatte verführen lassen, machte ihre Schuld aus, sondern dass sie sich gegen ihre Mutter gestellt hatte, die sie jetzt strafte, indem sie die Frucht aus dieser Be-

ziehung benutzte, sie auf möglichst grausame Weise zu quälen.

Das Rumpeln der Kutsche auf dem festgefahrenen Karrenweg
nach South Head verursachte Penelope Übelkeit. Der Tag war
heiß, und so musste man mit Bränden in den Eukalyptuswäldern rund um Sydney rechnen, deren brauner Ascheregen auf
die Stadt herabrieseln würde.

Diese Art von Übelkeit war für eine Schwangere nicht ungewöhnlich. Penelope wusste, dass Manfred von Fellmann der
Vater ihres ungeborenen Kindes war, da sie sich bei ihren Beziehungen zu anderen Männern vorgesehen hatte. Außer ihrem Arzt wusste bisher niemand von der Schwangerschaft, die
inzwischen im dritten Monat bestand. Penelope wollte Fiona
als Nächste ins Vertrauen ziehen. Ihr Zustand ermöglichte ihr
ein besonderes Mitgefühl für den Kummer ihrer Kusine. Ihr
ging auf, wie kostbar das in ihr heranwachsende Leben war.
Wie würde sie sich verhalten, wenn ihr jemand das Kind aus
den Armen, aus dem Leben, reißen wollte? Die Antwort war
klar. Sie wäre fähig, jeden zu töten, der diesen Versuch unternahm.

Fiona sah zu den vorüberfahrenden Kutschen und Fuhrwerken hinüber. Die hohen Eukalyptusbäume schienen von
der Luftverschmutzung erschöpft zu sein, die mit dem Wachs-
tum Sydneys einherging. Von den Gerbereien ging ein übler
Gestank aus, Fabriken entließen giftige Dämpfe in die Atmosphäre, und ungeklärte Abwässer verseuchten den sandigen
Boden. Einst völlig saubere Sumpfgebiete waren mittlerweile
zu giftigen Kloaken geworden. Während Fiona früher Sydney
mit seinem herrlichen Hafen für die schönste Stadt der Welt
gehalten hatte, erschien sie ihr jetzt hässlich, zumal sie die Heimat der Familie Macintosh war, deren bloßer Name ihr wegen
all dem Übel zuwider war, das er in ihr Leben gebracht hatte.

»Noch haben wir Michael«, sagte Penelope, während die
Kutsche über den staubigen Weg dahinpolterte. »Solange er
lebt, besitzt du einen Verbündeten, der dir helfen kann, Patrick
eines Tages zurückzugewinnen.«

Fiona bedachte die Kusine mit einem bitteren Lächeln. »Ich glaube, dafür ist es zu spät«, gab sie bedrückt zurück. »Er ist Gott weiß wo und womöglich schon tot. Nein, viel könnte er wohl nicht ausrichten«, fügte sie niedergeschlagen hinzu.

Auch wenn Penelope die Ansicht ihrer Kusine verstand, so teilte sie diese keineswegs. Michael besaß die natürliche Gabe zu überleben, und seine Narben waren ein Zeugnis für seine Fähigkeit, noch das Schlimmste zu überstehen. So unvernünftig ihr diese Annahme erschien, so war sie doch überzeugt, er werde eines Tages zurückkehren und Fiona helfen, den Sohn zurückzugewinnen.

»Du hast mit Michael geschlafen, als er hier war«, sagte Fiona mit einem Mal und ohne die Kusine anzusehen, die völlig überrascht war.

Eine Weile verharrte Penelope in verblüfftem Schweigen und überlegte, was sie auf diese Anschuldigung sagen sollte. »Ich habe mit dem Mann geschlafen, der, wie du weißt, Michael O'Flynn und nicht Michael Duffy war«, sagte sie schließlich.

Fiona sah sie mit kalt blitzenden Augen an. »Dir ist ebenso klar wie mir, dass es sich um ein und dieselbe Person handelt«, fuhr sie auf.

Betrübt lächelte Penelope über die Trauer ihrer Kusine. »Wir hatten es mit demselben Körper zu tun«, gab sie ruhig zur Antwort. »Aber nicht mit demselben Mann. Er ist nicht mehr der Jüngling, den du vor Jahren gekannt hast. Aus Michael Duffy ist Michael O'Flynn geworden, ein Mann, dessen Seele ebenso voller Narben ist wie sein Körper. Aus dem jungen Mann, der einst davon träumte, mit seinen Bildern Schönheit zu schaffen, ist ein Mann geworden, der nie Frieden finden wird. Ach, liebe Fiona, ich habe in seine Seele geblickt und darin die Qualen um das erkannt, was er nie wieder finden wird. Nein, ich habe nicht mit *deinem* Michael geschlafen, sondern mit einem irischen Glücksritter. Der Mann, mit dem ich es zu tun hatte, würde deinen Michael wohl kaum kennen. Die beiden haben wenig miteinander gemein.«

Fionas Bitterkeit löste sich auf. Penelope hat Recht, dachte sie. Der Mann, dem sie in Penelopes Haus flüchtig begegnet war, war völlig anders als der sanftmütige und sorgenfreie Michael, den sie einst geliebt hatte. Der Mann, der dort auf dem Rasen vor ihr gestanden hatte, war ihr wie jemand vorgekommen, dem im Leben viel zu viel Gewalttätigkeit begegnet war. Ja, sie hatten es mit demselben Körper zu tun gehabt, aber nicht mit demselben Mann!

Sie nahm die Hand ihrer Kusine. »Ich weiß, was du sagen willst, Penny«, sagte sie mit dem Anflug eines Lächelns. »Ich glaube, wir hatten beide Glück, Michael kennen zu lernen. Das werden wir stets gemeinsam haben, du und ich.«

Penelope schlang ihre Arme um sie und drückte sie an die Brust. Dann teilte sie ihr das wunderbare Geheimnis ihrer Schwangerschaft mit. Während die Kutsche in die Auffahrt vor Penelopes Haus einbog, ertönten darin Jubelrufe.

An diesem Nachmittag liebten sie sich voll Leidenschaft und zugleich voll Zärtlichkeit, doch als Penelope in ihren Armen eingeschlafen war, merkte Fiona, dass ihre Gedanken zu ihrem Sohn und dessen Vater schweiften. Sie zogen durch die leeren Stellen in ihrem Leben. Ihr kam die Erinnerung an einen Strand bei Sonnenuntergang, Gelächter und das Gesicht eines hoch gewachsenen, breitschultrigen jungen Mannes, der sie dazu überreden wollte, mit ihm nach Amerika zu gehen. Voll Kummer erinnerte sie sich daran, wie einst ihre Brüste voll Milch für den Sohn gewesen waren, den sie nie hatte stillen dürfen. »Wo bist du, Michael Duffy?«, flüsterte sie, während sie der schlafenden Penelope eine goldene Strähne aus dem Gesicht strich. »Werden wir einander je wieder begegnen? Und was würdest du sagen, wenn du wüsstest, dass wir einen gemeinsamen Sohn haben?«

EIN ORT
DER ABRECHNUNG

39

Mit dem Gewehr quer über der Brust lag Michael Duffy auf dem Rücken und sah zu einem Adler empor, der majestätisch über dem trockenen Tal kreiste. Unversehens stieß der Vogel zur Erde herab, wo er wohl ein Opfer erspäht hatte. Michael zog sich die breite Hutkrempe übers Gesicht und schloss die Augen.

Ein Stück weiter hockte Luke Tracy auf sein Gewehr gestützt im hohen Gras und spähte wachsam ostwärts. Aufmerksam ließ er den Blick über das Buschland gleiten. Da sie sich tief im Gebiet feindseliger Stammeskrieger befanden, war größte Vorsicht am Platze, wenn sie nicht wollten, dass die Schatten in der tropischen Sonne mit einem Mal lebendig wurden und ein Krieger daraus hervortrat, der einen tödlichen Speer schleuderte.

Um seinen Beinen ein wenig Entspannung zu gönnen, setzte sich Luke.

»Nichts?«, fragte Michael träge unter dem Schatten seiner Hutkrempe hervor.

»Bisher nicht«, gab Luke zur Antwort und griff nach der Feldflasche, um einen Schluck Wasser zu trinken.

Ein Pferd wieherte aus einem Gebüsch hinter ihnen. Sofort fuhr Henry James hoch, der unter einem dürren Baum vor sich hingedämmert hatte. Aus der Ferne ertönte ein Antwortwiehern, und die drei Männer suchten den östlichen Horizont des mit Buschwerk bedeckten Hügellandes ab.

»Sie sind es«, sagte Luke, stand auf und schwenkte das Gewehr über dem Kopf.

In der Ferne bestätigte einer der beiden Reiter, die sich über die von der Sonne ausgedörrte Ebene näherten, den Gruß auf die gleiche Weise. Nach kurzer Zeit wurden ihre Umrisse deutlicher.

Christie Palmerston und John Wong ritten Seite an Seite, beide das Gewehr quer vor sich im Sattel. Sie hielten ihre Tiere am Rande der Baumgruppe an, und Michael trat vor, um sie zu begrüßen. Er hob den Blick zu Christie Palmerston, dessen Ruf als glänzenden Buschläufer jeder im Gebiet der Grenze kannte.

Michael wusste kaum etwas über die Vergangenheit des Mannes, wohl aber hatte er gehört, der Mann sei ein uneheliches Kind der berühmten Opernsängerin Madame Carandini und des Viscount Palmerston aus dem englischen Hochadel. Die Herkunft des Mannes, der etwa Mitte zwanzig sein mochte und dem der dunkle Bart bis auf die Brust fiel, war ihm allerdings weit weniger wichtig als dessen beträchtliche Erfahrung und Fähigkeiten als Buschläufer. Voll Mitgefühl betrachtete Michael den linken Arm des Mannes, der von Geburt an verkrüppelt war. Durch den Verlust seines Auges wusste er nur allzu gut, welch große Einschränkungen eine körperliche Behinderung bedeuten kann.

»Sie sind etwa drei Stunden entfernt und kommen in diese Richtung«, sagte Christie ungefragt.

»Wie viele?«, erkundigte sich Michael.

»Ich habe neunundzwanzig gezählt. Überwiegend Chinesen, vier Weiße. Sie ziehen im Gänsemarsch, und man hat nicht den Eindruck, dass sie mit Schwierigkeiten rechnen. Allerdings sind sie für einen Trupp chinesischer Kulis ganz schön schwer bewaffnet.«

»War ein Mädchen dabei?«, fragte Michael. Nach der kurzen Beschreibung des jungen Buschläufers musste es sich bei dem sich nähernden Trupp um Mort und seine Leute handeln. Falls sich ein Mädchen darunter befand, wäre diese Vermutung Gewissheit.

»Um das erkennen zu können, waren sie zu weit entfernt«, gab Christie zur Antwort und wischte sich mit dem Hemdsärmel den Schweiß von der Stirn. »Für mich sehen sowieso alle Chinesen gleich aus … egal, ob Mann oder Frau.«

»Spielt eigentlich auch keine Rolle«, brummte Michael vor sich hin. »Das sind sie bestimmt.«

Nachdem Michael, Henry und Luke das Tal gründlich erkundet hatten, waren Christie und John ausgeritten, um Morts Trupp zu finden. Auf Grund seiner Kenntnis der Gegend war es Christie rasch klar geworden, welchen Weg der Zug vermutlich nehmen würde, und er hatte von einem Gebirgskamm Ausschau gehalten, von dem aus man einen Blick über die engen Täler und leuchtenden Ebenen hatte. Von dort aus hatten sie kleine Gruppen von Goldsuchern gesehen, die sich wie Ameisen voranbewegten, und schließlich war ihnen auch der Trupp der Chinesen aufgefallen, der in südwestlicher Richtung dem Palmer entgegenstrebte.

Michael wandte sich um und ging zu dem Gebüsch, in dessen Nähe die Pferde grasten. Es gab nicht viel zu sagen. Die fünf Männer, die Cooktown vier Tage zuvor verlassen hatten, wussten, wie es weitergehen würde. Sie brauchten nur noch abzuwarten, dass ihnen Mort vor die Flinte lief.

Von ihren Pferden herab sahen die anderen neugierig zu, wie Michael das Gelände abschritt, das er für sein Vorhaben ausersehen hatte. Was Überfälle aus dem Hinterhalt anging, war er ein Meister, und er hatte die Stelle sorgfältig ausgewählt, damit sie ihrem kleinen Trupp gegenüber der Vielzahl von Morts Leuten genug Vorteile bot.

Henry wusste, was es zu bedeuten hatte, wenn der irische Söldner von Zeit zu Zeit stehen blieb und in die Hocke ging, um einen prüfenden Blick auf das Gelände zu werfen. Als Krimkrieg-Veteran kannte er die Vorteile eines Hinterhalts: Eine kleine Gruppe von Kämpfern könnte so sogar eine Übermacht von Feinden angreifen, wenn sie sich gut tarnte und das Element der Überraschung nutzte. Das galt vor allem dann, wenn das Gelände dem Feind keine Möglichkeit bot, sich über eine größere Fläche zu verteilen.

Morts Trupp würde höchstwahrscheinlich genau an der Stelle vorüberziehen, die Michael für den Hinterhalt ausersehen hatte. Die Beschaffenheit des Geländes legte das nahe. Da sich zur Linken ein von Baumwuchs bedeckter Steilhang erhob und das Gelände nach rechts schroff abfiel, blieb kaum ein anderer Weg.

Während ein Sturmangriff gegen eine von Palisaden geschützte Befestigung des Geheimbundes völlig außer Frage stand, schien Mort im offenen Gelände und ohne die Verstärkung durch Angehörige der Tiger-Gesellschaft, die sich irgendwo auf dem Weg zu ihm befanden, am ehesten verwundbar. Zufrieden mit seiner Entscheidung erteilte Michael den Männern Anweisungen, und sie saßen ab.

In aller Eile schleppten sie vom nahe gelegenen Hang Bruchholz herbei, um daraus Brustwehren zu errichten, wobei sie unter der tropischen Sonne ins Schwitzen gerieten. Es kam darauf an, die durch Termitenbefall oder Stürme umgestürzten Stämme so anzuordnen, dass das Ganze einen natürlichen Eindruck machte. Nur wer mit der Taktik eines Hinterhalts sehr vertraut war, würde die mögliche Gefahr erkennen, doch gehörte Mort nach Michaels Einschätzung nicht zu diesen Leuten.

Als alle Vorbereitungen getroffen waren, stellten sich die vier Männer in einem Halbkreis vor den Angriffsplan, den Michael in den Boden geritzt hatte. Die für den Hinterhalt vorgesehene Fläche ähnelte einem großen L, wobei Henry und Luke ihre Plätze an der quer verlaufenden unteren Linie einnahmen, Michael und John an der lang gezogenen Senkrechten, während Christie am oberen Ende einerseits das Näherrücken des Trupps melden und ihm andererseits die Möglichkeit zum Rückzug abschneiden sollte. Der einzige Weg aus dieser sorgfältig geplanten Falle führte über den Absturz in die Tiefe.

Michael bediente sich seines Bowie-Messers als Zeigestock. »Durch die Felsrinne da hinten ziehen wir uns zurück«, sagte er und wies mit dem Messer auf eine Stelle hinter ihnen. Es handelte sich um das tief ins Gestein eingeschnittene Bett eines ausgetrockneten Bergbachs. Felsen zu beiden Seiten boten reichlich Deckung für den Rückzug. »Dabei gehen wir abschnittweise vor: Die Gruppe, die gerade in Deckung ist, gibt der, die sich bewegt, Feuerschutz. Hat noch jemand Fragen?«

Der Plan erschien allen einfach und Erfolg versprechend, und so sagte keiner der Männer etwas. Sie zupften sich verlegen am Bart und kratzten sich, wo Insekten sie gestochen hatten. »Gut!«, knurrte Michael, stand auf und streckte sich. Jeder wusste, was er zu tun hatte, und allen war klar, womit sie zu rechnen hatten, wenn die Schießerei begann.

»Am besten bringen wir jetzt die Pferde auf die andere Seite und legen ihnen Fußfesseln an«, sagte Henry, während er mit der Hand die Augen vor dem grellen Widerschein der Felsen schützte.

»Guter Gedanke«, gab Michael zurück und steckte das Bowie-Messer in den Stiefelschaft. »Viel Zeit bleibt uns nicht mehr.«

Damit hatte er Recht. Kaum hatten sie die Tiere in Sicherheit gebracht, kam Christie von seinem Ausguck herbeigerannt. Schweiß lief ihm über das Gesicht in den Bart. »Sie kommen!«, rief er atemlos.

Die Männer wurden hinter ihren improvisierten Brustwehren unsichtbar und warteten – aber nicht sehr lange.

40

Aus seinem Versteck konnte Michael den Mann an der Spitze des heranrückenden Trupps sehen. Es war einer der Chinesen, der lässig eine altmodische Steinschloss-Muskete auf der Schulter trug.

Michael stellte das Schiebevisier seines Snider-Gewehrs auf die geschätzten zweihundert Meter ein, die der Mann entfernt war. John neben ihm tat es ihm gleich. Beide hielten den Atem an, als der Mann vorüberzog, gefolgt von den anderen.

Sie haben nicht einmal Späher abgestellt, um das Gelände links und rechts des Weges zu erkunden, ging es Michael durch den Kopf. Ein beruhigender Gedanke. Er hatte es darauf ankommen lassen und gewonnen. Jetzt stellte er das Visier auf hundert Meter ein, während sich die Mitte des Trupps näherte. Die Männer, die in Zweierreihen gingen, schienen sich vor allem dicht beieinander halten zu wollen, damit kein Versprengter von Stammeskriegern angegriffen werden konnte, die in den grauen Büschen um sie herum hocken mochten. Ausgerüstet waren die Chinesen mit einem Sammelsurium von Feuerwaffen. Die meisten hatten Steinschloss-Musketen, er sah aber auch die eine oder andere Hakenbüchse. In der Mitte des Trupps war eine Hand voll Europäer zu sehen, die über Winchester-Gewehre verfügten.

»Da ist sie!«, flüsterte John. Zwar hatte er Thi Hue nie zuvor gesehen, doch sah sie genauso aus, wie er sich die Angehörige einer vornehmen fernöstlichen Familie vorgestellt hatte. Sie hielt sich mit geradezu königlicher Würde und war so schön, wie Michael sie beschrieben hatte. John konnte die Augen nicht von dem zartgliedrigen jungen Mädchen wenden.

Als Michael »Fertig machen!« flüsterte, löste John widerwillig den Blick von dem Mädchen. Nach einigem Suchen fand Michael sein Ziel. »Los!«, forderte er John leise auf, während er sorgfältig den einstigen Kapitän der *Osprey* anvisierte.

»Brüder! Werft eure Waffen zu Boden!«, rief John auf Chinesisch, »wenn ihr nicht über den Haufen geschossen werden wollt!« Sogleich begann unter den Chinesen ein wildes Gedränge, weil sie festzustellen versuchten, woher die Stimme gekommen war. Keiner warf sein Gewehr zu Boden. Mort schien etwas zu Wu zu sagen, dem Kapitän der Piraten. Michael richtete sein Gewehr auf Morts Brust.

»Werft die Waffen weg, Brüder. Wir sind viele!«, rief John. »Wir können euch abknallen, bevor ihr merkt, dass der Tod da ist.«

Einer der Mutigeren unter den Chinesen hob die Muskete. Michael sah die Bewegung, schwenkte den Lauf seines Gewehrs und feuerte. Das Echo des Schusses hallte vom Berghang hinter ihm zurück. Die schwere Kugel durchschlug die Brust des Chinesen. Mit einem Aufschrei warf er die Arme in die Luft und stürzte zu Boden. Laut kreischend stieg ein Schwarm von Gelbhaubenkakadus wie eine weiße Wolke zum azurblauen Himmel empor. Von Panik erfasst, begannen die Chinesen, wild drauflos zu feuern. Dieser eine Augenblick hatte Mort vorerst vor dem sicheren Tod bewahrt.

Das Feuer der Chinesen wurde aus dem Hinterhalt mit großer Treffsicherheit erwidert. Drei von vier Kugeln fanden ihr Ziel. So gab es in Morts Trupp schon bald vier Tote, während die wilde Schießerei der Chinesen nicht die geringste Wirkung gezeigt hatte. Stehend luden sie ihre Musketen nach, und erst als vier weitere von ihnen erschossen waren, folgten sie dem Beispiel der Männer von der *Osprey* und ließen sich zu Boden fallen.

Als Morts Männer das Feuer aus ihren Winchester-Gewehren erwiderten, sahen sich Michael und seine Männer gezwungen, die Köpfe am Boden zu halten. Zwar rissen einige der Geschosse in unbehaglicher Nähe Grasbüschel aus dem Boden, trafen sie aber nicht.

»Wer zum Teufel schießt da auf uns?«, fragte Sims in ängstlichem Ton. »Die legen uns alle um.«

»Wahrscheinlich einer von diesen Geheimbünden«, knurrte Mort und fingerte eine Schachtel Patronen aus der Hosentasche. Während er sein Gewehr nachlud, kam ihm ein beunruhigender Gedanke. Für das, was er von den Geheimbünden wusste, war der Hinterhalt zu professionell gelegt.

»Ich bin getroffen!« Der unterdrückte Ausruf kam von einem seiner Männer, der törichterweise seine Deckung vernachlässigt hatte, um sich Übersicht zu verschaffen. Er stürzte rücklings zu Boden und hielt sich mit beiden Händen den Unterleib, aus dem dunkles Blut quoll, das sein schmutzig-weißes Hemd rot färbte. »Großer Gott«, stöhnte er und wand sich am Boden. »Helft mir! Um Gottes willen helfen Sie mir, Käpt'n.«

Mort schob eine Patrone in den Lauf und richtete das Gewehr auf den Mann. Die Kugel zerschmetterte ihm den Schädel; er war auf der Stelle tot. Verängstigt und entsetzt sah Sims zu ihm hin. »Ging nicht anders«, knurrte Mort. »Er hatte einen Bauchschuss. Damit hätte er sich ewig quälen können.«

Allmählich hörte das Feuer auf, da sich auf beiden Seiten niemand zu zeigen wagte. Vorsichtig erhob sich Mort auf die Ellbogen, um einen besseren Überblick zu bekommen. Er überlegte, welche Möglichkeiten er hatte. Wenn er mit seinen Leuten blieb, wo sie waren, dürfte es den Männern im Hinterhalt, wer auch immer sie sein mochten, schwer fallen, ihre eigene Position zu verlassen, ohne ein Ziel zu bieten. Falls er sich zum Rückzug über den hinter ihnen liegenden Steilhang entschied, käme das einer Aufforderung an ihre Belagerer gleich, sie einzeln aus der Felswand herauszuschießen.

Es war Mort bekannt, dass ein guter Schütze mit einem Snider-Gewehr auf gut vierhundert Meter Entfernung treffen konnte. Das war äußerst beunruhigend, denn mit diesen Gewehren konnte der Gegner sie unendlich lange dort festnageln, wo sie waren. Wer auch immer den Hinterhalt gelegt hatte, verstand sein Handwerk.

»Kapitän Wu!«, blaffte er. Der Pirat schob sich durch das hohe Gras neben ihn. Mort sah deutlich die Angst im schwitzenden, von Pockennarben übersäten Gesicht des Chinesen. »Haben Sie eine Vorstellung, wer das da drüben sein könnte?« fragte er.

Wu schüttelte den Kopf.

»Der Mann, der gesprochen hat«, sagte er, »spricht nicht besonders gut Chinesisch. Vermutlich ist er ein Weißer.«

Diese Auskunft verblüffte Mort. In dem Fall hatte er nicht die geringste Vorstellung, wer sie da belagerte.

»Mort! Wenn Sie noch am Leben sind, sollten Sie mir gut zuhören.«

»O'Flynn!«, stieß Mort zwischen den Zähnen hervor. Er hätte ihn beim Untergang der *Osprey* umbringen sollen!

»Wenn Ihnen Ihr Leben lieb ist, schicken Sie das Mädchen zu uns herüber. In dem Fall lassen wir Sie alle am Leben ... vorläufig.«

Vorläufig ... Es war Mort klar, was O'Flynn damit meinte. Er befand sich also auf einem Rachefeldzug. Es ging ihm wohl gar nicht um die Männer seines Trupps, sondern ausschließlich um ihn. »Ich bin hier, O'Flynn, und ich höre, was Sie sagen«, rief er zurück. »Aber wie ich die Situation einschätze, haben wir es mit einem Patt zu tun: Keine der beiden Seiten kann sich ohne Verluste zurückziehen, aber Sie können auch nicht vorrücken.«

Schon bald zerriss ein einzelner Schuss die unbehagliche Stille, die darauf folgte. Ein Chinese schrie auf, von einer Kugel am Kopf getroffen. Christie Palmerston hatte sich wie ein Eingeborenen-Krieger unbemerkt vorangerobbt und einen der Musketiere getroffen, der sich törichterweise durch eine Bewegung verraten hatte. Unter den Chinesen erhob sich ängstliches Gemurmel.

»Wie Sie sehen können«, rief Michael, als die Stimmen der Chinesen ein wenig leiser geworden waren, »können wir jederzeit jeden Einzelnen von Ihnen erledigen, bis wir auch Sie haben.«

»Geben Sie dem weißen Mann das Mädchen«, sagte Wu und zupfte Mort furchtsam am Ärmel. »Er bringt uns alle um.«

Eine Stimme, die über die freie Fläche zwischen ihnen herüberdrang, schnitt die Bitte des Kapitäns ab. Die Wirkung der chinesischen Worte bestärkte Wu noch mehr in seiner Überzeugung, dass nur im Nachgeben Rettung lag.

»Was hat er gesagt?«, fragte Mort den verängstigten Piraten. An Bord seiner Dschunke hatte Wu vor niemandem Angst, aber in Hitze und Staub des entsetzlichen Landes schien sich der Tod wahllos diesen und jenen zu holen. An diese Art zu kämpfen war er nicht gewöhnt.

»Er fordert uns auf, Sie umzubringen, wenn Sie das Mädchen nicht laufen lassen«, sagte Wu mit weit aufgerissenen Augen. »Er sagt, alle Chinesen können gehen … kein Chinese wird getötet, wenn Sie das Mädchen laufen lassen.«

Mort sah sich um und merkte, dass ihn einer der Männer des Geheimbundes mit berechnendem Blick musterte. Die Situation schien sich rasch zu verschlechtern. Sogar seine eigenen Leute könnten sich gegen ihn wenden. »Wir geben denen das Mädchen«, sagte er ruhig. Doch er dachte nicht im Entferntesten daran, O'Flynn den Sieg zu überlassen. Auch er verstand die Kunst, einen Hinterhalt zu legen, und hatte bereits einen Plan. »Sagen Sie Ihren Männern, sie sollen das Mädchen freigeben«, forderte er Wu auf, der heftig nickte und zu Thi Hue zurückkroch.

Er gebot ihr aufzustehen, was sie vorsichtig tat. Auch sie hatte die in der sonderbaren Sprechweise vorgetragenen chinesischen Worte gehört. Soweit sie die Situation begriff, sollte sie von einer Räuberbande zur nächsten weitergereicht werden.

Michael und John sahen über die offene Fläche zu dem Mädchen hin, das sich unsicher erhob. »Du brauchst keine Angst zu haben«, rief ihr John auf Chinesisch zu. »Tu, was ich sage. Geh einfach geradeaus auf den Berg zu und warte bei dem großen Felsbrocken. Wir sind Freunde, die dich befreien und zu deinen Angehörigen zurückbringen wollen.« Die Stimme, die sie da rief, kam ihr nicht bedrohlich vor.

Sie sahen, wie sich das Kinn des Mädchens hoffnungsvoll hob und sie langsam auf die Felsrinne hinter den Belagerern zuging. Zugleich zogen sich Michael und John vorsichtig aus ihrer Deckung hinter dem Baumstamm zurück. Michael be-

470

dauerte es zutiefst, Mort nicht erschossen zu haben, als er eine Gelegenheit dazu hatte, aber er hatte Horace Brown versprochen, in erster Linie an die Rettung des Mädchens zu denken. Außerdem würde der Mann, den zu töten er gelobt hatte, sie bestimmt verfolgen; ihm blieb gar nichts anderes übrig. Ohne das Mädchen verlor die Versenkung der *Osprey* durch Mort ihren Sinn.

Mit unsicherem Schritt ging Thi Hue an John und Michael vorüber. Wenn alles wie geplant verlief, waren jetzt Christie, Henry und Luke dabei, sich durch das Meer aus hohem Gras der Felsrinne entgegenzuarbeiten. Michael würde dort warten, wo er sich gerade befand, um ihnen notfalls Feuerschutz zu geben.

Aber auch Mort wartete geduldig auf seine Gelegenheit. Es eilte ihm nicht damit, sich vor den Gewehren seiner Gegner zu zeigen, denn er hatte einen gehörigen Respekt vor O'Flynns soldatischen Fähigkeiten. Währenddessen gab er seine Befehle, wobei ihm Wu als Dolmetscher diente. Den Chinesen war klar, dass sie tun mussten, was man ihnen sagte, denn Ungehorsam war etwas, das die Anführer von Geheimbünden nie verziehen. Entweder schafften sie das Mädchen wieder herbei, oder auf sie wartete der Tod als Strafe für ihr Versagen.

»Ich heiße John Wong. Die anderen Männer hier wollen dir ebenso helfen wie ich«, sagte John zu dem Mädchen, als sie alle in der schmalen Felsrinne beieinander standen. Trotz ihrer Angst vor den wild aussehenden Gestalten vertraute sie der freundlichen Stimme des Hünen, der da mit ihr sprach. »Ich glaube dir, John Wong«, gab sie auf Chinesisch zurück.

Sie erkannte den Mann mit der Augenklappe und den hoch gewachsenen Mann wieder, der sich auf dem Schiff in gebrochenem Französisch mit ihr unterhalten hatte. Doch was sie von dem glatt rasierten jungen Mann halten sollte, wusste sie nicht so recht. Offensichtlich war er teils chinesischer, teils europäischer Abkunft. Noch nie hatte sie einen Asiaten von seiner unglaublichen Körpergröße gesehen; immerhin überragte er sie um Haupteslänge. In den Augen des Mannes, der sich John Wong nannte, schien ein kaltes, tödliches Feuer zu glimmen, doch in seinem Lächeln lag Herzenswärme.

Unruhig spähte Michael zur Lichtung hinüber. Als alle die Deckung der Felsen erreicht hatten, bedachte er seine Begleiter mit einem erleichterten Lächeln. »Los«, knurrte er. »Wir müssen zu den Pferden. Wir sollten möglichst verschwinden, bevor uns Mort mit seinen Leuten umzingeln kann.« Er zweifelte nicht im Geringsten daran, dass Mort bereits den Befehl gegeben hatte, ihnen den Weg abzuschneiden.

Während des Anstiegs durch die Felsrinne zum dichten Regenwald wurde kaum gesprochen. Henry biss die Zähne zusammen und bemühte sich, trotz der entsetzlichen Schmerzen in seinem Bein nicht hinter die anderen zurückzufallen. Immerhin hatte er darauf bestanden, sich dem Trupp anzuschließen, und sein Wort gegeben, mit den anderen Schritt zu halten. Doch es nützte nichts, er wurde immer langsamer.

Als sie schwer atmend und von Schweiß durchnässt oben angekommen waren, gestattete Michael ihnen eine kurze Verschnaufpause im Schatten der majestätischen Urwaldriesen. Ermattet ließen sich alle zu Boden sinken. Jetzt brauchten sie nur noch in den Talkessel unter ihnen abzusteigen, wo ihre Pferde weideten. Von dort würde Christie sie über das Gebirge auf einen Weg führen, der sie nach Cooktown brachte. Wenn sie erst einmal im Sattel saßen, konnten sie sich rasch allen Versuchen Morts entziehen, sie an der Flanke zu umgehen oder zu umzingeln und ihnen einen Hinterhalt zu legen. Bisher war es eigentlich recht gut gegangen, überlegte Michael mit einem Blick auf seine abgekämpften Gefährten.

Christie nahm als Erster die Unheil verkündenden Geräusche wahr, die durch die feuchte Luft des Regenwaldes zu ihnen drangen, dann hörte auch Michael das ferne Wiehern. Das konnten nur ihre eigenen Pferde sein, die sich in höchster Not befanden. »Etwa Mort?«, stieß er seine Frage hervor.

Christie schüttelte den Kopf. »Schwarze Schweinehunde«, gab er zurück und sprang auf. Die anderen stürmten ihm hangabwärts nach. Als sie den kleinen Talkessel erreicht hatten, stöhnte Michael verzweifelt beim Anblick, der sich ihnen bot.

Von Speeren durchbohrt lagen die Tiere am Boden, teils tot, teils in den letzten Zügen. Mit blutigem Schaum vor den Nüstern unternahm Henrys Fuchsstute einen kläglichen Versuch, wieder auf die Hufe zu kommen. Henry hob das Gewehr und feuerte. Der massige Leib des Tieres zitterte leicht und erstarrte dann. Als Henry nachlud, standen in seinen Augen Tränen der Wut auf die Männer, die ihn gezwungen hatten, das sanfte Tier zu erschießen.

Ohne ihre Pferde mussten sie versuchen, den Verfolgern in einem äußerst schwierigen Gelände zu Fuß zu entkommen. Da die Täter auch die Satteltaschen geplündert hatten, besaßen sie lediglich das, was sie bei sich trugen. Zwar waren sie gut bewaffnet und verfügten über reichlich Munition, doch hatten sie außer ihren Proviantvorräten auch einen entscheidenden Vorteil gegenüber Mort eingebüßt. Außerdem hatten sie es zu allem Überfluss noch mit einem weiteren Gegner in der Gegend zu tun, nämlich den Ureinwohnern, die ihre Pferde getötet hatten.

»Wahrscheinlich waren das Merkin«, murmelte Christie und schleuderte einen der dünnen Speerschäfte beiseite. »Sie haben die Pferde umgebracht, damit sie uns im Busch einfacher erledigen können.«

Angstvoll sah Thi Hue zu den Pferdekadavern hinüber und drängte sich unbewusst näher an John.

»Uns passiert nichts«, sagte dieser, als er die Angst in ihren Augen erkannte. »Der Mann mit dem einen Auge ist ein großer Krieger, der schon Schlimmeres erlebt hat.« Mit lässigem Achselzucken tat er die Situation als kaum erwähnenswerte Störung ihrer Pläne ab.

Sie begriff die Absicht hinter seinen geflüsterten Worten. Die Männer um sie herum machten unverkennbar den Eindruck kampferprobter Krieger. In ihrer Heimat hätte sie in ihnen vermutlich Banditen gesehen.

Christie warf sich das Gewehr über die Schulter und verließ den Ort, an dem die toten Pferde lagen. Er wollte unbedingt höheres Gelände erreichen, solange noch Sonnenlicht in die tief eingeschnittenen Täler fiel. Danach würde um sie herum die völlige Finsternis der Regenwaldnacht herrschen. Die anderen folgten ihm aus dem Talkessel.

Mort hob den Blick zum von Regenwald bestandenen Bergland. Irgendwo da oben musste der Ire sein. Allerdings würde es ohne die Hilfe eines eingeborenen Fährtenlesers außerordentlich schwierig werden, ihn aufzuspüren. Auf jeden Fall mussten sie versuchen, ihm möglichst dicht auf den Fersen zu bleiben.

Er hatte hin und her überlegt, ob er seinen Trupp aufteilen und eine Abteilung vorausschicken sollte, damit diese O'Flynn und seinen Leuten in der Nähe von Cooktown den Weg abschnitt. Dann aber war ihm der Gedanke gekommen, dass es ihnen nicht schwer fallen dürfte, nahe der Stadt im Schutz der Dunkelheit an wenigen Männern vorbeizuschlüpfen. So blieb ihm nur noch eine Möglichkeit. »Mister Sims, wir müssen da rauf.«

Mit einem Aufstöhnen gab der Erste Steuermann den Befehl an den Piratenkapitän weiter. Ungläubig hob Wu den Blick zu den Bergen, die vor ihnen aufragten. Vermutlich würde die Suche nach den Männern, die ihnen so erfolgreich einen Hinterhalt gelegt hatten, nicht nur beschwerlich, sondern, nach seiner bisherigen Erfahrung zu urteilen, auch höchst gefährlich.

Insgeheim hatte Sims die gleiche Befürchtung. Auch er war nicht darauf versessen, bei O'Flynns Verfolgung in den Regenwald einzudringen, in dem es von Gefahren wimmelte – aber seine Angst vor Mort war größer als die vor dem irischen Söldner. Er bereute es bitter, nicht von Bord gegangen zu sein, als sie den Hafen von Cooktown angelaufen hatten.

Mit größter Vorsicht arbeiteten sich Morts Männer den Berg empor. Als sie nach einer Stunde im Talkessel auf die toten Pferde stießen, überlief sie ein eiskalter Schauer. Angstvoll sahen sie sich um. Immerhin konnten jeden Augenblick bemalte Krieger mit dem markerschütternden Schrei des Rabenkakadus aus dem Dickicht hervorstürzen und sie mit Steinäxten und Speeren angreifen. Es konnte ihnen gar nicht schnell genug gehen, das bedrückende Tal zu verlassen und den Weg zum Palmer zu erreichen.

Zu Morts großem Bedauern ließ es sich nicht vermeiden, für die Nacht ein Lager aufzuschlagen. Das Dämmerlicht des Tales war bereits tintenschwarzer Dunkelheit gewichen. Es war aussichtslos, O'Flynn in der Schwärze der Nacht finden zu wollen. Allerdings, ging es ihm voll tiefer Befriedigung durch den Kopf, blieb auch diesem nichts anderes übrig, als ein Lager für die Nacht aufzuschlagen.

Als er die toten Pferde gesehen hatte, hatte er innerlich gejubelt: Das war ein Geschenk des Teufels an ihn. Der irische Mistkerl konnte sich und seine Leute nicht mehr rechtzeitig aus den Bergen in Sicherheit bringen. Jetzt bestand zwischen ihnen Waffengleichheit, und das hieß: Er hatte durchaus die Möglichkeit, O'Flynn zu fassen und zu töten.

41

Zwei Tage nach Wallaries Weggang kamen die ersten Besucher. Caroline, die sich an der von Röhricht überwucherten Wasserstelle etwa hundert Schritt von der Hütte entfernt befand, sah als Erste die winzige Staubwolke am Horizont und den dunklen Strich, aus dem bald ein kleiner Reitertrupp wurde. »Otto«, rief sie, »da kommen Männer.«

Der Missionar warf sich das schwarze Jackett über und eilte zu ihr. »Das sind berittene Polizisten«, sagte er, den Blick gegen die aufgehende Sonne abschirmend, die knapp über dem Horizont hinter den Männern lag. »Ich zähle fünf.«

Gemeinsam erwarteten sie das Eintreffen der Patrouille. Ein junger Offizier, der vorausritt, ließ den Trupp in gewisser Entfernung anhalten. Die Uniform des Mannes, der um die zwanzig Jahre alt sein mochte, war von Staub bedeckt, und seine Augen waren von der Anstrengung, stundenlang in die Ferne zu spähen, rot unterlaufen. Ihm folgten drei ziemlich verwegen aussehende Weiße und ein Ureinwohner, die alle die gleiche Uniform trugen. Der Offizier zügelte das Pferd vor dem Missionars-Ehepaar.

»Ich bin Inspektor Garland, Sir. Und wer sind Sie?«, erkundigte er sich in recht schroffem Ton.

Aus dem Auftreten des jungen Mannes schloss der Missionar, dass Höflichkeit wohl nicht dessen Stärke war. »Pastor Werner. Die Dame ist meine Frau«, gab Otto förmlich zurück.

Der Offizier warf einen Blick ungezügelter Begierde auf Caroline, die sich unwillkürlich näher an ihren Mann drängte. Otto, dem der Blick nicht entgangen war, empörte sich über das flegelhafte Verhalten des jungen Polizeibeamten, der da überheblich aus dem Sattel auf sie herabsah.

»Dann sind Sie wohl der Gottesstreiter, den der alte Deutsche in seinem Brief erwähnt«, sagte Garland, tastete in der Satteltasche hinter sich umher und förderte eine große lederne Brieftasche voller Papiere zutage. Ihr entnahm er einen Brief, den er Otto gab. »Wir haben den Mann gestern bei unserem Patrouillenritt gefunden.«

Betrübt hob Otto den Blick von dem Schreiben. »Herr Schmidt ist tot, nicht wahr?« Sowohl Caroline wie auch der Beamte sahen ihn überrascht an. »Das ist nicht schwer zu erraten, Inspektor. Das hier ist Herrn Schmidts letzter Wille.«

»Ich hatte vermutet, dass es so was sein könnte«, knurrte der Beamte. »Ich kann kein Deutsch, aber ich hab Ihren Namen da drin gelesen.«

Otto sagte etwas zu seiner Frau. Es schien ihm nicht nötig, dem jungen Mann gegenüber höflich zu sein und englisch zu sprechen. »Herr Schmidt hat uns diesen Besitz hinterlassen, damit wir hier eine Missionsstation gründen können, weil die einzigen Freunde, die er hier draußen hatte, die umherziehenden Ureinwohner waren. Sie hätten ihn, steht hier, immer sehr freundlich behandelt, und wir sollen uns um sie kümmern.«

Caroline nickte. Bei der Erinnerung an den Mann, der ihnen das Leben gerettet hatte, obwohl er von der Kugel eines Europäers verwundet worden war und er sie ohne weiteres hätte sterben lassen können, traten ihr Tränen in die Augen. Sie sagte schlicht: »Jetzt erkennen wir Gottes Willen. Wir sollen unser Leben den wahren Bewohnern dieses Landes weihen.«

Zuneigung zu seiner schönen Frau, die ihm in die Hölle gefolgt war, wallte in Otto auf. Er wusste, dass sie die für diese Aufgabe nötige Kraft aufbringen würde.

»Tut mir Leid, wenn ich Sie unterbreche, Reverend«, sagte Garland, den es zu ärgern schien, dass er nicht weiter beachtet wurde. »Wie haben Sie überhaupt hierher gefunden?«

Otto wandte sich ihm wieder zu.

»Ein Ureinwohner hat uns hergeführt, als wir kein Wasser mehr hatten.«

»Er hieß nicht zufällig Wallarie?«, erkundigte sich Garland und beugte sich im Sattel vor. Otto legte das Gesicht in Falten.

»Wer ist das?«, wollte er wissen.

»Ein schwarzer Mörder, hinter dem wir her sind, seit wir ein paar Tagesritte von hier einen Toten entdeckt haben, der von seinem Speer getroffen wurde. Jedenfalls sagt mein Fährtenleser Jimmy, er war es. Jimmy hat vor ein paar Jahren bei der berittenen Eingeborenenpolizei in Rockhampton gedient und will dort schon mal so einen Speer gesehen haben. Dieser Wallarie spricht ein paar Brocken Englisch.«

Otto sah dem Mann in die Augen. »Der Ureinwohner, der meiner Frau und mir geholfen hat, sprach weder Deutsch noch Englisch, Inspektor.« Der Beamte hielt dem Blick eine Weile stand, denn beiden war klar, dass es um eine Kraftprobe ging.

»In dem Fall muss sich mein Fährtenleser geirrt haben«, sagte Garland schließlich. »Er hat gesagt, der Schwarze, hinter dem wir her sind, ist ein weithin bekannte Mörder guter und gottesfürchtiger europäischer Christen, ein sagenumwobener Darambal-Krieger aus Zentral-Queensland.«

»Der Mann, der uns geholfen hat, war steinalt«, log Otto ohne das geringste Zögern. »Bestimmt über siebzig. Wie alt ist denn dieser Bursche, hinter dem Sie her sind?«

Der Beamte richtete sich im Sattel auf und warf dem Missionar einen scharfen Blick zu. »Soweit ich weiß, nicht so alt.«

»Dann kann der Mann, der uns geholfen hat, nicht der sein, hinter dem Sie her sind. Wahrscheinlich ist er einfach ein Schwarzer aus dem Busch hier in der Umgebung.«

»Nun, wir wollen Sie nicht länger behelligen, Reverend«, sagte Garland, während er sein Pferd wendete. »Ich kann mir nicht gut vorstellen, dass ein Gottesmann einem Polizeibeamten im Dienst Ihrer Majestät eine Lüge auftischen würde«, fügte er sarkastisch hinzu. Jimmy war der erfahrenste Fährtenleser an der Siedlungsgrenze und irrte sich nie, wenn es um Ureinwohner ging. Wenn er sagte, die Spuren des schwarzen Mörders führten zu Schmidts Viehzuchtstation, stimmte das auch. Wahrscheinlich hatte dieser Wallarie dem deutschen Missionars-Ehepaar auf die eine oder andere Weise geholfen, und jetzt deckten die beiden ihn. Aber einen Geistlichen durfte er auf keinen Fall zu sehr in die Zange nehmen. Das sähe nicht gut aus und war bei seiner vorgesetzten Behörde unerwünscht. Nach allem, was Garland über diesen Wallarie gehört hatte, würde es nicht leicht sein, ihn zur Strecke zu bringen. Der Legende nach war der Eingeborenenkrieger ein Gefährte des ebenso bekannten Buschräubers Tom Duffy gewesen und wusste viel über das Verhalten und die Waffen von Europäern. Zusammen mit seiner bemerkenswerten Fähigkeit, im Busch zu überleben, machte ihn das in der Tat zu einem äußerst ernst zu nehmenden Gegner. Aber Jimmy war ihm ebenbürtig.

Als Garland zu seinen Männern zurückritt, sah er auf Jimmys Zügen einen sonderbaren Ausdruck. Wenn er es nicht besser gewusst hätte, wäre er überzeugt gewesen, dass in den dunklen Augen des eingeborenen Fährtenlesers abgrundtiefe Angst lag.

»Hast du die Spur noch?«, fragte er, als er sein Pferd neben Jimmy zum Stehen brachte. Dieser zog den Kopf ein. Garland merkte, dass der Mann außergewöhnlich unruhig war. So hatte er ihn noch nie erlebt. »Kannst du Wallaries Spuren noch sehen?«, fragte er erneut, ziemlich verärgert.

»Nein«, gab Jimmy mit verdächtiger Unruhe zur Antwort. »Sie sind weg … einfach nicht mehr da. Wallarie ist weg.«

»Du belügst mich doch nicht etwa?«, fragte Garland drohend. »Den ganzen Weg bis hierher hast du sie verfolgt – wie kann sie da einfach verschwunden sein? Ich kenne deine Fähigkeiten, Jimmy – du könntest am Zahltag einem Furz in einer überfüllten Kneipe auf der Spur bleiben.«

»Tut mir Leid«, murmelte Jimmy. »Die Spur ist weg.«

Resigniert seufzend schüttelte Garland den Kopf. Aus seiner Erfahrung mit diesem Fährtenleser wusste er, dass nichts und niemand ihn umstimmen konnte, wenn er sich zu einer bestimmten Haltung entschlossen hatte. Immerhin hatte er jetzt einen Vorwand, kehrtmachen zu lassen und zurück zum hundertfünfzig Kilometer entfernten Lager zu reiten. Es gab genug Arbeit für sie auf den Goldfeldern, da brauchten sie nicht auch noch Patrouille zu reiten, um einem einzelnen Schwarzen zu folgen, der verdächtigt wurde, einen Goldsucher umgebracht zu haben. Zumindest konnte er sich im Lager waschen, etwas Ordentliches zu trinken und eine Frau bekommen. Ohnehin hatten ihn die älteren Angehörigen der Polizei schon darauf hingewiesen, dass es Zeitverschwendung sei, Wallarie zu verfolgen. Ureinwohner wie europäische Polizisten, die schon vor Jahren versucht hatten, ihn zur Strecke zu bringen, sprachen mit widerwilliger Hochachtung von ihm. Er musste an etwas denken, das einmal ein eingeborener Polizeibeamter zu ihm gesagt hatte, und wandte sich Jimmy zu. »Er hat einen Zauber angewandt, stimmt's?«

Jimmy gab keine Antwort, sah aber schuldbewusst beiseite. Was verstanden Weiße schon vom Zauber der Ureinwohner? Wie hätten sie mit ihren stumpfen Augen die Zeichen deuten können, die er erkannte? Jimmy warf einen Blick auf die Adlerfedern, die auf Wallaries Fährte verstreut lagen. Sie waren der Hinweis, mit dem er ihn vor einer Fortsetzung der Verfolgung warnte. Jimmy spürte die Macht des Zaubers und fürchtete seine tödliche Kraft. Zwar arbeitete er für den weißen Mann, um Lebensmittel und Tabak zu bekommen, aber es lohnte sich nicht, dafür sein Leben aufs Spiel zu setzen.

Garland erwartete keine Antwort von seinem Fährtenleser. Sie stand ihm deutlich im von panischer Angst erfüllten Gesicht geschrieben. Er warf einen Blick zurück zu dem hoch gewachsenen Missionar, der neben seiner hübschen Frau an der Wasserstelle stand. Wenn sogar ein Gottesmann bereit war, um eines Ureinwohners willen zu lügen, mochte durchaus etwas an dem Zauber sein, der diesen Darambal-Krieger schützte. Allmählich gewann Garland den Eindruck, dass er schon zu lange unter den Ureinwohnern arbeitete. Er begann, an die gleichen Dinge zu glauben wie sie.

Otto sah den Reitern nach, die in die Richtung verschwanden, aus der sie gekommen waren. Ihm war klar, dass sie den Mann nicht weiter verfolgen würden, der ihnen das Leben gerettet hatte.

»Du hast dem Polizisten nicht die Wahrheit gesagt«, stellte Caroline ruhig fest, während die Männer im Staub verschwanden. In ihrer Stimme lag kein Vorwurf.

»Stimmt. Ich habe gelogen«, gab er reuevoll zu. »Genauso,

wie uns Danny Boy belogen hat. Aber ich verstehe, warum er das tun musste.«

»Hätten wir deiner Ansicht nach dem Polizeibeamten nicht sagen müssen, dass Danny Boy vielleicht der Mann ist, hinter dem sie her sind?«

Der Missionar sah sie aus dem Augenwinkel an. »Gott hat uns einen Engel gesandt, um uns zu retten und zu unserer neuen Heimstatt zu führen, nicht einen Teufel, als den die Polizei diesen Wallarie sieht. Der Schwarze, der uns geholfen hat, war ein guter Mensch. Ich habe das ebenso deutlich gespürt, wie ich die rote Erde dieses Landes riechen kann.«

Caroline legte ihrem Mann die Hand auf den Ellbogen zum Zeichen, dass sie seine Ansicht teilte.

»Nun, Herr Schmidt hat uns seinen ganzen Landbesitz hinterlassen, damit wir hier eine Missionsstation einrichten können«, sagte Otto, wandte sich um und kehrte zu der grob gezimmerten Hütte zurück. »Soweit sich seinem Brief entnehmen lässt, scheint ihm sein unmittelbar bevorstehendes Ende bewusst gewesen zu sein, und er hat sich aufgemacht, Hilfe zu suchen. Als er gemerkt hat, dass er sein Ziel nicht erreichen würde, hat er seinen letzten Willen abgefasst und uns und den Ureinwohnern all sein Hab und Gut vermacht. Das Testament ist von Zeugen unterschrieben und notariell bestätigt. Dieser Grund und Boden gehört dem Gesetz nach uns … und den Ureinwohnern, denen wir in den kommenden Jahren helfen müssen.«

»Glaubst du, Wallarie wird je hierher zurückkehren?«, fragte Caroline leise, während sie weiter auf die Hütte zugingen.

»Ich denke, dass Danny Boy das tun wird«, gab er mit rätselhaftem Lächeln zurück. »Nachdem er den ihm von Gott erteilten Auftrag erledigt hat.«

42

»Es hat keinen Sinn, weiterzugehen. Die Gefahr, über eine Felskante abzustürzen, ist viel zu groß«, erklärte Christie, denn die
Dunkelheit brach rasch herein. Er stand neben Michael auf
einem Felsgrat und ließ den Blick über das herrliche Bild gleiten, das sich ihnen bot. Michael war ermattet und sah die Täler
und Bergkämme nicht in ihrer natürlichen Schönheit, sondern
nur als Kräfte zehrende Hindernisse bei ihrem Versuch, Mort
abzuhängen.

»Wir marschieren vor Tagesanbruch ab«, sagte Michael. »Für
die Nacht stellen wir Wachen auf. Wir sollten kein Feuer machen und uns dicht beieinander halten.«

Die anderen nickten erschöpft zu diesen Worten. Mit
stumpfem Blick sahen sie auf die dunklen Schatten, die sich
vor ihren Augen über die Berge legten, während bläulich um-
randete Wolken darüber hinwegzogen wie eine getupfte
Decke, unter der sich der von Bäumen bestandene Felsgrat
schon bald verbergen würde. Falls sie diesen Berg ersteigen
mussten, hatten sie nur wenig Hoffnung, Cooktown noch am
nächsten Tag zu erreichen.

Doch Christie hatte mit seinen scharfen Augen schon einen
Weg durch das Tal unter ihnen erkundet. Die Schatten zeigten ihm durch ihre unterschiedliche Färbung die Abweichun-
gen in der Topografie, und so hatte er bereits unter dem Dach
des Regenwaldes einen Bachlauf erkannt. Es würde nicht leicht
sein, ihm durch das dichte Unterholz zu folgen, überlegte er,
aber sie konnten sich mit ihren Buschmessern einen Weg bahnen.

Thi Hue folgte John zu einem Baumriesen, dessen hoch aus dem Boden ragende Wurzeln eine behagliche Nische bildeten. Dort konnte man geschützt die Nacht verbringen. Sie setzte sich neben ihn, und er gab ihr etwas zu essen. »Dörrfleisch«, sagte er, als er ihren unsicheren Blick sah. »Das wird auf die gleiche Weise gemacht, wie man bei dir zu Hause Fische trocknet.«

Sie kaute vorsichtig auf dem Stück Dörrfleisch herum, das sich unter ihren Zähnen wie Leder anfühlte. Schließlich bekam sie ein Stück herunter. Es war salzig, schmeckte aber gut.

John lächelte über ihr Misstrauen. »Du solltest zusehen, möglichst lange damit auszukommen, denn mehr habe ich nicht«, sagte er seufzend.

»Für einen Weißen sprichst du gut Chinesisch«, sagte sie und begann, den kräftigen Geschmack zu genießen. »Aber du hast ja wohl auch chinesisches Blut in den Adern.«

»Du sprichst gut Chinesisch für ein junges Mädchen aus Kotschinchina«, gab er mit breitem Lächeln zurück. Thi Hue sah schüchtern beiseite. Mit einer solchen Reaktion hatte er nicht gerechnet. Überrascht stellte er fest, dass sich die Tochter eines hochadligen Würdenträgers wie ein beliebiges junges Mädchen verhielt. Mit freundlichem Lächeln betrachtete er sie eingehend. Im Vergleich zu ihm wirkte sie winzig, und obwohl sie eine weite blaue Hose und Jacke trug, sah man, dass sie knabenhaft schlank war.

Seine unverhüllte Art, sie zu mustern, schien sie nicht zu stören. Es schüchterte ihn wohl nicht ein, dass ihr Vater in ihrem Land eine hohe gesellschaftliche Position bekleidete. Vermutlich hing seine Dreistigkeit mit seiner europäischen Abkunft zusammen.

»Ich spreche auch Französisch«, sagte sie stolz, und mit einem Mal legte sich Ärger über ihr schönes Gesicht. »Es ist die Sprache meines Feindes«, fügte sie mit finsterer Miene hinzu. Zwar wusste John, dass es ein Land namens Kotschinchina gab, doch war ihm nicht bekannt gewesen, dass die Franzosen es unter ihre Herrschaft gebracht hatten.

»Erzähl mir mehr über dich«, forderte er sie mit entwaffnender Natürlichkeit auf, und unter seinem offenen und freundlichen Blick vergaß sie für eine Weile ihre Sorge um die politischen Verhältnisse in ihrer Heimat. Lächelnd berichtete sie mit leiser Stimme über ihr Leben, bis Henry sie tief in der Nacht unterbrach, um John mitzuteilen, dass er mit Wachehalten an der Reihe sei.

Nachdem Henry und das Mädchen wieder in das behelfsmäßige Lager zurückgekehrt waren, wo alle ein wenig Schlaf zu finden versuchten, lehnte sich John seufzend mit dem Rücken an einen Baum. Ausgerechnet auf die Tochter eines Aristokraten, die gegen die französische Fremdherrschaft aufbegehrte, musste er fliegen, überlegte er, während er wachsam in die Nacht lauschte.

Das Rascheln von Beutelratten in den Bäumen wirkte beruhigend auf ihn, doch als er hinter sich ein Geräusch hörte, war er hellwach. Langsam hob er das Gewehr, bis er mit einem Mal Thi Hues bleiches Gesicht erkannte. Erleichtert ließ er die Waffe sinken.

»Ich hatte Angst und konnte nicht schlafen«, flüsterte sie und setzte sich neben ihn. »Hier fühle ich mich sicherer.« Zum ersten Mal seit ihrer Gefangennahme durch die chinesischen Piraten empfand sie das überwältigende Bedürfnis, sich einem Menschen anzuvertrauen, und das Verlangen nach Trost. Durch ihr Leben als Aufrührerin gegen die Franzosen und viele Angehörige ihres eigenen Volkes, die mit den Kolonisatoren aus Europa gemeinsame Sache machten, hatte sie in einem Zustand von Misstrauen und fortwährender Anspannung gelebt. Doch tief in den Wäldern dieses fremden und fernen Landes war sie mit einem Mal nicht mehr das junge Mädchen, das sich gegen die französischen Eindringlinge gestellt hatte, sondern einfach eine Frau, die angewiesen war auf den Mut und die Entschlossenheit anderer, sie zu retten. Ihr Geschick lag nicht mehr in ihren Händen.

Nach wenigen Minuten war sie eingeschlafen. Ihr Kopf ruhte an Johns breiter Brust. Während er ihr ganz sanft einen muskulösen Arm um die Schultern legte, wallte in ihm eine Zärtlichkeit auf, die er noch nie zuvor empfunden hatte. Er fühlte sich sonderbar. Es war, als halte er ein ätherisches Geschöpf im Arm, ein Lebewesen von solcher Zerbrechlichkeit, dass er es mit einer bloßen Bewegung seines Armes hätte erdrücken können. Warm und feucht streifte ihr Atem seine Kehle. Doch rasch verflog dieser Augenblick der Zärtlichkeit, als ihm Su Yins Anweisung in den Sinn kam. Ihn zu hintergehen bedeutete, auf eine quälend langsame Weise zu sterben. John blieb keine andere Möglichkeit, als die Männer zu verraten, auf die er bei der Flucht durch das von Dschungel bedeckte Gebirge angewiesen war, und das würde nicht leicht sein. Aber er wusste, was er dem Anführer des Geheimbundes in Cooktown geschworen hatte.

43

In ihrem winzigen Zimmer im obersten Stockwerk des Hauses saß Miss Gertrude Pitcher auf der Bettkante und hielt den Blick auf den flackernden Docht der Lampe gerichtet. Die Anstellung als Kindermädchen, die ihr die Baronin von Fellmann verschafft hatte, war alles, was sie sich hätte erträumen können. Die Kinder waren reizend und die Herrschaften von eindrucksvoller Großzügigkeit. Ganz offensichtlich hatte Penelope in Sydneys höherer Gesellschaft beträchtlichen Einfluss.

Aber Gertrude war nicht gern allein, wenn die Dunkelheit kam und sie sich nicht um die Kinder zu kümmern brauchte, denn in den finsteren Nachtstunden schlich sich die Erinnerung an einen schrecklichen Verrat in ihr Zimmer, setzte sich auf die Bettkante und quälte sie mit übermächtigen Schuldgefühlen. Jetzt, da sie bei einer Familie lebte, deren Mitglieder aneinander hingen, schien die Qual umso größer zu sein, und oft weinte sie allein in der Stille ihres Zimmerchens. Die entsetzliche Strafe, die ihr Mister Granville White für den Fall angedroht hatte, dass sie seiner Gattin berichtete, was er Dorothy in der Bibliothek angetan hatte, verlor zwar allmählich ihren Schrecken, doch das Schuldgefühl blieb. Es lebte jedes Mal neu auf, wenn sie in die unschuldigen Gesichter der ihr anvertrauten Kinder sah. Und zwar weit schlimmer als alles, was ihr Mister White hätte antun können.

Gertrude drehte den Docht der Lampe herunter und entkleidete sich im Dunkeln. Sie zog ein langes Nachthemd über und kroch zwischen die frischen Laken ihres Bettes. Dort lag sie und sah zur Decke empor. Obwohl der Vorfall viele Wochen zurücklag, hallten Dorothys Verzweiflungs- und

Schmerzensschreie immer noch in ihrem Kopf nach. Sie warf sich im Bett herum, während sie diese Schreie vergeblich zum Verstummen zu bringen versuchte. Das von Angst und Schmerzen verzerrte Gesicht des kleinen Mädchens schwebte unmittelbar unter der Zimmerdecke. Gertrude schloss die Augen, damit es verschwand, doch es blieb in ihrem Kopf und schrie seine Verzweiflung hinaus.

War es nicht ein todeswürdiges Verbrechen, wenn ein Soldat aus dem Heer der Königin desertierte?, ging es ihr durch den Kopf, während sie das Laken zurückwarf und die Füße auf den kalten Boden setzte. Fast dreißig Jahre schon widmete sie sich der Erziehung von Kindern. Außer einem Bruder in England hatte sie keine Angehörigen. Sie war in der Kolonie stets allein gewesen, hatte immer nur die Kinder anderer Leute um sich gehabt. Aus vielen dieser Kinder waren Erwachsene geworden, die sie wegen der mütterlichen Fürsorge liebten, mit der sie sie bedacht hatte.

Sie griff nach der Lampe und entzündete sie. Sanftes Licht erfüllte den Raum, und die Dämonen verschwanden. Die Zeit war gekommen, Mister White nicht mehr zu fürchten. Sie würde die Stelle verlassen und dorthin gehen, wo er sie mit seinen Drohungen nicht mehr quälen konnte. Vorher aber würde sie den Mann, der im Begriff stand, von der englischen Königin in den Adelsstand erhoben zu werden, aller Welt als den zeigen, der er war – ein durch und durch verderbter Mensch ohne Seele.

Schon lange hatte sie gewusst, dass dieser Zeitpunkt einmal kommen würde. Sie hatte sich sorgfältig darauf vorbereitet und in ihrem Zimmer alles versteckt, was sie dafür brauchte.

Ganz ruhig zog sie das Nachthemd aus und legte ihr bestes Kleid an. Sie steckte ihr Haar in einem Knoten hinten am Kopf fest und setzte sich an den Tisch. Aus der Schublade nahm sie Papier und Schreibzeug und machte sich daran, im Schein der Lampe einen kurzen Brief zu verfassen.

Dann steckte sie das Blatt in einen Umschlag, den sie an »Mrs. Fiona White« adressierte.

44

Als Michaels Trupp um die Mitte des Vormittags vom Felsgrat abstieg, um das schmale Tal zu erreichen, erschwerte der Regenwald mit seinem dichten Gewirr aus Ranken und Unterholz das Vorankommen der Männer. Unter dem Blätterdach der dicht beieinander stehenden Bäume kam es ihnen vor, als müssten sie in der feuchten Luft ersticken.

Das zögerliche Vorankommen rief in Luke entsetzliche Erinnerungen wach. Ihm stand noch lebhaft vor Augen, wie er vor Jahren unter ähnlichen Bedingungen durch die Berge westlich von Port Douglas den trockenen Ebenen und breiten Tälern südlich des Palmer entgegengezogen war.

Am späten Nachmittag gebot Michael Halt am Rande eines kristallklaren Gebirgsbachs, der munter über ein Bett aus Kieselsteinen floss. Während sie ihre Feldflaschen füllten, gönnten sie sich eine Pause im Kampf gegen das dichte Gewirr, das ihnen nach wie vor den Weg versperrte. Der Bach plätscherte zwischen Ufern dahin, die mit dem Laub der Urwaldriesen bedeckt waren, und umfloss in Wirbeln große Felsbrocken, an denen sich winziges, krebsähnliches Getier vor Räubern in Sicherheit brachte.

Verschämt verzog sich Thi Hue in die Büsche, während sich die Männer auszogen, um im seichten Wasser herumzuplanschen und die Schnittwunden und Bisse von Blutegeln auszuwaschen, die ihre von Schweiß verklebten Körper bedeckten. Das Wasser war ein wahres Labsal, und die Männer gaben sich ihm entspannt hin. Plötzlich schrie Thi Hue entsetzt auf. Die Männer sprangen aus dem Bach, griffen nach ihren Kleidungsstücken und Gewehren und eilten zu ihr.

John, der Wache gestanden hatte, während die drei anderen Buschläufer ihr Bad nahmen, erreichte sie als Erster. Ohne dass sie ihre Hose wieder hochgezogen hätte, stand sie da und schlug wie wild nach ihren Armen und Beinen.

»Großer Gott!«, stieß Henry hervor. »Sie ist an einen Nesselbaum gekommen.« Die Blätter dieses Baumes saßen voller winziger Stacheln, scharf wie Glassplitter, und Christie mahnte die anderen, dem Baum keinesfalls zu nahe zu kommen.

Der Schmerz, den die Stacheln hervorriefen, musste bei der zarten Haut des Mädchens besonders schrecklich sein. Sie dachte nicht einmal an ihre Blöße, als John sie an den Handgelenken packte, damit sie aufhörte zu kratzen. Er zog sie von dem Baum fort und setzte sie auf eine kleine Lichtung. »Es beißt, bringt dich aber nicht um«, sagte er, während ihr Schmerz und Scham Tränen in die Augen trieben. »Es sind die Stacheln von den Blättern eines Baumes.« Thi Hue ließ sich von seinen Worten trösten und bemühte sich, ihre Panik zu unterdrücken. Reflexartig wandten die Männer den Blick ab; es gehörte sich nicht, eine unbekleidete Frau zu begaffen.

»Wir müssen eine Weile Rast machen«, sagte Michael knapp, »bis das Schlimmste vorbei ist.«

»Wie lange?«, erkundigte sich Luke, während er sich suchend unter dem dunklen Blätterdach umsah. Er rechnete damit, Mort und seine Männer jede Minute hinter ihrem Trupp auftauchen zu sehen.

»Vielleicht eine halbe Stunde«, gab Michael zurück. »Wir müssen jemanden als Wachposten zurückschicken.«

»Ich gehe«, bot sich Luke an.

Rasch hatte John Thi Hue vollständig entkleidet und teilte ihr mit, er müsse im Bach die Widerhaken der Stacheln abwaschen. Sie jammerte mit vor Schmerz verzogenem Gesicht, als sie wie ein kleines Kind die Hand eines Erwachsenen seine große Hand nahm. Flehend sah sie ihn mit ihren dunklen Augen an, als könne er ihr den Schmerz nehmen, doch er war machtlos. Er konnte kaum mehr tun, als ihr sein Mitgefühl zu zeigen und zu wünschen, der Schmerz möge ihn statt sie heimsuchen.

Sanft setzte er sie auf das moosbedeckte Ufer des Bergbachs und legte ihr sein grobes Hemd um den schmalen Körper. Auch wenn es sie warm hielt, konnte sie ihr Zittern nicht unterdrücken, das ebenso auf das Gift des Nesselbaumes wie auf ihre Scham zurückging, weil sie nackt vor all den Männern dasaß.

Zwar wäre es am besten gewesen, ein Feuer zu entzünden, um sie zu wärmen, doch würde der Rauch jedem, der sich auf den Berghängen über ihnen aufhielt, ihren Aufenthaltsort verraten. Auch John verlangte nicht, dass man ein Feuer machte, denn auch ihm war die tödliche Gefahr bewusst, in die sie das bringen konnte. Sie hatten nicht nur Mort zu fürchten, sondern auch eine Entdeckung durch die Eingeborenen-Krieger, die ihre Pferde abgeschlachtet hatten.

Während sich John um Thi Hue kümmerte, wusch Henry mit größter Vorsicht ihre Kleidungsstücke aus und bemühte sich, mit Hilfe von Sand die winzigen giftigen Widerhaken daraus zu entfernen. Selbst Christie, der Asiaten nicht ausstehen konnte, hatte Mitleid mit dem leise jammernden Mädchen. Er sah zu, wie John ihr das lange ebenholzschwarze Haar streichelte, während er sie mit geflüsterten Worten zu trösten versuchte wie ein kleines Kind. Christie riss einen vollgesogenen Blutegel unter seinem Hemd hervor und schleuderte ihn in die Büsche. Während er sich gedankenvoll den Bart strich, betrachtete er abschätzend einen Hügel, der sich zu einer Seite des Weges erhob. Vor einer Weile hatte er von dort einen schwachen Rauchfaden aufsteigen sehen. Seiner Ansicht nach unterhielten dort Ureinwohner ein Feuer, denn Mort konnte diese Stelle unmöglich erreicht haben. »Mister O'Flynn«, rief er leise und ging in die Hocke. »Ich hab 'ne Idee, die uns vielleicht helfen kann.« Ohne auf Michaels Antwort zu warten, fuhr er fort: »Ich red mal mit den Schwarzen. Wenn Mort dicht hinter uns ist, ist das möglicherweise unsere einzige Aussicht, zu entkommen.«

Michael warf ihm einen Blick zu, dem deutlich zu entnehmen war, dass er ihn für verrückt hielt, doch dann fiel ihm ein, dass der Buschläufer einige der Ureinwohner-Dialekte des

Nordens sprach, und er nickte zustimmend. Beiden war die verzweifelte Lage klar, in der sie sich befanden. Henry vermochte kaum Schritt mit ihnen zu halten, und auch das Mädchen war für eine Weile am zügigen Vorankommen gehindert. »Kennen Sie denn die hier übliche Sprache?«, fragte Michael.

»Ich hoffe«, gab Christie mit wildem Lächeln zur Antwort und stand auf.

John ließ Thi Hue eine Weile allein, um an der kurzen Besprechung teilzunehmen, die Michael einberufen hatte. Die junge Frau hatte sich ein wenig beruhigt und bemühte sich tapfer, die beißenden Schmerzen zu ertragen, unter denen sie nach wie vor litt. Er sah rasch zu ihr hin, wie sie da am Bachufer saß, und lächelte ihr zu, als sich ihre Blicke trafen. Thi Hue lächelte beruhigt zurück. Sie dachte an seine liebevolle Behandlung und versuchte, den beunruhigenden Gedanken zu verdrängen, dass sie sich zu einem Mann hingezogen fühlte, der weder Europäer noch Chinese war. In ihrem Kulturkreis betrachtete man solche Menschen als inexistent.

Die Männer umstanden Michael auf einer kleinen Lichtung nahe dem Bachlauf. »Mister Palmerston will versuchen, mit den Schwarzen Kontakt aufzunehmen, die sich hier in der Nähe aufhalten«, sagte Michael und wandte sich Christie zu. Dieser ging in die Hocke und ritzte eine Karte auf den Boden, den er von Blättern und Ästen befreit hatte.

»Ich will zusehen, ob ich bei ihnen was zu essen auftreiben kann«, erklärte er. »Möglicherweise können uns die Ureinwohner auch gegen diesen Mort helfen, wenn er uns immer noch im Nacken sitzt. Sie alle bleiben am besten hier, bis ich zurückkomme.«

»Und wie lange?«, fragte Henry ruhig.

»Falls ich bis morgen früh nicht zurück sein sollte«, gab Christie zur Antwort, »sollten Sie weiterziehen, und zwar auf diesem Pfad, bis der Bach in einen Fluss mündet. Auf der anderen Seite liegen Berge. Wenn Sie die erreicht haben, müssen Sie nach Norden gehen, um Cooktown zu erreichen. Von dort aus dauert es etwa einen Tag.« Als er seine Erklärungen beendet hatte, zerbrach er den Zweig, der ihm als Zeigestock gedient hatte, und warf ihn beiseite. Dann stand er auf, hängte sich das Gewehr um und war schon bald darauf in der üppig wuchernden Wildnis verschwunden.

Nach seinem Weggang kümmerte sich Michael um das Nachtlager. Luke versuchte, die winzigen Schalentiere zu fangen, die sich an den ruhigeren Stellen des Baches nahe den Steinen verbargen. Sein Erfolg war allerdings nicht überwältigend, und die wenigen, die er fing, wurden roh verzehrt.

Es wurde eine lange und unbehagliche Nacht. Sie froren und schliefen zwischen den einzelnen Wachen nur wenig. Michael dachte darüber nach, wie unsicher ihre Lage war. Hätte er seinen Trupp trotz Thi Hues Verletzungen einfach weitermarschieren lassen sollen? War es klug gewesen, zuzulassen, dass sich Christie auf die Suche nach den Ureinwohnern machte?

Kurz nach Mitternacht schob sich Michael vorsichtig ins Unterholz. Er musste Henry ablösen. Sie mussten unbedingt Wachen aufstellen, denn die Spuren, die sie auf ihrem Weg durch das dichte Unterholz hinterlassen hatten, zeigten wie ein Wegweiser in ihre Richtung. Doch zumindest verbarg die Dunkelheit sie so gründlich, dass auch Michael nur tastend vorankam, wobei er sich an Stellen orientierte, die er sich vor Einbruch der Dunkelheit eingeprägt hatte.

»Ich bin's, Henry«, flüsterte er, als er einen mächtigen Baum erreicht hatte.

»Hier drüben, Mister O'Flynn«, kam die leise Antwort aus der tintenschwarzen Finsternis. Michael änderte die Richtung und fand Henry schließlich, der auf dem Boden saß und sich mit dem Rücken an einen der gewaltigen Bäume lehnte. Er ließ sich neben ihn fallen. »Wie geht es Ihrem Bein?«

»Nicht besonders«, sagte Henry mit einem Stöhnen und rieb sich unwillkürlich die alte Narbe. »Aber ich denke, einen Tag halte ich noch durch. Was danach ist, weiß ich nicht.«

»Wenn Sie gar nicht mehr weiterkönnen«, sagte Michael leise, »bleib ich bei Ihnen. Luke kann dann mit den anderen den Weg nach Cooktown fortsetzen und von dort aus Hilfe schicken.« Er schnitt Henry das Wort ab, als dieser versuchte, etwas dagegen zu sagen. »Das Kommando bei dieser Unternehmung führe ich«, sagte er schroff, »und daher trage ich die Verantwortung für meine Männer.«

»Danke für das Angebot, Mister O'Flynn«, gab Henry zur Antwort. »Aber es ist nicht nötig. An manchen Dingen im Leben können wir nichts ändern; sie sind uns vorbestimmt. Morgen mach ich entweder weiter oder geh drauf – eins von beiden.«

»Nichts im Leben ist *vorherbestimmt*«, knurrte Michael. Der Mann redete ja, als wäre er bereits tot. Michael hatte schon früher Männer so reden hören, gewöhnlich am Abend vor einer Schlacht, wenn das quälende Warten die Dämonen der Verzweiflung lebendig werden ließ. »Sofern das Leben darüber entscheiden will, ob wir weiterleben oder sterben, soll es uns das ins Gesicht sagen. Nein, wenn das so wäre, müsste ich schon längst tot sein. Wir selbst bestimmen durch unsere Entscheidungen, ob wir leben oder sterben, Mister James.«

»Man hat mir mein Schicksal auf eine Weise vorausgesagt, von der ich nicht erwarte, dass Sie sie verstehen«, sagte Henry und seufzte traurig. »Seit dem Tag, an dem ich den Befehlen des Mordteufels bei den Vertreibungen gehorcht habe, hängt die Todesstrafe über ihm und mir. Ich weiß nicht, *auf welche Weise* ich sterbe, aber ich denke, ich weiß durchaus, *wann* es so weit ist.«

Michael merkte, wie er ärgerlich wurde. »Das ist Unsinn. Niemand kann wissen, wann er stirbt.«

»Ihnen mag das unsinnig erscheinen, Mister O'Flynn«, gab Henry betrübt zurück. »Aber in diesem Land und bei seinen Bewohnern gibt es manches, was wir nie wirklich verstehen werden, ganz gleich, wie lange wir hier leben.« Er verstummte und sah in die Nacht. Ja, Emma würde ihn vermissen und eine Weile um ihn trauern. In der Erinnerung seines Sohnes Gordon würde er fortleben. »Ich bin im Laufe meines Lebens so manchem Mann begegnet«, fuhr er fort. »Darunter waren Männer, mit denen ich in Bordellen herumgehurt habe, junge Männer, die ich sterben sah, bevor sie eine Woche älter geworden waren. Es sind Männer, die auf immer jung bleiben werden. Ich fühle mich ganz sonderbar, wenn ich an sie denke. Ich habe Männer kennen gelernt, die aus diesem Land stammten und genauso großartig waren wie andere, die man sonstwo findet. Einer der besten, denen ich je begegnet bin, war ein Buschräuber, den ich durch die gesamte Kolonie gejagt hatte. Ich glaube, Sie wissen, wen ich meine, nicht wahr?«

Michael spürte, wie sich eine eisige Ruhe gleich einem starren Mantel um ihn legte. Er kannte die körperlose Stimme, die er in der Dunkelheit hörte. Es war nicht die des einstigen Sergeant der berittenen Eingeborenenpolizei, sondern die seines toten Bruders Tom. Es kam ihm vor, als senke sich um ihn herum Stille, als hielte alles restliche Leben den Atem an, um auf seine Antwort zu warten. »Woher ...?«, es plötzlich aus einer Kehle, die plötzlich wie ausgedörrt war. »Woher wussten Sie ...?«

»Ich war mir bis zuletzt nicht vollständig sicher«, sagte Henry ruhig. »Jetzt haben Sie sich mit Ihrer Antwort verraten.«

»Aber Sie glaubten, es zu wissen. Wie sind Sie darauf gekommen?«, ließ Michael nicht locker. »Hat Ihnen jemand einen Wink gegeben?«

»Nein. Aber ich war lange genug bei der Polizei, um zu sehen, was anderen möglicherweise entgeht«, gab er zur Antwort. »Was ich von Ihrer Schwester Kate über Sie gehört habe, genügte, Sie mir so lebendig vorzustellen, wie Ihr Bruder Tom es war. Die Art, wie Sie beide sprachen. Die Art, wie Sie sich gaben ... geben. Sie sehen ihm so ähnlich, dass Sie als er durchgehen könnten. Wissen Sie das? Vielleicht war es gut für Sie, dass Sie sich nicht in Queensland aufgehalten haben, als wir Jagd auf ihn machten, sonst hätte womöglich jemand Sie mit ihm verwechselt. Aber da war noch etwas anderes. Die Blindheit, mit der die Nacht unsere Augen schlägt, war nötig, damit ich Sie deutlich sehen konnte. Ich kann Ihnen nicht erklären, was ich selbst nicht verstehe, aber als Sie vorhin nach mir riefen, glaubte ich, Toms Stimme zu hören. Es war, als wenn er mich in der Dunkelheit gerufen hätte. Doch ich weiß, er ist tot, denn ich habe gesehen, wie er drüben in Burke's Land umgekommen ist. Als Sie mich riefen, ging mir auf, dass Tom auch in Ihnen lebt. Die Nächte hier draußen im Busch wirken sich eigenartig auf uns aus. Mir ist klar, dass all das keinen besonderen Sinn ergibt, aber mehr kann ich Ihnen jetzt nicht sagen.«

Beide schwiegen, und die leisen Geräusche der Nacht wurden wieder vernehmbar: das Rauschen in den Bäumen, wenn winzige Flugbeutler auf ihren Zweigen landeten, das ferne Murmeln des Bachs und das eintönige Zirpen der Grillen. Nach einer Weile sagte Michael: »Morgen ziehen wir weiter, und was ich gesagt habe, gilt. Wenn Sie mit Ihrem Bein nicht weiterkönnen, bleiben wir zusammen, bis Luke Hilfe schickt.«

Henry erhob sich steif. Michael spürte seine Hand auf der Schulter. »Wir werden sehen«, sagte er schlicht. »Wir werden sehen.« Wie hätte er sagen können, dass in seinen Träumen Nacht für Nacht ein Stammesältester der Ureinwohner zu ihm kam und sich in den dunklen Winkeln seiner halb bewussten Wahrnehmung aufhielt? Gelehrte mochten das mit ihrer Vernunft als Angstträume erklären, die auf sein Schuldgefühl wegen seiner Beteiligung an den Vertreibungen unter Morts Befehl zurückgingen. Aber nein, dachte Henry, der alte Ureinwohner war wirklich. Ebenso wirklich wie Michael Duffy, der jetzt im Dunkeln Wache hielt.

Die im feuchten Nebeldunst verborgenen Berggipfel spürten die erste Berührung der aufgehenden Sonne, als sich dessen Schleier in die kühle Sicherheit der Täler zurückzogen. Sie senkten sich auf den stillen Bach, und auch als die warme Sonne ihre letzten Reste in sich aufgesogen hatte, war Christie Palmerston noch nicht zurückgekehrt.

Michael hatte insgeheim mit dem Schlimmsten gerechnet. Mehrere Tagesreisen von Cooktown entfernt mussten sie ohne den Mann auskommen, der von allen die größte Erfahrung im Regenwald besaß. Der Vortag hatte sie kostbare Energien gekostet, sie waren hungrig und erschöpft, trotzdem folgten alle seinem Befehl zum Aufbruch. Kurz nach Mittag stolperten sie in ein breites, ebenes Tal, in dem hohes Gras wie ein Meer wogte. Die mit getrocknetem Blut getränkten Kleider hingen zerfetzt an ihnen herunter, ein Hinweis auf ihre Schlacht gegen die grausamen Stacheln der Dschungelgewächse. Das Hemd klebte ihnen am Leibe, unaufhörlich rann ihnen der salzige Schweiß von der Stirn und biss sie in den Augen. Jetzt, da der bedrückende Urwald endlich hinter ihnen lag, blieben sie erschöpft und erleichtert einen Augenblick lang stehen, um den willkommenen Anblick des Tales in sich aufzunehmen.

Über das hüfthohe Gras hob Michael den Blick zu den Bergkämmen links und rechts. Sein geschulter Soldateninstinkt riet ihm, das Tal nicht auf seiner Sohle, sondern auf möglichst hoch gelegenem Gelände zu queren, doch dann sah er, dass Henry sein Bein rieb. In dem Augenblick begriff er: Der Versuch, noch einen Bergkamm zu ersteigen, konnte für Henry eine lebenslange Lähmung zur Folge haben.

Thi Hues Zustand war kaum besser. Die Füße in ihren völlig zerfetzten Sandalen waren angeschwollen und voller Schnittwunden. John hatte das Mädchen in den letzten vier Stunden auf dem Rücken getragen. Michael traf seine Entscheidung. Sie würden den Weg über den Talboden nehmen und damit kostbare Zeit gewinnen.

Als Mort aus dem Regenwald trat und das weite, von Gras bewachsene Tal vor sich sah, ließ er seinen Trupp Halt machen. Die Chinesen hockten sich auf den Boden, holten kleine Essschalen und Stäbchen hervor und schlangen rasch kalten Klebreis und getrockneten Fisch in sich hinein.

Ein Stück Dörrfleisch kauend nahm Mort das vor ihm liegende breite Tal mit seinen großen freien Flächen in sich auf. Links und rechts lagen zwei mit dichter Vegetation bedeckte niedrige Hügel. Von ihren Hängen könnte man das ganze Tal wunderbar überblicken, ging es ihm durch den Kopf. Auch wenn er die Fährte des Iren verloren hatte, war er doch entschlossen, die eingeschlagene Richtung beizubehalten. Seinen Berechnungen nach musste sein Feind das Tal durchqueren, falls er sich nach wie vor auf dem Weg nordwärts nach Cooktown befand. »Mister Sims, sagen Sie den Männern, es geht weiter. Wir haben einen Anstieg vor uns.«

Mit einem Mal fiel ihm auf, dass weiter unten eine kleine

Personengruppe über den Talboden zog. Er konnte sein Glück nicht fassen. Der Teufel stand denen zur Seite, die Gott fluchten! Siegesgewiss spie er aus. Er würde O'Flynns Taktik gegen ihn selbst kehren!

Rasch verteilte er seine Männer am Ausgang des Tales. Jetzt hieß es nur noch warten. Mit schussbereiten Waffen warteten Morts Männer darauf, dass die kleine Gruppe nun in *seine* Falle ging.

45

Unter dem Knarren und Ächzen seines Rumpfes durchpflügte der schnittige Schnellsegler die Wogen der Großen Australischen Bucht. Nachdem er den Hafen von Melbourne verlassen hatte, lag er auf westlichem Kurs nach England.

Patrick Duffy verbrachte den größten Teil seiner Zeit an Deck, wo der Seewind zur Verzweiflung seiner ordnungsliebenden Großmutter sein Haar mit einer Salzkruste bedeckte. Sie hatte gehofft, er würde mehr Zeit mit ihr und in der Gesellschaft der anderen Passagiere der Ersten Klasse verbringen. Er aber schien sich unter den Männern der Besatzung wohler zu fühlen, die sich rasch mit dem selbstsicheren, aber in keiner Weise überheblichen jungen Mann angefreundet hatten. Er zeigte sich an der Arbeit der Seeleute interessiert, ohne sie zu stören, und sie fragten sich, wieso dem Jungen nicht auffiel, dass ihm ein ganzer Schwarm Mädchen seines Alters auf Schritt und Tritt über das Schiff folgte. Aber er merkte tatsächlich nichts von ihrem Gekicher und ihrem koketten Getue. Sie konnten nicht wissen, wie tief er in Gedanken über seine bewegte Vergangenheit und seine ungewisse Zukunft versunken war.

Von der Steuerbordreling aus richtete er den Blick über die Wellen hinweg auf den grauen Horizont. Irgendwo dahinter lag die Kolonie Süd-Australien, und schon bald würden sie die Südspitze der Kolonie West-Australien umrunden. Dann würde er endgültig das Land seiner Geburt verlassen haben, um das Land aufzusuchen, aus dem seine Großmutter stammte.

»Patrick«, rief ihn ihre Stimme freundlich. »Meinst du nicht, dass es Zeit ist, nach unten zu gehen? Der Kapitän hat uns zum Abendessen an seinen Tisch eingeladen.«

»Ich komme, sobald sich die Sonne fünf Grad Steuerbord vom Bug fortbewegt hat«, sagte er ruhig.

Verblüfft hob Lady Enid die Brauen. Der Junge lernte rasch und bediente sich jetzt schon der Seemannssprache.

»Du wirst dich erkälten, wenn du so lange an Deck bleibst«, sagte sie und legte ihm zu ihrer eigenen Überraschung mütterlich eine Hand auf die Schulter. Das erstaunte sie, denn so etwas hatte sie bei ihren eigenen Kindern nur höchst selten getan. Gefühle zeigten Angehörige der Arbeiterschicht. Patrick aber schien von ihrer Berührung nichts zu merken und sah unaufhörlich zum fernen Horizont hin. »Hast du Angst, mein Junge?«, fragte sie. Sein Blick senkte sich zu den Wogen, die zischend an den Rumpf des Schiffes prallten.

»Nein, Lady Enid«, sagte er, ohne sie anzusehen. »Mir ist nur durch den Kopf gegangen, wie viel passiert ist.«

»Woran denkst du dabei?«, fragte sie.

Er sah sie an. »Daran, wie anders alles wäre, wenn mein Vater noch lebte.«

Sie erstarrte und empfand einen stechenden Schmerz, in dem sich Schuldbewusstsein und Angst mischten. Sie wusste, dass sich Patricks Vater irgendwo an der Nordgrenze von Queensland aufhielt, hatte aber ihre Gründe, dem Jungen dieses Wissen verborgen zu halten. Sie wollte ihn im bevorstehenden Kampf gegen ihren tückischen Schwiegersohn Granville White einsetzen, und nach allem, was sie von Penelope erfahren hatte, würde Michael Duffy Baron von Fellmanns Expedition kaum überleben. Ihr Schuldgefühl aber ging nicht so sehr darauf zurück, dass sie ihrem Enkel dieses Wissen vorenthielt, sondern auf ihre Hoffnung, Michael werde umkommen, denn niemandem außer ihm wäre es möglich, ihr Patrick zu nehmen.

»Wie wir alle wissen«, gab sie ein wenig angespannt zurück, »ist dein Vater etwa um die Zeit deiner Geburt in Neuseeland ums Leben gekommen.«

Wenn sie den Ausdruck auf Patricks Gesicht richtig deutete, glaubte er ihre Lüge, und so entspannte sie sich. »Ich werde Soldat wie mein Vater«, sagte er unvermittelt. »Bestimmt hätte er das gewollt.«

Mit Entsetzen hörte Lady Enid den Wunsch ihres Enkels, die Uniform der Königin zu tragen. Ihrem Willen nach sollte er die beste Erziehung bekommen, die Englands Schulen und Universitäten boten, damit er anschließend die Herrschaft über das Familienvermögen antreten konnte.

»Ich denke, das wirst du dir noch überlegen, wenn du älter bist«, sagte sie rasch. »Wenn du erst einmal in Eton bist, wirst du bald sehen, dass das Leben Besseres zu bieten hat als das Dasein eines Soldaten, da bin ich mir ganz sicher. Bei der Verwaltung des Vermögens und der Handelsinteressen der Familie trägst du eine weit größere Verantwortung. Immerhin wird dir die Aufgabe zufallen, uns ins nächste Jahrhundert zu führen.«

Patrick sah ihr in die Augen, und sie spürte, dass er einen ebenso eisernen Willen hatte wie sie selbst. »Onkel Max hat mir erzählt, wie mein Vater im Krieg gegen die Maori als Held gefallen ist«, sagte er trotzig. »Es ist meine Pflicht, so zu werden wie er.«

»Durch Umstände, die niemand voraussehen konnte, hat die Niedertracht deines Onkels Granville deinen Vater in diesen Krieg getrieben«, setzte Lady Enid dagegen. »Er hatte immer die Absicht, ein berühmter Maler zu werden ... aber auf keinen Fall Soldat.«

Nachdenklich verzog Patrick das Gesicht. »Das hat mir Onkel Max auch gesagt«, gab er zur Antwort. Lady Enid hörte eine leichte Verwirrung aus seinen Worten. Welche Ironie doch darin lag, dass sie sich jetzt genötigt sah, das sanftmütige Wesen eines Mannes hervorzuheben, den sie wegen seiner Beziehung zu ihrer Tochter stets gehasst hatte! Sie sah ihren Enkel an, und ihr ging auf, wie sehr sich sein Äußeres von dem der Männer ihrer eigenen Familie unterschied. Einen Augenblick lang war auch sie verwirrt. Er war in so vielem ein wahrer Duffy. Doch da über Fiona ihr eigenes Blut in seinen Adern floss, musste er zumindest zum Teil ein Macintosh sein. Dieser Gedanke tröstete sie, und sie beschloss, ihn vorerst weiterträumen zu lassen. Mochte er einstweilen werden wollen wie sein Vater … »Falls du immer noch Soldat werden möchtest, wenn du fertig studiert hast«, seufzte sie, »werde ich meinen ganzen Einfluss geltend machen, damit du das Offizierspatent in einem erstklassigen schottischen Regiment kaufen kannst. Das verspreche ich. Schon früher haben Männer aus der Familie meines verstorbenen Mannes – und das ist jetzt auch deine Familie – schottische Regimenter für die Krone befehligt. Bestimmt würdest auch du einen erstklassigen Offizier der Königin abgeben.«

»Ist es dir damit ernst, dass ich Soldat werden darf?«, fragte Patrick mit frohem Lächeln.

»Ja«, gab Lady Enid zurück und lächelte gleichfalls. »Aber nur, wenn du mir jetzt versprichst, dir in Eton große Mühe zu geben und dich nie wie ein ungehobelter Flegel aus den Kolonien zu benehmen. Dein Onkel David hat in Eton Preise bekommen«, fügte sie hinzu. Beim Gedanken an ihren geliebten Sohn, den sie schon vor so langer Zeit verloren hatte, überfiel sie Schwermut. »Aber bestimmt wirst du das auch tun, denn immerhin stammst du aus einer wahrhaft vornehmen Familie.«

Einen Augenblick lang überlegte Patrick, inwieweit die Duffys vornehm waren. Da er damit nicht weiterkam, konnte Lady Enid nur ihre eigenen Vorfahren meinen. Ihm war klar, dass auch er anfangen musste, sich als Macintosh zu fühlen, obwohl ihm sein Onkel Daniel das feierliche Gelöbnis abgenommen hatte, auf keinen Fall seine Religion oder seine irische Herkunft zu vergessen.

»Das verspreche ich, Lady Enid«, sagte er mit entwaffnendem Lächeln.

»Gut«, sagte sie und drückte sanft seine Schulter. »Dann gehen wir jetzt nach unten zum Kapitän, junger Mann. Da kannst du zeigen, was du deiner aristokratischen Herkunft verdankst, Charme und gutes Benehmen.«

Patrick sah über das Deck zu den zwei Mädchen hinüber, die ihn ansahen, wobei sie hinter vorgehaltener Hand kicherten. Er schnitt ihnen eine Grimasse und wandte sich ab, um seine Großmutter zu begleiten. Mädchen kamen ihm sonderbar vor. Eigentlich fand er sie ein bisschen lästig. Aber trotzdem hatte er in jüngster Zeit verwirrende Gedanken in Bezug auf sie gehabt. Sie rochen anders, und er empfand das Bedürfnis, ihre weiche Haut zu berühren. Ein noch größeres Geheimnis aber schien ihm die Frage zu sein, was sie wohl von ihm erwarten mochten.

46

Michaels normalerweise scharfe Sinne waren abgestumpft. Allmählich machte sich auch bei ihm die Erschöpfung bemerkbar. Zudem gab es keinen Hinweis darauf, dass Mort ihnen folgte. Entweder hatte er aufgegeben oder ihre Spur verloren. Christie Palmerstons letzten Angaben zufolge mussten sie sich ganz in der Nähe von Cooktown befinden. Möglicherweise hatte sich der junge Buschläufer sinnlos geopfert.

Nachdem sie aus den finsteren Wäldern heraus waren, befanden sie sich auf einer weiten, von hohem Gras bedeckten Ebene, an deren anderem Ende ein felsiger Hohlweg über einen niedrigen Sattel zwischen zwei Hügeln führte. Es würde anstrengend sein, diesen zu ersteigen, aber nicht annähernd so schwierig wie die steilen Hänge zu beiden Seiten des Tales, nahm Henry an. Von diesem Bergsattel herab würden sie hoffentlich den Fluss sehen können. Das würde ihre Stimmung heben. Noch hatten die Männer Kraftreserven, so hungrig und durstig sie auch waren.

Michael sah sich über die Schulter nach seinem winzigen Trupp um, der sich hinter ihm dahinschleppte. John trug nach wie vor Thi Hue, ihm folgte Henry, langsam hinkend, den Abschluss bildete Luke. Zwar war der Schmerz in Henrys verzerrtem Gesicht deutlich erkennbar, doch brachte er es fertig, Michael beruhigend zuzulächeln. Dieser nickte ermutigend und wandte sich dann wieder um. Er klappte den kleinen Messingkompass auf, um ihre Marschrichtung zu kontrollieren. Sie zogen nach wie vor nordwärts und mussten schon ganz in der Nähe von Cooktown sein. Befriedigt klappte er den Kompass zu, als plötzlich mehrere Schüsse die Stille des Tales zerrissen.

Henry gab nur ein Stöhnen von sich, als ihm die Kugel aus einem Winchester-Gewehr in die Brust drang. Er war auf der Stelle tot. Mort lächelte zufrieden. Das Schicksal hatte ihm eine Trumpfkarte zugespielt, und mit einem gut gezielten Schuss hatte er sich an seinem früheren Sergeanten gerächt. Zwar hatte er ursprünglich seine erste Kugel O'Flynn zugedacht, aber als er Henry hinter ihm dreinhinken sah, konnte er der Gelegenheit nicht widerstehen, die sich ihm da unverhofft bot. Immerhin hatte der Mann vor vielen Jahren durch sein Verhalten zu der schwierigen Lage beigetragen, in der sich Mort jetzt befand.

Als Nächster wurde Michael getroffen. Die Kugel drang ihm von hinten in die Schulter und riss ihn zu Boden. Doch der Sturz ins hohe Gras rettete ihm das Leben, denn schon wurde die nächste Salve abgefeuert. Michael robbte sofort weiter, um dem Gegner keine Gelegenheit zu geben, sich auf ihn einzuschießen.

Auch Luke hatte einen Treffer abbekommen. Er spürte, wie ihm eine klebrige Flüssigkeit die Kniekehle hinablief, und es überraschte ihn nicht zu sehen, dass seine Finger rot von Blut waren, als er danach fühlte. Die Kugel war ihm unmittelbar über dem Knie durch den Oberschenkel gedrungen. Allmählich ließ der Schock nach, der anfänglich verhindert hatte, dass er den Schmerz spürte.

»Falls Sie noch am Leben sind, Mister O'Flynn«, ertönte spöttisch Morts Stimme aus etwa fünfzig Schritt Entfernung, »schlage ich Ihnen vor, sich zu ergeben. Ich will nichts als das Mädchen, darauf gebe ich Ihnen mein Wort. Sie haben eine Minute Zeit, sich zu entscheiden, dann schicke ich meine Leute vor.«

Michael nahm den Colt von der Hüfte und zog den Hammer zurück. Wenn er die Winchester einrechnete, standen ihm sieben Schuss Schnellfeuer zur Verfügung. Auch wenn ihn das hüfthohe Gras vor den Blicken verbarg, konnte es ihn nicht gegen sondierende Kugeln decken. Mort hatte seinen Hinterhalt mit der Professionalität eines ausgebildeten Soldaten gelegt. Er schien seine Männer im hohen Gras der Ebene in einer langen Schützenkette verteilt zu haben, und so war der kleine Trupp ahnungslos an ihnen vorübergezogen. Betrübt musste sich Michael eingestehen, dass er selbst seine Leute in diesen Hinterhalt geführt hatte. Durch seine Fehleinschätzung der Lage war schon bei der ersten Salve keine Gegenwehr möglich gewesen. Nicht getroffen waren lediglich John und Thi Hue. Mort hatte strengen Befehl gegeben, unter keinen Umständen auf das Mädchen zu feuern.

Michael wusste nicht, ob außer ihm noch jemand lebte. Um nicht preiszugeben, wo er sich jetzt befand, wagte er nicht, den anderen zuzurufen. Ihm war klar, dass ihm Mort um jeden Preis nach dem Leben trachtete, und er verwünschte sich, nicht über das hoch gelegene Gelände gezogen zu sein, wie es ihm sein Soldateninstinkt geraten hatte. Eine Minute war nicht besonders viel Zeit, um über zweiunddreißig Lebensjahre nachzudenken, ging es ihm betrübt durch den Kopf, als er auf dem Bauch liegend den Angriff von Morts Männern erwartete.

Zwar war Luke verwundet, doch war er keineswegs kampfunfähig. Wie Michael wusste er nicht, wer außer ihm noch lebte, wohl aber, dass Henry James tot war. Die Situation sah hoffnungslos aus. Das hohe Gras schwankte sacht, als ein Windstoß vom Bergsattel herabfuhr. Rau strich er Luke über das Gesicht, das er tief in den trockenen Erdboden drückte.

Das Gras!

Mit einem Mal fiel ihm ein, wie es ihm vor Jahren bei einem Angriff durch Stammeskrieger in Burke's Land ergangen war. Sie hatten das Gras in Brand gesetzt, so dass er sein Versteck verlassen musste, und das Feuer hatte ihn vor eine Front drohend die Speere schwingender Krieger getrieben. Luke nahm das Messer aus der Scheide, schnitt eine Hand voll trockenes Gras ab, holte eine Schachtel Wachshölzer heraus und riss eins davon an. Als es brannte, warf er es auf die improvisierte Lunte, die sich mit leisem Knistern entzündete.

Er schob sie ein Stück weiter. Das Gras fing augenblicklich Feuer, und mit grimmiger Befriedigung sah er, dass der Wind nach wie vor in Richtung auf Mort und seine Leute wehte. Schon nach wenigen Sekunden stürmten die Flammen davon und verzehrten alles auf ihrem Weg. Unverzüglich robbte Luke weiter.

Als Mort vorsichtig den Kopf hob und über das hohe Gras spähte, sah er die ersten Rauchwölkchen, aus denen rasch eine schwarze Wolke wurde. Eine Flammenwand raste auf ihn und seine Männer zu. Wie zum Teufel war es dazu gekommen?

Während sich Luke durch das Gras schob, kam er an Henry James vorüber, der auf dem Rücken lag und mit ausdruckslosen Augen zum Himmel starrte. Ohne auch nur für einen Augenblick der Trauer um den Verlust seines Freundes innezuhalten, kroch er weiter, bis er John und Thi Hue erreichte. Das Mädchen wirkte völlig verschreckt. Die beiden drängten sich so eng aneinander, dass John einen lebenden Schutzwall gegen die Kugeln des Gegners bildete. »Henry ist tot«, sagte Luke leise und kroch weiter dorthin, wo sich Michael zuletzt aufgehalten hatte.

Der gegen Mort und seine Männer anstürmende Flächenbrand bedeckte inzwischen die ganze Ebene, und die aufsteigende heiße Luft riss glühende Ascheteilchen mit zum blauen Himmel empor. Inmitten des Rauches erhob sich eine Flammenwand, deren Farben zwischen Orange und Schwarz spielten. Aus dem lauten Knistern war mittlerweile ein Donnern geworden.

»Zurück auf den Berg!«, schrie Mort und erhob sich aus der Deckung. Dort oben wuchs weniger Gras, das den gierigen Flammen Nahrung bot. Die Chinesen brauchten kein Englisch zu verstehen, um zu begreifen, dass sie bei lebendigem Leibe geröstet würden, wenn sie blieben, wo sie waren. Wie ein Mann sprangen sie auf und rannten wie die europäischen Seeleute der relativen Sicherheit der hinter ihnen liegenden Berge entgegen.

Michael schob sich durch das Gras, bis er fast mit Luke zusammenstieß. »Henry ist tot«, teilte ihm Luke mit, »aber John und Thi Hue fehlt nichts.«

»Er wusste, dass er sterben würde«, sagte Michael leise und verzog das Gesicht.

»Was?«, fragte Luke. Er hatte Michaels Worte nicht verstanden, da das laute Donnern des Feuers sie übertönte.

»Nicht so wichtig«, murmelte Michael.

Der Wind trieb die Flammenwand von ihnen fort. Brennende Ascheteilchen senkten sich zu Boden, während das Feuer durch das Tal tobte, wobei es wie ein gequältes Tier hierhin und dorthin zuckte. John kam auf Michael und Luke zugerannt und zerrte Thi Hue an der Hand mit sich. Sobald die vier beisammen waren, eilten sie auf den Bergsattel zu.

Mort, der ihr Vorhaben durchschaute, sich ihm zu entziehen, indem sie dem Schutz der Hügel entgegenstrebten, eröffnete das Feuer. Jetzt war es ihm gleich, ob er auch das Mädchen traf, so groß war seine Wut, weil sich das Blatt gewendet hatte. Doch war die Entfernung zu groß, und da sich die Flammen immer mehr näherten, musste er ihnen erneut entfliehen und sich mit seinen Männern weiter zurückziehen.

Wutentbrannt musste er mit ansehen, wie die winzigen Gestalten den Sattel zwischen den Hügeln erstiegen. Aber noch war nicht alles verloren, überlegte er verbittert. Es gab nach wie vor noch eine Möglichkeit, sie zu fassen. Mit Sims, zwei weiteren seiner früheren Besatzungsmitglieder und sieben bewaffneten Chinesen war er O'Flynns Trupp an Zahl und Feuerkraft überlegen. Das Grasfeuer würde sie nicht lange aufhalten, es würde bald zu Ende brennen. Er war entschlossen, alle Männer zu töten und das Mädchen in seine Gewalt zu bringen.

»Verdammt! Das tut scheußlich weh!«, stieß Luke durch zusammengebissene Zähne hervor. »Aber ich kann gehen.« Die Wunde schmerzte, war aber nicht besonders schwerwiegend. John verband das Bein des Amerikaners mit einem Ärmel, den er von dessen Hemd abgerissen hatte.

Thi Hue kümmerte sich um Michaels ziemlich große Wunde, die schräg über den Rücken lief. Seine Schulter war steif. Mit nacktem Oberkörper stand er da, während Thi Hue Wasser aus einer Feldflasche über die Wunde goss und staunend sah, wie viele Narben den Körper des Hünen bedeckten. Dieser Krieger muss in seinem Leben schon an vielen Kämpfen beteiligt gewesen sein, dachte sie und zuckte bei der bloßen Vorstellung des Schmerzes zusammen, den er vermutlich empfand.

Ohne auf seine Schmerzen zu achten, hielt Michael den Blick über das Tal hinweg auf die bewaldeten Berge gerichtet. Einen knappen Kilometer von ihm entfernt sammelte Mort seine Männer. Den Verfolgten blieben nur wenige Möglichkeiten. Entweder stellten sie sich in einer zur Verteidigung geeigneten Position zum Kampf, wobei Mort sie möglicherweise belagerte und aushungerte, oder sie machten sich so schnell wie möglich auf den Weg nach Cooktown. Damit allerdings wären sie ohne Nachhut ungedeckt Morts Gewehren ausgesetzt. Vielleicht gab es auch eine kombinierte Lösung? »Wir müssen weiter«, sagte Michael und biss die Zähne zusammen, während er die Arme streckte, um ihre Beweglichkeit zu prüfen. »Ich werde Mort beschäftigen, während ihr Thi Hue nach Cooktown bringt.«

Weder Luke noch John äußerten sich dazu. Michael hatte die unter den Umständen einzige mögliche Entscheidung getroffen. Sie hatte nichts mit Heldenmut zu tun, sondern war rein taktischer Art und die einzige Chance, dass eine möglichst große Zahl von ihnen überlebte. Sobald sie sich in der Nähe des Flusses befanden, wären sie in dem Augenblick Morts Gewehren ausgesetzt, in dem sie ihn zu überqueren versuchten. Irgendjemand würde zurückbleiben und ihnen den Rücken frei halten müssen, wenn es so weit war.

Thi Hue wunderte sich über den sonderbaren Ausdruck, den sie auf Johns und Lukes Gesicht wahrnahm, als sie sich umwandten, um den Krieger mit dem einen Auge zu verlassen. Auf ihren Zügen lag eine sonderbar entsagungsvolle Trauer, die sie nicht verstand.

»Luke«, rief Michael dem Amerikaner leise zu, als sich dieser gerade John und Thi Hue anschließen wollte. »Meinen Anteil an der Belohnung für die Rettung des Mädchens soll meine Schwester bekommen«, sagte er ruhig, während er weiterhin zu den Bergen hinübersah, wo Morts Trupp zwischen den Bäumen verschwunden war.

»Wird gemacht«, gab Luke zur Antwort. »Sag mir einfach, wo ich sie finde, und ich sorg dafür, dass sie das Geld kriegt.«

»Du findest sie ganz leicht«, gab Michael mit einem leisen

Lachen zurück, das Luke nicht verstand, »denn du kennst sie bereits. Kate O'Keefe ist meine Schwester.« Luke sah ihn verblüfft an. Michael lächelte breit über seine Überraschung. »Sie und meine übrigen Angehörigen sind überzeugt, dass ich im Jahr '63 in Neuseeland umgekommen bin. Das ist aber eine lange Geschichte, und wir haben jetzt keine Zeit, uns darüber zu unterhalten.«

Mit einem Mal fühlte Luke sich schuldig, weil Michael und nicht er sich für den sicheren Tod entschieden hatte. Er legte ihm die Hand auf die Schulter. »Geh mit den beiden«, sagte er entschlossen. »Ich kann Mort auch aufhalten.«

»Ich bleibe besser hier«, sagte Michael. »Für meine Angehörigen bin ich schon seit vielen Jahren tot, und so soll es bleiben. Außerdem hinterlasse ich nichts und niemanden. Ich hatte mir schon immer gedacht, dass es eines Tages so kommen würde. Schon viele Männer haben probiert, was Morts Leute wahrscheinlich tun werden. Aber zumindest stehen meine Aussichten nicht schlecht, mit ihm abzurechnen, bevor sie mich erledigen. Irgendwie passt es ganz gut, dass er und ich gemeinsam abtreten.«

»Noch bist du nicht tot«, sagte Luke mit belegter Stimme, obwohl Michael in der Tat kaum damit rechnen durfte, einen entschlossenen Angriff abwehren zu können.

»Geh jetzt«, sagte Michael und hielt ihm die Hand hin. Luke ergriff sie und besiegelte damit ihre Freundschaft. »Pass auf John Wong auf, wenn du in die Nähe von Cooktown kommst«, fügte Michael leise hinzu. »Sei einfach immer auf der Hut.«

Auch wenn er diese Warnung nicht verstand, nickte Luke und ging davon, ohne sich noch einmal umzusehen.

Während er, das Gewehr über die Schulter gehängt, den beiden anderen nacheilte, wandte Michael seine Aufmerksamkeit dem mit Bäumen bestandenen Hang vor sich zu und überlegte, welche Bedrohung von John Wong ausging. Christie hätte sie mit Sicherheit nicht verlassen, wenn Horace Brown ihm den geheimen Auftrag erteilt hätte, sicherzustellen, dass das Mädchen den Franzosen ausgeliefert wurde, überlegte er, während er seinen Munitionsvorrat prüfte. Also hatte er diese Aufgabe dem Eurasier übertragen. Allerdings beging Michael Duffy den Fehler, nur eine Möglichkeit zu erwägen. An Su Yin hatte er bei seinen Spekulationen nicht gedacht.

»Worüber haben Sie gesprochen, als ich mit dem Mädchen allein war?«, erkundigte sich John argwöhnisch, als sie über den Gegenhang ins Unterholz tauchten.

»Über dies und jenes, nichts Besonderes«, wehrte Luke die Frage ab. »Ich soll die erste Runde zahlen, wenn er nach Cooktown zurückkommt.«

»Wissen Sie, dass er Kate O'Keefes Bruder ist?«, fragte John unerwartet, während sie sich zu dritt vorsichtig den Weg hangabwärts suchten.

»Jetzt ja«, sagte Luke betrübt und warf einen Blick auf die dichte tropische Vegetation. Er hörte das gleichmäßige Rauschen von Wasser, das über Steine lief. Vermutlich war das der Fluss, von dem Christie gesprochen hatte. Dann konnte es nicht mehr weit bis Cooktown sein.

47

»Sims«, sagte Mort, als er den winzigen Gestalten nachsah, die hinter der Kuppe verschwanden. »Holen Sie die Männer zusammen und folgen Sie mir.« Der Erste Steuermann, der sich dicht neben ihm auf sein Gewehr stützte, wandte sich um und erteilte seine Befehle. Obwohl er sich dabei der englischen Sprache bediente, verstanden die Chinesen wegen seines aggressiven Tonfalls, was gemeint war. Fragend sahen sie den Piratenkapitän an, der sie knurrend anwies, dem Befehl des weißen Teufels zu folgen.

Luftwirbel voll feiner Grasasche umtanzten die Verfolger, die dem Bergsattel entgegenstrebten. Mit schussbereiten Waffen und gespannter Aufmerksamkeit zogen sie an Henrys Leichnam vorüber. Mort spie den Toten verachtungsvoll an. Als Nächsten würde er sich diesen O'Flynn vornehmen!

Mittlerweile hatten sich Habichte und Milane in einer Wolke aus bräunlichem Gefieder gesammelt und stießen auf das unerwartete Festmahl an kleinen Tieren nieder, die das Feuer ihres Schutzes beraubt hatte. Trotz Morts Beteuerung, die Überlebenden, auf die sie Jagd machten, hätten das Gelände längst verlassen, bewegten sich die Männer mit geradezu ängstlicher Vorsicht. Doch als kein einziger Schuss auf sie abgefeuert wurde, löste sich ihre Anspannung. Nachdem sie den Sattel erreicht hatten, betrachteten sie das Bild, das sich ihnen auf der anderen Seite des Berges bot.

Zu Morts großer Befriedigung entdeckte Sims nach einer Weile außer Blutspritzern auf den Steinen auch den von Blut befleckten Fetzen eines Hemdes. Also waren auch die anderen nicht ungeschoren davongekommen, sagte sich Mort erfreut. Möglicherweise waren sie so schwer verwundet, dass sie nur langsam vorankamen, und vielleicht waren ihre Verletzungen sogar tödlich. Hoffentlich war O'Flynn noch am Leben, wenn sie auf ihn stießen. Der irische Schweinehund hatte ihn ebenso sehr gequält wie seine Albträume, und sein Gewinsel um Gnade würde die Geister vertreiben, die ihn im Schlaf heimsuchten. Mit einer Armbewegung bedeutete er seinen Männern, sich hinter ihm zu halten, während er der blutigen Fährte in den unter ihnen liegenden Regenwald folgte.

Mit deutlich verminderter Aufmerksamkeit zogen die Verfolger den Hang hinab. Offensichtlich hatte sich ihre Beute in panischer Flucht entfernt. Doch auf halbem Wege ließ ein Schuss aus einem Snider-Gewehr ihre Selbstgefälligkeit verfliegen. Bevor er verhallt war, stürzte einer der Männer der Besatzung mit durchschossener Brust zu Boden.

Einen Augenblick lang erstarrten alle vor Schreck, dann suchten sie rasch die spärliche Deckung vereinzelter Felsblöcke auf. Ein weiterer, gut gezielter Schuss traf Sims in den Bauch, bevor er sich in Sicherheit bringen konnte. Er ließ das Gewehr fallen und umklammerte seinen Unterleib mit beiden Händen, wobei er Mort, der am Hang stand, verwirrt und voll Entsetzen ansah. Mit einem gotteslästerlichen Fluch warf sich Mort zu Boden. Wie ein blutiger Anfänger war er dem Heckenschützen in die Falle getappt!

Michael öffnete das Schloss des Snider-Gewehrs und schob eine Patrone in die Kammer. Nachdem er die letzten Männer von Morts Schiffsbesatzung ausgeschaltet hatte, stand es jetzt Mann gegen Mann. Die chinesischen Piraten waren in seinen Augen ungefährlich. Seiner Beobachtung nach hatten sie Morts Anweisungen schon immer nur höchst widerwillig befolgt, und vermutlich hatte der Tod der beiden weißen Besatzungsmitglieder sie noch weiter demoralisiert.

Im Bewusstsein, den drei Gefährten mit seinem Hinterhalt einen wertvollen Vorsprung zu verschaffen, glitt er aus seiner Deckung hinter einem Erdhügel am Rande des Hanges. Da man auf keinen Fall feststellen durfte, wo er sich befand, weil man ihn sonst hätte umgehen und von der Seite angreifen können, hatte er bereits eine weitere Stellung ausersehen, von der aus er auf die Verfolger feuern konnte. Er legte das Gewehr an und suchte sich ein neues Ziel.

Auf dem Bauch am Hang liegend, überlegte Mort, warum der unbekannte Scharfschütze nicht auf ihn geschossen hatte, als er die Möglichkeit dazu hatte. Es kam ihm vor, als verspotte ihn der unsichtbare Schütze und habe ihm damit, dass er den Ersten Steuermann an seiner Seite erschossen hatte, voll Herablassung zeigen wollen, dass ihm Morts Leben gehöre, gleichsam sein persönlicher Besitz sei.

Zwar überlief ihn bei dieser Vorstellung abergläubische Furcht, doch ließ er davon sein klares Denken nicht benebeln. Fieberhaft überlegte er, wie er dem Heckenschützen einen Strich durch die Rechnung machen konnte. Er würde der Hälfte der Chinesen den Auftrag geben, sich unter dem Befehl ihres Anführers an jenem vorbei an die Verfolgung der Überlebenden zu machen, während er und die Übrigen ihn mit ihrem Feuer in seiner Stellung festnagelten.

Er rief den Piratenkapitän zu sich und erklärte ihm rasch, was er von ihm wollte. Wu begriff die Absicht, die dahinter stand, und ließ sich auf dem Gegenhang abwärts gleiten, wo er sechs seiner besten Männer auswählte, denen die Aufgabe zufiel, den fliehenden Überlebenden den Weg abzuschneiden. In der Deckung, die ihm das Gewirr des dichten Regenwaldes bot, fühlte Wu sich ohnehin wohler als an dem offen einsehbaren Hang.

Als er mit seinen Männern fort war, feuerte Mort einen sorgfältig gezielten Schuss auf Sims' Kopf ab. Zwar hatte ihn der Erste Steuermann angefleht, ihn am Leben zu lassen, doch verstummte er beim Anblick von Morts kalten Augen. Von diesem Mann hatte er kein Mitleid zu erwarten. Finster sahen die Chinesen oben am Hang auf den weißen Teufel hinab und fragten sich, was schlimmer wäre: ihm zu folgen oder zum Führer des Geheimbundes zurückzukehren und ihm einzugestehen, dass ihnen das Mädchen entkommen war.

Aus dem Augenwinkel sah Michael, wie der Piratenkapitän und seine Männer etwa fünfzig Schritt von ihm entfernt in den Dschungel eintauchten, und gab einen Schuss ab. Befriedigt sah er, wie einer der Chinesen mit einem erstickten Verzweiflungsschrei zu Boden stürzte.

Sein Schuss wurde durch eine Musketensalve vom Felsgrat über ihm beantwortet. Er fluchte, als ihm aufspritzende Erde von einem Querschläger ins Gesicht flog. Offenbar hatte Mort sein Vorhaben durchschaut, ging es ihm verärgert durch den Kopf, und deckte ihn jetzt mit Dauerfeuer ein, damit er seine Stellung nicht verlassen konnte. Aber immerhin war es ihm gelungen, den Gegner zur Aufteilung seiner Streitmacht zu zwingen. Das gab Luke und John bei einem Aufeinandertreffen mit ihnen eine bessere Ausgangsposition als vorher.

Er ließ sich beiseite rollen und lud sein Gewehr nach. Da er Mort nicht unter den Chinesen gesehen hatte, die im Regenwald verschwunden waren, befand er sich wohl nach wie vor bei den Männern zwischen den Felsen über ihm. Michael durfte sich keinen Augenblick lang zeigen, denn die Schüsse waren aus größerer Nähe gekommen als vorher. Erst nach Einbruch der Dunkelheit konnte er den Versuch wagen, seine Stellung zu verlassen. Bis dahin aber musste es John und Luke entweder gelungen sein, sich den Verfolgern zu entziehen, oder sie waren tot, und das Mädchen befand sich wieder in Morts Gewalt.

Michael wartete unter der heißen Mittagssonne auf Morts nächsten Zug. Wenigstens hatte er eine fast volle Feldflasche mit Wasser, und verhungern würde er auf keinen Fall, überlegte er mit bitterem Spott. Bevor es dazu kam, hätte ihn längst eine Kugel getötet.

Mort erhaschte einen flüchtigen Blick auf den Mann, der auf die Gruppe des Piratenkapitäns gefeuert hatte. Sie hatten es also mit Michael O'Flynn zu tun! Er wandte sich zu den verbleibenden Chinesen um und bedeutete ihnen, dass sie die neben den toten Europäern am ungedeckten Hang liegenden Winchester-Gewehre holen sollten.

Sie schoben sich dorthin und nahmen die Gewehre wie auch die Munition aus den Taschen der Erschossenen an sich. Kein Schuss störte sie dabei, und so gelang es ihnen, die Gewehre nach oben zu schaffen. Rasch machten sie sich mit deren Handhabung vertraut.

Am Fluss hörte man leise das Echo von Schüssen. Auf Thi Hue wirkten sie fern und unwirklich. Sie hatte John gefragt, warum der hünenhafte Barbar mit der Augenklappe nicht mit ihnen gekommen war, und er hatte ihr rasch den Plan erläutert. Sie fragte sich, warum der Mann sein Leben für sie opferte. Was auch immer der Grund dafür sein mochte, sie würde ihm das nie vergessen.

Gleichmäßig strömte der Fluss inmitten des dichten Rankengewirrs im Regenwald dahin. Luke schätzte seine Breite auf knapp zwanzig Meter. Da sie es sich unglücklicherweise nicht erlauben konnten, in Ruhe nach einer Stelle zu suchen, wo er sich leichter überqueren ließ, hielt Luke Ausschau nach einem abgestorbenen Baumstamm, an dem sie sich im Wasser festhalten konnten. Doch alles Holz, das sie auf dem Waldboden fanden, war bereits zu einer schwammig-erdigen Masse verfault.

Nach kurzer Beratung beschlossen die beiden Männer, ihre Gewehre zurückzulassen, denn deren Gewicht konnte sie ohne weiteres hinabziehen, wenn sie den Fluss schwimmend überquerten. Wenn es nötig werden sollte, sich zu verteidigen, würden sie sich mit ihren Messern begnügen müssen. Ihr einziger Trost war, dass auch Morts Männer ernsthafte Schwierigkeiten haben würden, den rasch dahinströmenden Fluss mit ihren Waffen zu überqueren.

Thi Hue, die nicht schwimmen konnte, schrak entsetzt vor der Vorstellung zurück, sich in das schlammige Wasser gleiten zu lassen. Doch waren beide Männer gute Schwimmer, und John versicherte dem verängstigten Mädchen, er werde sie sicher ans andere Ufer bringen.

Sie vertraute ihm und watete vorsichtig hinein. Als die Wassergeister nach ihren Beinen griffen, umklammerte sie Johns Hals mit solcher Verzweiflung, dass er behutsam ihre Hände lösen musste. Dann erklärte er ihr ganz ruhig, auf welche Weise sie den Fluss überqueren würden. Er werde mit einem Arm auf der Seite schwimmen und sie mit dem anderen ans andere Ufer ziehen, doch müsse sie dabei ruhig bleiben und dürfe ihm keinen Widerstand leisten. Wenn sie ihre Angst überwinde, würde sie für ihn keinerlei Last bedeuten.

John schwamm mit kräftigen Stößen und zog das Mädchen mit sich. Sogleich riss die starke Strömung sie ein Stück flussabwärts. Es dauerte eine Weile, bis John die Mitte des Flusses erreichte. Auch Luke hinter ihm musste mit aller Kraft gegen die Wirbel ankämpfen. Gerade, als sie den Fluss zur Hälfte durchquert hatten, hörten sie hinter sich im Dschungel Schüsse und Rufe.

Verzagtheit erfasste Luke. Im Wasser treibend, boten sie ein leichtes Ziel. Sie waren noch ziemlich weit vom anderen Ufer entfernt, und erst dort wären sie in Sicherheit. Die Rufe und das Musketenfeuer aus dem Dschungel spornten ihn an, das Letzte zu geben.

Dann hörten die Flüchtenden verwirrt, dass hinter ihnen ein Kampf auf Leben und Tod ausgebrochen sein musste. Es dauerte nicht lange, und die Verzweiflungsschreie der um ihr Leben kämpfenden Männer verstummten. Inzwischen hatte die kleine Gruppe das andere Ufer erreicht und es erklommen, von Kopf bis Fuß durchnäßt, aber wohlbehalten.

Nach wie vor wussten sie nicht, was da geschehen war. Der Überfall konnte nicht von Michael Duffy ausgegangen sein, denn dessen Snider-Gewehr hatten sie zuletzt aus etwa einem Kilometer Entfernung gehört. Unmöglich konnte er den Fluss in so kurzer Zeit erreicht haben. Doch John und Thi Hue hatten die entsetzten Stimmen eindeutig als die von Chinesen erkannt. Keiner von beiden hatte die anderen sonderbaren Rufe verstanden, die sich in deren angstvolle Stimmen gemischt hatten, wohl aber Luke.

Es war der Schlachtruf der wilden Merkin-Krieger gewesen. Offenbar hatten sie ihre Verfolger überrascht. Voll Schaudern dachte er daran, dass die Stammeskrieger schon ganz in der Nähe gewesen sein mussten, als die drei Flüchtlinge selbst vorübergezogen waren. Warum nur hatten sie sie nicht angegriffen, solange sie sich am jenseitigen Ufer befanden?

Auch Michael und Mort hatten den fernen Kampfeslärm gehört, und Michaels Hoffnung sank. Hatten die Chinesen seine drei Gefährten erreicht, bevor diese den Fluss überqueren konnten, und sie getötet?

Mort lächelte grimmig in sich hinein. Die Geräusche konnten nur eines bedeuten: Wu hatte Erfolg gehabt. Er rechnete damit, den Piratenkapitän noch vor Sonnenuntergang mit dem Mädchen zurückkehren zu sehen. Jetzt war O'Flynn von aller Hilfe abgeschnitten, dachte er mit wilder Befriedigung, und er brauchte nur noch zu entscheiden, ob er den Iren seinem Schicksal überlassen oder das Leben einiger Chinesen aufs Spiel setzen sollte, um ihn endgültig unschädlich zu machen.

Das aber hatte Zeit. Noch bestand die Möglichkeit, dass die am Hang verteilten Chinesen O'Flynn aufstöberten, bevor die Dunkelheit hereinbrach, in deren Schutz sich der verfluchte Ire würde absetzen können. Ein Blick auf die Sonne, die sich schon über dem Berghorizont zu neigen begann, zeigte ihm, dass es bis dahin nur noch wenige Stunden waren.

Durch das dichte Unterholz rennend, wobei sie immer wieder ins Stolpern gerieten, bemühten sich Luke, John und Thi Hue, sich möglichst weit vom Fluss zu entfernen. Schließlich gebot Luke Halt, und sie sanken auf den Waldboden nieder. Der Geruch nach Fruchtbarkeit um sie herum verstärkte ihr Hochgefühl, noch am Leben zu sein.

»Ist was zu hören?«, stieß Luke mit keuchender Lunge hervor. John schüttelte den Kopf, zu erschöpft, um etwas zu sagen. »Wir dürften in Sicherheit sein«, fügte Luke mit dem Anflug eines gequälten Lächelns hinzu. »Vermutlich hat unsere Verfolger da am Fluss ihr Schicksal ereilt.«

»Klang ganz wie Schwarze«, sagte John schließlich und lehnte sich an die gewaltigen Wurzeln eines Baumriesen. »Wahrscheinlich haben die meine Verwandten erledigt.«

»Gut möglich«, sagte Luke und nahm einen dünnen Blutegel von seinem Arm, der sich gerade darauf niederlassen wollte. »Ist wohl nicht besonders klug, hier noch lange herumzuhängen.«

John nickte und warf einen Blick auf Thi Hue, die mit geschlossenen Augen und in den Nacken gelegtem Kopf dasaß. Die fauligen Überreste pflanzlichen Lebens am Waldboden klebten wie ein Paar chinesische Pantoffeln unter ihren blutigen Fußsohlen, und die gefleckten Schatten, die auf ihrer Haut tanzten, verstärkten noch ihr bleiches Aussehen. Er empfand Stolz auf ihren Mut. Nach der Flußüberquerung hatte sie ohne zu klagen mit den Männern Schritt gehalten, obwohl das ihre Kräfte aufs Äußerste beansprucht und ihre wunden Füße sie entsetzlich geschmerzt haben mussten. Sie drehte den Kopf zu John und sah ihn mit ihren obsidianfarbenen Augen an. Nein, das Gefühl, das da in ihm aufwallte, war mehr als Stolz, es war Liebe. Die rätselhafte junge Frau war das bezauberndste Geschöpf, das es je auf Erden – oder im Himmel – gegeben hatte. »Meinst du, es noch ein Stückchen weiter schaffen zu können?«, fragte er sie.

»Ja, mit dir an der Seite«, gab sie leise zur Antwort. John spürte eine heftige Gemütsbewegung, die ihn fast aus dem seelischen Gleichgewicht gebracht hätte. Sie vertraut mir rückhaltlos, dachte er bitter.

Sie sah, wie er den Kopf mit gequältem Blick abwandte, und fragte sich, was das bedeuten mochte. »Stimmt etwas nicht?«, erkundigte sie sich.

Heftig den Kopf schüttelnd erhob sich John schwerfällig vom Boden. »Nein«, sagte er. »Wir müssen aufbrechen.«

Verwirrt von der plötzlichen Veränderung seines Ausdrucks nahm sie die Hand, die er ihr hinhielt, damit sie leichter aufstehen konnte. Dann wandte er sich schroff ab und schritt aus, als wolle er einen möglichst großen Abstand zwischen sich und ihr schaffen. Sie folgte ihm. Wie konnte er in einem Augenblick so sanft und im nächsten so hart sein? Sie stieß einen Jammerlaut aus wie eine junge Katze, als ihr ein scharfes Stück Holz in den Fuß stach, woraufhin John den Schritt verlangsamte. Er wagte nicht, sich zu ihr umzusehen, damit sie die

Qual auf seinen Zügen nicht erkannte. Sie traute ihm und er liebte sie, dennoch stand er im Begriff, sie in den sicheren Tod zu führen, nur, weil er einen blutigen Eid geschworen hatte, der ihn mehr band, als es die Liebe konnte, die ein Mann für eine Frau empfand. Er erwartete nicht, dass sie verstand, was es bedeutete, dem Geheimbund treu sein zu müssen.

Während er durch den Wald schritt, versuchte er, seiner Qual zu entfliehen, doch wie ein verängstigtes Kind, das Angst hat, allein gelassen zu werden, hinkte sie entschlossen hinter ihm drein. Er kannte seine Pflicht, und Su Yin würde bekommen, was er haben wollte. Es dauerte nicht mehr lange, bis die Nacht hereinbrach. Dann würde er mit seiner Heimatlosigkeit allein sein, ein Mann, der nicht wusste, wohin er gehörte, der in einer Welt irgendwo zwischen Asien und Europa lebte. Er merkte kaum, dass ihm bittere, salzige Tränen über das Gesicht liefen.

48

Auf dem Schreibtisch in Granvilles Bibliothek befanden sich vier Gegenstände: ein Brief, ein zur Hälfte geleertes Glas Wacholderschnaps, ein geladener Tranter-Revolver und das zugehörige Putzzeug mitsamt dem Öllappen.

Fiona saß hinter dem Schreibtisch ihres Mannes und wartete voll unaussprechlicher Wut darauf, dass dieser aus seinem Club zurückkehrte. Immer wieder ging ihr Blick zum Revolver ihres Vaters, den der neue Verwalter der Viehzuchtstation nach Sydney an die Familie geschickt hatte, nachdem der Speer eines Darambal-Kriegers Donald Macintoshs Leben ein Ende bereitet hatte.

In dem Brief hatte Gertrude Pitcher, die jetzt im Leichenschauhaus lag, gestanden, was in eben dieser Bibliothek vorgefallen war. Er endete mit der herzzerreißenden Bitte des Kindermädchens um Verzeihung für den entsetzlichen Vertrauensbruch, den es begangen hatte. Ihr konnte Fiona vergeben, nicht aber ihrem Mann. Zu abscheulich war das an ihrer Tochter begangene Verbrechen.

Auch Fiona empfand die Art von Schuldbewusstsein und Verzweiflung, die Gertrude Pitcher in den Selbstmord getrieben hatte. Warum hatte sie nicht auf das Leiden ihrer Tochter geachtet, die Zeichen nicht richtig gedeutet? Jetzt begriff sie, warum Gertrude Pitcher Knall auf Fall gekündigt und Penelope darauf bestanden hatte, die Frau in einem anderen Haus unterzubringen. Irgendwie musste sie von Dorothys Leiden erfahren und Gertrude Pitcher zur Kündigung veranlasst haben. Die Frau war nicht schlecht gewesen, sondern lediglich ein weiteres Opfer von Granvilles Bosheit. Seine völlige Missachtung jeglichen menschlichen Anstands hatte ein weiteres Menschenleben gefordert. Sicherlich hatte Penelope der Kusine nichts von den Vorfällen gesagt, um sie vor ihrer eigenen gefährlichen Wut zu bewahren. Leider hat alles nichts genützt, dachte Fiona verbittert. Damit meinte sie nicht den Wunsch der Kusine, sie zu schützen, sondern ihr Versagen als Mutter, die nicht im Stande gewesen war, ihr eigenes Fleisch und Blut zu beschützen.

Ihre Wut war mit eiskalter Berechnung gespickt. Sie empfand nichts von der Verzweiflung einer Frau, die durch ihre Gewissensnöte an den Rand des Selbstmords getrieben wurde. Immerhin war sie eine geborene Macintosh, und jetzt meldete sich die seelische Kraft ihrer kriegerischen Vorfahren. Ihr Schuldbewusstsein und ihre anfängliche Verzweiflung hatten einem alles verschlingenden Rachedurst Platz gemacht. Fiona nahm die Waffe vom Tisch und schloss die Finger um den Knauf. Vor vielen Jahren hatte ihr älterer Bruder Angus ihr gezeigt, wie man sie lud und damit schoss. Es war ein altertümliches Modell, bei dem man jede Kammer einzeln mit Pulver, einem Pfropfen und der Kugel laden musste. Fiona sah an den offenen Enden der Kammern Bleikugeln. Also war die Waffe schussbereit. Sie brauchte sie nur noch auf ihr Ziel zu richten und abzudrücken.

Sie legte den Revolver wieder auf den Tisch und hob das halb leere Schnapsglas. Sein Inhalt schmeckte bitter. Sie würde ihren Mann erschießen und der Polizei mitteilen, ein Schuss habe sich gelöst, während er die Waffe reinigte. Warum sollte man sie verdächtigen? Bei ihren Auftritten in der Öffentlichkeit waren sie das vollkommene Ehepaar.

Allerdings war ihr klar, dass die Version vom Unfall beim Waffenreinigen ihre Tücken hatte. Der Schuss musste auf kürzeste Entfernung fallen. Irgendwo hatte sie gelesen, dass sich Schmauchspuren fanden, wenn ein Schuss aus unmittelbarer Nähe abgegeben worden war. Auch musste der Schuss unbedingt tödlich sein, denn sobald eine zweite Kugel abgefeuert wurde, war die Geschichte nicht mehr haltbar. Auf jeden Fall war sie allein im Haus, denn die Dienstboten waren mit verschiedenen Aufträgen unterwegs. Mithin würde niemand der Polizei etwas anderes sagen als sie. Sie würde einfach Schwarz tragen und die untröstliche Gattin spielen.

Das träge Ticktack der großen Standuhr im Vorraum dröhnte in ihren Ohren wie die Brecher des Ozeans, doch das von draußen hereindringende ferne Pferdegetrappel beruhigte sie in sonderbarer Weise. Es schien, als wisse die Welt nichts von dem, was bevorstand.

Als sie Granvilles Kutsche vor dem Hause vorfahren hörte, griff sie nach dem Revolver. Es überraschte sie zu sehen, wie ruhig sie sich fühlte. Immerhin stand sie im Begriff, ihren Mann zu erschießen. Ihrer Ansicht nach hatte er in dem Augenblick, in dem er Dorothy missbraucht hatte, jeden Anspruch darauf verwirkt, sich als ihren Ehemann und Vater ihrer Töchter anzusehen. Sie rief sich den Wortlaut von Gertrude Pitchers Brief ins Gedächtnis, das bestärkte sie in ihrem Entschluss und half ihr, Ruhe zu bewahren, während sie aufmerksam darauf lauschte, dass sich die Kutsche entfernte. Die Dinge um sie herum wirkten eigentümlich fremd auf sie, sogar Kleinigkeiten, die sie immer für selbstverständlich gehalten hatte. Sogar das Klicken, mit dem die Haustür aufgeschlossen wurde, drang als außergewöhnlicher Laut zu ihr nach oben.

In einem kurzen Augenblick der Stille konnte sie das Herz in ihrer Brust schlagen hören. Granvilles Schritte auf der Treppe unterbrachen die unheilvolle Stille im Hause. Mit zitternder Hand hielt Fiona die Waffe auf die Tür der Bibliothek gerichtet. Sie musste den Revolver in beide Hände nehmen, um ihn ruhig zu halten. Die Tür öffnete sich und Granville trat ein.

Es dauerte eine Weile, bis sich seine Augen an das Dämmerlicht im Raum gewöhnt hatten. »Fiona!«, entfuhr es ihm, als er seine Frau und die auf seine Brust gerichtete Waffe sah. »Was zum Teufel treibst du da?«

»Ich bring dich um«, zischte sie und sah, wie er erbleichte. Als er die Entschlossenheit in ihren Augen erkannte, blieb er sprachlos und starr in der offenen Tür stehen. »Ich bring dich für das um, was du meiner Tochter angetan hast. Dabei denke ich nicht einmal an all das andere Elend, das du in deinem Leben angerichtet hast und an die vielen Leichen, die deinen Weg säumen«, fügte sie in eiskaltem Ton hinzu. Ihre Hände zitterten nicht mehr.

»Wieso? Was habe ich denn getan?«, stieß er schließlich hervor, als Fiona aufstand und um den großen Schreibtisch herumging, um sich vor ihn zu stellen. Keine Sekunde lang hatte der Lauf des Revolvers geschwankt.

»Zuerst wollte ich dich nur wegen der Schande umbringen, die du über meine Tochter gebracht hast«, sagte sie ruhig. »Aber ich glaube, ich tue es ebenso sehr für meinen schönen Bruder David ... und Gott weiß, wie viele andere unschuldige Menschen, deren Leben du über die Jahre hin zu Grunde gerichtet hast.«

»Wovon redest du eigentlich?«, fragte Granville. »Was hat das Ganze mit David zu tun?«

»Mir ist klar, dass du seinen Tod auf dem Gewissen hast«, gab sie voll Trauer zurück. »Immer habe ich mir einzureden versucht, du hättest nichts damit zu tun, trotz Mutters fester Überzeugung, dass du Kapitän Mort angewiesen hast, meinen Bruder zu töten. Aber im Laufe der Zeit sind all meine Zweifel verschwunden. Meine Mutter hatte Recht.«

»Deine Mutter ist verrückt«, knurrte Granville. »Sie will dir nur schaden.«

»O nein«, gab Fiona zur Antwort. »Jetzt durchschaue ich alles. Sie und ich ähneln uns, und ganz wie sie weiß ich, dass ich im Stande bin, dich hier und jetzt zu töten.«

Flüchtig dachte Granville an eine andere Zeit und einen anderen Ort. Vor vielen Jahren hatte er sich gefragt, ob seine Frau wohl irgendwelche Wesensmerkmale ihrer Mutter hatte. Er hatte Lady Enid stets gefürchtet. Jetzt also bestätigten sich seine Befürchtungen. Tatsächlich wies Fiona alle Charakterzüge ihrer harten und unbeugsamen Mutter auf. Jahrelang hatte er an der Seite einer zweiten Enid Macintosh gelebt. Doch rasch trat an die Stelle seines Entsetzens der Überlebenswille eines gerissenen Tieres. »Wenn du mich umbringst«, sagte er und leckte sich die Lippen, »kommst du wegen Mordes an den Galgen. Mit dieser Schande müssten deine Töchter leben. Nein, meine Liebe, du wirst nichts dergleichen tun. Dazu ist dein Familiensinn viel zu ausgeprägt.«

»Geh an den Tisch und setz dich«, sagte Fiona, ohne auf seinen Versuch zu achten, in ihr Angst zu erwecken. »Da liegt ein Brief, den du lesen sollst.« Wenn er am Tisch saß, während ihn die Kugel traf, würde der Polizei ihr Bericht über seinen Unfalltod umso glaubwürdiger erscheinen.

Argwöhnisch warf Granville einen Blick auf den Tisch und dann wieder auf seine Frau. »Wenn du mich wirklich umbringen willst, spielt es keine Rolle, ob ich einen Brief lese oder nicht«, gab er zur Antwort. Einen Augenblick lang sah er auf den Revolver in ihrer Hand. Eigentlich hatte er nicht hinsehen wollen, aber irgendetwas hatte seine Aufmerksamkeit erregt. »Ich glaube aber nicht, dass du es tun wirst.«

Der plötzliche Wandel in seinem Verhalten beunruhigte sie. Er schien etwas zu wissen, wovon sie nichts ahnte. Ein gefährliches Geheimnis, das ihre Sicherheit bedrohte. »Wenn du mir den Revolver aus freien Stücken gibst, könnte es sein, dass ich dir nichts weiter tue.«

Sie standen nur einen Schritt voneinander entfernt. Granville trat auf sie zu. Unsicher hob Fiona den geladenen Revolver und richtete ihn auf seine Brust. Eigentlich hatte sie ihn nicht in der Tür erschießen wollen, denn das ließe sich später schwerer erklären, doch die drohende Haltung, die er plötzlich einnahm, zwang sie, den Abzug zu betätigen.

Nur ein leeres Klicken ertönte, als der Zündstift aufschlug.

Fiona spürte einen stechenden Schmerz, als ihr Granvilles Handrücken durch das Gesicht fuhr. Die Wucht seines Schlages schleuderte sie durch den Raum, so dass sie gegen die Wand krachte, an der die Waffen von Ureinwohnern hingen, die man nach ihrer Vertreibung erbeutet hatte. Mit lautem Klirren und Klappern fielen um sie herum Speere, Schilde und Kampfhölzer auf den Boden. Benommen lag sie da und merkte kaum, dass Granville über ihr stand und ihr den Revolverlauf an die Schläfe hielt. »Wenn du das Ding hier abfeuern willst, musst du vorher Zündhütchen auf die Kammern setzen, meine Lie-

524

be«, sagte er mit kalter Wut. »Einen Augenblick war ich überzeugt, du würdest auf keinen Fall abdrücken, aber du hattest tatsächlich vor, mich umzubringen.«

Sie schmeckte Blut in ihrem Mund, und die Sterne, die vor ihren Augen tanzten, wurden weniger. Ihr ging auf, dass er in seiner kalten Wut im Stande war, sie zu töten. Ihre Hand ertastete einen harten Gegenstand – es war ein kurzer Speer mit Widerhaken, die das Opfer von innen aufreißen sollten. Jetzt oder nie! Wenn sie Granville nicht tötete, würde er mit Sicherheit sie töten. Mit aller Kraft, die sie aufbringen konnte, griff sie nach dem Speer und stieß ihn aufwärts nach seiner Kehle. Verblüfft schrie er auf und sprang beiseite, um der Spitze auszuweichen. Der Revolver in seiner Hand war für ihn jetzt ebenso nutzlos wie zuvor für Fiona.

Zwar stand sie auf ihren Füßen, war aber noch zu benommen, als dass sie ihren Angriff hätte fortführen können. Erneut sah sie Furcht in Granvilles Augen, während er sich sachte rückwärts der Tür entgegenschob. »Du wirst meine Töchter nie wieder sehen«, schleuderte sie ihm unter Tränen der Hilflosigkeit ins Gesicht, während sie ihn weiter mit dem Speer bedrohte. »Mag sein, dass ich dich jetzt nicht umbringen kann, aber ich schwöre dir, solange ich lebe, kommst du nie wieder in die Nähe von Dorothy und Helen. Ich nehme sie mit nach Deutschland, wo ich in der Nähe von Penelope und Manfred leben werde. Du wirst uns weiterhin die Mittel zur Verfügung stellen, die uns ein Leben ermöglichen, wie es sich für Sir Donald Macintoshs Tochter und Enkelinnen gehört.«

Während er sich weiter rückwärts der Tür entgegenschob, nickte er sein Einverständnis. Er hatte einmal gehört, dass manche Ureinwohner die Spitzen ihrer Speere in tödliches Gift tauchten, das schon dann zu einem langsamen und qualvollen Tod führte, wenn man damit nur die Haut ritzte. Auf keinen Fall wollte er irgendwelche Risiken eingehen, denn im Augenblick hatte seine Frau die Oberhand – zumindest, bis er sie entwaffnen konnte.

Ein Geräusch von der Haustür rief beide in die Wirklichkeit zurück. Das Mädchen war mit Einkäufen zurückgekehrt. »Sind

Sie da, Missus White?«, rief sie munter aus dem Vestibül. Granville steckte den Revolver ein, und Fiona senkte den Speer. »Ich bin hier oben«, gab sie mit müder Stimme zur Antwort. Die Begegnung mit Granville hatte sie seelisch völlig erschöpft. Wie dicht sie davor gestanden hatte, ihren Mann zu töten! Mit finsterem Gesicht wandte er sich ab und ging fort. Sie hörte, wie er dem Mädchen im Vestibül mit wütender Stimme mitteilte, er werde in seinen Klub ziehen. Verwirrt hob sie den Blick zu ihrer Herrin, die auf dem oberen Treppenabsatz stand und sah voll Entsetzen, dass ihr Gesicht voll Blut war und sie eine große Schwellung um das Auge hatte. Ihr Entsetzen aber steigerte sich noch, als sie den Speer sah, den Fiona nach wie vor in der Hand hielt. Man brauchte kein Polizeibeamter zu sein, um zu erfassen, was hier geschehen war. Mister White hatte ihre Herrin angegriffen. Mit einem Ausruf des Mitgefühls ließ das Mädchen die Einkäufe fallen und eilte zu Fiona empor.

49

Michael legte sich die verbliebenen Patronen für sein Snider-Gewehr in Reichweite und beobachtete das Buschland um sich herum sorgfältig auf Hinweise einer Bewegung. Seine Aufmerksamkeit zahlte sich aus. Am vorderen Hang des Sattels bewegte sich das Gras in sonderbarer Weise. Er richtete das Gewehr auf die Stelle und stellte das Visier auf hundert Meter ein.

Vermutlich wollte jemand zu einem niedrigen Steinhaufen kriechen, der es ihm ermöglichte, mit Feuerschutz von oben Michael von der Seite anzugreifen. Er zog den Abzug durch, und der Rückschlag presste den Kolben gegen seine Schulter. Zwar traf die Kugel ihr Ziel nicht, war aber offenbar so nahe, dass sich der Mann genötigt sah, aufzuspringen und in Richtung auf die Felsen zu stürmen.

Mit geübter Hand lud Michael nach. Die am Visier eingestellte Entfernung stimmte. Er zielte mit leichtem Vorhalt vor den laufenden Mann und zog wieder ab. Fast hatte der entsetzte Chinese die Sicherheit der Felsen erreicht, als die Kugel seine Rippen durchschlug. Durch den Schwung seines Laufs erreichte er zwar noch die Felsen, dort aber sank er wie eine Lumpenpuppe in sich zusammen. Mit der Routine des erfahrenen Soldaten hatte Michael bereits nachgeladen, bevor der Mann niederstürzte.

An den Boden gedrückt, wartete der irische Söldner darauf, dass man ihn vom Bergsattel aus unter Feuer nahm. Der nach innen gewölbte Hang schützte ihn vor direktem Feuer, so dass er an dieser Stelle sicher war, solange es ihm gelang, sich die Leute vom Leibe zu halten. Ihm war bewusst, dass er jeden

Vorstoß mit Hilfe des Colts abwehren konnte, der in beruhigender Nähe lag. Auch wenn Mort ihn in eine Situation manövriert hatte, der er nicht entkommen konnte, war es wieder zu einem Patt gekommen. Während der nächsten vier Stunden rührte sich keine der beiden Seiten.

Interessiert hatte Mort das Drama beobachtet. Es ließ sich nicht leugnen – dieser O'Flynn handhabte sein Snider-Gewehr mit tödlicher Sicherheit. Der einstige Polizeioffizier musste die Fähigkeiten seines Gegners anerkennen und versuchte die Situation neu zu bewerten. Vielleicht würde ihm die Dunkelheit eine Gelegenheit geben, das Blatt zu seinen Gunsten zu wenden. Möglicherweise konnte er sich in ihrem Schutz an den Iren heranschleichen, sobald Wu mit dem Mädchen und den anderen Männern zurückgekehrt war. Kurz vor Sonnenuntergang entdeckte eine der chinesischen Wachen den Piratenkapitän. Sein Gesicht war wie von einer Axt aufgeschlitzt und er hatte viel Blut verloren. Mort vermutete, dass er trotz seiner entsetzlichen Verwundung überleben konnte, wenn er auch für den Rest seiner Tage grässlich verunstaltet sein würde. »Das Mädchen ist entkommen? Unfähiger Mistkerl«, fuhr Mort den Piraten an, der ihn hasserfüllt ansah.

»Schwarze Männer angreifen, viele schwarze Männer«, erklärte der Piratenkapitän, gebeutelt von den Schmerzen, die die schreckliche Wunde verursachten. »Weißer Mann bei ihnen, Häuptling von schwarzem Mann. Alle Chinesen umgebracht ... ich auch.«

Mort schüttelte den Kopf und stieß einen tiefen Seufzer aus. Aus und vorbei! Ihm war klar, dass die Überlebenden aus O'Flynns Trupp etwa dann Cooktown erreichen würden, wenn er daran denken konnte, ihnen zu folgen. Außerdem bedeutete O'Flynn mit seinem treffsicheren Snider-Gewehr unten am Hang eine ernsthafte Gefahr für sie alle. Er war überzeugt, dass der Mann mit seinem Leben abgeschlossen hatte – und er schien entschlossen zu sein, möglichst viele von ihnen mit in die Hölle zu nehmen.

Nun, das können Sie haben, Mister O'Flynn, überlegte Mort,

während er zusah, wie der zähe Piratenkapitän seine Wunde mit einem Fetzen seiner Jacke verband. Mort war froh, dass Wu den Angriff der Ureinwohner überstanden hatte. Er brauchte jeden Mann, der ein Gewehr abfeuern konnte, um O'Flynns Todeswunsch zu erfüllen.

Er zog seinen Infanteriedegen aus der Scheide und legte ihn neben sich. Dann sah er zu der im Westen langsam sinkenden, orangefarbenen Lichtkugel hinüber. Die hereinbrechende Dunkelheit begann als rosa Schimmer, während die langen Schatten unmerklich den grasbedeckten Abhang erklommen. Die leichte Brise legte sich, der Schimmer war verschwunden, tiefere und weniger scharf umrissene Schatten traten an seine Stelle. Schließlich waren auch sie fort, verschlungen von der Dunkelheit, die den Himmel mit glänzenden Sternen füllte, deren kristallklares Licht auf den einsamen Schützen unten am Hang herabschien.

Michaels Schulterwunde schmerzte. Als er vorsichtig an eine andere Stelle zu robben versuchte, spürte er, dass sein Hemd dort, wo das Blut geronnen war, am Rücken klebte. Es kam ihm vor, als senke sich ein seltsamer und angenehmer Friede auf ihn. Vermutlich der Blutverlust, überlegte er, ich verblute nach und nach. Sterben war weniger schlimm, als er angenommen hatte. Mühevoll griff er nach der Feldflasche, um seinen brennenden Durst zu löschen, und setzte sie mit aller Kraft, die er aufbringen konnte, an die Lippen.

»O'Flynn!«, zerriss in diesem Augenblick Morts Stimme die Stille. »Können Sie mich hören? Sie sollen wissen, dass ich Sie mit eigener Hand töten werde. O'Flynn ...?«

Der Schweinehund will wissen, ob ich noch hier bin, dachte Michael, dessen Kopf eine sonderbare Leichtigkeit erfüllte.

»O'Flynn?«, rief Mort erneut. Hatte sich der Ire womöglich in der Dunkelheit davongeschlichen? Vorsichtig hob er den Kopf, um über die Kante des Bergsattels zu spähen. Da unten gab es nichts außer der Stille und der unheimlichen Nacht. »Wu«, flüsterte Mort dem Piratenkapitän zu, der ein Hemd auf seine Wunde drückte. »Schicken Sie ein paar von Ihren Leuten da runter, die nachsehen sollen, ob unser Freund noch da ist.«

Der Pirat zögerte, aber der Teufel richtete das Gewehr auf ihn. Zwar hatte er jetzt, da ihnen das Mädchen endgültig entwischt war, keinen Grund, die Befehle des dämonischen Barbaren zu befolgen, aber es ging so viel Boshaftigkeit von ihm aus, dass es sich sogar der harte chinesischen Pirat überlegte, ihn zu töten. Abwarten, vielleicht später, tröstete er sich und rief mit leiser Stimme zweien seiner Männer einen Befehl zu. Vorsichtig schoben sie sich dorthin, wo sie den Anführer der Männer vermuteten, die ihnen so viele Schwierigkeiten bereitet hatten. Da sie daran gewöhnt waren, im Dunkeln die hilflosen Opfer in den Fischerdörfern zu überfallen, bedeuteten für sie Kämpfe in der Finsternis nichts Neues.

Ein Rascheln im Gras ... eine Schlange? Oder ein Kleinbeutler auf Beutejagd? Michael lag auf dem Rücken und bemühte sich mit aller Kraft, die Augen offen zu halten. Er musste unbedingt bereit sein, ganz gleich, wie sehr ihn die Welt jenseits der Dunkelheit mit der Aussicht auf ewigen Schlaf lockte. Das Zirpen der Grillen hatte aufgehört. Den Colt in der einen Hand und das Gewehr in der anderen drehte er sich ganz langsam auf den Bauch. Die mit der Anstrengung verbundenen Schmerzen ließen alles vor seinen Augen verschwimmen.

Mit einem Mal tauchten zwei Umrisse vor ihm auf, die sich gegen den Nachthimmel abzeichneten. Die beiden Chinesen waren Michael so nah, dass sein Gewehrlauf an die Brust des einen stieß, als er den Abzug drückte. Sie hatten sich zu früh bewegt, und dieser Fehler kostete sie das Leben. Michael feuerte seinen Colt auf den zweiten ab, der blind ins Dunkel geschossen hatte.

Mort hörte die Schüsse und die grässlichen Todesschreie. Auf jeden Fall befand sich der Ire noch dort! Warum nur mochte er den Schutz der Dunkelheit nicht zur Flucht genutzt haben? Weil er nicht konnte! Er musste schwer verwundet sein. Trotzdem stand zu vermuten, dass die beiden Männer, die er gegen O'Flynn ausgeschickt hatte, zu ihren Ahnen heimgekehrt waren und sich jetzt in der anderen Welt befanden. Ihm blieb nur die Möglichkeit, auf das erste Morgenlicht zu warten. Bis dahin war O'Flynn wenn schon nicht tot, so doch auf jeden Fall unfähig, einem endgültigen Angriff Widerstand zu leisten.

Mort drehte sich auf den Rücken. Wenn er bei der Endabrechnung am nächsten Morgen gegenüber seinem Gegner den entscheidenden Vorteil haben wollte, musste er unbedingt einige Stunden schlafen. Zuvor aber dachte er befriedigt daran, dass es sich der Ire auf keinen Fall leisten konnte, die Augen zu schließen, wenn er den nächsten Morgen erleben wollte.

Michael fielen die Augen zu. Am grasbewachsenen Hang eines namenlosen Berges betrat er eine Zwischenwelt, in der er weder lebte, noch tot war. Die Träume, die sein fieberndes Hirn heimsuchten, waren für ihn so wirklich wie die beiden Chinesen, deren glanzlose Augen kaum einen Meter von ihm entfernt zum Kreuz des Südens emporstarrten. Seine Nacht war angefüllt mit geisterhaften Gesichtern, die schon lange nicht mehr lebten. Er sprach mit ihnen, seine Fieberworte trieben über die dunkle Leere.

Der Revolver entglitt seinen Fingern.

Mort erwachte und erschauerte vor abergläubischer Furcht, als er Michaels Totenlitanei hörte. Es war, als beschwöre dieser eine Phantomarmee herauf. »Aufhören, irischer Bastard!«, schrie er den Hang hinab. Einen flüchtigen Augenblick lang dachte er daran, O'Flynn gleich mit einem Stoß seines Degens zu erledigen. Dann aber fiel ihm ein, dass es sich um eine raffinierte List handeln konnte, mit der ihn O'Flynn hereinlegen wollte. Nein, er würde bis zum Morgen warten und sich auf keinen Fall durch das Gebrabbel des Mannes am Schlafen hindern lassen!

In seiner Geisterwelt ging Michael die Wege seines Lebens noch einmal. Oder zog sein Leben an ihm vorüber? Mitunter verweilte er ein wenig, hielt inne und sah Tante Bridget zu, wie sie im Erin das Feuer im Herd schürte, oder kletterte mit Daniel auf einen Baum in Frazer's Park. In einem Augenblick neckte er Katie, die ihn anfunkelte, weil er ihr einen schlimmen Streich gespielt hatte, im nächsten befand er sich an einem Strand, wo die Möwen mit Menschenstimmen riefen. Fiona hielt ihn an der Hand, während in seiner anderen Hand die eines kleinen Jungen mit grünen Augen lag.

»*Patrick!*«

Dieser in die Stille der Nacht hinausgerufene Name riss Mort aus seinem unruhigen Schlaf. Er fuhr kerzengerade empor und spähte mit wildem Blick in die Dunkelheit. Dort aber war nichts außer dem Gebrabbel des Iren und dem Sternenhimmel, der über ihm leuchtete. Offenbar hatte O'Flynn den Namen des Fuhrmanns herausgeschrien, den Mort vor so vielen Jahren ermordet hatte.

Kate erwachte in ihrem Bett in Cooktown durch einen Schrei. Sie setzte sich auf und hörte ihren eigenen schweren Atem und das Pochen ihres Herzens. Sie hatte nicht das Gefühl, dass ihr Gefahr drohte – der Schrei war nicht aus der Wirklichkeit gekommen. Ein Albtraum, ging es ihr durch den Kopf. Sie warf sich ein wollenes Umschlagtuch um die Schultern und glitt aus dem Bett, um nach den schlafenden Kindern zu sehen.

Alles war in Ordnung und sie kehrte beruhigt in ihr Zimmer zurück, wo sie sich auf einen Stuhl setzte. Das Licht der auf einem Regalbrett stehenden Laterne erhellte das winzige Zimmer, das sie mit keinem Mann teilte.

Der stumme Schrei schien noch in dem Raum nachzuhallen. Er war ihr so wirklich vorgekommen, wie das Erlebnis vor elf Jahren, als der alte Ureinwohner im Brigalow-Buschland von Zentral-Queensland zu ihr gekommen war. Sein Körper war mit Ocker bemalt und mit bunten Federn bedeckt gewesen. Kate erinnerte sich noch lebhaft an diesen unwirklichen nächtlichen Besuch. Auf Adlerflügeln war er im Traum zu ihr gekommen und hatte ihr die Vernichtung seines Volkes enthüllt. Er hatte von einem Geistwesen gesprochen – einem weißen Krieger –, dessen Schicksal es war, blutige Rache zu üben. Damals aber waren die Bilder für eine Siebzehnjährige zu undeutlich gewesen, und die Zeit, die das Ganze umfasste, hatte für sie in ferner Zukunft gelegen.

Während sie dasaß, kehrte ihr Traum in beunruhigender Weise zurück. Sie sah einen schlammigen Teich und eine Krähe mit bösen Augen. Der Schatten des Todes verfolgte einen ihrer Angehörigen. Verzweifelt merkte sie, dass ihr die Hände gebunden waren. Sie konnte nichts tun, um die bevorstehende Tragödie zu verhindern.

Aber von wessen Tod – oder Sterben – erfuhr sie da?

Tränen stiegen ihr in die Augen, und sie griff nach Feder und Papier. Es war Zeit, an die Angehörigen im fernen Sydney zu schreiben. Vermutlich würde in nächster Zeit ein Brief kommen, der sie von einem Todesfall in der Familie unterrichtete.

Während sie die Feder über das leere Blatt hielt, kam ihr ein sonderbarer Gedanke. Einen Augenblick lang sah sie das Bild ihres schon vor langer Zeit gestorbenen Bruders Michael vor sich. Kopfschüttelnd wollte sie diese sonderbare Erinnerung abtun, doch der Gedanke an ihn ließ sie nicht los.

Sie steckte die Feder ins Tintenfass und versuchte, ihre Gedanken zu ordnen. Warum kam ihr der Bruder so selbstverständlich in den Sinn, wenn sie die Vorahnung eines Todesfalles in der Familie hatte? Hatte es damit zu tun, dass sie ihm so nahe gestanden hatte, als er noch lebte? Machte ihr altes keltisches Blut ihn zum Überbringer schrecklicher Nachrichten in ihrem Leben? Was auch immer die Antwort auf diese Fragen sein mochte, ihr war klar, dass sie schon bald von einem Todesfall in der Familie erfahren würde. Er würde sie dann nicht mehr überraschen.

Erneut nahm sie die Feder zur Hand. Sie hörte die Rufe der fernen Brachvögel in der Nacht. Bei diesem Laut, der wie eine Totenklage klang, lief ihr ein Schauder über den Rücken.

50

Michael erwachte davon, dass ihm die Sonne ins Gesicht schien. Fürchterlicher Durst plagte ihn. Seine Schulter schien in Flammen zu stehen und sein ganzer Körper war von klebrigem Schweiß bedeckt. Die Fieberträume waren so wirklich gewesen! In ihnen war etwas ganz Wichtiges vorgekommen. Etwas, das er auf keinen Fall vergessen durfte ...

Mit großer Anstrengung drehte er sich auf den Bauch, griff nach der Feldflasche und trank sie vollständig leer. Danach fühlte er sich besser, doch hatte er nach wie vor Fieber, und in seiner Schulter pochte es noch stärker als am Vortag. Ein Schatten fiel über ihn. Michael drehte sich auf den Rücken und griff verzweifelt nach seinem Revolver. Dabei fiel ihm ein, dass er ihn nicht neu geladen hatte.

Mit hässlichem Knirschen drückte ein Stiefel sein Handgelenk an den Erdboden, und eine Stimme über ihm sagte höhnisch: »Ich hatte gehofft, dass Sie noch nicht tot sind.« Die scharfe Spitze eines Degens saß ihm an der Kehle.

»Kapitän Mort«, gab er mit belegter Stimme zur Antwort, während er sich aufzusetzen versuchte. »Schön, dass Sie sich Gedanken um mein Wohlergehen machen. Haben Sie Ihre Freunde mitgebracht?«

»Leider haben Sie die Halunken verscheucht«, sagte Mort mit boshaftem Lächeln. »Als ich heute Morgen wach wurde, waren sie verschwunden – bis auf die beiden da.« Mit dem Revolver, den er in der anderen Hand hielt, wies er auf die beiden toten Chinesen neben Michael. »Wir beide sind allein hier in der gottverlassenen Wildnis, wo wir uns eine Weile unterhalten können, bevor ich Sie umbringe.«

»Ich dachte, das hätten Sie längst erledigt, Sie Mörder.«

»Sie haben Recht, mich einen Mörder zu nennen, Mister O'Flynn«, gab Mort gelassen zur Antwort. »Aber ich bin nicht schlimmer als Sie. Soweit ich weiß, haben Sie immer für Geld getötet, während ich es nur um des Vergnügens willen getan habe. Finden Sie meine Motive nicht viel lauterer als Ihre eigenen?«

Er erwartete keine Antwort von dem Schwerverwundeten zu seinen Füßen. Was hält den Mann nur am Leben?, fragte er sich, während er den dunklen Blutfleck auf Michaels Hemd betrachtete. Die meisten Männer wären längst schon allein an dieser Wunde gestorben.

Als er den Blick auf das graue Auge des Verwundeten richtete, in dem ein wildes Feuer glomm, kam ihm die Ahnung, dass er etwas erfahren würde, das zu wissen ihn schon seit Jahren gequält hatte. In den finsteren Stunden seiner schlimmsten Träume hatte ihn der alte Ureinwohner heimgesucht. Mit Ocker bemalt und mit Federn bedeckt, hatte er dagestanden und ihn boshaft und anklagend mit uralten Augen angesehen, wovon er mitten in der Nacht schreiend hochgefahren war. Albträume, hatte er sich getröstet. Doch auch in der vorigen Nacht war das Gespenst des Ureinwohners gekommen und war bei ihm geblieben, obwohl er hellwach war.

»Ich muss Ihnen eine Frage stellen, Mister O'Flynn«, sagte Mort in trügerisch höflichem Ton, als plauderten sie an einem herrlichen Tag im warmen Sonnenschein miteinander. »Haben Sie je einen Iren namens Patrick Duffy gekannt?«

Michael gab keine Antwort. Die Degenspitze saß immer noch an seiner Kehle. Er hörte Elstern keckern und winzige Insekten leise sirrend vorüberfliegen. Seine Lage schien aussichtslos zu sein, denn Mort drückte ihm die Degenspitze fest gegen den Hals. Dieselbe Klinge, die meinen Vater getötet hat, dachte er, während er den Blick zu Mort hob.

Ein Bild, das unmittelbar aus den Tiefen der Hölle zu kommen schien, lenkte seine Aufmerksamkeit auf sich. Er erschauerte und sagte mit finsterem Lächeln: »Sie können mich natürlich umbringen, aber ich bezweifle trotzdem, dass Sie diesen Ort lebend verlassen werden.«

Ein fragender Ausdruck trat auf Morts Züge. »Eigentlich ist es einerlei«, fuhr Michael gelassen fort, »ob Sie mich umbringen oder die Schwarzen da hinter Ihnen. Wie es aussieht, sind wir beide so gut wie tot. Zumindest hoffe ich das, denn soweit ich gehört habe, verspeisen die Eingeborenen hier in der Gegend ihre Gefangenen.«

Langsam schüttelte Mort den Kopf und lächelte mit heuchlerischer Betrübnis über den kläglichen Versuch des Verzweifelten, ihn hinters Licht zu führen. Doch dann jagte ihm ein schwaches Geräusch im Gras eine Angst ein, die er nie zuvor empfunden hatte. Die Klinge nach wie vor fest an Michaels Kehle gedrückt, wandte er langsam den Kopf und erstarrte vor Entsetzen.

Rund zwei Dutzend vollständig unbekleidete, gelb und weiß bemalte Krieger standen unheilvoll schweigend bloße zehn Schritte entfernt und sahen sie an. Sie stießen den markerschütternden Schrei des Rabenkakadus aus, hoben ihre Waffen und stürmten gegen Mort an, bevor er seinen Revolver heben konnte.

Mit einem Übelkeit erregenden Knirschen krachte eine Holzkeule auf seinen Schädel. Seine Beine gaben unter ihm nach, als ihn die Krieger packten. Unter Triumphgeheul hoben sie ihn auf die Schultern. Jetzt wusste er, was ihm der alte Ureinwohner gesagt hatte, und was er nicht hatte hören wollen.

Ohne auf Michael zu achten, trugen die bemalten Krieger Mort zu den Felsen, an denen Michael am Vortag einen der Chinesen erschossen hatte. Er verstand nicht, warum sie ihn verschont hatten, aber da er fürchtete, sie würden zurückkehren, tastete er vorsichtig nach dem Revolver, den Mort hatte fallen lassen.

»Den brauchen Sie nicht«, sagte eine vertraute Stimme vom oberen Ende des Hanges. Michael hob den Blick und sah Christie Palmerston, der aus dem Regenwald auf ihn zugeschritten kam.

»Ich dachte, die hätten Sie längst erledigt, Mister Palmerston«, sagte Michael, als ihm Christie auf die Beine half.

»Nein, ich hatte das Glück, auf ein paar alte Freunde zu treffen«, gab dieser zur Antwort und warf einen misstrauischen Blick zu den Kriegern hinüber, die Mort gegen den Felsen drückten. »Sie haben gesagt, es tut ihnen Leid, unsere Pferde getötet zu haben. Darauf habe ich erwidert, das sei nicht so schlimm, und ihnen eine anständige Chinesenmahlzeit versprochen. Die haben sie gestern unten am Fluss gekriegt. Dann haben sie mir berichtet, dass Sie hier oben die Leute in Schach hielten. Ich konnte erst jetzt kommen. Mir blieb gar nichts anderes übrig – die hatten gestern Abend alle Hände voll zu tun … schließlich mussten sie feiern.«

Einer der Krieger zerschmetterte Morts Kniescheiben mit einer Steinaxt, die über die Handelswege der Ureinwohner nach Norden gelangt war. Sie stammte aus einem kleinen alten Steinbruch in Zentral-Queensland, der in einem dem Stamm der Nerambura heiligen Berg lag. Christies Erzählung ging in Morts lang gezogenen Schmerzensschreien unter, die die Luft des frühen Morgens durchdrangen. Mort flehte um Gnade, und man gewährte sie ihm auch bald auf die gleiche Weise, wie er sie den von ihm zu seinem viehischen Vergnügen gefolterten jungen Frauen gewährt hatte, wenn sie ihn anflehten, ihre unerträglichen Schmerzen zu beenden.

»Ich denke, wir beide gehen jetzt besser, Mister O'Flynn«, sagte Christie und spielte unruhig mit seinem Revolver. »Es empfiehlt sich nicht, sich zu lange bei diesen Burschen aufzuhalten, wenn sie Hunger kriegen.«

»Vorher möchte ich Mort noch was sagen«, teilt ihm Michael mit und machte einige vorsichtige Schritte. Zwar war er sehr schwach, und ihm wurde leicht schwindlig, doch musste er unbedingt noch mit dem Mörder sprechen, der so vielen den Tod gebracht hatte. Er schleppte sich dorthin, wo Mort hilflos und halb bewusstlos auf dem Rücken lag. Er wimmerte wie ein Kind, während sich die Krieger um seinen Degen stritten. Sie achteten kaum auf den weißen Mann, der über ihrem hilflosen Gefangenen stand.

Flehend richteten sich Morts blassblaue Augen auf Michael, doch dieser mahnte sich, dem wortlosen Flehen um Gnade zu widerstehen. Er sah dem zum Tode Verurteilten in die Augen, denn er wollte dessen ungeteilte Aufmerksamkeit für das, was er ihm zu sagen hatte.

»Ich heiße nicht O'Flynn, sondern Duffy«, sagte er leise. »Sie sind meinem Vater einmal begegnet, auf dem Weg nach Tambo. Ich glaube es war im Jahr '62.«

Mit weit aufgerissenen Augen sah Mort auf den Mann, der vor ihm stand. Bestimmt war das Patrick Duffy, der zurückgekommen war, um ihn zu bestrafen! Er öffnete den Mund und wollte um Gnade flehen, doch nur ein lang gezogener, durchdringender Schrei kam von seinen Lippen. Dann schrie er wieder, nicht wegen der entsetzlichen Schmerzen, die ihm seine zerschmetterten Knie bereiteten, sondern weil er begriffen hatte, welches Schicksal ihm von den gefürchteten Kriegern drohte. Er schrie immer weiter, bis er keinen Laut mehr hervorbrachte.

Christie hob Michaels Gewehr und Revolver vom Boden auf. Er stützte ihn und führte ihn den Hang hinab. Sie wollten dem Fluss nordwärts entgegenziehen, um einen möglichst großen Abstand zwischen sich und die unberechenbaren Krieger zu legen. Morts Schreie folgten ihnen noch eine Weile, bis der dichte Regenwald sie schließlich verschluckte. Am Flussufer blieben sie stehen, um sich ein wenig auszuruhen. Michael war benommen. Das Fieber war wiedergekehrt. Er wusste, dass sein Tod unausweichlich war. Die Kräfte, die ihn lange genug am Leben gehalten hatten, damit er Zeuge werden konnte, wie Mort die gerechte Strafe ereilte, schienen ihn jetzt zu verlassen.

Doch das war nicht mehr wichtig. Er hatte den Schwur gehalten, seine Angehörigen zu rächen, den er vor langer Zeit im Fasskeller des Gasthofs Erin abgelegt hatte. Elf volle Jahre lag das zurück.

Er sah zu, wie ein Eisvogel auf einen in den Fluss hineinragenden Baumstamm zuflog. In der Morgensonne schimmerten seine azurblauen Federn so leuchtend, dass es Michaels Auge schmerzte. Mit einem Mal explodierte das Blau der Federn in tausend Farben, und er sank stöhnend auf einen Teppich aus verfaulendem Laub, dem der Geruch des Verfalls entströmte. Eine Stimme rief ihm zu: *Erinnere dich. Du musst dich erinnern!*

Woran?, fragte der sterbende Ire die sich wie in einem Kaleidoskop drehenden Spiralen explodierenden Lichts.

Christie schlug ein Lager auf, um die Nacht über bei Michael zu wachen. Er hatte schon so manchen sterben sehen und gab sich keiner Täuschung hin: Der Tod wartete darauf, Michael zu holen. Während sich dieser im Fieber hin und her warf, überlegte Christie, dass mehr nötig war als Michaels bloßer Lebenswille, um gegen die durch die Wunde hervorgerufene Schwäche ankämpfen zu können. Wenn Michael nichts mehr hatte, wofür er leben wollte, ging es Christie trübselig durch den Kopf, war er so gut wie tot. Die Lage schien hoffnungslos. Um ihn nach Cooktown zu schaffen, wo ihm ein Arzt helfen konnte, war zumindest ein weiterer Mann nötig – aber sie waren allein in der kaum erkundeten Wildnis des riesigen Landes. Die Aussicht, dort von einem Weißen gefunden zu werden, war gleich null.

Das leise Knistern des in sich zusammensinkenden Feuers und ein sonderbarer Singsang weckten Christie. Furcht lähmte ihn, als er merkte, was vor sich ging. Mit geschlossenen Lidern tat er so, als schlafe er nach wie vor, und legte vorsichtig die Hand um den Knauf des Revolvers neben ihm.

Er kannte den Singsang sehr gut, denn er hatte ihn oft von den Stammeskriegern gehört. Langsam drehte er den Kopf, bevor er vorsichtig die Augen öffnete. Ein Eingeborenen-Krieger in Schrecken erregender Aufmachung hockte neben Michael und sang mit geschlossenen Augen leise vor sich hin.

Die tanzenden Flammen des ersterbenden Feuers warfen Schatten auf das glänzende schwarze Gesicht des Ureinwohners. Trotz aller Furcht fühlte sich Christie vom Gesang des Mannes gebannt. Er vergaß seine ursprüngliche Absicht, auf ihn zu schießen, völlig.

Nach einer Weile verstummte der Krieger und öffnete die Augen. Als Christie merkte, dass er ihn ansah, kehrte die Angst zurück und brach den Bann.

»Tabak?«, fragte der Krieger mit breitem Lächeln.

»Ja«, sagte Christie, setzte sich und versuchte, die Spannung des Augenblicks zu vertreiben, indem er die Augen mehrfach öffnete und schloss. »Willst du welchen?«

Wallarie nickte, und Christie stöberte in seinen Taschen. Als er einen Strang fand, warf er ihn über das Feuer dem Krieger zu.

»Auch Papier?«, fragte Wallarie geduldig.

»Leider nein«, gab Christie zur Antwort. »Das ist vor ein paar Tagen verschwunden, als deine Vettern unsere Pferde abgeschlachtet haben.«

»Nicht meine Leute«, knurrte Wallarie und steckte den kostbaren Tabak in einen kleinen Beutel an seiner Gürtelschnur. Später würde er das Kraut des weißen Mannes in ein Blatt wickeln und rauchen. »Leute von hier.«

Aufmerksam sah Christie den Schwarzen an und erkannte mit seinem geschulten Buschläuferblick, dass er nicht aus der Gegend war. »Woher?«, fragte er ihn.

»Aus dem Süden«, gab Wallarie zurück. »Ich hier, Tom Duffys Geist zu finden.«

»Großer Gott!«, entfuhr es Christie, als er begriff. »Dann musst du Wallarie sein, von dem ich vor ein paar Jahren gehört habe. Ich dachte, du wärst tot.«

»Die meisten Weißen das denken«, lachte der Schwarze in sich hinein. »Glauben, Wallarie ist ein Geist. Kommt in der Nacht und holt sie.«

Christie spürte, wie sich seine Nackenhaare aufrichteten. Träumte er? War der Mann, der über Michael Duffy hockte, eine Erscheinung?

»Aber Wallarie kommen, Geist von Tom Duffy holen und Totem-Frau in großes Weißer-Mann-Lager bringen.«

»Nach Cooktown?«, erkundigte sich Christie. Wallarie nickte. »Das ist nicht Tom Duffy«, fügte Christie hinzu. »Das ist Michael O'Flynn.«

»Hat Geist von Tom Duffy«, gab Wallarie unbeeindruckt zurück. »Der andere ich weiß nicht. Der hier hat Geist von Tom Duffy.«

Christie seufzte ergeben. Welchen Sinn hatte es, dem Schwarzen zu erklären, dass der Fiebernde ein Amerikaner namens Michael O'Flynn war? Sofern der Mann die Absicht hatte, O'Flynn nach Cooktown zu seiner Totem-Frau zu bringen, war er genau im richtigen Augenblick gekommen. Ohne medizinische Hilfe erwartete Michael draußen im Busch der sichere Tod. Zu zweit hatten sie die Möglichkeit, ihn nach Cooktown zu schaffen. So weit konnte es bis zu der Stadt nicht mehr sein. »Gut. Du und ich können Tom Duffys Geist nach Cooktown bringen, wenn die Sonne aufgeht – das heißt, wenn O'Flynn nicht heute Nacht schon ein Geist wird.«

Wallarie sah auf Michael hinab, der sich im Fieber hin und her warf. Sein totenbleiches Gesicht war von Schweiß bedeckt. Er staunte über die Weisheit der Höhlengeister im Land seiner Vorfahren. Der Mann, der Tom Duffys Geist besaß, schien dem Tode so nahe zu sein, wie das nur möglich war.

51

Der neben dem Wagen einherschreitende Fuhrmann hielt eine lange Peitsche in der Hand und schrie den Ochsen seine Befehle zu. Das schwerfällige Fuhrwerk knarrte und stöhnte unter dem Gewicht seiner kostbaren Ladung, die aus Waren für die Goldfelder am Palmer bestand, und die mächtigen Zugtiere stemmten ihre Hufe in den Boden. Er achtete vorsichtig auf den staubigen, von Wagenspuren durchfurchten Weg vor ihm, während hinter ihm seine Begleiterin, eine junge Ureinwohnerin, unaufhörlich den Blick über das eintönige Buschland gleiten ließ. Ihr durfte nicht der kleinste Hinweis auf die Anwesenheit von Menschen entgehen, von denen Gefahr drohen konnte – ob weiß oder schwarz.

Neugierig sah der Gespannführer auf die drei Jammergestalten, die da vor ihm standen. Ihrem verwahrlosten Äußeren nach waren es wohl glücklose Goldsucher. Er schüttelte den Kopf. Wann würden die Leute endlich begreifen, dass nicht jeder am Palmer Gold finden konnte?

»Wie weit ist es bis Cooktown?«, rief ihm ein hoch gewachsener Mann zu, der einen Verband um das Bein trug.

»Etwa zwei Stunden. So, wie du aussiehst, wohl eher drei«, gab der Fuhrmann mit lauter Stimme zurück, damit man ihn trotz der mahlenden Räder hören konnte. »Einfach weiter in die Richtung gehen, aus der ich komme.«

Luke dankte ihm. Während das Fuhrwerk vorüberrumpelte, traten die drei beiseite und ließen sich im Schatten der hohen Eukalyptusbäume nieder. Glücklicherweise war das Ende der Tage abzusehen, an denen man sie wie Tiere gehetzt hatte. So erschöpft sie auch waren, es würde nur noch wenige Stunden dauern, bis sie wieder die schlichten Freuden des Lebens genießen konnten: Nahrung, Schlaf und ein heißes Bad!

John allerdings beschäftigte noch anderes als diese Wonnen, die ihnen bevorstanden. Da er geschworen hatte, seinen Auftrag ohne Rücksicht auf persönliche Empfindungen zu erfüllen, befand er sich in einem schweren Gewissenskonflikt.

Er zog sein langes Messer aus dem Stiefel und stieß es in den Boden zwischen seinen Füßen. »Ich habe den Auftrag, dich umzubringen«, sagte er so beiläufig, als spräche er über das Wetter und nicht über den bevorstehenden Tod eines Menschen.

Zwar hatte Luke Erfahrung im Kampf mit Messern, doch war ihm der Jüngere im Augenblick körperlich zweifellos überlegen. »Michael hat mich mehr oder weniger gewarnt«, sagte er, während auch er das Messer aus dem Stiefel zog, »dass wir beide Ärger miteinander kriegen könnten, wenn wir nach Cooktown kommen. Es ist sehr anständig von dir, dass du mich vorher darauf hinweist«, sagte er und schloss die Hand fester um das Heft des Messers.

John nahm sein Messer auf und schleuderte es mit einer gekonnten Drehung seines Handgelenks zu einem Baum auf der anderen Seite des Weges, wo es mit dumpfen Aufschlag in den Stamm eindrang. »Ich tu es nicht, Luke«, sagte er, den Blick auf das Buschland gerichtet. »Aber ich muss dich um Hilfe bitten.«

»Vielleicht solltest du mir vorher sagen, warum du es dir anders überlegt hast«, sagte Luke und schob das Messer in den Stiefelschaft zurück.

John sah zu Thi Hue hinüber, die weder etwas von der Todesdrohung noch davon mitbekommen hatte, dass sich diese im Bruchteil einer Sekunde aufgelöst hatte. Sie war vor Erschöpfung eingeschlafen und befand sich in einer Traumwelt voll Jade und Räucherstäbchen. »Wegen des Mädchens, Michael Duffys, Henrys, und auch deinetwegen. Vielleicht sogar Christie Palmerstons wegen«, gab er zögernd zur Antwort. »Ich soll sie nach unserer Rückkehr ausliefern. Um das zu tun, hätte ich

543

sowohl dich wie auch Duffy töten müssen. Aber die Dinge haben sich in den letzten Tagen anders entwickelt. Alles ist persönlicher geworden. Duffy ist dort geblieben und hat sich damit um fast jede Aussicht gebracht, lebend zurückzukehren. Ich denke, das hat mir klar gemacht, dass ich dir und ihm mehr schulde als Su. Und Thi Hue ... na ja, auch sie hat ihren Anteil daran, dass ich es mir anders überlegt habe.«

»Es lässt sich nicht übersehen, dass sie dir gefällt«, sagte Luke freundlich.

»Das tut sie«, gab John trübsinnig zurück. »Die Sache liegt so, dass Su ein Doppelspiel mit Horace Brown getrieben hat. Er wollte das Geschäft mit den Franzosen selbst machen.«

»Wer ist Horace Brown?«, fragte Luke. Er hatte den Namen des zwielichtigen Agenten noch nie gehört.

»Duffys Auftraggeber«, gab John zurück. »Für ihn haben wir gearbeitet, und ich zweifle, ob er sehr glücklich über das wäre, worum ich dich jetzt bitte.«

»Ich soll dir helfen, mit ihr zu verschwinden«, gab Luke gelassen zur Antwort und sah zu dem schlafenden jungen Mädchen hinüber. »Vermutlich wird auch dein Auftraggeber es nicht zu schätzen wissen, dass du ein doppeltes Spiel mit ihm treibst. Soweit mir bekannt ist, sind Geheimbünde in solchen Angelegenheiten äußerst nachtragend.«

John nickte. Su wäre mehr als unzufrieden. Er würde fuchsteufelswild sein, denn auch er schuldete seinen Auftraggebern Rechenschaft. Ein Versagen wurde nicht geduldet. »Ich möchte Thi Hue in ihre Heimat zurückbringen«, sagte er.

»Du weißt, dass sie für den, der sie den Franzosen oder ihren eigenen Leuten übergibt, ziemlich viel wert ist«, erinnerte ihn Luke. »Auch Michael und ich hatten schon daran gedacht. Wenn ihre Angehörigen in Kotschinchina zahlen, bist du ein reicher Mann. Findest du nicht auch, dass das Michael und mir gegenüber nicht ganz anständig ist?«, sagte er mit finsterem Gesicht.

»Ich habe nie an Lösegeld gedacht«, gab John mit gefurchter Stirn zurück. »Ich wollte sie nur einfach ihren Angehörigen zurückbringen.«

Aus dem Verhalten des jungen Eurasiers schloss Luke, dass

er wohl die Wahrheit sagte – oder er war der beste Lügner, mit dem er es je zu tun gehabt hatte. Er sah ihn aufmerksam an, entdeckte aber in seinen dunklen Augen keinerlei Hinweise auf Heimtücke. »Ich werde versuchen, dir zu helfen«, versprach er schließlich.

Ein dankbares Lächeln trat auf Johns Züge. »Falls ihre Angehörigen mir unbedingt etwas geben wollen«, sagte er sichtlich erleichtert, »mach ich mit dir halbe-halbe.«

»Nein, drei gleiche Teile«, gab Luke ruhig zur Antwort. »Entweder lebt Michael, dann bekommt er seinen Anteil, oder er ist tot, dann geht sein Anteil an Kate O'Keefe. Das habe ich ihm versprechen müssen.«

»Drei gleiche Teile«, gab John zur Antwort und hielt ihm seine mächtige Pranke hin, damit er einschlug.

»Ich hab das dumme Gefühl«, sagte der Amerikaner schwarzseherisch, »dass dir dein Mister Su auf die Schliche kommt, sobald wir nach Cooktown zurückkehren.« Auch wenn der beständige Kampf gegen Mort und seine Männer vorüber sein mochte, war es Luke doch klar, dass der Anführer des Geheimbundes seine Augen und Ohren in Cooktown überall hatte. Es würde nicht lange dauern, bis er erfuhr, wo sich das Mädchen befand. Es würde einen weiteren Kampf bedeuten, sie aus Cooktown und schließlich aus der Kolonie Queensland fortzuschaffen.

Luke stand auf und belastete probehalber sein verwundetes Bein. Erstaunlicherweise hatte sich die Wunde nicht entzündet. Er hinkte zu John hinüber und legte ihm eine Hand auf die Schulter. »Ich glaube, ich kenne eine Frau, die uns helfen kann«, sagte er beruhigend. »Es wird sie aber kaum besonders freuen, mich wieder zu sehen.«

»Missus O'Keefe?«, riet John.

»Leider ja«, seufzte Luke. »Ich glaube, lieber als ihr würde ich mich noch einmal Mort stellen. Zumindest hatten wir gegen den eine Chance. Er wollte uns nur umbringen.«

John lächelte. Die verdammten Weiber, dachte er trübselig. Sie machen mehr Ärger als jeder Horace Brown, Su Yin und die Franzosen zusammen.

Bleich und mit vom Weinen geröteten Augen saß Kate da, die Hände im Schoß gefaltet. Luke fühlte sich unbehaglich angesichts des zwischen ihnen herrschenden Schweigens.

Emma hatte sich bei Kate im Laden befunden, als der verwundete Amerikaner in Kates Leben zurückgehumpelt kam. Auch wenn es sie über die Maßen freute, ihn am Leben zu sehen, wenn auch in beklagenswertem Zustand, so unterdrückte sie den Impuls, ihm das zu sagen. Obwohl er verwundet und erschöpft von Gott weiß woher zurückkam, überlegte sie, hatte er jedes Anrecht darauf verwirkt, in ihrem Leben je wieder eine Rolle zu spielen. So hatte sich statt ihrer Emma um seine Beinwunde gekümmert und ihm einen Becher süßen schwarzen Kaffee gereicht. Kates scheinbar kalte Teilnahmslosigkeit schmerzte ihn mehr als die Wunde. Er hatte mit ihrem Groll gerechnet, und so traf ihn ihr Schweigen härter, als er angenommen hätte.

Nachdem er, so zartfühlend er konnte, von Henrys Tod berichtet hatte, hatte sie Michael O'Flynn in die tiefste Hölle verflucht, weil er es Emmas Mann gestattet hatte, sich an der Unternehmung zu beteiligen. Ohne den bekümmerten Frauen den wahren Zweck ihrer Unternehmung mitzuteilen, erklärte Luke lediglich, sie hätten mit Mister O'Flynn nach Gold gesucht, als Eingeborene Henry bei einem Überfall getötet hatten. Keine der beiden ließ sich von dieser an den Haaren herbeigezogenen Geschichte hinters Licht führen. Kate hatte gemerkt, wie unbehaglich es Luke war, ihnen eine Lüge aufzutischen, und Emma hatte ihn gar nicht erst nach Einzelheiten von Henrys Tod gefragt. Was war, lag in der Vergangenheit, und nichts von dem, was Luke hätte berichten können, würde diesen Bären von einem Mann wieder lebendig machen. Sie wischte ihre Tränen ab und sagte auf Kates Anerbieten, sie mit dem Einspänner nach Hause zu bringen, sie wäre lieber allein.

Henry hatte Emma einmal gesagt, Kummer sei etwas ganz Persönliches. Jetzt begriff sie, was er damit gemeint hatte. Sie verließ den Laden mit gesenktem Kopf, um die neugierigen Blicke der Menschen auf der Straße nicht zu sehen. Viele hatten das Gerücht gehört, dass man ihren Mann zuletzt in der

Gesellschaft des verrufenen irisch-amerikanischen Abenteurers Michael O'Flynn gesehen hatte, der in den Augen aller nichts als ein Glücksritter war. Emmas kummervollen Zügen war abzulesen, dass auf dieser geheimnisvollen Expedition in die Wildnis westlich von Cooktown etwas Schreckliches vorgefallen sein musste.

Als Luke mit Kate allein war, räusperte er sich. »Ich muss dich um einen großen Gefallen bitten«, sagte er befangen. Er hatte nach wie vor ein schlechtes Gewissen, weil er die Frau belogen hatte, die er mehr liebte als das eigene Leben. Warum nur ist alles so entsetzlich falsch gelaufen?, fragte er sich betrübt.

Kate sah ihn mit versteinerter Miene an. »Ich helfe dir, wenn es in meinen Kräften steht«, sagte sie kalt. »Falls du Geld möchtest … dafür kann ich sorgen.« Sie sah seinen zerknirschten Ausdruck und bedauerte ihre Härte, doch nur auf diese Weise konnte sie ihre eigene Verletzlichkeit verbergen.

»Es geht nicht um Geld, Kate«, sagte er freundlich, »sondern darum, ein paar Leute aus Cooktown rauszuschaffen. Ohne Hilfe sind die so gut wie tot.«

»Dann wirst du doch Geld brauchen«, sagte sie weniger kalt, und Luke war dankbar für ihren veränderten Ton. Er fühlte sich elend, weil er ihr verschweigen musste, wer Michael O'Flynn wirklich war. Wenn er ihr jetzt enthüllte, dass es sich bei dem Mann, den sie in die Hölle gewünscht hatte, um ihren leiblichen Bruder handelte, würde er ihr damit mehr Kummer bereiten, als sie ertragen konnte. Es war schlimm genug gewesen, Emma den Tod ihres Mannes mitzuteilen.

»Danke, Kate«, sagte er aufrichtig. »Eines Tages werde ich dafür sorgen, dass du es zurückbekommst.«

»Lieber hätte ich Henry zurück«, gab sie verbittert zur Antwort. »Nichts kann einen Menschen wieder lebendig machen, nichts Emmas Kummer lindern.« Da er keine Antwort auf ihre heftigen Vorwürfe wusste, sah er unbehaglich zu Boden. »Wer sind die Leute, von denen du gesprochen hast?«, fragte sie. »Kenne ich sie?«

Luke verzog angestrengt das Gesicht und überlegte, ob er

ihr die Wahrheit sagen sollte. Immerhin konnte sie das Wissen darum in Lebensgefahr bringen. Andererseits hatte Kate O'Keefe in der Stadt beträchtlichen Einfluss, unter Umständen mehr als Su Yin, ging es ihm durch den Kopf. »Es handelt sich um John Wong und eine junge Asiatin, die du nicht kennst«, gab er zur Antwort. »Aber es wäre nicht klug, dich in mein Vorhaben zu verwickeln. Du würdest dich damit nur in Gefahr bringen.«

»Müssen die beiden um ihr Leben fürchten?«, fragte sie. »In dem Fall werde ich Mister Wong nach Kräften helfen.« Luke wollte aufbegehren, aber sie schnitt ihm mit erhobener Hand das Wort ab. »Vor nicht allzu langer Zeit hat er mich, Ben, Jennifer und ihren Sohn Willie vor den Ureinwohnern gerettet. Hätte er nicht das eigene Leben gegen ihre Speere eingesetzt, wäre ich möglicherweise jetzt nicht hier. Es ist daher nur recht und billig, dass ich ihm seine Hilfe in der Stunde der Not vergelte. Ich denke, du solltest Mister Wong und die junge Frau herbringen. Ich werde sie verstecken, bis ich für eine Möglichkeit gesorgt habe, beide aus Cooktown hinauszuschaffen.«

Luke gab ihr Recht, empfand aber eine Furcht, die er nicht näher begründen konnte. Der letzte Mensch auf Erden, den er in Gefahr bringen wollte, war Kate. Als könnte sie seine Gedanken lesen, fügte sie hinzu: »Ich habe schon ebenso vielen Gefahren ins Auge geblickt wie so mancher Mann. Das gilt wohl für jede Frau hier im Norden, die ihren Mann begleitet. Nur musste ich es allein tun, ohne Mann an meiner Seite.«

Bei diesen Worten kam Luke unwillkürlich der zähe irische Söldner in den Sinn, mit dem er sich auf der *Osprey* angefreundet hatte und dem er bei der Flucht vor dem Kapitän jenes Schiffes durch dick und dünn gefolgt war. Dieser Mann hatte sich für den sicheren Tod entschieden, um die ihm Anvertrauten zu schützen. In Kates Worten spürte er die gleiche Kraft, die von ihm ausging. »Ich hole sie«, sagte er. »Aber ich muss mir Verschiedenes ausleihen.«

»Nimm, was du brauchst«, sagte sie, während sie zur Ladentür ging. Sie blieb einen Augenblick stehen, die Hand auf den Türrahmen gestützt. »Nach dem, was du mir berichtet hast, scheint Mister O'Flynn das gleiche beklagenswerte Schicksal ereilt zu haben wie Henry.« Luke nickte. »Ich kann nicht sagen, dass ich auch nur das geringste Mitgefühl für einen Menschen empfinde«, fuhr sie verbittert fort, »der zugelassen hat, dass Henry euch auf eurer Expedition begleitet hat, ganz egal, was *in Wirklichkeit* ihr Ziel war. Dafür sollte Mister O'Flynn in der Hölle schmoren.«

»Kate, ich …«, er schluckte herunter, was er sagen wollte, als sich ihre Blicke trafen. Wie konnte er ihr sagen, dass der frühere Polizeibeamte auf seine Empfehlung hin einen Platz in der Expedition bekommen hatte? Diese schreckliche Schuld würde er ohnehin bis an sein Grab mit sich tragen. Er schüttelte den Kopf und sah beiseite.

Kate schloss die Tür hinter sich. Zwar hatte Emma gesagt, sie wolle allein sein, doch brauchte sie eine mitfühlende Seele. Oder war es umgekehrt so, dass sie selbst im Wirrwar ihrer Gefühle Emma brauchte?

Emma saß allein auf der hinteren Veranda ihres Hauses und sah mit leerem Blick über die unter ihr liegende Stadt zu den in der Flussmündung ankernden Schiffen. Kate setzte sich neben sie und nahm ihre Hand.

»Ich weiß nicht, was ich dem Jungen sagen soll«, klagte Emma mit tonloser Stimme. »Ob er begreift, dass er seinen Vater nie wieder sehen wird? Er wird nicht einmal ein richtiges Begräbnis bekommen.« Sie zitterte, und Tränen traten ihr in die verweinten Augen.

Kate nahm sie wortlos in den Arm. Etwas anderes konnte sie nicht tun. »Kate, sei nicht so hart zu Luke«, sagte Emma leise. »Er liebt dich, und du liebst ihn auch, das kann mir niemand ausreden. Lass diese Liebe nicht untergehen. Du kannst ihn nicht ändern, nichts aus ihm machen, was er nicht ist, sondern musst ihn so lieben, wie er ist. Männer wie Luke und Henry sind nicht wie die anderen, die auf ein Leben in der Sicherheit der Städte aus sind. Nimm das einfach hin. Wir lieben doch Männer wie die beiden, weil sie genau so und nicht anders sind – da sollten wir sie nicht nach unseren Vorstellungen ummodeln wollen. Sag ihm, dass du ihn liebst, sonst verlierst du etwas, das möglicherweise nie wieder in dein Leben tritt.«

Während Kate die Freundin sanft in den Armen wiegte, hörte sie auf ihre Worte. Emma versuchte in ihrem Kummer, etwas zum Leben zu erwecken. Sie wollte etwas aufblühen sehen, wovon sie aus den wenigen mit Henry verbrachten Jahren wusste, dass es die Mühe lohnte. »Henry ist fort, weil er so war, wie du sagst«, sagte Kate leise. »Machst du ihm keine Vorwürfe, weil er dich und Gordon allein gelassen hat, wo er doch ohne weiteres noch bei euch sein könnte?«

»Ich bin schrecklich wütend, weil er davongegangen ist«, gab Emma bitter zurück. »Ich habe sogar ein schlechtes Gewissen wegen meiner Wut. Aber als wir geheiratet haben, war mir klar, dass ich ihn unter Umständen eines Tages an das Leben verlieren würde, das er so liebte – an dieses wilde Land. Trotz allem habe ich ihn geheiratet und würde es auch wieder tun, trotz allem, was geschehen ist.«

Kate sah beiseite. Sie würde nie denselben Fehler begehen wie Emma. Es gab so viele andere Männer, die bereit waren, eine wirkliche Ehe zu führen, Männer, die jeden Abend nach Hause kamen und jederzeit für Frau und Kinder da waren. Luke Tracy war keiner von ihnen!

Während Kate Emma tröstete, suchte Luke John und Thi Hue im Busch auf. Vermutlich wusste Su Yin bereits über seinen geheimdienstlichen Apparat, dass es Michael Duffys Expedition gelungen war, Kapitän Mort die junge Chinesin abzujagen.

Tatsächlich bekam Su Yin diese Mitteilung aus dem Bordell des rivalisierenden Geheimbundes. Alles, was John Wong fürchtete, würde eintreten. Wer einen heiligen Eid brach, dem stand ein langsamer, qualvoller Tod bevor, ohne Ansehen der Person. Su schickte eine Botschaft an seinen fähigsten Vollstrecker.

52

Auf den Tisch gestützt sah Christie Palmerston Horace Brown mit ausdrucksloser Miene an. In der vollen Schankstube um sie herum erzählten sich Männer gegenseitig Geschichten von Glück und Pech bei der Goldsuche. Es war die Stunde kurz vor Sonnenuntergang, und immer mehr durstige Männer strömten herein.

»Ich hab Mister O'Flynn ins Goldsucherlager vor der Stadt gebracht«, sagte Christie mit erschöpfter Stimme. »Der Arzt sagt, ich könnte ihm gleich einen Sarg besorgen.«

Seufzend stieß Horace seinen Stock auf den Boden. Interessiert hatte er sich Christie Palmerstons Bericht über die vergangenen Tage angehört. Henry James war also tot, ebenso Kapitän Mort. Niemand wusste, wo sich Luke Tracy, John Wong und das Mädchen aufhielten, und es sah ganz so aus, als würde Michael Duffy schon bald James und Mort nachfolgen. Angespannt hörte er sich die sonderbare Geschichte über einen wilden Ureinwohner an, der allem Anschein nach aus dem Nichts aufgetaucht war, um dem jungen Buschläufer dabei zu helfen, Duffy nach Cooktown zu schaffen. Danach war er, wie es aussah, auf ebenso geheimnisvolle Weise wieder verschwunden, wie er aufgetaucht war. Zwar hatte Christie den Namen des Mannes nicht genannt, doch hatte Horace ein unheimliches Gefühl. »Der Schwarze hieß nicht zufällig Wallarie?«, fragte er ruhig, und Christie warf ihm einen verblüfften Blick zu.

»Wie kommen Sie darauf?«

Horace lächelte rätselhaft. Wie hätte er seinem Gegenüber klar machen können, dass es für so manches geheimnisvolle Ereignis im Leben keine vernünftige Erklärung gibt? Der

Name Wallarie, der scheue Furcht in ihm weckte, war ihm von seinen unauffälligen Nachforschungen im Zusammenhang mit der Geschichte der Familie Duffy bekannt, in der dieser Ureinwohner eine sonderbare und geradezu übernatürliche Rolle zu spielen schien. »Junger Mann, wenn ich versuchen wollte, Ihnen zu erklären, woher ich den Namen Ihres dunkelhäutigen Samariters kenne, würden Sie mich vermutlich für vollständig verrückt erklären. Beschäftigen wir uns deshalb lieber mit Dingen, die im Augenblick dringender sind. Sie haben also keine Ahnung, wo sich das junge Mädchen aufhalten könnte?«, fragte er, während Christie ein Glas Rum hinunterstürzte.

Palmerston schüttelte den Kopf, wobei er ins Leere zu blicken schien. »Nicht die leiseste Ahnung«, gab er zurück. »Falls die drei heil zurückgekommen sind, könnten sie sich überall in Cooktown aufhalten.«

Horace allerdings hatte eine Vorstellung, wie er die drei verloren Gegangenen finden könnte. Konnte er sich nicht die Dienste Su Yins zunutze machen, der an der Spitze des Geheimbundes stand und in Cooktown über ein weit dichter geknüpftes Netz von Zuträgern verfügte als er selbst? »Ich würde gern mit Mister O'Flynn sprechen«, sagte Horace freundlich. »Ich schulde ihm etwas für den überaus großen Mut, den er bewiesen hat.«

»Ich kann Sie heute Abend zu ihm bringen«, bot ihm Christie an und erhob sich schwerfällig wie ein alter Mann von seinem Stuhl. »Es ist nicht weit.«

»Später«, sagte Horace. »Vorher habe ich noch eine dringende Verabredung.«

Christie nickte und verabschiedete sich von dem kleinen Engländer. Horace sah ihm nach und überdachte die Lage. Mit Sicherheit hielten der Eurasier und der Amerikaner das Mädchen irgendwo versteckt. Er aber musste sie im Interesse der anglo-französischen Beziehungen unbedingt haben, um sie den Franzosen zu übergeben. Michael Duffy hatte Wort gehalten und seinen Auftrag erledigt. Wirklich bedauerlich, dass es so aussah, als werde das auch ihn das Leben kosten, denn er war

552

zweifellos mutig und einfallsreich. Horace stand auf und ging zur Tür.

In dem kleinen Raum, in dem sie von Zeit zu Zeit gemeinsam ihren Opiumträumen nachhingen und in dem der Duft von Räucherstäbchen hing, warf Su Yin dem Engländer unter schweren Lidern einen Blick zu. Außer ihm und Horace war noch ein kräftiger Chinese mit einem krötenähnlichen, von vielen Narben verunstalteten Gesicht im Raum. Seine Anwesenheit überraschte Horace, der von seinen chinesischen Kontaktleuten wusste, dass es Aufgabe dieses Mannes war, all die zur Rechenschaft zu ziehen, die sich gegen den Geheimbund stellten. Man sah ihn nicht oft und immer nur dann, wenn jemand aus dem Weg geräumt werden musste.

»Ich habe keine Ahnung, wo sich John Wong aufhält«, sagte Su wahrheitswidrig. »Zweifellos wird er sich bald bei mir melden.«

»Das überrascht mich«, gab Horace auf Chinesisch zurück. »Ich dachte, Sie wissen alles, was in dieser Stadt geschieht, also auch, dass sich John Wong irgendwo in Cooktown befindet.«

Sus Ausdruck veränderte sich leicht, und Horace glaubte den Anflug einer gefährlichen Verstimmung in seinen Zügen zu erkennen. Immerhin hatte er mit seinen Worten dessen Fähigkeiten in Zweifel gezogen – eine Schmähung, die jeden anderen das Leben kosten würde. Aber Su war in erster Linie Geschäftsmann und wollte auf keinen Fall die Kontakte zu den europäischen Stellen einbüßen, über die der Engländer in den Kolonialbehörden verfügte. Die beiden Männer sahen einander an. Su Yin hatte keine Angst vor dem Barbaren – ein weibischer Mensch wie er, dem der Sinn nach Opium und billigen asiatischen Jungen stand, bedeutete für ihn keine Bedrohung, er konnte ihn verächtlich abtun. Als Horace einen Blick aus dem Augenwinkel zu dem chinesischen Meuchelmörder hinüberwarf, merkte er, dass ihn dieser mit unverhohlener Herablassung musterte. Horace ließ sich manches gefallen, nicht aber Verachtung, und er merkte, wie er wütend wurde. Weder dem Anführer des Geheimbundes noch seinem Henker fiel jedoch der zornige Blick des Engländers auf.

»Wenn Sie mir bei der Suche nach John Wong nicht zu helfen vermögen«, sagte Horace, »kann ich ebenso gut in meinen Gasthof zurückkehren. Guten Abend.«

Als er den Raum verließ, erhob sich Su nicht, sondern blieb auf den Polstern liegen. Dann nickte er seinem Vollstrecker zu.

Doch statt zu seinem Gasthof zurückzukehren, ging Horace das kleine Stück vom Chinesen-Viertel bis zu Kate O'Keefes Laden und blieb dort im Schatten wartend stehen. Schon sehr bald wurde seine Vermutung bestätigt: Der chinesische Henker zeigte sich auf der Straße inmitten der vielen Goldsucher, die sich einen schönen Abend machen wollten. Horace hatte vermutet, Luke Tracy würde, sofern das Mädchen entweder mit ihm oder mit John Wong zusammen war, Kate O'Keefe um Hilfe bitten. Jetzt war klar, dass sich auch Su Yin für die Kleine interessierte. Horace traute schon lange keinem Menschen mehr. Vertrauen hatte bei geheimdienstlicher Arbeit keinen Stellenwert. Er hatte gleich vermutet, dass das Erscheinen des chinesischen Mörders kein Zufall sein konnte. Der Mann war ausgeschickt worden, um John Wong und jeden anderen aus dem Weg zu räumen, der sich einer Auslieferung des Mädchens an Su widersetzte. Horace, den Sus offene Verachtung nach wie vor verstimmte, sah, wie der Vollstrecker in einer dunklen Gasse hinter dem Laden verschwand.

Horace war klar, dass er sich von hinten Zugang verschaffen wollte.

Auf einem Ballen Baumwollstoff sitzend, sah Thi Hue zu, wie John Wong wie einer der gefürchteten mächtigen Tiger ihrer Heimat in dem kleinen Lagerraum unruhig auf und ab schritt – voll Wachsamkeit und bereit, jederzeit zuzuschlagen, ging es ihr durch den Kopf. Seine dunklen Augen spiegelten die Anspannung, mit der er auf die Rückkehr des Amerikaners wartete, der sie holen sollte. »Du musst dich ausruhen«, sagte sie leise, und John hörte auf, hin und her zu gehen, »sonst ermüdest du nur unnötig.«

Sein warmes Lächeln schien den Raum zu erfüllen, und er setzte sich neben sie auf den Ballen. »Alles wird gut«, sagte er leise aufseufzend. »Auf Luke Tracy kann man sich verlassen.«

»Ich weiß«, gab Thi Hue zur Antwort. »Er hat schon viel für mich getan, so wie du.« John spürte die leichte Berührung ihrer zierlichen Hand auf dem Arm und sah ihr in die Augen.

»Thi Hue«, sagte er. Er sprach nicht weiter, denn es fiel ihm schwer, die richtigen Worte zu finden. Verlegen sah er beiseite.

»Du willst mir sagen, dass du mich liebst«, half sie ihm freundlich, und er sah sie überrascht an. Sie lächelte schwermütig, und es kam ihm vor, als müsse sein Herz bersten.

»Ich glaube schon«, sagte er mit erstickter Stimme und fuhr stockend fort, »ich glaube, ich habe mich gleich zu Anfang in dich verliebt, als ich dich zum ersten Mal bei Morts Leuten gesehen habe. Ich ...« Er verstummte, als er den gequälten Ausdruck auf dem schönen Gesicht des Mädchens sah.

»Wäre das doch möglich!«, sagte sie und wandte den Blick ab. In ihrem Volk galt es als unhöflich, Menschen, mit denen man sprach, in die Augen zu sehen. Europäer hielten das fälschlicherweise für Ausweichen. »Aber ich kann nie und nimmer einen Mann heiraten, den nicht meine Familie für mich ausgesucht hat. Ich muss in meine Heimat zurückkehren und den Kampf gegen die französischen Eindringlinge fortsetzen, so wie einst meine Vorfahren gegen Chinesen und Hunnen gekämpft haben. Doch wer weiß, was geschieht ... wenn wir die Franzosen erst einmal besiegt haben.«

»Ich liebe dich, Thi Hue«, sagte John. »Ich werde dich immer lieben und möchte dir im Kampf gegen die Feinde deines Landes beistehen.«

Überrascht wandte sie sich mit weit aufgerissenen Augen dem Mann zu, den sie in der kurzen Zeit ihres Zusammenseins achten – und lieben – gelernt hatte. »Du würdest mit mir reisen, obwohl ich deine Gefühle nicht erwidern kann?«, fragte sie. »Du würdest dein Leben in einem Krieg aufs Spiel setzen, der nicht deiner ist?«

»Für dich«, sagte John schlicht. »Und vielleicht würdest du mich im Laufe der Zeit lieben lernen und noch einmal über die Wünsche deiner Familie nachdenken.«

Thi Hue machte ein bedenkliches Gesicht. »Das kann ich nicht versprechen«, sagte sie. »Bitte bleib hier in deinem Land. Du gehörst hierher und nicht nach Asien. Du sprichst nicht einmal besonders gut Chinesisch«, fügte sie neckend hinzu, und John lachte. Impulsiv fasste er sie an den Schultern und küsste sie auf den Mund. Sie war so verblüfft, dass sie keinen Widerstand leistete. Sein Kuss war so warm wie die Brise im tropischen Park des väterlichen Palastes.

Er ließ sie los und sah sie an. »Vielleicht lerne ich die Sprache deines Landes ja besser«, sagte er, immer noch leise lachend. »Chinesisch ist mir schon immer schwer gefallen.«

Sie lächelte. Mit allen Fasern sehnte sie sich danach, von diesem hünenhaften Barbaren besessen zu werden. Sie spürte die Intensität ihres Wunsches, stets an seiner Seite zu sein, musste aber ihre Gefühle vor dem Mann verborgen halten, den sie mehr begehrte als jeden anderen. Sie befand sich nicht freiwillig in diesem Land und hatte nach wie vor die Aufgabe, ihre Heimat von den europäischen Eindringlingen zu befreien. »Wenn unser Schicksal das will«, sagte sie leise, »werden wir eines Tages beisammen sein.«

Mehr wollte John nicht hören. In diesem Augenblick wurde ihm klar, dass er seiner Prinzessin bis in die Hölle folgen würde, wenn es das Schicksal so bestimmt hatte. Die Hoffnung war ein winziges Flämmchen, das sich zäh jedem Versuch widersetzte, es auszulöschen. Nichts war stärker als seine Liebe zu der schönen jungen Frau aus Kotschinchina. Sicher war ihre Liebe zu ihm ebenso stark.

Ha! Nur das Mädchen und der Eurasier! Der Vollstrecker des Geheimbundes spähte durch ein Fenster von Kates Lagerraum. Es würde ganz leicht sein. Sobald der Hüne einschlief, würde er das Fenster aufdrücken, sich hineinschleichen und ihm die Kehle durchschneiden. Bis dahin aber würde er noch einige Stunden warten müssen. Die beiden da drinnen schienen sich äußerst angeregt zu unterhalten. Nach der Art, wie sie das taten, könnte man die glatt für Liebesleute halten, dachte er belustigt. Es würde wohl noch eine ganze Weile dauern, bis sie sich schlafen legten.

Er war sicher, dass ihn auf dem unbeleuchteten Hof niemand sah. Er musste lediglich wach bleiben und dann seine Aufgabe ausführen. Angst hatte er nicht, sein Opfer ahnte nichts von seinem Auftrag, und er hatte in Hongkong schon viele Menschen ohne die geringsten Schwierigkeiten getötet. Er setzte sich mit dem Rücken an einen Holzzaun und wartete.

»Ach, mein Bester«, sagte Horace, der mit einem Mal in der Dunkelheit des Hinterhofs vor ihm stand. »Ich möchte Ihnen doch eine Frage stellen.« Verblüfft sprang der Meuchelmörder auf, wobei er eine leere Kiste umwarf.

Wie war es dem verachtenswerten Barbaren gelungen, ihn so leicht aufzuspüren? Bevor ihm eine Antwort auf diese Frage einfiel, spürte er einen stechenden Schmerz in der Brust. Verwirrt erinnerte er sich undeutlich, den Lichtblitz einer Klinge aufblitzen gesehen zu haben. Der Engländer stand direkt vor ihm und lächelte, während sich der Schmerz in seiner Brust ausbreitete. Wie … was war da geschehen? … Wie hatte der weibische Barbar ihn töten können? Immerhin war er Su Yins bester Henker …

Vor Schmerzen aufstöhnend, sank der Chinese zu Boden. Seine Finger krallten sich um die lange, schmale Klinge eines Stockdegens, lösten sich aber bald. Noch im Tod lag der Ausdruck der Verblüffung auf seinem verzerrten Gesicht. Horace setzte einen Fuß auf die Brust des Mannes und zog seinen Degen heraus. Saubere Arbeit, beglückwünschte er sich. Die rasiermesserscharfe Spitze hatte das Herz des Mannes durchbohrt, ohne dass diesem die geringste Möglichkeit zur Gegenwehr geblieben war.

Wie beiläufig wischte Horace die Klinge an der Jacke des Chinesen ab, bevor er sie zurück in die Höhlung des Stocks mit dem Silberknauf schob. Dann durchsuchte er die Kleidung des Toten und fand ein großes, scharf geschliffenes Messer – zweifellos hatte er John Wong damit töten wollen. Jetzt würde es Horace zur Erledigung seines Vorhabens dienen. Während er leise eine alte Melodie vor sich hinpfiff, an die er sich aus seiner Zeit im Krimkrieg erinnerte, führte er seine Arbeit mit der Geschicklichkeit eines Metzgermeisters aus.

Das Entsetzen auf Su Yins Zügen freute Horace zutiefst. Der Anführer des Geheimbundes war zurückgewichen, als der blutige Gegenstand bis zu den Polstern gerollt war, auf denen er ruhte. Er hob den Blick zu Horace, der unbeteiligt die Brille abgenommen hatte, um die Gläser zu putzen, offenbar verärgert, weil sie blutig geworden waren, als er dem Mörder den Kopf vom Rumpf getrennt hatte. Sobald ihm die Gläser sauber genug erschienen, setzte er die Brille wieder auf und sagte leichthin: »Zweifellos sind Sie empört, weil ich Ihren Mann getötet habe. Aber ich mag es nun einmal nicht, wenn man doppeltes Spiel mit mir treibt oder mich belügt. Sie wissen ebenso gut wie ich, wo sich die junge Frau befindet, nämlich in Kate O'Keefes Lagerhaus. Ich fände es wünschenswert, wenn sie unter Ihrem Schutz in John Wongs Gesellschaft dort bleiben würde.«

»Warum sollte ich damit einverstanden sein?«, fragte Su Yin mit gefährlich leiser Stimme. Der Kopf, der nur wenige Zentimeter von ihm entfernt lag, sah ihn mit blicklosen stumpfen Augen an. Ihm war die Vorstellung unerträglich, dass dieser von ihm als weibischer Barbar eingeschätzte wohlbeleibte kleine Mann seinen besten Vollstrecker getötet hatte. Als er den Blick von dem Kopf zu Horace hob, sah er auf den Zügen des Engländers lediglich den Ausdruck leichter Belustigung. Trotz seiner verwegenen Handlungsweise schien er vor ihm nicht die geringste Furcht zu empfinden. Dabei befanden sich nur wenige Schritte entfernt Männer, die Su Yin rufen konnte und die den Barbaren an Ort und Stelle ohne viel Federlesen töten würden. Horace aber tat so, als sei ihm diese bedrohliche Situation in keiner Weise bewusst. »Ich könnte Sie umbringen lassen, Mister Brown«, setzte Su Yin hinzu. »Ihr Versuch, mich mein Gesicht verlieren zu lassen, war ausgesprochen töricht und verdient Strafe.«

»Das war keineswegs meine Absicht, Su«, gab Horace zurück. »Ich wäre bestimmt nicht gekommen, wenn ich Ihnen nicht etwas Wichtiges anzubieten hätte. Das ist Ihnen als Geschäftsmann doch sicherlich klar.«

»Und was soll das sein?«, erkundigte sich Su. An seinem Gesicht war deutlich Interesse an dem abzulesen, was Horace gesagt hatte. Man hätte denken können, er schenkte dem Kopf, der vor seinen Füßen lag, keinerlei Beachtung mehr.

»Wenn Sie mir den Wunsch erfüllen, nichts gegen den Eurasier und die junge Frau zu unternehmen,« sagte Horace ganz ruhig, »verspreche ich Ihnen meine Unterstützung bei der Rückführung der sterblichen Überreste Ihrer Landsleute ins Land ihrer Ahnen.«

»Haben Sie denn Kontakte zu den Zollbehörden?«, erkundigte sich Su interessiert. »An wen muss ich mich halten?« Woher mochte der Mann wissen, dass er in den Leichnamen von Kulis, die nach Hongkong zurückgeschickt wurden, Gold schmuggelte? Es hätte ihn nicht weiter erstaunen sollen. Für einen Barbaren war Horace Brown bemerkenswert. Nicht nur sprach er fließend Chinesisch, er war auch ein Spion.

»So ist es«, gab Horace zur Antwort, und Su lächelte. Horace konnte sich nicht erinnern, ihn je zuvor lächeln gesehen zu haben.

»Dann werde ich Ihnen den Wunsch erfüllen, Mister Brown«, gab er zur Antwort. »Die beiden stehen unter meinem Schutz. Aber eines muss Ihnen klar sein: Wong darf nie wieder nach Cooktown zurückkehren, solange ich hier bin, denn sonst würde ich mein Gesicht verlieren.«

»Ich verstehe«, gab Horace bedeutungsvoll zurück. »Ich bezweifle, dass Sie Mister Wong nach dem heutigen Abend noch einmal sehen werden. Ihre Ehre bleibt mit Sicherheit unangetastet. Niemand außer Ihnen und mir weiß von der Sache. Sie können die Leiche Ihres Gehilfen von Ihren Leuten hinter Kate O'Keefes Lagerhaus in der Charlotte Street abholen lassen. Abgesehen von einer Wunde in der Brust und dem fehlenden Kopf befindet sich sie für den Rücktransport nach Hongkong in bemerkenswert gutem Zustand. Jetzt wünsche ich Ihnen einen guten Abend, denn ich habe noch viel zu tun. Unter anderem muss ich alte Bekannte besuchen.«

Su sah zu, wie der Engländer auf dem Absatz kehrtmachte und zum Abschied leicht mit seinem Spazierstock winkte. Schon oft hatte er sich gefragt, warum Horace Brown einen Stock brauchte, schien er doch auch ohne dessen Hilfe gut zu Fuß zu sein.

53

Kates Geld verhalf John und Thi Hue zu einer Überfahrt auf einem gecharterten Schoner nach Süden. Der Kapitän war hoch zufrieden mit dem großzügigen Preis, den man ihm dafür zahlte, dass er zwei Fahrgäste nach Townsville brachte, ohne Fragen zu stellen.

Spät am Abend schüttelte Luke am Kai John die Hand, und dieser erwiderte dankbar seinen Händedruck. Beiden war klar, dass damit zwischen ihnen ein Bund geschlossen war, auf den sie sich jederzeit verlassen konnten und den beide notfalls mit ihrem Blut besiegeln würden.

Als die beiden Fahrgäste an Bord gingen, flossen Thi Hue Tränen der Dankbarkeit über die Wangen. Mit erstickter Stimme sagte sie: »*Merci, Monsieur Luke.*« Während sie neben John an Deck stand, dachte sie an vieles, was ihr im Lande der Barbaren widerfahren war. Ihr kam der einäugige Krieger mit den breiten Schultern und dem narbenbedeckten Körper in den Sinn, der als Nachhut sein Leben geopfert hatte, damit die anderen den Fängen der Geheimbünde entkommen konnten. Der schlaksige Amerikaner, der jetzt am Kai stand, setzte sein Leben aufs Spiel, indem er sie und John aus Cooktown hinausschmuggelte. Aber da waren noch andere: der hinkende Engländer, der weiter westlich in den Bergen tot in einem verbrannten Trockental lag, wie auch der bärtige junge Buschläufer mit dem verkrüppelten Arm, der keinen Hehl aus seiner Abneigung gegen Asiaten gemacht hatte. All diesen hünenhaften, warmherzigen und mitfühlenden Barbaren, die den Mut der Tiger von Thi Hues Heimat besaßen, würde sie ihr Leben lang etwas schuldig sein.

Sie gab sich keine Mühe, ihre Tränen zurückzuhalten, und schwor im Stillen den Geistern ihrer Ahnen, dass sie eines Tages die Schuld gegenüber den Männern abtragen würde, die sich so unbeirrt für ihre Rückkehr in die Heimat eingesetzt hatten. Niemand hörte diesen Eid, den sie unter dem Kreuz des Südens auf das Leben ihrer noch ungeborenen Kinder leistete.

Mit schwerem Herzen sah Luke zu, wie der Schoner anmutig zwischen den im Fluss ankernden Schiffen hindurchglitt, bis ihn die Dunkelheit verschlang. Jetzt waren alle fort, und er blieb allein zurück, mit kaum mehr als seinem einsamen Leben. Möglicherweise würde John nie mit dem Lösegeld zurückkehren, aber zumindest waren die beiden den Fängen Su Yins entkommen, dachte er, während er sich abwandte und langsam der Stadt entgegenging, die voller Licht und Lärm war. Es war eine Nacht wie viele andere, in der sich Männer betranken, die mit ihren Feldkesseln und Taschen voller Gold vom Palmer zurückgekehrt waren, um ihren Erfolg zu feiern. Eine Nacht wie viele andere, in der Huren, Glücksspieler, Taschendiebe und Bauernfänger die betrunkenen Goldsucher um ihren schwer verdienten Reichtum brachten.

In diesen langen Nächten spürte er die Einsamkeit am meisten. Das erregende grelle Leben der Goldgräberstadt entsprach dem Rhythmus seines eigenen Lebens, eines Lebens voller Abenteuer, das im Jahr '49 auf den Goldfeldern Kaliforniens begonnen, '54 auf denen von Ballarat in der Kolonie Victoria seine Fortsetzung gefunden hatte und jetzt zwanzig Jahre später in der Hafenstadt am Palmer weiterging.

Es war ein Leben ohne Wurzeln. Schon seit seiner Jugend hatte er einen Traum verfolgt, der so flüchtig war wie die Träume in den rauchgeschwängerten Opiumhöhlen hinter der Charlotte Street. Jetzt stand er in der ersten Hälfte seines fünften Lebensjahrzehnts und hatte nichts vorzuweisen als seine schwieligen Hände, die Narben auf seinem Leib und traurige Erinnerungen an eine Frau und ein Kind, die schon lange in der Erde seiner Wahlheimat begraben lagen. Doch daneben erinnerte er sich an eine schöne junge Irin, die er lieben gelernt hatte. Erinnerungen und Narben, dachte er niedergeschlagen. Es kam ihm vor, als hätte ihm das Leben an den Grenzen des harten und wilden Landes nur wenig für die Zukunft gelassen.

Ohne dass er es recht merkte, trugen ihn seine Füße zu dem Gasthof zurück, wo er noch vor wenigen Tagen gemeinsam mit Michael Duffy und Henry James getrunken hatte. Das schien jetzt ein ganzes Leben zurückzuliegen. Luke war verzweifelt. So viele gute Freunde hatte er in so kurzer Zeit verloren. Auf jeden Fall würde er sich betrinken … sinnlos betrinken.

»Ich denke, ich sollte Ihnen einen ausgeben, Mister Tracy«, sagte eine Stimme neben ihm. »Sie sehen aus wie jemand, der etwas zu trinken brauchen kann.«

Luke wandte sich dem bebrillten korpulenten Mann zu, der neben ihn getreten war. Aus dem Gasthof drangen laut die Klänge einer Fiedel und das johlende Gelächter sich amüsierender Goldsucher. »Ich heiße Horace Brown«, sagte der Mann und hielt dem verblüfften Amerikaner höflich die Hand hin. »Wir sind uns noch nie begegnet«, fuhr er fort, »haben aber gemeinsame Bekannte, auf die ich gern mit Ihnen anstoßen würde.«

Luke zwinkerte. Das also ist der Hintermann der vom Unglück verfolgten Expedition, deren Aufgabe es gewesen war, Thi Hue aus Morts Fängen zu befreien, ging es ihm durch den Kopf. »Sind Sie mir gefolgt?«, fragte er herausfordernd, ohne die ihm hingehaltene Hand zu beachten.

»Ja und nein, alter Junge«, gab Horace zur Antwort. »Wissen Sie, heute Nachmittag bin ich zufällig in meinem Gasthof einem gemeinsamen Bekannten begegnet, der mir gesagt hat, seines Wissens seien Sie und Mister Wong mit dem Mädchen entkommen. Nun hatte mein anderer alter Freund Su Yin seinen geschätzten Mitarbeiter Wong nicht mehr gesehen, seit er ihn für Mister Duffys Expedition abgestellt hatte, weshalb er annahm, jener wolle seinem Arbeitgeber aus dem Weg gehen, warum auch immer. Vermutlich hatte Wong den Auftrag, die Kleine zu Su zu bringen, damit dieser von den Franzosen bestimmte Vergünstigungen bei Geschäften einhandeln konnte, die er in Saigon plant.«

»Obwohl Sie John Wong misstrauten, haben Sie ihm gestattet, uns zu begleiten, Mister Brown?«, fragte Luke und sah ihn scharf an. »Das scheint mir nicht besonders vernünftig.«

Horace hüstelte und räusperte sich. »Nun, eigentlich war es unerheblich, wer das Mädchen an die Franzosen zurückgibt«, sagte er. »Die Hauptsache war doch, dass die britische Regierung die Franzosen nach Kräften unterstützte. Der Zweck heiligt die Mittel, wie man so schön sagt.«

»Jetzt aber wird sie den Franzosen nicht in die Hände fallen. Das ist Ihnen doch bekannt, nicht wahr, Mister Brown?«, fragte Luke ruhig und achtete sorgfältig auf die Reaktion des Engländers.

»Gewiss. Ich habe gesehen, wie Sie sie auf ein Schiff gebracht haben, das wer weiß wohin segelt«, gab er zur Antwort.

Luke starrte ihn mit offenem Mund an. Erfreut sah Horace, dass es ihm gelungen war, den Amerikaner aus der Fassung zu bringen. »Machen Sie sich keine Sorgen«, fuhr er fort. »Angesichts der vielen Menschenleben, die die Expedition gekostet hat, dürfte dem Geheimdienst der Franzosen klar geworden sein, dass wir uns die größte Mühe gegeben haben, ihnen zu helfen. Bestimmt werden sie durch ihren eigenen Agenten am Ort alles über die Ereignisse erfahren und für die Unterstützung dankbar sein, die ihnen die Regierung Ihrer Majestät gewährt hat. Natürlich auf äußerst diskrete Weise. Von einem Lösegeld allerdings ist mir nichts bekannt«, sagte er mit verschwörerischem Augenzwinkern. Offensichtlich hätte der Engländer ohne weiteres die Möglichkeit gehabt, Thi Hue am Verlassen der Stadt zu hindern. Als Luke das begriff, hielt er ihm gleichsam entschuldigend die Hand hin, und Horace nahm die Versöhnungsgeste an. »Ich kann in der Tat etwas zu trinken gebrauchen, und wenn Sie bezahlen …«, sagte Luke.

»Aber nur ein Glas, Mister Tracy«, sagte Horace. »Sie wollen doch sicher gern Mister O'Flynn sehen? Er ist …«

»Michael? Er lebt?«, brach es aus Luke hervor und er packte den Mann bei den Schultern.

»Ja. Mister Palmerston hat ihn hergebracht, allerdings mehr tot als lebendig«, sagte Horace seufzend. »Seine Wunde scheint sich entzündet zu haben, und er ist kaum bei Bewusstsein.«

»Wo? Wo zum Teufel ist er jetzt?«

»Mit Mister Palmerston draußen im Goldgräberlager. Vermutlich ist er inzwischen tot, wenn kein Wunder geschehen ist, denn nur ein solches kann ihn retten.«

Es war einerlei, wer das Mädchen hatte, überlegte Horace achselzuckend. Eigentlich passte es ganz gut, dass sie sich bei den Abenteurern befand, die sich den Anspruch auf sie schwer genug erkämpft hatten.

Es wurde wohl allmählich wieder einmal Zeit, seine geringe Habe zu packen und weiterzuziehen. Sein Auftrag im fernen Norden Queenslands war erledigt. Zwar hatten die Deutschen bei ihren Bemühungen, die geheimnisvolle große Insel nördlich der Kolonie zu besetzen, einen vorläufigen Rückschlag erlitten, doch war ihm klar, dass sie es wieder versuchen würden. Seine Aufgabe würde es sein, diese Pläne zu durchkreuzen.

54

Es war ein angenehm milder Abend, und die Kinder waren bereits im Bett, als Luke zu Kate kam. Sie schilderte gerade in einem Brief an ihre Tante Bridget in Sydney die Vorfälle der jüngeren Vergangenheit, als sie das heftige Klopfen an der Haustür hörte. Sie warf sich ein Umschlagtuch über das Nachthemd und schloss auf, als sie Lukes Stimme hörte.

Er stand mit so finsterer Miene in der Tür, dass sie ihm lieber keine Fragen stellte. Er bat sie, sich ausgehbereit zu machen, er werde inzwischen ihren Einspänner für eine kurze Fahrt außerhalb der Stadt vorbereiten. Eilends zog sich Kate an. »Wohin fahren wir?«, fragte sie von der Veranda aus.

»Ins Goldgräberlager vor der Stadt«, gab er zur Antwort und holte das Pferd aus dem Stall.

Kate kannte das Lager gut. Es war ein Zwischenlager für Goldsucher. Von dort aus brachen sie auf, um am Palmer ihr Glück zu versuchen, und dorthin kehrten sie zurück, wenn ihnen der Erfolg versagt geblieben war. Dort herrschte ein rüder Umgangston, Betrunkene grölten, Kinder schrien und Frauen zeterten mit sich überschlagender Stimme über ihre betrunkenen Männer. Kate hatte es schon oft aufgesucht, um Frauen und Kindern glückloser Goldsucher Lebensmittel und Medikamente zu bringen. Man schätzte und achtete die schöne Irin im Lager.

»Frag mich nicht, warum«, fügte er kurz angebunden hinzu und sagte dann sanfter, ohne den Blick vom Weg vor ihm zu nehmen: »Ich kann Henry nicht wieder lebendig machen, aber vielleicht einen anderen Menschen in dein Leben zurückbringen.«

Diese Auskunft verwirrte Kate, denn sie hatte nicht die geringste Ahnung, wovon er sprach. Während sie sich der Zeltstadt näherten, riefen ihr viele, die sie kannten, einen munteren Gruß zu. Jeden erwiderte sie mit einem Lächeln und einem freundlichen Nicken.

Luke band das Pferd an und führte sie zu einem Zelt am Rande des Lagers, wo sie auf den legendären Buschläufer Christie Palmerston trafen. Sie hatte schon so viele farbige Geschichten über ihn gehört, ohne ihm je begegnet zu sein. Überrascht sah sie, dass er weder drei Meter groß war noch die glühenden Augen eines Feuer speienden Drachens hatte. Eigentlich sah er ganz normal aus, und in seinen Augen lag eine einfühlsame Intelligenz, die sie bei einem Mann sehr schätzte.

Christie schlug die Klappe vor dem Eingang des Zeltes zurück, und Kate bemühte sich, ihre Augen an den schwachen Schein einer Petroleumlampe zu gewöhnen, die auf einer wackligen Kiste stand. Sie sah einen kräftigen Mann mit einer ledernen Augenklappe auf einem Feldbett liegen, um dessen nackte Brust ein Verband gewickelt war. Sein schweißbedeckter Körper war von vielen Narben gezeichnet.

Ihn schüttelte erkennbar ein heftiges Fieber, noch verstärkt durch die ziemlich frische Wunde. Noch einmal sah sie auf sein Gesicht. Irgendetwas daran kam ihr in geradezu quälender Weise vertraut vor.

»Hallo Kate«, sagte der Mann mit belegter Stimme. Ihr schwanden die Sinne.

Bruder und Schwester blieben allein im Zelt, während sich Luke draußen leise mit Christie unterhielt. Sie waren übereingekommen, nie über ihre Erlebnisse der vergangenen Woche zu reden, und bekräftigten das mit einem feierlichen Schwur. Vor allem Christie war glücklich darüber. Schlimm genug, dass die Greifer ständig wegen der einen oder der anderen Sache hinter ihm her waren: Anschuldigungen wegen Pferdediebstahls und Misshandlung von Chinesen. Jetzt aber ging es um die Tötung von Europäern! Nein, was den Buschläufer betraf, war nichts von alledem vorgefallen. Er hatte noch viel vor, und die peinlichen Fragen der Behörden über die toten Seeleute von der *Osprey* könnten ihm das Leben außerordentlich schwer machen.

Neben dem Feldbett kniend, hielt Kate die Hand ihres geliebten Bruders. Unter Lachen und Weinen strich sie ihm über das dichte, gewellte Haar, das von Schmutz verklebt war. Sie betete, ihnen möge genug Zeit bleiben, um miteinander zu reden, denn es gab so vieles zu fragen und so vieles nachzuholen. Sie sah, wie schwach Michael war. Bisweilen versank er in Bewusstlosigkeit, dann kam er wieder zu sich – es war nicht der richtige Zeitpunkt für eine solche Unterhaltung. Sein graues Auge glänzte vom Fieber, und seine Stirn fühlte sich heiß an, doch er fasste die Hand der Schwester ebenso kräftig wie sie die seine.

»Luke hat dich hergebracht, nicht wahr?«, fragte er mit heiserem Flüstern, und Kate nickte. Michael schüttelte langsam den Kopf. »Ich habe ihm doch gesagt, er soll sein verdammtes Maul halten.« Er versuchte, sich aufzusetzen, und Kate hielt ihm eine Feldflasche mit Wasser an die Lippen. Als er getrunken hatte, wandte er sich ihr zu. »Mir ist klar, dass ich sterbe«, sagte er. Kates Gesicht verzog sich. »Weine nicht, Kate«, fuhr er mit schwacher Stimme fort. »Ich habe im Laufe der Jahre ziemlich viel Leben verbraucht, aber zumindest habe ich dich noch ein letztes Mal gesehen … bevor ich rüber auf die andere Seite gehe.«

»Du stirbst nicht, Michael«, sagte sie und versuchte, ihr Weinen zu unterdrücken. »Du wirst gesund und trittst mit in mein Geschäft ein.« Ihre Tränen fielen auf das Gesicht ihres Bruders, während er sich auf das Feldbett zurückgleiten ließ.

Er lächelte ihr betrübt zu. »Luke kümmert sich um dich, wenn ich nicht mehr da bin, Katie«, sagte er leise mit ersterbender Stimme. »Er ist ein guter Mensch, und ich glaube, er liebt dich schon lange. Er muss dich sehr geliebt haben, denn immerhin hat er den windigen Anwalt angewiesen, dir alles Geld zur Verfügung zu stellen, das er damals besaß, und sein Leben aufs Spiel gesetzt, als er sich ihm stellte, bevor wir Cooktown auf der *Osprey* verlassen haben.«

Da er das Auge geschlossen hielt, während er sprach, merkte er nichts von dem Entsetzen auf Kates Gesicht. Vieles, was sie lange nicht verstanden hatte, fügte sich plötzlich zusammen. Sie dachte an Hugh Darlingtons angebliche Schenkung, und ihr fiel ein, dass Luke etwa um die Zeit aus ihrem Leben verschwunden war, als Darlington ihr das Geld gegeben hatte. »Das Geld stammt von Luke?«, stieß sie hervor. »Nicht von Hugh?«

»Es hat ihm nie gehört«, sagte Michael mit einem Seufzer. »Luke war nur zu stolz, dir zu sagen, dass es sein Geld war, und der Schweinehund hat ihn nach Strich und Faden betrogen. Sein Stolz hat Luke daran gehindert, dir zu gestehen, dass er in Gedanken immer bei dir war, Katie ...« Michaels Stimme wurde immer leiser, während er langsam dem Abgrund des Todes entgegentrieb.

Kate begriff, dass sie seine letzten Worte hörte. Ihr Bruder glitt in den Frieden, der auf der anderen Seite auf ihn wartete. Er war sein Leben lang ein Kämpfer gewesen, jetzt aber lockten ihn die Sirenen auf den Klippen des Abgrundes. Während sie weinend den Kopf an seiner Brust barg, spürte sie, wie die Lebenskraft seinen erschöpften Leib verließ.

Erinnere dich! Erinnere dich, und du wirst leben!, rief die ferne Stimme eines Kindes Michael in der Finsternis zu.

Woran soll ich mich erinnern?, hörte er seine eigene Stimme als Echo in der Nacht. Das Flüstern drang von allen Seiten auf ihn ein ...

An die Frau mit den grünen Augen ...

Mit dem angstvollen Ruf »Michael!« warf sich Kate über den Sterbenden. Luke kam ins Zelt gestürmt. »Michael stirbt«, schluchzte sie, während sie neben dem Bruder kniete und ihn in den Armen hielt. »Und ich kann nichts tun.«

Es kam Luke vor, als müsse sein Herz vor Qual brechen, und er schloss sie äußerster liebevoll in die Arme. »Ein Mann braucht einen guten Grund, um weiterzukämpfen, Kate«, sagte er zärtlich. »Einen Grund, der stärker ist als das eigene Leben.«

Sie löste sich aus Lukes Umarmung. Auf ihren Zügen lag

wilde Entschlossenheit. »Den Grund gibt es«, sagte sie, während sie sich wieder neben das Feldbett kniete, wo ihr Bruder lag und auf das Flüstern im Dunkeln hörte. »Michael, du musst kämpfen und weiterleben«, sagte sie fest. »Du musst kämpfen, damit du siehst, wie aus deinem Sohn ein Mann wird. Ja, Michael.« Ihre strengen Worte waren eher die einer tadelnden Mutter als die einer verzweifelnden Schwester, und sie merkte, dass er auf ihre Stimme reagierte. »Dein Sohn braucht dich mehr als irgendeinen anderen Menschen auf der Welt, wenn auch er ein Mann werden soll wie sein Vater ...«

Das war es! Ich erinnere mich! Der Junge mit den grünen Augen! Nein, er war nicht Daniels Sohn! Das war mir in der Nacht am Hang klar geworden. Michael hörte, wie ihn die Stimme aus der Ferne rief. *Eine Jungenstimme.*

»*Vater!*«

»Patrick ... mein Sohn!« Michaels geflüsterte Worte schienen im Zelt widerzuhallen. Ihr Bruder würde nicht sterben. Kate wusste nicht, woher er den Namen seines Sohnes kannte, war aber unumstößlich davon überzeugt, dass ihr Bruder leben würde.

Mit heiterer Siegesgewissheit wandte sie sich Luke zu. »Michael wird leben«, sagte sie triumphierend. »Er hat in seinem Leben noch eine große Aufgabe vor sich. Und ich liebe dich, Luke ... ich habe dich immer geliebt.« Sie stand auf und ließ sich von ihm in die Arme schließen. »Ich kann es Ihnen nicht ersparen, mich zu heiraten, Mister Tracy«, fügte sie mit gespielt boshaftem Lächeln hinzu, »denn sonst ... hat das Kind, das ich bekomme, keinen richtigen Vater.«

EPILOG

An der Reling eines Schnellseglers, der den Ozean westlich von Südafrika durchpflügte, stand ein Junge und sah zu, wie die mächtigen Wogen gegen den anmutigen Bug anrollten. Das Schiff hob sich auf die Wellenkämme und senkte sich in ihre Täler, und der Abendwind fuhr durch Patrick Duffys dichtes, gelocktes Haar. Er spürte die Salz sprühende Gischt im Gesicht und fühlte sich unendlich einsam in der Dunkelheit.

Er begriff nicht, warum er den unwiderstehlichen Drang gehabt hatte, an diesem stürmischen Abend an Deck zu gehen. Er wusste lediglich, dass ihn eine Frauenstimme von jenseits des Meeres gerufen hatte. Es war keine Stimme, die andere hören konnten, sondern ein leises Flüstern in seinem Kopf, das er noch nie zuvor vernommen hatte. Er stand da und sah dem heranbrausenden Wind entgegen, der sich in den riesigen Segeln über ihm fing und mit den Stimmen verlorener Seelen in der Takelage sang.

Lady Enid erwachte und merkte voll Unruhe, dass Patrick nicht in der Kabine war. Besorgt forderte sie einen Mann der Besatzung auf, nach dem Jungen zu suchen. Mürrisch machte sich dieser daran, den Auftrag auszuführen. Er konnte sich denken, wo der Junge war, denn er hatte kurz zuvor einen hoch aufgeschossenen, gut aussehenden jungen Burschen an Deck gesehen. Er beruhigte die verzweifelte Frau und erklärte, er werde ihn wohlbehalten nach unten bringen. Es sei nicht gut, in einer solchen Nacht an Deck zu sein, brummte er, als er Lady Enid allein in ihrer Kabine zurückließ.

Er fand Patrick an der Bugreling tief in Gedanken versunken. Der Junge konnte nicht wissen, dass der Schnellsegler gerade jenen Teil des Ozeans durchpflügte, in dessen Fluten Jahre vor seiner Geburt Elizabeth Duffy ihr Grab gefunden hatte, seine Großmutter väterlicherseits. Über dem Knarren des Schiffsrumpfes und den Klagelauten des Windes in den Wanten hörte Patrick, wie sein Name gerufen wurde. »Vater!«, antwortete er, ohne nachzudenken. Doch als er sich umwandte, sah er lediglich einen Mann der Besatzung, der gekommen war, um ihn auf Lady Enids Geheiß nach unten zu bringen.

Warum nur hatte er »Vater« gesagt?, überlegte Patrick, während er dem Mann folgte. Das Wort war ihm ganz natürlich über die Lippen gekommen. Zumindest wusste er, wer sein wirklicher Vater war, denn Onkel Daniel und Max hatten ihm alles über den legendären Michael Duffy berichtet. Auch Lady Enid hatte ihm erzählt, wie sein Vater tapfer im Land der langen weißen Wolke gegen die Maori-Krieger gekämpft hatte, aber sie hatte ihn aufgefordert, die Vergangenheit zu vergessen, denn dort lebten nur die Geister, hatte sie hinzugefügt.

Er blieb vor der Luke stehen und warf einen letzten Blick in die sturmdurchtoste Nacht. Er zitterte, nicht vor Kälte, sondern weil er das sonderbare Gefühl hatte, dass ihn die Geister seiner Vergangenheit in der Dunkelheit umschwebten.

»Komm schon, mein Junge«, knurrte der Mann. »Komm mit nach unten, bevor mir die alte Dame die Hölle heiß macht.« Patrick wandte sich ab und folgte ihm. Das Leben, das vor ihm lag, lockte mit unvorstellbarer Macht und unermesslichem Reichtum. Das hatten ihm sein Onkel Daniel und auch Lady Enid versichert. Doch in diesem Augenblick wäre es ihm lieber gewesen, Mutter und Vater zu kennen.

NACHWORT DES VERFASSERS

Nur wenige Australier wissen, dass es im Zusammenhang mit den Goldfeldern am Fluss Palmer an unserer Grenze im Norden zu einigen der blutigsten Ereignisse in der Geschichte Australiens gekommen ist. Nie wird man erfahren, wie viele Menschen dort ermordet wurden, an Fieber, Hunger, Hitzschlag und Erschöpfung starben oder feindseligen Ureinwohnern zum Opfer fielen. Der Tod wartete in mancherlei Gestalt auf jene, die dem Trugbild des Reichtums nachjagten.

Doch am meisten dürften die Ureinwohner-Stämme in jener Gegend gelitten haben. Als mutige Verteidiger ihrer angestammten Gebiete gaben sie ihr Leben in einem aussichtslosen Krieg, der viele Jahre währte, denn ihre Waffen waren denen der europäischen Eindringlinge hoffnungslos unterlegen.

Wenn sich der legendäre Wentworth D'Arcy Uhr mit den berühmten Gesetzeshütern des Wilden Westens Nordamerikas vergleichen lässt, hat der Abenteurer Christie Palmerston vieles mit dem Amerikaner Kit Carson gemeinsam. Seine Begegnung mit Michael Duffy in diesem Roman ist eine Fiktion, doch verläuft sein späteres Leben als Erforscher der Regenwälder im fernen Norden durchaus nach dem Muster Kit Carsons. Die umfassendste Darstellung der Ereignisse im Leben dieses bunt schillernden und rätselhaften Mannes, das den Stoff für einen Hollywood-Film liefern könnte, findet sich im Werk von Paul Savage, *Christie Palmerston – Explorer*, auf das ich bei meinen Nachforschungen stieß.

Doch wer Christie erwähnt, muss auch von einer anderen historischen Gestalt sprechen, die im Roman flüchtig erwähnt wird. Im September 1873 schlug James Venture Mulligan in der kleinen Grenzstadt Georgetown im Norden Queenslands seine berühmte Mitteilung an: ... *J. V. Mulligan berichtet die Entdeckung von verwertbaren Goldfunden am Fluss Palmer. Interessenten können in seinem Kontor die 102 Unzen besichtigen, die er mitgebracht hat.* Der Rest ist Geschichte.

Vielleicht sollte man auch darauf hinweisen, dass einige Monate zuvor Palmerston und Mulligan, die mit anderen Goldsuchern unterwegs waren, bei einem Zusammenstoß mit Stammeskriegern im Norden nahe dem Round Mountain von Speeren durchbohrt wurden. Zeit und Umstände von Mulligans Leben sind nicht minder farbig als Palmerstons.

Kates Annahme, es könnte im Ironstone Mountain Gold geben, bestätigte sich auf eine Weise, die alle Erwartungen übertraf. Der Berg bekam später den Namen Mount Morgan und erwies sich in den achtziger Jahren als eine der ergiebigsten Gold- und Silberminen auf der Welt.

Leider gibt es das Lokal French Charley's, das zur Zeit der Goldfelder am Palmer existierte, schon lange nicht mehr. Die Stadt Cooktown hingegen hat überdauert und lohnt durchaus den Besuch unerschrockener Touristen.

Die im vorliegenden Werk beschriebenen Versuche des Deutschen Reiches, sich in den Besitz der riesigen Insel Neu-Guinea zu bringen, sind rein fiktional, doch brachte sich Deutschland bei einem gut geplanten und durchgeführten geheimen Kommandounternehmen, das einige Jahre später von Sydney aus durchgeführt wurde, in den Besitz einiger Gebiete im Norden der Insel und umliegender Inselgruppen. Dieses Thema bildet den Hintergrund für den dritten Band dieser Trilogie. Er spielt in den Jahren 1884/85, in denen es den Deutschen schließlich gelang, die Reichsflagge auf Neu-Guinea zu hissen.

Für den sonstigen geschichtlichen Hintergrund verweise ich erneut dankbar auf Glenville Pike und Hector Holthouse, deren beachtliche und anschauliche Werke einen großen Teil des Materials lieferten, das ich in diesem Roman verarbeitet habe.

Danksagung

Die frei erfundene Geschichte der Familien Duffy und Macintosh wäre ohne das grenzenlose Vertrauen, das viele Menschen in mich gesetzt haben, nie berichtet worden. Obwohl das Ausmaß des Vorhabens bisweilen beängstigend wirkte, spornten mich Duckies bemerkenswerte Töchter immer wieder an: meine Mutter Leni Watt sowie meine Tanten Marjorie Leigh und Joan Payne.

Ebenfalls unterstützt haben meine Bemühungen um eine Veröffentlichung des Buches meine Schwester Kerrie und mein Schwager Tyrone McKee.

Phil Murphy und seine Firma *Recognition Australasia* in Cairns haben viele Male auf unschätzbare Weise Einzelheiten zu militärischen und historischen Fragen beigetragen. Danke, Freunde!

In Sydney hat sich mein früherer *Wantok* Robert Bozek aus der Zeit, in der ich der Polizei von Papua-Neuguinea angehörte, als großartige Stütze erwiesen.

Mein ganz besonderer Dank gilt Gerry Bowen und Renata aus Tugun, die das Projekt, überzeugt von dessen Möglichkeiten, über Jahre hinweg eifrig gefördert haben.

Len Evans und Brian Simpson, meine alten Freunde aus dem Norden Queenslands, sind inzwischen verheiratet und sesshaft geworden, und so heiße ich auch ihre Frauen Shirley und Betty in meinem Freundeskreis willkommen.

Meine früheren Arbeitskollegen aus der Zeit, da ich in Cairns und Port Douglas meinen Lebensunterhalt auf Baustellen verdiente, soweit ich nicht an den Romanen schrieb, haben nie an deren Veröffentlichung gezweifelt. Wayne Coleman, Benny Waters, Frank McCosky und Clive Whitton – danke für eure Freundschaft und Treue.

Besonders hervorheben möchte ich Rob und Beth Turner aus Brisbane, deren Vertrauen in mich über das Maß bloßer Freundschaft hinausgeht. Mein ganz besonderer Dank gilt Mike und Patsy Cove, die das Entstehen der Trilogie mit fundierten Ratschlägen gefördert und mich immer wieder in meinem Vorhaben bestärkt haben.

Außerhalb des privaten Rahmens danke ich meinem Agenten Tony Williams und seinen hervorragenden Mitarbeiterinnen Ingrid, Sonja und Helen sowie auch Geoffrey für die Unterstützung in den Jahren, in denen die Sache nicht besonders viel versprechend aussah. Mein Dank gilt ebenfalls Brian Cook, der das Projekt geprüft und dessen Erfolgsaussichten erkannt hat.

Großen Anteil daran, dass die Bücher dem Lesepublikum zugänglich gemacht worden sind, haben die Cheflektorin bei Pan Macmillan, Cate Paterson, sowie die Lektorinnen Elspeth Menzies und Anna McFarlane. Doch nicht nur ihnen habe ich zu danken, sondern in besonderem Maße auch der Publizistin Jane Novak, die mich von dem Augenblick an unter ihre Fittiche genommen hat, in dem sich die Verwirklichung des Projekts abzeichnete. Allen im Hause Pan Macmillan gilt mein Dank, nie haben sie aufgehört, an meinen Erfolg zu glauben. Aber auch Rea Francis von R. F. Media habe ich zu danken.

Mein tief empfundener Dank gilt Wilbur Smith, dem Großmeister dieses Genres, für seine freundlichen Worte zu Beginn meiner Laufbahn als Autor. Für mich wird er stets der bedeutendste Erzähler des 20. Jahrhunderts sein.

Abschließend noch einen ganz besonderen Dank an Naomi Howard-Smith, die in meinem Leben eine ganz besondere Rolle gespielt hat.

PETER WATT

Auf den Flügeln des Adlers

*Aus dem Englischen
von Imke Walsh-Araya*

Weltbild

Die Handlung dieses Buches und die darin auftretenden Personen sind frei erfunden. Abgesehen von der gelegentlichen Nennung historischer Gestalten enthält es keinerlei Hinweise auf lebende oder tote Personen. Es ist denkbar, dass manche Leser an bestimmten Schilderungen Anstoß nehmen und ihnen Ausdrucksweise und Einstellung mancher Figuren rassistisch vorkommen. All das muss im historischen Kontext des Romans gesehen werden und spiegelt in keiner Weise persönliche Ansichten des Verfassers wider.

Für meine Mutter, Elinor Therese, mit all meiner Liebe

Ulula, sieh ihn dir an! Der Donner,
Der sich mit dem Regen an den Felsen bricht,
Und der Wind, der das Salz der Seen in die Höhe peitscht,
Sie haben ihn erneut zum Jäger gemacht:
In einen Jäger und Fischer zurückverwandelt.

»Der Letzte seines Stammes«, HENRY KENDALL

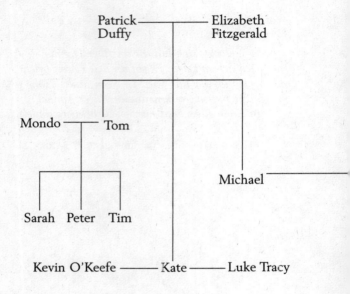

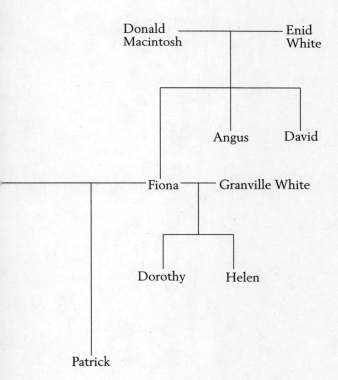

PROLOG

In der Kolonie Queensland

Der Landstrich gehörte zu den lebensfeindlichsten, die das Auge eines Weißen je erblickt hatte.

Endlose Weite und Sand, der nur von vereinzelten Sträuchern unterbrochen wurde. Die tödlichsten Giftschlangen der Welt verbargen sich während der glühenden Hitze des Tages in den Rissen der ausgedörrten Lehmpfannen, um während der Nacht Beuteltiere zu jagen. Durch dieses Land streifte der einsame Aborigine-Jäger, der in der unbarmherzigen Natur seinen bescheidenen Lebensraum gefunden hatte.

Doch Wallarie fühlte sich nicht allein in diesem Landstrich, denn die Geister seines Volkes zogen mit ihm. Schon die Tatsache, dass er noch lebte, war Beweis genug für ihre Existenz. Sein Leben war unauslöschlich geprägt von dem Warten auf den Sturm, der die Welt der Menschen erschüttern und auf Jahre hinaus verändern würde.

Der Krieger stand in den mittleren Jahren, und sein langer Bart war von grauen Strähnen durchzogen. Narben zeichneten seinen Körper, und seine Augen besaßen nicht mehr die Schärfe der Jugend. Doch trotz seines Alters war er immer noch ein Kämpfer, und die Eingeborenen, denen er auf seinen langen Wanderungen kreuz und quer durch die Kolonie Queensland begegnete, hatten ihn fürchten gelernt. Auch bei den europäischen Siedlern im Grenzgebiet blieb sein Ruf als Weißenmörder unvergessen.

Wallarie war in die Mythologie des Grenzlandes eingegangen. Man sprach von ihm wie von einem Geist, und geplagte Kindermädchen drohten ihren Schützlingen mit dem Schwarzen, der unartige kleine Kinder hole.

In jener Nacht saß er im Schneidersitz vor einem Lagerfeuer und stimmte die Gesänge seines Volkes an. Die Geister des Landes lauschten, während das Feuer sanft in der Dunkelheit knisterte, und der alternde Krieger fiel in einen tiefen Schlummer. Während er am Feuer schlief, kamen die Geister auf den Schwingen des Nachtwindes zu ihm und sprachen von den Dingen der Zukunft. Sie kündigten merkwürdige Ereignisse an: Der lange Schlaf der Geister seiner Ahnen sei gestört worden, und ein Sturm der Rache erhebe sich aus der Erde, um die Welt des weißen Mannes zu vernichten. Nach Norden solle er reisen, ins Land der grausamen Krieger der Kalkadoon, wo er dem Blut seiner Vergangenheit begegnen werde. Der Sinn dieser Worte lag für ihn im Dunkeln, aber er wusste, dass er den Stimmen folgen musste.

So träumte Wallarie, der Letzte seines Stammes, während das klagende Heulen der Dingos die Wüstennacht erfüllte und die tödlichen Taipan-Schlangen aus den Spalten der Lehmpfannen krochen, um nach Beute zu suchen.

Als die Sonne über den mit Brigalow-Akazien bestandenen Ebenen von Zentral-Queensland aufging, verließ Wallarie die kühle Geborgenheit der uralten Höhle, um nach Norden zu ziehen, ins Land der Kalkadoon.

DER STURM KÜNDIGT SICH AN

1884

1

Ein junger Beamter der berittenen Eingeborenenpolizei von Queensland hockte im roten Staub der Ebene und untersuchte die schwachen Umrisse von Fußspuren, während seine Kameraden unbehaglich auf ihren mächtigen Pferden saßen. Seine Einschätzung konnte über das Leben der acht Polizisten entscheiden, die sich auf ihrer Patrouille tief in das Gebiet der gefürchteten Kalkadoon gewagt hatten.

Die Polizeistreife hatte einen weiten Weg zurückgelegt, seit sie die Kasernen nahe der Grenzstadt Cloncurry verlassen hatte. Vor den Männern erhoben sich die zerklüfteten, wüstenhaften Godkin-Berge, während hinter ihnen eine rote Ebene lag, die nur von spärlichem Buschwerk und stachligen Bäumen, in denen Termiten nisteten, aufgelockert wurde. Bis auf das Summen der unerträglichen Fliegen und das Klatschen der Pferdeschweife herrschte in der allgegenwärtigen trockenen Hitze der semiariden Steppe Nordaustraliens vollkommene Stille.

Peter Duffy, der Polizist, stand zwischen zwei Welten. Als Sohn von Tom Duffy, einem Buschläufer, und Mondo, einer Frau aus dem Nerambura-Clan, war er halb Ire und halb Aborigine. Von seinem Vater hatte er den kräftigen Körper geerbt, von seiner Mutter die Hautfarbe. Er war Anfang zwanzig, und seine exotische Attraktivität trug ihm in den Grenzstädten kokette Blicke der Europäerinnen ein. Die Männer dagegen starrten ihn nur grimmig an. Trotz seiner hervorragenden Schulnoten und seiner europäischen Erziehung ließen ihn die Weißen nie vergessen, dass er ein halbblütiger Nigger war.

Nachdem er gemeinsam mit seinem besten Freund, Gordon

James, zur berittenen Eingeborenenpolizei gegangen war, hatte man ihn automatisch als Fährtenleser der Patrouille zugewiesen, während Gordon Offizier wurde. Schließlich war Gordon der Sohn des berühmten Sergeant Henry James, der vor vielen Jahren maßgeblich an der Vertreibung der Eingeborenen aus dem Fitzroy-Gebiet beteiligt gewesen war.

Zunächst hatte es Peter zu schaffen gemacht, dass ein Trupp der berittenen Eingeborenenpolizei sechzehn Jahre zuvor in Burkesland seine Eltern getötet hatte. Doch die Loyalität zu seinem besten Freund war stärker gewesen als die ferne, verschwommene Erinnerung. Er war jung, für ihn zählte die Gegenwart, und er sehnte sich nach Abenteuern.

Als er jetzt zu den fernen Bergen hinüberblickte, war er überzeugt davon, dass die Spuren zum Heiligtum in den Hügeln führten. Das gefiel ihm gar nicht. Sein Instinkt sagte ihm, dass sich in dem in der Hitze flimmernden Dunst über den zerklüfteten Felsen der uralten Berge eine tödliche Bedrohung verbarg, sie schien geradezu in der Luft zu liegen. Die Stille wirkte Unheil verkündend, als wären die Felsengeister verstummt, um auf das Schnauben der Pferde und das Klirren der metallenen Sattelbeschläge zu lauschen. In den Ohren des jungen Polizisten lag ein Dröhnen, das den Tod prophezeite.

»Und, Trooper Duffy, was sehen Sie?«, erkundigte sich Unterinspektor Potter gereizt von seinem Pferd herab. Der lange Ritt war fatal für seine Hämorrhoiden gewesen, und die ergebnislose Jagd nach den flüchtigen Kriegern hatte auf seine Stimmung geschlagen. Das ließ er nun an seinen Männern aus.

»Nichts Gutes, Mahmy«, gab Peter nachdenklich zurück. »Ich glaube, die Kalkadoon wollen, dass wir ihnen folgen.«

»Blödsinn!«, schnaubte der Unterinspektor. »Schwarze sind nicht in der Lage, wie Weiße eine militärische Strategie zu planen. Sie sind übervorsichtig, Trooper!«

Peter wandte das Gesicht ab, damit der Polizeioffizier die Verachtung in seiner Miene nicht sah. Hätte doch nur Gordon James, mit dem er seit ihrer Kindheit befreundet war, die Patrouille befehligt und nicht dieser aufgeblasene Idiot. »Wir sollten uns da nicht hineinwagen, Mahmy«, sagte er ruhig. »Ich glaube, sie warten auf uns.«

Ihm war klar, dass der Offizier ihn nicht ausstehen konnte, weil er ein Halbblut war, das Produkt einer abscheulichen Sünde in den Augen des Herrn.

Der Inspektor hatte heftig dagegen protestiert, dass Peter seiner Einheit zugewiesen wurde. *Nein, er wolle ein Vollblut als Fährtenleser, nicht irgendeinen braunen Mischling!* Aber der Mischling hatte Freunde bei der berittenen Polizei, die darauf bestanden, dass er den Posten erhielt. Jetzt mussten sie miteinander auskommen.

Die europäischen Polizisten blickten sich unruhig um. Sie respektierten den jungen Fährtenleser, der »fast ein Weißer« war, wie sie scherzhaft sagten. Wenn Peter meinte, sie sollten sich nicht in die engen, mit Buschwerk bedeckten Schluchten des Massivs wagen, dann glaubten sie ihm. Wie Peter Duffy hielten auch sie wenig von ihrem arroganten Kommandeur, der bis vor kurzem noch bei der britischen Armee in Indien gedient hatte.

Die Aborigines unter den Polizisten wussten, dass Peter Recht hatte. Nervös an ihren Snider-Karabinern herumfingernd, suchten sie mit den Blicken Hänge und Bergkuppen nach den gefürchteten Kalkadoon-Kriegern ab. *Diese Vertreibungsaktion würde sich als Fehlschlag erweisen.*

Inspektor Potter schlug nach den Fliegen, die in dichten Schwärmen um sein Gesicht schwebten und es auf seinen Schweiß abgesehen hatten. Er hatte bereits beschlossen, seinen Fährtenleser zu ignorieren. Den verteufelten Kalkadoon würde er es schon zeigen! Noch ein Weißer sollte ihren Speeren nicht zum Opfer fallen. Seine Männer würden in die Berge gehen.

Falls die Kalkadoon wirklich auf sie warteten, würden die Wilden eine unangenehme Überraschung erleben. Auch ihre massiven Holzschilde konnten die Kugeln aus den Karabinern der Beamten, die im Namen von Königin Viktoria in Queensland für Gerechtigkeit sorgten, nicht aufhalten.

»Vorwärts!«

In Inspektor Potters Stimme lag Verachtung für alles, das nach gesundem Menschenverstand roch.

Peter schwang sich in den Sattel und zog den Karabiner aus der Halterung. Er legte den Kolben auf seinen Oberschenkel. Das tödliche Schweigen der Berge gellte ihm in den Ohren wie ein Todesschrei.

Schweigend ritten sie dahin.

Es gab kein nervöses Wortgeplänkel, während sie den Spuren folgten, die Peters scharfe Augen auf dem trockenen Boden fanden. Zahlreiche Fußabdrücke führten sie in eine enge Schlucht, deren Hänge mit Felsen übersät waren.

Felsen, die groß genug waren, dass sich ein Mann dahinter verbergen konnte, dachte Peter. Sein Unbehagen wuchs, denn er konnte sich vorstellen, was geschehen würde. Felsen und Buschwerk, hinter denen Männer kauerten, die von Geburt an als Krieger ausgebildet worden waren. Die Patrouille folgte ihm nur widerwillig, sah man von Unterinspektor Potter in seiner selbstzufriedenen Unwissenheit ab.

Der von der Sonne verbrannte, schwitzende Offizier schüttelte den Kopf. Dieser verdammte Halbnigger war so feige, wie er vermutet hatte. Kein Rückgrat, wenn es darum ging, mit primitiven Schwarzen fertig zu werden, die mit wenig mehr als Stöcken und Steinen bewaffnet waren. Sein Zaudern war jedoch bemerkt worden und würde bei der Rückkehr in die Kasernen von Cloncurry gemeldet werden. In der Zwischen...

Sein Monolog des Tadels wurde jäh unterbrochen, als er flüchtig ein seltsames Zischen wahrnahm, das die heiße, bewegungslose Luft in der engen Schlucht erfüllte. Ein brennender Schmerz schnitt durch seine Lenden. Sein Pferd bäumte sich, von Pein und Entsetzen gepackt, auf, als sich ein mit Stacheln bewehrter Speer in seine Flanke bohrte. Gleichzeitig ertönte an den scheinbar verlassenen Hängen aus hunderten Kehlen der blutrünstige Kriegsschrei der Kalkadoon.

Verzweifelt an den Zügeln reißend, versuchte Potter vergeblich, sein Pferd auf den Beinen zu halten, doch das tödlich getroffene Tier ging mit einem donnernden Krachen zu Boden und klemmte ihn dabei unter sich ein.

Die Männer, die die Polizeistreife mit Steinen und langen Hartholzspeeren bewarfen, waren weit über einen Meter achtzig groß, und die Emu- und Geierfedern ihres Kopfschmucks ließen sie noch größer und furchterregender erscheinen. Die Gesichter zierten Streifen aus weißen Federn, die sie mit ihrem eigenen Blut festgeklebt hatten; Arme und Beine waren ebenfalls mit Federn geschmückt. Für die in die Falle gegangenen Polizisten wirkten sie in dieser geisterhaften Aufmachung wie Dämonen der Hölle, die ihr Leben forderten.

Verzweifelt zerrte Potter an dem Speer in seiner Lende, doch dessen Stacheln waren so angebracht, dass sich die Waffe weder ziehen noch schieben ließ, wenn sie erst einmal fest steckte. Die Kalkadoon-Krieger, über die er sich noch vor wenigen Minuten lustig gemacht hatte, hatten ihn in die enge Schlucht gelockt, wo sie das in taktischer Hinsicht günstiger gelegene, höhere Gelände kontrollierten. Dagegen saß die Polizeistreife ohne jede Manövriermöglichkeit fest.

Ein speerschwingender Krieger ragte über Potter auf, der seinen Revolver verloren hatte. »Stirb, weißer Bastard!«, zischte der grauhaarige Kämpfer. Etwas überrascht stellte Potter fest, dass sein Mörder Englisch sprach – dann krallten sich seine Hände verzweifelt um den Speer, der sich in seine Brust gebohrt hatte. Mit verzweifelt rollenden Augen blickte er zu seinem Gegner auf. Er hatte seine Patrouille verloren, und nun ging es ihm ans Leben.

Mit einem gewaltigen Ruck riss der Krieger den Speer aus der Brust des sterbenden Inspektors, während die letzten überlebenden Polizisten verzweifelt versuchten, von ihren um sich tretenden Pferden loszukommen und zu fliehen. Doch wohin sie auch sahen, ihre Augen entdeckten nur immer neue Wellen federgeschmückter Körper, die hinter Felsen und Büschen auftauchten und die Hänge herunterstürmten.

Mit Hohnrufen stürzten sich die Kalkadoon auf die Polizisten, um sie mit ihren lanzenartigen Speeren an die rote Erde zu nageln. Vergeblich um Gnade flehend, starben die Beamten unter Nullah-Keulen und Steinäxten.

Rasiermesserscharfe Steinmesser schlitzten die Bäuche der Toten auf, sodass die Krieger ihnen die Nieren entnehmen konnten. Später würden sie deren Fetthülle als Geste der Ehrerbietung vor den Gefallenen verzehren.

Wallarie wandte sich von dem Inspektor zu seinen Füßen ab und richtete seine Aufmerksamkeit auf den letzten Polizisten, der noch aufrecht stand und sein Gewehr wie einen Schlagstock herumwirbelte. Der Mann hatte keine Chance, das war Wallarie klar, als er die Kalkadoon betrachtete, die ihn umringt hatten und mit Spottrufen verhöhnten.

Peter wusste, dass er sterben würde. Von den Männern, die sie in der Vergangenheit so erbarmungslos gejagt hatten, war keine Gnade zu erwarten. Aber er wusste auch, dass er kämpfend untergehen würde.

War nicht sein Vater vor vielen Jahren in den regennassen Hügeln von Burkesland im Kampf gefallen? Hatte nicht eine Kugel seine Mutter getötet? So war es nun sein Schicksal, zu sterben wie ein Mann. Sein Atem ging stoßweise, als er seine Lungen mit der heißen Luft füllte, um sich ein letztes Mal aufzubäumen.

Da trat ein älterer Krieger, mit einem blutbefleckten Speer bewaffnet, aus dem Kreis der spottenden Kalkadoon. Sein Körper war von zahlreichen Narben gezeichnet, und Peter wurde klar, dass er es mit einem erfahrenen Kämpfer zu tun hatte.

Obwohl er auf den Tod vorbereitet war, hoffte er, nicht leiden zu müssen. Im Stillen betete er darum, dass er tapfer sein würde, wenn der Speer seinen Körper durchbohrte. Er wollte den Kalkadoon noch im Tod zeigen, dass er sich mit jedem von ihnen messen konnte. Peter hatte gelernt, einen Speer auch im Nahkampf einzusetzen, doch die lanzenartige Waffe und die Art, wie die Kalkadoon sie verwendeten, unterschieden sich von dem, was er als Jugendlicher von seinem legendären Verwandten Wallarie gezeigt bekommen hatte. Die wilden Bergstämme warfen den Speer nicht, sondern verwendeten ihn häufiger wie eine Stichwaffe.

Wallarie wollte, dass ihm der Fährtenleser in die Augen sah, bevor er ihn aufspießte, und sein trotziger Gegner tat ihm den Gefallen.

Tom!, dachte Wallarie verwirrt. Er blickte in Tom Duffys Augen!

Er zauderte. Peter entging das unerwartete Zögern in den Bewegungen des narbenübersäten Kriegers nicht. Hatte er diesen Mann nicht schon einmal in einem Traum gesehen? Oder sogar im wirklichen Leben? Der fast vergessene Name kam wie ein Zischen von seinen Lippen.

»Wallarie!«

Beide Männer senkten die Waffen und starrten sich an, als sie einander schließlich erkannten. Ein Jahrzehnt der Weißen war vergangen, seit Wallarie den jungen Mann, der der Sohn seines weißen Bruders war, zum letzten Mal gesehen hatte. Die rätselhafte Botschaft des Traumes, der ihn in der uralten Höhle der Nerambura heimgesucht hatte, klang wie ein Echo durch den Kopf des grauhaarigen Kriegers. Er war nach Norden gekommen, um den Letzten zu finden, in dessen Adern noch das Blut seines Volkes floss.

Unter den Kalkadoon, die auf den tödlichen Stoß des fremden Darambal warteten, der aus dem Süden zu ihnen gekommen war, wurde unruhiges Gemurmel laut. *Warum hatte der Darambal seinen Speer vor dem verhassten Feind gesenkt?*

Da trat Wallarie vor, um seinen Verwandten zu begrüßen.

2

Ohne sich um den kalten, monotonen Nieselregen zu kümmern, starrte Patrick Duffy, Captain der Armee der Königin, auf das Keltenkreuz mit der Aufschrift MOLLY O'ROURKE. Das Grab war von Blumen bedeckt, die der irische Frühling hervorgebracht hatte und die im Winter zu dürrem Gestrüpp vertrocknen würden.

Hier lag also die Frau, die ihn vor zweiundzwanzig Jahren der Obhut der Familie seines Vaters im fernen Sydney übergeben hatte, dachte er düster.

Kerzengerade stand er am Fuß des Grabes und hing seinen bitteren Gedanken nach. Lady Enid Macintosh – seine Großmutter mütterlicherseits – hatte ihm die Umstände seiner Geburt geschildert: wie das alte irische Kindermädchen, das einst in ihren Diensten gestanden hatte, ihn vor seiner Mutter gerettet hatte. Diese hätte ihn sonst auf eine der berüchtigten Babyfarmen Sydneys geschickt, um ihn loszuwerden. Doch Molly hatte ihn in Sicherheit gebracht und vertrauensvoll seiner Tante Bridget und seinem Onkel Frank vom Gasthof Erin in Sydney in die Arme gelegt.

Es war eine traumatische Nacht gewesen, hatte man Patrick erzählt, denn in jener Nacht hatten die Duffys erfahren, dass sein Vater in den neuseeländischen Maorikriegen ums Leben gekommen war. Ein Leben genommen, ein anderes gegeben, lautete Onkel Francis' pragmatisch-philosophischer Kommentar.

Patrick war ein großer, breitschultriger junger Mann. Bis auf die smaragdgrünen Augen glich er seinem Vater Michael Duffy aufs Haar. Seine Augen verdankte er seiner Mutter, der schönen Fiona Macintosh.

Doch die war nun Fiona White, Gattin von Granville White, jenem Mann, der die mächtigen Finanzunternehmen der Macintoshs kontrollierte. Deren Handelsimperium reichte von riesigen Besitzungen in England und Australien bis zu Transport- und Handelsgesellschaften im Pazifikraum, in Asien und Indien. Ein Finanzkonglomerat mit Wurzeln in England, das seine Arme über den gesamten Globus bis an die fernen Grenzen des britischen Empire von Königin Viktoria ausstreckte.

Für einen Augenblick verschleierten sich die Augen des jungen Mannes, als er an Granville White dachte. Aber er wollte keine Zeit auf den Mann verschwenden, den seine Großmutter für die Ermordung seines ihm unbekannten Onkels verantwortlich machte. Heute hatte er von seinem Regiment Urlaub erhalten, um das Dorf zu besuchen, aus dem die Familie Duffy geflohen war – kaum sechs Stunden, bevor der Haftbefehl für seinen Großvater väterlicherseits erging. Zumindest hatte ihm das Tante Bridget erzählt, als er ein kleiner Junge war und im Erin lebte.

Seufzend schlug Patrick den Mantelkragen hoch, um sich gegen den bitterkalten Wind zu schützen. Auf einen Stock gestützt, beobachtete eine in ein zerlumptes Umschlagtuch gehüllte alte Frau den gut gekleideten jungen Mann, der schweigend am Fuß von Mollys Grab stand. Es kam ihr so vor, als wäre der selige Patrick Duffy selbst in sein Dorf zurückgekehrt. Mit abergläubischer Ehrfurcht betrachtete sie das Ebenbild eines Mannes aus einer anderen Zeit.

Als junges Mädchen hatte Mary Casey gemeinsam mit Molly die verhassten englischen Soldaten, die ihr Land besetzt hielten, in mehr als einen Hinterhalt gelockt. Beide hatten dem gut aussehenden, wilden Patrick Duffy nachgestellt.

Doch der junge Rebell hatte nur Augen für die protestantische Tochter eines angloirischen Großgrundbesitzers, die ihn mit in ihr Bett nahm. Um dieselbe Zeit sandte der Magistrat seine Lakaien aus, um Molly wegen aufrührerischen Verhaltens verhaften zu lassen. Als Vierzehnjährige wurde sie in die tödliche Verbannung nach Neusüdwales geschickt.

Mary Casey lebte als Haushälterin des jungen Priesters im

Pfarrhaus des Dorfes. Vater Eamon O'Brien, der Nachfolger von Vater Clancy, war erst vor kurzem ordiniert worden. Er war nicht in Irland geboren und benahm sich mit seiner englischen Erziehung verdächtig ausländisch. Er verbrachte auffallend viel Zeit an den alten Kultstätten, wo die keltischen Druiden einst ihre blutigen Rituale vollzogen hatten. Man hatte ihn sogar sagen hören, der wahre Glaube sei in Irland mit den alten Religionen verschmolzen.

Alte Religionen! Blasphemie war das! Mary schauderte. Allerdings nicht vor Kälte, sondern bei der Erinnerung daran, wie sich der junge Mann höflich als Patrick Duffy vorgestellt und nach Mollys Grab gefragt hatte. »Jesus, Maria und Josef!«, hatte sie, von abergläubischer Furcht gepackt, hervorgestoßen und sich zum Schutz gegen böse Geister bekreuzigt. Er war leibhaftig aus jenem dürren Land jenseits des Ozeans von den Toten zurückgekehrt!

Ihre Reaktion auf seine Frage hatte Patrick überrascht. Aber woher hätte er wissen sollen, wie sehr er seinem Großvater väterlicherseits glich, und dass die Furcht der alten Frau durch ihren keltischen Aberglauben ausgelöst worden war? Wortlos humpelte sie zu dem Grab und deutete mit ihrem Stock auf das Steinkreuz.

Eine Böe vom grauen Atlantik ließ den kalten Nieselregen um Patricks Beine wirbeln. Kälte war er nicht gewöhnt. Offenbar hatten die jahrelangen Nordafrika-Feldzüge in der Armee der Königin sein Blut ausgedünnt.

Das Soldatenleben schien Lady Enid Macintosh keine geeignete Beschäftigung für ihren einzigen Enkel, der sich entschlossen hatte, seine Studien in Oxford aufzugeben. Energisch hatte sie sich dagegen verwahrt, dass er als Offizier zur Armee ging, dann jedoch widerwillig nachgegeben, als er sich einem schottischen Hochlandregiment anschloss.

Das Leben eines Gelehrten interessierte Patrick nicht. Ihn trieb eine merkwürdige, unerklärliche Sehnsucht, zu reisen und an den verlassensten Orten der Erde nach sich selbst zu suchen. Zudem wollte er nur ungern nach Australien zurückkehren, wo er sich zwischen seinen beiden Familien hätte entscheiden müssen. Welche Wahl er auch träfe, er hätte eine Hälfte seiner Abstammung verleugnen müssen.

Als junger Lieutenant war er im ägyptischen Tel-el-Kibir in seine ersten Kampfhandlungen verwickelt worden. Obwohl der Feldzug zum Schutz des strategisch wichtigen Suezkanals, der von ägyptischen Rebellen eingenommen worden war, bereits drei Jahre zurücklag, suchte der Lärm der erbitterten Kämpfe Patrick immer noch in seinen Träumen heim.

Die Ägypter hatten quer zu der Route, auf der die britischen Streitkräfte unter dem Oberbefehl von General Sir Garnet Wolseley vorrückten, einen riesigen Graben ausgehoben. Siebzehn hitzeglühende Tage lang war Lieutenant Patrick Duffy mit seiner Hochlandinfanterie durch die endlose ägyptische Wüste marschiert, bis sie vor den gewaltigen Erdwällen des Feindes standen. Im Schutze der eisigen Wüstennacht führte Lieutenant Duffy seine Hochländer, die im schottischen Kilt marschierten, unter dem kristallklaren Sternenhimmel gegen den Feind. Während er neben seinen Männern herging, wanderten seine Gedanken zu dem, was vor ihm lag. Doch die Vergangenheit ließ ihn nicht los.

Im Alter von elf Jahren hatte er Sydney gemeinsam mit seiner Großmutter mütterlicherseits, der gefürchteten Lady Enid Macintosh, verlassen, um im Londoner Haus der Macintoshs zu leben. Dass sie ihn unter ihre Fittiche nahm, war nur durch einen Pakt möglich geworden, den sie Jahre vorher in Sydney mit seinem Vormund, Daniel Duffy, geschlossen hatte.

Angeblich war der junge Katholik Patrick Duffy der streng protestantischen Lady Enid Macintosh anvertraut worden, damit er in den besten Schulen Englands erzogen werden konnte. Ihr wirkliches Motiv war jedoch reiner Eigennutz: Er sollte darauf vorbereitet werden, seine Stelle als legitimes Oberhaupt des Finanzimperiums der Macintoshs einzunehmen. Da durch seine Familie mütterlicherseits Macintosh-Blut in seinen Adern floss, sollte er als Gegengewicht zu Granville White und der eigenen Mutter, Fiona White, geborene Macintosh, wirken.

Allerdings würde Lady Macintosh niemals einen Papisten an

der Spitze des stolzen protestantischen Clans dulden. Sie war davon überzeugt, dass eine englische Erziehung mit der Zeit schon dafür sorgen würde, dass er die Schlüssigkeit ihres Glaubens erkannte.

Daniel Duffy hielt den Gedanken, dass sich Patrick am Ende für ihre Religion entscheiden würde, für lächerlich. Er war katholisch getauft worden, und Katholik würde er bis zu seinem Ende bleiben.

Enid hatte nicht mit dem natürlichen Charme des Jungen und ihren bislang unterdrückten großmütterlichen Gefühlen gerechnet. Mit der Zeit hatte sie gelernt, Patrick wie eine Mutter zu lieben. Er hatte die Lücke gefüllt, die der Tod ihres geliebten Sohnes David gerissen hatte. Ihre Angst, Patrick zu verlieren und völlig zu vereinsamen, war so groß, dass sie ihn nicht zu einer Entscheidung zwischen seiner irisch-katholischen und seiner schottisch-protestantischen Seite drängte. Eines Tages würde er seine Wahl ohnehin treffen müssen, wenn er seinen angestammten Platz an der Spitze des Macintosh-Imperiums einnehmen wollte. Zumindest konnte er in der Armee der Königin seinem wilden irischen Blut in der Hitze der Schlacht freien Lauf lassen.

Während er mit seinen Männern ins Gefecht zog, wurde Patrick bewusst, dass er sich zwischen der Liebe von Lady Enid auf der einen und der seiner irischen Familie auf der anderen Seite entscheiden musste. Ihm bot sich die beneidenswerte Chance, eines der größten Vermögen des Empire zu erben – doch würde er vermutlich die Wertschätzung von Daniel und dessen Familie verlieren. Im Augenblick aber, rief er sich selbst grimmig zur Ordnung, war die Wahrscheinlichkeit größer, dass er getötet oder verstümmelt wurde. Jeder Gedanke an Vergangenheit und Zukunft wurde von seiner wachsenden Furcht verschlungen, als sich die Hochländer dem Feind näherten.

Würde er plötzlich wie ein Feigling von Panik gepackt werden und davonlaufen? Würde er vor Schreck erstarren und als Offizier versagen? Würde er ...

Der Horizont färbte sich rot wie bei einer verfrühten Morgendämmerung. Die Soldaten marschierten schweigend dahin, doch im Stillen fragten sie sich, warum ihre Offiziere nicht dafür gesorgt hatten, dass sie den Feind vor Sonnenaufgang erreichten.

Auch Sir Garnet Wolseley war von der unerwartet frühen Morgendämmerung überrascht worden, doch man hatte ihm erklärt, es handle sich um ein astronomisches Phänomen: den Widerschein eines Kometenschweifs, der direkt unter dem Horizont vorüberziehe.

Direkt vor dem Morgengrauen riss sporadisches Feuer von Posten jenseits der ägyptischen Gräben Patrick aus seinen Gedanken. Dann war die Luft plötzlich vom ohrenbetäubenden Lärm der Gewehre erfüllt, die eine Feuerwand in die Dunkelheit sprühten. Wolseley schickte seine Armee gegen die ahnungslosen ägyptischen Rebellen. Überall entlang der ägyptischen Verteidigungslinie blitzte Mündungsfeuer auf, und die Hörner der Briten bliesen zum Angriff.

Später erinnerte sich Patrick an das Gefühl der Erleichterung, als sich die aufgestaute, überwältigende Angst in Gewehrsalven entlud. Nachdem er seine anfängliche Erstarrung überwunden hatte, konzentrierten sich die Gedanken des jungen Offiziers auf die vor ihm liegende Aufgabe.

Er hatte seine Männer angebrüllt, ihm zu folgen – und sie folgten ihm. Mit aufgepflanztem Bajonett und um die gebräunten Beine wirbelndem Kilt fegten Lieutenant Patrick Duffy und seine Hochländer mit wildem Kriegsgeschrei heran.

In dem erbitterten Handgemenge verlor Patrick seinen Revolver, ersetzte ihn jedoch sofort durch das Martini-Henry-Gewehr eines gefallenen Hochländers. In den nächsten fünfzig Minuten schlug er eine blutige Schneise in die Reihen der Feinde der Königin.

Angriff ... Gegenangriff. Schreie und erstickte Flüche von Freund und Feind, die auf Leben und Tod miteinander rangen, Männer, die, tödlich verwundet, in vielen Sprachen nach ihrer Mutter riefen, ein schwarzes Gesicht, das in der Dunkelheit die Zähne fletschte, wilde Mordlust ... Stöße mit dem langen Bajonett und qualvolles Stöhnen, wenn das Bajonett im weichen Fleisch sein Ziel fand. Der Nubier, der verzweifelt nach

Patricks Gesicht langte, die pure, ungebändigte Lust am Töten. Noch mehr Gesichter und Körper, bis seine rote Jacke steif von Blut war. Die Schlachtrufe seiner grimmigen schottischen Vorfahren brüllend, metzelte er wie im Rausch die Gegner mit dem Bajonett nieder.

Als alles vorüber war, wurden Lieutenant Duffys Führungsqualitäten und persönlicher Mut in Wolseleys Depeschen lobend erwähnt. Schließlich erhielt er als Belohnung für seine Teilnahme am Feldzug zur Rettung des Suezkanals ein Offizierspatent als Captain.

Doch die Monate des Feldzugs in der Wüste und in den Sümpfen des Nil hatten seine Gesundheit untergraben. Als er am Fuß von Molly O'Rourkes Grab stand, war er von der Malaria noch so geschwächt, dass seine militärische Haltung in sich zusammenbrach und er zu schwanken begann.

Mary Casey, die auf ihn zuhumpelte, um ihm zu helfen, entdeckte hinter den Augen, die sie durch das Fieber hindurch anlächelten, eine seltsame Macht.

Die Augen des Teufels, dachte sie. Augen, die selbst einer Nonne Herz und Jungfräulichkeit rauben konnten!

Zunächst versuchte Patrick, Mary abzuwimmeln. Schließlich ließ er sich jedoch überzeugen, dass es das Vernünftigste wäre, wenn er bei ihr im Pfarrhaus einen Teller heiße Suppe aß. Er folgte ihr zu dem kleinen, gemauerten Anbau, der sich an die Kirche lehnte. Während sie Patrick ins Haus führte, rief sie nach Vater O'Brien.

Hastig beendete der Priester, der ihre Rufe gehört hatte, die vorgeschriebenen Gebete und schloss das Messbuch. Als er in die winzige Küche eilte, sah er gerade noch, wie seine gebrechliche Haushälterin einem jungen Riesen auf den abgewetzten Holzstuhl am Tisch half.

»Vater Eamon O'Brien«, sagte der junge Priester, während er Patrick die Hand reichte. Seinem Auftreten und dem teuren Anzug nach zu urteilen, musste es sich bei dem Fremden um eine bedeutende Persönlichkeit handeln. Als Patrick sich vorstellte, erkannte der Priester sofort den Akzent der gebildeten britischen Oberschicht.

Unterdessen wärmte Mary Casey die Suppe – eine dünne Grütze aus abgestandenem Gemüse und Gerste, der ein winziges Stückchen Lammfleisch Geschmack verlieh – in einem altmodischen Kessel, den die Feuer von über einhundert Jahren schwarz gefärbt hatten.

Patrick fühlte die Wärme der Küche in seinen Körper strömen wie die frühe Morgensonne, die sich über den Wüsten des Nilgebiets erhob. Diese Wärme, aber auch die ganze Atmosphäre in der Küche des Priesters, rief flüchtige Erinnerungen an eine Gasthausküche im irischen Viertel Sydneys wach – jenen Ort, wo er mit Tante Bridget, Onkel Francis und Daniels Familie die erste Hälfte seines Lebens verbracht hatte.

»Sie sind nicht aus dem Dorf, Mister Duffy«, stellte Vater O'Brien sachlich fest. »Obwohl Sie einen hier wohlbekannten irischen Namen tragen, sprechen Sie mit englischem Akzent.«

Bei dieser Bemerkung lächelte Patrick, denn der junge Priester klang selbst keineswegs so irisch, wie er offenbar glaubte. Im Grunde sah er nicht einmal aus wie ein Priester, sondern eher wie jemand, der in den geheiligten Hallen von Oxford oder Cambridge zu Hause war.

Eamon war groß und dünn und trug eine Brille. Sein intelligentes, wissbegieriges Gesicht schien unentwegt Fragen zu stellen – selbst wenn seine Lippen schwiegen. »Nein, Vater, ich bin nicht von hier«, gab Patrick mit einem schwachen Lächeln zurück. »Und auch wenn ich mit englischem Akzent spreche, wie Sie sagen, bin ich in Wirklichkeit Australier.«

»Ein Australier! Ich wusste gar nicht, dass solch ein Wesen existiert«, meinte der Priester mit ironischem Lächeln. »Doch das dürfte erklären, warum ein Ire mit englischem Akzent spricht und sich dennoch seine Identität bewahrt hat. Immerhin stammen Sie aus einem Land, das sich gegen die Besetzung dieser heiligen Gestade ausgesprochen hat.«

»Meine Familie hat dieses Dorf in den Fünfzigerjahren verlassen. Patrick und Elizabeth Duffy waren meine Großeltern väterlicherseits«, erwiderte Patrick nicht ohne Stolz. Schließlich wusste er aus den Geschichten, die im Erin kursierten, dass sein Großvater in seinem Geburtsort eine Art Legende war.

Als Soldat der Armee Ihrer Majestät hatte er deswegen immer ein schlechtes Gewissen gehabt, denn die rebellischen Iren waren eine beständige Geißel der Streitkräfte des Empire. Ihr lächerliches Streben nach Unabhängigkeit band wertvolle militärische Ressourcen.

»Dann bist du also nicht Patrick Duffy selbst!«, stieß Mary Casey erleichtert hervor. Bis dahin hatte sie immer noch die abergläubische Furcht geplagt, sie hätte es mit einem Geist zu tun, den es an den Ort seiner Jugend zog. »Gott sei Dank!«

Diese rätselhafte Bemerkung trug ihr fragende Blicke von Priester und Soldat ein.

Vater O'Brien, dem Patricks überraschte Miene nicht entgangen war, griff ein, um ihn von seiner Verwirrung zu erlösen. Immerhin war er mit der seltsamen Art seiner Pfarrkinder vertraut. »Dann statten Sie uns wohl einen Besuch ab, Mister Duffy. Eine Pilgerfahrt, könnte man sagen.«

»Das trifft es am besten.«

»Ich habe von Ihrem Großvater gehört«, fuhr Eamon fort. »Es heißt, er habe mit Peter Lalor bei den Palisaden von Eureka gegen die britische Armee gekämpft. Die wilden Schwarzen sollen ihn in Australien getötet haben.«

Patrick fuhr sich mit der Hand über das Gesicht, um den Schweiß wegzuwischen. »Ja, das stimmt«, erwiderte er. »Er gehörte zu den aufständischen Bergleuten, die sich bei Ballarat der Revolverschützenbrigade der California Rangers angeschlossen haben.«

»Dann wird man Sie in allen Pubs hier willkommen heißen.«

»Das bezweifle ich, Vater.« Patrick schüttelte betrübt den Kopf. »Ich bin Captain der Armee der Königin.«

Der Priester starrte seinen Gast an.

Das erklärt die Sonnenbräune, dachte er – ein Feldzug in irgendeinem fernen, gottverlassenen Land. »In ausländischen Armeen zu kämpfen hat hier eine lange Tradition«, sagte er mitfühlend. »Viele junge Männer aus dem Dorf waren beim Militär, viele haben unter dem Union Jack gedient. Für einen

Iren ist es wahrscheinlich egal, für wen er kämpft, wenn es nur eine ordentliche Prügelei gibt. Aber«, setzte er warnend hinzu, »vielleicht sollten Sie nicht erwähnen, dass Sie Offizier sind. Ihr Akzent weist Sie ohnehin als Engländer aus.«

Patrick nickte. Engländer, Iren, Schotten ... in seinen Adern floss das Blut von Kelten, Angeln und Sachsen. Nicht zu vergessen den französischen Einschlag vonseiten seiner Großmutter väterlicherseits. Das war typisch für sein Land, sinnierte er. Er war als Australier geboren, und in Eton hatte er die Ehre seines Landes mehr als einmal mit den Fäusten verteidigt, obwohl er viele Jahre nicht mehr dort gewesen war. Vielleicht war es sein übermächtiges irisches Blut, das keine abwertenden Bemerkungen über seine Herkunft aus den Kolonien vertrug. Gleichzeitig aber war er unbändig stolz auf seine anglo-schottischen Vorfahren.

Mary servierte Patrick die dampfende Suppe in einer angeschlagenen Porzellanschüssel. Er blickte zu ihr auf und bedankte sich mit seinem besten irischen Akzent. »Du lieber Himmel, Mrs. Casey, das riecht ja wie bei meiner guten, alten Tante, Gott hab sie selig!« Dabei zwinkerte er ihr spitzbübisch grinsend zu.

Mary gluckste vor Entzücken. »Nun hör aber auf, Paddy Duffy!« Ihre Stimme klang wie die eines jungen Mädchens, als sie dem gut aussehenden Enkel des alten Patrick einen neckischen Schubs versetzte. »Du willst dich doch wohl nicht an eine ehrbare Frau wie mich heranmachen!« Der vertrauliche Ton versetzte die Alte in eine andere Zeit zurück, in der der Großvater des Jungen sie in seine Arme gerissen hatte, um ihr einen Kuss zu rauben. Alte Erinnerungen in einer neuen Zeit.

»Na, und ob ich das will, Mary Casey, aber vielleicht hat Vater O'Brien was dagegen.«

Die herausfordernde Bemerkung seiner Haushälterin und die respektlose Art, wie Patrick sie ermutigte, waren Eamon so unangenehm, dass er rot wurde und den Kopf einzog. Bevor Patrick seine Suppe kosten konnte, murmelte Eamon ein hastiges Dankgebet für die Speise. Da der junge Offizier von seiner Stellung als Priester des Dorfes keineswegs eingeschüchtert zu sein schien, vermutete er, dass Patrick kein praktizierender Katholik war.

»Wo wohnen Sie während Ihres Aufenthalts, Captain Duffy?«, erkundigte er sich.

»Ich bin im Gasthaus unten im Dorf abgestiegen. ›Bernard Riley's Pub‹ nennt es sich, glaube ich.«

»Ein entfernter Verwandter von Ihnen«, bemerkte Eamon. »Sie haben überhaupt eine Menge Verwandte im Dorf. Einige davon sind sogar Protestanten, schließlich war Ihre Großmutter Elizabeth Fitzgerald. Mit dem Bruder Ihrer lieben verstorbenen Großmutter pflege ich regen Kontakt. Wir interessieren uns beide für Archäologie, was meine irischen Landsleute nicht so recht zu schätzen wissen. Habe ich Recht, Missus Casey?«

»Es is nich richtig, dass Sie mit Hacken und Schaufeln an den alten Plätzen rumwühlen, Vater«, schimpfte Mary, während sie die Suppe in dem großen Kessel umrührte. »Die Alten soll man in Ruhe lassen.«

»Aber das ist abergläubischer Unsinn, Missus Casey«, gab Eamon zurück. »Schließlich hat Sankt Patrick die Macht der Alten gebrochen und den Glauben an den Herrn nach Irland gebracht.« Patrick entdeckte in der provokativen Erwiderung einen neckenden Unterton.

Wortlos rührte Mary Casey in der Suppe herum. Sie war eine ebenso gute Katholikin wie die anderen im Dorf, aber manche Dinge änderten sich nie. Dinge, die in den stillen grauen Nebeln hinter dem Dorf lebten. Viele gläubige Iren hatten sie gesehen und konnten ihre Existenz beschwören.

»Sie reden nicht wie die irischen Priester meiner Kindheit in Sydney, Vater.«

Eamon lächelte breit, obwohl er sich nicht sicher war, ob es sich um ein Kompliment oder einen Tadel handelte. Das hing davon ab, ob man ein treuer Anhänger des wahren Glaubens war. »Ich bin in England unter anglikanischen Katholiken aufgewachsen und viel in Europa gereist«, erwiderte er. »Doch leider hat mich meine Erziehung in der weiten Welt nicht auf das Leben als Pfarrer in einem irischen Dorf vorbereitet. Aber ich habe der Kirche Gehorsam geschworen, und deswegen bin ich hier.«

»Manche meinen, die englischen Katholiken hätten in der Kirche Roms nichts zu suchen.« Auch Patrick verstand es zu provozieren. »Sie sollen ebensolche Ketzer sein wie die Protestanten.«

Der Priester strahlte und nahm die Brille ab, um die Gläser zu polieren. »Ach, Captain Duffy, ich glaube, wir beide könnten viele philosophische Gespräche führen. Sie haben in Cambridge studiert?«

»Nein, in Oxford«, erwiderte Patrick mit affektiertem britischem Akzent. Dann wechselte er ins Lateinische. »Das könnten wir in der Tat, Vater. Tacitus, der Historiker, hat mich stets besonders interessiert.«

Der Priester hob die Augenbrauen, als er den jungen Captain so flüssig in der Sprache der Kirche sprechen hörte. »Und wie steht es mit der irischen Geschichte?«, fragte er auf Englisch zurück.

Patrick runzelte die Stirn. »Ich fürchte, darüber weiß ich nicht viel.«

»Das überrascht mich nicht«, schnaubte Eamon. »Schließlich haben Sie Ihre klassische Bildung in England erhalten. Aber ich könnte Sie bestimmt für die frühe Geschichte des Landes Ihrer Vorfahren begeistern, Captain Duffy. Wenn Sie Tacitus mögen, dann dürfte Sie auch die Geschichte der wichtigsten Rivalen Roms – der Kelten – interessieren.«

Bevor Patrick antworten konnte, löffelte Mary Casey eine weitere Kelle dampfende Suppe in seine fast leere Schale. Dann entschuldigte sie sich und schlurfte davon, um sich in dem kleinen Anbau, der als Pfarrhaus diente, um ihre anderen Pflichten zu kümmern.

Nachdem Patrick seine zweite Portion Suppe aufgegessen hatte, setzte Eamon das Gespräch fort. »Wenn Sie eine Weile bleiben, sollte ich Sie George Fitzgerald vorstellen. Er besitzt eine ausgezeichnete Sammlung von Kunstgegenständen, die unserer Meinung nach aus der Zeit der alten irischen Heldenkrieger stammen. ›Bronzezeit‹ nennen wir Amateurarchäologen jene Epoche.«

»Das wäre schön. Sie können übrigens meinen Rang weglassen. Mein Name ist Patrick.«

»Da Sie offensichtlich kein religiöser Mensch sind, Patrick, nennen Sie mich am besten Eamon«, erwiderte der Priester mit einem warmen Lächeln. »Wahrscheinlich hängt Ihr mangelnder Respekt vor Titeln mit Ihrer kolonialen Abstammung zusammen.«

Patrick lachte. »Manche Gewohnheiten wird man nie los. Ja, Sie haben wohl Recht. Australier denken grundsätzlich, sie wären so wichtig wie jeder andere, ganz gleich, welchen Beruf sie haben und was ihre gesellschaftliche Stellung ist.«

»Das ist auch dem weit gereisten Engländer Mister Trollope bei seinen Reisen in den Kolonien aufgefallen«, meinte Eamon lächelnd. »Er war ziemlich entsetzt, als ihn der Kutscher wie einen Gleichgestellten behandelte.«

Bis in den späten Nachmittag hinein führten Priester und Soldat ein angeregtes Gespräch über Politik und Geschichte. Bei aller Unterschiedlichkeit verband ihre gemeinsame Erziehung die beiden Männer, die sich von der Ungezwungenheit des jeweils anderen angezogen fühlten. Der Priester holte eine Flasche Whisky hervor, und bevor die Sonne am grauen Himmel untergegangen war, hatten die beiden sie zu drei Viertel geleert.

Mary Casey war, so schnell sie konnte, zu Riley's Pub gehumpelt, wo sie die Nachricht verbreitete, dass der Enkel des großen Patrick im Dorf eingetroffen war. Für diese Neuigkeit wurde sie mit endlos fließendem Whisky belohnt, während sie den gebannt lauschenden Stammgästen des Lokals ihre Geschichte erzählte.

Die alten Männer nickten weise und saugten bedächtig an ihren Pfeifen, als sie sich an den Patrick Duffy von damals erinnerten. Ein wahrer Riese war das. Sie waren noch jung gewesen, aber sie erinnerten sich gut an die Nacht, in der die britischen Truppen kamen, um ihn zu verhaften. Ein mitfühlender Gerichtsschreiber hatte die Familie gewarnt. Nur wenige Stunden waren sie dem Haftbefehl zuvorgekommen. Aus diesem Grund mussten sie das erste Schiff, das den Hafen verließ, nehmen – und das ging zufällig nach Australien und nicht nach Amerika, wie Patrick Duffy gehofft hatte.

Als der Enkel des großen Mannes schließlich etwas mitgenommen von seinem Trinkgelage mit Vater O'Brien im Gasthaus eintraf, starrten ihn die Gäste mit einer Mischung aus Ehrfurcht und Mitleid an. Ehrfurcht vor dem Blut, das in seinen Adern floss, und Mitleid, weil sich dieses Blut mit dem der Engländer vermischt hatte.

In der verrauchten Bar nickte Patrick höflich grüßend der Wand schweigender Gesichter zu, die ihn neugierig anstarrten. Er ging sofort auf sein Zimmer. Obwohl er Schlaf bitter nötig hatte, fand er sich in seinen wirren Träumen auf dem Schlachtfeld wieder. Sein Stöhnen und Wimmern verlor sich, während er sich schweißüberströmt von einer Seite auf die andere warf, in der irischen Nacht.

3

Einen Tagesritt östlich vom Ort des Überfalls der Kalkadoon auf die berittene Polizeipatrouille brachte Ben Rosenblum ächzend die letzten Stangen an dem Holzzaun an, den er um seine Viehkoppeln errichtet hatte.

Mit fast dreißig Jahren hatte er sich endlich seinen Traum von einer eigenen Rinderfarm erfüllt. Der Besitz war nicht besonders großartig: eine Rindenhütte mit einem einzigen Raum, ein paar Koppeln und ein Wellblechschuppen, in dem Sättel, Werkzeug und ein paar Strohballen untergebracht waren. Aber eines Tages würde er daraus ein Imperium für seine junge Familie schaffen – das wusste er mit dem Optimismus seiner jüdischen Vorfahren, die das Schicksal selten auf ihrer Seite gehabt hatten.

Früher hatte Ben für Kate O'Keefe, eine großartige Geschäftsfrau, gearbeitet und miterlebt, wie sie zu beträchtlichem Reichtum gekommen war. Als junger Fuhrmann hatte er sie auf dem gefährlichen Weg zu den Goldfeldern am Palmer begleitet. Gemeinsam waren sie mit feindlichen Ureinwohnern, Überschwemmungen, Hunger und Durst fertig geworden. Ihr unermüdlicher Siegeswille färbte auf den jungen Mann ab, der den ersten Teil seines Lebens in den berüchtigten Hafenvierteln Sydneys verbracht hatte. Von Kates leuchtendem Vorbild inspiriert, begann Ben, Geld beiseite zu legen. Das Ergebnis seiner Sparsamkeit war dieser Besitz, dem er aus sentimentalen Gründen den Namen Jerusalem gegeben hatte.

Das war eine verspätete Anerkennung seiner jüdischen Herkunft, obwohl er an sich kein praktizierender orthodoxer Jude mehr war. Auch die Speisevorschriften seiner Religion beachtete er nicht, weil sie ihm angesichts der Härten des Lebens im Grenzland unbedeutend und unpraktisch erschienen.

Seine Hochzeit mit Jennifer Harris – von einem anglikanischen Priester vollzogen – hatte ihn noch weiter von seinem Glauben entfernt. Bens Tante Judith und sein Onkel Solomon Cohen, die beide sehr konservativ waren, hatten sich geweigert, seine Frau zu akzeptieren. Nicht nur, dass Jennifer keine Jüdin war – sie hatte außerdem ein uneheliches Kind. Die schlimmsten Befürchtungen der beiden bestätigten sich, als sie sich auch noch weigerte, ihre Kinder im Sinne von Bens Religion aufzuziehen.

Ben hatte Jenny am Palmer kennen gelernt. Damals war sie ein schmutziges, unterernährtes junges Mädchen gewesen. Das schweigsame Kind, das sie im Schlepptau hatte, war das Produkt einer entsetzlichen Untat. Jenny war Bens erste und einzige Liebe.

Sie erwiderte Bens Gefühle, aber ihre Zuneigung war eher spirituell als körperlich. Doch obwohl es ihr an körperlicher Leidenschaft mangelte, wusste er, dass sie für ihn tiefe Liebe empfand, und verlor nie die Geduld. Einmal hatte Kate angedeutet, dass Jennifer als Kind in Sydney auf furchtbare Weise missbraucht worden war, aber sie selbst sprach nie darüber – und Ben fragte nicht.

Als Ben jetzt in der Ferne das Donnern von Pferdehufen hörte, ließ er den schweren Hammer sinken, mit dem er die Stangen zusammennagelte. Das konnte nur sein Adoptivsohn sein, Willie, der sich da in vollem Galopp näherte. Fluchend schwor er sich, ihm die Leviten zu lesen, weil er das Tier so hetzte.

»Ben!« Der junge Mann schien sehr aufgewühlt, was bei ihm nicht oft vorkam. Mit seinen sechzehn Jahren hatte Willie so viel Schreckliches erlebt, dass er nur selten die Fassung verlor.

Ben reckte den schmerzenden Rücken und blickte dem Jungen entgegen, der sein Tier auf der anderen Seite der Koppeln gezügelt hatte. Gewandt sprang Willie vom Pferd, um seinem hoch gewachsenen, bärtigen Adoptivvater Bericht zu erstatten. »An der Westgrenze lagert eine große Gruppe von

Schwarzen, die ziemlich kriegerisch aussehen«, berichtete er außer Atem. Es klang, als wäre er die sechs Kilometer von dem trockenen Wasserlauf, der die westliche Grenze von Bens Besitz markierte, hergerannt. »Fünfzig, vielleicht hundert«, stieß er mit einer Mischung aus Aufregung und Furcht hervor.

»Hast du Gins und Piccaninnies bei ihnen gesehen?«, fragte Ben gelassen. Die beiläufig gestellte Frage wirkte beruhigend auf den jungen Mann, der sich angesichts der Souveränität des Älteren ein wenig kindisch vorkam.

»Ja, sie haben Frauen und Kinder dabei.«

»Dann stellen sie für uns vermutlich keine unmittelbare Gefahr dar«, schloss Ben. »Aber wir gehen besser kein Risiko ein.«

Willie nickte. Er vertraute Bens Entscheidungen vollkommen, der im Lauf der Zeit für ihn fast wie ein richtiger Vater geworden war. Wer sein leiblicher Vater war, wusste er immer noch nicht. Seine Mutter weigerte sich, darüber zu sprechen, und von Ben erfuhr er auch nichts.

»Zeit für eine Tasse Tee.« Mit diesen Worten schwang sich Ben den Hammer über die Schulter und ging in Richtung der kleinen Rindenhütte, die ihr Heim war. Willie folgte ihm und band sein Pferd an dem Geländer vor der Hütte an.

Drinnen im Haus knetete Jenny Teig für einen Brotlaib. Der Schweiß lief ihr in Rinnsalen über das Gesicht, und der Knoten, zu dem sie ihr Haar aufgesteckt hatte, löste sich allmählich auf. Die Zeit und das harte Leben an der Grenze hatten ihre prächtigen goldenen Zöpfe mit grauen Strähnen durchzogen. Längst hatte sie jeden Versuch aufgegeben, das große, erdbeerförmige Muttermal auf ihrer linken Wange zu verstecken, und eigentlich hatte sie vergessen, dass es überhaupt existierte.

Ben sagte ihr immer wieder, dass sie die schönste Frau der Welt sei, obwohl ihr bewusst war, dass ihre schmale Taille an Umfang zugenommen hatte, seit sie sich vor vielen Jahren kennen gelernt hatten.

Rebecca, ihr jüngstes Kind, saß an der grob behauenen Tischplatte und knetete wie ihre Mutter einen Laib, der allerdings etwas kleiner war. Obwohl sie erst vier war, konnte sie bereits kochen. Sie sah zu den beiden Männern auf, die den Eingang verdunkelten, wandte sich dann jedoch wieder dem Brotbacken zu.

»Wo sind Saul und Jonathan?« Ben bemühte sich, so ruhig wie möglich zu klingen.

Jenny hielt in ihrer Arbeit inne und strich sich die Haarsträhnen aus dem Gesicht, wobei ein wenig Mehl an ihrer Nase hängen blieb. Die Sorge verdüsterte ihre Augen, als sie ihren Ehemann anstarrte. »Warum? Was ist passiert?«

»Nichts. Ich wollte nur wissen, wo die Jungen sind.«

»Sie sind mit den Hunden in den Busch gegangen, um nach wildem Bienenhonig zu suchen.«

»Ich hab an dem ausgetrockneten Bachbett eine Gruppe Schwarzer gesehen. Sind sie in die Richtung gegangen?«, mischte sich Willie ein.

Jenny blieb der Mund offen stehen. »Weiß ich nicht. Sie sind einfach losgezogen. Vor der Dämmerung wollten sie zurück sein, haben sie gesagt.«

»Denen passiert schon nichts.« Willie versuchte, seiner Mutter die verständliche Angst zu nehmen. »Keine Sorge.«

Auch Ben war beunruhigt, aber er vertraute auf die Cleverness seiner Söhne. Jonathan und Saul waren im Busch geboren, und obwohl sie erst neun beziehungsweise zehn Jahre alt waren, wussten sie, wie man da draußen überlebte. Auf der Farm arbeiteten sie wie Männer, und Ben respektierte sie, weil sie im Nehmen hart wie Erwachsene waren. Sie konnten mit dem Vieh umgehen und waren beide ausgezeichnete Schützen mit dem schweren Snider-Gewehr. Fast immer kamen sie mit einem Känguru zur Hütte zurück, das mit den fünf Hunden geteilt wurde.

Rebecca, die die Spannung in der kleinen Hütte spürte, verfolgte das Gespräch der Erwachsenen mit weit aufgerissenen Augen. Willie sah ihr an, wie verängstigt sie war. Er liebte das kleine Mädchen fast so sehr wie seine Mutter. Beruhigend legte er ihr die Hand auf den Kopf, um ihr über die prächtigen goldenen Locken zu streichen. In Aussehen und Art glich sie ihrer Mutter, während seine beiden Halbbrüder mehr nach ihrem Vater kamen. Mit fragendem Blick sah die Kleine zu Willie auf, der ihr mit einem zuversichtlichen Lächeln antwortete.

»Ich reite los und suche nach den Jungen«, sagte Ben, der sich keinerlei Angst anmerken ließ. »Willie, du bleibst hier und baust weiter an den Zäunen.«

Jenny nickte. Sie fühlte sich daran erinnert, wie Ben vor vielen Jahren unbewaffnet losgezogen war, um den Eurasier John Wong vor dem Hinterhalt zu warnen, den ihm die Aborigines auf dem Weg zum Palmer gelegt hatten.

»Ben?«, sagte sie leise und mit einem kaum merklichen Anflug von Furcht.

»Ich weiß«, erwiderte er traurig lächelnd. Die beiden wechselten besorgte Blicke, die jedes Wort überflüssig machten.

Ben nahm ein Gewehr aus der langen Kiste neben ihrem Bett und ließ eine Schachtel Patronen in seine Tasche gleiten. Dann schnallte er sich den schweren Colt um, den Kate ihm bei ihrem ersten Treck nach Westen geschenkt hatte. Jenny holte die Bleikugeln und das Schießpulver aus der Anrichte. Sie liebte dieses Möbelstück wegen der zarten Blumen und Blätter, die an den Kanten eingeschnitzt waren. Es war einer der wenigen Gegenstände in der Hütte, die sie in einem Geschäft gekauft hatten. Aber Ben hatte ihr versprochen, dass sie eines Tages die schönsten Möbel in der gesamten Kolonie haben würde.

Nicht dass ihr materielle Güter so wichtig gewesen wären wie ihr großer, sanfter Ehemann, dem sie über die Grenze gefolgt war. Damals war er neben den riesigen, quietschenden Wagen hergegangen, die von phlegmatischen Ochsen gezogen wurden. Im Schatten dieser Fuhrwerke hatte sie ihre Söhne zur Welt gebracht. Nur Rebecca war in ihrem jetzigen Heim geboren worden.

Nachdem Ben die Vorbereitungen für seine Suche abgeschlossen hatte, drückte er seine Tochter liebevoll an sich und strich seiner Frau sanft über die Wange. Sie presste ihr Gesicht in seine breite, von der Arbeit schwielig gewordene Hand. Beim Abschied flossen keine Tränen, weil Jenny sich und den anderen nicht eingestehen wollte, dass sie sich um Mann und Söhne sorgte, doch sie schloss kurz die Augen, um den Duft nach frisch geschlagenem Holz und Tabak einzusaugen, der sich in den Poren von Bens Haut festgesetzt hatte.

Ben schwang sich in den Sattel und trieb sein Pferd mit einem sanften Tritt an. Während er an den Koppeln vorbeiritt und auf die in der Hitze flimmernden, bewegungslosen Sträucher blickte, hatte er für einen flüchtigen Augenblick den Eindruck, der Busch würde nach der Hütte greifen.

Als er außer Sicht war, nahm Jenny Rebeccas Hand und führte sie in die Hütte. Dort durfte sie die Tochter ihre Tränen sehen lassen. Zu weinen war das Vorrecht der Frauen. Männer ertrugen ihren Schmerz still.

Das Gelächter der Frauen und Kinder verwandelte sich in Schreie des Entsetzens, als sie aus dem trockenen Bachbett in den Schutz der Büsche flüchteten.

Terituba riss einen Speer aus dem Bündel zu seinen Füßen und stellte sich dem großen, bärtigen Weißen entgegen, der sich ihnen plötzlich näherte. Wie hatte ein Weißer sie so überraschen können? Fluchend schickte er sich an, die mit Widerhaken versehene Waffe auf den Mann zu schleudern, der ihm im Bachbett furchtlos entgegenkam. Doch der Kalkadoon-Krieger zögerte. Wenn es dem weißen Teufel gelungen war, ins Lager seines Clans einzudringen, hätte er auch längst mit den schrecklichen Waffen der Weißen auf sie feuern können, die blutige Löcher in den Körpern ihrer Opfer hinterließen.

Terituba war nicht allein. Junge und alte Krieger hatten ihre Waffen zu einer Wand aus Speeren erhoben und blickten dem sich nähernden Weißen verunsichert entgegen, der in jeder Hand einen Sack hielt. An der Hüfte trug der Fremde die Feuerwaffe, die man viele Male abfeuern konnte, ohne dass man wie bei den langen Gewehren nachladen musste. Aber sie lag nicht in seiner Hand.

»Bringen wir ihn um«, rief ein junger Krieger Terituba nervös zu, »bevor er uns tötet!«

»Nein«, herrschte Terituba die Männer an. »Erst wenn ich es sage!« Widerwillig gehorchten die Krieger. Es wäre so einfach gewesen, die nach Blut dürstenden Speere auf den einsamen Fremden herabregnen zu lassen.

Jeder einzelne Nerv in Bens Körper schien zu kribbeln, als er sich auf den Einschlag des mit Widerhaken versehenen Speers vorbereitete. Er spielte nicht nur um sein eigenes Leben – es ging um seine beiden Söhne. Aus ihren Spuren hatte er ersehen, dass sie wohl über das Bachbett zurückkommen würden. Dabei mussten sie auf die schwer bewaffnete Kalkadoon-Gruppe stoßen. Also handelte er zuerst. Statt ihnen feindselig gegenüberzutreten, übermittelte er ihnen eine Geste der Freundschaft.

Er ging weiter auf den Größten unter den nackten Kriegern zu, da er zu Recht vermutete, dass dieser einen beträchtlichen Einfluss auf seine Leute ausübte, die sich entlang des ausgetrockneten Bachbetts versammelt hatten. Breite Schultern und ein massiger Brustkorb, unter deren Haut sich die Muskeln wie Schlangen bewegten, machten ihn zu einer eindrucksvollen Gestalt.

Während er näher kam, sah Ben, dass ihn der Krieger aus dunklen, unergründlichen Augen fixierte. Etwa zehn Schritte entfernt hielt er an und legte die beiden Säcke auf die Erde. Dann trat er zurück und deutete freundlich lächelnd auf Mehl und Zucker. Kalte Furcht packte ihn, und sein Magen schien sich in eine Masse sich windender Würmer zu verwandeln, während er angespannt wartete.

Die dunklen, kühlen Augen suchten ihn nach Anzeichen von Angst – oder Wahnsinn – ab. Doch Terituba entdeckte weder das eine noch das andere, und so nahm er an, dass es sich tatsächlich um eine Geste des guten Willens handelte.

»Tut dem weißen Mann nichts. Er will uns nichts Böses«, rief er seinem Stamm mit lauter Stimme zu. Ben konnte den Umschwung in der Atmosphäre, in der Sekunden zuvor noch tödliche Bedrohung gelegen hatte, deutlich fühlen.

Vorsichtig wagten sich Frauen, Kinder und Alte aus den nahen Büschen hervor, in die sie sich geflüchtet hatten. Terituba senkte den Speer und ging auf Ben zu, um die beiden Säcke zu seinen Füßen zu untersuchen. Er kannte Mehl und Zucker, weil sie diese köstlichen Nahrungsmittel erbeutet hatten, als sie vor einer Woche südlich von ihrer jetzigen Lagerstätte einen Fuhrmann in einen Hinterhalt gelockt hatten.

Terituba stieß mit der Speerspitze gegen die Säcke und grinste. Das war das Zeichen, dass alles in Ordnung war. Zuerst wagten sich die Kinder heran. Sie streckten die Hände aus, um das Wesen zu berühren, das man sie zu fürchten gelehrt hatte und das sie nun anlächelte. Schüchtern lächelten sie zurück.

Die Frauen stürzten sich auf die Säcke und rissen mit den scharfen Spitzen ihrer Grabstöcke daran. Jede wollte das Geschenk für sich. Mit seiner Nullah-Keule brachte Terituba Ordnung in das Chaos. Die Frauen kreischten protestierend, wichen aber zurück und warteten missmutig, bis er auf diejenige zeigte, die ihren Anteil zuerst erhalten sollte. Unterdessen hielten sich die Männer abseits. Mit gesenkten Speeren starrten sie misstrauisch auf den weißen Mann. Nur das Wohlwollen Teritubas hielt ihn am Leben.

»Ben«, sagte der jüdische Viehzüchter und deutete auf sich. »Ich Ben.«

»Iben«, wiederholte Terituba. Ben lächelte bei dieser Interpretation seines Namens.

»Terituba«, erwiderte der Krieger, dem klar war, dass der weiße Mann ihm sein Totem genannt hatte. »Wofür ist das?«, fragte er in seiner Sprache.

Doch keiner der beiden verstand des anderen Sprache, und ein unbehagliches Schweigen breitete sich aus.

»Ich suchen Piccaninnies meine«, sagte Ben schließlich, um das Schweigen zu brechen. Terituba verstand »Piccaninnies«. Das Wort hatte er entlang der Handelsstraßen, die die verstreut lebenden Stämme von Queensland miteinander verbanden, aufgeschnappt. Es war ein Wort des weißen Mannes, das die Ureinwohner übernommen hatten.

Ben wiederholte die Frage, wobei er mit der Hand die Augen

beschattete und suchend um sich blickte. Dann deutete er auf sich. Terituba entnahm der Geste, dass der Mann seine Kinder suchte, was automatisch sein Mitgefühl weckte.

»Ich habe deine Piccaninnies nicht gesehen«, erwiderte er in der Sprache der Kalkadoon. Obwohl Ben die Antwort nicht verstand, hörte er das Mitgefühl in der Stimme des anderen. Er nickte, als wüsste er, was der Aborigine gesagt hatte. Dann streckte er dem Kriegshäuptling der Kalkadoon seine Hand hin.

Der hatte die Geste mit neugierigen Blicken verfolgt. Nun antwortete er mit derselben Bewegung, und Ben nahm seine Hand. Er schüttelte sie zweimal, um dem hoch gewachsenen Kalkadoon zu danken. Terituba konnte nur vermuten, dass es sich um einen Gruß unter Gleichgestellten handelte. Es war ein eigenartiges Gefühl, die Hand eines weißen Mannes zu halten, der nicht gekommen war, um ihn zu töten.

Dann ließ der Weiße, dessen merkwürdiges Totem Iben war, seine Hand los und wandte sich ab. Die Krieger erhoben ihre Speere und rasselten hinter dem Rücken des sich entfernenden Mannes drohend damit. Doch Terituba befahl ihnen, den Weißen ungehindert ziehen zu lassen. Neugierig beobachtete er, wie der Fremde durch das trockene Bachbett ging, während sich die Frauen erneut um den kostbaren Vorrat von süßem Zucker und Mehl stritten.

Würden sie einander wiedersehen?, fragte sich Terituba, ohne dass es ihm besonders wichtig gewesen wäre, während Ben in der flimmernden Hitze verschwand.

Als Ben sein Pferd erreichte, das er an einen Baum gebunden hatte, begann er unter den Nachwirkungen der ausgestandenen Angst zu zittern. Er lehnte sich gegen die raue Rinde eines Yarran-Baums, von dem das Hartholz stammte, aus dem die Kalkadoon Speere und Bumerangs fertigten. Ben dagegen nutzte es für seine Zaunpfähle und als Brennholz.

Er hatte sein Leben aufs Spiel gesetzt und gewonnen, weil sich seine Annahme, dass ein Kriegervolk Mut und guten Willen respektierte, als richtig erwiesen hatte. Jetzt wusste er, dass er ohne Furcht vor einem Hinterhalt nach seinen Söhnen suchen konnte.

Kurz vor Sonnenuntergang hatte Ben die Spur der beiden wieder aufgenommen. Glücklicherweise hatten sie einen Weg eingeschlagen, der sie vom Bachbett und den dort lagernden Kalkadoon wegführte. Die Spuren führten schließlich in Richtung Hütte, sodass Ben nach Hause ritt.

Als er sich ihrem Heim näherte, ging die Sonne gerade unter. Das laute Bellen der Hunde beruhigte ihn: So ausgelassen gaben sie sich nur, wenn die Jungen zu Hause waren.

Doch seine Freude verwandelte sich in kalte Angst, als Willie auf ihn zutaumelte wie ein Scherer, der sich sinnlos betrunken hatte, um die Auszahlung seines Jahreslohns zu feiern. Tränen flossen in Strömen über das Gesicht des jungen Mannes, das von untröstlichem Kummer verzerrt war.

Mit einem scharfen Tritt spornte Ben sein Pferd an und galoppierte auf den Jungen zu. Willie schrie seinen Namen, und in seiner Stimme lag jene Verzweiflung, die nur der Tod brachte.

4

Als Patrick am nächsten Morgen erwachte, herrschte schönstes Sommerwetter.

Die Wolken am Himmel hatten sich verzogen. Während er verschlafen aus dem winzigen Fenster seines Zimmers sah, entdeckte er die wahren Farben Irlands: ein Meer von Grün, aus dem sich heideartiges Buschwerk und in ordentlichen Gruppen stehende, hohe Lärchen erhoben.

In der Ferne entdeckte er hinter einem glitzernden blauen See einen mit Bäumen bewachsenen Hügel, der sich zwischen den Feldern zu einer kleinen, aber charakteristischen Kuppel wölbte.

Ein Klopfen riss ihn aus seiner Verzückung. Bevor er antworten konnte, ging knarrend die Tür auf. Eine junge Frau mit rosigen Wangen trat ein, vorsichtig eine große Emailleschüssel mit heißem Wasser balancierend. Sie war etwa sechzehn, und das Funkeln in ihren Augen verriet ihre Belustigung, als sie den jungen, gut aussehenden Mann in langer Unterhose am Fenster stehen sah. Patricks Verlegenheit schien sie nur noch mehr zu amüsieren.

»Tut mir Leid, dass ich Sie störe, Captain Duffy«, sagte sie, obwohl sie es offensichtlich keineswegs bedauerte, den jungen Offizier in der Unterwäsche ertappt zu haben, »aber mein Vater hat gedacht, Sie wollen bestimmt heißes Wasser zum Waschen.«

Patrick wurde noch röter, als er merkte, dass das Mädchen ungeniert auf seine Lenden starrte. »Danke, Miss ...«

»Miss Maureen Riley«, erwiderte sie, während sie die Schüssel auf dem Bett absetzte. »Bernard Riley ist nämlich mein Vater.«

»Dann danken Sie bitte Ihrem Vater in meinem Namen für das heiße Wasser, Miss Riley.«

»Es war mir ein *Vergnügen*, Captain Duffy, Ihnen Wasser aufs Zimmer zu bringen«, verkündete sie herausfordernd. »Und wenn es noch was gibt, was ich ... was mein Vater für Sie tun kann, würden wir uns sehr freuen.«

Patrick lächelte. Das offene Wesen des jungen Mädchens war schon fast schamlos zu nennen. Sie war nicht schön, aber auf ihre mollige, gesunde Art hübsch: makellose Haut mit roten Wangen, rabenschwarzes Haar, das sie zu einem Knoten aufgesteckt hatte. Üppig, aber mit schmaler Taille über den ausladenden Hüften.

Patrick gab sich keinen Illusionen darüber hin, was sie mit »Vergnügen« meinte. Vor seinen Augen stand der offene Widerspruch zur muffigen Moral der irischen Kirche. »Vielleicht komme ich auf Ihr Angebot zurück, Miss Riley«, sagte er mit einem Zwinkern, das für die junge Gastwirtstochter als ernsthafter Flirtversuch gelten mochte. Allerdings schien sich Miss Riley ihrer eigenen Sinnlichkeit kaum bewusst. Wäre Patrick tatsächlich auf ihr Angebot eingegangen, hätte sie vermutlich gar nicht gewusst, wie sie reagieren sollte.

»Sie besuchen heute doch gemeinsam mit Vater O'Brien George Fitzgerald«, sagte Maureen. Es war eher eine Feststellung als eine Frage. Dabei sah sie sich neugierig in dem spartanisch eingerichteten, aber sauberen Raum um.

»Und um welche Uhrzeit wäre das?«, entgegnete Patrick mit mildem Sarkasmus.

»Das weiß ich nicht«, gab sie in aller Unschuld zurück. Seine leise Ironie war ihr vollkommen entgangen. »Wahrscheinlich nach dem Mittagessen, weil Vater O'Brien bis dahin beschäftigt ist.«

»Dann sollte ich wohl besser dafür sorgen, dass ich fertig bin, wenn er mich abholt.« Patrick hoffte, dass sie den Wink verstehen und ihn allein lassen würde.

Maureen war vielleicht vorlaut, aber nicht begriffsstutzig. Sie schenkte ihm zum Abschied ein Lächeln und wirbelte herum, sodass ihr Rock einladend um ihre Beine schwang. Dann verließ sie den Raum.

Während der Priester und der Soldat über die schmale Landstraße zu George Fitzgeralds Haus schlenderten, kamen Patrick Zweifel daran, ob es eine gute Idee war, den Bruder seiner Großmutter väterlicherseits zu besuchen.

Er kannte die Ereignisse der Vergangenheit und wusste, dass sie mit seinem Großvater durchgebrannt war. Damals hatten ihr Vater und ihr Bruder gedroht, den papistischen Emporkömmling zu töten, der ihnen Tochter und Schwester genommen habe. In einem von Clans geprägten Land wurde ein solcher Zorn nicht so leicht vergessen, die Drohung war daher durchaus ernst zu nehmen.

Der flotte Spaziergang im strahlenden Sonnenschein half Patrick, einen klaren Kopf zu bekommen. Die beiden Männer waren ein gegensätzliches Paar: der große, breitschultrige Patrick Duffy und der kleine Priester, der Mühe hatte, mit den langen, gemessenen Schritten des Soldaten mitzukommen.

Sie passierten die kuppelförmige, bewaldete Erhebung, die Patrick von seinem Gasthofzimmer aus gesehen hatte. »Was ist das für ein Hügel? Sieht nicht so aus, als würde er hierher gehören«, bemerkte er.

Eamon blieb stehen und starrte auf die Erhebung. In der Ferne hinter dem Hügel lag der ungewöhnlich friedliche, aber kalte Atlantik. »Ich gehe davon aus, dass er künstlich angelegt wurde. Vermutlich handelt es sich um das Grab eines großen Königs«, sagte er, während eine leichte Brise die Soutane um seine Beine flattern ließ. »Meiner Meinung nach ist er noch vor der Bronzezeit entstanden. Mister Fitzgerald und ich haben oft davon gesprochen, dort eine Forschungsgrabung vorzunehmen.«

Patrick sah die Gestalt erst, als sie sich bewegte. Er beschattete seine Augen, damit ihn die tief am Horizont stehende Sommersonne nicht blendete. Es war spät am Nachmittag, und ohne Wolkenschicht, die die Wärme des Tages zurückhielt, versprach die kommende Nacht klar und kühl zu werden. Als Soldat hatte er gelernt, Bewegungen in großer Ferne zu identifizieren, und so gelang es ihm, sich ein deutlicheres Bild von der Gestalt zu verschaffen. Es handelte sich eindeutig um eine Frau. Selbst aus dieser Entfernung konnte er die langen dunkelroten Locken erkennen, die ihr über die Schultern flossen. Zu beiden Seiten von ihr standen zwei riesige, zottelige graue Hunde.

»Sieht aus, als würde uns jemand vom Hügel aus beobachten, Eamon«, meinte Patrick beiläufig.

»Jemand mit feuerrotem Haar?«, gab der Priester zurück.

Patrick drehte sich mit fragendem Blick zu ihm. »Können Sie sie sehen?«

»Nein«, erwiderte der Priester ruhig. »Aber es muss Catherine Fitzgerald sein. Sie sucht diesen merkwürdigen Ort oft auf.«

»Ja, ihr Haar ist feuerrot«, bestätigte Patrick, während er sich erneut zu dem Mädchen jenseits des Feldes umwandte. Doch genau in diesem Moment verschwand sie mit den beiden Hunden zwischen den Bäumen. »Oh, sie ist weg«, sagte er ein wenig enttäuscht.

»Ein eigenartiges Mädchen«, meinte Eamon, während sie ihren Weg zum Haus der Fitzgeralds fortsetzten. »Ein Kind der Liebe. Das arme Mädchen ist unehelich geboren.« Etwas verlegen hielt er inne, da ihm die Gerüchte einfielen, die er nach der Morgenmesse gehört hatte. Die Ozeane, die Australien und Irland trennten, waren nicht groß genug, um den Klatsch aufzuhalten. Es hieß, Patrick selbst sei das Produkt einer außerehelichen Verbindung, zwischen einem Katholiken und einer Protestantin.

Für einen Augenblick senkte sich ein verlegenes Schweigen über die Männer. Ihnen war klar, warum ihr Gespräch ins Stocken geraten war. Patrick brach die Stille schließlich mit einer Frage: »Wer sind ihre Eltern?«

»Ihre Mutter war George Fitzgeralds Tochter Elspeth – Gott hab sie selig. Wer ihr Vater war, weiß niemand. Ihre Mutter hat nie darüber gesprochen. Sie starb unmittelbar nach Catherines Geburt. George hat die Kleine aufgezogen.«

Sollte Eamon jemals vergessen, dass er Enthaltsamkeit geschworen hatte, dann wegen einer Frau wie Catherine Fitzgerald. Obwohl sie kaum sechzehn war, ging von ihr eine Sinnlichkeit aus, wie er es noch nie erlebt hatte. »Sie ist ein rechter Wildfang«, seufzte er, »und weder praktizierende Protestantin noch Anhängerin des wahren Glaubens. Angeblich ist sie nicht einmal Christin, sondern Heidin und lebt nach der Religion des alten Irland.«

Es gab da noch etwas, das Eamon nicht ganz verstand und das ihn zutiefst beunruhigte. Etwas, das alle Grenzen seiner religiösen Gelehrsamkeit sprengte. Die Geschichten von Morrigan, der keltischen Fruchtbarkeitsgöttin, kamen ihm in den Sinn, die gleichzeitig Herrin über Krieg und Tod war. Und Patrick? War er nicht die Verkörperung des schönen irischen Helden Cuchulainn? Kopfschüttelnd verdrängte er den merkwürdigen Gedanken.

Ein Rabe stieg aus den Tannen oben auf dem Hügel auf, zwischen denen das Mädchen verschwunden war. Eamon sah, dass Patrick den Flug des Vogels mit den Augen verfolgte. Ein Schauer lief ihm über den Rücken. Hatte sich nicht Morrigan in einen Raben verwandelt und war vor Cuchulainn geflohen, als sie einander begegneten? Ein eiskalter Hauch schien sich plötzlich über die warme Nachmittagssonne zu legen.

Die beiden Männer gingen weiter, an Obstgärten mit Apfelbäumen und Himbeersträuchern vorbei, bis das eindrucksvolle Herrenhaus der Fitzgeralds vor ihnen lag. Es war ein altes Steingebäude mit zahllosen Zimmern, Buntglasfenstern und von Efeu überwucherten Mauern – das Heim einer alten irischen Adelsfamilie, die seit vielen Generationen zu den Mächtigen der Insel zählte.

»Captain Duffy, Ihre Anwesenheit hat im Dorf einige Spekulationen ausgelöst«, sagte George Fitzgerald. Eine Spur von Feindseligkeit und Misstrauen lag in seinem Blick, während er den neben Eamon stehenden Patrick beäugte. »Einige meinen sogar, Sie wollten die Fenier-Bewegung zu neuem Leben erwecken. Es heißt, Sie gäben sich nur als Offizier eines Hochlandregiments Ihrer Majestät aus.«

»Spekulationen gedeihen auf dem Nährboden der Unwissenheit, Mister Fitzgerald«, erwiderte Patrick kühl, ohne den Bruder von Elizabeth Fitzgerald, seiner Großmutter väterlicherseits, aus den Augen zu lassen. »Ich bin tatsächlich Offizier des Zweiten Hochlandregiments und sympathisiere keineswegs mit Rebellen wie den Feniern.«

Eamon O'Brien trat unruhig von einem Fuß auf den anderen. Offenkundig hatte die Zeit dem Hass nichts von seiner Schärfe genommen – der hoch gewachsene, hagere alte Mann, der sich an dem gemütlichen Feuer wärmte, das in dem riesigen, offenen Kamin brannte, hegte nach wie vor bittere Erinnerungen. War es ein Fehler gewesen, Patrick Duffy ins Haus seines entfernten Verwandten zu bringen? »Captain Duffy hat Urlaub von seinem Regiment, das möglicherweise in Kürze aufbricht, um General Gordon bei Khartum abzulösen. Außerdem hat er bei Tel-el-Kibir unter Sir Garnet Wolseley gedient«, erklärte der junge Priester, um das Eis zwischen den beiden Männern in der alten Bibliothek zu brechen. Als er vom einen zum anderen sah, wurde ihm klar, dass sie einander ebenbürtig waren: Der Gutsherr des Dorfes hielt sich ebenso stolz und kerzengerade wie der arrogante junge Australier. Doch die Erwähnung von Patricks militärischen Einsätzen hatte die Feindseligkeit des alten Mannes gemildert.

George Fitzgerald deutete auf die alten, abgenutzten Ledersessel seines Arbeitszimmers. »Mein einziger Sohn fiel als Captain in den Kaffernkriegen bei Isandhlwana, Captain Duffy«, erklärte er traurig.

Er blieb mit dem Rücken zum Feuer stehen, äußerte sich aber nicht weiter zum Tod seines Sohnes. Patrick, der Verständnis dafür hatte, dass jemand nur ungern von solchen Erinnerungen sprach, warf einen flüchtigen Blick auf den Raum.

Es war ein düsteres Zimmer, das mit in Leder gebundenen Büchern voll gestopft war. Ein einziges Lichtbündel erhellte das Halbdunkel und malte ein Quadrat auf den verblichenen

Teppich in der Mitte. Bei dieser Beleuchtung war kaum zu erkennen, wovon die Bände handelten, die die verglasten, bis unter die Decke reichenden Bücherschränke füllten. In den Nischen der Möbel standen ausgestopfte Vögel, Eulen, Fasane und ein Adler, der die Schwingen erhoben und den Schnabel aufgerissen hatte, als wollte er sich verteidigen. An der Wand hing die sepiabraune Fotografie eines gut aussehenden jungen Mannes in der Galauniform eines britischen Infanterieregiments, der mit geheimnisvollem Lächeln jeden begrüßte, der den Raum betrat. Angesichts der unübersehbaren Ähnlichkeit nahm Patrick an, dass es sich um eine Daguerreotypie des Sohnes von Fitzgerald handelte.

»Mein aufrichtiges Beileid, Mister Fitzgerald«, entgegnete Patrick mit aufrichtigem Mitgefühl. »Ich hätte Ihren Sohn gern kennen gelernt.«

George Fitzgerald nickte steif, und Eamon merkte, dass seine eisige Feindseligkeit gegenüber dem Enkel des Mannes, den er vor langer Zeit zu töten geschworen hatte, allmählich dahinschmolz. Der alte Fitzgerald sah seinen entfernten Verwandten in einem neuen Licht und betrachtete ihn geradezu mit Respekt. »Trinken Sie auch am liebsten Whisky mit Soda, Captain Duffy?«, erkundigte er sich nun, während er durch den Raum zu einem offenen Rollschreibtisch ging, der mit Stapeln loser Blätter bedeckt war. »Wie Vater O'Brien, meine ich?«

»Für mich bitte Whisky pur, Mister Fitzgerald«, gab Patrick zurück.

George Fitzgerald schob die Papiere beiseite und holte eine kaum angebrochene Flasche mit bestem irischem Whisky hervor. Dann griff er nach der Sodaflasche, die oben auf einem Regal stand. In zwei Kristallgläser goss er mit Kohlensäure versetztes Wasser, ein drittes reichte er seinem nicht ganz unerwarteten Gast. Die Neuigkeit von Patrick Duffys Ankunft hatte sich im Dorf wie ein Lauffeuer verbreitet, und George war sofort klar gewesen, dass eine Begegnung zwischen ihnen unvermeidlich war.

Welche Ironie, dass der junge Mann, der nun in seiner Bibliothek saß, denselben Namen trug wie der Mann, den er vor fast einem halben Jahrhundert zu töten geschworen hatte, weil er seine jüngere Schwester entführt hatte, die schöne, junge Tochter einer stolzen Familie, deren Herkunft auf die Anglonormannen zurückzuführen war, die im zwölften Jahrhundert unter dem englischen König Heinrich II. in Irland eingefallen waren.

Fitzgerald nahm seinen Platz vor dem Kamin wieder ein und hob sein Glas. »Auf die Königin. Möge Gott sie segnen.«

Patrick erwiderte den Toast. »Auf die Königin.«

Ihm fiel auf, dass der Priester zwar sein Glas hob, aber nichts sagte. »Eamon trinkt im Stillen auf die Vertreibung der britischen Krone aus Irland.« Um Fitzgeralds Mundwinkel spielte die Andeutung eines Lächelns. »Wir haben oft über die Möglichkeit einer irischen Republik diskutiert. In vielen Punkten sind wir uns einig.«

Die Einstellung des alten Mannes überraschte Patrick. Als hätte er seine verwirrten Gedanken gelesen, sagte Fitzgerald: »Ich bin Ire, Captain Duffy, und habe auf dieses Land ebenso viel Anspruch wie Vater O'Brien. Vielleicht mehr, denn er hat den Großteil seines Lebens in England gewohnt. Allerdings wären unsere Gespräche – Gespräche unter gebildeten, vernünftigen Männern – kaum möglich gewesen, wenn er nicht seine Zeit mit Reisen und Studien in fremden Ländern verbracht hätte.«

Patrick nickte höflich. Irgendwie hatten ihn seine frühen Jahre in einer Familie überzeugter irischer Katholiken nicht darauf vorbereitet, dass sich ein Protestant als Ire fühlte.

»Captain Duffy möchte gern mehr über die Geschichte unseres Landes erfahren, George«, erklärte Eamon fröhlich. »Wahrscheinlich, weil er hofft, so die Fitzgeralds und die Duffys besser zu verstehen.«

Patrick war aufgefallen, dass der Priester den alten Mann mit dem Vornamen ansprach. Er nahm zu Recht an, dass die beiden trotz ihrer unterschiedlichen Ansichten über Religion und die Zukunft Irlands eng befreundet waren.

»Dann ist er zur richtigen Zeit gekommen, Eamon«, erwiderte George. »Ich gebe morgen Abend ein Essen für ein paar Gäste, unter denen sich auch Professor Clark befinden wird. Ich habe mit ihm bezüglich unseres Hügels korrespondiert, und er meint, eine Grabung könnte sich durchaus lohnen.«

»Auf dem Herweg haben wir Catherine dort gesehen«, meinte Eamon beiläufig.

Für einen Augenblick glaubte Patrick, Missbilligung im Gesicht des alten Mannes zu entdecken. Doch abgesehen von einem Stirnrunzeln enthielt sich Fitzgerald jeden Kommentars. »Catherine kennt die Geschichte dieser Gegend vermutlich so gut wie ihr Großvater und ich«, setzte Eamon hinzu, als wollte er die Anwesenheit des Mädchens auf dem merkwürdigen kuppelförmigen Hügel verteidigen. »Sie spricht fließend Gälisch und ist sozusagen eine Expertin für alte Legenden, besonders wenn es um keltische Helden und die Gebräuche der Druiden geht.«

»Für diese Sprache vernachlässigt sie ihr Französisch«, schimpfte ihr Großvater, nachdem er den letzten Rest Whisky Soda hinuntergekippt hatte. »Ich fürchte, sie hat ein wenig frommes Interesse an den Mythen und studiert die alten Texte deswegen.«

Vater Eamon O'Brien musste seinem Freund Recht geben. Das heidnische alte Irland war wild, und dunkle sexuelle Unterströmungen waren allgegenwärtig gewesen. In seiner Kriegerkultur war dem Starken alles erlaubt, und er nahm sich, wonach ihn gelüstete.

Als hätte das Gespräch über die alten Götter sie aus den Nebeln der Mythologie heraufbeschworen, spürte Patrick plötzlich die Gegenwart einer weiteren Person im Raum.

Ein Lufthauch trug den durchdringenden Geruch von Hunden und den süßen Duft zerdrückter Blüten zu ihm. Auf bloßen Füßen hatte Catherine die Bibliothek betreten, so lautlos, dass die Männer gar nicht bemerkt hatten, wie die große Eichentür hinter ihnen aufschwang.

Die beiden Rüden waren eindrucksvolle Tiere. Sie hatten eine Schulterhöhe von über siebzig Zentimetern, und das lange, drahtige Fell ließ sie noch massiger wirken. Patrick hatte von den legendären irischen Wolfshunden gehört, die schon in den Hallen der Keltenkönige gelagert hatten. Er erinnerte sich, dass sie für die Jagd auf Wölfe und Rotwild eingesetzt wurden. Die beiden Exemplare, die Catherine begleiteten, waren selbst so groß wie Rehe.

Die zwei Riesen tapsten zum Kamin und ließen sich vor dem Feuer zu George Fitzgeralds Füßen nieder. »Catherine, wir haben einen Gast, den uns Vater O'Brien aus dem Dorf mitgebracht hat«, erklärte ihr Großvater. »Captain Patrick Duffy.«

Patrick erhob sich, um Catherine zu begrüßen. Der Schock traf ihn wie eine der schweren Bleikugeln aus einem Martini-Henry-Karabiner. Vor ihm in dem alten hölzernen Türrahmen stand die schönste Frau, die er je gesehen hatte. Feuerrotes Haar, das durch keinerlei Kämme oder Bänder gehalten wurde, floss über ihre Schultern. Ihr milchweißer Teint war makellos, und ihre grünen Augen waren so klar, dass sie im Dämmerlicht der Bibliothek geradezu leuchteten. Sie trug eine bäuerliche Bluse, und ihr langer Rock schwang um ihre Knöchel, als sie durch den Raum ging. Patrick fühlte sich an eine Zigeunerin erinnert. Nur mit Mühe gelang es ihm, die Fassung zu bewahren. »Miss Fitzgerald, ich freue mich, Ihre Bekanntschaft zu machen«, stammelte er. Verärgert bemerkte er ein hochmütiges Funkeln in ihren Augen, als sie ihn belustigt ansah. Das verdammte Mädchen wusste, wie schön es war! Wie viele andere Männer hatte ihre Schönheit schon in ihren Bann gezogen?

Catherine erwiderte seinen verzückten Blick. »Ich habe Sie erwartet, Captain Duffy«, sagte sie leise und mit einem leichten Lächeln. »Vom Hügel aus habe ich Sie mit Vater O'Brien gesehen.«

»Ich habe Sie ebenfalls gesehen«, antwortete Patrick, der sich allmählich wieder fasste. »Dann waren Sie mit einem Schlag verschwunden.«

»Das ist eine Kunst, die ich besonders gut beherrsche«, meinte sie neckend. »Einfach zu verschwinden.«

Patrick wusste, dass er sich den Duft nach zerdrückten Blüten eingebildet haben musste, aber irgendwie hatte dieser Geruch Catherines Erscheinen in seinem Leben angekündigt.

Sein Leben! Was für ein Leben? Seine Stimmung verdüsterte sich, als ihm einfiel, dass er binnen achtundvierzig Stunden das Dorf verlassen und in die Kaserne seines Regiments in London zurückkehren würde. Von dort würden er und seine Kameraden zum Kampfeinsatz nach Afrika gebracht werden. Er stand vor einer Reise in die Wüsten des Sudan, um dort gegen wilde Krieger zu kämpfen. Niemand wusste in einem solchen Krieg, ob er die nächste Schlacht überleben würde. Ohne zu verstehen, warum, war Patrick sich dennoch völlig sicher, dass er der Frau gegenüberstand, die er mehr als alles andere begehrte. »Nun, ich kann nur hoffen, dass Sie morgen Abend nicht auch verschwinden, Miss Fitzgerald«, sagte er. »Ihr Großvater hat mich freundlicherweise zum Essen eingeladen.«

»Captain Duffy muss unbedingt seine Galauniform tragen«, meinte Catherine, zu ihrem Großvater gewandt. »Sonst darf er nicht mit uns essen.«

Der alte Mann lächelte über ihren gebieterischen Ton. »Kaum jemand wagt es, meiner Enkelin den Gehorsam zu verweigern, Captain Duffy.« Er lachte leise. »Wenn Sie Ihre Galauniform bei sich haben, tragen Sie sie bitte morgen zum Essen, natürlich mit allen Auszeichnungen.«

»Er hat sie dabei«, verkündete Catherine. Sie hatte Freunde im Dorf, und das neugierige Zimmermädchen im Gasthaus hatte Patricks Garderobe überprüft. »Rote Jacke und Kilt.« Fragend hob Patrick die Augenbrauen, und die junge Frau erwiderte seinen Blick mit einer selbstzufriedenen Miene, die verriet, dass sie mehr über ihn wusste, als er ahnte.

»Ich werde mein rotes Kleid tragen«, erklärte Catherine. »Das passt gut zu Captain Duffys Uniform. Ich freue mich schon darauf, Sie hier zum Essen zu sehen, Captain.«

Patrick lächelte. Offenbar hatte er Catherines Zustimmung gefunden, und sie hielt mit ihrer Meinung nicht hinter dem Berg. »Dieses Gefühl beruht auf Gegenseitigkeit, Miss Fitzgerald. Ich interessiere mich ebenso für die irische Mythologie wie für die Geschichte Irlands. Vater O'Brien hat mir erzählt, dass Sie Expertin auf diesem Gebiet sind.«

»Die Mythologie beruht oft auf historischen Ereignissen«, sagte Catherine mit einem Seitenblick auf den Priester. »Bestimmt werden auch die Heldentaten Ihres Vaters in den letzten Jahren, von denen hier im Dorf immer wieder erzählt wird, eines Tages in unsere Mythologie eingehen.«

»Ich fürchte, die Dorfleute haben eine allzu lebhafte Fantasie, Miss Fitzgerald«, antwortete Patrick mit ruhiger Stimme. »Mein Vater ist in Neuseeland im Kampf gegen die Maori gefallen. Dieses traurige Ereignis fand schon vor meiner Geburt statt.«

»Sie müssen es ja wissen«, erwiderte sie mit einem leichten Stirnrunzeln. »Natürlich schneiden die Leute in den Pubs gern auf. Das gehört in diesem Teil der Welt zur Tradition. Trotzdem beruhen viele alte Mythen auf tatsächlichen Ereignissen, Captain Duffy.«

Auch Eamon hatte die Geschichten von dem großen Iren mit den vielen Namen gehört, jenem Mann, der in Neuseeland gegen die Maoris und davor im amerikanischen Bürgerkrieg gekämpft hatte. Später hatte er sich im Westen der USA mit den Indianern herumgeschlagen, bevor er in Mexiko Söldner wurde. Angeblich hatte der Ire nur ein Auge gehabt – das andere hatte er im Krieg verloren – und war über zwei Meter groß gewesen.

Ein irischer Goldsucher, der aus der australischen Kolonie Queensland ins Dorf Duffy zurückgekehrt war, schwor auf das Grab seiner Mutter, dass er Duffy in einem Ort namens Cooktown begegnet war – allerdings habe er sich Michael O'Flynn genannt. Das war nun zehn Jahre her.

»Schade, dass sich die Dorfleute irren«, seufzte Catherine. »Der Mann aus ihren Schilderungen hätte einen Platz im Pantheon der keltischen Götter unseres Landes verdient.«

»Wenn die Gerüchte wirklich auf Tatsachen beruhen würden, hätte ich bestimmt davon gehört, Miss Fitzgerald«, meinte Patrick mit einem grimmigen Lächeln.

»Nun, Captain Duffy, ich wünschte, sie wären wahr. Ich hätte gern den Mann kennen gelernt, der Sie vielleicht eines Tages sein werden.«

Mit dieser wehmütigen Bemerkung verabschiedete sie sich von den drei Männern. Patrick fiel auf, dass sich die beiden riesigen Hunde ergeben von ihrem gemütlichen Plätzchen vor dem Kamin erhoben, um hinter ihr herzutrotten.

Viel blieb Patrick von dem folgenden Gespräch nicht im Gedächtnis. Eamon und George bestritten den Großteil der Unterhaltung. Sie sprachen von Professor Clarks bevorstehendem Besuch und der Wahrscheinlichkeit, bei einer Grabung an dem merkwürdigen Hügel etwas zu finden. Patricks Gedanken dagegen kreisten nur um das schöne Wesen, das ihm soeben begegnet war.

Wesen? War das das richtige Wort? Beschrieb man damit nicht eher eine Göttin? Dann schweiften seine Gedanken zu dem irischen Söldner, Michael O'Flynn. Seltsam, dass ihn die Leute mit seinem toten Vater in Verbindung brachten.

Schließlich versiegte das Gespräch, und Eamon besann sich widerstrebend auf die Pflichten seines Amtes. Er musste die Beichte hören, die Kranken und Alten in ihren Hütten besuchen und die Messe lesen. Patrick dankte George Fitzgerald für seine Gastlichkeit und ging mit dem Priester.

Schweigend schritten sie auf das Dorf zu. Als sie die Erhebung passierten, blickte Patrick auf, als erwartete er, Catherine dort zu sehen. Doch sie stand nicht auf dem Hügel, den die über dem kalten Atlantik untergehende Sonne in ein weiches, dunkles Licht tauchte. Die irischen Sommerabende waren lang und von Magie erfüllt, dachte Patrick. Magie lag auch in der Aura, die die schöne junge Frau umgab, der er am Nachmittag begegnet war.

Dem scharfsinnigen Eamon O'Brien war die Intensität des Wortwechsels zwischen Patrick und Catherine nicht entgangen. Besonders eine Bemerkung der jungen Frau ließ ihn nicht los, und er betete darum, dass es sich um eine zufällige Übereinstimmung handelte. Oder hatte sie genau gewusst, was sie da sagte? »Ich werde mein rotes Kleid tragen.« Hatte nicht Morrigan bei ihrer ersten Begegnung mit Cuchulainn einen purpurroten Umhang getragen?

Die Sommerabende waren die Zeit der Druiden, deren heidnische Praktiken tief in der Seele der mystisch veranlagten Iren verankert waren. Patrick Duffy war am Abend der Sommersonnwende ins Dorf gekommen.

5

Jennys Gesicht war zu einer erstaunten Maske erstarrt. Es war, als hätte der Tod sie überrascht, obwohl sie wusste, dass er eines Tages kommen würde.

In der winzigen Rindenhütte, dem Heim, auf das Jenny so stolz gewesen war, wimmerte die kleine Rebecca. Ihre Mutter war tot, aber das Kind hatte keine Ahnung, was das bedeutete.

Bens Jungen standen hinter ihrer kleinen Schwester und unterdrückten schniefend ihre Tränen. Die kalte Hand seiner Frau haltend, kniete ihr Vater neben dem schmalen Ehebett und schluchzte lautlos vor sich hin. Die schlichte Decke, unter der Jenny lag, saugte seine Tränen auf.

Von dem Augenblick an, als Willie auf ihn zutaumelte, hatte Ben gewusst, dass Jenny etwas Schreckliches zugestoßen war. Nur der Tod seiner Mutter konnte die abgrundtiefe Verzweiflung ausgelöst haben, die auf dem Gesicht des Jungen lag. Sie war auf qualvolle Weise dem tödlichen Biss einer Schlange zum Opfer gefallen.

Wäre doch nur *er* zum Holzstapel gegangen, um die Scheite für den Ofen zu holen, klagte Willie, dann wäre sie jetzt noch am Leben. Aber er hatte sich geweigert, und so war seine Mutter verärgert selbst gegangen.

Die riesige Taipan-Schlange hatte nur ihre Jungen schützen wollen, als sie mit atemberaubender Geschwindigkeit zustieß. Jenny, die nichts Böses ahnte, hatte keine Chance gehabt auszuweichen. Die nadelscharfen Zähne bohrten sich oberhalb des Ellbogens in ihren Arm und setzten das Gift frei, das sich sofort auf seine tödliche Reise durch ihren Körper begab.

Willie saß in der Hütte am Tisch und reinigte seinen Revolver, als er den erstickten Schrei seiner Mutter hörte, und er packte die Waffe instinktiv. Als er aus der Hütte stürzte, dachte er zuerst an einen Angriff der Kalkadoon. Kaum war er draußen, fiel ihm ein, dass der Revolver nicht geladen war. Er zögerte. Sollte er umkehren und Munition holen oder sich besser um seine Mutter kümmern?

Doch die Sorge um seine Mutter war stärker, und so rannte er mit der ungeladenen Waffe zum Holzstapel. Dort fand er sie. Mit aschfahlem Gesicht umklammerte sie ihren Arm und starrte ihn mit offenem Mund an. In den Tiefen des Holzstapels sah er den Schwanz der riesigen braunen Schlange verschwinden.

Wortlos ließ er den Revolver fallen, packte seine Mutter bei den Armen und führte sie in die Hütte. Rebecca blickte mit weit aufgerissenen, verwirrten Augen auf ihre Mutter, die unter Schock stand und unkontrollierbar zitterte.

Willie führte sie zum Bett und legte sie sanft hin. Dann suchte er verzweifelt nach dem schärfsten Häutemesser, das er finden konnte. Rebecca fing an zu weinen, als sie sah, dass Willie den Ärmel ihrer Mutter aufriss und an den Bissstellen einen tiefen Schnitt setzte. Jenny unterdrückte einen Schrei, als die scharfe Klinge in ihr Fleisch schnitt. Sie wollte nicht, dass ihre Tochter merkte, welche Schmerzen sie litt. Aber die tödliche Wirkung des Gifts ließ sich nicht aufhalten. Willies Bemühungen waren vergebens.

Als Jenny spürte, dass der Tod nahe war, sprach sie von vielen Dingen zu ihrem Sohn: von der Liebe, die sie für ihn und die anderen Kinder empfand, von ihrer Liebe zu Ben – und davon, wer Willies leiblicher Vater war. In Jennys Augen brannte ein wildes Feuer, während sie ihm von dem entsetzlichen Eid erzählte, den sie als Dreizehnjährige geschworen hatte, als sie versuchte, ihn in einem schmutzigen, von Ratten verseuchten Loch in Sydneys Slums großzuziehen.

Draußen vor der Hütte starrte Willie in die stille, heiße Nacht hinaus und brütete über dem, was seine Mutter ihm vor ihrem Tod erzählt hatte. Durch einen Schlangenbiss war seine Welt in Sekundenbruchteilen zerstört worden, und seine Gedanken waren noch wie betäubt von dem plötzlichen Verlust. Bitterkeit und schrecklicher Hass erfüllten ihn. Sie war aus dem Leben gerissen worden, und ihr Tod hatte eine Wunde hinterlassen, die niemals heilen würde. Aber sie hatte ihn auch einen Eid schwören lassen, bei allem, was ihm heilig war.

Der Name seines Vaters war Granville White. Eines Tages würde er ihn für die Jahre des Leidens zur Rechenschaft ziehen, die seine Mutter als Kind seinetwegen hatte durchleben müssen. Das Leid war so entsetzlich gewesen, dass sie es erst über sich brachte, davon zu sprechen, als sie schweißüberströmt und sich erbrechend im Sterben lag. Das von panischer Angst gepackte Kind hatte aus seiner Mutter zu ihm gesprochen, während sie schläfrig wurde und ihn schließlich für immer verließ. Granville White, ein feiner Herr aus Sydney ...

Er spie auf den Boden, als hätte allein der Name seine Gedanken besudelt. Vage wurde er sich des Blutgeschmacks in seinem Mund bewusst. Es war das Blut seiner Mutter, auf das er geschworen hatte, seine Rechnung mit seinem Erzeuger auf die eine oder andere Art zu begleichen. Er würde Granville White, der seine Mutter rücksichtslos missbraucht und dann von sich gestoßen hatte, zur Verantwortung ziehen. Ganz allein hatte sie um ihr Überleben kämpfen müssen, in einer Welt, in der die Männer ihren Körper benutzten, um ihre Lust zu befriedigen.

O ja, er erinnerte sich an die brutalen Bisse, die ihr die wie Tiere grunzenden, betrunkenen Goldgräber zugefügt hatten. Er erinnerte sich, wie sie vor Schmerzen geschrien hatte, wenn die Männer vor Lust lachten, und an ihr verzweifeltes Weinen in Schlamm und Regen, als sie fast verhungert wären. Ohne an sich selbst zu denken, hatte sie für ihn um Reste gebettelt, so stark war ihre Mutterliebe gewesen. Nur das gütige Eingreifen von Kate O'Keefe hatte sie gerettet.

»Willie?«

Vor ihm stand der kleine Jonathan. In der Hand hielt er eine Öllampe, in deren Licht sein vom Kummer gezeichnetes, schmutziges Gesicht völlig blutleer wirkte. »Was sollen wir tun?«, fragte er, benommen von seiner Verzweiflung, ein Zehnjähriger, dem das Unvorstellbare widerfahren war.

»Frag Ben«, fauchte Willie. »Der ist schließlich dein Vater!«

»Aber deiner doch auch.« Jonathan runzelte die Stirn, ohne zu begreifen, warum Willie so wütend war. »Ich dachte bloß, du weißt vielleicht, was wir tun sollen …«

»Und ob ich das weiß«, zischte Willie, während er seinem Halbbruder die Lampe entriss. »Keine Ahnung, was ihr tut, aber ich bringe jetzt die verfluchte Schlange um, die meine Mutter auf dem Gewissen hat.«

Noch nie hatte Jonathan Willie so wütend gesehen. Es war eine gefährliche Wut, die den heftigen Gewittern glich, welche sich an den heißen, schwülen Tagen vor Beginn der Trockenzeit über dem Land am Golf zusammenbrauten – eine drohende Stille, die sich in Blitzen entlud, denen die stärksten Bäume zum Opfer fielen. Verängstigt beobachtete er, wie Willie die Lampe auf den Holzstapel schleuderte, wo sie klirrend zerbrach.

Das trockene Holz knackte, als das brennende Öl seine flammenden Finger ausstreckte und mit blinder Gier den Holzstapel verzehrte. Immer weiter kroch der Feuerring nach außen, bis er die dünnen Stämme der schweigenden Bäume in der Umgebung erhellte, immer heller brannte das Feuer, und schließlich mischte sich der dichte Rauch mit dem süßlichen Duft des Buschs.

»Verreck, du elendes Vieh!«, heulte Willie in seinem Zorn, der tödlich war wie das Gift der gefangenen Taipan-Schlange. »In der Hölle sollst du brennen!« Doch der Fluch galt nicht nur dem Reptil, das ihm das kostbare Leben seiner Mutter geraubt hatte. Denn während die Flammen die knorrigen Holzscheite verzehrten, waren seine Gedanken bei einem Mann, den er noch nie gesehen hatte. Er wusste, dass sie sich eines Tages begegnen würden. Und wenn die Zeit gekommen war, würde der noble Mister Granville White das Schicksal des

Tieres teilen, das sich jetzt im Herzen des Feuers vor Qualen wand.

Jonathan beobachtete, wie sich der Holzstoß in einen Scheiterhaufen für die Schlange verwandelte. Dann stürzte das Inferno in sich zusammen und sandte wie bei einem Feuerwerk Kaskaden rot glühender Asche gen Himmel. Er hörte Willie obszöne Flüche in die Nacht hinausschreien und wie ein verwundetes Tier heulen.

Dann war Willie plötzlich verschwunden. Von den Tiefen des weiten Buschlands verschlungen, lief er blind vor Tränen vor sich hin und schluchzte den Schmerz in seinem Körper und seiner Seele hinaus.

Während sich die Sonne wie ein orangefarbener Ball im Osten über den verkrüppelten Bäumen des flachen Buschlands erhob, kehrte Willie zurück.

Als er über den Hof auf die Hütte zutaumelte, lief Rebecca zu ihm und umklammerte seine Beine. Er war immer ihr Lieblingsbruder gewesen, weil er sanft mit ihr umging und sie nicht hänselte wie Jonathan und Saul. Sie hielt ihn fest, wie man sich in schwerer See an ein Floss klammerte, doch sie spürte, dass ihr geliebter Willie nicht mehr der Mensch war, der er bis gestern gewesen war.

Wie ein hageres Gespenst stand Ben im Schatten des winzigen schrägen Verandadachs, das die Vorderseite der Hütte vor der Sonne schützte. Er hatte beobachtet, wie seine Tochter Willie über den staubigen Hof entgegenlief und ihn zärtlich begrüßte, hatte gesehen, wie sich der junge Mann bückte, um den gelben Lockenkopf zu streicheln, der ihm nur bis zur Taille reichte.

»Becky! Geh und setz den Kessel auf«, befahl Ben dem kleinen Mädchen. »Jonathan, Saul«, rief er dann in die Hütte hinein. »Ihr holt Feuerholz und dann helft ihr eurer Schwester.«

Eifrig gehorchten die Kinder den Befehlen ihres Vaters, denn es waren die ersten Worte, die er seit Stunden gesprochen hatte. In einer Welt, die plötzlich stillzustehen schien, waren sie für jede Weisung dankbar. Trotz seines entsetzlichen Kummers war Ben immer noch der Vater, der sie sanft, aber bestimmt lenkte.

Für Rebecca kam die Traurigkeit nicht überraschend. Sie wusste, dass Tränen zum Leben gehörten, denn nur sie hatte ihre Mutter immer wieder weinen sehen, wenn die Männer bei der Arbeit waren. Ihre Mutter hatte über ihr einsames Leben geweint, aus Gründen, die Rebecca nicht kannte, und sie auf ihrem Schoß fest gehalten, als hätte sie Angst, ein Ungeheuer könnte ihr des Nachts die einzige Tochter entreißen. Manchmal hatte sie auch Tränen des Glücks geweint, wenn Rebeccas Vater verlegen mit einem Strauß Wildblumen in der Hütte stand.

»Willie«, sagte Ben sanft, »wir beide werden einen Sarg für deine Mutter zimmern. Einen guten Sarg.«

Willie nickte. Ja, einen guten Sarg für Mutter, dachte er, in dem sie unter der trockenen roten Erde dieses öden Landes schlafen konnte. »Wir begraben sie heute Vormittag neben dem Baum, den sie letztes Jahr gepflanzt hat«, fuhr Ben fort. »Da drüben.« Er zeigte auf ein einsames Bäumchen, das darum kämpfte, sich gegen die zähen Sträucher durchzusetzen.

Es war ein Pfefferbaum. Jenny hatte die Samen geschenkt bekommen, bevor sie und Ben Townsville verließen und ihre Farm in Besitz nahmen. Liebevoll hatte sie Keimlinge gezogen, doch trotz aller Pflege hatte nur ein einziger überlebt, bis sie ihn einpflanzen konnte. Das kümmerliche Bäumchen hatte ihr am Herzen gelegen, denn eines Tages würde der ausgewachsene Baum sein Schatten spendendes Dach ausbreiten und Mensch und Tier Zuflucht vor der glühenden Sommersonne bieten. Jetzt würde Jenny dort schlafen, solange der Baum lebte.

»Ich grab das Loch, und du machst den Sarg«, befahl Ben brüsk. »Im Schuppen ist Holz, das kannst du dafür nehmen.«

Er konnte seinen Kummer kaum im Zaum halten, aber er wusste, welche Verantwortung auf ihm ruhte. Jenny hätte nicht gewollt, dass er seinen Gefühlen freien Lauf ließ und seine Familie vernachlässigte.

»Jetzt?«, fragte Willie leise. Es fiel ihm schwer, seine Mutter der Erde zu überantworten, denn dann würde er sie nie wiedersehen.

»Jetzt!«, fuhr Ben ihn an. Ihm war nicht danach, Fragen zu beantworten. Doch dann besann er sich. »Tut mir Leid, Willie.« Sanft legte er dem Jungen die Hand auf die Schulter. »Ich …« Er brach ab. Ohne Jenny fand er keine Worte, um die Leere zwischen ihnen zu füllen. »Wir machen uns besser an die Arbeit, bevor es zu heiß wird«, schloss er mürrisch.

Noch bevor die Sonne hoch über dem niedrigen Buschwerk stand, wurde Jenny sanft in ihr Grab gebettet. Rebecca kniete nieder, um ein Sträußchen trockener Wildblumen auf den frischen Erdhügel zu legen. Dann trat sie in den Schatten ihres Vaters zurück.

Auch Jonathan und Saul standen neben ihrem Vater, während sich Willie ein wenig abseits hielt und auf die dunkelrote Erde starrte.

Kein Wort wurde am Grab gesprochen. Schweigend erinnerte sich die Familie an ihre lebendige, lachende, weinende, schimpfende, liebende Mutter und Ehefrau. Keine Tränen, nur trockene, rote Augen, die keine salzige Flüssigkeit mehr hervorbringen wollten. Keine Gefühle, nur Schock und Betäubung und untröstlicher Kummer. Kein Geräusch außer dem trägen Summen der Fliegen und dem einsamen Krächzen einer fernen Krähe.

Zum Schutz gegen Dingos wollten sie Steine auf die Erde legen, aber das war eine Arbeit für die frühen Abendstunden, wenn die Sonne nicht mehr so heiß vom Himmel brannte.

Jennifer Rosenblum, dreißig Jahre alt, Mutter von vier Kindern und zehn Jahre lang Ehefrau von Ben Rosenblum, würde für immer im Schatten des Pfefferbaums schlafen, den sie vor allen Gefahren des Lebens an der Grenze behütet und großgezogen hatte. Mit der Zeit würde der Baum wachsen und seine Wurzeln wie liebende Finger um die sterblichen Überreste der Frau legen, deren Körper ihn nun nährte.

Die ganze Nacht saß Ben am Grab seiner Frau und sprach mit ihr. Er plauderte mit ihr, als würde sie am Tisch in der Hütte Socken stopfen oder ein neues Kleid für Becky nähen, sprach von den Belanglosigkeiten, von denen die Liebe zwischen Mann und Frau lebte.

Immer wieder unterbrach er seinen Monolog, um auf ihre süße, vertraute Stimme zu lauschen, die er doch nur in seiner Einbildung hörte. Er erinnerte sich daran, wie sie sich gewünscht hatte, dass die Kinder eine Ausbildung erhielten. Besonders für Becky erhoffte sie sich etwas anderes als das einsame Leben an der Grenze.

Stunden um Stunden sprach er mit leiser Stimme, während die Tränen über seine Wangen in seinen buschigen Bart rollten, bis er schließlich in den tiefen Schlaf der Erschöpfung fiel.

6

Es war ein üppiges Mahl, das an George Fitzgeralds Tafel serviert wurde, aber Patrick hatte den Geschmack an Rehbraten verloren. Genauso wenig interessierten ihn die farbenfrohen und recht gewagten Anekdoten über die Sitten und Gebräuche des keltischen Irland, die Professor Ernest Clark zum besten gab. Nur widerwillig ließ er sich von Sir Alfred Garnett zu einer Schilderung seiner Erlebnisse in Tel-el-Kibir bewegen, und mit dem Richter James Balmer zu seiner Linken und dem Ehepaar Norris, das ihm gegenübersaß, wechselte er lediglich ein paar höfliche Worte.

Captain Patrick Duffy brütete vor sich hin, und sein selbst auferlegtes Schweigen konnte fast als mürrisch gelten. Der vom reichlich fließenden Wein angeregten Konversation entnahm er, dass Henry Norris beträchtliche Anteile an walisischen Kohleminen, englischen Eisenbahnen und Stahlwerken in Birmingham hielt. Obwohl Norris offenbar große Reichtümer besaß, fehlte seinen Manieren der Schliff der alten Familien. Seine Gestik und Sprache konnten seine Jugend in den Gassen von Newcastle nicht verleugnen.

Weiter unten am Tisch beherrschten Sir Alfred Garnett und dessen Ehefrau, Lady Jane, das Gespräch. Sir Alfred redete ununterbrochen von Fuchsjagden und Vollblutpferden. Wenn er die anderen Gäste nicht damit erfreute, hackte er auf Richter George Balmer herum, der die Geißel der Fenier noch nicht ausgerottet habe, die in der Grafschaft Leben und Besitz bedrohten. Patrick war der laute, streitsüchtige Ritter der Königin sofort unsympathisch gewesen, weil er ein Feind der katholischen Iren war, die schließlich zu seinen Vorfahren gehörten.

Am Ende des Tisches, neben Sir Alfred und dessen Frau, saßen Reverend John Basendale und seine Frau Tess. Der Reverend war Vikar der anglikanischen Kirche von Irland im Dorf und häufig bei George Fitzgerald zum Essen eingeladen. Nicht dass George ihn interessant gefunden hätte – im Vergleich zu Eamon O'Brien wirkte er kraft- und farblos –, aber zumindest konnte er das Dankgebet sprechen, wie es sich für gute Anglikaner gehörte. Der Vikar und seine Frau lächelten pflichtbewusst zu Sir Alfreds Geschichten, äußerten sich sonst jedoch kaum.

An Patricks Tischseite saß der distinguiert wirkende Amerikaner Randolph Raynor mit seiner hübschen Frau Ann. Wie die Norris' war das Ehepaar bei Sir Alfred zu Gast. Der Amerikaner hatte in seinem Heimatland in Eisenbahnen und Vieh investiert, und es war offenkundig, dass die gemeinsamen Interessen der Raynors und der Norris' über die Kontinente hinwegreichten. Randolph Raynor war ein großer, kräftiger Mann, der mit leiser Stimme sprach, aber eine Aura der Autorität verbreitete. Seine militärische Vergangenheit war unverkennbar. Das war nicht überraschend, immerhin hatte er als junger Colonel im amerikanischen Bürgerkrieg unter Lincoln in einer Milizeinheit der Nordstaaten gedient.

Neben Ann Raynor saß die Norris-Tochter Letitia. Mit achtzehn war sie zu einer sehr anziehenden jungen Dame erblüht, die für einen ihrer würdigen jungen Mann aus guter (und wohlhabender) Familie eine ausgezeichnete Partie darstellen würde. Rabenschwarzes Haar und dunkle Augen kontrastierten mit der milchweißen Haut, die sie mit einem Hauch Rouge betont hatte. Beim ersten Blick auf den großen, breitschultrigen jungen Captain in der Uniform der Hochländer war ihr klar geworden, dass alle Männer in ihrem Leben nichts bedeuteten. Ohne zu zögern, wäre sie mit dem flotten britischen Offizier durchgebrannt.

Letitia war ein prüder Snob und konnte Catherine, die ihr in ihrer Art zu frei und zu wenig damenhaft war, nicht leiden. Oder war das nur blanke Eifersucht, weil alle Männer mit unverhohlener Bewunderung das Mädchen mit dem feuerroten Haar und dem bezaubernden Lächeln anstarrten? Beleidigt schmollte Letitia vor sich hin, spielte mit ihrem Essen und fuhr eine der alten Dienerinnen an, die ihr einen Teller hingestellt hatte. Es gefiel Letitia gar nicht, dass sie so weit von dem gut aussehenden Captain Patrick Duffy entfernt saß.

Am einen Ende des schweren Eichentisches hatte George als Gastgeber Platz genommen. Am anderen Ende der Tafel, die von einer langen Reihe Kerzen in silbernen Leuchtern erhellt wurde, saß seine schöne Enkelin, die es aufs Beste verstand, eine Gesellschaft zu unterhalten. Der sanfte gelbe Kerzenschein ließ die kostbaren Juwelen an den schlanken Hälsen und zarten Ohrläppchen der Damen funkeln. Der gleiche sanfte Glanz spiegelte sich in den polierten Messingknöpfen und Abzeichen an Patricks prächtiger Uniform und in den Kristallgläsern, aus denen die Gäste ausgezeichnete französische und spanische Weine tranken.

Nun schlug George Fitzgerald mit einem Silberlöffel gegen das Glas vor sich, um das Stimmengewirr für einen Moment zum Verstummen zu bringen.

Patrick erhob sich mit den anderen Gästen, starrte aber düster auf die Tischplatte. Brett Norris war so groß wie Patrick, und seine natürliche Arroganz verriet, dass er im Reichtum aufgewachsen war. Bevor George Fitzgerald seinen Toast auf die Königin und, um seine amerikanischen Gäste zu ehren, auf den Präsidenten der Vereinigten Staaten von Amerika, Grover Cleveland, ausbrachte, beugte sich Brett zu Catherine und flüsterte ihr etwas ins Ohr. Catherine kicherte und legte ihre Hand auf das Handgelenk ihres gut aussehenden Tischnachbarn. Dabei berührten ihre Lippen fast sein Ohr. Patrick entging die Intimität dieser Geste nicht. Wie es die Höflichkeit gebot, murmelte er seine Erwiderung auf die Trinksprüche, setzte sich dann wieder und starrte düster auf den dunklen Portwein in seinem Kristallglas.

Offenbar hatte man Brett Norris, den Sohn von Henry und Susan, die Patrick gegenübersaßen, bewusst links von Catherine platziert. Patrick kochte vor Eifersucht. Er war gar nicht auf den Gedanken gekommen, dass ihm ein anderer Mann etwas von der kurzen Zeit stehlen könnte, die ihm noch mit der schönen Frau blieb, der er eben erst begegnet war.

Als das Essen zu Ende war, erhoben sich die Gäste und teilten sich in zwei Gruppen auf. Die Herren würden ihren Portwein trinken und Zigarren rauchen, während die Damen Tee, Kaffee oder Sherry zu sich nahmen. Dabei sprachen die Männer üblicherweise über Investitionen, Jagd und das Lachsfischen, die Frauen steckten die Köpfe zusammen, um die Skandale der Grafschaft, die neueste Londoner Mode und Erholungsreisen nach Südfrankreich zu erörtern.

Patrick nahm eine gute Havanna aus einer Silberschatulle und beugte sich über eine Kerze, um die Zigarre anzuzünden. Aus dem Augenwinkel konnte er sehen, dass Catherine sehr dicht neben Brett Norris stand und über etwas lachte, das dieser sagte.

Er tat so, als hätte er es nicht bemerkt, und folgte den anderen Männern in ein Vorzimmer, in dem Gemälde mit ländlichen Szenen, Porträts verstorbener Fitzgeralds und Bilder edler Vollblüter hingen. Auf einer Anrichte aus poliertem Teakholz stand ein Silbertablett mit dampfenden Tee- und Kaffeekannen. Daneben entdeckte er eine Kristallkaraffe mit gutem Portwein und Reihen kleiner Gläser.

Nachdem er sich Portwein eingeschenkt hatte, wollte er sich den anderen Männern anschließen, hörte jedoch jemand seinen Namen rufen. Als er sich umwandte, sah er Letitia Norris mit hoffnungsvollem Lächeln auf sich zustreben.

Er lächelte zurück. »Miss Norris«, begrüßte er sie mit einem höflichen Kopfnicken.

»Captain Duffy, ich fürchte, ich hatte während des Essens nicht das Vergnügen Ihrer Konversation«, sagte sie, in die smaragdgrünen Augen des Australiers blickend. Es waren schöne Augen, die Augen eines Dichters. Wie die Augen des romantischen Lord Byron, dessen tragisches Leben dem dieses Soldaten nicht unähnlich war. Ein Mann, der für die Königin in fernen Ländern kämpfte und voll unerwiderter

Sehnsucht von ihr träumen würde ... »Vielleicht können wir jetzt ein wenig plaudern?«, meinte sie mit einem koketten Seufzer. Über ihre bloßen Schultern hinweg sah Patrick, dass Lady Jane Garnett die Frauen um sich versammelt hatte. Letitias Mutter blickte höchst missbilligend drein. Soldaten waren nicht der geeignete Umgang für ihre Tochter, selbst wenn es Offiziere waren. Ihr Sold war nicht hoch genug, um ihrer Tochter den Lebensstil zu ermöglichen, den sie gewöhnt war.

Trotz der finsteren Blicke, mit denen Susan Norris ihn bedachte, beschloss Patrick, sich einen harmlosen Flirt mit dem jungen Mädchen zu erlauben. Offensichtlich war die Kleine bis über beide Ohren in ihn verliebt. Außerdem war Catherine nicht die einzige hübsche Frau im Raum.

Letitias vom Wein befeuchtete Rosenknospen-Lippen öffneten sich leicht und enthüllten ihre winzigen, vollkommen geraden Zähne, während sie hingerissen in seine Augen blickte. Aber Missus Norris war eine willensstarke Dame – sie fegte durch den Raum, um ihre Tochter zu retten. Die protestierte nur schwach, wobei sie fieberhaft überlegte, wie sie bei ihrem Nachfahren des Lord Byron bleiben konnte. Doch der Entschlossenheit ihrer Mutter war sie nicht gewachsen, und so fand sie sich alsbald im Schoße von Lady Garnetts Hofstaat wieder, wo sie den richtigen gesellschaftlichen Umgang pflegen konnte.

Patrick lächelte bedauernd. Es wäre eine gute Gelegenheit gewesen, Catherine eifersüchtig zu machen. Die hatte jedoch sehr wohl bemerkt, dass sich andere ebenfalls um den Captain bemühten. Der Gedanke, er könnte die prüde Letitia Norris auch nur im Geringsten anziehend finden, gefiel ihr ganz und gar nicht. Herausfordernd nahm sie Brett am Arm und rauschte auf Patrick zu.

Der sah die beiden sehr wohl, ihm fiel jedoch vor allem das rote Kleid auf, das sich verführerisch an Catherines Körper schmiegte und ihre schmale Taille und die üppigen Formen betonte. Das Haar hatte sie zu einer verschlungenen Krone aufgesteckt, und ein Smaragdcollier zierte ihren weißen Hals. Die Juwelen passten genau zur Farbe ihrer Augen. Patrick fühlte eine Welle des Begehrens in sich aufsteigen.

»Captain Duffy, Sie sind Mister Brett Norris noch nicht begegnet«, sagte sie mit süßlicher Stimme und einem Lächeln, das von dem herausfordernden Ausdruck in ihren Augen Lügen gestraft wurde. Kein Mann sollte glauben, er hätte sie in der Hand. »Brett, das ist ein Gast meines Großvaters, Captain Duffy.«

Das arrogante Lächeln, das auf dem Gesicht des Erben des englischen Industrieimperiums lag, sprach für sich. »Sehr erfreut, Ihre Bekanntschaft zu machen, alter Junge«, sagte Brett, ohne die Hand auszustrecken. Allerdings hielt Patrick selbst seine Zigarre in der einen und das Portweinglas in der anderen Hand. »Catherine hat mir beim Essen viel von Ihnen erzählt. Sie scheinen ja ein richtiger Held zu sein, und ein paar Orden haben Sie auch umhängen. Wofür sind die denn?«

Patrick wünschte sich, seinen Rivalen um Catherines Aufmerksamkeit in der Wüste von Tel-el-Kibir vor sich zu haben. Wenn der Mistkerl doch nur die weiße Uniform und den roten Fez eines nubischen Schützen tragen würde, dann hätte er ihn guten Gewissens mit seinem Bajonett aufspießen können! »Zum Beispiel für meinen Einsatz bei Tel-el-Kibir im Jahre achtzehnhundertzweiundachtzig«, knurrte er stattdessen. »Im Dienst des Empires, alter Junge.«

»Da war ordentlich was los, hab ich gehört«, erwiderte Norris. »Haben Sie selbst eine Menge Neger erledigt?«

Patrick fiel auf, dass der junge Mann den affektierten Akzent der adligen Gecken Londons angenommen hatte. Von der Herkunft seines Vaters verrieten seine Sprache und Manieren nicht mehr viel. Dabei war er ein echter Kleinbürger – diesen Ausdruck hatte Patrick den Schriften eines obskuren deutschen Juden mit Namen Karl Marx entnommen, die er in seinem ersten Jahr in Oxford überflogen hatte.

Wahrscheinlich würde sich bald niemand mehr an Marx erinnern, hatte er damals gedacht. In den letzten Jahren hatten sich so viele Sozialphilosophen zu Wort gemeldet. Doch die Beschreibung des Kleinbürgers passte genau auf den Mann, der an Catherines Seite vor ihm stand. »Ja, wir haben einige, nein viele von ihnen bei Tel-el-Kibir getötet«, erwiderte Patrick mit leiser Stimme, während seine Gedanken an jenen schrecklichen Sonnenaufgang voll Angst und Tod zurückkehrten.

»Bestimmt ein Kinderspiel! Die armen Teufel hatten sicher gegen britische Waffen keine Chance«, meinte Brett verächtlich.

Patrick sträubten sich die Nackenhaare wie bei einem Kampfhund. Offenbar wollte Norris ihn vor Catherine provozieren.

»Vielleicht haben wir nicht so viele arme Teufel umgebracht wie Ihr Vater mit seinen Kohlenbergwerken walisische Bergleute.«

Als halber Kelte fühlte sich Patrick mit den Walisern solidarisch. Der spöttische Ausdruck verschwand von Norris' Gesicht, als ihm klar wurde, dass er den Hochländer-Offizier zu weit getrieben hatte. Obwohl er sich viel auf die gesellschaftliche Stellung einbildete, die er dem Reichtum seines Vaters verdankte, war ihm klar, dass ihn das nicht vor einem Mann schützen würde, der Gewalttätigkeit im Krieg kennen gelernt hatte. Auch Catherine, die den Wortwechsel verfolgt hatte, sah den düsteren, drohenden Ausdruck in den grünen Augen des Australiers.

»Das war wohl überflüssig, Mann. Sie sollten sich auf der Stelle entschuldigen«, bluffte Brett Norris.

In Patricks Ohren klang es mehr wie das Blöken eines Schafs. »Bitte entschuldigen Sie mich, Miss Fitzgerald«, sagte er mit grimmigem, unterkühltem Lächeln. »Ich werde mich den Gentlemen anschließen, um in Ruhe Portwein und Zigarre zu genießen.«

Das verärgerte Stirnrunzeln, das flüchtig auf Catherines Gesicht erschien, sah er nicht mehr. Als er sich abwandte, wirbelte der Kilt um seine Beine, deren Muskeln er den Gewaltmärschen als Infanterieoffizier verdankte. So hatte

Catherine sich das nicht vorgestellt. Er spielte nicht nach ihren Regeln!

»Ein sauertöpfischer Grobian, dieser Captain Duffy«, sagte Norris so laut, dass Patrick es hören musste. »Eine Schande für die Uniform der Königin.«

Doch Patrick ignorierte die Provokation und schloss sich Professor Clark an, während Catherine Brett einen vernichtenden Blick zuwarf.

»Captain Duffys Regiment wird in Kürze nach Ägypten aufbrechen«, zischte sie. »Dort wird er wahrscheinlich erneut größten Gefahren ausgesetzt sein. Und da langweilen Sie uns mit Ihrem Geschwätz!«

Aber Brett Norris lächelte nur über Catherines Tadel. Er hatte die Fassung wiedergefunden. »Dieser Mann hat einfach keine Klasse und besitzt wahrscheinlich keinerlei privates Vermögen.«

»Sie wissen doch gar nichts über Captain Duffy«, warf sich Catherine für Patrick in die Bresche, der ihnen nun den Rücken zukehrte.

Brett war klar, wem Catherines Zuneigung gehörte. »Meine liebe junge Catherine, Damen verlieben sich vielleicht in solche Männer«, erklärte er, »aber sie besitzen genügend Sinn fürs Praktische, um jemanden wie mich zu heiraten. Jemanden, der Reichtum und Macht erben wird und ihnen die Annehmlichkeiten bieten kann, nach denen sie sich sehnen.«

Catherine spürte den sanften Hauch des Pragmatismus und schwieg. Richtig, eine Frau musste praktisch denken, wenn es um ihre Zukunft ging. Aber dies hier war die Gegenwart, und sie liebte die Romantik ebenso wie den Luxus. An ihrer Seite hatte sie einen höchst attraktiven jungen Mann, der alles für sie tun würde, und bei den Männern stand Captain Patrick Duffy, dem sie vielleicht schon bald ihren Körper schenken würde. Die Wahl lag bei ihr allein. »Vielleicht bin ich nicht die Frau, für die Sie mich halten«, gab sie leise zurück.

»Catherine, kommen Sie zu uns Damen, und überlassen Sie

den jungen Mann für einen Augenblick sich selbst.« Lady Garnetts Worte klangen eher wie ein Befehl als wie eine Bitte. »Mister Norris hat bestimmt etwas zum Gespräch der Herren beizutragen.«

Normalerweise interessierte sich Catherine nicht für das belanglose Geplauder der Damen, aber Lady Garnetts gebieterische Einladung bot ihr Gelegenheit, Brett Norris loszuwerden und ungestört ihren Gedanken nachzuhängen. »Danke, Lady Garnett, ich schließe mich Ihnen mit Vergnügen an. Vielleicht können Sie mir von Ihren Erlebnissen in Südfrankreich erzählen. Eines Tages werde ich hoffentlich auch die Riviera besuchen und die Sonne genießen.«

Verschnupft wegen Catherines subtiler Zurückweisung, schlenderte Brett Norris zu den Männern, um sich zu seinem Vater zu gesellen. Immerhin konnte er sich in der distinguierten Gesellschaft der Reichen und Mächtigen vernünftig unterhalten. Ganz im Gegensatz zu dem ungehobelten, arroganten Captain Duffy, dessen beschränkter Horizont nicht über das Soldatenleben hinausreichte!

In der kühlen Sommernacht lag ein Zauber – wenigstens kam es Patrick so vor, als er sich von seinem Gastgeber verabschiedete und in die frische Luft hinaustrat. Oder hatte er nur zu viel Portwein getrunken und fand das Land seiner irischen Vorfahren deswegen so romantisch? Obwohl er Catherine in Gesellschaft von Brett Norris zurückgelassen hatte, wollte er sich seine letzte Nacht in Irland, bevor er zu seinem Regiment zurückkehrte, nicht von bitteren Erinnerungen verderben lassen.

»Woll'n Sie mit ins Dorf fahren, Cap'n Duffy?«, fragte der Kutscher. George Fitzgerald hatte ihn engagiert, um den Reverend und dessen Frau zu chauffieren und Patrick von Bernard Rileys Gasthaus abzuholen. Besuche in der Küche der Fitzgeralds, wo er mit leckeren Resten und alkoholischen Erfrischungen versorgt worden war, und seine abgenutzte Pfeife hatten ihm die Wartezeit verkürzt.

»Nein danke, ich gehe lieber zu Fuß«, erwiderte Patrick höflich. »Das tut mir bestimmt gut.« Wenn er erst die felsigen Wüsten des Sudan mit ihren zerklüfteten Bergen erreicht hatte, würde er noch viel marschieren müssen …

»Na, dann noch 'nen schönen Abend, Cap'n Duffy!«

7

Das Zwitschern der Buschvögel und das Schnauben eines
Pferdes, das im weichen Licht vor der Morgendämmerung
gesattelt wurde, waren für Kate Tracy vertraute Geräusche
geworden.

Kate Tracy, Michael Duffys Schwester, war einst als Kate
O'Keefe bekannt gewesen. In Sydney hatte sie mit sechzehn
Jahren einen gut aussehenden Taugenichts, den Sohn irischer
Sträflinge, geheiratet. Sie war bis über beide Ohren in ihren
Mann verliebt gewesen, der sie bald darauf jung, so gut wie
mittellos und schwanger in Rockhampton zurückließ, um mit
der Frau eines örtlichen Gastwirts durchzubrennen. Das war
1863 gewesen, und Kate hatte ihren Gatten, mit dem sie nur
noch auf dem Papier verheiratet war, nicht wiedergesehen, bis
sie zwölf Jahre später sein Grab in Cooktown besuchte. Ihre
unglückliche Ehe hatte sie nach Norden, in die wilde Kolonie
Queensland, geführt, wo sie sich schließlich mit einem Fuhr-
unternehmen, das dringend benötigte Vorräte ins Grenzland
schaffte, Wohlstand erwarb.

Mit fast vierzig gehörte sie nun zu den reichsten Frauen der
Kolonie. Obwohl sie in Luxus hätte leben können, wohnte sie
mit ihrem Ehemann, Luke Tracy, einem Goldsucher, bescheiden in ihrem weitläufigen Haus in Townsville. Ihr Herz gehörte dem Grenzgebiet und dessen Bevölkerung, und sie spürte
schon lange nicht mehr den Wunsch, nach Sydney zurückzukehren.

»Bin so gut wie fertig«, hörte sie das weiche Näseln ihres
amerikanischen Ehemanns. »Bis zum Sonnenuntergang bin ich
bestimmt schon in den Bergen.«

Unwillkürlich streckte Kate die Hand aus und berührte die alte Narbe in seinem Gesicht. Dort hatte ihn das Bajonett eines englischen Soldaten getroffen – eine ständige Erinnerung an den Aufstand der amerikanischen Bergleute bei den Palisaden von Eureka vor über dreißig Jahren. Mittlerweile hatte sie diesen Mann geheiratet, der sie immer geliebt hatte, auch als er einsam im Grenzland von Queensland nach Gold suchte. Der große, schweigsame Luke Tracy hatte seine Liebe zu Kate damals mitgenommen in die tropischen Regenwälder von Nord-Queensland, in die weiten, trockenen Buschsteppen des Westens und die uralten, wüstenhaften Berge Zentral-Queenslands. Mit vierundfünfzig Jahren war er ein Veteran des Aufstands bei den Palisaden, wo er mit der Brigade der California Rangers auf den Goldfeldern gegen die Rotröcke gekämpft hatte.

»Ich weiß«, erwiderte sie. Am liebsten hätte sie geweint bei dem Gedanken, dass er nach Westen ritt. Sein Ziel war eine kleine Grenzstadt, die nach dem unglückseligen Forscher und Entdecker Burke benannt war. »Hast du Ersatzmunition?«, vergewisserte sie sich.

Der hoch gewachsene Mann lächelte sie beruhigend an und strich ihr mit der schwieligen Hand über das Gesicht. »Keine Sorge wegen der Kalkadoon, ich reite weit nördlich von ihrem Gebiet.« Mit der Hand fuhr er über ihren geschwollenen Leib. »Ich mach mir viel mehr Sorgen wegen dir, Kate. Diesmal musst du auf dich aufpassen und das Geschäft Geschäft sein lassen. Dafür hast du schließlich Angestellte.«

Kate nickte, obwohl sie die Tränen nur mit Mühe zurückhalten konnte. Bestimmt lag es an der Schwangerschaft, dass sie in letzter Zeit so leicht die Fassung verlor, sagte sie sich. Das Schreckgespenst der beiden Babys, die sie verloren hatte, verfolgte sie immer noch. Das erste Kind war ein Sohn gewesen, der Stunden nach der Geburt gestorben war und in Rockhampton begraben lag. Damals war sie siebzehn gewesen. Der Vater ihres Kindes war Kevin O'Keefe, ihr nichtsnutziger erster Ehemann, der sie am Abend vor der vorzeitigen Geburt ihres Sohnes verlassen hatte.

Aber Luke war da gewesen, und an seine starke Schulter hatte sie sich in den darauf folgenden Wochen und Monaten anlehnen können. Schon damals wusste sie, dass sie ihn liebte, aber sie hatte Angst vor der Liebe zu einem Mann, der immer auf der Suche nach Gold war. Der Amerikaner schien zu denen zu gehören, deren Schicksal es war, in der Einsamkeit des gottverlassenen Grenzlandes zu sterben. Sie wollte einen Mann, mit dem sie ihr Leben teilen konnte – nicht einen, von dem sie ständig Abschied nehmen musste.

Vor zehn Jahren hatte sie sich endlich eingestanden, dass sie ihn lieber dereinst verlieren wollte, als ihn überhaupt nicht in ihrem Leben zu haben. Damals hatte sie ihm in einem Bergarbeiterzelt außerhalb des Goldgräberhafens Cooktown einen Heiratsantrag gemacht.

Acht Monate nach ihrer offiziellen Eheschließung war ein Mädchen zur Welt gekommen, das jedoch mit sechs Monaten am Fieber starb. Ihr Grab war eines von vielen in Cooktown, wo auch Kevin O'Keefe, Kates erster Ehemann, begraben lag. Sein Tod allerdings war das unvermeidliche Resultat seines verbrecherischen Lebens gewesen.

Nach dem Tod ihrer Tochter hatte sich Kate in ihrem Kummer von aller Welt zurückgezogen. Aber Luke war bei ihr gewesen, und seine stille Kraft hatte ihr über ihre Selbstvorwürfe hinweggeholfen. Was hatte sie nur getan, um den Tod ihres Babys zu verschulden?, hatte sie sich immer wieder gefragt. Hätte sie ihn irgendwie verhindern können?

Luke hatte ihr versichert, dass es für den Tod im Grenzland nicht immer eine Erklärung gab und dass Selbstvorwürfe keinen Sinn hatten. Sein Pragmatismus entstammte eigenen Erfahrungen, denn er selbst hatte vor vielen Jahren durch das Fieber Frau und Kind verloren. Damals war er in seinem Kummer allein durch die Grenzgebiete von Queensland geritten und hatte sich unter dem weiten Sternenhimmel des Südens ganz ähnliche Fragen gestellt. Da er keine Antwort fand, kam er zu dem Schluss, dass die Trauer irgendwann ein Ende haben musste. Diesen simplen Pragmatismus konnte er schließlich auch an Kate weitergeben.

Jahre später trug sie nun wieder ein Kind von ihm. Sie spürte, dass Gott diesmal gnädig sein und ihnen ein gesundes Baby schenken würde, das heranwachsen und alles erben würde, was sie sich so hart erarbeitet hatte.

»Ich weiß, dass Gott dich behüten wird, mein lieber Mann«, seufzte Kate, als sie merkte, dass sie die Tränen beim besten Willen nicht mehr zurückhalten konnte. »Ich bete, dass er dich so schnell wie möglich wieder nach Hause führt, damit du unser Kind im Arm halten kannst.«

Luke sah die Tränen und fühlte eine Welle der Liebe zu dieser schönen Frau, die ihm trotz seiner endlosen Wanderschaft ihre Zuneigung geschenkt hatte. »Ich bin kein guter Christ«, sagte er und zog sie sanft in seine Arme. »Und ich glaube, Gott nimmt uns alte Yankee-Goldsucher nicht recht ernst, wenn wir ihm mit Versprechungen kommen, weil wir in der Tinte sitzen. Er weiß, dass wir oft ein wenig in die Irre gehen. Aber ich verspreche dir, dass ich da sein werde, wenn das Baby geboren wird. Gott ist auf deiner Seite, und da wird er schon dafür sorgen, dass das klappt.«

Kate spürte, dass Luke sich ein wenig über ihren katholischen Glauben lustig machte. Ihm standen die Überzeugungen der Ureinwohner des riesigen Landes jenseits der Europäer-Städte näher. Oft fragte sie sich, ob das daran lag, dass es sein Lebensziel war, in der Erde nach dem kostbaren Gold zu graben. Vielleicht lag das Geheimnis des Lebens selbst für ihn in der Erde.

Obwohl er mehr als ein halbes Jahrhundert auf diesem Planeten hinter sich hatte, war Luke immer noch zäh und durchtrainiert. Seiner Meinung nach war diese Reise zu einem Besitz in der Nähe von Burketown notwendig, auch wenn Kate anderer Ansicht war. Luke hatte ein Gerücht gehört, dass eine neue Rinderart aus Asien eingeführt worden sei. Vielleicht war das die Antwort des tropischen Nordens auf die harten Lebensbedingungen, denen die Rinder aus dem Süden nicht gewachsen waren.

Kate hatte ihn vergeblich gebeten zu bleiben. Aber der Blick in seinen Augen verriet ihr, dass er immer noch versuchte, ihr zu beweisen, dass er sehr wohl ein Leben als solider Geschäftsmann und Teilhaber ihres Unternehmens führen konnte. Im Grunde trieb ihn seine Liebe zur ihr fort: Er zeigte ihr damit, dass nicht Gold sein Leben beherrschte, sondern der Wunsch, Kate zu unterstützen. Sie hatte nachgegeben, und so standen sie nun auf der Koppel hinter ihrem Haus, wo er die letzten Vorbereitungen für die Abreise traf.

»Jetzt muss ich aber los«, knurrte Luke barsch, während er sich widerwillig von Kate abwandte. »Die Sonne geht bald auf, und's sieht nach einem heißen Tag aus.«

Kate löste sich von ihm, und er ging zu seinem Pferd, das geduldig darauf wartete, endlich die umzäunte Koppel zu verlassen. Mit der Lässigkeit des erfahrenen Reiters schwang sich Luke in den Sattel und griff nach den Zügeln, um das Pferd zu wenden. Kate winkte, und er antwortete ihr mit einem breiten Lächeln. Dann ritt er davon und verschwand im Busch.

Für einen kurzen Augenblick blieb Kate noch auf der Koppel stehen, während die Schatten des frühen Morgens auf das trockene Gras fielen. Er würde sein Versprechen halten, sagte sie sich. Er würde bei ihr sein, wenn das Baby kam.

An jenem Tag sollte Kate noch von einem zweiten Menschen Abschied nehmen.

Der Hufschlag eines Pferdes, das Klirren von metallenem Zaumzeug und das schwere Stampfen von Stiefeln auf ihrer Veranda verrieten ihr, dass der junge Gordon James zu Besuch gekommen war. Die Geräusche waren ihr vertraut, denn Gordon war ein häufiger Gast in ihrem Haus. Allerdings kam er nicht, um Kate zu sehen, sondern Sarah.

»Guten Morgen.« Kate empfing den jungen Polizeibeamten an der Tür. Sofort fiel ihr seine grimmige Miene auf. »Ich …« Sie hatte keine Zeit, den Satz zu beendeten, da lief auch schon Sarah die Treppe hinunter und spitzte über ihre Schulter.

»Gordon!«, rief sie mit gespielter Überraschung. »Warum kommst du so früh am Morgen?«

Gordon war deutlich anzusehen, dass er sich freute, Sarah zu sehen, aber er lächelte nicht. »Ich wollte nur sagen, dass ich für eine Weile weg muss, vielleicht für Monate. Ich muss nach Cloncurry reiten. Offenbar ist Inspektor Potters Patrouille in einen Hinterhalt geraten, er und seine Männer sind ums Leben gekommen.«

Sarah und Kate erbleichten.

»War Peter bei ihm?«, flüsterte Kate. Sie war immer dagegen gewesen, dass ihr Neffe, den sie wie ihr eigenes Kind großgezogen hatte, zur berittenen Eingeborenenpolizei ging. Aber die Freundschaft zwischen Gordon und Peter war stärker gewesen als ihre Bedenken gegen die von Peter eingeschlagene Laufbahn.

»Er ist in Sicherheit«, beruhigte Gordon sie. »Er konnte sich nach Cloncurry durchschlagen und unsere Leute informieren.«

»Gott sei Dank«, hauchte Kate.

»Ich bin schon auf dem Weg dorthin und wollte mich nur verabschieden.«

Ein Blick auf ihre Nichte verriet Kate, dass diese es kaum erwarten konnte, mit Gordon allein zu sein. »Möchtest du reinkommen?«

»Nein, vielen Dank, Missus Tracy«, murmelte er. »Ich muss los. Ich soll in Cloncurry so schnell wie möglich einen Suchtrupp für die Jagd nach Inspektor Potters Mördern zusammenstellen.«

»Dann lasse ich euch allein, damit Sarah sich von dir verabschieden kann. Du weißt, dass ich dir alles Gute wünsche. Wenn du Peter siehst, richte ihm bitte aus, dass wir ihn lieben und für ihn beten.«

»Werde ich«, erwiderte Gordon und fügte hinzu: »Bevor ich aufbreche, möchte ich Sie um einen Gefallen bitten, Missus Tracy.«

»Hoffentlich nichts Unmögliches.« Kates Miene wirkte ein wenig reserviert.

»Ich hatte gehofft, dass Sie ab und zu nach meiner Mutter sehen. Ihr geht es manchmal nicht gut.«

Sofort wurden Kates Züge weich. »Das ist doch kein Gefallen. Deine Mutter ist und bleibt eine meiner besten Freundinnen, auch wenn ich ganz und gar nicht damit einverstanden war, dass du Peter überredet hast, sich eurer verdammten Polizei anzuschließen.«

Etwas schuldbewusst starrte Gordon auf einen Punkt irgendwo in der Luft hinter Kate, doch als Sarah hinter ihrer Tante hervorkam, war sein schlechtes Gewissen sofort vergessen. Kate schwieg. Es kam ihr wie gestern vor, dass Gordons Vater ihr ein pummeliges kleines Mädchen und deren Brüder Peter und Tim gebracht hatte. Jetzt stand die Kleine von damals als junge Frau neben dem Mann, für dessen häufige Besuche sie lebte. Die beiden waren ein schönes Paar, dachte Kate. Er in der schneidigen, sauber gebügelten Uniform der Eingeborenenpolizei mit den kniehohen Stiefeln und dem Revolver an der Seite, sie mit ihrer ungewöhnlichen goldenen Haut und dem schwarzen Haar, das ihr über die Schultern floss. Kate wusste, dass die exotische Schönheit ihrer Nichte einigen heiratsfähigen jungen Männern in der Stadt aufgefallen war, aber Sarah hatte nur Augen für den Sohn von Henry und Emma James. Das war schon immer so gewesen, seit sie die Unschuld ihrer Kinderjahre hinter sich gelassen und begonnen hatten, einander als Mann und Frau zu sehen. Gordon war zwanzig, Sarah ein Jahr jünger. Es war das Alter der großen Leidenschaften, in dem man sich nicht vorstellen konnte, dass Liebe womöglich nicht ein Leben lang hielt.

Kate ließ das junge Paar allein, damit sich die beiden voneinander verabschieden konnten.

Gordon nahm Sarahs Hände in seine. »Ich will nicht von dir weg«, sagte er, »aber ich muss meine Pflicht tun.«

Sarah fühlte die Wärme seiner Hände, die schwielig waren vom jahrelangen Umgang mit Pferden. »Am liebsten wäre es mir, wenn ihr beide, du und Peter, nicht bei der Eingeborenenpolizei wärt. Du weißt, was ich von denen halte.«

Gordon wandte den Blick ab. Sein Vater war dabei gewesen, als die berittene Eingeborenenpolizei Jahre zuvor Sarahs Eltern gehetzt und schließlich getötet hatte. »Das ist lange her. Die Dinge haben sich geändert.«

Darauf antwortete Sarah nicht, denn sie wusste, dass das Thema nur zu einem Streit führen würde. Stattdessen versuchte sie, Gordon, den Offizier der verhassten Polizei, von jenem Gordon, den sie leidenschaftlich liebte, zu unterscheiden. »Wenn wir jemals zusammenkommen sollen, musst du dich zwischen mir und deiner verdammten Polizei entscheiden.«

Gordon sah ihr in die Augen, in denen das Feuer der Überzeugung brannte. Er wusste, dass sie seinen Beruf aus gutem Grund hasste. »Ich liebe dich mehr als alles auf der Welt«, sagte er lahm. Dabei war ihm klar, dass er auch an seinem Beruf hing. Ihm waren Männer unterstellt, die wie er das Abenteuer liebten und nicht hinter einer Ladentheke oder einem Bankschalter versauern wollten.

»Worte kosten nichts«, fuhr Sarah auf. »Du könntest mich jederzeit haben, wenn du die berittene Polizei aufgeben würdest. Das wäre ein echter Liebesbeweis.«

»Ich bin doch extra hergekommen, um dir zu sagen, dass ich dich liebe«, hielt Gordon dagegen. »Mit deiner Forderung weist du mich nur zurück. Sarah, du verlangst viel von mir. Mein Vater war Polizist, und ich halte die Erinnerung an ihn in Ehren, indem ich seinem Beispiel folge. Sogar meine Offiziersstelle verdanke ich seinem Andenken.«

Sarah sah den Schmerz in seinen Augen und wünschte sich, alles wäre anders, vor allem, da er nun für lange Zeit wegmusste. Aber sie wusste auch, dass die Geister ihrer Eltern immer zwischen ihnen stehen würden, solange der Mann, den sie liebte, für jene Polizeiabteilung arbeitete, die die beiden getötet hatte. Sie ließ ihre Hände aus den seinen gleiten und kehrte ihm den Rücken zu. »Bitte sei vorsichtig«, flehte sie mit erstickter Stimme, während ihr die Tränen in die Augen stiegen. »Mehr kann ich dir nicht sagen.«

Aufgewühlt von diesem Abschied blickte Gordon ihr nach. »Sarah«, rief er, doch sie antwortete nicht, sondern schloss die Tür hinter sich, um auf ihr Zimmer zu gehen. Von dort würde sie ihm nachsehen, wie er davonritt und aus ihrem Leben verschwand.

Als Kate ihre Nichte die Treppe hinauflaufen sah, erriet sie, wie der Abschied der beiden verlaufen war. Sie hörte Gordon das Haus verlassen. Am Fuß der Treppe stehend, lauschte sie auf die erstickten Schluchzer, die durch das Haus hallten. Sie seufzte und begann, die Treppe zu Sarahs Zimmer hinaufzusteigen. Warum war Liebe immer so schwierig? Würde es Sarah ebenso schwer fallen, Liebe zu finden, wie ihr?

Später an jenem Tag erfüllte Kate das Versprechen, das sie Gordon gegeben hatte.

Emma, die allein in einem bescheidenen Häuschen am Stadtrand lebte, begrüßte Kate mit Freudenrufen und Umarmungen. Je größer Kates Unternehmen geworden war, desto weniger Zeit hatte sie für ihre Freundin, für Besuche und Gespräche gehabt. Als sie sich nun aus Emmas Umarmung löste, entdeckte sie mit Besorgnis dunkle Ringe unter deren Augen. Das einst feuerrote Haar war grau geworden. Emma wurde alt, aber das erinnerte Kate umso mehr daran, dass sie eine gemeinsame Vergangenheit besaßen.

»Du musst unbedingt mit mir zu Abend essen«, sagte Emma. »Ich bestehe darauf.«

»Das würde ich gern, aber ich muss vor der Dunkelheit zu Hause sein. Ich wollte nur wissen, wie es dir geht, jetzt, wo Gordon weg ist.«

Mit einem betrübten Lächeln wandte Emma sich ab, um Kate in ihre winzige Küche zu führen. »Eigentlich sollte ich dich fragen, wie es *dir* geht. Deine Zeit muss nah sein.«

Unwillkürlich legte Kate die Hand auf ihren runden Bauch. »Ja, sehr nah, so wie der strampelt.«

»Du meinst also, es wird ein Junge«, stellte Emma fest, während sie heißes Wasser in eine Porzellankanne goss.

»Also, wenn es kein Junge wird, dann ein ziemlich kräftiges Mädchen.«

Emma lachte. Für einen Augenblick sah Kate das junge Mädchen in ihr, das sie fünfzehn Jahre zuvor kennen gelernt hatte: eine lebhafte, lebenslustige Frau, die gerade erst aus England gekommen war und Henry James geliebt, geheiratet und begraben hatte. Zumindest im Geiste begraben, denn seine Leiche war nie gefunden worden.

Beide Frauen waren eng befreundet gewesen, aber in den letzten Jahren hatte Peters Entscheidung, sich gemeinsam mit seinem Jugendfreund der Eingeborenenpolizei anzuschließen, einen Keil zwischen sie getrieben. Dass Emma Peter dabei unterstützte, hatte Kate verärgert. Sie fand Emmas Haltung kurzsichtig, weil sie nur Peters momentane Zufriedenheit im Auge hatte und für seine wirklichen Interessen blind war. Nachdem Peter in seiner Verbohrtheit zur Polizei gegangen war, besuchte Kate ihre Freundin immer seltener. Ein Vorwand war leicht zu finden, dennoch vermisste sie die angenehme Gesellschaft und das vertraute Gespräch, die ihre Beziehung ausgezeichnet hatten.

»Ich glaube, es war keine gute Idee, dass Peter Gordons Beispiel gefolgt ist«, erklärte Emma nun, während sie den Tee in die Tassen goss.

Überrascht starrte Kate ihre Freundin an. Hatte sie ihre Gedanken gelesen? »Das fand ich schon immer«, antwortete sie. Die Barriere, die sie voneinander getrennt hatte, begann zu bröckeln.

»Ich war blind, als ich Peter darin bestärkt hab, mit Gordon zur Polizei zu gehen. Mir war nicht klar, wie gefährlich das für ihn ist«, gab Emma zu. »Gordon hat mir erzählt, dass Peter das Massaker an Inspektor Potters Patrouille nur durch einen unglaublichen Glücksfall überlebte.«

»Es ist mehr als das«, sagte Kate ruhig. »Peter riskiert, seine Seele zu verlieren, wenn er bei der berittenen Polizei bleibt. Wie du weißt, hat diese Truppe achtundsechzig in Burkesland seine Eltern ermordet.«

Emma zuckte zusammen, und Kate entschloss sich, das Thema fallen zu lassen. Es würde nur neue Wunden aufreißen. Denn Emmas Mann war bei der Patrouille gewesen, die Jagd auf Peters Eltern gemacht hatte, und damit im Grunde für deren Tod mitverantwortlich. Kate warf Henry James das jedoch nicht vor, weil er bei einer früheren Hetzjagd bewiesen hatte, dass er ihre Ermordung verhindert hätte, wenn es ihm möglich gewesen wäre.

»Ich wünschte, wir könnten dieses Jahr ungeschehen machen«, flüsterte Emma mit tränenerstickter Stimme. »Es hat uns beiden so viel Unglück gebracht. Weißt du noch, wie es war, als wir jung waren und bei Rockhampton lebten? Erinnerst du dich an unsere Picknicks, und wie wir alle um dein Klavier standen und sangen? Henry hatte eine scheußliche Singstimme ...«

Sie verlor sich in ihren Gedanken, und die Tränen begannen zu fließen. Kate streckte ihre Hand über den Tisch aus, und Emma griff danach, während sie sich mit der anderen die Tränen abwischte. »Ach, Kate, ich habe das entsetzliche Gefühl, dass uns noch mehr Tragödien bevorstehen. Ich spüre, dass wir sehr bald unsere Lieben verlieren werden.«

Beruhigend drückte Kate Emmas Hand. »Ich bete, dass der Fluch, der auf uns liegt, sein Werk getan hat. Wir sind gesund, und wir haben unsere Kinder.«

Emma zog ihre Hand zurück, erhob sich und wischte sich mit der Schürze die Tränen ab. »Ich hoffe, du hast Recht.« Sie versuchte zu lächeln. »Vielleicht sieht Peter ja ein, dass es für ihn am besten ist, nach Townsville zurückzukehren und in deiner Firma zu arbeiten.«

»Darum kann ich nur beten«, meinte Kate ohne große Hoffnung. Sie wusste, welchen Wert ihr Neffe auf seine Männerfreundschaft zu Gordon legte. In dieser Hinsicht war er ein typischer Australier.

Die beiden Frauen plauderten, bis der Tee kalt war. Als Kate schließlich aufbrach, kam ihr immer wieder Emmas düstere Prophezeiung in den Sinn. Abergläubisch legte sie die Hand auf ihren Bauch und sprach ein Gebet an die Jungfrau Maria. *Heilige Mutter Gottes, bitte behüte alle Geborenen und Ungeborenen in meinem Leben.*

8

Die kühle Nachtluft half Patrick, auf dem Heimweg von dem prunkvollen Herrenhaus der Fitzgeralds einen klaren Kopf zu bekommen. In der unheimlichen Stille, die nur gelegentlich durch den Ruf einer Eule auf nächtlicher Mäusejagd unterbrochen wurde, hallten seine Schritte besonders laut.

Nach gut einem halben Kilometer auf der Straße sah er in der Ferne die düsteren Umrisse der baumbestandenen Kuppel, die vom weichen Licht des nahezu vollen Mondes erhellt wurden. Obwohl ihm klar war, wie unsinnig dieses Unterfangen war, suchte er den Gipfel mit den Blicken nach Catherine ab.

Einer plötzlichen Eingebung folgend, hielt er quer über das Feld auf die Erhebung zu. Schon nach kurzem Waten durch ein Meer aus taunassem Gras erhob sich der Hügel vor ihm. Oben hatte sich ein niedrig hängender Nebel gebildet, der zu ihm herabkroch und den schweren, an Medizin erinnernden Duft der Tannen mit sich brachte.

Während er zu dem Wäldchen hinaufstarrte, fühlte er den Nebel mit kalten, feuchten Fingern nach seinen Knien greifen. Warum wollte er plötzlich den Gipfel erklimmen? Stirnrunzelnd schüttelte er den Kopf. Vielleicht wollte er nur herausfinden, warum der Hügel eine solche Anziehungskraft auf Catherine ausübte.

Da die Erhebung nicht besonders hoch war, war der Aufstieg durch die schwermütigen, dunklen Tannen nicht schwierig. Auf dem Gipfel öffneten sich die Bäume auf eine kleine Lichtung aus blendend weißen, flachen Steinen.

Kalkstein, dachte Patrick, als er den geheimnisvollen Kreis betrat. Offenkundig war das charakteristische, geometrische

Muster von Menschenhand angelegt worden. Inzwischen allerdings war es vom Gras fast überwuchert, das sich bemühte, die von einer uralten Rasse geschaffenen Linien und Kreise zu verwischen.

Erwartungsvoll stellte er sich in die Mitte des Steinkreises, wo er durch eine Lücke in den Bäumen den Mond sehen konnte, der eine silberne Straße auf den kalten, stillen Atlantik malte. Enttäuscht musste er feststellen, dass das mystische Erlebnis ausblieb, das er beinahe erwartet hatte. Stattdessen kroch Kälte seine Beine hinauf, und Einsamkeit griff nach seiner Seele.

Plötzlich wurde die Stille vom unheimlichen Knacken trockener Tannennadeln durchbrochen. Patrick zog aus einem seiner Kniestrümpfe einen Dolch, eine praktische Waffe, die jederzeit einsatzbereit war. Leise, aber bedrohlich knurrend tapste eine riesige Gestalt auf ihn zu. Den Dolch in der Hand, duckte Patrick sich zum Sprung.

Ein Wolf! Nein, kein Wolf. Ein Wolfshund!

»Lugh! Nein!«

Auf Catherines Befehl hin blieb der riesige Hund sofort stehen und ließ sich gehorsam zu Boden fallen, wo er auf ihre nächste Anweisung wartete. Erleichtert sah Patrick, wie Catherine, gefolgt von dem zweiten Hund, auf die Lichtung trat. Den Saum ihres roten Kleides hatte sie mit der Hand zusammengerafft, um ihn vor dem taunassen Gras zu schützen. Patrick ließ das Messer an seinem Bein verschwinden.

Als Catherine ihren Griff löste, fiel das Kleid um ihre Knöchel auf die weißen Steinplatten. »Sie haben sich nicht von mir verabschiedet, Captain Duffy«, sagte sie ruhig, während die riesigen Hunde an den Rand der Lichtung trotteten. Dort blieben sie sitzen und starrten in den Wald hinein.

»Ich konnte sehen, dass Sie sehr mit Mister Brett Norris beschäftigt waren«, erwiderte Patrick knapp. »Außerdem hatte ich Zweifel, ob meine Abwesenheit für Sie von Bedeutung ist. Immerhin kennen wir einander kaum.«

»An diesem Ort kennen wir uns seit tausenden Jahren«, sagte sie leise, während sie zu seinem Gesicht aufsah, auf das das

Mondlicht tiefe Schatten malte. »Seit der Zeit, als dieser Hügel errichtet wurde. Damals waren Sie Cuchulainn und ich, ich war Morrigan«, schloss sie mit einem Flüstern.

»Wer war Cuchulainn?«

»Ein legendärer Krieger des alten Irland, der viele Feinde tötete – so wie Sie, wenn ich mich nicht irre. Ihm gelang alles, was er sich vornahm. Außerdem war er ein Sohn des Sonnengottes, aber dann kamen die Christen und löschten die Erinnerung an ihn aus.«

»Und wer war Morrigan?«

»Die Göttin, der Cuchulainn einen Großteil seines Kriegserfolges verdankte.«

»Liebten sie einander?«

Seufzend wandte Catherine den Blick ab. Dann sah sie erneut zu ihm auf. »Ich glaube, Sie sollten eines Tages nach Irland zurückkehren, um die Antwort auf diese Frage zu finden, Captain Duffy«, sagte sie traurig. »Sie steht in den alten Schriften, die die Mönche in ihren muffigen Archiven aufbewahren.«

Patrick sah in Catherines Augen, die in der Nacht fast schwarz wirkten. Welche Vision hatte er hier vor sich? Das war nicht mehr die weltgewandte junge Frau von heute Abend. Vor ihm stand das rätselhafte Mädchen, das ihm mit bloßen Füßen in der Bibliothek ihres Großvaters gegenübergetreten war. »Das werde ich, ich verspreche es Ihnen. Das heißt, wenn Sie nicht mit Mister Brett Norris beschäftigt sind.«

»Er ist ein guter Freund, der mich gern heiraten würde.«

»Und was ist mit Ihnen?«

»Nein. Zumindest noch lange nicht.«

Patricks Hoffnung schwand. Der englische Geck nahm also doch einen wichtigen Platz in ihrem Leben ein. Oder spielte sie immer noch mit seinen Gefühlen? »Ich weiß nicht, wann ich wiederkommen kann«, gab er mit vorgetäuschtem Desinteresse zurück. Auf keinen Fall wollte er, dass sie die Regeln vorgab. »Auf dem Schlachtfeld kann viel geschehen.«

»Ihnen wird nichts passieren, Captain Duffy. Morrigan schützt sie.«

»Ich bin nicht Ihr Cuchulainn, Miss Fitzgerald, sondern ein einfacher Soldat der Königin, der im Kampf den gleichen Gefahren ausgesetzt ist wie jeder andere.« Er zwang sich, seinen Blick aus dem ihren zu lösen. »Aber ich komme zurück nach Irland. Schon allein deshalb, um mehr über die Geschichte dieses Landes und über mich selbst zu erfahren.«

»Nicht, um mich zu sehen?«

»Darauf gibt es im Augenblick keine Antwort«, erwiderte er, während er sich umdrehte, um auf den Atlantik hinauszublicken. »Es ist eine Frage, die nur Sie beantworten können. Nur die Zeit und reifliche Überlegung können Ihnen sagen, was für Sie im Leben wirklich wichtig ist.«

»Und was ist Ihnen im Leben wichtig, Captain Duffy?«, fragte Catherine, als Patrick sich ihr erneut zuwandte. »Die Suche nach sich selbst?«

Ihr gutes Wahrnehmungsvermögen überraschte Patrick. Als ob sie wirklich die verdammte Morrigan wäre, für die sie sich hielt! Ihre unheimliche Gabe, ihn zu durchschauen, irritierte ihn. Seine Gedanken gehörten ihm allein. »Ich muss eines Tages eine Entscheidung treffen, aber dabei kann ich nur verlieren«, erwiderte er bitter. »Ich muss verstehen lernen, wie eine Mutter ihr Kind wissentlich in den Tod schicken kann.«

»Ihre Mutter?«, fragte sie sanft.

Er nickte.

»Wir haben viel mehr gemeinsam, als Sie denken, Captain Duffy. Nur dass ich nie erfahren habe, wer mein Vater war. Zumindest hat Ihr Vater einen Namen und ist in diesem Teil des Landes eine Legende.«

»Ich fürchte nur, die Dorfleute verwechseln ihn mit jemandem.« Auf Patricks Gesicht erschien ein etwas verwirrtes Lächeln. »Allerdings ist es schmeichelhaft, dass der farbenfrohe Ruf dieses Michael O'Flynn meinem Vater zugeschrieben wird.«

»Dieser Platz besitzt seinen eigenen Zauber, Cuchulainn«, sagte Catherine ernst, »und Sie sollten ihm sein Herz öffnen. Dann finden Sie vielleicht eines Tages heraus, dass Ihr Vater Michael O'Flynn *ist*.«

Patricks weiches Lachen wärmte die kühle Luft der Lichtung. Spontan berührte er Catherines Gesicht mit der Hand, als wäre sie ein naives Kind. »Wissen Sie, Miss Catherine Fitzgerald, fast könnte ich Ihren Worten glauben, denn wenn Sie hier sind, scheint mir die Lichtung wirklich ein verzauberter Ort zu sein.«

Ihre Hand umklammerte sein Handgelenk. »Glauben Sie mir, Patrick!«, sagte sie eindringlich. »Glauben Sie, dass Sie sich selbst in Ihrem Vater finden und eines Tages an diesen Ort zurückkehren werden. Das ist sehr wichtig.«

Überrascht von ihrer leidenschaftlichen Überzeugung rang Patrick nach Worten und Gedanken. Plötzlich zog er sie an sich. Wild und hungrig suchten seine Lippen die ihren, und sie schlang die Arme um seinen Hals.

Ihre Reaktion war ebenso heftig wie seine. Das Begehren, das seit ihrer ersten Begegnung in ihnen geschwelt hatte, erwachte durch den Funken der Leidenschaft zu einem Feuer, das Patricks Körper zu verzehren schien. Doch Catherine stieß ihn mit halbherzigen Protestrufen von sich. »Nein, nicht jetzt«, flüsterte sie.

»Ich liebe Sie, seit ich Sie zum ersten Mal auf diesem Hügel stehen sah, Catherine. Ich weiß nicht, wie das möglich ist, aber ich liebte Sie schon in diesem Moment. Vielleicht *sind* Sie Morrigan – aber Sie wollen mir nicht verraten, wie die Geschichte ausgeht.«

Catherine holte tief Luft, bevor sie antwortete. Die beiden großen Wolfhunde erhoben sich und näherten sich drohend, doch sie verscheuchte sie mit einer Handbewegung. Verunsichert setzten sie sich, beobachteten Patrick aber weiterhin misstrauisch.

»Kommen Sie wieder, wenn Sie Ihre Suche beendet haben, dann sage ich Ihnen, wie die Geschichte endet«, erklärte sie, sobald sie ihre Gefühle wieder unter Kontrolle hatte. Sie wich zurück, bis sie auf Armeslänge von ihm entfernt stand, und ließ den Blick zur Vorderseite seines Kilts wandern. »Sie sind wirklich stark wie Cuchulainn«, neckte sie ihn. Patrick errötete bei dieser gewagten Bemerkung. »Ich glaube, Sie tragen den

Gae Bulga unter Ihrem Kilt, Patrick Duffy«, meinte sie mit einem leisen, bewundernden Lachen.

»Was ist ein Gae Bulga?« Patrick, der sich schon unbehaglich genug fühlte, wurde bei ihrem sanften Spott noch verlegener. Noch nie war er einer Frau begegnet, die so offen über Angelegenheiten wie diese sprach.

»Der Gae Bulga war ein keltischer Speer, der mit zahlreichen Widerhaken versehen war. Eine fürchterliche Waffe. War sie einmal in den Körper eingedrungen, konnte sie nicht mehr herausgezogen werden, weil sich die Widerhaken am Schaft spreizten. In Ihrem Fall erinnert mich dieser Schaft an den meiner Hunde, wenn sie einer Hündin nachsteigen.«

Patricks schockierte Miene amüsierte Catherine. Seine Verlegenheit schien sie noch zu ermutigen. »Sehen Sie doch nicht so entsetzt drein, Captain Duffy. Einem Mann mit Ihrer Erfahrung müsste doch klar sein, dass wir Mädchen vom Land vieles sehen. So lernt man, wie das Leben wirklich ist.«

»Natürlich …«, stotterte er, »weiß ich das. Aber dies ist nicht gerade ein Thema, das man in Anwesenheit von Damen erörtert.«

»Wir sind allein, Patrick, und ich habe das Gefühl, dass ich bei Ihnen ich selbst sein kann«, sagte Catherine ruhig, während sie auf das Meer hinausblickte. »Ich muss zu Großvater zurück, bevor er meine Abwesenheit bemerkt. Ich fürchte, er wäre nicht begeistert davon, dass wir beide uns treffen. Ich wollte beim Abendessen neben Ihnen sitzen, aber Großvater bestand darauf, mich am Ende der Tafel neben Brett Norris und seiner schrecklichen Schwester zu platzieren.«

»Ich wünschte, ich könnte länger bleiben. Ich hatte kaum Gelegenheit, Sie kennen zu lernen.«

»Wenn Sie zurückkommen, Patrick.« Sanft berührte sie mit der Hand sein Gesicht. »Aber bevor Sie gehen, möchte ich Ihnen etwas geben, das Sie immer bei sich tragen müssen. Etwas, das Sie daran erinnern wird, nach Irland zurückzukehren.«

Patrick sah ihr nach, als sie ihn im Kreis der flachen Steine zurückließ und zum Waldrand ging. Dort bückte sie sich, um

etwas aufzuheben, das etwa so groß wie ihre Hand war. Sie
brachte ihm das mysteriöse Objekt und legte es in seine Hand.
Dann schloss sie seine Finger darum. »Versprechen Sie mir,
dass Sie Sheela-na-gig mit sich nehmen werden, wo immer Sie
auch hingehen. Aber Sie müssen mir auch versprechen, dass
Sie sie erst ansehen, wenn Sie in Ihrem Zimmer in Riley's Pub
sind.«

»Ich verspreche es«, erwiderte Patrick, den ihre Geste ein
wenig verwirrte. »Aber was ist Sheela-na-gig?«

»Eine Göttin, die noch älter ist als Morrigan. Ich fand sie
eines Tages als kleines Mädchen bei einem meiner Streifzüge
auf dem Hügel. Bis jetzt habe ich sie versteckt gehalten, weil
ich befürchtete, mein Großvater würde sie mir wegnehmen
und seiner Sammlung einverleiben.«

Patrick fühlte den kalten Stein in seiner Hand und erriet die
Umrisse einer menschenähnlichen Gestalt. In vielerlei Hinsicht war die alte Göttin in seiner Hand für ihn ebenso rätselhaft wie das Mädchen, das sich nun auf die Zehenspitzen stellte, um ihn zu küssen. Ihr Kuss war lang und sanft. Keiner von
beiden wollte den eigenartigen Zauber des Augenblicks brechen. Doch der Mond stand schon niedrig über dem Horizont,
und bald würde es auf dem Hügel sehr dunkel werden.

»Seien Sie vorsichtig, Captain Duffy«, flüsterte Catherine
ganz nah an seinem Ohr, wobei ihr süßer Atem seine Wange
streifte. »Ich werde zu Sheela-na-gig beten, damit sie Sie an
den gefährlichen Orten beschützt, an die Sie das Leben führt.«

Widerstrebend riss sie sich los und ging, ohne zurückzubli-
cken, mit den beiden riesigen Hunden durch die dichten Tannen den Abhang hinunter.

Patrick bewegte den Stein unablässig in seiner Hand. Trotz
seiner Neugier hielt er sein Versprechen, die Figur erst in seinem Zimmer genauer anzusehen. Was würde ihm der gemei-
ßelte Stein im Licht enthüllen? Den Geist von Catherine Fitzgerald selbst?

Sein tief in ihm ruhender Aberglaube riet ihm, den Hügel
zu verlassen, bevor geheimnisvolle Wesen kamen, um ihn für
immer von hier zu verschleppen. Aber hatte ihm nicht ein

anderes geheimnisvolles Wesen auf diesem heiligen Hügel der Kelten längst für immer das Herz gestohlen?

Der Mond ging unter, während er mit raschen Schritten zum Dorf zurückmarschierte. Die Luft hatte sich deutlich abgekühlt, und die Dorfbewohner schliefen. In den engen, gewundenen Gassen hallten seine Schritte auf dem Kopfsteinpflaster. Nur das Gekläffe eines Hundes irgendwo in der Nacht begleitete ihn zum Gasthaus, wo ihm ein gereizter Bernard Riley die Tür öffnete. Patrick bedankte sich, aber Riley winkte mürrisch ab und schlurfte im Nachthemd ins Bett zurück.

In seinem Zimmer angelangt, stellte Patrick eine Kerze auf die Anrichte, und sah im Schein ihres schwachen Lichtes die keltische Göttin Sheela-na-gig zum ersten Mal. »Großer Gott!«, fluchte er leise, aber geradezu ehrfürchtig, als die Schatten der tanzenden Flamme die kleine Gestalt zum Leben erweckten. »Kein Wunder, dass sie das Ding versteckt hat!«

Sheela-na-gig, die ihn mit geheimnisvollem Lächeln anstarrte, war die Göttin der Fruchtbarkeit.

Auf dem Rücken liegend, hatte sie die Beine einladend gespreizt. Mit den Händen hinter ihre Knie greifend, zog sie ihre überdimensionale Vagina auseinander, die das physische Verlangen hatte anschwellen lassen. Gebannt starrte Patrick auf die Figur, in der die urtümliche Vorfreude auf Lust und Fortpflanzung zu Stein geworden war.

Ihm war, als verkörperte die kleine Göttin aus vorchristlicher Zeit die wahre Seele der Menschen Irlands: Männer und Frauen voller Sinnlichkeit und ungehemmter Lust an der körperlichen Liebe. Doch diese ungezügelte Sinnlichkeit war von der Religion in neue Kanäle gelenkt worden und schlug sich nun in den fanatischen Gebeten und Ritualen der kirchlichen Feiertage nieder.

Während er Sheela-na-gig betrachtete, hatte er auf einmal das Gefühl, den wilden, freien Teil seiner keltischen Persönlichkeit besser zu verstehen.

»Danke, Catherine«, flüsterte er mit erstickter Stimme. »Du bist meine Göttin ... und das wird immer so sein. Wo immer ich auch hingehe, ich werde dich an diesem Schrein deines Körpers und deines Herzens verehren.«

Dann packte er die kleine Göttin in den tiefsten und dunkelsten Winkel seiner Reisetasche und setzte sich seufzend auf das schmale Bett, um Stiefel und Gamaschen auszuziehen. Kaum hatte er sich hingelegt, da suchten ihn auch schon merkwürdige Träume heim. Die aufwühlenden Erlebnisse des Abends vermischten sich mit dem Bild eines Hügels am anderen Ende der Welt – eines Hügels, den er selbst nie gesehen hatte. Seine Großmutter, Lady Enid Macintosh, hatte ihn ihm beschrieben. Eine Stätte, die einem alten Volk heilig war, dessen Angehörige vor über zwei Jahrzehnten auf Glen View, dem Besitz der Macintoshs, abgeschlachtet worden waren. Irgendwie sah er den trockenen, zerklüften Berg vor sich, als wäre er selbst dort gewesen. In seinen Träumen verwandelte er sich in die tannenbestandene Anhöhe der Kelten. Die Kultstätten zweier Völker, deren heidnischer Glauben im Denken der Moderne keinen Platz hatte.

Als er erwachte, erinnerte sich Patrick ebenso lebhaft an den Traum wie an die Augenblicke mit Catherine unter dem abnehmenden Mond. Maureen, die Wirtstochter, klopfte an seine Tür, und im Gasthaus herrschte morgendliche Geschäftigkeit.

Immer noch vollständig angekleidet, kroch er unter den warmen Decken hervor. Unterdessen war Maureen hereingekommen, ohne zu fragen, ob es ihm passte oder nicht. Sie stellte die Schüssel mit heißem Wasser auf die schmale Anrichte. Patrick dankte ihr, aber sie ging nur widerwillig, als er aufstand, um die Galauniform gegen eine etwas bequemere Reisekleidung auszutauschen.

Nach einem kräftigen Frühstück mit Eiern und Speck stattete Patrick Vater Eamon O'Brien und Mary Casey einen letzten Besuch ab. Sie wechselten ein paar Worte und äußerten ihr Bedauern, dass sie nicht mehr Zeit gehabt hatten, sich über ihre gemeinsamen Interessen auszutauschen.

Mary Casey hauchte einen verschämten Kuss auf seine Wange und schloss ihn liebevoll in die Arme, wobei sie Gott um Schutz für den bevorstehenden Kreuzzug zur Bekämpfung der ungläubigen Mohammedaner und zur Rettung von General Gordon bat. Dass sich Patrick am gemeinsamen Kampf der Christen gegen die bösen Heiden beteiligte, ließ sie sogar seinen in ihren Augen abstrusen protestantischen Glauben vergessen.

9

Im Morgengrauen wurde Ben vom melodischen Trillern der Elstern geweckt. Während er schlief, hatte er die Kälte des frühen Morgens nicht gespürt, aber als er sich jetzt streckte und im Staub aufsetzte, fröstelte ihn. Schlotternd rieb er sich die Arme.

Langsam kam er auf die Beine und blickte über den Hof zur Hütte. Dort stand seine kleine Tochter Becky und sah zu ihm herüber, wobei sie die Hand zum Schutz gegen das grelle orangefarbene Licht der aufgehenden Sonne über ihre Augen hielt.

»Daddy?«, rief sie, als ihr Vater auf sie zukam. »Ich habe dir Frühstück gemacht.«

Wie sie ihrer Mutter gleicht, dachte er, von einer Welle väterlicher Liebe erfasst. Solange sie lebte, würde Jenny immer bei ihm sein.

»Ich habe in der Nacht mit eurer Mutter gesprochen«, sagte Ben, während er sich zu den Kindern an den Tisch setzte, auf dem eine kleine Pfanne mit Brot und Schmalz stand. »Ich glaube, sie hätte gewollt, dass Willie euch nach Townsville zu Tante Judith und Onkel Solomon bringt und dann auf die Farm zurückkommt.«

Die kleineren Jungen wechselten entsetzte Blicke. Für sie war es unvorstellbar, dass sie in einer solchen Zeit ihr Zuhause verlassen sollten. Hier wurden sie gebraucht und nicht in einer Stadt, wo es kein freies Land, sondern nur Straßen und Häuser gab! Aber sie hüteten sich, laut zu protestieren, obwohl sich ihre Gesichter verdüsterten. Becky stand mit zitternder Unterlippe neben Ben. Jetzt verlor sie auch noch ihren Vater!

Ben sah, wie ihr die Tränen in die Augen stiegen, zog sie an sich und setzte sie auf seinen Schoss. Er schlang die Arme um sie und konnte den erdigen, süßen Duft ihrer dicken Haarflechten riechen. Das Herz tat ihm weh, denn die Entscheidung, die Kinder wegzuschicken, war ihm nicht leicht gefallen. Doch es stand mehr auf dem Spiel als Jerusalem. »Es ist ja nicht für immer«, sagte er sanft. »Nur für ein paar Jahre, bis sich die Dinge hier geändert haben.«

»Welche Dinge?«, piepste Saul verwirrt. »Was soll sich denn ändern? Mami ist tot, und wir sind alt genug, um das zu verstehen, Dad. Du brauchst Jonathan und mich für die Arbeit auf der Farm. Schick doch Becky … aber nicht uns!«

»Ich sagte, nur für ein paar Jahre«, knurrte Ben seinen Sohn an, der schon immer der Mutigere seiner beiden Jungen gewesen war. »Ein paar Jahre, in denen ihr eine anständige Erziehung bekommt und euch entscheiden könnt, was ihr tun wollt: in Townsville bleiben oder zurückkommen und Willie und mir auf der Farm helfen.«

»Aber dafür müssen wir doch nicht zur Schule zu gehen«, fuhr Saul unbeeindruckt fort. »Ich und Jonathan kennen die Arbeit hier ebenso gut wie Willie. Für das Vieh brauchen wir keine Schule. Du kannst uns alles beibringen, was wir wissen müssen.«

»Ihr braucht eine Ausbildung«, fuhr Ben ihn an. »Das hat sich eure Mutter so gewünscht. Sie wollte, dass ihr lesen und schreiben lernt. Diesen Wunsch muss ich ihr erfüllen.«

Diesen Wunsch muss ich ihr erfüllen, wiederholte Willie im Stillen. Den Wunsch, dass er sich an dem Mann rächte, der ihr als Kind solche Schmerzen zugefügt hatte. Die Ellbogen auf die Tischplatte gestützt, beugte er sich vor. »Halt den Mund, Saul, und hör auf Vater.«

Mit zornrotem Gesicht fuhr Saul zu ihm herum. »Er ist nicht *dein* Vater«, brauste er auf. »Ich hab gehört, was Mami zu dir gesagt hat, bevor sie gestorben ist. Also geh zum Teufel.«

Aus Bens Gesicht wich alles Blut. Er schlug mit dem Handrücken so fest zu, dass Saul von der Bank fiel. »Sag das in meinem Haus nie wieder«, flüsterte er mit vor Wut erstickter, heiserer Stimme.

Entsetzt von der heftigen Reaktion seines Vaters, blieb Saul ausgestreckt auf der festgestampften Erde des Fußbodens liegen und hielt sich die Hand an seine feuerrote Wange, die bereits anzuschwellen begann.

»Er ist mein Sohn, auch wenn ich nicht sein leiblicher Vater bin.«

Willie fühlte in sich eine neu erwachte Liebe zu dem Mann, der mit seiner Mutter verheiratet gewesen war. Bis zu jenem Moment hatte er Ben nie wirklich als Vater akzeptiert, sondern ihn immer als Konkurrent um die Aufmerksamkeit seiner Mutter gesehen.

»Nie wieder, Saul«, zischte Ben, um zu betonen, wie ernst es ihm mit seiner Warnung war. »Was du da gerade gesagt hast, hätte deiner Mutter das Herz gebrochen.«

»Tut mir Leid«, murmelte Saul, während er auf seinen Platz am Tisch zurückkehrte. Dort, wo sich ein Zahn von innen in seine Wange gebohrt hatte, schmeckte er Blut. Sein einziger Trost war, dass sein Vater ebenfalls zitterte, weil er es schon bereute, dass er seinem Sohn in seiner aufbrausenden Wut Schmerzen zugefügt hatte.

Er ist ein harter Bursche, dachte Ben. Eines Tages wird er der natürliche Erbe von Jerusalem sein. Bei diesem Gedanken kamen ihm Schuldgefühle, weil er Willie einfach beiseite schob, der den Besitz aufgrund seiner Stellung in der Familie eigentlich erben müsste. *Blut ist dicker als Wasser.* Es fiel Ben schwer, den unbehaglichen Gedanken abzuschütteln.

»Wann soll ich mit den Kindern aufbrechen?«, erkundigte sich Willie ruhig, und Ben war dankbar für diese Frage.

»Morgen. Du packst alles, was ihr für den Weg von Cloncurry nach Townsville braucht. Ich gebe dir einen Brief mit, in dem ich Solomon alles erkläre. Unterwegs kannst du dir in der Stadt Vorräte besorgen. Nimm auf jeden Fall genügend Kugeln und Schießpulver mit.«

»Nehmen wir den Pferdewagen?«, erkundigte sich Willie, und Ben nickte.

Jonathan hatte sich während des Wortwechsels zwischen seinem Vater und seinem aufsässigen Bruder ruhig verhalten und diesem sogar einen vorwurfsvollen Blick zugeworfen, als er sich nach der Backpfeife wieder an den Tisch setzte. Obwohl er seinen Vater und die Farm ebenso wenig verlassen wollte wie sein Bruder, fühlte er – wenn auch mit schlechtem Gewissen – eine Spur von Erleichterung.

Er erinnerte sich vage an seine ersten Lebensjahre in Townsville, wo es viele Wunder und Freuden gab, die ihnen auf Jerusalem versagt blieben. Andere Kinder, mit denen sie spielen konnten, anstatt der zermürbenden Arbeit auf der Farm. Und Bücher, die er bald würde lesen können. Nein, für ein paar Jahre würde das Leben in Townsville gar nicht so schlecht sein. Außerdem hatten die Cohens eine Menge Geld und mussten nicht so schuften wie ihr Vater.

Am nächsten Morgen spannte Willie das beste Pferd vor den Wagen und packte den Proviant für die lange Fahrt nach Townsville: Mehl, Dosenfleisch, Zucker, Tee, Wasserschläuche, ein Gewehr und Munition, Segeltuch als Schutz gegen die Witterung und einen großen Sack mit Spreu für das Pferd. Sonst nahmen sie kaum etwas mit, denn sie besaßen nicht viel mehr.

Die beiden Jungen saßen hinten auf dem Wagen, während Becky neben Willie eine Puppe, die Jenny ihr aus Stoffresten genäht hatte, fest umklammert hielt – ihr einziges Spielzeug. Ihre goldenen Locken waren fettig und wirr, denn um ihr Haar hatte sich sonst ihre Mutter liebevoll gekümmert.

Willie ließ die Peitsche knallen, und der Wagen rumpelte über den Hof und an den neu eingezäunten Koppeln vorbei. Unter den schweren, mit Eisenreifen umspannten Holzrädern stieg eine tiefe Wolke feiner, roter Staub auf, die wie eine Fahne hinter ihnen herzog.

Ben, dessen Augen von seinem breitkrempigen Hut beschattet wurden, stand bei den Koppeln und blickte dem im Busch verschwindenden Wagen traurig nach. Er sah die grimmigen Gesichter der Jungen, die sich nach ihm umgewandt hatten, und beobachtete, wie Becky ihm mit ihrer Puppe winkte. In diesem Augenblick hatte er das Gefühl, sein Herz würde brechen. Der Schmerz war geradezu körperlich, und obwohl er gedacht hatte, er hätte längst alle Tränen geweint, konnte er sie nur mit Mühe zurückhalten.

Als die Kinder außer Sicht waren, wandte er sich ab und ging zum Grab seiner Frau. Dort stand er mit gebeugtem Haupt und sprach mit ihr. Er erklärte ihr, dass die Kinder eines Tages zurückkehren würden – als die Menschen, die sie ihrem Wunsch zufolge werden sollten. Die Stille des weiten Buschlands dröhnte in seinen Ohren, während er auf das Rumpeln des Wagens oder das Knallen der Peitsche lauschte. Aber er hörte nichts außer dem Gezwitscher der winzigen Buschvögel, die auf der Suche nach Insekten in den Sträuchern umherflitzten. Zum ersten Mal seit vielen Jahren war er wirklich allein.

Nein, nicht allein! Eines Tages würde die Freude in sein Leben zurückkehren, und er würde Jenny in der jungen Frau wiederfinden, zu der seine Tochter heranwachsen würde.

Eine Stunde lang stand Ben an Jennys Grab, ohne die vielen dunklen Augen zu bemerken, die ihn aus der Deckung des Buschwerks beobachteten. Die Krieger, die sich in den Schatten der Zweige verborgen hielten und auch die Abfahrt des Wagens beobachtet hatten, hatten ihre Speere an Woomera-Stäben befestigt, damit sie weiter flogen.

Doch keine ihrer Waffen bohrte sich in das Fleisch des Weißen, denn Terituba hatte den Mann erkannt, der ohne Angst zu ihnen gekommen war und ihnen Mehl statt Tod gebracht hatte. Terituba gab seinen Kriegern ein Zeichen, weiterzuziehen und den weißen Mann in Frieden trauern zu lassen. Er respektierte diesen Menschen, und sein Tod wäre sinnlos gewesen. Es gab andere Weiße, die sie jagen konnten, bis sie entweder tot waren oder das Land der Kalkadoon verlassen hatten.

Wie lautlose Schatten glitten die Kalkadoon-Krieger tiefer in den Busch hinein, um auf die Jagd zu gehen. Danach würden sie zu ihrem Clan zurückkehren, der sein Lager an einem Wasserloch nördlich von Jerusalem aufgeschlagen hatte. Bald jedoch würden sie sich den anderen Kalkadoon-Clans in den Basalthügeln anschließen, um zu besprechen, wie sie die Eindringlinge vertreiben konnten.

Willie hatte sich nicht nach der Rindenhütte umgesehen. Er wollte den Ort, an dem seine Mutter begraben lag, nicht mehr vor Augen haben, weil er sie als lebendes Wesen und nicht als Teil der Erde in Erinnerung behalten wollte. Er würde nie nach Jerusalem zurückkehren. Er war nicht Teil dieses Landes, das Ben gehörte und das, wie er immer gewusst hatte, eines Tages an Jonathan oder Saul gehen musste. Nachdem er Bens Kinder in Townsville abgeliefert hatte, würde er sich nach Süden durchschlagen, an den Ort seiner Geburt – nach Sydney. Dort würde er den Schwur erfüllen, den er nach dem Tod seiner Mutter abgelegt hatte. Er würde seinen leiblichen Vater töten.

10

Gordon James' dunkle Augen und sein pechschwarzes Haar stachen dem Beobachter zuerst ins Auge. Obwohl er nicht außergewöhnlich hoch gewachsen war, wirkte er durch sein gebieterisches Auftreten groß. Sein sorgfältig rasiertes Gesicht zeigte eine goldbraune Tönung, die er den langen Stunden im Sattel verdankte, wenn er Patrouillen der berittenen Eingeborenenpolizei gegen die letzten Aborigine-Stämme führte, die den weißen Siedlern noch Widerstand leisteten.

In seiner Uniformjacke und mit der in kniehohen Stiefeln steckenden Reithose bot er ein eindrucksvolles Bild, als er, mit dem Rücken an die grob zusammengezimmerte Bar des Cloncurry-Hotels gelehnt, seine Zuhörer musterte: Siedler und ihre Viehhirten, Fuhrleute, Kleinbauern, Goldsucher und ein paar Kaufleute, die mit den Buschläufern zusammenarbeiteten. Es waren harte, kompromisslose Männer, die die unverwüstliche Arbeitskleidung ihres Gewerbes trugen: Moleskinhosen, bunte Hemden, breitkrempige Hüte und kniehohe Stiefel. An ihren Hüften hingen Handfeuerwaffen, und auf dem Schoß hielten sie Gewehre. Während draußen die Hunde des Gasthauses zähnefletschend und nacheinander schnappend ihre Revierkämpfe ausfochten, bedachten die Männer, von denen die meisten Bärte trugen, den jungen Polizeioffizier mit Blicken, in denen eine kaum wahrnehmbare Spur von Verachtung und Feindseligkeit lag.

Draußen auf der Hotelveranda lungerte eine weitere Gruppe Bärtiger herum, die sich mehr für die kämpfenden Hunde als für die Versammlung drinnen interessierten. Sie amüsierten sich mit bissigen Kommentaren über die Unfähigkeit der berittenen Eingeborenenpolizei, der es nicht gelingen wollte, die aufsässigen Kalkadoon im Distrikt zu zerstreuen. Ihre Kommentare waren für die Ohren zweier uniformierter Polizeibeamter bestimmt, die am anderen Ende der Veranda auf das Ende der Versammlung und ihren Vorgesetzten warteten.

Bis auf den Aufruhr, den die Köter verursachten, bewegte sich auf der breiten, staubigen Hauptstraße der Grenzstadt kaum etwas. Die heiße Mittagssonne hatte die meisten Lebewesen in den Schatten getrieben. Nur ein einsamer Pferdewagen rumpelte auf die Gemischtwarenhandlung zu. Ein paar neugierige Blicke folgten seinen Insassen, zwei kleinen Jungen, einem kleinen Mädchen mit gelbem Haar und einem missmutig dreinblickenden jungen Mann, der die Zügel hielt.

Drinnen, in der überfüllten Bar, führten die teils stehenden, teils sitzenden Männer laute Gespräche, wobei sie den Offizier nicht aus den Augen ließen, der nun laut hustete und mit dem Boden einer leeren Ginflasche auf die Bar klopfte. Dieser improvisierte Hammer sicherte ihm die Aufmerksamkeit seines Publikums, sodass er sich mit Rang und Familiennamen vorstellen und den Männern dafür danken konnte, dass sie der Einladung zu dieser Versammlung gefolgt waren. Dann stürzte er sich direkt in seine Rede. »Ich weiß, dass Sie den schändlichen Mord an Inspektor Potter mit jenem Abscheu betrachten, den ein solches Verbrechen in jedem guten Menschen auslöst«, begann Gordon James fromm. »Ich verspreche Ihnen, dass ich alles unternehmen werde, um den Schwarzen, die dafür verantwortlich sind, eine Lektion zu erteilen.«

Sein Publikum bestand aus Männern, die das alles schon oft von der Regierung im fernen Brisbane gehört hatten. *Wieder so ein herausgeputzter Laffe, der meinte, das Problem mit den Kalkadoon würde sich von selbst lösen, weil er sich nun darum kümmerte. Dabei kam es mittlerweile im Distrikt Cloncurry fast täglich zu Übergriffen.*

»Und mit welcher Armee bitte?«, spottete ein Siedler, der

die Arme über dem ausladenden Wanst verschränkt hatte. »Die schwarzen Dreckskerle treiben mit dir ihre Spielchen, bevor sie dir die Eingeweide herausreißen und deine Nieren fressen.«

Diese Bemerkung wurde mit Kopfnicken und zustimmendem Gemurmel aus dem Publikum quittiert. Es war ja wohl ein Witz, dass dieser Jüngling meinte, er wäre ein besserer Polizist als der ältere, erfahrenere Beamte, der bei dem Hinterhalt ums Leben gekommen war.

»Gib dem Mann 'ne Chance, Harry«, mischte sich jemand mit breitem amerikanischem Akzent von ganz hinten im Raum ein. »Sein alter Herr war immerhin Henry James.«

»Nie von ihm gehört«, schnaubte der dicke Siedler.

»Kein Wunder, Harry«, meinte der Amerikaner boshaft. »Das war nämlich einer von hier.«

Dem ursprünglich aus Victoria stammenden Farmer, der im Distrikt noch neu war, verschlug es einen Augenblick lang die Sprache. Unter den Veteranen des Grenzlandes, die es satt hatten, dass er ständig damit angab, wie viel besser alles in der Kolonie Victoria war als in Queensland, kam Gelächter auf.

»Gut so! Gib's ihm, Commanche Jack!«, meldete sich eine andere Stimme aus der dicht gedrängten Menge.

Gordon war dem Amerikaner für seine Unterstützung dankbar. Interessant, dass der Ruf seines gefürchteten Vaters unter den harten Grenzern immer noch fortlebte. »Mister Jack, ist Ihr Name ein Hinweis darauf, dass Sie Erfahrung im Kampf gegen die Wilden *Ihres* Landes haben?«

Commanche Jack schob sich durch die Menge der Grenzer nach vorn. »Fast zwanzig Jahre, Inspektor. Einmal haben die sogar mein Gesicht verschönert, damit ich den Frauen besser gefalle.«

Er war ein kleiner, vierschrötiger Mann. Gordon nahm an, dass er in den mittleren Jahren stand, aber er hielt sich, als wäre er zwanzig Jahre jünger. Sein vernarbtes Gesicht beeindruckte den jungen Polizeioffizier. Das war ein Mann, der wusste, wie man mit Wilden umsprang, dachte er, während er den amerikanischen Siedler abschätzend musterte. »Dann könnten Sie mir eine große Hilfe sein. Ich will nämlich eine Patrouille zusammenstellen, um die widerspenstigen Schwarzen aufzuspüren und der Justiz zu übergeben. Dazu brauche ich erfahrene Männer wie Sie, um nach den jüngsten Verlusten die Ränge der berittenen Eingeborenenpolizei aufzufüllen.«

»Sie meinen einen Hilfstrupp für den Sheriff, Inspektor?«, meinte Commanche Jack mit sarkastischem Grinsen. »Klar reite ich da mit.«

»So was gibt es hier nicht«, protestierte Gordon mit verlegenem Hüsteln. »Das ist eine Spezialität von euch Yankees.«

»Nennen Sie es, wie Sie wollen, ich bin dabei«, erwiderte der Amerikaner mit einem Grinsen, das seine vom Tabak verfärbten Zähne entblößte. »So 'n Aborigine-Skalp hätte ich schon gern, solange sie noch zu haben sind.«

Die Männer, die gekommen waren, um sich anzuhören, was der junge Inspektor von der berittenen Eingeborenenpolizei zu sagen hatte, brüllten vor Lachen. Dass der Amerikaner so wild darauf war, sich der Jagd auf die gefürchteten Kalkadoon anzuschließen, machte ihnen Mut. *Mit Snider und Colt ließ sich das Problem bestimmt lösen.*

Ein Mann, der die Disziplin der Kalkadoon und ihre Kampftaktik aus eigener Erfahrung kannte, saß schweigend neben dem jungen Inspektor und lauschte der Diskussion darüber, wie die Krieger aus den Bergen nördlich von Cloncurry am besten zu schlagen waren: Trooper Peter Duffy.

Bescheiden saß Peter auf seinem Stuhl. Er hatte den Snider-Karabiner mit dem Kolben auf den Boden gestützt, sodass der Lauf zur Decke zeigte, trug Uniform und hatte einen Patronengurt über die Brust gehängt. Dass man ihn als Begleitung Gordons für diese Versammlung ausgewählt hatte, freute Peter, schließlich waren sie zusammen aufgewachsen. Sein Jugendfreund und jetziger Vorgesetzter war in Cloncurry mit dem Befehl eingetroffen, das Kommando über die demoralisierte Polizeitruppe von Unterinspektor Potter oder vielmehr deren klägliche Überreste zu übernehmen. Viel Zeit für private Gespräche mit Peter hatte er nach seiner Ankunft nicht gehabt.

In ihrer Kindheit im nördlichen Queensland hatten sie wochenlang unter den nomadisierenden Stämmen der Gegend um Cooktown gelebt. Einmal waren sie sogar mit den wilden Kyowarra bis zum Fluss Normanby gezogen. Gordons Vater war ihnen damals nachgeritten, und nur Wallaries Eingreifen hatte den früheren Sergeant der berittenen Eingeborenenpolizei vor dem sicheren Tod bewahrt.

Peter lächelte vor sich hin, als er sein Leben bei der Eingeborenenpolizei mit dem seines besten Freundes verglich. Es war ein ironisches Lächeln. Eigentlich hätte Gordon der Fährtenleser sein sollen und er der Offizier. Schließlich war er wesentlich gebildeter als Gordon, wogegen Gordon ihm im Busch weit überlegen war. Gordon hatte viel von den Ureinwohnern gelernt, die sie beide die Weisheit des Buschs gelehrt hatten, während Peter in der Schule von Townsville besser aufgepasst hatte.

Als sie zur Eingeborenenpolizei gegangen waren, war Gordon sofort automatisch Offizier geworden, während Peter als einfacher Soldat in die Kaserne verwiesen worden war. Nichts Persönliches, hatte Gordon ihm etwas verlegen erklärt, aber als Schwarzer sei er eben nicht so gebildet wie ein Weißer. Seine taktlose Erklärung hatte Peter nicht weiter gestört; mittlerweile hatte er sich daran gewöhnt, welche Stellung im Leben er als Mischling einnahm. Außerdem sei sein Vater Tom Duffy, der berüchtigte Buschläufer, gewesen, hatte Gordon hinzugefügt, als könnte das Peter über seine unglückselige Abstammung hinwegtrösten.

»Haben Sie schon mal Kalkadoon gejagt, Inspektor?«, fragte ein schlanker, bärtiger Fuhrmann geradeheraus. »Das ist ein verfluchtes Pack. Die schneiden Ihnen die Eier ab, fressen sie vor Ihren Augen auf und zeigen Ihnen gleichzeitig den nackten Hintern. Solche Schwarzen sind mir in all den Jahren als Fuhrmann in Queensland noch nicht begegnet. Die haben vor nichts Angst, diese Kalkadoon.«

»Ich muss zugeben, Sir, dass ich noch keine Kalkadoon gejagt habe. Aber mir ist nicht klar, wieso Ihre Schwarzen schlauer sein sollten als die, die ich in letzter Zeit aus dem Cairns-Distrikt und der Gegend nördlich davon vertrieben habe.«

»Das hat Inspektor Potter wahrscheinlich auch gesagt«, warnte Commanche Jack mit ruhiger Stimme, was mit zustimmendem Kopfnicken quittiert wurde. »Der hat wohl gedacht, er hat Indianer vor sich. Ich weiß aus meinem Land, dass zum Beispiel die Mescalero-Apachen ganz anders kämpfen als die Arapahos. Hier haben Sie es mit einer Art Mescaleros zu tun, und die sind ganz und gar nicht friedfertig. Nein, Inspektor, so was haben Sie noch nicht gesehen. Das sind australische Mescaleros.«

»Ich beuge mich Ihrem weisen Rat, Commanche Jack«, erwiderte Gordon edelmütig. »Aber ein gut ausgebildetes, diszipliniertes Kontingent der berittenen Eingeborenenpolizei Ihrer Majestät ist jedem kriegerischen Stamm in jeder Kolonie der Welt gewachsen. Das gilt übrigens auch für die früheren Kolonien der Krone.« Sein gut gezielter, aber scherzhafter Seitenhieb gegen die rebellischen Yankees trug ihm das Gelächter des Publikums und ein breites Grinsen von Commanche Jack ein.

»Kann schon sein, Inspektor, kann schon sein«, erwiderte er gutmütig.

Das harmonische Verhältnis zwischen dem abgebrühten, erfahrenen Indianertöter und dem jungen, relativ unerfahrenen Polizeioffizier sorgte dafür, dass auch die anderen im Raum Gordon stillschweigend akzeptierten. Er fühlte, dass sie ihn allmählich als Oberbefehlshaber der Expedition zur Vertreibung der Kalkadoon akzeptierten.

»Nun, meine Herren, ich glaube, sonst ist zu diesem Zeitpunkt nicht viel zu sagen, außer dass ich in zwei Wochen hier um dieselbe Zeit eine Versammlung abhalten werde. Ich bitte Sie alle, daran teilzunehmen, damit wir meine Pläne für eine Expedition, die uns ein für alle Mal von der Kalkadoon-Plage befreit, durchgehen können.«

Kopfnickend stimmten die Männer seinem Vorschlag zu, während sie sich unter lautem Gemurmel von ihren Stühlen erhoben. Gordon wandte sich Peter zu, der immer noch auf seinem Stuhl saß. »Trooper Duffy!«

»Sir!«

»Wir brechen jetzt auf und kehren in die Kaserne zurück.«

»Sir!«

Peter folgte Gordon aus dem Hotel in die Hitze des Nachmittags hinaus. Draußen nahm Gordon seine Mütze ab und wischte sich den Schweiß von der Stirn, der nicht allein auf die erstickende Hitze in der Bar zurückzuführen war. Die beiden Polizisten, die vor dem Hotel auf ihren Vorgesetzten gewartet hatten, standen bei seiner Ankunft stramm und grüßten militärisch.

Sie banden ihre Pferde los. »Komm nach dem Abendappell in mein Büro«, sagte Gordon leise, als er sich in den Sattel schwang.

»Sir!«

»Gut so! Wir haben eine Menge zu besprechen«, setzte Gordon mit einem verschwörerischen Zwinkern hinzu, das die steife Förmlichkeit ein wenig auflockerte, die seit seinem Eintreffen in der Kaserne zwischen ihnen geherrscht hatte. Nicht dass sie viel Zeit gehabt hätten, Erinnerungen auszutauschen, denn Gordon hatte sofort nach seiner Ankunft in Townsville Abordnungen verschreckter Siedler und besorgter Städter empfangen.

Sie wendeten ihre Pferde und ritten mit steifem Rücken die Hauptstraße hinunter. Ihre disziplinierte Haltung wurde von den wenigen Menschen, die sich vor der Sonne in den Schutz der Vordächer der Geschäfte geflüchtet hatten, mit Lächeln und Winken begrüßt.

Die Nachricht, dass der Sohn von Henry James das Kommando über die Truppe übernommen habe, hatte sich rasch verbreitet. Viele Veteranen erinnerten sich noch an den Ruf seines Vaters, der bei der Vertreibung der Eingeborenen aus dem Kennedy-Distrikt weiter südlich eine wichtige Rolle gespielt hatte. Wenn der Junge nur halb so gut war wie sein Alter, dann konnten sich die Kalkadoon auf was gefasst machen – darin waren sich alle einig.

11

Horace Brown beobachtete, wie der kleine Dampfschlepper auf den Kai zutuckerte. Mit der einen Hand auf seinen Stock gestützt und mit der anderen die Augen beschattend, spähte er auf den schlammigen Flussarm hinaus, auf dem sich das Schiff zwischen den hölzernen Rümpfen der Küstenschiffe einen Weg zur Anlegestelle bahnte. Der Tag war mild, und der klare blaue Himmel versprach gutes Wetter. Das war ein Glück, denn bei schlechter Witterung kamen die Passagiere, die von den in der Cleveland Bay ankernden Dampfschiffen in offenen Walbooten herübergebracht wurden, häufig völlig durchnässt und ohne Gepäck an.

Der Engländer war nicht der Einzige, der am Kai wartete, aber kaum jemand nahm Notiz von dem kleinen Mann, der von Zeit zu Zeit die Brille abnahm, um sie mit dem Jackenärmel zu polieren.

Horace fiel so gut wie nie auf, denn seine hervorragende Eigenschaft war, dass er völlig uninteressant wirkte – in seinem Beruf ein wichtiger Vorteil. Unauffällige Menschen waren die besten Geheimagenten, weil niemand auf sie achtete, sodass sie ungestört Informationen sammeln und aufbereiten konnten. Doch Horace, der angebliche Privatier und tatsächliche Führungsoffizier des Passagiers, auf den er wartete, blieb nur noch wenig Zeit im Dienste des Außenministeriums Ihrer Majestät. Eine Tatsache, die ihm stets vor Augen stand, denn der Krebs fraß an seinem Körper und beraubte ihn seiner Lebenskraft. Wie lange noch? Seiner Schätzung nach höchstens sechs Monate.

Mühsam humpelte er vor, als die wenigen Menschen am Kai zu dem Schiff drängten, das jetzt in den Hafen dampfte. Mit tränenden Augen suchte er unter den Passagieren des Leichters nach der auffälligen, breitschultrigen Gestalt des Mannes mit der schwarzen Augenklappe. Als er ihn zwischen den Chinesen und Europäern entdeckte, die mit dem Schiff aus Singapur gekommen waren, fühlte er sich an Odysseus erinnert, der nach seiner Penelope Ausschau hielt. »Mein lieber Junge!«, seufzte er, während ihm Tränen des Glücks über die Wangen liefen. »Endlich bist du von deiner Irrfahrt durch den Orient heimgekehrt.«

Dabei war Michael Duffy alles andere als ein Junge. In den zehn Jahren, in denen er den Orient bereist hatte, hatte er andere Namen und Nationalitäten angenommen. Nur so war er den Leuten entgangen, die seiner Spionagetätigkeit gern dauerhaft ein Ende gesetzt hätten und denen sein gewaltsamer Tod höchst gelegen gekommen wäre. Obwohl er bereits Mitte vierzig war, war sein Körper immer noch straff und muskulös, und das verbliebene blaue Auge leuchtete voller Energie, auch wenn sich mittlerweile graue Strähnen durch sein dichtes, einst braunes Haar zogen. Wie in seiner Jugend trug er es so lang, dass es fast bis auf den Kragen seines makellos weißen und gestärkten Hemdes fiel. Eine frische Augenklappe bedeckte die leere Höhle, die ein Artillerieschrapnell der Konföderierten im amerikanischen Bürgerkrieg hinterlassen hatte. Sein gebräuntes Gesicht war glatt rasiert und zeigte keinerlei Spuren des Alters. Nach wie vor verdrehte seine herbe Attraktivität Frauen jeden Alters den Kopf.

»Mein lieber Mister O'Flynn!« Horace ergriff Michaels ausgestreckte Hand, als dieser an Land gegangen war. »Es ist schön, Sie bei so guter Gesundheit zu sehen.«

Michael war entsetzt, als er sah, wie hager Horace geworden war. Als er den Mann, der sich jetzt so tapfer bemühte, munter zu wirken, zum letzten Mal gesehen hatte, war er eher beleibt gewesen, ein kräftiger Bursche, der das Opium und chinesische Knaben liebte. Das hier war nicht der Mensch, den er zurückgelassen hatte, als er in den Fernen Osten aufgebrochen war. Ein paar Sekunden lang verschlug ihm diese Verwandlung die Sprache. Völlig unerwartet fühlte er eine Welle des Mitgefühls für den Mann in sich aufsteigen, der seine letzten Jahre mit der Rücksichtslosigkeit des Fanatikers bestimmt hatte. »Horace, alter Junge! Wie geht's denn so?« Sofort bereute er die taktlose Frage, denn es war offensichtlich, dass der andere schwer krank war.

»Gar nicht so schlecht, Michael, gar nicht so schlecht.«

Michael hätte schwören können, dass der harte, rücksichtslose Mann, der den Krimkrieg von 1854 überlebt und in Asien und im Pazifikraum gefährliche Intrigen gegen seine deutschen Gegner geschmiedet hatte, den Tränen nahe war. Um von dieser für beide peinlichen Situation abzulenken, legte er dem kleineren Mann den Arm um die Schultern und steuerte ihn über den Kai in Richtung Stadt.

»Ihren Berichten habe ich entnommen, dass es für Sie von Zeit zu Zeit brenzlig wurde, alter Junge. Hoffentlich nicht *zu* brenzlig«, sagte Horace, während er langsam neben dem großen Iren herging. »Ich hatte oft Angst, Ihr hitziges irisches Temperament würde Sie in Schwierigkeiten bringen.«

Bei der Vorstellung, dass sich der Engländer um ihn sorgte, schnaubte Michael amüsiert. »Sie meinen, Sie hatten Angst, mich zu verlieren, weil Sie dann jemand anderen hätten finden müssen, der für Sie die Dreckarbeit erledigt.«

»Das stimmt nicht, alter Junge«, protestierte Horace empört. »Ich habe Sie im Laufe der Jahre sehr ins Herz geschlossen.« Michael wusste nicht, ob er ihm glauben sollte. Horace Brown war gleichzeitig rücksichtslos und sentimental.

Nachdem sie den Kai hinter sich gelassen hatten, stellte Michael überrascht fest, dass Townsville seit seinem letzten Besuch im Jahre 1875 gewachsen war. Zwar beherrschten immer noch Wellblech und Holz das Bild, doch es gab auch schöne öffentliche Gebäude aus Stein und Ziegeln. Mitten in der Stadt erhob sich der große rote Felsenberg, der zum Landesinneren hin die Sicht beherrschte, und die Straßen wurden von Gaslaternen gesäumt. Sie hatten das neu errichtete Excelsior Hotel schon fast erreicht, in dem Horace Michael untergebracht hatte, als Michael auffiel, dass die Senkgruben bei allem Fortschritt so stanken wie eh und je.

Er hatte nur ein einziges Gepäckstück bei sich, das ihm auf seinen Reisen gute Dienste geleistet hatte und entsprechend mitgenommen aussah. Trotzdem hatte er nie daran gedacht, die alte Stofftasche zu ersetzen, die für ihn zum Symbol seines Lebens geworden war. Alles, was er brauchte, trug er in dieser Tasche bei sich: Rasiermesser, zwei Colts, zwei Sätze Kleidung zum Wechseln und ein verblichenes Foto von einem kleinen Jungen, der, ohne zu lächeln, mit ernstem Blick in die Kamera starrte. Das Bild hatte ihm seine Schwester, Kate Tracy, gegeben, der es wiederum seine Tante Bridget aus Sydney vor der Abreise des Jungen nach England geschickt hatte. Es war Michaels wertvollster Besitz, denn es zeigte seinen Sohn, der mittlerweile als Captain Patrick Duffy im Dienste Ihrer Majestät am Sudan-Feldzug teilnahm. Ein Sohn, der nicht wusste, dass sein Vater noch lebte.

Bald hatten sie das Hotel erreicht, wo sich Michael unter dem Namen O'Flynn eintrug. In Neusüdwales wurde er immer noch für einen Mord gesucht, den er nicht begangen hatte. In den langen Jahren als Söldner hatte er viele Menschen getötet, die den Tod wahrscheinlich nicht verdient hatten. Aber jenes eine Mal, als er in Notwehr gehandelt hatte, wurde von den Behörden der südaustralischen Kolonie als Mord gewertet.

Michaels Zimmer führte auf die obere Veranda hinaus. Von dort sah man auf die schlammigen Wasser des Flussarms, den er hatte überqueren müssen, um von dem Dampfer aus zum Kai zu gelangen. Er konnte die hohen Masten der kleinen Holzboote, die am Ufer lagen, erkennen. Um den Balkon spielte eine erfrischende Brise, und die Atmosphäre wirkte angenehm friedlich. Das nördliche Queensland wurde ihm aus vielen Gründen immer mehr zur Heimat. Hier lebte Kate mit ihrem amerikanischem Ehemann, seinem Freund Luke Tracy. Hier hatte der Mann, der sein Leben kontrollierte und ihn bezahlte, seinen Wohnsitz genommen. Und hier wurde er nicht als Mörder gesucht.

Horace hatte eine Flasche eisgekühlten Champagner auf den Balkon bringen lassen. Die beiden Männer ließen sich auf bequemen Rohrstühlen nieder und sahen auf die Straße hinab. Horace erhob sein Glas. »Auf die Königin. Möge Gotte sie schützen!«

»Auf Sankt Patrick – und zum Teufel mit allen Briten!«, erwiderte Michael.

Diese respektlose Erwiderung auf den Toast war für die beiden vor Jahren zu einem Insider-Witz geworden. Sie kippten einen Schluck des kalten, perlenden Getränks hinunter und machten es sich gemütlich, um gedankenverloren in den blauen Himmel hinter dem Geländer hinauszustarren. Das vertraute Ritual hatte in beiden alte Erinnerungen wachgerufen.

»Ich hätte Sie vierundsiebzig in Cooktown bei unserer ersten Begegnung erschießen sollen«, knurrte Michael leise. Horace kicherte bei der Erinnerung daran, wie er den gefährlichen, mit allen Wassern gewaschenen Sohn irischer Einwanderer zum ersten Mal gesehen hatte, als er gerade seinen Rumrausch ausschlief.

»Dann hätten Sie nie den exotischen Orient kennen gelernt, und Ihre Rechnung mit Mort wäre wahrscheinlich immer noch offen«, erwiderte er. »Und die lukrative Belohnung, die Sie von der bis in alle Ewigkeit dankbaren Familie der Prinzessin aus Cochinchina erhalten haben, wäre Ihnen auch entgangen.«

»Vielleicht«, meinte Michael nachdenklich. »Vielleicht hätte ich mein Leben aber auch als Landschaftsmaler verbracht, anstatt ständig in der Angst zu leben, dass mir jemand eine Kugel in den Kopf jagt.«

»Sie haben in den letzten zehn Jahren viel für das britische Empire getan, Michael. Das muss Ihnen doch etwas wert sein.«

»Mir blieb keine Wahl, Horace«, konterte Michael. »Dafür haben Sie und Ihre Kontaktleute in den Kolonien schon gesorgt. Aber das ist jetzt vorüber. Ich bin zu Hause, und von der Vergangenheit ist keine Rede mehr.«

Horace spielte mit seinem Stock und klopfte mit der Spitze gegen seine Finger. Dann räusperte er sich und beugte sich auf seinem Stuhl vor. »Nicht ganz, mein lieber Junge. Von Fellmann ist zurück, und ich glaube, er plant eine zweite Expedition, um Neuguinea für den Kaiser zu beanspruchen.«

Michael starrte auf die hölzernen Bodenbretter des Balkons. »Ich bin nach Hause gekommen, um herauszufinden, was von meinem Leben noch übrig ist, Horace. Die Geister der Vergangenheit habe ich im Ausland zurückgelassen. Ich habe genug.«

»Was würden Sie hier denn tun, Michael? Sie haben keine nennenswerten Ersparnisse, ein Leben als Maler ohne Einkünfte ist also ausgeschlossen. Wollen Sie für Ihre Schwester arbeiten? Im Laden verkaufen oder die Bücher führen? Glauben Sie wirklich, dass Sie so leben können, nach allem, was Sie gesehen und getan haben? Denken Sie, meine Kontaktleute könnten Sie davor schützen, dass mitten in der Nacht die Polizei mit einem Auslieferungsbefehl nach Neusüdwales an die Tür klopft, damit Sie dort wegen Mordes vor Gericht gestellt werden können?«

»Die Frage ist wohl nicht, ob sie das können, sondern ob sie es wollen.«

Darauf antwortete Horace nicht, denn er wusste, dass Michael Recht hatte. Wenn er seinen Auftraggebern nicht mehr von Nutzen war, gab es keinen Grund, ihn weiter vor der Justiz zu schützen. »Das ist nicht meine Entscheidung, mein lieber Junge. Wenn ich selbst zu bestimmen hätte, würde ich Sie nicht bitten, diesen letzten Auftrag auszuführen«, entschuldigte er sich traurig. »Aber ich gebe Ihnen mein Wort, dass die Krone danach einen Weg finden wird, sich erkenntlich zu zeigen und Sie für die treuen Dienste zu belohnen, die Sie der Königin erwiesen haben. Gott weiß, dass Sie für alles, was Sie getan haben, eine Anerkennung verdienen.«

»Warum beauftragen Sie nicht jemand anders?«, fragte Michael.

»Weil sich in Sydney eine Situation ergeben hat, die Sie mit Ihren Talenten und Ihrem Wissen am ehesten in den Griff bekommen.«

»Sydney! Jesus, Maria und Josef!«, explodierte Michael. »Das ist der letzte Ort, an den ich freiwillig gehen würde. In Sydney erwischen mich die Greifer bestimmt. Warum annektiert Ihre britische Regierung Neuguinea denn nicht selbst?«

Horace lehnte sich auf seinem Stuhl zurück und schürzte verärgert die Lippen. »Weil dort Dummköpfe sitzen, die sich weigern, auf Leute zu hören, die es besser wissen. In London haben wir Männer wie Lord Derby vom Kolonialministerium, die Gladstone erzählen, die Resolutionen des vor einigen Jahren in Sydney abgehaltenen Interkolonialkongresses wären Hirngespinste naiver Kolonialregierungen. Die Bedrohung, die im pazifischen Raum für Australien heranwächst, ist angeblich reine Einbildung. Gladstone glaubt nicht, dass Bismarck Neuguinea annektieren will. Er ist sogar so weit gegangen, den Deutschen zu versichern, dass er keinerlei Absicht hat, die in den Entschließungen von Sydney vorgesehenen Annexionen durch Großbritannien vorzunehmen. Das ist der Grund.«

Michael wusste, dass der Engländer das Engagement des deutschen Kaiserreichs im Pazifik in hohem Maße beunruhigend fand. Während seine Kollegen im britischen Außenministerium immer noch Frankreich für den Erbfeind Englands hielten, hatte Horace als einsamer Mahner immer wieder auf die rasche Expansion der deutschen Militärmaschinerie in Europa hingewiesen. Er hatte genau vor Augen, wie die Handelsstützpunkte, die die Deutschen in den annektierten Gebieten errichten würden, in einigen Jahren für künftige Militäroperationen gegen die strategischen Interessen Großbritanniens genutzt werden konnten. Annexionen waren für Horace notwendig, wenn man sich im Schachspiel der internationalen Politik durch strategische Züge die militärische Überlegenheit sichern wollte. Die politischen Führer Australiens waren der gleichen Ansicht.

Horace hatte sein Leben lang dafür gekämpft, die Pläne der Deutschen im Pazifik zu durchkreuzen. Dabei hatte sich die Tatsache, dass Michael Duffy fließend Deutsch sprach, als wertvoller Trumpf in Horace' unerklärtem Krieg gegen Deutschland und dessen verdeckte Operationen erwiesen. Sein Gegner im Pazifik war Bismarcks Geheimdienstchef für diese Region gewesen: Baron Manfred von Fellmann.

Seufzend goss sich Michael Champagner nach. »Wenn Sie wissen, dass die verdammten Deutschen Neuguinea annektieren wollen, wieso brauchen Sie mich dann in Sydney?«, knurrte er. »Offensichtlich interessieren sich diese Idioten in London doch nicht besonders dafür, was hier draußen passiert.«

»Das würde sich ändern, wenn ich beweisen könnte, dass von Fellmann eine Expedition zur Annexion der Nordhälfte Neuguineas und der umgebenden Inseln plant«, erwiderte Horace ruhig. »Aber ich habe nichts in der Hand. Ich weiß nur, dass er plötzlich als Vertreter einer deutschen Handelsgesellschaft nach Sydney zurückgekehrt ist. Angeblich will er mit der von ihm organisierten Expedition zu den Inseln nur den Handel mit den Eingeborenen fördern.«

»Das ist doch möglich«, meinte Michael lahm. »Schließlich ist es mehr als zehn Jahre her, seit er zum letzten Mal versucht hat, Neuguinea in die Finger zu bekommen. Möglicherweise will er wie ich seine letzten Lebensjahre in Frieden verbringen. Der Handel mit den Inseln kann sehr lukrativ sein, das wissen Sie ja.«

Horace lachte leise und schüttelte den Kopf. »Ich bezweifle, dass der Baron ein Kontingent deutscher Marinesoldaten zu seinem Schutz benötigt. Nicht er, der Held des Deutsch-Französischen Kriegs.«

»Woher wissen Sie, dass er Marinesoldaten bei sich hat?«, fragte Michael misstrauisch. Suchte Horace nach einem Vorwand, um ihn in den Süden schicken zu können?

»Wir waren beide Soldaten, Michael. Es ist leicht, andere Soldaten zu erkennen, selbst wenn sie sich als deutsche Kaufleute ausgeben.«

Dagegen fiel Michael kein Argument ein. Wenn sich der Preuße mit einem Kontingent Marinesoldaten in Sydney aufhielt, war er offenkundig in geheimer Mission unterwegs.

»Ihnen ist natürlich klar«, wandte Michael ein, »dass von Fellmann vermutlich immer noch einen gewissen Groll gegen mich hegt, weil ich damals die *Osprey* in die Luft jagen sollte.«

»Das weiß ich alles. Aber ich denke, Sie werden einen Weg finden, Ihre Bekanntschaft mit einigen wichtigen Personen aus dem Umfeld des Barons zu erneuern.«

Die Röte stieg Michael ins Gesicht, als ihm aufging, wovon Horace sprach. »Sie meinen Penelope, nicht wahr?«

Horace nickte. »Nicht nur die Baronin, sondern auch den Menschen, mit dem diese seit vielen Jahren eine Liebesbeziehung unterhält.«

»Und wer wäre das?« Michael spürte einen Stich der Eifersucht.

Obwohl er wusste, dass Penelope, deren Gier nach fleischlicher Lust keine Grenzen kannte, ungezählte Liebhaber gehabt hatte, rief die Erinnerung an ihr goldenes Haar, das über die seidenen Laken floss, ihre milchweiße, schweißglänzende Haut, ihren Körper, der sich voller Begehren aufbäumte, als er in sie eindrang, eine bittersüße Wehmut in ihm wach. Auf seinen Reisen hatte er – vielleicht mit Ausnahme von Fiona – in all den Jahren keine Frau kennen gelernt, die sich mit solch hemmungsloser Leidenschaft hinzugeben verstand wie die schöne Gattin des preußischen Aristokraten. Und in seinem turbulenten Leben war er vielen Frauen begegnet.

»Fiona White, die Mutter Ihres Sohnes«, sagte Horace leise.

Die Hand mit der Champagnerflöte, die Michael an die Lippen hatte führen wollen, erstarrte bei dieser Enthüllung in der Luft. »Fiona!« Wie ein sanftes Zischen kam der Name von seinen Lippen. Fiona war Penelopes Geliebte! Er hatte keinen Grund, an den Informationen des Engländers zu zweifeln. Horace täuschte sich selten.

»Eine interessante Situation«, bemerkte Horace ruhig, »wenn ich das so sagen darf. Und Sie sind das Bindeglied zwischen den beiden Frauen.«

»Penelope ist mit Manfred in Sydney?«, fragte Michael.

»Ja, in dem Haus, das die beiden am Hafen unterhalten. Ich habe Grund zu der Annahme, dass sie viel Zeit mit Fiona verbringt, während Manfred seine Mission organisiert. Meinen gegenwärtigen Informationen zufolge müssen wir Sie schnellstens nach Süden bringen, bevor er Sydney verlassen kann. Aber vor Ihrer Abreise bleibt Ihnen noch Zeit, Ihre Schwester zu besuchen«, setzte Horace begütigend hinzu. »Ich weiß, dass Sie viel mit ihr zu besprechen haben, vor allem, was Ihren Sohn und Ihre Familie in Sydney angeht. Daher werde ich Sie mit der Flasche allein lassen und mich auf den Weg machen. Ich sehe Sie hier morgen Vormittag um zehn.«

Steif erhob er sich von seinem Stuhl und streckte seinen Rücken. Der Schmerz hatte mittlerweile seinen gesamten Körper erfasst, und er brauchte dringend Opium, um die Zukunft und die qualvolle Gegenwart zu vergessen. »Es wird für uns beide das letzte Mal sein«, sagte er leise, »das verspreche ich Ihnen bei meinem Leben. Wissen Sie, Michael«, sagte Horace schon im Gehen, wobei er sich schwer auf seinen Stock stützte, »sollten Sie jemals ein hohes Alter erreichen und Ihre Memoiren schreiben, dürfte das eine interessante Lektüre ergeben. Vor allem, was Ihre Damenbekanntschaften angeht.« Er seufzte tief. »Aber Männern wie uns beiden bleibt es versagt, wie alte Generäle gemütlich in unserer Bibliothek zu sitzen und Erinnerungen an alte Schlachten nachzuhängen. Von den Kämpfen, die wir ausgefochten haben, darf nie jemand etwas erfahren. Unsere Memoiren tragen wir in unseren Köpfen mit uns herum, die Erinnerung an gute Männer und Frauen, die gestorben sind, damit andere in sicherem Frieden leben können. Wahrscheinlich wird es für uns und für jene, die uns in zukünftigen nicht erklärten Kriegen nachfolgen, immer so sein, denn nur durch unseren Wissensvorsprung können wir die Oberhand über unsere ›Freunde‹ behalten. Bis morgen, mein Junge.«

Michael starrte dem kleinen Engländer nach, der, auf seinen Stock gestützt, den Balkon entlanghumpelte. Was hatte er in seinem Lebens schon erreicht, brütete Michael, was konnte er vorzeigen, außer den zahlreichen Narben aus Schlachten in fernen Ländern, die seinen Körper zeichneten, und den Erinnerungen an gute und schlechte Zeiten, an Entsetzen und Freude? An eine Familie in Sydney, die ihn schon vor langen Jahren begraben hatte und nie von seiner neuen Existenz erfahren durfte, weil der Skandal sie vernichten konnte.

Aber er hatte einen Sohn! Einen Sohn, mit dem er in Sydney ein einziges Mal wenige Minuten lang gesprochen hatte. Damals hatte er nicht gewusst, dass er sein eigen Fleisch und

Blut vor sich hatte. Und nun besaß er nichts als das chemische Abbild eines elfjährigen Jungen auf einer verblichenen Fotografie. Was für ein Mann war aus ihm geworden?

Michael wusste von dem Pakt, den Lady Enid Macintosh mit seinem Cousin Daniel Duffy geschlossen hatte. Kate hatte ihm alles erzählt, was Daniel ihr anvertraut hatte. Und Michael hatte ihr Recht geben müssen, dass sich der Handel nur günstig auf die Zukunft seines Sohnes auswirken konnte. Wo auf der Welt konnte er eine bessere Ausbildung erhalten als in England? Wer außer der mächtigen und vermögenden Familie Macintosh konnte ihm Zugang zu einem Finanzimperium verschaffen, das zu den größten der Kolonie zählte?

Eine grundlegende Frage jedoch musste sein Sohn ganz allein klären – eine Frage, die wichtiger war als Ruhm und Reichtum, für die der Name Macintosh standen. Er durfte nie vergessen, dass er als Duffy geboren worden war und auch als Duffy sterben würde. Ein Duffy zu sein hieß auch, der Kirche von Rom anzugehören. Sollte er jemals seinen Namen oder seine Religion verleugnen, so würde er damit seinen Vater verleugnen.

Möglicherweise bot sich Michael nun die Gelegenheit, seine Bekanntschaft mit der Mutter seines Sohnes zu erneuern. Zudem würde er vermutlich auf Penelope und ihren Gatten, Baron Manfred von Fellmann, treffen, einen der gefährlichsten Männer, denen er in seinem von Gewalt beherrschten Leben je begegnet war. Ja, all dies lag vor ihm, doch in der gefährlichen Welt, in der er sich bewegte, konnte ihm niemand Sicherheit garantieren.

12

»Stramm gestanden. Straa…mmm gestaan…den!«

Erbarmungslos drillte Gordon James seine Männer auf dem staubigen Exerzierplatz vor der Kaserne. Mit schmerzenden Muskeln schulterten die Polizisten ihre Karabiner, senkten die Arme und präsentierten die Waffen. Gordon wollte die körperliche und geistige Entschlusskraft seiner Männer bis zu einem Punkt fordern, an dem sie vergaßen, dass sie menschliche Wesen waren, die Schmerz und Leid fühlten. Diese Ausbildungstechnik hatte er als Kind bei seinem Vater gesehen, der seine Männer als Kasernenunteroffizier gedrillt hatte.

»Du da!«, bellte er, als einer der weißen Polizisten ins Schwanken geriet. »Dritter von rechts. Von Rühren habe ich nichts gesagt. Vielleicht gehe ich erst zum Abendessen und gebe den Befehl, wenn ich wiederkomme.«

Die Männer stöhnten, aber so leise, dass er sie nicht hören konnte. So wie der neue Boss sie schikanierte, war es ihm durchaus zuzutrauen, dass er seine Drohung wahr machte und sie eine Stunde lang in dieser schmerzhaften Haltung stehen ließ. Der Polizist, der ins Schwanken geraten war, verfluchte sich, weil er sich von dem eingebildeten Pinkel hatte erwischen lassen.

»Augen geradeaus. Nicht blinzeln, bevor ich es nicht sage!«

Geduldig warteten die Männer wie menschliche Statuen auf den endgültigen Befehl zum Rühren, der es ihnen erlauben würde, die aufs Äußerste angespannten Muskeln zu lockern. Doch der Befehl kam nicht, und die Polizisten blieben wie erstarrt stehen. Der Offizier, der anscheinend ihre Willenskraft auf die Probe stellen wollte, hüllte sich in Unheil verkündendes Schweigen. Dann drang seine Stimme an ihre Ohren wie das Zischen einer Schlange, unmittelbar bevor sie zustieß.

»Ich weiß, dass ihr denkt, die Kalkadoon wären edle Krieger, die dieses Land regieren und jederzeit zuschlagen können. Wie die Hasen lauft ihr vor ihnen davon. Ihr sitzt in der Kaserne und jammert darüber, wie hoffnungslos alles ist. Nun, das ist meine erste Begegnung mit euch als Truppe, und wie ihr seht, habt ihr von mir keine großen Vorstellungsreden zu erwarten. Nur diesen Drill, dem noch viele weitere folgen werden. Nach zwei Wochen werdet ihr froh sein, wenn ihr auf Schwarzenjagd gehen dürft, das verspreche ich euch. Bis dahin mache ich aus euch die beste berittene Truppe der gesamten Kolonie, wenn nicht des ganzen Empire. Rüüh…ren! Zu langsam! Das wiederholen wir, bis ihr in die Gänge gekommen seid.«

Die Truppe stand erneut stramm und hielt die schwitzenden Gesichter in die untergehende Sonne. Mit zusammengekniffenen Augen versuchten die Männer, die Silhouette vor dem orangefarbenen Ball zu erkennen, denn Gordon hatte sich absichtlich so platziert, dass den Polizisten das Licht ins Gesicht fiel. Er sah, wie sie sich quälten, aber es bereitete ihm kein Vergnügen. »Zweiter Mann von links. Ja, du. Wo ist Sergeant Rossi?«, blaffte er. Der angesprochene Polizist legte verwirrt die Stirn in Falten und schickte sich an, nach dem Kasernenunteroffizier zu suchen, der an der Übung nicht teilnahm. »Nicht nach ihm suchen. Augen geradeaus!«, brüllte Gordon. »Sag mir, wo Sergeant Rossi ist!«

»Nicht hier, Sir!« Der Mann starrte in das feuerrote Lichtband, das sich über den westlichen Horizont erstreckte. Tanzende schwarze Sterne erschienen vor seinen Augen, und als er versuchte, sich wieder klare Sicht zu verschaffen, entdeckte er plötzlich eine zweite Gestalt etwa zehn Schritte links von seinem Offizier. Sergeant Rossi! »Sergeant Rossi, geradeaus, Sir!«, meldete er verlegen.

»Wenn Sergeant Rossi ein großer, dreckiger Kalkadoon gewesen wäre, Trooper« – Gordon schlug einen leichten, geradezu mitleidigen Ton an –, »mit einem großen, dreckigen Speer, dann wärst du jetzt ein toter Mann. Und ich müsste an deine liebe Mutter zu Hause schreiben und ihr Lügen erzählen, wie zum Beispiel, dass du dem Alkohol abgeneigt bist und das schwache Geschlecht stets mit dem größten Respekt behandelst. Für einen gottesfürchtigen Mann wie mich könnte das die ewige Verdammnis bedeuten! Mein einziger Trost ist, dass wir uns in der Hölle begegnen würden.«

Gordons Anspielung darauf, dass seine weißen Polizisten für ihre Sauferei und Hurerei berüchtigt waren, und der Vergleich zwischen dem untersetzten italienischen Sergeant, der einst gegen Garibaldi gekämpft hatte, und den riesigen Kalkadoon-Kriegern brachte die mittlerweile bequem stehenden Männer zum Lachen. *Vielleicht war der Neue doch gar nicht so übel.*

Gordon rief sie nicht zur Ordnung. Er wusste, dass er ihnen etwas geben musste, wenn er in zwei kurzen Wochen so viel wie möglich aus ihnen herausholen wollte. Instinktiv fühlte er, dass er dabei war, sie genauso für sich zu gewinnen wie die Siedler und Städter einige Stunden zuvor. Sie fürchteten die Kalkadoon, das war klar, aber für ihn unterschieden sich diese Aborigines wenig von denen, die er in der Vergangenheit vertrieben hatte. »Ich hoffe, euch ist klar, warum ich von euch wissen wollte, wo Sergeant Rossi ist. Wenn nicht, sage ich es euch. Wenn ihr Wilde jagt, müsst ihr immer darauf achten, dass euch die Abendsonne nicht blendet. Ihr dürft nie ins Licht sehen, sonst könnte ein schwarzer Baumstamm plötzlich zum Leben erwachen und euch aufspießen. Sergeant Rossi!«

»Sir!«

Der Kasernenunteroffizier stand stramm und grüßte militärisch.

»Der Platz gehört Ihnen, Sergeant.«

»Sir!«

»Lassen Sie die Männer exerzieren, bis die Sonne hinter dem Horizont versinkt, Sergeant«, befahl Gordon dem kleinen Italiener, der die Spitzen seines riesigen Schnurrbarts mit Wachs gezwirbelt hatte. »Achten Sie darauf, dass die Karabiner gereinigt und in einwandfreiem Zustand sind, bevor die Männer zu Bett gehen. Inspektion um Punkt neun Uhr.«

»Sir!« Die Schnurrbartspitzen sträubten sich eifrig, als der Sergeant zurücktrat und grüßte. Gordon erwiderte den Gruß mit der affektierten Nachlässigkeit des Offiziers.

»Aaaangetreten! Aaaachtung!«

Während Gordon davonging, um in das Büro zurückzukehren, das einst Unterinspektor Potter benutzt hatte, spürte er eine tiefe Befriedigung. Ja, er hatte von seinem Vater gelernt, wie man mit Männern umging und sie richtig drillte. Wenn er das doch auch nur mit Sarah Duffy hätte tun können!

Trooper Peter Duffy blickte der sich entfernenden Gestalt nach und fragte sich, was wohl aus ihrer Freundschaft werden würde.

Nach dem Abendessen ging Peter zu Gordons Büro, klopfte an die grob behauene Holztür und meldete sich mit Namen. Eine gedämpfte Stimme gab ihm die Erlaubnis zum Eintreten. Gordon saß in dem winzigen Büro an einem einfachen Schreibtisch, der mit Papieren übersät war.

An der Wand hinter ihm prangte ein altes Bild der jungen Königin Viktoria. Neben dem zur Pflichtausstattung gehörenden Konterfei der regierenden Monarchin befand sich eine mit Fliegendreck gesprenkelte Landkarte des Distrikts. An einem Haken hinter der Tür hingen Gordons Gürtel und Revolver.

Peter sah, dass Gordon Anforderungen für Versorgungslieferungen aufgesetzt hatte und Berichte zu der Situation schrieb, die er bei seiner Ankunft in der Stadt vorgefunden hatte. Während er stramm stand, tauchte Gordon die Feder in ein Tintenfass und kritzelte seine Unterschrift unter eine Anforderung. Er blickte nicht auf, um Peter zu begrüßen, sondern unterschrieb stattdessen den Bericht. »Hast du nicht was vergessen?«, sagte er schließlich drohend.

Verwirrt runzelte Peter die Stirn. »Ich glaube nicht«, sagte er langsam, während er sich das Gehirn zermarterte, was er wohl übersehen haben könnte. Seine Uniform entsprach jedenfalls den Vorschriften.

»Du hast nicht gegrüßt, als du hereinkamst, Trooper Duffy«, entgegnete Gordon. Er legte die Feder beiseite und blickte zu dem jungen Polizisten auf, der in militärisch korrekter Haltung vor ihm stand.

»Tut mir Leid, Mahmy«, erwiderte Peter und grüßte.

Gordon, der keine Kopfbedeckung trug, erwiderte den Gruß, wie es das Protokoll erforderte, während er steif auf seinem Stuhl sitzen blieb, die Hände auf den Knien.

»Schon besser«, sagte er etwas lockerer. »Auch wenn wir gute Freunde sind, verstehst du doch sicher, dass die Disziplin trotz der persönlichen Beziehung zwischen uns gewahrt werden muss – bis hin zur Anrede.«

»Ich verstehe, Mahmy«, erwiderte Peter förmlich, um zu verbergen, wie verletzt er sich durch die kühle Art seines Kindheitsfreundes fühlte.

»Setz dich, Peter, und hör auf, mich ›Mahmy‹ zu nennen. Nur die Schwarzen in der Truppe nennen mich so.«

»Ich bin halb Schwarzer«, antwortete Peter mit unverhohlener Bitterkeit, während er sich steif auf dem Regierungs-Einheitsstuhl vor dem Schreibtisch niederließ. »Vielleicht sollte ich dich die Hälfte der Zeit mit ›Mahmy‹ ansprechen.«

»In diesem Büro und außerhalb redest du mich mit ›Sir‹ an. Ich weiß, das ist hart für dich, aber wir gehören beide zur Polizei Ihrer Majestät und kannten die Regeln von Anfang an.«

Peter konnte sich nicht überwinden, den Tadel zu akzeptieren. So sollte es also in Zukunft zwischen ihnen laufen. Gordon hatte sich dramatisch verändert. Der Leuteschinder vor Peter glich nicht im Geringsten dem rebellischen Jungen, mit dem er aufgewachsen war. Damals waren sie wie Brüder gewesen. Als Peter, kurz nachdem sie zur Polizei gegangen waren, zum ersten Mal die subtilen, aber beunruhigenden Veränderungen bemerkte, kam er zu dem Schluss, dass Gordon das Gefühl hatte, seinen legendären Vater übertreffen zu müssen. Es war, als wollte er beweisen, dass er der bessere Mann war. Peter schüttelte den Kopf. Henry war ein Mensch gewesen, zu dem er aufgesehen hatte, da er selbst keinen Vater gehabt hatte, aber bestimmt kein Leuteschinder. Dass Gordon seinen alten Freund so offiziell zurechtwies, bestätigte Peters Meinung: Gordon war ein Widerling geworden.

»Ich habe in Townsville deinen Bericht über das Massaker an Inspektor Potters Patrouille gelesen«, sagte Gordon ruhig. »Eine Tragödie, dass einem exzellenten Offizier so etwas zustößt. Oder war er gar nicht so brillant?« Dabei blickte er Peter fest in die Augen, und diesem wurde klar, dass Gordon auf seine Weise das Vertrauen zwischen ihnen wiederherstellen wollte. Normalerweise wurden einfache Polizisten nicht um ihre Meinung zum Verhalten eines Offiziers gebeten.

»Er war ein Idiot«, erwiderte er. »Er hatte keine Ahnung, wie gut die Kalkadoon auf ihrem eigenen Land kämpfen.«

»Auf unserem Land«, verbesserte Gordon. »Das von den Kalkadoon besetzte Land wurde von den Männern, zu deren Schutz wir hier sind, legal gepachtet oder gekauft.«

Peter ließ die Meinung seines Offiziers zu den Besitzverhältnissen unkommentiert. Er war zwiegespalten, weil er zur berittenen Eingeborenenpolizei gehörte und damit Vertreter der Krone war, aber er war auch halb Aborigine, und eben diese Hälfte sympathisierte mit den Stämmen, die er jagte. Obwohl er die beste Ausbildung erhalten hatte, die ihm seine Tante Kate Tracy hatte verschaffen können, war er für die weiße Gesellschaft immer noch ein Schwarzer, ein Nigger und Halbwilder. Als Polizist galt er als halber Eingeborener.

»Bitte erklär mir«, fuhr Gordon pragmatisch fort, »warum du Inspektor Potters Entscheidung, die Kalkadoon bis in die Berge zu verfolgen, für einen Fehler hältst.«

Peter beugte sich auf seinem Stuhl vor. »Inspektor Potter hat die Kalkadoon unterschätzt. Seiner Ansicht nach waren sie im Kampf unterlegen, und das hat ihn und die Patrouille das Leben gekostet.«

»Aber du hast überlebt, Peter. Wie das?«

Die Frage traf Peter unvorbereitet. Die Begegnung mit Wallarie hatte er in keinem seiner Berichte erwähnt. Wie konnte er diesen klug geplanten Hinterhalt allein überleben?

»Wallarie hat mich gerettet«, antwortete er leise. »Er war bei ihnen.«

Gordon zuckte zusammen, als hätte er ihm eine Ohrfeige versetzt. Wallarie! Der Krieger, der sie beide die Gebräuche der Darambal gelehrt hatte, als er und Peter klein waren. Der Zauberer, den die Eingeborenenpolizei seit Jahren vergeblich jagte und der in die Mythen des Grenzlandes eingegangen war. Der Mann, dessen Name und Existenz für den alten Fluch standen, der auf seinem Vater gelegen hatte. Das Wesen, das gleichzeitig Freund und Feind war. »Wallarie lebt?«

Peter nickte. Gordon starrte auf den Schreibtisch, während er versuchte, Ordnung in seine Gedanken und Gefühle zu bringen. Eine schreckliche Unentschlossenheit hatte ihn in Aufruhr versetzt, aber jetzt war ihm klar, wie er handeln musste. Seine Verpflichtung gegenüber dem Gesetz stand über allen persönlichen Gefühlen, die er für seinen alten Lehrer hegen mochte. »Wenn wir ihn gefangen nehmen, wird er mit Sicherheit wegen der Verbrechen, die er damals mit deinem Vater in Burkesland begangen hat, vor Gericht gestellt und gehängt.«

»Einen Geist kann man nicht fangen«, sagte Peter leise. »Niemand wird Wallarie jemals gefangen nehmen.«

»Er mag ja vieles sein, aber ich fürchte, deine Eingeborenenhälfte vernebelt dein Urteilsvermögen«, sagte Gordon verärgert. »Wallarie ist ein Schwarzer, der wegen Mordes an Weißen gesucht wird, nicht mehr.«

»Er war einmal dein Freund, und er hat deinen Vater gerettet, obwohl er allen Grund hatte, ihn den Speeren der Kyowarra zu überlassen. Erinnerst du dich nicht an diesen Tag? Damals waren wir noch Kinder.«

»Ich erinnere mich«, brachte Gordon mühsam heraus. »Aber wir sind dem Gesetz dieser Kolonie verpflichtet. Das darfst du nie vergessen, wenn du deinen Platz neben uns einnehmen willst.«

»*Neben* uns?«, konterte Peter. »Nicht bei uns? Nein, nicht bei uns, weil ich trotz meiner Erziehung, und obwohl ich halb weiß bin, für euch immer ein Schwarzer bleiben werde. Und genauso denkst du über meine Schwester.«

»Halt den Mund, bevor du etwas sagst, das du später bereuen könntest«, brauste Gordon auf. Peter hatte einen wunden Punkt getroffen. »Lass Sarah aus dem Spiel. Ich warne dich als Freund und nicht als dein vorgesetzter Offizier.«

Aber Peter war wütend, so wütend, dass er auch eine Warnung von Gordon als Vorgesetztem ignoriert hätte. Dass Gordon seine schöne Schwester begehrte, machte Peter schon seit geraumer Zeit zu schaffen. Die drei waren gemeinsam aufgewachsen, und Sarah war bei ihren wilden Kinderspielen immer dabei gewesen. Doch als sie älter wurden, fiel Peter auf, dass sich ihre Haltung gegenüber Gordon veränderte. Sie begann, die rauen Spiele der Jungen zu meiden, und verhielt sich merkwürdig, wenn sein bester Freund zugegen war. Als Peter alt genug war, um selbst die Wirkung des anderen Geschlechts auf sich zu spüren, wurde ihm klar, was hinter ihrem Verhalten stand. Er hatte deutlich vor Augen, wohin das führen konnte. Jetzt war er wütend genug, die Angelegenheit zur Sprache zu bringen und seinem aufgestauten Groll Luft zu machen.

»Nein, ich werde nicht den Mund halten. Ich werde dir erklären, wie das bei uns Schwarzen läuft. Meine Schwester ist eine Frau, die etwas mit ihrem Leben anfangen könnte. Sie ist klug, und eine Menge heiratsfähiger Burschen in Townsville würden darüber ›hinwegsehen‹, dass sie ein Halbblut ist, und sie heiraten. Aber sie schmachtet vor sich hin, weil sie hofft, dass du sie eines Tages bittest, deine Frau zu werden. Dabei hast du die Hosen voll, weil es deine Chancen auf eine Karriere bei der Polizei beeinträchtigen könnte, wenn bekannt wird, dass du eine Gin zur Frau hast. Am Ende wirst du sie zur Befriedigung deiner Bedürfnisse benutzen und sie zu gegebener Zeit zum Teufel jagen, um eine respektable weiße Frau zu ehelichen. Und dann wird meine Schwester nur eine weitere Schwarze sein, die für einen billigen Drink mit jedem schläft. Sie …«

Kreidebleich und vor Wut zitternd, saß Gordon hinter seinem Schreibtisch. *Peter war zu weit gegangen.*

»Du hast doch keine Ahnung, was zwischen Sarah und mir ist«, unterbrach er ihn voller Zorn. »Du bist vielleicht ihr Bruder, aber du weißt überhaupt nicht, welche Pläne ich mit ihr habe.«

»Weißt du es denn?«, fauchte Peter zurück.

Wie hatte die Situation nur so eskalieren können? War das der wahre Grund für ihr Treffen? War Sarahs Zukunft der Anlass für dieses Privatgespräch? War alles andere, das sie eben besprochen hatten, reine Formalität gewesen?

Während Gordon den ihm gegenübersitzenden Peter wütend anstarrte, war seinem Gesicht deutlich anzusehen, dass er sich schuldig fühlte. Peter hatte die Wahrheit erkannt. Alles, was er über Gordons Einstellung zu Sarah gesagt hatte, war richtig! Ja, er wollte sie, war aber gleichzeitig pragmatisch genug, um zu wissen, was es für seine Karriere bedeuten würde, wenn er seine Liebe zu der schönen jungen Frau offen zugab. »Ich …« Er rang nach Worten. Jetzt war er nicht mehr der Offizier, der mit einem Untergebenen sprach, sondern ein Mann, der sich gegen die bitteren Vorwürfe eines Bruders verteidigte, der seine Schwester liebte. Er beugte sich vor und hob die Hand, wie um den durchdringenden Blick seines Jugendfreundes abzuwehren. Der Raum schien zusammenzuschrumpfen, und sie waren wieder in ihrem geliebten Busch, wo sie so viel miteinander gelacht hatten und wo Peter begonnen hatte, ihn wegen der offensichtlichen Verliebtheit seiner Schwester zu necken. Gordon suchte nach Worten, um sich zu verteidigen. Ein hektisches Klopfen an der Tür rettete ihn. Er fand seine Fassung wieder und setzte sich gerade auf seinem Stuhl auf. »Wer ist da?«

»Sergeant Rossi, Sir.«

»Kommen Sie herein.«

Die Tür öffnete sich, und der italienische Polizeisergeant betrat aufgeregt den Raum. Seine dunklen Augen traten ihm fast aus dem Kopf, und sein Schnurrbart sträubte sich wild. Er war so erregt, dass er vergaß zu grüßen. Gordon sah über diesen Verstoß gegen das Protokoll hinweg, schließlich war sein ranghöchster Unteroffizier Romane, und die besaßen bekanntermaßen ein leicht erregbares Temperament.

»*Scusi*, Sir, aber ein Schwarzer bringen Botschaft in Kaserne.«

»Was für ein Schwarzer, Sergeant Rossi?«, fragte Gordon, bemüht, den kleinen Sergeant zu beruhigen.

»Kein Polizist kennen, aber sagen, vielleicht sein Darambal-Mann.«

Gordon warf Peter einen scharfen Blick zu, doch der schien ob der Stammeszugehörigkeit des Aborigine-Botschafters ebenso überrascht wie er selbst.

»Wallarie?«, zischte Gordon. Peter hob die Augenbrauen und nickte. Es konnte niemand anderes sein! »Wo ist der Schwarze jetzt?«, fragte er, während er sich von seinem Stuhl erhob.

»Er weggegangen«, erwiderte der Sergeant. »Er reden mit schwarze Polizist, Trooper John, bevor gehen, sagen, dass wenn Sie bereit, großer Häuptling der Kalkadoon mit Ihnen kämpfen. Er sagen, großer Häuptling der Kalkadoon keine Angst vor weißem Mann. Er töten alle Polizisten, die ihn suchen.«

»Sehr gut, Sergeant Rossi«, lautete Gordons gelassener Kommentar. »Jetzt lassen Sie die Männer ihre Pferde satteln, und fangen Sie den Schwarzen, der die Botschaft überbracht hat.«

Sergeant Rossi rollte die Augen und zuckte die Achseln. »Schwarze Polizisten Angst vor Darambal-Mann. Sagen, Mann ein debil debil. Sagen, er sich in *baal* Geist verwandeln.«

»Sagen Sie den schwarzen Polizisten, die Königin bezahlt sie dafür, dass sie *baal* Geister genauso jagen wie lebendige Schwarze, die es wagen, mir zu drohen. Ist das klar, Sergeant Rossi?«

»Jawohl, Sir!«

»Gut. Dann gehen Sie und lassen die Männer ihre Pferde satteln. Suchen Sie die nördlichen Zugangswege zur Stadt ab. Wenn er aus den Bergen kommt, hat er wahrscheinlich diese Route genommen.«

Der Sergeant grüßte, machte auf dem Absatz kehrt und ging zur Kaserne, um seine Männer aufzuscheuchen. Als er verschwunden war, bedeutete Gordon Peter mit einer Handbewegung, dass er entlassen war, und sank auf den Stuhl hinter seinem Schreibtisch zurück.

»Den erwischen wir nicht«, sagte Peter, während er die Tür öffnete, um sich der Jagd auf Wallarie anzuschließen.

»Und warum nicht?«, fuhr Gordon ihn gereizt an. Irgendwie verlieh die Tatsache, dass der Darambal-Krieger die Drohung des Kalkadoon-Häuptlings überbracht hatte, dieser eine besonders unheilvolle Bedeutung. Gordon fühlte sich an den düsteren Klang einer Totenglocke erinnert. Oder lag das an dem Mann, der jetzt in der Tür stand, und dessen Schwester? Schließlich waren beide halbe Darambal.

»Wir werden ihn nicht fangen, weil Wallarie uns Weiße kennt. Vergiss nicht, mein Vater war sein Lehrer.«

Mit diesem letzten Seitenhieb schloss Peter die Tür hinter sich und ließ den Offizier mit seinen geheimen Ängsten allein. Sarah und Wallarie. Liebe und eine zerstörte Freundschaft.

13

Verlegen standen Willie und die Kinder auf der breiten, gebohnerten Holzveranda vor Solomon und Judith Cohens luxuriösem Haus. Nach der dreiwöchigen Reise von Townsville hierher waren sie von Kopf bis Fuß mit Staub bedeckt. Die Cohens überschütteten Bens Kinder derartig mit Aufmerksamkeit, dass Willie sich fehl am Platz fühlte.

Judith kniete nieder, um Rebecca die wirren Locken aus dem Gesicht zu streichen. Nachdem Willie dem jüdischen Kaufmann die Hand geschüttelt hatte, dessen Geschäfte neben den Läden, die er mit seiner Frau in den rasch wachsenden Städten von Queensland gegründet hatte, mittlerweile auch Immobilien, Transportunternehmen, Aktien und Wertpapiere umfassten, knetete er verunsichert an seinem breitkrempigen, weichen Hut herum.

Als Judith begann, auch die beiden Jungen mit ihrer mütterlichen Zuwendung zu bedenken, griff Solomon ein, um ihren männlichen Stolz vor den albernen Ergüssen der vernarrten Frau zu schützen.

»Na, die Jungs sind doch viel zu groß dafür«, sagte er, während er sie zu den bequemen Sesseln führte, die auf der Veranda standen. »Sieh nur, wie sie gewachsen sind, seit wir sie zum letzten Mal gesehen haben, Judith.«

Freudentränen stiegen der hoch gewachsenen, dunklen Frau in die Augen, während sie großes Aufhebens um die kleine Rebecca machte, die diese Aufmerksamkeit und die saubere, luxuriöse Umgebung des weitläufigen Hauses der Cohens geradezu in sich aufsaugte. Es stand in einem großzügig bewässerten Garten mit importierten und einheimischen Bäumen –

eine wahre Oase in einer Stadt, deren Baumbestand rücksichtslos für Bau- und Brennholz geopfert worden war.

Die vier Reisenden waren dankbar für die kalte Milch und die belegten Brote, die ein Dienstmädchen auf einem Silbertablett servierte. Plötzlich fiel Willie Bens Brief ein. Er wühlte mit der freien Hand in seinen Hosentaschen nach den gefalteten Bögen und drückte Solomon das schmutzige, verknitterte Papier in die Hand. »Ben hat gesagt, ich soll Ihnen das geben«, murmelte er und biss hungrig in das köstliche, frisch gebackene Brot.

Während Solomon seine Lesebrille aus der Westentasche holte und sich anschickte, das kindliche Gekritzel des Neffen seiner Frau zu entziffern, fielen Willie und die drei Kinder über die belegten Brote her. Es war eine angenehme Abwechslung, denn auf dem langen Treck von Cloncurry über die scheinbar endlosen Ebenen mit verdorrtem Gras und vertrockneten Bäumen hatten sie sich nur von Büchsenfleisch und gelegentlich von einem selbst geschossenen Känguru ernährt.

Rebecca schniefte beim Essen und fuhr sich mit dem Handrücken über die laufende Nase, doch Jonathan zog ihr mit missbilligendem Stirnrunzeln die Hand weg. Schließlich wollten sie vor diesen Städtern nicht als unwissende Landkinder dastehen. Judith schlug vor, später in der Stadt Eiskrem zu kaufen. Die ungeduldige Vorfreude auf diesen unerhörten Luxus trieb den Kindern fast die Augen aus dem Kopf.

Selbst Saul, der sich bis zu diesem Angebot sehr reserviert gegeben hatte, war auf einmal nur noch ein Kind, das einen Augenblick das harte Leben auf Jerusalem vergessen hatte. An den langen, heißen Tagen im Busch blieb Eiskrem ein Traum. Obwohl er nie welche gegessen hatte, konnte er sich den kühlen, sahnigen Geschmack genau vorstellen.

Solomon las den Brief und faltete ihn sorgfältig zusammen. »Es wird schön sein, wieder das Lachen von Kindern zu hören, Judith«, sagte er, wobei er Saul liebevoll den Kopf tätschelte. »Wo unsere Deborah doch in Europa ist.«

Kinder!, dachte Saul wütend. Er war kein blödes Kind. Nein, sobald sich die Gelegenheit bot, würde er nach Jerusalem zurückkehren. Von ihm aus konnten Jonathan und Rebecca hier bleiben, aber sein Platz war an der Seite seines Vaters, mit dem er durch den Busch reiten und die kleine Viehherde bewachen würde.

»Du bleibst bei uns, Willie«, sagte Judith, während sie Rebecca über die Veranda zu den Dienstbotenquartieren führte, die sich wie eine Miniaturausgabe des Haupthauses hinter diesem erhoben. In der Waschküche konnte sie die Kleine abschrubben und ihr eines von Deborahs alten Kleidern anziehen, die die sentimentale Judith sorgfältig aufbewahrt hatte. Ihre Tochter war zu einer schlanken, dunkeläugigen Schönheit herangewachsen, deren Stimme das Publikum der großen Opernhäuser Europas in ihren Bann zog. Ihr Ruf als Sängerin hatte sogar den amerikanischen Kontinent erreicht, wo sie in wenigen Monaten auf Tournee gehen sollte.

Manchmal holte Judith die sorgfältig eingelagerten Kleidchen hervor und betrachtete sie eingehend. Wie die Zeit verging – eben noch war ihre Tochter ein schmutziges kleines Mädchen gewesen, das im Staub von Queensland mit ebenso schmutzigen Grenzerkindern herumtobte, und jetzt war sie eine elegante junge Dame, die vor den gekrönten Häuptern Europas auftrat. Judith hatte immer gewusst, dass Ruhm und Reichtum auf ihre Tochter warteten.

Als Rebecca frisch gewaschen in einem von Deborahs alten Kleidern erschien, erkannten ihre Brüder die kleine Schwester kaum wieder, die ihre spöttischen Gesichter mit finsteren Blicken quittierte. Doch das Grinsen verging ihnen schnell, als Judith sagte: »Jetzt seid ihr dran, Jonathan und Saul.«

Das war ein Angriff auf ihre Männlichkeit, der sie erschauern ließ. Was fiel dieser großen, strengen Frau ein, sie herumzukommandieren wie kleine Kinder? Zumindest Saul dachte so.

»Ich will nicht, dass ihr heute Abend wie Schmutzfinken bei Missus Tracy zum Essen erscheint.« Mit diesen Worten griff Judith mit der einen Hand nach der Seife, mit der anderen packte sie Saul am Kragen.

Auch Willie wusch sich und legte die saubere Arbeitskleidung an, die Solomon aus dem Laden geholt und ihm geschenkt hatte. Er hatte die Gabe dankbar angenommen. Nun saß er an Kate Tracys Tisch und starrte die Frau an, die, obwohl sie an der Schwelle zum vierten Lebensjahrzehnt stand, immer noch die heitere Schönheit besaß, die sie ausgezeichnet hatte, als er und seine Mutter ihr vor zehn Jahren auf den Goldfeldern am Palmer zum ersten Mal begegnet waren. Zeit und harte Arbeit hatten ihr nichts anhaben können. Aber sie war nicht nur schön, sondern auch voller Mitgefühl. Weder Macht noch Ansehen noch das riesige Vermögen, das sie erworben hatte, hatten daran etwas ändern können. Nach seiner Mutter spielte Kate im Leben des jungen Mannes die wichtigste Rolle.

Die Wölbung ihres Leibes war unübersehbar. Dann würde ihr größter Traum also endlich wahr werden, dachte er. Ein eigenes Kind zu haben. Er wusste, welches Unglück sie im Leben immer wieder getroffen hatte.

»Willie, nimm dir so viel Lamm, wie du willst«, sagte Kate freundlich. »Das ist bestimmt eine Abwechslung nach dem Rindfleisch, das ihr in Jerusalem immer gegessen habt.«

»Danke, Missus Tracy«, erwiderte er leise.

Kate warf ihm einen mitfühlenden Blick zu. Der stille Kummer um den Verlust seiner Mutter lag wie ein schwerer Mantel über dem armen Jungen. Kate kannte den Tod, weil er in ihrem eigenen Leben ständig gegenwärtig gewesen war. Ihr Vater war auf Befehl des schottischen Siedlers Donald Macintosh von Morrison Mort, damals Lieutenant der berittenen Eingeborenenpolizei, ermordet worden. Ihr ältester Bruder war Jahre später von einem Beamten derselben Truppe in Burkesland erschossen worden. Und schließlich der Tod ihrer Babys. Sie hatte gelernt, mit ihrem vorzeitigen Ende zu leben, aber es fiel ihr schwer, mit den Erinnerungen umzugehen.

Das Essen in dem eleganten, geräumigen Haus, in dem Luke und Kate lebten, spielte sich in einer Atmosphäre gedämpfter Höflichkeit ab, wurde aber von Jennifers Tod überschattet. Willie saß schweigend am Tisch und stocherte mit der Gabel in seinem Essen herum, während die Cohens und Kate ihre

geschäftlichen Vereinbarungen und künftigen Expansionsplä-
ne diskutierten, als säßen sie in einer Vorstandssitzung. Die
ungewöhnliche Allianz zwischen der Irin und den englischen
Juden hatte sich für beide Teile als höchst lukrativ erwiesen.

Die Verbindung zwischen Kate und den Cohens ging jedoch
weit über finanzielle Erwägungen hinaus; ihr Verhältnis war
geradezu familiär zu nennen. Unter Kates Anleitung hatte Benjamin Rosenblum, der Sohn von Judiths Schwester, das harte
Leben an der Grenze von Queensland zu meistern gelernt und
schließlich ein großes Anwesen im Viehzüchterland nördlich
von Cloncurry erworben. Durch Kate hatte Ben auch Jennifer
Harris kennen gelernt, die später seine Frau wurde und ihm
drei Kinder gebar.

Als die Cohens anfingen, sich dem Klatsch über konkurrie-
rende Unternehmer zuzuwenden, anstatt über Geschäfte zu
sprechen, fiel Kate Willies Melancholie auf. Sie hatte den jungen Mann mit großgezogen, denn Jenny hatte sich bei ihr als
Kindermädchen um die Kinder ihres toten Bruders Tom Duffy, eines Buschläufers, gekümmert, deren Mutter Mondo vom
Stamm der Darambal gewesen war. Kate hatte die Waisen in
ihre Obhut genommen und dafür gesorgt, dass sie die beste
Ausbildung erhielten und in der Geborgenheit einer richtigen
Familie aufwuchsen.

Peter und Sarah waren für Kate immer wie ihre eigenen Kinder gewesen. Sie seufzte, als sie an Tim dachte. Er war immer
ein merkwürdiges Kind gewesen – und eines Nachts vor drei
Jahren einfach verschwunden. Auf dem Zettel, den er auf seinem Bett hinterlassen hatte, stand nur, dass er nach Westen
ziehen wolle, um Arbeit zu suchen. Seitdem hatte sie nichts
mehr von ihm gehört, und weder sein Bruder noch seine
Schwester hatten Nachricht von ihm erhalten.

Kate nahm sich vor, mit Willie zu reden, sobald sich eine
Gelegenheit ergab, mit ihm allein zu sein. Wenn sie doch nur
Luke an ihrer Seite gehabt hätte, um mit ihm über den Kum-
mer des jungen Mannes zu sprechen.

»Ben hat uns einen Brief geschrieben, in dem er uns bittet,
die Kinder zu behalten, bis er wieder auf die Beine gekommen

ist.« Solomons Worte rissen Kate aus ihren Gedanken. »Er nennt keinen Zeitpunkt für ihre Rückkehr.«

»Das ist bestimmt eine gute Idee, solange die Wilden den Distrikt unsicher machen«, erwiderte Kate, während sie versuchte, sich wieder auf das Gespräch am Tisch zu konzentrieren. »Er kann Rebecca und die Jungen ja schlecht allein zu Hause lassen, wenn er beim Vieh ist.«

»*Ich* hätte ihm helfen können«, sagte Willie leise, »aber es wäre nicht einfach gewesen, auf Becky aufzupassen.«

»Ganz richtig!« Solomon hüstelte peinlich berührt, als ihm aufging, dass er Willie gar nicht als Familienmitglied gezählt hatte.

»Ist Luke nicht nach Westen in Richtung Burketown unterwegs?«, fragte Judith Kate leicht beunruhigt.

»Ja, er ist vor einer Woche losgeritten.«

»Führt ihn seine Route nicht dicht an das Gebiet der Kalkadoon heran?«

Kate hatte es bewusst vermieden zu erwähnen, dass ihr Ehemann möglicherweise in Gefahr war. Sie hatte versucht, ihn zu überreden, per Schiff in die Stadt am Golf zu reisen, aber er hatte sie nur lächelnd auf die Stirn geküsst und versichert, dass er auf sich aufpassen konnte. »Luke ist ein zäher alter Bursche«, meinte sie nun zuversichtlich.

Doch ein fast vergessenes Gespräch mit Judith kam ihr in den Sinn, das sie geführt hatten, als Kate sich verletzt fühlte und auf den großen Amerikaner wütend war. Sie hatten in Judiths winzigem Esszimmer in ihrem Haus in Rockhampton gesessen, und Judith hatte angefangen, über Männer wie Henry James und den amerikanischen Goldsucher zu sprechen – Männer, deren Schicksal ein einsames, vergessenes Grab in den weiten Ebenen des westlichen Grenzlandes war. Für solche Männer werden keine Grabsteine errichtet, hatte Judith gemeint, und Kate hatte den eisigen Hauch eines bösen Omens für ihren Amerikaner gespürt. Jetzt schauderte sie vor unterdrückter Furcht. »Luke wird zurückkommen, wenn es an der Zeit ist«, sagte sie, wie um sich selbst zu überzeugen. Judith nickte beruhigend.

Nach dem Abendessen schickten sich die Cohens an, mit Bens Kindern in ihrer Kutsche nach Hause zu fahren. Willie war auf seinem Zugpferd zu Kates Haus geritten und blieb daher zurück, als Sarah ihn in ein Gespräch verwickelte, bevor er sich in den Sattel schwingen und davonreiten konnte.

Kate winkte von ihrer Veranda, als Solomon mit den Zügeln schnalzte und das prächtige Kutschenpferd sich in Bewegung setzte. Als sie sich nach Sarah umsah, stellte sie fest, dass ihre hübsche Nichte mit Willie sprach. Kate bedauerte, dass sie nach dem Essen keine Gelegenheit gefunden hatte, mit ihm zu reden, aber die Cohens hatten den Kindern Eiskrem versprochen, und die Eisdiele schloss bald.

Willie schwang sich in den Sattel und ritt der Kutsche nach, die schwankend Kates von Bäumen gesäumte Einfahrt hinunterrumpelte. Sarah, die ihm nachgewinkt hatte, drehte sich um und kam auf die Veranda zu. Kate fiel erneut auf, wie schön sie geworden war. Tom und Mondo wären stolz auf ihre Tochter gewesen, dachte sie. Den exotischen Teint hatte Sarah von ihrer Mutter geerbt, die feinen Gesichtszüge dagegen vom Vater. Sie runzelte die Stirn, wobei sie die vollen Lippen leicht öffnete, sodass ihre makellos weißen Zähne sichtbar wurden. Am auffälligsten waren jedoch die hellblauen Augen. Viele Männer, die von ihrem Gesicht bezaubert waren, wollten nicht glauben, dass in den Adern dieser schönen, begehrenswerten Frau tatsächlich Darambal-Blut floss. Das lange, dunkle Haar hatte sie auf dem Kopf zu einem Knoten zusammengesteckt, und sie bewegte sich mit der mühelosen Anmut, die das Volk ihrer Mutter auszeichnete. »Stimmt was nicht?«, erkundigte sich Kate, als Sarah die drei Stufen zur Veranda hinaufstieg.

»Warum fragst du?«

»Weil du die Stirn runzelst.«

Sarah blieb stehen und drehte sich nach dem Reiter um, der der Kutsche folgte. »Ich wollte Willie sagen, wie Leid mir Jennys Tod tut, Tante Kate, aber er meinte, es sei sowieso alles egal. Er benimmt sich sehr merkwürdig.«

»Jeder Mensch versucht auf seine eigene Weise, sich gegen

Schmerz und Kummer zu schützen. Wahrscheinlich ist das Willies Art. Er hat seine Mutter sehr geliebt.«

»Ich weiß.« Sarah wandte sich wieder ihrer Tante zu. »Aber er hat auch gesagt, dass er seinen Vater finden und mit ihm abrechnen will. Als ich ihn fragte, ob er Ben meint, sagte er: ›Nein, meinen echten Vater.‹ Außerdem will er nie wieder nach Jerusalem zurückkehren, zumindest hat er das gesagt.«

Kate fühlte erneut die alte Angst in sich aufsteigen. Sein echter Vater! Also hatte Jenny ihrem Sohn von Granville erzählt. Aus dieser Enthüllung konnte nichts Gutes entstehen. Michael hatte ihr geschildert, wie gefährlich und bösartig Granville war. Sie würde Michael um Rat fragen, wenn er am Abend kam.

Ihr großer Bruder hatte das Herz seiner Nichte im Sturm erobert. Seit das junge Mädchen dem legendären Onkel bei dessen kurzem Besuch am Vortag zum ersten Mal begegnet war, schwärmte sie für ihn. *Ihr Bruder verstand es eben, Frauen jeden Alters zu bezaubern!*

Das sanfte, friedliche Licht der am westlichen Horizont untergehenden Sonne lag über dem stillen Buschland. Schwärme von rosafarbenen und grauen Kakadus kreisten lärmend am Himmel. Kate hob den Blick. Wo würde Luke in dieser Nacht sein Lager aufschlagen? An einem Wasserloch, wo er an sie denken würde? Oder hatte er ein sicheres Haus erreicht?

Sie verdrängte die sorgenvollen Gedanken und richtete den Blick auf die Füße ihrer Nichte. Stirnrunzelnd stellte sie fest, dass Sarah keine Schuhe trug, eine Gewohnheit aus ihrer Kinderzeit, die sie immer noch nicht abgelegt hatte. »Geh und zieh dir Schuhe an, junge Dame«, sagte sie bestimmt, aber nicht unfreundlich. »Dein Onkel Michael könnte zu dem Schluss kommen, dass seine Nichte doch noch nicht ganz erwachsen ist.«

Das junge Mädchen schmollte bei dieser Zurechtweisung, doch dann strahlte sie, als sie an ihren Onkel dachte, den sie erst am Vortag kennen gelernt hatte. Schließlich hatte er versprochen, ihr ein Geschenk mitzubringen.

Voller Vorfreude hüpfte sie über die Veranda. Kate lächelte. Noch nicht ganz Frau, dachte sie wehmütig, aber auch nicht mehr das kleine Mädchen, das hinter den Brüdern und Gordon James hertrottete.

14

Als er die Lagerhalle der Firma Wong und Söhne betrat, fühlte sich der Besucher in den Fernen Osten versetzt. Aus seiner Zeit in Cochinchina, Schanghai, Hongkong und Singapur waren Michael Duffy die duftenden Kräuter und exotischen Gewürze vertraut. Der kühle, hohe Raum, in dem sich Kisten, Krüge und Zedernholzschachteln bis unter das Dach stapelten, wirkte nach dem Gestank der Abwässer von Townsville wie eine Oase.

Nachdem sich seine Augen an das Dämmerlicht im Inneren der Lagerhalle gewöhnt hatten, entdeckte er einen kräftigen Eurasier, der sich mit einem kleineren Chinesen herumstritt. Der Eurasier, der so groß war wie Michael, war so damit beschäftigt, den anderen auf Chinesisch zu beschimpfen, dass er den Neuankömmling gar nicht bemerkte.

»Sei gegrüßt, du Sohn einer Schildkröte«, sagte Michael laut. Der Eurasier fuhr herum, um zu sehen, wer es wagte, ihn mit dem alten chinesischen Schimpfwort zu beleidigen. »Bei Gott, es ist ein großer Tag für jeden Iren! Das gilt sogar für halbirische Schlitzaugen«, setzte Michael seine Beschimpfungen fort.

»Michael Duffy, du alter Mistkerl!«, brüllte John Wong, wobei er den chinesischen Händler, dem er wegen dessen ungeheuerlichen Preises für Ingwer die Meinung gesagt hatte, völlig vergaß. »Du lebst also noch!« Mit ein paar langen Schritten hatte der Sohn einer Irin und eines Chinesen Michael erreicht und packte ihn mit seinen riesigen Pranken an den Schultern. Mit einem beglückten Grinsen, das ihn geradezu dümmlich wirken ließ, starrte er seinem alten Freund ins Gesicht. »Wie zum Teufel geht es dir?«

»Ich lebe noch, auch wenn ich Freunde wie dich und Horace Brown habe«, erwiderte Michael ebenso dümmlich grinsend. »Meine Güte, John, du hast als reicher Kaufmann aber ganz schön Fett angesetzt.«

»Und ich habe vor, noch dicker zu werden, du alter Taugenichts«, knurrte John, der Michaels Bemerkung über seine breiter gewordene Taille offenbar nicht übel nahm. Obwohl er kaum dreißig war, wirkte sein Körper wie der eines gesetzten Mannes in mittleren Jahren. »Wenn du mir also mit irgendeinem hirnrissigen Plan kommst, bei dem ich dir und Horace Brown helfen soll, kannst du das gleich wieder vergessen.«

»John, John!« Michael spielte den Beleidigten. »Ich werde doch einen alten Freund nicht besuchen, um ihn um einen Gefallen zu bitten. Abgesehen von einer Flasche natürlich, die wir auf die alten Zeiten leeren. Und bitte nicht deinen billigen Reiswein, klar?«

John löste den Griff um die Schultern seines Freundes und wandte seine Aufmerksamkeit dem chinesischen Kaufmann zu, der den hoch gewachsenen Europäer mit der schwarzen Lederklappe über einem Auge neugierig anglotzte. John sagte etwas zu dem Chinesen, und der musterte ihn finster. Eine Flut von Wörtern sprudelte aus seinem Mund hervor. »Und deine Vorfahren auch!«, schimpfte John zurück.

Dann wandte er sich Michael zu und führte ihn in den hinteren Lagerbereich, wo sich ein winziger Raum befand, der mit Geschäftsbüchern und bizarren Jadekuriositäten aus den exotischen Ländern des Ostens voll gestopft war. Er bedeutete Michael, sich auf eine an einer Wand stehende Kiste zu setzen, und wühlte in seinem mit Schnitzereien verzierten Teakschreibtisch nach der Ginflasche, die er dort für Notfälle wie das plötzliche Erscheinen von Michael Duffy aufbewahrte. Dann trieb er zwei kleine Schalen auf, die er mit der feurigen Flüssigkeit füllte. Er hob seine Schale. »Auf Sankt Patrick und meine ehrenwerten chinesischen Vorfahren«, verkündete er mit einem breiten Grinsen. Michael erwiderte den Trinkspruch, indem er einen kräftigen Schluck von der klaren, würzigen Flüssigkeit nahm. »Wann bist du zurückgekommen?«, erkundigte sich John vorsichtig. »Warst du schon bei Kate?«

»Gestern«, erwiderte Michael. »Heute Abend treffe ich sie noch mal.«

»Hast du Horace Brown gesehen?«

»Ja. Er scheint ziemlich krank zu sein.«

John nickte ernst. Der kleine Engländer besuchte ihn oft, um sich auf Chinesisch mit ihm zu unterhalten. Ihre Freundschaft beruhte auf ihrer gemeinsamen beruflichen Vergangenheit – einer Vergangenheit, die John auf keinen Fall wiederbeleben wollte. Schließlich war er auf dem besten Weg, mit dem Lösegeld, das er vor Jahren von der Familie einer schönen Cochinchinesin erhalten hatte, weil er das Mädchen wieder nach Hause gebracht hatte, ein gut gehendes Importgeschäft aufzubauen.

Horace hatte John über Michaels Leben im Fernen Osten auf dem Laufenden gehalten – natürlich nur über das, was er für gewährleistet hielt. In letzter Zeit waren Horace' Besuche seltener geworden, weil der Krebs die Oberhand zu gewinnen begann und Johns Opium an Wirkung verlor.

»Ich glaube nicht, dass er das Jahr übersteht«, sagte John düster. »Eine Ära in unserem Leben geht zu Ende, alter Freund.«

»Das verdammte Außenministerium wird schnell Ersatz finden«, meinte Michael bitter. »Den Mistkerlen ist er doch völlig egal.«

John hob die Augenbrauen. Das klang ganz so, als hätte Michael den Engländer, der ihn so oft in Lebensgefahr gebracht hatte, ins Herz geschlossen. »Was für Pläne hast du für die Zeit nach seinem Tod?«, erkundigte er sich. »Du weißt, dass bei mir immer ein Platz für dich ist.«

Michael lächelte den Freund, der sich hinter seinem Schreibtisch vorbeugte, traurig an. »Danke. Aber bevor ich anfange, Pläne zu schmieden, muss ich abwarten, was in den nächsten Wochen geschieht.«

Seiner Antwort entnahm John, dass Michaels Tätigkeit für Horace Brown noch nicht zu Ende war. Er ahnte, warum Michael ihn aufgesucht hatte. »Ich habe hier eine Menge Verantwortung, Michael«, sagte er, bevor der andere das Thema ansprechen konnte. »Was auch immer es ist, ich kann dir nicht helfen.«

»Ah, du kennst mich zu gut«, erwiderte Michael seufzend. »Natürlich wollte ich dich um deine Hilfe bitten, aber das weißt du ja offensichtlich schon.«

Johns Gesicht verdüsterte sich. Der gesunde Menschenverstand sagte ihm, dass es besser war, jede geschäftliche Beziehung zu dem Iren zu vermeiden, aber er fühlte sich ihm verpflichtet. Er verdankte seinem Freund viel: seinen gegenwärtigen Wohlstand und seine schöne Frau, eine Cochinchinesin, die ihm zwei gesunde Söhne und eine Tochter geboren hatte.

»Und wie soll diese Hilfe aussehen?«, fragte er mit schwacher Stimme. Das auf ihn gerichtete Auge schien das Innerste seiner Seele zu erforschen und nach den Wurzeln wahrer Freundschaft zu suchen.

»Es ist nichts besonders Riskantes«, erwiderte Michael, während er die Schale mit beiden Händen zum Mund führte. »Nur eine Reise nach Sydney zur Erweiterung deiner Geschäfte. Das ist alles.«

Das klang einfach, aber John wusste sehr gut, dass im Leben seines Freundes alles mit Gefahr verbunden war. »Bis auf den ganzen Schlamassel, der sonst noch dranhängt«, knurrte er wütend, weil er sich vermutlich breitschlagen ließ, dem Söldner zu helfen.

Oder vermisste er etwa das wilde Leben voller Gefahren und wollte es sich nur nicht eingestehen? Er hatte eine Familie und ein florierendes Geschäft. Seine Frau würde das nie verstehen, auch wenn sie jede seiner Entscheidungen als pflichtbewusste Gattin gehorsam akzeptierte, wie es Konfuzius gebot. Aber seine Kinder hatten ihren eigenen Willen, schließlich floss in ihren Adern europäisches Blut. Außerdem trieben sie sich ständig mit den aufsässigen Kindern anderer Europäer herum. Ihnen würde es mit Sicherheit nicht gefallen, wenn er wegging.

Nicht nur, dass seine Familie jetzt sein Lebensmittelpunkt

war; John war darüber hinaus ein angesehener Geschäftsmann, der einen festen Platz in der Gesellschaft von Townsville einnahm. Er war Mitglied im örtlichen Pferderennklub und besaß selbst einen Rennstall. Sein Gespür bei der Auswahl siegreicher Vollblüter wurde allgemein bewundert. Außerdem fungierte er für die Europäer, die Geschäfte mit der chinesischen Gemeinde tätigten, als Verbindungsmann und half ihnen, lukrative Verbindungen im Fernen Osten aufzubauen. Die chinesische Gemeinde von Townsville respektierte den hoch gewachsenen Mann wegen seiner Kenntnisse ihrer Gebräuche und Sitten. Daher starrte er Michael schweigend an, während er abwog, ob er sich auf die Mission einlassen sollte, die ihn das Leben kosten konnte.

»Horace meint, die Deutschen wollen Neuguinea annektieren«, sagte Michael ruhig. »Das ist unser letzter Auftrag, ich verspreche es dir.«

»Aber warum Sydney? Du könntest da unten am Galgen enden.«

»Ich habe keine Wahl. Von Fellmann ist dort.«

John war dem Baron nie persönlich begegnet, aber Michael hatte ihm viel über ihn erzählt, und was er wusste, verhieß nichts Gutes. Der Preuße war ein rücksichtsloser Mensch. »Das heißt, wenn dich die Greifer nicht erwischen, erledigt dich von Fellmann«, meinte er sarkastisch. »Oder jemand anders von seiner Sorte.«

»Kann schon sein«, sinnierte Michael, »aber niemand lebt ewig. Nur die Erinnerung an uns besteht fort – in unseren Kindern und Kindeskindern.« In dem Schweigen, das das winzige Büro erfüllte, hallten seine Worte nach. Er hatte sie nicht zum ersten Mal gesagt, aber plötzlich fühlte er sich unbehaglich. Würde sein eigener Sohn sich je an ihn erinnern?

»Zum Teufel mit dir, Duffy, alter Mistkerl!«, fluchte John. »Du weißt, dass ich hinter dir stehe. Also, wann geht's los?«

Michael grinste seinen alten Partner an. »Sobald du deiner Frau eine Lügengeschichte über die Gründe für deine Reise nach Sydney aufgetischt hast. Deine Fahrkarte habe ich schon gekauft.«

Nachdem Michael bei seiner Schwester eingetroffen war, zeigte sich seine Nichte Sarah hochzufrieden mit dem versprochenen Geschenk. Mit offenem Mund starrte sie das schöne Kleid an und gab leise Laute der Überraschung und Freude von sich. Es war das herrlichste Kleid, das sie je gesehen hatte! Kate hatte er einen Lyrikband des australischen Dichters Henry Kendall mit dem Titel *Lieder aus den Bergen* mitgebracht.

Sarah zerquetschte ihren Onkel fast vor Dankbarkeit und verschwand dann, um das Kleid anzuprobieren. Sie würde schon einen Vorwand finden, um es zu tragen, wenn Gordon das nächste Mal auf Urlaub nach Hause kam.

Als sie fort war, folgte Michael Kate auf die Veranda vor dem Haus. Dort konnten sie die kühle Abendluft bei einer Flasche Rum genießen. Auch Kate trank gelegentlich gern einen Schluck. Auf den harten Trecks, die sie mit ihren Ochsenkarren durch Schlamm und Staub zurückgelegt hatte, war ein wenig Rum am Ende des Tages immer willkommen gewesen, weil er über die körperliche und geistige Erschöpfung hinweggeholfen hatte.

Liebevoll sah sie den Hünen an, der es sich in einem Sessel auf der Veranda bequem gemacht hatte, und dachte wehmütig an die entsetzlichen Dinge, die er in seinem unruhigen Leben gesehen und getan haben musste. Seine Jugend war vorbei, und seine Träume, Maler zu werden, so gut wie vergessen. Oh, Michael, mein armer, geliebter Bruder, wirst du jemals den Frieden finden, den du so verdienst?, dachte sie, während sie beobachtete, wie er in die weichen Schatten der warmen Nacht hinausblickte. »Du wickelst die Frauen immer noch um den Finger wie in unserer Jugend, als du mir und Tante Bridget das Herz gebrochen hast«, sagte Kate, während sie sich neben ihrem Bruder niederließ. »Damals gerieten sich die Mädchen, die für Onkel Frank arbeiteten, deinetwegen in die Haare, und meine Freundinnen wollten dir unbedingt vorgestellt werden.«

Michael lachte leise über diese Schmeichelei. »Das muss lange her sein«, meinte er grinsend. »Ein einäugiger, vom Kampf gezeichneter Mann im Herbst seines Lebens ist bei den Damen nicht so recht gefragt. Vor allem, wenn er keine anständige Arbeit hat. Viel Liebe gibt es in meinem Leben nicht«, setzte er ruhig hinzu, »wenn man von gelegentlichen Besuchen in irgendeinem chinesischen Bordell absieht.«

Seine Offenheit schockierte seine Schwester nicht. Sie spürte, dass sie eine der wenigen Frauen in seinem Leben war, denen gegenüber er seine Gedanken frei äußern konnte. »Du kannst doch sesshaft werden und die Vergangenheit hinter dir lassen. Du weißt, dass es hier immer Arbeit für dich gibt«, drängte sie ihn sanft. »Luke hält dich für einen der besten Menschen, die er kennt. Gott allein weiß, warum, wo er deinetwegen zweimal fast ums Leben gekommen wäre«, setzte sie ein wenig irritiert hinzu.

Luke und Michael hatten gemeinsam im Auftrag von Horace Brown verhindert, dass die Deutschen den südlichen Teil von Neuguinea annektierten. Danach hatten sie eine Rettungsexpedition für eine von Morrison Mort verschleppte Cochinchinesin organisiert.

»Ich wünschte, ich könnte das tun, Kate«, seufzte Michael. »Aber ich muss noch einen Auftrag erledigen, bevor ich dein großzügiges Angebot auch nur in Betracht ziehen kann.«

»Dahinter steckt bestimmt wieder dieser bösartige kleine Engländer, stimmt's?«, fauchte Kate, der mit einem Schlag klar wurde, dass ihr Bruder weit davon entfernt war, Frieden zu finden. »Ich hoffe nur, du willst nicht meinen Mann für seine Pläne rekrutieren.«

»Ich rekrutiere niemanden mehr, Kate. Ich brauche nur John Wong, und der hat sich schon bereit erklärt, mit mir nach Sydney zu gehen.«

»Nach Sydney! Bist du verrückt?«

»Wahrscheinlich«, gab er zurück, während er sein Glas hob und gegen das Licht des aufgehenden Mondes hielt. »Aber ich muss mich mit meiner Vergangenheit auseinander setzen, nicht nur einen Auftrag ausführen.«

Im Halbdunkel der Veranda starrte Kate ihren Bruder an. Sie beobachtete die Schatten auf seinem Gesicht, um zu sehen, ob sich sein Ausdruck veränderte. Dass Michael O'Flynn in Wirklichkeit Michael Duffy war, gehörte zu den am schlechtesten gehüteten Geheimnissen in der Kolonie Queensland, überlegte sie zunehmend beunruhigt. Die Gerüchte waren mit Sicherheit auch der Polizei in Sydney zu Ohren gekommen. »Mit deiner Vergangenheit meinst du wohl *Missus* Fiona White«, sagte sie, um zu betonen, dass die erste große Liebe ihres Bruders eine verheiratete Frau war.

»Fiona, ja«, sagte er verträumt, während er weiter durch das Glas auf den riesigen gelben Mond blickte. »Und andere.«

Kate hatte ihrem Bruder geschworen, niemandem aus der Familie zu verraten, dass er noch am Leben war. Für die anderen war er begraben und betrauert. Sie hielt nichts davon, aber sie würde dieses Versprechen niemals brechen. »Vielleicht solltest du die Vergangenheit besser hinter dir lassen«, warnte sie sanft. »Wer an Vergangenes rührt, muss häufig feststellen, dass es die Gegenwart in einer Weise beeinflusst, die einem nicht gefällt.«

»Das muss ich selbst herausfinden, Kate«, antwortete Michael bestimmt, um einer weiteren Predigt zuvorzukommen. »Aber ich werde weder mein Leben noch das von John leichtsinnig aufs Spiel setzen. Doch ich habe einen Auftrag zu erledigen, bei dem ich mich auch mit verschiedenen Aspekten meiner Vergangenheit auseinander setzen muss. Und ja: Fiona ist einer davon, aber das habe ich mir nicht ausgesucht.«

»Was immer du tust, vergiss nicht, dass du einen Sohn hast, dem du wahrscheinlich eines Tages begegnen wirst«, erinnerte ihn seine Schwester. Sie wusste, wozu ihr wilder Bruder fähig war. »Du willst wohl kaum, dass er ein Leben führt wie du.«

Michael warf den Kopf zurück und lachte. »Ein britischer Offizier! Mein Sohn ist ein verdammter britischer Offizier. Dad würde sich im Grabe umdrehen, wenn er wüsste, dass sein Enkel die Uniform seines Erbfeinds trägt. Und du machst dir Gedanken darüber, dass er herausfindet, wie *ich* lebe!«

»Das habe ich nicht gemeint, Michael«, sagte Kate ruhig.

»Das Schicksal scheint ihn auf einen Weg der Gewalt geführt zu haben, der deinem gar nicht so unähnlich ist. Findest du es nicht seltsam, dass dein Sohn Soldat geworden ist?«

»Ich wollte immer Maler werden, Kate«, erinnerte Michael sie, während er sein Glas leerte, »kein verdammter Söldner.« Im Mondlicht, das die Schatten auf seinem Gesicht milderte, sah sie seinen Schmerz über sein verlorenes Leben. »Diese Neigung zum Militär muss er von der Familie seiner Mutter haben.«

Sarah erschien in ihrem neuen Kleid auf der Veranda. Es betonte jede anmutige Kurve ihres erblühenden Körpers, und sie drehte sich um sich selbst, sodass das Kleid um ihre Knöchel wirbelte. Michael lächelte. Merkwürdig, dass dieses hübsche, graziöse Wesen die Tochter seines Bruders sein sollte, den er bei aller Liebe nur als schlaksigen, ungeschickten Tölpel in Erinnerung hatte. Schönheit und Anmut muss sie von ihrer Mutter geerbt haben, dachte er, während er seiner ehrlichen Bewunderung Ausdruck verlieh. Wie sie da im Mondlicht stand, war sie wirklich bezaubernd. Der Rum und die Gesellschaft der einzigen Familie, die er noch hatte, halfen ihm, alle Sorgen um die Zukunft zu vergessen.

Als sich Michael später verabschiedete, um zu dem Schiff zu gehen, das ihn südwärts bringen würde, hörte Kate die klagenden Schreie der Brachvögel. Abergläubisch schauderte sie in düsterer Vorahnung. Waren das nicht die Geister der Toten, die die Nacht heimsuchten? War nicht der ganze Tag voll schlimmer Vorzeichen gewesen?

Das Hämmern an der Tür der Cohens weckte das ganze Haus auf. Stöhnend rollte sich Solomon auf die Seite. Wer konnte sie nur zu dieser unmenschlichen Morgenstunde aus dem Schlaf reißen?, dachte er, während er sich benommen neben seiner Frau im Bett aufsetzte.

»Judith!« Das Entsetzen in der Frauenstimme, die von der Veranda hereindrang, war unverkennbar.

»Kate, bist du das?«, fragte Judith zurück, während sie sich eine Stola um die Schultern legte. Noch vor ihrem Ehemann sprang sie aus dem Bett. Die Erkenntnis, dass etwas Entsetzliches geschehen sein musste, wenn Kate sie um diese Zeit störte, hatte jede Schläfrigkeit vertrieben. »Ist was passiert?«, rief sie, während sie nach einer Petroleumlampe griff und den Docht entzündete. Nach kurzem Flackern verbreitete die Lampe ein beständiges, blässliches Licht. Draußen im Anbau, wo die Jungen geschlafen hatten, wurde verschlafenes Gemurmel laut, während Judith zur Tür lief. Kate war blass und zitterte vor Angst. So hatte Judith ihre Freundin seit vielen Jahren nicht mehr gesehen.

»Oh, Judith, Luke ist etwas Schreckliches zugestoßen«, stieß Kate hervor, bevor Judith ein Wort sagen konnte. Instinktiv legte sie den Arm um Kates Schultern und führte sie ins Esszimmer. Hinter Solomon war Willie aufgetaucht. Beide Männer starrten Kate, die offenbar direkt aus dem Bett kam und noch ihr Nachthemd trug, mit glasigen Augen an.

»Ich habe einen entsetzlichen Traum gehabt«, flüsterte Kate mit heiserer Stimme, während sie mit leerem Blick in die gelbe Flamme der Lampe starrte. »Ich spüre, dass mein geliebter Luke an einem entsetzlichen, einsamen Ort im Sterben liegt.«

Judith versuchte nicht, ihrer Freundin deren Vorahnung auszureden und sie zu beruhigen. Kate hatte immer die unheimliche Gabe besessen, solche Dinge zu wissen. Stattdessen drückte sie sie an sich, als könnte sie ihr so etwas von ihrem Schmerz abnehmen. »Das schlammige Wasser. Ich habe wieder das schlammige Wasser und die Krähe gesehen. Ich …« Kate hielt inne und rang nach Worten, um den entsetzlichen Traum zu beschreiben. Wie fasste man Gefühle, die physisch und dennoch nicht real waren, in Worte? »Ich habe Luke aus großer Ferne nach mir rufen hören. Er hat gesagt, dass er mich liebt, noch über den Tod hinaus, den er vor Augen hat. Ich …« Sie verstummte und begann zu schluchzen.

Die beiden Männer standen verlegen am Ende des Raums. Die Konfrontation mit dem Unbekannten und Unbegreiflichen machte sie hilflos. Nur Judith schien Kates merkwürdige Ahnungen zu begreifen. Solomon sah seine Frau fragend an.

Mit den Augen bedeutete sie den Männern, sie allein zu lassen.

Willie folgte Solomon in die Küche, wo er den Docht einer Lampe entzündete. Keiner der beiden sprach ein Wort, als sich Solomon auf einen Stuhl fallen ließ. Aus dem Esszimmer hörten sie die Stimmen der Frauen, die immer wieder von Schluchzern unterbrochen wurden. So viel Schmerz und Leid gab es auf der Welt, dachte Solomon. Er konnte nur darauf warten, dass Judith ihm sagte, was er tun sollte, wenn sie so weit war.

Die hohe Standuhr schlug viermal. Eine Dreiviertelstunde vor dem fünften Glockenschlag hörten sie das Scharren von Stühlen. Dann schloss sich die Haustür, und Judith betrat die Küche. Die beiden Männer blickten sie erwartungsvoll an.

»Kate ist nach Hause gegangen, um sich ein wenig auszuruhen«, sagte sie mit müder Stimme. »Willie, du gehst bei Sonnenaufgang zu ihr und hilfst ihr, die Reise nach Burketown vorzubereiten.«

»Nach Burketown!«, fuhr Solomon auf. »Sie steht doch kurz vor der Entbindung!«

»Ich weiß.« Judith hob die Hand, um jeden weiteren Protest ihres Ehemannes im Keim zu ersticken. »Ich habe versucht, es ihr auszureden, aber sie besteht darauf, dass sie Luke nicht allein lassen kann. Sie muss es einfach tun.«

»Auf jeden Fall nicht allein«, schimpfte Solomon. »Das wäre in ihrem Zustand Wahnsinn.«

»Sie wird nicht allein sein«, mischte sich Willie vom Ende des Tisches her mit ruhiger Stimme ein. »Ich gehe mit ihr und passe auf sie auf.«

Judith warf dem jungen Mann einen dankbaren Blick zu. »Ich weiß, dass sie bei dir in Sicherheit ist, William«, sagte sie leise. »Gott wird euch beide schützen.«

Solomon starrte seine Frau mit einer Mischung aus Erstaunen und Ungläubigkeit an. Erstaunen, weil sie Kates irrwitzige Entscheidung akzeptierte, und Ungläubigkeit, weil er sich nicht vorstellen konnte, wie Gottes Schutz allein eine Hochschwangere auf dem langen, gefährlichen Weg nach Westen zum Golf bewahren sollte. Dann sah er Willie an, in dessen Augen das Feuer des Fanatikers brannte. Oi, der Herr wählte sich seltsame Menschen zum Werkzeug!

15

Bald würde die Sonne über dem stillen Buschland der Ebene aufgehen. Eine gute Zeit zu sterben, dachte Luke Tracy, als er den Blick nach Osten wandte. Mit dem Rücken gegen einen Baum gelehnt, beendete er seinen letzten Eintrag in das ledergebundene Tagebuch, das Kate ihm geschenkt hatte. Damit hatte sie ihn ermutigen wollen, die vielen Dinge festzuhalten, die er über den australischen Busch wusste. Außerdem hoffte sie, er würde sein abenteuerliches Leben als Goldsucher auf zwei Kontinenten schildern und von seinen Abenteuern bei den Palisaden von Eureka berichten, wo er Seite an Seite mit ihrem Vater gekämpft hatte. Doch das Tagebuch war leer geblieben bis auf das, was er nun als letztes Kapitel seines Lebens geschrieben hatte.

Seine Worte waren schlicht und voller Liebe. Er bedauerte, dass er nie sein Kind in den Armen halten und nie durch den Busch seiner Wahlheimat streifen und seinem Sohn oder seiner Tochter die Wildnis zeigen würde. Aber ein Mann mit gelähmten Beinen wäre für eine Frau, die so aktiv und leidenschaftlich war wie Kate, nutzlos, dachte er mit der tiefen Traurigkeit der Verzweiflung.

Wenige Meter von der Stelle entfernt, wo er sich am Vortag in den Schatten des Baumes geschleppt hatte, lag sein totes Pferd. Aufgeschreckt von einem Wallaby, das direkt vor seinen Hufen aufgesprungen war, geriet das große Vollblut in Panik und stieg hoch. Pferd und Reiter stürzten schwer. Das Pferd schlug mit den Hufen um sich und wieherte erbärmlich.

Als Luke wieder zu sich kam, stellte er zu seinem Entsetzen fest, dass er sich bei dem Sturz das Rückgrat gebrochen hatte. Er konnte zwar seine Arme benutzen, aber unterhalb der Taille spürte er nichts mehr.

Es gelang ihm, sich zu seinem Pferd zu schleppen und es mit seinem Colt zu erschießen. Für das Tier war es ein schneller, sauberer Tod. Unter größten Schwierigkeiten löste Luke die Satteltaschen, indem er die Riemen zertrennte, und zog sie zu einem Bumbil-Baum. Er lehnte sich an den Stamm – und wartete.

Die einzige Frage war, wie der Tod kommen würde. Es war fast zwölf Stunden her, seit ihn das Pferd abgeworfen hatte. Die Chancen, dass ihn in dieser abgelegenen Gegend, in die ihn die Suche nach einer Goldader geführt hatte, jemand finden würde, waren gering. Alte Gewohnheit, dachte er wütend und frustriert, denn ihm war klar, dass er weit vom Weg nach Burketown abgekommen war.

Aber selbst wenn ein Reisender oder eine Gruppe Goldsucher auf ihn stieß, würden sie ihn nicht lebend finden, denn Luke Tracy hatte beschlossen, sich das Leben zu nehmen. Er wollte lieber sterben als sein Leben als halber Mann beschließen! Auf keinen Fall wollte er der Frau, die er mehr liebte als sein eigenes Leben, zur Last fallen. Besser man fand ihn tot, als dass er das Mitleid in Kates Augen sehen musste.

Wann sollte er den Abzug des Revolvers, der neben seiner Hand lag, betätigen? Beim nächsten Sonnenuntergang? Oder wenn sich die Dunkelheit sanft über die herbe Schönheit des endlosen Horizonts dieses alten Kontinents legte? Nein, Dunkelheit sollte nicht das Letzte sein, das seine Augen sahen. Er wollte den prächtigen Anblick des flammenden Orangerots des Sonnenaufgangs mit sich nehmen.

Die Tränen liefen ihm über das Gesicht, als er an Kate und das Kind, das sie trug, dachte. *Der Herr hat's gegeben, der Herr hat's genommen.* Kates Religion erlaubte nicht, dass man dem eigenen Leben selbst ein Ende setzte. Die »tödliche Sünde der Verzweiflung« hatte sie es einmal genannt. Aber Luke stand die Spiritualität der dunklen Menschen näher, die dieses alte Land einst durchstreift hatten. Vielleicht würde er im nächsten Leben ein Geist dieses Landes werden, ein Geist der Felsen, die das gelbe Metall enthielten, das sein Leben beherrscht hatte.

Er schloss das Tagebuch auf seinem Schoß und wickelte es sorgfältig in das Ersatzhemd, das Kate ihn mitzunehmen gedrängt hatte. Er ließ das Päckchen in eine der Satteltaschen gleiten und sicherte die Riemen. Auf keinen Fall sollten Aas fressende Tiere seine letzten Worte an seine Frau beschädigen. Eines Tages würde jemand seine Knochen finden. Mit ein wenig Glück waren die Taschen dann noch intakt, sodass Kate aus seinen schlichten, hingekritzelten Worten erfahren würde, wie sehr er sie geliebt hatte.

Die Sonne war nur als feuriger Rand durch eine Lücke zwischen den spärlichen Bäumen der Ebene zu erkennen, als Luke Tracy den Revolver hob.

»Auf Wiedersehen, meine liebste Kate. Ich werde dich auch in der nächsten Welt noch lieben«, flüsterte er leise.

Dann hallte das donnernde Echo des Schusses über die Ebene.

16

Zwei Wochen nach ihrer Abreise aus Townsville setzten bei Kate die Wehen ein. Willie, der vor dem Wagen ritt, hörte ihren Schmerzensschrei. Als er sich umwandte, hatte sie sich auf dem Bock zusammengekrümmt und hielt sich mit beiden Händen den geschwollenen Leib. »Jesus Christus«, fluchte er verzweifelt, während er an den Zügeln zerrte, um das Pferd zu wenden und zum Wagen zu reiten. Musste das ausgerechnet hier sein! Sie waren Meilen von der nächsten Siedlung entfernt.

»Hilf mir runter, Willie!«, keuchte Kate. Sie stöhnte auf, als eine neue Wehe ihren Körper packte. Die Fruchtblase war geplatzt, und sie wusste, dass ihre Zeit gekommen war.

Willie sprang vom Pferd, streckte die Arme aus und hob sie vom Wagen. Sie lehnte sich gegen das Wagenrad, wo sie den einzigen Schutz vor der Sonne fand und unter den Wellen des Schmerzes, die über ihren Körper hinwegrollten, keuchend sitzen blieb. »Was soll ich tun, Missus Tracy?«, fragte Willie verzweifelt, während er vor ihr in die Hocke ging. »Ich habe bis jetzt nur Kälbern auf die Welt geholfen.«

Sie schenkte ihm ein schwaches, aber dankbares Lächeln. Dann sah sie die Panik in seinem Gesicht. »Lass einfach der Natur ihren Lauf. Am besten schlägst du ein Lager für uns auf, damit hilfst du uns am meisten.«

»In Ordnung«, murmelte er, während er die Ebene mit den Augen nach Bäumen absuchte, die einen Bachlauf oder ein Wasserloch markieren mochten. Aber er fand keine charakteristischen Baumgruppen, nur einzelne, verkümmerte Exemplare, die in dem Meer trockenen Grases ums Überleben kämpften. Sie befanden sich mitten in jenem Land, das die unglückselige Expedition von Burke und Wills nahezu ein Vierteljahrhundert zuvor durchquert hatte und das schließlich das Leben der Entdecker gefordert hatte.

Kate zog die Knie an und griff unter ihren langen Rock, um die Baumwollunterhose auszuziehen. Ein Mann sollte bei so was nicht dabei sein, dachte Willie verlegen. Vielleicht sollte er zu der Siedlung Julia Creek reiten, möglicherweise gab es dort ja eine Hebamme.

»Hol mir das Wasser aus dem Wagen«, keuchte Kate schwach. »Ich bin furchtbar durstig.«

Willie wühlte unter den Vorräten, bis er eine große Wasserflasche fand. Er reichte sie ihr, und Kate trank in gierigen Schlucken. Die Hitze und die Anstrengung der Wehen hatten sie völlig ausgetrocknet.

»Ich reite vielleicht besser nach Julia Creek und hole einen Arzt oder eine Hebamme, Missus Tracy«, sagte Willie, als sie ihm die Flasche zurückgab. »Hier kann ich nicht viel tun, außer das Lager aufschlagen und es Ihnen bequem machen.«

»Wie weit ist es bis nach Julia Creek?«, fragte sie.

Willie kratzte sich am Kopf und sah nach Westen. »Nur ein paar Stunden, wenn man schnell reitet.« Das wusste er von seiner Fahrt mit Bens Kindern einige Wochen zuvor. Damals waren sie der gleichen Route gefolgt.

Kate wurde klar, dass sein Vorschlag eigentlich eine Bitte war. Er würde sie niemals im Stich lassen, aber da er ihr nicht helfen konnte, sah er nur eine Alternative. Sie dachte über sein Angebot nach und entschied, dass er Recht hatte. Vielleicht kam er rechtzeitig vor der Geburt mit einer Hebamme oder einem Arzt zurück. »Du kannst es versuchen«, sagte sie. Sein Gesicht verriet Erleichterung. »Aber hol mir ein paar Sachen aus dem Wagen, bevor du losreitest.«

Er brachte ihr die Gegenstände, um die sie gebeten hatte, und breitete sie in ihrer Reichweite aus: ein sauberes Männerhemd, das sie für den Fall mitgebracht hatte, dass sie Luke fanden, ein kleines Fläschchen mit Laudanum gegen die Schmerzen und die Wasserflaschen. Daneben legte er ein scharfes Messer und eine Spule Zwirn. Deren Bedeutung wurde ihm erst später klar: Sie bereitete sich darauf vor, allein zu entbinden.

Kate sah Willie nach, wie er davongaloppierte, bis sich sein verzerrtes Bild im Dunst in eine flimmernde Fata Morgana verwandelte und schließlich ganz verschwamm. In wenigen Stunden würde es dunkel werden, und sie betete, dass das Baby kam, während sie noch sehen konnte, was sie tat. Die Wehen ließen für einen Augenblick nach, sodass sie sich entspannen und in Ruhe die Lage einschätzen konnte. Sie wusste, dass sie den Kleinen nach der Geburt sauberhalten musste. Ihn! Wieso glaubte sie, dass es ein Junge war, wo sie das doch unmöglich wissen konnte? Weil Gott auf seine Weise gnädig war und ihr ein männliches Leben gab im Austausch für das, das er ihr genommen hatte?

Die Fliegen quälten sie, kitzelten sie mit ihren Füßen im Gesicht und summten dröhnend in ihren Ohren. Es war der einzige Laut in der unheimlichen Stille der Ebene – und praktisch die einzige Bewegung.

Aber sie war nicht allein! Als sie zum tiefblauen, wolkenlosen Himmel aufblickte, sah sie einen riesigen Vogel kreisen. Der majestätische Keilschwanzadler leistete ihr auf seiner Suche nach Aas oder Beutetieren in ihrer einsamen Welt Gesellschaft.

Der Adler am Himmel war nicht das einzige Lebewesen in ihrer Nähe. Kate sah die dunklen Gestalten nicht, die über die Ebene zogen: Ein Clan nomadisierender Aborigines folgte dem Flug des Adlers und näherte sich dabei dem Wagen.

Das Pferd, das an dem trockenen Gras gekaut hatte, hob den Kopf und starrte die Reihe langsam vorrückender, schimmernder Körper an. Es schnaubte, als eine sanfte Brise den fremden Geruch herübertrug. Kate bemerkte ihre Gegenwart erst, als das Gemurmel menschlicher Stimmen das Summen der Fliegen übertönte, die überall auf ihrem Körper herumkrabbelten.

Sie versuchte, sich umzuwenden und die Ebene mit den Blicken abzusuchen, aber die Anstrengung verursachte ihr

Schmerzen. Bei ihrem Stöhnen schienen die Stimmen zu verstummen. Sie schloss die Augen, um den Schmerz zu verdrängen. Als sie sie wieder öffnete, bot sich ihr ein völlig unerwarteter Anblick. Erschrocken rang sie nach Luft, denn über ihr stand ein großer, dünner Krieger, der mehrere Speere in der Hand hielt. Doch in seinem bärtigen Gesicht las sie nur Mitgefühl, keine Feindseligkeit, und so lächelte sie ihn an. Der Nomade erwiderte ihr Lächeln.

Er rief etwas über die Schulter, woraufhin eine Aborigine-Frau erschien, die sich neben Kate kniete und angesichts ihrer Pein mütterlich glucksende Laute von sich gab. Dann sprach der Krieger zu ihr – in einer Sprache, die sie verstand! »Bei Jingo, Missus, große Schmerz du, mein Wort. Große Vogel bringen Nachricht schwarze Mann.«

Die Bedeutung seiner Worte blieb Kate schleierhaft, aber sie war nun vollauf mit den stärker werdenden Kontraktionen beschäftigt. Die Wehen hatten voll eingesetzt, doch viele weibliche Hände standen ihr bei und halfen ihr, ihren Sohn zur Welt zu bringen.

Und so wurde in der flimmernden Hitze des Spätnachmittags Matthew Tracy geboren. An seinem von der Geburt noch nassen Körper klebten rote Erde, Gräser und Zweigstückchen, als Kates eingeborene Hebamme ihr das brüllende Baby an die Brust legte. Die Frau lächelte breit, sodass ihre weißen Zähne blitzten. Ein neues Leben war auf den unbarmherzigen, wüstenhaften Ebenen immer Anlass zur Freude.

Willie kehrte am selben Abend zurück. Erschöpft von dem scharfen Ritt brachte er die Frau eines Kneipenwirts und ihren Sohn mit, einen schlaksigen jungen Burschen, der ihre Kutsche fuhr.

In der Dunkelheit hatte Willie das winzige Lagerfeuer auf der Ebene gesehen, das sie zu Kate führte. Als er erkannte, dass sie ihren Säugling stillte, fiel er fast aus dem Sattel. Es schien ihr gut zu gehen, auch wenn ihre langen, dunklen Flechten strähnig herunterhingen.

An das große Wagenrad gelehnt, lächelte sie ihre Besucher

an. »Ich hatte Hilfe«, sagte sie heiser. Als sie auf Matthew Tracy herabblickte, wirkte sie nicht im Geringsten aufgeregt. »Aber meine Helfer sind wieder in den Busch zurückgekehrt.«

»Schwarze?«, fragte Willie ehrfürchtig. »Schwarze haben Ihnen geholfen?« Kate nickte. Da warf Matthew den Kopf zur Seite, um seiner Mutter mitzuteilen, dass er für den Augenblick genug hatte.

Die Frau des Kneipenwirts kniete sich neben Kate und bewunderte das Baby, das Willie hässlich und faltig vorkam. Nur eine Frau konnte ein Kind in diesem Stadium schön finden, dachte er kopfschüttelnd. Sein Lachen hallte über die Ebene, als er sich unter Freudenrufen mit seinem breitkrempigen Hut auf die Schenkel schlug. Kate ging es gut, und sie hatte endlich das Baby, nach dem sie sich so viele Jahre gesehnt hatte!

Die Besucher verbrachten die Nacht bei ihnen. Am Morgen kehrten sie nach Julia Creek zurück. Kate bedankte sich, aber die Frau zeigte sich peinlich berührt und wollte nichts davon wissen. Für sie war es kein Gefallen gewesen, sondern ein Dienst, der für jeden in der Gegend selbstverständlich gewesen wäre.

Willie spannte das Pferd vor den Wagen. Als er den Proviant prüfte, stellte er fest, dass Mehl, Zucker und Tee zum Großteil verschwunden waren. Kate erklärte ihm, dass sie den Aborigines zum Dank für ihre Freundlichkeit Lebensmittel geschenkt hatte. Als er diese Geste übertrieben nannte, sagte sie nur, für den Rückweg nach Townsville hätten sie genug.

Ihre Entscheidung überraschte den jungen Mann zwar, aber im Grunde fühlte er sich erleichtert. Sie musste an ihr Kind denken, und der lange Weg, der vor ihnen lag, wäre selbst für einen gesunden Mann anstrengend gewesen, ganz zu schweigen von einer Frau, die soeben entbunden hatte.

Aber Kate dachte nicht an Schonung, denn sie wusste, dass sie die Suche nach ihrem Ehemann ohne weiteres hätte fortsetzen können. Ihr war klar geworden, dass ihr Unterfangen vergeblich sein musste, denn ihr geliebter Mann war tot. In den frühen Morgenstunden war er zu ihr gekommen, während sie im ersterbenden Schein des verlöschenden Feuers schliefen. Er hatte auf der Ebene gestanden und sanft auf sie und ihr schlafendes Kind herabgelächelt. Im Geiste hörte sie seine sanfte Stimme, die ihr mit schleppendem amerikanischem Akzent riet, nach Townsville zurückzukehren. Ihre Suche war sinnlos, sagte er, denn er lag an einer einsamen Stelle, auf die man erst in vielen Jahren stoßen würde. Wenn man seine Knochen schließlich fand, würde man daneben auch die Worte seiner Liebe entdecken, die über die Jahre hinweg zu ihr sprechen würden.

Dann hatte er gelächelt und war über die Ebene auf den westlichen Horizont zugegangen. Er war fort, und nur die Erinnerung an ihn lebte in Kates Träumen weiter.

Kate war in den frühen Morgenstunden erwacht und hatte einen Meteoriten seine feurige Bahn über die Dunkelheit des westlichen Horizonts ziehen sehen. »Luke«, flüsterte sie. Tränen erstickten ihre Bitte an ihn, sie nicht allein zu lassen. Lange beobachtete sie den Nachthimmel, während lautlose Schluchzer ihren Körper schüttelten.

Unterdessen hatte Willie, der von dem langen, scharfen Ritt erschöpft war, ganz in ihrer Nähe, unter seiner Decke zusammengerollt, fest geschlafen. Als Matthew aufwachte und zu weinen begann, legte Kate sich den Kleinen sanft an die Brust. Sie schaukelte ihn, bis er aufhörte zu weinen, ohne dabei den wunderbaren Sternenhimmel über sich aus den Augen zu lassen. Im Geiste sprach sie mit Luke, bis sie müde wurde und sich von den Gestirnen wie ein sanfter Mantel ein Frieden auf sie senkte, der älter war als alles Wissen der Menschen.

Willie sattelte das Pferd und schwang sich hinauf. Sie waren aufgebrochen, um einen Toten zu suchen, und hatten stattdessen ein neues Leben gefunden, dachte er philosophisch. Jetzt war es Zeit, dass er Kate nach Hause brachte und sich auf die Suche nach seinem eigenen Leben begab.

Ohne Geld und Ausrüstung konnte er nicht nach Sydney. Er würde sich einem Viehtrieb nach Süden anschließen oder sich als Fahrer bei Cobb & Co. bewerben, deren Kutschen jetzt kreuz und quer in den Kolonien unterwegs waren. Und am Ende würde er den Mann stellen, der sein Vater war, und ihn töten.

Der Adler schwebte über der winzigen Staubfahne, die hinter dem Pferdewagen und dem einsamen Reiter aufstieg, als sie sich auf den Weg in die aufgehende Sonne machten. Unterdessen saß ein Nomadenstamm in einem Lager auf den nördlichen Ebenen des Golflandes und sprach über die Geburt des weißen Kindes, das dazu bestimmt war, mit den Adlern zu fliegen.

BLITZ UND DONNER

1885

17

Südlich der großen nubischen Wüste und nördlich der geheimnisvollen Berge Äthiopiens hatte sich ein Soldat zusammengerollt wie ein Fötus. Er lag auf einem Sandbett, und seine Erschöpfung war so groß, dass ihn weder die eisige Kälte der Nacht noch die Geräusche der rastenden Armee störten. Um ihn herum tauschten Männer flüsternd ihre Gedanken und Ängste mit Kameraden aus, die ebenfalls nicht schlafen konnten. Die Kamele, Maultiere und Pferde waren unruhig, als spürten sie die Aufregung, die wie elektrischer Strom durch das neu eingetroffene Kontingent von Freiwilligen aus der australischen Kolonie Neusüdwales lief.

Glücklicherweise übertönten diese Geräusche das leise, kindliche Wimmern, das Captain Patrick Duffy von sich gab. Sein Körper mochte unter dem wolkenlosen Zelt der funkelnden Sterne des Sudan schlafen, doch seine unterdrückten Ängste suchten ihn in der Nacht heim. Mit zuckenden Gliedern warf er sich in seinem unruhigen Schlaf herum. Im Augenblick war er weit entfernt von der harten Wirklichkeit, die ihn nach dem Aufwachen erwartete: glühend heiße Wüsten und ein plötzlicher, gewaltsamer Tod. Stattdessen fand er sich in einer von keltischen Nebeln verhüllten Welt, in der eine schöne rothaarige Göttin nackt auf einem Bett aus Wildblumen lag. Ihre Beine, die weiß schimmerten wie Elfenbein, hatte sie einladend gespreizt, und das Licht des vollen Mondes fiel auf die feuchte, geschwollene Rosenknospe ihrer Weiblichkeit. Zu ihren Füßen stand ein nackter Fremder, den sie mit süßen, kehligen Worten lockte … *Ich bin Sheela-na-gig … nimm mich und stille deine Lust …*

Mit einem triumphierenden, boshaften Grinsen wandte sich der Fremde um. Brett Norris! Hilflos sah Patrick zu, wie sich Norris auf Catherine legte und mit seinem Gae Bulga in sie eindrang. Ein entrücktes, sinnliches Lächeln lag auf ihrem Gesicht, während sie vor Lust aufstöhnte. Ihre Beine schlangen sich um seinen Rücken, als sie seinen Samen in sich aufnahm, und Patrick musste ohnmächtig zusehen. Es war ein Schicksal, das er mehr fürchtete als den Tod – den Verlust seiner Göttin.

»Captain Duffy, wachen Sie auf, Sir.« *Sie war verschwunden* ... »Alles okay, Sir?«, fragte eine besorgte Stimme. »Doch wohl nicht das Fieber?« Langsam öffnete Patrick die Augen und versuchte, sich zu orientieren. Private MacDonald beugte sich mit besorgter Miene über ihn.

»Danke, Private MacDonald«, murmelte er. »Nur ein schlechter Traum.«

»Na, dann ist's in Ordnung«, erwiderte der riesige Schotte mit dem Glasgower Akzent erleichtert. »Hier kann man wirklich Albträume kriegen.« Patrick setzte sich auf und rieb sich die Augen. Der massige Schotte drückte ihm einen Becher mit dampfendem Tee in die Hand. »Trinken Sie, Sir, das hilft, einen klaren Kopf zu bekommen.«

Dankbar seufzend nahm Patrick das heiße Getränk entgegen. »Wie spät ist es?«, fragte er, während er vorsichtig an dem stark gezuckerten Gebräu nippte.

»Ein Uhr, Sir. Der Brigademajor sagt, wir sollen uns für den Vormarsch Captain Thorncroft und den Tommy-Stängeln auf der linken Flanke anschließen.«

»Verdammt! Ich sollte mich gestern Abend um zehn beim Brigademajor melden.« Patrick war plötzlich hellwach. »Sie hätten mich wecken sollen.«

»Nur die Ruhe, Sir. Major Hughes hat gesagt, ich soll Sie schlafen lassen«, beruhigte ihn Private MacDonald. »Er hat gemeint, Sie hätten ein wenig Ruhe verdient.«

Private Angus MacDonald war Patrick als Offiziersbursche zugewiesen, solange er von seiner schottischen Brigade zu dem Kontingent aus Neusüdwales abgeordnet war. Vor zehn Tagen hatte der riesige Soldat bei Tofrick neben Patrick gekämpft, als die Derwische die Infanterie von Brigadegeneral Sir John McNeill an einem improvisierten Verteidigungsring überraschten. Tofrick lag ganz in der Nähe des quirligen Hafenstädtchens Suakin am Roten Meer, und die Attacke der wilden Wüstenkrieger hatte unter den Verteidigern zahlreiche Opfer gefordert. Erst nach erbitterten Kämpfen mit Bajonett, Gewehrkolben und Kugel konnte der Angriff zurückgeschlagen werden. Dabei war Patrick von einer Kugel niedergestreckt worden, die seinen linken Oberarmmuskel glatt durchschlagen hatte.

Als er getroffen wurde, war er gerade in ein Handgemenge mit zwei Eingeborenen in weißen Gewändern verwickelt gewesen, die mit Speer und Schild bewaffnet waren. Sein Revolver hatte Ladehemmung gehabt, und er erinnerte sich noch lebhaft an den zum tödlichen Stoß erhobenen Speer über sich. Das Kriegsgeschrei des rasenden Schotten hatte in diesem Moment wie Musik in seinen Ohren geklungen. Blut spritzte über ihn, als der Gewehrkolben, den MacDonald wie eine Keule schwang, den Schädel des Derwischs mit einem Schlag zerschmetterte. Von jenem Augenblick an hatte der große Schotte eine besondere Beziehung zu dem jungen Captain entwickelt, den er wegen seiner natürlichen Begabung als Kämpfer schon immer respektiert hatte. Jeder Soldat verstand eine solche Bindung, unabhängig von seinem Rang. Der Captain trug zwar einen irischen Namen, aber es hieß, er sei Halbschotte. Dadurch wurde er dem abgebrühten Glasgower noch sympathischer.

Und jetzt kehrten sie also an den Ort der blutigen Schlacht zurück. Patrick hatte für seine Abordnung zu den *Tommy Cornstalks* Private MacDonald als Burschen angefordert. Ihren Spitznamen – »Maisstängel« – verdankten seine australischen Landsleute der Tatsache, dass sie deutlich größer und schlaksiger als ihre britischen Cousins waren. Für die Tommy-Stängel war es der erste Einsatz als offizielles Kontingent an der Seite von Truppen aus Großbritannien und dem britischen Empire. Zwar hatte nur die Provinz Neusüdwales kleine Infanterie- und Artillerieeinheiten entsandt, aber diese waren sich vollauf bewusst, dass sie ganz Australien vertraten.

In den frühen Morgenstunden erwachte das Biwak zum Leben. Bald würden die Männer aus Neusüdwales Gelegenheit erhalten, ihren erfahrenen britischen Cousins zu zeigen, aus welchem Holz sie geschnitzt waren.

Patrick erhob sich und bürstete den Staub von seiner Uniform. Anders als bei Tel-el-Kibir trug er keinen Kilt. Die britische Armee hatte endlich die Vorteile von Tarnkleidung erkannt, und die kakifarbene Uniform, die die Männer nun im Feld anhatten, verschmolz mit der trockenen Felslandschaft des Sudan. Das australische Kontingent war zwar in roten Jacken und blauen Hosen an Land gegangen, hatte jedoch die Galauniformen bald gegen das Kaki der Wüste eingetauscht. Mit Tee, Kaffee und Tabaksaft hatte man die weißen Gürtel, Riemen und Tropenhelme gefärbt, sodass die Männer kaum noch von der riesigen Armee aus allen Teilen des Empire zu unterscheiden waren.

Patrick rückte die Riemen und Taschen seiner Marschausrüstung zurecht und nahm den Revolver aus dem mit einer Klappe versehenen Holster. Rasch säuberte er den Mechanismus der Waffe, um den Sand zu entfernen. Dann lud er jede Kammer sorgfältig neu. »Schlage zu, MacDuff!«, sagte er schließlich zu Private MacDonald, der in der Dunkelheit das Gesicht verzog.

»Mac*Donald* ist mein Name, Sir!«

Grinsend schüttelte Patrick den Kopf. Mit Shakespeare war der große Schotte offenbar nicht vertraut. Aber das brauchte er auch nicht zu sein; hier im Sudan konnte er in der Hitze der Schlacht mit seinen kräftigen Armen und den Kriegsrufen des MacDonald-Clans weit größeren Eindruck schinden.

Die beiden Soldaten hatten keine Mühe, die linke Flanke der in der Wüste kampierenden, zehntausend Mann starken Armee zu erreichen. Beide waren von früheren Feldzügen her mit Biwak-Camps vertraut, und so fanden sie instinktiv ihren Weg durch das Gewimmel von Kamelen, Maultieren und Pferden, die von einem kleinen Heer von Zivilisten betreut wurden. Sir Gerald Graham hatte seine Armee in einem riesigen Rechteck mit einer Seitenlänge von zweihundert mal fünfhundert Metern aufgestellt, eine Formation, die sich bei Waterloo gegen die eindrucksvolle Übermacht der Napoleonischen Kavallerie durchgesetzt hatte.

Innerhalb des menschlichen Walls von mit Bajonett und Gewehr bewaffneten Soldaten kümmerten sich die dem Heer folgenden Zivilisten um Wasser, Proviant und die gesamte Ausrüstung einer viktorianischen Expeditionsarmee: das persönliche Essgeschirr der Offiziere, Planwagen mit dem charakteristischen roten Kreuz der Krankentransporte, Futter für die Packtiere, Sanitätsartikel und die vom Quartiermeister sorgsam gehüteten Ausrüstungsgegenstände, die für nachlässige Soldaten in Reserve gehalten wurden.

Als Patrick auf die Männer aus Neusüdwales stieß, tranken sie gerade den zu ihrer Ration gehörenden Kaffee. Selbst in der Dunkelheit waren sie kaum zu verfehlen; er musste nur dem charakteristischen Akzent folgen, der sich bei reichlich Brot und Hammelfleisch unter der Sonne seiner Heimat entwickelt hatte. Es kam ihm merkwürdig vor, die schleppende Sprechweise in der sudanesischen Nacht zu hören. Zarte Erinnerungen an seine Kindheit stiegen in ihm auf und weckten sein Heimweh nach den milden, sonnigen Wintern Sydneys, ja sogar nach dem süßen, durchdringenden Geruch des Eukalyptus, der in den langen, trockenen Sommern in Flammen aufging, wenn um Sydney herum die Buschfeuer tobten. Allzu lange hatte er unter Engländern im Schnee und Matsch der endlosen nördlichen Winter gelebt. Zu lange war er den Bildern, Geräuschen und Gerüchen seines Geburtslandes fern geblieben. Noch nicht einmal die magischen keltischen Nebel konnten ihm ersetzen, was er jenseits des Indischen Ozeans in einem fernen Land erlebt hatte, das gleichzeitig neu und sehr alt war.

»Ich suche Captain Thorncroft«, sagte Patrick zu einem Soldaten, dessen Silhouette sich vor dem Sternenhimmel abzeichnete.

»Der ist wahrscheinlich bei Lieutenant Parkinson. Da drüben, Kumpel«, erwiderte der Australier fröhlich, wobei er auf eine Gruppe Männer deutete, die in der Nähe in ein Gespräch vertieft waren.

»Du sprichst mit einem Offizier«, schimpfte Private Mac-Donald, der hinter Patrick stand. Die Flegelei der Kolonialtruppen wollte er gar nicht erst einreißen lassen.

»Tut mir Leid, Kumpel ... ich meine, Sir«, sagte der Australier, den es offenbar nicht weiter belastete, dass er Patricks Rang nicht erkannt hatte. Patrick grinste nur über diese Frechheit. Es war eine erfrischende Abwechslung, wenn ein Soldat nicht sofort zackig grüßte.

Als Patrick und Private MacDonald außer Hörweite waren, wandte sich der australische Soldat wieder seinem Kameraden zu, mit dem er sich darüber unterhalten hatte, wie die Chancen standen, dass es innerhalb der nächsten vierundzwanzig Stunden zu einer Auseinandersetzung mit den Truppen des Derwisch-Führers Osman Digna kam. Digna war ein Verbündeter des charismatischen Mahdi, der die Eingeborenen in den heiligen Krieg gegen die Briten geführt hatte. Vor mehreren Monaten hatten die Derwische Khartum gebrandschatzt, wobei der »Chinesen«-General Gordon ums Leben gekommen war.

Was ursprünglich als Entsatz für Gordon geplant gewesen war, hatte sich zu einer Strafexpedition der Briten entwickelt. Gordon hatte nie die Gunst von Premierminister Gladstone genossen, aber die britische Öffentlichkeit war von der Presse so aufgehetzt worden, dass sich Gladstone gezwungen sah, eine Streitmacht zur Unterstützung des Mannes zu entsenden, der in den Augen des Volkes geradezu als Heiliger galt. Gordon Pascha durfte auf keinen Fall bei seinem Kampf gegen die Ungläubigen im Stich gelassen werden. Für die britische Öffentlichkeit befand sich die in den zu Ägypten gehörenden Sudan entsandte Streitmacht auf einem modernen Kreuzzug zur Verteidigung der Tugenden des viktorianischen England.

Aber den beiden Koloniesoldaten, die in der Dunkelheit Kaffee tranken und sich unterhielten, bedeutete die moralische Empörung von Zivilisten, die wohlbehütet in Großbritannien saßen, wenig. Schließlich mussten diese nicht in die Schlacht ziehen und ihr Leben riskieren. Bei ihrem gedämpften Gespräch ging es um den nächsten Tag und nicht um die Werte eines heiligen Kreuzzugs. Für sie zählten praktische Aspekte, wie die Frage, wann sie zum nächsten Mal etwas zu essen bekommen, wie weit sie unter der glühenden Sonne marschieren und wie sich ihre Gewehre gegen die Waffen der Mahdi-Krieger behaupten würden.

Der zweite Mann, der nichts gesagt hatte, als Patrick in der Nähe war, stand MacDonald an Größe und Kraft in nichts nach. Er war nicht mehr jung und gehörte dem australischen Kontingent nur aufgrund seiner Kontakte zu dem großspurigen katholischen Politiker William Dalley aus Sydney an. Beziehungen dieser Art waren für einen einfachen irischen Streifenbeamten nicht ungewöhnlich, denn ein solcher Mann hörte und sah manchmal Dinge, von denen gesetzestreue Bürger nichts ahnten. So kam man zu unfreiwilligen, hoch gestellten »Freunden« und verschaffte sich Zugang zum Ohr des Premierministers. Constable Farrells intime Kenntnisse vom Kommen und Gehen dieser Herren in den Häusern der fleischlichen Lust hatten ihm aus einer heiklen Affäre geholfen, bei der es um gestohlenen Branntwein ging. Eine Expedition nach Übersee kam da gerade zum richtigen Zeitpunkt und schützte ihn vor den peinlichen Fragen, die man ihm in Sydney hätte stellen können. Nun war er Private Farrell. Aber der englische Offizier, der sie angesprochen hatte, hatte ein merkwürdiges Gefühl in ihm wachgerufen. Es kam ihm beinahe so vor, als wäre er dem Mann schon einmal begegnet – oder jemandem, der ihm stark ähnelte.

Während er seinem Kameraden zuhörte, starrte er angestrengt zu dem Offizier hin, dessen Silhouette sich vor dem nächtlichen Himmel abzeichnete. Verwirrt fragte er sich, warum ihn der englische Offizier, den er in der Dunkelheit gar nicht richtig gesehen hatte, an jemanden aus seiner trüben Vergangenheit erinnern sollte.

»Was meinst du dazu, Frank?«, fragte der andere.

Francis Farrell drehte sich um und starrte seinen Kameraden an. »Wozu?« Sein Bewusstsein befand sich noch halb in den Straßen Sydneys. »Ich hab nicht zugehört.«

»Schon klar, du hast ja den Offizier nicht aus den Augen gelassen.«

»Irgendwie hab ich das Gefühl, ihn schon mal getroffen zu haben«, erwiderte Farrell, während er den letzten Schluck Kaffee hinunterkippte. »Aber wahrscheinlich ist das nicht.« Seine Stimme schien aus weiter Ferne zu kommen. »Vielleicht erinnert er mich nur an jemanden, den ich vor langer Zeit mal getroffen habe.«

Vor langer Zeit ... Irgendwie schien die vage Erinnerung mit einer vor langer Zeit begangenen Gewalttat zu tun zu haben, einem Verbrechen, das nie gesühnt worden war.

»Sie sind spät dran, Captain Duffy«, tadelte Thorncroft schulmeisterlich. »Colonel Richardson hat sich bereits der rechten Flanke angeschlossen.«

Fast hätte sich Patrick für sein angeblich verspätetes Eintreffen bei der linken Flanke entschuldigt, doch er rief sich selbst zur Ordnung. Er kam absolut rechtzeitig. Der Weckruf war für ein Uhr angesetzt gewesen, und der Brigademajor hatte ihn angewiesen, sich um diese Zeit den Kolonialtruppen anzuschließen. »Ich werde mich bei Sonnenaufgang mit Colonel Richardson treffen, Captain Thorncroft«, erwiderte er gelassen, ohne auf die Arroganz seines Offizierskollegen einzugehen. »Mein Brigademajor hat mir diesbezüglich genaue Anweisungen gegeben.«

»Nun, Sie hätten unserem befehlshabenden Offizier die Höflichkeit erweisen können, ihn heute Nacht aufzusuchen, statt bis zum Morgen zu warten«, mäkelte Captain Arthur Thorncroft.

Da hielt es Private MacDonald nicht länger, er musste seinen Vorgesetzten verteidigen. Sein mit ruhiger Stimme vorgetragener Einwand verstieß gegen jegliches militärische Protokoll und kam für beide Offiziere überraschend. »Entschuldigen Sie, Sir, aber Captain Duffy ist vor ein paar Tagen bei McNeill's

Zareba verwundet worden und hat seitdem nicht viel geschlafen. Daher habe ich mir gedacht, er braucht Ruhe, und der Brigademajor fand das auch.«

Thorncroft war kein kleiner Mann, aber gegenüber dem riesigen Schotten kam er sich vor wie ein Zwerg. Die Erwähnung der Verwundung, die sich Patrick bei den schweren Gefechten von Tofrick – das auf den Militärkarten nun als »McNeill's Zareba« erschien – zugezogen hatte, sollte dem aufgeblasenen Kolonialoffizier in Erinnerung rufen, dass er selbst sich erst noch im Feld bewähren musste. Captain Thorncroft verstand den Wink; während seiner Laufbahn als Offizier der Kolonialmiliz von Neusüdwales war er bis jetzt nie in Kampfhandlungen verwickelt gewesen.

»Danke, Private MacDonald«, sagte Patrick erfreut angesichts der unerschütterlichen Treue seines Burschen. »Captain Thorncroft hat sicherlich Verständnis für die Situation. Warum schauen Sie nicht, ob Ihre Brüder aus den Kolonien eine Tasse Kaffee für Sie haben, bevor wir aufbrechen? Das schlagen die Ihnen bestimmt nicht ab.«

»Sir!«

MacDonald verschwand mit schwerem Schritt in der Nacht und machte sich auf die Suche nach der Ausgabestelle für Kaffee. Ihm war klar, dass Captain Duffy unter vier Augen mit diesem Emporkömmling von Kolonialoffizier reden wollte. Vielleicht bringt er dem armseligen Würstchen mit den Fäusten bessere Manieren bei, dachte er grinsend.

Als er verschwunden war, wandte sich Patrick seinem Mitoffizier zu. »Wir scheinen einen schlechten Start gehabt zu haben, Captain Thorncroft. Da wir zusammenarbeiten müssen, entschuldige ich mich hiermit für das verpasste Treffen mit Colonel Richardson. Wenn ich mich recht erinnere, hat er der britischen Armee hervorragende Dienste erwiesen.«

Trotz seiner Empörung fühlte sich Thorncroft durch den Charme des Verbindungsoffiziers, den ihm das Brigadehauptquartier geschickt hatte, entwaffnet. Das sollte nicht heißen, dass er den Mann mochte, aber seine liebenswürdige Entschuldigung musste er annehmen.

»Schon gut, alter Junge«, sagte er daher. »Die Entschuldigung ist akzeptiert. Das mit Ihrer Verwundung tut mir Leid. Wo haben die Sie denn erwischt?«

»Am Arm, ein sauberer Durchschuss. Kein ernsthafter Schaden«, erwiderte Patrick, obwohl der Arm immer noch schmerzte. Die Kugel des Derwischs hatte das Fleisch aufgerissen, ohne vollständig einzudringen, und er hatte sorgfältig darauf geachtet, die Wunde sauber zu halten. Im Sudan holte man sich leicht eine Infektion. Die Wundheilung war zufrieden stellend, aber ihm würde vermutlich für den Rest seines Lebens eine hässliche Narbe bleiben.

Er hatte sich mit einem Captain im Feldlazarett herumstreiten müssen, der ihm nicht erlauben wollte, dass er sich nach der Behandlung sofort wieder seinen Männern anschloss. Daraufhin hatte sich der Brigademajor eingeschaltet, ihn ins Hauptquartier versetzt und dann als Verbindungsoffizier zu dem neu eingetroffenen australischen Kontingent abgestellt. Das hatte er damit begründet, dass Patricks Afrika-Erfahrung für die Kolonialtruppen von unschätzbarem Wert sei. Major John Hughes war bei Tel-el-Kibir Captain gewesen, als Patrick Lieutenant war, und die beiden Männer waren gute Freunde geworden.

Patrick war klar, dass sein Freund versuchte, ihn vom Kampfgetümmel fern zu halten, zumindest bis sein Arm geheilt war. Als Verbindungsoffizier würde er sich in der Nähe des Stabs von Colonel Richardson aufhalten müssen, statt wie sonst seine Männer an die Front zu führen.

»Wenn alles nach Plan verläuft, wird es demnächst zur Schlacht gegen die Derwische kommen«, verkündete Thorncroft begeistert. »Ich freue mich schon auf den Kampf.«

Patrick äußerte sich nicht dazu, sondern starrte weiter auf den Horizont. Der Trottel würde seine Meinung schnell ändern, wenn er einmal in die dunklen Augen eines mordlustigen Derwischs geblickt hatte.

»Irgendeinen Tipp, bevor wir die Männer des Mahdi angreifen, alter Junge?«, fragte Thorncroft.

»Suchen Sie sich den größten Schotten, den Sie finden können, und bleiben Sie in seiner Nähe, wenn es losgeht. Ach ja, und achten Sie darauf, dass Ihr Revolver nicht mit Sand in Berührung kommt. Viel mehr kann ich Ihnen im Moment nicht raten.«

Stunden später kam sich Patrick ohne die Kameraden von seinem Regiment ziemlich verloren vor. Stattdessen marschierte er neben den eifrigen, aber unerfahrenen Soldaten seines Geburtslandes durch die stille, eisige Nacht der sudanesischen Wüste.

Neben ihm ging der große Schotte und summte sentimentale Balladen aus seiner Heimat vor sich hin. Bis auf das Klirren von Metall an der Ausrüstung der Soldaten und das gelegentliche protestierende Wiehern eines Armee-Maultiers war auf dem schweigenden Marsch nach Süden nicht viel zu hören. Sie wateten gleichsam durch den Sand, wobei ihre Stiefel ein unheimliches Geräusch erzeugten.

Da er keine Truppen kommandierte, bot sich Patrick wenigstens die Gelegenheit, an etwas anderes zu denken als an Männer, deren Wohlergehen von seinen Entscheidungen abhing. Immer wieder kehrten seine Gedanken zu dem Traum zurück, der ihn vor wenigen Stunden heimgesucht hatte. Warum hatte Catherine auf keinen seiner zahlreichen Briefe geantwortet? War Brett Norris' Aufmerksamkeit mehr nach ihrem Geschmack? Er seufzte. Fast neun Monate und nicht ein einziges Wort von ihr. Nichts! Instinktiv klopfte er auf den Munitionsbeutel, der an dem Gürtel an seiner Taille hing und Sheela-na-gig beherbergte. Sie hatte ihn geschützt, wie Catherine es versprochen hatte.

Die kleine Steingöttin lag unter der Reservemunition für seinen Revolver unten im Beutel. Er lächelte, als er sich vorstellte, was geschehen würde, falls er im Kampf fiel und ein Soldat seine Taschen durchsuchte. Was würde dieser denken, wenn er unter den Besitztümern eines Offiziers das bizarre Götterbild fand?

In der Ferne heulte ein wildes Tier. Stammte das durchdringende Jaulen von einem Schakal? Einer Hyäne? Patrick

hatte keine Ahnung, aber der einsame Schrei ließ Private Mac-
Donald für einen Augenblick innehalten, bevor er weiter-
summte.

Wenn er noch drei Monate nichts von Catherine hörte, wäre
Patrick ein volles Jahr lang ohne Nachricht von ihr. Seine einsamen, bitteren Gedanken waren dieselben, die seit tausenden
von Jahren Soldaten plagten. Daran würde sich auch nichts
ändern, solange Männer in den Kampf zogen und andere Männer zu Hause bei den Frauen blieben. Das war das Grausame
an den weiblichen Bedürfnissen. Im Gegensatz zu vielen seiner Mitoffiziere glaubte er nicht, dass Frauen keine fleischliche Lust empfanden. Seine Meinung basierte auf seinen persönlichen Erfahrungen in den Armen einer hübschen jungen
Näherin, die er während seiner kurzen Studentenzeit in
Oxford kennen gelernt hatte. Sie hatte ihn verführt, und die
hemmungslose Lust, die sie in seinen Armen erlebte, hatte alles
widerlegt, was er je darüber gehört hatte, dass Frauen beim
sexuellen Akt angeblich kein Vergnügen empfanden. Großer
Gott, wie schön waren diese Augenblicke in ihrem winzigen,
feuchten Zimmer über der Werkstatt ihres Vaters gewesen!
Sechzehn war Cristobel gewesen. Sie hatte ihn und das Leben
leidenschaftlich geliebt und war doch früh an einem Blind-
darmdurchbruch gestorben, als er bei seinem Regiment in
Schottland weilte.

Am frühen Morgenhimmel zog ein Meteorit einen Schweif
winziger Fragmente hinter sich her. Die Erscheinung wurde
von den Männern mit bewunderndem Gemurmel quittiert.
»In Tel-el-Kibir gab es einen Kometen«, sagte Patrick leise, und
Private MacDonald hörte auf zu summen. »Damals hielten
wir das für ein schlechtes Omen. Wahrscheinlich war es das
auch für die armen Teufel, die an jenem Tag ums Leben
kamen.«

»Ja, Sir, das war es wohl«, erwiderte Private MacDonald
pflichtgemäß.

»Haben Sie Familie, Private MacDonald?«

Der große Schotte senkte den Kopf. »Ich weiß nicht so recht,
Sir. Vor zwei Jahren hat mich ein hübsches Mädel am Hafen

verabschiedet. Sie hat mir versprochen, auf mich zu warten, aber seitdem habe ich kein Wort von ihr gehört.«

»Dann geht es Ihnen genau wie mir, Angus«, erwiderte Patrick, dem es ganz natürlich vorkam, den Soldaten mit dem Vornamen anzusprechen. Es war einer der seltenen Momente, in denen trotz der strengen Disziplin der Armee die militärischen Schranken zwischen Vorgesetztem und Untergebenem ihre Bedeutung verloren. Im Augenblick waren sie nur zwei junge Männer, die weit entfernt von zu Hause durch die Dunkelheit der frühen Morgenstunden marschierten.

»Wartet denn auf Sie ein Mädchen, Captain Duffy?«, fragte der Schotte, der spürte, dass sein Offizier reden wollte, mitfühlend.

»Das dachte ich zumindest.« Patrick seufzte betrübt.

Dann versanken beide Männer erneut in Schweigen, während sich die Hauptmacht der britischen Armee dem Ort ihrer letzten blutigen Schlacht gegen die Derwische näherte.

»Gütiger Gott!«, keuchte Captain Thorncroft, als ihm der Gestank in die Nase stieg.

Die glühende Sonne hatte die verrottenden Kadaver von Mensch und Tier, die seit fast zwei Wochen in der Wüste lagen, geradezu gekocht. Geier, die sich an dem faulenden Fleisch von Briten, Derwischen und Packkamelen voll gefressen hatten, hüpften schwerfällig davon und erhoben sich in den azurblauen Himmel, wo sie ihre Kreise zogen.

Einige der Vögel ignorierten die Soldaten, die am Schauplatz der verzweifelten Kämpfe erschienen, und rissen weiterhin Fleisch und Eingeweide aus den Körpern. Die Leichen waren schwarz verfärbt, aber nicht aufgetrieben, da die grausamen Schnäbel Löcher geschlagen hatten, aus denen die blähenden Gase entweichen konnten.

Patrick, der neben dem Kolonialoffizier stand, empfand keinerlei Befriedigung angesichts des offenkundigen Unbehagens, das diesem Anblick und Gestank des Schlachtfelds bereiteten. Ihm fiel es selbst schwer, den Tee bei sich zu behalten, den er vor Stunden zu sich genommen hatte. Benommene Soldaten wanderten zwischen den Toten umher, deren hastig begrabene Körper von Tieren und dem wandernden Sand freigelegt worden waren. Andere hielten sich abseits und würgten Büchsenfleisch und Brot hinunter, die sie zum Frühstück erhalten hatten.

Angus MacDonald war froh, dass die Körper der britischen Soldaten nicht mehr zu erkennen waren. Dafür hatten die Verwüstungen gesorgt, die Zersetzung und Aas fressende Tiere angerichtet hatten. Auf keinen Fall wollte er einen Freund, mit dem er gelacht, getrunken und herumgehurt hatte, in diesem Zustand wiedersehen.

Ein Mann jedoch reagierte nicht wie die meisten seiner Kameraden auf den grauenhaften Anblick. Als Polizist in den ärmsten Vierteln Sydneys hatte er viele Jahre lang den Tod in seinen schrecklichsten Formen gesehen. Im Laufe der Zeit hatte er eine Art Schutzschild entwickelt, der ihn gegenüber dem Ende des menschlichen Lebens immun gemacht hatte.

Während er das fettige Fleisch aus der Büchse löffelte, ließ Private Francis Farrell den großen, breitschultrigen jungen britischen Offizier bei Captain Thorncroft nicht aus den Augen. Patrick hatte sich mittlerweile von Thorncroft gelöst und starrte allein über das Schlachtfeld in Richtung der fernen Ruinen des Dorfes Tamai, das die Briten ein Jahr zuvor nach einer großen Schlacht gegen die Derwische dem Erdboden gleichgemacht hatten. In der Nähe des zerstörten ägyptischen Dorfes sollte die vorrückende Streitmacht auf die Männer des Mahdi treffen und eine weitere große Schlacht schlagen.

Der frühere Polizist aus Sydney wischte sich das von seinem Löffel triefende Fett aus dem sauber gestutzten Schnurrbart. Jetzt, wo er ihn im hellen Morgenlicht sah, wusste er, an wen ihn der Mann erinnerte.

Mit einem Stück Brot und einem Becher Wasser in der Hand ging Private Angus MacDonald auf den Captain zu. »Hey, Jock!«, rief Farrell leise, als er an ihm vorüberkam.

Angus wandte sich um und starrte den Mann an, der fast so groß war wie er selbst. Der irische Akzent war unverkennbar. »Was gibt's, Paddy?«

»Dein Chef da, wie heißt der?«

»Und warum willst du das wissen, Mann?«

»Weil ich eine höfliche Frage stelle, Junge. Und weil meine verehrten Vorfahren bei Culloden für Bonnie Prince Charlie gekämpft haben. Ist das Grund genug für einen Haggis mampfenden Schotten?«

Als ihn der andere mit »Jock«, dem Spitznamen der Schotten, angeredet hatte, hatte Angus erst wütend werden wollen, aber nun musste er lächeln. Seine Vorfahren hatten in jener entsetzlichen Schlacht ebenfalls auf der Seite der Jakobiner gegen die britischen Rotröcke und ihre Hilfstruppen aus dem schottischen Tiefland gekämpft. »Gott segne deine ehrenwerte Großmutter für die Dienste, die sie unseren braven Jungs bei Culloden erwiesen hat, Paddy«, erwiderte er mit anzüglichem Grinsen.

Aber Francis Farrell ließ sich von keinem großen Schotten mit behaarten Beinen übertrumpfen. »Meine ehrenwerte Großmutter«, erwiderte er mit einem Funkeln in den Augen, »hat mich immer auf den Knien gewiegt und gesagt: ›Francis, mein Junge, die Hochländer haben bei Culloden nur gegen die verdammten Briten verloren, weil sie keine Kraft mehr hatten, als ich mit ihnen fertig war.‹«

Angus kicherte. »Captain Duffy heißt dein Mann, Paddy«, gab er grinsend zurück. »Hab gehört, er ist in Sydney geboren.«

Patrick Duffy! Keine Wunder, dass ihm die Ähnlichkeit aufgefallen war. Wie oft hatte er mit dem großen Deutschen Max Braun in Frank Duffys Gasthaus Erin getrunken und den kleinen Patrick auf seinen Knien geschaukelt! Verblüfft schüttelte Frank Farrell den Kopf. »Der junge Patrick Duffy in der Uniform der Briten«, grummelte er vor sich hin, während er immerfort den Kopf schüttelte. »Wer hätte sich das träumen lassen? Und was würde der große Michael wohl dazu sagen, dass sein Sohn ein verdammter britischer Offizier ist!«

Angus hörte nicht, was der Ire murmelte, und er wollte seinem Captain endlich das Frühstück bringen. Der Kerl sah aus, als hätte er zu viel Sonne abgekommen. »Wir sehen uns, Paddy«, sagte er mit einem Kopfnicken. »Vielleicht trinken wir mal einen zusammen. Zieh deinen irischen Sturschädel ein, wenn der Kampf morgen beginnt.«

»Und du pass auf deinen Chef auf, Jock«, erwiderte Francis, als er sich einigermaßen von seiner Verblüffung erholt hatte. »Ich kenne seinen Vater von früher, und einen besseren Mann gibt es nicht«, setzte er hinzu, als der Schotte gegangen war.

Patrick Duffy! Ganz sein Vater, als er in dem Alter war, dachte Farrell, während er dem Schotten auf seinem Weg zu Patrick nachsah. Ob der junge Patrick seinem legendären Vater auf seinen Reisen wohl begegnet war?

Über zehn Jahre waren vergangen, seit der frühere Polizist Patrick zum letzten Mal gesehen hatte. Wenn er sich recht erinnerte, hatte seine Großmutter mütterlicherseits, Lady Enid Macintosh, den Jungen nach England mitgenommen, damit er dort zur Schule ging. Irgendwie hatte das mit seinem Erbe zu tun. Der alte Frank Duffy war verschlossen wie eine Auster gewesen, was die Vereinbarung anging, die sein Sohn Daniel Duffy arrangiert hatte. Daniel selbst hatte als guter Anwalt ebenfalls wenig über das Geheimnis verlauten lassen, das Patrick und dessen Verbindung zu den reichen, mächtigen Macintoshs umgab. Na, er würde sich schon mit dem jungen Patrick unterhalten, wenn sich die Gelegenheit ergab. Farrell warf die leere Dose beiseite und wischte die Hände an den Seiten seiner Hose ab. Im Moment allerdings hätte er alles für einen kühlen Trunk im Erin gegeben.

Dann erging der Befehl, anzutreten, um den Vormarsch über den flimmernden heißen Sand fortzusetzen. Für die Soldaten kam die Order gerade zur rechten Zeit.

Patrick durchquerte das vorrückende Rechteck, um sich Colonel Richardson vorzustellen. Die Sonne stand nahezu senkrecht über ihnen, sodass Männer und Tiere kaum Schatten warfen. Der Gewaltmarsch würde eine Tortur werden, und er fragte sich, wie es den Freiwilligen aus den Kolonien unter diesen Bedingungen ergehen würde.

Doch als die Armee in der folgenden Nacht Rast machte, konnte Captain Duffy stolz sein auf die Zähigkeit der Männer aus seinem Geburtsland. Nur drei von ihnen waren bewusstlos zusammengebrochen – und auch die hatten bis zum späten Nachmittag durchgehalten.

18

Die von den Hufen der Pferde aufgewirbelten Staubwölkchen vereinigten sich zu einer großen roten Säule, die wie eine Fahne hinter der etwa dreißig Mann starken Kolonne herwehte. Sie galoppierten über eine karge Buschlandebene, auf der sich immer wieder kniehohe Termitenhügel erhoben. Unterinspektor Gordon James und seine Leute folgten einem Führer, den ihnen Sergeant Rossi geschickt hatte. Rossi und seine Patrouille operierten im Bereich der fernen Godkin-Berge.

Der Führer sollte Gordons Trupp zu dem Bach führen, an dem sich Sergeant Rossi gegenwärtig aufhielt. Seit vier Monaten suchten sie nun die Ebenen nördlich von Cloncurry nach den Kalkadoon ab, aber es war das erste Mal, dass der italienische Sergeant Grund gehabt hatte, seinen vorgesetzten Offizier zu sich zu rufen.

Als sie schließlich die Baumlinie erreichten, die den gewundenen Wasserlauf markierte, zügelte Gordon sein Pferd und sprang aus dem Sattel. Er ging auf den Sergeant zu, der mit einer kleinen Gruppe auf die nackten Leichen dreier Weißer starrte. Die Körper waren aufgedunsen und schwarz verfärbt. Aus den Verstümmelungen, die man ihnen zugefügt hatte, war klar, dass die drei Männer eines gewaltsamen Todes gestorben waren.

»Kalks«, grunzte Commanche Jack, als sich Gordon dem Halbkreis aus Polizisten und Grenzern anschloss, die auf die Toten starrten. Die Toten lagen auf dem Rücken am Ufer des Wasserlaufs, der an dieser Stelle ein tiefes, felsiges Loch bildete, in dem sich das schmutzig grüne Wasser gesammelt hatte. »Aufgeschlitzt, um das Nierenfett zu essen«, setzte er hinzu, während er in die Hocke ging, um sich die Leichen näher anzusehen. Dichte Wolken von Fliegen umschwärmten die Wunden lärmend. »Sieht so aus, als wären sie schwimmen gegangen. Das haben die Kalkadoon ausgenutzt«, fuhr er fort, während sein erfahrener Blick die Szenerie einschätzte. »Keine gute Idee, hier zu baden.«

Der süßliche, widerwärtige Gestank der verfaulenden Körper brachte einige der umstehenden Männer zum Würgen.

»Lassen Sie sie vor Sonnenuntergang begraben, Sergeant Rossi«, befahl Gordon mit einer Handbewegung. »Und stellen Sie fest, ob die Wilden ihnen etwas gelassen haben, anhand dessen wir sie identifizieren können.«

Der Sergeant wählte eine Hand voll Polizisten aus, die in aller Eile begannen, ein großes Grab auszuheben.

Während die Polizisten unter den Halstüchern, die sie sich vor den Mund gebunden hatten, schwitzten, berief Gordon eine Besprechung der Expeditionsleiter ein. Die Männer standen oder hockten im Halbkreis um den jungen Polizeioffizier herum. Einige rauchten Pfeife, wobei sie ihre Snider-Gewehre dicht neben sich liegen hatten. Andere standen nur da, die Daumen in den Gürteln, an denen ganze Kollektionen von Revolvern hingen. »Das hier«, begann Gordon, wobei er mit dem Finger auf die drei Toten deutete, die auf ihr Begräbnis warteten, »ist das erste sichere Zeichen, seit die Expedition aus Cloncurry aufgebrochen ist, dass die Wilden zahlenmäßig stark genug sind, um eine Gruppe Weißer anzugreifen. Nach dem, was ich von den schwarzen Fährtenlesern gehört habe, ziehen sich die Kalkadoon in ihre Basislager in den Bergen zurück.«

»Kann mir nicht vorstellen, dass sich die Kalks in den Bergen verschanzen, Inspektor«, hielt Commanche Jack mit seiner schleppenden Aussprache dagegen, während er müßig mit einem Zweig im Staub herummalte. »Die kämpfen wie die Apachen. Überfallen ein Haus und hauen sofort wieder ab, während wir sie kreuz und quer durch das Buschland verfolgen. Hätte keinen Sinn für sie, in die Berge zu gehen.«

»Gutes Argument«, erwiderte Gordon. »Aber ich habe das Gefühl, sie halten sich für stark genug, um eine direkte Konfrontation mit uns zu wagen. Die glauben, sie könnten uns auf ein Gelände ihrer Wahl locken. Aber da haben sie die Macht des Karabiners unterschätzt.«

»Kann sein«, grunzte Commanche Jack. »Kann schon sein.«

»Und genau das ist ihr tödlicher Fehler, meine Herren«, fuhr Gordon fort. »Wir brauchen sie nämlich nur an einem Ort festzunageln, dann werden unsere Gewehre schon dafür sorgen, dass im Cloncurry-Distrikt dauerhaft Frieden herrscht. Morgen beginnt die letzte Phase der Vertreibung der Kalkadoon. Sergeant Rossi!«

»Sir!«

»Ihre Patrouille reitet ab morgen mit uns. Ab sofort werden wir die Täler und Hügel westlich von hier gemeinsam absuchen. Wir werden die Kämme sichern, um zu verhindern, dass die Wilden von oben Steine und Speere auf uns herabregnen lassen.«

»Ein paar von diesen Bergen sind verdammt steil«, gab ein bärtiger Siedler zu bedenken, in dessen Stimme Zweifel lag. »Mit Pferden kommen wir da nicht rauf.«

»Sie können darauf wetten, dass die Kalkadoon das auch wissen. Solche Berge werden eigens notiert und umzingelt. Wenn sich wirklich Wilde auf dem Gipfel aufhalten, werden sie oben sterben. Hat noch jemand Fragen, die zu diesem Zeitpunkt beantwortet werden müssen?«

Die Anführer der einzelnen Suchtrupps schüttelten den Kopf. Der junge Inspektor schien sein Geschäft zu verstehen. »Ich glaube, ich muss Sie nicht ermahnen, von nun an besonders wachsam zu sein«, sagte Gordon zum Abschluss. »Ich habe das Gefühl, die Wilden hier sind durchaus in der Lage, uns nachts anzugreifen. Stellen Sie also Posten um Ihre Lager auf.«

Alle gaben dem jungen Offizier Recht, vor allem, nachdem sie die nackten, verstümmelten Leichen der drei Unglückseligen gesehen hatten, die nun ganz in der Nähe in ihr flaches Grab geworfen wurden.

Sie schlossen sich wieder den Kameraden an, die begonnen hatten, das Lager für die Nacht vorzubereiten. Verbeulte Teekessel und gusseiserne Campingkocher tauchten aus den Bündeln auf, die die Packpferde getragen hatten.

Den Pferden wurden die Beine zusammengebunden, sodass sie im trockenen Gras weiden konnten, und die Nachtwachen wurden festgelegt. Dann holten die Männer fettige, mit Eselsohren verzierte Kartenspiele aus den Satteltaschen, um sich mit einem Spielchen die Zeit zu vertreiben. Dass ganz in ihrer Nähe drei Tote begraben lagen, störte die rauen Grenzer nicht weiter. Der Tod war in ihrem harten Leben eine Alltäglichkeit.

Die Nacht senkte sich über das Lager der Expedition, zuerst als sanftes, orangerotes Licht voller Schönheit, dann als samtiger, dunkler Mantel, der mit kristallklaren Diamanten besetzt war.

Trooper Peter Duffy starrte Gordon James an, der allein an einem kleinen Feuer saß und Tee aus einem Becher trank. Während der langen Wochen des ergebnislosen Patrouillierens hatte keiner der beiden versuchte, die immer breiter werdende Kluft zwischen ihnen zu überbrücken. Ihre Freundschaft lag im Sterben. Das einzige Verbindungsglied zwischen ihnen war nun Sarah – die Schwester, um deren Zukunft sich Peter als liebender Bruder sorgte, die Mischlingsfrau, die Gordon begehrte, ohne zu wissen, wie er mit seinen aufgewühlten Gefühlen umgehen sollte.

Als Gordon zu den Sternen aufsah, erinnerte er sich daran, dass die Aborigines glaubten, das wären die Geister der Toten. Es waren so viele Sterne, dass dem jungen Polizeioffizier ein seltsamer Gedanke kam. Würde sich der Himmel mit weiteren Gestirnen füllen, bevor die Expedition nach Cloncurry zurückkehrte? Drei Tage zuvor waren Bumerangs und Speere mitten am Nachmittag durch den Dunst geschwirrt und auf seine Reiterkolonne herabgeregnet.

Nach der ersten Attacke hatte Gordon seine Polizisten und Hilfstruppen gesammelt und die Verfolgung der Kalkadoon aufgenommen, die wie Schatten zwischen den spärlichen Bäumen der Ebene hin- und herflitzten. Er ging davon aus, dass der Hinterhalt spontan organisiert worden war. Daher galoppierte sein Trupp den Kriegern nach, wobei Polizisten und Grenzer wie eine angreifende Kavallerie ausschwärmten.

Doch plötzlich stießen sie auf eine weitere Gruppe Kalkadoon, die aus dem Hinterhalt ihre ungeschützte Flanke attackierte. Diesmal fanden die Speere unter den überraschten Angreifern Ziele. Zwei Pferde gingen durchbohrt zu Boden. Die Attacke endete in einem Handgemenge. Pferde und Weiße flohen in völliger Verwirrung und Panik in alle Richtungen, was von den Kriegern mit höhnischen Geheul kommentiert wurde. Nur Gordons Führungsstärke brachte sie dazu, sich wieder zu sammeln, und verwandelte die panische Flucht in einen geordneten Rückzug.

Während sich die zitternden Männer samt ihren schwitzenden, bebenden Pferden sammelten, grinsten sie sich verlegen an. Wie sehr sie ihre Gegner unterschätzt hatten, dachte Gordon, während er die Ebene mit den Blicken nach den Kalkadoon absuchte, die sich scheinbar in Luft aufgelöst hatten. Nie wieder würde er verächtlich auf die Taktik der zu allem entschlossenen Krieger herabsehen. Inspektor Potter war dieser Fehler unterlaufen, und er hatte dafür mit dem Leben bezahlt.

Auf einer Hügelkuppe tief in den niedrigen, runden Bergen westlich des Lagers der berittenen Eingeborenenpolizei saß ein erfahrener Krieger ebenfalls allein an einem Feuer und stocherte mit einem Stock in der Glut.

Trübsinnig beobachtete Wallarie, wie die Feuergeister im Funkenregen tanzten und zum Nachthimmel aufstiegen, wo sie nicht mehr von den funkelnden Sternen zu unterscheiden waren. Er blieb nicht lange allein. Ein breitschultriger junger Kalkadoon-Krieger gesellte sich zu ihm.

Terituba hatte die Legenden über den Darambal-Zauberer gehört, der aus dem Süden gekommen war, um sich ihnen anzuschließen. Angeblich kannte der Darambal die Weißen gut und war einmal sogar mit einem befreundet gewesen, der ebenfalls von den weißen Stämmen und der verhassten berittenen Eingeborenenpolizei gejagt wurde. Der Darambal-Krieger hatte die Sprache der Kalkadoon rasch gelernt und wurde nun als Berater des Kriegshäuptlings akzeptiert.

Terituba ließ sich im Schneidersitz neben Wallarie nieder und starrte in die Glut.

»Wenn uns die Weißen folgen, werden wir sie vernichten«, prahlte er, obwohl er wusste, dass Wallarie den Kalkadoon dringend davon abgeraten hatte, sich in die Hügel zurückzuziehen. »Hier sitzen sie in der Falle, und ihre Pferde nützen ihnen an den steilen Hängen nichts.«

Doch Wallarie schwieg und starrte nur ins Feuer, ohne sich um die Angeberei des stolzen jungen Kriegers zu kümmern. Was wussten die anderen schon von der Hartnäckigkeit der weißen Polizisten!

»Der Fluss versorgt uns mit Wasser und Nahrung«, fuhr Terituba fort. »Hier gibt es Felsbrocken, die wir von unseren Bergen aus auf den Feind schleudern können. Einmal haben wir ja schon einen Anführer der Schwarzen Krähen getötet. Die kennen das Land nicht so gut wie wir.«

Endlich brach Wallarie, der die Arroganz des Jüngeren nicht länger ertragen konnte, sein Schweigen. »Der Mann, der die Schwarzen Krähen führt, kennt das Land«, sagte er ruhig. »Das weiß ich.«

Überrascht starrte Terituba Wallarie an. »Aber er ist nur ein Weißer. Wie könnte er das Land so gut kennen wie wir?«, meinte er verächtlich.

»Weil er eine Zeit lang unter den Kyowarra gelebt und viele Dinge von uns gelernt hat. Sein Vater hat mein Volk ausgelöscht, bis nur noch ich übrig war. Er tötet alle Schwarzen dieses Landes. Das weiß ich, weil ich den Mann kenne, der sich Gordon James nennt, so wie ich seinen Vater vor ihm kannte.«

Als Terituba den Worten des alten Mannes lauschte, packte ihn der eisige Schauer, der Menschen sonst bei einer göttlichen Enthüllung überfiel. Nach wenigen Augenblicken erhob er sich und ließ Wallarie an seinem Feuer allein. Der Zauberer war ein Mann, dem man aus dem Weg gehen oder den man töten musste, dachte er, während er davoneilte.

Wieder allein, dachte Wallarie darüber nach, was es bedeutete, dass Gordon James mit seinen Pferden und Gewehren in die Hügel kam. Peter Duffy war bei ihm. Peter, der Sohn von Tom Duffy, dem großen Weißen, und von Mondo, die mit Wallarie blutsverwandt gewesen war. Peter kam, um seine Brüder zu töten, die sich gegen die verhasste Eingeborenenpolizei erhoben hatten.

In einem Tal tief unter ihm heulte ein Dingo. Mit dunklen Augen starrte der alte Krieger in die Flammen des Feuers, die ihm ihre Geheimnisse enthüllten. Er summte die Lieder seines Volkes, Lieder, die nur noch er kannte, bis die Träume kamen. Und in diesen Träumen streckten die Geister seines Volkes die Arme nach ihm aus und sprachen über die endlosen Ebenen zu ihm, auf denen es nichts gab als Buschwerk, rote Erde und zerklüftete Hügel.

In seinen Visionen sagte ihm der Geist der Berge, was er tun musste, um das Andenken seines Volkes zu erhalten. Wallarie versuchte zu protestieren, aber die Stimme des Geistes war stark und nahm verschiedene Gestalten an, um ihn einzuschüchtern. Schließlich ergab sich der Darambal-Krieger in die Weisheit seiner Ahnen. Er seufzte in seinem unruhigen Schlaf, während der Dingo heulend seine Artgenossen in den Godkin-Bergen rief.

19

Michael Duffy biss die Spitze seiner Zigarre ab und spuckte das Ende ins Wasser, das sanft gegen die Felswand von Sydneys Circular Quay schlug. Passagiere von den Fähren hasteten an ihm vorüber, ohne Notiz von ihm zu nehmen. Er ließ sich Zeit damit, ein Streichholz anzuzünden, schließlich hatte er keine Eile. Er wollte das köstliche Aroma genießen, während er geduldig auf den Mann wartete, den Horace Brown in der Angelegenheit von Fellmann kontaktiert hatte.

Zeitungsjungen boten ihre Ware an, wobei sie den Passagieren Schlagzeilen in einer Sprache entgegenschrien, die so unverständlich war wie die eines Auktionators. Pferde-Trambahnen und Droschken warteten im geschäftigen Herzen von Sydneys Tor zur Welt. Dampfschiffe lagen in den vielen kleinen Buchten der Hafenstadt vor Anker, und die leichten Segelboote der Reichen jagten über die Wellen.

Müßig beobachtete Michael die Damen in ihren langen Kleidern mit den wenig schmeichelhaften Tournüren. Die Männer trugen Zylinder und Gehrock. Er erinnerte sich an ähnliche Szenen aus seiner Jugend, wenn er und sein Cousin Daniel die Fähre nach Manly auf der anderen Seite des prächtigen, von Bäumen gesäumten Hafens genommen hatten. Dort war er zum ersten Mal der schönen Tochter des mächtigen schottischen Siedlers Donald Macintosh begegnet. Aber Fiona Macintosh war nun Missus Fiona White und mit dem Mann verheiratet, der für die entsetzliche Wendung der Ereignisse verantwortlich war, die Michael das gewalttätige Leben eines Söldners aufgezwungen hatte.

Trotz der allgegenwärtigen Gefahr, dass die Polizei von seiner wahren Identität erfuhr, und der vor ihm liegenden, gefährlichen Aufgabe fühlte Michael, umgeben von den vertrauten Bildern und Geräuschen der Stadt seiner Jugend, einen merkwürdigen Frieden.

»Mister Duffy«, sagte plötzlich eine tiefe, kultivierte Stimme hinter ihm, während er über das Wasser auf die Bucht hinaussah. »Seit unserer letzten Begegnung ist einige Zeit vergangen.«

»Major Godfrey! Wie ich sehe, geht es Ihnen gut«, entgegnete Michael überrascht, als er das Gesicht aus der Vergangenheit vor sich sah. Das letzte Mal war er dem Offizier vor zehn Jahren begegnet, als sich dieser bei einem Nachmittagsempfang der Baronin von Fellmann vorgestellt hatte. Damals hatten sie über Colonel Custer gesprochen. Michael war der Ansicht gewesen, dass der »Boy General« einer vereinten indianischen Front nicht gewachsen war. Der britische Offizier hatte ihn belächelt, aber Michael hatte Recht behalten. In der Zwischenzeit war George Armstrong Custer mit seinen Männern bei Little Big Horn ums Leben gekommen. »Als Mister Brown mir gesagt hat, Sie würden mich in Sydney kontaktieren, war ich nicht besonders überrascht.«

Der ältere Mann lächelte schief. Obwohl George Godfrey mit Gehrock und glänzendem Zylinder nach der letzten Mode gekleidet war, war ihm der Berufssoldat deutlich anzusehen: Er hielt sich kerzengerade, wobei er nur den Kopf ein wenig neigte, um auf die Welt der Zivilisten herabzublicken. »Ziehen Sie daraus nicht den Schluss, dass ich im gleichen Beruf tätig bin wie mein lieber Freund Horace, Mister Duffy. Meine gelegentliche Unterstützung für ihn sehe ich als meine Pflicht als Soldat der Königin. Wenn ich ihm im Laufe der Jahre den einen oder anderen Gefallen getan habe, dann weil die heimtückischen Versuche der Feinde Ihrer Majestät, den Interessen des britischen Empire zu schaden, vereitelt werden mussten. Ich bin inzwischen Colonel außer Dienst und besitze ein kleines Gut bei Parramatta, das zu meiner Lebensaufgabe geworden ist. Das ist vermutlich das letzte Mal, dass ich Horace behilflich bin.«

Michael lächelte, weil der englische Offizier die Verbindung zwischen sich und Horace Brown so geflissentlich herunterspielte. Geheimdienstarbeit ist keine Tätigkeit für einen Gentleman, hatte Horace ihm einst erklärt. »Das ist auch meine Hoffnung, Colonel«, sagte Michael, wobei er den anderen höflich mit seinem militärischen Titel ansprach. »Es ist definitiv mein letzter Einsatz für die verdammte britische Krone.«

»Eine verständliche Einstellung für den Sohn eines irischen Rebellen«, sagte Godfrey. »Allerdings teilt Ihr Sohn dieses Gefühl offensichtlich nicht. Wenn ich recht unterrichtet bin, hält er sich im Moment mit dem Expeditionskorps im Sudan auf.«

»Sie wissen viel über mich, Colonel«, meinte Michael. »Was können Sie mir über meinen Sohn erzählen?«

Godfrey wusste auch viel über Patrick, aber er war kein Mann, der mehr redete als notwendig, nicht einmal, wenn der Vater des jungen Mannes vor ihm stand. Der frühere britische Offizier hatte einige Jahre für Lady Enid Macintosh gearbeitet und zugesehen, wie Patrick zu einem Mann heranwuchs, auf den jeder Vater stolz sein konnte. Allerdings nur, wenn er nichts dagegen hatte, dass Patrick in den Diensten von Königin Viktoria stand.

»Aus verlässlicher Quelle weiß ich, dass Ihr Sohn zu den besten Offizieren Ihrer Majestät gehört«, antwortete er. »Offenbar besitzt er eine Vorliebe für das Boxen mit der nackten Faust – ein echter Arbeitersport. Das hat er wohl von Ihnen.«

»Nein, von Max Braun, nicht von mir«, erwiderte Michael mit gespieltem Desinteresse. Dabei war er insgeheim stolz, dass sein Sohn seine einfache Herkunft nicht verleugnete. »Max hat ihm beigebracht, wie man kämpft, genau wie mir, als ich jung war.«

»Er muss ein ausgezeichneter Lehrer gewesen sein«, meinte Godfrey. »Nach meinen Informationen ist Ihr Sohn in seiner schottischen Brigade ungeschlagener Meister. Keine schlechte Leistung, das kann ich Ihnen aufgrund meiner persönlichen Erfahrung während meiner Dienstzeit bei diesen hitzköpfigen

Kiltträgern sagen. Schade, dass Ihr Sohn nicht weiß, was sein Vater im Namen Ihrer Majestät für die gute Sache geleistet hat.«

Michael starrte den etwas größeren Mann mit seinem gesunden Auge an. »Er ahnt nicht einmal, dass ich am Leben bin«, schnaubte er bitter. »Außerdem bin ich nicht besonders stolz darauf, dass ich für die Engländer arbeite.«

»Eines Tages wird er herausfinden, dass Sie sich bester Gesundheit erfreuen«, sagte Godfrey, ohne seinem Blick auszuweichen. »Ihre Existenz gehört zu den am schlechtesten gehüteten Geheimnissen, die ich kenne.«

»Scheint so«, sinnierte der Ire. Er richtete den Blick auf die Häuser von The Rocks. Das Viertel sah so zwielichtig aus wie eh und je und wurde von den ehrbaren Bürgern Sydneys gemieden. Wie ein schmutziger, zerrissener Mantel lag die Aura von Verfall und Verzweiflung über Mietshäusern und Gassen. »Hoffentlich wissen in Neusüdwales nicht so viele davon wie offenbar in Queensland.«

»Hoffentlich nicht«, seufzte Godfrey. »Es könnte schädlich für meinen Ruf sein, wenn man mich mit einem gesuchten Verbrecher wie Ihnen sieht, Mister Duffy. Aber wir verschwenden unsere Zeit mit Banalitäten. Das ist doch nichts für alte Soldaten wie Sie und mich.«

Die vorübergehenden Passagiere der Fähren beachteten die beiden Männer kaum. Sie hätten ebenso gut zwei Gentlemen sein können, die die Chancen eines Vollbluts auf der Rennbahn von Randwick diskutierten oder die Bedrohung durch das alarmierende Auftreten der Russen in Afghanistan. Das Gespenst des russischen Bären griff drohend nach Süden, nach dem Tor zu Indien. Die australischen Kolonien des britischen Empire waren besonders gefährdet. Viele Bürger der Hafenstadt sprachen bereits von einem möglichen Schlag der mächtigen russischen Marine gegen die verwundbaren Pazifikkolonien Englands. Gerüchten zufolge sollten die freiwilligen Kolonialtruppen, die von demselben Kai abgelegt hatten, an dem Michael und Colonel Godfrey jetzt standen, zurückgerufen werden, um die Stadt zu verteidigen, falls die gefürchteten russischen Kriegsschiffe wirklich im Hafen auftauchten.

Hätte jemand das Gespräch der beiden Männer belauscht, so wäre er wahrscheinlich überrascht gewesen, dass sie nicht die konkrete Bedrohung durch die Russen, sondern die langfristige Gefährdung der Kolonien durch Deutschland diskutierten.

Schweigend hörte Michael zu, als Colonel Godfrey ihm erklärte, welche Unterstützung er und John Wong bei ihrer Jagd nach Informationen erhalten würden. Ihre Aufgabe sollte es sein herauszufinden, ob Otto von Bismarck beabsichtigte, im Pazifik Gebiete für den Kaiser in Besitz zu nehmen. Schließlich verabschiedeten sich die beiden Männer mit einem Handschlag.

Michael blieb noch am Wasser stehen, paffte seine Zigarre und dachte über seinen nächsten Schritt nach. Er würde in das Büro unter der engen Wohnung zurückkehren, die er mit John Wong teilte. Die Miete dafür wurde aus den Mitteln von Horace Brown finanziert. Durch die Lage direkt am Wasser am einen Ende der Bucht hatten sie einen hervorragenden Überblick über Ankunft und Abfahrt der Schiffe. Offiziell handelte es sich um ein Import- und Exportbüro für die östlichen Märkte Chinas. Gleichzeitig boten sich dort günstige Voraussetzungen für die Überwachung der Aktivitäten im Hafen, wo vielleicht die richtigen Leute dazu gebracht werden konnten, über Dinge zu sprechen, die für den Geheimdienst wichtig waren.

Dann grübelte Michael über den schwierigsten Aspekt seiner Mission nach. Das war nicht die Gefahr, der er sich durch eine mögliche Konfrontation mit dem preußischen Adligen aussetzte, sondern eine eventuelle Begegnung mit Fiona. Er zog am Rest seiner Zigarre und schnippte den Stummel ins Wasser.

20

Captain Patrick Duffy dachte nur noch daran, wie er den nächsten Tag des Wüstenfeldzugs überleben konnte. Die britische Expeditionsstreitmacht hatte einen mörderischen Marsch durch den glühend heißen Wüstensand zu den Anhöhen hinter dem Dorf Tamai hinter sich. Bei Sonnenuntergang errichteten die Männer hastig aus Steinen und Erde eine Schanze, eine Zareba. Über ihnen trieb ein Gasballon, von dem aus die Manöver der Derwisch-Armee in der Ferne jenseits der Ruinen des Dorfes beobachtet wurden. Im Ballonkorb wurde hastig ein Bericht verfasst und abgeworfen. Ein wartender Läufer eilte mit der Nachricht zu General Grahams mobilem Hauptquartier: Die Derwische zogen sich vor der vorrückenden britischen Armee in die Berge zurück. Die meisten hätten sich über diese Nachricht gefreut. Nicht so General Graham. Er wünschte sich eine entscheidende Auseinandersetzung mit den Rebellen, und zwar in einer Schlacht nach militärischen Regeln. Die flüchtenden Krieger des Mahdi gaben ihm diese Gelegenheit nicht.

Patrick, der allein am äußeren Verteidigungsring stand, fühlte sich angesichts des Rückzugs der Derwische nicht so erleichtert wie seine Kameraden. Der Anblick, der sich ihnen auf dem Schlachtfeld bei McNeill's Zareba geboten hatte, hatte ihre Begeisterung für den Krieg deutlich gedämpft, obwohl sie sich das untereinander nicht eingestehen mochten. Patrick wusste nur zu gut, dass in dieser Nacht keiner von ihnen ungestört schlafen würde. Seine Erfahrung im Sudan-Feldzug hatte ihn gelehrt, dass sich in der Nacht einzelne Trupps zurückschleichen würden, deren Scharfschützen sie nicht zur Ruhe kommen lassen würden. Sogar ein richtiger Angriff war denkbar. Die Derwische waren tapfere, fanatische Feinde, die glaubten, dass ihnen der Tod im heiligen Krieg gegen die Eindringlinge, die britischen Marionetten der ägyptischen Regierung, einen Platz im Himmel sicherte.

Patrick beobachtete, wie die schwitzenden Soldaten zwischen den verkrüppelten Mimosensträuchern auf den zerklüfteten, kahlen Hängen Steine sammelten. Hinter ihm kämpften die eingeborenen Kamelführer der Intendanzabteilung mit ihren sturen Tieren und versuchten, die Militärausrüstung für das nächtliche Biwak abzuladen. Während Patrick zusah, wie sich die Armee eingrub und für einen eventuellen Angriff wappnete, suchte er mit den Augen die Hügel der Umgebung ab. Wie ein dünner Film stieg Staub auf, der das Licht der untergehenden Sonne über der täuschend friedlichen Landschaft filterte. Die Posten waren in Stellung gegangen und starrten durch die ihnen zugewiesenen Öffnungen in der Schanze. Patrick war mit den Vorbereitungen zufrieden. Er wusste, dass die zerklüfteten Hügel der Armee im Falle eines Angriffs einen Vorteil verschafften.

»Glauben Sie, die kommen heute Nacht, Sir?«, wollte Private MacDonald wissen, der sich eben zu Patrick gesellte. »Oder sind sie abgehauen?«

»Die kommen wieder«, antwortete Patrick mit einem Blick auf die Ruinen des ehemaligen Dorfes. Zwischen den Trümmern waren offensichtlich neue Lehmhäuser errichtet worden. »Fragt sich nur, in welcher Stärke sie zuschlagen.«

»Dabei hatte ich mich schon so auf eine Mütze voll Schlaf gefreut«, grummelte der Soldat. »Und den Tommy-Stängeln geht es nicht anders. Die sind völlig erledigt von dem Marsch.«

»Ich glaube, die würden sowieso nicht schlafen, selbst wenn uns die Männer des Mahdi in Ruhe lassen würden«, sinnierte Patrick. »Sieht so aus, als wollten sie sich im Kampf beweisen. Da werden ihre Ängste sie wohl wach halten.«

Private MacDonald wusste, was sein Offizier meinte. Männer, die nie in der Schlacht gewesen waren, schlugen sich häufig mit der Furcht herum, dass sie der Mut verlassen würde,

wenn das Töten begann. Würden sie davonlaufen? Merkwürdig, dass Offiziere nie Angst zu haben schienen, überlegte der
Gefreite. Zumindest die Jüngeren von ihnen setzten sich in der
Schlacht immer an die Spitze ihrer Männer. Captain Duffy war
auch so. Wenn der Kampf begann, zeigte er nicht die geringste Furcht.

Doch der Gefreite wusste nur wenig von der entsetzlichen
Angst, die alle Offiziere vor einer Schlacht überfiel. Niemandem,
noch nicht einmal ihren Offizierskollegen, konnten sie
anvertrauen, dass auch sie befürchteten, den Mut zu verlieren
und davonzulaufen. Unter der Fassade des kühlen Soldaten,
der auch im Gefecht niemals die Beherrschung verlor, verbargen
sich auch bei Patrick die ganz realen Ängste eines Mannes,
der leben und lieben wollte.

Ganz außen an der Schanze schuftete Private Francis Farrell.
Er stemmte einen großen Stein hoch und wuchtete ihn auf die
kleine Mauer, die allmählich das Bild des Lagers zu prägen
begann. Dass sie eine niedrige Schanze als Schutz gegen
Angriffe errichten mussten, war für die erschöpften Truppen
nach dem anstrengenden Marsch eine unangenehme Überraschung gewesen. Aber so war das in der Armee ... marschieren, arbeiten, Wache stehen und wieder marschieren. Irgendwann zwischendrin erlaubte einem die Armee zu essen, damit
man marschieren, arbeiten, Wache stehen und wieder marschieren konnte. Ruhe und Schlaf waren ein Luxus, den sich
eine Armee auf dem Vormarsch nur leistete, wenn der Befehlshaber sicher war, dass der Feind besiegt war – und nur dann.

Als Private Farrell von seiner Arbeit aufsah, entdeckte er
Patrick Duffy, der mit dem Rücken zu ihm auf das Dorf Tamai
blickte. Vielleicht war jetzt die Zeit, sich dem Mann zu erkennen zu geben, der eindeutig der Patrick Duffy war, den er im
Erin auf den Knien geschaukelt hatte. Er würde ihm von seinem Vater erzählen und was für ein toller Mensch das war,
ihm sagen, dass er noch lebte und hoffte, seinem Sohn eines
Tages zu begegnen.

Der einstige Polizist aus Sydney richtete sich auf, um den

Stein an die richtige Stelle zu schieben. Dabei wurde dem hünenhaften Mann urplötzlich schwindlig. Vor seinen Augen tanzten schwarze Punkte.

Stöhnend ließ er sich auf die heiße Erde fallen. *Bringt ihn ins Feldlazarett!*, hörte er eine Stimme vom Ende eines langen Tunnels rufen. Was musste er als alter Esel auch mit den Jungen mithalten wollen. Eine Schnapsidee war es gewesen, sich überhaupt freiwillig zu melden. Vier kräftige Soldaten waren nötig, um seinen schlaffen Körper zu dem Sanitätsteam zu tragen, das mit seinen Wagen in der Mitte der Verteidigungsanlagen stand.

Das wirre Gerede des Kolonialsoldaten mit dem Hitzschlag blieb den Sanitätern, die seine Stirn und seinen Hals mit Wasser kühlten, rätselhaft. ... *Captain Duffy von der schottischen Brigade*, hörte der Stabsarzt. *Er lebt und ist unschuldig!*

Der Stabsarzt kannte Patrick Duffy und fragte sich, warum ein Kolonialsoldat etwas von dessen Unschuld brabbelte. Vielleicht würde er die Sache zur Sprache bringen, wenn er Patrick das nächste Mal traf. Im Augenblick jedoch war sein Patient ernsthaft krank, und der Stabsarzt hatte mehr Soldaten an Krankheiten sterben sehen als an Kampfverletzungen.

In der Nacht kamen die Derwische, wie Patrick es vorhergesehen hatte. Die Kugeln der Scharfschützen außerhalb des Verteidigungsrings verjagten die Männer schnell aus dem Lichtkreis der Lagerfeuer. Die ranghöheren Unteroffiziere bellten Befehle, Männer griffen fluchend nach ihren Gewehren, ein durch die gestörte Nachtroutine aufgeschrecktes Maultier wieherte – alles Geräusche, die Patrick nicht länger in Panik versetzten. Sie planten also keinen nächtlichen Angriff, dachte er einigermaßen erleichtert, sonst hätten sie sich nicht durch Schüsse angekündigt. »Wahrscheinlich werden Sie heute Nacht doch Ihre Mütze voll Schlaf bekommen, Private MacDonald«, sagte er zu dem Schotten, der sein Gewehr fest umklammert hielt und mit der Hand nach dem Bajonett tastete, das in der Scheide an seinem Gürtel hing. »Heute Nacht wird der Mahdi nicht kommen.«

Eine Gewehrsalve vom äußeren Verteidigungsring erwiderte das Feuer. Die Artilleriegeschütze, die die Armee mit sich führte, schleuderten Granaten in die Richtung des Scharfschützenfeuers, bis die Gewehre der Angreifer verstummten. Innerhalb der relativen Sicherheit der Zareba konnten sich die Männer ausruhen, weil sie wussten, dass ihre Geschütze den Feind in Schach hielten. Mitten im Getöse von Gewehr- und Artilleriefeuer lag Patrick auf dem Rücken, die Hände hinter dem Kopf verschränkt, und sah zu dem wunderschönen Zelt kristallklarer Sterne hinauf. Uralte Lichter, die in den harten, gottverlassenen Landstrichen des Planeten ihre gesamte Pracht zeigten.

Es war ein seltsamer Augenblick, um über Catherine Fitzgerald nachzudenken, wenn ihn jederzeit der Tod in Gestalt eines unsichtbaren Derwischs ereilen konnte, der blindlings in die Schanze hineinfeuerte. Als Verbindungsoffizier blieb ihm jedoch kaum etwas zu tun. Der Brigademajor hatte sich mit dem Brigadekommandeur verschworen, um ihm die nötige Ruhe zu verschaffen, damit er sich vollständig von seiner Verletzung erholen konnte. Er musste sich nur zweimal am Tag ganz in der Nähe beim Hauptquartier melden, wo er von Major Hughes stets das Gleiche zu hören bekam: »Behalten Sie die Tommy-Stängel im Auge, Captain Duffy. Wenn sie Rat brauchen, helfen Sie ihnen. Ach, und bitte melden Sie sich regelmäßig beim Sanitäter, damit der sich um Ihre Wunde kümmert. Das ist so ziemlich alles, Junge.«

»Catherine, warum antwortest du nicht auf meine Briefe?«, seufzte Patrick leise, während sich die Erschöpfung nach dem harten Marsch wie eine erstickende Decke über ihn legte und ihn in seiner Einsamkeit in den Schlaf zu wiegen begann. Würde ihn der quälende Traum in der Nacht erneut heimsuchen?

»Wie bitte, Sir?«

»Nichts, Private MacDonald. Ich habe nur laut gedacht.«

Patrick sah zum samtschwarzen Nachthimmel auf, wo sich die Sternbilder langsam drehten. Er konnte sich nicht erinnern, eingeschlafen zu sein. Der Schlaf war wie der Tod – ein Nichts, in dem das bewusste Ich ausgelöscht war, eine Art Zustand des Vergessens.

In den langen Nachtstunden kehrten die Tapfereren unter den Derwisch-Scharfschützen zurück, um aufs Geratewohl in die Masse der britischen Soldaten zu feuern, die sich hinter ihren Wall aus Steinen, Gewehren und Bajonetten kauerten. In der ganzen Nacht war nur ein Toter zu beklagen: ein Soldat, der von einem Offizier für einen Derwisch gehalten und irrtümlich erschossen worden war. Doch die vereinzelten Schüsse störten Patricks tiefen und traumlosen Schlummer nicht. Es war der erschöpfte Schlaf des erfahrenen Soldaten.

Private MacDonald hielt ihm einen Becher dampfenden Kaffee und eine Hand voll harter Kekse unter die Nase. »Morgen, Sir, und frohe Ostern!«, begrüßte er ihn munter. »Major Hughes lässt ausrichten, Sie sollen sich beim Stabsarzt melden, bevor wir heute Morgen abmarschieren.«

Patrick setzte sich auf und rieb sich den Schlaf aus den Augen. »Großer Gott! Ist schon Ostern?«

Der hünenhafte Schotte grinste fröhlich auf ihn herab. »Karfreitag, Sir. Gibt aber keinen Osterfladen.«

»Das wäre wohl auch zu viel erwartet.« Grinsend nippte Patrick an seinem Becher. Der dampfende Kaffee schmeckte gut – sein Bursche hatte dafür gesorgt, dass er kräftig gesüßt worden war. »Die Männer des Mahdi dürften aber nicht viel Grund zur Freude haben, wenn wir sie heute einholen.«

»Nein, Sir, da haben Sie Recht.«

Nachdem er gefrühstückt hatte, rasierte sich Patrick eilig, wobei er sein Gesicht mit dem letzten Rest Kaffeesatz befeuchtete. Der Zucker war klebrig, aber die Rasierklinge hinterließ eine glatte Haut. Wasser war kostbar, und er fragte sich, warum er sich nicht einen Bart wachsen ließ wie viele der anderen Soldaten. Dann hätte er auf sein Morgenritual verzichten und kostbare Zeit sparen können.

Nach der Rasur hob Patrick sein Segeltuchgeschirr mit Riemen, Gürtel und Taschen auf, das eine Armlänge von der Stelle entfernt lag, an der er geschlafen hatte. Entsetzt erstarrte er. Während der Nacht hatte ihn die Kugel eines Scharfschützen nur um Bruchteile eines Zentimeters verfehlt und sich stattdessen in den Beutel mit der kleinen Göttin gebohrt. Aberglächbisches Entsetzen packte ihn. *War Sheela-na-gig verletzt?*

Mit bebenden Händen öffnete er den Beutel und sah hinein. Unversehrt lag sie unter der Reservemunition für seinen Revolver. »Dann sind wir also immer noch zusammen, kleine Göttin«, flüsterte er, während er mit den Fingern das rätselhafte Lächeln auf dem Gesicht der keltischen Göttin berührte. Du bist nicht weniger schweigsam als Morrigan selbst, dachte er traurig. Hatte Catherine einen anderen?

Unter der Plane eines Lazarettwagens lag Private Farrell im Koma. Der Stabsarzt untersuchte ihn und runzelte die Stirn. Der Zustand des Mannes war nicht gut. Eigentlich müsste er nach Suakin ins Krankenhaus zurückgeschickt werden, dachte Major Grant besorgt. Doch sie befanden sich tief in feindlichem Territorium, und die Kranken und Verwundeten würden bleiben müssen, bis General Graham davon überzeugt war, dass die Derwisch-Krieger nicht in der Lage waren, die Kommunikationslinien hinter ihnen zu unterbrechen.

Major Grant erinnerte sich an das wirre Gebrabbel des Mannes, bevor er während der Nacht ins Koma gefallen war. Der australisch-irische Freiwillige schien Captain Duffy von der schottischen Brigade zu kennen, der in diesem Augenblick über den offenen Platz auf ihn zukam. »Patrick, kommen Sie mal her«, rief der Major. »Ich habe hier einen Mann aus den Kolonien, der aus unerfindlichen Gründen immer wieder Ihren Namen nennt.«

Patrick begrüßte den Arzt, mit dem er sich während zahlreicher Schachpartien in der Offiziersmesse angefreundet hatte. Er blieb hinter dem Wagen neben dem Arzt stehen und blickte auf das Gesicht von Francis Farrell herab.

»Kennen Sie den überhaupt?«, fragte der Stabsarzt.

»Nicht dass ich wüsste«, erwiderte Patrick, wobei er langsam den Kopf schüttelte. Aber irgendetwas an dem Mann kam ihm vertraut vor. »Wer ist das?«

»Private Francis Farrell vom Kontingent aus Neusüdwales.«

»Constable Farrell!«, rief Patrick aus. Erinnerungen strömten auf ihn ein: milde Sommerabende im Hinterhof des Erin in Sydney, der alte Max und der große irische Polizist, die sich gegenseitig Geschichten erzählten und dabei Onkel Franks Grog tranken, Gelächter und Patrick beim Sparring mit dem Polizisten, während Max ihn in schönstem Hamburger Platt anfeuerte, das mit englischen Ausdrücken gespickt war, die ein kleiner Junge eigentlich weder hören noch benutzen sollte.

»Aha, sieht so aus, als würden Sie ihn doch kennen«, sagte Major Grant. »Offenbar war er irgendwann in seinem Leben Polizist.«

»In Sydney«, entgegnete Patrick, während er schockiert in Farrells blasses, vom Fieber gezeichnetes Gesicht starrte. »Er war ein guter Freund der Familie. Er und Max haben mich vor langer Zeit in die Kunst des Boxens eingeführt.«

»Dann habe ich also die Ehre, einen der Männer zu betreuen, der Ihnen diese männliche Fertigkeit beigebracht hat«, meinte der Stabsarzt mit ironischem Lächeln. »Offenbar ein guter Lehrer, nach Ihren Leistungen bei den Brigade-Box-kämpfen zu urteilen.«

Major Grant hatte Patrick gelegentlich im Boxring beobachtet, wenn er seine Brigade gegen andere Einheiten der Armee vertrat, und Patrick war als ständiger Gewinner gefürchtet. Selten musste ihn der Arzt nach einem Kampf behandeln – seine Gegner dagegen häufig.

In einem schottischen Regiment voll harter Männer war es keine geringe Leistung, als bester Kämpfer zu gelten. Patricks Offizierskollegen fanden sein Interesse am Boxen allerdings etwas befremdlich, ihnen lag mehr an Pferden und Karten. Aber auch sie waren stolz auf sein Können in einem Sport, der normalerweise der Arbeiterklasse vorbehalten war. Der junge Captain war bereit, sich jedem Soldaten zu stellen, der sich im Ring mit jemandem aus der Oberschicht messen wollte.

»Machen Sie diesen Mann gesund, Harry«, sagte Patrick leise. »Er und ich, wir haben viel nachzuholen. Mindestens zehn Jahre.«

Der Arzt nickte. »Und jetzt sehen wir uns Ihren Arm an,

alter Junge, sonst werden Sie nicht mehr lange für Ihre verrückten Schotten kämpfen können.«

Patrick zog das Hemd aus, und während der Arzt die Wunde untersuchte, starrte er auf den kranken Iren auf der Trage. Ein Tag voll merkwürdiger, erschreckender Vorzeichen, dachte er.

21

Fiona White, geborene Macintosh, traf sich mit der Frau, die sie liebte. Weder Zeit noch Entfernung hatten ihrer Liebe etwas anhaben können. Penelope – auch bekannt als Baronin von Fellmann – war immer noch eine Schönheit. Die Jahre schienen spurlos an ihr vorübergegangen zu sein. In ihren goldenen Flechten fand sich kein graues Haar, und ihre üppige Figur besaß immer noch die Wespentaille ihrer Jugend – wenn auch die starren Stäbe ihrer engen Korsetts dabei ein wenig nachhalfen.

Die dunklere Fiona war ebenfalls so schön wie eh und je, auch wenn sich silberne Fäden in ihre ebenholzschwarzen Haare mischten. Die auffälligen smaragdgrünen Augen leuchteten mit einer Vitalität, die durch die Gegenwart Penelopes noch verstärkt wurde. Als sie im Wohnzimmer von Penelopes luxuriösem Haus nebeneinander saßen, wirkten die beiden Frauen vom Aussehen her völlig gegensätzlich. Fionas schlankere Gestalt, ihr dunkles Haar und die elfenbeinweiße Haut kontrastierten mit Penelopes goldenem Teint und ihrer sinnlichen Üppigkeit. Penelopes azurblaue Augen blickten tief in die smaragdgrünen von Fiona. In ihnen lag eine Liebe, die die beiden Frauen lange hatten entbehren müssen – seit Fiona vor drei Jahren das Gut der von Fellmanns in Deutschland besucht hatte.

Sie war mit ihren Töchtern, Dorothy und Helen, nach Europa gereist, wo die Mädchen, die bald zwanzig wurden, ihre Ausbildung abschließen sollten. Fiona hatte sich für Deutschland entschieden, weil sie wusste, dass Penelope und deren Ehemann Manfred auf die Mädchen aufpassen würden, was ihr sehr wichtig war.

Seit Granville White die eigene Tochter missbraucht hatte, hielt Fiona es nicht mehr für nötig, die Fassade einer Ehe aufrechtzuerhalten. Als sie herausfand, was ihr Ehemann Dorothy in der Bibliothek angetan hatte, hatte sie sogar versucht, ihn zu töten. Nachdem ihr das nicht gelungen war, hatte sie sich für die Trennung entschieden. Ihre Rückkehr nach Australien war nur ein geschäftliches Zwischenspiel, bevor sie nach Deutschland und in Penelopes Bett zurückkehrte.

Manfred wusste, dass seine Frau eine Affäre mit Fiona hatte, und er hatte sogar dafür gesorgt, dass sie gemeinsam eine Woche in einem bayerischen Jagdhaus verbringen konnten, das ihm gehörte. Angst, seine Frau an Fiona zu verlieren, hatte er nicht. Er wusste, dass Penelope auch ihn liebte. Ihre Gefühle mochten anders sein, aber sie waren ebenso stark.

Granville White war sich ebenfalls darüber im Klaren, dass seine Frau ihn mit seiner Schwester betrog. Er akzeptierte die Situation mittlerweile eher aus Gleichgültigkeit. Oder war es Hilflosigkeit? Die Affäre zwischen den beiden Frauen, die viele Jahre zuvor begonnen hatte, hatte ihn jeder Hoffnung auf eine natürliche Liebe zwischen Ehemann und Ehefrau beraubt. Aber er hatte nicht nur seine Frau verloren, sondern auch seine beiden Töchter. Fiona hatte geschworen, er würde sie nie wiedersehen.

Die beiden Frauen unterhielten sich über die Erziehung von Penelopes Zwillingen, Otto und Karl, die fast zehn waren, und über die Fortschritte, die Fionas Töchter an ihrer teuren Schule für junge Damen machten. Beim Thema Kinder kam das Gespräch unweigerlich auf den jungen Mann, den Fiona an ihre Mutter verloren hatte: ihren Sohn, Patrick Duffy.

»Hast du ihn gesehen, seit deine Mutter ihn nach England gebracht hat?«, fragte Penelope sanft, wobei sie nach Fionas Hand griff.

Fiona lächelte traurig. Die Frage weckte einen Schmerz in ihr, der in ihrem Leben ständig gegenwärtig war. Auch wenn die Erwähnung ihres ihr entfremdeten Sohnes die Bitterkeit lange zurückliegender Entscheidungen in ihr wachrief, fühlte sie das Bedürfnis, darüber zu reden. »Nach meinem Besuch bei dir und Manfred in Preußen bin ich zur Familie meiner Mutter nach England gefahren. Ich wollte Patrick in seiner Schule in Eton besuchen ...« Ihre Stimme verlor sich, und eine Träne tropfte auf Penelopes Hand.

»Hast du ihn gesehen?«, drängte Penelope leise.

»Nein. Ich hatte Angst vor dem Hass, den meine Mutter ihm gegen mich eingeimpft hat«, flüsterte Fiona und wandte den Blick ab.

Penelope brach das Schweigen nicht. Sie wusste, dass es keine Worte gab, die den Schmerz einer Mutter lindern konnten, die ihren Sohn zweimal in ihrem Leben verloren hatte: einmal, als sie ihn gegen ihren Willen bei seiner Geburt hatte aufgeben müssen, und ein zweites Mal, als sie gezwungen war, zwischen ihrer tiefen, beständigen Liebe zu Penelope und ihrem Sohn zu wählen. Sie hatte sich für Penelopes Liebe entschieden. Es war eine grausame Entscheidung, die ihre Mutter erzwungen hatte, und Fiona musste mit den quälenden Folgen leben.

Schließlich zog Fiona ihre Hand zurück und wischte sich die Tränen aus den Augen. »Ich bin in Eton gewesen und habe sogar mit seinen Lehrern gesprochen. Sie waren sehr nett und erzählten mir, dass Patrick zu den Besten seiner Klasse gehöre, aber ein wenig schwer zu bändigen sei. Anscheinend wäre er wegen seines Ungehorsams fast von der Schule geflogen. Die älteren Jungen hielten sich von ihm fern, weil er sie ein paar Mal verprügelt hatte, als sie ihm ihren Willen aufzwingen wollten.«

Penelope lächelte und brach dann in Gelächter aus. »Ganz der Vater«, sagte sie, denn ihr war klar, dass Fiona stolz auf das jugendliche Rebellentum ihres Sohnes war. »Michael hätte sich bestimmt nicht schikanieren lassen, wenn er in Eton gewesen wäre.«

Als Michaels Name fiel, erlosch das Lächeln auf Fionas Gesicht. »Hast du ihn gesehen?«, fragte sie.

Auch Penelope wurde ernst. »Nein, seit Jahren nicht mehr. Manfred verflucht ihn oft. Er hat mir erzählt, dass Michael in Asien gegen die Interessen des Kaisers arbeite. Für diesen grässlichen kleinen Engländer, Horace Brown.«

»Hat Manfred gesagt, wo Michael zuletzt gesehen wurde?«, fragte Fiona leise. Obwohl sie Penelope liebte, war es ihr nie gelungen, die Leidenschaft des jungen Iren zu vergessen, der die Tür zu ihrer tiefen, bis dahin unterdrückten Sinnlichkeit aufgestoßen hatte.

»Angeblich war er letztes Jahr in Schanghai, aber Manfreds Kontaktleute haben ihn dort verloren.« Penelope nahm die Hand Fionas erneut. »Michael Duffy ist wie eine schöne große Katze mit neun Leben.«

»Neun ist eine begrenzte Zahl«, seufzte Fiona. »Ich weiß ja nicht viel über ihn, aber er muss mindestens acht davon schon verbraucht haben. Ich bete, dass mein Sohn ebenso viel Glück hat wie sein Vater.«

Michael Duffy hatte stets zwischen den beiden Frauen gestanden. Penelope plagte immer wieder Schuldbewusstsein, wenn sie mit Fiona im Bett lag. Sie fühlte sich schuldig, weil sie sich dem einzigen Mann hingegeben hatte, den Fiona je wirklich geliebt hatte. Doch sie tröstete sich damit, dass Michaels unruhige, gefährliche Existenz ein normales Leben unmöglich machte. Er war ein Mann, der in den Armen einer Frau immer nur für kurze Augenblicke ein wenig Liebe suchen konnte. Sein riskantes Dasein hatte wenig zu bieten, wenn er das Bett einer Frau am Morgen verließ. Seine Liebe zu Fiona hatte ihn zu dem einsamen Leben getrieben, das er nun führte. »Ich bin sicher, Patrick ist mit dem Glück seines Vaters gesegnet«, sagte Penelope, die wusste, dass sich Fiona um das Schicksal ihres Sohnes im Sudankrieg sorgte. »Den Ägypten-Feldzug hat er ja schon überlebt.« Trotzdem wäre er in Sydney besser aufgehoben, dachte Penelope, selbst wenn er bei seiner Großmutter leben müsste. Sogar deren unbeugsame Härte gegenüber ihrer eigenen Tochter war den Gefahren eines Schlachtfelds vorzuziehen.

»Ich wünschte, ich würde Michael noch einmal sehen«, flüsterte Fiona heiser. »Wenn ich nur mit ihm reden könnte ... Vielleicht könnte er Patrick davon überzeugen, dass ich ihn als Baby nicht freiwillig weggegeben habe. Die Umstände waren gegen mich, und ich habe damals gedacht, ich würde die richtige Entscheidung treffen. Ich habe wirklich geglaubt, Molly würde eine liebevolle Familie für ihn finden.«

»Das hat sie ja«, sagte Penelope sanft. »Sie hat ihn zu Michaels Familie gebracht, wo er jede Menge Liebe bekam.«

»Das weiß ich jetzt«, erwiderte Fiona. Ein gehetzter Blick trat in ihre Augen. »Aber ich fürchte, meine Mutter hat das Herz meines Sohnes für immer vergiftet. Sie hat ihm erzählt, ich hätte vorgehabt, ihn in ein Pflegeheim zu schicken.« Sie legte eine Pause ein. In ihre Verzweiflung mischte sich Wut. »Dabei hat *sie* Molly angewiesen, ihn dorthin zu bringen. Sie muss doch gewusst haben, dass man unerwünschte Säuglinge dort einfach verhungern lässt oder sich ihrer auf andere Weise entledigt.«

»Dein Sohn wird eines Tages nach Sydney zurückkehren«, beruhigte Penelope sie. »Ich bin sicher, dass sich dann für dich eine Gelegenheit ergibt, ihm die Wahrheit zu sagen.«

Fiona versuchte zu lächeln, aber ihre Verbitterung war zu stark. »Falls er je nach Sydney zurückkehrt, muss er wohl einen weiteren Krieg ausfechten«, sagte sie bitter. »Granville will ihn daran hindern, seinen Platz in der Familie einzunehmen.«

»Ich bezweifle, dass er das kann«, gab Penelope zurück. »Deine Mutter hat ihm erklärt, dass Patrick dein Sohn ist. Bestimmt hat sie Beweise für seine Ansprüche.«

»Die hat sie, aber Granville hat gedroht, vor Gericht dafür zu sorgen, dass er enterbt wird.«

»Dafür gibt es keine Grundlage«, entgegnete Penelope bestimmt. »Schließlich hat sie die Duffys als Zeugen. Und ... dich?«

Fiona senkte den Blick, und Penelope wurde klar, dass sie die Frage nicht beantworten wollte. »Du willst schweigen?«, fragte sie. Fiona nickte. »Warum willst du die Identität deines Sohnes nicht bestätigen? Ein Skandal schreckt dich doch mit Sicherheit nicht. Warum also?«

»Ich habe mit Granville eine Vereinbarung getroffen«, erwiderte Fiona. »Er wird keine gerichtlichen Schritte unternehmen, solange ich keine Aussage mache. Sollte er sich nicht daran halten, werde ich mein Schweigen brechen und Patrick als meinen Sohn anerkennen.«

»Aber den Bestimmungen des Testaments nach ist Patrick für meinen Bruder immer noch ein Rivale«, sagte Penelope. »Ich kenne Granville, und mir ist nicht klar, warum er sich auf eine solche Vereinbarung hätte einlassen sollen.«

»Weil ich ihm meinen Anteil an Vaters Erbe überschrieben habe.«

Penelope warf Fiona einen entsetzten Blick zu. »Damit gehört Granville ein Drittel des Besitzes«, sagte sie. »Und sollten sich deine Töchter mit ihrem gemeinsamen Drittel auf die Seite ihres Vaters stellen, wenn sie einundzwanzig werden, hätte er die Anteilsmehrheit in der Hand. Das heißt, er wäre unumstrittener Herr über die Unternehmen und Besitztümer der Macintoshs.«

»Ich weiß«, erwiderte Fiona, während sie über die gewichtige Entscheidung nachdachte, mit der sie das Schicksal der Macintoshs verändert hatte. Sie hatte Granville die Kontrolle ermöglicht, für die er jahrelang intrigiert hatte. Jetzt lag der Preis in Reichweite seiner skrupellosen Hände. Aber die Überschreibung der Anteile war Granville teuer zu stehen gekommen. Aufgrund des Transfers war sein Kreditrahmen bei den Banken fast völlig ausgeschöpft.

Penelope war klar, welche Auswirkungen die Entscheidung Fionas haben würde. Sir Donald hatte in seinem Testament seinem letzten verbliebenen Kind großzügig ein Drittel der Unternehmen vermacht. Ein weiteres Drittel sollte an ihre Erben, seine Enkelkinder, gehen, das letzte Drittel an seine Frau, Lady Enid.

Dorothys und Helens Anteile wurden bis zu ihrer Volljährigkeit von einer Treuhändergesellschaft verwaltet. Allerdings hatte Sir Donald nicht mit einem illegitimen Enkel gerechnet, als er seinen letzten Willen diktierte. Lady Enid hatte jedoch bereits mit der Umsetzung eines Plans begonnen, der es Patrick ermöglichen sollte, seinen Anteil zu übernehmen. Es ging um eine Minderheitsbeteiligung, die aber von ausschlaggebender Bedeutung war, weil sie Enid eine knappe Mehrheit gegenüber ihrem verhassten Schwiegersohn verschaffte. Zumindest bis Dorothy und Helen volljährig waren; dann war es möglich, dass sich die Waage der Macht über das Finanzimperium der Macintoshs wieder Granville zuneigte.

Penelope war klar, dass die unsinnige Entscheidung Fionas eine Geste der Mutterliebe für einen Sohn war, der nichts mit ihr zu tun haben wollte. Sie hatte ihr eigenes Erbe einem Mann überschrieben, von dem sie beide wussten, dass er zu allem fähig war, um seine Ziele zu erreichen. Ironischerweise hatte sie durch die Übertragung ihrer Anteile an Granville ihrer Mutter einen Schlag versetzt. Enids rücksichtsloser Traum, die Unternehmen in der Hand eines männlichen Macintosh-Erben zu sehen, wurde dadurch zunichte gemacht. Aber auch wenn Patrick das Familienimperium niemals kontrollieren würde, war sichergestellt, dass er für den Rest seiner Tage komfortabel leben konnte, und das wusste Fiona. Ihr von ihr getrennt lebender Ehemann war ein cleverer Geschäftsmann, der dafür sorgen würde, dass die Unternehmen florierten, wenn auch sonst nicht viel Positives über ihn zu sagen war.

Penelope fiel es schwer, die Neuigkeit zu verdauen, dass ihr Bruder möglicherweise die Kontrolle über das Firmenimperium erlangen würde. Die Tatsache, dass er noch mehr Macht haben würde, brannte ihr wie Säure im Magen. Bitterkeit erfüllte sie beim Gedanken an den Mann, der sie vor so vielen Jahren missbraucht hatte. Indem sie Fiona für sich gewann und sie seinem Bett entfremdete, rächte sie sich an ihm. Aber das war nicht ihr Hauptziel gewesen. Sie hatte Fiona immer auf eine Art begehrt, die kein Mann verstehen konnte.

22

Die britische Armee formierte sich zu einem monolithischen Rechteck, dessen Kanten von Gewehren und Bajonetten gesäumt wurden. Bevor die Sonne den Männern Schaden bringen konnte, erging bereits der Befehl zum Abmarsch. Die Pferde der eskortierenden Kavallerie wieherten und schnaubten, und die Geschützlafetten der Artillerie setzten sich ratternd in Bewegung. Die Maultiere, die mit ihren Führern an der Zareba zurückblieben, wieherten ihren Cousins nach, die die bengalischen Lanzenreiter-Schwadronen trugen. Das waren grimmige Männer mit Adleraugen, an ihren charakteristischen Turbanen und buschigen Bärten zu erkennen. Der Staub wirbelte unter den Stiefeln von zehntausend Infanteriesoldaten auf, die ihre Waffen schulterten, um Osman Dignas Kriegern entgegenzumarschieren, die sich in die Hügel hinter den Ruinen von Tamai zurückgezogen hatten. Unterdessen blieb eine kleinere Einheit in dem befestigten Lager zurück, um die wertvollen Vorräte der Intendanzabteilung vor Angreifern zu schützen, die die Hauptstreitmacht umgehen mochten.

Hinten im britischen Rechteck marschierten Captain Patrick Duffy und Private Angus MacDonald mit der Infanterie aus Neusüdwales. In eine Staubwolke gehüllt, rückten sie unter der grellen Sonne durch die schweigenden, verlassenen Ruinen der Lehmhäuser vor. Um sich herum entdeckten sie Anzeichen, dass das Dorf den Derwischen als Operationsbasis gedient hatte.

Die Armee hielt nicht an, sondern stieß weiter vor, in Richtung der Kriegertrupps, die in Sichtweite der Briten auf dem Rückzug Wasserbrunnen mit Erde zuschütteten. Ärgerlicherweise blieb die Entfernung zum Feind zu groß für eine entscheidende Auseinandersetzung. Frustriert stellte General Graham fest, dass Osman Digna offenbar keine Absicht hatte, seine Truppen dieser beweglichen Festung aus menschlichem Fleisch entgegenzuwerfen. Er glaubte felsenfest an die eiserne Disziplin seiner gut ausgebildeten, erfahrenen Soldaten und wusste, dass eine Entscheidungsschlacht gegen Osman Digna zu diesem Zeitpunkt den Mahdi möglicherweise in die Knie zwingen würde. Aber seine Hoffnung, die Krieger mit dem wilden Haarschopf mit Kugeln, Bajonetten und Granaten bekämpfen zu können, schien ebenso schnell zu entschwinden wie die Derwische, denen bei allem fanatischem Mut und trotz ihres religiösen Eifers klar war, dass Speere, Schilde, Schwerter und antiquierte Musketen nicht für einen Sieg ausreichten.

Stattdessen griffen Dignas Kommandeure auf Guerillataktiken zurück, indem sie den Eindringlingen das Wasser, den wichtigsten Schatz des Landes, vorenthielten und sie gleichzeitig aus der Deckung der felsigen Berge heraus mit Scharfschützenfeuer belegten.

Die kampflustigen Schwadronen der bengalischen Kavallerie unternahmen immer wieder Ausfälle, wobei sie auf die Derwische zugaloppierten und versuchten, sie einzuschließen, um sie mit ihren langen Kavallerielanzen aufzuspießen. Die begleitenden Kanoniere der Artillerie feuerten ihre Feldgeschütze mit den oft geübten, exakten Bewegungen ab, die ihnen auf den friedlicheren Übungsgeländen Englands eingebläut worden waren. Donnernd schleuderten die Kanonen ihre schweren Geschosse in die Hügel, wo sie in Fontänen von Schrapnellkugeln explodierten.

Jedes Mal, wenn in den Hügeln schmutzige Säulen aus Erde und Rauch aufstiegen und in der Luft in sich zusammenfielen, wurde in den Reihen der Infanterie Beifall laut. Die vorderen Reihen der Briten, die den sich zurückziehenden Guerillakämpfern am nächsten waren, feuerten kontrollierte Salven auf die Berge ab. Rauch, Staub, Lärm und die allgegenwärtige, austrocknende Hitze des wüstenhaften Landes rollten über das Rechteck hinweg, das immer wieder anhielt, damit Gewehre und Kanonen der Armee ihr Ziel fanden.

Patricks erfahrenes Ohr hörte das kaum vernehmbare, seufzende Pfeifen feindlichen Feuers. Die Kugeln der Derwische, die auf diese Entfernung kaum noch Durchschlagskraft besaßen, fielen in das Rechteck. Hinter ihm fluchte ein Kolonialsoldat wütend, weil er dachte, sein Kamerad hätte ihn gegen die Schulter geboxt. Dann merkte er, dass ihn eine verirrte Derwisch-Kugel getroffen hatte, und sein Ärger verwandelte sich in Schrecken. Er war verwundet! Ein anderer jaulte plötzlich auf und hüpfte ein paar Meter, bevor er merkte, dass man ihn in den Fuß geschossen hatte.

Ihre Kameraden hoben die Verwundeten auf und trugen sie zu den Lazarettwagen. Das Rechteck erhielt den Befehl zum Vorrücken, konnte aber in dem zerklüfteten Gelände der mimosenbestandenen Hügel nur mit Mühe die Formation halten.

Patrick fluchte leise über diesen Befehl. Sie hätten ebenso gut in die Zareba auf der anderen Seite von Tamai zurückkehren können. Es war offensichtlich, dass die »Fuzzy-Wuzzies«, wie die Briten die Derwische wegen ihrer buschigen schwarzen Haarschöpfe nannten, nicht die Absicht hatten, General Grahams Wunsch zu erfüllen. Der Vormarsch konnte sich endlos hinziehen, die Armee marschieren, bis ihr die Vorräte ausgingen oder bis sie der Mut verließ. Nein, schloss Patrick, für einen Krieg wie diesen, in dem der Feind dem Riesen immer wieder in die Waden biss und damit seine Entschlusskraft unterminierte, war diese Methode nicht geeignet.

Private MacDonald schien seine Gedanken gelesen zu haben. »Glaub nicht, dass diese Marschiererei was bringt«, knurrte er. »Wir könnten uns genauso gut in Suakin mit ihren Frauen amüsieren.«

Patrick grinste. Er dachte mehr an einen Spaziergang durch die engen Gassen der Hafenstadt am Roten Meer mit ihren weiß getünchten Lehm- und Steinhäusern. Vielleicht fand er auf den Basaren afrikanische Kunstgegenstände. Seine kurze

Bekanntschaft mit Catherine hatte sein Interesse an der Archäologie geweckt.

»Da könnten Sie Recht haben, Private MacDonald«, stimmte er zu, setzte aber sogleich pflichtgemäß eine Ermahnung hinzu, wie es sich für einen Offizier gehörte. »Allerdings können uns die Geschlechtskrankheiten in diesem Teil der Welt mehr schaden als die Kugeln, mit denen uns die Fuzzy-Wuzzies im Moment beschießen.«

Angus antwortete nicht. Er hatte seine eigene Ansicht über das Leben. Das Soldatendasein lehrte einen, sich nicht um den nächsten Tag zu kümmern, der nach einer verlorenen Schlacht vielleicht niemals kam. Das Beste am Kilt war, dass er offenbar für Soldaten erfunden worden war, die es mit der fleischlichen Lust eilig hatten und sich nicht mit umständlichem Gefummel an englischen Hosen aufhalten wollten. Eine solche Mahnung zur Vorsicht konnte nur von einem Soldaten stammen, der hoffnungslos in sein rehäugiges Mädchen zu Hause verliebt war, dachte er. Oder von einem verheirateten Mann, der den Zorn seiner Frau mehr fürchtete als den Tod.

Nachdem sie den ganzen Tag durch die kahlen Hügel hinter Tamai marschiert waren und sich Scharmützel mit den zurückweichenden Kriegern von Osman Digna geliefert hatten, erhielten sie Befehl, kehrtzumachen und sich in das Versorgungslager bei McNeill's Zareba zurückzuziehen – an jenen Ort, von dem sie am Morgen aufgebrochen waren. Obwohl die eifrigen australischen Freiwilligen offenkundig enttäuscht waren über diese Order, freuten sie sich auf einen kühlen Abend innerhalb der Verteidigungsanlagen und eine Nacht ungestörten Schlafs.

Es war nicht alles verloren. Die Ehre war gerettet, denn es war australisches Blut geflossen. Während ihre Ohren noch vom Kriegslärm dröhnten, machten sie kehrt und marschierten auf demselben Weg zurück, den sie gekommen waren. Unterwegs sahen sie Rauch über den letzten noch stehenden Häusern von Tamai aufsteigen. Graham hatte die völlige Zerstörung befohlen. Damit wollte er den Derwischen eine Lektion erteilen, ihnen zeigen, dass die britische Armee zu jeder Zeit und an jedem Ort auftauchen konnte. Mit stoischer Ruhe beobachteten die Derwische auf ihrem Rückzug, wie die Soldaten das Dorf in Brand setzten, bis ihre Häuser in Flammen aufgingen und schließlich in sich zusammenbrachen. Irgendwann würden die Briten gehen, dann konnten sie zurückkehren und alles neu aufbauen. Schließlich und endlich war es der Wille Gottes, dass solche Dinge geschahen.

Kaum waren sie in die Zareba zurückgekehrt, da wurde Patrick auch schon ins Brigadehauptquartier bestellt. Wahrscheinlich, so vermutete er, sollte er mündlich Bericht über das Verhalten der australischen Freiwilligen erstatten.

Doch als er am Zelt von Major Hughes eintraf, bei dem er sich regelmäßig meldete, fiel ihm das besorgte Gesicht des Offiziers auf. Der Major war in ein Gespräch mit dem Artillerieoffizier vertieft, der die Geschütze befehligte, mit denen sie den sich zurückziehenden Feind beschossen hatten. »Captain Duffy«, sagte er, während Patrick den Artillerieoffizier formell grüßte, »Colonel Rutherford und ich haben gerade über Sie gesprochen.« Patrick war verwirrt, vor allem, weil das Gesicht des Colonel beunruhigend ernst wirkte. »Der Colonel erwähnte, dass Sie letzten Dezember in Suakin seinen besten Boxer ordentlich verprügelt haben. Er meint, es müsste Revanche geben, um die Ehre der Artillerie zu retten. Die Kanoniere brauchen eine Chance, ihre Ehre wiederherzustellen.«

»Soweit ich sehen konnte, haben sie das heute getan«, erwiderte Patrick galant.

Der Colonel lächelte über diese Schmeichelei. »Sie haben sich tapfer geschlagen, aber ich fürchte, es war viel Aufwand für ein sehr bescheidenes Ergebnis.«

»Colonel Rutherford hat eine Idee, wie man die Geschütze optimal einsetzen könnte, Captain Duffy«, sagte Major Hughes verschwörerisch. »Meiner Meinung nach hat sein Plan eine Menge Vorzüge. Allerdings bedeutet er für jeden, der sich freiwillig für diese Aufgabe meldet, ein ziemliches Risiko. Wie geht es Ihrer Wunde?«

»Sie war noch nie ein Problem, Sir«, erwiderte Patrick munter. Unbewusst bewegte er den Arm, um seine Worte zu unterstreichen. »Bei den Tommy-Stängeln kann ich ohnehin nicht viel tun, Sir. Für ihren ersten Feldzug scheinen sie sich ausgezeichnet zu halten.«

»Gut so«, sagte der Major geistesabwesend, während er in die untergehende Sonne hinausblickte. Offenbar beunruhigte ihn der Spezialeinsatz, den der Colonel vorgeschlagen hatte, immer noch.

Dann richtete er seine Aufmerksamkeit wieder auf Patrick. »Ich muss den Plan dem Brigadekommandeur zur Genehmigung vorlegen, aber bei seiner jetzigen Stimmung gehe ich davon aus, dass sie erteilt wird.«

»General Graham muss sich ebenso frustriert fühlen wie die Tommy-Stängel«, meinte Patrick. »Die wollen auch endlich eine entscheidende Schlacht gegen die Männer des Mahdi.«

Major Hughes nickte, und Patrick wurde klar, dass der Plan des Colonel den Wunsch von Kommandeur und Kolonialtruppen erfüllen konnte. »Jede Nacht schleichen sich die Fuzzy-Wuzzies dicht an die Zareba heran, um uns zu beschießen«, sagte der Major. »Wir haben uns mit diesen Aktionen ihrer Scharfschützen abgefunden und erlauben ihnen praktisch, sich nachts frei zu bewegen. Aber wie jeder Soldat weiß, brauchen selbst Derwische einen Platz, an den sie sich bei Tagesanbruch zurückziehen können. Anscheinend fühlen sie sich als Herren der Nacht und sind ziemlich arrogant geworden. Ein gut ausgebildeter Soldat könnte möglicherweise ihren Sammelpunkt finden und den Kanonieren ihre Position melden, sodass wir sie gezielt bombardieren können. So könnten wir sie erwischen, während sie sich gerade gegenseitig auf die Schulter klopfen und sich dazu gratulieren, dass sie uns wieder mal ordentlich geärgert haben. Können Sie sich vorstellen, wie diese Mission ausgeführt werden sollte, Patrick?« Voller Zuneigung sprach er den jungen Mann mit dem Vornamen an, denn er wusste, dass dieser sich ohne Zögern freiwillig für die gefährliche Aufgabe melden würde.

Patrick seufzte und richtete seinen Blick auf die Hügel, bevor er antwortete. »Ich würde das Gelände vor unseren Verteidigungsanlagen erkunden, um herauszufinden, aus welcher Position ein Scharfschütze am wahrscheinlichsten auf uns feuern würde.«

»Damit gingen Sie ein hohes Risiko ein«, warnte Major Hughes, »dass Sie auf einen Derwisch stoßen, der im Schutze der Dunkelheit ebendiese Position einnehmen will.«

»Mit dem würde ich schon fertig werden«, erwiderte Patrick ruhig.

Der Brigademajor wusste, dass genau das der kritische Faktor bei der Mission war. Nur einer seiner Offiziere war dem wirklich gewachsen. Dieser junge Mann hatte bereits unter Beweis gestellt, dass er auch im irrsinnigen Gemetzel einer Schlacht ruhig blieb. Außerdem war seine körperliche Stärke in der Brigade unübertroffen.

Hughes nickte. »Davon bin ich überzeugt, Captain Duffy.« Der Artillerieoffizier nickte zustimmend. Auch er war sicher, dass der Brigademajor den richtigen Mann für die Aufgabe ausgewählt hatte. Schließlich hatte er gesehen, wie Patrick seinem stärksten Kanonier bei einem Wettkampf der Einheiten in Suakin eine vernichtende Niederlage beibrachte. »Dann kümmere ich mich um die Genehmigung des Brigadekommandeurs«, sagte Major Hughes seufzend. »In der Zwischenzeit können Sie mit der Erkundung beginnen, Captain Duffy, und sich auf Ihre Aufgabe vorbereiten. Vor Sonnenuntergang werde ich Sie wissen lassen, ob wir grünes Licht haben oder nicht. Auf jeden Fall würde ich Ihnen zum gegenwärtigen Zeitpunkt raten, sich mit Captain Thorncroft in Verbindung zu setzen, damit die Posten wissen, dass Sie sich im äußeren Bereich bewegen. Wir wollen ja nicht, dass Sie erschossen werden, während Sie versuchen, Colonel Rutherford lebenswichtige Informationen zu übermitteln.«

»Sir.« Patrick salutierte vor den beiden Offizieren. »Wenn das alles ist, würde ich gern die wenige Zeit, die mir noch bleibt, für meine Vorbereitungen nutzen.«

»Ja, Captain Duffy, da haben Sie ganz Recht.«

»Viel Glück, Captain Duffy«, sagte der Colonel mit warmer

Stimme. »Aufgrund der von Ihnen gesammelten Informationen können wir den Fuzzy-Wuzzies vielleicht endgültig Manieren beibringen. Und übrigens: Ich hoffe, mein Kanonier verdrischt Sie bei Ihrem Revanchekampf in Suakin ordentlich.«

Als Patrick das Brigadehauptquartier verließ, passierte er auf dem Weg zu Private MacDonald, der gerade ihr Abendessen zubereitete, die Lazarettwagen, in denen Francis Farrell lag. Es würde ihm gut tun, mit dem ehemaligen Polizisten zu sprechen, an den er sich jetzt immer besser erinnerte. Im engen Kreis der irischen Einwanderer der Kolonie Neusüdwales war er für ihn wie ein entfernter Onkel gewesen.

Es waren Tage der Unschuld gewesen, als er noch geglaubt hatte, Daniel Duffy wäre sein Vater und Michael Duffy sein längst verstorbener Onkel. Doch noch als kleiner Junge erfuhr er die Wahrheit über seine Abstammung, und seine Großmutter mütterlicherseits, Lady Enid Macintosh, erzählte ihm auch von dem angeblichen Verrat seiner Mutter.

Aber die strenge Lady Enid, die den Jungen ursprünglich nur als Waffe gegen die Interessen ihrer Tochter und ihres Schwiegersohnes hatte einsetzen wollen, hatte eine echte, hingebungsvolle Liebe zu ihrem Enkel entwickelt. Sein natürlicher Charme hatte die Matriarchin bezaubert, für die das Blut der Macintoshs über alles ging. Der Junge hatte alle Privilegien der vornehmen englischen Gesellschaft genossen und sich in diesem Leben so schnell zurechtgefunden, wie es seiner Herkunft entsprach.

Der Stabsarzt, dessen weiße Schürze mit dem Blut der Soldaten befleckt war, die er behandelt hatte, begrüßte Patrick herzlich. Nein, Private Farrell habe sich noch nicht so weit erholt, dass er Besuch bekommen könne, antwortete er auf Patricks Frage. Patrick dankte ihm und brach auf, um das Gelände vor dem Verteidigungsring der Zareba zu erkunden.

Angus bemerkte einen merkwürdigen Ausdruck auf dem Gesicht des jungen Captain, der sich vor ihm in den Staub hockte, um den Becher mit Kaffee entgegenzunehmen. Die

Mission war vom Kommandeur abgesegnet worden, und er sollte das Lager vor Sonnenuntergang verlassen. In aller Eile hatte er seinen Burschen informiert. Nun wurde Angus klar, woher er den Ausdruck kannte – er hatte ihn bei Männern vor einer Schlacht gesehen. Bei Männern, die geglaubt hatten, das Glück habe sie verlassen.

»Sie werden das hier brauchen«, sagte Angus leise, während er ihm einen Schatz übergab, den er lange gehütet hatte.

Überrascht nahm Patrick die tödliche Waffe entgegen. Der Amerikaner Bowie, der durch die Schlacht von Alamo berühmt geworden war, hatte dieses Messer entworfen, das auf der ganzen Welt jedem Kämpfer bekannt war, der eine scharfe Spitze und eine rasiermesserfeine Schneide zu schätzen wusste. »Danke, Private MacDonald«, erwiderte er brüsk. »Besser als der englische Stahl, den man uns gegeben hat.«

»Muss wohl so sein, Sir«, meinte Angus mit verschwörerischem Zwinkern. »Die Engländer verstehen nichts von breiten Klingen.«

Patrick drehte das Messer in seiner Hand. Hoffentlich kam er dem Feind nicht so nah, dass er es einsetzen musste. Irgendwie vertraute er mehr auf den Schutz von Sheela-na-gig.

23

Die Hügel wirkten glatt und rund wie die Backenzähne einer alten Frau. Es sah aus, als hätten die Godkin-Berge so lange am blauen Himmel genagt, dass sie völlig abgeschliffen waren. Einige der niedrigeren Berge waren entlang der Gipfel abgesplittert, wo sie sich an einer harten Wolke die Zähne ausgebissen hatten, und wiesen felsige Steilhänge auf. In dieses Massiv drang am späten Nachmittag der aus Polizisten und Grenzern bestehende Suchtrupp ein.

Gordon James führte die Kolonne an, während Peter Duffy mit unruhigem Blick die mit spärlichem Buschwerk bestandenen, konkaven Hänge musterte, die in der grellen Sonne brieten. Diesen Weg war er schon einmal geritten, und er konnte sich noch lebhaft daran erinnern, wie sich die Kalkadoon aus ihrer dürftigen Deckung erhoben hatten und über sie hergefallen waren. Er war nicht das einzige Mitglied der Patrouille, das mit den Blicken misstrauisch die Hügel der Umgebung absuchte. Vor der Truppe ritten die Fährtensucher der Eingeborenenpolizei, die die Gewehre quer über den Sätteln balancierten.

Während er weiterritt, dachte Peter über die Kluft nach, die in gewissem Maße immer zwischen ihm und dem Mann, der die Expedition leitete, bestanden hatte. In ihrer Jugend war es nur ein kleiner Riss gewesen, der sich jedoch verbreitert hatte, als sie beide zur Eingeborenenpolizei gegangen waren. Seine Tante Kate hatte versucht, ihn davon abzuhalten, dass er sich ausgerechnet den Leuten anschloss, die das Volk seiner Mutter fast völlig ausgerottet und schließlich seine Eltern getötet hatten.

Oft hatte Peter Albträume, in denen ihn seine Mutter mit toten Augen aus den Flammen des Lagerfeuers anstarrte, während das Feuer zischend an ihrem Körper leckte. In seinen Albträumen lebte sie noch, lag aber hilflos in den Flammen, während sie ihn mit stummen Worten anflehte. Wenn er nur gewusst hätte, worum sie ihn bat. Was sollte er tun?

Warum war er bei der Polizei geblieben, obwohl seine Freundschaft mit Gordon nicht mehr Teil seines Lebens war? Jetzt war ihm klar, dass dies seine letzte Patrouille sein würde. Sobald sie nach Cloncurry zurückgekehrt waren, würde er seinen Abschied nehmen, nach Townsville zurückkehren und für seine Tante arbeiten. Sollte Gordon James zum Teufel gehen!

Die gedämpfte Stille des Buschs wurde durch einen Schuss zerrissen, dessen Echo von den Hügeln vor ihnen zurückgeworfen wurde. Die Polizisten rissen ihre Karabiner aus den Sattelhalterungen, und die Grenzer spannten den Abzugshahn an ihren einschüssigen Snider-Gewehren. Gordon James hob die Hand und ließ die Truppe anhalten. Dann schickte er seine Polizisten vor, um das Gelände zu erkunden. Jeder Einzelne der Reiter spürte die quälende Furcht vor einem Hinterhalt. Die Hügel schienen näher an sie herangerückt zu sein. Mit furchtsamen Blicken suchten sie die Hänge nach sich bewegenden Schatten ab.

»Hügel im Auge behalten!«, brüllte Gordon überflüssigerweise, da ohnehin jeder zu den Gipfeln hinaufstarrte und verängstigt nach den gefürchteten Kriegern suchte.

Die Pferde tänzelten nervös, und die Männer versuchten, ihrer Anspannung und Angst mit wilden Flüchen Luft zu machen. Doch nichts geschah, bis ein eingeborener Polizist durch die Büsche brach und neben Gordon sein Pferd zügelte. »Mahmy! Fangen schwarze Gin lange Fluss.« Der Polizist rollte die Augen, sodass das rauchige Weiß sichtbar wurde. »Töten schwarze Gin.«

Gordon gab seinem Pferd die Sporen und bedeutete der Truppe mit einer Geste, ihm zu folgen. Sie ritten, bis sie den Fluss erreichten. Auf einer Sandbank, die zu einem tiefen Felsentümpel führte, kauerte unter dem Gewehr eines europäischen Polizisten eine alte Ureinwohnerin. Neben ihr lag ein Netz, das von Süßwassermuscheln überfloss.

Weiter unten auf der Sandbank lag mit ausgebreiteten Gliedmaßen die Leiche einer alten Ureinwohnerin. Eine Kugel hatte sie mit voller Wucht in den Rücken getroffen und ihre Wirbelsäule zerschmettert.

»Was ist passiert?«, fragte Gordon den weißen Polizisten, einen der neuen Rekruten. Er mochte den Mann nicht und misstraute ihm.

»Haben sie im Fluss erwischt«, erwiderte er, während er den Gewehrlauf brutal gegen den Körper der völlig verschreckten alten Frau stieß, die zu seinen Füßen kauerte. Sie heulte entsetzt auf – ihr war klar, dass ihr Schicksal besiegelt war. »Haben sie gewarnt und gesagt, sie soll'n steh'n bleiben, im Namen der Königin. Aber sie sind weggerannt. Die da drüben haben wir erwischt, Boss.«

»Das sehe ich, Trooper Calder«, sagte Gordon, der vom Pferderücken aus einen besseren Überblick hatte. »Guter Schuss auf diese Entfernung.«

Der Polizist strahlte über das Lob von seinem befehlshabenden Offizier. Commanche Jack zügelte sein Pferd neben Gordon und starrte auf die alte Frau hinab, die sich auf dem Boden wie ein Embryo zusammengerollt hatte. Er drehte den Pfriem, den er kaute, mit der Zunge im Mund herum. »Was wollen Sie mit ihr machen, Inspektor?«, fragte er, wobei er einen langen braunen Tabakstrahl in den Sand zwischen den beiden spuckte.

»Wenn ich sie laufen lasse, geht sie zu ihren Leuten und verrät denen, wo wir sind«, erwiderte Gordon ruhig. »Damit bleibt mir keine große Wahl.«

»Die wissen sowieso, wo wir sind.« Commanche Jack stützte sich auf sein Sattelhorn und blickte nachdenklich auf die Berge, die aus dem dichteren Buschwerk am Fluss aufstiegen. »Seit wir in den Hügeln sind, haben die uns nicht aus den Augen gelassen.«

»Wie kommen Sie darauf?«

»Mescaleros, Kalkadoon – alles Kriegervölker«, erwiderte

Commanche Jack, während er den restlichen Tabak in seine Wangen schob, um den Nikotingeschmack zu genießen. »Die beobachten uns bestimmt gerade und fragen sich, was wir mit der Schwarzen hier anfangen.«

Instinktiv richtete Gordon den Blick auf die Hügelkuppen, die das Flusstal umgaben. Der Amerikaner kicherte. »Sie können sie nicht seh'n, Inspektor. Deswegen sind es ja Krieger. Ein Krieger weiß immer mehr über dich als du über ihn.«

»Von mir aus«, erwiderte Gordon drohend, wobei er auf die alte Frau blickte, die sich im heißen Sand wand. »Wenn sie uns zusehen, dann werden wir sie lehren, welches Schicksal jeden erwartet, der sich dem Gesetz der Königin widersetzt.«

»Sie woll'n die Schwarze erschießen?«, fragte Commanche Jack ruhig. Er fing Gordons Blick ein. »Sie könnten sie auch laufen lassen.«

»Ich bin kein Henker«, erwiderte Gordon. »Sie oder jemand aus Ihrem Trupp wird sie erledigen müssen.«

Der abgebrühte Amerikaner richtete sich im Sattel auf. »Ich nicht, Inspektor. Ich hab mich für den Kampf gegen die Kalks gemeldet, nicht weil ich alte Frauen erschießen will. Wenn Sie sie umbringen wollen, müssen Sie das selber tun.«

Angewidert spie der Amerikaner einen Tabakstrahl in den Sand, wobei er Gordon nur knapp verfehlte. Dann wendete er sein Pferd, um zu seinen Männern zurückzureiten. Gordon zog ein wütendes Gesicht und fluchte leise. Wenn der erfahrene Indianertöter nicht bereit war, die Frau hinzurichten, wer dann? »Trooper Calder!« Gordon wusste, dass der Mann im Ruf stand, gegenüber dem Leben anderer völlig gleichgültig und abgestumpft zu sein. Obwohl er nur an einer einzigen Vertreibungsaktion beteiligt gewesen war, erinnerte sich Gordon an seine widerwärtige Lust daran, Frauen und Kinder der Aborigines zu töten.

»Sir!«

»Nehmen Sie einen Beamten mit, und helfen Sie der schwarzen Gin ein wenig auf den Weg«, sagte Gordon gelassen. »Sie wissen sicher, was ich meine.«

»Ja, Sir«, erwiderte der Polizist mit bösartigem Grinsen. Er stieß die alte Frau mit seinem Gewehr, bis sie aufheulte und sich abwehrend zu einer Kugel zusammenrollte. »Duffy, du halbblütiger Saftsack. Glotz mich nich so an. Hilf mir lieber, deine Tante hier auf die Füße zu stellen«, fauchte Calder.

Mühelos glitt Peter vom Pferd, griff nach seinem Gewehr und ging zu dem Polizisten, der der vor Angst erstarrten Frau den Kolben seines Karabiners in den Rücken gerammt hatte. Der Anblick der verängstigten Schwarzen, die zusammengerollt im Sand lag, erinnerte ihn vage an seine Mutter. *Was hatte sie ihm nur zugerufen?*

Als Calder erneut zum Schlag ausholte, hielt Peter seinen Arm fest. »Wenn du sie weiter prügelst, kriegen wir sie nie auf die Beine.«

Der Polizist funkelte ihn mit den Augen eines wilden Tieres an, folgte jedoch widerwillig seinem Rat. »Von mir aus. Du hilfst ihr auf die Füße«, zischte er. »Wenn's sein muss, kannst du das schwarze Miststück auch hinter dir herschleifen.«

Peter zog die Frau hoch. Dabei trafen sich ihre Blicke kurz. Sie entdeckte ein merkwürdiges Mitgefühl in seinen Augen, und obwohl sie vor Entsetzen zitterte, fühlte sie weniger Angst als zuvor. Mit sanften Worten führte Peter sie von den Reitern weg.

Den Karabiner über der Schulter, folgte Calder ihm. Er warf einen Blick zurück, um Gordon James zuzuzwinkern, der den beiden im Busch verschwindenden Polizisten mit versteinertem Gesicht nachblickte. »Gehen Sie ein gutes Stück, Trooper Calder«, rief Gordon. Je weiter entfernt, desto besser, dachte er, als könnte die Entfernung die Verbindung zwischen ihm und dem, was dort im Busch geschehen würde, aufheben.

»Gute Arbeit, Duffy«, lobte Calder, der hinter Peter ging. Dieser führte die Eingeborene durch das Buschwerk am Fluss, wobei er sie halb stützte und halb trug. »Die denkt bestimmt, du lässt sie laufen.«

Peter antwortete nicht, sondern half der Frau weiter durch die Sträucher, bis sie an eine Lichtung kamen, wo sich der Fluss verbreiterte. Aus dem Flussbett ragten vorspringende Felsnasen.

»Das is' weit genug«, sagte Calder und nahm das Gewehr von der Schulter. »Jetzt soll sie auf den Felsen da über den Fluss springen.« Peter ließ die alte Frau los. Völlig verängstigt sank sie zu Boden. Er kniete nieder und half ihr mit ruhigen, freundlichen Worten wieder auf die Beine.

Unsicher stolperte sie auf den Fluss und die Trittsteine zu, die den Weg durch die schnell fließenden Strudel bildeten. Dort verfiel sie in einen humpelnden Trott. Calder stellte Kimme und Korn an seinem Gewehr auf fünfzig Meter ein, setzte den Kolben an die Schulter und nahm die alte Frau ins Visier. »Mal seh'n, ob ich noch so 'ne Schwarze mit einem Schuss erwische«, murmelte er über das sanfte Glucksen des Flusses hinweg. Er schloss ein Auge, atmete langsam ein – und plötzlich wieder aus, da er die Mündung von Peters Karabiner hinter seinem Ohr spürte.

»Wenn du schießt, blas ich dir das Gehirn raus, du weißer Scheißkerl«, zischte Peter dem erstarrten Polizisten zu. »Und jetzt entlädst du dein Gewehr ganz langsam.«

Mit grimmiger Befriedigung beobachtete er, wie die alte Frau das jenseitige Ufer erreichte, wo sie in der Sicherheit des Buschwerks verschwand. Sie hätte meine Mutter sein können, dachte er traurig. Nur eine alte Frau, deren einziges Verbrechen darin bestand, dass sie Ureinwohnerin war. Aber jetzt hatte er ihr das Recht gegeben, bei ihrem Volk zu leben und ihre Tage zu beschließen, wie es Gott gefiel.

»Du halbblütiger Bastard«, fluchte Calder, während er den Verschluss seines Karabiners öffnete und die nicht abgefeuerte Kugel auswarf. »Ich werde Mister James melden, dass du die Alte hast abhauen lassen.«

»Aber er hat dir doch befohlen, sie gehen zu lassen, oder etwa nicht?«, erwiderte Peter mit gespielter Unschuld.

»Du weißt genauso gut wie ich, was er gemeint hat«, antwortete der Polizist, vor Wut kochend, während er sein Gewehr senkte. »Die alte Sau hätte hier nicht lebend rauskommen dürfen.«

»Sie zu töten wäre Mord gewesen«, hielt Peter ruhig dagegen. »Du solltest mir dankbar sein. Wenn die Sache jemals herausgekommen wäre, hätte es dir mit Sicherheit Leid getan.«

Vor Wut zitternd, wich Calder vor Peter zurück, der das Gewehr mittlerweile ebenfalls gesenkt hatte. Sein Zorn war so groß, dass er seinen Polizistenkollegen am liebsten erschossen hätte – wenn im Lauf noch eine Kugel gewesen wäre. »Weißt du, Duffy, du redest gar nicht wie ein Schwarzer«, zischte er, wobei er den jungen Mann vor ihm mit wütenden Blicken bedachte. »Du benimmst dich nicht wie ein Nigger.«

»Vielleicht, weil wir Schwarzen schlauer sind als ihr weißer Abschaum«, erwiderte Peter. Noch nie hatte er sich so mächtig gefühlt wie in diesem Moment, nachdem er sich durch seine Entscheidung, der alten Frau das Leben zu retten, für eine Seite seiner Abstammung entschieden hatte.

»Wenn wir zurückkommen und ich dich melde, bist du erledigt, Duffy«, fauchte Calder.

»Wir werden sehen«, erwiderte Peter gelassen und wandte dem Polizisten, der immer noch vor Wut kochte, verächtlich den Rücken zu.

»Ich habe gar keinen Schuss gehört«, sagte Gordon zu den beiden Männern, die an seinem Steigbügel standen. »Was ist passiert?«

»Trooper Calders Gewehr hatte Ladehemmung, Sir«, erwiderte Peter, bevor Calder etwas sagen konnte. »Die Frau war verschwunden, bevor ich sie ins Visier nehmen konnte.«

»Stimmt das, Trooper Calder?«, fragte Gordon misstrauisch. Calder trat unbehaglich von einem Fuß auf den anderen. Nie jemanden beim Vorgesetzten verpfeifen – die ungeschriebene Regel ging ihm nicht aus dem Sinn.

»Wie Trooper Duffy sagt, Boss, das verdammte Gewehr hat 'ne Ladehemmung gehabt.«

»Sergeant Rossi soll es sich heute Abend im Lager ansehen«, knurrte Gordon. Damit waren die beiden Polizisten entlassen. »Zurück zur Truppe.«

Mit finsterem Gesicht sah er zu, wie die Männer zu ihren

Pferden gingen. Er wusste, wann Menschen logen. Außerdem machte er sich keine Illusionen über Peters Vertrauenswürdigkeit. Es war unvermeidlich gewesen, dass sich sein Eingeborenenblut am Ende durchsetzte. Für den Augenblick jedoch schob er jeden Gedanken an die Loyalität seines einstigen Freundes gegenüber der Eingeborenenpolizei beiseite. Die gegenwärtige Situation erforderte seine ganze Aufmerksamkeit. Wenn Commanche Jack Recht hatte und sie tatsächlich von unsichtbaren Kriegern beobachtet wurden, mussten sie sich für ihr Nachtlager eine hoch gelegene Stelle suchen. Das verschaffte ihnen einen Vorteil, falls die Kalkadoon in der Dunkelheit angriffen. »Sergeant Rossi«, bellte er über die Reihe der Reiter hinweg, die sich im Busch entlang des Flussufers verteilt hatten. »Die Fährtensucher sollen sich den Hügel da drüben ansehen und sicherstellen, dass sich dort niemand vor uns eingenistet hat.«

Der Sergeant bestätigte den Befehl und gab ihn an seine Polizisten weiter.

Peter schwang sich in den Sattel und wandte sich nach Calder um. Der erwiderte seinen Blick mit einer verächtlichen Grimasse. Von dem musste er sich fern halten, ermahnte Peter sich, der trug sich ganz offenkundig mit Mordgedanken. Er wendete sein Pferd, um sich der Patrouille anzuschließen. Dabei betete er darum, dass die alte Frau ihre Leute gefunden hatte, aber auch, dass Gordon nicht auf die Kalkadoon stieß. Denn wenn das geschah, würde sein früherer Freund, wie er wusste, keine Gnade kennen.

24

Nachdem er sein Tragegeschirr abgelegt hatte, ging Patrick in den Schneidersitz und atmete tief durch, um seine Nerven zu beruhigen. Während er zusah, wie die Sonne hinter dem Horizont versank, versuchte er, nicht an die vor ihm liegenden Stunden zu denken.

Nach Sonnenuntergang klopfte er Angus freundschaftlich auf den Rücken und wünschte ihm eine gute Nacht. Kopfschüttelnd beobachtete der hünenhafte Schotte, wie der junge Captain von der Dunkelheit verschluckt wurde. Der nette Kerl sieht aus wie ein zum Tode Verurteilter, dachte er traurig.

Patrick passierte den äußeren Ring der Wachen, wo Captain Thorncroft die Posten persönlich über seine Mission informierte. Auf keinen Fall durfte ein nervöser Soldat Patrick erschießen, wenn er in den frühen Morgenstunden zurückkehrte, sonst wäre der ganze kaltblütige Mut, der für diese Mission erforderlich war, vergebens gewesen. Flüsternd wünschte Thorncroft Patrick für seinen Auftrag Glück. Besser er als ich, dachte er, als Patrick in der lebensfeindlichen Wüste verschwand.

Der sternklare Himmel und die Schatten der stillen, mit Steinen übersäten Rinnen wurden zu einer unwirklichen Welt, in der Patrick auf dem Bauch auf eine winzige Felskuppe zukroch. Hände und Gesicht hatte er mit Holzkohle geschwärzt, um seine sonnengebräunte Haut zu verbergen, aber ihm war nur allzu deutlich bewusst, dass seine Kakiuniform in der Dunkelheit geradezu leuchtete. Außer dem Dienstrevolver, einer Tasche voller Ersatzpatronen und dem Bowiemesser trug er nichts bei sich.

Er hatte seine Route sorgfältig gewählt. Für ihn war klar, dass ein Scharfschütze am ehesten auf dieser Erhebung in Stellung gehen würde. Von hier aus beherrschte man das Gelände und befand sich praktisch außerhalb der Reichweite der Verteidiger des befestigten Lagers, war aber nah genug, um sporadisch Störfeuer abzugeben. Jetzt kam die Kuppe in Sicht; ihre Silhouette zeichnete sich vor dem endlosen, mit Sternen besetzten Horizont hinter dem eigentlichen Hügelkamm ab. Aber würde die Stellung schon besetzt sein? Mit äußerster Vorsicht zog er das Messer aus seiner Stiefelgamasche und drehte die Klinge zur Seite. Ein Stoß gegen die Brust musste so geführt werden, dass die Klinge zwischen den Rippen hindurchgleiten konnte und nicht von den harten Knorpeln zwischen den Knochen aufgehalten wurde. Mit der anderen Hand packte er den Griff seines Revolvers, den er mit einer Schnur an seiner Uniform befestigt hatte.

Es war ein unheimliches, beängstigendes Gefühl, sich so weit von der Zareba entfernt aufzuhalten. Hier waren nur noch die Geräusche der Wüste zu vernehmen: das jaulende Heulen eines Schakals in der Dunkelheit, das Geflatter eines Nachtvogels auf der Flucht oder auf der Jagd.

Langsam kriechen, keine losen Steine ins Rollen bringen, ermahnte Patrick sich. Nimm dir Zeit. Sheela-na-gig schützt dich.

Dann dämmerte ihm plötzlich, dass die kleine Göttin in seinem Tragegeschirr steckte. Es war das erste Mal auf diesem Feldzug, dass er von ihr getrennt war. Der entsetzliche Gedanke ließ seinen Körper vor urtümlicher Angst erzittern. Er hatte den Talisman nicht bei sich, der ihn, wie er mittlerweile fest glaubte, am Leben erhielt.

Ganz still daliegend, überlegte er, ob er in die Sicherheit der Zareba zurückkehren sollte. Alles hatte seinen Sinn verloren. Panik stieg in ihm auf, und um ein Haar hätten seine Ängste die Oberhand gewonnen. Nein. Nachdem er so weit gekommen war, würde er nicht umkehren. Für einen gebildeten Mann war es dumm und unlogisch zu glauben, dass unsichtbare Kräfte sein Leben lenkten, dass ihn ein Götzenbild aus Stein und die Worte eines schönen Mädchens am Leben hielten!

Da ... Am nur wenige Meter entfernten Horizont bewegte sich der Fels! *Nein, nicht der Fels, sondern Kopf und Schultern eines Mannes.* Seine extreme Vorsicht war also gerechtfertigt gewesen.

Die Augen dicht über dem Boden haltend, blieb Patrick völlig bewegungslos liegen und beobachtete, wie sich der Derwisch-Scharfschütze in der Dunkelheit bewegte. Offenbar fühlte sich der Mann ziemlich sicher. Patrick musste ihn ausschalten und den anderen Scharfschützen zum Basislager mit ihrer Hauptstreitmacht folgen. Sobald er dessen Standort kannte, würde er umkehren. Anhand seiner Koordinaten konnten die Geschütze dann so eingestellt werden, dass ein gezieltes Artilleriebombardement möglich war. Die explodierenden Granaten würden dem Feind eine gründliche Lektion erteilen und gleichzeitig zeigen, dass es tödlich sein konnte, sich der Zareba bei Nacht zu nähern.

Kopf und Schultern verschmolzen mit dem Fels, als der Krieger die lange Steinschlossflinte aufstützte, um den ersten Schuss in das britische Lager hinein abzugeben. Vermutlich dachte er noch darüber nach, ob sein Schuss unter den Briten ein Ziel finden würde, als Patrick wie eine zustoßende Schlange vom langsam kühler werdenden Boden emporschoss. Das Messer bohrte sich in die Brust des Schützen. Vor Schmerz aufkeuchend, sackte er zusammen und sank zu Boden. Es sollte der letzte Laut sein, den er von sich gab.

Patrick zog das Messer aus der Leiche, hatte jedoch keine Zeit, sich zu dem höchst erfolgreichen Hinterhalt zu beglückwünschen. Mit entsetzlicher Klarheit wurde ihm bewusst, dass er nicht allein war.

Überall um ihn herum wuchsen Schatten aus der Erde. Zehn, vielleicht zwanzig Krieger sprangen auf, entsetzt über das plötzliche Auftauchen dieses bösen Wüstengeistes, dessen tödlicher Zorn sich gegen sie wandte. Als Patrick Sekunden vorher zugeschlagen hatte, hatten sie noch lautlos hinter der Felskuppe des Scharfschützen gekauert und gewartet, dass es Zeit wurde, ihre eigenen Stellungen einzunehmen.

»Herr im Himmel!«, schrie Patrick verzweifelt angesichts dieser unerwarteten Bedrohung. Instinktiv riss er den Revolver hoch, um blindlings in die nur wenige Meter entfernte Masse der Krieger zu feuern.

Die von seinem unerwarteten Auftauchen überraschten Derwische reagierten langsam. Zwei von Patrick aufs Geratewohl abgegebenen Schüssen fanden ihr Ziel; die Männer stöhnten vor Schmerzen und brachen zusammen. Als er das Magazin leer geschossen hatte, wirbelte Patrick auf dem Absatz herum und lief die Kuppe hinunter in die Wüste hinaus, weg von seinen eigenen Linien.

Nur die äußersten Posten hörten das schwache Knallen, das in der stillen Nachtluft zu ihnen herüberdriftete – und die nahmen an, dass die kurze Salve von ein paar verrückten Eingeborenen stammte, die in den Bergen ihre Gewehre abfeuerten. Als der Morgen graute, meldeten sie die Angelegenheit nicht; viel wichtiger erschien ihnen, dass das Feuer der Scharfschützen während der Nacht aus viel größerer Nähe gekommen war als sonst und bedrohlich tief ins Innere der Zareba reichte.

Am Morgen meldete Private Angus MacDonald, dass der junge Captain nicht zurückgekehrt sei. Major Hughes entsandte einen Erkundungstrupp aus indischen Kavalleristen, der dem von Captain Duffy eingeschlagenen Weg folgte. Die Männer ritten bis auf die verlassene Felskuppe hinauf, und einem von ihnen fielen die zahlreichen Blutflecken auf der Erde auf. Aber sie fanden keine Leichen – und keine Spur von Captain Duffy.

Als sie dem Brigademajor Bericht erstatteten, nickte dieser nur und wandte den bärtigen Soldaten auf den massigen Pferden den Rücken zu. Die Brigade hatte ihren vielversprechendsten Nachwuchsoffizier verloren und er selbst einen persönlichen Freund.

An jenem Tag erteilte General Graham den Befehl zur Rückkehr nach Suakin, während der Brigademajor Lady Macintosh ein Telegramm mit der traurigen Nachricht schickte, ihr Enkel gelte offiziell als vermisst. Nach einer angemessenen Wartezeit würde ein Beileidsschreiben folgen, denn auch wenn Patrick offiziell nur als vermisst und nicht als gefallen geführt wurde, bestand nach Major Hughes' Meinung wenig Hoffnung, dass der junge Captain überlebt hatte. Wenn ihn die Derwische nicht getötet hatten, würde es die Wüste tun.

Als sie aufbrachen, um von den Hügeln von Tamai zur Hafenstadt Suakin zu marschieren, hängte sich Angus das Tragegeschirr über die Schulter. Captain Duffys letzter Wunsch, bevor er in der Nacht verschwand, war ihm noch deutlich in Erinnerung. Er hatte ihn gebeten, die Taschen des Geschirrs auf keinen Fall zu öffnen, sondern es ins Wasser zu werfen, wenn er das Rote Meer erreichte.

Angus hatte nicht nachgefragt. Er wusste, dass Männer, die dem Tod ins Auge blickten, häufig merkwürdige Wünsche äußerten. Captain Duffys Erklärung war allerdings noch eigenartiger gewesen als seine ungewöhnliche Bitte. Er hatte gesagt, das Tragegeschirr werde auf den Strömungen des Ozeans nach Irland reiten, wo Morrigan es finden werde. Angus hatte nicht gefragt, wer Morrigan war, aber er vermutete, dass sich in den Taschen des Geschirrs etwas sehr Wertvolles befand, von dem kein Mensch erfahren sollte. Er würde es ohnehin nicht ins Rote Meer werfen, sagte sich Angus mit unerschütterlichem Optimismus. Denn Captain Duffy würde die Brigade bald einholen und es von ihm zurückverlangen.

Während sich die Armee in die Hafenstadt Suakin zurückzog, wachte MacDonald eisern über Patricks Besitz. Eigentlich hätte er das Geschirr dem Quartiermeister geben müssen. Aber das wäre unsinnig, denn Captain Duffy werde es bei seiner Rückkehr wiederhaben wollen, erklärte der muskulöse Schotte dem Quartiermeister so eindringlich, dass dieser zögernd zustimmte.

25

Als die Sonne hinter den Hügelkämmen versank, schlugen Polizisten und Grenzer ihr Lager auf. Posten wurden aufgestellt, den Pferden band man für die Nacht die Beine zusammen. Dann sammelten die Männer Feuerholz und rollten ihre Decken aus.

Obwohl die Szene täuschend idyllisch wirkte, hegten alle Teilnehmer der Expedition ihre ganz privaten Ängste. Sie wussten, dass sie sich in den Godkin-Bergen mitten im Kalkadoon-Gebiet befanden. Jeden Augenblick konnte die Stille der Nacht vom Kriegsgeschrei der Ureinwohner zerrissen werden, das auch dem Tapfersten das Blut in den Adern gefrieren ließ. Die Gespräche an den Lagerfeuern wurden mit gedämpfter Stimme geführt, und nur wenige Männer hielten sich länger als nötig in ihrem Lichtkreis auf.

Peter saß von seinen Kameraden getrennt. Sein Verrat war schnell bekannt geworden, und die Männer, die ihn einst respektiert hatten, mieden ihn nun. Aber er blieb nicht lange allein.

Calder kam von seinem Lagerfeuer herübergestapft und baute sich vor ihm auf. »Der Boss will dich sehen, Nigger«, schnaubte er. »Beweg deinen schwarzen Arsch, aber ein bisschen plötzlich.«

Peter erhob sich, wobei er den Lauf seines Karabiners wie zufällig auf Calder richtete. Dem entging diese Geste nicht. Voller Angst wich er zurück, fasste sich aber schnell wieder. Er spie Peter vor die Füße. »Mit dir rechne ich schon noch ab, Duffy«, fauchte er. »Da kannst du Gift drauf nehmen!«

Peter ignorierte die Drohung und ging zu Gordon hinüber,

der auf einem Baumstamm am Feuer saß und die Jacke um die Schultern gelegt hatte. Die nächtliche Kälte begann sich in der stillen Bergluft bemerkbar zu machen.

»Du wolltest mich sehen?«, fragte Peter ausdruckslos.

Gordon bedeutete ihm, sich zu setzen. »Ich wollte mit dir sprechen, Peter«, sagte er. »Ich glaube, wir müssen die Atmosphäre zwischen uns beiden bereinigen.« Im flackernden Widerschein der Flammen wirkten Gordons Züge verunsichert. Peter ließ sich mit dem Gewehr zwischen den Knien nieder und wartete. »Mir ist klar, dass du Trooper Calder daran gehindert hast, heute Nachmittag meinen Auftrag auszuführen. Vielleicht war das richtig so.« Peter blinzelte überrascht, sagte aber nichts. Offenbar war Gordon nachdenklicher Stimmung. Dieser starrte weiter in die Flammen des leise knisternden Feuers. »Ich habe nie zuvor Schwarze erschossen, die keinen Widerstand geleistet haben«, sagte er leise. »Niemals habe ich absichtlich Gins und Piccaninnies getötet. Mein Vater war nie dafür, Schwarze zu erschießen, außer wenn es notwendig war. Mein Befehl heute Nachmittag war also falsch.«

»Sie ist entkommen«, log Peter. »Trooper Calders Karabiner hatte Ladehemmung.« Er wollte bei seiner Geschichte bleiben, um nicht zugeben zu müssen, dass er gelogen hatte.

Gordon sah auf. Er wirkte plötzlich verärgert. »Wir wissen beide, dass das nicht stimmt, also Schluss mit dem Mist«, fuhr er auf. »Außerdem ist egal, was wirklich geschehen ist, du hast mir nämlich wahrscheinlich ein paar unangenehme Fragen erspart. Hätte gut sein können, dass einer der Männer irgendwann im Suff über den Vorfall geredet hätte.«

Die unterdrückten Stimmen der Männer auf der anderen Seite des Lagerfeuers drangen zu ihnen. In weiter Ferne quiekte ein Tier, als ein unidentifizierbarer Räuber ihm das Leben nahm. Dingo, Eule, Wildkatze – wer wusste das schon? Die beiden Männer unterbrachen ihr Gespräch, um zu lauschen. Auf feindlichem Territorium war jeder Laut verdächtig, ebenso gut konnte es ein Verständigungsruf der Kalkadoon gewesen sein.

Gordon richtete seine Aufmerksamkeit wieder auf Peter.

»Vielleicht hast du uns allen Schwierigkeiten erspart. Aber gleichzeitig zwingst du mich, dich mit dem Versorgungstrupp morgen früh nach Cloncurry zurückzuschicken. Tut mir Leid, aber deine Loyalität ist nicht gewährleistet, und wenn du weiter hier bleibst, könnte die Moral der Truppe leiden.«

»In Ordnung«, gab Peter zurück. »Aber du täuscht dich, ich bin loyal. Trotz der Ereignisse vom Nachmittag war ich bereit, gegen die Kalkadoon zu kämpfen. Ich wollte nur nicht morden, nicht einmal für dich.«

Gordon antwortete nicht. Er griff nach einem Becher mit Tee, der neben seinem Stiefel stand und nippte an dem heißen Gebräu. »Das ist alles, Trooper Duffy«, sagte er leise, während er in die Dunkelheit hinausstarrte. »Du kannst gehen.«

Peter erhob sich und kehrte zu seinem Feuer zurück. Dort setzte er sich auf den Boden. Nun war also alles vorüber. Doch er bereute nichts.

Noch vor der Morgendämmerung wurden die Männer von den Posten wachgerüttelt. Hastig spülten sie das Frühstück aus kaltem Fladenbrot mit heißem Tee hinunter. Sobald die Pferde gesattelt waren, berief Gordon seine Patrouillenführer zu einer Besprechung über die Route ein, die sie an jenem Tag einschlagen würden. Er hatte beschlossen, dem Flusstal nach Süden zu folgen, da er davon ausging, dass sich die Basis der Kalkadoon in den höheren, zerklüfteteren Bergen befand, die einen natürlichen Schutz gegen einen berittenen Angriff boten. Außerdem würden sich die Eingeborenen vermutlich in der Nähe einer ergiebigen Wasserquelle aufhalten, und das Flusstal wies wie ein anklagender Finger nach Süden.

Peter Duffy schwang sich in den Sattel und schloss sich den vier schwer bewaffneten Grenzern an, die nach Cloncurry zurückkehrten, um Proviant zu besorgen. Gordon hatte sich nicht dazu geäußert, warum Peter mit ihnen ritt, und sie betrachteten ihn als zusätzlichen Geleitschutz.

Als die Sonne die Talsohle erreichte, wand sich die Kolonne von Polizisten und Grenzern langsam und vorsichtig durch das dichte Gebüsch am Flussufer.

Weiter im Süden erwarteten die Kalkadoon ihre Feinde. Sie hatten auf den Bergkuppen, von denen aus sie kämpfen wollten, zusätzliche Speere, Bumerangs und Nullah-Keulen bereitgelegt. Ihre Taktik hätte jedem europäischen General ihrer Zeit Respekt eingeflößt, aber der mit allen Wassern gewaschene alte Darambal-Krieger hielt nichts von ihrer Entscheidung, sich dem Gegner zum Kampf zu stellen. Vergeblich hatte er versucht, den obersten Kriegshäuptling der Kalkadoon zu überreden, zu ihrer erfolgreichen Guerillataktik zurückzukehren, die darin bestand, blitzschnell zuzuschlagen und ebenso rasch wieder zu verschwinden.

Als sich Wallarie unter den stolzen, unbeugsamen Männern auf den Hügelkuppen umsah, erfüllte ihn tiefe Traurigkeit. Es war eine Ehre, an der Seite von Kriegern zu kämpfen, die die Schlacht nicht scheuten. Konnte ihre Kühnheit den Sieg vielleicht doch bringen?

Läufer übermittelten Nachrichten von anderen Hügelkuppen weiter im Norden. Wenn die Weißen ihr Tempo beibehielten, mussten sie die Kalkadoon innerhalb eines Tages erreicht haben. Wallarie hockte sich in den Staub des Hügels und sang ein leises Lied für die jungen Männer, die mit den Taten prahlten, welche sie in der bevorstehenden Schlacht vollbringen würden, und nicht auf den Totengesang des Darambal achteten. Im Schneidersitz saß er über den zerklüfteten Höhen, blickte nach Norden über das von dichtem Busch und Bäumen gesäumte Tal hinaus und fragte sich, ob er seinen Blutsverwandten Peter Duffy jemals wiedersehen würde. Vielleicht würden sie sich in der Traumzeit begegnen.

26

Das nervenzerfetzende Kriegsgeschrei der Kalkadoon zerriss die stille Hitze des frühen Nachmittags. Wispernd sang der Hagel der Speere sein tödliches Lied, und das drohende Schwirren der Bumerangs sprach vom Sterben.

»Ihnen nach, Leute!«, brüllte Gordon, den Lärm der Schüsse und Schreie übertönend. Seine Polizeikolonne war durch die in ihren Reihen niedergehenden tödlichen Waffen durcheinander geraten, sammelte sich jedoch unter Gordons ruhiger Führung schnell. Die Männer gaben ihren Pferden die Sporen und setzten den flüchtigen Schatten im dichten Gestrüpp des engen Flusstals nach.

Bitte, lieber Gott, betete Gordon, mach, dass sich Sergeant Rossi und Commanche Jack an den Plan halten.

Die nackten Kalkadoon flohen vor der berittenen Attacke, die durch das spärliche Buschwerk brach. Plötzlich jedoch hielten die flüchtenden Kämpfer an und stellten sich dem Angriff mit frischen, auf Woomera-Stäben befestigten Speeren. Ein zweiter Hagel von Hartholzgeschossen rauschte durch die Luft des Nachmittags, und einer der Polizisten schrie auf, als sich der mit tödlichen Widerhaken versehene Speer in sein Fleisch bohrte. Vergeblich mit dem dünnen Schaft kämpfend, der aus seinem Schenkel ragte, stürzte er vom Pferd.

Wenn Sergeant Rossi und Commanche Jack nicht auf ihren Posten sind, sind wir alle tot, dachte Gordon verzweifelt, während er sich im Sattel drehte, um seinen Revolver auf die dunkle Gestalt abzufeuern, die plötzlich neben seinem Steigbügel erschienen war. Der Kalkadoon wich zurück, und sein Speer fiel krachend zu Boden.

Auf der linken Flanke von Gordons Patrouille schienen die Krieger wie Pilze aus dem Boden zu schießen, bis sie die Polizisten, die so unvorsichtig in den Hinterhalt geritten waren, umzingelt hatten. Die Luft schwirrte von Speeren und Bumerangs, die nun aus allen Richtungen geflogen kamen, als sich die erste Gruppe den Männern anschloss, die geduldig im Hinterhalt gelegen und auf die verfolgenden Polizisten gewartet hatten.

Den Kalkadoon musste es so vorkommen, als hätten die Weißen ihre Taktik immer noch nicht verstanden. Die Patrouille wurde durch das dichte Gestrüpp behindert, sodass die hünenhaften Eingeborenen die Polizisten in Nahkämpfe verwickeln konnten. Gewehrkolben und Revolver standen nun gegen Holzschild und Nullah-Keule.

Verzweifelt suchten die eingeschlossenen Polizisten nach einem Ausweg, aber die flüchtigen Schatten wurden zu einer massiven Welle, die sich über die verwundbare linke Flanke von Gordons Patrouille ergoss. Die Kalkadoon griffen sie frontal an, sodass den fünfzehn Beamten auf der einen Seite vom Fluss der Weg abgeschnitten wurde, während die Krieger sie mit siegessicheren Kriegsschreien umzingelten. In diesem Handgemenge vom Pferd zu fallen bedeutete den sicheren Tod. Das war auch dem Polizisten klar, den der Speer in den Oberschenkel getroffen hatte, und der nun verzweifelt im Knien seinen Karabiner lud.

Lieber Gott!, betete Gordon, der allmählich die Hoffnung verlor, dass sein sorgfältig ausgearbeiteter Plan funktionieren würde. Rette uns! Er schlug mit seinem leer geschossenen Revolver nach einem Krieger, dessen Körper teilweise von seinem hölzernen Schild gedeckt wurde. Der Mann wich zurück, und sein Schild fing die Wucht des Schlags ab. Er grinste triumphierend, und plötzlich wusste Gordon, was nackte Angst war. In wenigen Sekunden würden ihn die fünf anderen Kalkadoon vom Pferd ziehen, die sich in den Kampf eingemischt hatten, um ihn endgültig zu erledigen. Flucht war unmöglich, der Kreis um die Polizisten, von denen jeder um sein Leben kämpfte, hatte sich geschlossen.

Der grinsende Kalkadoon schwang seine Steinaxt in einer bogenförmigen Bewegung, und die scharfe Schneide des handgemeißelten Axtkopfes streifte Gordons Wade. Er spürte den Schmerz kaum. Alle seine Gedanken waren darauf gerichtet, sich einen Fluchtweg freizukämpfen. Vergessen war sein sorgfältig ausgeklügelter Plan, es ging nur noch ums nackte Überleben.

Während er panisch an den Zügeln riss, um seine Stute aus dem Halbkreis der Kalkadoon zu zerren, hörte er hinter sich eine Schusssalve. Der Ring der Krieger, die eben noch versucht hatten, ihn mit Schild, Steinaxt und hölzernen Lanzen zu erreichen, löste sich auf, was er zunächst nur undeutlich wahrnahm. Dann hörte er Schreie und Rufe, die das lauter werdende Feuer aus Karabinern und Revolvern übertönten: Commanche Jacks Reiter griffen auf der Flanke an, dort, wo die Eingeborenen im Hinterhalt gelegen hatten. Lauter als der Lärm der Schüsse, das Brüllen der Männer und die Todesschreie der Krieger war jedoch die Stimme des Amerikaners, der seine Männer mit seinem charakteristischen Akzent antrieb.

Das Scharmützel hatte sich für die Kalkadoon in einen verzweifelten Kampf ums Überleben verwandelt. Jetzt wurden sie selbst von den Polizisten und den weißen Grenzern, die, aus allen Gewehren feuernd, auf sie zuritten, in die Zange genommen. Mit dem Mut der Verzweiflung wichen die Ureinwohner zurück, wobei sie ihren disziplinierten Kampf fortsetzten.

Commanche Jacks Reiter zögerten angesichts dieses entschlossenen, geordneten Rückzugs. Nachdem ihr Adrenalinspiegel allmählich absank und der Verstand erneut die Oberhand gewann, brachen sie die Verfolgung ab, um außer Reichweite der tödlichen Geschosse zu gelangen, die immer noch durch die Bäume schwirrten.

Gordons Hand zitterte so, dass er bei dem Versuch, nachzuladen, einige Patronen fallen ließ. Das war verdammt knapp, dachte er, während er mit dem Ausstoßer unter dem Lauf seines Colts die leeren Hülsen auswarf. Zu knapp. Flüchtig wurde ihm bewusst, dass der Krieger mit der Steinaxt, der ihn verwundet hatte, wenige Meter von ihm entfernt mit dem Gesicht nach unten auf dem Boden lag. Aus einer klaffenden Wunde an seiner Schulter sickerte Blut.

Gordons Pferd schnaubte und wurde unter ihm unruhig, und plötzlich stand der verwundete Krieger wieder auf den Beinen. Er gab sich noch lange nicht geschlagen. Mit einem lauten Schrei hechtete er auf Gordons Pferd zu und griff nach den herabhängenden Zügeln. Ein Gewehrschuss knallte, und der Kalkadoon stöhnte vor Schmerz auf und stürzte nach vorn. Die schwere Kugel einer Enfield .577 hatte ihm in Sekundenbruchteilen die Schädeldecke weggerissen.

»Hinterhältig wie die Indianer«, sagte Commanche Jack aus der Deckung des Buschs heraus. Noch während er auf Gordon zuhielt, lud er das Gewehr nach. »Da haben Sie aber Glück gehabt, Inspektor, dass ich gerade vorbeikam.«

Der Amerikaner glitt vom Pferd und richtete das Gewehr auf den Mann, der mit dem Gesicht nach unten im roten Sand lag. »Denen sind nicht mal die Apachen überlegen«, sagte er, während er sich dem Toten vorsichtig näherte. Doch angesichts des zerschmetterten Schädels war klar, dass der Krieger nicht mehr am Leben war. »Kämpfen noch, wenn sie eigentlich schon tot sein müssten. Ein Bursche wie der ist nicht so leicht unterzukriegen.«

»Sie haben sich Zeit gelassen«, fauchte Gordon undankbar. »Die hätten uns fast erledigt.«

Der Mann aus dem amerikanischen Westen schob seinen Hut in den Nacken und blickte zu dem Polizeioffizier auf, der ihn wütend anfunkelte. »Hatten unterwegs ein kleines Problem mit den Pferden. Reine Glückssache, dass wir sie überhaupt über die Hügel gekriegt haben.«

Gordon hatte nicht damit gerechnet, dass die zweite Gruppe Schwierigkeiten bei der Überquerung der Hügel auf ihrer linken Flanke haben würde. Er hatte richtig vorhergesehen, dass die fliehenden Kalkadoon sie in einen Hinterhalt locken sollten, sodass eine zweite Gruppe sie von links angreifen konnte. Dementsprechend hatte er einen Trupp unter dem Kommando von Commanche Jack den Hang hinaufgeschickt, um die im Hinterhalt liegende Gruppe zu umgehen und von hinten anzugreifen.

Diese Entsatzgruppe war jedoch durch Geröll und Steilhänge aufgehalten worden. Sie konnte von Glück reden, dass die Kalkadoon mit dem Kampf gegen Gordons Patrouille so beschäftigt waren, dass sie den langsamen Vormarsch der Reiter in ihrem Rücken nicht bemerkt hatten.

Als Sergeant Rossi mit seinen Männern am Ort des Hinterhalts eintraf, stellte Gordon zu seinem Entsetzen fest, dass viele Grenzer verletzt waren. Der kleine Italiener stand offensichtlich unter Schock und wirkte wie jemand, der gerade noch einmal mit dem Leben davongekommen war. Dabei hatte Gordon Rossis Trupp als Reserve vorgesehen, die die Kalkadoon erst angreifen sollte, wenn er Befehl gab, doch dazu hatte er keine Gelegenheit gehabt. Was also war geschehen?

»Aus den Büschen gekommen«, meldete der Sergeant mit monotoner, müde Stimme. »Uns fast getötet. Überall um uns rum. Hier, da …« Seine Stimme erstarb, und als der Sergeant mit der Hand gestikulierte, sah Gordon einen dicken Blutfleck. Offenbar waren die Kalkadoon plötzlich mitten unter der Reserve aufgetaucht, die den Reitern von Commanche Jack gefolgt war.

»Von wo aus hat die Hauptmacht der Eingeborenen angegriffen, Sergeant Rossi?«, fragte Gordon, obwohl er eine ziemlich genaue Vorstellung hatte.

»Kommen von hinten. Von hinter uns. Manche von Seite angreifen.«

Gordon nickte. Die Kalkadoon hatten ihnen nicht nur auf ihrer Marschroute einen Hinterhalt gelegt, sondern sie gleichzeitig ausspioniert. Es sprach für die Jagdkunst ihrer Feinde, dass sie in der Lage waren, eine Attacke dieser Größenordnung auf seine Expedition zu organisieren, ohne vor dem Zusammenstoß auch nur den geringsten Hinweis auf ihre Position zu liefern. Für Gordon bedeutete ein solcher Angriff jedoch auch, dass sie sich nahe an der Hauptbasis der Krieger befinden mussten.

Nachdem sie auf der vergeblichen Suche nach den Kalkadoon wochenlang die heißen, staubigen roten Ebenen des Cloncurry-Distrikts durchstreift hatten, näherte sich nun die Zeit der Entscheidung. Immer wieder war es den Kalkadoon gelungen, die Patrouillen so lange von einem gemeldeten Vorfall zum nächsten reiten zu lassen, bis diese völlig erschöpft waren. Gordon meinte, in den gut geplanten Schlägen der Eingeborenen ein Muster erkannt zu haben. Seine Strafexpedition sollte nie die Möglichkeit haben selbst anzugreifen, sondern immer nur zu reagieren, und sich dabei aufreiben.

Schließlich begriff er, dass seine Männer zermürbt werden sollten. Doch anstatt von einem gemeldeten Scharmützel zum nächsten zu hetzen, hatte er seine Reiter zu einem Netz ausschwärmen lassen, das in westlicher Richtung über die Ebenen patrouillierte. Dabei hatten sie einen Zickzackkurs eingeschlagen, der sie weit nach Norden und Süden führte, damit sie von den kleinen Kriegertrupps gesehen wurden, die im Busch nach unvorsichtigen Reisenden und ungenügend bewachten Gehöften suchten.

Ohne es zu merken, hatten sich die Kalkadoon von Gordon in ihre Felsenfestungen in den Godkin-Bergen drängen lassen. Da sie von den Patrouillen der Polizisten und Grenzer nicht von ihren Frauen und Kindern abgeschnitten werden wollten, hatten sie sich langsam nach Süden zurückgezogen.

Seit Wochen lauschte Wallarie den Berichten, die mit den von den Kriegertrupps entsandten Läufern in die Berge gelangten. Mit wachsender Sorge wurde ihm klar, dass die Weißen die Kalkadoon wie Vieh vor sich hertrieben – wie Vieh, das zum Schlachthof geführt wurde.

Er hatte seine Meinung geäußert, aber sowohl der Ältestenrat als auch der Häuptling der Kalkadoon hatten nichts davon wissen wollen. Obwohl der Darambal wegen seiner Kenntnis der Weißen respektiert wurde, glaubten die Kalkadoon, er überschätze die Fähigkeit der Weißen, sie auf ihrem eigenen Land zu bekämpfen. War es nicht vielmehr so, dass ihr Feind von dem gleichen blinden Selbstvertrauen geleitet wurde, das Inspektor Potters Patrouille ins Verderben geführt hatte? Waren die Kalkadoon den Reitern nicht zahlenmäßig überlegen, denen Pferde auf den steilen Hängen der festungsartigen Hügel nichts nützten? Und welcher Feind konnte gegen die Waffenlager ankommen, die sie oben auf den Kuppen angelegt hatten?

Doch als das wütende Knallen der Feuerwaffen, von dem die Berge wiedergehallt hatten, verstummt war, taumelten verwundete und blutende Krieger in die Lager auf den Anhöhen. Die Frauen klagten, und die Kinder weinten um diejenigen, die niemals wiederkehren würden. Raunend berieten sich die Ältesten. Sollte der Darambal doch Recht gehabt haben?

Terituba war einer der Überlebenden des Hinterhalts, der für die Kalkadoon so fatal ausgegangen war. Bestürzt über den Tod seiner Freunde und Verwandten, geriet er nach seinem verzweifelten Anstieg ins Taumeln und brach vor Erschöpfung zusammen. Ganz in seiner Nähe saß Wallarie im Schneidersitz an einem Feuer und fertigte Widerhaken für seinen neuen Speer. »Die Schwarzen Krähen haben euch überlistet«, sagte er ruhig zu dem nach Luft ringenden jungen Krieger, der im bröckeligen Gestein der Hügelkuppe auf der Seite lag. »Sie haben euch mit ihren Pferden und Feuerwaffen auseinander getrieben.«

Terituba setzte sich auf. Das verzweifelte Wehklagen der Frauen war kaum zu ertragen. Mit den Blicken suchte er in der weinenden Menge nach seinen Frauen und seinen beiden Söhnen. Als er sie nicht sah, erinnerte er sich vage, dass sie früh am Morgen mit den anderen Frauen zum Fluss gegangen waren, um nach Nahrung zu suchen. Seine Söhne waren zu jung, um sich den Männern anzuschließen, weil sie das Einführungsritual noch nicht hinter sich hatten. Sie waren mit den anderen Jungen mit ihren Speeren und Nullah-Keulen auf die Jagd nach Goannas und kleinen Wallabys gegangen.

Terituba sorgte sich um die Sicherheit seiner Familie, weil er wusste, dass die Weißen und ihre schwarzen Polizisten unaufhaltsam entlang des Flusses vorrückten. Was, wenn sie unten im Tal auf die Frauen und Kinder stießen? »Es war nicht wie sonst, Darambal«, antwortete Terituba schließlich, wobei er das bärtige Gesicht in die Hände stützte. »Sie haben uns von allen Seiten angegriffen. Ihre Feuerwaffen töteten viele unserer Kämpfer.«

Wallarie schnitzte weiter mit einem scharfen Stein an seiner Speerspitze herum. »Ihr Anführer ist klug, wie ich dir gesagt hatte, Kalkadoon«, meinte er ruhig, ohne Terituba anzusehen. »Er wird nicht aufhören, bevor ihr nicht alle tot seid. Er ist nicht wie sein Vater, den ich kannte. Er ist stolz und will beweisen, dass er diesem ebenbürtig ist. Aber das ist er nicht, er besitzt nicht den gleichen Geist. Sein Vater lernte, nicht auf das Töten von Menschen stolz zu sein. Das war, bevor sein Geist seinen Körper verließ.«

Der jüngere Krieger lauschte den Worten des Darambal und verspottete ihn nicht länger wegen seiner scheinbaren Furchtsamkeit. Denn Terituba hatte einen Vorgeschmack von dem erhalten, wovor ihn der Darambal gewarnt hatte, und das Blut in seinem Mund schmeckte bitter. »Wir werden dem Weißen Gordon James zeigen, dass er uns auf unserem eigenen Land nicht besiegen kann«, verkündete er grimmig. Jetzt, wo er körperlich allmählich wieder zu Kräften kam, kehrte auch sein Selbstvertrauen zurück. »Wir werden mit ihm dasselbe machen wie mit Inspektor Potter.«

Doch bei allem Draufgängertum erinnerte sich der Kalkadoon sehr wohl an die entsetzliche Macht der Feuerwaffen. Männer stürzten mit klaffenden Wunden zu Boden, und die Pferde jagten davon, bevor die Kalkadoon die Reiter aus dem Sattel reißen konnten. Ein Wurm nagte an seiner Überzeugung, dass sie die Weißen besiegen würden. Aber der Darambal durfte nichts von seinen Zweifeln wissen. Terituba würde nichts von der Furcht, die ihn beschlich, verraten. Die Kalkadoon waren wie die Fische, die in jenen Fallen festsaßen, die sie in den Flüssen auslegten. Nein, ein Mann musste für das Land kämpfen, das ihm heilig war.

Terituba wusste, dass sein Volk möglicherweise das gleiche Schicksal erleiden würde wie das des Darambal. Wenn sie den Eindringlingen keinen Widerstand leisteten, verloren sie ihre angestammte Heimat. Widerstand dagegen konnte den Untergang ihres Volkes bedeuten. Beides bedeutete den spirituellen Tod. Sie hatten sich in die Falle treiben lassen, und ihnen blieb nur eine Alternative: die letzte Schlacht, deren Ausgang über das Überleben der Kalkadoon entscheiden würde.

Der Krieger erhob sich von der Erde, die seinem Volk gehörte. Ungeschlagen und ungebrochen blickte er nach Norden, in die Richtung, aus der der Feind kam.

27

»Fünf Polizisten verwundet. Zwei davon ernsthaft, durch Speere. Sieben Grenzer aus dem Begleittrupp verwundet. Einer schwer verletzt durch einen Bumerang.« Gordon James las seiner Streitmacht aus grimmig dreinblickenden Grenzern und Polizisten, die ihre Gewehre und Karabiner griffbereit hielten, die Liste vor. »Nun, meine Herren«, sagte er, während er von dem Notizbuch in seiner Hand aufblickte, »das wären für den Augenblick unsere Verluste. Wir haben Glück, dass es bis jetzt keine Toten zu beklagen gibt. Heute haben wir den Feinden der Königin einen Schlag versetzt. Ich bin mir sicher, die Kalkadoon lecken im Moment ihre Wunden. Aber ich bin auch davon überzeugt, dass sie trotz ihrer heutigen Niederlage noch lange nicht geschlagen sind.«

Die Männer nickten zustimmend und begannen, halblaut miteinander zu reden. Widerwillig empfanden sie Respekt für die Krieger, die so intelligent kämpften wie sonst nur europäische Armeen. Der eine oder andere Grenzer hatte an britischen Militärexpeditionen in den afrikanischen Kolonien teilgenommen und äußerte sich nun unerwartet positiv über die Tapferkeit ihres gegenwärtigen Feindes: Es waren Kämpfer, die etwas von Taktik verstanden und das Gelände zu ihrem Vorteil nutzten. Feinde, die offenbar lange geübt hatten, sich verborgen zu halten, zuzuschlagen und sich dann zurückzuziehen. Dabei zeigten sie die ganze Disziplin eines britischen Heeres, das dem Angriff einer überlegenen Streitmacht standhielt.

»Was ist Ihr Plan, Inspektor?«, fragte Commanche Jack, der in die Hocke gegangen war. Er stützte sich auf den langen Lauf seiner Enfield und kaute den unvermeidlichen Tabak.

Gordon glättete den Boden vor sich mit dem Stiefel und zeichnete mit einem dünnen Zweig eine Karte in die rote Erde. Sie zeigte das Flusstal und die Hügel im Süden, so wie er sie sich vorstellte. Dann holte er noch ein paar Kiesel von dem nahe gelegenen, sandigen Flussufer und fügte sie zu seiner Skizze hinzu. Als er fertig war, drängten sich die Männer um ihn. »Wir sind hier.« Er deutete mit dem Zweig auf die entsprechende Stelle. »Diese Steine stellen die Hügel südlich von uns dar.« Er wandte sich um und deutete auf die dunkle Gipfellinie, die sich in nordsüdlicher Richtung über den strauchartigen Bäumen erhob.

»Ich gehe davon aus, dass sich der Feind auf einen der drei Berge vor uns zurückgezogen hat«, sagte er. Die Männer blickten zu den Hügeln. Die grelle Nachmittagssonne wurde von den Felsen reflektiert, und die Männer beschatteten ihre Augen mit der Hand, während sie das täuschend friedliche Land auf Anzeichen für die Anwesenheit der Kalkadoon absuchten. Sie sahen nichts, doch nach ihrer schmerzlichen Erfahrung mit der Fähigkeit der Kalkadoon, sich zu tarnen, hatten sie auch kaum etwas anderes erwartet. »Wir schlagen hier für die Nacht unser Lager auf und schicken beim ersten Tageslicht kleine Streifen aus, die herausfinden sollen, auf welchem Hügel sich die Hauptstreitmacht der Kalkadoon befindet. Sobald das klar ist, kehren die Patrouillen zurück, und wir sammeln uns zum Angriff.«

»Angreifen sollen wir die?«, meinte einer der Grenzer. Er schüttelte den Kopf und pfiff durch die Zähne. »Und wenn wir nun unsere Pferde nicht den steilen Berg raufkriegen? Dann müssen wir nämlich zu Fuß weiter. Gefällt mir gar nicht, der Gedanke, Inspektor.«

»Wir hätten Deckung«, beruhigte ihn Gordon, der sah, dass auch andere der Meinung des Grenzers waren. »Ein Speer geht nicht durch Fels.«

Pferd, Gewehr und Reiter bildeten eine Einheit, die ihnen einen Vorteil über die Kalkadoon verschaffte. Vom Pferderücken aus konnten sie feuern, sich zurückziehen, nachladen und erneut feuern. Zu Pferd konnten sie außerhalb der Reichweite der tödlichen Holzgeschosse bleiben, aber zu Fuß waren ihre Rückzugsmöglichkeiten stark eingeschränkt.

»Und wer garantiert uns, dass es Deckung gibt?«, fragte ein anderer Grenzer mit besorgter Stimme. »Vielleicht sitzen die Kalks ja auf Hügeln, die so kahl sind wie die, an denen wir vorbeigekommen sind. Nur 'n paar Bäume und sonst nichts.«

Die versammelten Grenzer nickten heftig, und das Gemurre wurde lauter. Sie waren allesamt Freiwillige, die ihren Dienst jederzeit quittieren konnten.

Gordon wusste auch darauf eine Antwort. »Wenn wir das jetzt nicht zum Abschluss bringen und uns stattdessen nach Cloncurry zurückziehen, werden die Wilden denken, sie hätten uns geschlagen. Dann war die wochenlange Jagd auf sie umsonst, und wir müssen im Distrikt mit erneuten Angriffen rechnen. Ihr Häuptling hat uns herausgefordert, er will, dass wir ihn uns holen. Nun, hier sind wir. Uns bleibt keine Wahl, wir müssen den Kampf ein für alle Mal ausfechten. Wenn wir das nicht tun, werdet ihr nicht mehr ruhig in euren Betten schlafen können. Eine Nullah-Keule könnte euren Frauen und Kindern jederzeit den Schädel zerschmettern. Die Kalkadoon werden mit ihren Speeren eure Rinder töten, bis ihr nichts mehr besitzt, für das es sich zu bleiben lohnt.«

Selbst die Männer, die die Fragen gestellt hatten, nickten zustimmend. Gordon wusste jetzt, dass die harten Grenzer auch vom Pferderücken steigen würden, falls es nötig werden sollte. Sie würden kämpfen – aber das galt auch für die Krieger, die ihr Land verteidigten. »Ich bin sicher, dass wir Deckung haben werden. Die Kalkadoon haben sich zu ihrem Schutz bestimmt einen Hügel mit viel Deckung ausgesucht«, setzte er hinzu, um ihre Ängste zu beschwichtigen. »Unsere Gewehre besitzen eine größere Reichweite als ihre Speere, das ist beim Angriff unser Trumpf. Beim Vormarsch decken wir uns gegenseitig, so wie wir das heute erfolgreich getan haben.«

Sein abschließender Versuch, die Männer zu beruhigen, klang nicht ganz überzeugend. Viele seiner Leute blickten auf die im Busch liegenden, toten Kalkadoon und wurden sich bewusst, dass sie bei dem erbitterten Kampf ebenfalls nicht ungeschoren davon gekommen waren. Inspektor James' Patrouille war eingeschlossen und beinahe niedergemetzelt worden. Ihnen war klar, dass es sich um ein Scharmützel gehandelt hatte und dass ihnen die Entscheidungsschlacht erst noch bevorstand.

Nach dem Ende der Besprechung erteilte Gordon den Patrouillen, die am nächsten Tag die Festung der Kalkadoon aufspüren sollten, ihre Befehle. Danach machten sich die Männer daran, ein Lager aufzuschlagen. Sergeant Rossi war angewiesen worden, sich um die Betreuung der Verletzten zu kümmern und eine Eskorte zusammenzustellen, die die Schwerverwundeten nach Cloncurry zurückgeleitete.

Gordon blieb bei seiner Zeichnung stehen und zog seinen 1873er Armeecolt aus dem Holster, um die Aufgabe zu vollenden, bei der ihn seine bebenden Hände zuvor im Stich gelassen hatten. Jetzt lud er den Revolver ohne Probleme, und seine Hände waren völlig ruhig. Sobald er die geladene Waffe in der Hand hielt, spürte er erneut ihre furchtbare Macht, Leben zu nehmen. Seine Entscheidung, den Vormarsch auf die Kalkadoon fortzusetzen, war, wie er wusste, für die kurze Geschichte der Kolonie wichtig. Falls er mit der von ihm zusammengestellten Truppe gegen die Kalkadoon verlor, konnte das den Wendepunkt in der Politik der Regierung bei der Erschließung von Siedlungsgebieten bedeuten. Dann würde der Druck der Öffentlichkeit die Politiker vielleicht zu Verhandlungen mit den ursprünglichen Landbesitzern zwingen.

Nein, er würde nicht der erste Vertreter der Krone in der Kolonie Queensland sein, der in einer großen Schlacht von den Ureinwohnern besiegt wurde. Aber wenn er einen vollständigen Erfolg erzielen wollte, musste sein Sieg die endgültige Niederlage seiner Feinde bedeuten.

Er steckte den Revolver in das Holster an seinem Gürtel und blickte auf die höheren Gipfel im Süden des Massivs. Dort draußen warteten sie auf ihn. Mit Sicherheit war auch ihnen klar, welche Bedeutung dieser letzten, entscheidenden Schlacht zukam.

Gordon hatte das Gefühl, sein alter Lehrer Wallarie wäre stolz darauf gewesen, dass er gelernt hatte, zu töten wie die Kalkadoon. Oder verfluchte er ihn mittlerweile?

28

Der Telegrammbote war überwältigt von der Größe des Hauses mit den üppigen Gärten. Von der Tür aus konnte er den prächtigen Hafen unter sich sehen. Er erwachte erst aus seiner Verzückung, als ein Dienstmädchen öffnete und mit ihm schimpfte, weil er nicht den Lieferanteneingang genommen hatte. Sie riss dem frechen Burschen das Telegramm aus der Hand. Es war an Lady Enid Macintosh adressiert, und das Dienstmädchen brachte es ihr auf einem silbernen Tablett in die Bibliothek, wo Lady Enid eben ihre Geschäftspost durchging.

Die Bibliothek diente Lady Enid gleichzeitig als Arbeitszimmer. Mittlerweile führte sie die Familienunternehmen gezwungenermaßen gemeinsam mit ihrem Schwiegersohn, Granville White, dessen Büro sich in einem Gebäude in der Sydneyer Bridge Street befand. Von ihrem Anwesen aus war Enid in der Lage, Angelegenheiten, die die Zukunft des florierenden Konglomerats betrafen, zu überwachen und zu entscheiden.

Sie näherte sich mittlerweile den Siebzigern, und ihr einst pechschwarzes Haar trug sie nun zu einer schneeweißen Krone aufgesteckt. Ihre Haut wirkte immer noch recht jugendlich, und ihre schlanke Figur war die einer zwanzig Jahre jüngeren Frau.

Streng und ohne Lächeln dankte Enid dem Dienstmädchen. Nachdem die Angestellte gegangen war, starrte sie mit wachsender Furcht auf das Telegramm. Instinktiv fühlte sie, dass es schlechte Nachrichten enthielt, und ihre Hand zitterte, als sie die kurzen, aber überdeutlichen Worte auf dem Papier las. *Cap-*

tain Patrick Duffy offiziell als vermisst gemeldet. Brief folgt. Major Hughes, Brigademajor.

Die schlichte militärische Wendung bedeutete den Verlust des einzigen Menschen, den sie nach dem Tod ihres Sohnes David lieben gelernt hatte. Soldaten verschwinden nicht so einfach, dachte sie ungläubig, betäubt von dem Schock. In der Sprache der Armee hieß das: Er war tot, aber seine Leiche war nicht gefunden worden.

Das Dienstmädchen hörte den erstickten Schrei und eilte zur Bibliothek. Ohne anzuklopfen, stürzte sie hinein und erblickte Lady Enid zu ihrem Entsetzen kreidebleich und reglos in dem riesigen Ledersessel hinter dem Teakschreibtisch. Sie sah aus, als wäre sie tot, atmete aber noch. Doktor Vane musste geholt werden!

Michael Duffy betrachtete die Nachbildung der aus Gold und Silber gefertigten Brustplatte eines längst verstorbenen römischen Generals. Mit müßiger Neugier fragte er sich, wie viel das Original, das in irgendeinem europäischen Museum aufbewahrt wurde, wohl kostete. Das Objekt stammte von einer Ausgrabung bei Hildesheim in der Nähe von Hannover, wo es fünfzehn Jahrhunderte lang in der Erde gelegen hatte. Römische Legionen auf dem Rückzug hatten es zu einer Zeit vergraben, als die wilden Krieger des Nordens aus den dunklen Wäldern ihres Landes brachen, um nach Süden auf das Herz des Römischen Reiches zuzumarschieren. Mit ihnen begann jene Zeit, die europäische Gelehrte als das »finstere Mittelalter« bezeichneten.

Der Treffpunkt mit Colonel George Godfrey war gut gewählt, dachte Michael, während er über die Verbindung zur Vergangenheit nachdachte. Die Krieger, die den römischen General gezwungen hatten, seine kostbare Brustplatte zu verstecken, würden möglicherweise erneut über das moderne Europa herfallen. Nicht als ungestüme Barbaren, die Schwert und Speer schwangen, sondern als gut ausgebildete, disziplinierte Truppen, die mit den modernsten Massenvernichtungswaffen von Krupp ausgerüstet waren. Diesmal waren nicht die römischen Kaiser bedroht, sondern das britische Empire und die englische Krone.

Das neu eröffnete Museum in der College Street gegenüber dem herrlichen Hyde Park im quirligen Herzen von Sydney besaß Schätze der Geschichte von Natur und Technik, die sich mit denen der renommiertesten internationalen Museen dieser Art messen konnten. Ausgestopfte exotische Säugetiere, Vögel und Fische aus der ganzen Welt brachten der australischen Öffentlichkeit die in zunehmendem Maße bedrohte Natur des Planeten näher. Stählerne Eisenbahnen drangen in die dampfenden Regenwälder ein und stampften über die weiten, einsamen Ebenen Afrikas und Amerikas. Mit ihnen kamen Einwanderer, Wissenschaftler, Touristen und Unternehmer.

»Guten Morgen, Mister Duffy«, sagte eine Stimme an seiner Seite. Michael wandte sich um und begrüßte Colonel Godfrey, der ebenfalls die Brustplatte in der Glasvitrine betrachtete. »Eine wunderbare Nachbildung römischer Handwerkskunst, finden Sie nicht?«

»Das Original würde ich mir gern über den Kamin hängen«, erwiderte Michael lächelnd. »Es muss ein kleines Vermögen wert sein.«

»Da haben Sie wohl Recht«, stimmte Godfrey zu und hängte sich den zusammengeklappten Schirm, den er bei sich trug, mit dem Griff über den Arm. Draußen braute sich eines der kurzen, aber heftigen Gewitter zusammen, die sich häufig über der Stadt entluden. »Wie sind Sie in den letzten Tagen mit Ihren Erkundigungen vorangekommen?«, fragte der Colonel, während die beiden Männer langsam von dem Ausstellungsobjekt zu einer Holzbank für erschöpfte Besucher schlenderten.

»Die Männer, die auf dem Schiff des Barons arbeiten, sind tatsächlich Marinesoldaten des Kaisers. Das hatten Sie und Horace ja bereits vermutet«, sagte Michael, während er sich setzte. »Mein Deutsch war gut genug, um sie davon zu überzeugen, dass ich den Bestrebungen des Kaisers, diesen Teil der Welt an den Segnungen der deutschen Kultur teilhaben zu lassen, positiv gegenüberstehe.«

832

Michael hatte herausgefunden, welches Lokal die Marinesoldaten besuchten, wenn sie sich nicht auf dem vorgeblichen Handelsschiff aufhielten, das im Hafen von Sydney vor Anker lag. Er hatte sich bei ihnen als Ire eingeschmeichelt, der grundsätzlich gegen alles Englische war. Sein flüssiges Deutsch erklärte er mit seiner deutschen Mutter aus Hamburg. Die reichlich fließenden Spirituosen lösten den Deutschen die Zunge, sodass er einiges an nützlichen Informationen aufschnappen konnte.

»Und wie sieht es mit Mister Wongs Bemühungen aus?«, erkundigte sich Godfrey. »Hat er irgendwelche Erfolge zu verzeichnen?«

»Er hat Kontakt zu den Chinesen in Sydney aufgenommen«, erwiderte Michael, wobei er auf den polierten Marmorboden des Museums starrte. »Einer seiner Landsmänner liefert dem Baron sogar das Gemüse. Der Mann hat gute Beziehungen zu den Dienstboten, sodass er über jeden Klatsch informiert ist.«

Als Michael aufsah, wirkte sein Blick gequält. Godfrey konnte sich gut vorstellen, warum ihm der Tratsch zu schaffen machte. Horace Brown hatte ihn vor Beginn der Mission ausführlich über alles informiert, auch über die Beziehung der schönen Fiona zu ihrer nicht weniger bezaubernden Cousine, der Baronin Penelope von Fellmann.

»Wann werden Sie mit Missus White Kontakt aufnehmen?«, fragte er sanft.

»Übermorgen. John hat von seinem Kontaktmann erfahren, dass sich Missus White im Sommerhäuschen der Macintoshs in Manly aufhalten wird. Ich nehme an, dass sie dort auch die Baronin treffen wird.«

»Was werden Sie tun?«

»Ich werde sie aufsuchen und davon überzeugen, dass ich ihre Unterstützung brauche. Durch Erpressung, wenn nötig«, erwiderte Michael bitter.

Der Colonel nickte. Schweigen senkte sich über die beiden Männer, während sie der Parade von Damen und Herren zusahen, die an den Ausstellungsstücken vorüberflanierten.

Mit einem Seufzer brach Godfrey das Schweigen. »Ihre

Arbeit für Horace ist beendet, Mister Duffy«, sagte er ruhig. Michael sah ihn scharf an, als wollte er seinen Ohren nicht trauen. »Horace hat mir ein Telegramm geschickt«, fuhr Godfrey fort, »in dem er mich darüber informierte, dass die Mission abgeblasen ist.«

»Abgeblasen? Was ist passiert?«

»Das weiß ich nicht, alter Junge. Aber Horace wird es Ihnen selbst sagen, wenn er nächste Woche eintrifft. Er hat Townsville verlassen, und zwar unmittelbar, nachdem ich letzte Woche sein Telegramm erhielt. Daher tappe ich ebenso im Dunkeln wie Sie selbst. In der Zwischenzeit werden Sie weiter bezahlt, bis Horace die langjährige geschäftliche Partnerschaft zwischen Ihnen beiden beendet.«

»Und warum haben Sie mir dann diese ganzen Fragen über die Deutschen gestellt?« Michael runzelte verärgert die Stirn. »Sie hätten mir gleich sagen können, dass die Mission abgeblasen ist.«

»Ich hatte meine Gründe«, sagte Godfrey, wobei er starr geradeaus blickte. »Ihre Tätigkeit für meinen Freund Horace ist zwar beendet, aber ich denke, ein Mann wie Sie könnte daran interessiert sein, für einen anderen guten Freund von mir zu arbeiten. Diese Tätigkeit ist großzügiger bezahlt als die Aufträge, die Sie in der Vergangenheit für Horace ausgeführt haben.«

»Was für eine Tätigkeit ist das? Und für wen?«, wollte Michael misstrauisch wissen.

Godfrey seufzte. »Das darf ich Ihnen im Augenblick leider nicht sagen. Aber bevor wir unser Gespräch fortsetzen, möchte ich Ihnen gern noch eine Frage stellen. Danach können Sie mein Angebot annehmen oder ablehnen.«

»Stellen Sie Ihre Frage«, knurrte Michael.

»Wie weit würden Sie gehen, um Ihren Sohn zu finden?«

Die Atmosphäre im Museum kam Michael plötzlich eisig vor. »Was wissen Sie, das ich nicht weiß, Colonel?« Sein Atem stockte.

»Offenbar ist Ihnen nicht bekannt, dass Ihr Sohn als vermisst gemeldet wurde. Es tut mir Leid.«

»Im Sudan?«

»Ich fürchte, ja. Anscheinend befand er sich, als er verschwand, bei einem Ort namens McNeill's Zareba auf einer Aufklärungsmission für die Armee. Dabei muss er hinter den Linien auf eine Gruppe Derwische gestoßen sein. Die Leiche wurde bis jetzt nicht gefunden, daher gilt er offiziell als vermisst, bis es stichhaltige Beweise für seinen Tod gibt.«

Die gefliesten Böden der weitläufigen Museumshalle schienen auf Michael zuzurasen. Patrick vermisst, vermutlich tot! Sein Sohn war der einzige Teil seines Lebens, der aus einem Akt der Liebe entstanden war. »Was hat das Schicksal meines Sohnes mit dem Auftrag zu tun, den Sie mir anbieten wollen?«, fragte er. Seine Stimme war kaum mehr als ein Flüstern.

»Bei der an Ihnen interessierten Person handelt es sich um einen lieben Freund von mir, der kürzlich von der Möglichkeit erfuhr, dass Sie eine Reise nach Afrika unternehmen. Ich könnte Ihnen übrigens Empfehlungsschreiben für den Generalstab der Armee in Suakin ausstellen. Wir sind beide der Ansicht, dass Sie nicht nur ein finanzielles Interesse daran haben, Captain Duffy zu finden oder zumindest Gewissheit über sein Schicksal zu erlangen.«

»Wer ist diese Person, Colonel?«

»Alles zu seiner Zeit«, gab Godfrey zurück. »Geben Sie mir zuerst Ihr Wort, dass Sie das Angebot annehmen, das ich Ihnen im Namen meines Freundes unterbreite.«

»Sie wissen verdammt gut, dass ich mit oder ohne Geld nach meinem Sohn suchen würde.«

»In diesem Fall treffe ich Sie morgen Abend um sieben am Haupteingang der Central Station. Von dort fahren wir in meiner Kutsche zu meinem Bekannten und erörtern die Angelegenheit.«

»Und vorher wollen Sie mir nicht verraten, wer Ihr Freund ist?«, fragte Michael gereizt.

»Alles zu seiner Zeit«, wiederholte Godfrey. »Es tut mir Leid, dass Sie auf diese Weise vom Schicksal Ihres Sohnes erfahren mussten, Mister Duffy. Ich weiß, dass Sie keinen Kontakt zu ihm hatten, aber ich bin davon überzeugt, dass er für Sie Ihr

Sohn ist und bleibt.« Mit leerem Blick starrte Michael auf den Marmorboden, während sich der Colonel steif erhob und sich umsah. »Sie werden Zeit zum Nachdenken brauchen«, meinte er sanft. »Sagen Sie Mister Wong, seine Anwesenheit in Sydney ist nicht länger erforderlich. Wenn ich mich nicht irre, hat er in Queensland Familie und ein florierendes Geschäft, da wird er sicher gern nach Hause zurückkehren.«

Er nahm den Regenschirm von seinem Arm und stocherte geistesabwesend mit der Metallspitze auf dem Marmorboden herum. »Sie können sich glücklich schätzen, dass Mister Wong Ihnen so treu ergeben ist«, setzte er hinzu, während er sich zum Gehen wandte. »Ich glaube, er würde Ihnen in die Hölle folgen, wenn Sie ihn darum bitten würden.«

»Wir *waren* gemeinsam in der Hölle, Colonel«, sagte Michael ruhig. »Ich würde ihn nie bitten, mich wieder dorthin zu begleiten. Das ist ein Ort, an den ich allein gehen muss.«

»Ja, da haben Sie wohl Recht«, sagte Godfrey mitfühlend. Er räusperte sich. »Auf Wiedersehen, Mister Duffy.«

Während Michael dem Colonel nachsah, fragte er sich, wer an Patricks Schicksal interessiert sein mochte. Wer kannte seine, Michaels, wahre Identität? Und woher? »Granville White«, stieß er zwischen den zusammengebissenen Zähnen hervor. War Granville White der »liebe Freund«? Durchaus vorstellbar, dass White Kontakte zu den Kasernen der Victoria Barracks hatte. Wenn es so war, befand Michael sich in großer Gefahr. Warteten die Greifer schon auf ihn? Wollte Granville White vollenden, was ihm vor über zwanzig Jahren misslungen war, als er ihm gedungene Mörder auf den Hals gehetzt hatte?

Tiefes Misstrauen gegen alles und jeden war in dieser Welt von Verrat und Täuschung unausweichlich. Hier, mitten im Feindesland, konnte er sich nur auf seinen alten Waffengefährten John Wong verlassen. War es Zufall, dass der Colonel erklärt hatte, Johns Dienste seien nicht mehr erforderlich?

Michael fühlte sich wie in einem Tal, das zu beiden Seiten von Bergen gesäumt war, die sich in der Hand seiner Feinde befanden. Doch am Ende des Tals sah er Fiona, die ihn traurig anlächelte. Er fühlte, dass sie sich ebenso danach sehnte, über das Schicksal ihres Sohnes zu sprechen, wie er. Aber bei dem Gedanken an das Treffen mit dem Colonel morgen verblich Fionas Bild. Ging er dem durch und durch rücksichtslosen Mann in die Falle, dem er einst Rache geschworen hatte?

»Du verlässt die Stadt morgen, John«, teilte Michael dem Eurasier mit, der ihm in dem schäbigen Büro gegenübersaß, das sie als Tarnung für ihre Operation gegen von Fellmann benutzt hatten. Nicht dass das Büro einer sorgfältigen Überprüfung durch jemand, der mit dem Import- und Exportgeschäft vertraut war, standgehalten hätte: Nirgendwo waren jene Unterlagen zu sehen, ohne die ein Handel nicht möglich war – keine Geschäftsbücher auf dem nackten Schreibtisch und in den leeren Regalen, keine Jahrbücher mit Schifffahrtsrouten. Nur auf dem gemalten Schild an der Fassade des winzigen Büros prangten Name und Beruf des »Inhabers«: *John Wong – Importeur für fernöstliche Waren.*

John rutschte auf seinem Drehstuhl hin und her und beugte sich vor. »Falls sich dein Verdacht, dass Granville White hinter der Sache steckt, erhärtet, und du morgen ohne Rückendeckung zur Central Station gehst, könnte dich das dein Leben kosten«, schimpfte er. »Du brauchst mich, Michael.«

»Nicht mehr, alter Freund«, erklärte Michael betrübt. »Du hast Frau und Kinder, an die du denken musst. Es war dumm von mir, dich überhaupt für diesen Auftrag zu rekrutieren. Ich habe deine Loyalität ausgenutzt, ohne mir zu überlegen, welche Folgen das für deine Sicherheit haben könnte.«

Johns dröhnendes Gelächter hallte durch das winzige Büro, bis es sich in einer Ecke unter dem Wellblechdach in einem Spinnennetz verfing. »Ich habe mich gelangweilt«, gab er zu, während sein Lachen zu einem Kichern wurde. »Eigentlich hab ich die Zeit geradezu vermisst, als wir beide unser Glück ständig auf die Probe stellten. Meine Frau hatte mich mit ihren köstlichen Nudelgerichten zu gut herausgefüttert, und allmählich hab ich mich gefragt, warum zum Teufel du allein im Osten Spaß haben solltest. Jedes Mal, wenn Horace auf ein

Schwätzchen vorbeikam, hätte ich ihn fast gefragt, ob ich nicht wieder mit dir arbeiten kann.«

»Diesmal ist es anders«, warnte Michael ihn mit einem traurigen Lächeln. »Der Kreis meines Lebens vollendet sich hier. Ich stehe erneut dem Feind gegenüber, der mein Leben zur Hölle gemacht hat, und zwar auf *seinem* Territorium. Er hält alle Trümpfe in der Hand.«

»Das war doch früher auch nicht anders«, knurrte John. »Wir beide hatten immer schlechte Karten, aber irgendwie haben wir trotzdem überlebt.«

Michael starrte seinen Freund an. Ja, das stimmte. Sie hatten viel gemeinsam erlebt, und immer hatten sie es gegen alle Wahrscheinlichkeit geschafft. Aber jetzt war die Situation eine andere. Jetzt operierte er im Schatten des Galgens. Jederzeit konnte ihn jemand erkennen und an die Polizei verraten. Ein Haftbefehl wegen Mordes verjährte nicht. Seinem Freund konnte die Verbindung mit einem gesuchten Verbrecher nur schaden, sie konnte sein Geschäft und seine Familie ruinieren.

»Du verlässt morgen die Stadt«, wiederholte Michael stur, während er das Ende der Havanna abbiss, die er aus der Kiste auf dem Schreibtisch genommen, aber noch nicht angezündet hatte. »Was morgen geschieht, ist was Persönliches. Das hat nichts mit dir zu tun.«

»Schon gut, du alter Idiot«, antwortete John Wong entnervt. »Wenn du darauf bestehst, verschwinde ich und überlasse dich deinen Problemen.«

Misstrauisch starrte Michael seinen Freund an, der sich auf seinem Stuhl zurücklehnte. Seine unergründliche chinesische Seite hatte die Oberhand gewonnen. »Gibst du mir die Hand darauf?«, fragte er, wobei er Johns Miene genau studierte. Er meinte, einen Hauch von Unsicherheit zu entdecken.

Diese ging jedoch schnell in dem Lächeln unter, das sich allmählich auf Johns Gesicht ausbreitete. Der Halbchinese streckte die Hand aus. »Beim Leben meiner Familie und bei meinen ehrenwerten Ahnen verspreche ich dir, dass ich die Stadt verlasse«, erklärte er.

Michael ergriff seine Hand. »Das Leben deiner Familie, das

nehme ich dir ja noch ab«, meinte er grinsend. »Aber deine ehrenwerten Ahnen! Du hast doch bestimmt noch nie auch nur ein Körnchen Weihrauch für sie verbrannt.«

»Ich meine meine irischen Vorfahren«, parierte John. »Meines Wissens ist es eine Sitte dieses barbarischen Volkes, auf die Ahnen zu trinken statt Weihrauch zu verbrennen.«

»Gute Idee. Ich schlage vor, wir trinken gemeinsam auf die alten Zeiten und unsere ehrenwerten Ahnen – die chinesischen und die irischen.«

John nickte. Ein Eid auf das Leben seiner Familie war tatsächlich durch Blut geheiligt. Möglicherweise hatte er vergessen zu erwähnen, *wann* er Sydney verlassen würde. Bestimmt nicht, bevor er nicht sicher war, dass sein Freund nicht geradewegs den Greifern in die Falle ging.

29

Die Besprechung mit den Bankiers zog sich bis in die frühen Abendstunden hin. Lady Enid Macintosh beteiligte sich kaum an der Diskussion über die Vorteile, die es mit sich brachte, wenn sie zwei weitere Macintosh-Schiffe mit Kühlanlagen ausstatteten. Ihr verhasster Schwiegersohn führte das Gespräch mit den grauen Männern, die das Unternehmen finanzieren würden, mehr oder weniger allein.

In ihren Kummer und ihren Hass auf den selbstzufriedenen Mann am oberen Ende des langen, polierten Tisches versunken, saß sie in dem strengen, dunkel getäfelten Konferenzraum. Granville hatte den Vorsitz übernommen, um klarzustellen, welche Position er in den Unternehmen der Macintoshs innehatte. Enid besaß nicht mehr die Kraft, ihm diese Rolle streitig zu machen. Tatsächlich entglitt das Finanzimperium immer mehr ihrer strengen Kontrolle.

Die drei anderen Männern, die um den Eichentisch saßen, vertraten die englischen Finanzinstitute hinter den Unternehmen der Macintoshs. Granville hatte sie davon überzeugt, dass das Geld für den Umbau der Schiffe, die die Route Australien–England befuhren, noch mehr Profit bringen würde, wenn gleichzeitig in Queensland eine Fleischfabrik errichtet wurde. Rind- und Lammfleisch aus der Kolonie konnten über die Schlachthöfe der Macintoshs geschleust und für den direkten Versand nach England verpackt werden. Die revolutionäre Erfindung der Kühlanlage bedeutete, dass australisches Fleisch frisch auf den englischen Tisch gelangte. Damit war die unverderbliche australische Schurwolle nicht länger das einzige wichtige Exportprodukt der fernen Kolonie. Bestes australisches Fleisch war selbst für die Tafel der Königin gut genug.

In dicken blauen Wolken stieg der Zigarrenrauch im Raum auf, während die Bankiers paffend lauschten. Der exzellente Portwein in den Kristallkaraffen gestaltete die Sitzung noch angenehmer. Schließlich nickten alle drei wie auf Kommando, und der Plan war genehmigt. So sehr sie ihren Schwiegersohn auch hasste und verachtete, Enid musste zugeben, dass es eine kluge Idee war, die gesamte Kette der Fleischproduktion von den kargen Weiden Queenslands bis zu den eleganten Tafeln Englands ohne teuren Mittelsmann in einer Hand zu vereinigen. Damit besaßen sie in diesem Bereich das Monopol.

»Danke, meine Herren.« Granville lächelte breit, als die Männer den verrauchten Raum verließen, um in ihre exklusiven Klubs in der Stadt oder zu ihren Familien in den wohlhabenden Vororten Sydneys zurückzukehren. Doch kaum war er allein mit Enid, verschwand das maskenhafte Grinsen. Sie hatte sich nicht die Mühe gemacht, sich bei den Männern zu bedanken, und war sitzen geblieben. Granville schloss die Tür und wandte sich ihr zu. Seine aristokratische Attraktivität war mit den Jahren verblichen, sodass er nun eher wie ein Bankmanager oder Buchhalter in den mittleren Jahren wirkte. Aber sein Anzug besaß den besten Schnitt in der ganzen Kolonie und war in der Londoner Saville Row gefertigt worden.

»Ich habe dir noch gar nicht mein Beileid zu deinem tragischen Verlust ausgesprochen, Enid«, sagte er mit geheucheltem Mitgefühl. »Ein entsetzliches Schicksal für einen so jungen Menschen.«

Enid starrte ihn apathisch an. »Du kannst vielleicht Leute wie die Männer von eben von deinen Geschäftsplänen überzeugen«, sagte sie müde, »aber mir kannst du nichts vormachen. Das einzige Gefühl, das du kennst, ist Machtgier.«

»Aber natürlich hege ich Gefühle für meine Töchter – deine Enkelinnen«, erwiderte er. »Beide werden bald einundzwanzig«, setzte er hinzu, eine verschleierte Andeutung, dass sich Enids hartnäckige Kontrolle des Familienvermögens ihrem Ende näherte. »Wahrscheinlich werde ich beiden bei Erreichen der Volljährigkeit eine beträchtliche Summe auszahlen, damit sie das Erbe ihres Großvaters genießen können.«

»Als Ausgleich für ihre Anteile«, erwiderte Enid, bemüht, sich ihre Verbitterung nicht anmerken zu lassen. Auf keinen Fall sollte ihr verhasster Schwiegersohn merken, wie sehr es sie belastete, dass seine Töchter ihre Anteile höchstwahrscheinlich an ihn verkaufen würden. Damit würde er eine Zweidrittelmehrheit an den Macintosh-Unternehmen erlangen. »Du schenkst niemandem etwas, Granville«, sagte sie. »Nicht einmal deinem eigenen Fleisch und Blut.«

Granville funkelte die gebrechliche Frau, die ihn über den Tisch hinweg ansah, mit unverhülltem Hass an. Viele Jahre lang hatte sie die Familie Macintosh beherrscht, aber ihr eisernes Regiment näherte sich dem Ende, tröstete er sich. Vermutlich war sie nur aus England zurückgekehrt, um ihrem geliebten Enkel – dem Bastard seiner Frau –, den Weg zu bereiten, sodass er in der Firma eine aktivere Rolle spielen konnte, wenn er seinen Abschied von der Armee nahm, wie er es Enid versprochen hatte. Aber dieser Punkt war nun rein hypothetischer Natur, denn der Junge galt als vermisst und war vermutlich tot. »*Dein* Fleisch und Blut hat mir die Möglichkeit verschafft, diesen Platz einzunehmen«, höhnte er, während er nach der Rückenlehne des Stuhls am Tischende fasste, auf dem er zuvor gesessen hatte. »Einen Platz, den du offenbar nur ungern aufgibst, liebe Tante Enid.«

»Diese Position steht dir nicht zu, und das weißt du sehr wohl, Granville«, gab sie zurück, während sie zur Tür ging. »Bis zur Volljährigkeit deiner Töchter teilen wir uns die Entscheidungsgewalt über die Firma. Und bis dahin kann noch viel geschehen.«

»Das ist doch hoffentlich keine Drohung, Enid«, sagte er etwas überrascht. »Du hast nicht mehr viele Freunde unter den Lebenden.«

»Ich werde niemals glauben, dass mein Enkel tot ist. Nicht, bevor ich seine Leiche nicht mit eigenen Augen gesehen habe«, erwiderte sie mit stählerner Entschlossenheit in der Stimme. »Und wie ich meinen Enkel kenne, ist er seinem Vater zu ähnlich, als dass man ihn so einfach umbringen könnte.«

Bei der Erwähnung von Michael Duffy erbleichte Granville. Zwei Albträume suchten ihn immer wieder heim. Einer davon war, dass er erwachte und in die Augen des Mannes blickte, der sich eines Tages an ihm rächen würde, sollten sich ihre Wege je wieder kreuzen.

Sein zweiter Albtraum war, alles an seine Schwiegermutter zu verlieren.

Doch dann gab es noch ein drittes Gespenst, das ihn des Nachts plagte. Ein Albtraum ohne wirkliche Substanz, nur ein vages Gefühl der Furcht vor einem Ort, den er noch nie gesehen hatte: einem Hügel auf Glen View, inmitten der endlosen Ebenen des Brigalow-Buschlands. Es war ein primitiver Ort, der einem Volk heilig gewesen war, das Sir Donald vor fast einem Vierteljahrhundert ausgelöscht hatte.

Enid spürte eine Welle der Zufriedenheit in sich aufsteigen, als sie sah, welches Unbehagen die Erwähnung von Michael Duffy dem verhassten Granville bereitete. Wenn sie doch nur die Zeit hätte zurückdrehen können! Sie hatte wenige Fehler begangen in ihrem Leben, aber es waren Irrtümer gewesen, die sie über Jahre hinweg verfolgten. Fehler, die als kleine Kreise im Wasser begannen und als tödliche, zerstörerische Flutwellen endeten. Fehlentscheidungen hatten Enid um die Liebe ihrer einzigen Tochter gebracht und sie in eine verbitterte, rachsüchtige Frau verwandelt. Lange schon hatte sich Fiona auf Granvilles Seite geschlagen. Dass sie ihm ihre Anteile verkauft hatte, war nur ein letzter Beweis dafür, wie weit sie gehen würde, um ihrer Mutter zu schaden.

Als Enid die Tür des Konferenzraums öffnete, entdeckte sie im Gang Colonel George Godfrey. Den Regenschirm über dem Arm, betrachtete er bewundernd ein Gemälde an der Wand. Granville, der Enid in den Korridor gefolgt war, blieb stehen, als er den früheren Offizier entdeckte.

»Guten Abend, Lady Macintosh, Mister White«, grüßte Godfrey höflich, während er sich von dem Bild abwandte. Er war keineswegs zufällig hier. Viele Male war er denselben Korridor hinuntergegangen, um Informationen weiterzugeben, die, richtig eingesetzt, eine entscheidende Rolle spielen konnten. »Ich hoffe, es ist nicht zu spät für einen Besuch.«

30

Dampf- und Rauchschwaden hüllten die auf dem Bahnsteig Wartenden ein, als das puffende Ungeheuer, das sonst über die Ebenen und Berge westlich von Sydney ratterte, in Central Station einfuhr.

Mit dem Zug kamen elegante Damen, Schafscherer mit trüben Augen, sehnsüchtig erwartete Post, Wollballen und junge Männer, die in der großen Stadt nach Arbeit suchen wollten. Die Eisenbahnlinien verbanden die weit entfernten Hauptstädte der Kolonien auf eine Weise, von der man noch vor kurzem nur hatte träumen können. Inzwischen konnten Reisende von Melbourne aus mit der Eisenbahn den Murray überqueren, um dann in den Zug nach Sydney umzusteigen. Möglich geworden war dies durch den Bau einer Brücke in der Nähe der Stadt Albury.

Draußen vor der Bahnhofshalle warteten Droschken, Kutschen, Rollwagen und einspännige Buggys auf Passagiere, Angehörige und Freunde. Wohlhabende Damen in den unbequemen, aber modischen Tournürenkleidern mischten sich unter ihre vom Schicksal weniger begünstigten Geschlechtsgenossinnen, die sich diesen Luxus nicht leisten konnten und daher schlichtere, weniger ausladende Kleider trugen.

Abenteuerlustige oder verzweifelte junge Frauen vom Land, die auf eine Stellung als Zofe oder Kindermädchen bei einer der vornehmen Familien der Kolonie hofften, stiegen aus dem Zug. Junge Männer in Moleskinhose und ihrem einzigen Hemd begaben sich auf die Suche nach einer billigen Absteige. Von dort aus würden sie sich nach Arbeit in einer der Fabriken oder auf einer der Baustellen der rasch wachsenden Stadt umsehen.

Aus einer eleganten Kutsche stieg ein würdiger älterer Herr in Gehrock und Zylinder, der sich einen Regenschirm über den Arm gehängt hatte. Mit den Blicken suchte er das Sandsteinportal des Bahnhofs nach dem Mann ab, mit dem er verabredet war.

Michael Duffy bezweifelte, dass er die kleine Pistole brauchen würde, die er bei sich trug, wenn Godfrey ihn abholte. Es war unwahrscheinlich, dass Granville an einem solch öffentlichen Ort erscheinen würde. Außerdem war kaum anzunehmen, dass er die Dreckarbeit selbst erledigen würde. Nein, vermutlich würde man ihn an einen einsamen Ort bringen, wo Granvilles Leute auf ihn warteten. Aber Michael hatte beschlossen, den Colonel trotzdem zu begleiten. Vielleicht kam er ja so an Granville heran. Wie, das wusste er allerdings noch nicht.

Zumindest war er diesmal gewarnt und wenigstens teilweise vorbereitet, ganz im Gegensatz zu damals in The Rocks, als ihn der hinterhältige Verbrecher Jack Horton und dessen nicht weniger gefährlicher Halbbruder überfallen hatten. Beide waren von Granville angeheuert worden, damit sie Michael für ihn erledigten.

Godfrey, der in der Menge der Passagiere auf ihn zukam, winkte mit dem zusammengeklappten Regenschirm. Wie eine lauernde Katze glitt Michael auf ihn zu. Dem Colonel fiel die angespannte Haltung des Iren sofort auf; der Mann bewegte sich mit der Anmut eines Raubtiers, das zum Sprung ansetzte, und hielt die rechte Hand dicht an der Seite. Er hat eine Waffe, dachte Godfrey, leicht amüsiert, weil Michael ihm nicht traute.

»Die Kutsche, die uns zu unserem Treffpunkt bringt, steht draußen«, sagte er, als Michael nah genug war. Michael nickte und folgte ihm.

Bei der Kutsche handelte es sich um ein exquisites Exemplar teurer Handwerkskunst, das von vier hervorragend dressierten Grauschimmeln gezogen wurde. Ein gut gekleideter Kutscher saß mit einer langen Reitpeitsche in der Hand auf dem Bock. Michael stieg in die offene Kutsche, wo er sich Godfrey gegenüber niederließ, der mit dem Rücken gegen die

846

Fahrtrichtung saß. Der Kutscher ließ die Peitsche knallen, und das Gespann setzte sich in Bewegung.

Nach einer halben Stunde Fahrt war es dunkel geworden. Sie hatten die Gaslaternen des städtischen Sydney hinter sich gelassen und befanden sich auf einer relativ ebenen, unbefestigten Straße, die, wie Michael wusste, zur südlichen Landspitze des Hafens von Sydney führte. Geschäfte und Straßen waren Buschland gewichen, aus dem immer wieder die verstreuten Villen des Adels und der reichen Kaufleute der Kolonie auftauchten.

Keiner der Männer sprach während der Fahrt. Selbst in der Dunkelheit fiel Godfrey auf, dass Michaels Hand sich nie weit von seiner Hosentasche entfernte. »Besitzen Sie eines dieser gefetteten Lederholster, Mister Duffy?«, fragte er. Michael blickte ihn leicht überrascht an.

»Ja, Colonel«, antwortete er. Wozu sollte er lügen?

Stirnrunzelnd starrte der Colonel über Michaels Schulter in die Dunkelheit hinaus. »Und wer ist die Person, die uns offenkundig in einer Droschke folgt, wenn ich fragen darf?«

Hatte Michael zuvor etwas überrascht gewirkt, so war er nun völlig verwirrt. »Ich dachte, Sie kennen die Antwort darauf, Colonel«, stellte er leise fest. »Bestimmt einer von Mister Whites Männern.«

»Das will ich nicht hoffen!«, erwiderte der Colonel. Für einen Augenblick wusste Michael nicht, woran er war. Wenn sie von Whites Leuten verfolgt wurden, warum hatte der Colonel das dann erwähnt?

»Wohin fahren wir?«, fragte er. Godfrey sah sich um, bevor er antwortete. »Nirgendwohin, Mister Duffy, wir sind nämlich bereits da.«

In der Dunkelheit entdeckte der Ire ein riesiges Haus mit einer prächtigen, von alten Bäumen gesäumten Auffahrt. Er wusste sofort, wo er war.

»Ich glaube nicht, dass Sie Ihre Waffe hier brauchen werden, Mister Duffy«, meinte der Colonel beiläufig. Er lächelte über Michaels Verwirrung. »So gefährlich ist Lady Enid auch wieder nicht.«

Verlegen erwiderte Michael das Lächeln. »Das werden wir sehen. Nach dem, was ich über sie gehört habe ...«

Der Colonel lachte leise. »Nun, Sie könnten natürlich Recht haben, Mister Duffy.«

Die Droschke, die ihnen gefolgt war, hielt knapp außer Sichtweite an, als Michael und der Colonel das kunstvoll geschmiedete Eisentor passierten.

Über die Schulter sah sich Michael nach den Lichtern der Droschke um, die in der Dunkelheit wie Stecknadelköpfe leuchteten. Dann schüttelte er lächelnd den Kopf. Inzwischen hatte er eine ziemlich genaue Vorstellung davon, wer ihnen gefolgt war.

Enids Unnachgiebigkeit, was eine gemeinsame Zukunft ihrer Tochter mit Michael anging, hatte dessen Leben zwar unwiderruflich geprägt, aber er war ihr noch nie persönlich begegnet. Trotzdem hatte er das Gefühl, viel über die Matriarchin der Familie Macintosh zu wissen. Doch ihr Anblick überraschte ihn. Sie wirkte zerbrechlich, ganz anders als die Frau, die er sich nach Fionas Beschreibung vor vielen Jahren vorgestellt hatte.

Mit im Schoß gefalteten Händen saß sie in ihrem Sessel. Nachdem er die beiden einander vorgestellt hatte, trat George Godfrey schützend neben sie. Offenbar verband die beiden eine lange, innige Freundschaft.

Im Hintergrund tickte unaufdringlich eine Uhr, und aus dem mit Sahne versetzten Kaffee in Michaels Becher stieg süßer Dampf auf. Ihm war bewusst, dass Lady Macintoshs smaragdgrüne Augen ihn eingehend abschätzten. Als junge Frau musste sie von berückender Schönheit gewesen sein. Es war offensichtlich, von wem Fiona ihr Aussehen geerbt hatte. Die intensive Prüfung war Michael nicht unangenehm, denn er hatte das Gefühl, dass Lady Enid etwas suchte.

Schließlich brach Godfrey das unangenehme Schweigen und räusperte sich. »Es tut mir Leid, wenn Sie irrtümlich annahmen, dass ich für Lady Macintoshs Schwiegersohn arbeite, Mister Duffy.«

»Ständiges Misstrauen ist ein Teil meines Lebens geworden, Colonel, damit habe ich mich abfinden müssen«, erwiderte Michael. »Allerdings verstehe ich nicht, warum Sie mir nicht gesagt haben, dass Lady Macintosh mich treffen wollte.«

Godfrey trat kaum merklich von einem Fuß auf den anderen, bevor er antwortete, sodass Michael klar wurde, wie unbehaglich er sich fühlte. »Wie Lady Enid war ich der Meinung, dass Sie sie vielleicht nicht sehen wollen.«

»In meinem Leben sind viele Dinge geschehen«, erwiderte Michael ohne jede Gefühlsregung. »Manche davon waren gut, die meisten schlecht. Aber in den letzten Jahren haben Sie sich in einer Weise um meinen Sohn gekümmert, die mich jede Feindseligkeit, die ich vielleicht einmal für Sie empfand, vergessen ließ. Ich weiß, dass Sie nichts mit den Vorgängen zu tun hatten, die mich gezwungen haben, aus der Kolonie zu fliehen, Lady Macintosh.«

Ein Ausdruck von Dankbarkeit huschte über ihre aristokratischen Züge. Die Zeit hatte die beiden in einem merkwürdigen, unvorsehbaren Bündnis zusammengeführt, denn in den Adern von Michaels Sohn floss ihrer beider Blut.

»Ich weiß, dass Ihr Leben voller Tragik war, Mister Duffy«, sagte Enid weich. »Mir ist klar, dass mein Widerstand gegen Ihre Bekanntschaft mit meiner Tochter vor vielen Jahren viel von dem Schmerz verschuldet hat, den ich in Ihrem Gesicht geschrieben sehe. Aber ich weiß auch, dass ich heute nicht anders entscheiden würde als vor zwanzig Jahren, wenn sich wieder dieselbe Situation ergeben würde.«

»Das habe ich von Ihnen auch nicht anders erwartet, Lady Macintosh«, erwiderte Michael angesichts ihrer Unbeugsamkeit mit einem bedauernden Lächeln. »Schließlich kenne ich Ihren Ruf.«

»Danke, Mister Duffy. Dann wissen wir beide, woran wir miteinander sind.« Nun, wo beider Haltung zu den alten Problemen geklärt war, schien sich Enid etwas zu entspannen. Sie nahm den Kaffee, den Godfrey ihr einschenkte, und fuhr fort. »Patrick gleicht Ihnen so sehr, Mister Duffy, dass ich mir in Ihrer Gegenwart sicher bin, dass mein Enkel nicht tot ist, ganz gleich, was die Armee vermutet. Als Sie meinen Salon betraten, habe ich gespürt, wie stark Sie sind.« Überrascht hob Michael die Augenbrauen, doch sie sprach weiter. »Sie sind ein ungewöhnlicher Mann. Ich habe gehört, dass Sie zahlreiche Kriege und Verwundungen überstanden haben. Ihr Leben war häufig in größter Gefahr, und dennoch haben Sie überlebt. Ich bin davon überzeugt, dass Patrick Ihre Stärke geerbt hat und noch am Leben ist. Ich muss zugeben, ich wollte Sie eigentlich bitten, mir bei der Suche nach seiner Leiche zu helfen. Aber jetzt, wo ich Sie gesehen habe, glaube ich fest daran, dass Patrick noch lebt.«

Nach diesen aufrichtigen Worten empfand Michael eine merkwürdige Zuneigung für Enid. Er stellte Tasse und Untertasse auf einem Beistelltisch aus poliertem Walnussholz ab. »Ich würde nie glauben, dass mein Sohn tot ist«, sagte er. »Er hat das Glück der Iren.«

»In seinen Adern fließt auch das Blut von Engländern und Schotten, Mister Duffy«, erinnerte Enid ihn ruhig. »Ich hoffe, er hat auch deren Glück.«

»Das auch«, erwiderte Michael mit einem grimmigen Lächeln. »Wenn wir ihn wohlbehalten wiederfinden wollen, wird er auch alles Glück brauchen, das er kriegen kann.«

»Ich glaube, wenn ihn jemand findet, dann Sie, sein Vater.«

»Offenbar haben Sie und der Colonel einen Plan«, stellte Michael fest. »Wenn das so ist, bin ich dabei, das kann ich Ihnen versichern, Lady Macintosh.«

»Colonel Godfrey besitzt wertvolle Kontakte in der Armee. Diese reichen bis in den Sudan, sodass er Geleitschreiben für Sie besorgen kann. Diese Briefe werden sicherstellen, dass Sie vom Generalstab jede nur mögliche Unterstützung erhalten. Damit Ihre Wünsche im Sudan auch garantiert erfüllt werden, habe ich eine Zeitung erworben, deren Korrespondenten über den Feldzug berichten. Meine neuen Mitarbeiter werden Ihnen behilflich sein und mir von jeder Verzögerung oder Behinderung Ihrer Bemühungen durch die Armee berichten.«

Dass Lady Macintosh ein Zeitungsunternehmen kaufte, nur

um zu gewährleisten, dass die Korrespondenten ihn unterstützten, fand Michael beeindruckend.

Sie sprach weiter. »Mein Schwiegersohn hat zunächst versucht, mich am Kauf der Zeitung zu hindern, aber ich habe mich im Gegenzug bei einer anderen finanziellen Frage auf einen Kompromiss eingelassen.«

»Darf ich?«, fragte Michael höflich, wobei er auf einen leeren Sessel Enid gegenüber deutete. Als sie nickte, setzte er sich. »Ich wüsste gern«, meinte er, »warum Sie nicht jemand anderen nach Patrick suchen lassen. Anscheinend haben Sie die Mittel, eine ganze Armee anzuheuern.«

Für einen Augenblick senkte Enid den Blick, und Michael spürte, dass sie tief in Gedanken versunken war. Dann sah sie auf. »Eine Armee hat meinen Enkel verloren, Mister Duffy. Ich glaube daran, dass ihn zwei Menschen, die ihn lieben, wiederfinden werden.«

Mehr brauchte Michael nicht zu wissen, seine Frage war beantwortet. Sie erkannte seine väterliche Liebe zu einem Sohn an, den er nur ein einziges Mal in seinem Leben gesehen hatte, obwohl er Patricks Foto seit vielen Jahren als Talisman bei sich trug. »Haben Sie Fotos von meinem Sohn, Lady Macintosh?«, fragte er spontan.

Sie warf Godfrey einen Blick zu. Dieser entschuldigte sich und verließ das Zimmer. »Ich habe Colonel Godfrey Bankwechsel für Ihre Ausgaben besorgen lassen«, erklärte sie. »Der Betrag ist sehr großzügig, und es bleibt Ihnen überlassen, wie Sie das Geld ausgeben, Mister Duffy. Wenn es um die Suche nach meinem Enkel geht, gibt es keine Verschwendung.«

Godfrey kam zurück und reichte Enid eine gerahmte Fotografie. In ihre Augen traten Tränen, als sie das Bild betrachtete und dann an Michael weiterreichte. Während sie ihre Augen betupfte, studierte Michael das sepiabraune Ganzkörperbild seines Sohnes in der Galauniform eines schottischen Brigadeoffiziers. Das Gesicht, das ihm entgegenblickte, war sein eigenes, nur zwanzig Jahre jünger. Obwohl das Foto schwarzweiß war, wusste er, dass der große Unterschied in den Augen lag – Patricks waren smaragdgrün wie die seiner Mutter und Großmutter, Michaels zeigten das Blaugrün seiner Familie. »Darf ich das behalten, Lady Macintosh?«, fragte er. Seine Stimme war heiser vor kaum verhüllter Rührung.

»Ja, ich habe andere. Aber ich glaube kaum, dass Sie ein Bild von Patrick brauchen werden, um ihn zu erkennen.«

Michael wusste, was sie meinte. Er dankte ihr.

Als sie die Hand ausstreckte, half Godfrey ihr auf die Beine. Michael verstand das als Zeichen, dass ihr Gespräch beendet war.

»Nur noch eines zum Abschied, Mister Duffy«, sagte Enid, die an der Tür des Salons stehen geblieben war. »Möglicherweise habe ich den falschen Ehemann für meine Tochter gewählt. Aber so, wie ich meinen Enkel kenne, fürchte ich, ist er Ihnen sehr ähnlich, als Sie ein junger Mann waren. Und so jemanden hätte ich meine Tochter nicht heiraten lassen können.«

Damit wandte sie sich ab und verließ den Raum mit der majestätischen Anmut einer Kaiserin. Michael grinste. Bei ihrer Zurechtweisung hatte er ein amüsiertes Funkeln in ihren Augen entdeckt. Vermutlich hatte sie gar nicht so Unrecht.

»Ich bringe Sie nach Sydney zurück, Mister Duffy«, sagte Godfrey, wobei er seinen Regenschirm aus dem Ständer im Gang nahm. Ein hübsches junges Dienstmädchen führte sie zur Tür.

»Das wird nicht nötig sein, Colonel«, erwiderte Michael. »Auf mich wartet bereits eine Droschke.«

Der Colonel runzelte die Stirn und legte fragend den Kopf zur Seite. »Wie das, alter Junge?«

»Ich kenne nur einen einzigen Menschen, der das Seelenheil seiner ehrenwerten Ahnen aufs Spiel setzen würde. Und ich wette darauf, dass diese Person draußen wartet, um sich zu vergewissern, dass ich das Haus wohlbehalten verlasse.«

»Hoffentlich war Mister Wong klug genug, die Droschke warten zu lassen«, sagte Godfrey lächelnd. »Nach Sydney ist es ein langer Fußmarsch.«

John Wong hatte die Droschke warten lassen, obwohl das ein kostspieliges Vergnügen gewesen war. Michael stieß in den Schatten der geschwungenen Auffahrt auf ihn und begrüßte ihn mit einer freundschaftlichen Zurechtweisung. »Dachte, du hättest auf das Leben deiner Familie und die Ehre deiner Ahnen geschworen, dass du nach Townsville zurückkehrst?«

Grinsend klopfte John ihm auf den Rücken. »Ich habe aber nicht gesagt, wann.«

»Nein, wenn ich es mir recht überlege, hast du das nicht getan.«

»Und wann fährst du mit mir nach Townsville zurück?«

»Zuerst muss ich mich mit Horace treffen und ein paar Angelegenheiten hier in Sydney regeln«, erwiderte Michael, während die beiden auf dem laut knirschenden Kies die Einfahrt hinuntergingen. »Dann muss ich meinen Sohn finden. Erst wenn das alles erledigt ist, kann ich nach Townsville zurück.«

Enid wünschte Godfrey eine gute Nacht und stieg die Treppe zu ihrer Bibliothek hinauf. Dort setzte sie sich an ihren Schreibtisch und holte aus einer Schublade ein kunstvoll verziertes, ledergebundenes Tagebuch heraus, in das sie wichtige Ereignisse eintrug. Geburten, Todesfälle und Hochzeiten waren darin nicht verzeichnet, denn die hielt sie mit ihrer gestochen scharfen Schrift in der großen Familienbibel fest. Dieses Buch war der dunklen Seite ihres Leben gewidmet: Geschäftsbesprechungen, die über das Wohlergehen der Familienunternehmen entschieden, Informationen ihrer Kontaktleute über sich ergebende geschäftliche Chancen, Gelder, mit denen von Zeit zu Zeit die Räder der Regierung geschmiert wurden.

In dieser letzten Rubrik fand Enid einen Eintrag über die Zahlung von einhundert Guineen in bar an einen Kriminalbeamten namens Kingsley. Das war 1874 gewesen. Damals war Kingsley mit Informationen zu ihr gekommen, die er von einem sterbenden Verbrecher namens Jack Horton erhalten hatte. Bevor er das Zeitliche segnete, hatte Horton alles verraten, was er über die mörderische Verbindung zwischen Kapitän Morrison Mort und ihrem Schwiegersohn, Granville White, wusste.

Hortons Ehrlichkeit entsprang einzig und allein dem Wunsch, sich an dem Kapitän zu rächen, der ihn in Zeiten größter Not im Stich gelassen hatte. Während er an einer Bauchwunde verblutete, hatte Jack Horton dem Polizeibeamten auch erzählt, dass Granville ihn angeheuert habe, um einen gewissen Michael Duffy zu töten. Dabei habe Duffy Hortons Halbbruder, ebenfalls ein Verbrecher, in Notwehr getötet.

Als Enid diese Informationen erhalten hatte, interessierte sie sich nicht weiter für das Geständnis des Verbrechers. Michael Duffy war angeblich Jahre zuvor im Neuseeland-Feldzug gegen die Maori getötet worden. Und selbst wenn sie gewusst hätte, dass er noch lebte, war es zweifelhaft, ob sie ihm die Informationen zur Verfügung gestellt hätte, mit denen er seine Unschuld beweisen konnte.

Enid starrte auf die sorgfältig zusammengetragenen Notizen, die sie direkt nach ihrem Gespräch mit dem Kriminalbeamten eingetragen hatte. Uhrzeit, Datum und Namen waren unauslöschlich auf den Seiten ihres Tagebuchs festgehalten.

Sie schloss das Buch und ging zum Fenster der Bibliothek, von dem aus sie die Einfahrt überblicken konnte. Sollte sie preisgeben, was sie durch Jack Hortons Geständnis erfahren hatte? Lag es in ihrem Interesse, Michael Duffy reinzuwaschen?

Dass Michael noch lebte, könnte ihren Enkel von seiner Entscheidung abbringen, sich von seiner irischen Abstammung loszusagen und sich voll und ganz für sein anglo-schottisches Blut zu entscheiden. Möglicherweise würde sein Vater ihn dazu überreden, seine papistische Religion zu behalten? Und dass ein Papist das Vermögen der Macintoshs kontrollierte, war undenkbar, selbst wenn es sich um ihren geliebten Enkel handelte! Nein, es war besser, wenn Michael Duffy in der Kolonie ein Gejagter blieb. Das würde seinen Kontakt zu Patrick in engen Grenzen halten.

Enid dachte, sie hätte sich ein für alle Mal dafür entschieden, ihr Wissen über Michaels Unschuld für sich zu behalten. Doch Zweifel und Gewissensbisse nagten an ihr. Und wenn Patrick nun herausfand, was sie wusste? Ein Schauer der Furcht überlief sie, als sie sich an ihren Schreibtisch setzte und geistesabwesend die Hand auf den Einband des Tagebuchs legte. Nein, das durfte nicht geschehen! Die Auswirkungen wären zu entsetzlich, als dass sie daran hätte denken mögen. Im Augenblick wollte sie nur die merkwürdige Zuversicht genießen, die in ihr aufgestiegen war, als sie Michael Duffy zum ersten Mal gesehen hatte.

31

Der Expeditionstrupp sammelte sich im ebenen Buschland unterhalb der mit Felsen übersäten Hänge des zerklüfteten Berges. Vom Pferd aus sah Gordon James, wie sich auf dem Kamm eine einsame Gestalt erhob. Die Tiere spürten die Nervosität ihrer Reiter und wurden unruhig. Alle Mitglieder der Expedition hatten Zweifel daran, ob es klug war, die Kalkadoon auf ihrem Berg frontal anzugreifen. Aber der Plan stand fest, jetzt war es zu spät für Änderungen.

Von seiner Position am Hang aus sah Terituba, wie sich die winzigen Gestalten auf ihren Pferden zu Reihen formierten. Voll nervöser Erwartung duckte er sich und tastete nach den Speeren, die er hinter seinem Felsblock gestapelt hatte.

Wallarie stand allein auf dem Felsenhang. Seine gesamte Aufmerksamkeit galt einer winzigen Gestalt, die zwar die blaue Jacke der berittenen Eingeborenenpolizei trug, aber nicht mit einem Karabiner bewaffnet war. Er sah, wie der Mann mit den Händen gestikulierte, um seine Streitmacht in die richtige Formation zu bringen. Wallarie wusste, was kommen würde. In solchen Reihen hatten die Schwarzen Krähen viele Jahre zuvor sein Volk angegriffen, als es an den Wasserlöchern seiner angestammten Heimat lagerte.

Nachdem sich Gordon davon überzeugt hatte, dass die Aufstellung stimmte, sah er sich noch einmal die Reihen seiner Streitmacht an. Er hatte den Männern am Morgen erklärt, welche Taktik beim Angriff auf die Bergfestung der Kalkadoon zur Anwendung kommen sollte. Nun würde er die gesetzlich vorgeschriebene Warnung abgeben. Wenn die Eingeborenen nicht entsprechend antworteten, würden seine Männer den Hügel stürmen. Sie würden den Hang hinaufreiten, so weit sie konnten, dann absteigen und den Angriff zu Fuß fortsetzen, wobei sie abwechselnd feuern und vorrücken würden. Unterdessen saßen die grimmig dreinblickenden Grenzer auf ihren Pferden, die Gewehrkolben in die Hüften gestützt, und starrten zu der einsamen Gestalt oben am Hang hinauf.

Terituba blickte aus seinem Versteck auf halber Höhe des Hangs ebenfalls zu dem Darambal hoch. Dann trug ein Lufthauch von der Ebene unter ihnen eine dünne, ferne Stimme zu ihnen herauf. »Was sagt der weiße Mann?«, fragte Terituba laut, der wusste, dass Wallarie die Sprache der Weißen verstand.

»Er sagt, wir sollen uns ergeben«, rief Wallarie zurück. Eine andere Übersetzung für das englische »*Stand in the Queen's name!*« fiel ihm nicht ein.

»Pah!« Terituba spie auf die Erde und wiegte die Kriegsaxt aus Basalt in seiner Hand. »Ich würde gern sehen, wie er uns dazu bringen will.«

Gordon starrte auf die einsame Gestalt und runzelte die Stirn. Wo waren die Krieger? Hatten sie sich hinter den Felsen verborgen? Er zog seinen Revolver aus dem Holster, hob die Waffe über den Kopf und leitete mit einer weit ausholenden Armbewegung den Angriff ein. »Vorwärts!«, brüllte er, und die beiden Reihen von Reitern trabten los.

Sie erhöhten das Tempo und gaben schließlich ihren Pferden die Sporen, bis Grenzer und Polizisten gleichermaßen in vollem Galopp brüllend den Hang des Kalkadoon-Bergs hinaufrasten. Commanche Jack stieß einen indianischen Kriegsruf aus, den er bei seinen Kämpfen gegen die Apachen gelernt hatte. Die rote Erde explodierte zu einer Staubwolke, als die Pferde ihre Hufe hart in den Hang gruben, um nicht abzurutschen.

Wallarie hatte die eindrucksvolle Demonstration europäischer Taktik beobachtet. Unwillkürlich empfand er beim Anblick der beiden Reiterreihen, die in vollem Tempo über die staubige Ebene und die unteren Ausläufer des Berges galoppierten, Ehrfurcht. Auch den wenigen Kriegern, die diszipliniert zwischen den Felsen der unteren Hänge warteten, war nicht wohl in ihrer Haut, doch sie rührten sich nicht von der Stelle. Als einzige Verteidigungslinie würden die gut versteckten Männer die volle Stoßkraft des Angriffs zu spüren bekommen.

Terituba hörte das Donnern der Attacke zwischen den Felsen widerhallen. Noch nie hatte er ein solches Geräusch gehört. Es war furchterregend und erinnerte an den Sturm, der Donner und Blitz brachte.

In Wallarie rief es die Erinnerung an den verängstigten jungen Mann wach, der in den Büschen gekauert hatte, während die Polizisten an ihm vorüberfegten, um die hilflosen Männer, Frauen und Kinder seines Clans zu töten. Diesmal spürte er keine Furcht. Diesmal war er bereit. Ein Blick auf Terituba zeigte ihm, dass dessen Körper vor nervöser Anspannung bebte.

Der junge Krieger begann schon, sich aus der Deckung zu erheben, als er die Stimme des Darambal hörte. »Bleib unten. Die Schwarzen Krähen dürfen dich erst sehen, wenn sie so nah sind, dass du deine Axt einsetzen kannst.«

Terituba sank in die Deckung zurück.

Kein Eingeborener würde sich einer Reiterattacke entgegenstellen, dachte Gordon optimistisch, während er seinem Pferd die Sporen gab, um es den Hang hinaufzutreiben. Aus dem Augenwinkel sah er, wie sich seine Polizisten mit ihren Karabinern im Sattel vorbeugten. Wie eine unaufhaltsame Flutwelle rollten sie unter Schreien und Flüchen über den Hang hinweg. Wenn es ihnen gelang, die Kalkadoon von der Bergkuppe zu vertreiben, konnten sie sie niederreiten und einzeln erledigen.

»Himmel!« Fluchend sah Gordon, wie sich plötzlich dreißig bemalte Krieger aus den Felsen erhoben. Ihre Speere steckten auf Woomera-Stäben, und in den starken Händen hielten sie schwere Kriegsbumerangs. »Die laufen nicht weg!«, hörte er sich selbst das Donnern der Attacke überschreien.

Die Berittenen feuerten vom Sattel aus, ohne ihr Tempo zu verlangsamen. Kugeln schlugen gegen die Felsen, und Querschläger pfiffen über den Hang. Speere und Bumerangs regneten auf die Reihen der Reiter herab. Ein Pferd wieherte vor Schmerz. Einige der ungezielten Kugeln trafen Kalkadoon, die versuchten, sich hinter Teritubas Versteck weiter oben am Hang zurückzuziehen.

Während seine Männer weiterritten, suchte Gordon mit den Blicken die Bergkuppe ab. Wo war die Hauptmacht der Kalkadoon? Nur die Hand voll zu allem entschlossener Krieger auf den unteren Hängen und der einsame Mann auf dem Gipfel beobachteten ihren Angriff. Hatten die Kalkadoon ihre Taktik geändert? Es überlief ihn eiskalt bei dem Gedanken, dass sich in diesem Augenblick die Hauptstreitmacht der Krieger formierte, um seine Flanken anzugreifen oder ihm in den Rücken zu fallen.

Die Pferde wieherten protestierend, als die Hänge zu steil für sie wurden, und die Angreifer glitten mit ihren Waffen aus dem Sattel. Von ihren Reitern befreit, galoppierten die Pferde den Hang hinunter und flüchteten in die Sicherheit des Buschs. Aus einigen Tieren ragten Speere heraus, und die Grenzer und Polizisten hörten die Spottrufe der schwarzen Krieger, die sie vom Gipfel aus verhöhnten.

Die Felsen als Deckung nutzend, rückten sie vorsichtig vor. Aus dem blauen Himmel über ihnen regnete es Steine, die die wenigen Verteidiger aufgestapelt hatten und nun verschossen.

Keuchend kämpfte sich Gordon den steilen Hang hinauf. Der Schweiß brannte in seinen Augen. Um ihn herum nutzten seine Männer jede Deckung, die sie finden konnten, um ihre Gewehre neu zu laden. Zum Feuern erhoben sie sich, doch dann duckten sie sich sofort wieder.

Der Angriff schien an Schwung zu verlieren, und es sah so aus, als sollte die Schlacht, die Gordon lange geplant hatte, durch den entschlossenen Widerstand einer Hand voll Kalkadoon entschieden werden. Ihm war klar, dass er es sich nicht leisten konnte, diese wichtige Auseinandersetzung zu verlieren. Nur etwa dreißig Kalkadoon hatten sich seiner in der Überzahl befindlichen, schwer bewaffneten Streitmacht entgegengestellt. Wo war der Rest?

Terituba duckte sich zum Sprung. Auf der anderen Seite des

Felsens knirschten Steine unter einem Stiefel. Der Feind war so nah, dass er seinen abgehackten, keuchenden Atem hören konnte.

Da erhob Terituba sich und blickte in das entsetzte Gesicht eines weißen Polizisten. Er schwang seine Axt, und die polierte Schneide streifte Gordons Stirn. Blut spritzte über Terituba, als der weiße Offizier rückwärts taumelte. In Gordons Stirn klaffte eine Wunde. Bewusstlos stürzte er auf die staubige Erde des Hangs. Scheinbar aus dem Nichts prallte eine Kugel gegen die Brust des Kalkadoon und brach ihm die Rippen. Ihre Wucht war so groß, dass er herumgewirbelt wurde. Seine Brust umklammernd, stürzte er auf die Knie.

Wallarie sah den eingeborenen Polizisten, der Terituba niedergeschossen hatte, auf einem Knie den rauchenden Karabiner nachladen. Der Schuss hatte Gordon vor dem sicheren Tod gerettet, aber dem Polizisten war klar, dass er nun selbst in Gefahr war. Der ältere Krieger oben auf dem Hügel hatte nämlich in der Zwischenzeit nach einem Speer gegriffen und ihn auf seinen Woomera-Stab gesteckt. Sobald er nachgeladen hatte, nahm der Polizist hastig die Gestalt ins Visier, die sich anschickte, einen Speer auf ihn zu schleudern. Dieser verfehlte ihn zwar, aber er zuckte zusammen und feuerte wild in die Gegend, sodass der Schuss daneben ging. Wallarie erinnerte sich später nur daran, dass ihn etwas seitlich am Kopf getroffen hatte, das war alles.

»Holt Inspektor James!«, brüllte Commanche Jack aus der Deckung eines Felsens heraus. »Er liegt verletzt am Boden!«

Der Polizist, der den Schuss auf Wallarie abgegeben hatte, rannte vor. Drei weitere verschwitzte und verängstigte Beamte kamen ihm zu Hilfe. Sie packten ihren Kommandeur grob an Armen und Beinen und schleiften ihn unter dem beständigen Steinhagel ohne viel Federlesens den Hang hinunter.

Die Verteidiger auf den Höhen über den sich zurückziehenden Angreifern brachen in Triumphgeschrei aus. Aber der Blutzoll, den sie von ihren Angreifern gefordert hatten, hatte sie selbst einen entsetzlichen Preis gekostet. Die felsigen Hänge waren mit toten und verwundeten Kriegern übersät.

Der Himmel war ein roter Nebel, in dem schwarze Punkte tanzten, und sein Kopf dröhnte wie eine Basstrommel, auf der ein Wahnsinniger herumhämmerte. Stöhnend rollte sich Gordon James auf die Seite, um sich zu übergeben. Durch die Bewegung wurde der Schmerz in seinem Kopf noch unerträglicher. Ein Polizist half ihm, sich aufzusetzen, und hielt ihm eine Feldflasche mit Wasser an den Mund. Gordon schluckte das Wasser hinunter, aber sein Magen rebellierte, und das Dröhnen der Trommel ging in dem unheimlichen, fernen Singsang von Aborigines unter. »Was ist los?«, stöhnte Gordon, während er versuchte, durch den Nebel vor seinen Augen die grimmig dreinblickenden Männer um sich herum zu erkennen.

»Corroboree«, antwortete Commanche Jack mit gepresster Stimme, der die Enttäuschung deutlich anzumerken war. »Die Kalks feiern ihren Sieg.«

Gordon berührte seine Stirn und stellte fest, dass er einen dicken Verband um den Kopf trug. Vage erinnerte er sich, dass ihn etwas getroffen hatte. Er meinte, Wallarie allein auf dem Berg gesehen zu haben, als ihn das nebelhafte Ding außer Gefecht setzte. Als er Commanche Jack genauer ansah, stellte er fest, dass dessen Arm oberhalb des Ellbogens in einem merkwürdigen Winkel abstand. In den verhangenen Augen des abgebrühten Indianerkämpfers stand der nackte Schmerz.

»Bin einem Felsbrocken in die Quere gekommen«, erklärte Jack. »'ne Menge Leute sind von Steinen und Speeren getroffen worden. Wir haben viele Verwundete, aber bis jetzt hat noch keiner ins Gras gebissen.«

»Und die Pferde?«, fragte Gordon, der allmählich wieder klar denken konnte. »Haben wir unsere Pferde wieder?«

»Die Jungs haben sie zusammengetrieben«, erwiderte Jack, der seinen gebrochenen Arm mit dem gesunden stützte. »Unsere Leute wollen nach Hause, und zwar so schnell wie möglich. Die Kalks haben uns eine schöne Abreibung verpasst.«

Mühsam kam der junge Polizeioffizier auf die Beine und versuchte schwankend, das Ausmaß der Niederlage abzuschätzen. Grenzer und Polizisten mit gebrochenen Knochen und Fleischwunden lehnten mit dem Rücken an der stachligen Rinde der

Steppenbäume. Der eine oder andere war durch einen Speer verletzt worden. Sie wirkten still und bedrückt. Die Aura der Niederlage lag über der Expedition wie ein schwerer, erstickender Mantel. Durch die heiße stehende Luft drang das Geräusch krachender und scheppernder Steine: Die Kalkadoon feierten oben am Hang ihren Sieg.

Die erschöpften, demoralisierten Männer folgten Gordon mit den Blicken, als er umherging, um das Ausmaß seiner unrühmlichen Niederlage gegen solch eine erbärmlich kleine Anzahl entschlossener Männer abzuschätzen. »Zeit, nach Hause zu gehen, Inspektor«, sagte einer der Grenzer, der sich den gebrochenen Finger hielt. »Um diese Schwarzen zu schlagen, brauchen wir mehr Leute.«

Gordon antwortete nicht darauf, sondern ging zu Sergeant Rossi, der einen Mann mit einer Speerwunde behandelte. Der Verletzte stöhnte vor Schmerz, als der Sergeant so vorsichtig wie möglich versuchte, ihm die mit Widerhaken versehene Spitze aus der Schulter zu drehen. Aber die Haken ließen sich nicht herausziehen, und es war offensichtlich, dass sie nur von einem Arzt herausgeschnitten werden konnten.

»Sergeant Rossi! Alle einsatzfähigen Männer sollen sich in fünf Minuten versammeln.«

Sergeant Rossi salutierte und überließ den Verwundeten sich selbst. Lustlos schleppten sich die einsatzfähigen Männer zu Gordon, der zum Gipfel hinaufstarrte, wo er in der Ferne zwischen den Felsen auf der Kuppe die Gestalten der Krieger sah. Er konnte es sich nicht leisten, von den Kalkadoon geschlagen zu werden. Nach Cloncurry zurückzukehren kam nicht in Frage.

Die Grenzer und Polizisten, die sich um ihm sammelten, boten einen traurigen Anblick. Doch als sich Gordon an sie wandte, war seine Stimme voller Zuversicht. Er war die geborene Führungspersönlichkeit und besaß die Gabe, Verzagten neuen Mut einzuflößen.

Die Männer lauschten, als Gordon seinen neuen Plan erklärte: Die Streitmacht würde sich aufteilen und den Berg aus zwei Richtungen attackieren. Die Hauptmacht sollte über den Hang angreifen, an dem sie vorhin gescheitert waren, während auf der gegenüberliegenden Seite ein Ablenkungsmanöver erfolgte. Es war ein einfacher Plan, und das gefiel den Leuten.

Die Expedition wurde in zwei Gruppen aufgeteilt – eine sollte Gordon befehligen, die andere Sergeant Rossi. Gordon würde den Frontalangriff auf den Berg leiten. Trotz seiner schweren Verletzung bestand Commanche Jack darauf, Gordon zu begleiten. Der Amerikaner ließ sich von einem Grenzer den Arm schienen und tauschte sein Gewehr gegen einen Revolver.

Sergeant Rossi und seine Truppe ritten los, um auf der anderen Seite des Hügels in Stellung zu gehen, während Gordon mit seinen Leuten im spärlichen Schatten des Buschs wartete. Nach einer Stunde hörten sie Gewehrfeuer: Sergeant Rossis Angriff hatte begonnen.

»Also, Jungs«, sagte Gordon ruhig. »Es geht los.« Die verbliebenen einsatzfähigen Polizisten und Grenzer erhoben sich und griffen zu ihren Waffen. In aufgelöster Ordnung rückten sie, aus allen Gewehren feuernd, unter einem Hagel von Steinen, Speeren und Bumerangs gegen den nur schwach verteidigten Gipfel vor.

Wieder kamen sie nur langsam voran. Sie schossen aus der Deckung der Felsen heraus, luden nach und huschten zum nächsten Gesteinsbrocken. Aber auf der Kuppe hatte ein radikaler Wandel stattgefunden. Die Verteidiger waren nicht mehr so gut organisiert und liefen verwirrt durcheinander, während sie versuchten, beide Seiten gleichzeitig zu verteidigen. Dabei wurden sie unweigerlich zum leichten Ziel für die Gewehre der Angreifer. Ein Kalkadoon-Krieger nach dem anderen sank, von Kugeln durchbohrt, zu Boden.

Gordon feuerte aus seinem Revolver, bis er leer war, während rechts und links von ihm seine Männer unaufhaltsam vorrückten. Als er die Waffe erneut hob, um nach einem Ziel zu suchen, herrschte auf dem Schlachtfeld Totenstille.

»Nachladen. Zurück zu den Pferden«, befahl Gordon in der unheimlichen Stille, die sich über den Berg gesenkt hatte. »Wir müssen nach den Verwundeten sehen.«

Die Männer lösten ihre Formation auf und trotteten schweigend zu den Büschen zurück, bei denen sie die Verwundeten zurückgelassen hatten.

»Verdammte Kalks!«, schimpfte Commanche Jack im Gehen. Er schüttelte ungläubig den Kopf. »Die wissen einfach nicht, wann sie aufgeben müssen!«

Als sich die müden Männer in den Schatten der Bäume fallen ließen, hätte sich Gordon am liebsten in einem kühlen, dunklen Loch verkrochen. Er wollte allein sein, um über die Tragweite der Ereignisse nachzudenken, aber ihm war klar, dass er auf den Beinen bleiben und die nächste Phase der Operation überwachen musste. Seine Mission war noch nicht beendet und würde es erst sein, wenn die Kalkadoon ein für alle Mal geschlagen waren, sodass sie nie wieder über die Siedler im Cloncurry-Distrikt herfallen konnten.

»So was hab ich noch nicht geseh'n«, sagte Commanche Jack neben ihm. »Jetzt habe ich so viele Jahre gegen die Indianer gekämpft, aber das hier ist das Tapferste, was mir je untergekommen ist.«

Gordon antwortete nicht auf die Bemerkung des Amerikaners, sondern nickte nur. Wo war die Hauptstreitmacht der Kalkadoon? Es hatten doch alle Anzeichen darauf hingedeutet, dass eine Entscheidungsschlacht unvermeidlich war! Doch nur eine Hand voll mutiger Krieger hatte sich seiner überlegenen Streitmacht entgegengestellt. Warum?

Als er zum Berg hinaufblickte, dämmerte Gordon die Antwort. Sie hatten ihr Leben gegeben, um Frauen, Kindern und den übrigen Kriegern die Flucht zu ermöglichen. Beschämt durch den selbstmörderischen Mut der Eingeborenen, die bis zum Letzten Widerstand geleistet hatten, senkte er den Kopf. Sie hatten ihn um den Sieg gebracht, und die Geschichte ihres heroischen Widerstands würde seinen Erfolg überstrahlen. Und doch – es war vorbei, dachte er. Die Kalkadoon hatten endlich erkannt, dass sie dem mächtigen britischen Empire nichts entgegenzusetzen hatten. Er hatte seine Aufgabe erledigt.

Warum hatte er dann das Gefühl, dass etwas Schreckliches geschehen war? Schrecklich nicht nur für die geschlagenen

Kalkadoon, sondern auch für ihn selbst. Hausten Geister auf diesem Berg wie auf dem heiligen Hügel der Darambal? War er für immer verflucht, so wie es sein Vater angeblich gewesen war? Mit abergläubischem Schauder wandte Gordon der Anhöhe den Rücken zu und ging Sergeant Rossi entgegen, der mit der zweiten Gruppe heranritt.

Am späten Nachmittag kehrten die Polizisten unter größter Vorsicht an den Ort des Kampfes zurück, um die gefallenen Kalkadoon zu zählen und die Verwundeten zu erschießen. Terituba, der wieder zu Bewusstsein gekommen war, stellte sich tot, als die Polizisten auf ihrem Weg nach oben über ihn stiegen. Aus dem Augenwinkel versuchte er zu erkennen, wo Wallarie gestürzt war, aber der war verschwunden. Vorsichtig drehte Terituba den Kopf, um die Felsen um sich herum zu überblicken.

Wohin er auch sah, überall feuerte der Feind die entsetzlichen Waffen ab, die seinen Männern auf dem Hügel das Leben geraubt hatten. Wenn er jetzt floh, war das sein sicherer Tod. Also legte er den Kopf zurück und wartete geduldig.

Während die Sonne hinter dem Hügel versank und die Sterne über den fernen Ebenen aufgingen, kroch Terituba vom Schlachtfeld weg. Er wanderte durch die Nacht, bis er an einen Fluss kam. Dort kniete er nieder und stillte seinen Durst. Sein Kopf dröhnte, und aus der Wunde, die die Kugel in sein Fleisch geschlagen hatte, sickerte immer noch Blut.

Er legte sich in den Sand des Flussufers und fiel in einen tiefen Schlaf. In seinem Traum erinnerte er sich an das Totenlied, das der Darambal vor der Schlacht gesungen hatte. Abrupt wachte er auf. Sein scharfes Ohr vernahm das Schnappen und Knurren wilder Hunde, die auf den Hängen ein Festmahl feierten. Der Stolz der Kalkadoon-Krieger war nur noch Nahrung für die Aasfresser. Terituba schlief wieder ein.

Bei Sonnenaufgang weckte der pfeifende Flügelschlag eines Schwarms wilder Enten den Krieger. Er fühlte sich frisch gestärkt, aber er wusste, dass sich auch der Feind erholt haben würde. Der Anführer der Weißen hatte sich als genauso unbarmherzig erwiesen, wie Wallarie gesagt hatte. Terituba war klar, dass der Mann die Berge nicht verlassen würde, bis er nicht den letzten Kalkadoon-Krieger aufgespürt hatte. Er musste nach den Überlebenden seines Volkes suchen, aber zuerst musste er seine Frauen und seine Söhne finden.

Er watete in die Untiefen des Flusses hinaus, wo das kalte Wasser in sein nacktes Fleisch biss, als er die mit Blut befestigten Federn abwusch, doch er spürte es nicht. Mit den Totemzeichen seines Kriegervolkes verschwand für alle Zeiten ein Brauch seines stolzen, mutigen Stammes. Denn als Kriegervolk hatten die Kalkadoon aufgehört zu existieren.

In den Schluchten und entlang der Wasserläufe feuerten die Polizisten in die verlassenen Gunyahs, die Hütten der Kalkadoon. Aufsteigender Rauch brachte die Kunde von der Zerstörung zu den Überlebenden, die sich in den Schutz der Berge geflüchtet hatten und von dort verzweifelt zusahen. Die Frauen jammerten, und die Kinder weinten vor Kummer und Verwirrung. Sie konnten nicht begreifen, was am Vortag geschehen war. Seit der Traumzeit hatte es keine Katastrophe dieser Größenordnung gegeben! Hätten die Kriegshäuptlinge nicht auf den Rat des Darambal gehört, nicht die gesamte Kraft des Stammes gegen die Weißen einzusetzen, dann hätte keiner von ihnen überlebt. So hatten sich zumindest die Frauen und Kinder und eine Hand voll Krieger retten können.

Gordon James suchte die Hänge persönlich ab, bevor er sich seinen Männern anschloss, die ihre Pferde bestiegen, um Überlebende aufzuspüren. Langsam ging er zwischen den Leichen umher, die überall auf dem Hang verstreut lagen. Er suchte einen bestimmten Mann. Aber der Darambal war nicht unter den Toten. Der alte Krieger war nirgends zu entdecken.

»Was suchen Sie, Inspektor?«, fragte Commanche Jack, der bereits auf seinem Pferd saß.

Gordon starrte auf die rote Ebene hinaus, die sich östlich der Berge erstreckte. Am Himmel darüber segelte majestätisch und voller Anmut ein großer Adler, die riesigen Schwingen weit ausgebreitet.

»Ich glaube, ich habe es gefunden«, erwiderte er, ohne den Adler aus den Augen zu lassen. Commanche Jack spie einen langen Tabakstrahl auf die Erde und ritt davon. Es sah nicht so aus, als wollte der Inspektor ihm verraten, wovon er sprach.

Der Amerikaner hatte sich nicht getäuscht. Gordon hatte nicht die Absicht, darüber zu sprechen, dass er im Flug des Adlers den Geist des alten Darambal-Kriegers sah. Er blickte dem Adler nach, bis er vom Wind abgetrieben wurde und mit dem fernen Horizont verschmolz. Vielleicht hatte Peter Recht gehabt. Wallarie war ein Geist und nicht zu fassen.

32

Die Fahrt mit der Hafenfähre rief in Michael bittersüße Erinnerungen wach an die Zeiten, in denen er und sein Cousin Daniel Duffy ihre kostbare Freizeit an den einsamen Stränden der mit Buschwerk bedeckten Landspitze von Manly verbracht hatten. Eine Zeit der Unschuld – Michael träumte damals davon, Maler zu werden, während Daniels Ehrgeiz der Juristerei galt.

Zumindest Daniels Träume hatten sich erfüllt, das wusste Michael von seiner Schwester Kate. Er saß als Vertreter des Arbeiterviertels, in dem sie aufgewachsen waren, in der gesetzgebenden Versammlung. Michaels Träume dagegen waren in jener Nacht für immer zerstört worden, in der er bei einem Straßenkampf Jack Hortons Halbbruder tötete. Seit zwei Jahrzehnten hielt ihn seine Familie – mit Ausnahme seiner Schwester – für tot. Seit zwei Jahrzehnten lebte er in ständiger Gefahr.

In vielerlei Hinsicht, sinnierte er schwermütig, war sein Schicksal an dem Tag besiegelt worden, an dem er und Daniel am Anleger von Manly gestanden und auf die Fähre gewartet hatten. In der schwülen Luft jenes Sommernachmittags hatte sich ein heftiges Gewitter zusammengebraut. An diesem Tag erblickte er zum ersten Mal die schöne, dunkelhaarige junge Frau, deren Finger sich bei einem heftigen, nahen Donnerschlag in seinen Arm krallten. Dass er Fiona Macintosh begegnete, war scheinbar reiner Zufall. Doch als die Umstände der tödlichen Beziehung zwischen der Familie Macintosh und seiner eigenen deutlich wurden, mochte Michael nicht länger an Zufall glauben. Es war, als hätte sie eine mächtige Kraft zusammengeführt, um einen von ihnen oder alle beide zu bestrafen.

Kate war überzeugt davon, dass das Massaker am Nerambura-Clan aus dem Volk der Darambal sehr wohl mit den Tragödien zu tun hatte, die beide Familien über die Jahre heimgesucht hatten. Auch wenn Michael zunächst nichts davon hatte hören wollen, respektierte er doch das Wissen seiner Schwester über die Welt, die jenseits der Schatten der Nacht lag. War seine Begegnung mit Fiona durch eine Macht vorherbestimmt gewesen, die sein Verständnis überstieg?, fragte er sich nun erneut, als sich die Dampffähre ihrem Anlegeplatz näherte. Während er den überfüllten Pier betrachtete, überlegte er, ob vielleicht auch die jetzige Phase seines Lebens bereits festgelegt war.

Der Landesteg wurde scheppernd vom Kai auf die Fähre geschoben, und die Passagiere verließen das Schiff. Während er den Pier entlang auf das malerische Dorf zuging, das eingebettet zwischen den ruhigeren Wassern des Hafens und den rollenden Brechern des Pazifik lag, genoss Michael die frische Salzluft. Hier schienen ständig Ferien zu sein, was genau der Absicht des visionären Gründers der Ortschaft entsprach. Henry Gilbert Smith, der 1827 aus England eingewandert war, hatte Manly als das Brighton Sydneys geplant.

Michael durchquerte das Dorf auf dem Corso, den Henry Smith nach einer Straße benannt hatte, die er in Rom gesehen hatte. Er passierte belebte Hotels und elegante kleine Geschäfte, bis er ans Ende der Hauptstraße kam, wo die Brecher ans Ufer schlugen. Wenn die Informationen, die John seinem chinesischen Gemüselieferanten entlockt hatte, richtig waren, hielt sich Fiona an diesem Tag im Sommerhaus auf.

Es war mitten am Vormittag, und die frische Brise fuhr vom Meer her durch seine dichten Locken, als er durch den unter seinen Stiefeln knirschenden Sand stapfte. In der Ferne entdeckte er eine winzige Gestalt, die auf dem Strand langsam in die andere Richtung schlenderte. Sie hielt einen bunten Sonnenschirm und ging barfuß, um das kühle Meerwasser zwischen ihren Zehen zu genießen. Selbst auf diese Entfernung wusste Michael, dass es sich um die Frau handelte, die er suchte.

»Die Engel im Himmel mögen dich schützen«, sagte er leise, als er sich ihr von hinten näherte. Fiona erstarrte, und für einen kurzen Augenblick dachte Michael, sie würde in Ohnmacht fallen. Aber sie fasste sich wieder und drehte sich langsam um, als würde sie damit rechnen, einen Geist vor sich zu sehen.

»Michael!«

Wie ein ersticktes Flüstern kam der Name aus ihrem Mund, während sie völlig verblüfft in sein Gesicht starrte.

»Ich dachte mir, dass du dich an diese Worte erinnern würdest«, sagte er sanft, wobei er traurig auf sie herablächelte. »Ich wusste, dass du hier sein würdest. Frag mich nicht, wie.«

Fiona antwortete nicht sofort, so groß war der Schock, den Mann wiederzusehen, den sie einmal über alles geliebt hatte. Seit ihren letzten gemeinsamen Augenblicken im Sommerhaus, nicht weit von dem Strand, an dem sie nun standen, war sie ihm nur einmal begegnet. Damals allerdings hatte man ihn ihr als Michael O'Flynn, einen amerikanischen Waffenhändler, vorgestellt. Zwar hatte sie geglaubt, ihren ehemaligen Geliebten, den Vater ihres Sohnes, in ihm wiederzuerkennen. Aber er hatte seine Identität überzeugend abgestritten – allerdings nicht überzeugend genug, um Penelope hinters Licht zu führen. Nun stand er vor ihr, um Jahre älter geworden. Immer noch war seine Nase leicht schief, ein Relikt aus seinen Tagen als Boxer. Sie fand nicht, dass die lederne Augenklappe sein herbes, aber attraktives Gesicht entstellte. In dem verbliebenen blauen Auge lagen der Humor und die Sanftmut, die ihn ihrer Ansicht nach schon immer ausgezeichnet hatten.

»Du bist genauso schön wie damals«, sagte er weich. »Nein, du bist noch schöner als das letzte Mal, als ich dich an diesem Strand gesehen habe. Für dich hat die Zeit stillgestanden.«

Verlegen berührte Fiona ihr Haar, und in ihr Lachen mischten sich ein paar winzige Tränen. »Und du, Michael Duffy, bist immer noch ganz der charmante Ire. Die Zeichen des Alters in meinem Haar sind doch nicht zu übersehen.«

»Silberne Strähnen, wie es sich für eine Lady gehört«, erwiderte er voller Wärme. Sein Lächeln wurde noch breiter. »Deine Schönheit ist alterslos wie das Blau des Ozeans und die Farben der Rose.«

»Ich weiß, dass du lügst, Michael Duffy«, sagte sie zärtlich, während ihr die Tränen in die smaragdgrünen Augen stiegen. »Aber ich würde jedes Wort glauben, das du sagst, weil kein Mann so sanft und liebevoll ist wie du.«

Der Hüne, der Jahre des Krieges und der tödlichen Intrigen überlebt hatte, senkte den Blick und starrte auf die rollenden Wellen, die sich mit sanftem Rauschen auf dem gelben Sand des Strandes brachen. Er wollte nicht, dass sie die Tränen sah, die ihm in die Augen traten, so sehr es ihn auch rührte, dass sie sich an die Seite seines Wesens erinnerte, die er vor der Welt verleugnen musste. Außerhalb seiner Familie kannten ihn die meisten Menschen nur als kampferprobten Söldner.

»Ich habe von der Sache mit Patrick gehört«, stieß er mit erstickter Stimme hervor, während er auf das Meer hinausblickte. »Ich werde ihn finden.« Dann wandte er sich zu ihr um. Der Sonnenschirm entglitt ihrer Hand, als sie die Arme ausstreckte, um Michael an sich zu ziehen.

Sie hielt ihn fest an sich gepresst, während tiefe Schluchzer ihren Körper schüttelten. Es waren Tränen um die verschwendeten Jahre, Tränen um ihren gemeinsamen Sohn, der nun für sie beide verloren war. Ihr Schmerz fand Linderung in einer Umarmung, an die sie sich noch lebhaft erinnerte. Während sie sich an ihn klammerte, strich seine große Hand über ihr Haar, als wäre sie wieder ein Kind in den Armen ihres geliebten Kindermädchens Molly O'Rourke.

Als wären sie in der Zeit zurückgekehrt, saßen Michael und Fiona gemeinsam im Sommerhaus und hielten einander an den Händen. Doch die Leidenschaft war erloschen. Ihre Liebe hatte sich verändert – zu viel war in ihrem Leben geschehen.

»Ich weiß von der Sache mit dir und Penelope«, seufzte Fiona. »Aber ich glaube nicht, dass sie Zugang zu deiner Seele gehabt hat wie ich, nur zu deinem Körper.« Er antwortete nicht, aber wenn er etwas gesagt hätte, hätte er ihr zugestimmt. »Penelope und ich …« Fiona schien nach Worten zu ringen. »Ich liebe Penelope auf eine Weise, die du vielleicht nicht verstehen würdest«, sagte sie schließlich.

Obwohl Michael von der Beziehung zwischen den beiden Frauen wusste, verriet er nichts davon. Besser, sie glaubte, dass einige Dinge auch in seiner schmutzigen Welt der Intrige ein Geheimnis blieben, dachte er schuldbewusst. »Ich verstehe.« Sanft drückte er ihre Hand. »Du brauchst mir nicht mehr zu erzählen, wenn du nicht willst.«

»Ich werde dich immer lieben, Michael«, sagte Fiona leise. »Als ich von der Geschichte zwischen dir und Penelope erfahren habe, war ich wütend und verletzt, aber Penny hat mir erklärt, dass du nicht mehr der gleiche Michael Duffy seist wie der, den ich geliebt habe. So hatten wir beide das Glück, uns in unseren eigenen Michael Duffy zu verlieben.«

Michael lachte liebevoll über ihren naiven Versuch, die Situation zu erklären. Sie blickte ihn verwirrt und etwas beleidigt an, was er sehr anziehend fand. »Was ist daran so lustig?«, fragte sie steif. »Ich meine es ernst, Michael.«

Er hörte auf zu lachen und musterte sie lächelnd. »Weißt du, als Mann habe ich großes Glück gehabt, euch beide kennen zu lernen. Aber ich bete zu Gott, dass unser Sohn nie erfährt, dass sowohl seine Mutter als auch seine Tante Penelope das Bett mit ihren beiden Michaels geteilt haben. Nachdem er in England erzogen wurde, dürfte er nicht viel Verständnis für die Lüsternheit seiner Mutter und seiner Tante aufbringen.«

Fionas strenger Gesichtsausdruck schmolz dahin. Sie brach in Gelächter aus, als sie sich vorstellte, wie schockiert ihr Sohn sein würde. Doch das Lachen erstarb und sie blickte Michael ernst an. »Du wirst ihn doch finden, nicht wahr?«

In ihre Augen trat ein gehetzter Blick, als sie den einzigen Mann, dem sie wirklich vertraute, um das Leben ihres Sohnes anflehte.

»Ja, das werde ich«, antwortete Michael, der ihre Hände fest in den seinen hielt. »Und wenn ich ihn gefunden habe, bringe ich ihn zu dir nach Hause.«

Fiona versuchte, bei seinen zuversichtlichen, beruhigenden Worten zu lächeln. »Selbst wenn du Patrick zurückbringst – meine Mutter hat ihn gegen mich aufgehetzt«, flüsterte sie. »Sie hat ihm erzählt, ich hätte ihn in ein Pflegehaus geschickt, und wenn Molly ihn nicht gerettet hätte, wäre er dort gestorben.«

Eine Sekunde lang war Michael von dieser Enthüllung so schockiert, dass er sie entsetzt anstarrte. Das konnte Lady Enid nicht getan haben, dachte er. »Dann sage ich ihm die Wahrheit«, meinte er schließlich. »Dass deine Mutter ihn angelogen hat.«

Voller Dankbarkeit, für die sie keine Worte fand, umarmte Fiona Michael inbrünstig. »Mein lieber Michael, ich weiß, warum ich dich so liebe. Du erkennst immer die Wahrheit.«

Keiner der beiden bemerkte, dass Penelope den Raum betreten hatte, bis sie plötzlich vor ihnen stand. Michael sah sie zuerst und löste sich aus Fionas Armen.

»Hallo, Fiona«, grüßte sie höflich. Dann wandte sie sich Michael zu. »Ich hatte erwartet, dich eher zu sehen.«

Fionas Gesichtsausdruck veränderte sich dramatisch. Sie schwankte zwischen Verwirrung und Schuldbewusstsein. Obwohl zwischen ihr und Michael nichts vorgefallen war, wirkte die Situation kompromittierend. Sie zupfte an ihrem Kleid herum und begrüßte Penelope, die einigermaßen kühl darauf antwortete.

»Was soll das heißen, du hast erwartet, mich eher zu sehen?«, fragte Michael. Nachdem Penelope von Fiona kurz umarmt und auf die Wange geküsst worden war, wandte sie ihre Aufmerksamkeit ihm zu.

»Meine Mann weiß von deiner Rückkehr nach Sydney«, erwiderte sie. »Ich fürchte, die Männer, die für Manfred arbeiten, berichten von all ihren Kontakten mit Fremden. Meinem Mann war natürlich sofort klar, dass der große, einäugige Ire, der fließend Deutsch spricht, kein anderer als Michael Duffy sein kann. Du musst vorsichtiger sein, mein Lieber.«

»Verdammt!«, fluchte Michael. »Was weiß er noch?«

Als Penelope sich einen Stuhl nahm, konnte Michael nicht

anders, er musste ihre Schönheit bewundern. Das Alter hatte ihre Sinnlichkeit nicht beeinträchtigt, dachte er. Sie war sexuell nicht weniger anziehend als vor einem Jahrzehnt, als sie ihre seidenen Laken mit ihm geteilt hatte.

»Mein Mann fürchtet offenbar, dass dieser grässliche Mister Brown dich geschickt hat, damit du seine Mission sabotierst«, antwortete sie offen. »Du weißt, dass er geschworen hat, dich umzubringen, wenn du ihn an der Erfüllung seines Auftrags hinderst.«

»Und der lautet, Neuguinea für den Kaiser zu besetzen?«, fragte Michael rundheraus. Sie lächelte geheimnisvoll, bevor sie antwortete. »Ich erzähle nie weiter, was man mir im Bett anvertraut, Michael. Ich hoffe, du bist dir dessen bewusst und weißt es zu schätzen.«

Fiona blickte von Michael zu Penelope.

»Du kannst Manfred versichern, dass weder ich noch Mister Brown die Absicht haben, seine Mission zu sabotieren«, sagte Michael ruhig.

»Ich würde dir vielleicht glauben, Michael«, erwiderte Penelope mit echtem Mitgefühl, »aber ich bezweifle, dass ich Manfred beeinflussen könnte. Für ihn bist du ein gefährlicher Mensch, der zu allem fähig ist. Unglücklicherweise kennt er deine anderen Seiten nicht wie ich und Fiona.«

»Ich meine es ernst. Meine Arbeit für Horace Brown ist beendet, ich bin mein eigener Herr.«

»Ich habe doch gesagt, ich glaube dir, Michael«, wiederholte Penelope. »Aber um deiner selbst willen solltest du Sydney sofort verlassen, damit dir nichts zustößt.«

»Geht es um mich oder um dich, Penelope?«, fragte Michael grimmig lächelnd.

Penelope war sofort klar, dass er auf ihre Beziehung zu Fiona anspielte. Sie blickte ihre Geliebte an. Sie war gekommen, um Fiona mit ihrem Körper zu trösten, und hatte stattdessen Michael in deren Armen gefunden. Nie zuvor war sich Penelope der Liebe Fionas so wenig sicher gewesen wie in diesem Moment. »Um dich, Michael«, erwiderte sie, während Fionas Augen die ihren trafen.

Sie brauchten keine Worte. Aus Penelopes Antwort an Michael wusste Fiona, dass diese sie mit ihrem Körper ebenso wie mit ihrem Herzen liebte. Michael war ein Außenseiter, der keine von ihnen besaß und den sie doch beide liebten.

Michael erhob sich und wünschte ihnen einen guten Abend. Seine letzte Erinnerung an die beiden Frauen, die in seinem Leben so wichtig gewesen waren, war, wie sie einander an der Hand hielten, als er die Tür hinter sich schloss.

Während er sich von dem Sommerhaus entfernte, wurde Michael klar, dass ein Teil seines Lebens durch diese Begegnung mit Fiona seine Vollendung gefunden hatte. Außer ihrem Sohn hatten sie nur wenig gemeinsam. Fiona gehörte wirklich zu Penelope, und er fühlte deswegen auch keine Eifersucht. Was er in dem Raum zwischen den beiden Frauen gespürt hatte, war echte Liebe gewesen, obwohl er zugeben musste, dass er sie nicht ganz verstand. Aber, dachte er seufzend, als er auf den gelben Sand trat und auf die großen, rollenden Wogen des Pazifik hinausblickte, kein Mann konnte je das geheimnisvolle Wesen der Frauen verstehen. Es war einfach unmöglich.

Patrick zu finden war dagegen nicht unmöglich.

33

Ben Rosenblum glitt aus dem Sattel und führte sein Pferd zu den Koppeln. Als er an Jennys Grab vorbeikam, verlangsamte er seine Schritte, um einen Blick auf den kleinen Pfefferbaum zu werfen, der ums Überleben kämpfte. Der braucht mehr Wasser, dachte Ben, während er zur Koppel ging. Mehr Wasser und mehr Zuwendung.

Das Leben auf der Farm war nicht einfach gewesen für Ben. Ihm fehlten Viehhirten, die den Busch kannten und wussten, wie man die Tiere dort fand, wenn die Zeit kam, sie zusammenzutreiben. Mit Willie waren sie zumindest halbwegs mit den wenigen Rindern fertig geworden. Arbeitskräfte waren schwer zu bekommen; die Männer hatten keine Lust, im Herzen des Kalkadoon-Gebiets durch einsames Gelände zu reiten, solange die wilden Krieger im Distrikt noch eine Bedrohung darstellten.

Ben schlang die Zügel um eine Holzstange. Seine Stute zitterte. Myriaden von Fliegen hatten sich auf ihren schwitzenden Flanken niedergelassen, und sie stampfte gereizt mit dem Fuß auf. Ben konnte ihre schlechte Laune nur allzu gut nachvollziehen. Ihm selbst ging es nicht viel besser. Das Leben in dieser Abgeschiedenheit ging ihm mit jedem Tag, den er allein verbrachte, mehr auf die Nerven.

»Schscht!«, sagte er leise zu dem Pferd, wobei er mit der Hand beruhigend über die Flanken des Tieres fuhr. Er hob ein Hinterbein an, um den Huf zu überprüfen, da er auf dem Rückritt das Gefühl gehabt hatte, dass die Stute das Bein schonte. Während er den Huf gebückt untersuchte, entdeckte er die Gestalt, die am Rand des Buschs stand.

Aufmerksam beobachtete Terituba den Weißen, den er als Iben kannte. Wie würde er reagieren? Würde er bei seinem Anblick sofort schießen, wie es die Siedler getan hatten, als er mit seinen beiden Frauen und seinen beiden Söhnen nach der Vertreibung aus den Godkin-Bergen floh? Seit dem Tag der entsetzlichen Schlacht waren eine seiner Frauen und einer seiner Söhne den Gewehren der Weißen zum Opfer gefallen. Sie waren niedergeschossen worden, als sie versuchten, den berittenen Grenzern zu entkommen, die die Täler und Schluchten der Hügel nordwestlich von Cloncurry durchstreiften.

Dem jungen Krieger war klar geworden, dass die Berge keine Zuflucht mehr boten, und er hatte beschlossen, nach Osten in die Weite des Buschlands zu fliehen. Er war auf dem Weg zurückgekehrt, der ihn zur großen Versammlung der Clans geführt hatte, und dabei auf Jerusalem, den Besitz von Ben Rosenblum, gestoßen. Ihm war bewusst, dass seine einzige Hoffnung darin bestand, sich mit dem Weißen anzufreunden, wenn er seine Frau und seinen Sohn retten wollte. Bei Iben hielt er eine solche Freundschaft für möglich: Er war ein Weißer mit einer guten Seele, ein tapferer Mann, der ebenfalls Kinder hatte. Terituba beobachtete ihn, rührte sich jedoch nicht von der Stelle. Er wusste, dass der andere versuchte, ihn einzuschätzen.

Ben richtete sich betont gelassen auf, wobei sich seine Hand instinktiv auf den Griff seines Revolvers legte, und blinzelte in die grelle Nachmittagssonne. Der hünenhafte Ureinwohner stand allein und völlig bewegungslos am Rand des Busches. Der Mann kam ihm bekannt vor: Es war der Krieger, dem er vor vielen Wochen Mehl und Zucker geschenkt hatte. Ihm fiel auf, dass der Kalkadoon keine Waffen trug und offenbar am Kopf verletzt war. »Komm her!«, rief er ihm zu und winkte ihn mit der Hand zu sich heran. »In der Hütte gibt's was zu essen.«

Terituba verstand, dass die Handbewegung eine Aufforderung war, näher zu kommen. Nervös grinsend ging er über den staubigen Hof auf den bärtigen Weißen zu, der die Hände in die Hüften gestützt hatte. »Iben«, sagte er, als er vor Ben stand.

Der Weiße strahlte bei dieser Begrüßung über das ganze Gesicht.

Ben erinnerte sich, dass er diesen Namen sozusagen selbst erfunden hatte. »Ja, Iben«, erwiderte er, als er dem Kalkadoon die Hand reichte.

Das Händeschütteln war wie ein Austausch zwischen den Seelen der beiden Männer, und Terituba wusste, dass er einen Weißen mit einem wahrhaft guten Herzen gefunden hatte. Er dankte Ben in seiner eigenen Sprache dafür, dass er ihm Zuflucht gewährte. Ben verstand zwar die Worte nicht, entnahm aber dem feierlichen Ton, dass etwas Wichtiges gesagt wurde.

Dann hob Terituba den Arm. Ein kleiner Junge und eine junge Frau traten schüchtern aus dem Busch hervor. So ausgemergelt, wie sie aussahen, waren sie mit Sicherheit hungrig.

»Scheint, als hätte ich Köchin, Gärtner und vielleicht sogar noch einen Viehhirten gefunden.« Ben lachte in sich hinein, während er das Trio betrachtete. Er führte die drei zu seiner Hütte.

Zwei Tage später stolperte ein nach der langen Reise von Townsville nach Hause völlig verdreckter und erschöpfter Saul Rosenblum seinem Vater vor die Füße. Ben konnte nur den Kopf darüber schütteln, dass sein eigensinniger Sohn auf wundersame Weise die Gefahren der beschwerlichen Reise über die Ebenen überstanden hatte. Saul erzählte, er habe sich mit einem von Kates Fuhrmännern angefreundet und diesem angeboten, für ihn zu arbeiten, wenn er ihn auf die Fahrt nach Westen, nach Cloncurry, mitnehme, wo der Mann Waren ausliefern musste. Sauls Aufgabe sei es gewesen, sich um die Ochsen zu kümmern.

Natürlich hatte er seinem Bruder Jonathan einen mühsam zusammengekritzelten Brief übergeben, in dem er sein plötzliches Verschwinden aus dem Haus der Cohens erklärte. Er hatte darauf spekuliert, dass sein Onkel Solomon verstehen würde, warum Saul nach Jerusalem zurückkehren musste, um seinem Vater auf der Farm zu helfen.

Nachdem Judith den Brief gelesen hatte, meinte sie zunächst, sie müssten dem Fuhrmann jemand nachschicken, der Saul zurückholte. Zu ihrer Überraschung war ihr Ehemann anderer Ansicht. »Er ist inzwischen ein junger Mann«, erklärte Solomon, »und muss seinen eigenen Weg in der Welt finden.«

Judith funkelte ihn wütend an und rümpfte die Nase. »Er ist noch ein Kind und braucht eine gute Erziehung.«

»Die wird er bekommen«, erwiderte ihr Ehemann sanft. »Er ist ein Mann wie sein Vater und wird alles lernen, was er braucht, um sich um das Vieh zu kümmern.«

Nicht ganz zufrieden mit der Haltung ihres Mannes hielt sich Judith an Jonathan, der schweigend den Meinungsaustausch verfolgt hatte. Für Saul war es in Ordnung, Rinderzüchter wie sein Vater zu werden, dachte Jonathan ein wenig schuldbewusst. Er dagegen konnte in Townsville zur Schule gehen und eines Tages Arzt, Rechtsanwalt oder sogar Bankdirektor, eben eine wichtige Persönlichkeit werden. Daher war er sehr zufrieden, als ihn seine Tante an ihre Brust drückte und schwor, dass er die beste Ausbildung erhalten werde, die sich die Cohens leisten könnten.

Ben Rosenblum wusste nicht, wie er auf die plötzliche Rückkehr seines Sohnes reagieren sollte, der herausfordernd vor ihm stand, ohne wegen seines Ungehorsams auch nur die geringste Reue zu zeigen.

»Mit der Bullenpeitsche sollte ich dir eins überziehen«, schimpfte er.

»Tu das, Dad«, erwiderte Saul, »aber schick mich nicht wieder weg.«

Einen kurzen Moment lang funkelten sich die beiden an, bis Bens Blick weich wurde. Er wollte nicht, dass sein Sohn sah, wie Tränen in seine Augen traten. »Geh und hol dir was zu essen«, sagte er daher. Dann wandte er sich hastig ab und stürmte über den staubigen Hof davon. »Teritubas Frau wird sich um dich kümmern.«

Auf halbem Weg über den Hof blieb er stehen und drehte

sich zu seinem Sohn um, der auf den Rücken seines Vaters starrte. Irgendwie hoffte er, dass ihm der schroffe Mann entweder eine Tracht Prügel versetzte oder ein freundliches Wort für ihn fand. »Schön, dass du wieder da bist, Sohn«, meinte Ben, »aber wenn du ein Viehzüchter werden willst, anstatt mit deinem Bruder und deiner Schwester in Townsville zur Schule zu gehen, musst du hart arbeiten.«

Am liebsten wäre Saul zu seinem Vater gelaufen und hätte ihn mit der ganzen Liebe, die er für den hoch gewachsenen Mann empfand, umarmt, aber das wäre kindisch gewesen. Stattdessen ging er mit hüpfendem Herzen zu der Rindenhütte, in der Teritubas Frau und Sohn auf ihn warteten.

In den Tagen, die nun folgten, fand Saul in Teritubas Sohn einen Freund. Ihre gemeinsame Liebe zum Busch überbrückte bald die Kluft von Sprache und Rasse. Und Terituba und sein Sohn waren ihm bessere Lehrer als alle anderen, was das Leben in einem Land anging, das sich den Europäern, die von jenseits des Meeres gekommen waren, so feindselig zeigte.

Oft beobachtete Ben, wie die beiden Jungen im Schatten der Bäume um die Hütte saßen und in einer Mischung aus Englisch und Kalkadoon schwatzten, nachdem sie gemeinsam den Busch nach Kleinwild für den Kochtopf durchstreift hatten. »Vielleicht war's doch richtig, dass der Junge zurückgekommen ist«, murmelte er kopfschüttelnd vor sich hin. »Aber er muss lesen und schreiben lernen ...« Dazu musste er ihm die Grundbegriffe des Rechnens und das Alphabet beibringen, das war Ben klar. Wenn Saul Jerusalem einmal leiten sollte, reichte es nicht aus, dass er den Busch gut kannte.

34

Der Regen prasselte monoton auf das Wellblechdach des baufälligen Speisehauses in einem Winkel des Chinesenviertels von Sydney. Männer mit Zöpfen saßen dicht gedrängt um die Tische und spielten Mah-Jongg. Das Klicken der Bambus- und Elfenbeinsteine, die umgedreht und auf den Tisch geworfen wurden, klang wie das Zwitschern von Spatzen. Andere Gäste des Lokals hielten Essschalen dicht vor den Mund und tauchten Stäbchen in die dampfenden, schmackhaften Nudelgerichte. Dabei warfen sie den beiden europäischen Barbaren, die sich an einem Tisch in einer Ecke niedergelassen hatten, immer wieder neugierige Blick zu. Sehr zur Überraschung des Wirts, eines untersetzten Fukien-Chinesen, dessen helle Haut wegen der Hitze, die in der winzigen Küche herrschte, von Schweiß glitzerte, hatte der Ältere der beiden in fließendem Chinesisch bestellt. Der feindselige Ausdruck auf dem Gesicht des Chinesen war sofort verschwunden, und er war davongeeilt, um für sie seine besten Nudeln zuzubereiten.

Als das Essen serviert wurde, griff Horace nur zögernd zu, aber Michael stürzte sich geradezu auf die Speisen. Es war lange her, dass er Chinesisch gegessen hatte.

Nach der dritten Schale Nudeln, die raffiniert mit geräuchertem rotem Schweinefleisch und Gemüse abgeschmeckt waren, wischte er sich den Mund am Hemdsärmel ab und lehnte sich zurück, um den Freuden des Mahls nachzuspüren. »Noch mehr, alter Junge?«, fragte Horace, aber Michael schüttelte den Kopf.

»Für den Augenblick habe ich genug«, gab er zurück. »Vielleicht später.«

Horace stellte seine Schale auf den Tisch und seufzte zufrieden. »Ich vermisse die Freuden der Küche von Fukien«, gab er zu, während er sich mit einem sauberen Taschentuch den Mund betupfte. Servietten schienen in dem Lokal unbekannt zu sein. »Bei einem chinesischen Bankett zu sterben wäre ein schöner Tod.«

»Ist es so schlimm?«, fragte Michael offen.

Horace nickte. »So schlimm, alter Junge«, erwiderte er traurig.

»Haben Sie deswegen meine Mission in Sydney abgeblasen?«, fragte Michael leise.

Horace blickte ihn eindringlich an. »In gewisser Weise«, antwortete er schließlich. »Den Tod vor Augen zu haben ist ein guter Grund, über die eigenen Taten nachzudenken. Als Godfrey mir telegrafierte, dass Ihr Sohn vermisst wird, begann ich, mein Leben infrage zu stellen.« Er brach ab, da der Wirt an ihrem Tisch erschien und fragte, ob Horace eine weitere Portion wünsche. Dieser lehnte höflich ab, lobte aber die gute Küche. Sichtlich zufrieden verschwand der Mann, und Horace setzte seine Ausführungen mit leiser Stimme fort. »Wenn ich religiös wäre, würde ich mich vielleicht mit Saulus vergleichen, dem auf der Straße nach Damaskus eine göttliche Erleuchtung zuteil wurde. Plötzlich wurde mir klar, wie albern das ist, was wir da treiben. Mein Leben lang habe ich versucht, meine Kollegen in London auf die Bedrohung aufmerksam zu machen, die die Deutschen in diesem Teil der Welt für die Interessen Ihrer Majestät darstellen. Dabei begegnete mir nichts als Gleichgültigkeit. Auf der einen Seite waren wir mit unserer fernen Sträflingskolonie, an die sich England nur erinnert, wenn der Löwe um Hilfe brüllt und wir Truppen entsenden. Auf der anderen Seite war Ihr in Australien geborener Sohn, der sich für die gesichtslosen grauen Männer opfert, die sich nur für den Ruhm Englands interessieren.«

»Das klingt fast nach Hochverrat, Horace«, unterbrach Michael ihn sanft. »Sie reden wie ein Australier, nicht wie ein echter Engländer.«

Horace lächelte traurig über diesen Tadel. »Ich glaube, ich war zu lange in den Kolonien, Michael. Meine Loyalität verwischt sich ... hat sich bereits verwischt«, verbesserte er sich. »Mittlerweile sehe ich ein Volk, das verzweifelt versucht, Mutter England zu beweisen, wie erwachsen es ist. Aber Mutter England kann ein hinterhältiges Miststück sein. Sie wird diese irregeleitete Loyalität für ihre zukünftigen Kriege einsetzen. Das Blut der stolzen, hoch gewachsenen Tommy Cornstalks wird fremde Felder düngen, während ihr Schicksal von der englischen Öffentlichkeit alsbald vergessen sein wird. Die Zeit wird kommen, merken Sie sich meine Worte. Vielleicht werden wir es nicht mehr erleben, aber die Zeit wird kommen, so unausweichlich, wie von Fellmann das nördliche Neuguinea für den Kaiser beansprucht wird. Und die ersten Australier, die sterben, werden im Kampf um die Gebiete fallen, die die britische Regierung in ihrer blinden, stupiden Gleichgültigkeit gegenüber den Interessen dieses Landes verschenkt hat.«

»Sie glauben also, wir haben in den letzten zehn Jahren unsere Zeit verschwendet?«, fragte Michael. »Meine Arbeit während der letzten zehn Jahre war völlig umsonst?«

Horace langte über den Tisch und tätschelte Michael beruhigend die Hand. »Nein, keineswegs, mein Junge«, meinte er seufzend. »Damals schien alles sinnvoll. Wir haben versucht, Dinge zu verändern. Aber am Ende hat es außer uns beiden niemandem viel bedeutet.«

»Ich habe aber nie wirklich für Ihre Interessen gearbeitet«, gab der Ire voller Bitterkeit zu. »Vermutlich hing ich wie ein Fisch an der Angel am Geld und an dem einzigen Leben, das ich kannte. Ein Ire, der sich für die Interessen Großbritanniens einsetzt. Hah!«

»Trotz Ihrer persönlichen Gefühle haben Sie Ihr Leben mehr als einmal für uns riskiert«, erwiderte Horace. »Aber jetzt wird es Zeit, dass ich zu den grünen Feldern Englands zurückkehre und Sie Ihr eigenes Leben finden. George Godfrey hat mir erzählt, welchen Vorschlag Ihnen Lady Macintosh bezüglich der Suche nach Ihrem Sohn unterbreitet hat. Wann reisen Sie in den Sudan ab?«

»In drei Tagen. Bis Suez fahre ich mit dem Schiff. Von dort geht es in den Sudan, wo ich mich mit dem Generalstab treffe. Der Colonel hat mir Empfehlungsschreiben besorgt.«

»Guter alter George. Im Generalstab dürfte er so ziemlich jeden kennen«, bemerkte Horace, während er gedankenverloren den Mah-Jongg-Spielern zusah. »Was werden Sie tun, wenn Sie Ihren Sohn gefunden haben? In die Kolonien zurückkehren?«

»Wenn ich meinen Sohn gefunden habe, werde ich etwas zu Ende bringen, das ich vor langer, langer Zeit begonnen habe.«

»Maler werden?«, riet Horace. Michael nickte. »Man sollte immer versuchen, seine Träume zu verwirklichen. Uns wird nur wenig Zeit geschenkt, und am Ende verblassen die Träume, und wir versinken in die ewige Dunkelheit des Todes, das weiß ich nun.«

»Ich werde Ihnen was sagen, Horrie.« Michael grinste grimmig, als Horace bei dieser bewussten Verstümmelung seines Namens zusammenfuhr. »Sie sind vielleicht ein schlauer Fuchs, für den nur die Interessen der Königin zählen, aber irgendwie mag ich Sie.«

Horace zwinkerte überrascht. Dies war das größte Kompliment, das ihm der Ire machen konnte. *Wahre Freundschaft überwand Staatsgrenzen und politische Differenzen.* »Ich danke Ihnen, Michael Duffy.« Horace war bemüht, sich seine Gefühle nicht anmerken zu lassen. »Trotzdem sollten wir uns trennen, solange wir noch nüchtern sind. Sonst könnte es peinlich werden.«

Michael grinste den gebrechlichen, kleinen Engländer an. »Da haben Sie vollkommen Recht, Horrie«, sagte er spitzbübisch. »Ich schätze, dass Sie mich nicht zufällig in diesen gottverlassenen Teil der Stadt eingeladen haben.«

»Stimmt«, meinte Horace, während sich beide erhoben. »Ich gehe davon aus, dass unser Wirt die Orte kennt, an denen ich die Frucht des Mohns erwerben kann. Ich sehne mich nach den süßen Träumen der Lebenden.« Auf seinen Stock gestützt, reichte er Michael seine schmale Hand, auf der die Adern deutlich sichtbar waren. Dieser ergriff sie fest und sanft zugleich.

»Wissen Sie, alter Junge«, sagte Horace in aller Ruhe, »wenn
Sie mich je wieder ›Horrie‹ nennen, ziehe ich Ihnen eins mit
meinem Stock über.«

Michael lachte, und sein gesundes Auge funkelte. »Wenn Sie
solche Drohungen ausstoßen können, sind Sie noch lange nicht
tot, Horace. Zufällig weiß ich, dass in Ihrem Stock eine Klinge verborgen ist.«

Horace lächelte. »Da haben Sie verdammt Recht, mein Junge. Noch bin ich nicht tot.«

Horace beobachtete, wie Michael das überfüllte Lokal verließ
und auf die dunkle Straße in den strömenden Regen hinaustrat. Er klappte den Kragen seiner Jacke hoch und zog die breiten Schultern ein, um sich vor den Wassermassen zu schützen.

Schon wollte sich Horace dem chinesischen Wirt des Speisehauses zuwenden, da bemerkte er in den Schatten auf der
anderen Straßenseite eine flüchtige Bewegung. Aus der Regen-
wand tauchten plötzlich drei Männer auf und umringten
Michael. Bevor er den Colt aus der Tasche ziehen konnte, hatten sie ihn an den Armen gepackt.

Verzweifelt drängte sich Horace an dem lächelnden Wirt vorbei, doch es war zu spät. Die Männer zerrten Michael in eine
wartende Kutsche, die von zwei Rotschimmeln gezogen wurde. Hilflos musste er zusehen, wie der Kutscher die Peitsche
knallen ließ und sich die Pferde in Bewegung setzten. Während die Kutsche durch die schmale, kaum beleuchtete Straße ratterte, wurde Horace instinktiv klar, wer die Männer
waren und wohin sie Michael brachten. Die Angst packte ihn.
Wie würden Michaels letzte Augenblicke aussehen? Es war
unausweichlich, dass sie ihn erst folterten und dann töteten.
Am schlimmsten war jedoch, dass er kaum etwas zur Rettung
des Iren unternehmen konnte. Alle Chancen standen gegen
ihn.

35

Der Laderaum des Schiffes stank nach Öl, und die drei Männer, die Michael bewachten und seine Hände an einen Träger über seinem Kopf gefesselt hatten, waren ebenso bis auf die Haut durchnässt wie er selbst. Im schwachen Licht der Kerosinlampe wirkten seine Entführer noch bedrohlicher. Der flackernde Lichtkegel verzerrte die Schatten an den rostigen Wänden des Laderaums, sodass die Deutschen übernatürlich groß wirkten.

Die Besatzungsmitglieder, die Michael bewachten, waren keine einfachen Seeleute, sondern Elite-Marinesoldaten der Armee des Kaisers – eisenharte Männer, die mit der Marine segelten und an Land als Soldaten kämpften. Michael nahm an, dass ihr direkter Vorgesetzter ein Unteroffizier war, dessen Dienstgrad in etwa dem eines britischen Sergeant entsprach.

In Michaels Gegenwart wurde nur wenig gesprochen, weil seine Entführer wussten, dass er ihre Sprache beherrschte. Trotzdem hatte er kaum Hoffnung, das Schiff lebend zu verlassen. Penelopes Warnung hatte sich als nur allzu berechtigt erwiesen: Zweifellos steckte ihr Ehemann hinter der Entführung.

Michaels Arme schmerzten, und er fand nur Erleichterung, wenn er wie ein Balletttänzer auf den Zehenspitzen stand. »Sie haben nicht zufällig eine Zigarette, Gunter?«, fragte er auf Deutsch, wobei er vor Schmerz aufstöhnte. »Ohne Zigarette kann so was tödlich sein.«

Der bullige Deutsche war der älteste der drei Marinesoldaten. Michael wusste, dass er mit der französischen Fremdenlegion in Mexiko gewesen war. Da sich auch Michael nach

886

dem amerikanischen Bürgerkrieg in Mexiko als Söldner verdingt hatte, hatten sie einen Gesprächsstoff gefunden.

Gunter zündete eine Zigarette an und steckte sie Michael zwischen die Lippen. Die Befehle seines vorgesetzten Offiziers behagten ihm gar nicht. »Es ist bedauerlich, mein Freund«, sagte er mitfühlend, als er zurücktrat, »dass es so weit kommen musste. Ich habe von Ihren militärischen Leistungen gehört. Sie sind wirklich ein außergewöhnlicher Soldat.«

»Danke, Gunter, ich habe mir schon gedacht, dass die Sache nicht persönlich ist«, erwiderte Michael, die Zigarette im Mundwinkel.

»Sie haben uns alle hinters Licht geführt«, erklärte Gunter geradezu bewundernd. »Als Spion sind Sie wirklich erstklassig.«

»War ich«, erwiderte Michael und zog an seiner Zigarette. »Wahrscheinlich würden Sie mir nicht glauben, wenn ich Ihnen sagen würde, dass ich für niemanden mehr spioniere.«

»Nein, Mister Duffy«, erwiderte der Deutsche betrübt, »aber ich wünschte, es wäre wahr. Einen tapferen Mann zu töten ist keine Ehre.«

Plötzlich erstarrten die drei Marinesoldaten und sahen an Michael vorbei in Richtung der kleinen Tür des Lagerraums. Michael konnte sich denken, wer da kam.

Baron Manfred von Fellmann trat vor ihn. Seit fast zwölf Jahren hatten sie einander nicht gesehen, und beide versuchten nun festzustellen, inwieweit sich der andere verändert hatte. Der Baron war nicht erkennbar gealtert, dachte Michael. Selbst in seinem teuren Zivilanzug war er ganz Offizier.

»Ich bedaure, dass ich Ihnen das antun muss, Mister Duffy«, sagte er mit der vollen, gebildeten Stimme des Aristokraten. »Ich stehe in Ihrer Schuld wegen Ihrer damaligen Beteiligung am Tod von Kapitän Mort. Aber ich fürchte, dass Sie nicht in Sydney sind, um Ihre liebevollen Erinnerungen an die Stadt aufzufrischen, obwohl die mit Sicherheit vorhanden sind. Sehen Sie, mir ist nämlich auch bekannt, dass Sie von der Polizei hier wegen Mordes gesucht werden.«

Michael spuckte die Zigarette auf den Boden. Dauernd auf

den Zehenspitzen zu stehen war nicht einfach. »Ich gebe zu, dass ich von Ihrem Plan weiß«, antwortete er ruhig. »Aber ich schwöre Ihnen bei meinem wahren Namen, dass meine Mission, Sie aufzuhalten, abgeblasen wurde.«

Sie blickten einander an, und die entnervend blauen Augen des Barons bohrten sich tief in Michaels gesundes Auge. Der Deutsche brach das Schweigen. »Unter anderen Umständen wäre ich geneigt, Ihnen zu glauben, Mister Duffy. Aber wie Sie nur zu gut wissen, haben wir es nicht mit normalen Umständen zu tun. Um Sie freizulassen, bräuchte ich eine Bestätigung Ihrer Worte. Wie wollen Sie mir die geben, wenn sich mein alter Gegner Horace Brown in Townsville aufhält?«

Also hatten sie keine Ahnung, dass Michael sich im Chinesenviertel mit Horace getroffen hatte. Da hatten die Männer des Barons schlampig gearbeitet. »Sie haben wohl nicht die Zeit, Mister Brown in Townsville zu telegrafieren, damit er meine Aussage bestätigt?«, fragte er voll bitterer Ironie.

»Leider nein.« Manfred schüttelte den Kopf. »Die Zeit ist knapp, und ich kann mir keine Verzögerungen leisten. Daher bleibt mir nur eine höchst unangenehme Alternative. Ich muss Sie einem relativ brutalen Verhör unterziehen, um herauszufinden, wer sonst noch von meiner Mission weiß.«

»Ich könnte Sie unter der Folter leicht anlügen.« Michael bemühte sich, ruhig zu klingen. »Ich weiß ja, dass Sie mich ohnehin umbringen werden.«

»Ich werde wissen, ob Sie die Wahrheit sagen, Mister Duffy, das können Sie mir glauben.«

Der Baron wich zurück und nickte Gunter zu. Dieser trat vor und riss Michael das nasse Hemd vom Leib. Dann sah Michael in seiner Hand ein Messer aufblitzen.

Abgesehen von dem nervös zuckenden Augenlid war Gunters Gesicht völlig ausdruckslos. Er hatte keine Freude daran, anderen Schmerzen zuzufügen, aber als Fremdenlegionär viel von den blutigen, barbarischen Verhörtechniken der Mexikaner gelernt. Nun stand er da und wartete auf den entsprechenden Befehl, um zu beginnen.

»Unteroffizier Klaus wird Ihnen Schmerzen zufügen, Mister

Duffy«, erklärte Manfred. »Dann werde ich eine Frage stellen, auf die ich eine der Wahrheit entsprechende Antwort erwarte. Glauben Sie mir, ich werde wissen, ob Sie lügen. Wenn ich davon überzeugt bin, dass Sie die Wahrheit sagen, hört die Folter auf, und wir gewähren Ihnen einen ehrenhaften Tod, wie er einem Mann wie Ihnen zusteht. Haben Sie mich verstanden?«

Michael nickte. Er konnte nur beten, dass er dem Schmerz standhalten würde. Viel hatte er nicht zu verraten, aber er hatte Angst davor, dass er zusammenbrach und preisgab, dass sich Horace Brown in Sydney aufhielt. Damit hätte er das Todesurteil des Engländers unterzeichnet.

Manfred nickte, und Gunter ließ die scharfe Spitze des Messers unter die Haut über Michaels Rippen gleiten. Langsam stieß er sie nach oben, sodass die Klinge über Knochen und Knorpel glitt, ohne in den Brustraum einzudringen.

Gequält bäumte Michael sich auf, als das Messer die bloßgelegten Nerven durchtrennte. Er stieß einen gurgelnden Schrei aus, und Blut spritzte auf das Deck, als Gunter die Klinge zurückzog und Michael den Rücken zuwandte.

»Wer weiß in Sydney noch von unseren Plänen?«, fragte der Baron mit ruhiger Stimme, wobei er Michael ins Gesicht starrte. Sein Auge würde ihm verraten, ob er die Wahrheit sagte.

»Nur ich. Und Ihre Frau«, keuchte dieser. *Gott sei Dank war John Wong abgereist.*

»Penelope?«, fragte Manfred überrascht. »Haben Sie meine Frau bei Ihrem Besuch hier gesehen?«

Michael hoffte, dass sein Folterknecht die Nerven verlor und ihn in seiner Wut tötete. Ein schneller Tod war bei diesen Qualen eine Erlösung.

Aber Manfred lächelte nur, als ihm klar wurde, was Michael vorhatte. »Ich weiß, dass Sie eine Affäre mit meiner Frau hatten, Mister Duffy«, flüsterte er Michael ins Ohr, sodass seine Männer es nicht hören konnten. »Mein Frau hat eine Vorliebe für ungewöhnliche Ausschweifungen. Sie fügt anderen gern Schmerzen zu. Das erregt sie in einer Weise, die Ihnen sicherlich bekannt ist. Wenn ich ihr erzähle, wie Sie gestorben sind, wird das ihre Fantasie noch lange Zeit beschäftigen. Vielleicht wird sie es sogar bedauern, dass sie Sie nicht selbst foltern konnte. Versuchen Sie also nicht, mich zu provozieren, indem Sie von meiner Frau sprechen.«

Schon wollte Manfred Gunter anweisen, mit der Tortur fortzufahren, als er plötzlich ungläubig über Michaels Schulter starrte.

»Wir beide sollten uns unterhalten«, sagte Horace, der den Blick, auf seinen Stock gestützt, erwiderte. »Unter vier Augen.«

Manfred nickte und bedeutete Horace, ihn in seine Kabine zu begleiten.

Als sie gegangen waren, zündete Gunter eine Zigarette an und steckte sie Michael zwischen die Lippen. »Tut mir Leid, was hier geschieht«, sagte er entschuldigend, »aber Befehl ist Befehl.«

»Ich weiß, nichts Persönliches«, erwiderte Michael, »Sie tun bloß Ihre Arbeit. Mir wär's nur lieber, Sie wären nicht so verdammt gut darin.«

Der bullige Deutsche lachte so bitter, dass es mehr wie ein Schnauben klang. *Erstaunlich, dass der Ire selbst in dieser Lage seinen Humor nicht verlor. Ein tapferer Mann, der hart im Nehmen war!*

»Lange nicht gesehen, Mister Brown«, sagte Manfred, während er sich an einem Tisch in seiner Kabine niederließ. Horace nahm auf dem Stuhl Platz, den ihm der Deutsche anbot. »Wenn ich mich recht erinnere, war es bei French Charley's in Cooktown – einem exzellenten Restaurant übrigens. Damals befand sich Ihr Freund Michael Duffy gerade auf einem Rachefeldzug. Er wollte den Tod seiner Buschläufer auf der *Osprey* rächen und tötete dabei, ohne es zu wissen, den Mörder meines Bruders.« Die Umstände ihrer damaligen Begegnung waren wesentlich angenehmer gewesen als jetzt: Die beiden Führungsagenten hatten für jene Nacht einen Waffenstillstand geschlossen – eine seltene Ausnahme.

»Allerdings hat man mir gesagt, Sie würden sich gegenwärtig in Townsville aufhalten«, setzte er hinzu.

»Ihre Informationen sind veraltet«, tadelte Horace nachsichtig. »Ich bin seit über vierundzwanzig Stunden in Sydney, und Sie hatten keine Ahnung davon. Nicht sehr professionell, alter Junge.«

Manfred runzelte die Stirn. »Sie sind hier, um Mister Duffy zu retten«, erklärte er kurz angebunden. »Ich glaube kaum, dass Sie die Behörden in Ihren Plan eingeweiht haben. Wie Sie selbst gesagt haben, könnte Duffy aus dem Regen in die Traufe kommen, wenn die Polizei informiert wird.«

»Ich bin allein«, erwiderte Horace und beugte sich, auf seinen Stock gestützt, vor. »Ich will mit Ihnen um sein Leben handeln, von Gentleman zu Gentleman.«

»Ich höre«, erwiderte Manfred höflich und voller Respekt für den Engländer, der mit seinem Kommen sein eigenes Leben riskierte. »Aber ich bezweifle, dass Sie etwas zu sagen haben, das Mister Duffy helfen könnte.«

»Warum wollen Sie ihn töten, wenn Sie doch wissen, dass ich Ihren Auftrag, Neuguinea zu besetzen, kenne? Darüber hinaus hegen auch einige Mitglieder meiner Regierung einen entsprechenden Verdacht gegen Sie.«

»Ein Verdacht ist eine Sache, aber nur Mister Duffy kann mir ernsthaft einen Knüppel zwischen die Beine werfen. Haben Sie etwa vergessen, dass er meine Mission mit der *Osprey* in Ihrem Auftrag sabotiert hat?«

»Captain Mort hat Ihre Mission vereitelt, nicht Mister Duffy«, erinnerte Horace seinen alten Gegner freundlich. »Mister Duffy hat Ihnen das Leben gerettet, als Sie im Wasser trieben.«

Manfred rutschte unbehaglich auf seinem Stuhl hin und her. Hätte Michael Duffy ihn nicht in den tropischen Gewässern von Nord-Queensland über Wasser gehalten, wäre er jetzt nicht mehr am Leben und könnte ihn nicht töten. Dem sonst so unerbittlichen Deutschen entging diese Ironie des Schicksals nicht. Er schuldete Michael Duffy viel, aber sein eigenes Leben war zweitrangig gegenüber den Interessen seines Landes und seines Kaisers. Schließlich war er Soldat und durfte seine Entscheidungen nicht von Sentimentalität beeinflussen lassen. »Ich bin Mister Duffy dankbar dafür, dass er mir das Leben gerettet hat, und ich wünschte, es gäbe einen Ausweg. Aber Sie müssen verstehen, dass ich einen Auftrag zu erfüllen habe. Wenn Sie an meiner Stelle wären, würden Sie ebenso handeln, das weiß ich.«

Horace nickte. »Ich weiß nicht, ob er Ihnen gesagt hat, dass ich seine Mission vor einigen Tagen abgeblasen habe. Mit Ihrer Folter verschwenden Sie Ihre Zeit.«

»Er hat uns gesagt, dass er nicht mehr für Sie arbeitet«, erwiderte Michael, »aber ich kann ihn nicht freilassen, solange Sie in Sydney sind. Gemeinsam sind Sie ein gefährliches Team.«

»Warum schlagen Sie der Schlange nicht den Kopf ab?«, fragte Horace ruhig. »Dann hätten Sie keinen Grund zur Sorge mehr.«

Manfred starrte den Engländer an und lächelte. »Wir wissen beide, dass ich nicht die Absicht habe, Ihnen etwas zu tun, Mister Brown. Das gehört sich nicht, alter Junge, wie Sie als Engländer sagen würden.«

»Aber wenn ich tot wäre? Würden Sie mir Ihr Wort als Ehrenmann darauf geben, dass Sie Michael Duffy unbeschadet freilassen würden?«

»Sollte diese unwahrscheinliche Situation eintreten, würde ich Mister Duffy natürlich freilassen«, erwiderte Manfred verwirrt. »Darauf kann ich Ihnen mein Wort geben.«

»Gut!«, erwiderte Horace mit rätselhaftem Lächeln. »Haben Sie zufällig ein Schachspiel, Baron?«

Manfred, dem allmählich dämmerte, welches Drama sich in seiner kleinen Kabine abspielte, erwiderte das Lächeln, bevor er aus einem Staufach ein fein geschnitztes Schachspiel holte. Er stellte das Brett auf den Tisch zwischen ihnen und öffnete eine Flasche teuren Portwein, während Horace die Figuren aufstellte. Manfred hatte zwei Flaschen des edlen Tropfens aufbewahrt, um auf die Besitznahme von Neuguinea für den Kaiser zu trinken, doch er hatte das Gefühl, dass dieser besondere Anlass es rechtfertigte, wenn er seinen sorgsam gehüteten Vorrat anbrach.

Als jeder seine Farbe gewählt hatte und damit geklärt war, wer den ersten Zug hatte, hob Manfred sein Glas. »Ein Hoch auf die Courage«, sagte er ernst. Horace nahm die Ehrung wortlos entgegen. *Keine Anerkennungsreden für das, was er tun würde ... nur ein Trinkspruch von einem früheren Feind.*

»Auf Michael Duffy«, erwiderte Horace ruhig. »Den widerwilligen Diener Ihrer Majestät und Vater von Captain Patrick Duffy, der zur angeheirateten Verwandtschaft eines der ehrenwertesten Soldaten des Kaisers gehört. Zu der Ihren, Baron von Fellmann.« Horace' Erwiderung des Trinkspruchs erinnerte Manfred an seine entfernte Verbindung zu Michaels Sohn, was ihm gar nicht behagte.

»Sie haben mein Wort, Mister Brown«, wiederholte Manfred sein Versprechen. »Doch für den Augenblick wollen wir herausfinden, wer dem anderen im Schach überlegen ist, und diesem köstlichen Wein die Ehre erweisen.«

»Seit langen Jahren hege ich den perversen Ehrgeiz, Sie im Schach zu schlagen«, erklärte Horace, während er an seinem Portwein nippte.

Als die Partie zu Ende war, ließ Manfred den mutigen englischen Agenten allein in der Kabine zurück. Horace hatte zwar die Dame des Barons geschlagen, doch das Spiel des Lebens verloren.

Gunter durchschnitt das festgezurrte Seil, das Michaels Arme immer noch über seinem Kopf fest hielt. Ein stechender Schmerz jagte durch seinen Oberkörper und ließ ihn zusammenfahren, als er die Hand nach einem Seemannshemd ausstreckte, das er als Ersatz für seines erhielt, welches Gunter ihm vom Leib gerissen hatte.

»Wo ist Horace?«, fragte Michael, während er seine schmerzenden Muskeln massierte.

Manfred antwortete nicht, sondern entließ seine Marinesoldaten. Als sie allein waren, wandte er sich Michael zu. »Mister Brown hat durch seine eigene Hand den Tod gefunden.« Michael wusste, dass der Preuße nicht log. Das wäre unter den gegenwärtigen Umständen auch nicht nötig gewesen. »Er hat einen Brief verfasst, in dem es heißt, sein Selbstmord sei eine Geste des guten Willens und der Anerkennung des zwischen uns beiden getroffenen Abkommens.« Der Baron sprach sehr leise und voller Respekt über den Tod seines alten Feindes. »Doch seine offiziellen letzten Worte lauten anders. Sie besagen, dass er sich das Leben genommen habe, weil er die durch seine Krankheit verursachten Schmerzen nicht mehr ertragen konnte. Ich werde die Behörden von seinem Tod unterrichten und dafür sorgen, dass er ein anständiges Begräbnis erhält. Sie sind frei, Mister Duffy. Horace hat mir erzählt, dass Sie noch in dieser Woche nach Afrika reisen werden, um Ihren Sohn zu suchen. Ich wünsche Ihnen alles Gute.«

Was konnte er schon sagen oder tun?, dachte Michael, als er von dem bulligen deutschen Marineunteroffizier zum Kai eskortiert wurde. Horace war tot.

Der Regen trommelte immer noch auf die Stadt herab, und die eisige Kälte biss Michael in Gesicht und Hände. Aus seinen Wunden sickerte auch jetzt noch Blut, und das Hemd unter seiner Jacke war ganz steif davon. Doch während er sich langsam von dem deutschen Schiff entfernte, spürte er die bittere Kälte nicht. Ihm wurde bewusst, dass er noch am Leben war. Für den Augenblick war das genug! Später würde er den Verlust seines alten Freundes betrauern, dessen mutiges Opfer ihn vor einem qualvollen Tod gerettet hatte.

36

Gordon James' ruhmreicher Sieg über die wilden Kalkadoon wurde mit einem Bankett im besten Hotel von Cloncurry gefeiert. Eine Rede folgte auf die andere, und Bier und Schnaps flossen in Strömen, bis in der kleinen Grenzstadt kein Tropfen Alkohol mehr aufzutreiben war.

Doch Gordon fühlte sich unbehaglich. Er kam sich vor wie ein Hochstapler, denn die Krieger, die sich seiner zahlenmäßig überlegenen Streitmacht entgegengestellt hatten, wurden mit jeder Schilderung der historischen Schlacht mehr. Eigentlich hatte er erklären wollen, dass eine Hand voll mutiger Krieger ihr Leben geopfert hatte, um den Stamm vor der unausweichlichen Vernichtung zu retten. Aber er war auch Pragmatiker. Die Übertreibung konnte sich auf seinen Ruf bei seinen Vorgesetzten und den Grenzern von Queensland nur günstig auswirken. Wer wusste schon, welche Auszeichnungen er erhalten würde, wenn er seinen endgültigen Bericht einreichte?

Aber da war auch noch Sarah. So förderlich sich dieser Sieg für seine Karriere erweisen mochte, wenn er bei der Polizei blieb, würde er sie für immer verlieren. Wie sehr liebte er sie eigentlich? Über dieser Frage hatte er gebrütet, während er den Tischrednern lauschte, die von seinen Heldentaten schwafelten. Wenn er sein Herz prüfte, war die Antwort einfach. Er wusste, was er tun musste. Doch für den Augenblick genoss er es, dass sich die Festgäste erhoben und auf ihn und die Männer tranken, die er während der langen Jagd auf die aufrührerischen Eingeborenen geführt hatte.

Als die Feier vorüber war und Gordon seine Patrouille gesammelt hatte, begann er, sich nach Trooper Peter Duffy zu erkundigen, dessen Abwesenheit ihm bei seiner Rückkehr nach Cloncurry aufgefallen war. Die Männer zuckten die Achseln. Seit dem Tag, als er mit dem Versorgungstrupp in die Stadt gekommen war, hatte ihn niemand mehr gesehen. Er musste nach Townsville weitergeritten sein, dachte Gordon verärgert, und zwar ohne Erlaubnis. Duffy hatte Befehl gehabt, in Cloncurry zu bleiben und sich um die Bevorratung des Trupps zu kümmern, der in die Godkin-Berge zurückkehren sollte. Wenn er erst wieder in der Kaserne war, würde Gordon ihm die Leviten lesen.

Wochen später ritt Gordon in Townsville ein. Er war froh, wieder zu Hause zu sein. Die übertriebene Version seines Sieges war von der begeisterten Lokalpresse gedruckt worden und wurde allgemein als wahr akzeptiert. Sein Vorgesetzter, Superintendent Gales, überhäufte den jungen Offizier, der für die ehrenhafte Erwähnung der berittenen Eingeborenenpolizei verantwortlich war, mit Lob. Er wies ihn an, sofort seine Berichte für Brisbane zu verfassen. Die Patrouille sollte in die Kaserne zurückkehren. Der Sold musste ausbezahlt werden, und verloren gegangene und beschädigte Ausrüstungsgegenstände waren zu überprüfen und aufzulisten.

Nach außen hin nahm Gordon diese Befehle willig entgegen, aber innerlich kochte er beim Gedanken an die Einschränkungen, die ihm seine Pflichten auferlegten. Er wollte unbedingt zu Kate O'Keefes Haus reiten und Sarah Duffy sehen. Während der langen Wochen, die er auf Patrouille verbracht hatte, war ihm bewusst geworden, wie sehr er sie vermisste. Peters unbeherrschte Anschuldigung, dass er sie benutze und um seiner Karriere willen beiseite schieben werde, hatte ihn gezwungen, sich darüber klar zu werden, was in seinem Leben wichtiger war. Ohne den geringsten Zweifel wusste er, dass Sarah ihm mehr bedeutete als eine Offizierskarriere.

Einen Tag dauerte es, bis er alle Verwaltungsarbeiten erledigt hatte, die seine Patrouille betrafen. Bei seinen diskreten

Erkundigungen nach Peter Duffy traf er auf verständnislose Blicke. Nein, Trooper Duffy war in Townsville nicht gesehen worden. Sein Ärger wich allmählich der Sorge, aber im Augenblick war Gordon zu beschäftigt, um der Angelegenheit nachzugehen.

Während er an seinem Schreibtisch saß und den letzten Bericht über die Expedition verfasste, entdeckte er zwei seiner Polizisten, die mit grimmigen Mienen auf sein winziges Büro zuhielten. Unbehagen stieg in ihm auf, und er stöhnte und fluchte, als die beiden an seine Tür klopften. Gordon hatte durchaus Grund für seine düstere Vorahnung. Jedes ernsthafte Problem in der Kaserne musste seinen Besuch bei Kate verzögern.

»Trooper Calder, was haben Sie dazu zu sagen?«, fragte Gordon, als die vier Männer in der Polizeikaserne standen. Zwei europäische Polizisten hatten Calder ihrem Kommandeur gemeldet.

In der aus Rinde und Wellblech errichteten Baracke war es heiß und stickig, und Calder kam unter den forschenden Fragen des jungen Polizeikommandeurs noch mehr ins Schwitzen. Er starrte auf den kleinen Haufen Münzen und Banknoten auf seinem Bett, der in seiner Strohmatratze gefunden worden war. »Keine Ahnung, wie das Geld dahin gekommen ist«, erwiderte er.

»Gestohlen hast du's, du mieser Dreckskerl!«, fauchte einer der anderen Polizisten. »Du verdammter Dieb! Deine eigenen Kameraden zu bestehlen!« Bebend wie ein aufgeregter Foxterrier spie der kleine Polizist die Worte aus.

»Ich weiß nicht, wovon der redet, Sir«, verteidigte sich Calder. »Die haben mich reingelegt.«

»Das glaube ich kaum, Trooper Calder«, sagte Gordon, während er sich vorbeugte, um das Geld vom Bett zu nehmen. »Das wird beschlagnahmt, bis die Untersuchung beendet ist.« Die beiden Polizisten, die Calder dabei erwischt hatten, wie er seine Diebesbeute versteckte, wirkten enttäuscht: Das Geld gehörte zum Teil ihnen. Gordon entging ihre Reaktion nicht.

»Ich glaube nicht, dass die Untersuchung lange dauert. Sergeant Rossi wird dafür sorgen, dass morgen früh bei den Baracken eine Anhörung stattfindet. Ich bin mir sicher, dass die Angelegenheit bis morgen Mittag geklärt werden kann.«

Die Miene der beiden hellte sich auf. Allerdings hätten sie aus dem miesen kleinen Dieb gern ein Geständnis herausgeholt, wenn man sie mit ihm allein gelassen hätte. Kameraden zu bestehlen galt im Grenzland als besonders verachtenswert.

Da Gordon Calder nicht mochte, war er nicht unglücklich darüber, dass dieser bei einem Verbrechen ertappt worden war. Calder hatte damit geprahlt, dass er »diesen Mischling Duffy erledigen« werde, wenn sie erst wieder in Cloncurry waren, aber dazu hatte sich keine Gelegenheit ergeben. Peter Duffy war wie vom Erdboden verschluckt. »In Anbetracht Ihrer Verdienste in der Schlacht gegen die Kalkadoon erteile ich Ihnen bis zur Anhörung morgen früh um zehn Uhr nur Stubenarrest. Sie verlassen dieses Gebäude nur mit meiner ausdrücklichen Erlaubnis. Haben Sie das verstanden?«

Calder funkelte Gordon an. Einem Kommandeur, der mit diesem Nigger Peter Duffy befreundet war, schuldete er nichts. Außerdem hatte er nicht die geringste Absicht, eine Anhörung abzuwarten, bei der er des Diebstahls überführt werden würde. »Ich habe verstanden, Sir«, erwiderte er mürrisch. »Ich gebe Ihnen mein Wort, dass ich in der Kaserne bleibe.«

»Gut! Ich verlasse mich auf Ihr Versprechen, Trooper Calder.«

Die Polizisten, die die Vorwürfe gegen Calder erhoben hatten, warfen sich fragende Blicke zu. *War Mister James verrückt geworden?* Gordon bedeutete den beiden, ihm zu folgen, während Calder neben seinem Bett zurückblieb und beobachtete, wie die drei die Baracke verließen. Gordon James stand nun auch auf der Liste derjenigen, mit denen er eines Tages abrechnen würde.

Als Gordon und die beiden Polizisten draußen waren, konnte sich der Kleinere der beiden nicht länger beherrschen. »Sir, bei allem Respekt, aber Trooper Calder wird verschwunden sein, noch bevor Sie wieder in Ihrem Büro sind.«

»Ich weiß«, erwiderte Gordon gelassen, während er die beschlagnahmte Diebesbeute aus der Tasche holte. »Ich gehe davon aus, dass Sie die Wahrheit sagen.« Damit reichte er dem anderen die Münzen und Scheine. »Deshalb kann ich Ihnen Ihr Eigentum genauso gut gleich zurückgeben.«

Der Polizist sah ihn ungläubig und verwirrt an, nahm das Geld aber entgegen. »Aber warum, Sir?«, fragte er. »Warum lassen Sie den Mistkerl laufen?«

»Haben Sie genügend Beweise dafür, dass Calder Sie und Trooper Davies bestohlen hat?«, fragte Gordon in aller Ruhe. Als der kleine Polizist die Stirn runzelte, war Gordon klar, dass dies nicht der Fall war. Er hatte sich nicht getäuscht. Aber er kannte beide Männer gut, er wusste, dass man sich auf ihre Worte und Taten verlassen konnte. »Mir ist es lieber, Calder verschwindet aus der berittenen Eingeborenenpolizei. Das Risiko, dass eine Anhörung zu seinen Gunsten ausgeht, will ich nicht eingehen. Ich hoffe, die Sache ist damit erledigt.«

Die Polizisten grinsten. Ihr vorgesetzter Offizier war gewaltig in ihrer Achtung gestiegen. »Welche Sache, Sir?«, fragte der Kleinere der beiden mit verschwörerischem Zwinkern.

Gordon lächelte. Jetzt konnte er sich auf sein Abendessen bei Kate Tracy freuen. Viel wichtiger war ihm allerdings, dass er Sarah Duffy sehen und ihr sagen konnte, was sein Herz bewegte.

Wie Gordon es vorausgesehen hatte, war James Calder noch vor Sonnenuntergang verschwunden.

Als Gordon zum Essen erschien, trug Sarah Duffy das Kleid, das Onkel Michael ihr geschenkt hatte. Sie bemühte sich, Gordon nicht allzu auffällig über den Tisch hinweg anzustarren, vor allem, weil ihn seine Mutter Emma begleitete.

Emma James erkannte auf den ersten Blick, dass Sarah bis über beide Ohren in ihren gut aussehenden Sohn verliebt war. »Ein schönes Kleid, Sarah. Ist es neu?«, fragte sie höflich, und Sarah erzählte ihr, dass sie es von ihrem Onkel geschenkt bekommen hatte.

Emma gehörte zu den wenigen Menschen, die die wahre Identität des geheimnisvollen Michael O'Flynn kannten, der angeblich Amerikaner irischer Abstammung war. Ihr Mann, Gordons Vater, war zehn Jahre zuvor im Dienst ums Leben gekommen, aber sie hegte keinen Groll gegen Kates Bruder. Henry hatte sich der Expedition freiwillig angeschlossen, die Jagd auf Captain Mort machte. Sein Leben lang hatte er das Risiko geliebt, und der endlose Horizont seiner Wahlheimat lockte ihn stets aufs Neue. Es war sein Schicksal gewesen, mit Männern, die fühlten wie er, ewig gen Westen zu reiten.

Sarahs häufige Besuche bei Emma, bei denen sie sich stets erkundigte, ob Gordon geschrieben hatte, ließen keinen Zweifel daran, dass sich die junge Frau für ihren Sohn interessierte. Emma war damit vollkommen einverstanden, schließlich kannte sie Sarah schon, seit die als Kind zu Kate gekommen war. Wenn Kate geschäftlich unterwegs war, hatte sich Emma häufig um die drei Waisen gekümmert, die Tom und Mondo hinterlassen hatten. Und in vielerlei Hinsicht nahm Emma in Sarahs Herz einen besonderen Platz ein – sie war für sie zu einer Art Lieblingstante geworden.

Nach dem Essen zogen sich Kate und Emma in den Salon zurück, um mit Matthew zu spielen. Beide Frauen spürten die Spannung zwischen dem jungen Paar und ließen die beiden daher auf der Veranda vor dem Haus allein.

Jetzt, da er Sarah zum ersten Mal seit seiner Rückkehr aus Cloncurry für sich hatte, fehlten Gordon die Worte. Von der Schlacht, deren Bilder ihn immer noch verfolgten, wollte er nicht reden. Genauso wenig wollte er sich auf eine Diskussion einlassen, bei der sie am Ende auf Peter zu sprechen kommen würden, der mittlerweile offiziell als Deserteur galt.

Sarah ließ sich auf einem Stuhl nieder, während Gordon steif am Geländer stand und in die Dämmerung hinausstarrte. »Was ist zwischen dir und meinem Bruder vorgefallen?«, fragte sie, als hätte sie seine Gedanken gelesen.

»Wir scheinen uns auseinander entwickelt zu haben«, entgegnete er leise. »Dein Bruder ist sich offenbar nicht darüber im Klaren, wem er Loyalität schuldet.«

»Loyalität? Was soll das heißen?« Sarahs hübsches Gesicht verdüsterte sich. »Loyalität wem gegenüber?«

»Der Königin.«

»Damit meinst du doch nur die Welt des weißen Mannes«, spottete sie. »Er ist gegangen, weil er als halbblütiger Schwarzer nicht akzeptiert wurde. Ich weiß alles über Peters so genannte Fahnenflucht.«

»Woher?«

»Die Fahrer der Ochsengespanne legen bei Tante Kates Laden ihre Pausen ein und erzählen ihr alles, was draußen im Westen so passiert. Als Tante Kate von Peters Desertion hörte, sagte sie, er hätte nie zur Polizei gehen sollen, weil er viel zu klug sei, um als Greifer zu enden.«

»Ich bin also dumm«, entgegnete Gordon wütend. »Willst du das damit sagen?«

»So habe ich es nicht gemeint«, erwiderte sie entschuldigend. »Zu dir passt ein Leben als Polizist, aber für meinen Bruder war es nie das Richtige. Nicht nach dem, was die meinen Eltern angetan haben.«

»Du kannst die Polizei nicht für das Schicksal deiner Eltern verantwortlich machen«, hielt Gordon ruhig dagegen. »Dein Vater war ein berüchtigter Buschläufer, der sehr wohl wusste, welches Risiko er einging.«

»Und meine Mutter?«, fragte sie bitter. »Sie ist nur aus Liebe bei meinem Vater geblieben, obwohl sie so unterschiedlich waren. Hatte sie es verdient, niedergeschossen zu werden, nur weil sie ihn liebte?«

Unbehaglich trat Gordon von einem Fuß auf den anderen. Das Gespräch entwickelte sich nicht so, wie er es erhofft hatte. Er wollte von Dingen sprechen, auf denen die Liebe zwischen einem Mann und einer Frau beruhte. »Den Berichten von damals zufolge war der Tod deiner Mutter ein Unfall«, sagte er leise, um ihren aufsteigenden Zorn zu besänftigen. »Sie wurde nicht ermordet.«

»Ich war dabei, Gordon«, sagte Sarah leise. Sie starrte an ihm vorbei in die samtschwarze Nacht hinaus. »Ich kann nie vergessen, wie sie brennend im Feuer lag, während wir hilflos zusehen mussten. Für mich war es Mord, und ich bin froh, dass mein Bruder nicht mehr mit den Leuten reitet, die auch anderen, wie dem Volk meiner Mutter, solche Dinge angetan haben.« Sarahs Blick heftete sich erneut auf Gordons Gesicht. »Ich liebe dich, Gordon, ich habe dich immer geliebt. Wenn du mich liebst, dann musst du den Dienst quittieren und dir eine andere Beschäftigung suchen. Ich könnte niemals mit einem Mann leben, der für die Menschen arbeitet, die meine Eltern getötet haben. Ich würde nicht einmal erwarten, dass du mich heiratest. Ich liebe dich genug, um deine Geliebte zu werden. Viel mehr brauche ich nicht.«

Ihre Offenheit überwältigte Gordon. Mit hastigen Schritten ging er zu ihr, kniete sich neben ihren Stuhl und nahm ihre Hände in die seinen. »Ich glaube, ich habe dich immer geliebt, Sarah. Sogar damals, als wir klein waren und du uns überallhin gefolgt bist. Du warst eine richtige Plage«, erinnerte er sich mit leisem Lachen. »Irgendwann bist du in mein Leben gekommen und ein Teil davon geworden.«

»Soll das heißen, dass du den Polizeidienst quittieren und mit mir leben würdest?« Sie strich ihm über das Gesicht. »Tante Kate könnte dir in ihrer Firma Arbeit geben. Das weiß ich, ich habe sie nämlich schon gefragt.«

»Und ich weiß, dass deine Tante Kate es nie zulassen würde, dass ihre Nichte als ehemalige Klosterschülerin mit mir in Sünde lebt«, lachte er. »Also werde ich den Dienst wohl oder übel quittieren müssen.«

»Ist das etwa ein Heiratsantrag, Inspektor James?«, fragte sie, und Gordon nickte.

»Dann nehme ich ihn an«, erwiderte sie leise.

Als er sie in seine Arme riss, protestierte sie nur schwach dagegen, dass er ihr neues Kleid zerdrückte. Lachend brachte er sie mit seinen Küssen zum Schweigen.

»Und du scheidest wirklich aus dem Polizeidienst aus?«, keuchte sie, als sie endlich wieder zu Atem kam.

»Gleich morgen«, erwiderte er fröhlich, während er sie an sich drückte und mit ihr auf der Veranda herumwirbelte. Du hast dich geirrt, Peter, dachte er, als sie wieder standen.

Sarah bedeutet mir mehr, als es die berittene Polizei je getan hat.

Nachdem Gordon mit seiner Mutter in deren Buggy abgefahren war, sprudelte eine aufgeregte junge Sarah die Neuigkeit heraus. Kate war überglücklich. Gordon war ein anständiger junger Mann, und natürlich gab es in ihrer Firma Eureka eine Stellung für ihn. Sobald Gordon den Dienst quittiert hatte, sollte die Verlobung bekannt gegeben werden.

Viele Vorbereitungen waren zu treffen, dachte Kate, während sie ihre Nichte betrachtete. Sarah sah aus, als wollte sie vor Glück zerspringen. Der Priester musste wegen der Mischehe konsultiert werden, denn Gordon war Anglikaner, Sarah Katholikin. Es gab viel zu tun.

Als Gordon seiner Mutter auf der Heimfahrt von seiner Entscheidung berichtete, gratulierte sie ihm zur Wahl seiner Ehefrau. Doch so herzlich und wohlgemeint ihre Glückwünsche auch waren, es irritierte sie, dass er die berittene Eingeborenenpolizei Sarahs wegen verlassen wollte. Eine Frau durfte einem Mann nicht sagen, was er mit seinem Leben anfangen sollte! Sie selbst hatte Gordons Vater so genommen, wie er war. Dass sein Sohn als Polizeibeamter in die Spuren seines Vaters trat, war nur natürlich. Sie fragte sich, ob er auf lange Sicht glücklich sein würde, wenn er aus dem Polizeidienst ausschied.

Doch am folgenden Tag machte Gordon sich daran, das Versprechen, das er Sarah gegeben hatte, zu erfüllen. Es war nicht leicht gewesen, den Brief zu verfassen, in dem er darum bat, ihn von seinen Pflichten als Offizier der berittenen Eingeborenenpolizei zu entbinden, aber er musste es tun, wenn er ihr seine Liebe beweisen wollte. Nun stand er mit dem Kündigungsschreiben in der Hand vor dem Büro des Polizeichefs und klopfte energisch an die Tür.

»Herein!«, dröhnte eine Stimme.

Gordon trat ein und grüßte den Mann hinter dem Schreibtisch nach Vorschrift. Polizeichef Gales war Lieutenant der Eingeborenenpolizei gewesen, als Gordons Vater Sergeant war. Er war Henry James zum ersten Mal begegnet, nachdem er nach Rockhampton entsandt worden war, um den Sergeant von dessen Posten in der Kaserne vor der Stadt zu entbinden. Ein beunruhigendes Gerücht war umgegangen, demzufolge es eine Auseinandersetzung zwischen dem Sergeant und dessen befehlshabendem Offizier, Lieutenant Morrison Mort, gegeben habe. Mort hatte daraufhin sozusagen formlos den Dienst quittiert, indem er seinen Posten verließ. Die Behörden in Brisbane hatten den hünenhaften englischen Sergeant mit Misstrauen betrachtet, aber Gales hatte an dem sympathischen James nichts auszusetzen gefunden und freute sich, nun den Sohn vor sich zu haben. Wahrscheinlich wollte er sich für die Belobigung bedanken, die er ihm für die erfolgreiche Jagd auf die Kalkadoon ausgestellt hatte.

»Inspektor James, ich freue mich, Sie zu sehen.« Mit diesen Worten erhob sich der Polizeichef gewichtig von seinem Stuhl. Die Zeit – und die von ihm geforderte Verwaltungstätigkeit – hatten seinen einst schlanken Körper beträchtlich in die Breite gehen lassen. »Ich nehme an, Sie haben schon die Neuigkeiten über Ihren Polizisten gehört. Wie hieß er doch? Ach ja, Trooper Duffy.«

Stirnrunzelnd sah Gordon den Polizeichef an, der sich vorbeugte und ihm die Hand reichte. Er war ein umgänglicher Mann, der seine Leute mochte. »Welche Neuigkeiten, Sir?«, erkundigte er sich.

Der Polizeichef hob die Hand, um ihm zu bedeuten, er möge noch einen Augenblick warten. »Bring uns zwei Tassen Tee, Jack!«, brüllte er nach draußen.

»Ja, Sir, kommt sofort!«, erwiderte in der Ferne eine Stimme, die Gordon als die von Sergeant Jack Ferguson erkannte. Ferguson war Kasernenunteroffizier des in Townsville stationierten Kontingents der berittenen Polizei.

»Welche Neuigkeiten gibt es von Trooper Duffy?«, hakte Gordon höflich nach.

Der rundliche Polizeichef blinzelte ihn überrascht an. »Das wissen Sie nicht?«, fragte er. »Ich hab's gestern erfahren.«

»Ich hatte gestern Abend frei, Sir«, erwiderte Gordon. »Mein Dienst hat erst heute Morgen angefangen.«

»Ah ja. Nun, sieht so aus, als hätte sich Trooper Duffy einem Mann angeschlossen, den wir für tot gehalten haben«, erläuterte Gales, während er zu seinem Schreibtisch zurückging, an dem er normalerweise den Papierkram erledigte. Dahinter hing eine große Wandkarte der Kolonie. »Es sind zwei Berichte eingegangen, dass er sich einem Schwarzen namens Wallarie angeschlossen und mit ihm gemeinsam bewaffnete Raubüberfälle verübt hat. Außerdem haben sie versucht, einen Branntweinhändler, der nach Westen unterwegs war, zu ermorden. Den Meldungen zufolge war das – hier und hier.« Er deutete auf der Karte auf zwei Punkte südwestlich von Townsville.

Wallarie war also bei Peter! Die Vorstellung überraschte Gordon nicht. Gab es im Leben eines Menschen Vorherbestimmung? Er starrte auf die Punkte auf der Wandkarte. »Waren sie zu Fuß? Oder hatten sie Pferde, Sir?«, fragte er.

»Sie waren beritten und gut bewaffnet«, erwiderte Gales. »Der Bericht beunruhigt mich, weil die beiden das Land gut kennen, was in der Zukunft für uns beträchtliche Probleme aufwerfen könnte. Dieser verdammte Wallarie war schon auf der Bildfläche, als ich noch ein junger Offizier war. Schon damals wurde er wegen Mordes gesucht. Wenn ich mich recht erinnere, war er mit Trooper Duffys Vater unterwegs. Wie war doch noch sein Name …?«

»Tom Duffy, Sir«, entgegnete Gordon. »Mein Vater hat damals geholfen, ihn in Burkesland aufzuspüren.«

»Ja, jetzt erinnere ich mich.« Sergeant Ferguson brachte zwei Becher mit dampfendem, gesüßtem Schwarztee, und Gales setzte sich wieder.

»Danke, Jack.« Damit war der Kasernenunteroffizier entlassen. »Schlechtes Blut setzt sich immer durch«, seufzte der Polizeichef, während er an seinem Tee nippte.

Gordon enthielt sich jeden Kommentars. »Was wollen Sie tun, Sir?«

Gales sah Gordon prüfend an. »Er war einer von Ihren Männern, Inspektor James. Was glauben Sie – was hat er vor, und wo können wir ihn finden?«

Mit dem Tee in der Hand ging Gordon zu der Wandkarte

und fuhr mit dem Finger über die beiden Punkte, die sein Vorgesetzter bezeichnet hatte. Er verlängerte die Linie, bis sein Finger auf einem Punkt mitten in der Kolonie Queensland ruhte. »Das ist ihr Ziel, Sir.«

Mit zusammengekniffenen Augen entzifferte der Polizeichef die feine Schrift des Kupferstichs. »Glen View«, las er laut.

»Dort werden Sie die beiden finden«, bestätigte Gordon.

»Wie können Sie da so sicher sein, junger Mann?«, wollte Gales wissen. »Jeder beliebige Ort in der Kolonie könnte ihr Ziel sein. Wallarie und Tom Duffy waren damals auch überall und nirgends.«

»Ich weiß es, weil ich über einige Kenntnisse bezüglich des Nerambura-Stamms verfüge, Sir ...«

Gales schnitt ihm das Wort ab. »Nie gehört.«

»Wahrscheinlich weil der Stamm zur Zeit meines Vaters sehr gründlich bekämpft wurde«, seufzte Gordon. »Er wurde praktisch ausgelöscht. Wallarie ist der letzte reinrassige Überlebende. Soweit ich weiß, fließt sonst nur noch in den Adern von Tom Duffys Kindern Nerambura-Blut. Aus der Richtung, die sie genommen haben, schließe ich, dass Wallarie Peter Duffy zu ihren heiligen Gründen bringen will, um eine Initiationszeremonie durchzuführen.«

»Könnte natürlich sein«, meinte Gales, während er auf die Karte hinter Gordon starrte. »Schwarze sind in diesen Dingen etwas komisch. Nach dem, was mir zu Ohren gekommen ist, war Ihr Trooper Duffy mehr schwarz als weiß.«

»Scheint so«, antwortete Gordon mit ausdrucksloser Stimme. Für einen Augenblick dachte er an Sarah. Auch sie gehörte zu den letzten Abkömmlingen der Nerambura, und wenn sie jemals Kinder haben sollten, würden diese das Blut eines Stammes in sich tragen, an dessen Auslöschung sein Vater beteiligt gewesen war. Ein unheimlicher Gedanke, der unbehagliche Erinnerungen wachrief.

»... stellen Sie eine Patrouille zusammen, die nach Süden, nach Glen View, reitet ...«

»Tut mir Leid, Sir. Ich habe nicht gehört, was Sie gesagt haben«, entschuldigte sich Gordon.

»Haben Sie sich von dem Schlag auf den Kopf denn ganz erholt?«, fragte Gales besorgt, da ihm das blasse, schweißüberströmte Gesicht des Inspektors aufgefallen war. »Sie sehen aus, als hätten Sie Fieber.«

»Mir geht es gut, Sir.«

»Um so besser! Ich will nämlich, dass Sie sofort eine Patrouille zusammenstellen und nach Süden reiten, um herauszufinden, ob sich die beiden tatsächlich auf Glen View aufhalten, wie Sie vermuten.«

»Ja, Sir. Ich kümmere mich sofort darum.«

Gordon rechtfertigte seine Entscheidung vor sich selbst mit dem Gedanken, dass es besser war, wenn *er* Peter und Wallarie fand, als wenn es Fremde taten, die vielleicht sofort schossen. Am Nachmittag besuchte er seine Mutter, bevor er in die Kaserne zurückkehrte, um mit einer siebenköpfigen Streife aufzubrechen.

Emma James hatte schweigend zugehört, während ihr Sohn ihr seine Mission erklärte. Erst als er wieder fort war, dachte sie über die merkwürdigen Parallelen nach: Wie Gordons Vater einst Tom Duffy gehetzt hatte, so jagte Gordon nun dessen Sohn Peter. Ein verhängnisvolles Rad des Schicksals bestimmte ihr Leben, sodass sich die Ereignisse beständig wiederholten. Die Fäden verwoben sich zu einer neuen Tragödie: Wieder würde eine bewaffnete Patrouille der Eingeborenenpolizei in das Land des Clans der Nerambura vom Stamme der Darambal reiten.

Das Schreiben, in dem er seinen Dienst quittierte, hatte Gordons Hand nicht verlassen. Sobald er Peter gefunden und für dessen Sicherheit gesorgt hatte, würde er es übergeben. Sarah würde bestimmt verstehen, wie wichtig das war, was er tat.

Aber er ritt nicht zu ihr, bevor er mit seiner Streife aufbrach. Im Grunde wusste er, sie würde kein Verständnis dafür haben, dass er sich bereit erklärt hatte, ihren Bruder zu jagen. Wie hätte er ihr klar machen können, dass es nicht nur um seine Pflicht ging, sondern dass er Peter suchen und seine Differenzen mit ihm bereinigen musste, bevor er mit ihr ein neues Leben beginnen konnte? Es war unerlässlich, dass er Peter fand, bevor sich dieser in noch größere Schwierigkeiten brachte. Erst dann würden er und Sarah von dem Fluch befreit leben können, der über ihnen zu liegen schien.

37

Peter Duffy und Wallarie hatten vier Tage Vorsprung vor der Polizeistreife. Im Augenblick kampierten sie südwestlich von Townsville im dichten Strauchwerk trockener Büsche an einem Wasserloch. Ihre kleine Gesellschaft hatte ein weiteres Mitglied bekommen: ein Mädchen, das halb Chinesin, halb Aborigine war und sich ihnen angeschlossen hatte, nachdem sie einen betrunkenen Kneipenwirt um seine Habe erleichtert hatten.

Sie hieß Matilda und hatte bis zu deren Tod bei ihrer Mutter gelebt. Dann war sie bei ihrem Stiefvater geblieben, bis dieser sie eine Woche vor dem Überfall an einen auf der Durchreise befindlichen Kneipenwirt verkaufte – für eine beträchtliche Menge guten Gin. Da sie nicht sein eigenes Kind war, hielt sich der alte Goldsucher nicht mit Gefühlsduseleien auf. Dafür war in seinem harten Leben, das ihn in die abgelegensten Gegenden der Kolonie führte, kein Platz.

Matildas Mutter hatte mit ihrem Vater, einem chinesischen Schafhirten, in einer Rindenhütte auf dem Besitz eines Siedlers gelebt. Als sie eines Tages zu ihrer Behausung zurückkehrte, war ihr Mann ermordet worden und das wenige Gold, das er auf dem Gut westlich von Townsville gefunden hatte, war verschwunden. Sie floh mit ihrer Tochter, die damals noch ein Baby war. Der Goldsucher, der die beiden fand, nahm sie als Köchin bei sich auf, die des Nachts auch seine Bettrolle wärmte.

Bis sie fünfzehn war, hatte Matilda bei dem weißen Goldsucher und ihrer Mutter gelebt. Dann war ihre Mutter gestorben, nachdem der übellaunige Alte sie verprügelt hatte. Er wollte, dass Matilda den Platz ihrer Mutter einnahm, doch das Mädchen drohte, ihn umzubringen, wenn er versuchte, sie anzufassen. Obwohl er die junge Frau fürchtete, war ihm klar, dass ihm ihre exotische Schönheit – mandelförmige Augen, hohe Wangenknochen – einen hohen Preis einbringen würde, wenn er den richtigen Käufer fand. Schließlich gab er sie in eine anständige Stellung, zumindest redete er sich das beim Anblick einer Kiste mit bestem Gin ein, die ihm der Kneipenwirt für ihre »Ausbildung« im Branntweinausschank bot.

Der Wirt hatte durchaus die Absicht, ihr in seiner Spelunke Arbeit anzubieten – allerdings nicht hinter der Theke, sondern auf einem Feldbett in einem Hinterzimmer des Lokals. In der Horizontale konnte sie eine Menge Geld einbringen, kalkulierte er beim Anblick der appetitlichen Kurven des jungen Mädchens, als Matilda sich über den Tisch beugte, um ihrem Stiefvater und dem Wirt Curryreis mit Rindfleisch zu servieren. Mit dem Goldsucher wurde er sich schnell einig, aber auf dem Weg zu seinem einsamen Branntweinausschank setzte sich Matilda gegen die Annäherungsversuche des Betrunkenen zur Wehr. Daraufhin schlug er sie.

Ihre Schmerzensschreie riefen Peter auf den Plan. Als er und Wallarie am Ort des Geschehens eintrafen, kniete der Wirt mit heruntergelassenen Hosen über dem jungen Mädchen. Der verhinderte Vergewaltiger war von ihrem Erscheinen so eingeschüchtert, dass sie nicht einmal eine Waffe brauchten, um den schimpfenden Mann auszurauben.

Wallarie und Peter bedienten sich bei Mehl, Tee und Zucker, während das dankbare Mädchen ihr Baumwollkleid zurechtrückte und ihnen half, den Proviant in den Satteltaschen zu verstauen. Peter griff mit seinem starken Arm nach ihr und hob sie hinter sich aufs Pferd. Sie schlang die Arme um ihn, und dann ritten sie davon.

Mittlerweile trug Peter nur noch Hose und Stiefel der Eingeborenenpolizei und hatte sich einen Patronengurt über die Schulter und die breite Brust geschlungen. Dagegen hatte Wallarie, der sein Pferd aus der Kaserne der berittenen Polizei in

Cloncurry gestohlen hatte, zwar ein altes Hemd und eine Hose an, aber keine Stiefel.

Peter hatte es nicht fassen können, dass der Darambal tollkühn, und wie ein eingeborener Viehhirte gekleidet, in die Stadt marschiert war. Ohne mit der Wimper zu zucken, hatte er sich in der Kaserne nach dem Polizisten erkundigt, der mit dem Versorgungstrupp zurückgekehrt war.

»Woher wusstest du, dass ich hier bin?«, hatte Peter gefragt.

Wallarie hatte nur gekichert. »Vielleicht bin ich dir nach dem großen Kampf in den Bergen auf den Schwingen des Adlers gefolgt.«

Peter quittierte die Erklärung des alten Kriegers mit einem Stirnrunzeln, aber er wusste, dass er auf weitere Fragen nur sinnlose Antworten erhalten würde. »Dir ist doch klar, dass dich die Weißen hängen, wenn sie dich in der Stadt erwischen?«

Wallarie tat diese Bedenken mit einer wegwerfenden Handbewegung ab. »Kein Weißer ist klug genug, mich zu fangen«, erwiderte er verächtlich. »Zeit, dass du die Stadt der Weißen verlässt und mit mir zum Traumzeit-Ort kommst, damit du ein Nerambura-Mann wirst.«

Peter dachte über das Angebot nach. Der ihm zustehende Platz in der Welt der Weißen war ihm versagt worden. Hatte er seine Fähigkeiten nicht in einer europäischen Schule unter Beweis gestellt? Und warum war Gordon, der längst nicht so klug war wie er, Offizier? Die Antworten lagen auf der Hand. Für die Weißen würde er immer ein Schwarzer bleiben.

»Wir brauchen Gewehre und Pferde«, erklärte Peter, ohne dem verhangenen Blick des mächtigen Darambal auszuweichen.

»Wie in den alten Zeiten, als ich mit deinem Vater geritten bin«, meinte der lächelnd. »Wir werden den Weißen zeigen, dass wir noch nicht geschlagen sind.«

Und so hatte alles angefangen.

Zuerst sah es ganz einfach aus, aber dann erstattete der Wirt des Branntweinausschanks beim Polizeihauptquartier in Townsville Anzeige. In seiner Wut bauschte er seine Geschichte so auf, dass daraus Mord und bewaffneter Raubüberfall wurden.

Unter den gegebenen Umständen zweifelte niemand das Wort eines Weißen an. Unglücklicherweise hatte Peter Wallarie mit Namen angesprochen, und der Wirt erinnerte sich daran. Die Legende von dem eingeborenen Buschläufer, der einst mit dem Iren Tom Duffy geritten war, war ihm wohl bekannt.

Von der ersten Nacht an teilten Matilda und Peter das Lager, und sie wurde sofort schwanger. Zwei Wochen ritt sie nun mit Wallarie und Peter, und seit zwei Wochen wuchs ein neues Leben in ihr. Nun trug auch sie Nerambura-Blut in sich, eine Tatsache, die der alte Krieger sehr wohl bemerkte.

Nicht dass sich ihr Aussehen verändert hätte, aber Wallarie wusste, dass sich in ihrem Körper eine Seele eingenistet hatte. Peter sagte er nichts davon, der würde es noch früh genug erfahren, nämlich dann, wenn Matilda selbst sich darüber klar wurde.

Während Wallarie vor sich hin kichernd das Lagerfeuer schürte, genoss er die Schönheit des nächtlichen Himmels und schlürfte seinen stark gesüßten schwarzen Tee. Doch dann heulte in der Ferne ein Dingo, und der alte Krieger hob das bärtige Gesicht und sah nach Norden. Der Wind und das jammervolle Heulen brachten ihm Nachricht von Gordon James, der nach Süden ritt, um sie zu finden. Die Zeit war knapp. Bald würde sich die alte Prophezeiung erfüllen: Entweder Peter oder Gordon musste bei ihrer nächsten Begegnung sterben.

Trübsinnig starrte Wallarie auf das junge Paar, das sich nicht weit von ihm in glücklicher Unkenntnis seiner entsetzlichen Vorahnung unter Peters Decke zusammengerollt hatte. Hatte das, was er Peter gelehrt hatte, den Jungen auf die Begegnung vorbereitet? Oder würde der Sohn von Henry James den Sieg davontragen? Nur die Geister seiner Ahnen kannten die Antwort darauf. In den alten Geschichten von der Traumzeit seines Volkes lag die Lösung des Rätsels.

Instinktiv blickte er über das Brigalow-Buschland auf den zerklüfteten Berg, dessen Silhouette sich vor dem Nachthimmel abhob. Sie befanden sich erneut auf dem angestammten Land des Nerambura-Clans, und der heilige Berg lockte ihn mit seiner uralten Macht. Am nächsten Morgen würde Peter Matilda zurücklassen und ihm zur Höhle folgen müssen, um in die Welt der Männer der Nerambura eingeführt zu werden. Erst dann konnte er sich Gordon James stellen.

38

Lieutenant Alexander Sutherland suchte mit den Blicken die flimmernde, flache Ebene ab, die nur aus Geröll und Wüstensand zu bestehen schien und sich wie ein endloses Meer aus Sand und Stein bis zum Horizont erstreckte. Hinter ihm erhoben sich die zerklüfteten, von Mimosen bedeckten Hügel der Küste, in denen der quirlige Militärhafen Suakin lag. Vor ihm öffnete sich das Tor zur Hölle. Nach der langen, gefährlichen Patrouille erschien ihm Suakin wie das Paradies. Ein kühles Bad, dachte er sehnsüchtig, und ein Bummel über die Basare der Stadt mit den weißen Steinhäusern. Eine gute Gelegenheit, für seine Familie daheim in Colchester exotische Geschenke zu erstehen.

Der junge Offizier kratzte sich im verdreckten Gesicht, und unter seinen schmutzigen Fingernägeln löste sich die Haut. Das Leben unter der unbarmherzigen Sonne Afrikas hatte sein Gesicht dauerhaft verbrannt. Zwar war die Rötung längst verschwunden, aber sein einstiger Pfirsichteint wirkte fleckig, denn unter den trockenen Hautfetzen kam eine tiefe Bräune zum Vorschein. Für den früheren Offizier in der Kavallerie Ihrer Majestät war die Versetzung zum Kamelregiment der Garde ein harter Schlag gewesen. Das strahlende Bild vom flotten Kavalleristen war nicht so recht mit der Arbeit mit den gewaltigen, unbeholfen wirkenden Tieren vereinbar. Doch die Zeit und die bemerkenswerte Ausdauer der riesigen, häufig zänkischen Ungeheuer hatten ihn von ihren Vorzügen überzeugt. Auf den langen Erkundungsstreifzügen in das sonnenverbrannte, zerklüftete Land der Derwische waren sie nicht zu schlagen.

Der Lieutenant suchte die öde Felsenwüste, in der nur hin und wieder ein Busch wuchs, mit seinem Fernglas ab, entdeckte jedoch nichts Bemerkenswertes. Keine Beduinenlager oder Konzentrationen von Derwisch-Kriegern, kein Hinweis darauf, dass feindliche Patrouillen unterwegs waren, die wie er für ihre Armee Aufklärung betrieben und Informationen sammelten. Hinter ihm saßen die beiden Soldaten, die ihn begleiteten, schwitzend und von winzigen Insekten geplagt auf ihren Kamelen und kratzten sich. Sie hatten die gegen den Sand schützende Brille abgenommen und rieben sich mit dem schmutzigen Handrücken die Augen.

»Mensch, Harry«, grummelte einer der Männer, »sieht so aus, als ob Mister Sutherland noch weiter nach Süden will.«

Sein Kamerad blickte zu dem jungen Offizier hinüber, der etwa fünfzig Schritt vor ihnen auf einer kleinen Erhebung stand.

»Könntest Recht haben«, meinte er. Offenbar hatte der Anführer ihrer Patrouille etwas entdeckt, das seine Aufmerksamkeit erregt hatte.

Lieutenant Alexander Sutherland beugte sich vor und stellte sein Fernglas scharf, bis die verschwommenen Umrisse der einsamen Gestalt, die auf die Streife zutaumelte, schärfer wurden. Obwohl der Mann etwa einen halben Kilometer entfernt war, konnte Sutherland erkennen, dass er groß und breitschultrig war. Anscheinend trug er eine zerlumpte Uniform der britischen Armee. »Trooper Krimble und Haley zu mir«, rief er leise. Die beiden Kavalleriesoldaten trieben ihre Kamele vorwärts. »Da draußen, etwa vierhundertfünfzig Meter vor uns, läuft ein Mann herum, der so was wie eine britische Uniform trägt«, erklärte Sutherland. Mit dem Fernglas deutete er über den Sand auf die flimmernde Gestalt, die sich im Hitzedunst drehte und wendete. »Besser gesagt: das, was von der Uniform übrig ist. Sehen Sie ihn?«

Trooper Harry Krimble beschattete mit der Hand die Augen. Trotz aller Anstrengung sah er nur die Silhouette eines Mannes. Er ließ sein Kamel niederknien, stieg ab und nahm den Henry-Karabiner von der Schulter. Dann legte er den Lauf der geladenen Waffe über den Sattel und schob die Kimme nach hinten, sodass er aus großer Entfernung schießen konnte. Besser, er erledigte den Fuzzy-Wuzzy gleich da draußen, nur für den Fall, dass der Mann nicht allein war. Harry hob das Gewehr an die Schulter, wobei er den Sattel seines Kamels als Stütze benutzte, um besser zielen zu können.

»Noch nicht schießen«, warnte Sutherland. »Warten Sie, bis er auf hundert Meter heran ist, bevor Sie feuern, Trooper Krimble. Sieht aus, als hätte er uns bemerkt. Anscheinend will der Bursche es mit uns aufnehmen.«

»Sind Sie sicher, dass Sie den Verrückten so nah ranlassen wollen, Sir?«, fragte Krimble, der das Korn seines Gewehrs beständig auf das sich unaufhaltsam nähernde Ziel gerichtet hielt. »Vielleicht hat der 'n paar Kumpels dabei.«

»Das bezweifle ich«, erwiderte Sutherland. »Ich kann das Gelände vor uns überblicken. Der ist allein. Wahrscheinlich ist er von seiner Streife getrennt worden und will sich einen Platz im Paradies sichern, indem er uns angreift. Den Wunsch können wir ihm erfüllen.«

»Da haben Sie Recht, Sir«, grinste Krimble, wobei er die Kimme wieder auf einhundert Meter stellte.

Geduldig warteten sie unter der glühenden Sonne, während sich die Gestalt stetig, wenn auch schwankend näherte. Bei einhundert Metern hatte Krimble den Mann voll im Visier. Schon wollte er den Abzug betätigen, als er seinen Offizier brüllen hörte. »Feuer halt! Nicht schießen!«

Verwirrt sahen sich die beiden Soldaten an, da Lieutenant Sutherland sein Fernglas fallen ließ und vom Kamel sprang. Wieso sich der junge Offizier plötzlich so für das Wohlergehen des Fuzzy-Wuzzy interessierte, der auf sie zutaumelte, war ihnen ein Rätsel. Allerdings besaß keiner der beiden Kamelreiter ein Fernglas, daher hatten sie die grünen Augen im tiefbraunen Gesicht des Mannes nicht gesehen.

»Captain Patrick Duffy«, drang es aus den aufgesprungenen Lippen, als die sonnenverbrannte Gestalt Lieutenant Sutherland in die Arme taumelte. »Von der Schottischen Brigade. Komme direkt aus der Hölle …«

Patrick kehrte mit der Kamelstreife nach Suakin zurück. Von dort schickte man ihn auf das Lazarettschiff *Ganges*, das vor den weiß getünchten Häusern der Hafenstadt Suakin im Roten Meer ankerte; hier sollte er sich von den dreiwöchigen Strapazen erholen. Die Tatsache, dass der Vermisste wieder aufgetaucht war, rief ganze Schwärme von Zeitungsreportern auf den Plan.

Unter den Korrespondenten befand sich auch ein Mann, der für die Zeitung arbeitete, die mittlerweile Lady Enid Macintosh gehörte.

39

George Godfrey begrüßte das Dienstmädchen, das ihm Hut und Mantel abnahm und seinen Gruß mit einer warmen Vertrautheit erwiderte, die im Laufe seiner häufigen Besuche bei Lady Enid Macintosh entstanden war. Er schüttelte die draußen herrschende Kälte des frühen Wintertags ab und trat in den großen Salon, wo ihn die angenehme Wärme eines im Kamin prasselnden Feuers empfing. Enid empfing ihn mit einer Lebendigkeit, die Godfrey lange an ihr vermisst hatte. Zwei Tage zuvor war ein Telegramm mit der Nachricht eingetroffen, dass Patrick lebe und sich bester Gesundheit erfreue. Die Neuigkeit hatte sie schlagartig verjüngt, und in ihren Augen brannte die Entschlossenheit, die sie ihr ganzes Leben lang ausgezeichnet hatte. Noch einmal war sie bereit, ihrem Schwiegersohn die Kontrolle über die Familienunternehmen streitig zu machen. Schließlich würde ihr Enkel, der bald zu ihr zurückkehren sollte, ihr als Verbündeter zur Seite stehen.

Ein strahlendes Lächeln des Triumphs lag auf Enids Gesicht, als sie durch den Raum rauschte, um Godfrey zu begrüßen.

»Ich wusste, dass er noch am Leben ist«, sagte sie, während sie seine Hände nahm. »Er erholt sich im Moment in Suakin.«

Godfrey drückte ihre Hände leicht und führte sie zu einem Sofa, wo sich beide setzten. »Ihr Enkel hat von seinem Vater wirklich das Glück der Iren geerbt.«

Schuldbewusst wandte Enid den Blick ab und starrte ins Feuer. Offenkundig reichte schon diese indirekte Erwähnung Michael Duffys aus, um ihre überschäumende Freude in düstere Niedergeschlagenheit zu verwandeln. »Michael Duffy dürfte in den nächsten zwei Wochen in Suakin eintreffen«, fügte er hinzu. »Die Wahrscheinlichkeit, dass er seinem Sohn begegnet, ist groß.«

»Ich weiß«, erwiderte Enid, die unverwandt in die Flammen blickte. »Das fürchte ich auch.«

»Früher oder später musste es geschehen.« Er versuchte, sie mit einem sanften, beruhigenden Händedruck aufzumuntern. »Das muss Ihnen doch klar gewesen sein. Warum beunruhigt es Sie, wenn der Junge seinen Vater kennen lernt? Schließlich war es doch Ihre Idee, dass er Patrick sucht.«

»Ja, aber damals war die Lage verzweifelt. Inzwischen weiß ich, dass mein Enkel noch lebt. Es war dumm und voreilig von mir, mich an Mister Duffy zu wenden.«

»Das würde ich nicht sagen, Enid«, meinte Godfrey liebevoll. »Michael Duffy ist ein sehr fähiger Mann.«

»Und er ist auch fähig, Patrick um sein Erbe zu bringen, indem er ihn dazu überredet, seine papistische Religion beizubehalten.«

Godfrey erhob sich und ging zu dem offenen Kamin, wo er mit dem Rücken zum Feuer stehen blieb. Er blickte Enid an. »Ist es denn so wichtig, dass Patrick seine Religion zugunsten der Ihren aufgibt?«

Sie nickte. »Der Name Macintosh ist untrennbar mit der protestantischen Kirche Englands und Schottlands verbunden.«

So einfach war das also, dachte George. Nichts in Enids Leben war einfach, abgesehen von ihrer unerschütterlichen religiösen Überzeugung. »Ich kann dafür sorgen, dass Mister Duffy seinem Sohn nie begegnet«, erwiderte er mit einem traurigen Seufzer. »Wenn Sie das wollen.«

»Ja, das will ich, George.«

Der frühere Offizier der britischen Armee nahm Enids Wunsch nur ungern zur Kenntnis, denn er bewunderte den Iren, den er zuletzt bei Horace Browns Beerdigung gesehen hatte, fast gegen seinen Willen. Der kleine Engländer war in der Erde jenes Landes zur letzten Ruhe gebettet worden, das ihm so sehr ans Herz gewachsen war, dass er am Ende seine Loyalität zu Australien über die strategischen Interessen Englands gestellt hatte. Godfrey wusste, dass Horace für Michael

Duffy das größte Opfer gebracht hatte, zu dem ein Mensch fähig war. Der Ire hatte seinen Freund betrauert, der in den letzten zehn Jahren auch sein Arbeitgeber gewesen war. Keine Tränen, nur die vom Schmerz verzerrten Züge hatten vom Kummer des Hünen gezeugt.

Die Expedition des Barons war längst aufgebrochen, um ihre Mission zu erfüllen, und Deutschland erhob nun Anspruch auf die zweitgrößte Insel des Planeten. Als die kaiserliche Flagge auf der Gazelle-Halbinsel gehisst wurde, kam es in den deutsch-englischen Beziehungen zu einer kleineren Krise. Bismarck hatte seine Absichten im Pazifik sorgsam vor den Engländern verborgen, und die britische Admiralität wurde erst im Dezember umfassend informiert. Nachdem die Annexion so problemlos verlaufen war, drängten die deutschen Kaufleute darauf, in der Region noch weitere Ansprüche zu erheben. Immer deutlicher zeichnete sich ab, dass Horace die territorialen Ambitionen der Deutschen im Pazifik richtig eingeschätzt hatte.

Manfred von Fellmann hatte vor seiner Abreise persönlich an der Beerdigung seines einstigen Feindes teilgenommen. Damit hatte sich die Trauergemeinde auf drei vergrößert. Der Preuße hatte auf einer Seite des Grabes gestanden, Michael und George Godfrey auf der anderen. Höflich hatten sie einander begrüßt und sich die Hände geschüttelt.

Und nun verlangte Enid von Godfrey, dass er Michael Duffy daran hinderte, seinen Sohn kennen zu lernen! Es lag tatsächlich im Bereich seiner Möglichkeiten, ihren Wunsch zu erfüllen. Sein langer Arm reichte über den Indischen Ozean bis nach Afrika.

»Können Sie zum Abendessen bleiben, George?«, fragte Enid.

»Ja, ich bleibe zum Essen«, erwiderte er, verwundert über den abrupten Themenwechsel – als wäre in den letzten Minuten nichts von Bedeutung vorgefallen. Aber so war Enid: Sie wechselte die Verbündeten schnell und ohne jeden Skrupel, wenn es die Ereignisse verlangten.

Nicht alle Verwandten von Captain Patrick Duffy begrüßten seine Auferstehung von den Toten. Granville White kochte vor Wut, als er allein in seiner Bibliothek den kurzen Bericht über Patrick las, der auf wundersame Weise hinter den feindlichen Linie überlebt hatte. Seine heldenhafte Leistung war von der Zeitung, die Enid vor kurzem im Zuge der Erweiterung des Macintosh-Imperiums erstanden hatte, kräftig ausgeschmückt worden. Noch mehr verbitterte es Granville, dass auf der ersten Seite der Zeitung ein Porträt des Helden der schottischen Brigade erschien, in dem dieser als Sohn der Kolonie Neusüdwales und Enkel der als Philantropin bekannten Lady Enid Macintosh präsentiert wurde.

Wenn Duffy heimkehrte, würde Granville bereit sein. Am Ende konnte nur einer das Erbe des Firmenimperiums der Macintoshs antreten! Durch die Vereinbarung, die er mit seiner Frau getroffen hatte, war es ihm unmöglich geworden, Patricks Anspruch auf sein Erbe infrage zu stellen, aber es gab andere Wege, einen Menschen in Misskredit zu bringen. Wenn es Kapitän Mort damals doch nur gelungen wäre, Duffy beseitigen zu lassen, dann hätte er sich die ganze Energie sparen können, die er jetzt darauf verwenden musste, ihn zu Fall zu bringen!

Mit deutlichem Ticken verkündete die Wanduhr in der Stille der Bibliothek die verrinnende Zeit. Granville saß hinter seinem Schreibtisch und dachte nach. Dabei fiel sein Blick auf die Sammlung von Speeren, Nullah-Keulen und Bumerangs an der Wand, und er fühlte, wie ihn kaltes Entsetzen packte. Nicht zum ersten Mal. Ihm war klar, dass es sich um reinen Aberglauben handelte. Doch die Furcht vor dem Unbekannten ließ sich nicht so einfach abschütteln. Von Zeit zu Zeit suchte sie ihn in seinen Träumen heim. Dann sah er einen Ort vor sich, an dem er nie gewesen war, von dem er jedoch oft genug gehört hatte: Glen View in Zentral-Queensland, den stolzesten Besitz der Macintoshs.

Granville erhob sich aus dem Drehstuhl und ging zu der Wand mit den Trophäen. Er griff nach einem Speer und zerbrach ihn über seinem Knie. Mit einem spröden Knistern barst das Holz. Dann warf er den Speer beiseite und riss die übrigen Nerambura-Waffen herunter. Genauso würde er mit Glen View verfahren, um sich von den entsetzlichen Albträumen zu befreien, die ihn immer wieder heimsuchten, dachte er voller Wut. Ein für alle Mal würde er den Namen der verfluchten Duffys aus seinem Leben löschen.

40

Die Hunde der Station bellten wütend, während Duncan Cameron, der Verwalter von Glen View, auf der breiten Veranda des Haupthauses stand und beobachtete, wie sieben Mann von der Eingeborenenpolizei in seinen Hof ritten. Empört kläffend, tänzelte die Meute geschickt um die Beine der schweren Pferde, bis Duncan den Tieren befahl, die Polizisten in Ruhe zu lassen. Widerwillig zogen sie sich in den kühlen Schatten unter den erhöht angebrachten Wassertanks und in den Scherschuppen zurück.

Glen View, das dreißig Jahre zuvor von dem zähen Siedler Donald Macintosh und seinem ältesten Sohn, Angus, gegründet worden war, hatte im Laufe der Zeit eine Aura gesetzter Beständigkeit angenommen. Beide Männer lagen, von Wallaries Speer gefällt, in der roten Erde des Guts begraben. Trotz ihres gewaltsamen Todes war der Besitz bestehen geblieben. Der Verwalter war ein Mann, den Lady Enid Macintosh ernannt hatte, ebenfalls ein Schotte und nicht weniger hart im Nehmen als sein Vorgänger, Sir Donald. Am Haupthaus und seinen Außengebäuden waren Verbesserungen vorgenommen worden, die Sir Donald gefallen hätten.

Duncans junge Frau, die von der Insel Skye stammte, hatte für die weibliche Note im Haus gesorgt. Jetzt erschien sie neben ihrem Ehemann auf der Vorderveranda, um zuzusehen, wie die staubbedeckte, müde Patrouille in ihren Hof einritt. Besucher waren eine Seltenheit und boten eine willkommene Abwechslung von der Einsamkeit des Lebens an der Grenze, vor allem für eine Frau, die in der engen Gemeinschaft eines schottischen Dorfes aufgewachsen war, wo gegenseitige Besuche ein wichtiger Teil des Alltags waren. Die unbarmherzig aussehende Polizeitruppe mit ihrer Mischung aus Weißen und Schwarzen bringt auf jeden Fall Farbe ins Leben, dachte Mary. An der Seite ihres Mannes beobachtete sie, wie der Anführer, ein gut aussehender junger Inspektor, vom Pferd stieg.

»Inspektor James, zu Ihren Diensten, Sir«, stellte sich Gordon vor, während er über den staubigen Hof auf die beiden zuging. »Wir sind letzte Woche von Townsville aufgebrochen, um zwei Schwarze zu suchen, die sich möglicherweise auf Ihrem Besitz aufhalten.«

Der Verwalter von Glen View nahm die ausgestreckte Hand. »Duncan Cameron. Das ist meine Frau, Missus Mary Cameron«, erwiderte er. »Das würde die Spuren erklären, die einer meiner Jungen in den Hügeln bei der Südweide entdeckt hat. Drei Eingeborene, hat er gesagt.«

»Aha. Das könnte hinkommen.« Gordon klopfte sich die Hosenbeine, um den Staub loszuwerden. »Wahrscheinlich ist die Schwarze noch bei ihnen, die sie vor ein paar Wochen südlich von Townsville entführt haben.«

»Inspektor James, haben Sie gesagt?« Cameron blickte ihn nachdenklich an. »Sind Sie etwa der junge Polizist, der oben im Norden die Kalkadoon vertrieben hat? Inspektor Gordon James?«

»Ja, das bin ich wohl.« Gordon lächelte etwas verlegen, weil ihm sein Ruf vorausgeeilt war.

»Erst gestern hab ich von Ihrer Schlacht gegen die Wilden gelesen«, meinte Cameron. »Sie und Ihre Jungs haben das wirklich gut gemacht.« Er sah sich nach Gordons Männern um, die unter der glühenden Sonne müde in ihren Sätteln hingen. »Ihre Männer sind bestimmt hungrig und die Pferde auch, Inspektor. Wir kümmern uns darum, und dann kann mein Gärtner Ihren Jungs zeigen, wo sie sich aufs Ohr hauen können. Sie bleiben doch über Nacht?«

»Ja, gern, Mister Cameron«, erwiderte Gordon dankbar. »Wir haben einen ziemlich harten Ritt hinter uns, und die Männer brauchen eine Pause. Allerdings werden wir morgen vor Sonnenaufgang aufbrechen. Ich wäre Ihnen sehr verbunden, wenn

Sie uns auch einen Führer zur Verfügung stellen könnten, der uns den Weg zu den Hügeln zeigt. Dort hat Ihr Junge doch die Spuren gefunden?«

»Nicht weit von den Hügeln entfernt«, gab der Verwalter zurück. »Aber meine Leute halten sich von den Bergen fern, wenn es dunkel wird. Sie behaupten, dort gehen die Geister der Schwarzen um, die Sir Donald zweiundsechzig vertreiben ließ. Sogar meine weißen Viehhirten glauben diese Geschichten! Aber nach dem, was ich mittlerweile über die Berge weiß, kann ich mir nicht vorstellen, dass sich da Schwarze rumtreiben.«

»Ich weiß nicht, ob Sie von Wallarie gehört haben, einem Darambal, der aus dieser Gegend stammt«, sagte Gordon.

»Gehört habe ich von ihm.« Duncan nickte. »Angeblich hat er bei der Vertreibung des Nerambura-Clans bei den Wasserlöchern den jungen Angus Macintosh getötet und später Sir Donald mit seinem Speer erledigt. Ich dachte, der Kerl wäre ein Mythos, den die Schwarzen erfunden haben.«

»Wallarie ist absolut real«, erklärte Gordon grimmig. »Gegenwärtig macht er wieder den Busch unsicher. Allerdings hat er inzwischen einen Partner, einen meiner früheren Polizisten. Sein Name ist Peter Duffy.«

»Duffy? So hieß doch der Fuhrmann, den die Eingeborenen nach der Vertreibung getötet haben.« Cameron hatte die Geschichte von den alten Viehhirten der Station gehört. »Gibt es da eine Verbindung?«

»Das ist sein Enkel, ein Halbblut.« Gordons Stimme klang müde. »Aber es sieht so aus, als hätten die Nerambura den irischen Fuhrmann gar nicht getötet. Möglicherweise war es Lieutenant Mort, der Kommandeur des Trupps, der für die Vertreibung verantwortlich war.«

Mary Cameron hatte den Geschichten über die geheimnisvollen Hügel im Süden ihres Heims schweigend gelauscht. Während der Renovierung des Hauses hatte sie Sir Donalds alte Tagebücher gefunden und angewidert seine kurze Schilderung jenes entsetzlichen Tages gelesen. Jetzt fiel ihr ein weiteres Detail ein.

»Das ist ja merkwürdig, Inspektor«, sagte sie ruhig. Gordon wandte sich ihr zu. »An dem Tag, von dem Sie und mein Mann sprechen, war ein gewisser Sergeant Henry James stellvertretender Kommandeur der berittenen Eingeborenenpolizei.«

»Mein Vater, Missus Cameron«, erwiderte Gordon leise.

Mary Cameron warf ihm einen merkwürdigen Blick zu. »Wenn man alle Teile zusammensetzt, sieht es so aus, als würde sich die Geschichte auf eigenartige Weise wiederholen.«

»Das hoffe ich nicht«, wehrte Gordon ab. »Das hoffe ich wirklich nicht.«

»Am besten gehen wir ins Haus«, meinte Duncan Cameron höflich. »Hat keinen Sinn, dass wir den ganzen Tag hier draußen rumstehen. Ah Chee!«, brüllte er, und ein alter Chinese, dem der Zopf bis zur Taille hing, eilte hinter dem Haus hervor.

»Ja, Massa Camerwon.«

»Zeig den Polizisten die Quartiere für die Scherer, da können sie die Nacht verbringen. Und sag dem Koch, er soll genug für alle kochen.«

Der Gärtner verbeugte sich ruckartig, indem er in der Taille einknickte, und trieb die Polizisten wie ein Hütehund zusammen, um sie zu den leer stehenden Quartieren der Scherer zu führen.

Nachdem sich Gordon vergewissert hatte, dass seine Leute gut versorgt und anständig untergebracht waren, schlenderte er zum Haupthaus, um mit dem Verwalter und seiner hübschen Frau den Nachmittagstee einzunehmen. Ihm war aufgefallen, dass sich ihr Bauch verdächtig rundete, und für einen flüchtigen Augenblick stellte er sich Sarah vor, wie sie sein Kind trug. Es war ein tröstliches, herzerwärmendes Bild, das ihn zum Lächeln brachte.

Auf der Veranda wischte er sich die Stiefel ab, bevor er klopfte. Er wurde hereingebeten, und ein eingeborenes Dienstmädchen nahm seine Mütze, während er den Revolvergurt löste und an einen Kleiderständer im Gang hängte. Nach städtischen Maßstäben war das Haus nicht luxuriös, aber zumindest geräumig und sauber. In der Rindenhütte, die

Donald Macintosh einst errichtet hatte, wurde nun das Heu für die Pferde aufbewahrt.

Gordon gesellte sich zu Duncan und Mary; sie saßen im Garten im Schatten einer runden Laube, die offenbar einmal von Weinreben überwuchert werden sollte. Während die drei die aktuellen Wollpreise, die Transportkosten für Rindfleisch und die letzten Nachrichten aus dem fernen Sudankrieg erörterten, servierte das Dienstmädchen Tee und Scones.

Südlich des Farmhauses saß Wallarie auf dem erkalteten Gipfel eines ehemaligen Vulkans und beobachtete, wie der orangefarbene Feuerball über der Ebene langsam vom Busch verschluckt wurde. Ein Abend ohne Kinderlachen, ohne nörgelnde Alte, dachte er traurig. Nur die sanften Geräusche des Buschs, der sich für die Nachtruhe vorbereitete, die Sprache der Erde, so wie es in der Traumzeit gewesen war, bevor sein Volk geboren wurde.

Geistesabwesend zupfte der Krieger an seinem langen, mittlerweile von grauen Strähnen durchzogenen Bart. Seine Gedanken waren bei den längst vergangenen Tagen, als er und Tom Duffy Seite an Seite gesessen und auf dasselbe Buschland geblickt hatten. Damals waren sie mit der kleinen Gruppe, die die Vertreibung überlebt hatte, auf ein Walkabout ins Channel Country, das Land der Kanäle, gegangen. *Wie lange war das her!*

Die Leute des Schafzüchters hatten den alten Mann und den Jungen getötet, die mit ihnen auf die Wanderung gegangen waren. Die alte Frau hatten sie erschossen und Toms Frau mitgenommen. Aber der Ire und er hatten die Mörder aufgespürt und blutige Rache genommen. Damals hatte er gelernt, wie ein Weißer zu töten, und er hatte es nie vergessen. Er ritt und schoss wie sie, und er sprach ihre Sprache. Nun fühlte er, dass Gordon James ihnen dicht auf den Fersen war.

Die Sonne war fast verschwunden, und die Stille, die jene Zeit zwischen Tag und Nacht auszeichnete, legte sich über den Berg. Der alte Krieger erhob sich und griff nach seinen Waffen: Snider-Büchse und Steinaxt. Eine bizarre Mischung.

Am Fuß des Hügels saß Peter am Lagerfeuer. Wallarie würde zu ihm gehen und ihm die Geschichten der Nerambura erzählen. Dann würde er ihm die Bedeutung des heiligen Gemäldes an der Höhlenwand und seiner Figuren erklären, und sie würden spüren, wie die Geister des heiligen Ortes zu ihnen kamen. Am Morgen würde er Peter auf seine Initiation in die Welt der Männer vorbereiten. Natürlich konnte es keine echte Einführungszeremonie werden, darüber war sich der Darambal im Klaren; aber besser als gar keine.

Doch als er in die Höhle kam, war Peter schon dort. Er saß im Schneidersitz vor dem Feuer. Matilda, seine Gefährtin, hatte er in ihrem Lager an einem Wasserloch unterhalb des Hügels zurückgelassen. Nicht am Ort des Massakers – der war tabu –, sondern weiter oben am Bachbett. Dort wartete sie darauf, dass Peter als echter Nerambura zu ihr zurückkehrte.

41

Ein hager gewordener Captain Patrick Duffy meldete sich nach seiner dreiwöchigen Wanderung durch die Ödnis des Sudan im Brigadehauptquartier. Die hinter ihm liegenden Qualen schienen ihm nicht aus dem Kopf zu gehen. Er sprach jedoch kaum von seinen Erlebnissen. Wenn er sich überhaupt äußerte, dann meinte er nur, er habe Glück gehabt.

Glück und seine angeborene körperliche und geistige Stärke hatten ihn am Leben erhalten, nachdem er in jener Nacht auf die Derwische gestoßen war. Weniger fähige Männer wären in seiner Situation verzweifelt und hätten sich aufgegeben, aber er hatte überlebt. Die zerlumpten, blutbefleckten Überreste seiner Uniform sprachen Bände. Niemand wollte dem Captain mit Fragen zusetzen, nachdem er offensichtlich alles verdrängt hatte, was geschehen war, bevor ihn die Kamelpatrouille fand. Mit der Zeit mochte er sich vielleicht öffnen und über seine Erfahrungen sprechen, aber für den Augenblick brütete er schweigsam vor sich hin.

In der Nacht seiner unglückseligen Mission hatte er blind auf die Gestalten gefeuert, die sich aus der Finsternis erhoben. Dann war er im Schutz der Dunkelheit geflohen. Doch anstatt zu versuchen, seine eigenen Linien zu erreichen, hatte er die Nacht genutzt, um sich tiefer in feindliches Territorium zurückzuziehen. Wie er richtig vermutet hatte, gingen die Derwische davon aus, dass er versuchen würde, sich in die Zareba zu retten.

Als am nächsten Morgen die Sonne über Stein, Sand und Dornenbusch aufging, lag Patrick verborgen zwischen den Felsen eines kleines Hügels im Herzen des von den Derwischen kontrollierten Landes. Hilflos musste er zusehen, wie schwer bewaffnete Derwisch-Streifen zwischen ihm und den kakifarbenen Uniformen der sich zurückziehenden britischen Streitmacht patrouillierten. Seine Entscheidung, es nicht zu den eigenen Linien zu versuchen, war richtig gewesen.

Mit den Lanzenreiter-Patrouillen Kontakt aufzunehmen, die er als winzige Gestalten am Horizont sah, war unmöglich. Offenkundig suchten sie nach ihm. Doch überall lagen Scharfschützen und Derwisch-Trupps im Hinterhalt, die die Lanzenreiter mit Kugel, Speer und Schwert empfangen würden, sollten sie sich unvorsichtigerweise zu weit von dem Rechteck der britischen Hauptmacht entfernen. Wenn er versuchte, die Aufmerksamkeit der Streifen zu erregen, führte er sie möglicherweise in den Tod. Bei Sonnenuntergang trieb der Durst Patrick aus seinem sicheren Versteck, wo er verzweifelt zugesehen hatte, wie sich die Staubwolke über der sich zurückziehenden britischen Armee immer weiter entfernte.

Ihm war klar, dass er Wasser finden musste. Zu seinem Glück stieß er in den Hügeln auf einen alten Brunnen, den Derwische und Briten gleichermaßen übersehen hatten. Er war nicht vergiftet, und Patrick trank das kühle, aber schlammige Wasser, als wäre es der köstlichste Champagner.

In den folgenden drei Wochen lebte er wie ein nächtliches Raubtier, das den nichts ahnenden Beduinen, die sich in der riesigen Festung der sudanesischen Wüste sicher fühlten, ihre Vorräte abjagte. List und die scharfe Klinge seines Messers verhalfen ihm zu einem kleinen, aber ausreichenden Vorrat an Datteln und ungesäuertem Brot, der zumindest garantierte, dass er jeden Tag aufs Neue die glühende Sonne aufgehen sah.

Seine tödlichen, verborgenen Raubzüge in die Lager der Wüstenbewohner lösten eine nie gekannte Welle des Entsetzens aus, wie sie selbst der Einmarsch der britischen Armee nicht hervorgerufen hatte. Zumindest hatten sie die britischen Ungläubigen sehen können, aber dieser nächtliche Besucher glich den Dämonen der Wüste! Ein böser Geist, der sie heimsuchte, wenn die Sonne ihre Kraft verlor und die Wüste kalt war wie ein Leichnam. Ein Teufel, der den Kameltreiber mit durchschnittener Kehle liegen und sich des Tages niemals blicken ließ – ein weiterer Beweis dafür, dass es sich nicht um ein menschliches Wesen handelte.

Jede Nacht marschierte Patrick ein Stück weiter nach Nordosten, allerdings nicht in gerader Linie, weil er wusste, dass die Patrouillen der Derwische genau damit rechneten. Geduld und Vorsicht wurden sein Überlebensmotto, während er sich langsam, aber sicher dem Hafen Suakin näherte.

Außer Patricks Schlauheit und Überlebensinstinkt zählte in diesem Leben nichts mehr. Vergessen war die Frage, ob er seinen Glauben aufgeben und den Namen Macintosh annehmen sollte. Fuchsjagden und elegante Bälle, wie er sie in England kennen gelernt hatte, interessierten ihn nicht mehr. Es ging nur noch darum, ein Versteck zu suchen und ein Lager zu finden, das er nach Einbruch der Dunkelheit ausrauben konnte.

Gegen Ende der drei Wochen war sein Durchhaltevermögen erschöpft. Die Zeit verschwamm zu einem bedeutungslosen Nebel, und seine zerrissene Uniform war steif vom Blut ungezählter Männer, denen er auf der Jagd nach Proviant die Kehle durchgeschnitten hatte.

Manchmal saß er bei Sonnenuntergang im Schatten eines Dornbuschs und blickte nach Westen über das flache Land, das die versinkende Sonne in ein weiches Licht tauchte. Gelegentlich dachte er in diesen einsamen drei Wochen auch an Catherine. Doch das erinnerte ihn nur an den Schmerz, den sie ihm zugefügt hatte, indem sie ihn erst hatte glauben lassen, sie würde auf seine Rückkehr warten, nur um ihn dann mit ihrem herzlosen Schweigen zu quälen.

Trotzdem wusste Patrick, dass hinter dem Horizont die Insel der keltischen Nebel lag, ein Ort voller Magie, die Heimat Morrigans. Dann wich der Schmerz einer Bitterkeit, die sich aus seinem verzweifelten Hass nährte. Er musste überleben, damit er Catherine die alles entscheidende Frage stellen konnte: Warum?

Schließlich kam der Tag, an dem er die flimmernden Umrisse von drei Kamelreitern entdeckte, die sich vor dem Horizont abhoben. Sein erster Instinkt war, sich tiefer in den Sand unter dem Mimosenbaum zu vergraben. Doch der Lichtblitz erregte seine Aufmerksamkeit. Konnte es sich um eine britische Streife handeln? Stammte der Blitz von einem Fernglas oder Teleskop? Soweit er wusste, benutzten die Derwische in der Wüste keine Sehhilfen. Doch mittlerweile war es ihm fast gleichgültig, ob er lebte oder starb. Wenn es Beduinen waren, dann würde er zumindest im Kampf fallen, dachte er, während er sich auf die Beine zwang. Mit letzter Kraft taumelte er auf die Patrouille zu.

Major Hughes begrüßte Patrick mit aufrichtiger Begeisterung. Die Entscheidung, ihn auf die Aufklärungsmission zu schicken, war ihm schwergefallen. Seit er erfahren hatte, dass der Junge vermisst wurde, hatte sie schwer auf seinem Gewissen gelastet. War das Ziel der Mission das Leben eines jungen Offiziers wert gewesen, der zu den Besten in der Brigade zählte? Als er einige Tage zuvor von Patricks Rückkehr nach Suakin erfahren hatte, hatte er eine Flasche von seinem besten Portwein geöffnet und allein geleert, um das Ereignis gebührend zu feiern. Dass Patrick überlebt hatte, grenzte an ein Wunder.

Jetzt lud er Patrick ein, sich auf einem Rohrstuhl niederzulassen, den ein Tigerfell schmückte, das der Brigademajor während seines Dienstes in Burma erworben hatte. Es reiste mit seinem Essgeschirr überallhin, wo er als Soldat der Königin diente – eine persönliche Marotte. Der Brigademajor war damit nicht allein; andere Offizier schleppten während ihrer aktiven Laufbahn ebenfalls exotische und manchmal recht sperrige Objekte mit sich herum.

Inzwischen wirkte Patrick etwas entspannter als unmittelbar nach seiner Rückkehr aus der Wüste. Damals hatte der Brigademajor einem bärtigen Riesen gegenübergestanden, dessen gefährliche, starr blickende Augen ihn an ein gehetztes Wildtier erinnerten. Selbst jetzt, wo die Anspannung nachgelassen hatte, war der gehetzte Blick nicht völlig verschwunden. Der Schatten all dessen, was er in diesen entsetzlichen drei Wochen erlebt hatte, lauerte wie ein Geist hinter Patricks Augen.

Dem Brigademajor oblag es, ihn über seine Pflichten zu unterrichten. Mittlerweile stand er wieder im aktiven Dienst, und seine Messerechnung war überfällig. Vermisst zu sein hieß noch lange nicht, dass man drei Wochen lang nichts für Speisen und Wein bezahlen musste, selbst wenn man nichts davon zu sich nahm ... Allerdings gab es ein wichtigeres Thema, das zuerst besprochen werden musste.

Major Hughes fingerte an dem Brief herum, den Patrick ihm auf dem Dienstweg über den Ordonanzraum hatte zukommen lassen. Obwohl das Schreiben für Hughes' Vorgesetzte bestimmt war, musste es durch seine Hände gehen. »Wollen Sie wirklich Ihren Abschied nehmen?«, fragte er.

Patrick rutschte ein wenig auf dem Rohrstuhl hin und her. »Ja, ich glaube, für mich ist es Zeit heimzukehren, Sir.«

»Sie sind ein exzellenter Offizier, Patrick. Ich muss sagen, in meiner langen Laufbahn beim Militär waren Sie einer der besten Soldaten, mit denen ich je die Ehre hatte zu dienen.«

Das offene Lob weckte Schuldgefühle in Patrick, aber der Dienst bei der Armee war immer nur als vorübergehende Phase in seinem Leben geplant gewesen, ein Zwischenspiel, das ihm helfen sollte, seine Ziele für die Zukunft klarer zu bestimmen. »Ich werde das Militär nicht ganz verlassen«, sagte er. »Zu Hause in Sydney werde ich mich hoffentlich einer Einheit der kolonialen Miliz anschließen können.«

»Wahrscheinlich haben Sie auch die Gerüchte gehört, dass wir kurz davorstehen, hier unsere Zelte abzubrechen«, erklärte der Brigademajor ruhig. »Sollte dieser Fall eintreten, könnte ich dafür sorgen, dass Sie mit den Truppen aus Neusüdwales nach Hause reisen. Käme Ihnen das gelegen?«

»Ich habe vor, meinen Abschied in London zu nehmen«, erwiderte Patrick. »Bevor ich in die Kolonien zurückkehre, habe ich noch etwas in Irland zu erledigen.«

»Eine junge Dame?« Major Hughes zog eine Augenbraue hoch.

»Ja, Sir, eine junge Dame«, bestätigte Patrick.

»Nun, dann werde ich Ihren Antrag auf Entlassung aus dem Militärdienst mit einer Empfehlung versehen, diese nach Ihrer Rückkehr nach England wirksam werden zu lassen. Vergessen Sie nicht, bis wir in London sind, können Sie Ihr Gesuch immer noch zurückziehen.«

»Ich weiß, Sir. Die Entscheidung ist mir nicht leicht gefallen. Ich habe hier eine Menge Freunde, und ich habe viel erlebt, woran ich mich gern erinnere.« Seine letzte Behauptung ließ ihn zusammenzucken. »Und vieles, das ich lieber vergessen möchte.«

»Wenn das alles ist, würde ich Sie gern heute Abend in der Messe auf einen Abschiedstrunk treffen, Captain Duffy. Ich bin mir sicher, Ihre Offizierskollegen werden es ebenso halten, wenn sie hören, dass Sie uns verlassen.«

»Da ich den Dienst erst quittiere, wenn wir nach England zurückkehren, kann mein Messekonto es wahrscheinlich nicht verkraften, wenn jetzt schon alle auf meinen Abschied trinken«, meinte Patrick mit bedauerndem Grinsen. »Vielleicht, wenn wir wieder beim Regiment sind.«

»Ja, da könnten Sie Recht haben, Captain Duffy. Wir heben uns die Ankündigung bis zu unserer Rückkehr auf.«

Patrick erhob sich, grüßte und verließ das Zelt des Brigademajors. Draußen in der brennenden Mittagssonne blieb er stehen, um einen Moment über seine Zukunft nachzudenken. Zunächst musste er Catherine finden, um die quälenden Gedanken loszuwerden, die ihn plagten. Zumindest wollte er wissen, warum sie die Flut von Briefen ignoriert hatte, die er ihr geschrieben hatte. Er hatte versucht, sich gegen die Möglichkeit zu wappnen, dass sie jemand anderen gefunden hatte, und sich einzureden, dass er das akzeptieren könnte. Aber tief in seinem Herzen flüsterte ihm eine nagende Stimme zu, dass dieser Gedanke zu entsetzlich war, um ihn überhaupt in Betracht zu ziehen. Weder Zeit noch Entfernung hatten seine Sehnsucht nach ihr gemildert.

Für einen Augenblick hielt er inne und ließ die Gedanken auf sich einströmen. Er spürte die Weite der riesigen Wüste jenseits des britischen Armeelagers von Suakin. In der Wildnis hinter jenen Hügeln, wo er sich von einem Tag auf den anderen durchgeschlagen hatte, hatte er das eigentliche Wesen des Lebens erkannt. Wie einfach war diese Existenz, wo nur sein eigener Überlebenswille zählte, das Gefühl der Allmacht, wenn das Leben eines Mannes unter seinem Messer aus der blutenden Kehle strömte. Was nutzten Einfluss und Geld, wenn das Überleben einzig von der körperlichen und geistigen Stärke abhing? War er wirklich der Mensch, den er dort draußen in sich selbst gefunden hatte? War das alles?

Unterdessen schwitzten und schufteten um ihn herum Soldaten, die ihre Uniform bis auf das Unterhemd abgelegt hatten. Die Geräusche der rastenden Armee drangen an sein Ohr: Ein Schmiedehammer schlug scheppernd gegen Metall, um Hufeisen für die Pferde zu formen, auf einem staubigen Exerziergelände bellte ein Ausbilder seine Soldaten an, weil sie seine Befehle nicht exakt gleichzeitig ausführten, die Köche stritten sich um die Rationen, die in den riesigen Töpfen zubereitet wurden. Laute, die Patrick so vertraut geworden waren wie das Klappern und Rattern von Kutschen und Pferdegespannen auf den kalten, winterlichen Straßen Londons.

Er stolperte zu seinem Zeit, wo er sich auf einen Stuhl fallen ließ, der an einem kleinen, vom Wüstenstaub bedeckten Tisch stand. Tränen stiegen ihm in die Augen, als ihm bewusst wurde, wie leer sein Leben war. Abgesehen von seiner Großmutter hatte er keine wirkliche Familie. Er fragte sich, was für sein Mann sein Vater wohl gewesen war. *Wenn er ihn doch nur gekannt hätte! Wenn er Michael Duffy nur jemals begegnet wäre, der selbst im Tod noch so stark war, dass sich eine Legende um ihn rankte.*

Ein kleines Objekt, das sorgfältig in ein Stück sauberen Stoff eingewickelt war, riss ihn aus seinen melancholischen Gedanken. Ein verwirrter Ausdruck legte sich auf sein sonnengebräuntes Gesicht, als er auf das Päckchen starrte. Er musste die kleine Göttin nicht erst auspacken, um zu wissen, was das Tuch enthielt.

»Private MacDonald! Du großartiger, hinterhältiger Mistkerl!«, stieß er mit einem freudigen Seufzer der Erleichterung aus. »Du hast meinen Befehl missachtet!«

Auf dem Lazarettschiff *Ganges* lag Private Francis Farrell zwischen vom Schweiß durchtränkten Betttüchern und starrte in die Dunkelheit hinein. Um ihn herum wanden sich stöhnende Männer, die die bösartige Darmgrippe gepackt hatte. Im Schlaf Erleichterung zu finden blieb dem Iren versagt. Als er nach oben sah, schien die Eisendecke über ihm Wellen zu werfen, bei deren Anblick ihm übel wurde. Er verfluchte die schwächende Krankheit, die seinen Körper heimsuchte. Vor nur drei Tagen hatte er sich wie der König der Welt gefühlt und sich dazu beglückwünscht, dass er den Feldzug überlebt hatte.

Jetzt lag er hilflos danieder, und die tödlichen Bakterien tobten in seinen Gedärmen. Er wusste, dass die Abreise unmittelbar bevorstand, die Nachricht hatte auch die Krankenstation erreicht. Mit dem Verladen der Ausrüstung war bereits begonnen worden.

Private Farrell hatte Angst, dass ihn seine Krankheit daran hindern würde, mit dem Kontingent der australischen Freiwilligen an Bord des Truppentransporters zu gehen, der sie nach Sydney zurückbringen sollte. Es gab Gerüchte, dass die nicht transportfähigen Soldaten zurückgelassen würden, bis sie sich erholt hatten. Ein Soldat aus den Kolonien war bereits an der Krankheit gestorben, die Francis Farrell fest im Griff hielt.

Brennender Durst breitete sich in seinem Körper aus. Durch den unkontrollierbaren Durchfall verlor er immer mehr Flüssigkeit. Die Milch-und-Reis-Diät, auf die man ihn gesetzt hatte, schien ihre Wirkung zu verfehlen. Der abgebrühte Polizist, der früher in den gefährlichsten Vierteln Sydneys Streife gegangen war, fühlte sich hilflos wie ein Kind.

Tränen liefen ihm über das Gesicht. Wenn er jetzt starb, würde er dem jungen Patrick Duffy nie sagen können, dass sein Vater noch lebte. »Wasser!«, krächzte er schwach. Ein Schatten erschien neben seinem Bett.

Eine sanfte Hand berührte seine Stirn, und eine beruhigende englische Stimme drang an sein Ohr. »Ganz ruhig, Paddy, ich hol dir was zu trinken.« Der Dienst habende Sanitäter hielt ihm das Wasser an die Lippen und stützte ihn, sodass er trinken konnte. Das Schlucken fiel Francis schwer, und ein Großteil der Flüssigkeit rann über sein Kinn in den buschigen Bart. Obwohl er das Gesicht des Sanitäters nicht sehen konnte, fühlte er sich umsorgt. »Versuch zu schlafen, Paddy«, drängte die sanfte Stimme, und Francis tastete in der Dunkelheit nach der Hand des Mannes. Sein Griff war so kräftig, dass der Sanitäter fest davon überzeugt war, dass der Ire wieder gesund werden würde.

Dann griff der Schlaf nach Francis Farrell. Es war ein tiefer Schlummer voller wilder Fieberträume mit merkwürdigen Visionen eines zerklüfteten Hügels, der in Flammen stand – ein Ort des Todes. Francis schwebte auf den Flügeln eines Adlers über den feurigen Höhen. Ist dies die Hölle?, fragte er sich, als ihn die heißen Aufwinde der Wüste um den Berg hilflos gen Himmel schleuderten. Oder erinnerte er sich nur an die zerklüfteten Hügel, in die das Kontingent aus Neusüdwales unter der brennenden Sonne des Sudan einen Weg für die Eisenbahnlinie geschlagen hatte, die die britische Armee von Suakin an der Küste nach Berber im Westen transportieren sollte?

Der Sanitätsunteroffizier fürchtete jetzt, dass der hünenhafte Ire aus den Kolonien die Nacht nicht überstehen würde. Er schien am Rand des Todes zu stehen. Seine Temperatur war mit einem Schlag gestiegen, und er befand sich in einem Delirium, in dem sich die Türen zur nächsten Welt öffneten. Der Sanitäter saß bei Private Francis Farrell am Bett und tupfte ihm die fiebrige Stirn ab. Viel mehr konnte er nicht tun. Dann summte er eine Melodie, die ihm seine Mutter vor langer Zeit vorgesungen hatte, als er ein Kind in den Slums der Docks von Liverpool war. Wenn ein Mann starb, war es bestimmt tröstlich, das Lied einer liebevollen Mutter zu hören. Er fragte sich, was der Soldat da vor sich hinredete. »Patrick, dein Vater lebt, und ich weiß, wo er ist!«, rief der Kranke. Was er wohl damit meinte?

42

In den Stunden vor der Morgendämmerung, in denen die Natur in Erwartung der aufgehenden Sonne erwachte, waren die Reiter nur als verschwommene Schatten zu erkennen. Es war die Zeit, da die Geister der Nacht vor dem anbrechenden Tag in die Höhlen und Nischen der heiligen Hügel von Glen View flüchteten.

Die müden Polizisten folgten dem eingeborenen Viehhirten und Gordon James hintereinander reitend. Dabei überließen sie es ihren Pferden, den Weg durch den Busch zu finden. Sie hatten nicht viel Schlaf bekommen und waren früh aufgestanden, das schlug sich auf ihre Stimmung nieder.

»Da oben *baal*!«, zischte der Aborigine und zeigte mit dem Finger auf einen zerklüfteten Gipfel, der sich direkt aus dem dichten Busch erhob. Beim Anblick der letzten Sterne am Morgenhimmel, die wie eine Tiara über dem Hügel standen, fragte sich Gordon, wie ein solch friedliches Stück Landschaft böse sein konnte. Das war also der heilige Ort, dachte er. Ihm fielen die Geschichten ein, die ihm sein Vater über dessen unheimliche Macht erzählt hatte. Obwohl Henry James über den Glauben der Ureinwohner gespottet hatte, schien er sich stets unbehaglich zu fühlen, wenn er von den Legenden sprach, die sich um den Hügel der Nerambura rankten.

»Seid wachsam«, warnte Gordon. »Trooper George zu mir«, rief er leise. Einer der eingeborenen Polizisten erschien neben ihm. »Du erkundest das Wasserloch. Wenn du irgendwas findest, erstattest du sofort Meldung.« Der Mann nickte zum Zeichen, dass er verstanden hatte; und ritt davon. Unterdessen erteilte Gordon den Reitern den Befehl zum Rühren, der von einem zum anderen weitergegeben wurde. Gordon hoffte, dass er sich geirrt hatte mit seiner Vermutung, Wallarie würde Peter zum Hügel der Nerambura bringen. Wenn er die beiden nicht fand, konnte er nach Townsville zurückkehren und den Dienst quittieren. Irgendwo in ihm nagte Furcht, eine unbestimmte Angst, das Gefühl einer Bedrohung. Kate Tracy hätte es eine Vorahnung genannt.

Nach wenigen Minuten riss ihn die Rückkehr des Kundschafters aus seinen Gedanken. Dessen Miene war grimmig, und Gordon fühlte, wie sich in seinem Magen ein Knoten bildete.

»Hab was gefunden, Boss«, meldete der Polizist. Sie folgten ihm am Bachbett entlang.

Gordon ließ seine Dienstwaffe im Holster stecken, aber seine Männer hielten die Gewehre schussbereit. Lautlos ritten sie auf eine kleine Lichtung, die sich zwischen den großen Bäumen am Fluss öffnete. Dort schlief Matilda zusammengerollt an der erloschenen Glut eines Holzfeuers. Gordon gab einem der Polizisten ein Zeichen, abzusteigen und die Frau gefangen zu nehmen. Als sie erwachte, blickte sie in den Lauf eines Polizeikarabiners, den ihr ein Eingeborener unter die Nase hielt. In der allmählich zunehmenden Helligkeit entdeckte sie hinter ihm weitere berittene Polizisten, die neugierig und teilweise auch mit unverhohlener Begierde auf sie herabstarrten. Sie war verängstigt, wollte es sich jedoch auf keinen Fall anmerken lassen.

»Wie Name, Mädchen?«, fragte der eingeborene Polizist grob. »Du Name Matilda?«

Matilda sah keinen Grund, warum sie dies verleugnen sollte, und nickte. Das schien den Polizisten zu freuen. »Das Trooper Duffys Frau«, rief er über die Schulter seinem weißen Offizier zu.

»Er ist nicht mehr Trooper Duffy«, verbesserte Gordon, wobei er die junge Frau neugierig musterte. Ein schönes Mädchen, dachte er.

»Wo dein Mann?«, knurrte der Polizist drohend. »In der Nähe?«

Matilda sprach ausgezeichnet Englisch, aber die Frage schien sie plötzlich nicht mehr zu verstehen. Als dem Polizisten klar wurde, dass sie ihn bewusst ignorierte, hob er drohend den Kolben seines Gewehrs.

»Hat keinen Sinn, das Mädchen zu verprügeln«, sagte Gordon, um sie zu schützen. »Wir finden ihn schon.« Dann wandte er sich an den Führer. »Kennst du eine Höhle in den Hügeln, die den Nerambura als heilig gilt?«

Der Mann rutschte unbehaglich im Sattel hin und her und vermied es, dem Polizeioffizier in die Augen zu sehen. »Da oben, Boss«, erwiderte er leise. »Kein gute Schwarze da oben gehen.« Offenbar meinte er den größten Hügel des Massivs.

»Wo da oben?«, bohrte Gordon nach.

»Auf Hügel, wo schwarze Felsen.«

Gordon blickte auf den Berg, auf den sich nun allmählich Schatten und Linien malten, weil die Sonnenstrahlen in die Spalten krochen und die Felsen erhellten. Er entdeckte eine kleine Steilwand aus granitähnlichem Fels und einen dunkleren Fleck, der auf eine Höhle hindeuten mochte. »Dort oben?«, fragte er. Der Viehhirte nickte. Den Namen des Ortes wollte er nicht aussprechen, weil das Unglück brachte.

»Legt das Mädchen in Eisen«, befahl Gordon, »und passt gut auf sie auf. Ihr darf nichts geschehen. Ist das klar?«

Murrend stimmten die Polizisten zu, und Matilda wurde unter einem Coolabah-Baum in Ketten gelegt. Dann befahl Gordon, am Wasserlauf knapp unterhalb der Stelle, wo sie Matilda gefunden hatten, ein Basiscamp zu errichten. Während die Polizisten damit beschäftigt waren, das Lager aufzuschlagen, verschwand er heimlich. Er würde allein zur Höhle gehen und Peter suchen.

»Wallarie hat gewusst, dass du uns finden würdest«, sagte Peter Duffy, der im Schneidersitz auf dem Höhlenboden vor einem glimmenden Feuer saß und Gordon offenkundig nicht länger als seinen Vorgesetzten betrachtete. Er hatte alle europäischen Kleidungsstücke abgelegt, und sein fast nackter Körper war mit dem Ocker der Erde bemalt. »Er hat gewusst, dass du herkommen würdest.«

Gordon griff nach seinem Revolver und suchte mit den Blicken das dämmrige Höhleninnere ab. »Wo ist Wallarie?«, fragte er leise.

»In der Nähe«, erwiderte Peter vage, während er im Feuer stocherte, um die Glut zu neuem Leben zu erwecken. »Weit kann er nicht sein.«

»Deine Freundin ist meine Gefangene«, erklärte Gordon, der sich in die Defensive gedrängt fühlte. Er wurde das Gefühl nicht los, dass er in einen Hinterhalt geraten war. »Ihr wird aber nichts geschehen«, meinte er dann. Peter äußerte sich nicht dazu, sondern starrte weiter ins Feuer. »Du musst mit mir zurückkehren«, drängte Gordon, »und dich der Anklage wegen bewaffneten Raubüberfalls und versuchten Mordes im Dienst stellen.«

»Ich gehe mit dir nirgendwo hin, Gordon«, erklärte Peter. »Da müsstest du mich erst umbringen.«

»Stell dich nicht dumm, Peter. Dir ist doch bestimmt klar, dass ich nicht allein bin. Ich habe die Suche nach dir und Wallarie nur übernommen, weil ich Angst hatte, eine andere Patrouille würde euch sofort niederschießen, das weißt du.«

»Du könntest genauso gut verschwinden und sagen, du hättest mich nicht gefunden. Aber das wirst du nicht tun. Du kannst mich nicht in Ruhe lassen, weil deine Pflicht Ihrer Majestät gegenüber für dich wichtiger ist als alte Freundschaften.«

»Vor dieser Patrouille wollte ich den Dienst quittieren.« Gordon steckte den Revolver ins Holster zurück. »Sarah will mich sonst nicht heiraten.«

»Du ... willst Sarah heiraten?«

Gordon ging Peter gegenüber in die Hocke. »Ja. Dies ist meine letzte Patrouille.«

»Du heiratest meine Schwester also wirklich«, wiederholte Peter kopfschüttelnd. »Das ist allerdings wichtig. Aber ich gehe trotzdem nicht mit dir zurück. Wallarie und ich haben andere Pläne.«

»Ich habe dein Mädchen«, erinnerte Gordon ihn. »Wahr-

scheinlich werde ich sie ihrem Arbeitgeber bringen, den du auf
deiner Reise ja bereits kennen gelernt hast.«

»Der versoffene Mistkerl! Vermutlich hat er behauptet, wir
hätten versucht, ihn umzubringen, stimmt's?«

»Ja, aber anscheinend fehlt es ihm an Beweisen dafür.«

»Weil wir es nicht getan haben«, grollte Peter. »Wenn wir ihn
hätten umbringen wollen, dann wäre er jetzt nicht mehr am
Leben.«

»Ich weiß. Deswegen habe ich seine Geschichte auch nicht
geglaubt.«

Ein anerkennendes Lächeln huschte über Peters Gesicht.
Zumindest hatte sein alter Freund den Glauben an ihn nicht
völlig verloren. Im Dämmerlicht sah er Gordon prüfend an.
»Vielleicht komme ich doch mit«, meinte er dann, »aber zuerst
musst du ein paar Dinge für mich erledigen.« Gordon nickte
zustimmend. Auf jeden Fall wollte er sich Peters Vorschlag
anhören. »Du versuchst, Matilda eine Stellung auf Glen View
zu besorgen. Sie ist klug und spricht gut Englisch. Sie kann für
die Frau des Verwalters im Haupthaus so ziemlich jede Arbeit
erledigen.«

»Geht in Ordnung«, erklärte Gordon.

Peter fuhr fort. »Zweitens brecht ihr die Suche nach Wallarie sofort ab. Du kannst mich verhaften, aber Wallarie bleibt
hier. Das ist sein Land, und sonst hat er auf der Welt nichts.
Er ist nicht mehr jung und wird für die Weißen in Zukunft
keine Bedrohung mehr darstellen.«

»Du verlangst viel von mir«, erwiderte Gordon zögernd. Diese zweite Forderung brachte ihn in Konflikt mit seinem Pflicht-
gefühl, obwohl ihm sein Sinn für Fairness sagte, dass sie nicht
unberechtigt war. »Der alte Bastard hat eine Menge auf dem
Kerbholz.«

»Das sind meine Bedingungen«, erwiderte Peter. »Wenn du
sie erfüllst, gehe ich mit dir.«

Schweigen senkte sich über die Männer. Gordon erhob sich,
und Peter sah, dass er mit sich rang. Die Entscheidung, sich zu
stellen, hatte er schon lange vor Gordons Ankunft getroffen,
als er erfahren hatte, dass Matilda schwanger war. Er trug nun

Verantwortung für sie und das Kind, das sie erwartete. Daher wollte er lieber sein Glück vor einem Gericht versuchen, als ein Leben als gesuchter Verbrecher führen. Besser eine Zeit lang im Gefängnis sitzen, als zu riskieren, dass er seine Kinder nicht aufwachsen sah. Außerdem, dachte er mit ironischem Grinsen, hatte er damit seinen alten Freund überlistet. Er hatte immer gewusst, dass er sich Gordon eines Tages stellen musste. Durch seine Kapitulation würde er den Bann der entsetzlichen Vorahnung brechen. Keiner von ihnen beiden musste sterben.

Vom ersten Augenblick an, als er den heiligen Ort der Nerambura betreten hatte, hatte sich Peter unbehaglich gefühlt. Wie sich über der mit Brigalow-Akazien bestandenen Ebene Gewitterwolken zusammenbrauten, die sich in heftigen Sommergewittern entluden, so schien sich eine entsetzliche Tragödie anzukündigen. Was es auch war, sie waren in einem Kreislauf gefangen, den er durchbrechen musste.

»Glaubst du an das hier?«, fragte Gordon mit einem Blick auf die uralten Figuren, die die Rückwand der Höhle schmückten. »An dieses Eingeborenenzeug, meine ich?«

»Ich weiß nicht«, antwortete Peter. »Irgendwie schon, auch wenn uns die Nonnen in der Klosterschule erzählt haben, das sei alles abergläubischer Unsinn. Vielleicht kommt es immer darauf an, was man zuerst lernt. Wenn ich die Geschichten der Nerambura schon früher von Wallarie gehört hätte, hätte ich vielleicht gedacht, das Christentum wäre Aberglaube und das hier wirklich. In dieser Höhle kommt es mir jedenfalls wirklich genug vor.«

»Ich glaube, ich verstehe dich.« Eine winzige weiße Kriegergestalt, die wie ein Strichmännchen gemalt war und den Speer zum Wurf auf ein unbekanntes Ziel erhoben hatte, fesselte Gordons Aufmerksamkeit. Die Figur war verkratzt, als hätte jemand versucht, mit einer Messerklinge das uralte Kunstwerk zu entweihen. »Ich habe auch das Gefühl, als würden wir beide gezwungen, die Handlungen unserer Väter zu wiederholen.«

Peter warf ihm einen scharfen Blick zu, doch Gordon starrte fasziniert auf die Höhlenwand. Die Sonne stand jetzt so, dass der dämmrige Raum für einen kurzen Augenblick von einem goldenen Licht erfüllt wurde, in dessen Glanz die Figuren zum Leben zu erwachen schienen. Die Strichmännchen setzten ihre ewige Jagd auf die Riesenkängurus fort und tanzten ihre Corroborees. Vor einer schwarzen Sonne schwebte ein Adler über der roten Erde. »Du denkst also auch, dass eine Macht unser Tun bestimmt, ohne dass wir uns dessen bewusst werden.«

»Ich hatte auch Angst, dass ich dich am Ende töten würde«, antwortete Gordon leise. »Oder du mich. Deswegen musste ich allein zu dir kommen, um zu beweisen, dass wir die Macht der Geister brechen können.«

»Du fängst an, wie ein Schwarzer zu denken.« Peter lachte leise. »Hört sich an, als würdest du an Eingeborenenzauber glauben.«

»Vielleicht erinnere ich mich an das, was Wallarie uns gelehrt hat, als wir Kinder waren.« Gordon drehte sich zu Peter um, der immer noch am Feuer saß. »Dabei habe ich im Gegensatz zu dir gar kein Eingeborenenblut in meinen Adern«, setzte er mit einem schiefen Grinsen hinzu. »Wenn du mit mir kommst, werde ich tun, was du verlangst. Wallarie soll seine Freiheit behalten.«

Peter erhob sich und ging zu der Stelle, wo er Kleidung und Gewehr abgelegt hatte. Nachdem er sich eilig angezogen hatte, übergab er Gordon seine Waffe. »Warum habe ich das Gefühl, dass du mich überlistet hast? Du hast das wohl von Anfang an so geplant«, meinte Gordon sarkastisch.

»Ich war schon in der Schule klüger als du«, erwiderte Peter grinsend.

»Da könntest du Recht haben.«

Die beiden traten aus der Höhle in den hellen Sonnenschein des frühen Morgens hinaus. Seite an Seite gingen sie durch den Busch und unterhielten sich wie damals, als sie miteinander aufgewachsen waren. Gordon sagte, dass Kate bestimmt die besten Rechtsanwälte aus Brisbane kommen lassen werde, damit sie Peter im Prozess verteidigten, und Peter sprach von der bevorstehenden Hochzeit zwischen seinem besten Freund und seiner Schwester.

Auf dem Weg zu den Wasserlöchern am Fuß des Hügels waren sie wieder die beiden Jungen, die sich am Lagerfeuer des Darambal ewige Freundschaft geschworen hatten. Zum ersten Mal seit vielen Jahren lachten sie zusammen.

Doch ihr Gelächter brach abrupt ab, als sie das Lager erreichten. Mit blutüberströmtem Gesicht lag Wallarie auf dem Boden. Um ihn herum standen Polizisten, die Gordon mit der Nachricht empfingen, dass sie den berüchtigten eingeborenen Buschläufer erwischt hätten, als er Matilda befreien wollte.

Dann überschlugen sich die Ereignisse.

Niemals sollte Gordon James die schicksalhaften Sekunden vergessen, die ihn sein Leben lang in seinen Träumen heimsuchen würden. Peter griff nach einem Gewehr, das ein unachtsamer Polizist an einen Baumstamm gelehnt hatte, und brüllte, Wallarie solle fliehen. Der alte Krieger rollte sich auf die Beine und entriss einem Polizisten, der nur auf Peter geachtet hatte, den Revolver. Die Sekunden schienen sich zu Minuten zu dehnen.

Ein Polizist hob das Gewehr, und Peter fuhr herum und zielte auf ihn. Instinktiv riss Gordon die eigene Waffe aus dem Holster und richtet sie auf seinen Jugendfreund. »Nein!«, schrie er, als er sah, dass sich Peters Finger zum tödlichen Schuss um den Abzug krümmte. »Peter, nein!«, brüllte er erneut. Sekundenbruchteile später feuerte er. Den Rückstoß der Waffe in seiner Hand spürte er kaum. Von Entsetzen gepackt, nahm er nur nebelhaft war, dass die Kugel Peter seitlich in den Kopf traf und ihm den Schädel zerschmetterte. Das Blut seines Freundes spritzte über seinen ausgestreckten Arm. Peter brach zusammen, und das Gewehr fiel aus seinen leblosen Händen, ohne dass er einen Schuss abgegeben hätte.

Wallarie war verschwunden.

Doch Peter lag tot zu Gordons Füßen, und Matilda brach in lautes Klagen aus. Mit der Leidenschaft eines wilden Tieres warf sie sich auf seinen Körper und schlang ihre gefesselten

Hände um sein blutiges Haupt. Gordon, der angesichts der sich überstürzenden Ereignisse noch völlig benommen war, stand wie erstarrt. Die Hand mit den Revolver hing schlaff herab, während seine Polizisten verzweifelt zu ihren Pferden stürzten. Doch der listige Darambal hatte sie losgeschnitten und fortgetrieben, während er selbst auf einem der Tiere entkam.

Die Waffe fiel zu Boden, als Gordon davonstolperte. Er taumelte wie ein Betrunkener, bis seine Beine unter ihm nachgaben und er auf der heißen Erde zusammenbrach. Am Boden sitzend, blickte er unverwandt auf die Frau, die Peters Körper mit dem ihren bedeckte. Um ihn herum jagten die Polizisten fluchend nach ihren im Busch verstreuten Pferden.

Eine unerklärliche Macht hatte ihre Hand ausgestreckt und sie berührt, so wie sie sich Jahre zuvor auf das Leben ihrer Väter gelegt hatte. Der unbarmherzige Fluch, der sie verfolgte, war am Ort seines Ursprungs am stärksten. Beim Gedanken an das Entsetzliche, das sich in Sekundenbruchteilen ereignet hatte, packte Gordon Übelkeit. In seiner Erstarrung merkte er kaum, dass etwas Hartes, Glattes unter seiner Hand lag. Als er sich überwand, nach unten zu sehen, rang er nach Luft. Aus der sandigen Erde ragte der Schädel eines Kindes. *Sie hatten am Ort des Massakers am Clan der Nerambura gelagert.*

Das Kläffen der Hunde kündigte Duncan Cameron die Rückkehr der Polizeistreife an. Als er vor das Haus trat, um die in den Hof reitenden Männer zu begrüßen, sah er, dass Inspektor Gordon James eine Leiche vor seinem Sattel auf das Pferd gebunden hatte. Offenbar hatten die Polizisten einen der Männer gefunden, die sie suchten. Dennoch hing über der heimkehrenden Patrouille eine düstere Stimmung, die Duncan nicht erwartet hatte. Hinter einem der Polizisten ritt ein Mädchen, dessen Züge seine gemischte Abstammung verrieten.

»Einen haben Sie offenbar erwischt«, lautete Duncans Kommentar. Der junge Inspektor nickte. »Nehmen Sie ihn mit zurück?«, fragte er mit Blick auf die Leiche.

»Nein, ich will ihn hier auf Glen View begraben«, erwiderte Godon. »Dort, wo sein Großvater Tom Duffy liegt. Ich

brauche einen Ihrer Männer, damit er mir zeigt, wo das Grab
ist.«

»Ich wüsste nicht, was dagegen spricht, Inspektor James. Nur
recht und billig, dass er unter der Erde bei seinen eigenen Leuten liegt. Was soll mit dem Mädchen geschehen?« Ihr intelligentes Gesicht hatte ihn beeindruckt.

»Ich hatte gehofft, sie könnte für Sie arbeiten. Sie spricht
gut Englisch und soll eine gute Köchin sein. Früher hat sie
einem alten Goldsucher den Haushalt geführt. Möglicherweise
erwartet sie von Peter Duffy ein Kind. Ist das für Sie ein Problem?«

»Nein, keineswegs«, erwiderte der Manager von Glen View.
»Missus Cameron wird ebenfalls ein Baby bekommen, sodass
wir in Zukunft vielleicht eine Amme brauchen. Sie kann hier
bleiben und meiner Frau bei der Niederkunft helfen.«

»Gut«, knurrte Gordon und erteilte den Befehl, das Mädchen dem Verwalter zu übergeben. Zumindest würde Peters
Kind auf dem Land der Nerambura geboren werden, dachte
er bitter. Und Cameron schien ein anständiger Mensch zu sein,
der sich um sie kümmern würde.

Bevor er fortritt, ließ sich Gordon zu dem Ort führen, an dem
Patrick Duffy und dessen treuer, eingeborener Freund Billy
lagen. Die Gräber auf der Lichtung waren kaum noch zu
erkennen. Die Zeit und die Elemente hatten die aufgeworfe-
ne Erde geglättet und wilde Gräser wuchern lassen. Nur die
kleinen Steinhaufen zeigten an, wo die beiden Fuhrmänner
lagen, die Morrison Mort vor vielen Jahren ermordet hatte.
Tom Duffy hatte sie hier zur letzten Ruhe gebettet.

Wenige Schritte von der Stelle entfernt, wo Patricks und Bil-
lys Knochen in der Erde lagen, hoben sie ein Grab aus, in das
sie Peter Duffy betteten – neben seinem Großvater väterlicherseits, den er nie kennen gelernt hatte. Die tragische Ironie
blieb dem jungen Polizeioffizier nicht verborgen.

Sein Befehl, die Suche nach Wallarie abzubrechen, war für
die Männer keine Überraschung. Auch ihnen waren die entsetzlichen schicksalhaften Fügungen nicht entgangen, die sich

auf ihrer Jagd ereignet hatten. Am Lagerfeuer raunten sie sich
Geschichten zu, in denen die Macht des Fluchs immer weiter
ausgeschmückt wurde. Alle waren sich darin einig, dass es großes Unglück über sie bringen würde, falls sie die Suche nach
dem alten Darambal-Buschläufer fortsetzten. Sollte doch eine
andere Streife diese Arbeit erledigen, murmelten die Männer.

Nach der Beerdigung führte Gordon seine Patrouille nach
Norden, nach Townsville, wo er Sarah gegenübertreten musste, um ihr zu erklären, dass er ihren Bruder getötet hatte. Auf
dem Ritt sprach er nur mit seinen Männern, um Befehle zu
erteilen. Die Trauer über Peters Tod, der auch seine Liebe zu
Sarah bedrohte, hielt ihn fest im Griff.

Wallarie kam in der Nacht. Er hatte Angst, denn er brach ein
Tabu: Es war verboten, sich den Toten zu nähern. In einiger
Entfernung von dem frischen Grab ließ er sich auf der Erde
nieder und sang ein Totenlied, um Peters Geist auf dem Weg
in die Traumzeit zu begleiten. Wenigstens hatte er den Initia-
tionsritus vollzogen, und Peter war nun ein Mann der Darambal, tröstete er sich, während er im Schneidersitz in der Dunkelheit saß.

Bald würde die Sonne aufgehen. Dem alten Krieger war
bewusst, dass er das Land, das einst die Jagdgründe seines Volkes gewesen war, wieder verlassen musste. In der Kolonie gab
es immer weniger sichere Gegenden, denn die Zahl der Europäer wuchs ständig, und sie besiedelten auch die entlegensten
Gebiete. Wohin sollte er sich wenden? Die Geister der Traumzeit sprachen nicht länger zu ihm. Wo konnte er seine letzten
Tage in Sicherheit verbringen? Nie zuvor hatte er sich so allein
gefühlt.

Als über der Ebene die Sonne aufging, stand Wallarie auf
und hob sein Gesicht zu dem Hügel, der aus dem Busch ragte. War da nicht ein Raunen im Wind? »Weißer Mann wird
Wallarie nicht fangen«, schwor er den Geistern seiner Vorfahren. Die Geister seines Volkes hatten ihn von weit her gerufen. Er würde an einen Ort gehen, wo er in Sicherheit war
und wo vor vielen Jahren einem Mann des Geistes ein Ver-

sprechen gegeben worden war – einem Mann der Religion der Weißen.

Vielleicht war es das letzte Mal, dass er die Freiheit seiner traditionellen Lebensweise erfuhr. Vielleicht auch nicht. Er griff nach seinen Speeren und tat den ersten Schritt auf der Suche nach einem Mann, der aus einem Land von jenseits des Meeres gekommen war.

43

Die Bibliothek ihrer Mutter weckte in Fiona traurige und bittere Erinnerungen. Hier hatte fast ein Vierteljahrhundert zuvor die entsetzliche Konfrontation der beiden stattgefunden. Damals war sie ein junges Mädchen gewesen, das bis über beide Ohren in den gut aussehenden Michael Duffy verliebt war.

Wieder stand sie im Dämmerlicht der Bibliothek ihrer Mutter gegenüber, zu der sie in der Zwischenzeit jeden Kontakt abgebrochen hatte. An der Feindseligkeit, die zwischen ihnen herrschte, hatte sich kaum etwas geändert. Sie wechselten giftige Blicke.

»Wenn du willst, kannst du dich setzen«, sagte Enid kühl, während sie sich hinter ihrem großen Holzschreibtisch niederließ. »Ich werde Betsy Tee für uns bringen lassen.«

»Danke.« Fiona ließ sich keinerlei Gefühle anmerken. Die Anrede »Mutter« brachte sie nicht über die Lippen.

Auf Enids Klingeln hin betrat Betsy den Raum. Enid erklärte ihr, dass sie den Tee in der Bibliothek einnehmen würden. Das Mädchen nickte. Erst als Betsy gegangen war, brach Enid das eisige Schweigen. »Ich bin etwas überrascht, dass du mich zu sehen wünschst, Fiona. Hat es einen Todesfall in der Familie gegeben?«, erkundigte sie sich sarkastisch.

»Ich vermisse deine Gegenwart genauso wenig wie du meine.« Fiona war entschlossen, sich von ihrer Mutter nicht unterkriegen zu lassen. »Um dieses Treffen habe ich dich gebeten, weil sich in letzter Zeit Dinge ereignet haben, die dich genauso betreffen wie mich.«

»Du meinst vermutlich die Nachricht, dass mein Enkel wohlbehalten zu seinem Regiment zurückgekehrt ist?«

»Dein Enkel?« Fiona stieß ein kurzes, bitteres Lachen aus. »Du meinst wohl meinen Sohn.«

»Du hast ihn kurz nach seiner Geburt aufgegeben, Fiona«, hielt Enid dagegen. »Solltest du das vergessen haben?«

Fiona kämpfte darum, Wut und Bitterkeit nicht die Oberhand gewinnen zu lassen, erblasste jedoch. Sie hatte damals nicht nur ihren Sohn, sondern auch ihr geliebtes Kindermädchen verloren, das für sie wie eine Mutter gewesen war. Sie fasste sich wieder, und die Röte kehrte in ihre Wangen zurück. »Ich weiß, welche Lügen du meinem Sohn erzählt hast, Mutter«, erwiderte sie. »Mir ist klar, dass du ihn davon überzeugt hast, dass ich ihn nie wollte, genau wie du mich nie wolltest. Oh, ich weiß, dass du ihm erzählt hast, ich hätte ihn in eines dieser entsetzlichen Pflegehäuser geben wollen, damit ich Granville heiraten konnte.«

»Hast du dich etwa nicht damit einverstanden erklärt, Patrick wegzugeben?«, konterte Enid triumphierend.

»So war es nicht«, flüsterte Fiona mit erstickter Stimme. »Ich war jung und verwirrt. Du hast mich davon überzeugt, dass es für mich und meinen Sohn das Beste wäre, wenn ich ihn in eine gute Familie gäbe. Du weißt, dass ich mich nie von ihm getrennt hätte, wenn auch nur die geringste Gefahr bestanden hätte, dass er in ein Pflegehaus kommt. Du weißt das, Mutter! Gott ist mein und dein Zeuge!«

»Davon ist mir nichts bekannt«, behauptete Enid stur, aber Fiona entdeckte eine Spur von Unsicherheit in ihrer Stimme.

Der merkwürdige Ausdruck auf dem Gesicht ihrer Tochter beunruhigte Enid. Hatte sie sich etwa anmerken lassen, welche Schuldgefühle sie seit Jahren plagten? Schuldgefühle, die jedes Mal in ihr aufstiegen, wenn sie in die smaragdgrünen Augen ihres Enkels blickte und darin ihre Tochter erkannte. Es waren die Augen jenes Menschen, den sie mehr als jeden anderen auf der Welt liebte. Welche Ironie, dass aus der Schande der Familie ihr größter Stolz geworden war!

»Ich kann dir helfen, dich von Schuld und Scham zu befreien, Mutter«, sagte Fiona leise, als hätte sie Enids Gedanken gelesen. »Deshalb bin ich hier.«

»Ich habe in meinem ganzen Leben nichts getan, wofür ich mich schuldig fühlen müsste«, entgegnete Enid steif. »Ich muss mich nicht schämen.«

»Nun, wenn das so ist, dann habe ich zumindest ein Angebot für dich, das dich interessieren dürfte, weil dir der Name Macintosh wichtig ist. Möglicherweise kann ich dafür sorgen, dass du die Mehrheit der Anteile am Familienbesitz erhältst. Dafür verlange ich nur, dass du meinem Sohn die Wahrheit darüber sagst, was damals geschehen ist.«

»Wie könntest du das wohl erreichen?« Verächtlich tat Enid das Angebot ihrer Tochter ab. »Du hast deine Anteile doch klammheimlich an deinen Ehemann verkauft. Sollte dir das etwa entfallen sein?«

»Ist dir entfallen, dass meine Töchter zwei Drittel des dritten Anteils am Besitz halten?«

»Das dürfte auch deinem Ehemann bekannt sein«, meinte Enid sarkastisch. »Angesichts seiner Vorliebe für zwielichtige Geschäfte wird er versuchen, Helen und Dorothy ihre Anteile bei der ersten Gelegenheit abzukaufen.«

Fionas grimmiges Lächeln verriet Enid, dass ihre Tochter bereits daran gedacht hatte. »Im Moment kann er das Geld dafür nicht aufbringen. Dagegen steht mir das Kapital zur Verfügung, das ich für die Übertragung meiner Anteile an ihn erhalten habe. Damit kann ich meinen Töchtern ein Angebot machen, das sie mit Sicherheit nicht ablehnen werden.«

Ein Hauch von aufkommendem Respekt lag in dem Blick, mit dem Enid ihre Tochter bedachte. Allerdings verstand sie noch immer nicht, warum Fiona ihr Drittel am Besitz der Familie überhaupt an Granville verkauft hatte. »Ich habe mich immer gefragt, warum du deinem Ehemann so viel Macht überlässt. Wolltest du mir damit schaden, oder hattest du vor, den Namen Macintosh zu vernichten?«

Traurig lächelnd schüttelte Fiona den Kopf. »Mir ging es darum, das Erbe meines Sohnes zu schützen, Mutter. Die Entscheidung ist mir nicht leicht gefallen. Aber so konnte ich Granville davon abhalten, Patricks Geburtsrecht vor Gericht anzufechten. Wir haben eine Vereinbarung getroffen. Das ist der einzige Grund, warum ich Granville meinen Anteil verkauft habe.«

Diese Enthüllung machte Enid sprachlos. Mit dieser schlichten Erklärung schlug Fiona eine Brücke über den Abgrund, der Mutter und Tochter trennte. Aber es war nicht Enid Macintoshs Art, ihre Gefühle in Worte zu kleiden. »Wenn Patrick heimkehrt, wird deine Hilfe nicht erforderlich sein.« Damit war das Angebot ihrer Tochter abgetan, und die Brücke zwischen beiden brach in sich zusammen.

Verzweifelt schüttelte Fiona den Kopf, Tränen strömten ihr über das Gesicht. Was konnte sie noch tun? Sie erhob sich von ihrem Stuhl. In diesem Augenblick kam Betsy mit einem Silbertablett mit Teetassen in die Bibliothek. »Ich kann nicht glauben, dass ein Mensch so herzlos sein kann wie du, Mutter«, stieß Fiona hervor, als würde ihr der Atem abgeschnürt. »Ich habe dich nur darum gebeten, meinem Sohn die Wahrheit zu sagen, ihm zu erzählen, dass ich ihn liebe. Sonst nichts. Und dafür hättest du die Mehrheit der Anteile an deinen geliebten Unternehmen bekommen. Kennst du denn gar kein Mitgefühl? Weißt du nicht, was Schmerz ist?«

Betsy sah von einer zur anderen und erkannte klugerweise, dass in dieser wogenden See großer Gefühle kein Raum für sie war. Hastig stellte sie das Tablett auf Enids Schreibtisch, murmelte eine Entschuldigung und zog sich taktvoll zurück. Allerdings war sie erst wenige Schritte weit gekommen, als sie von Fiona überholt wurde, die verzweifelt schluchzend an ihr vorbeistürmte.

Enid blieb am Schreibtisch sitzen und starrte auf die offene Tür. Am liebsten hätte sie ihrer Tochter nachgerufen, sie werde sich das Angebot überlegen, aber sie war wie gelähmt. Wenn sie auf den Vorschlag ihrer Tochter einging, musste sie Patrick gestehen, dass sie ihn jahrelang angelogen hatte und dass seine Mutter durchaus etwas für ihn empfand.

Dann kehrte ihre Stimme endlich zurück. Sie versuchte, hinter ihrem Schreibtisch auf die Beine zu kommen. Ein heiserer, erstickter Schrei der Verzweiflung entrang sich ihrer Kehle. »Fiona! Meine Tochter! Es tut mir Leid!«

Aber Fiona stand bereits an den Stufen zu ihrer Kutsche, und ihr Schluchzen übertönte alle Geräusche außer dem Pochen ihres gequälten Herzens. Der Zeitpunkt der Versöhnung war da gewesen und ungenutzt verstrichen. Die Kluft zwischen ihnen blieb.

44

In der frühen Morgensonne stand Patrick am Hafen von Suakin und sah zu, wie der Truppentransporter auf das Rote Meer hinausfuhr. Auf dem Deck spielte eine australische Kapelle »Home Sweet Home«. Er war gekommen, um das Dampfschiff mit dem Kontingent aus Neusüdwales auslaufen zu sehen, weil er sich den Männern an Bord verbunden fühlte. Der ferne, uralte, sonnenüberflutete Kontinent Australien war auch seine Heimat.

Wo die Sonnenstrahlen die sich sanft kräuselnde, ruhige See berührten, zauberten sie silberne Reflexe auf die blauen Fluten. Das rief Erinnerungen an seine Kindheit im fernen Sydney in ihm wach. Damals hatten sein Onkel Daniel und seine Tante Colleen mit ihm und seinen Cousins Ausflüge unternommen, auf denen sie den unvergleichlich schönen Hafen von Sydney, der von hohen, majestätischen Eukalyptusbäumen gesäumt wurde, von der Fähre aus kennen lernten.

Wenn er in Irland die Antwort auf die quälenden Fragen gefunden hatte, die er Catherine stellen wollte, würde auch er nach Sydney reisen und an der Seite seiner Großmutter seinen Platz im Firmenimperium der Familie einnehmen. Er blickte dem grauschwarzen Rauch der Schornsteine nach, bis das Schiff außer Sicht war. Dann ging er langsam davon, um sich der Brigade anzuschließen, die sich auf die Abreise aus dem Sudan vorbereitete.

Obwohl die Derwische nicht besiegt waren, fand man, dass der Tod von General Gordon in Khartum hinreichend gerächt war. Die britische Öffentlichkeit war durch den engagierten

Einsatz des befehlshabenden Generals, Lord Wolseley, versöhnt, der den ungläubigen Moslems schwere Verluste zugefügt und ihnen gezeigt hatte, was es hieß, sich mit den mächtigen Briten anzulegen.

Das Kriegsministerium in London hatte Patricks Abschied bewilligt. Allerdings sollte er, bevor dieser wirksam wurde, zunächst in Kairo drei Monate lang Verwaltungsaufgaben wahrnehmen. Patrick hatte anfänglich aufbegehrt, sich dann jedoch damit abgefunden, dass er als Offizier Königin und Vaterland verpflichtet war.

Bevor er die Gestade Afrikas verließ, hatte er noch eine weitere wichtige Aufgabe zu erledigen. In Kürze würden die Boxmeisterschaften der Brigade stattfinden, und Private Angus MacDonald hatte es offenkundig auf Patricks Titel im Schwergewicht abgesehen. Auch wenn sie im Krieg Freunde geworden waren, hatte das nichts damit zu tun, wie sie in der staubigen Arena vor den Augen ihrer Kameraden gegeneinander angehen würden. Da würde keiner von beiden Gnade kennen oder vom anderen erwarten. Ihm stand ein harter Schlagabtausch bevor, und er musste umgehend das Training wieder aufnehmen. Aus dem langsamen Schlendern wurden große Schritte. Warum sollte er Zeit verschwenden?

Auf dem Deck des auslaufenden Truppenschiffs blickte Private Francis Farrell zum Kai. Unter den Soldaten, die die Australier verabschiedeten, fiel ihm ein großer, breitschultriger britischer Offizier auf.

Obwohl er die Gesichtszüge des abseits von den anderen stehenden Mannes, der ihnen nachsah, nicht erkennen konnte, spürte er, dass es Patrick war. »Patrick, ich habe versagt«, murmelte er kopfschüttelnd. »Irgendetwas hat mich daran gehindert, dir von deinem Vater zu erzählen.«

Hinter den Trauben winziger Gestalten am Kai erhoben sich die weißen Steinhäuser von Suakin, und jenseits der Stadt ragte das zerklüftete Küstengebirge des Sudan auf. Aus unerklärlichen Gründen erinnerte sich Francis an einen Fiebertraum von einem flammenden Berg. Doch als das Schiff den Hafen und damit die Berge, Wüsten und weißen Städte des Sudan hinter sich ließ, war der Gedanke vergessen.

»Tut mir Leid, dass Sie umsonst so weit gereist sind«, sagte der Captain entschuldigend zu dem großen, breitschultrigen Zivilisten in dem modischen weißen Anzug mit Weste, der, einen Panamahut auf dem Schoß haltend, in einer Ecke seines Büros saß. »Aber Ihre Geleitbriefe wurden widerrufen.«

Michael blickte prüfend in das Gesicht des Stabsoffiziers, der ihm hinter seinem kunstvoll geschnitzten Schreibtisch gegenüber saß. Über ihnen drehte sich in der schwülen Luft ein Ventilator, während auf dem Basar draußen vor dem Hauptquartier des Generalstabs Straßenhändler auf Griechisch, Arabisch und Sudanesisch ihre Waren anpriesen. Oben im zweiten Stock klang das Sprachengewirr wie der Inbegriff der um ihr finanzielles Überleben besorgten Menschheit.

Irgendwie überraschte es Michael nicht, dass der Captain seine Briefe für ungültig erklärte. Als er sich nach seiner Ankunft nach seinem Sohn erkundigt hatte, hatte man ihn von einem Büro ans andere verwiesen, bis er schließlich beim Captain landete. Der war etwa so alt wie Michael und musste, den zahlreichen Bändern an seiner kakifarbenen Uniform nach zu urteilen, an verschiedenen Feldzügen und zahlreichen Schlachten teilgenommen haben.

»Captain French, ich habe eine lange Reise hinter mir. Ihnen ist sicher bekannt, welchen Einfluss der Unterzeichner dieser Schreiben besitzt«, knurrte Michael drohend. »Deshalb ist es mir unverständlich, wieso meine Erkundigungen nach Captain Duffy auf solchen Widerstand stoßen.«

Dem Captain war nicht ganz wohl in seiner Haut. Verlegen starrte er auf seinen Schreibtisch. Aber sein Befehl lautete, den Iren festzuhalten und sicherzustellen, dass er Suakin mit dem nächsten Schiff verließ. »Ich verstehe Ihren Unmut, Mister Duffy«, sagte er, als er den Blick hob. »Aber Ihre Briefe wurden einige Tage vor Ihrer Ankunft durch ein Telegramm von den Victoria Barracks in Sydney widerrufen. Und zwar, wenn ich das sagen darf, vom Unterzeichneten selbst.«

Warum zum Teufel erklärte Colonel Godfrey seine eigenen Briefe für ungültig? Woher diese plötzliche Meinungsänderung? Lady Macintosh! Die Antwort traf Michael wie ein Blitzschlag. Es lag auf der Hand: Enid wusste mittlerweile, dass sein Sohn noch lebte, und Michael konnte ihr daher nicht mehr von Nutzen sein! »Dann wird es mir während meines Aufenthalts wohl nicht gestattet sein, Captain Duffy zu sehen?«, fragte er den britischen Captain mit wütendem Blick.

»Darauf läuft es hinaus, Mister Duffy«, erwiderte Captain French. »Wir haben Befehl, Sie zum ersten Schiff zu eskortieren, das Suakin verlässt, und sicherzustellen, dass Sie ihn vor Ihrer Abreise nicht treffen.«

Michael erhob sich von seinem Stuhl und blickte durch das offene Fenster auf die belebte Straße unter ihnen. »Dann stehe ich jetzt wohl unter Arrest«, meinte er, als er sich zu dem Captain umwandte.

»Ich würde es ungern als Arrest bezeichnen, Mister Duffy«, erklärte dieser geradezu entschuldigend. »Sie genießen sozusagen im Augenblick nicht ganz freiwillig die Gastfreundschaft Ihrer Majestät. Man wird Sie so höflich behandeln, wie dies unter den gegebenen Umständen möglich ist.« Der Captain erhob sich und streckte die Hand aus. »Wir werden uns bemühen, Ihre Wünsche hinsichtlich Ihres Bestimmungsortes so weit wie möglich zu berücksichtigen.« Doch Michael weigerte sich, die Geste des guten Willens zu akzeptieren, und der Captain ließ die Hand sinken. »Heute Abend läuft zum Beispiel ein Postschiff aus, das auf der Suezkanal-Route nach London fährt. Käme das für Sie infrage?«

»London ist im Augenblick wahrscheinlich so gut wie jeder andere Ort«, erwiderte Michael mürrisch. Der Captain lächelte erleichtert.

»Sie haben mehr Glück als ich, Sir«, setzte er seufzend hinzu. »Ich wünschte, wir könnten die Plätze tauschen.«

Michael lächelte den Captain, der mitten in dem großen, kühlen Zimmer stand, traurig an. »Darauf würde ich mich nicht einlassen«, erwiderte er bitter. »Die Tage, in denen ich für die Interessen Ihrer Majestät gearbeitet habe, sind vorüber.«

Was der Ire damit meinte, blieb dem Captain schleierhaft, aber er fragte nicht nach. »Sie werden zum Hotel eskortiert werden, damit Sie Ihren persönlichen Besitz holen können. Ich glaube nicht, dass ich Ihnen für Ihren kurzen Aufenthalt ausführliche Instruktionen erteilen muss, abgesehen davon, dass Sie nicht versuchen dürfen, Captain Duffy irgendwie zu kontaktieren. Bis Sie heute Abend an Bord des Postschiffs gehen, wird die Eskorte Sie begleiten. Ansonsten steht Ihnen die Stadt mit Ihren Freuden offen.«

»Unter den gegebenen Umständen kein schlechtes Angebot«, knurrte Michael, während er auf die offene Tür zuging. Dort erwarteten ihn bereits zwei bullige Sergeants. »Dann wünsche ich Ihnen einen guten Tag, Captain French.«

Die beiden Unteroffiziere passten sich Michaels Schrittlänge an, sodass alle drei auf gleicher Höhe gingen. Gemeinsam überquerten sie eine Galerie, von der aus man auf einen weitläufigen, mit Marmor ausgekleideten Raum blickte. Das Verhalten der Soldaten ließ eindeutig erkennen, dass sie nicht die Absicht hatten, ihrem »Gefangenen« mehr als einen Schritt Spielraum zu lassen, bis sie ihn an Bord eines Schiffes verfrachtet hatten.

Auf der belebten Straße wimmelte es nur so von Straßenkindern, die den ausländischen Besucher anbettelten, und Händlern in Kaftanen, die auf ein gutes Geschäft hofften. Michael wandte sich an seine Wachen. »Wie wär's, wenn ich Sie beide auf ein Gläschen einlade, bevor ich an Bord gehe?«

Die beiden blickten einander fragend an. »Das wäre gegen unsere Befehle, Sir«, meinte der Größere, dessen irischer Akzent unverkennbar war, schließlich. »Im Dienst dürfen wir nicht trinken.« Dann grinste er. »Aber Captain French hat uns angewiesen, gastfreundlich zu sein, und da können wir es Ihnen kaum abschlagen, wenn Sie in unserer Gesellschaft ein oder zwei Gläschen leeren wollten.«

»Kennen Sie einen Ort, an dem man ungestört etwas trinken könnte, Sergeant?«

»Wenn Sie mich so fragen, fällt mir tatsächlich ein Lokal im griechischen Viertel ein.« Der irische Sergeant fuhr sich mit der Zunge über die Lippen und grinste breit. »Aber kommen Sie nicht auf den Gedanken, uns besoffen zu machen und abzuhauen, Mister Duffy. Ich und Sergeant O'Day hier, wir haben unsere Befehle.«

»Sehe ich etwa aus wie jemand, der auch nur daran denken würde, einen Iren im Dienst Ihrer Majestät zu bestechen?« Michael bemühte sich, den beiden Honig ums Maul zu schmieren. »Doch nicht zwei exzellente Unteroffiziere wie Sie beide!«

Der bullige irische Sergeant lachte, während sie sich ihren Weg durch den Basar bahnten. »Alerdings, genau so sehen Sie mir aus, Mister Duffy«, meinte er, wobei er Michael direkt ins Auge blickte.

Offenbar wusste der massige Sergeant, was seine Pflicht war. Michael gab jeden Gedanken daran auf, den beiden zu entwischen. Nicht dass er es ernsthaft in Erwägung gezogen hätte. Seine Mission war so oder so beendet. Sein Sohn lebte, und folglich musste er ihn auch nicht mehr finden, zumindest nicht im Sinne des Auftrags, den Lady Macintosh ihm erteilt hatte. Der Betrag, den sie ihm für die Spesen angewiesen hatte, war so großzügig bemessen, dass er damit nach Europa reisen konnte. Dort würde es ihm hoffentlich gelingen, seinen Lebensunterhalt als Maler zu verdienen. Er hatte in der Vergangenheit genug angespart, um ein oder zwei Jahre lang zu überleben. Er spürte, dass es ihm nicht bestimmt war, seinem Sohn zu diesem Zeitpunkt zu begegnen. Das Rad des Schicksals würde sich weiterdrehen, bis das Leben sie beide zusammenführte.

»Und wo ist dieses Lokal, Sergeant?«, erkundigte Michael sich. Der irische Soldat führte sie tief in das griechische Viertel zu einer Kneipe, die er aufsuchte, wenn ihm der Sinn nach Wein, Weib und sehnsuchtsvollen Liedern stand.

Als Michael an jenem Abend an Bord des auslaufenden Küstenschiffes gebracht wurde, bestand die einzige Erinnerung, die er an die historische, exotische Stadt Suakin mitnahm, in einem kräftigen Kater, der auf den übermäßigen Genuss von billigem griechischem Wein zurückzuführen war. Vor ihm lag Europa mit seiner alten Geschichte. Vom Krieg wollte er nichts mehr hören und sehen, er betete, dass er in Zukunft die Schönheit der Schöpfung genießen und in seinem Geist in Farbe umsetzen konnte. Das Schicksal – und Lady Macintosh – hatten ihn daran gehindert, seinen Sohn zu sehen, doch Michael hatte gelernt, die Vorherbestimmung als treibende Kraft in seinem Leben zu akzeptieren. Wenn der richtige Zeitpunkt gekommen war, würde die Vorsehung ihn und seinen Sohn zusammenführen, davon war er überzeugt.

45

Niedergeschlagen stand Gordon James am Fuß der Stufen, die zu Kate Tracys Veranda führten, und einen Augenblick lang fühlte sie beim Anblick des jungen Polizeioffiziers Mitleid in sich aufsteigen, so verloren wirkte er. Seine rot geränderten, tief in den Höhlen liegenden Augen zeugten von dem anstrengenden Ritt nach Norden, nach Townsville, wo er erfahren hatte, dass seine Mutter einem schweren Schlaganfall erlegen war. Schmerz und Erschöpfung hingen wie ein Schleier über ihm. Angesichts der Ereignisse der letzten Wochen schien er zu verzweifeln.

Doch so sehr Kate seine Trauer über den Tod von Emma James auch mitempfand, so sehr schmerzte sie der Tod ihres Neffen Peter Duffy. Schließlich hatte Gordon sich freiwillig für die Jagd auf Peter gemeldet, dachte sie, während sie ihn unverwandt ansah. Welche Konsequenzen das haben konnte, hätte er sich eher überlegen müssen.

Sarah, die in ihrem Zimmer auf einem Sessel saß und mit versteinertem Gesicht auf die verzierte Tapete starrte, hörte, wie ihre Tante Gordon draußen mitteilte, er sei hier nicht mehr willkommen.

Müde ließ Gordon die Schultern sinken und gab sich geschlagen. Er hatte nicht die Kraft, sich zu verteidigen. Mittlerweile zweifelte er nicht mehr daran, dass ein Fluch auf ihm lag. Schließlich war er der Sohn des Mannes, der lange vor seiner Geburt den Zorn der Mächte erregt hatte, die am heiligen Ort der Nerambura herrschten. Anders konnte er sich den unerwarteten Tod seiner Mutter nicht erklären, die genau zu der Zeit gestorben war, als er Peter Duffy getötet hatte. Zeugen hatten beobachtet, wie sie auf dem Weg zu Kates Laden plötzlich zusammenbrach. Als der Arzt kam, war sie bereits tot.

Drinnen im Haus hörte Kate ihren kleinen Sohn weinen. Sie drehte Gordon den Rücken zu, und er ging zu seinem Pferd zurück, das er am Eingangstor angebunden hatte. Ihm blieb keine Wahl.

Als Kate Matthew erreichte, hatte Sarah ihn schon auf den Arm genommen. Voller Kummer sahen sich die beiden Frauen an. Gordons Besuch hatte ihrem Schmerz neue Nahrung verliehen. Sarah drückte den Kleinen an ihre Brust und wiegte ihn.

»Wenn du dir anhören willst, was er zu sagen hat, könnte ich das verstehen«, sagte Kate.

Sarah schüttelte den Kopf. »Nein. Er hat meinen Bruder getötet«, erwiderte sie leise. »Das könnte ich ihm nie verzeihen. Niemals!«

»Aber du liebst ihn immer noch«, stellte Kate sanft fest.

Die Tränen stiegen Sarah in die Augen. Mit der Macht einer Explosion brach es aus ihr heraus: »Ja!« Mehr sagte sie nicht.

In der Ferne hörte Kate den leiser werdenden Hufschlag eines galoppierenden Pferdes. Gordon ritt aus ihrer beider Leben. Aber für wie lange? Die Zeit milderte jeden Kummer, und wenn sie ihre Nichte ansah, wusste sie, dass diese nicht nur um ihren toten Bruder trauerte.

Das Haus war voller Dinge, die Gordon an seine Mutter erinnerten. Wenn ein plötzlicher Tod die Seele forderte, blieb keine Zeit zum Aufräumen.

Auf dem Küchentisch lag neben einer Rührschüssel ein offener Gedichtband. Gordon schloss das Buch. Sie musste beim Kochen gelesen haben. Dann hatte sie gemerkt, dass ihr das Mehl ausgegangen war, und war zu Kates Laden gelaufen. Doch auf der Straße hatte sie der Tod ereilt.

Was für ein Mensch sie wohl wirklich gewesen war? Er kannte sie nur als Mutter, deren Lebenszweck es war, ihn zu lieben und zu umsorgen, doch irgendwann musste sie eine temperamentvolle junge Frau gewesen sein, die mutig genug war, über das Meer in ein fernes, fremdes Land zu reisen. Dort hatte sie seinen Vater kennen gelernt und geheiratet. Hatten sie einander ebenso leidenschaftlich begehrt wie er Sarah Duffy?

»Es tut mir Leid für dich, Gordon.«

Der Klang ihrer Stimme hinter seinem Rücken ließ ihn herumwirbeln. Er war so in die Gedanken an seine Mutter vertieft gewesen, dass er gar nicht gehört hatte, wie Sarah das Haus betrat. »Sarah!«

Zögernd stand sie in der Küchentür. »Ich wollte dich nicht stören. Ich beobachte dich schon seit ein paar Minuten, aber du warst vollkommen in deine Gedanken versunken.«

»Ich bin nur hier, um aufzuräumen, bevor das Haus verkauft wird«, antwortete er leise. »Es muss schließlich alles in Ordnung sein. Bleibst du einen Moment bei mir?«

Sarah schüttelte den Kopf. »Nein. Ich bin nur gekommen, um dir zu sagen, dass deine Mutter auch für mich ein ganz besonderer Mensch war.«

»Willst du mir nicht Gelegenheit geben zu erklären, was geschehen ist?«, flehte er.

»Da gibt es nichts zu erklären, Gordon. Du hast meinen Bruder getötet.«

»Verdammt, Sarah! Ich habe Peter geliebt wie meinen eigenen Bruder«, erwiderte er scharf. Allmählich wurde er wütend.

»Niemand hat dich gezwungen, ihn zu jagen«, erwiderte Sarah bitter. »Du hast gewusst, dass es entsetzliche Folgen haben könnte.«

»Ich habe zugelassen, dass meine Sorge um seine Sicherheit mein Urteilsvermögen trübte. Aber ich erwarte nicht, dass du das verstehst. Wenn ich die Zeit zurückdrehen könnte, würde ich nicht wieder auf die Suche nach Peter gehen, das schwöre ich dir.«

»Für Erklärungen ist es jetzt zu spät, Gordon. Mein Bruder ist tot, und er ist durch deine Hand gestorben«, sagte sie leise. »Ich gehe jetzt besser, bevor du etwas sagst, wofür ich dich hassen würde.«

Mit wenigen Schritten durchmaß Gordon die kleine Küche

und packte sie an den Schultern, bevor sie sich umdrehen und das Haus verlassen konnte. Sein Griff war hart. »Du liebst mich immer noch, egal, was du sagst«, erklärte er mit grimmiger Entschlossenheit. »Ist es nicht so, Sarah Duffy?«

Sie versuchte, sich zu befreien, ohne seine Frage zu beantworten. »Was ich fühle, ist unerheblich«, sagte sie dann, während sie sich in seinem Griff wand. »Es steht nicht in meiner Macht, bestimmte Dinge zu vergeben. Ich habe bis jetzt nie über meine Abstammung nachgedacht. Aber ich weiß, dass mein Bruder heute noch leben würde, wenn er kein halber Schwarzer gewesen wäre, wie du es nennen würdest. Es muss wohl die Ureinwohnerin in mir sein – wir glauben nämlich, dass jeder für seine Taten bezahlen muss. Diese Überzeugung ist stärker, als du dir jemals vorstellen kannst. Lass mich los, Gordon, denn wir beide können niemals zusammen sein. Nicht, solange wir leben.«

Gordon sah das Feuer in ihren Augen, als sie ihm ihre Zurückweisung entgegenschleuderte. Nie hatte er sie so erlebt, noch nicht einmal, als sie Kinder waren. Wenn Peter und er sie geärgert hatten, war sie zwar wütend geworden, hatte ihrem Zorn aber nie so heftig Ausdruck verliehen. Ihre Rache war es, ihm auf ewig zu versagen, wonach er sich am meisten sehnte – sie! Nie zuvor hatte er sie so begehrt wie in diesem Augenblick. »Wenn du dich wie eine Schwarze aufführen willst, dann zeige ich dir, wie wir Schwarze behandeln«, fauchte er und packte sie noch fester an den Schultern.

Sie zuckte vor Schmerz zusammen, senkte aber die Augen, in denen kalter Hass stand, nicht. Dann spuckte sie ihm ins Gesicht und fühlte fast im selben Augenblick, wie er ihr mit dem Handrücken einen brennenden Schlag gegen die Wange versetzte. »Tun Sie, was Sie wollen, Inspektor James«, zischte sie voll kontrollierter Verachtung. »Ich werde Sie nicht daran hindern.«

Plötzlich fiel Gordons Wut in sich zusammen, und ihm wurde klar, was er fast getan hätte. Zitternd löste er seinen Griff und taumelte rückwärts gegen die Küchenwand. Dort sank er zu Boden und bedeckte mit den Händen sein Gesicht. Tiefe

Schluchzer schüttelten seinen Körper, als ihn Kummer und Schmerz überwältigten.

Unsicher blickte Sarah ihn an. Sie sehnte sich verzweifelt danach, zu ihm zu gehen und ihn an ihre Brust zu drücken, aber die Erinnerung an ihren geliebten Peter war stärker. Die Hand, die ihren Bruder getötet hatte, hatte auch sie geschlagen.

Als Gordon sich schließlich ausgeweint hatte, merkte er kaum, dass sie fort war. Er hatte mehr verloren als seinen Jugendfreund. Bis auf seine Arbeit war ihm nichts geblieben. Nur eine kleine, aber intensive Flamme der Hoffnung hinderte ihn daran, seinen Revolver aus dem Holster zu ziehen und allem ein Ende zu setzen.

Das Haus war verkauft. Gordon hatte sein Kündigungsschreiben niemals vorgelegt. Nun saß er in Uniform auf seinem Pferd und blickte auf Kate Tracys Haus. Er war allein, und bald würde er nach Rockhampton reiten, um seine neue Stelle anzutreten. Ob Sarah wohl im Haus war? Das Herz wollte ihm brechen. Sein Pferd wurde unter ihm unruhig, und er tätschelte der Stute geistesabwesend den Hals. »Ich weiß«, sagte er leise zu dem Tier, »es wird Zeit für uns.«

Er wendete das Pferd und ritt mit Tränen in den Augen davon. Verlegen wischte er sich mit dem Handrücken über das Gesicht. »Ich würde mein Leben geben, um dir meine Liebe zu beweisen, Sarah«, flüsterte er. »Wenn du das doch nur verstehen würdest.«

46

Bei Sonnenuntergang ließ die drückende Hitze nach, die den ganzen Tag über geherrscht hatte. Die versammelte Menge drängte und schubste, um sich einen besseren Blick auf den staubigen Kampfplatz zu sichern, auf dem sich die Gegner mit entblößtem Oberkörper gegenüberstanden. Beide trugen enge Hüfthosen. Die Volksfest-Atmosphäre war nicht nur darauf zurückzuführen, dass hier die Brigademeisterschaft im Schwergewicht entschieden werden sollte: In Suakin ging das Gerücht um, dass die Armee die Wüste verlassen und in den gemäßigteren englischen Sommer zurückkehren würde.

Die Veranstaltung unter den aufgehenden Gestirnen der afrikanischen Wüste kam den Männern, die sich nach den milden englischen Sommerabenden ihrer Heimat sehnten, gerade recht. Der Kampf lenkte sie von der angespannten Erwartung ab, mit der sie auf den offiziellen Befehl hofften, ihre Sachen zu packen und an Bord der im Hafen liegenden Truppentransporter zu gehen.

Die Unterstützung der Zuschauer verteilte sich ziemlich gleichmäßig auf beide Kämpfer. Die eine Hälfte sympathisierte mit Private Angus MacDonald, weil er einer von ihnen war, ein einfacher Soldat. Die andere Hälfte unterstützte seinen Gegner, Captain Patrick Duffy, weil er sich für einen Sport entschieden hatte, der eigentlich der Arbeiterklasse vorbehalten war, und damit gesellschaftliche Schranken überwand.

Der Schiedsrichter murmelte ein paar Grundregeln, und die beiden Gegner, die ihren Kampf mit bloßen Fäusten austragen wollten, nickten zum Zeichen, dass sie verstanden hatten.

Das war das Signal für die umstehenden Soldaten: Nun würde die Entscheidung darüber fallen, wer den Sudan als Meister verließ. Die meisten setzten auf den riesigen Schotten, der in ausgezeichneter körperlicher Verfassung war. Seine Anhänger empfanden zwar ein gewisses Mitgefühl mit seinem Gegner, der sich, so hieß es, kaum von den Strapazen erholt habe, die er jenseits des Küstengebirges erlebt hatte. Doch Mitgefühl hin oder her, bei den Wetten, die heimlich im Publikum geschlossen wurde, hörte der Spaß auf. Hier ging es nicht nur um den Boxkampf, sondern auch um Geld.

Während Patrick den Worten des Schiedsrichters lauschte, blickte er seinen früheren Burschen prüfend an. In den dunklen Augen, die das Licht der Laternen reflektierten, sah er keinerlei Feindschaft.

Als sie die Handknöchel leicht gegeneinander stießen, um anzuzeigen, dass sie zum Kampf bereit waren, grinste Angus ihn freundlich an. Patrick erwiderte das Lächeln. »Passen Sie auf meinen linken Haken auf, Mac«, knurrte er gutmütig, »damit wird nämlich der Kampf entschieden.«

Angus spuckte auf den staubigen Boden und antwortete mit einer freundschaftlichen Stichelei. »Sie haben zu viel Paddy-Blut, Sir, da wird man dumm von.«

Dann begann der Kampf mit einem kräftigen Hieb des muskulösen Schotten, der Patrick am Ohr traf und von MacDonalds Anhängern mit brüllendem Beifall quittiert wurde.

Zu Beginn der neunten Runde waren beide Männer ziemlich mitgenommen und bluteten, tauschten jedoch unter dem ohrenbetäubenden Beifall der Menge Schlag um Schlag aus. Die Knöchel ihrer Hände waren geschwollen, und der Schweiß lief ihnen über Gesicht und Körper, während sie unter den schweren Treffern vor Schmerz aufstöhnten. In Patricks Ohren dröhnte es, als schlügen die Glocken von Big Ben. Die atemberaubende Geschwindigkeit, die seine Hiebe anfänglich besessen hatten, ließ nach, aber das ging dem Schotten nicht anders. Beide Männer schonten ihre Kräfte, bis sie eine Lücke in der Deckung des anderen fanden. Der mörderische Kampf konnte nur ein Ende haben, wenn einer der beiden die Kraft aufbrachte, seinen geschwächten Gegner mit einem Hagel von Treffern zu Fall zu bringen.

Gegen Ende der neunten Runde fiel Patrick der glasige Blick des Schotten auf. Zu seinem Entsetzen stellte er fest, dass mit seinem Kameraden etwas nicht stimmte. Die Hiebe hatten ihn am Kopf verletzt. In dieser Situation konnte ein K.o.-Schlag für den hünenhaften Schotten tödlich sein. Die Menge fühlte, dass das Ende bevorstand, und grölte wie einst der Mob von Rom, der den Verlierer mit gesenktem Daumen zum Tode verurteilt hatte.

Angus schwankte unsicher, und Patrick umklammerte seinen Freund mit aller Macht. »Jetzt, Angus«, zischte er ihm ins Ohr. »Nehmen Sie sich meinen Kopf vor.«

Der Schotte drehte den Kopf und starrte ihn für einen Augenblick verwirrt an. »Das kann ich nicht, Sir«, keuchte er. Patrick stieß ihn von sich. »Mach schon, du blöder Schotte«, fauchte er, während er die Hände sinken ließ.

In einer letzten Anstrengung sammelte Angus seine ungeheuren Kräfte und begann, stöhnend auf Patrick einzudreschen. Dieser geriet unter dem Hagel der Faustschläge ins Wanken und fühlte, wie seine Beine unter ihm nachgaben. Krachend stürzte er in den Sand, wo er halb bewusstlos liegen blieb.

Die Menge brach in wilde Beifalls- und Hurrarufe aus und stürzte vor, um den riesigen Schotten auf ihre Schultern zu heben und im Triumph durch das Lager zu tragen. Selbst diejenigen, die Geld verloren hatten, mussten zugeben, dass es einer der spannendsten Kämpfe seit vielen Jahren gewesen war. Nur ein paar Männern, die früher selbst geboxt hatten, war aufgefallen, dass der junge Captain seine Deckung bei dem K.o.-Schlag sträflich vernachlässigt hatte. Den Kopf über die Dummheit der Iren schüttelnd, gingen sie davon.

Stöhnend badete Angus seine zerschundenen, geschwollenen Hände in einem Becken mit von der Sonne erwärmtem Wasser, nahm jedoch eine Hand heraus, um nach der silbernen Feldflasche mit Weinbrand zu greifen, die Patrick ihm reichte.

»Nie wieder«, seufzte Patrick durch seine aufgeplatzten Lippen, »mit einem Mac kämpfe ich nie wieder.«

»Ich hab den verdammten Titel nicht verdient«, stöhnte der Schotte, bevor er die brennende, bernsteinfarbene Flüssigkeit durch seine Kehle rinnen ließ. »Sie haben mich gewinnen lassen.«

»Der richtige Mann hat gewonnen, Private MacDonald«, gab Patrick ruhig zurück. »Der Titel dürfte Ihnen dabei helfen, die Streifen zu bekommen, die Sie schon lange verdient haben.«

Angus nahm die Geste an. Schweigend saßen die beiden unter dem prächtigen Sternenzelt auf leeren Munitionskisten. Zum ersten Mal seit Patricks Rettung aus der Wüste waren sie allein, und sie hatten viel zu besprechen.

»Woher haben Sie eigentlich in der neunten Runde plötzlich die Kraft genommen?«, wollte Angus wissen. Verblüfft schüttelte er den Kopf. »In der achten Runde hab ich gedacht, ich hätte Sie.«

Patrick grinste verlegen und sah auf seine Füße. »Hab mir vorgestellt, Sie wären ein gewisser Brett Norris«, sagte er leise. »Für einen Augenblick hatten Sie sein Gesicht.«

»Wenn Sie 'n englischen Gentleman so verdroschen hätten wie mich, hätte der jetzt keine Visage mehr«, rief Angus.

Patrick sah in das runde Gesicht des Schotten, das durch das angeschwollene, geschundene Gewebe noch breiter geworden war. Allerdings sah er selbst nicht besser aus. »Wenn es doch nur er gewesen wäre, Mac.«

Sie verstummten und gaben sich ihrer Erschöpfung und ihren ganz privaten Gedanken hin. Patrick nahm einen kleinen Schluck Weinbrand, bevor er die Flasche an Angus weiterreichte, der den Rest hinunterkippte und Patrick dann entschuldigend anblickte. Der lächelte nur. Dann klopfte er dem Schotten lachend auf die Schulter. »Das haben Sie sich verdient, Mac, weil Sie für einen Augenblick Mister Brett Norris waren.« Das Lachen erstarb, und Patrick beugte sich zu Angus. »Warum haben Sie den Befehl missachtet, den ich Ihnen gegeben habe, bevor ich auf Erkundung ging, Mac?«

»Ich habe alle Taschen ins Meer geworfen, wie Sie es gesagt

hatten. Aber ich dachte, dieses komische kleine Ding würden Sie vielleicht wiederhaben wollen.«

Patrick starrte zum Himmel hinauf. »Danke. Ich werde das mit dem Quartiermeister regeln.«

»Nicht nötig, Sir. Er ist mein Onkel, und wir haben uns schon geeinigt. Er hat Ihre Ausrüstung abgeschrieben.«

»Ich stehe dafür tief in Ihrer Schuld.«

»Ist nicht der Rede wert, Sir.« Der Schotte zog verlegen den Kopf ein.

»Ich glaube, ich gehe besser in mein Zelt.« Patrick erhob sich steif. Jeder einzelne Muskel in seinem Körper schien zu schmerzen. »Hab noch viel zu erledigen, bevor es nach Hause geht.«

»Wird das bald sein, Sir?«, fragte Angus leise, während er mühsam versuchte aufzustehen.

Patrick bedeutete ihm, sitzen zu bleiben. Dankbar sank der Schotte auf seinen improvisierten Sitz zurück. »Das hoffe ich sehr, Mac. Ich habe die Nase voll von diesem Ort.«

»Gute Nacht, Sir. Gott schütze Sie.«

Patrick hoffte sehr, dass Gott ihn schützen würde oder dass zumindest Sheela-na-gig noch bei ihm war, wenn er endlich auf die Suche nach Catherine ging. Bevor er nach Irland zurückkehren konnte, musste er noch drei lange Monate warten.

47

Obwohl über ein Jahr vergangen war, hatte sich im Dorf kaum etwas verändert. Allerdings hatten auch die letzten fünfhundert Jahre keinen großen Wandel gebracht.

Patrick zog die Schultern hoch, um sich gegen den grauen Nieselregen zu schützen, und marschierte mit schnellen Schritten über das Kopfsteinpflaster der engen Straße auf die von Moos überwachsene Kirche zu. Dort hoffte er, Vater Eamon O'Brien zu finden. Seit seiner Ankunft im Dorf fühlte er sich unbehaglich. Die Leute starrten ihn neugierig an und flüsterten hinter seinem Rücken, wenn er vorüberging. Obwohl er gerade erst eingetroffen und in Riley's Pub abgestiegen war, hatte er das Gefühl, dass sein Besuch irgendwie ungewöhnlich war. Die Dorfbewohner starrten ihn ungläubig an und wandten sich dann ab, wenn er näher kam. Auch Riley war sehr zurückhaltend gewesen, als er im Gasthaus um ein Zimmer gebeten hatte.

Nun hatte er das Pfarrhaus erreicht und klopfte an die schwere Holztür. Eamon öffnete selbst. Bei Patricks Anblick leuchtete sein Gesicht vor Freude auf. Sein breites Lächeln wärmte Patrick das Herz. »Gütiger Himmel, das ist ja Captain Duffy! Kommen Sie herein. Schön, Sie nach so langer Zeit wiederzusehen.«

Patrick lächelte erfreut über diese Begrüßung. Er nahm die Hand, die ihm der Priester reichte, schüttelte den kalten Nieselregen ab und trat ins Haus.

»Legen Sie ab. Ich hole Ihnen gleich etwas gegen die Kälte«, sagte Eamon und suchte in der Küche nach der Whiskyflasche, die er für besondere Gäste und außergewöhnlich schlechte Tage in seiner Pfarrgemeinde bereithielt.

Patrick ließ sich an dem alten Holztisch nieder, an dem er auch bei seinem ersten Besuch vor über einem Jahr gesessen hatte. Eamon, der die Flasche endlich gefunden hatte, holte zwei Gläser und schenkte beide voll.

»Schön Sie wiederzusehen, Eamon.« Patrick hob sein Glas. »Mein Erscheinen hat im Dorf offenbar einigen Aufruhr verursacht. Ich hatte gehofft, Sie könnten mir erklären, warum.«

»Ja, natürlich. Das war zu erwarten«, erwiderte der Priester. »Aber sagen Sie mir zuerst, ob Sie schon gegessen haben?«

»Die Kutsche hat zum Mittagessen an einem Gasthaus gehalten. Das ist erst ein paar Stunden her.«

»Wenn Sie wollen, können Sie heute Abend gern mit mir essen, Patrick. Allerdings gibt es nichts Besonderes. Missus Casey ist unterwegs und kommt erst spät zurück, also werde ich wohl das Essen von gestern aufwärmen müssen.«

»Wie ich Missus Caseys Küche kenne, kann es sich bestimmt mit allem messen, was ich seit meiner Rückkehr nach Irland zu mir genommen habe«, erwiderte Patrick höflich, während er einen weiteren Schluck Whisky trank. Der köstliche Geschmack half ihm, die Kälte des Tages zu vergessen.

Eamon folgte seinem Beispiel und nahm ebenfalls einen kräftigen Schluck. Dann schenkte er nach, obwohl die Gläser noch gar nicht leer waren. »Sie haben sich verändert, Patrick«, sagte er, während er ihn über den alten Tisch hinweg in Augenschein nahm. »Sie wirken, als hätten Sie Dinge erlebt, die einem Mann eigentlich erspart bleiben sollten. War der Krieg schlimm?«

»Schlimm genug.« Patrick starrte auf die Tischplatte, auf der sich in über zwei Jahrhunderten tiefe Kratzer und Brandspuren angesammelt hatten. »Noch schlimmer ist es, wenn man jeden Tag hofft, dass wenigstens ein einziges Wort das Schweigen bricht.«

Eamon nahm die Brille ab und polierte sie mit dem Saum seiner Soutane. Er wusste, worauf Patrick anspielte. Verzweifelt überlegte er, wie er ihm möglichst schonend die schmerzlichen Tatsachen mitteilen konnte, die er im Dorf ohnehin bald erfahren würde. »George Fitzgerald ist vor zwei Monaten gestorben. Gott sei seiner Seele gnädig«, begann er, während er die Brille aufsetzte und Patrick direkt in die Augen blickte.

»Das wusste ich nicht.«

»Sein Tod war friedlich. Er starb im Schlaf in seinem Haus.«

»Und Catherine?«, fragte Patrick leise.

»Sie lebt nicht mehr im Dorf«, erwiderte Eamon. »Ihre Schwägerin ist letzte Woche von den Westindischen Inseln zurückgekehrt und hat bei Catherines Abreise das Haus übernommen. Niemand weiß, wo sie ist, nicht einmal ihre Schwägerin. Sie hat von George ein beträchtliches Vermögen geerbt. Außerdem gehört ihr ein Teil des Gutshauses. Ich vermute, sie finanziert mit ihrem Erbe eine Reise.«

»Haben Sie irgendeine Vorstellung, wo sie hinwollte? Nach Dublin? Oder London?«

»Zunächst wahrscheinlich schon«, antwortete Eamon, »aber unter den gegebenen Umständen wird sie wahrscheinlich wesentlich weiter reisen.«

»Unter welchen Umständen?«

»Sie ist einem Mann gefolgt.« Eamon wünschte sich weit fort, als er den entsetzlichen Schmerz in den Augen des jungen Mannes sah.

Patrick holte tief Atem, um sich zu beruhigen. Der Priester erhob sich, um ihn für einen Augenblick allein zu lassen, und ging in das neben der Küche liegende Büro. Von dort kam er mit einem großen Stapel ungeöffneter Briefe zurück. Zu seinem Entsetzen erkannte Patrick auf den Umschlägen seine eigene Handschrift. *Die Briefe, die er an Catherine geschrieben hatte!*

»Als George starb«, erklärte Eamon ruhig, »bestimmte er in seinem Testament, dass ich seinen Schreibtisch öffnen und den Inhalt an mich nehmen sollte. Wahrscheinlich ist es schon ein Vertrauensbruch, dass ich Ihnen die Briefe überhaupt zeige. Nach Ihrer Abreise in den Sudan ging Catherine immer wieder zur Post, aber ihr Großvater hatte dafür gesorgt, dass sie keine Korrespondenz von Ihnen erhielt. Er erreichte sein Ziel. Als sie nichts von Ihnen hörte, veränderte sie sich. Sie war sehr unglücklich und glaubte wahrscheinlich, Sie hätten sie vergessen.«

Patrick starrte auf den Stapel ungeöffneter Briefe, die Eamon auf den Tisch gelegt hatte. *Kein Wunder, dass er nichts von ihr gehört hatte!* »Jetzt, wo George in die ewige Ruhe eingegangen ist, kann ich Ihnen die Briefe wohl zurückgeben«, setzte der Priester hinzu. »Schließlich sind sie Ihr rechtmäßiges Eigentum.«

Patrick nahm einen der Umschläge von dem Stapel. Sofort erkannte er die winzigen dunklen Flecken am Rand: Blut. Den Brief hatte er wenige Stunden nach der entsetzlichen Schlacht bei McNeill's Zareba geschrieben. Obwohl er versucht hatte, den kostbaren Umschlag zu schützen, war das Blut aus der Wunde, die er sich in der Schlacht zugezogen hatte, seinen Arm hinuntergelaufen.

Eamon setzte sich wieder an den Tisch. Das Schlimmste an der tragischen Geschichte kam noch.

»Sie sagten, sie sei einem Mann gefolgt.« In Patricks Stimme lag eine tödliche Drohung. »War es Brett Norris?«

Eamon blinzelte, als könnte er damit die Frage verdrängen. Er antwortete nicht sofort, sondern füllte zuerst Patricks Glas mit dem restlichen Whisky. »Trinken Sie, Patrick. Für das, was ich Ihnen erzählen werde, brauchen Sie die ganze Kraft des Geistes aus der Flasche.« Gehorsam schluckte Patrick den Whisky hinunter, während er darauf wartete, was Eamon ihm zu sagen hatte. »Ein Mann kam in unser Dorf, aber es war nicht Mister Norris, nach dem Sie gefragt haben, sondern ein Mensch, der Frieden für seine gequälte Seele suchte. Ich selbst bin ihm nicht begegnet, aber im Dorf gab es lange kein anderes Gesprächsthema. Sein Leben soll traurig gewesen sein, und er versuchte, sich selbst in der Malerei zu finden. Catherine beauftragte ihn damit, ihr Porträt zu malen. Vergessen Sie nicht ... sie hatte jede Hoffnung aufgegeben, Sie jemals wiederzusehen.«

»Wer war dieser Mann?«, knurrte Patrick drohend, doch Eamon hob abwehrend die Hand. Patrick musste sich gedulden, denn es gab viel zu erzählen.

»Nun, er glich Ihnen sehr, Patrick. Ein großartiger Mann, der Catherine nicht ermutigte, wenn man den Dörflern glauben will. Er war alt genug, ihr Vater zu sein. Aber Catherine verliebte sich in ihn, was im Dorf natürlich nicht unbemerkt blieb. Als er sich ihrer Gefühle bewusst wurde, verließ er den Ort, aber sie folgte ihm.« Eamon legte eine kurze Pause ein, um den Mut zu finden, das Ende der Geschichte zu erzählen. »Der Mann, dem sie folgte, ist … Ihr Vater.«

Patrick erbleichte. Der Raum verschwamm vor seinen Augen, und seine Ohren dröhnten wie nach anhaltendem Musketenfeuer. *Sein Vater! Sein Vater war doch tot!* Er war wie erstarrt vor Entsetzen über diese Enthüllung. »Mein Vater ist vor meiner Geburt ums Leben gekommen!« Nur mühsam brachte er die erstickten Worte über seine Lippen.

»Nein, Patrick«, erwiderte Eamon sanft, während er über den Tisch nach Patricks Hand griff. »Ihr Vater war all die Jahre am Leben … das wusste jeder im Dorf. Er hatte viele Feinde. Ich nehme an, aus diesem Grund hat er weder mit Ihnen noch mit sonst jemanden aus Ihrer Familie in Sydney Kontakt aufgenommen.«

»Catherine ist also Gott weiß wo – mit meinem Vater«, wiederholte Patrick verzweifelt. Flehend blickte er Eamon an. »Um Gottes willen, wenn Sie wissen, wo die beiden sein könnten, so sagen Sie es mir. Ich werde sonst wahnsinnig.«

»Wenn ich es wüsste, würde ich es tun, das schwöre ich Ihnen bei meinem Amt und allem, was der wahren Kirche heilig ist, Patrick«, gab Eamon zurück. »Aber im Dorf weiß niemand etwas.«

Patricks Atem ging in kurzen Stößen, als wäre er kilometerweit gelaufen. *Sein Vater … er lebte … und die Frau, die er über alles liebte, war bei ihm!* Es war wie ein entsetzlicher Witz auf seine Kosten. Patrick hatte das Gefühl, eine bösartige Macht lachen zu hören. »Koste es, was es wolle, ich werde die beiden finden«, stieß er hervor. »Koste es, was es wolle.«

DER STURM

1886

48

Catherine fühlte den Kuss der Sonne auf ihrem Gesicht. Üppiger Blumenduft stieg ihr in die Nase. Sie räkelte sich wie eine Katze und schlug langsam die Augen auf, um den Zauber des ägäischen Morgens zu genießen.

»Michael«, murmelte sie und streckte die Hand aus, um ihn zu berühren. Doch sie griff ins Leere. Sie setzte sich im Bett auf, um sich im Hotelzimmer umzusehen, und entdeckte ihn am Fenster, das einen Panoramablick auf das Meer bot. Er wandte ihr den Rücken zu und schien tief in Gedanken versunken. Ihre Gegenwart hatte er offenbar völlig vergessen.

»Michael«, rief sie erneut mit leiser Stimme. Diesmal wandte er sich um und lächelte ihr zu.

»Hast du gut geschlafen?«, fragte er, während er sich von seinem Stuhl erhob, zu ihr kam und sich auf die Bettkante setzte.

»Hervorragend«, schnurrte sie. Sie streckte die Hand aus und berührte sein Gesicht. »Aber warum bist du so früh schon angezogen?«

Michael schien zusammenzuzucken. Seine Antwort kam zögernd. »Ich musste über vieles nachdenken«, erwiderte er. »Aber es hat bestimmt nichts mit dir zu tun«, setzte er sanft hinzu, als er die zarte Liebkosung ihrer Hand auf seinem Gesicht spürte.

»Warum kommst du nicht wieder ins Bett?« Catherine schlug die Decke zurück und entblößte ihren nackten Körper, doch Michael ignorierte die Einladung. Stattdessen erhob er sich und ging wieder zum Fenster. Catherine war verletzt, aber vor allem fühlte sie Panik in sich aufsteigen. War er ihrer müde?

981

Fand er sie nicht mehr attraktiv? Doch wenn es so war, warum hatte sie keine Anzeichen dafür bemerkt? Sie hatte keine Antwort auf ihre Frage. Seit sie ihm nach London gefolgt war, hatten sie ein Leben voller Abenteuer und Leidenschaft geführt. Sie erinnerte sich noch an sein schockiertes Gesicht, als sie ihre Tasche in seinem Hotelzimmer auf den Boden fallen gelassen und ihm erklärt hatte, sie wolle seine Geliebte werden. Er hatte protestiert, aber sie hatte ein Verlangen in seinen Augen entdeckt, das seinen Worten widersprach. Dieser Blick war ihr schon aufgefallen, als er im Haus der Fitzgeralds in Irland ihr Porträt malte.

Von jenem Tag an hatte sie auf seiner Reise durch die großen Städte Europas sein Bett und sein Leben mit ihm geteilt. Es kam ihr vor, als wäre er auf der Suche. Immer wieder hielt er an, um Landschaften zu malen, war aber mit dem Ergebnis nie zufrieden. Sie sah den Schmerz auf seinem Gesicht, wenn er zurücktrat, um sein fertiges Werk zu betrachten. Niemals behielt er ein Gemälde, sondern verkaufte sie zu einem lächerlichen Preis an jeden, der ein Andenken an den betreffenden Ort erstehen wollte.

Wenn sie neben ihm lag, fragte sie sich, worin die Anziehungskraft dieses Mannes bestand, der alt genug war, ihr Vater zu sein. Ihr kam er vor wie ein alter, kampferprobter Bär: stark und doch verwundbar. Auch wenn es hieß, er habe viele Menschen getötet, blieb seine Sanftmut davon unberührt. In diesen ruhigen Augenblicken dachte sie an Patrick und fragte sich, was hätte sein können. Sein langes Schweigen deutete darauf hin, dass der Sohn nicht die Willenskraft des Vaters besaß. Offenbar wollte er sich nicht auf das einlassen, was sie zu geben hatte. Manchmal war sie versucht, Michael von ihrer Begegnung mit Patrick zu berichten, doch sie spürte, dass sie ihn damit nur verletzen würde. In seinem Leben hatte es ohnehin nicht viel Glück gegeben. Soweit sie wusste, hatte niemand Michael erzählt, dass Patrick das irische Dorf ein Jahr vor ihm besucht hatte. Es lag nicht in der Natur der Dörfler, einen Mann zu betrüben, der zur lebenden Legende geworden war.

In Michaels Armen fand Catherine Zufriedenheit, und für den Augenblick zählte nur das. Sie fühlte, dass sie dem gequälten Mann ebenfalls ein wenig Frieden schenkte. Es war unwichtig, dass sie nur für den Tag lebte – auch das entsprach ihrem Wesen.

Ihre Reisen durch ganz Europa hatten sie schließlich in ein kleines Hotel mit Blick auf die Ägäis geführt. Michael schien sich in der Wärme des griechischen Frühlings wohl zu fühlen, und Catherine bewunderte die Leichtigkeit, mit der er sich an die verschiedensten Kulturen anpasste. Manchmal erzählte er ihr von den exotischen Ländern des Fernen Ostens. Er war ihr Marco Polo. Durch ihn lernte sie die fremdartige, aber aufregende Welt der Mittelmeerküche kennen. Bald entwickelte auch Catherine eine Vorliebe für das bäuerliche Essen, das er bevorzugte. Besonders gut schmeckten ihr pikante Oliven, Ziegenkäse und ungesäuertes Brot.

Doch am aufregendsten war die körperliche Liebe mit ihm. In ihrer ersten Nacht hatte er sie auf eine sinnliche Reise mitgenommen, auf der sie sowohl größte Zärtlichkeit als auch animalische Leidenschaft kennen lernte. Bis dahin hatte Catherine nur geahnt, dass die körperliche Liebe solch wilde Erfüllung bringen konnte. Nie zuvor hatte sie bei einem Mann gelegen, doch schon beim ersten Mal mit Michael hatte sie das Gefühl gehabt, ihr Körper hätte diese Leidenschaft schon immer gekannt. Mit ihm wurde der Akt zu einem spirituellen und körperlichen Erlebnis. Ein Kaleidoskop von Farben tanzte vor ihren Augen, während ein Aufruhr der Gefühle durch ihren Körper tobte. Michael zu verlieren wäre für sie unerträglich gewesen.

»Meine kleine irische Rose«, sagte Michael schließlich, als er sich von dem Panorama abwandte, »heute muss ich ein paar Dinge erledigen. Wenn du willst, kannst du auf den Markt gehen und für unser Abendessen einkaufen.«

Catherine runzelte die Stirn. Es kam selten vor, dass er sie nicht einlud, ihn zu begleiten. Sein Vorschlag irritierte sie nur noch mehr. Ich benehme mich wie ein dummes, kleines Mädchen, schalt sie sich selbst. Auf keinen Fall darf er merken, dass ich traurig bin. »Kann ich nicht mitkommen?« Hoffentlich klang ihre Frage nicht allzu flehentlich.

Michael entnahm einer Blechdose eine stechend riechende türkische Zigarette und zündete sie an. Es treibt mich zum Wahnsinn, wie gut er aussieht, dachte Catherine, während sie ihn dabei beobachtete, wie er zufrieden das stinkende Kraut paffte.

Der Rauch hing in der stillen, warmen Luft. »Ich sehe dich heute Abend«, sagte Michael. »Es geht um Geldgeschäfte.«

»Ich habe Geld«, wandte Catherine hastig ein. »Das Erbe meines Großvaters reicht für uns beide, ein ganzes Leben lang.«

Michael zog an seiner Zigarette und lächelte zärtlich. »Das ist dein Geld, Catherine, und so soll es auch bleiben. Ich bin ein Mann, und die erste Regel für jeden Mann lautet, sich nicht von Frauen aushalten zu lassen. Es ist Aufgabe des Mannes, für seine Frau zu sorgen.«

Der finstere Ausdruck auf Catherines Gesicht verschwand. Er hatte sie »seine Frau« genannt! »Ich werde dich vermissen«, sagte sie mit einem sanften Kuss auf seine Stirn. Den Schmerz in seinem Gesicht, als er sich abwandte und zur Tür hinausging, bemerkte sie nicht.

Michael saß an einem wackligen Tisch vor einem Café und sah den Bewohnern des griechischen Dorfes bei ihren täglichen Geschäften zu. Manchmal warf der eine oder andere dem großen Fremden mit der schwarzen Lederklappe über dem Auge einen neugierigen Blick zu. Ohne die Einheimischen groß zu beachten, zog Michael an einer Zigarette und spielte mit seinem Glas starken, schwarzen Kaffee. Trübe Gedanken plagten ihn, als er den Brief noch einmal las, den er vor Catherine sorgsam verborgen gehalten hatte.

Vater Eamon O'Briens Schreiben hatte Michael auf verschlungenen Pfaden erreicht. Der Priester kannte Michaels Aufenthaltsort nicht, vermutete aber, dass er in der Vergangenheit mit der düsteren Welt der internationalen Geheimdienste in Verbindung gestanden hatte. Auf gut Glück hatte er seinen Brief deshalb dem britischen Außenministerium zugesandt, das den Iren schließlich in Griechenland aufgespürt hatte.

Der Mann, der Michael die Nachricht übergeben hatte, kam nun über den gepflasterten Platz auf ihn zu. Eine jüngere Ausgabe von Horace, dachte Michael.

»Mister Duffy, ich hoffe, es geht Ihnen gut«, sagte der Neuankömmling, während er sich unaufgefordert an Michaels Tisch niederließ.

Michael studierte sein Äußeres. Sandfarbenes Haar, hellblaue Augen, ein mageres, nervöses Gesicht. Vermutlich Mitte zwanzig. Dem schweißdurchtränkten weißen Anzug nach zu urteilen hatte er einen langen Fußmarsch hinter sich. Einer wichtigeren Persönlichkeit hätte man bestimmt ein Transportmittel zur Verfügung gestellt.

»Mister Clark, schön, dass Sie es doch geschafft haben.« Michael lächelte über die aufgelöste Erscheinung des Mannes. »Ich hoffe, meine Bedingungen waren für Ihre Arbeitgeber akzeptabel.«

Clark zog ein Tuch aus der Tasche und wischte sich damit die Stirn trocken. »Sie müssen nur unterschreiben, dass Sie einverstanden sind, dass der Preis für die Schiffspassage von Ihrem Entgelt abgezogen wird. Ich habe Dokumente und Fahrkarte bei mir.« Er griff in seine Jackentasche und legte einige Papiere neben Michaels Glas auf den Tisch.

Michael warf einen Blick darauf. »Nachdem Ihre Leute meine Post gelesen haben, bevor sie mir ausgehändigt wurde, können Sie wohl auf meine Unterschrift verzichten. Ich halte mein Wort.«

Clarks Züge wirkten angespannt. »Mister Duffy, angesichts Ihrer Vergangenheit müssen Sie davon ausgehen, dass ein Brief, den ein Priester aus dem unruhigen Irland an Sie schreibt, für uns von Interesse ist. Schließlich sind Sie ja in Irland geboren worden.«

»Der Brief war privater Natur und hatte mit meiner Tätigkeit in der Vergangenheit nichts zu tun«, knurrte Michael. »Ich bezweifle, dass meine Familie für das britische Empire von

Interesse ist. Ihr Mister Horace Brown hat mein Privatleben zumindest in solchen Angelegenheiten respektiert.«

Clark blickte so entschuldigend drein, dass Michael seinen Ärger vergaß. Der junge Mann war ganz offensichtlich nur ein Bote und keiner der gesichtslosen Männer in London, die sein Leben über ihren Mittelsmann Horace Brown weitgehend bestimmt hatten. »Diese Verletzung Ihrer Privatsphäre tut mir Leid, Mister Duffy. Ich war ein großer Bewunderer von Mister Brown und völlig seiner Meinung, was Bismarcks Absichten im Pazifikraum anging. Mister Brown hegte für Sie die größte Hochachtung und schlug sogar vor, Ihnen für die geleisteten Dienste einen Orden zu verleihen.«

Michael war geradezu schockiert. Er konnte sich nicht vorstellen, einen britischen Orden zu erhalten. Schließlich hatte er Horace unmissverständlich klar gemacht, dass er als Ire nichts von den weltweiten imperialistischen Bestrebungen der Briten hielt. »Ich arbeite für Geld, nicht für Orden«, entgegnete er. Dem Gesicht des statusbewussten Beamten sah er an, wie sehr ihn dieser Pragmatismus schockierte.

»Nun, diese Mission dürfte sich finanziell für Sie lohnen. Außerdem werden Sie Ihrer Majestät an Ihrem Einsatzort gute Dienste leisten können.«

»Ihrer Majestät oder Mister Rhodes?«, erkundigte sich Michael sarkastisch. »Nach dem, was ich gelesen habe, sind die Briten stark an Afrika interessiert.«

»Besser, *wir* bekommen Afrika in die Finger als die Deutschen«, erklärte Clark ruhig. »Immerhin spielen wir Kricket«, setzte er mit einem schiefen Grinsen hinzu.

Michael lächelte. »Wir Iren haben noch nie Kricket gespielt – und werden es auch nie tun.«

»So viel zum Kricket, Mister Duffy.« Clark erhob sich. »Ich werde darüber hinwegsehen, dass Sie die Papiere nicht unterschrieben haben. Nachdem Horace Sie in seinen Berichten so gelobt hat, werde ich seinem Urteil vertrauen.«

Michael nickte, stand jedoch nicht auf, um sich von dem englischen Agenten zu verabschieden. »Ich werde den Auftrag erledigen. Ihre Majestät kann mit anständiger Arbeit rechnen.«

Damit griff er nach den Papieren auf dem Tisch und steckte sie ein. »Sie können Ihrem Chef sagen, dass ich heute Abend abreise.«

»Werden Sie Miss Fitzgerald von Ihrer Mission unterrichten?«, fragte Clark.

Für einen Augenblick starrte Michael ihn mit seinem gesunden Auge an. »Obwohl Sie Miss Fitzgerald nichts angeht«, meinte er dann, »will ich Ihnen verraten, dass sie nicht mit mir nach Afrika gehen wird.«

»Tut mir sehr Leid«, murmelte Clark. »Aber ich musste fragen. Geheimhaltung und so, Sie wissen schon. Auf jeden Fall noch einen schönen Tag und viel Glück für Ihre Mission, Mister Duffy.«

Michael blieb am Tisch sitzen. Der Kaffee war so stark, dass man damit Schiffsplanken hätte kalfatern können. In seinem Schreiben hatte Eamon berichtet, dass Patrick nach Irland zurückgekehrt war, um Catherine zu finden. Das traf Michael um so überraschender, als niemand im Dorf den ersten Besuch seines Sohnes erwähnt hatte – am wenigsten Catherine. Der Priester hatte angedeutet, dass Patrick sehr an Catherine hing und alles tun würde, um sie zu finden.

Als Michael zu Ende gelesen hatte, war seine Welt in Aufruhr geraten. Nicht dass er in Catherine verliebt gewesen wäre. Er dachte zu praktisch, als dass er sich wirklich auf eine emotionale Verbindung mit einer Frau eingelassen hätte. Doch je länger er bei ihr blieb, desto schwerer würde ihm die Trennung fallen, das war ihm klar. Sie hatte alles, was sich ein Mann bei einer Frau wünschte. Aber ihm war bewusst, dass eine Zukunft voller Gewalt vor ihm lag. Verbittert hatte er erkennen müssen, dass aus ihm nie ein großer Künstler werden würde. Vor ihm lag das Leben eines Söldners – das kannte und beherrschte er. Zumindest konnte er sich im Dienst der Briten an Orten seinen Lebensunterhalt verdienen, an denen ein englischer Akzent nicht willkommen war. Als Ire war er in diesen gefährlichen Gegenden weniger verdächtig.

Zusammen mit dem Brief hatte ihn ein Angebot erreicht,

für England einen weiteren Auftrag zu übernehmen. Offenbar hatten die gesichtslosen Männer gewusst, dass er für sie arbeiten würde, wenn er erst das Schreiben gelesen hatte. Sie hatten sich nicht getäuscht. Wenn ihm auch sonst nicht viel geblieben war, seine Ehre war Michael wichtig. Hätte er gewusst, dass sich sein Sohn für Catherine interessierte, hätte er ihrem Charme widerstanden. Dazu war es nun zu spät, aber er konnte immerhin versuchen, das seinem Sohn, den er fast gar nicht kannte, zugefügte Unrecht wieder gutzumachen.

Stunden später kehrte Catherine mit einem Korb voller Köstlichkeiten vom Markt zurück. Sie hatte ein romantisches Abendessen bei Kerzenlicht auf dem kleinen Balkon geplant, der auf das Meer hinausging. Danach würden sie sich auf dem großen breiten Bett lieben.

Irgendwie kam ihr das Zimmer leer vor. Als sie sich umsah, stellte sie zu ihrem Entsetzen fest, dass Michaels einziges Gepäckstück, eine abgetragene Reisetasche, fehlte. Dafür lag auf dem Bett ein großer Umschlag. Die aufsteigende Furcht verwandelte sich in nackte Panik.

»Nein«, hörte sie ihren eigenen erstickten Schrei. Der Inhalt des Korbs ergoss sich über den Boden. Sie taumelte durch den Raum und riss den Umschlag auf. Darin befanden sich eine Fahrkarte für eine Schiffspassage und ein Brief. Mit bebenden Händen hielt sie das einzelne Blatt ins schwächer werdende Licht. Die Nachricht besagte nicht viel mehr, als dass er eine Fahrkarte für sie gekauft habe und dass es besser sei, wenn sie sich auf diese Weise trennten.

Catherine wurde schwindelig, und sie brach auf dem Bett zusammen. Von Schluchzern geschüttelt, weinte sie sich in den Schlaf. Als sie früh am nächsten Morgen erwachte, fühlte sie sich zum ersten Mal in ihrem Leben wirklich allein. Für einen Augenblick dachte sie daran, ihrem Leben ein Ende zu setzen, doch dann fiel ihr eine Passage aus Michaels kurzem Brief ein.

Die Fahrkarte ist nicht nur für eine Schiffspassage. Sie wird dich an den Ort deiner Bestimmung führen, wo du den finden

wirst, der dir ein Leben ermöglichen kann, wie du es verdienst.
Was zwischen uns war, wird uns im Winter unseres Lebens als
schöne Erinnerung das Herz wärmen. Ich bete, dass du eines
Tages verstehst, warum ich dich ohne Abschied verlassen muss-
te. Ich wollte nicht, dass du meinen Schmerz siehst.

Im Licht der Kerze suchte Catherine nach der Fahrkarte und
las den Namen des aufgedruckten Zielortes. Tränen stiegen ihr
in die Augen. »Oh, Michael, ich habe dich geliebt«, flüsterte
sie. »Ich habe dich wirklich geliebt.«

Tausende Kilometer östlich des griechischen Dorfes weinte
eine andere Frau um einen Mann. Hier jedoch schien keine
wärmende Sonne, und am Himmel stand das Kreuz des
Südens.

Mutterseelenallein saß Kate Tracy im schwachen Licht einer
Kerosinlampe in ihrem Büro in Townsville und schluchzte vor
sich hin. Nur der klagende Ruf einer Mopoke-Eule durchbrach
die Stille der Nacht. Sie hatte bis spät gearbeitet und war beim
Aufräumen eines wenig benutzten kleinen Schreibtischs auf
Lukes abgenutzte Pfeife gestoßen. Der durchdringende Duft
hatte die Türen in ihrem Herzen aufgestoßen. Erinnerungen
strömten auf sie ein. Obwohl es schon ein Jahr her war, dass
er irgendwo an der Grenze verschwunden war, hatte sie jeden
einzelnen Tag um ihn getrauert, auch wenn sie es sich nicht
anmerken ließ.

Die alte Pfeife in der Hand haltend, schluchzte sie untröstlich vor sich hin. »O Luke, ich vermisse dich so«, stieß sie hervor, während ihre Tränen auf den Schreibtisch fielen. »Ich sehne mich mit jeder Faser meines Körpers und meiner Seele nach
dir.«

»Tante Kate?«, fragte eine liebevolle Stimme an der Tür.
»Geht es dir gut?«

Als Kate durch das Dämmerlicht spähte, entdeckte sie
Sarah, die zögernd in der Türöffnung stand. »Ich wollte dafür
sorgen, dass du bald ins Bett gehst. Du hast in letzter Zeit zu
hart gearbeitet.«

»Komm herein«, erwiderte Kate mit einem schwachen Versuch, ihre Tränen mit dem Handrücken wegzuwischen. »Ich wollte ohnehin aufhören.«

»Du hast an Luke gedacht«, meinte Sarah, während sie neben ihre Tante trat und ihr die Hand auf die Schulter legte.

Kate nickte und griff nach Sarahs Hand. Eine schlichte Geste, und doch bedeutete sie ihr so viel. »Ich bin eine der reichsten Frauen der Kolonie, und doch würde ich alles hergeben, wenn ich sein Lächeln nur noch ein einziges Mal sehen könnte.«

»Aber das kannst du doch, Tante Kate«, erwiderte Sarah leise. »Jedes Mal, wenn du den kleinen Matthew ansiehst.«

Kate blickte zu ihrer Nichte auf. Sie war stolz auf die Weisheit der jungen Frau, die sich zu einer bemerkenswerten Persönlichkeit entwickelt hatte und die Zähigkeit der Iren, aber auch der Nerambura besaß. Sie brachte es nicht über sich, Sarah zu gestehen, dass Matthews Lächeln kein Ersatz für Lukes schützende Arme und den Duft seines muskulösen Körpers war, der sie immer an den Geruch des Landes selbst erinnert hatte.

»Was hält dich so lange im Büro auf?«, fragte Sarah, um Kate von ihren melancholischen Gedanken abzulenken. »In den letzten Tagen scheint dich etwas zu beschäftigen.«

»Jetzt kann ich es dir ja sagen«, erwiderte Kate mit einem schwachen Lächeln. »Die Chancen stehen gut, dass ich den Macintoshs Glen View abkaufen kann. Ich habe erfahren, dass mein Neffe Patrick eine einflussreiche Stellung im Firmenimperium angenommen hat. Wahrscheinlich wäre er einem Angebot meinerseits nicht abgeneigt.«

Sarah rang nach Luft. Dass ihre Tante Glen View unbedingt in ihren Besitz bringen wollte, ja geradezu davon besessen war, wusste jeder. Aber die Macintoshs waren ebenso entschlossen zu verhindern, dass ein Duffy jemals seinen Fuß auf ihren Boden setzte.

»Meinst du wirklich, dass Patrick dein Angebot annehmen würde?«

»Er ist immer noch ein Duffy.« Kate war davon überzeugt, dass der Clan über allem stehen würde.

»Aber er ist auch ein Macintosh«, erinnerte Sarah sie sanft. »Die Zeit verändert die Menschen.«

»Für eine so junge Frau bist du sehr klug – aber offenbar nicht klug genug, um bei mir zu bleiben«, erwiderte Kate.

Verletzt wandte Sarah den Blick ab. »Du weißt, warum ich das Gefühl habe, ich muss Townsville verlassen und eine neue Stelle antreten, Tante Kate. Ich muss einfach die Erinnerungen hinter mir lassen, die mich hier ständig verfolgen.«

Kate fühlte sich ein wenig schuldig, weil sie ihrer geliebten Nichte Vorwürfe gemacht hatte. Das Mädchen stand ihr so nahe wie eine Tochter. Als Kleinkind war Sarah zu ihr gekommen, und über all die Jahre hatte sie ihre Freuden und ihren Kummer mit ihr geteilt. In letzter Zeit hatte es in ihrer beider Leben vor allem Kummer gegeben. Sarahs Entscheidung war wohl überlegt, aber das konnte Kate nicht trösten. Für sie würde es einen weiteren Verlust bedeuten, wenn Sarah ging. »Entschuldige meine selbstsüchtige Bemerkung, Sarah«, sagte sie sanft. »Es ist nur, weil ich dich sehr vermissen werde, und Matthew auch.«

Sarah schlang die Arme um die Schultern ihrer Tante und küsste sie auf die Stirn. »Ich werde euch beide auch vermissen, wenn ich fort bin. Aber Matthew hat doch ein gutes Kindermädchen, und du wirst weiterhin mit deiner Firma beschäftigt sein, die nur so gut läuft, weil du eine brillante Geschäftsfrau bist.«

»Schmeichlerin«, lachte Kate. In diesem Augenblick wurde ihr wirklich bewusst, wie nah ihr Sarah stand. »Weil wir beide so brillant sind«, verbesserte sie. »Zwei Frauen können es locker mit all den aufgeblasenen Männern in der Kolonie aufnehmen.«

»Kommst du jetzt nach Hause?«, fragte Sarah, und Kate erhob sich steif, um ihrer Nichte zu folgen.

»Ich komme mit. Und eines Tages werden wir gemeinsam auf Glen View die Gräber meines Vaters und seines Freundes Billy besuchen und Blumen auf Peters Grab legen.«

Sarah schwieg. Sie wusste, dass ihre Tante ihren Traum irgendwann verwirklichen würde. Es wäre wunderbar, das

Land ihrer leiblichen Mutter zu betreten, durch das diese einst mit dem Clan der Nerambura gezogen und wo sie ihrem Vater begegnet war. Jenes Land, das beiden heilig gewesen war.

49

Der Staub kündigte die Ankunft der Polizeipatrouille auf Ben Rosenblums Besitz schon von weitem an. Ben, der mit zusammengekniffenen Augen in das aggressive Rot des im Osten aufgehenden Feuerballs blickte, zählte sechs berittene Polizisten. Ihr Anführer war ein hoch gewachsener Offizier, der mit der natürlichen Anmut des geborenen Reiters im Sattel saß. Als die Männer näher kamen, erkannte er Gordon James, den er zuletzt drei Jahre zuvor in Townsville gesehen hatte.

Als sie an der Rindenhütte angelangt waren, ließ Gordon seine Männer halten.

»Hallo, Ben«, grüßte er. Rosenblum nickte nur. Die mit einer dicken roten Staubschicht überzogenen Polizisten glotzten den bärtigen Viehzüchter, der neben einem Stapel Holzscheite stand, lustlos an.

»Ihr sucht wahrscheinlich die Bande, die letzte Woche das Haus der Halpins überfallen hat«, meinte Ben in schleppendem Ton.

»Ja«, gab Gordon zurück. »Sie scheinen nach Süden zu wollen. Wir sind ihnen gefolgt, bis mein schwarzer Fährtenleser krank wurde. Mussten ihn zurücklassen, damit er nach Cloncurry kann. Also hab ich beschlossen, mit meinen Jungs herzukommen, um zu sehen, ob du mir hilfst.«

»Ich kann nicht viel für dich tun.«

»Ich hatte gehofft, du leihst mir den Kalkadoon, der bei dir leben soll.« Gordon sah sich auf dem staubigen Hof um.

»Terituba?« Ben runzelte die Stirn. »Den brauche ich hier. Er wird allmählich ein ausgezeichneter Viehhirte.«

»Du kannst dir wohl denken, was diese Killerschweine Missus Halpin angetan haben, bevor sie ihren Mann ermordet haben.« Gordon beugte sich, auf den Sattelknopf gestützt, vor. »Soviel ich weiß, warst du doch mit den Halpins befreundet. Ich hätte gedacht, das zählt was.«

Unangenehm berührt zuckte Ben zusammen, als Gordon seine Freundschaft mit den Halpins erwähnte. Nach Jennys Tod hatten sie ihn regelmäßig besucht. Für diese uneingeschränkte Hilfe in Zeiten der Trauer schuldete er ihnen Dankbarkeit. »Steig ab und lass deine Männer ausruhen«, sagte er daher. »Ich rufe Terituba.«

»Danke, Ben.« Gordon lächelte. »Wusste ich doch, dass ich auf dich zählen kann, wenn Not am Mann ist.«

Er wandte sich um und befahl seinen Männern abzusitzen. Sie waren die ganze Nacht geritten, um den Abstand zu den vier Gejagten zu verringern. Elegant glitten die eingeborenen Polizisten von ihren Pferden. Als Terituba hinter der Hütte erschien, trafen den früheren Kalkadoon-Krieger misstrauische, ja geradezu furchtsame Blicke, die er mit stolzer, verächtlicher Miene erwiderte. Die Feindschaft zwischen den Stämmen war tief, und die im fernen Neusüdwales rekrutierten Eingeborenen hegten keinerlei Sympathien für die Stämme des Nordens.

Gordon sah Terituba kaum an, sonst wäre ihm der überraschte Blick des Kalkadoon aufgefallen. Der Aborigine hatte die auffällige Narbe bemerkt, die sich über die Stirn des weißen Offiziers zog.

Während die Polizisten ihre Pferde zu einem Wassertrog führten, folgte Gordon Ben in den Schatten der Hütte, wo er sich auf einer aus einem Baumstamm gefertigten Bank niederließ. Ben verschwand kurz und kam mit einem Krug einfachem Gin wieder. Mehr konnte er sich nicht leisten, solange sein Vieh noch nicht für den Verkauf in Townsville gemustert war.

Er setzte sich Gordon gegenüber, stellte den Krug zwischen sie und wischte zwei Emailbecher aus. Gordon füllte den seinen und nippte vorsichtig an der brennenden Flüssigkeit.

Dabei sah er müßig seinen Polizisten zu, die im dürftigen Schatten der Viehhöfe saßen und sich unterhielten.

»Wie lange brauchst du meinen Mann?«, fragte Ben, während er den unverdünnten Schnaps hinunterkippte.

»Vielleicht einen Monat, länger nicht. Wenn wir in einem Monat nichts erreicht haben, schicke ich ihn dir zurück. Solange er bei uns ist, erhält er den Monatssold eines Fährtenlesers.«

»Gut. Für dein Geld bekommst du den besten Fährtenleser nördlich vom Wendekreis des Steinbocks«, erwiderte Ben, der mit Interesse beobachtete, dass Terituba Abstand von den Polizisten hielt, die an den Koppeln herumlungerten. Er wusste, dass der Kalkadoon nichts für die Eingeborenen übrig hatte, die ein Jahr zuvor an der Vernichtung seines Volkes beteiligt gewesen waren.

»Du hast wahrscheinlich gehört, dass Kate und Sarah nichts mit mir zu tun haben wollen«, sagte Gordon leise. Er wusste, dass sich Ben und Kate Tracy nahe standen. Die Nachricht, dass er Peter Duffys Tod verschuldet hatte, war mit Sicherheit auch hier in den Westen, nach Cloncurry, gelangt.

»Ja, ich habe von der Sache mit Peter gehört.«

»Ich hatte keine Wahl, Ben. Alles ging so schnell. Ich habe immer noch Albträume deswegen.«

»So was passiert eben«, knurrte der jüdische Viehzüchter. »Die Vergangenheit kann niemand ändern.« Die schlichte Antwort verriet Gordon, dass Ben ihn nicht so ablehnte wie Kate.

»Weißt du, wer diese Mörder sind?«, fragte der Farmer nun taktvoll, um das Thema zu wechseln.

»Einen kenne ich.« Gordon nahm noch einen Schluck von seinem Gin. »Nach allem, was ich herausgefunden habe, ist es ein früherer Polizist, den ich letztes Jahr entlassen habe. Ein übler Kerl namens James Calder. Von den Übrigen wissen wir nur, dass sie sich als Viehdiebe betätigt haben, bevor sie anfingen, den Busch unsicher zu machen und Leute zu ermorden.«

»Ist dieser Calder ein erfahrener Buschläufer?«

»Erfahren genug.«

»Dann wirst du ja einiges zu tun haben«, meinte Ben. »Ich

bezweifle allerdings, dass es ihm gelingt, Terituba abzuschütteln, auch wenn er sich noch so anstrengt.«

»Hoffentlich hast du Recht. Das ist ein besonders übles Pack, und sie haben nicht viel zu verlieren. Wenn wir sie erwischen, hängen sie.«

»Wann wollt ihr losreiten?«, fragte Ben.

»Am besten sofort. Sobald dein Mann fertig ist.«

»Ich werde gleich mit ihm reden, in einer halben Stunde kann er so weit sein.« Ben erhob sich und griff nach dem Krug. »Kann mir allerdings nicht vorstellen, dass er gern für euch arbeitet.«

»Vermutlich nicht. Nach dem, was letztes Jahr passiert ist, hat er wohl nicht viel für uns übrig.«

»Das befürchte ich auch«, meinte Ben geheimnisvoll lächelnd. »Vor allem, weil er einen weißen Polizisten mit seiner Axt fast skalpiert hat.«

Gordon warf ihm einen scharfen Blick zu und berührte instinktiv die Narbe auf seiner Stirn. Dann sah er sich den hünenhaften Kalkadoon, der im Staub des Hofes hockte, genauer an. »Jesus!«, fluchte er entsetzt.

»Willst du ihn immer noch als Fährtenleser?«, fragte Ben kichernd.

Gordon rieb sich die Stirn. Mit entsetzlicher Klarheit erinnerte er sich daran, wie nah er dem Tod an jenem Tag gewesen war. »Ja. Vielleicht erwischt er die Burschen vor uns.« Er lachte leise. »In diesem Fall dürften die Chancen, dass sie einen Gerichtssaal von innen sehen, äußerst schlecht stehen.«

Ben erklärte Terituba in groben Zügen, was von ihm erwartet wurde. Der Kalkadoon lauschte, und obwohl er nicht gehen wollte, tat er, worum Ben ihn bat. Er vertraute Iben, der sich als fairer Boss erwiesen hatte und seine Familie gut behandelte. Er hatte nicht versucht, Terituba die Frau wegzunehmen, wie das andere Weiße vielleicht getan hätten, und behandelte seinen Sohn mit ebenso viel Respekt wie den eigenen.

Nachdem Ben geendet hatte, ging Terituba zu seiner Frau und seinem Sohn und erklärte ihnen, dass er für ein Weile fort musste. Die beiden flehten ihn an, sich nicht der gefürchteten berittenen Eingeborenenpolizei anzuschließen, aber er unterbrach sie und erinnerte sie daran, dass sie bei Iben gut aufgehoben waren. Sie akzeptierten das als sein letztes Wort, und Terituba traf seine Vorbereitungen.

Verblüfft starrte Gordon auf den Aborigine, der nun wie verwandelt war. Terituba, nackt bis auf einen Gürtel aus Menschenhaar, in dem seine Kriegsaxt steckte, war mit den Speeren in der Hand wieder ganz der Krieger, der sich ihnen in den Bergen entgegengestellt hatte. Gordon fühlte Unbehagen in sich aufsteigen. Er fürchtete den Geist, der sich nicht geschlagen gab.

50

Vom Büro aus hatte man einen wunderbaren Blick auf den Kai. Einst hatte es David Macintosh gehört, dann Granville White, und nach seiner Rückkehr aus Europa vor einigen Monaten hatte Patrick es übernommen.

Seit der Vorstand des Macintosh-Konzerns die Empfehlung ausgesprochen hatte, Lady Macintoshs Enkel solle die Transportunternehmen der Firmengruppe kennen lernen, hatte Granville sein Büro in einem Nachbargebäude. Die kurzen Begegnungen zwischen beiden Männern waren kühl und geschäftsmäßig verlaufen. Keiner wollte den anderen merken lassen, dass er sich wegen der für beide unangenehmen Aufteilung der Geschäftsführung unbehaglich fühlte.

Bis jetzt hatte Granville bei den Besprechungen die Oberhand behalten, da er nach wie vor den größten Teil der Geschäfte der Firma leitete. Aber Enid war davon überzeugt, dass ihr Enkel seinen Weg gehen würde. Seine Kompetenz auf dem Gebiet der Hochfinanz musste den Vorstand schließlich überzeugen. Dann würde er ihrem verhassten Schwiegersohn die Kontrolle über das Finanzimperium der Macintoshs allmählich aus der Hand nehmen. Irgendwann würde sie Granville vernichten. Eine falsche Entscheidung, die zu großen Verlusten führte, oder ein Skandal würden ihn zum Rücktritt zwingen. Was immer es auch war, Enid wusste, dass sie zur richtigen Zeit zuschlagen und ihn in Misskredit bringen musste. Falls Patrick glaubte, der Krieg wäre ein schmutziges Geschäft, würde er schnell feststellen, dass es in der Finanzwelt nicht weniger brutal zuging.

Immer noch überprüfte George Hobbs jeden Besucher. Er

bewachte das Büro wie ein Wachhund den Hof seines Herrn. Andere Mitarbeiter der Firma mochten kommen und gehen, aber George hatte sich durch seine ergebene Treue zu Lady Enid eine Lebensstellung gesichert. Granville hatte versucht, ihn in den Ruhestand zu schicken, denn für seinen Geschmack wusste der Sekretär zu viel. Aber Enid hatte ihr Veto dagegen eingelegt.

Nun arbeitete George Hobbs also für Patrick. Seine intime Kenntnis des Labyrinths der Finanzstruktur des Macintosh-Imperiums war von unschätzbarem Wert. Schnell wurde Patrick klar, welch scharfen Verstand sein Sekretär besaß. Er belohnte ihn mit einer Gehaltserhöhung, was ihn in Georges Achtung weiter steigen ließ.

Da George den alltäglich anfallenden Papierkram erledigte, hatte Patrick Zeit, aus dem Fenster zu sehen und die an den Kais liegenden Schiffe zu betrachten. Neben den wenig eleganten Schornsteinen der neueren Schiffe ragten anmutige Masten und Spieren in die Höhe, zwischen denen sich die Takelage spannte. In den Monaten, seit er den Militärdienst quittiert hatte und nach Neusüdwales zurückgekehrt war, hatte er die besten Lehrer gehabt, denn Lady Enid hatte die Geschäftsführer der verschiedenen Unternehmen des Konzerns mit seiner Einweisung beauftragt. Er lernte schnell, und die sonst so mürrische Frau strahlte vor Stolz, wenn sie die Berichte über seine bemerkenswerten Fortschritte las.

Patrick verstand es, mit Menschen umzugehen, schließlich hatte er eine der härtesten Truppen des Empire befehligt. Die Schotten hatten wenig Geduld mit unfähigen Leuten, aber der junge Offizier aus den Kolonien hatte ihr Vertrauen gewonnen. Jetzt setzte er diese Führungsqualitäten bei seinen Mitarbeitern ein, ohne wie ein Tyrann auf der sklavischen Einhaltung von Vorschriften zu bestehen. Die Macintosh-Angestellten mochten ihn nicht nur wegen seiner umgänglichen Art, sondern respektierten ihn auch, weil er sich anhörte, was sie zu sagen hatten. Sorge bereitete Enid nur, dass er offensichtlich jede Art von Schreibarbeit verabscheute. Glücklicherweise besaß sie im Unternehmen genügend Vertraute, die dafür sorgten, dass ihr

Enkel die notwendigen Informationen erhielt und die richtigen Dokumente unterzeichnete.

Patrick seufzte, als ihm Granvilles Empfehlung einfiel, die Klipper der Flotte durch mit Kohle betriebene Dampfschiffe zu ersetzen. Ihm kam das vor, als würde man einen geliebten Hund einschläfern lassen. Für Patrick waren die schnellen Klipper die Windhunde des offenen Meeres. Doch auch ihm war klar, dass ihre Tage angesichts des technischen Fortschritts gezählt waren. Die majestätischen Schiffe waren den Winden ausgeliefert, die unberechenbar und kapriziös wie eine schöne Frau waren.

Die Erinnerung daran, dass Granville diese Umstellung empfohlen hatte, verursachte Patrick Unbehagen. Er besaß immer noch großen Einfluss bei den Direktoren, und Lady Enid hatte Patrick gewarnt, dass Granville notfalls auch vor einer Diffamierungskampagne nicht zurückschrecken würde. Wenn es ihm gelang, Patrick als unehelichen Sohn eines katholischen Iren in Misskredit zu bringen, konnte ihm das in der streng protestantischen Geschäftswelt der Kolonie schaden. Für den Augenblick schützte ihn sein mutiger Einsatz im Dienst der Königin vor einer solchen Intrige.

Allerdings hatte Enid, die in dieser Hinsicht nicht allzu optimistisch war, ihm auch vor Augen geführt, dass die Presse Skandale liebte und geduldig warten würde, bis seine Verdienste um das Mutterland vergessen waren. Nur weil die Zeitung, die sie im vergangenen Jahr gekauft hatte, ihn immer wieder als Helden des Suakin-Feldzugs ins Gespräch brachte, hatten sich die rivalisierenden Boulevardzeitungen bisher ruhig verhalten. Sie hoffte inständig, dass es ihrem Enkel gelang, seine Stellung so weit zu festigen, dass es die übrigen Zeitungen nicht mehr wagten, ihn wegen seiner Abstammung zu attackieren.

Während Patrick auf das Meer der Masten blickte, fühlte er nervöse Erwartung in sich aufsteigen. Am Tag zuvor hatte er eine Nachricht mit der Bitte um ein Gespräch erhalten und sofort all seine Termine abgesagt, um seine Tante Kate zu empfangen.

Würde sie sich ebenso distanziert geben wie sein Onkel Daniel?, fragte er sich mit hinter dem Rücken verschränkten Händen. Sein Onkel hatte sich geweigert, ihn zu sehen, weil er seinen katholischen Glauben aufgegeben hatte. Würde sie als Schwester seines Vaters mehr Verständnis dafür haben, dass er die protestantische Religion seiner Großmutter mütterlicherseits angenommen hatte? In wenigen Minuten würde er es wissen. Aus dem Vorzimmer drangen gedämpfte Stimmen an sein Ohr. Dann steckte George Hobbs den Kopf zur Tür herein. »Missus Tracy für Sie, Sir.«

»Bitten Sie sie herein, Mister Hobbs.«

Der erste Eindruck, den Patrick von seiner berühmten Tante hatte, war, dass sie überhaupt nicht seinem Bild von einer strengen Geschäftsfrau entsprach. Sie war ausgesprochen schön. Die großen grauen Augen blickten sanft und sprachen von einer unendlichen Liebesfähigkeit. Das lange, dunkle Haar, das sie zu einem ordentlichen Knoten aufgesteckt hatte, war zwar von grauen Strähnen durchzogen, aber weich und üppig. Als sie durch den Raum schritt, um ihren Neffen zu begrüßen, raschelte der Satinstoff ihres langen grünen Kleides.

Patrick nahm ihre ausgestreckte Hand und fühlte ihren festen Händedruck. »Tante Kate, es ist mir ein Vergnügen und eine Ehre, dich nach all diesen Jahren kennen zu lernen«, sagte er eindringlich, aber ohne Übertreibung. »Du musst die schönste Duffy in allen Kolonien dieser Welt sein – von Irland ganz zu schweigen.«

Ihr amüsiertes Lachen klang glockenhell. »Patrick Duffy, du bist genauso ein Lügner wie dein Vater«, erwiderte sie mit einem breiten Lächeln. »Keine Ahnung, wieso ihr Duffy-Männer solche Schönredner seid, wo ihr doch alle in den Kolonien und nicht im guten alten Irland geboren seid. Aber ein bisschen Schmeichelei schadet nichts! Da fühlt man sich als alte Frau gleich um Jahre jünger.«

»Alt!«, schalt Patrick. »Du würdest in allen Schlössern Europas als Zierde gelten, und die Männer würden sich um deines Lächelns willen duellieren.«

»Wenn es nur so wäre«, seufzte sie, als er ihre Hand losließ und sie einlud, auf einem der bequemen Ledersessel Platz zu nehmen. »Vielleicht änderst du deine Meinung, wenn du hörst, worüber ich mit dir sprechen will.«

»Dann bist du vermutlich wegen eines möglichen Verkaufs von Glen View hier«, erwiderte er grimmig. »Trotzdem, du bist und bleibst für mich die Schönste aller Duffys, egal, wie unser Gespräch verläuft und was dabei herauskommt.«

Kate, die die Hände im Schoß gefaltet hielt, lächelte ihn an. »Ich hoffe, daran ändert sich nichts, Patrick. Ich hatte immer vor, dich bei der ersten sich bietenden Gelegenheit kennen zu lernen. Vielleicht sollten wir erst reinen Tisch machen, bevor wir uns angenehmeren Dingen zuwenden. Verkaufst du mir Glen View? Balaclava Station, der angrenzende Besitz, gehört bereits mir. Aus geschäftlichen Gründen bin ich daran interessiert, beide Anwesen zusammenzulegen.«

Überrascht durch diese direkte Frage richtete Patrick sich gerade auf. »Wenn es in meiner Macht stünde, würde ich dein Angebot vielleicht in Erwägung ziehen, aber Glen View gehört Granville White allein. Mein Großvater hat den Besitz meiner Mutter hinterlassen. Als sie ihr Erbe ihrem Mann übertrug, ging auch Glen View automatisch an ihn über.«

»Und du hast bei dem Verkauf gar nichts zu sagen?«

»Leider nein. Lady Macintosh ist wütend, weil er Glen View überhaupt zum Verkauf anbietet. Wie du weißt, liegen mein Großvater und mein Onkel dort begraben. Schon aus diesem Grund ist es für die Familie Macintosh wichtig, den Besitz zu behalten.«

»Deine beiden Großväter sind auf Glen View begraben«, erinnerte Kate ihn sanft. »Und erst vor kurzem hat dein Cousin Peter dort seine letzte Ruhestätte gefunden.«

»Da hast du Recht«, gab er zu. »Meine beiden Großväter und mein Cousin Peter, den ich leider nie kennen gelernt habe, liegen dort. Ich habe in der Zeitung von seinem tragischen Tod gelesen. Onkel Daniel hat mich nicht einmal aus Höflichkeit informiert«, setzte er bitter hinzu.

»Du kannst es deinem Onkel nicht verübeln, dass er nicht

1002

mit dir spricht, Patrick«, verteidigte Kate ihren Cousin. »Es kommt nicht alle Tage vor, dass sich ein Duffy von seiner Familie lossagt.«

»Und warum redest *du* dann mit mir?«, fragte er voller Bitterkeit. »Geht es nur um Glen View?«

»Nein, Patrick«, erwiderte sie sanft. »Ich bin anderer Meinung als dein Onkel Daniel. In meiner Familie habe ich schon immer als Nonkonformistin gegolten. Meinen ersten Mann habe ich gegen den Willen von Onkel Frank und Tante Bridget geheiratet. Leider sollte sich herausstellen, dass ihre Meinung von ihm nur allzu berechtigt war. Aber selbst wenn ich das gewusst hätte, ich hätte Kevin O'Keefe trotzdem geheiratet. Nein, ich bin hier, weil du der Sohn meines Bruders bist und damit zur Familie gehörst.«

Beschämt wegen seiner Überempfindlichkeit blickte Patrick zu Boden. »Tut mir Leid, dass ich die Beherrschung verloren habe«, sagte er. »Es ist nur, dass ich jetzt väterlicherseits gar keine Familie mehr habe.«

»Du wirst immer mich und deinen Vater haben«, korrigierte sie ihn liebevoll. »Wo auch immer er jetzt sein mag, ich weiß, dass ihm viel an dir liegt.«

»Ich würde dir ja gern glauben, aber der große Michael Duffy hat in all diesen Jahren nicht versucht, mich zu finden.«

»Das stimmt doch nicht, Patrick«, widersprach Kate. »Als du letztes Jahr als vermisst gemeldet wurdest, ist er sogar in den Sudan gereist, um nach dir zu suchen.«

Völlig verblüfft starrte Patrick seine Tante an. »Was meinst du damit? Wovon redest du?«

»Ich dachte, du wüsstest davon.« Kate runzelte die Stirn. »Dein Vater hat mir letztes Jahr aus Italien geschrieben, dass Lady Macintosh ihn engagiert habe, um nach dir zu suchen. Doch als er im Sudan eintraf, hatte man dich offenbar schon gefunden, und die Behörden hinderten ihn, dich zu sehen.«

»Bist du dir da ganz sicher?« Patrick beugte sich mit ausgestreckten Händen auf seinem Sessel vor, als wollte er sie um Informationen anbetteln. »Meine Großmutter hat meinen Vater engagiert, um nach mir zu suchen?«

»Ja, ich bin sicher. Dein Vater hätte mir das nicht geschrieben, wenn es nicht stimmen würde. Anscheinend hat ein gewisser Colonel Godfrey die Geleitbriefe widerrufen, mit denen er in den Sudan gereist ist.«

»Godfrey!«

»Kennst du ihn?«, fragte Kate.

»Allerdings kenne ich Colonel George Godfrey«, grollte er. »Und er wird mir mit Sicherheit alles sagen, was ich wissen will.«

Die Anspannung war so groß, dass sich Patrick erhob und begann, im Büro auf und ab zu gehen. Was er da eben erfahren hatte, würde in der Bibliothek seiner Großmutter ein Nachspiel haben.

»Tut mir Leid, dass dir diese Nachricht solchen Kummer bereitet«, meinte Kate. »Ich dachte, du wüsstest davon.«

»Ich bin nach Sydney zurückgekehrt, weil ich hoffte, die Mittel der Familie Macintosh würden es mir ermöglichen, nach meinem Vater und einer weiteren Person zu suchen. Wenigstens einmal in meinem Leben will ich ihm begegnen. Vielleicht mag ich ihn ja gar nicht, aber ich werde nie herausfinden, wer ich wirklich bin, wenn ich mich dem nicht stelle. Hast du eine Ahnung, wo er sich im Moment aufhält?«

»Wenn ich wüsste, wo dein Vater ist, würde ich es dir sagen. Aber seine letzte Adresse war in Rom, und das ist über zehn Monate her. So wie ich deinen Vater kenne, kann er inzwischen überall sein.«

»Was hat er denn in Rom getan?« Die Schärfe in Patricks Stimme erstaunte Kate. »War er allein?«

»Zumindest hat er in seinem Brief niemanden erwähnt. Er hat nur geschrieben, dass er wieder malt und in römischen Ateliers Unterricht nimmt.«

Patrick versank in brütendes Schweigen. War Catherine noch bei seinem Vater? Und falls ja – war sie seine Geliebte? Wie würde er reagieren, wenn er die beiden zusammen sah? »Danke, Tante Kate, dass du mir all das erzählt hast«, sagte er schließlich. »Ich würde dich gern für morgen Abend in Lady Enids Haus einladen, damit du mit mir und meiner Großmutter isst.«

»Das ist sehr nett von dir, Patrick, aber ich muss leider ablehnen«, sagte Kate und erhob sich. »Ich habe zwar nichts gegen dich, weil du der Sohn meines Bruders bist, aber ich werde nie einen Fuß in ein Haus der Macintoshs setzen. Außerdem habe ich für übermorgen meine Schiffspassage nach Rockhampton gebucht und muss mich vorher noch um einige geschäftliche Angelegenheiten kümmern.«

»Das tut mir wirklich sehr Leid«, erwiderte Patrick galant. »Aber ich habe das Gefühl, dass wir in Zukunft in Verbindung bleiben werden, ganz gleich, was noch alles geschieht.«

Impulsiv beugte Kate sich vor, um ihren Neffen auf die Stirn zu küssen. »Wenn dich dein Vater doch nur sehen könnte«, seufzte sie. »Er wäre so stolz auf dich.«

»Ich hoffe, du hast Recht, Tante Kate.« Patrick begleitete seine Tante auf die Straße hinaus, wo er eine Droschke anhielt und ihr beim Einsteigen half.

Er blieb auf der belebten Straße stehen und sah zu, wie sich die Droschke in den Strom von Kutschen, Tafelwagen und Pferde-Omnibussen einreihte, auf deren Seiten Werbung für Whisky und Tabakprodukte prangte. Es war ein warmer Wintertag. Dichte schwarze Rauchwolken verdunkelten den Himmel, der fast so düster wie seine Gedanken war. Zunächst würde er seine Großmutter zur Rede stellen und sich erkundigen, warum sie ihm nichts von ihrem Treffen mit seinem Vater erzählt hatte. Außerdem wollte er wissen, warum Godfrey die Geleitschreiben widerrufen hatte – das konnte nur auf ihre Veranlassung geschehen sein. Dann würde er Colonel Godfrey selbst befragen, denn er hegte den Verdacht, dass der frühere Soldat viel mehr über seinen Vater wusste, als er ihm erzählt hatte.

Granville gefiel sein neues Büro nicht, und er war erst recht nicht damit zufrieden, dass Patrick die Kontrolle über die Schifffahrtslinie übernommen hatte. Im Export der Erzeugnisse der Kolonie lag der Schlüssel zur Zukunft des Landes, und die Schiffe erschlossen diesen Produkten die lukrativen Märkte des fernen England. Und nun hatte er die Verantwortung darüber an einen Mann verloren, der für ihn nichts weiter war als ein Fehltritt seiner von ihm getrennt lebenden Frau, begangen, als diese ein leicht beeinflussbares junges Mädchen gewesen war.

Während er in seinem Büro auf und ab lief, erinnerte er sich geradezu sehnsüchtig an seinen früheren Angestellten Morrison Mort. Hätte der Kapitän noch in seinen Diensten gestanden, wäre ihm sicherlich ein Mittel eingefallen, um seinen Rivalen um die Macht im Unternehmen zu beseitigen. Aber Mort weilte nicht mehr auf dieser Welt. Den grausigen Berichte zufolge, die damals aus dem nördlichen Grenzgebiet von Queensland zu ihm gedrungen waren, hatte er einen entsetzlichen Tod erlitten. Angeblich hatte er sein Leben als Teil eines heidnischen Festmahls in einem Kochtopf der Wilden beendet.

Granville erschauerte. Gerüchten zufolge war Morts vorzeitiges Ableben zumindest teilweise das Werk eines irischen Söldners, eines gewissen Michael Duffy. Und dieser war der Vater des verhassten Feindes, mit dem er es gegenwärtig zu tun hatte.

Er ließ sich in einen Sessel fallen. Gedankenverloren verschränkte er die Finger, wobei er sich selbst daran erinnerte, dass nicht immer Gewalt vonnöten war, um einen Menschen zu vernichten. Seine Schwiegermutter war eine Meisterin darin, den Ruf einer Person unwiderruflich zu beschädigen. Selbst die Verlegung seines Büros war mit Sicherheit von ihr geplant gewesen, um sein Image zu beschädigen.

Die Geschäftsbücher der Firma lagen offen auf dem Schreibtisch vor ihm. Sie waren ihm ohne große Umstände von Davids Büro zur routinemäßigen Überprüfung vorgelegt worden. Die Kontrolle der großen, ledergebundenen Bände, in denen Gewinne und Verluste aller Macintosh-Firmen verzeichnet waren, war eine Frage professioneller Geschäftsführung.

Für einen Augenblick erinnerte sich Granville an seinen toten Schwager. Vor siebzehn Jahren hatte Enids Sohn seinem, Granvilles, Ehrgeiz im Weg gestanden, weil er in der Erbfolge vor ihm kam. Doch Mort hatte seine Befehle zuverlässig ausgeführt, und nun lagen die Knochen des jungen Mannes in einem namenlosen Grab im Sand einer Südseeinsel. Davids Tod war feindseligen Eingeborenen zugeschrieben worden, aber Granville wusste, dass sich seine verhasste Schwiegermutter von Morts offiziellem Bericht bei seiner Rückkehr nach Sydney an Bord des Sklavenschiffes *Osprey* nicht hatte täuschen lassen.

Aber sie war nicht die Einzige, die dieses Spiel beherrschte. Selbst der Held des Sudan war nicht unantastbar. Brutale Gewalt schien gar nicht nötig zu sein, um Patrick Duffy in den Augen der Welt in Misskredit zu bringen. Schließlich hielt Granville das zuverlässigste und skrupelloseste Mittel, um den Ruf eines unschuldigen Mannes zu zerstören, in der Hand. Gehörte nicht eine Zeitung zum Firmenimperium der Macintoshs?

Granvilles messerscharfer Verstand hatte bereits in dem Augenblick, als Patrick sein Büro übernahm, angefangen, einen Plan zu ersinnen. Jetzt war es Zeit, mit dessen Umsetzung zu beginnen. Patrick Duffy musste ein für alle Mal vernichtet werden. Er durfte keine Gelegenheit bekommen, das Vermögen der Macintoshs zu kontrollieren.

Zum ersten Mal an jenem Tag lächelte Granville. Die ordentlichen Zahlenreihen in den Spalten der Geschäftsbücher waren seine Munition. Er hatte einen Meisterfälscher bei der Hand, der in Hobbs' Schrift die Zahlen auf die leeren Seiten neuer Bücher übertragen würde, allerdings mit einigen verräterischen Ergänzungen – Ergänzungen, die bei einer Prüfung durch entsprechende Blankoquittungen belegt werden würden.

Die Feder ist wirklich mächtiger als das Schwert, dachte er mit einem höhnischen Grinsen. Um einen Menschen zu vernichten, brauchte man nicht unbedingt jemanden wie Mort.

51

Barcaldine bestand im Wesentlichen aus ein paar Gasthäusern mit weitläufigen, schattigen Veranden und Geschäften, deren Angebot sich auf das Lebensnotwendige beschränkte. Außerdem gab es noch ein oder zwei Häuser und eine Gefängniszelle für betrunkene Scherer, die ihren Lohn in Alkohol umgesetzt hatten.

Beim Anblick der eisernen Dächer, die über dem niedrigen Busch in der grellen Mittagssonne flimmerten, seufzte Gordon James erleichtert auf. Nachdem seine Patrouille dreihundertfünfzig Kilometer weit nach Süden durch flaches Ödland geritten war, lag nun der erste Außenposten der Zivilisation vor ihnen.

Auf dem Ritt hatte er immer wieder seine Entscheidung, bei der Polizei zu bleiben, hinterfragt. Ihm war klar geworden, dass ihm ohne Sarah wenig im Leben etwas bedeutete. Zu Pferd konnte er sich auf den weiten Ebenen des einsamen Landes mit dem endlosen Horizont verlieren. Doch Sarah tauchte immer wieder in seinen Gedanken auf. So sehr er auch versuchte, sich durch Arbeit abzulenken, er ertappte sich wiederholt dabei, dass er an sie dachte. Die Erinnerung verbrannte seine Seele schmerzhafter als die Mittagssonne des erbarmungslosen australischen Sommers. Zumindest lenkte ihn die Verbrecherjagd mit seiner Patrouille von diesen Gedanken ab. Als Anführer war er schließlich für das Wohlergehen seiner Leute verantwortlich.

Gordon gab seinem Pferd die Sporen, um dem hünenhaften Kalkadoon durch den Busch zu folgen. Terituba schien keine Müdigkeit zu kennen. Tag um Tag war er der für alle anderen unsichtbaren Spur der vier Buschläufer gefolgt. Doch achtzig Kilometer nördlich von Barcaldine hatte eine Reihe kleiner Tornados durch den Busch getobt, und die Wirbelwinde hatten die Spuren ausgelöscht, sodass selbst Terituba nicht weiter wusste.

Gordon hatte einen vollen Tag verloren, während er darauf wartete, dass sein eingeborener Fährtenleser die Spur der vier Gejagten wiederfand. Dann hatte er seine Karte konsultiert und mithilfe des Kompasses aus ihrem bisherigen Weg die Richtung berechnet. Er kam zu dem Schluss, dass sie nach Barcaldine im Süden wollten. Ihm fiel ein, dass Calder dort als Scherer gearbeitet hatte, bevor er zur berittenen Eingeborenenpolizei gegangen war. Offenbar führte der Mörder seine Bande in ein Gebiet, das ihm vertraut war.

Er hatte die Karte beiseite gelegt und der Patrouille den Befehl erteilt, nach Süden zu reiten, bis sie die winzige Ortschaft erreichten. Es war ein harter Ritt gewesen, und in den beiden Nächten, bevor sie nach Barcaldine gelangten, hatten sie nur wenige Stunden geschlafen.

Doch nun war der Ort in Sicht. Gordon befahl seinen Männern, auf der Hut zu sein, wenn sie in die Siedlung ritten. Seinen Berechnungen nach waren sie den Flüchtigen dicht auf den Fersen. Zuerst würde er an der örtlichen Polizeistation halten.

Die schwere blaue Uniformjacke zurechtrückend, trat Sergeant Johnson aus seiner Dienststelle, die nur aus einem Raum bestand, um die unerwarteten Besucher zu begrüßen. Er war ein schroffer Mann mit einem pockennarbigen Gesicht und schwitzte stark.

Vor seinem Büro stehend, beäugte er den jungen Inspektor voller Neugier, in die sich eine kräftige Prise Verachtung mischte. Die berittene Eingeborenenpolizei duldete Schwarze in ihren Reihen und ließ sie Feuerwaffen tragen. Das schien ihm nicht in Ordnung zu sein. Sergeant Johnson fühlte sich nicht verpflichtet, vor einem Offizier, der kein richtiger Polizist war, zu salutieren. Unhöflich wollte er allerdings auch nicht sein. »Wollen Sie absteigen und reinkommen, Inspektor?«, lud er ihn ein. »Ihre Jungs können ihre Pferde hinter dem Haus tränken, wenn Sie wollen.«

»Danke, Sergeant.« Gordon glitt mit müheloser Anmut vom Pferd.

Auch den riesigen Eingeborenen, der am Steigbügel des Inspektors stand, beäugte der Dorfpolizist eingehend. »Sieht nicht so aus, als wäre der Schwarze von hier«, meinte er, während Gordon sein Pferd an das dafür vorgesehene Geländer band.

»Ein Kalkadoon aus dem Norden.«

Überrascht hob der Sergeant die Augenbrauen. »Ich dachte, die hätten Ihre Leute letztes Jahr nördlich von Cloncurry ausgelöscht?«

»Nicht alle.«

Kichernd schüttelte der Sergeant den Kopf. »Sieht nicht besonders zivilisiert aus, der Kerl. Wenn Sie mich fragen, ist das ein ganz übler Bursche.«

Die taktlose Äußerung des Sergeant ärgerte Gordon. Terituba hatte sich für ihn von unschätzbarem Wert erwiesen, obwohl er keinerlei Grund hatte, den Leuten zu helfen, die sein Volk niedergemetzelt hatten. »Er spricht ziemlich gut Englisch, Sergeant«, warnte er. »Ich wäre mit solchen Beleidigungen vorsichtig, sonst könnten Sie die Axt zu spüren bekommen, die in seinem Gürtel steckt. Aus persönlicher Erfahrung kann ich Ihnen versichern, dass er damit umzugehen versteht. Dieses Andenken da hat *er* mir verpasst.« Damit deutete er auf die Narbe auf seiner Stirn.

Der Sergeant blinzelte verwirrt. Plötzlich betrachtete er den Kalkadoon mit ganz anderen Augen. »Der war das?«, fragte er ehrfürchtig. Gordon nickte. »Dann müssen Sie Inspektor James sein … Sir.« Selbst der Dorfpolizist hatte viel über den erbitterten Kampf gegen die Kalkadoon gelesen. »Tut mir Leid, wenn ich es an Respekt habe mangeln lassen.«

»Schon vergessen, Sergeant«, erwiderte Gordon.

Interessiert sah sich Terituba in der winzigen Ortschaft um. Er war zum ersten Mal überhaupt in einer Stadt der Weißen, und die Lebensweise dieser Menschen faszinierte ihn. Warum machten sie sich die Mühe, dauerhafte Bauwerke zu errich-

ten, die sie in dem harten Land ohnehin wieder verlassen mussten, um nach Wasser und Wild zu suchen? Die ganze, harte
Arbeit war dann umsonst und würde erneut vom Busch verschlungen werden.

»Du kommst mit uns, Kalkadoon«, rief einer der Polizisten.
Gehorsam folgte er den anderen, die die Pferde an einem Trog
tränkten. Zumindest der Trog war nützlich.

Gordon folgte dem Sergeant ins Haus und ließ sich auf einen
Stuhl fallen. Das Büro enthielt außer einem Schwarzen Brett
mit Plakaten von gesuchten Verbrechern, einem billigen, von
der Regierung zur Verfügung gestellten Schreibtisch und zwei
Stühlen kaum Mobiliar.

Der Sergeant setzte sich hinter seinen Schreibtisch. »Was
führt Sie nach Barcaldine, Sir?«, fragte er.

»Wir sind vier Männern gefolgt. Einer von ihnen heißt James
Calder. Kennen Sie ihn? Oder haben Sie hier in letzter Zeit
Fremde gesehen?«

»Vier Burschen haben südlich von hier am Fluss ihr Lager
aufgeschlagen. Hab ich zumindest von ein paar durchziehenden Scherern gehört.«

»Wie lang ist das her?«

»Soviel ich weiß, sind sie noch da. Zu Pferd ist es etwa eine
Stunde. Allerdings haben sie meines Wissens bis jetzt keinen
Ärger gemacht.«

»Das könnten sie sein«, überlegte Gordon. »Sie können uns
wohl nicht zu ihrem Lagerplatz führen?«

»Klar doch. Weswegen werden sie gesucht?«

»Mord, Vergewaltigung und bewaffneter Raubüberfall. Sie
haben vor ein paar Wochen im Cloncurry-Distrikt einen Kleinbauern getötet und seine Frau vergewaltigt. Die Frau des
Ermordeten hat uns eine ziemlich gute Beschreibung geliefert,
zumindest von den beiden, die sie vergewaltigt haben. Leider
haben sie im Dunkeln zugeschlagen, daher hat sie die beiden,
die draußen geblieben sind, nicht besonders gut gesehen.«

»Wer war der Mörder?«

»Calder.«

Der Sergeant erhob sich von seinem Stuhl. »Ich schnappe

mir schnell etwas Proviant und sattle mein Pferd. Wenn die Kerle ihr Lager schon abgebrochen haben, könnten wir ein paar Tage unterwegs sein.«

»Das heißt wohl, dass Sie sich uns anschließen werden«, meinte Gordon, der nun ebenfalls aufstand.

»Sieht so aus, Sir. Bei allem Respekt vor Ihrem Fährtenleser, aber ich kenne die Gegend und weiß, wo die Gehöfte liegen. Wenn diese Burschen so übel sind, wie Sie sagen, möchte ich nicht, dass sie irgendwo als ungebetene Gäste auftauchen. Ich habe in diesem Distrikt eine Menge Freunde.«

»Klingt vernünftig, Sergeant …«

»Sergeant Johnson, Sir«, erwiderte der Beamte, während er seinen Dienstrevolver aus einer Schublade holte und in sein Holster steckte.

»Haben Sie ein Ersatzpferd?«, fragte Gordon.

»Ja, Sir. Brauchen Sie eines für den Fährtenleser?«

Gordon nickte.

»Ich sattle es gleich.« Damit holte der Sergeant hinter der Tür ein Snider-Gewehr hervor und steckte eine Schachtel Patronen in seine Hosentasche.

Die beiden Männer traten ins Freie, und der Sergeant ging zu dem Haus neben der Polizeistation. Während Gordon geduldig auf ihn wartete, betrachtete er die Buschläufer und die wenigen Einheimischen, die ihn mit einer Mischung aus Neugier und Apathie anstarrten. Die Männer hatten sich in den Schatten der breiten Hotelveranden zurückgezogen und hielten Gläser mit Bier oder Schnaps in der Hand. Um die Mittagszeit war in Barcaldine nicht viel los. Selbst die Hunde hielten sich von den Straßen fern, wenn die Sonne am azurblauen Himmel im Zenit stand.

»Da soll mich doch der Teufel holen!«, entfuhr es Gordon plötzlich. »Hey, Willie!«

Eilig ging er über die staubige Straße auf eines der Hotels zu, wo er einen jungen Mann mit einer Flasche Rum in der Hand auf die Veranda hatte treten sehen. Als der Junge seinen Namen hörte, blieb er wie erstarrt stehen.

»Willie!«, rief Gordon erneut.

Der winkte ihm zu. »Mister James, seit wann sind Sie denn hier?« Mit diesen Worten reichte er ihm die freie Hand.

»Erst seit ein paar Minuten. Und was verschlägt dich in diesen Teil der Welt?«

Willie warf über die Schulter des Inspektors einen Blick auf die Männer der Eingeborenenpolizei, die vor der Polizeistation in Erwartung des bevorstehenden harten Ritts ihre Sattelgurte fester zogen. »Ich suche in der Gegend nach Gold«, erklärte er, wobei er den Blick erneut auf Gordon James richtete. »Wollte mir nur ein paar Vorräte besorgen.«

»Bist du allein, oder arbeitest du mit einem Partner?«

»Ich bin allein«, erwiderte Willie. »Was tun Sie denn in Barcaldine?«

»Wir verfolgen vier Männer, die zu einem Mord verhört werden sollen. Du kennst die Opfer wahrscheinlich: Jack Halpin und seine Frau. Die beiden hatten nicht weit von Jerusalem eine kleine Farm.«

»Ja, die kannte ich«, erwiderte Willie leise. Sein Blick schweifte nervös zu den Polizisten. »Was ist passiert? Hat jemand Jack ermordet?«

»Ja. Ziemlich hässliche Sache, seine Frau wurde auch übel zugerichtet. Die vier Männer, nach denen wir suchen, lagern etwa eine Stunde von hier. Du bist ihnen nicht zufällig begegnet?«

»Doch, bin ich. Vier Männer südlich der Stadt. Zu Pferd ist es etwa eine Stunde, wie Sie gesagt haben. Soviel ich weiß, sind sie noch da. Zumindest hab ich sie heute Morgen auf dem Weg nach Barcaldine gesehen.«

»Das ist eine gute Nachricht. Mit etwas Glück gelingt es uns, sie einzuholen, damit wir herausfinden können, ob es sich um die Gesuchten handelt.« Willie trat von einem Fuß auf den anderen. Irgendwie kam der junge Mann Gordon nervös vor. »Sieht so aus, als wäre Sergeant Johnson fertig«, meinte er, als er sah, dass der Dorfpolizist sein Reittier und ein Ersatzpferd auf die Straße führte. »Ich gehe wohl besser zu meinen Leuten zurück. War schön, dich wiederzusehen, Willie.«

»Gleichfalls, Mister James.« Willie reichte dem Polizisten

erneut die Hand. »Wir sehen uns bestimmt noch mal, wenn Sie länger in der Gegend sind.«

Gordon kehrte zu seinen Männern zurück, die bei ihren Pferden standen. Als er sich umdrehte, bestieg Willie gerade ein Pferd, ein riesiges Tier, das nach gutem Stammbaum aussah.

»Fertig, Sergeant Johnson?« Mit diesen Worten schwang sich auch Gordon in den Sattel.

»Fertig, Sir.« Als Gordon sich nach Terituba umdrehte, um ihm zu sagen, er solle das Ersatzpferd nehmen, bemerkte er, dass der Kalkadoon im Staub der Straße hockte und den Boden untersuchte.

Stirnrunzelnd starrte der Fährtenleser Willie nach, der jenseits des Ortes im Busch verschwand. Dann sah er auf und begegnete Gordons Blick. »Weiße Mann da drüben«, sagte er, wobei er auf die Stelle zeigte, wo Willie im Busch verschwunden war, »reiten eine Pferd Terituba folgen.«

»Bist du sicher?«, stieß Gordon hervor. »Meinst du wirklich, dass es das richtige Pferd ist?« Doch noch während er die Frage aussprach, erkannte er mit Entsetzen, dass der Fährtenleser Recht hatte. Willie Harris war einer der vier Gesuchten! Er wollte nicht glauben, dass sich der junge Mann, den er kannte, seit Kate ihn und seine Mutter nach Cooktown gebracht hatte, in der Gesellschaft von Mördern aufhielt. »Ihm nach!«, brüllte er seinen Männern zu.

Er gab seinem Pferd die Sporen, bis es in Galopp fiel. Seine Polizisten folgten ihm, doch Sergeant Johnson war von dem plötzlichen Aufbruch überrascht worden und lag gut einhundert Meter zurück, als der Trupp in den Busch raste. Doch Willie hatte ausreichend Vorsprung vor seinen Verfolgern, und er hatte seine große Stute galoppieren lassen, sobald er außer Sicht gewesen war. Trotz der verzweifelten Bemühungen der Polizisten war es offensichtlich, dass sein Pferd zu schnell war für sie.

»Anhalten!«, brüllte Gordon, während er selbst an den Zügeln zerrte. Keuchend kam sein Pferd zum Stehen.

Als Sergeant Johnson sie einholte, herrschte im Trupp Verwirrung. »Was ist los?«, wollte er wissen. »Der ist doch noch in Sichtweite.«

»Er wird uns von Calder und den anderen wegführen«, rief Gordon über die Schulter. Ihm war klar geworden, dass Willie nach Norden ritt, während seine Kumpane zum letzten Mal im Süden gesehen worden waren. »Wir müssen den Fluss, wo sie lagern, erreichen, bevor er sie warnen kann.«

Der Sergeant sah ein, dass der Inspektor vermutlich Recht hatte. Mit einem Anfeuerungsruf wendete er sein Pferd und galoppierte, von Gordons Polizisten gefolgt, nach Süden.

Willie ließ seine Stute laufen, bis sie der Erschöpfung nahe war. Während das Pferd durch den Busch brach, warf er einen Blick über die Schulter. Da seine Verfolger nicht mehr zu sehen waren, ließ er das Pferd in Schritt fallen. Die mächtigen Lungen der Stute hoben und senkten sich sichtbar, und der Schaum stand ihr vor dem Maul. »Gutes Mädchen«, flüsterte er, als er sich vorbeugte, um ihr liebevoll den Hals zu tätscheln.

Er glitt aus dem Sattel, ließ die Zügel los und setzte sich mit dem Rücken an einen Baum. Ihm war immer klar gewesen, dass es nur eine Frage der Zeit war, bis seine Rolle bei der Ermordung des Farmers herauskam, auch wenn Jack Halpin und seine Frau ihn nicht gesehen hatten, als er vor ihrer Hütte Wache stand. Sein Schicksal war auf Gedeih und Verderb mit dem der Männer verknüpft, die die entsetzlichen Verbrechen begangen hatten. Er hatte gehofft, dass es ihm gelingen würde, Sydney zu erreichen, bevor man sie fasste, um das Versprechen zu erfüllen, das er seiner sterbenden Mutter gegeben hatte. Jetzt sah es so aus, als würde er sein Wort nicht halten können. Binnen weniger Tage würde jede Polizeidienststelle in den Kolonien telegrafisch seinen Namen erfahren.

Um ihn herum war nichts als der stille Busch, über ihm nur der weite blaue Himmel. Er holte die Rumflasche aus der Tasche und genehmigte sich einen kräftigen Schluck der dunklen Flüssigkeit. Sie stillte zwar nicht seinen Durst, aber sie half gegen die aufsteigende Verzweiflung, die ihn zu überwältigen drohte. *Warum war nur alles schief gegangen?*

In seinem Herzen kannte er die Antwort auf diese Frage. Von dem Tag an, als er sich dem früheren Polizisten und seinen beiden verschlagenen Kumpanen angeschlossen hatte, hatte sein Leben eine verhängnisvolle Wendung genommen. Vieh zu stehlen war eine Sache – Mord, Vergewaltigung und Raub eine andere.

Er hatte Calder und dessen Männer zum einsamen Gehöft der Halpins geführt, und in seinem Magen brannten die Schuldgefühle wie Feuer, als die berauschende Wirkung des Rums einsetzte. Calder hatte versprochen, den Farmer nur um die nötigen Vorräte zu erleichtern.

Aber Jack Halpin hatte erbitterten Widerstand geleistet, was Willie eigentlich hätte wissen müssen. Seine tapferen Versuche, den Überfall mit einem uralten Vorderlader abzuwehren, der den Waffen der vier Räuber hoffnungslos unterlegen war, hatten Calder zur Weißglut getrieben. Er hatte den Mann niedergeschossen und den Sterbenden gezwungen zuzusehen, wie er und Joe Heslop, sein nicht weniger verrückter Stellvertreter, seine Frau vergewaltigten. Dann hatte er den Verwundeten mit einem Kopfschuss getötet und die Waffe auf die hysterische Frau gerichtet. Sie hatten sie für tot gehalten, und Willie war erleichtert, dass zumindest sie überlebt hatte. Die vier Männer hatten sich genommen, was sie brauchten, und dann versucht, den Cloncurry-Distrikt mit einem Gewaltritt so weit wie möglich hinter sich zu lassen.

Willie hatte beschlossen, ihnen auf dem langen Ritt über die glühend heißen Ebenen nördlich von Barcaldine zu folgen. Bei der ersten Gelegenheit wollte er sich von ihnen trennen. Die drei waren Wahnsinnige und sprachen schon davon, ihre Vorräte durch ähnliche Überfälle auf einsame Gehöfte aufzufüllen. Aber den Ritt nach Barcaldine hätte Willie allein nicht überlebt, und die anderen hatten keine Ahnung, dass er sich absetzen wollte. Sie vertrauten ihm sogar so, dass sie ihn in die Stadt schickten, um Alkohol zu besorgen.

Seine Begegnung mit Gordon James in Barcaldine gehörte zu den aufreibendsten Augenblicken seines Lebens, aber er hatte die Fassung bewahrt, bis James außer Sicht war. In scharfem Galopp führte er die Polizisten nicht etwa von Calder und den anderen weg – er floh um seines eigenen Lebens willen.

Von ihm aus konnten Calder und die anderen zur Hölle fahren, aber er wollte nicht dabei sein.

Inzwischen hatte er die halbe Flasche geleert. Sein Kopf drehte sich, und er beugte sich vor und erbrach sich. Stöhnend wischte er sich mit dem Ärmel den Mund ab. Im Augenblick war es ihm fast egal, ob ihn die Polizei erwischte. Er konnte das Gelübde nicht erfüllen, das er seiner Mutter gegeben hatte, und das nur, weil er in schlechte Gesellschaft geraten war.

52

Als Patrick in Enids Haus eintraf, nahmen Colonel George Godfrey und seine Großmutter eben in einer von Weinreben überwachsenen Laube im Garten den Nachmittagstee ein. Trotz des Sturms, der sich über der Stadt zusammenbraute, wollte Enid während ihrer Unterhaltung mit dem Colonel den Panoramablick auf den Hafen unter ihnen genießen. Auf Silbertabletts waren feine Lachshäppchen und Kremtörtchen angerichtet, und sie tranken Tee aus kostbaren Porzellantassen. Lady Macintosh zeigte sich überrascht, dass ihr Enkel schon so früh zu Hause war.

»Guten Tag, Enid«, sagte Patrick steif, als er sich ihnen in der Laube anschloss. »Colonel.« Irritiert bemerkte Enid seine düstere Miene, und es fiel ihr auch sofort auf, dass er sie nicht wie üblich auf die Wange küsste.

»Das ist aber eine angenehme Überraschung, mein Junge«, sagte Godfrey, während er sich von seinem Stuhl erhob, um Patrick zu begrüßen.

»Schön, dass ich Sie auch hier antreffe.«

»Stimmt etwas nicht, Patrick?«, fragte Enid besorgt. »Du wirkst so bekümmert. Ich werde Betsy rufen, damit sie uns mehr Tee bringt.«

»Ich fürchte, mein Magen verträgt im Augenblick nicht einmal Tee«, erwiderte Patrick, der immer noch vor seiner Großmutter und dem Colonel stand. »Ich habe etwas Wichtiges mit dir zu besprechen.«

»Soll ich vielleicht gehen?«, fragte Godfrey höflich. Er stellte seine Tasse ab.

Patrick schüttelte den Kopf. »Nein«, erwiderte er mit finsterer Miene. »Ich möchte über etwas reden, das auch Sie betrifft, Colonel. Bitte bleiben Sie.«

Godfrey warf Enid einen fragenden Blick zu. Sie nickte, fühlte sich aber zunehmend beklommen. Diese merkwürdige Anspannung, die über ihrem Enkel lag wie ein schwerer Mantel, hatte sie noch nie an ihm gesehen.

»Warum hast du mir nicht gesagt, dass du meinen Vater im vergangenen Jahr engagiert hast, damit er im Sudan nach mir sucht?« Patricks Frage war so direkt, dass Enid nach Luft rang. Wie hatte sie je glauben können, sie könnte diese Angelegenheit geheim halten? Es war schwer genug gewesen, Patrick nicht merken zu lassen, dass sie seit Jahren wusste, dass Michael Duffy noch am Leben war.

»Wie hast du das herausgefunden?«

»Ich habe heute Morgen meine Tante Kate getroffen.«

»Die Schwester deines Vaters.« Enids Antwort erweckte den Eindruck, als wäre seine Tante mehr mit seinem Vater als mit ihm selbst verwandt.

»Meine leibliche Tante«, verbesserte er.

»Ich habe es dir nicht erzählt, Patrick«, erwiderte sie ruhig, »weil dein Vater in unserer Kolonie wegen Mordes gesucht wird.«

»Ist das der wirkliche Grund oder nur ein Vorwand, Enid?«, fragte er wütend. »Hattest du gehofft, ich würde nie erfahren, dass er noch lebt, damit ich nicht versuche, ihn zu finden?«

»Es kann dir nur schaden, wenn man dich mit einem Verbrecher in Verbindung bringt«, erwiderte sie. »Soweit ich weiß, hat dein Vater keinen Kontakt zu seiner Familie in Sydney aufgenommen. Dem entnehme ich, dass er für alle anonym bleiben will, auch für dich.«

»Ich bezweifle, dass das stimmt. Schließlich war er bereit, mich zu suchen.«

»Auch wenn du an meinen Worten zweifelst, darfst du nicht vergessen, dass er in der Vergangenheit nie versucht hat, mit dir in Verbindung zu treten.«

»Vielleicht war es ihm ja nicht möglich«, hielt Patrick dagegen. »In den letzten zwölf Jahren habe ich am anderen Ende der Welt gelebt. Erst war ich in England, dann bei der Armee. Es kann sein, dass er mich sehen wollte, aber schon aus diesem Grund nicht konnte.«

»Das bezweifle ich, Patrick«, höhnte sie verächtlich. »Würde ein Vater so handeln, der seinen Sohn wirklich liebt?«

In ihrer Erwiderung lag eine Spur von Wahrheit. Warum hatte Michael nicht versucht, mit ihm Kontakt aufzunehmen?

Der winzige Zweifel wucherte wie eine Krebsgeschwulst. Patrick wandte sich Godfrey zu, der schützend neben Enid stand und die Hand sanft auf ihre Schulter gelegt hatte. »Und Sie, Colonel«, begann er mit düsterer Miene. »Warum haben Sie seine Geleitschreiben für den Sudan widerrufen?«

Godfrey erwiderte seinen Blick mit der eisigen Verachtung eines Offiziers, der von einem Untergebenen verhört wurde. »Ihnen ist wohl nicht klar, dass ich Ihnen keinerlei Rechenschaft schuldig bin, Captain Duffy«, fuhr er auf. »Sie sollten sich Ihre Frage noch einmal gut überlegen.«

»Ich stehe nicht unter Ihrem Kommando«, erwiderte Patrick voll kalter Wut. »Ich denke nicht daran, meine Frage zurückzunehmen.«

George Godfrey war nicht so leicht einzuschüchtern. Viele Male hatte er den Feinden der Königin in der Schlacht gegenübergestanden, ohne mit der Wimper zu zucken, und er hatte gegen rebellische indische Soldaten gekämpft, die die Macht der Briten in ihrem Land brechen wollten – da schreckte ihn ein einfacher Captain nicht.

Enid sah, dass die Freundschaft zwischen den beiden wichtigsten Männern in ihrem Leben hochgradig gefährdet war. Godfrey würde ihr Vertrauen nie enttäuschen, und wenn es ihn das Leben kosten sollte. »George, ich glaube, ich sollte meinem Enkel diese Frage beantworten«, sagte sie leise. Sie sah Patrick an. »Ich habe den Colonel gebeten, die Briefe zu widerrufen. Er tat es nur ungern, aber ich habe darauf bestanden. Ich dachte, es wäre für alle Betroffenen das Richtige, aber jetzt ist mir klar, dass meine Entscheidung falsch war.«

Diese plötzliche Reue kam für Patrick überraschend. Dass Lady Macintosh nachgab, war etwas völlig Neues.

»Dein Vater ist ein guter, mutiger Mensch, Patrick«, fuhr sie fort. »Ich glaube, ich bin für viele Schwierigkeiten in seinem Leben verantwortlich. Niemand kann die Scherben der Vergangenheit auflesen und wieder zusammenfügen. Wenn es möglich wäre, würde ich vielleicht viele meiner Entscheidungen überdenken. Eine jedoch würde ich niemals zurücknehmen: Niemals würde ich deinem Vater erlauben, deine Mutter zu heiraten.«

»Weil er Ire ist?«, wollte Patrick wissen.

»Nein, wegen seines papistischen Glaubens. Kein Papist könnte jemals das Erbe der Macintoshs antreten, nicht einmal du.«

Ein kurzes Schweigen senkte sich über das Trio. Patrick dachte darüber nach, welch wichtige Rolle die Religion für seine Großmutter spielte. Er selbst hatte sich von der katholischen Kirche nur losgesagt, weil er Atheist war. Sein Übertritt zum streng protestantischen Glauben seiner Großmutter war ein reines Lippenbekenntnis gewesen.

Am düsteren Himmel grollte der Donner, und dicke Regentropfen fielen zwischen Bäume und Sträucher. Godfrey brach das Schweigen. »Wir gehen wohl besser ins Haus«, meinte er. »Sonst werden wir noch bis auf die Haut nass.«

Er half Enid hoch. Unterdessen eilte das Dienstmädchen herbei, um das leinene Tischtuch und die Tabletts mit den unberührten Häppchen zu retten.

»Colonel, wissen Sie, wo sich mein Vater im Augenblick aufhält?«, fragte Patrick impulsiv.

Godfrey warf Enid einen fragenden Blick zu. Sie nickte. Im Laufe der Zeit hatte sich eine solch enge Verbindung zwischen ihnen entwickelt, dass sie häufig keine Worte benötigten. »Ihr Vater ist gegenwärtig in wichtigen Angelegenheiten für das Empire in Südafrika tätig«, erwiderte er. »Sein genauer Aufenthaltsort ist mir unbekannt, aber ich weiß, dass er sich irgendwo in der Kolonie am Kap aufhält.«

»Was tut er dort?« Kalte Angst griff nach Patrick. Wenn Catherine bei ihm war, schwebte sie möglicherweise in Gefahr.

»Nach dem, was ich über seine Vergangenheit weiß, kann

ich nur vermuten, dass Ihr Vater die Buren ausspioniert. Ich glaube, er hat sich dort unten als Waffenhändler eingeführt. In England wird vermutet, dass sich die holländischen Farmer erneut erheben werden, wie sie es einundachtzig getan haben. Ihr Vater soll für das Außenministerium Informationen sammeln.«

»Um Gottes willen!«, sagte Patrick mit erstickter Stimme. »Die Buren sind doch nicht dumm. Seine Mission muss früher oder später enttarnt werden.«

»Leider muss ich Ihnen zustimmen, Patrick«, meinte der Colonel sanft. In seiner Stimme lag echtes Mitgefühl. »Ihr Vater ist ein sehr tapferer Mensch, aber sein geradezu unheimliches Glück kann nicht endlos anhalten. Die Buren sind Spionen in ihren eigenen Reihen gegenüber nicht besonders nachsichtig.«

»Ich muss so schnell wie möglich ans Kap reisen.«

»Das könnte sich als sinnlos erweisen«, gab Godfrey zu bedenken. »Jeder Tag, an dem Ihr Vater mit den Buren zu tun hat, ist auf die eine oder andere Art ein Tag weniger in seinem Leben.«

»Patrick hat Recht, George«, warf Enid mit leiser Stimme ein. »Ich finde, er sollte es versuchen. Wenn ich mich recht erinnere, läuft heute Abend einer unserer Klipper mit einer Ladung Wolle nach England aus, und zwar über die Kap-Route. Wenn du dich beeilst, kannst du das Schiff noch erreichen. Es ist die *Lady Jane*, unser schnellster Klipper.«

Als Patrick seine Großmutter jetzt anblickte, fühlte er plötzlich Respekt und Zuneigung für sie, weil sie ihn unterstützte. »Danke, Oma«, flüsterte er, während er sich vorbeugte, um sie leicht auf die Wange zu küssen. Es war das erste Mal, dass er sie so genannt hatte. Tränen stiegen ihr bei seiner impulsiven, liebevollen Geste in die Augen, aber sie wollte ihn nicht sehen lassen, dass sie weinte. Dafür war sie zu stolz. Deshalb entschuldigte sie sich, sobald sie das Haus erreicht hatten.

Nur Godfrey hatte bemerkt, dass ihre Augen feucht wurden. An diesem Nachmittag war eine dramatische Veränderung mit ihr vorgegangen. Wenn sie sich doch nur mit ihrer Tochter versöhnen könnte, dachte er traurig, dann fand sie vielleicht die Liebe, die ihr so viele bittere Jahre lang versagt geblieben war.

Enid ging in ihre Bibliothek. Sie musste allein sein, um über die Folgen nachzudenken, die ihr plötzlicher Sinneswandel haben würde. Musste ihre Lüge irgendwann ans Licht kommen? Sie konnte nur hoffen, Gott sorgte dafür, dass Patrick ihr verzieh. Wenn sie sich schuldig gemacht hatte, dann weil sie begonnen hatte, ihn zu lieben, und alles in ihrer Macht Stehende getan hatte, damit er bei ihr blieb. Bestimmt würde er die Schwäche einer alten Frau verstehen, die das einzige Fleisch und Blut schützen wollte, das noch an ihrer Seite war. Sie betete inbrünstig zu Gott, dass Er ihr den Weg zeigen möge.

George Hobbs bemerkte den sintflutartigen Wolkenbruch, der über dem Dach seines Büros niederging, kaum, so vertieft war er in das Rätsel, das er in den Spalten seiner Geschäftsbücher entdeckt hatte. Ein einfacher Buchhaltungsfehler hatte ihn veranlasst, sich die Konten anzusehen, die er angelegt hatte, nachdem Captain Duffy das Büro übernommen hatte. Jetzt fuhr er mit dem Finger über eine Reihe von Zahlungen. Seltsamerweise waren große Beträge aufgetaucht, von denen er nie gehört hatte. Die Handschrift glich seiner, aber es war nicht die seine!

Stirnrunzelnd klappte er das schwere Buch zu, um sich den Einband anzusehen. Es sah aus wie eines von seinen, aber die in den Spalten verzeichneten Zahlungen blieben ihm ein Rätsel.

Er rang nach Luft, als ihm der Gedanke kam, dass es sich um eine Fälschung handeln könnte. Jemand hatte seine Bücher so gekonnt manipuliert, dass die Fälschung normalerweise erst aufgefallen wäre, wenn bei einer Buchprüfung die Höhe der Zahlungen aufgefallen wäre!

Er erhob sich von seinem Stuhl und rieb sich konsterniert das Gesicht. Der Regen hämmerte auf das Gebäude ein. Erst als er sich ans Fenster stellte, um die unter ihm vor Anker liegenden Schiffe zu betrachten, bemerkte er den Sturm, der draußen tobte. Hatte Captain Duffy die Bücher fälschen lassen? Die Antwort darauf konnte nur ein klares Nein sein. Warum sollte Captain Duffy auf so auffällige Art einem allgemein bekannten australischen Anhänger der Fenier regelmäßig Summen in dieser Höhe zukommen lassen? Der Fenier war ein Unruhestifter, der sich offen dafür aussprach, in Irland mit Waffengewalt eine blutige Rebellion gegen die Krone anzuzetteln, und seine radikalen Ansichten auch in der Presse der Kolonie äußerte.

Ein winziger Zweifel begann an dem Sekretär zu nagen. Hatte Lady Macintoshs Enkel vor seiner Rückkehr nach Australien nicht lange Zeit in Irland verbracht? Hatte sein irisches Blut die Oberhand gewonnen, und benutzte er jetzt die Finanzmittel der Macintoshs, um Hochverrat zu begehen?

Allein der Gedanke ließ George Hobbs erschauern. Was für ein Skandal eine solche Entdeckung für Lady Macintosh und die ganze Familie bedeuten würde! Doch da er wusste, dass es sich um Fälschungen handelte, musste jeder Versuch, Captain Duffy in Misskredit zu bringen, scheitern. Außerdem hatte Patrick seine Loyalität gegenüber der Königin mit seinen ausgezeichneten Leistungen in der Armee bewiesen.

Hobbs wusste, dass er Captain Duffy so schnell wie möglich informieren musste, um jeden Hauch eines Skandals zu vermeiden. Wer auch immer hinter dieser klug eingefädelten Verschwörung stand, musste aufgehalten werden. Aber wer konnte das sein?

Mister White!

George sank auf seinem Stuhl zusammen. Seine Verzweiflung stand ihm deutlich ins Gesicht geschrieben. Wenn Mister White hinter dem Komplott stand, hatten die Dinge eine gefährliche Wendung genommen. Der Sekretär hatte seinen früheren Arbeitgeber immer gefürchtet. In den Straßen von Sydney flüsterte man sich zu, dass man ihm besser nicht in die Quere komme. George bemerkte, dass seine Hände zitterten, als er versuchte, das große Buch zu öffnen. Was sollte er tun? Er hatte das Gefühl, mit dem Kopf in einer Stahlfalle zu stecken, die jeden Augenblick zuschnappen konnte.

Als er schließlich das Büro absperrte und auf die vom Regen

gepeitschte Straße hinaustrat, war er nicht im Mindesten überrascht, als ihn dort zwei kräftige Männer erwarteten. Zu Recht fürchtete er, dass sein Leben in tödlicher Gefahr war, wenn er nicht genau zuhörte, was sie ihm zu sagen hatten.

Granville hatte bereits vermutet, dass Davids ehemaliger Sekretär misstrauisch geworden war, als die Bücher an ihn zurückgegeben wurden. Er hatte Hobbs und dessen Loyalität zu Lady Enid nie unterschätzt und wollte sich auf jeden Fall absichern, bevor George Hobbs anfing zu reden.

53

Die Polizeitruppe trieb ihre Pferde so an, dass sie den normalerweise einstündigen Ritt in der Hälfte der Zeit zurücklegte. Als sie sich dem letzten bekannten Lagerplatz der Bande näherten, gab Sergeant Johnson ein Zeichen, das Tempo zu verlangsamen. Die Pferde keuchten. Vor ihren Mäulern stand Schaum, und der Schweiß strömte über ihre Flanken. Gordon trieb sein Pferd neben Johnson.

»Direkt vor uns am Wasserlauf, hinter der Baumgruppe da«, erklärte der Sergeant. Dabei deutete er auf ein Wäldchen großer Coolabah-Bäume, hinter denen eine dünne Rauchfahne aufstieg.

»Wenn es die Gesuchten sind«, meinte Gordon, »dann sollten wir sie besser erwischen, bevor sie ihre Pferde satteln können.«

Der Sergeant knurrte zustimmend, und die Polizisten gaben ihren Pferden mit einer letzten verzweifelten Anstrengung die Sporen, bis diese erneut in Galopp fielen. Während sie auf das Lager zurasten, zogen sie ihre Gewehre aus den Halterungen am Sattel.

Calder, der sich den Hut über das Gesicht gezogen hatte und im Schatten eines großen Coolabah-Baums döste, hörte das Dröhnen der Pferdehufe auf der Ebene zuerst. Als er sich aufsetzte und in die Richtung spähte, aus der das Geräusch kam, entdeckte er in der flimmernden Hitze des frühen Nachmittags eine Staubwolke.

Sofort sprang er auf die Beine und griff nach seinem Gewehr. Dabei brüllte er seinen Kumpanen, die weiter unten am Bach an einem der tieferen Wasserlöcher angelten, eine Warnung zu. Sie ließen die Leinen fallen und langten nach ihren Gewehren.

Calder lief zu seinem Pferd, löste in verzweifelter Hast die Beinfesseln und sprang auf den Rücken des Tieres. Sich mit einer Hand an der Mähne fest haltend, trieb er das Tier zum Galopp. Doch es war zu spät, denn die Polizisten überrannten bereits das Lager.

»Sie sind es!«, brüllte Gordon. Er hatte den früheren Polizisten erkannt, der zu fliehen versuchte. »Im Namen der Königin, ergebt euch!« Seine Stimme übertönte das Wiehern der Pferde und die Schreie seiner Männer.

In seiner Nähe fiel ein Schuss. Ein Polizeipferd wieherte noch lauter, als die Kugel ihr Ziel fand. Das Tier stürzte nach vorn, wobei sein Reiter auf den harten Boden geschleudert wurde. Der Kampf hatte begonnen.

Calders Pferd stieg und schleuderte ihn gegen einen Baumstamm, sodass ihm für einen Augenblick die Luft wegblieb. In dem hohen, trockenen Gras gelang es ihm, sich herumzurollen und aufzusetzen. Sein Atem ging in kurzen Stößen. Um ihn herum pflügten die Kugeln der Polizisten, die auf dem Rücken ihrer aufgeregten Pferde keine ruhige Schussposition fanden, die Erde auf. Fluchend versuchten sie, ihre Tiere unter Kontrolle zu bekommen, aber das gequälte Wiehern ihres schwer verletzten Artgenossen versetzte die Pferde in Panik. Den Revolver in der Hand, sprang Gordon ab und huschte geduckt in die Deckung eines Baumes.

Calder war wieder so weit zu Atem gekommen, dass er sein Gewehr heben und sich ein Ziel suchen konnte. Er war fest entschlossen, sich nicht festnehmen zu lassen. Da ihm für seine Verbrechen der Tod durch den Strang gewiss war, hatte er nichts zu verlieren, wenn er sich wehrte.

Für eine Sekunde sah er die geduckte Gestalt von Gordon James, der in den Schutz eines Baumes hechtete. Seine rasch abgefeuerte Kugel riss direkt über Gordons Kopf die Rinde vom Baum. »James, du Mistkerl. Mich kriegst du nicht lebend«, schrie Calder herausfordernd, während er hastig nachlud und sich, ohne die Antwort abzuwarten, auf den Boden fallen ließ. Außer Sicht schlängelte er sich durch das Gras in Richtung Bachbett. Die hohen Ufer des gewundenen Wasserlaufes mit seinen trägen Fluten boten bessere Deckung.

Vorsichtig spähte Gordon hinter seinem Baumstamm hervor, um nach seinen Männern zu sehen. Sie waren ebenfalls abgestiegen und hatten sich in den Schutz der Bäume zurückgezogen. Von dort aus erwiderten sie das Feuer. Er sah ein Rauchwölkchen, als einer der Gesuchten von jenseits des Bachbetts auf sie schoss. Der Mann war ans andere Ufer gewatet und dort zwischen überirdischen Baumwurzeln in Deckung gegangen. Eine Gewehrsalve der Polizisten antwortete. Sie hatten ihn fest im Visier. Seine Situation war aussichtslos, eine Flucht unmöglich.

Sergeant Johnson ließ die Männer unter ständigem Feuer auf den in der Falle Sitzenden vorrücken. Gordon war froh, dass Johnson mit ihnen gekommen war. Im Gefecht ließen sich seine Polizisten häufig hinreißen. Das konnte gefährlich werden, wenn sie nicht von einem erfahrenen Polizeioffizier befehligt wurden, der kühlen Kopf behielt.

Gordon hatte zwar beobachtet, wie das dritte Mitglied der Bande nach dem Schuss, der das Polizeipferd gefällt hatte, entlang des Bachbetts verschwunden war, konnte aber nicht sehen, wohin Calder floh, nachdem er blind in seine Richtung gefeuert hatte.

Er holte tief Atem und bereitete sich darauf vor, zur nächsten Deckung zu rennen. Hoffentlich würde er von dort aus die Gejagten entdecken. Er atmete aus und lief geduckt zu einem großen Baum weiter unten am Wasserlauf. Dabei war ihm bewusst, dass er damit die Entfernung zwischen sich und seiner Truppe vergrößerte.

Nach Luft ringend, warf er sich zu Boden und wartete ins Gras geduckt. Nichts! Vorsicht spähte er über die Halme. Zwischen den dichten Bäumen vor ihm blitzte ein rotes Hemd.

Calder entfernte sich, so schnell er konnte, vom Lager. Gordon sprang auf, wartete, bis sich seine Hand beruhigt hatte, und feuerte dann auf den Fliehenden. Zwei Kugeln pfiffen durch die Bäume. Calder schlug einen Haken und ging zu Boden.

Gordon war sich nicht sicher, ob er getroffen hatte. Die zweite Kugel stammte nicht von ihm. Jemand hatte seitlich von ihm einen Schuss abgegeben, der Gordons Jackenärmel gestreift hatte. Plötzlich wurde ihm klar, dass er dem dritten, bisher unsichtbaren Mann schutzlos preisgegeben war. Als er herumfuhr, sah er aus einer Baumgruppe zu seiner Linken den dünnen Rauch des Mündungsfeuers aufsteigen

»Hast du ihn erwischt, Joe?«, drang Calders gedämpfte Stimme durch die Bäume vor Gordon. Doch der Knall von Gordons Revolver, der in Richtung Rauch feuerte, machte seine Hoffnungen schnell zunichte.

Gordon lag bereits wieder auf dem Bauch und kroch, durch das Gras gedeckt, auf die dicht stehenden Bäume am Ufer zu. Ein weiterer Schuss des dritten Mannes ließ die Erde vor seinem Gesicht aufspritzen. Der Mistkerl wusste, wo er war! Gordon stellte zu seinem Entsetzen fest, dass er ins Kreuzfeuer geraten war. Ihm blieben noch drei Schuss. Seine Waffe zu laden würde wertvolle Zeit in Anspruch nehmen – Zeit, die ihn das Leben kosten konnte. Also durfte er seine drei Kugeln auf keinen Fall verschwenden.

Er spannte die Muskeln an und schnellte wie eine Feder vor. Völlig überrascht feuerte der dritte Mann, traf aber nur die Stelle, wo Gordon eben noch gewesen war. Dem Krachen entnahm Gordon, dass es sich um eine einschüssige Snider handelte. Das verschaffte ihm Gelegenheit, sich Deckung zu suchen, bevor der Mann nachladen konnte.

Mit einem Hechtsprung warf er sich ins Dickicht und kroch auf dem Bauch in den Schutz eines umgestürzten Baumstamms. Obwohl er angespannt lauschte, hörte er weder das verräterische Knacken von Zweigen noch das Rascheln von Grashalmen.

Seine Hände waren feucht, und er zitterte unkontrollierbar, als hätte ihn ein Fieber gepackt. Der Busch um ihn herum schien sich zu einem langen Tunnel verengt haben, und sein Herz hämmerte wild. Vielleicht war es ein tödlicher Fehler gewesen, Calder allein zu verfolgen, dachte er verzweifelt. Dabei hatte er sich zu weit von seiner Truppe entfernt, die immer noch in einen Schusswechsel mit dem Buschläufer verwickelt war, der hartnäckig in den Baumwurzeln verschanzt blieb.

Calder hatte nicht gesehen, wie Gordon in das Dickicht gehechtet war, das an einigen Stellen entlang des Wasserlaufs nahezu undurchdringlich war. Auf dem Bauch glitt der frühere Polizist nun ans Ufer, wo er plötzlich in die Mündung der Waffe seines Stellvertreters blickte.

Joe Heslop traten vor Angst fast die Augen aus dem Kopf. Mit seinen gefletschten, gelbfleckigen Zähnen sah er aus wie ein Tier in der Falle. Um ein Haar hätte er auf die herangleitende Gestalt geschossen, doch in letzter Sekunde ließ er das Gewehr sinken. »Jesus, ich dachte, du wärst dieser verdammte Greifer«, zischte er. »Kennst du den Bastard?«

Calder ließ sich neben ihm in die Deckung der Uferböschung fallen. »Der Scheißkerl war mal mein Chef. Inspektor James heißt er.«

»Der Bursche, der die Kalkadoon erledigt hat?«

Calder nickte, während er den Revolver in seinem Gürtel überprüfte. »Wie viel Munition hast du?«, fragte er Heslop.

»Nicht viel. Das ganze Zeug liegt im Lager. Noch drei Schuss fürs Gewehr, ansonsten nur die Kugeln in meinem Revolver. Wie sieht's bei dir aus?«

»Keine Gewehrmunition mehr und für den Revolver nur noch sechs Schuss.«

»Das reicht nicht«, zischte Heslop. »Vielleicht sollten wir aufgeben.«

»Kannst du von mir aus machen, aber ich versuche lieber mein Glück, solange es noch geht.«

Heslop verstummte und spähte über die Grasspitzen hinweg. Inspektor Gordon James war dafür gefürchtet, dass er zu Ende brachte, was er einmal angefangen hatte. Wenn nur die Hälfte von dem, was man sich erzählte, stimmte, waren ihre Chancen davonzukommen gleich null. Vielleicht sollte er sich lieber sofort ergeben. Zumindest würde das sein Leben ver-

1030

längern, bis er vor dem Henker stand. »Ich geb auf«, sagte er leise. »Bringt doch nichts, hier draußen zu krepieren.«

»Wie du willst, Joe«, zischte Calder. »Aber deine Waffen und Ersatzpatronen bleiben hier.«

Kopfschüttelnd händigte Heslop ihm Revolver und Gewehrmunition aus. »Du kommst hier nicht lebend raus«, meinte er.

Calder warf ihm ein bösartiges, rätselhaftes Lächeln zu. »Ich hab einen Plan. Dafür muss ich Mister James nur für einen Augenblick aus der Deckung locken.«

»Was hast du vor?«, erkundigte Heslop sich stirnrunzelnd.

»Meine Sache.«

Heslop zuckte die Achseln und hob den Kopf. »Ich komm raus, Inspektor«, rief er zaghaft. »Nicht schießen!«

Gordon hörte seine Stimme, wagte sich aber nicht aus der Deckung. Ihm war klar, dass er seine Position hinter dem umgestürzten Baum verraten musste, um die Kapitulation zu akzeptieren. Zumindest war er hinter dem dicken Stamm vor Kugeln sicher, solange er nicht den Kopf hob. Am meisten beunruhigte ihn, dass er keine Ahnung hatte, wo sich Calder aufhielt. »Zeigen Sie sich, und folgen Sie meiner Stimme«, schrie er zurück. Mit äußerster Vorsicht spähte er um das Ende des Baumstamms herum, bis er den Buschläufer am Ufer des Wasserlaufs entdeckte. »Heben Sie die Hände, sodass ich sie sehen kann«, setzte er hinzu. Der Mann gehorchte. »Wo ist Calder?«

Heslop wollte schon antworten, da hörte er, wie der Buschläufer hinter ihm eine Warnung zischte: »Halt die Klappe, Joe, oder ich schick dich zur Hölle.« Heslop war klar, dass sich Calder nicht mit leeren Drohungen aufhielt. Mit aufeinander gepressten Lippen begann er, langsam auf die Stelle zuzugehen, von der die Stimme des Inspektors gekommen war.

Hinter ihm stellte Calder die Kimme auf fünfzig Meter ein – so weit war er seiner Schätzung nach von Gordon James entfernt. Er stützte sich auf die Uferkante und suchte mit den Blicken das zwischen ihm und dem Dickicht liegende Terrain ab. *Wenn sich der Bastard nur eine Sekunde lang zeigte, war er ein toter Mann.*

Gordon beobachtete, wie Heslop mit erhobenen Händen auf ihn zukam, offenbar unbewaffnet, aber er wollte kein Risiko eingehen. Der Mann, der sich ihm da näherte, hatte nichts zu verlieren und mochte daher durchaus versuchen, im letzten Moment eine versteckte Waffe zu ziehen. Aber wo war Calder?

Der Schusswechsel weiter oben am Bach hatte aufgehört. Gordon hörte die triumphierenden Stimmen seiner Männer, die miteinander sprachen. Offenbar hatten sie endlich die Oberhand über den Verbrecher gewonnen.

Er musste sie nur rufen, damit sie ihm dabei halfen, Calder auszuräuchern. Der dritte Mann sollte bleiben, wo er war, bis sie ihn ohne Gefahr in Eisen legen konnten. »Halt! Bleiben Sie, wo Sie sind, und zwar mit erhobenen Händen«, rief er dem Mann zu, der jetzt nur noch zehn Schritte von ihm entfernt war. Heslop gehorchte.

Calder fluchte leise. Der Mistkerl hatte seine Absicht durchschaut. Oder doch nicht? Er hatte gehofft, James würde seine Deckung verlassen, um Heslop zu verhaften. Nun, dramatische Situationen verlangten drastische Lösungen. »Schnapp ihn dir, Joe!«, brüllte er. Der Buschläufer wandte sich halb um. *Was zum Teufel meinte Calder?*

Die schwere Kugel der Snider traf ihn mit einem peitschenden Geräusch zwischen den Schulterblättern in den Rücken. Joe Heslop stürzte vornüber und schlug mit einem donnernden Krachen auf dem Boden auf.

Gordon war angesichts des sinnlosen Mordes wie vor den Kopf geschlagen. Unwillkürlich erhob er sich aus seinem Versteck, als wollte er den in seine Richtung fallenden Mann auffangen. Ohne jede Deckung suchte er mit halb erhobenem Revolver nach Calder.

Triumphierend saugte der Buschläufer die Luft durch die Zähne und warf die leere Messinghülse aus. Sobald er nachgeladen hatte, setzte er den Kolben an die Schulter. Er hatte Gordon jetzt voll im Visier, doch er war so beschäftigt, dass er den dunklen Schatten nicht bemerkte, der sich lautlos aus dem schlammigen Wasser des Baches hinter ihm erhob. Von der

Axt, die in einem tödlichen Bogen auf seinen Hinterkopf niedersauste, ahnte er nichts, bis sich ein blutroter Schleier über das Bild des frei stehenden Inspektors senkte. Calder stöhnte auf, und das Gewehr entglitt seinen gefühllos gewordenen Händen, polterte das Ufer hinunter und versank im Wasser.

Als Gordon sah, wie der riesige Kalkadoon erneut die Axt hob, war ihm sofort klar, was er vorhatte. »Nein!«, brüllte er, und Terituba gehorchte sofort.

Die Sonne glitzerte auf dem Wasser, das von Teritubas muskulösem Körper tropfte. Verwirrt stand der Krieger über dem bewusstlosen Verbrecher. Hatte er etwa nicht das Recht, den Feind, den sie gejagt hatten, zu töten?

»Sergeant Johnson! Hierher!«, rief Gordon, als er die Stimmen der näher kommenden Polizisten hörte, die sich durch Rufe verständigten.

Geduldig stand Terituba über seinem Opfer und beobachtete, wie die Polizisten mit den Waffen im Anschlag aus der Deckung des Buschwerks brachen. Als sie die beiden Verbrecher auf dem Boden liegen sahen, senkten sie ihre Waffen.

Sergeant Johnson steckte die Waffe weg und ging zu Gordon. Er starrte auf den toten Buschläufer, der mit dem Gesicht nach unten im dürren Gras lag. »Den anderen haben wir erwischt«, erklärte er.

»Tot?«, fragte Gordon.

»In kleine Stücke zerlegt«, gab der andere mit ausdrucksloser Stimme zurück. »Haben Sie den hier erschossen?« Gordon schüttelte den Kopf.

»Das war Calder.«

Sergeant Johnson runzelte die Stirn, äußerte sich aber nicht dazu. Wieso sollte jemand den eigenen Spießgesellen erschießen?

Während die beiden Polizisten noch auf Joe Heslops leblosen Körper herabblickten, schleiften die eingeborenen Polizisten den bewusstlosen Calder ohne Rücksicht auf seine Verletzung auf die Uferböschung. Stöhnend kämpfte der Verbrecher darum, das Bewusstsein wiederzuerlangen, was einer der Polizisten mit einem kräftigen Tritt in seine Rippen quittierte. Gordon befahl seinen Männern, den Gefangenen in Ruhe zu lassen. Für den Ritt nach Rockhampton musste der Bursche in einigermaßen guter Verfassung sein.

Sergeant Johnson und Gordon gingen zu der Stelle, wo Calder auf dem Rücken im Gras lag. Aus der tiefen Schnittwunde an seinem Hinterkopf quoll Blut. Als er schließlich die Augen öffnete, war sein Blick glasig. Er fletschte die Zähne. »James ... Sie ... Mörder. Gab keinen Grund ..., den armen alten Joe umzubringen«, seufzte er, bevor ihn erneut gnädige Bewusstlosigkeit umfing.

»Er lügt«, fauchte Gordon. »Er selbst hat Joe getötet. Hat ihn ohne jeden Grund in den Rücken geschossen.« Der Sergeant nickte zustimmend, doch Gordon sah den Zweifel in seinen Augen. »Gibt es in der Stadt einen Arzt?«, fragte er, ohne sich weiter um den Mordvorwurf zu kümmern.

»Nein. Missus Rankin auf Balaclava ist das Beste, was wir in der Hinsicht zu bieten haben. Bevor sie Humphrey geheiratet hat, war sie Krankenschwester.«

»Ich kenne Humphrey«, erwiderte Gordon. »Das ist der Verwalter. Zufällig kenne ich auch die Besitzerin des Anwesens.«

»Sie meinen Missus O'Keefe?«, fragte Johnson.

Gordon nickte. »Sie ist nicht mehr Missus O'Keefe. Hat vor einigen Jahren einen Yankee namens Luke Tracy geheiratet.«

»Letztes Jahr kam die Meldung, wir sollten nach ihm Ausschau halten«, erzählte Johnson. »Der scheint irgendwo oben am Golf verschwunden zu sein. Wenn er bis jetzt nicht wieder aufgetaucht ist, kann ich mir kaum vorstellen, dass er noch lebt.«

»Das denkt Missus Tracy auch. Am besten bringen wir Calder nach Balaclava und sehen, was Missus Rankin für ihn tun kann. Schließlich wollen wir ihn lebend nach Rockhampton schaffen.«

»Reine Zeitverschwendung, wenn Sie mich fragen«, knurrte Johnson. »Nach dem, was der auf dem Kerbholz hat. Der Kerl verursacht doch nur Probleme.«

»Schon, aber je länger er lebt, desto länger kann er sich vor dem Galgen fürchten.«

»Da haben Sie wohl Recht, Sir. Wir wecken ihn auf und setzen ihn auf ein Pferd. Was ist mit dem vierten Mann? Dem wir in Barcaldine nachgeritten sind?«

Gordon runzelte die Stirn. Der arme Willie Harris, dachte er. Wenn Ben erfuhr, dass der Junge in den Mord an Halpin verwickelt war, würde es ihm das Herz brechen. »Wenn ich in Rockhampton bin, schicke ich eine zweite Streife, um nach ihm zu suchen. Aber mit diesem Pferd ist er inzwischen wahrscheinlich schon auf halbem Weg nach Südaustralien.«

Er ließ alle Gegenstände aus dem Lager der Verbrecher einsammeln. Darunter fanden sich auch Hinweise auf den Überfall auf das Haus der Halpins bei Cloncurry. Mit Sergeant Johnson vereinbarte er, dass dieser mit Terituba nach Barcaldine zurückreiten und Heslop dort begraben würde.

Terituba wurde seiner Pflichten entbunden. Der junge Inspektor wies den Sergeant an, dem Kalkadoon ein Pferd und Proviant für den Ritt nach Norden zur Verfügung zu stellen. Dann setzte er eine persönliche Anforderung für die Deckung der Kosten auf und gab sie Johnson mit dem Versprechen, die offiziellen Dokumente nachzureichen. Schließlich ging er zu Terituba, der beobachtete, wie man versuchte, den Buschläufer am Leben zu halten. Besonders sinnvoll kam ihm das alles nicht vor.

Gordon war klar, dass ihm das Eingreifen des Kalkadoon-Fährtenlesers das Leben gerettet hatte. Er reichte ihm die Hand. »Danke, Terituba. Das war sehr tapfer. Du hättest leicht getötet werden können. Dein Verhalten wird in meinem Bericht angemessene Erwähnung finden.« Terituba nahm die ausgestreckte Hand, blickte bei den Lobesworten des Inspektors jedoch scheu zu Boden. »Ich verstehe zwar nicht, warum du das getan hast. Du hast ja weiß Gott nicht den geringsten Grund, dein Leben für mich zu riskieren. Auf jeden Fall bin ich dir auf ewig dankbar.«

Obwohl Teritubas Englischkenntnisse beschränkt waren, verstand er das Gefühl in der Stimme des Offiziers. Warum er sein Leben für den Weißen riskiert hatte, wusste er selbst nicht, nur dass eine Geisterstimme es ihm befohlen hatte.

Und so trennten sie sich. Terituba begleitete Sergeant Johnson nach Barcaldine, während Gordons Ziel Balaclava Station im Osten war. Mit seinem Trupp ritt der verwundete Calder, der, flankiert von zwei Polizisten, benommen auf einem Pferd hing.

Die Ironie, die in Teritubas mutiger Tat lag, entging dem jungen Inspektor nicht. Nur ein Jahr zuvor hatten sie sich im Kampf gegenüber gestanden und versucht, den anderen zu töten. Nun hatte der Mann, dessen Axt Gordon für immer gezeichnet hatte, dieselbe Waffe zu seiner Rettung eingesetzt.

Gordons Patrouille war nicht allein nach Osten unterwegs. Als Willie Harris aus seinem Rausch erwachte, graste sein Pferd in der Nähe. Er zog sich in den Sattel und überlegte dann, wo er vor seinen Verfolgern sicher sein könnte. Er zermarterte sich das vom Rum benebelte Gehirn, bis er sich an Kate Tracys Geschichten von den Bergen auf Glen View erinnerte. Berge, die angeblich verflucht waren und deshalb von nur wenigen Menschen aufgesucht wurden.

So wandte Willie sich nach Osten in Richtung Glen View, wo er sich verborgen halten wollte, bis er einen sicheren Weg nach Sydney fand.

Ihm blieb in seinem Leben nur noch eines zu tun: Er musste den Mann finden, der sein Vater war, und ihn töten. Zu verlieren hatte er nichts mehr. Falls er geschnappt wurde, drohte ihm der Galgen.

54

Hämisch grinsend hielt Granville George Hobbs' Aussage in die Höhe, um die Tinte trocknen zu lassen. »Sie haben die richtige Entscheidung getroffen, Mister Hobbs«, sagte er zu dem verängstigten Mann, der ihm auf der anderen Seite seines Schreibtischs gegenübersaß. »Ich weiß, dass Sie Captain Duffy sehr schätzen, aber hier stehen wichtigere Dinge auf dem Spiel als Ihre wenig angebrachte Loyalität.«

Hobbs antwortete nicht. Lieber wollte er sich im Jenseits für seinen Verrat verantworten, als dass er sich in diesem Leben mit dem Teufel anlegte. Was gingen ihn die Kämpfe der Reichen an? Er war doch ohnehin nur ein Bauer in ihrem Spiel. Zumindest hatte Mister White ihm den Verrat mit einer ansehnlichen Summe versüßt. Er wusste, dass seine Aussage, die Granvilles gefälschte Eintragungen bestätigte, vernichtend war. Im Geiste sah er schon die Schlagzeilen vor sich, wenn die Zeitungen erst herausfanden, dass angeblich Gelder an eine Organisation geflossen waren, die die Regierung als Bedrohung für den Frieden im britischen Empire betrachtete: HELD DES SUDAN VERRÄT DAS EMPIRE …

Doch wahrscheinlich würden die Zeitungen gar nicht von den Einträgen erfahren, tröstete Hobbs sich. Mister White würde sich vermutlich damit begnügen, Captain Duffy mit dem gefälschten Beweismaterial zu konfrontieren. Dieser würde schnell erkennen, welchen entsetzlichen Skandal es für Lady Enid bedeuten würde, wenn die Anschuldigungen an die Öffentlichkeit gelangten. Natürlich würde er wissen, dass die Vorwürfe aus der Luft gegriffen waren, aber er war ein kluger Mann und besaß eine gehörige Portion gesunden Menschenverstand. Mister White hatte sein Wort als Ehrenmann gegeben, dass er von Captain Duffy nur verlangen würde, als Leiter der Transportabteilung zurückzutreten. Dafür sollte er eine Rente erhalten, die es ihm ermöglichte, in die Miliz der Kolonie einzutreten. Nachdem Patrick viel an der Armee lag, hatte Hobbs dem Captain auf lange Sicht mit seiner Aussage wahrscheinlich sogar einen Gefallen getan.

»Sie können jetzt gehen, Mister Hobbs«, sagte Granville, ohne ihn anzusehen. »Vergessen Sie nicht, dass Ihre Unterstützung in dieser Angelegenheit nicht nur für Sie selbst, sondern auch für die Zukunft des Unternehmens wichtig ist. Unter meiner Leitung können Sie natürlich mit einer Beförderung rechnen.«

»Danke, Mister White«, murmelte Hobbs, während er sich erhob und zur Tür ging. Als er sie hinter sich schloss, fiel ihm ein schmaler, nervös wirkender Mann auf, der mit dem Hut in der Hand im Vorzimmer stand.

»Mister Hobbs, nicht wahr?«, begrüßte ihn der Neuankömmling. Nun fiel George auch ein, wer der Mann war. Der Gedanke verursachte ihm Übelkeit. War Mister White in Sydney so mächtig, dass er Lady Enids Zeitung für seine widerliche Verschwörung benutzen konnte, mit der er den Namen eines wirklichen Helden besudeln wollte?

»Mister Larson, setzen Sie sich doch.« Granville erhob sich und deutete auf den Stuhl, auf dem eben noch George Hobbs gesessen hatte. »Ich würde ja gern sagen, es ist mir ein Vergnügen, Sie wiederzusehen, aber ich fürchte, unter den gegebenen Umständen habe ich Ihnen nicht viel Erfreuliches mitzuteilen.« Als Larson Platz nahm, spürte Granville eine bohrende Angst. Er hatte gewusst, dass es einfach sein würde, George Hobbs zur Kooperation zu zwingen. Schließlich kannte er den Mann seit vielen Jahren. Im Grunde war er ein Schwächling, der sich von Mächtigeren leicht beeinflussen ließ. Doch der Redakteur von Enids Zeitung war ein anderer Fall. Mister Larson stand in den späten Vierzigern und war für seine Integrität bekannt – für einen Journalisten höchst ungewöhnlich. Aber es hieß auch, dass er mit Eifer Storys verfolgte, die die oberen Klassen in Misskredit brachten. Genau diese Kombination aus Integrität und Engagement wollte Granville gegen Patrick Duffy einsetzen.

»Ich habe eine Nachricht erhalten, Sie hätten eine Story über Captain Duffy für mich?«, sagte Larson ohne Umschweife. »Ihnen ist klar, dass ich für Lady Macintosh arbeite?«

Granville zwang sich zur Gelassenheit. »Genau deswegen habe ich mich an Sie gewandt. Ich wollte nicht, dass die Geschichte durch einen anderen Journalisten aufgedeckt wird.«

»Wovon reden Sie, Mister White?«

Granville entdeckte die Spur eines Interesses in Larsons Stimme. Offenbar witterte der Journalist plötzlich eine Schlagzeile. Die Anspannung ließ nach. Er wusste schon, wie er diese Begegnung so gestalten würde, dass er Enids Redakteur auf seine Seite zog.

»Ich fürchte, die Sache mit Captain Duffy wird am Ende auf jeden Fall herauskommen, da könnten wir uns noch so sehr bemühen, die Tatsachen zu vertuschen. Deshalb bin ich zu der Ansicht gelangt, dass Sie als Erster davon erfahren sollten, damit Sie die Geschichte so veröffentlichen, dass der Ruf Captain Duffys so wenig Schaden nimmt wie möglich.«

»Wenn Captain Duffys Ruf beschädigt wird, schlägt sich das unweigerlich auch auf Lady Macintosh nieder«, erwiderte Larson stirnrunzelnd. »Meine Position als Chefredakteur der Zeitung wäre dann keinen Pfifferling mehr wert.«

»Das ist mir klar«, sagte Granville. »Aber wenn die Sache mit Captain Duffy erst einmal bekannt ist, wird mir der Vorstand mit Sicherheit die Leitung sämtlicher Unternehmen übertragen. Das beinhaltet auch die Zeitung. Sie können sich vorstellen, was das für Ihre Zukunft bedeutet.«

Offenbar überlegte Larson fieberhaft, war aber noch nicht völlig überzeugt. Es war Zeit, ihm die Geschichte aufzutischen.

»Vor kurzem wurde ich von George Hobbs über einen schwerwiegenden Vorfall informiert. Anscheinend konnte er es nicht mehr ertragen, zum Komplizen von Captain Duffys verräterischen Handlungen zu werden.«

»Bei allem Respekt, Mister White«, meinte Larson sarkastisch, »es ist allgemein bekannt, dass George Hobbs Lady Macintosh treu ergeben ist. Es fällt mir schwer zu glauben, dass er plötzlich aus heiterem Himmel über Dinge plaudert, die sie in größte Schwierigkeiten bringen könnten.«

»Überzeugt Sie das hier?« Granville reichte ihm Hobbs' Aussage, auf der die Tinte inzwischen getrocknet war, über den Schreibtisch, und Larson las das Dokument. Sein Kinn sank herab, und Granville wusste, dass er so gut wie gewonnen hatte. »Hobbs würde diese Worte bestätigen?«, fragte Larson, wobei er das Papier in die Höhe hielt.

»Fragen Sie ihn doch selbst«, erwiderte Granville. »Wenn Sie wollen, lasse ich ihn von einem meiner Männer holen.«

Larson schüttelte den Kopf. »Hobbs nennt John O'Grady als Empfänger der Zahlungen«, sagte er leise. Es klang, als hätte ihn das, was er gelesen hatte, überzeugt. »Woher weiß er von O'Gradys subversiven Aktivitäten gegen die Krone?«

»Wahrscheinlich aus Ihrer Zeitung, Mister Larson«, meinte Granville mit ironischem Lächeln. »Wir haben doch alle von den aufrührerischen Aktivitäten des Feniers in Sydney gelesen, der versucht, hier die finanziellen Mittel für seine verräterischen Spießgesellen in Irland aufzutreiben.«

»Und Hobbs hat die Zahlungen, die Captain Duffy angeblich vorgenommen hat, ordnungsgemäß verbucht?«

»Duffy hat Mister Hobbs' Loyalität gegenüber der Krone unterschätzt«, entgegnete Granville, der in der Miene des cleveren Zeitungsmannes den Schatten eines Zweifels entdeckte. »Er ging davon aus, dass Hobbs seine Treue zur Familie über die Königin stellen würde.«

»Das sind zwar alles nur Indizien«, meinte Larson, der mit dem Hut auf seinem Schoß spielte, »aber es ist meine Pflicht, der Sache nachzugehen und die Wahrheit zu veröffentlichen.«

»Mehr verlange ich nicht, Mister Larson«, erklärte Granville lächelnd. »Über Landesverrat kann man nicht einfach so hinweggehen – ganz gleich, wer darin verwickelt ist.«

»Ich werde mit O'Grady sprechen.« Larson erhob sich. »Wenn er bestätigt, dass er regelmäßig Spenden von einem Wohltäter erhalten hat, deren Höhe den Beträgen in Ihren Büchern entspricht, dann bleibt mir wohl keine Wahl.«

Granville wusste, dass der Fenier Patrick unwissentlich belasten würde, denn die Zahlungen waren tatsächlich erfolgt – allerdings aus Granvilles Mitteln. Der geheimnisvolle Spender hatte sich nur als »Captain« zu erkennen gegeben. Bestimmt würde es dem Redakteur gelingen, das aus dem Iren herauszubekommen. Journalisten waren auf so etwas spezialisiert.

»Sollten meine Nachforschungen ergeben, dass Ihre Anschuldigungen begründet sind«, sagte Larson beim Abschied, »werde ich mit der Veröffentlichung warten, bis Captain Duffy aus Afrika zurückkehrt. Es ist nur fair, dass ich mir seine Version der Geschichte anhöre.«

»Etwas anderes habe ich auch gar nicht von Ihnen erwartet.« Granville versuchte, seine Enttäuschung zu verbergen. »Natürlich wird Captain Duffy seine Rolle bei dieser Affäre leugnen.«

Larson antwortete nicht darauf, sondern schloss wortlos die Tür hinter sich. So sehr er White wegen der zwielichtigen Aktionen, in die er im Laufe der Jahre verwickelt gewesen war, verabscheute, er musste zugeben, dass die Beweise auch vor einem Gericht standhalten würden. Und selbst wenn Duffy freigesprochen würde, etwas von dem Schlamm würde haften bleiben. Die konservativen Vorstände des Macintosh-Imperiums würden darauf bestehen, dass Granville White die Geschäftsführung vollständig übernahm. Damit wäre Duffy draußen. Und Lady Enid lebte nicht ewig.

Larson war nicht nur ein integrer, sondern auch ein praktischer Mensch. Er würde seine Arbeit erledigen und abwarten, was sich aus den Tatsachen ergab. Zumindest würde er Captain Duffy Gelegenheit geben, sich zu verteidigen. Whites Enttäuschung, als er von der Verzögerung erfuhr, war ihm nicht entgangen. Das war dem Journalisten, der seine Chefin, Lady Macintosh, sehr mochte, zumindest eine kleine Befriedigung.

Unterdessen grinste Granville White boshaft in sich hinein.

Wie einfach war es doch, seinen verhassten Feind in Misskredit zu bringen. Wenn Duffy aus dem Unternehmen verbannt war, hatte Enid ihren mächtigsten Verbündeten gegen ihn verloren. Um seine Ziele zu erreichen, brauchte er nur ein wenig Geld – und absolute Rücksichtslosigkeit.

Granvilles höhnisches Grinsen verschwand, als er in seiner Kutsche durch die Straßen zum Haus seiner Schwester ratterte. Trotz seiner klugen Intrige gegen Duffy konnten die Briefe, von denen ihn seine Anwälte an eben diesem Tag unterrichtet hatten, seine Pläne durchkreuzen. Dieses Problem musste er unbedingt lösen, wenn er seinen Anteil an den Macintosh-Unternehmen erhöhen wollte. Nur ein Mensch stand ihm dabei im Weg: die Frau, die ihm einen Sohn und Erben versagt hatte.

Vor dem dunklen Haus kam die Kutsche ratternd zum Stehen. Granville stieg aus und blickte sich nervös um. Obwohl er sich in seinem Klub Mut angetrunken hatte, hatte er Angst, Fiona könnte nicht allein sein. Es bestand die Gefahr, dass seine Schwester Penelope bei ihr war. Granville hatte vor langer Zeit – und aus gutem Grund – gelernt, sie zu fürchten. Um ein gefährlicher Gegner zu sein, benötigte man nicht brutale Kraft, sondern einen fruchtbaren Geist, der stets neue Intrigen und Gegenintrigen ersann. Diese Fähigkeit hatte Penelope ebenso geerbt wie er.

Als er an der Tür klopfte, öffnete ihm ein schläfriges, übellauniges Dienstmädchen im Nachthemd. »Ich bin Mister Granville White«, erklärte er in arrogantem Ton, bevor die Angestellte ihn wegen des unerwarteten Besuchs zu nachtschlafender Zeit schelten konnte. »Ich bin gekommen, um meine Frau zu besuchen. Geh beiseite, Weib, und lass mich durch.«

Das schlaftrunkene Dienstmädchen versuchte, ihm den Weg zu versperren, doch er fegte an ihr vorüber und reichte ihr dabei gleichzeitig Hut und Umhang. Verwirrt nahm sie beides entgegen. Bevor sie reagieren konnte, war er verschwunden. Sie sah aus der Tür, wo der Kutscher geduldig auf dem Bock wartete. »Alles in Ordnung, Süße«, meinte der grinsend. »Mister White ist wirklich mit Missus White verheiratet.«

Sie zuckte die Achseln und schlurfte in ihre Kammer zurück. So, wie der Mann ausgesehen hatte, war er bestimmt kein Straßenräuber, und wenn er seine Frau besuchen wollte, ging sie das nichts an. Missus White war Gast im Hause des Barons, und sie war nur dem Baron und der Baronin Rechenschaft schuldig.

Granville fand seine Frau in ihrem Zimmer. Sie setzte sich im Bett auf, als die Tür aufschwang. Im Licht des Korridors war seine Gestalt unverkennbar, und Fiona zog instinktiv ihre Decke bis unter das Kinn. Er kam herein und ließ sich auf einem Stuhl neben einer Kommode nieder, die in einer Ecke des Raumes stand.

»Was willst du hier, Granville?«, fragte sie mit ängstlicher Stimme.

»Kannst du dir nicht denken, was der Anlass für diesen seltenen Besuch in deinem Schlafgemach ist?«, sagte er mit schwerer Zunge.

Ihr war sofort klar, dass er getrunken hatte. In diesem Zustand war er am gefährlichsten! »Ich will, dass du sofort dieses Zimmer verlässt!«, zischte sie.

Aber Granville kicherte nur und zündete sich einen Zigarillo an. Für einen Augenblick erleuchtete das Licht des Streichholzes in dem dämmrigen Raum sein schweißüberströmtes Gesicht. »Du befindest dich vielleicht unter dem Dach meiner Schwester, liebes Eheweib, aber nach dem Gesetz bin ich dein Ehemann und besitze Rechte, die ich mir jederzeit nehmen kann. Vergiss das nicht.«

Fiona krallte die Hände in ihre Laken. Übelkeit stieg in ihrer Kehle auf. Himmel! Er war gekommen, um ihr seine unerwünschten Aufmerksamkeiten aufzudrängen.

»Ich will wissen, warum sich meine Töchter gegen mich gewandt haben«, sagte er in drohendem Ton, der ihre Panik noch steigerte.

»Ich habe keine Ahnung, was du meinst«, erwiderte Fiona ehrlich. »Wie können sich deine Töchter gegen dich wenden, wenn du sie seit Jahren nicht gesehen hast?«

»Beide weigern sich, mir ihre Anteile an den Macintosh-Unternehmen zu verkaufen. Ich habe heute einen Brief aus Deutschland erhalten.«

Jetzt war Fiona klar, was ihr Ehemann von ihr wollte. »Sie sind alt genug, um selbst zu wissen, was das Beste für sie ist, Granville. Wenn sie ihre Anteile an den Unternehmen behalten wollen, ist das ihr gutes Recht.«

»Du weißt verdammt gut, dass sie sie normalerweise an mich als ihren Vater verkauft hätten. Es sei denn, jemand hätte ihnen davon abgeraten.«

»Ich weiß nicht, was du meinst«, heuchelte Fiona.

»Verlogene Hure«, zischte Granville wutentbrannt. »Dorothy hat mir geschrieben, dass du ihr und Helene geraten hast, nicht an mich zu verkaufen.«

Fiona antwortete nicht darauf. Sie fragte sich, ob er bluffte, damit sie ihre Lüge zugab. Ihren Töchtern hatte sie geraten, nicht zu erwähnen, dass sie ihnen empfohlen hatte, die Anteile zu behalten. Jedes Leugnen musste fruchtlos sein – und Schweigen war weniger belastend.

»Oder hat ihnen deine Mutter geschrieben?«, sinnierte Granville, während er an seinem Zigarillo sog, der das Schlafzimmer mit seinem stechenden Rauch erfüllte. »Das würde ich ihr durchaus zutrauen.«

Er hat also geblufft, dachte Fiona erleichtert. Dorothy hatte ihr Vertrauen nicht enttäuscht.

»Auch egal«, meinte er brütend. »Sobald ich den Verkauf von Glen View organisiert habe, reise ich nach Deutschland und erkläre ihnen meine Argumente.«

»Du kannst Glen View nicht verkaufen!« Fiona war schockiert. »Der Besitz bedeutet meiner Familie sehr viel.«

»Deiner Familie!«, explodierte er. »Ha! Du verachtest deine Mutter und hast immer behauptet, du würdest alles tun, was in deiner Macht steht, um ihr zu schaden.« In diesem Augenblick fiel ihm ein, dass Lady Enid nicht ihre einzige Angehörige war. »Du meinst deinen Bastard, diesen Patrick Duffy, was? Willst du etwa die Anteile meiner Töchter selber kaufen?«

Fiona fühlte erneut, wie ihr die Galle in der Kehle hochstieg. »Ich protestiere dagegen, dass du den Ort verkaufst, an dem mein Vater und mein Bruder begraben liegen, Granville. Das ist alles. Aber du kannst ja nicht verstehen, dass eine Frau in solchen Dingen sentimental ist.«

»Meine Schwester ist da bestimmt viel verständnisvoller«, fauchte er. »Sprecht ihr von Sentimentalität, wenn ihr miteinander im Bett liegt? Oder schreist du vor Lust, wenn sie sich über deinen Körper hermacht?«

Fiona spürte, wie ihr Gesicht brennend rot wurde, als ihr Ehemann plötzlich über die Beziehung herzog, die ihr neben der zu ihren Kindern am wertvollsten war. Niemand außer ihrer zärtlichen und gleichzeitig leidenschaftlichen, langjährigen Geliebten verstand, was sie beide miteinander verband. Aber das erwartete sie auch von niemandem.

»Was treibt ihr denn so im Bett?«, fragte er wütend. »Seid ihr …«

»Halt den Mund, Granville«, fuhr sie ihn an. »Halt deine schmutzige Klappe. Du mit deiner Vorliebe für kleine Mädchen brauchst mir wirklich nichts vorzuwerfen! Ich weiß alles über deine Laster, auch von Jenny Harris, die dir einen Sohn geboren hat, als sie erst dreizehn war.«

Granville wurde leichenblass. Er hatte gedacht, Fiona wüsste nichts davon, und bereute es, sie zu dieser Enthüllung getrieben zu haben. Immer wieder hatte ihn der Gedanke heimgesucht, dass seine Frau in den Armen seiner eigenen Schwester lag, und ihn fast zum Wahnsinn getrieben. »Weiß dein kostbarer Sohn denn, dass seine Mutter eine Hure ist, die mit einer anderen Frau schläft?«, konterte er.

Aber Fiona war entschlossen, sich nicht erpressen zu lassen. »Ich bezweifle, dass du ihm etwas erzählen könntest, was seinen Hass auf mich noch steigern würde«, gab sie zurück. Granville zuckte die Achseln. »Da wir gerade dabei sind, kann ich dir genauso gut gleich sagen, dass ich plane, Ende des Jahres nach Deutschland zu reisen, um dort mit Penelope und meinen Töchtern zu leben. Und wenn du fragst, was Manfred davon hält, kann ich dir versichern, dass er voll und ganz einverstanden ist. Er ist nämlich ein richtiger Mann – wenn du weißt, was ich meine.«

Angesichts dieser Beleidigung seiner Männlichkeit erhob sich Granville von seinem Stuhl und trat auf seine Frau zu. Fiona ergriff nackte Angst angesichts des ungezügelten Hasses, der den Raum erfüllte und sich jeden Augenblick in Gewalt gegen sie entladen konnte. Schon wollte Granville zuschlagen, doch im letzten Augenblick zögerte er. Sein maskenhaftes Lächeln hing drohend über ihr, und sein Gesicht kam ihr wie der Inbegriff von List und Bosheit vor. »Du bist den ganzen Kummer, den du mir verursacht hast, nicht wert«, sagte er mit kontrollierter Stimme. »Ich könnte dir Schmerzen zufügen, die du dir nicht einmal in deinen übelsten Albträumen vorzustellen wagst.«

Damit wandte er sich ab und ging zur offenen Tür. Fiona sah ihm nach, wie er das Zimmer verließ und hinter sich die Tür zuschlug. Versteinert lag sie im Dunkeln und hielt die Decke, die sie immer noch bis unter das Kinn gezogen hatte, umklammert. Sie kannte ihren Ehemann nur allzu gut. Das war keine leere Drohung gewesen. Irgendwie wusste sie, dass seine letzte Bemerkung Patrick gegolten hatte.

In der Great Australian Bight kämpfte die *Lady Jane* gegen riesige schwarze Wellen. Antarktische Strömungen sorgten für eisige Wassertemperaturen. Patrick Duffy stand an Deck wie damals, als er als Kind um das Kap der Guten Hoffnung nach England gesegelt war. Das Knarren der Hanftakelage, die die riesigen quadratischen Segel hielt, rief zahlreiche Erinnerungen in ihm wach.

Der Bug des anmutigen Schiffs glitt auf eine Welle hinauf und stürzte mit furchterregender Geschwindigkeit in das Wellental dahinter hinab. Für einen Augenblick schlingerte die *Lady Jane*, während sie gegen die Sturzseen kämpfte, die über dem Heck zusammenzuschlagen drohten. Das unheimliche Heulen des Windes erinnerte Patrick an Banshee, die Todesfee der alten irischen Sagen. Die tobenden Winde durchnässten ihn mit einem salzigen Nieselregen, doch diese Unbequemlichkeiten bedeuteten Patrick, der die Reling fest umklammert hielt, wenig. Hier, in der einsamen Weite des Ozeans, konnte er über sein Leben nachdenken. In seiner Tasche steckte immer noch Sheela-na-gig, die kleine Steingöttin.

Der Kapitän der *Lady Jane* hatte ihm beim Abendessen mitgeteilt, dass sie innerhalb von vier Wochen in Port Elizabeth Anker werfen würden, wenn es Gottes Wille war und der Wind hielt. Nicht schnell genug für Patrick, der gedacht hatte, er würde niemals nach Afrika zurückkehren. Was würde er tun, wenn er endlich seinem Vater gegenüberstand, der nun sein Rivale um Catherines Liebe war?

Doch in den heulenden Winden des südlichen Meeres fand er keine Antwort, und so wandte er sich von der Reling ab, um vorsichtig über das schwankende Deck des Klippers zu gehen. Er wollte dem Kapitän bei einer Partie Rommee und einer Flasche Whisky Gesellschaft leisten.

55

Gordon war davon überzeugt gewesen, dass er Sarah Duffy niemals wiedersehen würde. Doch nun stand sie auf der Veranda des Verwalterhauses von Balaclava und blickte ihm mit rätselhafter Miene entgegen, als er mit seinen Polizisten und dem Gefangenen im Schlepptau auf den Hof ritt.

Die Verwirrung durchfuhr ihn wie elektrischer Strom. Ihre Augen trafen sich. In Sarahs Blick sah er weder Freude, was er auch kaum erwarten konnte, noch Bitterkeit, was durchaus verständlich gewesen wäre, sondern nichts als eine unergründliche Tiefe, die völlig ausdruckslos blieb.

»Absteigen!«, befahl er. Dankbar glitten die Polizisten aus dem Sattel, um ihre müden Körper in dem staubigen Hof vor dem Haus, das wesentlich repräsentativer als das auf Glen View war, zu strecken und zu dehnen.

Sarah sagte nichts, als die Polizisten grob an dem Weißen zerrten, der noch im Sattel saß. Seine Hände waren in Eisen gelegt, und er sah sehr mitgenommen aus. Unter dem Hut trug er einen Verband um die obere Schädelhälfte.

Calder wehrte sich kaum gegen die ruppige Behandlung. Wegen des Schlages auf den Kopf, den ihm Terituba mit seiner Kriegsaxt versetzt hatte, ging es ihm tatsächlich sehr schlecht. Während des zweitägigen Ritts nach Balaclava hatte Gordon einige Male gedacht, der Tod würde dem Henker seine Beute entreißen.

»Polizisten, Missus Rankin«, rief Sarah ins Haus hinein.

Adele Rankin eilte auf die Veranda, um die Besucher willkommen zu heißen. Wie Sarah trug sie ein Kleid mit enger Taille, das hinten über einer Tournüre gerafft war. Adele Rankin war Ende dreißig, aber die Sonne von Queensland hatte ihre Haut vor der Zeit trocken und faltig werden lassen. Trotzdem war ihr Gesicht angenehm und nicht unattraktiv. »Ich sehe, Sie haben einen Verwundeten bei sich, Inspektor«, rief sie Gordon zu, als sie seinen Rang erkannte. »Bringen Sie ihn zur Küche hinten am Haus.« Verletzte Europäer und Eingeborene waren auf Balaclava ein alltäglicher Anblick, und sie genoss als Krankenschwester in der Gegend einen Ruf, der dem eines Arztes vergleichbar war.

Ein eingeborener Polizist stieß den Gefesselten vor sich her, während Gordon das quietschende Tor öffnete und auf dem schmalen Pfad aus gestampfter Erde voranging. Als er sich dem Haus näherte, wurde ihm bewusst, dass Sarah ihn nicht aus den Augen ließ.

»Der Mann ist offenkundig Ihr Gefangener, Inspektor«, stellte Missus Rankin fest, während sie Wasser in ein Emailbecken am Wassertank hinter dem Haus goss. »Was hat er denn getan?«

»Einige Menschen getötet«, erwiderte Gordon. Die Vergewaltigung erwähnte er nicht. Warum sollte er die freundliche Frau beunruhigen?

Lüstern starrte Calder Sarah an, die sich ihnen ebenfalls angeschlossen hatte. »Glotz sie nicht so an, du Schwein«, knurrte Gordon.

»Sie wollen sich die Schwarze wohl selbst für später aufheben, James, was?«, erwiderte Calder grob.

Gordon fühlte sich sehr versucht, ihm einen Faustschlag ins Gesicht zu verpassen, aber er hielt sich zurück. Er wollte nicht riskieren, Calder noch schlimmer zuzurichten. Je länger er lebte, desto länger konnte er sich vor dem Strang fürchten.

Adele Rankin funkelte Calder wütend an.

»Tut mir Leid, Missus«, sagte dieser, während ein entschuldigendes Grinsen über sein Gesicht huschte.

»Sarah, hol saubere Tücher aus dem Haus und bring mir meinen Verbandskasten«, befahl Adele, während sie den schmutzigen Verband vom Kopf des Verletzten löste, um die Wunde zu untersuchen. Mit äußerster Vorsicht tastete sie das blutverklebte Haar ab. »Schädel scheint intakt, keine Fraktur.«

Calder zuckte fluchend zusammen, als die Wunde unter ihren tastenden Fingern erneut zu bluten begann. »Ich nähe die Wunde, das sollte reichen, um ihn für Ihre Zwecke am Leben zu halten.«

»Mehr braucht er nicht?«, fragte Gordon etwas überrascht. »Nur ein paar Stiche?«

»Mehr kann ich nicht tun«, erwiderte sie, während sie darauf wartete, dass Sarah mit ihrer medizinischen Ausrüstung zurückkehrte. »Übrigens, Inspektor, Sie haben sich nicht vorgestellt«, setzte sie mit einer Offenheit hinzu, die sie die langjährige Arbeit mit Männern gelehrt hatte.

»Entschuldigen Sie, Missus Rankin. Mein Name ist Gordon James.«

»Gordon James«, wiederholte sie. Ihre Miene wurde plötzlich feindselig. »Aus Townsville?«

»Früher ja, jetzt bin ich in Rockhampton stationiert.«

»Dann sind Sie der Mann, der für die Ermordung der armen Schwarzen letztes Jahr oben im Norden verantwortlich ist. Wenn ich mich nicht irre, kennen Sie meine Gouvernante, Miss Sarah Duffy?«

»Ja, stimmt beides«, murmelte er.

»Dann sind Sie hier nicht willkommener als dieser Mann.« Sie deutete auf Calder.

»Wir hatten nicht vor zu bleiben, Missus Rankin«, erwiderte Gordon höflich. »Wir wollten nur Ihre medizinischen Fähigkeiten in Anspruch nehmen. Sobald Sie meinen Gefangenen genäht haben, brechen wir auf.«

Sarah kehrte mit einem kleinen Holzkästchen zurück, vermied es aber, Gordon anzusehen. Adele Rankin begann mit ihrem Werk, indem sie Calder das Haar um die Wunde abschnitt. Dieser beklagte sich bitterlich, aber sie fuhr ihn an, er solle sich wie ein Mann benehmen, und er hielt beschämt den Mund.

Als sie ihre Vorbereitungsarbeiten mit der Schere beendet hatte, holte sie eine gefährlich aussehende Nadel und etwas Baumwollgarn aus dem Kästchen. »Halten Sie ihn fest«, wies sie den eingeborenen Polizisten an, der neben ihnen stand und

1050

die Vorgänge neugierig beobachtete. »Was ich jetzt tue, wird ihm nicht gefallen.«

Der Polizist packte Calder an den Armen und zischte ihm eine Drohung ins Ohr. In seinem starken Griff und durch die geflüsterte Warnung eingeschüchtert, leistete der Gefangene keinen Widerstand, und die frühere Krankenschwester nähte die Wunde geschickt. Calder liefen vor Schmerz Tränen über das Gesicht, doch er blieb tapfer und wehrte sich nicht gegen die scharfe Spitze der Nadel.

»So!«, verkündete sie triumphierend, als sie die Naht gesetzt hatte. »Fast fertig. Ich lege nur noch einen sauberen Verband an, dann können Sie aufbrechen, Inspektor.«

»Danke für Ihre Hilfe, Missus Rankin.«

Adele packte ihre Instrumente wieder ein und starrte Gordon an. »Keine Ursache. Ich hätte das sogar für Sie getan, wenn Sie medizinische Behandlung gebraucht hätten«, meinte sie höflich.

Der Wink war überdeutlich. Kate musste Missus Rankin eingehend informiert haben. Kein Wunder, dass sie so feindselig ist, dachte Gordon trübsinnig.

Dann klappte Missus Rankin ihren Verbandskasten zu und marschierte ohne weitere Umschweife auf das Haus zu. Sarah dagegen blieb noch für einen kurzen Augenblick stehen.

»Sarah«, sagte Gordon mit gepresster Stimme. Er wusste, dass es an ihm war, das Schweigen zwischen ihnen beiden zu brechen. »Kann ich einen Augenblick mit dir sprechen?«

»Gordon, ich …«, erwiderte Sarah leise. »Ich glaube nicht, dass wir etwas zu bereden haben.« Sie drehte sich um und blickte zum Haus. »Ich sehe wohl besser nach, ob Adele meine Hilfe braucht.«

»Bitte«, flehte Gordon. Er nahm ihren Arm, wobei er sich der neugierigen Blicke seiner Polizisten bewusst war, die ihren Vorgesetzten und das hübsche Mischlingsmädchen anstarrten. »Gib mir nur ein paar Minuten … aber nicht hier.« Mit dem Kopf wies er auf seine Truppe. Gleichzeitig schob er sie in den Schatten eines großen Gummibaumes am Ende des Gartens.

Sarah wehrte sich nicht. Sie sah ihm in die Augen, ohne den

Blick abzuwenden. »Ich habe die Stellung als Gouvernante bei Missus Rankin angenommen, weil ich weit weg sein wollte von all den bitteren Erinnerungen, für die du verantwortlich bist. Tante Kate hat vorgeschlagen, ich soll hier eine Arbeit annehmen. Sie dachte, mich um andere zu kümmern würde mir helfen, darüber hinwegzukommen, dass du meinen Bruder umgebracht hast.«

»Ich wollte Peter nicht töten, das *musst* du doch wissen«, erwiderte Gordon verzweifelt. »Ich habe ihn geliebt wie meinen eigenen Bruder, aber an jenem Tag sind die Ereignisse außer Kontrolle geraten. Ich schwöre dir, wenn ich die Zeit zurückdrehen könnte, würde ich liebend gern an Peters Stelle sterben.«

Sarah spürte seinen harten Griff um ihren Arm und sah den Schmerz in seinen Augen. »Was soll das heißen? Keiner von euch hätte sterben müssen, wenn du nicht bei der berittenen Eingeborenenpolizei geblieben wärst.«

»Es musste eines Tages geschehen.« Gordons Augen flehten um Verständnis. »Peter hat mir schon vor Jahren erzählt, was die Geister der Vorfahren Wallarie enthüllt hatten. Er und ich konnten in diesem Leben keine Freunde sein, weil sich mein Vater an Wallaries Volk versündigt hat, als wir beide noch gar nicht geboren waren. Es war uns vorherbestimmt, dass einer den anderen töten muss.«

Für einen Augenblick hätte sich Sarah am liebsten losgerissen und verächtlich über diese Erklärung gelacht, doch sie spürte die Intensität seiner Worte. Hatte Tante Kate nicht immer gesagt, jenseits der Welt des Lichtes gebe es Dinge, die für Sterbliche unerklärlich blieben? Die braven Nonnen, die sie im Katechismus unterrichtet hatten, hatten ihr auch von den mystischen Elementen der Religion erzählt. Warum sollte sie die Überzeugungen des Volkes ihrer Mutter nicht ebenso akzeptieren? Waren sie nicht älter als der christliche Glaube der Weißen? »Meinst du das ernst? Glaubst du tatsächlich an die Macht der Geister meiner eingeborenen Vorfahren?«

»Ja, Sarah, das tue ich«, erwiderte Gordon traurig. »Ich weiß nicht, warum, aber ich bin zu dem Schluss gekommen, dass sich dieses Land von allen anderen unterscheidet. Es besitzt eine eigenartige Macht, von der nur die Schwarzen wissen.«

»Und nun hast du sie ebenfalls erfahren.« Tränen stiegen ihr in die Augen. »Ich würde dir so gern vergeben, Gordon James. Es hätte mir gut getan zu wissen, dass du verstehst, dass ich im Land des Volkes meiner Mutter verwurzelt bin. Ich könnte deinen Kummer um die dunklen Dinge in unserem Leben annehmen, wenn du akzeptieren könntest, dass ich zwischen zwei Welten stehe.«

»Sarah, ich habe dich immer geliebt«, erklärte er mit gepresster Stimme. »Aber ich war ein Narr und habe meinen Ehrgeiz über meine Gefühle siegen lassen. Alles, was ich dir an dem Abend, bevor ich auf die Suche nach Peter ging, gesagt habe, war ehrlich gemeint. Was danach geschehen ist, konnte ich nicht mehr verhindern.«

Sarahs tränenüberströmtes Gesicht bekam einen weichen Ausdruck. »Das ist nicht mehr wichtig«, sagte sie bitter. »Du und ich, wir können niemals ... selbst wenn wir wollten.«

»Warum können wir nicht zusammen sein?«, fragte Gordon verwirrt. »Ich liebe dich mehr, als ich jemals zuvor geliebt habe.«

»Weil ich mit einem anderen verlobt bin und in einem Monat heirate«, schluchzte sie. Damit riss sie sich los und rannte ins Haus.

Wie vor den Kopf geschlagen, folgte Gordon ihr mit dem Blick. Dass er Peter getötet hatte, war schlimm genug, aber Sarah an einen anderen Mann zu verlieren ... das war schlimmer als der Tod.

Sarah verabschiedete sich nicht von Gordon, als er Balaclava mit seinen Männern verließ. Stattdessen saß sie in ihrem Zimmer und starrte auf die holzgetäfelte Wand. Warum war das Leben so grausam? Warum musste sie Gordon wiedersehen, wo sie doch in einem Monat den jungen Verwalter von Penny Downs, den gut aussehenden, gebildeten Engländer Charles Harper, heiraten sollte, der ihr den Hof gemacht hatte und ihre exotische Schönheit schätzte?

Sie hatten sich kennen gelernt, als Sarah Adele Rankin sechs Monate zuvor bei einem Besuch begleitete. Seine Werbung war sanft, und als er ihr seine Liebe erklärte, waren die bitteren, traurigen Erinnerungen an Gordon so gut wie vergessen. Aber nun war Gordon zurückgekehrt, und sie hatte Schmerz und Liebe in seinen Augen gesehen. Wann würde die Verwirrung in ihrem Herzen endlich enden?

Gordon brachte seinen Gefangenen nach Rockhampton. Wie er es versprochen hatte, setzte er am Tag darauf ein Schreiben auf, mit dem er den Dienst quittierte. Er musste sich eingestehen, dass er das abenteuerliche Leben bei der berittenen Eingeborenenpolizei vermissen würde, aber er tröstete sich damit, dass die Frau, die er auf Balaclava Station zurückgelassen hatte, das Opfer wert war.

Als die Tinte auf dem Papier getrocknet war, marschierte er mit flottem Schritt über den staubigen Exerzierplatz zum Büro seines Vorgesetzten. Vor der Tür holte er noch einmal tief Luft, dann klopfte er.

»Herein«, dröhnte es von drinnen. Gordon trat ein und salutierte vor dem sitzenden Offizier. »Inspektor James.« Superintendent Stubbs runzelte die Stirn. »Ich wollte gerade nach Ihnen schicken lassen.«

Als er in das Gesicht seines Vorgesetzten sah, stieg in Gordon eine Spur von Unbehagen auf. Anders als sein Landsmann Gales in Townsville war Stubbs ein ernster Mensch Ende dreißig, der niemals lächelte. Seine finstere Miene verriet mehr Gefühle, als Gordon jemals bei ihm beobachtet hatte.

»Sie wollten mich sprechen, Sir?«

Stubbs erhob sich. Er war ein großer, schlanker Mann, der in der Taille einzuknicken schien. »Dieser Calder, den Sie gestern hergebracht haben«, begann er. »Hat der jemals angedeutet, dass er sich offiziell darüber beschweren wollte, dass Sie seinen Kumpan niedergeschossen haben, als er sich ergeben wollte?«

Jetzt war es an Gordon, eine finstere Miene aufzusetzen. »Nein, Sir.« Er zögerte. Ihm fiel etwas ein, das er damals für unwichtig gehalten hatte. »Nun, er hat irgendwas gebrabbelt, dass ich seinen Freund umgebracht hätte. Aber das war nur die böswillige Verleumdung eines verbitterten Mannes.«

Jetzt wirkte Stubbs' Miene geradezu gequält. Er wandte seinem Untergebenen den Rücken zu und schien tief in Gedanken versunken zu sein, während Gordon steif mit dem Brief in der Hand dastand und wartete.

»Gab es damals Zeugen für diese Anschuldigung?«, fragte Stubbs, ohne sich zu Gordon umzudrehen.

»Den Sergeant aus Barcaldine.«

»War der Sergeant dabei, als Sie Calder und den Toten, Heslop, gefangen genommen haben?«

»Der Sergeant war dabei, als ich Calder gefangen nahm, aber er hat nicht gesehen, wie Calder Heslop erschoss.« Gordon spürte bittere Galle in seiner Kehle aufsteigen. Er war lange genug Polizist, um zu wissen, worauf sein Vorgesetzter hinauswollte. »Ich habe Heslop nicht getötet, Sir. Calder hat ihn erschossen, entweder absichtlich oder aus Versehen.«

Stubbs wandte sich um und sah Gordon direkt in die Augen. »Sie werden von Calder offiziell des Mordes beschuldigt. Ihnen ist doch wohl klar, dass ich deswegen eine eingehende Untersuchung durchführen muss?«

»Sir?«

»Mir behagt diese Aufgabe überhaupt nicht, und ich habe keinen Zweifel daran, dass der Mann lügt«, fuhr Stubbs in beruhigendem Ton fort. »Ich kenne Sie noch nicht lange, aber nach dem, was ich von Ihren Verdiensten weiß, bin ich mir sicher, dass Sie ein guter Polizeioffizier sind. Ich verlange nur, dass Sie auf Ihrem Posten bleiben und den Distrikt Rockhampton nicht verlassen, bis ich meinen Bericht über die Sache abgeschlossen habe.«

»Ich wollte gerade meinen Abschied einreichen.« Gordon hielt dem Superintendent das Schreiben hin. »Ich hatte gehofft, ich könnte aus dem Polizeidienst ausscheiden und nach Townsville zurückkehren.«

Stubbs sah auf den Brief, machte jedoch keine Anstalten, ihn zu nehmen. »Wenn ich Ihre Kündigung zu diesem Zeitpunkt akzeptieren würde, Inspektor James, würde das so aussehen, als wollten Sie sich vor dieser unangenehmen Angelegenheit davonstehlen.«

Gordon zog die Hand zurück. Er wusste, dass sein Vorgesetzter Recht hatte. »Meine Gründe für mein Ausscheiden aus dem Polizeidienst haben nichts mit Calders Anschuldigungen zu tun, sie sind rein persönlicher Natur, Sir.«

»Ihre Gründe sind völlig unerheblich. Wichtig ist nur, dass Sie auf Ihrem Posten bleiben, bis wir einen Richter davon überzeugen können, dass Sie keinen Unbewaffneten erschossen haben, der sich ergeben wollte. Bis dahin bleiben Sie Polizist.«

»Jawohl, Sir«, erwiderte Gordon pflichtschuldig. »Wäre sonst noch etwas, Sir?«

»Nein, Inspektor.« Damit war der junge Polizeioffizier entlassen. »Achten Sie nur darauf, dass Sie nicht auffallen, und erledigen Sie Ihre Arbeit.«

Gordon salutierte und verließ das Büro. Warum hatte Calder seinen Spießgesellen getötet und ihn dann des Verbrechens beschuldigt? Die Antwort war einfach. Calder wollte nicht allein zur Hölle fahren. Manche Leute waren bereit, ihre Seele zu verkaufen, um sich zu rächen. Gordon war bewusst, dass diese Sache leicht zu seinen Ungunsten ausgehen konnte. Wenn das geschah, würde er Calder am Galgen Gesellschaft leisten.

56

Fast ein Vierteljahrhundert war vergangen, seit Kate zum letzten Mal einen Fuß auf die schlammigen Ufer des Fitzroy bei Rockhampton gesetzt hatte. In dieser Zeit hatte sich viel verändert. Die Stadt hatte ihre Atmosphäre des Grenzland-Provisoriums verloren und gab sich nun gesetzt und konservativ. Banken, Geschäfte, Schulen, Kirchen und sogar ein Krankenhaus sorgten für die Bedürfnisse der zweiten Siedlerwelle, die den Planwagen der Pioniere gefolgt war.

Verschwunden waren die aus Eukalyptusplatten errichteten Gasthäuser, in denen sich durstige Schafhirten betranken, um Angst und Einsamkeit zu vergessen, die die Arbeit fernab der Zivilisation mit sich brachte. Ihnen waren die Kennedy-Männer gefolgt, harte, bärtige junge Buschläufer des wilden Grenzlandes, die einst mit ihren je nach Jahreszeit staubigen oder schlammverkrusteten Pferden tollkühn durch die Straßen galoppiert waren. Rockhampton war mittlerweile eine lebendige Handelsstadt und Zentrum der blühenden Rinder- und Schafzucht von Mittel-Queensland.

Kate bemerkte die Veränderungen mit einer Mischung aus Nostalgie und Freude darüber, dass sich die Stadt zu einem Ort gewandelt hatte, der jungen Familien eine dauerhafte Heimat bot. Für sie selbst waren jene tragischen frühen Jahre eine Zeit des Übergangs voller Verluste gewesen. Rockhampton barg für sie zahlreiche Erinnerungen. Hier lag ihr erstes Kind begraben, aber hier war ihr auch der starke und doch sanfte amerikanische Goldsucher Luke Tracy begegnet. Und ihre langjährige Freundschaft mit dem jüdischen Geschäftsinhaber Solomon Cohen und seiner großartigen Frau Judith hatte hier begonnen.

Kate saß im Büro jenes Mannes, der einst ihr Geliebter gewesen war und sie dennoch an den mächtigen Siedler Sir Donald Macintosh verraten hatte. Hugh Darlingtons Büro hatte sich kaum verändert, ganz im Gegensatz zu Hugh selbst. Statt des weltmännischen, gut aussehenden jungen Anwalts saß ihr ein dicker Mann mit beginnender Glatze gegenüber, den sie kaum wiedererkannte. Seine Karriere als Abgeordneter im Parlament von Queensland und der Wohlstand, den er sich durch die Vertretung der Interessen der großen Siedler erworben hatte, sorgten dafür, dass sein Tisch immer reich gedeckt war.

Kate wusste auch, dass er verheiratet war und fünf Kinder hatte. Unwillkürlich verglich sie ihn mit Luke, der bis zum letzten Tag ihres Ehelebens in ausgezeichneter körperlicher Verfassung gewesen war. Wenn sie Hugh Darlington ansah, war sie dankbar dafür, dass sie sich für jenen Mann entschieden hatte, dessen schlanker, muskulöser Körper sie unzählige Male die Höhen sinnlicher Ekstase hatte erklimmen lassen.

Hugh Darlington starrte Kate mit unverhohlener Bewunderung an. Die Jahre hatten ihrer schlanken Taille und ihrem schönen Gesicht nichts anhaben können. Und ihre Augen besaßen immer noch den Zauber, an den er sich nur allzu gut erinnerte. Wenn er doch nur die Zeit zurückdrehen könnte!

»Kate, du hast dich nicht ein bisschen verändert«, meinte er seufzend.

Sie lächelte. »Und du bist charmant wie immer, Hugh«, gab sie diplomatisch zurück.

»Ich bin nur froh, dass du kein Champagnerglas in der Hand hältst«, meinte er grinsend. »Wenn ich mich recht erinnere, übergießt du Leute, die dich ärgern, gern mit gutem Champagner. Wann war das? Vierundsiebzig? Fünfundsiebzig?«

»Ich glaube vierundsiebzig.« Kate rief sich den Vorfall ins Gedächtnis.

Es war die Zeit des Goldrauschs am Palmer gewesen, und sie hatten in einem eleganten Restaurant in Cooktown gesessen. French Charley's hieß das Lokal, und sie hatte soeben erfahren, dass der Mann, den sie für ihren Rechtsvertreter hielt, in Wirklichkeit für ihren Erzfeind Sir Donald Macintosh tätig war. Diese Entdeckung war zu viel für ihr hitziges Temperament gewesen, sodass sie ihre Champagnerflöte mit der kostbaren Flüssigkeit über ihm ausgeleert hatte.

»Es tut mir Leid, dass die Dinge so gelaufen sind«, meinte er ein wenig betrübt. »Ich glaube, meine Machtgier hat mich einen hohen Preis gekostet.«

»Im Lauf der Jahre verpasst jeder von uns große Chancen, Hugh«, sagte sie sanft, »aber die Zeit heilt alte Wunden.«

»Du bist gefährlich nett, Kate«, sagte er neckend, und in seinen Worten und seiner Art zu reden erkannte sie den alten Hugh Darlington wieder. »Bestimmt bist du nicht nur gekommen, um meine Gesellschaft zu genießen.«

Sie lächelte über seinen Scharfsinn. »Ich muss zugeben, ich habe mir den Termin bei dir nicht nur aus reiner Neugier geben lassen. Ich glaube, du vertrittst immer noch die Interessen der Familie Macintosh.«

»Das stimmt.« Die Unternehmen der Macintoshs reichten von Zentral-Queensland, wo Glen View lag, bis nach Mackay an der Küste, wo die Familie Zuckerplantagen und Fleischfabriken besaß. Auch an der Küstenschifffahrt bis zu den Pazifikinseln war sie beteiligt. »Du hast offenkundig gehört, dass Glen View zum Verkauf steht.«

»Ja. Und nachdem du Mister Granville Whites Anwalt bist, dachte ich, ich wende mich an dich und unterbreite dir ein Angebot für den Besitz.«

»Bevor du deine Zeit verschwendest, möchte ich dich darauf hinweisen, dass Sir Donald zu seinen Lebzeiten deutlich erklärt hat, kein Duffy werde jemals sein Land besitzen.«

»Sir Donald ist tot«, hielt sie dagegen. »Und Geschäft ist Geschäft.«

»Ist der Kauf von Glen View für dich denn eine geschäftliche Angelegenheit, Kate?«, wollte er wissen. »Oder stehen dahinter emotionale Gründe, weil dir der Besitz persönlich etwas bedeutet?«

»Den Verkäufer sollten die Motive des Käufers nicht interessieren«, erwiderte sie ausweichend. »Ich dachte eigentlich, jedes großzügige Angebot würde in Erwägung gezogen.«

Der Anwalt schürzte die Lippen und verschränkte die Finger unter dem Kinn. Geschäft war Geschäft, da musste er ihr Recht geben. Vielleicht hegte der neue Besitzer, Mister Granville White, nicht die gleichen Vorurteile wie sein verstorbener Schwiegervater. »Ich kann dir nichts versprechen, Kate, aber ich werde das Angebot zum richtigen Zeitpunkt gegenüber Mister White zur Sprache bringen. Allerdings nicht als dein Vertreter, das musst du verstehen.«

»Das ist mir völlig klar. Ich kann von meinen Anwälten in Townsville ein Angebot aufsetzen lassen und es dir zuschicken.«

»Dann brauchen wir die Angelegenheit ja nicht weiter zu erörtern und können uns angenehmeren Dingen zuwenden.« Er lächelte entspannt.

Kates unerwartetes Erscheinen in seinem Leben hatte ihn in eine Spannung versetzt, die er schon fast vergessen hatte. Er begehrte sie körperlich. Obwohl er verheiratet war und Familie hatte, war er der alte Frauenheld geblieben. Wenn er in Brisbane im Parlament war, gönnte er sich diskrete Affären mit Damen, die sich von seinem wachsenden Ruhm als politische Führungspersönlichkeit betören ließen. Man hielt ihn für den kommenden Premier der Kolonie, und Macht war ein Aphrodisiakum, von dem Frauen etwas verstanden. Aber auf Kate besaßen seine Macht und sein Reichtum wenig Anziehungskraft, denn sie war ihm in dieser Hinsicht ebenbürtig.

»Da fällt mir ein, Kate, du weißt vielleicht noch nicht von der dramatischen Entwicklung, die sich hier ergeben hat. Es geht um einen Vorfall, der sich vor einigen Wochen bei Barcaldine ereignet hat«, meinte Hugh. »Der Sohn deiner Freundin Emma James, Inspektor Gordon James, wird des vorsätzlichen Mordes verdächtigt.«

Kate riss überrascht die Augen auf. *Gordon unter Mordverdacht!* »Wovon redest du da?«, fragte sie schockiert. »Um welchen Mord geht es?«

»Es sieht so aus, als wäre er an einer ziemlich gewalttätigen Aktion beteiligt gewesen. Dabei sollten drei Männer verhaftet werden. Zwei von ihnen wurden erschossen. Der dritte behauptet, Inspektor James habe seinen unbewaffneten Partner kaltblütig ermordet, als dieser sich ergeben wollte. Nicht dass der Mann, der die Vorwürfe erhebt, besonders glaubwürdig wäre. Aber seit dem öffentlichen Rummel um die Wheeler-Affäre hat sich die berittene Eingeborenenpolizei in den Kolonien eine Menge mächtige Feinde gemacht, und zwar nicht nur im Süden, sondern auch hier oben. Viele wohlmeinende, wenn auch irregeleitete Menschen würden sich über eine Verurteilung eines Offiziers dieser Truppe freuen. Es scheint einigen Druck zu geben, damit der junge Mann vor Gericht gestellt wird.«

Kate hatte von Frederick Wheeler gehört, der Offizier der berittenen Eingeborenenpolizei gewesen war. Die Behörden hatten versucht, ihn wegen seiner barbarischen Verbrechen nicht nur an den Aborigine-Stämmen, sondern auch an seinen eigenen eingeborenen Polizisten vor Gericht zu stellen. Der Versuch war fehlgeschlagen, und Wheeler hatte das Land als freier Mann verlassen.

»Man kann James eine Menge vorwerfen«, sagte Kate, »aber ich bezweifle, dass er ein Mörder ist.«

»Nach dem, was ich über seinen tapferen Kampf gegen die Kalkadoon letztes Jahr bei Cloncurry gehörte habe, hast du wohl Recht«, stimmte Hugh ihr zu. »Vermutlich wird das Verfahren gar nicht zugelassen werden. Man wird die Sache als das sehen, was sie ist: die Rache eines Kriminellen gegen einen ausgezeichneten jungen Offizier. Bestimmt wird man die Angelegenheit fallen lassen.«

»Ich wünschte, ich wäre mir da so sicher wie du«, erwiderte Kate zögernd. »Mir kommt es vor, als wäre Gordon verflucht.«

»Ich bezweifle, dass da ein Fluch im Spiel ist«, meinte der Anwalt verächtlich. »Sieht mir mehr danach aus, als würden die Liberalen einen Sündenbock suchen.«

Kate war nicht davon überzeugt. Gordons Leben hatte ihn auf einen Pfad der Zerstörung geführt, und ihr war klar, dass es Mächte gab, von denen die meisten Menschen nichts wissen wollten. Geheimnisvolle Kräfte, die mit rächender Hand jene berührten, welche das zerbrechliche Gleichgewicht des alten Landes störten, das den Ureinwohnern des Kontinents gehörte. Gordons Vater war mitschuldig daran, dass die alten Geister geweckt worden waren, die die heiligen Stätten des Volkes der Darambal hüteten. Nun trat sein Sohn in seine Fußstapfen und jagte ebenfalls Aborigines. Die unerklärlichen Mächte schienen sie alle auf die eine oder andere Art in ihrem Griff zu halten. Alles ging zurück auf die grausame Vertreibung des Nerambura-Clans vor vielen Jahren. Seitdem war ihr Vater ermordet worden, in der Familie Macintosh war es zu zahlreichen Todesfällen gekommen, und viele andere hatten ein vorzeitiges, gewaltsames Ende gefunden. Nein, die Macht der alten Geister war wirklich und hatte sie mit einem allgegenwärtigen Fluch belegt.

»Du solltest nicht verächtlich auf so etwas herabsehen, Hugh«, schalt sie leise. »Es gibt auf dieser Welt Dinge, die sich nicht logisch erklären lassen.«

»Wie die Seele einer Frau«, erwiderte er lächelnd. »Mit eurem Aberglauben und der Faszination am Unbekannten seid ihr wirklich ganz andere Wesen als wir Männer.«

»Wir akzeptieren das Unbekannte so, wie es ist – als Unbekanntes«, antwortete sie ernst. »Aber wir Frauen verlangen gar nicht, dass ihr Männer unsere Überzeugungen als Realität akzeptiert.«

»Schön gesagt. Ich respektiere deine Ansichten, auch wenn sie für einen gebildeten, vernünftigen Mann nicht viel Sinn ergeben.«

»Allerdings ist mir klar, dass Gordon für seine Verteidigung Bildung und Vernunft braucht«, gab Kate zu, während sie überlegte, wie sie am besten in der Welt der Gerichte, Geschworenen und Richter vorgehen sollte. »Wenn Gordon keinen Verteidiger hat, könnte er im Gefängnis landen. Es könnte auch noch schlimmer kommen – wenn die Sache schlecht für ihn ausgeht, endet er am Strang.«

»Du willst also mit weltlicher Logik und Vernunft gegen deinen mystischen Fluch kämpfen«, meinte Hugh mit einem

Hauch von Sarkasmus. »Ein Sterblicher soll Inspektor Gordon retten.«

Sein Zynismus ärgerte sie, aber sie wollte sich nicht reizen lassen. »Ich habe nicht gesagt, dass ich nicht an die Mächte *dieser* Welt glaube, Hugh«, fuhr sie ihn an. »Mir ist klar, dass du als Rechtsexperte der Richtige bist, um Gordon auf die Untersuchung vorzubereiten.«

»Danke, Kate. Dein Vertrauen in meine irdischen Fähigkeiten ehrt mich.«

»Wir beide mögen Meinungsverschiedenheiten gehabt haben, Hugh«, erwiderte sie ruhig. »Aber ich weiß, dass du zu den besten Anwälten der Kolonie zählst. Ansonsten hätte Sir Donald dich nicht zu seinem Interessenvertreter bestellt. Wenn ich auch, davon abgesehen, nicht viel von ihm gehalten habe, Sir Donald war ein sehr kluger Mensch.«

»Dir ist aber klar, dass ich Inspektor James nicht selbst als Mandanten werben kann. Das verstößt gegen ethische Grundsätze.«

»Ich weiß. Ich werde Gordon aufsuchen und vorschlagen, dass er einen Termin mit dir vereinbart. Natürlich nur, wenn er noch keinen anderen Anwalt mit seiner Vertretung beauftragt hat.«

»Da wäre noch die Frage des Honorars.« Hugh hatte nicht die Absicht, seine Fähigkeiten unter Wert zu verkaufen. »In Anbetracht des schwierigen Falls dürfte es ziemlich hoch ausfallen.«

»Ich übernehme sämtliche Kosten. Dafür erwarte ich, dass du alles tust, was in deiner Macht stehst, um die Eröffnung des Verfahrens zu verhindern.«

»Ich kann dir nichts versprechen, aber du bekommst die beste Vertretung, die für Geld zu haben ist.«

Nachdem Kate sich verabschiedet hatte, fragte sie sich, warum sie so bereitwillig dem Mann half, der ihren Neffen getötet hatte. Nun, schließlich war er der Sohn ihrer lieben, verstorbenen Freundin Emma, und da war es nur recht und billig, dass sie ihn unterstützte. Doch die wahre Antwort lag tiefer und war nicht so leicht zu greifen: Sie wusste, dass

Sarah diesen Mann aus unerfindlichen Gründen immer noch liebte.

Kate spannte ihren Schirm auf, um sich gegen die tropische Sonne zu schützen, und ging über die staubige Straße zu ihrem Hotel. Die Männer, die im Schatten der breiten Veranden entlang der Hauptstraße saßen, warfen der Frau mit der Haltung einer Königin bewundernde Blicke zu. Ein paar erkannten sie und flüsterten den anderen zu, das sei Kate O'Keefe, die einst als Barmädchen im Hotel Emperor's Arms gearbeitet habe. Sie hatte einen langen, harten Weg hinter sich. Ihr einziges Kapital waren ihr Traum gewesen und der Mut, es mit der traditionell von Männern beherrschten Geschäftswelt aufzunehmen. Am Ende hatte sie gesiegt.

57

Wenn Gordon James aus dem neu eingebauten Glasfenster in seinem Büro sah, blickte er auf den staubigen Exerzierplatz, auf dem schon sein Vater seine Polizisten gedrillt hatte. Der Polizeisuperintendent des Distrikts hatte es für sinnvoll gehalten, dass James in Rockhampton blieb. Bis die Untersuchung der gegen ihn erhobenen Vorwürfe abgeschlossen war, sollte er seiner Tätigkeit hier nachgehen und dafür auch sein normales Gehalt beziehen.

Der Superintendent war von Inspektor James' Unschuld überzeugt, aber ihm war auch klar, dass der Gerechtigkeit Genüge getan werden musste. Calders Verhaftung hatte zu viel öffentliches Aufsehen erregt. Es war kein Geheimnis, dass die berittene Eingeborenenpolizei mächtige Feinde hatte, die die Truppe nur allzu gern aufgelöst hätten. Schließlich war sie im Lauf der Jahre immer wieder beschuldigt worden, mutwillig Eingeborene getötet zu haben.

Blökende Schafe aus dem Süden, schnaubte er verächtlich. Europäer, die keine Ahnung hatten, wie hinterhältig und bösartig die Schwarzen von Queensland waren. Diese irregeleiteten Schwachköpfe behaupteten, die berittene Eingeborenenpolizei wolle die Ureinwohner systematisch ausrotten. Zum Glück war der Superintendent Liebling einer Hand voll rücksichtsloser, mächtiger Siedler, die ihn als Held feierten, weil er für ihr Recht eintrat, das Land von schwarzem Ungeziefer zu säubern. Daher hatte er seine Polizisten auch immer gegen alle Vorwürfe des wahllosen Mordes verteidigt.

Aber es standen Wahlen an, und nicht alle Siedler unterstützten die Polizei. Einige verrückte Individuen lebten auf ihren Anwesen tatsächlich in Frieden mit den örtlichen Eingeborenen und gingen so weit, der berittenen Eingeborenenpolizei den Zugang zu ihrem Land zu verweigern. Die blökenden Schafe im Süden hörten auf deren Stimme. Dass ausgerechnet Gordon James Gegenstand der Untersuchung war, heizte den Konflikt weiter an. Noch schlimmer war, dass sich die Zeitungen nicht im Geringsten für die beruflichen Verdienste des beschuldigten Polizeiinspektors interessierten.

Gordon war offiziell von den gegen ihn erhobenen Anschuldigungen informiert worden. Gleichzeitig hatte man ihm versichert, dass die Sache im Sande verlaufen werde. Er selbst war sich da nicht so sicher. In seinem Leben schien alles schief zu gehen, obwohl er das unerschütterliche Vertrauen des Superintendent in ihn zu schätzen wusste. Daher hatte er auch akzeptiert, bis zum Abschluss der Untersuchung in Rockhampton zu bleiben.

Während er noch in seinem Büro aus dem Fenster auf den leeren Exerzierplatz starrte und über die Wechselfälle seines Lebens nachdachte, hörte er das Rattern eines leichten Einspänners, der draußen hielt.

Eine Frau sprach mit einem der eingeborenen Polizisten und erkundigte sich nach Gordon. Wenn er es nicht besser gewusst hätte, hätte er geschworen, es wäre Kate Tracy!

Er öffnete die Tür und stellte zu seiner Überraschung fest, dass sie tatsächlich vor ihm stand.

»Gordon«, begrüßte sie ihn steif. »Ich bin hier, um mit dir zu sprechen.«

»Kommen Sie herein, Missus Tracy.« Er hielt ihr die Tür auf, und sie rauschte an ihm vorbei.

Gordon folgte ihr und bot ihr einen Stuhl an. Kate nickte höflich und ließ sich anmutig darauf nieder. Offensichtlich hatte ihr unangekündigter Besuch den jungen Mann in einige Verwirrung gestürzt. Unbehaglich und verlegen stand er hinter seinem Schreibtisch und wusste nicht, was er sagen sollte. »Du könntest uns von einem deiner Männer Tee bringen lassen, Gordon«, sagte sie ruhig. »Ich bin von der Fahrt zur Kaserne ziemlich durstig.«

»Natürlich«, erwiderte er dankbar und rief: »Trooper Alma!«

»Mahmy.« Der Polizist, der die Veranda vor dem Büro gefegt hatte, eilte zur Tür und stand dort stramm, während er auf seine Befehle wartete.

»Besorg mir und Missus Tracy Tee, aber schnell. Verstanden?«

»Ja, Mahmy. Ganz schnell.«

Während der eingeborene Polizist verschwand, um aus der Gemeinschaftsküche der Kaserne einen Teekessel zu holen, setzte Gordon sich. »Ich bin ziemlich überrascht, Sie hier zu sehen, Missus Tracy«, begann er stirnrunzelnd.

»Ich war· geschäftlich in Rockhampton«, erwiderte Kate kühl, »als ich von deiner gegenwärtigen Lage gehört habe. Es heißt, man wirft dir vor, bei einer Verhaftung einen Mann getötet zu haben.«

»Ich habe ihn nicht ermordet«, gab er zornig zurück. »Dieser verlogene Calder hat ihn in den Rücken geschossen ...«

»Das habe ich ja auch gar nicht behauptet«, schalt Kate.

»Tut mir Leid, wenn ich wütend geworden bin«, sagte Gordon mit leiser Stimme. »Aber bei mir ist einfach alles schief gegangen – das wissen Sie ja selbst.«

Kate betrachtete den jungen Mann genauer. Seine Uniform war zerknittert, dabei erinnerte sie sich noch gut daran, dass er immer wie aus dem Ei gepellt gewirkt hatte. Er sah müde und erschöpft aus, und sie fühlte fast so etwas wie Mitleid für ihn. »Du fragst dich bestimmt, warum ich den Weg hierher auf mich genommen habe. Eine besondere Zuneigung zu dir ist jedenfalls nicht der Grund für meinen Besuch, das weißt du, nach allem was du mir und Sarah angetan hast.«

»Neugierig bin ich schon«, gestand er mit müder Stimme.

»Ich wollte wissen, ob du schon an einen Rechtsvertreter für die Untersuchung gedacht hast.«

»Nein, ich dachte, das wäre nicht nötig. Ich wollte mich einfach an die Tatsachen halten.«

»Bei deinem Glück solltest du dich wirklich an einen Rechtsanwalt wenden. Ich denke dabei an eine bestimmte Person – einen gewissen Hugh Darlington, der eine Kanzlei in Rockhampton hat.«

»Ich habe von ihm gehört. Er ist der örtliche Abgeordnete im Parlament. Aber ich glaube nicht, dass ich ihn mir leisten könnte.«

»Die Kosten übernehme ich«, sagte Kate.

Gordon sah sie scharf an. Ihre Großzügigkeit und ihre unverlangte Hilfe kamen für ihn völlig unerwartet. »Sie würden mir helfen? Nach allem, was ich Ihnen angetan habe?«

»Es geht nicht um mich«, gab sie leise zurück. »Ich tue es aus Respekt für das Andenken deiner lieben Eltern. Und für Sarah.«

»Sarah?«

»Ja, um Sarahs willen. Für sie wäre es eine Katastrophe, wenn du gehängt würdest. So, wie du den Mund aufreißt, scheint das für dich eine Überraschung zu sein.«

»Ich … ich … ja«, stotterte Gordon, während er versuchte, seine Gedanken und Gefühle so weit zu ordnen, dass er eine vernünftige Antwort geben konnte. »Warum sollte es Sarah interessieren, ob ich lebe oder sterbe? Schließlich ist sie mit einem anderen verlobt.«

»Wahrscheinlich, weil sie nie wirklich aufgehört hat, dich zu lieben, Gordon«, erwiderte Kate seufzend. »Sie hat dich immer geliebt und kann, soweit ich sehe, keinen anderen lieben. Du hast sie furchtbar verletzt, aber ihre Gefühle sind immer noch vorhanden, obwohl sie nie darüber spricht.«

»Woher wollen Sie das dann wissen?«

»Ich weiß es einfach. Ich kenne Sarah fast ihr ganzes Leben lang, und als Frau weiß ich, was eine andere Frau für einen Mann fühlt, selbst wenn es sich um ein wertloses Individuum wie dich handelt. Das ist eine Schwäche, unter der Frauen gelegentlich leiden … irgendwann in ihrem Leben lieben sie einen Taugenichts.«

Gordon starrte auf seinen Schreibtisch herab. Wahrscheinlich bezog sich Kate auf ihre erste Ehe mit Kevin O'Keefe. Er hatte keine Ahnung, dass sie dabei auch an ihre Affäre mit dem Anwalt dachte, den sie ihm empfohlen hatte. Seine Hände zitterten, und Kate wurde schnell klar, dass ihre Enthüllung über Sarahs geheime Gefühle in dem jungen Polizisten Emotionen ausgelöst hatte, die sie nicht erwartet hatte. Sie fragte sich, ob sie ihm jemals vergeben konnte. Doch ihm Grunde waren ihre Gefühle für Gordon James unwichtig, was zählte, war, was Sarah für Gordon empfand … und er für sie.

»Ich verdiene Sarah nicht«, flüsterte er, und Kate sah, wie ihm Tränen in die traurigen Augen stiegen. »Ich habe nicht das Recht, für all das, was ich Ihnen und Sarah angetan habe, um Vergebung zu bitten. Wenn ich mein Leben für Peter geben und Sarahs Liebe behalten könnte, würde ich es tun.«

»Ich glaube, du meinst wirklich, was du sagst, Gordon«, sagte Kate sanft, während sie die Hand ausstreckte und seine gefalteten Hände berührte. »Soweit ich weiß, hast du noch nie gelogen.«

Als er aufsah, wusste sie, dass sie sich nicht getäuscht hatte. In seinen feuchten Augen las sie einen entsetzlichen Schmerz. Gordon erinnerte Kate an seinen Vater vor vielen Jahren. Auch der hünenhafte Polizeisergeant hatte sie damals um Verzeihung gebeten.

Trooper Alma war überrascht, als er in das Büro spähte und den harten jungen Inspektor ohne Scham weinen sah. Angesichts des Kummers seines Mahmy schlich er verlegen mit den beiden Bechern, in denen der Tee dampfte, davon.

Am nächsten Tag saß Gordon in Hugh Darlingtons Büro. Der Anwalt sog die Luft mit einem saugenden Geräusch durch die Lippen, während er auf den Bericht starrte, den der Polizist zu den Umständen von Joe Heslops Tod verfasst hatte.

»Sagen Sie, Inspektor«, meinte er, als er schließlich aufsah und den jungen Mann anblickte, der sehr still auf seinem Stuhl saß. »Wo ist die Kugel in den Körper des Toten eingetreten?«

»Am Rücken«, erklärte Gordon ungeduldig, als ginge das aus seinem Bericht hervor.

»Und welche Waffe trugen Sie, als Mister Heslop erschossen wurde?

»Einen .45er Single-Action-Armeecolt.«

»Und Mister Calder? Was für eine Waffe hatte er bei seiner Verhaftung bei sich?«

»Einen Snider-Karabiner, Kaliber 577.«

»Ist die Kugel aus Mister Heslops Körper wieder ausgetreten?«

»Nein.« Gordon zögerte. »Ich glaube nicht.«

»Wo befindet sich Mister Heslops Leiche im Augenblick?« fragte der Anwalt, als handelte es sich um ein Kreuzverhör vor Gericht.

»Er wurde in Barcaldine begraben.«

Triumphierend lehnte Hugh sich auf seinem Stuhl zurück. »Und welche Kugel würden wir wahrscheinlich bei einer Exhumierung in Joe Heslops Leiche finden?«

»Snider-Munition, Kaliber 577«, erwiderte Gordon ehrfürchtig, als ihm das Offensichtliche schwante. »Eine verdammte Karabinerkugel!«

»Ich glaube, Missus Tracy wird zunächst einmal die Kosten für eine Reise nach Barcaldine zu übernehmen haben. Und die Kosten für den Besuch eines Bekannten von mir, der zufällig früher Stabsarzt bei der Armee war und große Erfahrung mit Kriegsverletzungen und Schusswunden besitzt.«

Zum ersten Mal seit Wochen lächelte Gordon.

58

Vieles von dem, was Patrick Duffy aus dem Fenster des Eisenbahnwagons sah, erinnerte ihn an das Outback seines Landes. Die schweigsamen burischen Farmer glichen den *Rooineks* Australiens – konservative Männer, die nach den erbarmungslosen Regeln der unvorhersehbaren Launen der Natur lebten und in deren bärtigen Gesichtern sich Verachtung für alle Städter verbarg.

Seine Reise hatte ihn von den fruchtbaren Ebenen der Küste über die Bergkette, die sich wie ein zerklüftetes Rückgrat von Kapstadt im Südwesten bis nach Transvaal im Nordosten zog, zum *Veld* geführt, dem Grasland der westlichen Kapkolonie. Immer wieder hatte er sich über die Ähnlichkeiten der beiden Länder gewundert, die sogar die Jahreszeiten gemeinsam hatten. Die weißen Siedler hier erlebten nicht die kalten, verschneiten Festtage ihrer Mutterländer Holland und England, sondern die heiße, trockene Weihnachtszeit, die auch die Australier kannten.

Sogar das Hotel in De Aar, wo Patrick seinen Durst mit einem kühlen Bier löschte, hätte ebenso gut in Bourke oder Walgett stehen können. Allerdings sprachen die weißen Gäste eine gutturale Sprache, die dem Deutschen ähnelte, das Patrick einigermaßen beherrschte. Als einziger Kunde in der Bar, der kein Afrikaans sprach, war er froh, dass zumindest der Wirt Engländer war. Das war ein großer, massiger Mann mit einem fleischigen, roten Gesicht, der aussah, als würde er mit jedem Buren fertig werden, der an seiner Zugehörigkeit zu den vorgeblichen Unterdrückern der energisch auf ihre Unabhängigkeit pochenden Farmer niederländischer Abstammung Anstoß nahm.

Colonel Godfrey hatte Patrick empfohlen, mit der Suche nach seinem Vater in De Aar zu beginnen. In dieser Stadt erstattete Michael Duffy seinem Verbindungsmann zum britischen Außenministerium von Zeit zu Zeit Bericht.

Die Buren betrachteten den jungen *Rooinek*, der sich unter sie gemischt hatte, mit finsterer Miene, und Patrick, der an der Bar stand, konnte ihre abweisenden Blicke in seinem Rücken spüren. Er war von der Bahnstation zum Hotel gegangen, das er als Ausgangsbasis für die Suche nach seinem Vater – und Catherine – benutzen wollte. Allmählich bekam er jedoch den Eindruck, im falschen Haus abgestiegen zu sein. Ab und zu machte einer der anderen Gäste eine abfällige Bemerkung über ihn. Dabei taten sich besonders fünf hoch gewachsene Bartträger hervor, die an einem Tisch in der Ecke der Bar Gin tranken.

»Sie sollten vielleicht besser in den Nebenraum gehen, Kumpel«, riet ihm der massige Wirt unauffällig, als er in seiner Nähe die Theke abwischte. »Die Burschen da trinken seit dem frühen Morgen und sind nicht gerade begeistert, hier einen Engländer zu treffen. Für die ist das ihr Lokal.«

»Ich bin kein Engländer«, erwiderte Patrick so laut, dass ihn auch die burischen Gäste hören mussten. »Ich bin Australier.«

»Das ist dem Mob da drüben egal, Kumpel«, warnte ihn der Wirt. »Wer Englisch spricht, ist Engländer.«

Also folgte Patrick dem weisen Rat und zog sich taktvoll in das angrenzende Nebenzimmer zurück. Kaum hatte er den winzigen Raum betreten, da stach ihm ein großes Gemälde an der Wand ins Auge, das eine schöne Frau darstellte, die nackt auf einer Couch lag. Völlig verblüfft blickte er in das lächelnde Gesicht von Catherine Fitzgerald.

»Wie sind Sie an das Bild gekommen?«, rief er dem Wirt zu.

Der beäugte ihn misstrauisch. »Warum wollen Sie das wissen?«

»Weil ich den Maler gern sprechen würde.«

»Wenn Sie das Gemälde kaufen wollen, können Sie es haben«, meinte der andere geschäftstüchtig. »Der hat sowieso noch eine Rechnung bei mir offen.«

»Wie viel?«

»Zwanzig englische Pfund«, sagte der Wirt hastig. »Ist jeden Penny wert, so schnuckelig, wie die ist.«

»Zwanzig Pfund, und Sie sagen mir, wo ich den Mann finde, der sie gemalt hat.«

Plötzlich gab sich der Wirt ausweichend. Der Australier war bereit, für das Bild doppelt so viel zu bezahlen, wie ihm der hünenhafte Ire schuldete. Und wenn er es sich recht überlegte, sah der Australier dem Mann so ähnlich, als wäre er sein Sohn. »Kennen Sie Michael Duffy denn?«, fragte er so leise, dass es die Gäste in der angrenzenden Bar nicht hören konnten.

»Mein Name ist Patrick Duffy. Ich bin sein Sohn.« Patrick bemühte sich, seine zunehmende Erregung unter Kontrolle zu halten. *Dass er ausgerechnet in diesem Hotel gelandet war ...*

»Haben Sie dafür irgendwelche Beweise?«, fragte der massige Mann streitlustig. Patrick war sich nunmehr fast sicher, dass er den Verbindungsmann seines Vaters vor sich hatte. Warum auch nicht? Man machte sich ja wohl kaum verdächtig, wenn man im Herzen des Burenlandes ein Bier trank. Nach dem, was er über seinen Vater gehört hatte, war diese geradezu selbstmörderische Kühnheit typisch für Michael Duffy, der stets auf sein Glück vertraute. »Sehen Sie mich doch mal an«, knurrte er leise. »Angeblich gleiche ich meinem Vater wie ein Ei dem anderen. Ist das nicht Beweis genug?«

Der Mann nickte und grinste. »Ja. Mit Augenklappe und zwanzig Jahre älter könnten Sie als er durchgehen. Wenn Sie Ihren Vater suchen, der lagert wahrscheinlich fünfzehn Kilometer von hier auf dem Weg nach Prieska. Hab gehört, er steht mit seinem Planwagen in der Nähe einer Anhöhe. Genug Vorräte dürfte er wohl dabeihaben. Mehr weiß ich nicht.«

»Hat er eine junge Frau bei sich? Das Mädchen auf dem Bild?«

»Wie gesagt«, wiederholte der Wirt, »mehr weiß ich nicht.«

»Danke. Wo kann ich hier in der Nähe ein Pferd und Proviant bekommen?«, fragte Patrick, während er von einem dicken Bündel Scheine zwanzig englische Pfund abzählte. Der Wirt leckte sich beim Anblick der druckfrischen Noten, die ihm der junge Mann in die Hand drückte, die Lippen. »Was ist mit dem Bild, das Sie mir abgekauft haben?«, rief er ihm nach, als Patrick aufbrach.

»Das nehme ich mit, wenn ich zurückkomme«, erwiderte dieser über die Schulter. »Bewahren Sie es so lange für mich auf.«

Patrick war ein Fehler unterlaufen: Er hatte angenommen, dass der Wirt der Verbindungsmann seines Vaters war. Tatsächlich mochte der Mann den Iren nicht besonders, weil er ihn verdächtigte, den burischen Gästen seines Lokals Waffen zu verkaufen. Nicht dass er Fragen gestellt hätte.

»He, Engländer«, rief der älteste der Männer, die sich feindselig über Patricks Anwesenheit geäußert hatten, dem Wirt zu. »Hat der *Rooinek* Katerina gekauft?«

»Ja, Lucas«, gab dieser zurück. »Damit hat er die Schulden seines Alten beglichen.«

»Duffy ist der Vater von dem *Rooinek*?« Der ältere Afrikaander warf seinen Gefährten einen Blick zu. »Der Engländer, der gerade hier war, riecht nach Soldat«, meinte er dann auf Afrikaans.

Lucas Bronkhorst kannte sich mit englischen Soldaten aus. Fünf Jahre zuvor hatte er am entscheidenden Sturmangriff auf das schottische Bataillon teilgenommen, das die felsigen, baumlosen Höhen von Majuba Hill besetzt hielt. Der Sieg der Afrikaander gegen die Briten an jenem Tag stellte einen überwältigenden Erfolg der taktischen Fähigkeiten der Buren dar.

Seine vier Gefährten nickten zustimmend. Lucas Bronkhorst warf eine Hand voll Münzen für ihre Getränke auf die Bar, und die Männer am Tisch erhoben sich, um sich ihm anzuschließen. Sie würden dem *Rooinek* folgen, um mehr über ihn in Erfahrung zu bringen. Vielleicht verriet ihnen das etwas über den Iren, der ihnen die deutschen Mauser-Gewehre verkauft hatte. *Gewehre, die sich gleich bei der ersten Benutzung als kaputt erwiesen hatten!*

Die Afrikaander vermuteten, dass Duffy mit dem britischen Geheimdienst in der Kapkolonie in Verbindung stand. Das

Auftauchen des jungen *Rooinek* schien Bronkhorsts Verdacht zu bestätigen. Wenn sich der jüngere *Rooinek* mit dem älteren traf, würden sie sich beide vornehmen und sie verhören. Danach mussten sie sie wahrscheinlich umbringen.

Patrick ahnte nichts von dem Interesse, das sein Erscheinen in der Stadt bei den burischen Farmern ausgelöst hatte. Er verließ die Stadt auf einem Pferd von höchst zweifelhafter Qualität und führte ein noch armseligeres Packtier am Zügel. Sein Ritt ging nach Westen durch die ausgetrocknete Grassteppe der weiten Savanne und Hügel mit grünen Weiden. Die einzigen Menschen, denen er auf dem Weg nach Prieska begegnete, waren Eingeborene. Bewundernd betrachtete er die stolzen Gestalten: hoch gewachsene, gut gebaute Männer mit pechschwarzer Haut und auf dem Rücken der Mütter großäugige Kinder, die den Australier, der über ihnen auf seinem Pferd thronte, anstarrten und dabei am Daumen lutschten.

Dieselben Schwarzen betrachteten voll unverhohlener Furcht die Kolonne von fünfzehn schwer bewaffneten Männern, die dem einsamen Reiter mit dem Packtier in gut eineinhalb Kilometer Abstand folgte. Das war nah genug, um Patrick immer wieder auf den Anhöhen auftauchen zu sehen, aber zu weit, als dass er das Burenkommando entdeckt hätte.

Bei Sonnenuntergang ritt Patrick auf eine Anhöhe. Von diesem Aussichtspunkt blickte er auf das schlammige Wasser eines mäandernden Baches herab, der sich wie eine riesige braune Schlange durch die Ebene wand. Im üppigen Gras weideten neben einem Planwagen zwei Ochsen, die aus dieser Entfernung winzig aussahen. In dem steinigen Bachbett kniete ein Mann und spülte Geschirr ab. Er schien allein zu sein. Obwohl Patrick keine Einzelheiten unterscheiden konnte, hatte er das Gefühl, seinen Vater zum zweiten Mal in seinem Leben zu erblicken. Erinnerungen an einen großen einäugigen Amerikaner überschwemmten ihn, der ihm als kleiner Junge in Sydney einen Silberdollar geschenkt hatte. Damals hatte er dem Fremden schwören müssen, seinem Onkel Daniel nichts von ihrer Begegnung zu erzählen.

Mit einem leichten Fersendruck trieb er sein Pferd den sanften Hang hinunter. Der Mann erhob sich und blickte dem Reiter entgegen, der langsam den Hang herunterkam.

Instinktiv legte Michael Duffy die Hand auf den Griff des großen Colt an seiner Hüfte. In seinem Leben waren alle Besucher potenzielle Feinde.

59

Es war ein heißer Tag unter der glühenden Sonne, die auf das Land am Wendekreis des Steinbocks herabbrannte, und Kate hielt ihren Sonnenschirm griffbereit, während ihr Gepäck auf das Dampfschiff verladen wurde. Als sie sich davon überzeugt hatte, dass alles sicher untergebracht war, wandte sie ihre Aufmerksamkeit Gordon James zu. Ihr fiel auf, dass seine Uniform diesmal sauber und ordentlich gebügelt war. Außer ihm hatten sich nur ein paar bärtige Männer mit Planwagen eingefunden, um das Auslaufen des Küstenschiffes nach Townsville zu beobachten.

Auf der Uferböschung hockte eine kleine Gruppe Ureinwohner aus der Fitzroy-Region und bettelte ohne großen Eifer um Tabak und Kleingeld. Mitleidig betrachtete Kate die Menschen vom einst so stolzen Volk der Darambal, die sich nun mit von Europäern abgelegten Lumpen zufrieden geben mussten. Sie fühlte sich ihnen verbunden, weil in ihren Adern Sarahs Blut floss, und fand es entsetzlich, dass sie betteln mussten.

»Sie freuen sich wahrscheinlich darauf, nach Hause zu Ihrem kleinen Matthew zu kommen«, meinte Gordon, der bemerkt hatte, wie sehnsüchtig Kate ein nacktes Aborigine-Kleinkind betrachtete, das im Schlamm des Flussufers spielte.

»Es kommt mir vor, als wäre eine Ewigkeit vergangen, seit ich ihn zum letzten Mal im Arm gehalten habe«, seufzte Kate. »Ich frage mich, ob er seine Mutter überhaupt noch erkennt.«

»Das glaube ich schon«, erwiderte er mit einem freundlichen Lächeln. »Seine Eltern vergisst man nicht.«

»Genauso wenig wie seine Kinder.«

Er verstand die Andeutung und starrte über den Fluss auf einen Schwarm Pelikane, der knapp über dem Wasser dahinflog. Kate sah deutlich, dass er an etwas ganz anderes dachte als an ihre Abreise. Seine nächsten Worte bestätigten das.

»Nach der Exhumierung in Barcaldine reite ich nach Balaclava. Ich kann nur beten, dass Sie Sarahs Gefühle für mich richtig einschätzen.«

»Ich bin mir sicher, dass sie dir vergeben kann, Gordon«, sagte Kate leise und blickte ihm ins Gesicht. »Liebe ist viel mächtiger als Hass. Ich weiß, dass das leicht gesagt ist, aber meine persönliche Erfahrung hat mich gelehrt, dass Liebe die Härten des Lebens überdauert.« Bittersüße Erinnerungen stiegen in ihr auf an die Zeit, als sie von ihrem starken und gleichzeitig sanften Amerikaner getrennt gelebt hatte. Lange Jahre hatte sie verschwendet, weil sie sich ihre Liebe zu ihm nicht eingestanden hatte. Heute bedauerte sie das. »Das Leben ist zu kurz, um sich ständig darum zu sorgen, was alles passieren könnte«, fasste sie ihre einfache Philosophie zusammen.

Gordon ließ den Kopf sinken und blickte von Kate zu den Ureinwohnern am Flussufer. »Was ich Sarah angetan habe, ist entsetzlich«, flüsterte er schließlich. »Ich frage mich, ob sie mir vergeben kann. Es wäre nur verständlich, wenn sie sich einem anderen zuwendet.«

»Sie liebt dich mit ihrem Körper und ihrer Seele«, gab Kate leise zurück. »Wenn du bereit bist, um ihre Liebe zu kämpfen, ist es unwichtig, ob sie mit einem anderen verlobt ist. Ich weiß, dass Sarah dich in ihrem Leben braucht. Bis ich dir vor einer Woche begegnet bin, hätte ich ihre unausgesprochene Liebe für dich wahrscheinlich nicht unterstützt. Aber an deinen Augen habe ich gesehen, wie groß dein Schmerz ist. Du hast dich verändert.«

»Sobald die Untersuchung abgeschlossen ist, quittiere ich den Polizeidienst – so oder so«, sagte er mit bitterer Entschlossenheit.

»Ich glaube nicht, dass du dir um den Ausgang Sorgen machen musst«, beruhigte Kate ihn. »Mister Darlington hat mich über den Tatbestand informiert.«

»Ich schulde Ihnen mehr, als Sie sich vorstellen können, Missus Tracy«, erklärte Gordon mit trauriger, distanzierter Stimme. »Einen Frieden, der nicht mit Geld zu bezahlen ist.«

»Du wirst mir eine Menge Geld schulden, wenn mir Mister Darlington erst sein saftiges Honorar in Rechnung gestellt hat, Gordon James.« Kate lächelte breit. »Und ich erwarte dich bei der ersten Gelegenheit mit Sarah in Townsville, damit du deine Schulden bei mir abarbeiten kannst.«

»Sogar meine Arbeitsstelle werde ich Ihnen verdanken«, sagte er fröhlicher. »Doch diese Schulden zahle ich gern zurück.«

Ein Deckshelfer rief alle Passagiere an Bord und begann, den Landungssteg einzuholen. Kate nahm Gordons Hände in ihre. »Liebe ist die stärkste Kraft dieser Welt«, sagte sie. »Das darfst du nie vergessen. Königreiche kommen und gehen, aber die Liebe bleibt in unserem Leben als eine Macht, die selbst über den Tod hinausreicht.«

Sie ließ seine Hände los. Während er ihr nachsah, als sie an Bord ging, erinnerte er sich an ihre Abschiedsworte. *Die Liebe bleibt in unserem Leben als eine Macht, die selbst über den Tod hinausreicht.* Aus unerklärlichen Gründen hallten die Worte in seinem Geist wieder. *Selbst über den Tod hinaus …*

Gordon blieb am Kai stehen, bis sich das Schiff mitten auf dem Fluss befand, wo die Maschinen für die Fahrt auf das offene Meer hinaus kräftig angeheizt wurden. Kate, die ihren Sonnenschirm geöffnet hatte, winkte ihm vom Deck aus zu, aber bald waren sie und das Schiff außer Sicht.

Während Gordon noch über Kates Abschiedsworte nachdachte, war in Hugh Darlingtons Kanzlei ein Mann eingetroffen, dem selbst der viel beschäftigte Anwalt absolute Priorität einräumte. Granville White saß auf demselben Stuhl wie einige Tage zuvor Kate.

Es war die erste Begegnung zwischen Hugh Darlington und jenem Mann, dessen Schriftverkehr einen Großteil seiner Zeit in Anspruch nahm: Übertragungsurkunden für die zahlreichen Besitzungen entlang der Küste von Queensland, Eintragungen von Unternehmen und Verträge für die Errichtung von Fleischfabriken, Zuckerraffinerien und die Rekrutierung der als Kanaken bekannten Arbeiter aus der Südsee, die auf den Zuckerplantagen wie Leibeigene schufteten.

Als juristischer Vertreter der finanziellen Interessen der Macintoshs in der nördlichen Kolonie war Hugh mit den zahlreichen Transaktionen vertraut, die sich an der Grenze der Legalität bewegten. Aber er war nicht der Mann, solche Praktiken infrage zu stellen, schließlich setzte er selbst ähnliche Taktiken zum Vorteil seiner Kanzlei und seiner politischen Laufbahn ein.

»Ich hoffe, die Reise von Sydney hierher war angenehm, Mister White«, sagte er, bevor sie sich der geschäftlichen Tagesordnung zuwandten, die Granville für ihre Besprechung vorbereitet hatte.

»Allerdings«, erwiderte dieser, »aber hier oben ist es wirklich unerträglich heiß.«

»Man gewöhnt sich daran«, erklärte Hugh sanft. »Ich fürchte, mein Blut ist nach all den Jahren in diesem Klima dünn geworden.«

»Jedem das Seine.«

»Bevor wir uns den Themen zuwenden, die Sie in Ihrem Brief skizziert haben, Mister White«, beendete Hugh das höfliche Geplänkel, »würde ich gern den Verkauf von Glen View ansprechen.«

Granville sah den Anwalt scharf an. »Diese Missus Tracy hat Ihnen ein Angebot für den Besitz unterbreitet, stimmt's?«

»Das wissen Sie?« Hugh war überrascht.

»Ich kann es mir denken. Das war unvermeidlich, sie versucht seit Jahren, Glen View in die Finger zu bekommen.«

»Sie hat mich wissen lassen, dass sie bereit wäre, Ihnen ein großzügiges Angebot zu unterbreiten.«

»Von mir aus kann sie in der Hölle schmoren. Ich werde es nicht zulassen, dass jemand von dieser verdammten Duffy-Familie den Besitz in die Finger bekommt«, knurrte Granville. Der Anwalt war überrascht. Er hatte White als Geschäftsmann eingeschätzt, für den Sentimentalitäten zweitrangig waren. Die Feindschaft zwischen den Macintoshs und den Duffys war ihm bekannt, aber er hatte nicht gewusst, dass das auch für Granville White galt.

Doch Granville White war nicht so sentimental, wie der Anwalt vermutete. Für ihn zählte nur, dass Kate die Schwester jenes Mannes war, den er mehr als jeden anderen hasste und fürchtete. Bei der Veräußerung von Glen View ging es ihm nicht nur um finanzielle Aspekte, er musste Lady Enid zeigen, dass er die Macht besaß, zu zerstören, was ihr wertvoll war. »Ich habe bereits ein anderes großzügiges Angebot für den Besitz erhalten«, setzte Granville in einem Ton hinzu, der jede weitere Diskussion im Keim erstickte.

Hugh akzeptierte diesen Ausgang. Es gab noch genügend andere Punkte zu besprechen.

Als diese abgehakt waren, kam Granville erneut auf den Familienbesitz zu sprechen. Er wollte Glen View persönlich besuchen, bevor das große Anwesen in den Besitz einer englischen Gesellschaft überging, die in die Rinderzucht investieren würde.

Überrascht erklärte Hugh Granville, dass ein Besuch auf Glen View für den Verkauf nicht erforderlich sei. »Ich weiß, dass Sie Recht haben, Mister Darlington«, erwiderte Granville, »aber ich habe persönliche Gründe dafür. Ich habe mich mit einem Agenten verabredet, der verschiedene Farmer geschäftlich berät. Wir reisen morgen gemeinsam von Rockhampton aus dorthin.«

Granville hielt es nicht für nötig, weitere Erklärungen abzugeben. *Wie konnte er jemand anderem auch vermitteln, dass er seit Jahren unter abergläubischen Ängsten litt? Dass er sich vor einer düsteren Macht in seinem Leben fürchtete, die wie ein Fluch auf ihm lag?* Ihm war klar geworden, dass Glen View die Quelle dieses Übels war, gegen das er aus unerklärlichen Gründen nicht einmal im fernen Sydney gefeit war. Kein Mensch bei klarem Verstand würde so etwas äußern.

»Nun, dann ist die Sache ja geregelt«, meinte Hugh. »Wenn Sie wiederkommen, werden die Dokumente zur Unterschrift bereitliegen.«

»Gut«, knurrte Granville. »Allerdings müssen sich die Käufer mit einer Vorbehaltsklausel einverstanden erklären, bevor ich den verdammten Besitz übergebe.«

»Und die wäre?«, wollte Hugh wissen.

»Dass das Anwesen mindestens neunundneunzig Jahre lang an kein Mitglied der Familie Duffy verkauft werden darf.«

Hugh zog ob dieser Forderung die Augenbrauen hoch. »Wird erledigt, Mister White«, gab er zurück. »Mit einer solchen Zusatzvereinbarung dürfte das Anwesen auf alle Zeiten vor der Familie Duffy sicher sein.«

Granville grinste befriedigt. Lady Enid war nicht die Einzige in der Familie, die ihre Feinde ohne Gewalt vernichten konnte. Dieses Spiel beherrschte er auch.

60

Patrick konnte jetzt deutlich erkennen, dass der hünenhafte Mann eine Augenklappe trug. Er suchte die Umgebung mit den Blicken auf Anzeichen ab, dass Catherine bei ihm war, fand aber keine.

Der Gedanke, dass er in wenigen Augenblicken seinem Vater begegnen würde, ließ Panik in ihm aufsteigen. Aus Gründen, die ihm selbst unerklärlich blieben, hätte er am liebsten sein Pferd gewendet und wäre davongeritten. Was würden seine ersten Worte sein? Wie sprach man einen Mann an, den man nur einmal in seinem Leben kurz getroffen hatte? Doch Patrick hätte sich diese Gedanken über die richtige Vorstellung sparen können.

»Gehören die zu Ihnen?«, rief ihm sein Vater vom Fluss aus zu, während er auf die grasbewachsene Anhöhe einen halben Kilometer hinter Patrick starrte.

Verwirrt wandte Patrick sich im Sattel um. Er schnappte nach Luft, als er das Burenkommando auf dem Hügel ausschwärmen sah. Die Männer hielten ihre Gewehre in Hüfthöhe, und dem Manöver nach zu urteilen planten sie einen Angriff. »Nein, die habe ich noch nie gesehen«, rief er zurück.

Sein Vater lief die Uferböschung hinauf und nahm ein Gewehr aus dem Wagen.

»Engländer, was?«, fragte er, während er hinter den dicken Holzbrettern seines Planwagens in Deckung ging.

»Australier«, erwiderte Patrick und saß ab. Diese Antwort erregte Michaels Aufmerksamkeit. Er wandte den Blick von den Buren ab, die in lockerer Formation den Hügel herunterritten, und blickte Patrick prüfend ins Gesicht. Einen endlosen Augenblick lang starrten sie sich an. Keiner sprach ein Wort.

Schließlich brach Michael das Schweigen. »Das ist ein verdammt schlechter Moment, um dich kennen zu lernen, Patrick. Ich hoffe, das, was ich über deinen Ruf als Soldat gehört habe, stimmt. Im Moment kann ich nämlich jede Hilfe brauchen, die ich kriege.«

Die vorrückenden Reiter waren nur noch etwa vierhundert Meter von ihnen entfernt, sodass Patrick die Patronengurte, die sich die Reiter über die Brust geschlungen hatten, und die bärtigen Gesichter unter den weichen Hüten mit der seitlich nach oben geklappten Krempe erkennen konnte. Die Buren waren fast alle groß, und ihre Gesichtshaut war von den langen Jahren unter der Sonne Afrikas kupferrot. Sie ritten, als wären ihre Pferde Teil ihrer selbst. »Was zum Teufel ist da los?«, fragte er verwirrt über das plötzliche Auftauchen des Kommandos. Sie mussten ihm von De Aar aus gefolgt sein. Er verfluchte sich selbst dafür, dass er nicht wachsamer gewesen war. Beim Beruf seines Vaters hätte er damit rechnen müssen, dass dieser Feinde hatte.

»Sieht so aus, als hätte Bronkhorst gemerkt, dass die Mauser-Gewehre, die ich ihm geliefert habe, einen kleinen Fehler haben«, erwiderte Michael gelassen, während er den Lauf seiner Winchester auf die Kante des Wagens stützte. »Und ich glaube nicht, dass er sein Geld zurück will. Schnapp dir eine der Waffen, die unter den Decken im Wagen liegen. Ich nehme an, du kannst mit einem Repetiergewehr umgehen.«

Patrick hatte dieses Winchester-Modell noch nie gesehen, erkannte aber sofort, dass es nicht zu den leichteren Ausführungen gehörte, für die Revolvermunition verwendet wurde. Die Packung schwerer Messingpatronen, die auf der Klappe hinten am Wagen lag, bestätigte seine Beobachtung. Das war ein wesentlich größeres Kaliber. Er zog das schwere Gewehr unter der Decke hervor. »Geladen?«, vergewisserte er sich.

»Geladen«, bestätigte sein Vater. »Ein neues Gewehr von meinen Freunden bei Winchester. Hat ein alter Kumpel von mir, ein gewisser John Browning, erfunden. Er hat mir ein paar

davon geschickt, damit ich sie hier bei der Großwildjagd aus-
probiere.«

Patrick ging hinter dem Wagen in Stellung und stützte das
Gewehr auf das Holz. Beinahe drehte sich ihm der Magen um,
als ihm klar wurde, dass sie es mit fünfzehn schwer bewaffneten Reitern zu tun hatten. Die vorrückende Linie konnte sie
mit einem einzigen entschlossenen Angriff überrennen.

»Schieß nur auf die Pferde«, sagte sein Vater leise, während
er ein Ziel in der Mitte der Linie anvisierte. »Versuch, keinen
Reiter zu treffen.«

»Reicht das Gewehr denn so weit?«, fragte Patrick besorgt.
Wenn sie eine Attacke dieser Art aufhalten wollten, zählte
jeder Schuss. Und vierhundert Meter waren selbst für den
besten Schützen eine gewaltige Entfernung.

»Allerdings«, erwiderte sein Vater leise und betätigte den
Abzug. Das Echo des Schusses war kaum zwischen den sanften, rollenden Grashügeln verhallt, da hatte er schon eine neue
Patrone eingelegt und ein zweites Mal geschossen. Patrick sah,
dass zwei Pferde getroffen waren. Eines stieg und schleifte seinen Reiter hinter sich her, während das zweite nach vorn stürzte und zusammenbrach. Der Reiter rettete sich mit einem
Sprung, schlug aber schwer auf dem Boden auf.

Michael feuerte schnell und lud nach. Obwohl viele seiner
Schüsse ins Leere gingen, gelang es ihm wie erhofft, die Attacke zu stören. Die Linie der Reiter geriet durcheinander. All-
gemeine Verwirrung brach aus. Hektisch zerrten die Buren an
den Zügeln, um ihre Tiere zu wenden und sie außer Reichweite der tödlichen Salven zu bringen, die die Männer hinter
dem massiven Planwagen abgaben. Michael schoss, bis die letzte Patronenhülse aus der Kammer seines Gewehrs ausgewor-
fen wurde.

Auch Patrick feuerte nun und war begeistert darüber, wie
reibungslos der Repetiermechanismus funktionierte. Obwohl
er sorgfältig gezielt hatte, sah er zu seinem Entsetzen, dass sein
Schuss einen Buren aus dem Sattel riss. Der Mann warf die
Arme in die Luft und rutschte vom Pferd. Die zu hoch geziel-
te Kugel hatte ihn in den Rücken getroffen. Bis Patrick seinen

letzten Schuss abgegeben hatte, hatten die von den Pferden geschleuderten Männer geschickt hinter den anderen aufgesessen.

Michael lud nach und feuerte ein paar Mal in die Luft, um die Fliehenden anzuspornen. Bald war die Ebene bis auf die toten und sterbenden Pferde verlassen. Die Ohren der beiden Schützen dröhnten vom Knall der Winchester-Gewehre.

»Was, glaubst du, werden sie als Nächstes tun?«, fragte Patrick mit gedämpfter Stimme. »Wieder zu Pferd angreifen?«

»Unwahrscheinlich«, knurrte sein Vater, während er nachlud. »Ich glaube eher, dass sie bis zur Dunkelheit warten und sich dann zu Fuß heranschleichen. Oder sie kreisen uns ein und greifen uns zu Pferd aus verschiedenen Richtungen an. Auf jeden Fall verstehen diese Burschen was vom Kämpfen und lassen sich nicht von ein paar *Rooineks* abschrecken, die sie auf dem *Veld* festgenagelt haben.«

»Ich glaube, sie werden versuchen, uns zu überrennen«, meinte Patrick. »Schließlich sind sie uns zahlenmäßig weit überlegen.«

Sein Vater schüttelte den Kopf. »Da Bronkhorst das Kommando hat, nehme ich an, dass sie bis zur Dunkelheit warten. Der kennt sich mit Nachtgefechten aus.«

Patrick setzte sich so, dass er sich mit dem Rücken an eines der Wagenräder lehnen konnte, und lud sein Gewehr mit Patronen aus einer Schachtel. Seine Knie waren butterweich, und sein Herz hämmerte in seiner Brust, eine Reaktion auf das Adrenalin, das durch seinen Körper rauschte. Und dabei hatte er sich vor wenigen Minuten noch gefragt, wie er seinen Vater begrüßen sollte.

Als Michael sein Gewehr gegen den Wagen lehnte und sich eine Zigarre anzündete, wunderte sich Patrick darüber, wie ruhig sein Vater blieb. Er schien keine Furcht zu kennen. Auch Patricks Angst ließ nach. Oder fühlte er nur eine Art Trost, weil er bei seinem Vater war? »Wie soll ich dich nennen?«, fragte er mit einem Blick auf das Profil seines Vaters, der seelenruhig vor sich hin paffte, ohne den Horizont hinter dem Hügel vor ihnen aus den Augen zu lassen.

Michael antwortete nicht sofort. Er fühlte sich in dieser Ruhepause nach dem Sturm genauso unbehaglich wie sein Sohn. »Einen gleichgültigen Schuft«, erwiderte er leise, »wenn du dich dann besser fühlst.«

»Vielleicht. Ich habe mich immer gefragt, warum du in all diesen Jahren nie versucht hast, Kontakt zu mir aufzunehmen.«

»Ich hatte meine Gründe, Patrick. Gründe, die ich dir unter den gegebenen Umständen kaum erklären kann.«

»Wahrscheinlich ist es später auch nicht einfacher«, wandte Patrick ein. »Es sieht nämlich so aus, als würden wir aus dieser Situation nicht lebend herauskommen. Vor allem, weil ich einen von denen getötet habe.«

»Ja«, seufzte Michael, »da könntest du Recht haben.«

»Wo ist Catherine?«, fragte Patrick mit einem bitteren Unterton. »Ist sie noch bei dir?«

»Siehst du hier irgendwelche Anzeichen dafür?«, gab Michael wütend zurück. »Und willst du mich als Nächstes fragen, ob sie meine Geliebte war? Das wäre nämlich reine Zeitverschwendung.«

»Ich wüsste es schon gern«, entgegnete sein Sohn ruhig. »Aber irgendwie habe ich geahnt, dass du es mir nicht sagen würdest.«

Michael wandte sich um und blickte seinen Sohn voller Mitleid an. Er sah sich selbst in dem jungen Mann. Die Erkenntnis dessen, was er in seinem Leben verloren hatte, traf ihn wie ein Hammerschlag. Es war offenkundig, dass Patrick eine weite Reise auf sich genommen hatte, um ihn zu finden. Diese Suche hatte ihn in eine gefährliche Lage gebracht, die er selbst, Michael, heraufbeschworen hatte. »Vielleicht ist jetzt nicht die Zeit für Spielchen«, sagte er sanft. »Ich werde versuchen, deine Fragen, so gut es geht, zu beantworten … Sohn.«

Patrick sah ihn an. Er war so verbittert, dass ihm das Wort »Vater« nicht über die Lippen kam.

Michael richtete seine Aufmerksamkeit auf den fernen Horizont, wo nur Kopf und Schultern eines Mannes zu sehen waren, der offenbar ihre Position ausspähte, um seine Strategie danach auszurichten. »Was Catherine angeht«, fuhr er fort,

»so habe ich sie seit Griechenland nicht gesehen. Sie interessiert sich für Archäologie. Als ich nach Südafrika aufgebrochen bin, wollte sie nach Konstantinopel, um sich dort Ruinen anzusehen. Ich habe keine Ahnung, wo sie jetzt ist.«

»Ich habe in De Aar ein Bild von ihr gesehen.«

»Ah ... ja. ›Katerina‹ habe ich das Gemälde genannt«, erwiderte Michael in liebevoller Erinnerung. »Ich hab's aus dem Gedächtnis gemalt.«

»Sie war nackt!«

»Die meisten Modelle posieren irgendwann nackt«, erwiderte Michael. »Das heißt nicht, dass sie meine Geliebte war.«

»Aber sie hat zugelassen, dass du sie nackt siehst«, meinte Patrick beharrlich. »Da zieht man unweigerlich seine Schlüsse.«

»Du klingst wie ein eifersüchtiger Schuljunge, Patrick«, wies ihn sein Vater zurecht. »Du wirst im Leben noch lernen, dass Frauen ihre eigenen Herrinnen sind. Selbst wenn wir ein Liebespaar gewesen wären, ginge das nur Catherine und mich etwas an, niemand sonst.«

»Dann gibst du es also zu«, bohrte Patrick nach.

In Michaels Ohren klang die Stimme seines Sohnes geradezu weinerlich. »Das größte Problem im Leben ist, dass man sich seinen Vater nicht aussuchen kann. Nun, du hast mich erwischt. Dagegen kannst du nicht viel tun, und am besten merkst du dir, dass ich nicht viel Geduld mit Männern habe, die sich wie kleine Jungen aufführen. Also hör jetzt mit diesem unerträglichen Gejammer auf und nimm die Dinge, wie sie sind. Sie ist nicht mehr bei mir. Wir haben andere Themen, über die wir reden müssen, als die Frage, ob Miss Catherine Fitzgerald und ich ein Verhältnis hatten. Sind wir uns da einig?«

Patrick funkelte seinen Vater verächtlich an. »Du bist wirklich ein Schuft der schlimmsten Sorte. Zuzulassen, dass sich dir eine Frau, die so jung und unschuldig ist wie Miss Fitzgerald, an den Hals wirft. Sie ...«

»Herrgott noch mal!«, explodierte Michael. »Woher hast du diese Idee, dass Frauen der Inbegriff der Unschuld sind? Wahrscheinlich aus Eton, wo sich alle kleinen Jungen ihr beschränktes Gehirn mit romantischen Ideen aus irgendwelchen Büchern voll stopfen. Was das angeht, war Catherine kein Kind mehr. Vielleicht war sie jung genug, um meine Tochter zu sein, was du bestimmt als Nächstes erwähnt hättest, aber wenn es darum ging, ihre Bedürfnisse zu befriedigen, war sie ganz Frau. Das kannst du mir glauben, Sohn.«

»Du Mistkerl!«, zischte Patrick und erhob sich. Michael nahm eine abwehrende Haltung ein.

»Hab mir doch gedacht, das dir früher oder später ein Name für mich einfällt! Mir war klar, dass du mich nicht ›Vater‹ nennen würdest«, meinte er mit einem kalten Lächeln. Patrick baute sich direkt vor ihm auf, und die beiden Männer beäugten sich wie ein Paar Kampfhunde. »Du kannst versuchen, mich zu schlagen«, stellte Michael in aller Ruhe fest, »aber ich verspreche dir, ich schlage sofort zurück.« Plötzlich wurde Patrick klar, dass er die Fäuste geballt hatte und sie fast erhoben hätte. »Ich hab gehört, du bist ein Meister im Ring. Der alte Max war ein guter Lehrer«, setzte Michael hinzu, »aber vergiss nicht, dass er mich auch unterrichtet hat.«

Patrick ließ die Fäuste sinken und wandte sich ab, um sich wieder auf den Boden zu setzen, den Rücken an das Wagenrad gelehnt. »So habe ich mir das nicht vorgestellt«, sagte er traurig. »Fast hätten wir uns geprügelt.« Er gab ein kurzes, bitteres Lachen von sich. »Da sitzen wir nun …. Endlich sind wir uns begegnet. Ich habe mir das Gehirn zermartert, was ich zu dir sagen soll. Im Augenblick stecken wir gewaltig in der Tinte, und mich interessiert nur, ob du ein Verhältnis mit Miss Fitzgerald gehabt hast. Das ist wohl mein Stolz.«

»Da ist nichts Schlechtes dran, mein Sohn«, sagte Michael sanft. »Ich habe von eurer Beziehung erst in Griechenland erfahren.«

Patrick sah zu seinem Vater auf. »Hast du dich deswegen von ihr getrennt? Meinetwegen?«

Sein Vater lächelte geheimnisvoll. »Möglicherweise.«

Diese schlichte Antwort, dieses Lächeln ließen Michael in einem neuen Licht erscheinen. Vielleicht, dachte Patrick, war er doch nicht der Lump, für den er ihn gehalten hatte.

»Auf jeden Fall …« Michael brach abrupt ab, als ihm Holzsplitter vom Wagen ins Gesicht flogen. Er warf sich auf den Boden und griff dabei nach dem Gewehr, das er an das Wagenrad gelehnt hatte. Das hohle, rollende Echo eines Schusses hallte durch die Luft.

Patrick kroch hastig unter dem Planwagen in Deckung. Die Kugel des Scharfschützen war ein solcher Schock für ihn gewesen, dass sein Herz wie wild hämmerte. »Wo ist die denn hergekommen?«, zischte er seinem Vater zu.

»Von der Anhöhe.« Michael hob den Kopf, um den Horizont abzusuchen. Ein leichtes Rauchwölkchen markierte den Standort des Schützen. »Etwa fünfhundert Meter von hier. Verdammt guter Schuss auf diese Entfernung«, setzte er voller Bewunderung für den unsichtbaren Gegner hinzu.

»Glaubst du, die wollen uns von ihren Scharfschützen erledigen lassen?«, fragte Patrick.

»Nein, die Entfernung ist zu groß. Die werden uns bis Sonnenuntergang immer wieder beschießen, um uns hier festzuhalten.«

»Was sollen wir deiner Ansicht nach tun?«

»Bis zum Einbruch der Dunkelheit warten«, erwiderte Michael, während er sich auf den Rücken rollte, um nach der Zigarre zu suchen, die er hatte fallen lassen. »Dann haut einer von uns ab, während der andere so tut, als wären wir beide noch hier. Ein Trick, den dein Onkel Tom vor einigen Jährchen in Queensland benutzt hat, als ihn die Greifer eingeschlossen hatten. Er und sein schwarzer Freund Wallarie saßen damals in den Hügeln im Land am Golf in der Falle. Bei Tom hat es geklappt. Allerdings nur, bis sie ihn erschossen haben.«

»Ich bleibe«, erbot sich Patrick freiwillig. »Du kennst das Land besser als ich.«

»Schon, aber ich glaube, du bist noch nicht am Ziel deiner Suche«, erwiderte sein Vater sanft. »Also verschwindest du am besten, während ich sie aufhalte. Ich bin nicht zum ersten Mal in einer solchen Situation. Man könnte sagen, ich habe viel mehr Erfahrung damit als du.«

»Wenn du meine Suche nach Catherine meinst«, wandte

Patrick ein, »dann täuschst du dich. Ich habe alles herausgefunden, was ich wissen muss.«

Michael paffte an seinem Zigarrenstummel. »Nein, ich meine die Suche nach dir selbst. Die dauert ein Leben lang. Glaub mir, ich kenne mich da aus.«

In den Worten seines Vaters lag eine merkwürdige Wärme. Woher kannte dieser Mann seine intimsten, beunruhigendsten Gedanken, von denen niemand sonst etwas ahnte?

»Vater?« Michael hörte auf, an seiner Zigarre zu ziehen. »Erzähl mir von meiner Mutter. Glaubst du, sie hat mich wirklich weggegeben, wie Lady Enid behauptet?«

Der große einäugige Ire fühlte einen seltsamen Frieden in sich. »Falls wir beide hier heil herauskommen, werde ich dir ausführlicher erzählen, wie sehr deine Mutter dich liebt. Vergiss das niemals, Sohn.« Er wandte sich ab, damit sein Sohn die Tränen nicht sah, die ihm in das gesunde Auge stiegen.

Hinter dem Kamm des grasbewachsenen Hügels bereitete sich das Burenkommando auf die Nacht vor. Der Ire mit seinem merkwürdigen Gewehr mochte ein hervorragender Schütze sein, aber in der Dunkelheit sah auch er nichts. Lucas Bronkhorst hatte einen seiner Männer verloren, und diese Schuld konnte nur mit Blut beglichen werden.

Der Beschuss von der Anhöhe hielt bis zum Abend an, und kostete Patricks Pferde das Leben. Nur Michaels Ochsen grasten noch im üppigen Grün.

Am Horizont bildeten sich dicke Wolkentürme. Über dem afrikanischen *Veld* braute sich ein Sturm zusammen.

61

Einen Toten zu exhumieren war keine angenehme Aufgabe. Der widerlich süße Fäulnisgeruch fing sich in dem Segeltuch, das der Sergeant als Sonnenschutz zwischen zwei Bäume gespannt hatte, und wurde so noch unerträglicher.

Joe Heslops Leiche war aus seinem Grab auf dem winzigen Friedhof von Barcaldine geholt worden, und Sergeant Johnson wohnte als unabhängiger Zeuge der Autopsie bei, die Doktor Harry Blayney, ehemals Stabsarzt in der britischen Armee, schnell und fachmännisch durchführte.

Gordon und die beiden eingeborenen Polizisten, die ihn begleitet hatten, beobachteten die schaurige Szene aus einiger Entfernung. Der Tote lag auf dem Rücken am Rand des geöffneten Grabes. Seitlich daneben stand der Totengräber, der dem Doktor neugierig bei der Autopsie zusah.

Der Arzt, der sich ein in billiges Parfüm getauchtes Tuch vor das Gesicht gebunden hatte, stocherte mit einer Zange in der Leiche herum, bis er die Kugel fand. Er ließ das ungereinigte Bleiprojektil in eine leere Tabakdose fallen. Dann übergab er diese Sergeant Johnson, der pflichtgemäß notierte, dass er die Kugel aus dem Körper von Joe Heslop erhalten hatte. Obwohl sie auf Anhieb als Kaliber 577 zu erkennen war, untersuchte Doktor Blayney die inneren Organe des Toten gründlich auf eine eventuelle andere Todesursache.

Für den jungen Inspektor war die Bleikugel kostbarer als ein Goldnugget. Sie bestätigte seine Version vom Mord an dem Verbrecher.

Nachdem er sich davon überzeugt hatte, dass eine andere Todesursache ausgeschlossen war, erhob sich der Doktor, der neben der Leiche gekniet hatte, und gab die Erlaubnis, den Toten wieder zu begraben. Ohne viel Federlesens stieß der Totengräber die Überreste mit der Schaufel in die Erde zurück. Den billigen Holzsarg würde er den Freunden eines Viehhirten verkaufen, der nach einer ausgedehnten Sauftour in der Stadt Selbstmord begangen hatte. Schließlich war er nur einmal benutzt worden.

Der Doktor, Gordon James und Sergeant Johnson suchten ein Gasthaus auf, um die Entdeckung des entscheidenden Beweisstücks zu feiern. Unterdessen würde Sergeant Johnson mit der Tabaksdose, in der sich die Kugel befand, nach Rockhampton reiten und so sicherstellen, dass das Beweisstück direkt von der Leiche in die Hände des Coroners gelangte, der die Untersuchung leitete.

Am nächsten Tag verließ Gordon gemeinsam mit dem Arzt und den beiden Polizisten, die ihn begleiteten, die Stadt. Zwei Tage später ließ er die drei in der Nähe von Balaclava Station in dem Lager zurück, das sie für die Nacht aufgeschlagen hatten. Seine Seele litt unter einem Schmerz, den nur die Vergebung der Frau, die er über alles liebte, lindern konnte.

Obwohl die Pisten, die von Rockhampton nach Westen ins Innere der Kolonie Queensland führten, deutlicher markiert waren als in den Tagen der Pioniere, die das Gebiet als Weideland erschlossen hatten, war die Reise nicht weniger mühsam als damals. Viele Male bedauerte der Städter Granville White seinen Entschluss, die Stätte seiner Albträume aufzusuchen. Immer wieder war er auf der zweiwöchigen Reise nach Glen View, die er in Gesellschaft des Agenten angetreten hatte, versucht gewesen umzukehren.

Einen Tag nach seiner Ankunft auf Glen View stand Granville mit seiner Kutsche auf dem Hof vor dem Herrenhaus. »Ich denke, Sie sollten Ihre Fahrt zu den Bergen verschieben, Mister White«, riet der Verwalter. »Sieht so aus, als würde sich über der Ebene heute Nachmittag ein Sturm zusammenbrauen. Das gefällt mir gar nicht, es ist nicht die richtige Jahreszeit für Stürme.«

Aber Granville hatte die weite Reise nicht auf sich genommen, um nun den letzten Abschnitt vor sich herzuschieben. »Ich muss spätestens morgen nach Rockhampton aufbrechen, Mister Cameron«, erwiderte er vom Bock seines Einspänners herab. Neben ihm saß der eingeborene Viehhirte, den Cameron abgestellt hatte, damit er Granville zu den heiligen Hügeln der Nerambura führte. »Außerdem haben Sie doch gesagt, es sei nur ein paar Stunden von hier.«

Cameron zuckte die Achseln. Es war nicht seine Aufgabe, dem Besitzer des Anwesens zu erklären, was er tun durfte und was nicht.

Mary Cameron hatte ihren Mann während des Gesprächs mit Granville White beobachtet. Als sie sich nun umwandte, merkte sie, dass Matilda mit ihrer Tochter auf dem Arm schüchtern in der Tür stand und die beiden ebenfalls nicht aus den Augen ließ. Mary fiel Matildas finsteres Gesicht auf. »Was ist denn mit dir los, Mädchen?«, fragte sie gereizt.

Matilda blickte sie an. »Nichts, Missus«, murmelte sie.

Mary bedauerte, dass sie Matilda angefahren hatte, aber sie war wütend, weil Granville White ihren Ehemann als Verwalter entlassen hatte. Der Städter hatte ihn wissen lassen, dass er sich woanders nach Arbeit umsehen müsse. Die Farm sollte in Kürze verkauft werden, und die neuen Besitzer brachten ihren eigenen Verwalter mit. Sie warf dem unwillkommenen Gast ebenfalls einen finsteren Blick zu und rauschte dann an dem Mädchen vorbei. »Ich weiß, Matilda, der Mann ist *baal*.«

»Ja, Mister White ist wirklich *baal*«, erwiderte Matilda, während sie Mary in das Zimmer folgte, in dem deren Sohn in seiner Wiege lag. »Vertreibt Sie und Mister Cameron aus Glen View.«

»Leider, Matilda«, sagte Mary. »Wahrscheinlich noch diesen Monat.«

Sie hob ihr Kind aus der Wiege und gab ihn Matilda zum Stillen in den Arm. Diese öffnete die Knöpfe ihres Baumwollkleids und legte das hungrige Baby an die geschwollene Brustwarze.

Müde setzte Mary sich auf einen Stuhl, während das Mädchen ihrem Kind die Brust gab, und dachte über die auf exotische Weise schöne, junge Frau nach, die vor Peter Duffys Tod für kurze Zeit seine Geliebte gewesen war. Matilda entsprach Inspektor James' Beschreibung in jeder Hinsicht. Sie war hochintelligent, gab sich große Mühe, und seit der Geburt der beiden Babys war sie auch die Amme von Marys Kind. In der Zeit ihres Zusammenlebens waren sich die beiden Frauen nahe gekommen. Sie hatten sich gegenseitig bei der Entbindung geholfen, und das war ein starkes Band zwischen ihnen.

»Warum will Mister White zu den Hügeln, Missus?«, fragte Matilda. »Dieser Ort ist *baal*.«

»Ich weiß nicht genau, warum«, erwiderte Mary seufzend. Das Wetter war so drückend, dass ihr unter ihren schweren Kleidern der Schweiß über den Körper lief. Sie beneidete Matilda, die nur ein sauberes Baumwollkleid trug. Aber für sie als Weiße ziemte sich das nicht, während das Eingeborenenmädchen nur darauf achten musste, ihre weiblichen Reize ausreichend vor den Augen der männlichen Farmarbeiter zu verbergen. »Vermutlich will er den Ort persönlich sehen«, meinte Mary nach einiger Überlegung. »Es hat was mit der Familie seiner Frau zu tun.«

»Da draußen sind nur böse Geister.« Matilda stöhnte auf, als das Baby mit seinen zahnlosen Kiefern zubiss. »Die heiligen Hügel gehören den *baal* Nerambura-Geistern.«

»Dein Sohn hat doch auch Nerambura-Blut«, erinnerte Mary ihre Amme. »Wie kannst du da so was sagen?«

»Die Geister sind *baal*, Missus«, wiederholte Matilda hartnäckig. »Mister White macht die Hügelgeister wütend, wenn er dort hingeht. Der Sturmgeist wird zornig werden.«

»Nein, Matilda, das ist ein ganz gewöhnlicher Sturm, nicht mehr«, sagte Mary mit einem schwachen, erschöpften Lächeln. »Und wage es bloß nicht, meinen Sohn mit Legenden über böse Geister zu erschrecken, wenn er älter wird«, schalt sie sanft.

»Das sind keine Legenden«, erklärte Matilda unbeeindruckt. »Es ist alles wahr.«

Am blauen Himmel über der ausgedörrten Ebene türmten

sich die Gewitterwolken zu riesigen Gebilden auf. Mit großen, verschreckten Augen starrten die Tiere des Brigalow-Buschlands auf den Horizont. Angstvolles Schweigen senkte sich über alles Leben. Dieser Sturm barg eine Zerstörungskraft, wie sie das Land lange nicht erlebt hatte.

Der eingeborene Viehhirte hatte Mister White nicht zu den Hügeln bringen wollen. Wie alle Arbeiter auf Glen View hielt er sich von dem kleinen Massiv aus uraltem Vulkangestein fern. Weiße und Aborigines waren gleichermaßen davon überzeugt, dass es in der Gegend spukte. Die Geister der Hügel, die in Felsen, Bäumen und Wasserlöchern des Gebiets lebten, bestraften jeden, der dumm genug war, sie herauszufordern. Häufig wurden Rinder, die sich dorthin verirrt hatten, ohne erkennbaren Grund tot aufgefunden. Es war ein Ort, den man unter allen Umständen meiden musste.

Aber wenn der Boss ihm befahl, den Besitzer der Farm dorthin zu bringen, dann gehorchte er, auch wenn der Platz *baal* war. Nach zwei Stunden hatten sie den Fuß der Hügel erreicht. Der Viehhirte blieb neben dem Einspänner stehen, während Granville White in einiger Entfernung davon auf den höchsten Gipfel der Bergreihe blickte. »Ist die Höhle dort oben?«, rief er dem Eingeborenen zu.

»Ja, Boss.«

»Und wo hat die Vertreibung der Schwarzen stattgefunden, die früher hier gelebt haben?«, fragte Granville White, während er zur Kutsche zurückging.

»Weiß nicht, Boss«, log der Viehhirte, der fürchtete, der Weiße wollte sich von ihm zum Ort des Massakers führen lassen. Vorsichtshalber hatte er dafür gesorgt, dass sie sich dem Massiv von der anderen Seite her näherten. Die von Geistern heimgesuchten Wasserlöcher lagen jenseits des Hügels.

Dem Eingeborenen war nicht klar, wieso Granville so triumphierend grinste. Er hatte die Quelle seiner Albträume aufgesucht und nur einen Haufen zerklüfteter Hügel voller Gestrüpp gefunden. Endlich hatte er die Geister der Vergangenheit vertrieben. »Wir können zum Haus zurückfahren«, sagte er zu dem Hirten, der erleichtert seufzte und auf den Kutschbock sprang. Je eher sie diesen Ort hinter sich ließen, desto besser. Außerdem grollte das Gewitter so unheimlich über der Ebene, dass den Eingeborenen eine Gänsehaut überlief.

Die Fahrt zurück zum Herrenhaus ging viel schneller als die Hinfahrt, und mehr als einmal musste Granville den Aborigine schelten, weil er das Pferd so rücksichtslos durch den Busch jagte.

Wallarie wusste nicht genau, wo er war, aber wenn er in Richtung der untergehenden Sonne marschierte, musste er irgendwann die Missionsstation erreichen. Dort war er in Sicherheit. Dem weißen Ehepaar, dem er vor Jahren das Leben gerettet hatte, konnte er vertrauen.

Hinter ihm lag der Ort, den die Weißen Glen View nannten, wo der Geist von Peter Duffy umging, und im Westen hatten sich Wolkentürme gebildet, die nun nach Osten rasten. Grinsend rasselte Wallarie mit seinen Speeren. Die Geister seiner Ahnen hatten den Sturm nach Glen View gerufen, damit er in seinem Zorn alle vernichtete, die den Tod verdienten.

Eine Windböe wirbelte die rote Erde um ihn herum auf, und er fühlte sich an getrocknetes Blut erinnert. Die Geister seiner Vorfahren waren bei ihm. Er konnte ihre Stimmen in dem unheimlichen Kreischen und Flüstern des gewaltigen Unwetters hören, das sich mit Blitz und Donner über dem Land entlud.

Plötzlich bekam er Lust, den Corroboree zu tanzen, den sein weißer Bruder Tom Duffy als irischen Jig bezeichnet hatte. Als er es tat, glaubte er für einen Augenblick, Tom mit den Geistern seiner Ahnen lachen zu hören.

62

Das sporadische Feuer der Scharfschützen hielt Michael und Patrick während der restlichen Stunden des Tages unter dem Planwagen fest. Es wurde früh dunkel, weil graue Regenwolken den Himmel verdüsterten. Doch der wilde Sturm, der sich zusammenbrauen zu schien, löste sich zu ihrer Überraschung in einem stetigen Nieselregen auf. Er brachte eine feuchte Kälte mit sich, die den Männern unter dem Wagen in die Knochen kroch.

Wasser tropfte durch die Spalten zwischen den Bodenbrettern. Schließlich wurden sie völlig durchnässt, weil Windböen den Regen seitlich vor sich hertrieben. Ihr einziger Trost war, dass es ihren Feinden bei diesem Wetter nicht besser ging als ihnen.

Die gelegentlich in ihre Richtung abgegebenen Schüsse erinnerten sie daran, dass das Burenkommando nicht aufgegeben hatte. Immerhin waren die Gegner so weit entfernt, dass sie im Schutz des Wagens vor den Kugeln sicher waren.

Michael nutzte die Zeit, um mit seinem Sohn zu sprechen. Er erzählte ihm viel über sein Leben, auch über seine Arbeit für Horace Brown, den Agenten des britischen Außenministeriums. Er sprach von den Kämpfen, die er ausgefochten hatte, und von den Orten, an denen er in den vergangenen zwanzig Jahren gewesen war.

Auch Patrick berichtete so viel wie möglich aus seinem Leben, von den ersten Jahren seiner Kindheit, die er bei Michaels Familie in Sydney verbracht hatte, und von der Zeit in Lady Enid Macintoshs Obhut in England. Verwundert stellten die beiden fest, dass es zahlreiche Parallelen zwischen ihnen gab, obwohl sie völlig unabhängig voneinander gelebt hatten. Patrick war ganz und gar der Sohn seines starken und gleichzeitig sanften Vaters.

»Bald wird es dunkel«, seufzte Michael, als der Hügelkamm vor ihnen anfing, mit dem Horizont zu verschmelzen. »Dann werden sie uns mit geballter Kraft angreifen.« Er überprüfte den großen Colt, den er zusätzlich zu der Winchester bereitgelegt hatte. Die Waffe war geladen und jederzeit einsatzbereit, falls sich ein Feind an ihn heranwagte.

»Wann soll ich aufbrechen?«, fragte Patrick widerwillig. Er fand es nicht richtig, dass sein Vater es allein mit dem Burenkommando aufnehmen wollte. Aber Michael hatte die besseren Argumente gehabt. Er hatte ihn daran erinnert, dass er als Soldat wissen musste, wie wichtig logisches Denken in solchen Situationen war. Mit Gefühlsduselei kam er bei seinem Vater nicht weiter; so etwas machte ihn nur wütend.

»Ziemlich bald«, erwiderte Michael, während er auf die Ebene am Fuß des Hügels hinausspähte. »Sobald die Sichtweite unter zwanzig Meter sinkt, wird Bronkhorst bei diesem Wetter nicht lange fackeln.«

»Das dürfte in etwa zehn Minuten sein«, meinte Patrick mit einem Blick zum Himmel.

»Hast du alles?«, fragte Michael, als würde sein Sohn seinen Schulranzen packen und nicht versuchen, einen Belagerungsring zu durchbrechen. »Du hast dir gemerkt, was ich dir über den Kraal unten am Fluss erzählt hab?«

Patrick klopfte mit der Hand auf ein in Segeltuch gewickeltes Paket. Es enthielt eine Sammlung von Gegenständen, die ihm bei seinem Fluchtversuch als eine Art Schwimmweste dienen sollten. »Ja, ich soll mich bis zum Kraal durchschlagen und dort nach Mbulazi fragen«, erwiderte Patrick.

Sein Vater grunzte zustimmend. »Mbulazi ist ein alter Zulukrieger und hat nicht viel für die Buren übrig. Er wird von dem britischen Posten in De Aar Hilfe holen. Aber lass dich bloß nicht auf ein Saufgelage mit dem alten Gauner ein. Seine Leute brauen ein Maisbier, das haut den stärksten Mann um. Ich weiß das aus eigener Erfahrung.«

»Du könntest mitkommen«, schlug Patrick hoffnungsvoll vor. »Bis die hier sind, sind wir beide weg.«

»Das ist aussichtslos, Patrick«, erwiderte sein Vater betrübt. »Dieser Bure ist ein erstklassiger Kämpfer. Dem ist absolut klar, dass wir versuchen werden, in der Dunkelheit zu entkommen. Solange sie wissen, dass ich noch da bin, werden sie sich darauf konzentrieren, mich in der Dunkelheit zu überrennen. Ich bin der Mann, den sie suchen. Du bist nur eine Dreingabe.«

»Du musst unbedingt durchhalten! Ich verspreche dir, dass ich Unterstützung hole und zurückkomme, so wahr mir Gott helfe! Sonst will ich nicht mehr Duffy heißen.«

Michael lachte leise über Patricks finstere Entschlossenheit. Es wurde allmählich dunkel, und er konnte das Gesicht seines Sohnes kaum noch erkennen. Genauso gut hätte er der kleine Junge sein können, dem er einst bei Frasers Paddock in Redfern begegnet war. »Weißt du, Patrick«, sagte er liebevoll, »vor langer Zeit in Cooktown dachte ich einmal, ich müsste sterben. Damals hat mir deine Tante Kate von dir erzählt, und ich habe es geschafft, dem Sensenmann von der Schippe zu springen. Jetzt bist du bei mir, und weißt du was? Wenn du sagst, dass du Hilfe holst, dann weiß ich, dass das stimmt.«

Nach diesen vertrauensvollen Worten gelang es Patrick nur mühsam, die Tränen zu unterdrücken. Kein besonders gelungener Abschied, wenn ein Sohn vor seinem Vater heulte! »Wir haben noch viel miteinander zu besprechen«, sagte er mit erstickter Stimme. Er bemühte sich, normal zu sprechen, damit sein Vater nicht merkte, dass er gegen die Tränen kämpfte. »Wenn das hier vorbei ist.«

»Das werden wir auch tun, Patrick«, gab Michael leise zurück. »Aber jetzt verschwindest du besser. Ich habe das Gefühl, die kommen bald.«

Patrick kroch zu seinem Vater und nahm dessen Hand in seine. Er drückte sie kräftig. Dann erhob er sich, und sein Vater schloss ihn kurz, aber fest in die Arme.

»Sag deiner Mutter, dass du sie liebst, Sohn«, flüsterte Michael. »Frauen ist so was wichtig, und das gilt besonders für Mütter.«

»Werde ich. Und im ersten Gasthaus, das uns unterkommt, gebe ich dir eine Runde aus.«

»Guter Junge«, knurrte Michael schroff. »Mit deinem Macintosh-Vermögen kannst du mich für den Rest meines Lebens frei halten.«

Ohne ein weiteres Wort drehte Patrick sich um und eilte geduckt auf den Fluss zu. Michael sah ihm nach, bis er in der Dunkelheit des *Veld* verschwunden war. Dann wandte er sich mit Tränen in seinem gesunden Auge ab.

Er stemmte die Winchester gegen die Schulter und gab zwei Schüsse ab, um dem sich sammelnden Burenkommando zu zeigen, dass er sich noch am Wagen aufhielt. Das Feuer wurde nicht erwidert. Wahrscheinlich schlichen die Buren bereits heran. »Kommt schon, ihr dreckigen Holländer«, brüllte er herausfordernd in die alles verhüllende Dunkelheit, die wegen des Nieselregens ungewöhnlich früh hereingebrochen war. Er betätigte den Hebel unter dem Lauf, um eine dritte Kugel einzulegen, und wartete. »Kommt her und seht euch an, wie ein Ire zu sterben versteht. Darin sind wir Meister!«

Als Patrick, die Stiefel um den Hals gebunden, in das kalte Wasser stieg, hörte er das Echo der Schüsse in der Dunkelheit und vernahm die trotzigen Worte seines Vaters, mit denen er das Burenkommando herausforderte. Er watete bis an eine Stelle hinaus, wo die Strömung so stark war, dass er umgerissen wurde. Das Wasser spritzte auf, als er abgetrieben wurde, doch das Segeltuchpaket schwamm auf dem Wasser, und Patrick klammerte sich mit beiden Armen daran, um den Kopf über den kalten, schlammigen Fluten zu halten. Jetzt musste er sich nur noch so lange mit der Strömung treiben lassen, bis er den Ring der Buren hinter sich gelassen hatte. Dann würde er sich mit ein paar kräftigen Stößen ans Ufer retten. Es würde eine lange Nacht werden. Patrick versuchte, nicht an seinen Vater zu denken, sonst wäre er vor Kummer wahnsinnig geworden.

63

Als Gordon das Herrenhaus auf Balaclava erreichte, war er über den unfreundlichen Empfang, den ihm der Verwalter bereitete, nicht überrascht. »Ich will nur kurz mit Miss Duffy sprechen, Mister Rankin«, sagte er leise. »Dann verschwinde ich wieder, das verspreche ich Ihnen.«

»Ich weiß über Sie Bescheid, Inspektor«, grollte Rankin. »Meine Frau hat mir erzählt, was Sie Sarahs Bruder letztes Jahr angetan haben.«

»Das leugne ich ja auch gar nicht.« Gordon gab nicht auf. »Ich bitte nur um fünf Minuten von Miss Duffys Zeit.«

Der Verwalter blickte den jungen Mann, der am Fuß der Treppe stand, prüfend an. In seiner Miene lag so viel Traurigkeit, dass er unwillkürlich Mitleid mit ihm empfand. Fragend sah er seine Frau an. Diese nickte. »Ich werde mit Sarah sprechen.« Mit diesen Worten verschwand sie im Haus. Kurz darauf kehrte sie mit Sarah zurück. Taktvoll ließen Adele und ihr Ehemann die beiden allein.

Gordon stand verloren in der glühenden Sonne am Fuß der Stufen, die Polizeimütze in der Hand. »Sarah, ich liebe dich«, sagte er mit erstickter Stimme. »Das war immer so, und es wird auch immer so bleiben. Ich muss dir das einfach sagen.«

»Ich weiß«, flüsterte sie kaum hörbar. »Ich wünschte, ich könnte aufhören, dich zu lieben, Gordon, aber das ist mir unmöglich.«

Mit tränenfeuchten Augen blickte er zu ihr auf. Er suchte nach den richtigen Worten, um seinen komplizierten Gefühlen Ausdruck zu verleihen. »Ich habe in meinem Leben viel Schlechtes getan. Das einzig Gute, das ich je fertig gebracht habe, war, dich zu lieben. Ich bin gekommen, um dich erneut um Vergebung zu bitten.«

»Ich kann dir verzeihen, was du mir angetan hast, aber ich kann dir nicht im Namen meines Bruders vergeben. Das musst du mit ihm selbst klären.«

»Peter ist tot, Sarah«, erwiderte er. »Ich kann einen Toten nicht um Vergebung bitten. Wenn das doch nur möglich wäre!«

»Du musst deinen eigenen Weg finden, mit meinem Bruder Frieden zu schließen«, sagte sie mit der Weisheit einer Seele, die zwischen zwei Welten lebte. »Das ist wichtig für unsere Zukunft.«

Schweigen senkte sich über sie. Ihre Abstammung und die Geister, die keinen Frieden finden konnten, standen zwischen ihnen. Würde ihre Liebe stark genug sein, die Kluft zu überwinden?

»Wir lagern nördlich von hier an einem Wasserloch, und ich muss dorthin zurück«, sagte Gordon. »Dann habe ich in Rockhampton noch einiges zu erledigen. Sobald ich den Dienst quittiert habe, komme ich zurück nach Balaclava, um dich zu holen. Wirst du auf mich warten?«

»Ja, Gordon«, erwiderte sie. »Ich habe immer darauf gewartet, dass du zu mir zurückkehrst.«

Da wusste er, dass sie ihm vergeben hatte. »Kate hat mir Arbeit versprochen, wenn ich aus dem Polizeidienst ausscheide. Das wäre zumindest ein Anfang, und wir könnten zusammen sein.«

Als sie mit tränenüberströmtem Gesicht nickte, trat er mit zögernden Schritten auf sie zu. Beide weinten, als sie sich endlich in die Arme schließen konnten.

»Ich liebe dich so sehr, Sarah, dass ich lieber sterben würde, als dir noch einmal weh zu tun«, sagte er, während er die Tränen von ihren Augen küsste. »Du bist für mich das Wichtigste im Leben.«

Er wollte sie für immer in seinen Armen halten. Endlich konnten sie ihrer Liebe, die sie so lange unterdrückt hatten, freien Lauf lassen. Doch er wusste, dass er vor Einbruch der Dunkelheit im Lager sein musste. Widerstrebend löste er sich sanft von ihr und hielt sie auf Armeslänge von sich. Er fühlte den zarten Schmerz grenzenloser Liebe. Diese schöne, intelligente Frau liebte ihn – trotz der Tragödie, die ihrer beider Leben überschattete.

Vom Fenster aus beobachteten die Rankins die rührende Szene. Humphrey Rankin, dem es ein Rätsel war, warum das junge Mädchen plötzlich die Meinung geändert hatte, warf seiner Frau einen fragenden Blick zu, doch diese setzte nur eine zufriedene Miene auf. Männer verstanden eben nichts von Frauen! Adele Rankin hatte immer schon vermutet, dass Sarah den Inspektor trotz allem, was er ihr angetan hatte, liebte. Im Leben zählten nicht Prinzipien, sondern die Entscheidungen des Herzens.

Als er aufbrach, winkten ihm alle drei nach. Sarah hatte Adele schüchtern mitgeteilt, dass sie und Gordon ihren Zwist beigelegt hatten. Sie würde ihrem Verehrer mitteilen müssen, dass sie ihn nicht heiraten konnte, sondern stattdessen Gordon ehelichen würde, wenn er nach Abschluss der gerichtlichen Untersuchung aus Rockhampton zurückkehrte.

Für den davonreitenden Gordon besaß das Leben plötzlich eine Bedeutung, die er niemals zuvor so wahrgenommen hatte. Als er eine Stunde später im Lager eintraf, strahlte er über das ganze Gesicht. Wenn der Fluch wirklich existierte, dann hatte Sarah diesen bösen Geist aus seinem Leben verjagt, indem sie ihm ihre Liebe gestand. Kate hatte Recht gehabt. *Die Liebe überwand alle Hindernisse!*

Als Gordon und sein Trupp am nächsten Morgen das Lager abbrachen, um nach Rockhampton zu reiten, erschien Humphrey Rankin in vollem Galopp am Wasserloch. Verwirrt blickte Gordon in das starre Gesicht des Verwalters, der sein Pferd neben ihnen zügelte.

»Satteln Sie so schnell wie möglich Ihr Pferd, Inspektor James«, begann er, ohne sich mit Höflichkeitsfloskeln aufzuhalten. »Sarah ist sehr krank und hat hohes Fieber. Möglicherweise stirbt sie.«

Gordon war wie vor den Kopf geschlagen. Mit offenem Mund starrte er Rankin verständnislos an. »Aber als ich mich gestern von ihr verabschiedet habe, war sie doch vollkommen gesund! Wie ist das möglich?«

»Wenn Sie mich fragen, hat das was mit Schwarzenzauber zu tun«, erwiderte der Verwalter betrübt. »Es sind dieselben Symptome, die ich bei den schwarzen Arbeitern auf Balaclava gesehen habe, wenn sie denken, jemand hat mit einem Knochen auf sie gezeigt.«

»Ich bin Arzt und komme mit«, erklärte Blayney, während er in aller Eile sein Bündel schnürte. »Solch einen Blödsinn habe ich noch nie gehört.«

Humphrey Rankin warf ihm einen mitleidigen Blick zu und schüttelte den Kopf. »Dann sind Sie wohl noch nicht lange im Land, Doktor.«

»Wenn das Mädchen am Fieber erkrankt ist, Sir, hat das mit Sicherheit nichts mit dem abergläubischen Geschwafel der Eingeborenen zu tun.«

Doktor Harry Blayney stand neben Sarahs Bett und blickte kopfschüttelnd auf sie herab. Das Mädchen war sehr krank. Sie lag in dem winzigen Raum, dessen Vorhänge zugezogen waren, um das Licht abzuhalten, in einer Art Koma. Die sonst so sauberen, gestärkten Laken waren vom Schweiß durchnässt. Von Zeit zu Zeit redete sie unzusammenhängendes Zeug, nur um dann wieder in Bewusstlosigkeit zu versinken. Ihr Puls raste zuerst und wurde dann schwach, und ihre Temperatur war einmal zu hoch und dann wieder zu niedrig.

Als ausgebildetem Mediziner war Blayney klar, dass es eine logische Ursache für die Krankheit geben musste, aber mit den beschränkten Mitteln, die ihm zur Verfügung standen, konnte er nicht feststellen, was es war. Er hielt nichts von Missus Rankins Diagnose, die davon überzeugt war, dass ein alberner Eingeborenenzauber an allem schuld sei. Die Frau war ehemalige Krankenschwester und hätte es wirklich besser wissen müssen, als die Erkrankung irgendeinem abergläubischen Unsinn zuzuschreiben. »Ich fürchte, wir können nicht viel mehr tun, als dafür zu sorgen, dass sie nicht zu viel Flüssigkeit verliert, Missus Rankin«, meinte er seufzend. »Ich muss zugeben, dass ich die Ursache des Fiebers nicht feststellen kann.«

»Ich habe größten Respekt vor Ihrer Qualifikation, Doktor Blayney«, sagte Adele, während sie Sarahs vom Fieber glühende Stirn abtupfte, »aber Sie müssen mir glauben, dass ich hier draußen viele Dinge gesehen habe, die mit unserer wissenschaftlichen Sichtweise der Welt nicht vereinbar sind.«

Der Arzt wusch sich in einer Emailschüssel neben dem Bett die Hände. »Warum sind Sie so sicher, dass es sich um einen Eingeborenenzauber handelt, wenn ich fragen darf, Missus Rankin?«, erkundigte er sich, während er sich die Hände an einem sauberen Tuch abtrocknete.

»Weil sie sich am Abend, bevor sie sich für die Nacht zurückzog, noch bester Gesundheit erfreute«, erwiderte Adele. »Aber später hörte ich sie laut rufen, als würde sie mit jemandem in ihrem Zimmer streiten. Natürlich machte ich mir Sorgen, weil ich dachte, einer der Viehhirten wäre vielleicht ins Haus eingedrungen. Als ich ins Zimmer kam ...« Sie zögerte und nahm das Tuch von Sarahs Stirn, um dem Mädchen ins Gesicht zu blicken. »Ich weiß, dass das, was ich Ihnen jetzt erzählen werde, für Sie wie das Gerede einer dummen Frau klingen wird, Doktor, aber ich sage es Ihnen trotzdem.«

»Ich glaube kaum, dass ich Sie jemals für dumm und oberflächlich halten würde, Missus Rankin«, erwiderte er mit aufrichtigem Respekt, denn er hatte davon gehört, wie sie den Kranken und Verwundeten der Gegend unter schwierigsten Bedingungen praktischen Beistand leistete.

»Nun, als ich in Sarahs Zimmer kam, hätte ich schwören können, dass sich dort ein« – sie suchte nach den richtigen Worten – »ein Wesen ... ein Geist oder ein Gespenst aufhielt. Ich glaube, es war ihr toter Bruder. Das Mädchen befand sich in einem tranceähnlichen Zustand und diskutierte mit ihrem Bruder, als wäre er so real wie Sie und ich.«

»Worüber stritten sie sich?«, wollte der Doktor wissen. Er musste zugeben, dass er bei ihrer Schilderung ebenfalls den Hauch einer primitiven Furcht spürte.

»Sie stritten sich nicht richtig, sie schien ihn eher um Vergebung anzuflehen. Vermutlich dafür, dass sie ihre Liebe zu Inspektor James eingestanden hat.«

»Aber warum sollte ihr Bruder ihr deswegen verzeihen müssen?«, fragte der Arzt, der diese unerklärlichen Vorgänge höchst verwirrend fand.

»Inspektor James hat ihren Bruder letztes Jahr auf Glen View getötet. Damals verfolgte er ihn und einen alten Ureinwohner namens Wallarie.«

»Es gibt eine Theorie, dass der Geist ebenso unter Krankheiten leiden kann wie der Körper«, räsonierte der Doktor. »Ich vermute, dass Miss Duffy unter entsetzlichen Schuldgefühlen leidet und dass das auf eine uns bisher unverständliche Weise ihre Krankheit ausgelöst hat. Meine Hypothese ist ein wenig dürftig, aber im Moment fällt mir keine andere rationale Erklärung ein.«

»Sie mögen Recht haben, Doktor Blayney«, erwiderte Adele, doch in ihrer Stimme lag der Hauch eines Zweifels. »Aber das Mädchen ist halb Darambal, und ihr Volk hat seine eigenen Erklärungen dafür, warum Menschen krank werden. Wer sagt, dass sie sich täuschen?«

»Das Mädchen ist auch halb weiß«, wandte er sanft ein. »Ich kann mir kaum vorstellen, dass dieser Aberglauben sie so im Griff hält. Soviel ich weiß, hat sie eine ausgezeichnete europäische Erziehung genossen. Das sollte Grund genug sein, um nicht auf diesen Eingeborenen-Blödsinn hereinzufallen.«

»Das kommt darauf an, wohin ihre Seele gehört«, sagte Adele leise, während sie mit den Fingern sanft über Sarahs langes, dunkles Haar strich. »Zu uns oder zum Volk der Darambal.«

Doktor Blayney sammelte seine medizinischen Gerätschaften aus Europa ein und verstaute sie in der kleinen Tasche, die er mit sich trug. Ganz offensichtlich halfen sie in der gegenwärtigen Situation nicht. Er wusste, wann der Tod im Raum war.

Er überließ es Adele, sich um das kranke Mädchen zu kümmern, und ging zu Gordon und Humphrey Rankin, die besorgt im Nebenzimmer warteten. Beide blickten ihm hoffnungsvoll entgegen. Doch er runzelte die Stirn und schüttelte als Antwort auf ihre unausgesprochene Frage den Kopf. »Ich fürchte, wir können nur abwarten«, sagte er, während er mit einem Seufzer das Glas Branntwein nahm, das ihm der Verwalter reichte. »Ich halte nicht viel von diesem Eingeborenenzeug, an das Sie anscheinend glauben, meine Herren. Aber wenn Ihnen irgendein Mittel einfällt, dann würde ich vorschlagen, dass Sie es ausprobieren, und sei es nur, weil ich mit meinem Latein am Ende bin.«

Gordon entschuldigte sich und stürmte an dem Arzt vorbei in Sarahs Zimmer.

Er kniete sich neben ihr Bett und streichelte ihr Gesicht, doch sie schien ihn nicht zu bemerken, sondern starrte nur mit leerem Blick an die dunkle Decke. Endlose Minuten lang liebkoste Gordon ihr Gesicht und hielt ihre Hand. Dann stand er auf, verließ wortlos das Haus und ging zu seinem Pferd, das noch gesattelt draußen stand. Kurz darauf hörten die Rankins und Blayney, wie er davongaloppierte.

64

Die Sonne verbarg sich hinter einem blauschwarzen Horizont, an dem drohende Wolken brodelten. Wilde Blitze zuckten über den Abendhimmel, und der Donner grollte Unheil verkündend, als Gordon abstieg und sein Pferd festband. Über ihm erhob sich der Berg, in dessen Höhle er letztes Jahr Peter gefunden hatte. Als er zum Gipfel aufblickte, über dem der Himmel ein dunkles Lila angenommen hatte, fühlte er sich so allein wie noch nie in seinem Leben.

Er wusste nicht, was von ihm verlangt wurde, aber ihm war klar, dass er sich der unsichtbaren, unerklärlichen Macht stellen musste, die im Herzen der heiligen Höhle der Nerambura hauste, wenn er Sarah retten wollte. Nicht dass er besonders gläubig gewesen wäre, aber er erkannte ihren Einfluss auf sein Leben und auf das der anderen an.

Noch während er nach oben blickte, hörte er, wie das Buschwerk sanft im Wind raschelte. Dann verwandelte sich das Geräusch in ein leises Stöhnen, und der Sturm fegte heran, der die heraufziehende Gewitterfront ankündigte.

Dicke Regentropfen fielen vom Himmel, die vom ausgedörrten, heißen Boden sofort aufgesaugt wurden. Der angenehme Geruch nasser Erde stieg ihm in die Nase, als der Sturm den Brigalow-Busch erreichte und mit faustgroßen Hagelkörnern über das Land herfiel.

Gordon warf die Arme hoch, um sich vor den Eisbrocken zu schützen, die ihm ins Gesicht schlugen. Sein Pferd stieg in Panik und riss sich von dem Busch los, an dem er es festgebunden hatte. In wildem Galopp versuchte es vergeblich, den niederprasselnden Hagelkörnern zu entgehen.

Jetzt war Gordon vollkommen allein. Dem Sturm zu Fuß und unter freiem Himmel ausgesetzt, beschloss er instinktiv, sich in den Schutz der Höhle über ihm zu flüchten. Mit gesenktem Kopf rannte er zum Fuß des Hügels, um den Pfad zu suchen, der zur Höhle führte.

Willie Harris hockte in der Höhle am Feuer, das er dort angezündet hatte, und horchte eingeschüchtert auf das Brüllen des Sturms, das immer wieder von gewaltigen weißblauen Blitzen durchbrochen wurde, denen unmittelbar ein ohrenbetäubender Donner folgte. Ein merkwürdiger Geruch erfüllte die Luft um ihn herum, und im Licht der Blitze erwachten die gemalten Nerambura-Gestalten an der Rückwand der Höhle als grelle, furchteinflößende Gespenster zum Leben.

Willie wandte den Blick ab. Einen Sturm von solcher Heftigkeit hatte er noch nie erlebt, und er war froh, dass er sich entschieden hatte, noch einen Tag zu warten, bevor er nach Süden aufbrach. Zwar schwanden seine Vorräte dahin, und die Jagd auf Wallaby und Känguru wurde immer unergiebiger, aber noch war er einigermaßen bei Kräften. Wenn er länger blieb, würde er irgendwann ein Gehöft überfallen müssen, um an Geld und Proviant zu kommen – es sei denn, er stellte sich der Polizei.

Er wollte weder das Eine noch das Andere. Stattdessen würde er nach Süden reiten, in der Hoffnung, mehr Wild zu finden, von dem er sich ernähren konnte, bis er Sydney erreichte. Dort würde er seinen Vater, Granville White, suchen.

In der Hocke beobachtete er mit hungrigen Blicken, wie der knochige Ameisenbär in den Flammen brutzelte. Als er in der Glut stocherte, um den winzige Kadaver zu wenden, glaubte er für einen Augenblick, den Schmerzensschrei eines Menschen zu hören, der unmittelbar auf einen gewaltigen Blitzschlag ganz in der Nähe folgte.

Willie spürte ein nervöses Kribbeln und griff vorsichtig nach seinem Snider-Gewehr, das er gegen den Sattel gelehnt hatte. Einen flüchtigen Augenblick lang fragte er sich, wie es wohl seinem Pferd ging, für das er am Fuß des Hügels aus Baumstämmen eine Koppel errichtet hatte. Die Stute war bestimmt außer sich vor Angst.

Das Gewehr im Anschlag duckte er sich und lauschte angespannt. Hatte er den menschenähnlichen Schrei wirklich gehört? Oder war er nur ein Produkt seiner überreizten Fantasie? Ertrug er die unheimliche Atmosphäre in der Höhle nicht, die durch das Unwetter noch entsetzlicher wirkte? Doch die Worte, die nun ein qualvolles Stöhnen vor der Höhle begleiteten, stammten eindeutig aus dem Mund eines Menschen – eines Europäers.

Willie nahm ein brennendes Holzscheit aus dem Feuer und stand auf. Vorsichtig ging er zum Haupteingang der Höhle und streckte den Kopf heraus. Der heulende Sturm blies seine Fackel aus, aber die brauchte er auch nicht, um die Gestalt zu sehen, die auf dem Weg zur Höhle lag. Gewaltige Blitze tauchten die Landschaft in ein grelles, elektrisches Licht.

Gordon hatte das Licht der brennenden Fackel gesehen, bevor der Sturm die Flamme ausblies. »Gott helfe mir!«, drang seine Stimme durch den prasselnden Regen. »Hilfe!«

Da erschien neben ihm eine Gestalt. »Mister James, sind Sie das?«, fragte jemand.

»Willie!« Gordon rang überrascht nach Luft, als er die Stimme des jungen Mannes in der Dunkelheit erkannte. »Ich glaube, der Blitz hat mich erwischt. Ich kann nicht aufstehen … Mein Bein.«

Willie legte sein Gewehr auf den nassen Boden, ergriff Gordon unter den Schultern und schleppte ihn mit letzter Kraft in den Schutz der Höhle.

Stöhnend blieb Gordon auf dem Rücken liegen. Der Schmerz schien seinen ganzen Körper im Griff zu halten. Dann hörte er Willie nach Atem ringen und wusste, dass etwas Entsetzliches passiert war. Der junge Mann schüttelte bedächtig den Kopf. »Der Blitz hat Sie unter dem Knie ins Bein getroffen, Mister James. Ihr Fuß ist weg. Einfach abgerissen.«

Doch Gordon hörte die Worte nur noch aus weiter Ferne. Er stürzte in einen tiefen Strudel, in dem Geister aus anderen Zeiten und von anderen Orten seines Lebens hausten.

Willie war froh, dass Gordon James das Bewusstsein verloren hatte. So empfand er zumindest keine Schmerzen. Der Blitz hatte den Stumpf, wo eigentlich der Fuß hätte sitzen sollen, ausgebrannt, doch das restliche Bein unterhalb des Knies sah schlimm aus. Willie wusste, dass der Polizeiinspektor dringend einen Arzt benötigte.

Verzweifelt stöhnte er auf, als ihm klar wurde, dass ihm keine Wahl blieb. Er würde sein Pferd satteln und nach Glen View Station reiten müssen. Das hieß, dass er sich nicht nur dem entsetzlichen Unwetter aussetzen musste, das draußen tobte, sondern auch riskierte, erkannt und verhaftet zu werden. Warum musste der verdammte Inspektor ein Freund der Familie sein? Was wollte er überhaupt auf dem Berg?

Er legte Holz nach, bevor er Gordon allein in der Höhle zurückließ. Dann kämpfte er sich mit dem Sattel auf der Schulter durch den Sturm, um sein Pferd zu holen, und verfluchte dabei Gordon James, der zur falschen Zeit am falschen Ort aufgetaucht war.

Allein in der Höhle, begegnete Gordon Peter Duffy. In der unbewussten Welt der Sterbenden und Toten trafen sie aufeinander, um ihren Kampf um Sarahs Seele auszufechten. Aus diesem Grund hatte Gordon die Höhle ein weiteres Mal aufsuchen müssen.

65

Am Himmel tobte das Gewitter mit Sturm, Donner und Blitz, und der Regen prasselte mit beständigem Getöse auf das Wellblechdach herab. Doch für jene, die wussten, welche Saat unter dem Staub verborgen lag, barg das raue Land in diesem Augenblick die Verheißung der Schönheit. Nach dem entsetzlichen Unwetter würde die Ebene explosionsartig zu neuem Leben erwachen.

»Sie haben Glück gehabt, dass Sie das Haus noch vor diesem entsetzlichen Sturm erreicht haben«, sagte Mary Cameron laut, während sie in ihrem Fleisch herumstocherte.

Obwohl Matilda für Granvilles letzten Abend auf Glen View einen köstlichen Rinderbraten zubereitet hatte, hatte Mary keinen Appetit. Der Gedanke, dass sie den Mann bewirten musste, der so herzlos beschlossen hatte, die Farm zu verkaufen, ohne auch nur einen einzigen Gedanken an die Zukunft ihres Ehemanns zu verschwenden, verleidete ihr das Mahl. Mister White hatte Duncan exzellente Zeugnisse für seine Tätigkeit als Verwalter des Macintosh-Besitzes versprochen, doch das war nicht genug. Glen View war für Mary zur Heimat geworden. Als sie über den Tisch den Mann ansah, der ihr Essen genoss, ohne sich um den Kummer zu scheren, den er über sie gebracht hatte, fühlte sie eine Wut in sich aufsteigen, die an nackten Hass grenzte.

Auch Granville aß nur wenig, obwohl der Rinderbraten wirklich ausgezeichnet war. Er verschwendete keinen Gedanken daran, ob sich seine Gastgeber in seiner Gegenwart unbehaglich fühlten oder nicht. Jegliche Moral war ihm fremd.

»Mein Kompliment zu diesem Abendessen, Missus Cameron«, meinte er, während er an dem roten Bordeaux nippte, der zum Essen serviert wurde. »Ihre Eingeborenen-Köchin macht wirklich einen hervorragenden Rinderbraten.«

»Matilda wäre sicher sehr geschmeichelt zu hören, dass Sie ihre Küche zu schätzen wissen, Mister White«, erwiderte Mary mit einer Prise Sarkasmus. Schließlich wusste sie, dass Matilda Granville White mit einer Leidenschaft hasste, die nicht einmal sie selbst erklären konnte. Jedes Kompliment von ihm wäre reine Verschwendung gewesen. Mary hatte selbst keine Lust, zu Granville höflich zu sein. »Ich war ziemlich überrascht, dass Sie die Nerambura-Hügel tatsächlich besucht haben«, sagte sie, nachdem sie dem Wein kräftig zugesprochen hatte. Ihr Mann hatte sie noch nie so viel trinken sehen.

»Und warum das, Missus Cameron?«, fragte Granville in mildem Tonfall.

»Ich muss gestehen, dass ich von dem Fluch weiß, der auf Ihrer Familie liegt. Als Mister Cameron und ich nach Glen View kamen, habe ich Sir Donalds Tagebuch gefunden und gelesen. Ich wollte nicht seine privaten Gedanken ausspionieren, sondern mehr über Glen View erfahren. Ich bin überrascht, dass Sie es riskiert haben, den Zorn der Geister der Ureinwohner zu erregen, die in diesen Hügeln umgehen.«

An ihrer streitlustigen Miene sah Granville, dass sie ihn provozieren wollte. Die Zunge einer Frau ist wirklich schärfer als ein Schwert, dachte er bei sich, während er Messer und Gabel zu beiden Seiten seines Tellers ablegte. »Ich muss Sie enttäuschen, Missus Cameron, aber Dinge wie Flüche existieren nicht. Spricht er in seinem Tagebuch tatsächlich von einem Fluch der Wilden?«

»Nicht direkt«, gab sie widerwillig zu. »Aber irgendein Übel scheint jeden zu befallen, der mit der Familie Macintosh in Berührung kommt. Und Sie sind schließlich mit Sir Donalds Tochter verheiratet.«

»Ich glaube, wir sollten aufhören, uns über Gespenster zu unterhalten, Mary«, mischte sich ihr Ehemann ein. »Als Tischgespräch ist das nicht geeignet.«

»Ich finde, es ist ein ausgezeichnetes Thema für ein Tischgespräch, Duncan«, erwiderte sie entschieden. »Offenbar ist es im Augenblick in den besten Häusern Englands die letzte Mode. Spiritismus nennt man das, glaube ich.«

»Das mag schon sein, Mary, aber ich denke kaum, das sich das auf den Aberglauben der Schwarzen bezieht«, hielt Duncan dagegen. »Ich bin überzeugt davon, dass Mister White nicht mehr von der Magie der Ureinwohner hält als ich.«

»Die Vorstellung, dass nur Europäer an Geister glauben können, ist absurd«, schnaubte sie verächtlich, wobei sie einen kräftigen Schluck Rotwein nahm. »Die Aborigines sind diesem Land mehr verbunden, als wir jemals verstehen können.«

Mary war eine intelligente und sehr belesene Frau. Die Spiritismuswelle, die über das viktorianische England schwappte, faszinierte sie. Sie hatte in den Zeitungen darüber gelesen, und als Keltin fühlte sie sich von dem Thema angesprochen. In ihrer schottischen Heimat glaubte man bereitwillig an eine Welt jenseits alles Irdischen.

Granville lächelte sie herablassend an. »Ich muss zugeben, dass ich Ihre Überzeugung bis vor kurzem vielleicht noch geteilt hätte, Missus Cameron. Aber heute habe ich die Quelle meiner Ängste aufgesucht und dort nichts als einen Hügel gefunden, und zwar keinen besonders eindrucksvollen. Meine Konfrontation mit dem Unbekannten hat mir gezeigt, dass abergläubische Furcht das Produkt von Unwissenheit ist. Ich stand dort völlig schutzlos allen Dämonen preisgegeben, die sich in den Hügeln herumtreiben mögen. Kein überirdisches Wesen hat sich auf mich gestürzt, mir ist absolut nichts geschehen. Jetzt weiß ich, dass wir nur unsere Fantasie zu fürchten haben, die sich an Dingen entzündet, denen wir uns nicht stellen. Wie Sie sehen, bergen die Hügel für mich keinen Schrecken, sonst würde ich hier nicht gesund und munter diesen exzellenten Rinderbraten genießen.«

»Nicht alle Flüche besitzen eine sofortige und spektakuläre Wirkung, Mister White«, warnte Mary. »Manchmal wirken sie weniger direkt, aber ebenso gefährlich.«

»Wenn ein Blitz in diesem Augenblick durch das Hausdach

fährt und mich niederstreckt, dann will ich Ihnen glauben«, sagte er lachend.

»Wie Sie meinen, Mister White«, gab sie unwillig zurück. Schon wollte sie das Streitgespräch unter einem anderen Gesichtspunkt fortführen, als Matilda in der Tür des Esszimmers erschien und Duncans Blick einfing. Er entschuldigte sich und erhob sich.

»Was ist los, Mädchen?«, fragte er Matilda, die ziemlich aufgeregt wirkte.

»Ein Mann ist an der Tür und sagt, er muss mit dem Boss sprechen.«

»Was für ein Mann?«

»Ein junger Mann. Er sagt, ein Inspektor James ist schwer verletzt.«

»Ich werde mit ihm reden«, knurrte Duncan. Als er zur Tür eilte, sah er Willie Harris auf der Veranda stehen.

»Sind Sie hier der Boss?«, fragte Willie.

»Das bin ich.« Abschätzend blickte Duncan den Jungen an, der bis auf die Haut durchnässt war und vor Kälte zitterte. Seine Haut war bleich und aufgequollen, als hätte er zu lange im Wasser gelegen. »Mein Name ist Duncan Cameron.«

»Oben in der großen Höhle in den Hügeln liegt ein Verwundeter – Inspektor James. Wenn Sie schnell reiten, können Sie in etwa einer Stunde dort sein. Er ist ziemlich schwer verletzt. Der Blitz hat ihm einen Fuß abgerissen, und er braucht einen Arzt.«

»Woher weißt du das?«, fragte Cameron misstrauisch. »Hast du draußen in den Hügeln kampiert?«

Willie senkte den Blick. »Das ist jetzt nicht wichtig, Mister Cameron«, murmelte er. »Inspektor James braucht dringend Hilfe.«

»Matilda!«, brüllte Duncan ins Haus. »Lauf zu den Quartieren der Viehhirten und sag ihnen, sie sollen einen Trupp für den Ritt in die Nerambura-Hügel zusammenstellen, und zwar sofort. Sie sollen den Einspänner nehmen. Danach besorgst du dem jungen Mann hier was zu essen und jede Menge heißen Tee.«

Duncans eindringlicher Ruf drang auch bis zu Mary und Granville, die noch am Tisch saßen. Als er zurückkam, um sich für die Unterbrechung zu entschuldigen, erklärte Granville, er habe volles Verständnis. Das Abendessen war vergessen, als das Haus zum Leben erwachte, um die Rettungsaktion vorzubereiten. Die Viehhirten sattelten in aller Eile ihre Pferde. Der Einspänner wurde ebenfalls vorbereitet. Mittlerweile hatte der Regen bis auf vereinzelte Schauer aufgehört. Gelegentlich brachen sogar die Wolken auf, und die Sterne blitzten hervor.

Einer der Hirten hatte gehört, dass ein Arzt die Nacht in Balaclava verbrachte. Als Duncan davon erfuhr, schickte er sofort seinen besten Reiter hinüber, um ihn zu holen.

Matilda führte Willie in die Küche und forderte ihn auf, sich an den Tisch zu setzen. Dabei spürte sie sein Unbehagen. Er sah aus, als würde er beim geringsten Alarmzeichen aufspringen und davonrennen. Bestimmt wurde er von der Polizei gesucht.

Sie goss ihm eine Tasse dampfenden süßen Schwarztee ein und schnitt ihm Scheiben vom Rinderbraten ab. Der Junge schlang das Fleisch hinunter und spülte mit dem Tee nach, ohne sich um die Temperatur der heißen Flüssigkeit zu scheren.

Nachdem Duncan sich davon überzeugt hatte, dass seine Männer zum Aufbruch bereit waren, trat er in die Küche, wo sich Willie mit Brot und Bratensoße voll stopfte. »Kommst du mit?«, fragte er. Willie hörte auf zu essen und blickte zu dem vor ihm stehenden Verwalter auf.

»Sie wissen ja, wo die Höhle ist, Mister Cameron«, erwiderte er. »Da brauchen Sie mich nicht, um Ihnen den Weg zu zeigen.«

»Du bist Willie Harris, stimmt's?«, stellte Duncan in aller Ruhe fest. »Ich habe gehört, dass du dich vielleicht hier draußen versteckt hältst. Einer meiner Schwarzen hat deine Spuren in der Nähe der Hügel gesehen. Deswegen weißt du auch über die Höhle Bescheid.«

»Und wenn ich Willie Harris wäre?«, fragte der junge Mann leise. »Würden Sie mich dann den Greifern ausliefern?«

Der Verwalter blickte den Jungen unverwandt an. »Das würde davon abhängen, ob ich dich festhalten kann«, sagte er. »Nicht wahr?« Willie verstand, was er meinte, und zog einen kleinen Revolver unter seiner Jacke hervor.

»Tut mir Leid, dass ich Ihnen das antun muss, Mister Cameron«, sagte er, während er den mehrläufigen Derringer auf Duncan richtete. »Aber ich habe für Mister James getan, was ich konnte. Jetzt muss ich mich um mich selber kümmern.«

»Du solltest das Fleisch mitnehmen. Und vielleicht etwas Tee und Zucker.« Um Duncans Mundwinkel spielte die Andeutung eines Lächelns.

Willie blinzelte verwirrt, doch dann begriff er. Dankbar erwiderte er das Lächeln.

»Hol einen Sack, damit der junge Mann ein paar Sachen einpacken kann, Matilda«, sagte Cameron beiläufig zu der jungen Frau, die mit offenem Mund auf die Waffe starrte. »Vielleicht entschließt er sich ja, auch ein wenig Mehl mitzunehmen.«

»Ich weiß nicht, warum Sie das tun, Mister Cameron«, sagte Willie, während Matilda in der Speisekammer nach den gewünschten Dingen suchte.

»Sagen wir, du hast einiges wieder gutgemacht, indem du hergekommen bist, um Inspektor James das Leben zu retten. Ich glaube nicht, dass du so ein übler Kerl bist wie die anderen, die die Polizei oben in Barcaldine erwischt hat.«

»Ich war dabei, Mister Cameron. Es stimmt, ich bin in schlechte Gesellschaft geraten. Aber ich habe Mister und Missus Halpin in Cloncurry nicht diese entsetzlichen Dinge angetan. Wenn ich gewusst hätte, was die vorhatten, hätte ich die Kerle abgeknallt, das schwöre ich beim Grab meiner Mutter.«

Duncan nickte. Willies leidenschaftliche Verteidigungsrede und das Risiko, das er mit seinem Ritt nach Glen View eingegangen war, bewiesen, dass er keinen schlechten Charakter hatte. Auch wenn er mit dem Gesetz in Konflikt gekommen war, hätte jeder Vater auf einen solchen Sohn stolz sein können.

Als Matilda einen leeren Mehlsack mit dem Proviant gefüllt hatte, der Willie zumindest den Anfang seiner Reise erleichtern würde, bedankte der Junge sich, wandte sich ab und ging auf die Küchentür zu. Plötzlich schien der Raum zu explodieren, als hätte der Blitz eingeschlagen.

Willie wurde nach vorn geschleudert. Der Sack mit dem Proviant fiel zu Boden, als er stöhnend auf dem Küchenboden zusammenbrach. Der stechende Gestank von Schießpulver erfüllte den Raum. Matildas Schrei übertönte Duncans wütenden Fluch.

Granville hielt den ausgestreckten Arm noch auf den schwer verletzten jungen Mann gerichtet. Aus seiner doppelläufigen Duellpistole stieg Rauch auf. Der schwere Bleischrot hatte Willies Rücken durchsiebt, und blutige Flecken zeichneten sich auf seiner Jacke ab.

»Ich hab den Gauner erwischt!«, triumphierte Granville. »Das wird ihm eine Lehre sein! Der raubt keine Häuser mehr aus.«

Als er Duncan Cameron ansah, wunderte er sich, warum der Verwalter vor Wut zu kochen schien. Auch egal! Nun hatte er eine Geschichte, mit der er im Klub angeben konnte, wenn er erst wieder in Sydney war. Wer einem Mann das Leben nahm, war allmächtig. Er war so erregt, als würde er eines der jungen Mädchen in seinen Bordellen besteigen.

Mit einem höhnischen Grinsen sah er auf den jungen Mann hinunter, der in einer schnell größer werdenden Blutlache zu seinen Füßen lag. Wer auch immer den Kerl in die Welt gesetzt hatte, dachte er mit grimmiger Befriedigung, würde den Namen Granville White nie vergessen.

66

Kurz vor Tagesanbruch kehrten die Viehhirten mit Gordon James zurück. Sein Zustand war kritisch, und Doktor Blayney brauchte keine lange Untersuchung, um festzustellen, dass er das rechte Bein des Inspektors unterhalb des Knies würde amputieren müssen. Die gewaltige Elektrizität, die sich entladen hatte, als ihn der Blitz traf, hatte die Nerven zerstört. Von dem Fuß war kaum mehr als ein verkohlter Stumpf erhalten. Mary Cameron stand dem Arzt als Assistentin zur Seite.

Vorsichtig legten sie Gordon rücklings auf den leer geräumten Küchentisch. Er war nur halb bei Bewusstsein und versank immer wieder in einer Welt, in der die unerträglichen Schmerzen wie rote Wellen über ihn hinwegliefen. Doktor Blayney wunderte sich über die Selbstbeherrschung des mutigen jungen Mannes. Als Stabsarzt bei der britischen Armee hatte er Verwundete mit leichteren Verletzungen vor Schmerzen schreien hören, aber dieser hier biss die Zähne zusammen, obwohl ihm die Tränen in die Augen traten.

Unterdessen verblutete Willie Harris in einem Gästezimmer des Hauses. Doktor Blayney hatte ihn untersucht, während er darauf wartete, dass die Arbeiter von Glen View den Inspektor aus den Hügeln brachte. Für Willie konnte man nichts mehr tun, außer an seinem Bett zu sitzen und ihm die Hand zu halten. Der Bleischrot war in die Lungen eingedrungen, und er ertrank allmählich in seinem eigenen Blut.

Matilda hatte sich erboten, Willie in seinen letzten Stunden Trost zu spenden. Mit sanfter Hand streichelte sie dem jungen Mann die Stirn und sprach beruhigende Worte für seine Seele. Willie rannen Tränen über das Gesicht, während er verzweifelt versuchte zu sprechen. Doch er fühlte kein Selbstmitleid, sondern nur Frustration, weil es ihm in seinem kurzen Leben nicht gelungen war, seine Aufgabe zu erfüllen. Bevor er starb, wollte er von dem entsetzlichen Unrecht erzählen, damit es von den Lebenden nicht vergessen wurde. Als Matilda seine Geschichte hörte, weiteten sich ihre Augen vor Entsetzen. Seine Worte bestätigten für sie die grausame, ehrfurchtgebietende Macht der Traumzeit. *Eine andere Erklärung konnte es nicht geben!*

In der Küche rief der Doktor die beiden eingeborenen Polizisten, die ihn begleitet hatten, zu sich und erklärte ihnen, dass sie ihren Vorgesetzten fest halten mussten, wenn er zu schneiden begann. Er hatte keinerlei Betäubungsmittel zur Verfügung und musste mit seiner chirurgischen Säge lebende Nerven durchtrennen.

Die Männer nickten und packten den Inspektor mit festem Griff, während Mary dafür sorgte, dass genügend heißes Wasser zur Hand war. Sie war daran gewöhnt, beim Schlachten von Tieren zuzusehen, und zerlegte diese häufig selbst, aber beim Anblick des Arztes, der Skalpelle und Säge hervorzog, wurden ihr die Knie weich. Hier sollte an einem Menschen geschnitten werden, und der Schmerz würde unerträglich sein.

»Wir brauchen etwas, auf das der Inspektor beißen kann, Missus Cameron«, sagte Doktor Blayney leise. »Ein kleiner, aber fester Stock oder etwas Ähnliches würde genügen.«

»Der Stiel eines Holzlöffel, Doktor?«

»Ich hoffe, der reicht«, erwiderte er, als Mary aus einem Küchenschrank einen großen Holzlöffel holte. Sie reichte ihn dem Arzt, der sich über Gordon beugte. »Klemmen Sie sich das hier zwischen die Zähne, Junge. Sie wissen schon, warum.«

Gordon nickte zum Zeichen, dass er verstanden hatte. Seine Augen waren vor Angst weit aufgerissen, doch der Schmerz hatte einen Schleier über sie gelegt. Er wollte die Amputation hinter sich bringen.

»Sarah?«, fragte er.

»Ihr geht es den Umständen entsprechend gut«, erwiderte

der Arzt. »Seit ich sie vor ein paar Stunden zum letzten Mal untersucht habe, ist ihr Zustand stabil geblieben.«

Blayney schob Gordon den Stiel zwischen die Zähne und richtete seinen Rücken gerade aus. Dann überprüfte er, ob die beiden Polizisten den Patienten sicher im Griff hatten und warf Mary Cameron einen fragenden Blick zu. Sie nickte. »Ich bleibe, Doktor«, sagte sie leise. »Vielleicht brauchen Sie mich ja.«

»Es wird kein besonders schöner Anblick werden, Missus Cameron«, warnte er. »Ihre Anwesenheit bei der Operation ist nicht unbedingt erforderlich.«

»Danke für Ihre Rücksichtnahme, Doktor, aber ich habe mich auf das Schlimmste eingestellt.«

»Gut.« Damit wählte er ein Skalpell aus der Sammlung chirurgischer Instrumente, die auf einem sauberen Baumwolltuch auf einer Anrichte ausgebreitet lag.

Beim ersten Schnitt biss Gordon den Löffelstiel durch, als wäre er ein Streichholz. Sein lang gezogener Schmerzensschrei war noch in den Unterkünften der Viehhirten zu hören.

Mary schwankte für einen kurzen Augenblick, fasste sich jedoch schnell wieder, als das Blut in einem roten Schwall aus der durchtrennten Arterie spritzte. Mit geschickter Hand verschloss Doktor Blayney, der auf den Schlachtfeldern der Kolonialkriege Englands seine Erfahrungen gesammelt hatte, die Ader mit einer Klemme. Der ehemalige Stabsarzt der viktorianischen Armee hatte zahllose Amputationen durchgeführt. Gordon konnte froh sein, dass ein Mann mit seiner Erfahrung die Operation übernahm. Er hatte sozusagen Glück im Unglück, schien das aber nicht recht zu schätzen zu wissen, als der Doktor begann, Knochen, Knorpel und Nervenenden durchzusägen.

Granville White, der auf der Veranda des Hauses eine Zigarre rauchte, hörte den Schrei ebenfalls. Der Regen hatte aufgehört, und ein perfekter Morgen war angebrochen. Im Busch feierten die Würgervögel mit süßem Zwitschern die Schönheit des Landes, das bald mit Blumen und grünem Gras bedeckt sein würde, und eine Elster trällerte im goldenen Morgenlicht ihr Lied.

Der Schrei brachte die Buschvögel für einen Augenblick zum Schweigen, doch sie erholten sich schnell von ihrem Schrecken. Selbst Granville war zusammengefahren. Wenn er doch endlich von diesem verdammten Ort verschwinden könnte! Der Agent, der ihn nach Glen View begleitet hatte, sollte ihn in einer Stunde abholen. Hoffentlich kam er früher.

Dieser verdammte Verwalter hatte höchst merkwürdig darauf reagiert, dass er den jungen Gauner erschossen hatte. Dabei hatte er inzwischen erfahren, dass der verhinderte Räuber auch noch gesucht wurde, weil er in einer Mordsache befragt werden sollte! Da durfte man ja wohl ein wenig Dankbarkeit erwarten. Aber Cameron hatte ihn wütend beschimpft, anstatt sich zu freuen, dass er den Raubüberfall bemerkt und den Buschläufer ausgeschaltet hatte. Als Verwalter in der Kolonie war der Mann auf jeden Fall erledigt; Granville hatte nicht die Absicht, seine Unfreundlichkeit mit Empfehlungen oder Referenzen zu belohnen. Sollte er doch zum Teufel gehen, wenn er meinte, er könnte seinen Arbeitgeber so unverschämt beschimpfen. Und seine Nervensäge von Frau konnte er gleich mitnehmen!

Das amputierte Bein fiel vom Tisch und schlug mit einem dumpfen Geräusch auf dem Küchenboden auf. Gordon keuchte wie eine Frau in den Wehen. Während der gesamten Operation war er bei Bewusstsein geblieben, weil er fürchtete, sich erneut Peter Duffy stellen zu müssen, wenn er in Ohnmacht fiel.

»Es ist vorbei«, flüsterte Mary ihm ins Ohr, während sie seine Stirn mit einem feuchten Tuch abtupfte. »Der Doktor hat ausgezeichnete Arbeit geleistet.«

»Bitte«, flüsterte er mit heiserer Stimme, »lassen Sie das Bein neben Peter Duffys Grab da draußen in die Erde legen.«

Sie nickte. Für sie klang die Bitte nicht merkwürdig. »Einer meiner Männer wird das für Sie erledigen«, sagte sie sanft, während sie ihm weiter die Stirn abwischte. Der Doktor vernähte nun die Wunde.

Die scharfen Nadelstiche spürte Gordon nach den entsetzlichen Schmerzen der Amputation kaum noch. Unterdessen hielten die beiden eingeborenen Polizisten möglichst viel Abstand von dem Tisch und warfen sich nervöse Blicke zu. Dass der Inspektor das Bein neben Peter Duffy begraben lassen wollte ...

»Sie sollten ein wenig frische Luft schnappen, Missus Cameron«, empfahl der Arzt. »Ich bin hier so gut wie fertig.«

»Dann werde ich nach Matilda und dem Jungen sehen«, erwiderte sie. »Eines der Hausmädchen soll Tee für uns kochen. Wir können Mister James in das Zimmer legen, in dem Mister White untergebracht war.«

»Gute Idee«, lobte der Doktor, der seine Säge eben in einer Emailschüssel wusch. »Die nächsten Tage werden für den Inspektor entscheidend sein. Wenn die Wunde sauber bleibt, überlebt er. Vor meiner Rückkehr nach Balaclava werde ich nach dem anderen jungen Mann sehen. Wenn ich noch länger im Land bleibe, werde ich mein Pensionistendasein wohl aufgeben müssen. Die Zahl der Patienten scheint von Minute zu Minute zuzunehmen.«

Mary fand Matilda auf einem Stuhl neben Willies Bett. Die Vorhänge waren zugezogen, und der Raum lag in düsterem Dämmerlicht. Es war offenkundig, dass Matildas Aufgabe als Krankenschwester zu Ende war. Der Doktor würde nicht mehr nach seinem Patienten sehen müssen.

»Sein Geist findet keine Ruhe«, sagte Matilda leise. Sie blickte zu der neben ihr stehenden Mary auf. »Seine Seele sucht nach einem Mann. Einem bösen Mann.«

Dann berichtete sie Mary alles, was Willie ihr vor seinem letzten Atemzug erzählt hatte. Gebannt lauschte Mary der unglaublichen Geschichte.

Granville beobachtete, wie sich der Einspänner des Agenten dem Haus näherte. Der Mann winkte ihm gut gelaunt zu, und Granville war nur allzu froh, ihn zu sehen. Endlich konnte er diesen schrecklichen Ort verlassen!

Im Bewusstsein, dass er binnen weniger Minuten nach Rockhampton unterwegs sein würde, erhob er sich aus seinem Sessel auf der breiten Veranda. Von dort aus würde er auf dem Seeweg nach Sydney reisen. Er bezweifelte, dass er jemals wieder nach Queensland kommen würde. Für seinen Geschmack war es hier ohnehin viel zu heiß! Die Haustür öffnete sich, und Missus Cameron erschien mit einem seltsamen Gesichtsausdruck auf der Veranda.

»Sie brauchen mich nicht zu verabschieden, Missus Cameron«, sagte Granville, der sich ihrer Abneigung vollauf bewusst war, steif. »Eine solche Geste der Höflichkeit könnte sich für uns beide als lästig erweisen.«

»Deswegen bin ich nicht hier, Mister White«, erwiderte sie. »Ich wollte nur fragen, ob Sie dem jungen Mann, den Sie getötet haben, nicht die Ehre erweisen wollen, bevor Sie Glen View verlassen.«

»Das dürfte nicht erforderlich sein«, schnaubte Granville verächtlich. »Der Kerl ist tot, und seine kriminellen Aktivitäten verdienen wohl kaum Respekt.«

»Matilda glaubt, dass sein Geist umgehen wird, bis er einen bestimmten Menschen findet«, sagte Mary, wobei sie den Mann, den sie aus tiefstem Herzen verabscheute, mit einem abschätzenden Blick bedachte. »Aus diesem Grund würde ich Ihnen gern eine Frage stellen, bevor Sie Glen View verlassen.«

»Fragen Sie, aber dann gehe ich.«

Mary blickte ihm direkt in die Augen. »Sind Sie vor langer Zeit einem Mädchen namens Jennifer Harris begegnet?« Eine Sekunde lang tat sich nichts, doch dann trat ein Ausdruck schmerzlicher Erinnerung in die Augen Granville Whites.

»Vielleicht«, meinte er, doch sein Ton verriet Mary, dass er Jennifer Harris sehr wohl gekannt hatte. »Wie kommen Sie auf diesen Namen?«

»Durch den Jungen. Vor seinem Tod hat er Matilda erzählt, dass sie seine Mutter war und dass er es bedauerte, sterben zu müssen, bevor er seinen Vater in Sydney gefunden hatte. Sein Vater heißt Granville White. Obwohl es ein unglaublicher Zufall wäre, hatte ich das Gefühl, das könnten Sie sein. Falls es so ist, haben Sie soeben Ihren eigenen Sohn getötet. Unter

1125

diesen Umständen möchten Sie dem Jungen vielleicht doch die letzte Ehre erweisen.«

Marys Worte beschworen eine Armee von Gespenstern herauf, Geister der Vergangenheit, die mit tödlicher Hand nach Granvilles Herz griffen. Ein Schraubstock schien sich um seine Brust zu schließen.

»Mister White!«

Er hörte Mary Camerons alarmierten Ruf, als er auf die Knie brach. Der Schmerz, der seine Brust zusammenpresste, breitete sich rasch auf Arme, Kehle und Rücken aus.

»Doktor Blayney«, rief sie ins Haus hinein. »Bitte kommen Sie schnell.«

Granville versuchte, sich auf den Knien aufzurichten, stürzte jedoch nach vorn auf die Holzdielen der Veranda. Dort blieb er in klammen, kalten Schweiß gebadet liegen.

Zuerst kam die Bewusstlosigkeit, die ihn in seine Vergangenheit zurückführte. Dort begegnete er den Menschen, die ihm zum Opfer gefallen waren. Er sah David Macintosh, blutend und zerschlagen, wo die Pfeile der Insulaner seinen Körper durchbohrt und ihre Steinäxte seine Haut zerfetzt hatten. Dann stand da ein großer, breitschultriger Mann, der voll grimmiger Zufriedenheit lächelte. War es Michael Duffy? Oder Duffys Sohn? Am Ende seiner Reise traf er auf Willie Harris, der ein kleines Mädchen an der Hand hielt, in dem Granville Jenny, die Mutter des Jungen, erkannte. Dann versank alles um ihn herum für immer in tiefer Dunkelheit.

»Ich fürchte, Mister White ist tot«, sagte Doktor Blayney, als er sich über den Körper beugte. »Soweit ich sehen kann, hat er einen Herzanfall erlitten.«

»Der Blitz hat ihn gefällt«, sagte Mary ehrfürchtig.

»Entschuldigen Sie, Missus Cameron, ich habe nicht gehört, was Sie gesagt haben.«

»Ich habe mich nur an ein Gespräch erinnert, das ich gestern Abend mit Mister White geführt habe. An etwas, das er gesagt hat.«

»Wir schaffen ihn besser von der Veranda herunter«, sagte Blayney und stand auf. »Sir, helfen Sie mir, Mister White ins

Haus zu tragen«, bat er den Agenten, der mit offenem Mund wie angewurzelt auf dem staubigen Hof vor dem Haus stand. Eben noch hatte Mister White ihm zugewunken, und nun war er tot! »Helfen Sie mir bitte?«

Der Mann erwachte aus seiner Erstarrung und griff nach den Armen des Toten, während der Arzt die Beine übernahm. Gemeinsam trugen sie die Leiche in den Raum, in dem Willie lag, und platzierten Granville auf dem Boden neben seinem Sohn.

Verwirrt starrte der Agent auf den jungen Toten auf dem Bett. »Großer Gott!«, stieß er hervor. »Was ist denn hier passiert?«

»Das weiß ich auch nicht so genau«, erwiderte der Doktor nicht weniger verwirrt. »Wenn ich kein Naturwissenschaftler wäre, würde ich sagen, ein Fluch der Eingeborenen hat sein schreckliches Werk getan.«

Der Agent warf dem Arzt einen fragenden Blick zu. Er hatte Gerüchte darüber gehört, dass auf dem Besitz ein Fluch lag, hatte diese jedoch als Mär der Buschleute abgetan, die damit Städter erschrecken wollten. Nun war er sich nicht mehr so sicher.

Ganz im Gegensatz zu Mary Cameron.

Gordon James hatte die Berge des vor vielen Jahren vertriebenen Nerambura-Clans aufgesucht und Granville White auch. Von diesen Hügeln hatte eine fremde, unerklärliche Macht ihre Hand ausgestreckt, um alle zu vernichten, die mit ihrem ungebetenen Besuch die alten Geister störten. Selbst der arme Willie Harris, der sich in der heiligen Höhle versteckt gehalten hatte, lag nun tot im Haus.

Mary schauderte, und Matilda warf ihr einen wissenden Blick zu.

Auf Balaclava Station saß Adele Rankin im Wohnzimmer des Herrenhauses und stopfte die Socken ihres Ehemannes. Sie war allein, blickte jedoch auf, weil sie dachte, jemand hätte den Raum betreten. Niemand war zu sehen, aber sie wurde das unheimliche Gefühl nicht los, dass jemand im Zimmer war.

Sie stand auf und ging zum Fenster, um auf das ebene Brigalow-Buschland hinauszublicken. Es war ein schöner, sonniger Tag. Die Viehhirten kämpften auf den Koppeln mit den Rindern, die gebrandmarkt werden sollten. An das Brüllen der Tiere, die von dem glühend heißen Eisen versengt wurden, hatte sie sich gewöhnt wie an so vieles andere: das gewehrähnliche Knallen der Peitschen, wenn die Männer das Vieh zusammentrieben, das Trillern der schwarzweißen Elstern am frühen Morgen, das schrille Zwitschern der Apostelvögel, die sich ohne jede Furcht dem Haus näherten, um Küchenabfälle zu ergattern.

Doch das waren nicht alle Geräusch. Die Laute des weißen Mannes füllten das weite Buschland und verdrängten die sanfteren Töne der ursprünglichen Bewohner: das Lachen der Kinder am Lagerfeuer, die melodischen Stimmen der kokettierenden jungen Leute, das Schwatzen der Alten, die im Schatten der Bäume an den Wasserläufen miteinander plauderten.

Doch die Weißen hatten das alte Volk nicht völlig vertrieben, dachte sie. Sein Geist lebte fort in den glänzenden schwarzen Gesichtern der eingeborenen Viehhirten und ihrer Familien, die auf Balaclava Station lebten und arbeiteten. Die unsichtbaren spirituellen Kräfte des Landes existierten neben den Häusern, Scheunen und Koppeln der Weißen weiter.

Und so war Adele Rankin nicht überrascht, als Sarah Duffy in ihrem verschwitzten Nachthemd in der Tür des Wohnzimmers erschien. Sie wirkte verhärmt und eingefallen. Adele ließ ihr Nähzeug fallen und eilte zu ihr.

»Mein Bruder war hier.« Sarahs erste Worte waren nicht mehr als ein heiseres Flüstern. »Aber jetzt ist er fort.«

»Ich weiß«, sagte Adele Rankin sanft, während sie Sarah in ihr Zimmer zurückführte und ins Bett brachte. Es war deutlich zu sehen, dass sich das Mädchen erholen würde.

67

Auf dem Schreibtisch, der zwischen den beiden Frauen in der Bibliothek stand, lag ein Stapel ordentlich mit einem roten Band verschnürter Briefe.

»Das sind die Briefe meines Enkels, die Sie nie bekommen haben«, verkündete Enid. »Und ich frage mich, ob Sie sie jetzt noch verdient haben.«

Catherine Fitzgerald hatte nicht die Absicht, sich von der gefürchteten Lady Enid Macintosh einschüchtern zu lassen, und erwiderte den stählernen Blick. »Hätte ich die Briefe bekommen, als Patrick auf dem Sudan-Feldzug war, dann wäre ich vielleicht schon längst mit ihm vereint, Lady Macintosh«, erwiderte sie mit kühler, gelassener Stimme. »Es ist Patrick und mir vom Schicksal vorherbestimmt, zusammen zu sein, und Ihr Eingreifen ist Teil dieses Schicksals.«

Enid zog eine Augenbraue hoch, während sie die junge Frau, die ihr in der Bibliothek gegenübersaß, eingehend betrachtete. Mit den roten Flechten und der milchweißen Haut war sie sicherlich eine aufsehenerregende Schönheit, aber am meisten beeindruckten Enid ihre Augen. Sie waren smaragdgrün und erinnerten sie sehr an ihre eigene Familie. In Catherines Augen las sie, dass sie es mit einer hochintelligenten, aber schwer zu durchschauenden Frau zu tun hatte. Sie ist stark, dachte Enid. Kein Wunder, dass ihr Enkel ihr hoffnungslos verfallen war.

»Mein Eingreifen hatte mehr mit Patricks Vater zu tun«, erwiderte sie, wobei sie die junge Frau unverwandt anblickte. »Ein Brief, den er mir letztes Jahr aus Griechenland schickte, hat mich zu diesem Schritt bewogen, nicht das Schicksal, Miss

Fitzgerald.« Als sie Michael Duffy erwähnte, hätte Catherine um ein Haar die Fassung verloren. Sie hat also doch eine schwache Stelle, sinnierte Enid. Das war auch gut so, denn bei diesem Spiel ging es um Einsätze, deren Höhe Catherines Vorstellungsvermögen übersteigen würde. »Sollte mein Enkel jemals vom Inhalt dieses Schreibens erfahren, dürfte er seine Liebe zu Ihnen in einem anderen Licht sehen.«

Catherine hatte sich wieder gefasst. Michael hatte Recht gehabt: Lady Macintosh kannte keinerlei Rücksicht, wenn es um Namen und Vermögen ihrer Familie ging. Aber hätte Michael jemals ihre kurze, doch leidenschaftliche Affäre erwähnt? Das war höchst unwahrscheinlich; zu dieser Sorte Mann gehörte er nicht. Lady Macintosh bluffte. Plötzlich wurde Catherine klar, dass sie an einem Spiel beteiligt war, über dessen Preis noch nicht entschieden war. »Dürfte ich vielleicht Mister Duffys Brief lesen?«, erkundigte sie sich, obwohl sie die Antwort bereits kannte.

»Ich fürchte, der Inhalt von Mister Duffys Schreiben ist privat.« Das bestätigte ihre Vermutung. »Ich würde das Schreiben lieber vernichten, als es Patrick sehen zu lassen.«

»In diesem Fall«, konterte Catherine, »bleibt mir nichts anderes übrig, als Patrick meine Affäre mit seinem Vater zu gestehen und zu hoffen, dass er mir verzeihen kann.«

Einen flüchtigen Augenblick lang blickte Enid schockiert drein, doch sie fasste sich schnell und parierte den geschickt geführten Schlag. Die junge Frau war wesentlich klüger, als sie vermutet hatte. Prinzipiell war das ein gutes Zeichen. »Ich bezweifle, dass das nötig sein wird, Miss Fitzgerald. Ich habe keinerlei Absicht, meinen Enkel von Ihrer Untreue zu berichten.«

»Ich möchte nicht unhöflich scheinen, Lady Macintosh, aber Untreue kann es nur in einer Ehe geben«, unterbrach Catherine sie mit der Andeutung eines gewinnenden Lächelns. »Patrick und ich sind noch nicht verheiratet, doch das werden wir hoffentlich nach seiner Rückkehr aus Afrika nachholen.«

Das verflixte Mädchen war gut. Sie erinnerte Enid an sich selbst in diesem Alter. Eine starke Frau, die für Patrick zum

Leitstern werden konnte. Dazu brauchten sie nur eine still-schweigende Vereinbarung, dass ihre zukünftige Schwieger-tochter ihre große Vision für das zwanzigste Jahrhundert unterstützte. Das könnte die Richtige sein, dachte sie. Immer weniger bedauerte sie, dass sie Michael Duffys Rat gefolgt war, Kontakt mit Catherine aufzunehmen und sie nach Sydney ein-zuladen. Sein Brief war im Übrigen eher eine Bitte gewesen, vergangenes Unrecht wieder gutzumachen und den beiden jungen Leuten ein glückliches Leben zu ermöglichen. Mit kei-nem Wort war von einer Affäre die Rede.

Deswegen hatte Enid ein Telegramm nach Griechenland geschickt, in dem sie die völlig verwirrte Catherine einlud. Irgendwie hatte diese gewusst, dass eine Verbindung zu Michaels plötzlichem Verschwinden bestand, aber erst jetzt hatte sie erfahren, dass Patrick ihr nach Irland geschrieben und ihr Großvater die gesamte Post abgefangen hatte. Die Zeit war gekommen, dem Schicksal zu gehorchen, nach dem es Morri-gan bestimmt war, ihren Cuchulainn zu heiraten. Doch dazu musste sie die furchteinflößende Frau für sich gewinnen.

»Lady Macintosh«, sagte sie daher leise mit geheuchelter Bescheidenheit, »mir ist klar, dass Sie mich vielleicht nicht für die richtige Frau für Patrick halten, aber Sie sollen wissen, dass uns ein grausames Schicksal getrennt hat und dass wir trotz-dem nahe daran sind, uns wiederzufinden. Doch wenn ich das Gefühl hätte, dass meine Anwesenheit Zwist zwischen Ihnen und Ihrem Enkel säen würde, würde ich Ihr Haus sofort ver-lassen. Ich liebe Patrick von ganzem Herzen und weiß, dass ich an seiner Seite und mit Ihrer Hilfe zum Ruhm des Namens Macintosh beitragen könnte. Doch diese Entscheidung über-lasse ich in aller Demut Ihnen.«

»Besuchen Sie regelmäßig eine protestantische Kirche?«, wollte Enid wissen.

»Ich gehöre der Kirche von Irland an«, erwiderte Catherine und war etwas verwirrt, als Enid lächelte.

»Die Anglikaner sind kaum besser als die Papisten«, meinte sie. »Und ich fürchte, falls Sie und Patrick eine Tochter haben, könnte sie eine ebenso gute Schauspielerin werden wie ihre

Mutter.« Catherine wollte protestieren, aber Enid schnitt ihr das Wort ab. »Keine Angst, ich will nicht, dass Sie gehen. Offensichtlich überrascht Sie das. Meine Entscheidung hat viel mit vergangenem Unrecht zu tun. Ich glaube, Sie und ich haben gemeinsame Interessen, die uns am Herzen liegen. Mittlerweile bin ich davon überzeugt, dass mein Enkel eine kluge Wahl getroffen hat.« Sie legte eine Pause ein und griff nach den Briefen auf dem Schreibtisch. »Vielleicht wollen Sie sie lesen, wenn Sie aus dem Hotel in mein Haus gezogen sind, um auf Patricks Rückkehr zu warten. Ihre Anwesenheit ist sicher das schönste Geschenk, das ich meinem Enkel machen kann, wenn er zurückgekehrt ist.«

Catherine wusste nicht, ob sie lachen oder weinen sollte. Irgendwie hatte sie das Gefühl, überlistet worden zu sein, aber sie war sich nicht sicher. Ein Geschenk … die Worte hatten einen besitzergreifenden Beigeschmack, doch im Augenblick war das unwichtig. Sie würde Patrick wiedersehen, und sie wusste, dass sie seine Frau werden würde.

Als sie die Briefe nahm, die Enid ihr reichte, hatte sie für einen flüchtigen Augenblick das Gefühl, ihre Gastgeberin würde gleichzeitig ihre beste Freundin und ihre schlimmste Feindin werden.

68

Der Planwagen war bis auf die Achsen abgebrannt. Patrick stand an dem Ort, an dem sich sein Vater dem Burenkommando zur letzten Schlacht entgegengestellt hatte. Hie und da glitzerte im langen Gras eine verbrauchte Winchester-Patronenhülse in der Sonne. Jetzt, wo die Sonne auf das wogende Grasmeer des afrikanischen *Veld* schien, wirkte alles so unwirklich. So friedlich, als wäre nichts geschehen.

Neugierig sahen sich die zehn berittenen britischen Soldaten hinter ihm auf der Ebene um. Der Truppenkommandeur des Außenpostens De Aar, Lieutenant Croft, hatte ihnen die Situation geschildert: ein einzelner Mann gegen einen Trupp schwer bewaffneter Niederländer. Der Ausgang war unvermeidlich, wenn man bedachte, wie lange der junge Australier gebraucht hatte, um vom Kraal des Zuluhäuptlings Mbulazi aus den Außenposten der britischen Armee zu benachrichtigen.

»Es sieht so aus, als wären wir zu spät gekommen, Captain Duffy«, sagte der junge Lieutenant mitfühlend. »Ich habe Ihren Vater persönlich gekannt und sehr geschätzt.«

Patrick antwortete nicht, sondern starrte nur auf den Wagen. Es waren keine Leichen zu sehen und, abgesehen von den verbrauchten Patronenhülsen, kaum Anzeichen für einen erbitterten Kampf. Als er den Bereich absuchte, in dem die meisten Patronenhülsen lagen, fand er kein Blut. Allerdings war das nicht weiter überraschend, nachdem er drei Tage gebraucht hatte, um die britische Militärpatrouille in der Stadt zu alarmieren und herzuführen.

»Wir werden natürlich Untersuchungen anstellen«, erklärte

der Lieutenant, »aber diese verdammten aufrührerischen Niederländer werden behaupten, sie hätten ihre Farmen niemals verlassen. Das ist ein unfreundliches Volk.«

»Vielleicht sollten Sie auch Erkundigungen einziehen, ob jemand meinen Vater gesehen hat, Mister Croft«, antwortete Patrick, der in die Sonne am fernen Horizont starrte. »Ich bezweifle, dass er tot ist.«

Der Offizier nickte, aber er war nicht überzeugt. Hier war wohl der Wunsch der Vater des Gedankens. »Das werde ich tun, Sir, aber in der Zwischenzeit bringt es nicht viel, wenn wir hier bleiben.«

Patrick ging zu dem Pferd zurück, das ihm die Armee zur Verfügung gestellt hatte. Nachdem er sich in den Sattel geschwungen hatte, gab der Lieutenant Befehl, nach De Aar zurückzukehren. Er konnte nicht viel mehr tun, als über den Vorfall Bericht zu erstatten und der örtlichen Polizei die Ermittlungen zu überlassen. Vielleicht gelang es dieser zumindest, über ihre Informanten in Erfahrung bringen, wo der Ire begraben lag. Denn der junge englische Offizier war davon überzeugt, dass niemand, so gut er auch sein mochte, den Angriff eines zu allem entschlossenen Burenkommandos überlebte.

Sag deiner Mutter, dass du sie liebst ... In Gedanken hörte Patrick auf dem Ritt nach De Aar immer wieder die Worte seines Vaters. Warum hatte er Michael nicht gefragt, ob er seine Mutter geliebt hatte? Aber er hatte viele Fragen nicht gestellt. Vielleicht war es angesichts der feindlichen Übermacht dumm, dass er den Tod seines Vaters nicht akzeptieren wollte. Warum hatte er sich beim Aufbruch nicht eingestehen wollen, wie unwahrscheinlich es war, dass er seinen Vater lebend wiedersah? Ihre tapferen, optimistischen Worte beim Abschied hatten keinen der beiden getäuscht. Tief im Inneren hatten sie gewusst, dass sie einander in dieser Welt voll Licht und Schatten vermutlich nie mehr begegnen würden. Fühlte er sich schuldig, weil er überlebt hatte und sein Vater nicht? Wollte er deshalb nicht zugeben, dass sein Vater tot war? Hatte er nicht in der Ferne wildes Gewehrfeuer aus der Richtung des

Planwagens gehört, als er in der Dunkelheit im Fluss trieb? Dann hatte sich eine entsetzliche Stille über das *Veld* gesenkt.

Vielleicht war sein Vater tot – aber die Erinnerung an den großen, starken Mann mit der Augenklappe würde weiterleben. Solange er ihn nicht vergaß, würde er immer bei ihm sein, dachte Patrick, auch wenn er nicht untröstlich vor Kummer war. Dazu hatte er Michael zu wenig gekannt. Alles, was er über seinen Vater wusste, hatte er in den kurzen, traumatischen Stunden unter dem Beschuss der Niederländer erfahren.

Er würde so rasch wie möglich über Griechenland nach Sydney zurückkehren. Catherine lebte irgendwo, und wo auch immer das sein mochte, er würde sie finden.

69

Nur wenige Trauergäste nahmen an der Beerdigung von Granville White in Sydney teil. Fiona hatte angeordnet, seine Leiche von Queensland zu überführen. Sie wollte nicht, dass er in derselben Erde begraben wurde wie ihr Vater und ihr Bruder. Das hätte sie als Beleidigung des Andenkens ihres Vaters empfunden, der hart für seinen geliebten Besitz gearbeitet hatte, den Granville verkaufen wollte.

Nur eine Hand voll Geschäftsfreunde standen in der warmen Frühlingssonne und lauschten dem Prediger, der sich in Lobpreisungen der wirtschaftlichen Leistungen des Toten erging. Viel anderes fiel ihm zu Granville nicht ein, schließlich wollte er nicht seine eigene Seele in Gefahr bringen, indem er gute Werke erfand.

Fiona war pflichtbewusst als trauernde Witwe aufgetreten. Sie trug Schwarz, und ein Schleier schützte ihr Gesicht vor den summenden Fliegen. Ein paar der männlichen Trauergäste erlaubten sich einen nachdenklichen und in höchstem Maße respektlosen Seitenblick auf sie. Sie war immer noch eine schöne Frau und würde jedem Mann, der glücklich genug war, ihre Hand zu gewinnen, eine beträchtliche Mitgift bringen.

Doch Fiona verschwendete nicht einen Gedanken daran, ihr Leben wieder mit einem Mann zu teilen. Vor dem plötzlichen Tod ihres Gatten hatte sie bereits ihre Reise nach Deutschland vorbereitet, wo sie mit Penelope leben wollte. Dort würde sie in der Nähe ihrer Töchter sein, die zu zwei schönen jungen Frauen herangewachsen waren und die charmante Aufmerksamkeit der jungen Männer der europäischen Höfe aus vollem Herzen genossen.

Für Fiona war der Tod ihres Mannes eine Gottesgabe, die es ihr erlaubte, jede Verbindung nach Sydney abzubrechen. Dieses Kapitel ihres Lebens war endgültig abgeschlossen! Sie hatte keinerlei schlechtes Gewissen, weil sie bei der Nachricht von Granvilles Tod nichts als Erleichterung empfunden hatte. Er war von Grund auf böse und zerstörerisch gewesen. Wahrscheinlich war er auch für die Ermordung ihres geliebten Bruders David vor vielen Jahren verantwortlich. Sein einziges Verdienst war, dass er finanziell gut für sie gesorgt und ihr damit einen eleganten Lebensstil ermöglicht hatte. Durch sein Testament, das noch aus besseren Tagen ihrer Ehe stammte, fiel der dritte Teil der Macintosh-Unternehmen an sie zurück – jenes Drittel, das sie ihm überschrieben hatte, um ihren Sohn Patrick davor zu schützen, dass Granville seinen Namen in den Schmutz zog.

Fiona war erleichtert, als der Prediger endlich die traditionellen letzten Worte sprach, mit denen Granvilles Körper der Erde überantwortet wurde. Die wenigen Trauergäste drückten ihr Beileid aus und kehrten dann zu den vor dem Friedhof wartenden Kutschen zurück. Auch Fiona hielt sich nicht länger am Grab auf, sondern ging langsam zu ihrer Kutsche.

»Fiona!«

Die Stimme, die aus einer der vor dem Friedhof stehenden Kutschen nach ihr rief, hätte sie hier niemals erwartet. Sie blieb stehen und blickte überrascht auf das vornehme Gefährt ihrer Mutter, das durch das Gespann der Vollblut-Grauschimmel unverwechselbar war.

»Mutter …« Unwillkürlich kam das Wort über ihre Lippen. Enid stieg aus und kam auf Fiona zu, die sich fragte, was ihre Mutter hier verloren hatte. Ihr Gesicht hatte die harte Entschlossenheit verloren, an die Fiona sich von ihrer letzten Begegnung in der Bibliothek noch allzu gut erinnerte. Stattdessen entdeckte sie weiche Züge, die ihr fast unbekannt waren. »Dich hatte ich hier nicht erwartet«, sagte Fiona, als ihre Mutter sie erreicht hatte. »Schließlich weiß ich, was du von Granville gehalten hast.«

»Ich bin auch nicht hier, um diesem Verbrecher die letzte Ehre zu erweisen«, erwiderte Enid. »Gott ist jetzt sein Richter, nicht ich. Ich wollte dich sehen.«

»Mich!«, erwiderte ihre Tochter mit ungläubigem Staunen. Ihre Stimme war voller Bitterkeit. »Warum solltest du mich sehen wollen?«

»Meinst du, wir können ein Stück zusammen gehen? Hier starren uns die Leute nur neugierig an.« Enid deutete auf die wenigen Trauergäste, die sie erkannt hatten. »Unsere Begegnung wird die Gerüchteküche ohnehin zum Brodeln bringen.«

»Ich wüsste nicht, was dagegen spräche«, erwiderte Fiona.

Die beiden Frauen schlenderten auf die Grabreihen zu, wo nur die Toten ihre Worte hören konnten. Als sie sich ein wenig vom Eingang des Friedhofs entfernt hatten, brach Enid das Schweigen. »Fiona, meine Tochter, ich habe dir über die Jahre hinweg großes Unrecht getan. Ich habe mich der Sünde des Stolzes schuldig gemacht. Es war ein falscher Stolz, weil er dir so viel Kummer bereitet hat. Wir beide haben deswegen sehr gelitten, und ich möchte dich heute um Vergebung bitten.«

Fiona wandte sich um und blickte ihrer Mutter ins Gesicht. Hatte sie ihr wirklich die Hand gereicht, sich tatsächlich für zwei Jahrzehnte voller Feindseligkeit entschuldigt, die sie einander entfremdet hatten? Sie suchte in den Augen ihrer Mutter nach Anzeichen dafür, dass es sich um ein Täuschungsmanöver handelte. Vergeblich. Ihre Gefühle kamen ihr wie Blätter vor, die der Wind durcheinander wirbelte. In der Hitze des frühen Sydneyer Sommertages fühlte sie sich selbst wie ein solches trockenes Blatt, so hilflos war sie. Die Miene ihrer Mutter war die eines gequälten Menschen, der die Geister der Vergangenheit bannen wollte. Den Geist einer verlorenen Liebe zwischen Mutter und Tochter, die trotz allem nicht völlig vergessen war.

»Du weißt, dass ich eine Schiffspassage nach Deutschland gebucht habe«, erwiderte Fiona, »und dir ist bestimmt klar, warum.«

»Ich weiß, dass du zu Penelope gehst«, sagte ihre Mutter ruhig. »Ich kann nicht sagen, dass ich verstehe, was zwischen dir und ihr vorgeht, aber ich weiß, was ich empfinde. Ich war selbstsüchtig und habe großes Unrecht getan, als ich Patrick nicht von deiner Liebe erzählte.« Sie zögerte und warf einen Blick auf einen einsamen Totengräber, der im Schweiße seines Angesichts an einem Grab arbeitete. Dann wandte sie sich erneut ihrer Tochter zu. »Patrick hat mir aus Südafrika telegrafiert, dass er nach Sydney zurückkommt. Wahrscheinlich wird er erst nach deiner Abreise nach Europa hier eintreffen. Du sollst nur wissen, dass ich ihm bei seiner Rückkehr sagen will, dass du ihn liebst – und dass ich jahrelang die Wahrheit vor ihm geheim gehalten habe.«

»Das würdest du tun?«, fragte Fiona leise. »Du würdest riskieren, ihn zu verlieren, indem du ihm die Wahrheit sagst?«

»Ich bin seinem Vater nur ein einziges Mal begegnet«, sagte Enid mit einer Demut, die ihre Tochter in all den Jahren noch nie bei ihr gehört hatte. »Er besitzt Stärke und Charakter, wie ich sie bei keinem anderen Menschen gesehen habe. Aber in den Augen seines Sohnes habe ich sie gefunden. Der Junge ist der Sohn seines Vaters und deshalb zu Großem fähig. Ich vertraue darauf, dass er mir das Unrecht vergeben kann, das ich euch beiden angetan habe. Wäre Michael Duffy kein Papist gewesen, wäre er trotz seines niedrigen Standes der richtige Ehemann für dich gewesen.«

Fiona nahm die Hände ihrer Mutter in die ihren. Sie fühlten sich so zerbrechlich an, dass es ihr fast das Herz zerriss. Tiefes Mitgefühl mit Enid trieb ihr die Tränen in die Augen. Einen kostbaren Augenblick lang war diese Frau vor ihr nicht die starke, strenge Lady Enid, die rücksichtslos über ihr Finanzimperium herrschte, sondern eine gebrechliche, alte Frau: ihre Mutter.

»Du weißt gar nicht, was mir diese Worte bedeuten, Mama«, sagte sie mit tränenüberströmtem Gesicht. »Was auch immer von jetzt an in unserem Leben geschieht, sie sind für mich ein Schatz, den ich bewahren will, als wäre nie etwas Wertvolleres gesagt worden.«

Plötzlich machte Fiona eine seltsame Entdeckung. Etwas Unerhörtes ereignete sich: Ihre Mutter weinte.

»Ich weiß, dass er über das Meer reisen wird, um dich zu sehen«, stieß Enid schluchzend hervor. »Mein Enkel wird die Frau treffen wollen, deren Blut in seinen Adern fließt, so wie er seinen Vater kennen lernen wollte.«

Sie hielten einander in einer Umarmung, die all die Jahre der Verbitterung auslöschte, als hätte es sie nie gegeben. Mutter und Tochter versöhnten sich in Sichtweite von Granville Whites Grab.

Sanft löste sich Enid aus der Umarmung, ohne jedoch die Hände ihrer Tochter loszulassen. »Wirst du heute Abend mit mir essen?«

»Ja, Mama, das will ich gern.«

»Ich muss dir so viel über deinen Sohn erzählen, und uns bleibt wenig Zeit bis zu deiner Abreise.«

»Wir haben alle Zeit der Welt«, widersprach ihre Tochter sanft. »Auch wenn ich am liebsten zu meinem Sohn reisen würde, weiß ich doch, dass er mich aufsuchen wird, wenn die Zeit für uns beide gekommen ist.«

»Ich wünschte, wir hätten Zeit«, sagte Enid, während sie sich mit einem kleinen Baumwolltaschentuch die Tränen abwischte, »aber ich fürchte, meine Tage in dieser Welt sind gezählt. Wenn ich nicht mehr bin, wird Patrick die lenkende Hand seiner Mutter brauchen, um unseren Namen in das nächste Jahrhundert zu führen.«

Unseren Namen!, dachte Fiona aufgewühlt. *Den Namen Macintosh!*

»Unseren Namen«, wiederholte sie. »Vater wäre stolz auf Patrick gewesen. Wenn er ihn doch nur so gekannt hätte wie du, Mama!«

Der Totengräber legte eine Pause ein, um seinem schwitzenden Körper einen Augenblick Ruhe zu gönnen. Auf seine Schaufel gestützt, betrachtete er mit müßiger Neugier die beiden elegant gekleideten Frauen, die ganz in seiner Nähe gleichzeitig lachten und weinten. Bestimmt Irinnen, dachte er. Nur die Iren fanden den Tod spaßig. Sicher gingen sie nach der Beerdigung zu einem Leichenschmaus. Die hatten es gut! Dann schaufelte er weiter Erde in das offene Grab, während die beiden Frauen Hand in Hand langsam davongingen.

70

Eingeschüchtert von der düsteren Atmosphäre, verharrte Patrick im kühlen Zwielicht der heiligen Höhle der Nerambura und starrte auf die uralten Ockerzeichnungen.

»Es ist genau, wie ich es mir vorgestellt habe«, sagte Catherine, die neben ihrem Ehemann stand, leise. »Ein Ort von unendlicher Traurigkeit und doch eine wunderbare Erinnerung an ein untergegangenes Volk.«

»Nicht ganz«, meinte Patrick. Aus Respekt vor dem heiligen Ort sprach er im Flüsterton. »Ich habe gehört, dass es noch einen Menschen gibt, der sich an die Riten erinnert, die die Nerambura hier vor den Zeiten meines Großvaters praktizierten. Einen alten Krieger namens Wallarie.«

»Wo ist er jetzt?«, fragte Catherine, die sich als Amateurarchäologin für jede greifbare Verbindung mit der Vergangenheit interessierte.

»Das scheint niemand zu wissen. Immer wieder hört man von den Schwarzen Gerüchte, dass er auf seinen Wanderungen durch das Land gesehen wurde, doch dann verschwindet er spurlos.«

»Das ist traurig«, seufzte seine Frau, »der Letzte seines Stammes zu sein und ganz allein in unserer Welt zu leben.«

»Ich glaube, er ist nicht allein«, erwiderte Patrick ruhig. »Ich bin sicher, er lebt mit den Geistern seines Volkes.«

»Aha!«, meinte sie spitzbübisch. »Sollte etwa der sonst so praktisch gesinnte Erbe des Macintosh-Vermögens ebenso an Geister glauben wie ich?«

Er wandte sich zu seiner Frau um und lächelte sie an. Als sie seinen Blick erwiderte, lag in ihren Augen der Anflug eines provozierenden Lachens. Wie schön sie doch ist, dachte er, von seiner Liebe zu ihr überwältigt. Doch ihre Schönheit war nicht rein körperlich, sondern besaß einen spirituellen Charakter, den er bis zu seinem Tod lieben würde.

Als er vor einem Jahr zurückgekehrt war, hatte er Catherine zu seiner Überraschung als Gast im Hause seiner Großmutter vorgefunden. Seitdem waren sie einander nicht mehr von der Seite gewichen. Auch Lady Enid Macintosh hatte nichts gegen eine gute Protestantin einzuwenden gehabt, die der Kirche von Irland angehörte. Der Stammbaum des Mädchens schien einwandfrei zu sein, obwohl sie Irin war.

Wie sie es ihrer Tochter versprochen hatte, hatte Enid Patrick erzählt, dass sie all die Jahre die Wahrheit vor ihm geheim gehalten hatte. Er hatte ihr Geständnis ohne Zorn angenommen, ganz wie sie es gehofft hatte. In seinem eigenen Leben war zu viel geschehen, als dass er sich als Richter hätte aufspielen wollen.

Eines Tages wollte er nach Deutschland reisen, wo er seine Mutter um Vergebung dafür bitten wollte, dass er in seiner Verblendung die Liebe, die sie stets für ihn empfunden hatte, in Abrede gestellt hatte. Eine Liebe, nach der er sich verzweifelt sehnte, so wie er sich nach der Liebe der schönen Irin gesehnt hatte, die er schon verloren geglaubt hatte. Über die Beziehung zwischen Catherine und seinem Vater hatten sie nie gesprochen.

»Ich glaube, manchmal verstehe ich, wie sich der alte Krieger fühlen muss«, sagte Patrick ernst. »Als ich im Sudan von der Armee abgeschnitten war und in der Wildnis herumirrte, erging es mir ganz ähnlich. Es ist schwer zu erklären.«

»Du brauchst mir nichts zu erklären«, entgegnete Catherine sanft. »Manche Dinge lassen sich nicht in irdische Worte fassen. Doch für den Augenblick sollten wir den Schlaf der Geister, die hier zu Hause sind, nicht weiter stören, Liebster. Ich schlage vor, wir kehren zum Haus zurück und genießen die wunderbare Gastfreundschaft der Camerons.«

»Da hast du Recht. Aber vorher müssen wir noch etwas erledigen.«

Catherine nickte. Sie hielt Patricks Hand, als er sich vorbeugte und das winzige steinerne Götterbild in einen Spalt der Höhle legte. Dann traten sie zurück. Catherine lächelte.

»Sie gehört hierher«, sagte sie. »Diese Höhle und der Grabhügel der alten keltischen Könige haben viel gemeinsam, auch wenn Zeitalter und Welten zwischen ihnen liegen. Es sind Stätten der Erinnerung, über denen ein eigener Zauber liegt.«

Patrick zog Catherine in seine Arme und küsste sie leidenschaftlich. Sie wehrte sich nicht gegen seine Umarmung, sondern erwiderte seine Liebkosungen mit zunehmender Erregung. Er entkleidete sie, bis sie nackt im kühlen Dämmerlicht der Höhle stand. Dann riss er sich selbst die Kleider vom Leib, und sie liebten sich auf dem modrigen Boden.

Zuerst stillten sie ihr Verlangen schnell und voller Leidenschaft wie zwei junge Tiere. Danach liebten sie sich langsamer und zärtlicher, bis Schatten auf die Spalten und Risse der uralten Hügel fielen und ein goldener Glanz in die Höhle kroch.

Während Catherine schläfrig in Patricks Armen auf dem feuchten Boden lag, erinnerte sie sich an einen anderen Ort und eine andere Zeit – an einen keltischen Hügel am anderen Ende der Welt und an einen älteren Mann, der mit Pinsel und Leinwand in ihr Dorf gekommen war. Sein Körper war von den Narben vieler Schlachten gezeichnet gewesen, und in seinen Armen hatte sie sowohl Schmerz als auch Lust erlebt.

Merkwürdig, dachte sie, als sie auf das von den goldenen Sonnenstrahlen erleuchtete Aborigine-Gemälde an der Felswand blickte. Sie war die Verbindung zwischen Vater und Sohn gewesen, und nun hatte sie beide an den heiligen Stätten ihres Landes geliebt. Michael Duffy war in Sichtweite des uralten keltischen Grabhügels zur Welt gekommen, und Patrick war ein Kind Australiens. Auf ihre Art liebte sie beide Männer, obwohl der eine nur noch Erinnerung, während der andere Teil ihres Lebens war. War es möglich, dass eine Frau zwei Männer gleichermaßen, aber auf unterschiedliche Weise liebte? Eine Frage, die sie Patrick nicht stellen konnte, das war ihr klar.

Nachdem Patrick erwacht war, kleideten sie sich an und traten Hand in Hand aus der Höhle auf den Hang hinaus. Von dort blickten sie auf die weite, von Brigalow-Akazien bestandene Ebene, die im Licht der untergehenden Sonne vor ihnen lag.

Glen View würde immer den Macintoshs gehören, dachte Patrick, während er die raue Schönheit des Landes in sich aufnahm. Das hatte er seiner Großmutter geschworen. Seine Tante Kate würde sich damit abfinden müssen, dass sie Glen View niemals besitzen würde. Das Anwesen bedeutete den Macintoshs ebenso viel wie den Duffys, und sie würde akzeptieren müssen, dass er das Glied war, das beide Familien trotz aller Feindschaft miteinander verband. *Die Zeiten hatten sich geändert, die Vergangenheit war tot – und das galt bestimmt auch für den Fluch.*

Sie gingen den alten Pfad hinunter, den tausende nackte Füße und schließlich die Stiefel der Neuankömmlinge ausgetreten hatten. In den Hügeln hinter ihnen erhob sich ein sanftes Seufzen: Eine Brise spielte in dem zähen Gestrüpp, das sich an die Felsen klammerte. Doch das Herz des alten Vulkans schlug immer noch im steinernen Kern des Berges und flüsterte Patrick eine Warnung zu.

Aber dieser hörte die Stimmen der Geister der Ahnen nicht. Nur Wallarie hätte ihre uralten Worte verstehen können.

EPILOG

»All das geschah vor langer Zeit, als ich jung war. Jetzt wisst ihr, wie viele Weiße ich getötet haben.« (Wallarie kichert.)

»Aber was kann die Polizei schon gegen einen alten Schwarzen unternehmen? Die berittene Eingeborenenpolizei gibt es nicht mehr. Die Regierung hat die Mistkerle abgeschafft, als ihr die Föderation bekommen habt ... Oder vielleicht, als euer zwanzigstes Jahrhundert angefangen hat.

Ihr wollt wissen, wieso ich unter diesem Bumbil-Baum auf Glen View sitze und euch noch mehr über die beiden weißen Familien erzähle? Vor ein paar Jahren haben ein paar weiße Landvermesser oben im Land am Golf Luke Tracys Knochen gefunden. Sie haben Missus Tracy ein Buch gegeben, in das er ein paar Worte geschrieben hatte. Das hat sie jeden Tag gelesen und jeden Buchstaben mit dem Finger verfolgt.

Was mit dem Pastor ist, den ich kenne? Nun, der alte Pastor Werner und seine Frau ließen mich auf ihrer Missionsstation oben im Norden wohnen. Das muss wohl um die Zeit gewesen sein, als Cousin Peter Duffy getötet wurde. Ich weiß nicht mehr genau, wann das war. Aber es ist lange her, noch bevor ihr Weißen euren großen Stammeskrieg in einem Land namens Europa hattet.« (Der blinde alte Krieger schweigt und hängt seinen traurigen Gedanken nach.)

»Der Pastor und seine Frau sind jetzt in ihrer Traumzeit. Sie wurden krank, als nach dem Krieg der Weißen das große Fieber kam. Das waren gute Leute, und ich glaube nicht, dass der Pastor diesen Deutschen, diesen Hitler, gemocht hätte, von dem ihr Weißen immer redet.

Wie ich nach Glen View gekommen bin? Das ist eine lange Geschichte, und die Sonne auf meinem Gesicht sagt mir, dass es Zeit ist, schlafen zu gehen.

Wenn die Sonne untergeht, muss sich der alte Wallarie ans Feuer legen. Aber wenn ihr morgen mit ein bisschen Tabak für meine Pfeife wiederkommt, erzähle ich euch vielleicht, was mit den Duffys und den Macintoshs passiert ist.« (Wallarie kichert erneut und starrt mit seinen blinden Augen in die untergehende Sonne.)

»Vor langer Zeit haben sie gedacht, der Fluch der Schwarzen hätte seine Macht verloren.

Aber das war ein Irrtum.«

ANMERKUNG DES VERFASSERS

Die drei zentralen Themen, die in diesem Roman behandelt werden, basieren auf historischen Tatsachen.

Bei der Militärexpedition des Kontingents aus Neusüdwales im Suakin-Feldzug vertraten gut organisierte Truppeneinheiten die Kolonie Australien in einem der vielen Kolonialkriege, die Großbritannien im neunzehnten Jahrhundert führte. Ich habe versucht, die Ereignisse um den Vormarsch der *Tommy Cornstalks*, der »australischen Maisstängel«, auf das sudanesische Dorf Tamai aus K. S. Inglis' umfassendem Bericht *The Rehearsal* zu rekonstruieren. Selbstverständlich sind Captain Patrick Duffys Abenteuer auf ebendiesem Feldzug reine Erfindung.

Der Guerillakrieg der Kalkadoon, die im Cloncurry-Distrikt im mittleren Nord-Queensland lebten, war einer der wenig bekannten, heroischen Versuche eines Aborigine-Stammes, den Vormarsch der weißen Siedler aufzuhalten. Die Kalkadoon waren nicht allein. Viele benachbarte Stämme dieser Region wehrten sich ebenfalls tapfer gegen die Annexion ihres Landes. Ich habe mir die schriftstellerische Freiheit genommen, den Krieg von Anfang der Achtzigerjahres des neunzehnten Jahrhunderts in die Mitte dieses Jahrzehnts zu verlegen, weil die beiden Kolonialkriege aus Gründen der Dramaturgie gleichzeitig stattfinden sollten.

Anzumerken wäre noch, dass es widersprüchliche Berichte darüber gibt, ob sich die Kalkadoon zu einer letzten Schlacht sammelten oder ob sie nach und nach im Verlauf des Feldzugs vertrieben wurden. Ich habe mich für eine Art Mittelweg zwischen den Berichten entschieden.

Interessant ist auch, dass sich die Taktik der Krieger des mittleren Nord-Queensland im Kampf um das Grenzland deutlich von der anderer australischer Stämme unterschied. Leser, die sich für ihre Kultur interessieren, finden Informationen in Bibliotheken unter den Stichworten Australische Ureinwohner / Aborigines / Kalkadoon.

Der Gordon James in meiner Geschichte ist reine Erfindung und besitzt keinerlei Ähnlichkeit mit dem historischen Kommandeur der Strafexpedition, Lieutenant Urqhart von der berittenen Eingeborenenpolizei (der *Native Mounted Police*).

Die verdeckte Operation der Deutschen zur Annexion der Nordhälfte von Nordguinea und der umgebenden Inseln ereignete sich tatsächlich zu der im Roman beschriebenen Zeit in Sydney. Eine gute Informationsquelle zu diesem Thema ist Stewart Firths Buch *New Guinea Under the Germans*. Ich habe mir die Freiheit genommen, den furchtlosen englischen Agenten Horace Brown und seinen Verbündeten wider Willen, den irischen Söldner Michael Duffy, ins Zentrum der Ereignisse zu stellen. Natürlich ist auch die Gestalt des Barons Manfred von Fellmann reine Fiktion. Tatsächlich endete die reale verdeckte Operation, die von Sydney aus begann, mit einem deutschen Erfolg. Ihre Auswirkungen sollten knapp dreißig Jahre später spürbar werden, denn die ersten australischen Soldaten, die im Ersten Weltkrieg ums Leben kamen, starben im Kampf gegen deutsche Truppen auf den von Deutschland besetzten Pazifikinseln und nicht bei Gallipoli, wie viele Australier glauben.

Was Lokalkolorit und Geschichten aus dem Grenzgebiet von Queensland angeht, bedanke ich mich einmal mehr bei Glenville Pike und Hector Holthouse, deren Bücher ich allen Lesern empfehle, die sich für die australische Nordgrenze im zwanzigsten Jahrhundert interessieren.

Dem unerschrockenen Touristen kann ich versichern, dass Wallaries Geist immer noch über die Brigalow-Ebenen wandert und an den von Seerosen überwucherten Billabongs im Outback von Queensland sein Lager aufschlägt.

Danksagung

Ein ganz besonderes Dankeschön geht an meine wunderbare Mutter und meine ebenso wunderbaren Tanten Joan Payne und Marjorie Leigh. Ohne ihre anfängliche Unterstützung wäre dieses Projekt niemals zustande gekommen.

Im Verlagswesen möchte ich mich besonders bei James Fraser von Pan Macmillan bedanken. Wie immer danke ich Cate Paterson, deren Überarbeitung der Geschichte Glanz verleiht, auch wenn ihr bedauerlicherweise ein paar »Männerdinge« zum Opfer fielen. Ich glaube, der Lektor ist außer dem Autor der einzige Mensch, der wirklich von Zweifeln geplagt wird, ob ein Roman zur Veröffentlichung bereit ist. Mit Sicherheit verdankt Cate mir einige schlaflose Nächte. Danke auch Elspeth Menzies, die das Manuskript ebenfalls eingehend studiert hat. Mein Dank geht an Jane Novak, meine Verlegerin, die wohl ebenfalls unter Schlaflosigkeit leidet, wenn meine Bücher herauskommen.

An meinen Agenten Tony Williams und alle, die für ihn arbeiten. Ihre Freundschaft ist mir so wichtig wie ihre professionelle Unterstützung.

Mein besonderer Dank gilt Brian Cook, dessen erste Bewertung des Manuskripts von *Weit wie der Horizont* der Katalysator für die Veröffentlichung war. Ich habe dich nicht vergessen und kann dich allen angehenden Schriftstellern für die Beurteilung ihrer Manuskripte nur empfehlen.

Meine Liebe gilt wie immer Naomi Howard-Smith, die bereit ist, sich mit dem unsicheren Schriftstellerdasein abzufinden, und der es gelungen ist, Stabilität in mein chaotisches Leben zu bringen.

Schließlich einen ganz besonderen Dank an den größten Schriftsteller seiner Art, Wilbur Smith, der mir den Weg gewiesen hat.